U0113760

河北师范大学历史文化学院双一流文库

张恒寿◎著　　温玉春◎编

（上卷）

张恒寿文集

中国社会科学出版社

图书在版编目（CIP）数据

张恒寿文集：全二卷／张恒寿著；温玉春编 . —北京：中国社会科学出版社，
2023. 12

ISBN 978 – 7 – 5227 – 2782 – 0

Ⅰ. ①张…　Ⅱ. ①张…②温…　Ⅲ. ①史学—中国—文集　Ⅳ. ①K207 – 53

中国国家版本馆 CIP 数据核字（2023）第 235605 号

出 版 人	赵剑英
责任编辑	安　芳
责任校对	张爱华
责任印制	李寡寡

出　　　版	中国社会科学出版社
社　　　址	北京鼓楼西大街甲 158 号
邮　　　编	100720
网　　　址	http://www.csspw.cn
发 行 部	010 – 84083685
门 市 部	010 – 84029450
经　　　销	新华书店及其他书店

印　　　刷	北京君升印刷有限公司
装　　　订	廊坊市广阳区广增装订厂
版　　　次	2023 年 12 月第 1 版
印　　　次	2023 年 12 月第 1 次印刷

开　　　本	710×1000　1/16
印　　　张	72. 5
字　　　数	1156 千字
定　　　价	398. 00 元（全二卷）

张恒寿（1902—1991）

总　目　录

上　卷

论　文　编

下　卷

著 作 编

诗 歌 编

杂 作 编

上卷目录

论 文 编

论 文 编

现代学潮问题

自从"五四运动"以后，国中教育界才渐渐有了一种积极的精神，一变被动的而为自动的，干涉的而为自由的。这不但是教育界改变机械主义的发轫，亦实在是养成共和国民精神的基础。可是这些醉汉，将将扶的东来，却又都西倒去。自治的成绩有一点皮毛，却弄的风潮频起，天翻地覆。赶校长、演武剧，简直是青年的家常便饭。就据杨中明君所统计：即在民国十一年一年之间，便已有一百二十三次之多（见《新教育》第6卷第2期《民国十一年之学潮》）。现在对于他们的曲直是非姑且不管，只是我们最后算起一笔总账来，恐怕除了得到"教育破产"一块匾额和"丘九"一个徽号外，只剩有"荒废学业"四个大字。你想中国政治为军阀捣①乱，经济为外国资本压迫，在在都足以制我们的死命。只有教育界一线的希望，而我们又闹到这般田地，这是何等可悲的事。如果不想一个根本救济的方法，恐怕一切社会经济的问题都不能解决，老实说，我们亦来不及谈什么改造社会。所以我对于这个问题，很以为重要而喜欢去研究他。

学潮的种类，据杨君所计，别为教育团体的风潮和学校的风潮两种。其实教育团体的风潮，如教育经费独立运动、索薪运动等，这些原因都在政治经济的问题内。如果政治上了轨道，经费不生困难，那么，这些问题当然顷刻解决。若②在教育范围内，是除开枵腹办公，似乎是没有方法可以救济的。至于读书运动、爱国运动等，后者似乎可以妨碍学问，

---

① "捣"原误作"倒"。——编者注
② "若"原作"要"。——编者注

但是如果这个运动稍有益于国家，那么牺牲功课是值得的。而且我们经过几次教训，亦不再采取那罢课的手段来作政治运动，自然不怕再有废学的流弊。那么，这一种学潮，他本身本没有什么弊病，实在用不着我们去救济他。所以我们现在所研究的惟一对象，就是学校的风潮。那么，就可以进而观察其症结所在了。

在学潮的表面看来，自然是五花八门，各有不同。但是要求他的根本病症，据我个人所观察到的，大概要有四端。虽然我们对于教育学太无研究，又没有精细的统计和观察，所求原因，当然不能精确；不过我们尚勉强可以自信，是用忠实的态度、批评的眼光来研究的。那么，这四端或者不失为几个重要原因，亦未可知。现且分述如下：

第一是现代学校制度根本没有精神的教育。人生为什么要有教育？这实是一个根本问题。关于此点，杜威先生所告诉我们的生死关系（见《教育哲学》）仅为传达知识，我们尚不能认为满足。我们以为教育的目的，委实如罗素先生所说，是教人"做个好人"（见《民铎》卷4）。换句话说，就是要养成一种健全的人格。但是这"人"到底是一种什么东西呢？他的生活又是怎样呢？简单的说，就是一种脊椎动物，具备齐眼、耳、鼻、身、舌、意六种工具，时时向①外界活动。再归纳一回，又可以说是用活泼泼绵延创化的意识流，时时向外动作（吴稚晖先生所说的二手就是此所谓身，而他所谓的脑就是此所谓意）。但这一个奇怪的意，与心理学上之意识截然不同。因前用唯识家之六识，故此处仍用"意"名，盖唯识家之"意"与西哲所谓"心"涵义略同。至唯识家"心"，则尚有"末那""阿赖耶"两识，以去常识太远，故只以"意"说"心"。虽是个整的东西，却可以分为好几方面。我们不是讲心理分析，自然亦不必请教什么冯德、詹姆斯、杜里舒来分类，我们只老老实实地照三分法说。那么，大概亦可以分知、情、意三方面。所以要养成一个完全的人，总须有三方面平均的②教育，教他互相调和发展起来，才是真正的教育。再说到教育方法，又当返回这三方面。本来意志是包涵两方面③，而

---

① "向"原误作"上"。——编者注
② "的"原脱。——编者注
③ "面"原脱。——编者注

知、情两种原素，确是情感为主而理智①为辅。所以要改变人生生活，总是由情感上着手力量最大。这是我们②理想中的精神教育。然而试一望现代教育到底是怎样呢？对于情感方面，可以说完全没有。教师和学生除授课以外，彼此简直视若路人。再坏一点，就是互相仇视、互相误会，几乎成为劳动阶级和资本阶级的斗争。对于行③为方面，虽然亦要讲什么修身科、伦理学，其实这些咬文嚼字，由外面强加去的东西，结果仍是些零碎知识，到底不能影响于行为。况且现在教育并不注重此点，诚然像章太炎先生所说的："只是像天官出场，到底看戏并不要看天官，跳天官的也不是有名的角色。"（见章太炎④《白话文》，第7页）当然更说不到他们讲的优劣了。至于那种军队式的训练，学监先生们⑤的查堂关门，好像用手压不倒翁的样子，只求暂时的不跳起来，便算尽了职务，那更可以说完全不济事。杜威说："教育即生活。"又说："道德和教育不能分⑥叙。"（见《教育哲学》，第4、151页）我们恰好和他相反，教育和生活道德根本分了家，所谓教育只有知识一方面。那么纵然各样课程都教的极好，知识都充足丰富，那亦只是畸形的发展。如果人生生活只有知识可以主宰，那么，我们亦不必过分吹求，无如⑦人们生活到底不专靠知识，的确是有情感的股⑧份的，尤其是意志中之冲动是生活唯一的源泉。试问以现代青年要求自由的欲望如此之高——此点似乎不能认为错误——，而他们所受的正式教育，却完全与生活不相干。没有自由的指导，没有道德的熏陶；而影响于他们的行为的，只有他日日所碰到的恶劣社会——包括校内校外——和他的家庭、朋友以及他所尚友的古人，或好或坏，都未可定。那么，一旦⑨迫于某种环境，或是受了某种指示，立刻冲动起来，谁敢保他们没有盲目的冲动和轨外的行动呢？恐怕这个

① "智"原误作"知"。——编者注
② "们"原脱。——编者注
③ "行"原误作"有"。——编者注
④ "炎"原误作"太"。——编者注
⑤ "们"原脱。——编者注
⑥ "分"原误作"出"。——编者注
⑦ "如"原误作"知"。——编者注
⑧ "股"原误作"殷"。——编者注
⑨ "旦"原误作"但"。——编者注

保险公司，似乎是没有人敢来开的。我们再不妨打开门子说几句亮话：我们所不满意于学潮的地方，并不是说学生不应当要求自由，实在是说他们不应当滥用自由，误认自由，闹出种种不道德的举动来。然而，现代教育却根本不注意于此点，不知引导自由，不知破除阶级，不知注重人格的感化——总之称无精神教育。所以我以为这是学潮的一个大原因。

第二是我国人"民治精神"尚未成熟。自从我们碰到西方文明这一个劲敌，我们节节失败，于是努力的摹仿①，努力的运输，经过好几十年，到底不得要领。一直到近年来，渐渐的问到咽喉上去，才抓住了"德、塞两位先生"（Democracy、Science）。"塞先生"此处不说，那"德先生"就是所谓民治精神，就是一切团体生活、自治生活建立的基础了。但是我们的老祖宗，不曾和他老先生会过面。在传统思想中，墨家是具有积极精神，但那份遗产又不曾传下来。在社会最有势力的黄老思想，自然和"德先生"是势不两立。儒家在表面上是很流行的，但亦只有畸形发展。比如孔子的见义勇为，东汉的党锢，宋明的气节，那些和"德先生"相近的精神，经过清朝文字禁忌，都逼上②汉学的路，都不曾③遗传下来（虽然晚清曾、罗诸人是讲宋学，但到底没有多大影响）。所以我们仿④自治事业，总是一塌⑤糊涂。一般平实的人是不管事，管事的人多半是好出风头的分子，所以闹出种种"内部斗殴""互相排挤""受人利用"的事，都是吃了没有这种素养的亏。近年来，虽然渐渐的醒来，大家有了个性伸展的要求，然而同时又忘掉一件事，就是这种精神的基础。杜威讲德模克拉西的基础，曾提出四种性质：一公开心，二目的，三责任心，四欣赏。又说平常人都是喜欢自由的，但是一方面还要有⑥与自由相称而不可少的东西，就是责任心。德模克拉西在⑦现在还没有稳固的道理，就是有自由而没有与自由相称的责任心（见《教育哲

---

① "仿"原误作"做"。——编者注
② 此处原衍"遣"。——编者注
③ "曾"原误作"会"。——编者注
④ "仿"原误作"做"。——编者注
⑤ "塌"原误作"场"。——编者注
⑥ "有"原脱。——编者注
⑦ "在"原脱。——编者注

学》，第 147 页）。这些话真是我们的当头一棒。我们却都忘掉①了，所以把一块自由②的招牌变成野蛮的护符，而风潮于是不能不发生了。

第三是青年多中了偏激鼓吹的麻醉性。国中极忠实，极诚恳，教我们心悦诚服的纯学者固然很多，但是比较的德不胜才的名流更是不少。这等人，他们的声望很大，学问很博，固不必他们有意煽动才生恶影响。就是他们的言论稍为失之过激，他们的态度稍为不忠实，为真理、为人类的意思少，出风头的意思多，那已足给青年以无数③不好的暗示。况且另有一种人还不止此，他们抱着"取而代之"的野心，利用青年的心理，鼓吹不健全的舆论，以达他们政治上的手段。而这些青年们本来没有真识，只是一味盲从……至于现在国中经济的缺点在哪里？是否与④他国一样？他们不管。听人说学生自治，便亦张口奋斗，闭口革命。至于我们奋斗的能力怎样？采取的手段是否合理？他们不管。这等人在青年中比较那般死读教科书的人，本来是极有作为的。平常对于那无味的呆板教授厌烦极了，当然一见新颖论调，立刻兴奋起来，全不仔细考察。而另有一般，并连此种耳食也没有，只图苟安不学的人，便附和起来，便酿成所谓风潮了。

第四是办教育的人太无学识。上面三种原因，大概是很普遍的通病，但使仅有此三种潜力，而没有当下的机势，还不至于骤然爆发，然而有许多办教育者，却偏偏造了些机势，好像专供冲突之预备。各校的情形不同，自然难下大⑤概括的批评。不过据我所知，略可分为⑥三项：

（甲）无⑦高尚人格。这一层也是很普遍的。我们在各学校的罢课宣言上看，大概都是一套⑧文章，什么"吞没校款⑨""任用私人""偏袒私人"，都是他们相传的衣钵。虽然这些宣言未必都真，然大概可以说多半

---

① "掉"原脱。——编者注
② "由"原作"治"。——编者注
③ "数"原误作"穷"。——编者注
④ "与"原脱。——编者注
⑤ "大"原脱。——编者注
⑥ "为"原脱。——编者注
⑦ "无"原脱。——编者注
⑧ "套"原误作"篇"。——编者注
⑨ "款"原误作"规"。——编者注

是不为冤枉。像此种人,有没有被人"越俎代谋"的资格,是不用我们来多说的喽。

(乙)脑筋腐败而极端严酷。无论办什么事,总是应该认真的。如果一切公开都在大处落墨,并不见得会有多大的弊。然而有一般人却专在琐屑的事上吹求,要把一般人都纳入①一个呆板的格式里,比如"破坏学生自治""禁止看新书杂志"等极可笑的事,都是他们的天经地义。所以首先发难的学校,大概都在这种极严酷而不公平的环境里,因为非迫到某种程度,他们是不敢"冒天下之大不韪"的。然而"此风一开",他们的同行却不必到如此环境才会冲突。所以,此种头脑腐败的人,最为闹风潮的罪魁。

(丙)专讲对付学生。这一派鉴于上一派的取恶,于是一变把戏,专以对付学生、取媚学生为手段,无论学生所要求的②是否合理,总是用"营商还价式"的调和来应付。然而青年的要求到底是无厌的,终要到你无法应付为止,那时则所谓冲突又起了。所以此种人亦不能不分风潮之咎。

上面三种原因,前二项大概是国中很普遍的毛病,后一项那就随地而异。我们并不敢说推测的都对,不过亦许有几分③对的地方。那么,我们补救的方法,亦大概根据着④这四种病症而⑤来,亦可分述四项:

(子)要提⑥倡人格教育。这一层不但是教育的基础,亦实是中国一切问题的基础。现在我国中⑦思想界最流行的,要算是"唯物史观"论⑧者。他们把一切道德问题都归在经济上,这话我们本都赞成,但是我们要问:以现代中国人格的堕落,是否能改善政治,改善经济?似乎又不能不说是互为因果。我们并不是说,只要养成些忠厚、谨慎⑨的好人,亦

---

① "人"原脱。——编者注
② "的"原脱。——编者注
③ "分"原误作"处"。——编者注
④ "着"原脱。——编者注
⑤ "而"原脱。——编者注
⑥ "提"原误作"担"。——编者注
⑦ "中"原脱。——编者注
⑧ "论"原误作"或"。——编者注
⑨ "慎"原误作"厚"。——编者注

不问政治，亦不管经济，便算了事。我们实在是说，要谋改造社会，至少要以某种水平线上①的道德为基础，从而整新②一切，无不左右逢源。这一点是关于一切问题的根本，学校当然亦不能或外。现在学生一切事业的种种不合正轨，自由而变成野蛮，都须③要这一种教育来救助他们。所以④梁漱溟先生要再创讲学之风（见《东西文化及其哲学》），张君劢先生要为新宋学之复活（见《晨报》副刊《科学与人生观答丁在君》）。我以为都是和瞿菊农先生一样，要倡一种人格教育（同上，《人格与教育》），并不必忧愁以空想方法夺科学方法（此为别一问题，当容另编详说）。就看崇拜物质的吴稚晖先生，亦说须请"穆姑娘"（Morality，道德）到中国（见《太平洋》4卷5号或《科学与人生观》）。可见此一层，实是救时的唯一良药。所以我很望内行纯笃如梁、吴几位大学者，来提倡一种"人格运动"。而学校的教师，至少亦须都照叶圣陶先生所说的"日常生活上轨道"（见《努力周报》66期）。那么，青年们经过这一番"人格化"，自然会善用民治精神，自由而不至轶出轨道，这不单⑤是教育改善的基础啊！

（丑）要使学校成了家族化。前面说管理人和学生，几乎成了劳动家⑥和资本家两阶级的仇视，这个绝大的病痛，我以为非用感情来医治不可。本来资本家和劳动家他们实有相反的利害关系，互相仇视本不足怪。至于教者和学者，实在是一个团体，就是俗话说的"大家办的⑦一手事"，着实用不着⑧来强分阶级。而现在却竟分成两橛，所以一切误会争斗都由此产生出来。现在只有根本打破这些无谓的自扰，拿出真实的面孔来，互相以情感相见，使学校成了一种大家族化。那么彼此的隔阂没了，哪⑨里还有什么冲突！

---

① "线上"原误倒。——编者注
② "整新"或作"振兴"。——编者注
③ "须"原作"需"。——编者注
④ "所以"原脱。——编者注
⑤ "单"原误作"但"。——编者注
⑥ "家"原误作"者"。——编者注
⑦ "的"原脱。——编者注
⑧ "着"原脱。——编者注
⑨ "哪"原作"那"。——编者注

（寅）公开的研究学术。青年的盲从，一方面因为自己没有真识，一方面也是因为不曾精细讨论过。如果对于这些时代问题，教育方和学生公开的以客观的眼光去研究，那么，不但可以免除浅薄舆论的麻醉性，并且可以提起大家的研究兴趣，从此对于社会事业，都想去明白，想去解决，自然少有盲目的冲动了。

（卯）慎选校长。上面三项是我们补救的方法，这一项是实行方法的人物。现在总括：把适当当校长的属性写出来，大概是以"素有修养""公正无私""有丰富学识"几种为主要。如果有这几种性能，那么或宽或严①，都不成问题。虽然一件事总须大家努力才会成功，绝不是一二人可以包办的，但是如果有适当的领袖人物，那么一定成功更易。我想即在人才缺乏的地方，亦总有品能相当的人。我希望主持教育的人，动动良心，选些好人，救救青年，不要拿上儿童的脑血、国家的经费，断送在你们亲故私人的手里，那末②或者才是一种根本救济之道。

上面几种救济方法，不过是③我个人胡乱瞎说，自己觉得④太不切实，着实拿不出手来。不过我最后要恭恭敬敬的向青年朋友们声明一句话：我这篇文字，本来是为办教育的人着想，所以我的话稍偏于一面。至说到我们青年本身，那就应当自己打起精神来，向前进行，不应⑤当完全倚靠旁人。孟禄说："真正的德模克拉西是要学生自动的负责任，管理自己、鞭策自己。"（见《新教育》4卷4期"孟禄号"）这些话我们应当牢牢记住。我敢说：如果我们还保持着那跑胡同、叉麻雀、打差役的种种行为，却厚着面皮来要求自治，那么我们真可耻极了。青年朋友啊！我们还是讲点人格，求点学术，向自由光明之前途进行吧！

（原载平定留省学生会行印、1924 年 6 月 15 日出版《石言》第 2 卷第 2 期，平定李克明先生提供。此据王俊才编《张恒寿文集》，中国文史出版社 2005 年版）

---

① "严"原误作"废"。——编者注
② "末"原脱。——编者注
③ "是"原脱。——编者注
④ "得"原误作"的"。——编者注
⑤ "应"原脱。——编者注

考试问题商榷

　　教育曷为而有考试耶？考试果为学者必不可缺之要素耶？设有以斯二问题叩余者，予固可率然应之曰：考试之主要职司在察学生之成绩优劣，藉瞻教育之功效，且励惰性之前进云耳，与学问之本身无涉也。阅者闻吾言，必将疑吾为持废止考试者。然予意，在现在制度之下，自大学本科外，此义势难行之。尝设二义以难之曰：夫使学生要求废止考试者之果能摧陷一切、抉破一切，赤裸裸纯为学耶？则方将打破文凭、打破毕业、傲然与中外贤哲游其神，更何有于试验，而固屑①奋其猛力以强争此纤②毫之事哉？夫使持斯论者之不能昂首天外若斯人，而徒避劳就逸、苟安旦夕，则其无废止试验之能力，盖断断然矣。然予虽不主张废止试验，而与持考试万能主义之教育家亦大异其见地。彼以为只要③严督考试，则学生必群然好学，而教育功效著。吾则以为苟有诱掖前进之术，则从而考试之、鼓励之，愈增助其兴趣，若学生之好学也如故。而徒严其试验，则虽以一时之牗④，暂鼓其勇，吾恐不待数日而所学俱亡，其效固不足称也。故欲破今日试验之重重难关——如要求不考、要求范围、私藏挟带——惟有培其本根、增其学欲，庶为知本之论。予于教育学未尝问津，岂容以空空搪塞！然予故学生也，当默察考试之症结所在，盖多由于学生之不悦学。其所以不悦学之故，约有三病，三病祛而难关破矣！三病维何？

---

　①　"屑"，疑为"当"之讹。——编者注

　②　"纤"原误作"谶"。——编者注

　③　"要"原误作"能"。——编者注

　④　"牗"，疑为"诱"之讹。——编者注

一曰学校科目不能引起兴趣也。夫人既具此顷刻万变、绵延创化之意识，苟非如槁木①死灰，则其感物而动之欲必有所系。恋其所恋者，不入于善，则入于恶。教育者，正所以导②人之情于极善之域也。使所学而干燥呆板、酷③亡兴趣，则其耀然之情必将遁而至他。其人于他途也愈深，则其不好学也亦愈甚。诚能发学问无尽之趣，以易其冶游蒲之要④，则虽捶禁之、诟詈之，求其不学而不可得也，奚考试之足畏！乃今以学子而不悦学，则学不足引其情趣明矣。吾非谓现代教授之均无情趣也，然其不能引起兴趣者十常八九。其以注入之法，训章句之文。科学则徒示以已成之结论，而不明方法；文学则徒明文法之构造，而不重理想。此种机械生活，谁能嗜之而无厌哉？故欲救此失，首在提起研究之兴味，确合于时代精神，寓兴趣于科学本身，而非强加于外，推智识以衔于旧有之经验，务求食之而化。将欲举隅以明之，则如杜威所云：授历史者，以事实为孤立，苦记年月人名，则必索然无味；若能连合于古今关系，以明社会之蜕变，则兴趣生矣，此一例也。又如，只循教科之次序，授其文义，其味则甚鲜；若能行设计教育法，设一问题（尤以关于当时急待解决者为佳）而共同解决，其引起情致必较注入者胜千百倍，此又一例也。其他各科之详备教授，势难罄述。然苟能仿此推之，则干燥之病祛，而第一关破矣。

二曰不明学科之意义与价值也。上言好学之有待于兴趣。然兴趣之获得，又有待于努力。其努力弥多者，其兴趣亦弥厚。故前乎得学问之真味，必先明学术之确实意义与确实价值，而后有以促其努力。今小学儿童不知此义固矣，而中等以上学生于各科尚无明确之意义者，据吾所知，恐亦非少。夫以观念不明之对象盲目而穷究之，其无兴味而畏之也，固其宜矣。今欲药此病，首在剖明学术之真意与效用。即如授动物学者，苟不明其价值，必以为止识鸟兽虫鱼之形状，果有何价值之足云？然使告以动物之最大效用，在能明进化之途径、人类之位置，生物之为竞争、

---

① "木"原误作"本"。——编者注
② "导"原误作"道"。——编者注
③ "酷"当有误。——编者注
④ "冶"原误作"治"。"蒲之要"，疑为"蒲柳之姿"之讹。——编者注

为互助，生命之为生机、为机械，则其研究兴趣油然起矣。诚能一一剖明其意义与应用，如杜威所云"有了知识，定了目的，促进、发达、伸张"（《教育哲学》，第 25 页），以正青年之谬误观念（如现在普通学生多以学国文为预备将来当文牍，学英文为预备与洋人说话），则庶可引入兴趣之路，而第二关破矣。

三曰熏陶于社会狭义的功利主义也。夫人之不宥于流俗，不惑于势利，崭然自拔，以求为己之学者，世固无几人，而随波逐流，为环境所驱遣者皆是也。今之青年不幸而处于此万恶社会之中，观于政治，则争杀无已、互相侵袭，惟有机权之足，尚未明学术之应用也。鉴于师长，则黠者多专营于权势，而以教师为蓬庐；而真有学者，又往往终穷且死也。闻于友朋，则得势者多不学，而好学者又多困穷也。夫当青年无真识之时，不明学术之远于功利，睹此而真以为学之无益于人也，则安得不敷衍学业，苟求其能达毕业之目的，而以学术为无足轻重哉？欲救此病，较前二者为尤难。惟有人格教育足以矫正之（此议于《论学潮》篇言之稍详）。诚使学生知人之所以为人者惟有学术，足以指道之。而所谓利势富厚者，邻于敝①屣，一转其外慕之忧，以笃于自得，则应可矫废学之外诱，而第三关破矣。

以上三端虽似分离而实相关连，苟能行其一端，而余者以次可行。此余治本之方也。至于治标之方，则亦有其相当价值。据鄙见所及，其可采行者约有数端：

一注重学生笔记。于每月或每学期汇集而察其高下，此法京、沪各大学多行之者，盖运用思想而组为文字，则必能收较多之效果也。然苟教员无教科书以外之学识，则又不易行矣。

一考察学生日记。日记足以使人有恒，此曾文正尝言之。今宜使教员指定相当书籍，令学生日日读之，兼作札记，以伸己义，则必能促其多读课外书籍，亦考试之一助也。

一试行教育测量。是术根于实验心理而来。对于智力强弱之考察，较普通之试验，易得客观确实之标准，故宜行之。

---

① "敝"原误作"敞"。——编者注

一组织①考试委员团。近今考试弊端之最大者，曰学生要求范围，教员多依违允之。是团正以特救此弊。此团以某地方之教育机关及教育团体组织之，当学期之终，递至各校考试。如此则教员可以卸②责，而范围之弊去矣。然苟组织机构分子庞杂，则其弊又有不可胜数者。

以上四义，乃治标之方，必附于治本之后，然后为功效。苟学生对于学问之无兴趣、无目的也如故，则虽善其法，终难无弊。即幸而所学无弊，而所学者亦必旋经考试而亡之。当五四以前，固无所谓考试难关也。然嚲之学生果有以愈于今乎？既出校而能继续其学者有几人乎？吾恐苟为详密之统计，则考试之不足恃，昭然睹矣。

前述诸义，仅就浅学所及，于现行制度之下聊图补救，谓吾人必如此可以学也。

若吾人果真有志于学，则苟不将外界一切束缚摧陷而廓清之，而犹有所谓考试观念存于中，则纵所学甚博，必不免于功利之色彩，而悠然自得之乐，终不得一尝，其无益于生活必矣。我青年之同辈乎！其勉力而突出此重围以求进于光明之域哉！

（原载平定留省学生会行印、1924 年 6 月 15 日出版的《石言》第 2 卷第 2 期，平定李克明先生提供。此据王俊才编《张恒寿文集》，中国文史出版社 2005 年版）

---

① "织"原误作"识"。——编者注
② "卸"原误作"谢"。——编者注

学制改善之管见

　　教育普及之声浪，在欧洲已风行数十百年。吾国自维新以来，斯语固亦常流行于士大夫之口颊。然夷考其实，微特以吾国之贫弱，去此远甚；即远西诸邦，亦岂能普中等教育于平民哉？顾自欧战以还，各国咸致意于教育之"机会平等主义"，若英、若德、若法，其宪法之所规定，慈善家之所捐助，皆常垂意及之（详阅《学艺》5 卷 1 号马宗荣君《欧战以后欧美教育界的新倾向》）。而吾国自改新学制以来，教育精神，方之曩①昔，虽见刷新，然以生活程度若是之高，而欲学子通历十八年之久，则斯制之对于贫富之平等教育，犹有可讨论者。夫以吾国政治之紊乱、经济之败窳，不于此根本解决贫富悬绝问题，以图教育之平等，而徒龈龈②于学制之改善，吾固知此逐末之议，类于充饥之画饼矣！然教育与社会往往迭为因果，社会之平等，实有赖于教育之平等，则此问题之重要，殆可断言。而于③此谋改善之道，固学者之所有事也。其改善之方奈何？

　　一曰建设④官费大学，而入学者不限于中学卒业

　　中产以下子弟，于小学卒业后多无深造，此弊人咸知之。然将欲缩其期限，则徒得卒业之名，终无学问之实。故宜改中等教育为随意修学，而改大学皆⑤为官费，使贫家之英才于小学卒业后，得以劳动⑥而兼读书，

---

① "曩"原误作"䋈"。——编者注
② 两"龈"原脱一个。——编者注
③ "于"原误作"与"。——编者注
④ "建设"原脱。——编者注
⑤ "皆"原脱。——编者注
⑥ "动"原误作"勤"。——编者注

以谋应大学之考试，则教育不为一阶级垄断矣。

二曰建设图书馆学校

图书馆之重要，国人均稔①知之。然仅视为社会教育而未能比肩于学校，是犹未能加②惠于有职业者也。今宜推广图书馆于县镇，使管理者负指导之责。凡愿于工作之暇入馆读书者，规定年限，由各地教育团体或教育机关遣使考之（或就各地学校考之），发给证书。一如③学校之卒业，绝无轩轾于其间。再则更进而为大学之课程。其考试亦以稍高之学府或机关监督之，其资格亦如大学卒业生。吾意国人年来研究斯学者日多，各大学亦有专设斯科者，苟得其人与其基金，固为甚利于平民之学制也。

三曰行类于博士、硕士之考试制

科举制之为毒于吾国者几千余年，至今日而尽人唾弃之矣。然其弊之最大者，在其所学之浅陋与仕④途之狭隘。至其制度之本身，则固有可节取者，即贫富求学机会之均等是也。今苟能易其诗赋制艺，而为自然科学、精神科学；易其聚于一途者，而令于学校、制度并行，则亦未始非改善学制之一道也。夫人之为学，固宜⑤求实，而非为求名也。然因⑥激于为名，而遂务实者，有⑦十常八九。今贫寒子弟之无力深造者多矣，使其果有志向，学尽其力，以自修读书，则必有能深造者。顾今之苦学者，卒无以多于古，何哉？虽曰各人之个性不同，实亦无虚誉以激之，因遂安⑧于其职，不思上进耳。故余欲仿先儒寓封建于郡县之意，寓科举⑨于学校制中，略分三级考试，赐以学士、硕士、博士之名，使天下之好学而无财者，皆有以抒其意而安其情。其第一级：凡受义务教育者，及中学毕业生应之；其考试科目略分文、理两科，略如今之大学之入学试验。然须延其时日，不必风檐寸晷也。应理科试者，得考仪器化验，

① "稔"原误作"念"。——编者注
② "加"或作"嘉"。——编者注
③ "如"原误作"为"。——编者注
④ "仕"原误作"士"。——编者注
⑤ "宜"原误作"以"。——编者注
⑥ "因"原脱。——编者注
⑦ "有"当为衍文。——编者注
⑧ "安"原误作"每"。——编者注
⑨ "举"原误作"学"。——编者注

不必止拘于文字也。其第二级：由初级中选者，及大学卒业生应之。分科考试，一如初级。其第三级：由中级中选者，及肄业大学院者应之，则须①有著作、有发明为中选。其已应初级试者，得应大学入学试验；已应中级试者，得入大学院修习。此予考试制之大略也。夫欲增平民之学识，泯贫富之区分，有科学之利而无其害，藉社会教育之功而著其用，殆将或有取于斯乎？

上三者，乃吾对于改善学制之拟议，臆断妄②测，聊申己意。其果能行之无弊乎？吾未敢信也。其果能由此以进于平等之域乎？吾又未敢必也。盖以吾国之政治，苟常此溷③乱，则所谓官费大学者，何异梦想！即幸而能达此梦想矣，又能行吾后二种制以补其缺矣，然犹未至于至善之域也，以其犹有考试之制存也。所谓至善之域者何？其必在教育大改造后，如常乃悳④君所谓"社会教育蔚为中心"之时乎！但对于常君毁校造校论，未能完全赞同。

这三篇文字，是我应教育会征文做的。另外除开第一篇还稍用点心，这两篇差不多可以说敷衍完卷。本来我为本志预备两题，但因为今年春夏，时常有病，都不曾做起，所以只得把这三篇东西来塞责。但我的心因此惭愧到万分。我觉得第一，青年人不去好好读书穷理，稍为有了一知半解，便张牙舞爪来舞弄文墨，不是正当的⑤生活。第二，我平常不是研究教育的人，对于此类书亦没有看过多少，却硬着头皮来乱谈，所以说来总不免臆说武断。然而因为同人等谬推我担任编纂的事，我又敢不勉强对桑梓尽点职务，于是只得勉强以此交卷，我觉得这都是不合理、不自然的生活！我只有盼望乡村⑥里的教员、学生，因为这一块破砖，提起大家研究的兴趣，变⑦了消极静止的精神，渐渐把玉石引出来，那么就

---

① "须"原误作"顺"。——编者注
② "妄"原误作"忘"。——编者注
③ "溷"原误作"涸"。——编者注
④ "悳"原误作"真"。——编者注
⑤ "的"原误作"地"。——编者注
⑥ "村"，疑为衍文。——编者注
⑦ "变"原误作"愁"。——编者注

很可以补我的愆①过。我或者可以自解道：这是"菩萨未得自渡而先自渡人"了。这句话亦不妨说是同人等来维持此志的一个简单的态度表示。

（原载平定留省学生会行印、1924 年 6 月 15 日出版的《石言》第 2 卷第 2 期，平定李克明先生提供。此据王俊才编《张恒寿文集》，中国文史出版社 2005 年版）

---

① "愆"原误作"衍"。——编者注

八十年来中国之思想

　　我们欲知现代所处之地位，总须观察现代所由来之路径。中国现代政治、经济之变迁非常之大，政治方面，则由专制而共和；经济方面，则由闭关而通商。这是有史以来，极少见过的，所以研究起来，非常有趣。但以限于时间，我们且专说思想一面；政治、经济两面，只好仅说其有关于思想的地方。

　　我们看中国史上，与现代相仿佛的，有两个时代：第一是春秋战国，第二是六朝。春秋战国时，政治则由封建变为分裂；经济则由井田变为私有财产；思想上则有老、庄、孔、墨等，派别甚多。六朝时代，亦大略相仿①。因为从前中国都是汉族，此时有外人加入，造成一个南北分离的混乱时代（至今南北界限还在，大概是此时造成的）。经济方面虽然变迁很微，但如魏孝文帝复井田等，亦稍有影响于经济。思想方面则变化甚大。本来此时，老庄思想极为发达，这时又加佛学的成分。这两代变化如此之大，其结果则由春秋战国的培养结成秦汉文明之果实；六朝本身虽然纷乱，但是唐人之文学、宋明之理学，都受了佛学输入的影响，所以这两个时代，一方面本身起了极大的变化，一方面后世受了很大的影响。在历史上占很重要的位置。我们现在政治、经济两方面②，都感受无穷的痛苦；思想方面，更是动摇不定，莫衷一是，大概与两代相近。但是我们要知无论何事，都是经过困难，才能成功的，和蛇之蜕皮而为新蛇一样。所以我们现在决不当有丝毫失望。我所以提出"八十年来"

---

　　① "仿"原误作"彷"。——编者注
　　② "面"原脱。——编者注

者，是从西历 1842 年起算，就是鸦片战争的那一年起算，因为此时是中国史上影响最大的时代。从前六朝时是中国和印度文明接触，现在是和西欧文明接触，将来融合的成功，须看后人的努力是怎样，但此时则先人进行，已经做了一大半，很有成绩可观。现在由他们对外思想上可以分为数期。

第一期是由鸦片战争至中日战争①，共五十年。这一个时代，中国人对外国差不多是一致态度。中外接触在这以前固然很久——如清圣祖用西人讲西洋天文学，对中国稍有影响——但是政治上总不受其影响。因为当时中国很强，对待夷狄非常轻看，以为他们来华通商，不过仅为金钱，而且是来华进贡，所以有为清高宗跪拜之事。即通商，亦只有广东一带，并不能于内陆通商。当时外人，亦看不透中国究竟是怎样，更值当时西方承兵革之余（18 世纪以前），异常疲惫，所以互相了解终不得大得志于中国。一直至鸦片战争以后，中国始有一种觉悟，当时中国自居天国，不料为英人打败，南方震动，五口通商。从此外人遂大看轻中国——所以我们于②此画一界限——中国人这时才注意到外国，虽不能完全了解西方，却多少知其皮毛。然当时只以为外人之好仅在枪，所以太平天国之平定，固然一方是曾、左诸人之功，然一方亦借外人之力，当时左宗棠练常备军、曾文正用欧人戈登。胡文忠（林翼）在山头视察军队，偶见由江上驶来外国轮船，非常迅速。他不觉忧闷起来，他以为洪、杨虽然快平，而外国接踵而起，却比之厉③害百倍，因而吐血以死，足见当时一般有识人都不轻视西人。后来同治年间，在北京开同文馆，使贵族子弟学习外国文字、学其枪炮；曾文正在江南（上海）设制造局、福建设水师学堂，制造局里又翻译许多关于机械的书籍。但是当时风气未开，一般贵族都不使子弟入同文馆。出洋学生，差不多都是平民（当时到美国的如伍廷芳、唐绍仪、周自齐等即是，水师学堂出洋的如严几道、黎元洪等都是）。曾、李（鸿章）在当时是最革新的人，而一般守旧派如倭仁辈都说他们不对。不过曾、李的功绩很大，所以不至生什么反动。

---

① 中日战争，指甲午战争。——编者注
② "于"原脱。——编者注
③ "厉"原误作"利"。——编者注

但当时总以为外人器械固精，而文明却不如中国，如王壬秋（闿①运）曾以为外人可学仅器械耳，足以代表一时思想。而外人此时，亦不甚大藐视中国，视中国为睡狮，以为将来总许有醒悟之一日也。

第二期是自中日战争以后到辛亥革命。此时之解放，是由中日战争受了一大打击而造成的。当中日未战以前，清廷朝野都极端主战，只有李鸿章一人知道自己不足对敌，而众人却谓之卖国。结果开战以后，屡次败北，当时很强之毅军，和丁汝昌之海军都大败而还。于是一般人始诧异到中国有枪炮而不能胜日本的缘故，结果大家都谓日本战胜并不在枪，而在其变法；都以为我们不如西方，是在政治、法律，这时才知道有什么君、民主之分别。当时首先觉悟者为康有为、梁启超诸人。梁任公在上海办《时务报》，在湖南办时务学堂。康南海公车上书三次，梁任公连合举人五百名上书变法。当时朝臣都只骂康、梁不了，正如今人只骂新派一样。适此时正当中日战败以后，外人遂大看轻中国，以为不是睡狮，简直是死狮了。于是瓜分之说，大倡特倡，德谋山②东、英谋长江流域、法求广东一带，几乎成为事实。其时③觉悟者大概分为二派，一派急进的，是革命党；一派缓进的，是立宪党。但有一点相同处，就是进一步而认识外人在政治、法律了！（距今三十年）此时清廷恢复学校，一般为丰裕子弟都要到日本去学法政（一时重要人，大概都是日本留学生）。结果在东洋主持同盟会，提倡革命。其温和派，则组织保皇党。梁任公在东京办《新民日报》，孙逸仙、汪精卫办《民报》《新民报》，在国内畅销甚广，对于传播思想，势力最大。《民报》虽然被官府④禁止，而沿海诸地，势力仍旧⑤不小。两报宗旨，固不尽相同，而其着眼于政法，则完全一致。当时政界代表人物是张之洞和袁世凯。张著《劝学篇》，倡"中学为体，西学为用"之说，大足代表一般人之思想。张虽比梁等很旧，而其注重于政法，仍旧⑥相同。朝野名流的思想既然都集中于

---

① "闿"原误作"闻"。——编者注
② "山"原脱。——编者注
③ "时"原误作"实"。——编者注
④ "府"原误作"庭"。——编者注
⑤ "旧"原误作"就"。——编者注
⑥ "旧"原误作"就"。——编者注

此点，所以一时回国学生，或办报，或入谘①议局，或奔走革命。赶到辛
亥革命，推翻专制，可为此时之最大成功。于是大家都以为此时中国，
真可一跃而为强国了。不料此种思想到民国三、四年间，已经完全失败，
因为三、四年来，国内并不见一点共和的好处，反有种种地方不如从前。
于是一般旧人当下扭转头来，大倡君主，他们②就拥袁为帝。他们不久失
败，实在没有什么价值可说。而此时则有更新的一般人起来，此派人以
为要想政治革新，非从社会思想上着手不可。此派首先觉悟者，要算梁
任公先生。他在《大中华》杂志上，曾经发表过几篇要在社会上着手的
文字，但到底还不敢彻澈的提倡。

　　所谓更新的人，当然要推《新青年》一般人。他们以为一切政治、
法律，都是由思想而来，现在只有一条大路可走，就是全体拿过西方的
文明来，最要紧的就是认识西方文明之本来面目。此种运动，现在仍在
进行之中，将来成功如何，虽不能预量，但我们经过此种运动以后，总
能得许多教训。从前我们自以为思想伦理甚高，远非西方可比。其实如
果和西欧相较，亦未见其高。我国有孔子、孟子之道德，而西方亦有苏
格拉底、亚里斯多德的学说。双方相比，未足自多。从前我们读书，都
不敢批评古人，其实即贤如孔、老，要论其知识，未必如现代儿童之多。
固然今人聪明不一定如孔、老，但是我们所凭藉③的科学知识甚多，当然
我们知道的，比孔、老还多。所以我们研究学问，不必怕古人。伦理一
面，亦复如是。我国旧日三纲之说，奉为天经地义。现在君臣一个，已
经打破；男女平等，则夫为妻纲亦不能成立；独有父子一伦，当然要存。
但是须知父子为爱情的关系，而不是压迫的关系。所以伦理一面，亦不
必自高。但是我们更须知中国自然有许多好处，要去专心研究，要看孔、
老学说究竟对不对？究竟何者可用，何者不可用？但不当以为我们永不
能出其范围。譬如使小学读经，这绝对不是尊孔。欧人对于希腊学术，
小学生并不研究，而专门学者却能发挥光大。所以中国古学，亦应当归
于专门学者去研究。近年来我国种种杂志，渐形发展，大家都欢喜外人

---

　　① "谘"原作"咨"。——编者注
　　② "们"原脱。——编者注
　　③ "藉"原误作"籍"。——编者注

思想，都欢喜学外人态度。未来进步方向到何地步，虽不可知，但我们已经到了彻底研究之时，对中国、对外国都要以客观的态度去研究。譬如近人（按指《努力周报》顾颉刚、钱玄同诸人）研究中国商周以前古史是否真伪，这实是前人不敢讨论的问题。所以现代为彻底改造之时代。我们甚望将来有新文明之出现，譬如六朝初年，不过仅知佛学皮毛，最后才知印度学术。现代对西方，亦复如是（由机械、政治而至思想、学术）。我们并不要盲目的跟①从西方文明，自然他们亦有许多坏处。我们最好是取其方法，最要是借过他们那柄科学方法的铲子来。西方因为有此利器，所以他们的宝贝都能贡献于世。我们的宝贝很是丰富，但都深藏在地下没有出世，只靠我们大家借过那把铲子来，掘他。这个责任甚大，全在青年的肩上。我们不要丝毫停止工作，务须继续进行，将来宝藏都出，定有成功之一日。而一般人因为国内混乱如此，于是走入悲观厌世一途。须知改造到一个更好的地步，断没有不经困难的。法国革命经历八十年才能成功，我们仅有十二年②，比较法国差得很远。所以中国的前途，是非常有希望的。诸君将来毕业，或专门研究物理学、生物学、化学等科，或专门研究哲学、文学、社会学等科，最好是根本上研究，用客观的态度去研究，只有此可以根本改进中国。从前人以为机械、法政可以改造中国，现在我们要以思想来代替那机械、政法，这是我今天对诸君说的话。

（原载平定留省学生会行印、1924 年 6 月 15 日出版《石言》第 2 卷第 2 期，平定李克明先生提供。此据王俊才编《张恒寿文集》，中国文史出版社 2005 年版）

① "跟"原脱。——编者注
② 十二年，指 1912 年至 1924 年。——编者注

罗素论转型期中的家庭与国家[*]

本文系罗素去年出版的名著《婚姻与道德》（*Marrage and Moral*）中之一篇，原名"家庭与国家"。因为所讨论的内容，是走向新时代的过渡情形，于是写了这样一个题目——译者。

家庭，虽然有生物学上的起源①，但在文化社会里，牠是法律规定的产品。结婚为法律所规定，父亲对于儿子的权利，亦微细底决定了。如果没有结婚，父亲便没有特权，儿童便单属于其母亲。但是虽说法律本是维护家庭制度，而牠现在依然干涉父亲和儿童间的事，并且相反于制定法律者的愿望和意志，法律渐渐底变为破坏家庭制度之重要工具了。这事实的发生，是源②于不好的父亲，他不能按照社会上所认为必要的一般感情，来养育他的孩子们。并且不止是坏的父亲而已，就如最贫穷的人们，亦需要国家的干涉，以拯救其儿女于灾病之中。在 19 世纪上半叶，干涉工场内童工的提议，很凶猛底为人所反对；他们反对的根据是：这将减轻了父亲的负担。虽然英国的法律，没有像古代罗马法一般，承认父亲有神速底和无苦痛底溺死儿童的权利，而的确允许他们用慢性的苦痛玩具来涸死儿童的性命。此种神圣的权利，是为父亲、雇人者、经济家所拥护。虽然，社会的道德感觉，为此种抽象的迂论所反抗，而工场法（Factory Acts）业已通过了。其次最重要的阶段，是强迫教育之创始，这实在是对于父亲的严重的干涉。儿童们除了星期日，每天大部分

---

* 译者署名"越如"。——编者注
① "源"原误作"原"。——编者注
② "源"原误作"原"。——编者注

的时间，是离开家庭，去学习国家所认为他们必须知道的事情，亦即是父母们认为不大适当的事情。国家对于儿童生活之支配，由学校渐渐底推广了范围。即使他们的父母，是基督教的科学者，他们的康健，亦为国家所注重。如果他们有心理的缺陷，便送他们到特设的学校内。如果他们很贫苦，可以为国家所养育。如果他们的父母，不能供给靴子，国家亦可以供给之。倘若赶到学校的儿童，显出父母虐待的表征，父母亦同样受刑罚的裁制。在从前，儿童们一天没有成年，父母便有取得儿童佣值的权利；现在呢，虽然实际上不能不给父母以他们的佣值，但是他们有那样做的权利，并且如其发生了一种情境，使此权利，非常重要，则这权利，便可强迫实行。现在工钱阶级所保留的一点权利，是教训他们的儿童，以迷信的烙印。这权利可以为同一邻境的多数父母们所共享，但在许多地方，就连这种权利，亦从父母的手中夺去了。

关于国家代替了父亲的历程，没有清楚的界限可划。国家所拿到的权利，那是父亲的职司，而不是母亲的职司。因为国家对于儿童所尽的职务，在从前，是必须为父亲所担任。在中上阶级里，这个历程，很难发生。结果是：小康之家，比起工钱阶级来，父亲仍然甚为重要，家庭亦较为稳定。在郑重底执持社会主义的国家，类如苏俄，他们将现在显然专为富家儿童而设的教育制度，要摧毁了，或完全改变了，他们认为这是一件最重大而必要的责任。我们很难于想象这事能发生于英国。我曾看见有名的英国社会主义者们，口头上亦曾拟议过：所有的儿童，应当入初级学校。但是他们道："怎么？我的儿童和街坊的穷孩子们在一块吗？决不能！"奇怪的很，他们从没有了解阶级间的区分，与教育制度的联结，有怎样深固呢！

现在所有的国家，都有一种趋势，即是国家对于工钱阶级的父亲之权力和职能，日增加其干涉，而对于别的阶级，则除了苏俄，没有一点相当的干预①。此种效果，遂生出贫富间两种不同的观察，对于穷人，日衰弱其家庭，而对于富人，没有相当的改变。我想，我们可以假定：从前引起国家干涉的对于儿童之人道主义的情操，将继续下去，并将引起更多更多的干涉。在伦敦的穷人，每年得软足病的儿童，占很大的百分

---

① "预"原误作"与"。——编者注

数，而在北部工业城市中尤其多，就例如这种事实，便是引起公共活动之一事。父母们虽然极端愿意妥善应付儿童的灾病，但是他们实没有那种能力，因有那需要调节食品、新鲜空气和适宜的光线种种条件，而他们都无力设备。让儿童们在生后第一年便受生理上的破坏，那是一件最浪费而残忍的事；而当卫生学和食品调节的道理为人所了解时，则"不应当使儿童们受不必要的损害"之要求，将日见其增加。自然，真的，对于一切这些提议，有过猛烈的政治上的反对。伦敦郡邑一带的每一个小康之家，连合起来，阻止了这个"效率"，这即是说，他们担保，尽其能底，使穷人间的疾病和灾害之减轻，少生效力。当地方管理者，如在波兰，实在底以有效的方法，减低婴儿的死亡时，他特被置于狱中。[①] 然而此种富人的反对，日近于战败，而穷人的康健，日近于改良。所以我们——确然可以期望：在最近的将来，关于工钱劳动家儿童的保护，国家的职司，将日见其推广，而不能减少，同时父亲的职能，有相当的减缩。父亲在生物学上的目的，是保护儿童于无助而未成年时，而当这种生物的职能，为国家所取得后，父亲便失其所以存在之理由了。所以，在资本主义的社会里，我们必须期望社会日趋于分裂为两个阶级，一个阶级是富人，保守他旧家庭的形式，一个阶级是穷人，眼看着一天一天国家完成了传统上属于父亲的经济职能。

在苏联曾看见家庭的根本转变，但事实上，俄国[②]的人民，百分之八十是农民，农民中间，其家庭之强固，一如中世纪的欧洲，而共产党的学说，约略仅能影响于较近城市的一部，所以我们在苏俄得到与我们上面所讨论过的资本主义的国家确实相反的情形，即是牠们的上等阶级放弃了家庭，而下等社会保存了牠。

另一种进行于放弃父亲的方向中之最有力的势力，便是妇女们经济独立的欲望。那些在政治上最有声望的妇女，至今是未结婚的女子，不过这种情形，差不多是暂时的。已结婚的女子，在现在，她们的损害，比较起未婚女子，非常严重起来了。结过婚的教师之待遇，正如一个犯

---

① 在 1922 年，波兰的婴儿死亡率，比 Kensington 低千分之五；到 1926 年，波兰的法律修正，做过了牠的慈善工作后，波兰的婴儿死亡率，比 Kensington 高了千分之十。

② 此"俄国"仍指苏联，作者用词不规范。——编者注

了罪的人一般。甚至于公共的产科医生，如其是女人的话，亦须用未结婚的。所有这些动机，并不是假定已婚的女子，不适于此种工作，亦不是对于她们的雇用，有任何法律上的禁止；反之，倒是在不多年以前，曾明白通过一条法律……女子不应当因结婚而遭受"无能"之损失，所以真正不雇用已婚女子的整个动机是：男性们想保存"控制她们的经济权力"之欲望。这并不是假定妇女们将无定底屈服于此种专制。自然要找出一党来赞助她们是稍有困难，因为保守党（Conservatives）爱护家庭，而劳工党（Labor Party）爱护工夫。然而现在妇女们占了选举员的大多数，亦不要假定她们将永远暗中受这样的屈服。如果承认了她们的要求，大概对于家庭，有很深远的影响。有两种不同的方法，已婚的女子，可以用之获得经济的独立。一种是她仍然被雇用在未结婚前从事的某种工厂内，这必须将她的儿童，让旁人来养育，更必须扩充了贫儿院和育婴学校。按逻辑的结果，必至于在儿童心理上，除去了母亲和父亲的尊重性。第二种方法，是有幼儿的妇女们，应当按照养育儿童的情形，从国家领取津贴。自然，这方法单独施行，还不甚适宜，还需要供给粮食的补充，要使妇女们能当其儿童稍大后，复返于平常的工作。但是这应当有种便宜，能使妇女养育其自己的儿童，而没有减低了个人的依靠。并且现在有极多的事例，我们必须认识之：即是有了儿童，在从前不过是性的满足的结果，而现在是须熟虑而担任的事情，因为牠终归于是国家的利益，而不是父亲的利益，所以应当由国家来供给，而不应将这重任固定在父母的肩上。最后须承认的一点，是在于家庭津贴之辩①护，但不是承认对于儿童的贴欵，应单给与母亲。然而，我想，我们可以假定：工钱阶级的女权主义（Faminism），将发展到一点，那里必承认了此条，并且实现于法律中。

假定这样一种法律已经通过了，那末牠影响于家庭道德上的效果，要看这法律的条文如何措辞。法律可以这样规定：如一妇人的儿童是私生的，不得领取津贴；法律亦可以这样命令：如能证明她曾犯过一次通奸罪，则这津贴不应给她而应给其丈夫。如果法律有这种规定，那末地方警察新添的职务是：勤访每一个已婚的妇人，而询问其道德的身分。

---

① "辩"原误作"辨"。——编者注

这效果亦须很高尚吧，但是我怀疑那些被提高的人们，是否能享受那个效果。我想，那里当下一定生出一种要求是：警察的干涉，应当停止，同时，随之而来的要求是连私生子的母亲，亦应当领取津贴。如其能做到此层，则工钱阶级中，父亲的经济势力，一定完全告终了，并且在相当的时间后，家庭或者不再有双亲了，而父亲的位置，或若不比猫类犬类中的父亲重要些。

　　然而在这些时代，妇女的一方面，往往有一种家庭的厌恶。我想，有好多的妇女，一定宁愿意继续她未婚以前的工作，而不愿受国帮助，看护她的儿女。一定有无数的妇女，愿意离开她自己的家庭，到育婴堂去看护年幼的儿童，因为那是种专门的职业。但是我没有去想：许多做工的妇女——如果给她们以自由选择权——受了津贴，在家里看护自己的儿童，一定如同其出而工作于未婚前被雇从事的职业时，有一样的快乐。然而这纯然是一种意见，我不能自以为我有任何结论的根据。不过，如其我所说的中有若干真理，那似乎或许是这样的：在不远的将来，使即在资本主义社会的间架中，工钱阶级中已婚妇女的女权主义之发展，大约可以至于：如不能使双亲都放弃养育儿童的事，一定可以免去一位的责任。

　　妇女对于男人优势的反抗，在纯粹政治的意义上，是一个实际完成的运动。但在各方面，仍然在幼稚时期。牠的远一点的效果，一定渐渐底显出来。妇女们所设想觉得的情绪，仍然是男子的情操和兴趣的反映。你定可以在男人的故事中读到：妇女们当乳哺其婴儿时，觉得快乐。你问过你所熟识的母亲以后，你便知道并没有那末一回事。但是直到妇女们有了选举权，没有一个男人会想这样做。母亲的情绪，会很久的为男人所垂涎，他们不自觉底在她们中看见了自己优越的方法，他们需要一种努力，来得到妇女们在这一点上真正的感觉。直到最近，都设想一切适当的妇女，均喜欢儿童的讨厌性。就是现在，有许多人，他如听到一个女子明白宣称她不喜欢儿童的话，必甚震异。真的，并不是不常见有些男人，常以教训这样的女子为己任。妇女一天是居于从属的地位，她们对于自己的情绪，便不敢忠实，不过自认了取悦于男子的情绪。所以我们不能以现在所设想的妇女对于儿童的常态态度为论据。因为我们可以看见，当妇女们完全变而解放于其情绪之外，普通使转入与现在十分

不同的思想。我以为，无论如何，像现在存在的文明，必大趋减少妇女
的母亲感情。或者是，除非付妇女们以生产儿童的代价，亦如使一个赚
钱的苦工觉得值得工作一般，那末，将来较高的文化，必不可维持。如
能这样做，则一切妇女，或甚至大部分的妇女，自然，一定不必要都采
取这种职业了。那将是一部分人之一种职业，并且归于专门通的人来担
任。然而这些都是空论。那唯一真确之点是：女权主义在晚近的发展，
差不多对于打破"代表前历史时代男子对于女子的胜利"之父系家庭，
有很深的影响。

国家对于父亲的代替，有如现在仍进行于西方者，是一桩很大的进
步。牠大大底增进了社会的卫生和一般的教育程度，牠减低了对于儿童
的残忍，有如大伟·考伯符（述此人的故事之中国译本名《块肉余生述》
David Copperfield）所遭受者，牠使之决不可能。我们可以希望牠继续底
提高一般的生活康健和智识造诣的程度，特别是阻止了那由家庭制度所
产生的弊病。但是，在国家对于家庭的代替中，有一很大的危险。普通
的父母，喜欢他的儿童，但并不以之为政治计划之材料。我们不能期望
国家有这种态度。在各种机关和儿童实际接触的人，例如学校的教师吧，
倘若他们不至于工作太多而薪水太少的话，那末，他们还保留一些父母
所有的个人间的感情。不过教员的权力很小，而有权力的是诸管理者。
管理员们从不观察他们支配其生活的儿童们。并且就为了他们是管理的
典型之故，——因为否则他们不会获得现有之地位——他们或者特别惯
于不以人类本身为目的，而但以之为某种建设的材料。此外，管理者无
变化底喜欢一致。这对于统计和填写表格，非常便利，并且如果是一种
"正当"的一致，意即谓有多数他们所认为好的那一类人之存在。所以儿
童们送到机关手里，一定趋于全体相似，而少数不能符合此公认的模型
者，定受迫害，不仅是受其同伴的迫害，而是受管理者的迫害。这便是
说许多有大才能的人，必被困恼、偃蹇，直至于其精神的破坏，这亦便
是说，大部分能够合于模型的人，必最能保自己的安全，最能倾向于迫
害，而最没有耐心倾听新理想的可能。总之，这世界一天是分成几部好
争的武力国家时，则公众对于父亲的教育之代替，便是所谓爱国主义之
加强，——这主义，你是不论什么时候，政府觉到一种倾向时，人们的
任其互相灭绝而无片刻踌躇之愿望。无疑，所谓爱国主义者，是现代文

化所暴露的最大的危险，而任何增加其毒性的东西，比起疫疠饥馑来，还要可怕。现在的青年人，有两种分离的忠心，一面是忠于他的双亲，一面是忠于国家。如果他们专忠于国家的事发生了，那便有很大的理由，恐怕这个世界比现在还更要变得好杀些。所以我想国际主义的问题，一天不解决，则国家对于教育和养育儿童之增加参与，其所含之危险，比起其明显的利益来，有同样的大。

在别一面，如果成立了国际的政府，关于国家的争斗，可以用法律来代替武力，则此种情境一定完全改观了。这种政府能够命令道：最疯狂的国家主义，不应当是任何国家教育课程的一部。牠能坚决①主张：对于国际的最高国家之忠诚，应为各地所教育，而世界主义，应当铭刻于人心，成为一种情操，代替了现在对于国旗的热心。在此种情境内，虽然过于一致与过于严格之幻想的迫害，一定仍然存在，而增进战事的危机，一定可以免除了。真的，最高国家对于教育之支配，必能为反对战争的积极防御。我们的结论似乎是：倘若有了国际的国家，则国家对于父亲的代替，一定有益于文化，倘若国家一天是民族的和武力的，则牠必从战争中表现出对于文化的危机之增加。家庭正在很快底倒下去，而世界主义却正在很慢底生长起来。以此，这情境正是"证明悲观的忧惧为正当的"之一种情境。然而并不是没有希望，因为世界主义，在将来可以比过去，有更快底发展。或者是，幸而我们不能预言将来，所以我们有权利来希望——如果我们没有立刻期望的权利——牠或许是对于现在的一种进步。

（原载《三民半月刊》第 4 卷第 10 期，1930 年）

---

① "决"原作"绝"。——编者注

印度哲学所需要的新转变

P. T. Raju

越如译

印度经过许多政治上的剧变。每一次政治上的变动，总有些新的原素，引入印度文化之中。于是有好多新的思想方法、新的道德标准、新的政治形式，呈现于印度人的面前，使之必须加以融化或反对。印度人心理之显然的可塑性和弹力性，在他们试去应付这些新原素之种种方面已自己证明了。无论何时，每一新宗教教义出现，便表明这是旧教义的一部分，而且证明旧教义不许为新教义所压服。所以当佛教从克马伦海角（Cape Comorin）一传到希马拉亚山（Himalayas）时，牠的大部基本教理被印度吸收尽了。道德的、政治的研究，和哲学的研究，根本分离。（原注一）马奴（Manu）或帕来沙洛（Parasara）所说的便是确定的法律，不许任何人加以调剂。这些法律，与哲学的原理，毫无关系，即使是作为宇宙观的基础之中心原理，亦与此法律无关。同样，政治理论亦绝不为哲学所影响。只要我们的政治和道德，与人生之最后目的不相冲突——即是与梵天（Supreme Brahman）的实现不相冲突——就很够了。

此种对于伦理、政治以及其他社会科学之漠不关心，是印度哲学之致命伤。一种哲学，如其要充分满足人生的要求，绝不应仅仅供给我们一种原理，由之可以建设我们的宇宙观；牠必须供给一种原理，由之可以发展出若干属于社会生活的科学来。

真的，对于宇宙之简略的看法，和对于宇宙之智慧上的构造，不该是哲学的唯一目的。许多西方系统所缺乏的，便是超过这种态度之能力。西方的主要态度，宁是一种智慧上的好奇，而不是对于解决人生问题之严重的寻求。但在另一面，我们亦不应该忽略了：人生问题中包含着伦理和政治。这些问题，必须与此解释宇宙性的同一原理有关连。人常说：印度的哲学观是实际的，哲学对于印度人，不是思想的方法，乃是生活的历程。但是如果哲学要是生活的历程，必不应是盲目的生活之历程，而是自觉的、思想的生活之历程。各种学问如伦理学、政治学、社会哲学，都是自觉生活之一部。我们的人生，不能避之而不加以思考。我们亦不能自己孤立成为与一切无关之部分，而把社会科学认为与宇宙理论毫无关系。人生是整个的、统一的，不能使其各部分互相孤立。

杜威（Dewey）说：

> 把构成人类现实心理之大部传说，使之不断地和那与权威相反的科学倾向及政治思想适应起来，便是哲学的职务。哲学家是历史之部分，须在历史的运动中把握之；创作家式者有些是未来的部分，但亦确为过去之创造品。（原注二）

然而我们已往的哲学，完全没有讲到政治上的希望，我们到现在还没有新的哲学。所以我们不能不必然地输入，采取西方的见解。我们知道我们的领袖，有些遵守卢梭，有些遵守马克思或罗素，有些遵守黑格尔，有些遵守克罗采（Croce）或甄提勒（Gentile）。但是这些思想家的见解是由不同的外国环境下，必然的发展出来的，不一定完全适合于我们的目的。似乎一元素适合于此处，另一元素适合于彼处。然而要从一系统中，单把一些孤立的元素拿来，这有很大的危险，而不能加以赞助。我们有自己的世界观。如其输入的见解，与之不合，必将我们的生活蹂躏、破坏，所以最必要的事，是自己必须反应面前的新问题，发现自己的新解决。

一般人对于古代哲学之渐无兴味，正由于形上学和社会科学绝对分离的缘故。我们的哲学家，多半①是用了考古学的精神来研究哲学，而不

---

① "半"原误作"分"。——编者注

是寻求一个目前社会问题之解答。人们好像觉得我们的哲学与人生无关；不是活的，而是死的。人们不能不怀疑：自己是否依恋（死守）着已无生命的肉体呢。当印度还没有和世界各国发生密切接触之前，我们的哲学可以满足几世纪以前的祖先们之要求，这是可以承认的。然而现在的情形不同了。我们的哲学之不能应付现在复杂之情形，就在人们对于公共生活之漠不关心上，便已表明。一位谛洛克（Tilak）或一位甘地，对于古代圣薄伽梵歌（Bhagav ad Gita）可给以新的解释。一位罗陀迦利舍南（Radhakari Shanan）可用新的观点，把新生命输入僵化了的哲学观念中。然而每一个这样的尝试，总被正教的印度人目为曲解，以为是不足重视之事。这对于他的生活，没有严重的关系。只有在证明了这是他自己的见解之必然的发展后，他才对之有积极的兴趣。印度现在碰到许多新问题了，哲学家所欲提出的任何解答，必须证明是印度自己理论之逻辑的结果。只有如此，我们的哲学才能于人生发生效果。

现在是哲学[①]家应当加入这种工作之刻不容缓的时际了。几十年来，翻译的工作、解释的工作、疏证的工作，都曾作过。印度学者、西方学者所成就的大部此种工作之外，近来在这方面非常活跃。略述一些，如刚格那阇（Ganganoththa）博士曾说过：印度哲学中已没有什么重要著作可再翻译，罗陀迦利舍南（Dr. Radhakari Shanan）的著作，从比较哲学的观点看来，亦几无余蕴可发了。他的全部著作，都散出一种新发展的指示，他曾在《理想家之人生观》（Idealist view of life）书中提出一个新综合。多士笈多（Dasgipta）博士在他已驰名的二大著作之外，决意再出四倍于此书，并且我们预期宗教哲学学院（Poonea）——所要做的印度哲学百科全书，在解释疏证方面，将近于美善。我们已经有渐渐追求"这种综合工作"之信号了。

不仅在目前哲学的情形中，并且在社会生活中，都要求思想上的新进展。仿[②]佛传统的思潮，遇到相反的新生活之思潮，于是这二者的进展，有个会受禁制。我们必须发现一个新综合，开出一条继续发展之路。我们不能允许传统的和近代的生活与思想之形式，互相图谋以致造成我

---

① "学"原误作"举"。——编者注
② "仿"，原误作"彷"。——编者注

们的哲学之崩溃，乃至我们的文化之崩溃。黑格尔说："没有形上学的文化，就如同一个外观辉煌而内无神圣的庙宇。"（原注三）我们的文化，一定不是这见解的例外。哲学家目前的职务是："在新的和旧的几点上，把根深蒂固的习惯和不自觉的天然倾向连接起来。——这些习惯和倾向之惹人注意，是由于和新出现之活动方向相争之故。"

"某些时代所出现的哲学，牠规定了大部后来哲学相续之模型，而相续的模型是由顽强的过去与坚持的将来不断连合而织成的。"（原注四）只有完成了这个功用，印度哲学乃至印度文化才可以自保。只有新的综合之企图，可以完成这功用。所以哲学家对于将来之思想行动，应供给若干新的模型，以尽忠于其社会。

如其宇宙观在社会问题上不能发生效力，便不能构成各种活动中指导社会的理想。以此我们的哲学急需一个新转向。如其不顺我们古代的大系统，便不能夸张我们的哲学学科之任何组织。我们的系统中所包含的讨论，大部分是关于宗教的、玄学的、逻辑的、心理的，以及某种宁是宗教而并非伦理的生活规律。这各方面的研究，虽已杂乱混合，不可分别组织，但已获得一切要组织的材料。我们必须从西方输入组织的精神。我们已经因为缺乏组织，在政治①上被人征服了；而我们的哲学或因此同一理由，而失掉其兴趣。虽然各种经验之系统化，不是哲学的唯一目的，但此必为哲学之主要部分。我们的玄学，必须成为我们的逻辑伦理和社会政治哲学之基础。牠必须照这宗旨来改造。我们必须使玄学能产生出逻辑的原理，以指导社会的政治的思想。所以只有如此，哲学才是活的，才能与各种生活相接触。柏拉图"把他的形上学说适应于他的社会政治观"，在这上面，他何尝没有做过伟大的努力呢！同样，黑格尔的绝对概念，在中欧的国家组织上，生了不少的作用。自然，我们不需要盲从这些哲学家之方法。不过综集种种人类智识之需要，已不容否认了。

我这样辩解，并不是说解释疏证的工作，现在应当停止；所欲辨明者，只是说我们现在需要形上学的新转变，而此种工作，还没有人正式担任起来。这亦不是说印度将来的哲学只有一种。如果一个民族，只公

① "治"原误作"冶"。——编者注

认一种哲学，可以说是智慧上的虚伪与呆滞。世上并无一特殊系统，可以支配、可以满足一切人心之热望。在历史之种种方面，可以看见不同的思潮。每一思潮，可以发展为独立的系统。但是一切系统所需要者，是对于一切人文科学之有组织的、有关合的论述。只有依了形上学的特式，此种论述才可能。因为印度哲学在这一方面最缺乏，所以需要新转变。

原注一：有些人说，古代立法者，如马奴（Manu）有他的哲学及基础。但此种基础，宁是宗教的，而非哲学的。其中似未含有任何特殊之形上学。马奴与柏拉图、黑格尔不同，并无自己的形上学。婆格温达士博士（Dr. Bhogavon Das）在其《马奴法》一书中对于马奴的解释，没有论及任何医学系统。多元论者中如纳亚克（Naiyayi-kas），一元论者中如罗玛奴亚（Ramanuja），非二元论者中如萨迦罗（Sankare），对于马奴法一样承认。

原注二：《哲学与文化》（*Philosophy and Civilization*），p. 4。

原注三：《逻辑学》（*Science of Logic*，Tohnston and Struthers），英译本，p. 24。

原注四：杜威《哲学与文化》，p. 7。

本文译自 1934 年 5 卷 6 号 *Aryan Path* 杂志，译成已近二年。*Aryan Path* 并不是一种通行的杂志，印度哲学亦不是普遍有兴趣的问题，但篇中所说印度哲学的缺点，几乎是在说中国，所以那时张申府先生嘱为《大公报》的《世界思潮》译此文，便率然答应了。不料译成后，该刊便要停办，故迄未发表。后来由友人送到《晨报》的《思辨》上，转辗传递，未见登出，现在原稿是否还在编辑室的抽屉中，已不得而知。总之，自《晨报》发生了什么强迫接收的风波后，连索回的机会亦失掉了。因为前回答应了周刊编辑稿子，于是从旧箧中翻到了原译的旧稿，但残缺不完，而原书又存在张先生处。张君正在文化救国会罪名下被逮，因此无从补辑。最近张先生总算应着多少人的希望——亦许在一部分人的失望吧——而恢复自由了，才有机会找原书，把几处残缺补上，送交周刊。本来是一篇不足重轻的文字，其间曲折实了无可述的价值，然终于无聊地附记

了一大段者，一则说明此稿所以陈旧之故，一则欲说明连如此一点渺小的事情，也不能不受社会上大风波的影响。——译者

（原载 1936 年《清华周刊》第 44 卷第 10 期）

庄子与斯宾诺莎哲学之比较

一 前言

（一）比较东西哲学之先决问题

二三十年前，国人好以西方学术与中国学说互相比附，以为一切皆是我们所"古已有之"的；最近颇有人以为东西学术根本不同，凡互相比较者，必至失掉其本来面目；以此在未比较庄子与斯宾诺莎之前，有一个先决的问题，即是东西哲学，究竟有没有比较的可能与价值呢？

回答可能的问题，很简单。我们以为严格言之，宇宙间没有两个绝对相同与绝对相异的事物，所以任何两个或两个以上的现象和事物，都有比较的可能，不过任何二个以上的事物，虽都是一个可能的比较，而不一定是一个有意义的比较。所以普通所谓"不能比较"者，并非是说不可能，其实是说没有意义。

回答比较的意义与价值问题，便较复杂，这与具有及了解意义与价值之主体有关。倘对一个孩子说，人的腿与桌子的腿不同，不失为一个有意义的比较，但对于成人，便了无价值。因为一个有意义有价值的比较，不但所比较的东西，须在同一体系内，而本身有若干之大同与小异；并且它们的同异，在比较者及他人的知识上，须不是一望而完全明晰。一个学术上的比较，应该是能指出其间之大同小异或小同大异，能将人们粗略的同异之感觉，变为批评的分析的同异之思想。

持此以论东西哲学，主张东西哲学根本不可比较者，便是说东西哲学，根本是两桩事，本身既全不相同，当然没有比较的意义；换言之，即东西哲学，除了指出其间几个异点外，其中任何一派与一派的比较，乃毫无意义之事。

　　然而"根本不同"，仍然是一句笼统话。所谓哲学的根本是什么？分析开来，不出普通所谓哲学的实质与哲学的形式。再将哲学的实质分开，其中有二个方面，一个是哲学中所研究的种种问题，一个是对于这些问题之解答与主张。关于问题的解答与主张，不但东西方的哲学不同，即在东西方各个哲学家，亦各不相同（但大体的或部分的相同，仍然是有的）。我想主张东西哲学根本不同者，其所谓"根本"，倘指实质方面，则当然不是指这些主张而言，乃是指所研究的问题而言。诚然，东西哲学，有好多不同的问题如果把两方本来不同的问题误混为一，必然在思想上产生很坏的影响。这是任何研究哲学者必须不可忽略的事。但无论东西哲学问题，可多至无数，但大体可以归为若干总类，即大体总可以归入西方普通哲学所说的知识论、宇宙论、人生论几个大"范畴"里，所以我们所谓东西方哲学问题之不同者，实即是在这个大范围内，所注重的小问题不同，或所注重的方面不同，或对于问题的态度不同耳。例如西方注重知识问题，东方注重人生问题；又如西方人注重心身关系问题，东方人注重性善性恶等问题是。但所注重的方面之不同，无害大问题之相同；有些问题之不同，无害其他问题之相同；亦无害其问题之相似，更无害于此"问题不同"本身之比较。所以从这观点，不能根本否认东西哲学比较之可能与价值。

　　其次关于哲学之形式或哲学的方法，亦可分为二面：一面是表现思想的形式，即论理①的或别的形式之架构，一面是表现概念的形式即论理中所用的名词。

　　人类表示知识的方式，大抵不出克罗齐（Croce）所谓表现的方式和论理的方式（见所著 *Aethetic*）。但大部分表现的方式，是艺术、文学而不是哲学，而哲学思想之主要方式应该如冯芝生先生所谓"说出一个道理来"。不过在哲学生活和哲学思想不太分化的时代或地方，或说在某种有特殊色彩的哲学里，有些哲学家表现思想之方式，介于论理与艺术之间。本文所欲比较的《庄子》，似乎便有一些这倾向，亦许主张东西哲学不可比较者，便指此点。但我们以为一个哲学家虽然不妨假借艺术的手段，

---

　　① 论理，即逻辑。——编者注

帮助论理来说明一个道理，但主要的还在其理论的系统，即克罗齐所谓要看其"全效果的特性"是（Croce *Aethetic*，Part 1）。而且即使承认某哲学家可以用艺术的方法表现其哲学，但一个研究哲学者，必应从其艺术的方法中，寻求其所要说明的道理，如能将其"表现"翻译为思想（翻译固可以失掉其表现之美，但并非不可保留其思想之真），则对于这一哲学之了解必有很大的帮助。倘此一点不能抹杀比较之可能，则第二步谓东西论理不同，因而否认比较者，更不能成立。因为即使承认东西方有许多"不相融"的逻辑系统，但理论上还没有确实证明绝对"有不容"的逻辑系统（参见金岳霖先生《不相融的逻辑系统》，《清华学报》9 卷 2 期）。所以将某一逻辑系统的思想译为另一逻辑系统，似乎比将表现的思想译为论①理的思想较为容易。而且事实上恐东西哲学形式之不同，不能全谓逻辑系统之不同，实即多半是"形式系统"之完备与不完备之问题耳。所以主张东西哲学根本不同者，如是指逻辑而言，亦不能成立。其次关于彼此"名词"（Term）涵义不同，或为真正不可随便比较的主因。诚然，东西方因其历史环境及最初假设的信仰种种之不同，所用"名词"往往不可互译，所以当研究意义的意义之工作（如瑞卡慈 Richards 之《孟子论心》），在东西哲学的研究上，未完全应用之前，随便比较东西哲学是一件危险的事；但名词与名词间，有涵义广狭之不同，有含混精确之不同，有抽象方法之不同，此即在一方的哲学家，亦往往不可互译，不能据此而谓比较无意义。而且所谓名词不可互译者，只是说不能以一辞直译一辞（如以东方之"物"译西方之 matter，东方之"理"译西方之 reason 及 universal 之类），并非谓不可加以批评的说明的比较。所以此种论据，只能加重比较东西哲学之慎重，而不能否认其价值，更不能否认其问题与答案之相似。

依了上述论据，我们以为东西方哲学有比较的意义与必要。

其次的问题是：庄子与斯宾诺莎有无比较的价值呢？欲真确回答此问题，只有且试试看。不过在未比较以前，先说一下所以要做这个尝试的理由：

据作者所知，以庄子与西方哲学家相比的，有几个提示。

---

① "论"原误作"伦"。——编者注

一个是日人高须芳次郎，比庄子于德之尼采（Nietzsche）（见《东方思想十讲》）；一是冯芝生先生，以庄子与斯宾诺莎相比；一是张东荪先生，以为老子、庄子较近于黑格尔，而与斯宾诺莎不同（《燕京学报》第16 期）。

在未详细比较以前，似乎不能说哪一个比较为有价值，但在我的粗浅观察上，觉得尼采与庄子的相同处，除了"超人"（Superman）一辞与庄子的"真人"在字面上有相似外，只有尼采以文学的手腕写哲学的理想，与庄子之表现思想方法相似（自然这只是粗浅的观察而已，亦许在真正研究过尼采之后，能发现其他的同点）。此外似乎两家的问题以及对于宇宙与人生的解说，都无可藉比较而使思想更多启发之处。庄子与黑格尔在形上方面，似乎比斯宾诺莎更相近些。不过作者对于黑氏没有研究，对于庄子和黑氏的人生论，看不出相同的问题来，故不打算作这个尝试。至庄子与斯宾诺莎，则不仅有相似的问题，且有相似的答案，尤其关于自由与必然的问题，是任何对于宇宙人生认真的人们，不能放过的难关。而两家在不同的文化背景上，显出相似的路径。这是引起我这一尝试的诱因。

（二）关于研究庄子与斯宾诺莎之困难

既假定庄子与斯宾诺莎有可比较的意义，其次便回到两家哲学之本身。这里便有好多困难。关于庄子的困难有二重：一是材料真伪的问题；一是如何解释的问题。斯宾诺莎，以其时代较近，没有第一种困难；但第二重解释的困难恐比庄子更甚。

自来学者，对于《庄子》外篇、杂篇的真伪时代问题，很不一致；但对于内七篇，则多认为可靠。外篇、杂篇中除《让王》《说剑》等四篇之伪托，久已成为定论外，其余各篇，亦大抵多认为非庄子本人所作。日人武内义雄曾将外、杂篇分为数组：《至乐》《达生》等六篇半为一组；《庚桑楚》《徐无鬼》等四篇为一组；《骈拇》《马蹄》等四篇为一组；《在宥》《天地》等七篇半为一组。其分组之理由是否正确，及各时代先后真伪程度问题，此不暇述。但从其思想内容言之，大抵外、杂所述，偏于纯哲学的主要思想，多不出内篇的意旨（有些只说了内篇之一面，如《骈拇》《马蹄》，有些能与《齐物论》《大宗师》相发明，如《秋

水》《知北游》《庚桑楚》《则阳》，有些说明《庄子》之体例源流，如
《寓言》《天下》篇是）。如果不以外、杂篇为庄子本人的学说，而以内、
外篇理论之不矛盾者，认为是庄子一派学说，则在考证问题未解决以前，
以之与他派学说相比，似无大害。①

斯宾诺莎的著作，虽无此问题，但因其学说之复杂，系统之博大不
易理解，又用了许多中世纪遗留下的名词，于是解释上生了种种困难。
Schaub 在《斯宾诺莎：其人格及其完成之学说》文中（见 *The Monist*，
Vol. 43，p. 1 – 22），指出斯氏所用"因果""存在""完全"几个名词中
涵义之不一致后，他说："我们或者（1）从其学说中选出若干主张，认
为最基本的学说而以其他主张为不真实；（2）或者认斯氏的学说，不过
是将其经验中所认定的一面，随自己的嗜好，造成一个理性的系统耳。"
这话如其有理由，则一切讲斯氏哲学者，都是采取第一种方法，即选出
若干所认为斯氏的基本主张而讲之是，因为倘采用后一种态度，便根本
没有多少可讲的意义了。

本文所根据者，多为斯氏本人的《伦理学》及 Roth 的《斯宾诺莎》
和 Lachin 的《斯氏伦理学之研究》等少数著作，当然谈不到斯宾诺莎之
了解。故其所比较，只是自己心目中的庄子与自己心目中的斯宾诺莎的
比较而已！

二　宇宙论方面的比较

通常所谓宇宙论，其中包涵着宇宙之本体或属性是什么、此本体或
属性之关系与变化如何几方面。前者为本体论，后者为狭义的宇宙论。
严格言之，中国哲学，亦许并没有专门的宇宙论，只有由人生论而牵涉
到的宇宙论，或作为人生论基础的宇宙论；而且并没有狭义的宇宙论和
本体论截然的区别，而只有合本体论②与宇宙论为一之形上学。但无论其

---

① 此文属稿时，《庄子考证》尚未完成，当时姑作内七为真之假定，后知内七中亦有他派
之混杂，但不在此文证引之中，故对解释庄子哲学，尚无多大问题。至武氏分类，亦不尽当，别
详该书，此不赘述。

② "论"原衍。——编者注

讲述的态度和方法如何不同，而总有共同的几个问题，尤其中国哲学中之道家，最富有形上学的色彩，且亦有其大体一贯之理论。所以庄子与斯宾诺莎，在此方面，颇多可以比较之点。

（一）自然主义与泛神论

本节所欲比较的是庄子与斯宾诺莎在形上学方面的泛神论和决定论的理论。但在未说到此两种理论前，先看一下普通称之为"自然主义"，其意义如何。

关于此，有两种意见：一为较普通的说法，称他们为自然主义与神秘主义之合一，如前引冯芝生先生之《中国哲学史》是；一则反对以西洋之自然主义称中国之庄子，如张东荪先生在《从西洋哲学观点看老庄》（《燕京学报》第16期）一文中所主张者是。

如果真有人从庄子之逍遥无为方面，认为是自然主义，则张先生之提示，非常重要。因为西洋的"自然主义"，并不是自然而然的意思；似乎胡适之先生在介绍《神会和尚遗集》中所说之"自然主义"，便有一点这种倾向。不过冯著《中国哲学史》所说的自然主义与神秘主义合一之理论，似乎另涵有西洋那个名词中之某一意义，与"逍遥自然"之义绝不相同。

"自然主义"一词，在西洋哲学史上，虽然可有好多解释，但其中有一个主要的意思，是："世界并非超越的神所创造，且在人类的主观以外，是一个实在的世界。"如其中含有此义，则庄子与斯宾诺莎的理论，都与此不相背谬。

斯氏受当时科学及笛卡尔哲学的影响，不承认宇宙中有一超越的神，又不同于笛卡尔之二元论，他把笛卡尔用以解释物质之机械法则，推到心灵上。虽然"神"这个字在他的哲学中非常重要，但并没有一点超越性，实即不过保留着中世纪留下来的一个名词，倘若不管他别的详细主张，单从这一点说，称之为"自然主义"，并无错误。

中国哲学，自来没有这名词，但倘依前述"自然主义"之意义来看，则中国的哲学家，多数有这种倾向。而在道家思想中，特别显著。《庄子·天运》篇：

> 天其运乎，地其处乎，日月其争于其所乎，孰主张是？孰维纲
> 是？孰居无事而推行是？意者其有机缄而不得已耶？

由此知他承认有一个自然运行之天地，其运行由于有机缄而不得已，并无超越的运行此天地者；如是则称之为"自然主义"，亦是讲古代哲学必要时一种方便的方法。

但是把庄子与斯宾诺莎归入"自然主义"一名之下，只是为说明其神秘主义之特别，并非叙述其形上学的积极主张。因为普通的神秘主义，多假设有一个超越的自然，或唯心的世界，而庄子与斯氏之神秘主义，都无此假定，所以用了"自然主义"一名，足以说明其神秘主义之特别；并非说这是两家积极相同的理论，他们在宇宙本体问题方面相同的主张，可以说是泛神论。

西洋人用神来解释宇宙的历史，粗略言之，大体由多神论到一神论、由一神论到泛神论。中国哲学对于天帝之解说，亦由意志之天到命运之天，由命运之天到自然之天，——即先天地生之道。庄子与斯宾诺莎虽一为古代，一为近代，但在这一点上，都代表着后一阶段。盖人类大抵最初给自然以拟人的解释，次则为超越的解释，再进则为平实抽象的解释。人智的进步，虽可以不承认有超越的神或天，但不能不承认万事万物都有一个存在之基本原理或要素。此原理或要素，在中国道家名之曰道，在斯宾诺莎名之曰神。不过斯氏所谓神，与中世纪之神，绝不相同。宗教家之神超越于自然之上，创造自然，为宇宙之总因；斯氏却把他放在自然之中，以为万事万物皆是神之实现，神即自然。他说，神为万物之原因，如三角形为三边之原因。又说：

> 毋论任何事，皆在神中，无神则不能有事物，不能概念事物。
> （《伦理学》1卷15题）

这便是所谓泛神论的主张。《庄子·知北游》篇：

> 东郭子问于庄子曰："所谓道，恶乎在？"庄子曰："无所不在。"
> 东郭子曰："期而后可。"庄子曰："在蝼蚁。"曰："何其不邪？"

曰："在稊稗。"曰："何其愈下邪？"曰："在瓦甓。"曰："何其愈甚邪？"曰："在屎溺。"东郭子不应。庄子曰："夫子之问也，固不及质，正获之问于监市履狶也，每下愈况，汝唯莫必，无乎逃物。至道若是，大言亦然。周编咸三者，异名同实，其指一也。"

这里说道在蝼蚁、屎溺，正与说神之无所不在同。此种主张之符合，不能说是一种牵强的比附。但我们还不能就说道与神所代表的意义完全相同。

（二）道与神之同异

粗看起来，道与神在其宇宙之根本一义上，大体相似。但细别之，两名都可含有二种不同的意义：一个意义是说，此神或道所代表的实在，是实在的、逻辑的宇宙之系统；一个意义是说，它所代表的实在，是宇宙之本质及历程。前者为静的，后者为动的。张东荪先生说："斯氏之本质，是绝对静止而无时间的东西。既求绝对，当然说不上动。因其所用方法，为西洋传统讲形上学的方法故。至道家之道，则是动的。老子所谓'有物混成，先天地生'诸语，与斯氏所谓绝对静的本体相近，但道家总注重在'周行而不殆'方面。所以与其谓庄子与斯宾诺莎相近，不如谓其与黑格尔相近。"（《燕京学报》第 16 期）

说道家之道是动的，这一层，大概普通都可以承认。朱子谓道家之道为形而下，与儒家之理为形而上者不同，虽不是真正儒家《易传》之原义，但正是说一为抽象一为具体也。但斯氏之神，究属于哪一个意义，便不好确定。因为他的解说太繁复，所以可以为几方面的解释。假若照斯氏一种意义解释，则正如罗斯（Roth）所说，神不是广袤而是广袤之本身（空间之全系统）；神不是各个人之思想，而是思想之全系统（*Spinoza*, p. 70 – 71），则此所谓神之本身，实指全宇宙之系统，与柏拉图之理型相仿。如此则不但与庄子所着重的无动而不变的道不同，即与老子[①]所谓"有物混成，先天地生"之"无"亦不同。因为无与道似二而实一，从本体说，则谓之无；从历程说，则谓之道。而道常兼本质与历程而言，

---

① "子"原误作"之"。——编者注

故有时所指似静的，有时其所指似动的，然其为静，只是推原宇宙之原始而言，与宇宙之历程相对，故近于静。其实所代表的，仍然是具体的东西，与所谓抽象的系统绝不相同。故老子与庄子所说的道，虽有时可以称之为宇宙之总原理，但总偏于具体的意思多。

不过在这里稍宜注意者，是老子与庄子，对于此道，其着重之点，或说其叙述的方法，不大相同。老子好描写先天地生之物，如云：

> 恍兮忽兮，其中有物；忽①兮恍兮，其中有象。
> 视之不见名曰夷，聪之不问名曰希，搏之不得名曰微。

仿佛天地以前，真有那么一个具体的东西。庄子则除《大宗师》："夫道有情有信，无为无形；可传而不可受，可得而不可见，自本自根，未有天地，自古以固存，……"及《天地》篇："太初有无，无有无名，一之所起，有一而未形……"两节外，很少关于道之具体的描写。《天地》篇绝非早期庄子作品，不成问题，《大宗师》此段亦与《天地》此节相似，是把韵文杂于前后散文之中，似由他书引来或杂入，亦非庄子早期作品。而且即在这两节中的描写，亦不如老子诸语之沾滞，其他则多注重在道之变化，和宇宙之自然与必然方面。即如《齐物论》所说：

> 古之人其知有所至矣，恶乎至？有以为未始有物者，至矣，尽矣，不可以加矣，其次以为有物矣，而未始有封也，其次以为有封焉，而未始有是非也。

亦只是由宇宙之历程推论到宇宙之原始，以为最初未始有物，而与重在摹述此混成之物者不同。所以说："道不可有，有不可无，道之为名，所假而行。"② 由此知庄子所重者，为此无动而不变的现象。此种自然运行之现象，不得不假名曰道。

倘斯氏之神，如前述之解释，则其意义与庄子之道绝对不同，但斯

---

① "忽"原误作"急"。——编者注
② 《则阳》。郭象注云："物所由而行，故假名曰道。"

氏又说：

> 吾人不能以神为不活动，如同不能以其为不存在。（*Ethics*，
> vol. 2①）

罗斯（Roth）解释道之创造的历程，必须永久进行，神不仅产生世界，并且扶持此世界，故神为扶持此世界之力量（Roth，*Spinoza*，p. 50），则此神又似动的。

本来斯氏说神即自然，又分自然为 Natura naturans 与 Natura naturata 两面：创造的自然代表神，被视为原因之方面；所造的自然，代表神被视为结果的方面。如此则两者又近于道之既为宇宙原理又为宇宙历程之义。与在他处，以神为"心""物"之全系统者，涵义不同。②

要确定哪一种解释，是他的本意，此恐为不可解决之问题，或正为斯氏哲学之特色。不过照东西方哲学之一般趋势看来，斯氏之"神"偏于静的理型，庄子之"道"偏于动的历程，则大概可以为相当的解释。

但斯氏与庄子，关于宇宙之观念，与普通观念不同。他们所谓宇宙，包涵无限之时空，比寻常所谓自然之范围大得多。其所谓"神"与"道"有时是指此全宇宙之无限而言，故可以统摄本质与历程、形式与实质动静两方在内。于是我们又发现了庄子与斯氏一个积极相同之点，这便谈到所谓宇宙之变化问题。

（三）不变的宇宙

宇宙之变与不变的问题，希腊时代，成为一个重要的争论。希拉克利泰（Heracleitus）以为宇宙间没有不变的现象。巴门尼底（Parmenides）谓宇宙之本质就是存在，永久不朽而相同不变。芝③诺（Zeno）更用精巧的说辩④，证明变之不可能。后来西洋哲学史上，总常有一部分哲学家在

---

① "vol. 2"原误作"11·sch"。——编者注
② Schaub 在《斯宾诺莎：其人格及其完成》一文中，开首即述斯氏神之性质之两面，认为不相一贯。文载 1933 年 *Monist*，Vol. 1。
③ "芝"原误作"颜"。——编者注
④ "辩"原误作"辨"。——编者注

寻求那个不变的本质。所不同者，只是希腊人总以为宇宙是不断的一大块物质；而后来的哲学家所谓不变的本质，是用了理性、理念、本质等种种名词。在中国似乎大部分哲学家都承认宇宙是变的，到了《周易》时代，遂以此"神无方而易无体"者为宇宙运行之大道。

而庄子与斯宾诺莎，在这一点，却又综合了变与不变的两方面。《秋水》篇云：

> 物之生也若骤共驰，无动而不变，无时而不移。

《庄子》书中类似于此的话，不一而足。斯氏虽讲变的地方比较少，但他重视自然，重视科学，科学之目的虽在寻求自然中之不变，但既重视自然现象，当然承认宇宙之变化。然而他们在这个变的宇宙中，却发现了一个不变的东西。这不变的东西，既非像巴门尼底斯具体之物质；亦不仅是一般所谓抽象之理性或道而已。他们所谓不变，乃是指无限的宇宙全体而言。庄子说：

> 夫藏舟于壑，藏山于泽，谓之固矣；然而夜半有力者负之而走，昧者不知也。藏小大有宜，犹有所遁；若夫藏天下于天下，而不得所遁，是恒物之大情也。……故圣人将游于物之所不得遁而皆存。（《大宗师》）

斯宾诺莎《伦理学》中，关于整个宇宙不变之证明，很可以说明这个"不得所遁"的宇宙。《伦理学》2卷13命题附注第3公理下第4、第5附题，依据物理学之原则，证明（1）物体可变更其一部分之内容，而全体不变；（2）可代以同比例的物体而本性不变；（3）可变更其运动之方向而本性不变。于是在七题旁注中，依据这个物体可受多方变动，而不变其形式与本性的原理，说我们可推至无限宇宙成一整体，各部有无限变化，而整个宇宙不变（Boyle 本，p. 5）。

总之，庄子与斯宾诺莎，以为宇宙之变是实在的，但只在宇宙之内为实在；若就全宇宙而论，则变而不变。两家给与变与不变之调和，非常相近。

斯宾诺莎说本质是自己存在，但宇宙中除了无限宇宙之全体外，都须依靠他物而存在，所以宇宙中只有一个本质。如是则所谓万物不能离神而存在，无异于说部分不能离全体；如是则斯氏所谓本体，虽为绝对，但并不一定是静的，虽不是指历程而言，而实包涵一切历程在内。

此物所不得遁的全宇宙之认识，既调合变与不变之争，亦能兼摄道与神之动静两义，而与两家之神秘的认识与伟大的人生观，尤有关系。因两家最后之目的，便是要用神秘的体验，与此不得遁之宇宙融合为一故。

（四）最后因与决定论

上述神与道的泛神论之主张，是两家对于本体问题的回答。此所述决定论的主张，是对于因果问题的回答。

本来"因果"一辞，粗略言之，似乎最少有两个涵义，一个是最后的因，一个是关系的因。

庄子与斯宾诺莎，都不承认宇宙有一个最后因。《知北游》：

> 冉求问于仲尼曰："未有天地可知耶？"仲尼曰："可。古犹今也。"……无古无今，无始无终。未有子孙而有子孙，可乎？……有先天地生者物耶？物物者非物，物出不得先物也。

《齐物论》：

> 夫吹万不同，使其自已也。咸其自取，怒者其谁耶？

世界之所以为世界，本来如是，并无先天地生之"怒者"，皆是彼此相生，此与斯宾诺莎否认神为世界以外之因，而以为是世界以内之因，同为反对最后因的成立。

但两家对于第二个意义的因果，则主张非常极端。他们以为宇宙人事一切变化，都是必然的，都是原因的结果。全宇宙连合一个因果的大环，并无偶然与自由，这便是所谓决定论。《知北游》：

> 天不得不高，地不得不广，日月不得不行，万物不得不昌，此
> 其道与！

又说：

> 舜问乎丞曰："道可得而有乎？"曰："汝身非汝有也，汝何得有
> 夫道？"舜曰："吾身非吾有也，孰有之哉？"曰："是天地之委形也。
> 生非汝有，是天地之委和也，性命非汝有，是天地之委顺也；子孙
> 非汝有，是天地之委蜕也。故行不知所往，处不知所持，食不知所
> 味，天地之强阳气也，又胡可得而有邪？"

其他如"大块载我以形，劳我以生""伟哉造物"之语，以及子祀、子舆
等诸人的对话，皆说明人对生死问题之无可如何，亦即说明宇宙现象之
必然。

斯氏对于宇宙之必然的因果关系，比庄子更为显明。《伦理学》1 卷
27 题：

> 凡一物之曾经为神所决定，而有任何动作者，则不能使自身不
> 被决定。人并没有绝对的自由意志，人的决意为此为彼，皆被他因
> 决定；而此外因，又为其他因所决定，如此以至于无限。
>
> 万物皆为神所预定，但不是预定于神之意志，乃预定于神之绝
> 对性，和无限力。"（《伦理学》1 卷附录，p. 3）

此种普遍的决定论，与上述庄子所说，完全相似。不过，庄子多从人生
问题上，看出宇宙之必然，而用文学的手腕，描述造物之权力；而斯宾
诺莎则从形而上学上，用精密的、几何的方法，证明宇宙一切现象之必
然。此种不同点，贯通于两家全部哲学（或为一般东西哲学之不同），固
不仅是这一问题上的相异也。

宇宙论方面的比较，略如上述。简言之，即两家不承认有超越的神，
而以为世界乃一本质（神和道）之变化与历程。所以一切现象皆不得不
然，这是大体的相似，不过斯氏之本质——神——偏于静的，庄子之

"道"偏于动的。斯氏把本质又分为广袤与思想两属性，以为互相平行，这种心物两元与天人分离的形上学，是西方的传统哲学。斯氏要想从这种机械的宇宙论上，建设其爱神之人生论。一方面固显出其体系之伟大，一方面不能不露出许多矛盾与神秘。庄子只注重道之无所不在，并无广袤与思想之截然区别，这是中国哲学之一般优点。所以他没有斯氏哲学的许多困难，这是研究两家哲学者必须注意的要义。

三　人生论方面的比较

人生哲学是中国哲学中唯一主要的部分。西方哲学家，有的几乎全不讨论人生问题。但斯宾诺莎，则正与中国人相同，其哲学的主要目的，在人生方面，甚至将其讲宇宙一切的大著，叫做《伦理学》，此可以知其对于伦理的重视。兹亦分数方面讨论之。

（一）命定与自由论

哲学上最重要最困难的问题，也许无过于命定与自由的问题了。从宇宙间各种现象看来，事事都有因果的关连。"因果"一辞，自然可有好多解释，但从其中一个意义解释，便可推论到宇宙一切皆已前定，这便是所谓命定论。倘前面的叙述，不甚错误，则庄子与斯宾诺莎，都近于这样的命定论。如果单单从自然界中的物理方面观察，这是近代人谁都可以相信的理论。但是一推到人生问题上，便发生两个疑问：一切均已前定，人生是否还有自由与创造意义呢？人是不是还负道德上的责任呢？

有些哲学家，维持自由与道德之价值，而不相信这样的宇宙论（如创化论和部分主观唯心论者）。有些哲学家，根据了这样的宇宙论，而否认了一切自由与道德的价值（如《列子·杨朱》篇所述及希腊伊壁鸠鲁派及近代机械唯物论者）。这些哲学家其所持理论之是非，姑不具论；但如上述调和必然与自由之困难，他们确已免掉。只有将自然方面的必然，与人生方面的自由，同时保持了的哲学家，感到此问题之严重。而庄子与斯宾诺莎，都在这关连上，显示其智慧与伟大。

在哲学上想逃出这种困难者，约有两种方法。一种方法是把必然的纽带放松一些，微微给自由留一些余地。换言之，即是必然的意义，只限于一切有因，或有某因必有某果而不必一切前定；一种方法是坚决保持着这个命定的意义，而给"自由"一辞以新的解释。庄子与斯宾诺莎，无疑的属于第二种。

哲学上所谓"自由"，通常有二个意义。一个是说人有一种自由意志，在宇宙中有所创造；一个是说依据了某种法则对于外界的几种刺激，有自由选择的可能。创化论及一部分唯心论者持第一种自由，唯用论者（如席勒）及实验的经验论者（如杜威）持第二种自由，而庄子与斯宾诺莎的自由，却与此二种都不同。因为照他们看来这种自由是和必然的宇宙论不相容的。他们所谓自由，并无创造和选择的意思，乃是说依据了不得不然法则，而得到一种感情上的愉快满足，逍遥自得。

庄子以为人之不能逍遥者，原于不能游于物外，不能顺性命之情，不能自适其适而适人之适。你既有一切穷通、得失、毁誉、是非之欲，如不能满足，便是苦恼，便不逍遥。所以照宇宙之大道看来，万物本来各自适其适，无所谓道德与不道德、自由与不自由；只有为感情所束缚，才感到不自由。所以他说"至人无情"。又说：

> 有人之形，无人之情。有人之形，固群于人；无人之情，故是非不得于身。……惠子曰："既谓之人，恶得无情？"庄子曰："是非吾所谓情也；吾所谓无情者，言人之不以好恶内伤其身，常因自然而不益生也。"（《德充符》）

解除了此种感情的束缚，而做到"无己""无功""无名"的境地，便是能与造物者游，便是"逍遥"（自由）。斯宾诺莎亦把人类的感情，分为能动的和被动的两种。被动的感情与第一知识（混乱）相伴；能动的感情与第二知识（明晰）相伴，普通人大抵屈服于被动的感情之下，即所谓人生之桎梏（human bondage）是。人能递减其被动的感情，便有能动的愉快。能动的感情、明晰的知识，即人类真正自由之所在。

庄子所谓"无情"与斯氏所谓能动的感情相似；所谓逍遥与自由相当。总之，人逃不出宇宙命运必然的支配；只有对此支配，以愉快的、逍遥的态度处之，便感到自由。所以说，只有必然的自由。

这便是他们给与"自由"之解释。

（二）解除情感束缚的几种方法

庄子与斯宾诺莎，既把自由限于必然中，而以激情为自由之阻碍，那么，他们有什么方法脱除这束缚呢？

为方便起见，仍先从斯宾诺莎说起。依博老德 Broad 的分析（见博老德《五派伦理学》，*Five Types of Ethical Theory*），斯宾诺莎以为人心有四种来源，可以克服这些被动的感情。他说：

（1）我们对于自己所具的被动感情，能有相当明确的概念，我们便能把它和某种外在原因分开，而代之以科学的好奇的感情，从而我们可不为痴爱愚恨所困了。

（2）我们对于理想的东西，比较对于耳目之所接触，其影响不能经久的某物和某人之感情，总要来得固定一些。

（3）每个事实之发生，都有无数因缘为其背境，都是过去无限的原因链①上的必然结果。我们对一事实而为感情所困恼者，其故不外两种幻想：（a）单认某一人物对此事负完全责任，（b）或以已发生的事实，也许不至如此发生。只要明白了凡是发生的事实，都是必然的。感情的兴奋，便可以灭消一大半。如能了解每一事实，都是无穷总因之必然结果，且此无穷总因之链②的每一环，都是无限复杂。明此，则我们的感情，自能脱除对于事物之痴爱和愚恨，而达于理性之域了。

（4）在心志不纷的时候，有理性的人，常可以造成有条理的思想习惯。所以在感情冲动的时候，便可有抵抗的能力。

这四种都是转移横溢的被动的感情，而代以沉着能动的感情之途径。（中译本，第 26—27 页）

博老德把斯氏解除束缚的方法，归纳为四条；而这四种方法，庄子都有。第一、第四两种属于个人之修养，庄子所说的"坐忘"，所谓如槁木死

---

① "链"原作"练"。——编者注
② "链"原作"练"。——编者注

灰，所谓神不亏的"全德"，一面固然是描写那个神秘境界，一面亦是一种了悟感情使心志不纷的方法。由此心志不纷的进一步，便是神秘的经验。第二、第三两种，尤为斯氏，庄子解脱之最大关键。

人类的苦痛，大都原于种种恋慕贪恚种种欲望之不能满足。而此欲望之所以不能满足，其中有一最无可如何的原因，乃是种种爱慕贪求的对象，都不能常住不变故。普通人所爱者，非常渺小，故沉溺困扰于此种苦痛而不能自拔；而另一部分人，则又以过于感到这问题之严重，于是苦行寂灭，想超脱现世根本取消此欲望。庄子与斯宾诺莎都重视这个问题，但却都不趋向于寂灭之途，而积极去找出一种快乐。他们以为人如能放大眼光，而爱慕那个不变的东西，或说爱慕那"变"的本身，则世界上再没有比这再快乐再自由的了。所以庄子说：

> 适来夫子时也，适去夫子顺也；安时而处顺，哀乐不能入也。（《养生主》）
>
> 夫大块载我以形，劳我以生，佚我以老，息我以死；故善吾生者，乃所以善吾死也。夫藏舟于壑，藏山于泽，谓之固矣，然而夜半有力者负之而走，昧者不知也。藏小大有宜，犹有所遁；若夫藏天下于①天下，而不得所遁，是恒物之大情也。特犯人之形而犹喜之，若人之形者，万化而未始有极也，其为乐可胜计耶？故圣人将游于物之所不得遁而皆存。善妖善老，善始善终，人犹效之，又况万物之所系，而一化之所待乎？（《大宗师》）

其他类似的话甚多。总之，把个人放大，以天地万物为一体，而游于物之所不得遁（即前比较宇宙论时所述之宇宙全体不变者），此即用博老德所述第二法以得自由。至庄子用上述第三种方法以得自由者，在其书中更多记载。除前述决定论时所引数段外，如秦失吊老聃的话（《养生主》），如庄子妻死鼓盆而歌（《至乐》），如子舆、子桑等之②对于死之欣悦（《大宗师》），皆是由明白了必然而来的快乐。

① "于"原误作"予"。——编者注
② 此处原衍"之"。——编者注

斯宾诺莎说：

> 人心最高的善是神之知识，最大的德是去知神。（《伦理学》4
> 卷 28 题）

> 人可以说神既是一切事的原因，当然亦是苦痛的原因。我回答
> 道：只要知道它①是苦痛的原因，它便不是"激情"（Passion）不是
> 苦痛，我们快乐了。（5 卷 18 题旁注，Boyle 本，p. 211）

> 吾人的苦痛，多**半**②原于过分爱一个有种种变异而为人力所不能
> 控制的事物。因为我们所不爱的东西，则绝不苦恼烦厌。所以第三
> 种知识最能控制感情，因为第三种知最爱神，它爱宇宙之不变的永
> 恒事物。（《伦理学》5 卷 20 题旁注，大意同上）

斯氏解脱的方法，一为"以理化情"（即博老德所分析的第三来源），一
为"爱宇宙不变的事物"（即博老德所述的第二来源）。前者以理知认识
必然，后者以神秘经验体验宇宙之合一。庄子所述，虽多偏于生死问题，
不过这是中国讲哲学的方法之一般情形，根本上与斯氏之方法，殆甚
相似。

胡适之曾讥刺庄子在《大宗师》上，发出知命的哀音（见《淮南王
书》）。在某一较低的意义上看，尤其从中国人实际上所发生的影响上看，
实应有这样的抨击。但从庄子的"万化而未始有极，其为乐可胜计耶"
方面去看，则与斯宾诺莎积极的爱的人生态度，初不相远。我们似乎还
不能把它和厌世颓废的人生观归为一类。

（三）道德之意义

由上所述，人生之自由，诚然得了一种新的解释（至此种解释，是
否与其绝对命定论有无矛盾，仍为一可注意的问题）。但人生的行为，还
是在必然的支配之下，那么道德的意义何在呢？

由庄子的宇宙论看来，道和德是一件东西。从运行于天地万物的方

---

① "它"原作"她"。——编者注
② "半"原误作"分"。——编者注

面看，则为道；从此道寓于人物方面看，则为德（伦理上的德，虽所指与此广狭不同，而实由此而来）。道既无所不在，德亦无所不在，所以"道行之而成，物谓之而然"，"无物不可，无物不然"。又说："天在内，人在外，德在乎天。"（《秋水》）接着又申说牛马四足为天，落马首、穿牛鼻之为人。盖依庄子的推论，一切既已前定，则无所谓德不德。只有能顺其自然，便是德；若有意造作，便是不德。如其把道德的标准放在外面，则虽曾、史与盗跖无殊；如其能圆满发展天性，便可为全德之人。从其称全德之真人，称"大仁不仁""大廉不嗛""齐万物而不为义，泽及万物而不为仁"看来，他并非否认行为有高大之标准，并非反对一切道德；只是说这只是人性本具有的必然行为，用不着有意制作名之曰仁义。这便是所谓无所为而为的道德。

斯宾诺莎给与道德的解释，有二个方面。一面是说，道德便是从知识而识得的能力，即所谓自保与自发的能力；这一点是欧洲人讲道德的特色，正是苏格拉底和培根所说的道德。此与庄子所谓合乎自然便是德，迥不相同。庄子的德，与知相反；而斯宾诺莎的德，与知识相成。

斯氏给与道德之第二种解释，则甚伟大，他说：

> 如果一个人，不能因畏惧法律而控制他的欲望，那末，虽然他的懦弱是可原谅的，然而他绝不能享受心之和平安泰，与爱神之知，他必至于消灭。（*Letter*，p. 78。引自 Roth，*Spinoza*，p. 182）

道德并不是超于必然以外，如能主动地（自适其适）、愉快地（逍遥），依此必然而发展神之本性，感到心理上最大的和平舒泰，乃是最高的道德。所以他又说：

> 降福非德之赏施，乃德之本身。我们又因节欲而乐德，其实是为乐于德，故能节欲（《伦理学》5 卷 42 题）。

又说：

> 即使我们不以人性是永恒，亦当虔诚宗教。……如因人心非不

灭，宁愿作狂人，无异于人因食料不见得滋养，因而服毒也。（5 卷
41 题及旁注大意）

总之，不把道德的责任，放在外面的价值上，而放在内心之安泰上。这
是庄子与斯宾诺莎在自然主义的立场上，赋①予道德之最高意义。不过，
在这一点，庄子远不如斯氏之积极。斯氏所论，宁可说与孟子所谓"及
身而诚，乐莫大焉"的道德更相近些。

总之，庄子"无物不可，无物不然"之主张与斯氏万物皆神之实现
相似；庄子之"至人无情"与斯氏主张能动的感情相似；庄子"生死一
贯"、薪尽火传之论与斯氏"人心有不死""自由人不想到死"的主张相
似；庄子欲游于物之所不得遁，与斯氏之爱神永恒相似。

但在人生态度上，两家所表现者不尽相同。从庄子哲学的某一方面，
固然可以推阐出一种积极的人生，但从全体看来，庄子总表现出一种顺
世的态度，与斯氏之积极爱世者不同。故《庄子》书中，多反对人之好
生恶死，斯氏则多讲述生之爱好；庄子注重烦恼之超脱，斯氏注重神之
爱好。所以两家之人生哲学虽同样博大，而所生之影响却不甚相同。

四　知识论方面之比较

（一）庄子非怀疑论而为直觉论

中国哲学虽多不讲知识论，但庄子书中，颇有"知识"方面的主张。
西方许多哲学上的名词，虽多不可以之绳中国哲学的内容，但如孟太格
（Montegue）《认识之方法》（*The Ways of Knowing*）所分的"权威主义"
"神秘主义""经验主义""理性主义""直觉主义""实用主义"以及"怀
疑论"几种基本形态及其各种联合，颇可以概括一切认识上的主张。所以
这里先多采用这些名词，将庄子知识论方面的主张，作一个简单的整理。

从庄子的反对儒墨之是非，反对惠施、公孙龙坚白同异之辩②，他显
然是坚决反对理性者。他对于一切理知的论争，认为"是非之彰也，道

---

① "赋"原作"付"。——编者注
② "辩"原作"辨"。——编者注

之所以亏也"（《齐物论》）。他不仅反对理知而已，在《齐物论》中，似乎有近于怀疑论的色彩。他说：

> 既使我与若辨①矣，若胜我，我不胜若，若果是也，我②果非也邪？我胜若，若不胜我，我果是也，而果非也邪？其或是邪？其果非也邪？其俱是也？其俱非也邪？我与若不能相知也，则人固受其黮暗，吾谁使正之？使同乎若者正之，既与若同矣，恶能正之？使同乎我者正之，既同乎我矣，恶能正之？使异乎我与若者正之，既异乎我与若矣，恶能正之？使同乎我与若者正之；既同乎我与若矣，恶能正之？然则我与若与人，俱不能相知也，而待彼也耶？

许多人根据此一段，谓庄子是怀疑论者；但这一段只是否认辩论（即理知）可以为是非之绝对标准，并非否认是非之绝无标准，尤非否认是非之绝不可知。一个彻底的怀疑论者，不但否认是非之标准，须是根本否认知识之可能。而庄子却根本承认我与若、与人本俱可以相知，正不必反以辩论胜负定是非。所以他说：

> 夫随其成心而师之，谁独且无师乎？奚必知，住而心自取者有之，愚者与有焉。未成乎心而有是非，是今日适越而昔至也。③

所谓"成心"便是人人辨别是非之最初的能力，这与怀疑论的主张，正相反对。他只是援引了怀疑论的论据，以证成其"神秘"或"直觉论"，这亦是哲学家常用的故技。《秋水》篇说：

> 庄子与惠施子游于濠梁之上。庄子曰："鲦鱼出游从容，是鱼之

---

① "辩"原误作"辨"。——编者注
② "我"原误作"而"。——编者注
③ 《齐物论》。"成心"诸注有作成见解者；但《庄子》他篇如《则阳》之"冉相氏得其环中以随成"，明与《齐物》之"随其成心"及"得其环中"以应无穷相合，又《德充符》篇"不足以滑和"，《庚桑楚》篇作"不足以滑成"，明"成心"为庄子习用专有之辞。且按此段上下文义，无贬义，故未从"成见"之解。

乐也。"惠子曰："子非鱼，安知鱼之乐？"庄子曰："子非我，安知我不知鱼之乐？"惠子曰："我非子，固不知子矣；子固非鱼矣，子之不知鱼之乐，全矣！"庄子曰："请循其本！子曰'汝安知鱼乐'云者，既已知吾知之而问我。我知之濠上也。"

这一段便显然表示出庄子对于怀疑论的反对。所谓"请循其本""我知之濠上"，便是明白承认人有一种可以直接了知"外物"与"他心"之能力。所谓"未成乎心而有是非，犹今日适越而昔至"，便是承认人有一种直接辨别是非之能力。这能力，亦许便是一般所谓"直觉""直观"或别的什么名字。

在一部分相信经验与论理的人，对于这样的"知"，只与以相当的地位，只视为论理的起点。在相信"直觉"的人，则把这能力推至极端，由此可以了知宇宙的一切。庄子自然近于后一种而不是前一种，这可以说是一种直觉论，与斯氏之重视理知者不同。

（二）两行与真知

庄子虽极重视此成心之作用，但他并不以为人可以尽知宇宙一切，所以说"吾生也有涯而知也无涯"（《养生主》），"计人之所知，不若其所不知；其生之时，不若其未生之时。以其至小求穷其至大之域，是故迷乱而不能自得也"（《秋水》）。不过人亦非完全不能知宇宙，所以他主张"以其知之所知养其知之所不知"，主张"知天之所为与人之所为者至矣"（《大宗师》）。

但是一切普通所谓知，只是相对的"穷"。宇宙假定有"本体"，乃是一个无成与亏的整全，一有是非，必有所成，有所成则有所亏。而且"是亦一无穷，非亦一无穷"；倘以一种是非为是非，必有损于"恶乎往而不存"之"道"。他的办法，是：

> 彼是莫得其偶，谓之道枢。枢始得其环中，以应无穷。……故曰莫若以明。……道行之而成，物谓之而然。恶乎然？然于然；恶乎不然？不然于不然。物固有所然，物固有所可；无物不然，无物不可。故为是举莛与楹、厉与西施，恢恑憰怪，道通为一。……和

之以是非，而休乎天钧，是之谓两行。（《齐物论》）

所谓"得其环中，休乎天钧"。"两行"，即是任一切是非俱存而不辨，乃所以保全"道"的方法。

但庄子并不仅主张任其两行而已，他以为古之真人，有一种"真知"（《大宗师》），此真知乃所以知此"无成与亏"的道之方法。他说：

> 古之人其知有所至矣，恶乎至？有以为未始有物者，至矣尽矣，不可以加矣；其次以为有物矣，而未始有封也①；其次以为有封焉，而未始有是非也；是非之彰也，道之所以亏也。（《齐物论》）

此种可以知未始有物之和，冯芝生先生谓即詹姆斯所谓纯粹经验，佛家所谓现量。诚然这是一种只知其是"如此"（that）而不知其是"什么"（what）之经验。只有此境界，可以"能""所"不分，因为能、所合一，才是宇宙的整全。庄子以为这样的"真知"，可以"天地与我并生，万物与我为一"。这便是庄子之神秘主义。

庄子竭力描写这样境界之真知，但又知一加描写，便已非其真，所以一面又竭力取消这描写，所以说"今且有言于此，不知与是类乎？与是不类乎？""既已为一矣，且得有言乎？既已谓之一矣，且得无言乎？"这种疑似之言，正所以减轻其描写对于真知之可能的损害，既说"吾恶乎知之？"又说"庸讵知吾所谓知之非不知，吾所谓不知之非知邪？"此种近于佛家之随立随破之法，并不是怀疑论的证据，反而是一个主张与万物合一的神秘论者应有的补充，而这一点是斯氏偏重理性的神秘论中所无的妙义。

（三）斯宾诺莎的三种知识与神秘主义

斯氏在伦理学中，把知识分为三种：第一知识，为寻常的知觉与混乱的想象；第二知识，为理性；第三知识，是智慧的直观。

这三种知识，他以为第一种最无价值。他说：

---

① 界域也即分别之意。

第一知识是错误之唯一原因，第二、第三种知识必然是真的。（《伦理学》2 卷 41 题）

使我们能区别出真与伪的，不是第一知识而是第二、第三两种知识。（《伦理学》1 卷 42 题，俱见波义尔 Boyle 译本，p. 69）

斯氏是一个理性派，以几何的形式，写哲学的著作，非常重视第二知识，此与庄子之反辩论（理知）绝不相同。但他正如新柏拉①图派一样，虽然一面推尊理知之效用，另一面却以为第三知识，可以认识"神"，而且是世界最高的知识。他说：

人心对于神之永恒与无限的要素（Eternal and infinite essence of God）有适当的知识。（《伦理学》2 卷 47 题，第 73 页）

人心最高的努力，和最高的德，便是以第三知识理解事物。（《伦理学》5 卷 25 题，第 214 页）

从第三知识中，可以得到最高的心之舒泰。（《伦理学》5 卷 47 题，第 215 页）

由此可知第三知识在其哲学中之重要；《伦理学》第 5 卷中，大部是说明此种直觉的知识之性质与功用。究竟此所谓第三知识，与庄子所谓"真知"，是不是一样？在积极方面，固然不能断定其同一；但在消极方面，总可以推定其相似。因为这二者，既不是寻常的知觉、想象，又不是概念的理知，乃是一种可以与"天地并生万物为一"的真知，乃是可以智慧的爱"神"之知，这不能不说是相近的作用。在知觉与理性以外，普通人本亦可有一种审美的直觉作用；但这直觉的对象，多指一件寻常艺术作品。而庄子的"真知"与斯宾诺莎的第三知识，却介于"知"与"感"之间，或说是知感之合一。其对象，不是一部分自然现象或艺术品，乃是宇宙之全体，或宇宙中之"道"或"神"。罗素（Russell）把"神秘主义"一词的意义，分为三种：（一）为与知觉理性相反之"直觉"或"顿悟"作用，（二）"内外合一"（unity）之相信，（三）为否

①　"拉"原误作"立"。——编者注

认时间之实在。（Russell，*Mysticism and Logic*，p. 9—10）依此解说，则以"神秘主义"一词，为庄子与斯宾诺莎在知识方面的同点，不能算是一种牵强的比附。

不过庄子与斯宾诺莎，虽同重视神秘的经验，而对于知识之其他方面，态度绝不相同。庄子极端推重此经验，对于一切是非辩论（理知）极端反对，而主张任其"两行"，斯氏则把理性的知识与第三知识，同样重视。他以为：

> 我们以第三种知识，知事物之欲望与努力，不能得自第一种知，但可以得自第二种知。（《伦理学》5 卷 28 题，第 216 页）

此外以第二、第三知识同时并举者，更数见于全书。这是两人知识论方面最大的不同。

总之，以人类不能尽知宇宙，但亦非全不可知；又以人可以有神秘经验与宇宙合一，此为两家之同点。一则单重视此经验直觉，一则同时推重理知；一则多用艺术的方法表现对于此知之作用，一则用几何方法分析知识之性质，此其异点。庄子可以说是直觉论的神秘主义，斯宾诺莎则为理性主义与神秘主义之合一。

总结三方面的比较，可得下面几个概括的概念，即在宇宙论方面，庄子与斯宾诺莎都主张宇宙有一无所不包的道或神，一切皆是必然之变化；在人生论方面，都以解除情感的束缚为自由，以与造物者游和爱神为人生之极轨；而为这种宇宙论和人生论之桥梁者，是认识论上的神秘主义。

从思想系统的形式上说，斯氏最为严密整齐；从思想系统的实质上看，庄子的形上学与其人生论、知识论的关连，较为一贯而无矛盾。罗斯（Roth）谓斯氏哲学有四个特色：（1）伦理的目的，（2）科学的精神，（3）综合的观察，（4）宗教的精神。除庄子时无近世科学外，可以说庄子在古代亦有此种相当的特色。惟其他们有伟大的思想，所以在历史上都发生过很大的影响。由庄子而产生了魏晋玄学，架起了中国人了解印度哲学之桥梁；其波及于文学，便产生了陶渊明、李太白等大诗人。由斯宾诺莎的影响，产生了莱柏尼兹和黑格尔，甚至于影响到近代辩证唯物论的蒲列罕诺夫和通体论的怀特海；其在文学，则影响了浪漫派中伟大的哥德和勒辛。此种影响之伟大，与其思想之内容有关，实并不是偶然的相同。

同时看他们的生活与哲学之关系，亦复有相似之处。庄周却楚王之聘，斯氏不就大学教授（斯氏虽受霍布思之影响，而主张自由政治，但究竟是一个静态的自由论者），都表示他们是退隐于现实政治以外的人物。庄子大抵从楚狂接舆一流隐者身分产生，而又受楚人善想象的影响，故成其为艺术化的哲学家。斯氏是一个磨眼镜匠，生于宗教的家庭，受了科学的影响，故成其为宗教实质而科学形式的哲学家。这可以作为两氏哲学的社会背景之粗略的说明。

附记

此文作于八九年前，当时正从事于《庄子》考证的问题，因连带及此，并非对于斯氏哲学有什么研究。八年以来，虽日日生活于生死之交的环境里，但所感到的生死问题，并不是庄子与斯氏所感到的宇宙命运之必然问题，所想到的解救方法，更非解脱情感之束缚和随遇而安的办法，所以对于两家哲学，并没有做进一步的研究。不过从别方面研究所得，渐觉旧日主张不甚满意。简言之，即我近来对于东西哲学的看法，觉得说明其异点，较之比较其同点，更为重要。即如庄子与斯氏哲学，虽有本文所指若干同点，但两家在形上学的基本假定上，根本不同，正可为东西哲学之不同之最好的代表。庄子和中国其他大多数哲人的主张相近，对于整个宇宙不建立本体与现象之分，无绝对的主观和客体、心和物之对立，此一串贯通于天人心物之活动，即为宇宙之实在。斯氏虽综合心物，不认为是两异的本质，而对笛卡尔的二元论、平行论的主张，并未根本改变，不过把本质的二元，变为属性的二元。广袤与思想仍然是两种不相通的属性，不过另外加了一个神的托子，把"心""物"二者，各不相关地平置于神中。此种呆板静止的理论，不能说明宇宙之变化、天人之关系，安立自由与道德之真正意义。近代物理学和心理学的进步，已可以给哲学家以革命根据了，但西方人此种传统玄学，根深蒂固，不易根除，所以连有名的以近代科学为基础的怀德海先生，也还不能免去二元带托子的形式，这是西方传统玄学的缺陷。

近来颇相信天人相同、体用一源的玄学，是中国哲学的贡献。由此观点，回看庄子与斯氏哲学，觉得说明其基本假定与精神架构之不同，比说明其几种相似的主张，当更为重要。

此外第二点补充者，庄子与斯氏所主张之自由，虽甚精致而有趣，但实在近于一个无可奈何的自由。严格言之，宇宙如系绝对的为必然与命定所支配，则此激情亦为必然，要想逍遥无为，解脱感情之束缚，当亦无此自由。既然主张有此自由，则整个宇宙，有命运与必然所管不到的地方，如此似乎与其必然论的说法，有不尽符合之点。其实主张有这种自由者，无异于说我们有改变主观态度的自由，而没有改变客观环境的自由。不过我们以为真正的自由，一面固在于主观的自得，一面更在于能了解自然及环境之必然关连。从而使主观的能动力，加入客观变化的连环中；使环境的改变，为理想的目的与方向所指导。但在一个死静封锁的宇宙中，找不出这自由的地位，所以庄子与斯氏要建立其解除束缚的感情之自由。如果宇宙完全为必然所支配，这精神委实是太伟大了。但这个世界真的再没有建立我们所企望的自由之一点希望吗？

1946 年 4 月 30 日，附记

此文作于 1935 年，是在清华研究院听冯芝生先生讲授"中国哲学史研究"课程的学年论文。于 1946 年，由李濂先生约稿，在《文艺与生活》第 2、3 期上发表过。当时写了一段附记，甚多谬误，为保持原样，作为本书①附录之二。

（原载 1946 年《文艺与生活》第 1 卷第 3 期、第 2 卷第 1 期。此据《中国社会与思想文化》，人民出版社 1989 年版）

---

① 指《中国社会与思想文化》——编者注。

六朝儒经注疏中之佛学影响

佛法虽远自汉末已来东土，顾其时所译经典，多为小乘。且两文化初相接触，影响所及，类在表相，故汉人视佛，几与方士诸道无别。汉魏之际，除少数佛徒，如牟子、朱士行外，一般儒生所学，殊与佛学无涉。自晋支遁、道安盛倡佛法，姚秦鸠摩罗什东渡后，大乘经典迢译日多。时南朝名士，玄风盛炽。于是交互刺激，而佛教思想遂益澎渤。其后，佛典疏论日出，流风所煽，遂播及于儒书。由今考《隋、唐志》中，六朝人所为之诸经义疏，无论由质、量何方而论，俱无逊于汉唐。然其时之中心思想，固在佛而不在儒，故一时注经家，皆学兼内外，旁通三玄。即有笃守儒家樊篱之士，对此一大潮流，亦莫能漫然不顾。故在儒经义疏中，往往流露佛教思想之痕迹焉。

十三经，或为古史，或述典制，或明义理。其中最易与佛说相比附者，为《论语》《周易》《礼记》三书。惟六朝人所作此三经注疏，存于今者甚少。除皇侃《论语义疏》一书较通行外，余各散见于李鼎祚《周易集解》，孔颖达《周易正义》《礼记正义》诸书中。而其间与佛理比附最多者，亦多被刊落，无由考寻。

孔颖达《周易正义·序》云：

> 江南义疏，十有余家，皆辞尚虚玄，义多浮诞。原夫义理难穷，虽复玄之又玄，至于垂范作则，便是有而教有。若论住内住外之空、就能就所之说，斯乃义涉于释氏，非为教于孔门也。既背其本，又违于注。

观孔所谓"住内住外""就能就所",悉是佛典术语,而今存注中,已无可考。

孔颖达《礼记正义·自序》云:

> 爰从晋宋,逮于周隋,其传礼业者,江左尤盛。其为义疏者,南人有贺循、贺玚、庾蔚、崔灵恩、沈重宣、皇甫侃等;北人有徐道明、李业兴、李宝鼎、侯聪、熊安等。其见于世者,惟皇、熊二家而已。熊氏违背本经,多引外义,犹之楚而北行,马虽疾而去愈远矣。又欲释经文,惟聚难义,犹治丝而棼之,手虽繁而丝益乱也。皇氏虽章句详正,微稍繁广,又既遵郑氏,乃时乖郑义,此是木落不归其本,狐死不首其丘。此皆二家之弊,未为得也。然以熊比皇,皇氏胜矣。

"熊氏违背本经,多引外义",其所谓"外",或当兼指佛老而言,而主要意义,必指佛说。其所谓"惟聚难义",或亦以外书解经之一。惟孔氏既知熊书之谬,比之于"之楚北行",则今孔书中所存熊说数条,当非"外义""难义"之显然者矣。

由上所述,知六朝义疏之可考见者,其中佛学影响已不甚明显。惟皇侃《论语义疏》一书,颇仿佛典疏论体制,确为当时义疏形式之一。兹将此书与它书所引旧说与佛法有关系者,略考其大要如下,期为治此期学术史者之一助焉。

(一)《周易正义·序》引崔觐、刘贞简(瓛)义云:

> 易者,谓生生之德,有易简之义。不易者,言天地定位,不可相易;变易者,谓生生之道,变而相续,皆以纬称,不烦不扰,淡泊不失,此明是易简之义,无为之道。

考郑玄用《易纬乾凿度》义以解"易"云:"一名而含三义:易简,一也;变易,二也;不易,三也。"刘瓛所解,仍本郑义。然解"变易"一义,谓"变而相续"。"相续"一词,似非中土所固有。古有"赓续""连续"诸词,其意兹限于常识上之继续连接,无哲学上之特殊意义。佛

法输入，始以"相续"一词译梵语之 Santat，此明宇宙之非常非断，最富
胜义。中国佛典中，何书用此词最古，未暇深考。惟六朝较通行之经论，
如罗什所译诸书，已多援用此词。即如《中论·观因缘品》第一（《大正
大藏》卷 37，第 2 页）云：

> 若一，则无缘；若异，则无相续。……世间眼见万物不断，如
> 从谷有芽，是故不断，若断，不应相续。

什师《中论》，为三论要典。六朝般若宗盛行，此义当为一般所熟闻，不
待后来法相宗以相续讲万法，而其义之重要，已可概见。（刘宋时求那拔
陀罗译《相续解脱地波罗蜜了义经》，未知书中对"相续"一词解释
如何。）

刘氏以"变而相续"解"易"之变易、不易二义，最为精确。不易
即非断，变易即非常。康成初义，变易与不易分立，似无非断非常之深
义。崔、刘二义合之，即用佛书"相续"一词为说，遂有深解。此与
《周易》中所表现之宇宙哲学，固不相违背，然要非受佛学影响，其意义
不如是深远。

（二）《周易正义》卷 9《周易序卦》第 10 疏下云：

> 周氏（周氏，谓梁周宏正，著《周易义疏》），就序卦以六门
> 主①摄：
> 第一天道门，第二人事门，
> 第三相因门，第四相反门，
> 第五相须门，第六相病门。

考两汉注经，重在训诂章句，绝少就经中义理别立条贯者。至佛经
之注疏科制，注者常取经中事理，别为分类，自成体系。孔氏《正义》
所述之周氏以六门主摄，明是佛经注疏方法。所谓某门某门者，尤非中
土所有。《出三藏记集》卷 2《新集经论录》载汉安世高译《大小十二门

---

① "主"原误作"往"。——编者注

经》各一卷，其书今已不存于大藏。《记集》卷6载道安法师《十二门经序》云：

> 十二门者，要定之目号，六双之关经。定有三焉：祥也，等也，空也。四禅、四等、四空，为十二门。

由此知佛书中以"门"为分类之法，输入中土甚早。顾所谓门者，诚如道安所解，乃目号关经之义。然其所以区分目号之标准，似亦有演进之迹。大抵最初分类，多标具体名词，如四禅、四等、四空等是。至后分析渐微，则分类不限于具体名词，门亦不必目目之义。即如鸠摩罗什所译龙树《十二门论》乃较精微之分门法也。

什译《十二门论》品目如下（《大正大藏》卷35，第159页）：

观因缘门第一	观有无门第二
观缘门第三	观相门第四
观有相无相门第五	观一异门第六
观有无门第七	观性门第八
观因果门第九	观作门第十
观三时门第十一	观生门第十二

僧叡叙云："十二门者，总枝之大数也；门者，开通无滞之称也。"僧叡"开通无滞"之解，是否为望文生义，未敢深论；惟此种分门，较世高所译《十二门》之四禅、四定等之分类，确较深细。前者如数家珍，罗列诸名，即成门类；后者则就其事理，自立体系，非有理解者不能为也。今周宏正述序卦以六门主摄，盖不止如世高十二门之单纯，而实有自立体系之规模。如首二门，曰天道，曰人事，较近于普通分类；后四门，曰相因、相反、相须、相病，则实为佛书之典型。惜未知其对序卦之详细解说为如何耳。

史称宏正"特善玄言，兼明释典，虽硕学名僧，莫不请质疑滞。"（《陈书》本传）。颜之推亦云："梁世《老》《庄》《周易》总谓三玄。武、宣、简文，躬自讲诵。周宏正奉赞大猷，化行都邑，学徒千余，实为盛美。"(《颜氏家训》)梁元帝《金楼子》亦云:"于士大夫重汝南周宏正。"由此知梁朝宏奖佛法之际,宏正能得君主推崇,其佛理之精,必冠时贤,故疏解儒经,往往用佛家分析之法。厥后佛教各派,每陈义理,必以诸门科摄。至华严宗一派,分门尤为繁详。足征此类分析,乃时人发挥经义之法门也。

(三)李鼎祚《周易集解》卷5"蛊,元亨"下引梁伏曼容《周易解》云:

> 蛊,惑乱也。万事从惑而起,故以蛊为事也。案《尚书大传》云:"乃命五史,以书五帝之蛊事,然为训者,正以太古之时,无为无事也。"今言蛊者,是卦之惑乱也。时既渐浇,物情惑乱,故事业因之而起惑矣。故《左传》云:"女惑男,风落山,谓之蛊",是其义也。

日人本田成之云(《支那学》2卷3号,中译本《中国经学史》,第212页):"万事从惑而起,多由佛教缘起而来。"按《易》旧注,解蛊者多未就此义立论,万事起源,皆归之惑。受无明缘起说影响,当无可疑。惟观伏氏下文所述,仍就社会演进立言,其所谓由无为无事,至物情惑乱,与无明缘起说相去颇远,则首句"万事由惑而起"之说,当是在佛教雰围中,一种无意的影响也。

(四)孔颖达《礼记正义》卷52《中庸》"天命之谓性"句下,引梁贺场说云(贺场著《礼记新义疏》,皇侃师之):

> 性之与情,犹波之与水。静时是水,动则是波;静时是性,动则是情。案《左传》云:天有六气,降而生五行。至于含生之类,皆感五行生矣。惟人独秉秀气,故《礼运》云,人者五行之秀气,被色而生,既有五常仁义礼智信,因五常而有六情,则性之与情,似金与镮印。镮印之用非金,亦因金而有镮印。情之所用非性,亦因性而有情。则性者静,情者动。故《乐记》云:人生而静,天之性也;感于物而动,性之欲也。故《诗序》曰"情动于中"是也。但感五行在人为五常,得其清气备者,则为圣人;得其浊气简者,

则为愚人。降圣以下，愚人以上，所禀或多或少，不可言一，故分为九等。孔子云：惟上智与下愚不移，二者之外，逐物移矣。故《论语》云：性相近也，习相远也，亦据中人七等也。

考"性""情"二字，在儒家哲学中异常重要。然古今涵义，广狭迥不相同。孔、孟所论，及汉儒所释，只就心理方面立论，初无形上学之意义。自宋儒崛起，此词始成儒家形上哲学之中心，而其过渡关键，乃在六朝。上述贺场之论，即其一端。

兹先列汉儒"性""情"二字之解释，以与贺说比较。

《礼记·中庸》郑注云：

> 天命，谓天所命生人者也，是谓性命。木神则仁，金神则义，水神则礼，火神则信，土神则知。

《春秋繁露·深察名号》篇云：

> 性比于禾，善比于米。米出禾中，而禾未可全谓米也；善出性中，而性未可全谓善也。

《白虎通·情性》篇云：

> 性者，阳之施；情者，阴之化。人禀阳气而生，故内怀五性、六情。情者，静也；性者，生也。人所禀六气生者也。故《钩命决》曰：情生于阴欲，以时念也；性生于阳，以理也。阳气者仁，阴气者贪，故情有利欲，性有仁也。

大抵汉儒言性，不出阴阳五行之分配，初无精义。董仲舒米、禾之喻，似较细微，然若绳以水、波之喻，则觉取譬米、禾，沾滞形相。顾汉儒言性、情，本就人性立论，非关宇宙本体，故不嫌取喻之质直也。至佛书言性，则涵义较广。盖佛法本义，在明宇宙本体、现象间不一不二之关系，虽唯识破相，三论显空，方便不同，要皆欲明色空不异、即幻即真之道。故佛经每以水、金喻宇宙本体，波、器喻宇宙现象。而印土之指本体者，中土无以名之，遂取儒书及老、庄书中之"性"字以当之。清阮元曾著《塔性说》（《揅经室续集》）及《性命古训》一节，抨击李习之及有宋诸儒，谓不当以儒家之性，与庄子缮性之性相混；更不当以儒书之性，与佛典之性相混。其抨击宋学，虽不完全确当，然其论"性"字含义演变之由来，确有见地。顾若推其原始，则六朝人说，似已为李翱学说之滥觞。此节所引贺场解"性""情"二字之比喻，殆皆由佛书而来也。

僧肇《宝藏论》（此书恐非肇所著，当为六朝人所依托）《离微体净品》第二云：

> 夫以无相为相者，即相而无相也。故经云：色即是空，非色灭空。譬如水流，风击成泡，即泡是水，非泡灭水。夫以无相为相者，即无相而相也。经云：空即是色，色无尽也。譬如坏泡为水，水即泡也，非水离泡。（《大正大藏》卷45，第147页）

《宝藏论·本际虚玄品》三云：

> 譬如有人于大沼边，自作模样，方圆大小，自称愿彼金汁，流入我模，以成形像。然则熔金任成形像，其真实融金，非像、非非像而现于像。譬如有人于金器藏中，常观于金体，不睹众相，虽睹众相，亦是一金。

佛书（如上引《宝藏论》）中水、金之喻，所在多有。此与告子性犹湍水之喻，义迥不同。告子欲明人性之无分善恶，重在水之无分东西。佛书欲明宇宙体、相之无间，重在水、波之非一非异。观上述《宝藏》之喻，即知贺场所说，明取自佛典，而非自告子湍水之喻引申而得。至金子设喻，尤以印土为多。即如唐法藏著《金师子论》，专以金师设喻，阐发佛理，尤证以金质喻体，金器喻相，为佛书通义。唐波罗颇罗密多译《般若灯论释》有云：

　　复此中又遮裸形部义，说不共起，此义云何？彼谓金与非金人
功火等，自他力故。镮钏等起，彼如是说，为遮彼故，说不共起。

此以金与镮钏比论，尤与贺喻相近。此经远在梁后，自非贺说所本。此
经六朝有无它译，或何经先用镮钏为喻，抑贺场偶以镮钏为喻，正与此
合，俱未①暇深考。其可言者，宇宙体相之殊，本非中土所重，（中国哲
学中，体、用之观念，与体、相相似而不同。前者为动的，后者近于静
的。）宇宙性、相之性，尤与性、情之性殊义。既未能想象非像、非非像
而现于像之境，自无得水波、金器之比；既未建立唯心之宇宙，故真如
与人性非一。（于阗造或中国造之《大乘起信论》，立心真如、心生灭二
门，于中国后来性、情之论，影响殊大。然彼建立近于唯心论之玄学，
故心真如者，即是本体，并非心理之性。中国无此玄学，遂以人之性、
情，比宇宙之体、相，而二性常相混淆，故有清阮元诸人之议。窃意自
贺场之喻，迄于李翱、宋儒，其间因混淆两"性"字，使其哲学不易明
晰者殊多，此当为今后研讨中古哲学之重要课题。）《中庸》所述，"天命
之谓性"，盖就人性立论，至多可谓中庸与儒家性说以形上之根据。即所
谓天者是，本非谓性与本体为一也。今贺场之疏，以水波、金印为喻，
显取性、相之喻，作性、情之喻，已开以人性之性为宇宙本性之滥觞。
虽场所说，除比喻而外，仍以心理上之性情为解，然此后"性"字含义
之演变，与贺氏之取喻，不无有相当关系。厥后如湛然、李翱以及宋儒
所述"性"字，俱不仅为心理名词，而兼有形上之意义矣。如程子云：
"'人生而静'以上不容说，才说性时，便已不是性。"张子云："天性在
人，犹水性在冰，凝释虽异，为物一也。"（《正蒙》中又以冰凝于水，喻
气之聚散于太虚。）朱子亦云："心如水，性是水之静，情是水之流，欲
则水之波澜。"（《语录》）其持论精粗，与形上假定，虽不与湛然、李翱
等相同，要皆受佛学之刺激、影响，当无可疑。惟贺场只取佛书之比喻，
尚未能使佛说与中土名词融合无间。其所引《左传》《乐记》之说，亦只
比附解释，而首尾歧异，与宋儒性说之深浅迥殊，此正两学说初期接触
时，应有之现象也。

────────────

　　① "未"原误作"末"。——编者注

（五）皇侃《论语义疏》卷9《阳货第十七》"子曰'性相近也，习相远也'"下引王弼说云：

> 不性其情，焉能久行其正？此是情之正也。若心好流荡失真，此是情之邪也。若以情近性，故云性其情。情近性者，何妨是有欲？若逐欲迁，故云远也；若欲而不迁，故曰近。……譬如近火者热，而即火非热；虽即火非热，而能使之热。能使之热者何？气也，热也；能使之正者何？仪也，静也。又知其有浓薄者，孔子曰："性相近也"。若全同也，相近之辞不生；若全异也，相近之辞亦不得立。今云近者，有同有异。取其共是无善无恶则同也，有浓有薄则异也。虽异而未相远，故曰近也。（马国翰《玉函山房辑佚书》脱"则同也"三字。）

皇侃疏云：

> 性无善恶，而有浓薄；情是有欲之心，而有邪正。性既是全生，而有未①涉乎用。非惟不可名为恶，亦不可目为善，故性无善恶也。

寻《论语》原义，本谓人性彼此相近，习而渐远，义明辞确。自汉以来，未生别解。今皇引王弼说，谓相近是使情近于性，乃庄、老缮性复性之变义，决非孔子本义，当无可疑。又下文"近火者热，而即火非热"及"若全异也，相近之辞不生；若全同也，相近之辞不立"诸语，依据逻辑，剖析名理，明是道安、罗什后经疏语调，与弼《易》《老子注》殊不相类。王弼当魏、晋之交，固为首开清谈玄学之人，但其时玄学，只在庄、老。佛书虽入中国，多为坐禅、小乘之类，大乘教义，尚未普行。即有一二零编经典，弼亦未必能受其影响。观弼所为《周易注》、《老子注》，虽玄理横溢，迥出经生樊篱，然其文辞义理，仍是魏晋老庄风趣，固无佛教之显著痕迹。又考皇侃以前，江熙集十三家《论语集解》，弼注不与其列。以弼之才名，竟不见采纳，则皇侃疏所引弼注，

---

① "未"原误作"末"。——编者注

确为后出可疑。颜之推云："《易》有蜀才注，江南学士，遂不知是何人。王俭《四部目录》不言姓名，题云王弼后人。"知王弼为后人推崇甚力，故不知姓名，则托之王弼后人。以彼类此，窃疑此注或为齐、梁间人托之王弼，或亦不知姓名者所为，皇侃遂归之王弼耳。至《隋、唐志》及《释文》所列王弼《论语释疑》一书，是否皇侃所引，俱不可知。其可知者，惟当魏末王弼时佛教在儒经注疏之影响，当不能如斯显著也。

（六）皇侃《论语义疏》卷 6 "子畏于匡，颜渊后" 节下引庾翼解云：

> 颜子未能尽穷理之妙，妙有不尽，则不可以涉险津；理有未穷，则不可以冒屯路。故贤不遭圣，运否则必隐；圣不值贤，微言不显。是以夫子畏匡而发问，颜子体其制而仰酬，称入室为指南，启门徒以出处，岂非圣贤之诚言，互相与为起予者也？（《玉函山房辑佚书》末句脱"与"字。）

日人本田诚之谓："此恐从《维摩经》思想而来。盖当时以孔、颜为超人，其一举一动，皆视由方便而来。"（《支那学》2 卷 3 号，中译本第203 页）

按此节文辞风格，言外意味，与佛书有关，当无疑义。惟本田未详说其相似之实，不知其本意云何。考此节所陈，有二义可述：一为险路与穷理尽妙之关系；一为师徒相与起予之方便。《维摩诘经》述佛众弟子因问疾维摩，而辩①难启发。庾氏（后段）所述，或当受此暗示。因佛徒欲与老子化胡说对抗，倡佛遣三弟子震旦教化之说（详见下第 10 节）。而儒书中可与佛氏高徒相比者，亦惟颜子为最。故因畏匡之问答，隐为比附。此虽受佛书影响，犹与中国旧义相去不远。惟所云："妙有不尽，则不可以涉险津；理有未穷，则不可以冒屯路"，意谓穷理尽妙，则可以涉险冒屯，不遇危害。此种神怪奇义，实非中土所本有。险津屯路，虽可以为设喻之辞，但此注用以解"子畏于匡，颜渊后"，则明是质直险路本义，而非设喻。既非比况，则穷理与险路间，焉有可以联系之道？窃

---

① "辩"原误作"辨"。——编者注

疑此与《僧传》中记圣僧神迹之说，不无关系。

《出三藏记集》卷13（《高僧传》卷1同）《安世高传》云：

> 世高穷理尽性，自识宿缘，多有神迹，世莫能量。……乃与同学辞诀①云："我当广州毕宿世之对。卿明经精进，不在吾后，而性多恚怒，命遇当受恶形，我若得道，必当相度。"既而遂适广州。值寇贼大乱，行路逢一少年，唾手拔刀曰："真得汝矣。"世高笑曰："我宿命负卿，故遂来相偿；卿之忿怒，故是前世时意也。"遂申颈受刃，容无惧②色。贼遂杀之，观者塞路（《高僧传》作"填陌"）。莫不骇其奇异。既而神遂为安息王太子，即名"世高"时身也。……高后复到广州，寻其前世害己少年。时少年尚在，高经至其家，谈昔日偿对之事，并叙宿缘，欢喜相问云："吾犹有余报，今当往会稽毕对。"广州客悟高非凡，豁然意解，追悔前愆，厚相资供，随高东游。正值市中有乱，相打者误著高头，应时陨却。广州客频验二报，遂精勤佛法，具说事缘，远近闻知，莫不悲痛，明三世有征也。"

《传》称世高穷理尽性，又述行路逢一少年，从容遇害，意谓穷理尽性，则可涉险冒屯，遇害不惧。其所谓穷理尽性，隐含"神识复生，三世有征"之论于背后。若在中土，则初无此种假定。孔子谓"天生德于予，桓魋其如予何"，不过听天任命之信仰，与世高自识穷缘之神秘信仰，迥乎不同，而庾解以穷理尽妙，与涉险冒屯相联，其受佛教传说影响，当无可疑。

（附）《出三藏记》卷9刘虬《无量义经序》有云：

> 忽有武当山比丘慧表……南北游行，不避夷险。

又云：

---

① "诀"原误作"决"。——编者注
② "惧"原误作"俱"。——编者注

《譬喻》亦云：大难既夷，乃无有三；险路既息，其化即亡。知"险路"一辞，为佛典所习用。惟世高广州对宿缘之故事，是否由《譬喻》经中所述道理，敷衍造设，不甚知悉。又庾翼本传述翼经略中原，为晋代不可多得之大臣，未言及其好释典之事。不知皇引此节，是否即庾翼之《论语解》，抑庾翼当时不过差人著作，如今之附庸风雅者然，俱俟高明指正也。

（七）皇侃《论语义疏》卷6《先进十一》"子曰：'回也，其庶乎屡空'"下引顾欢说云（《论语》顾氏注、《隋、唐志》《释文》俱未载）：

夫无欲于无欲者，圣人之常也；有欲于无欲者，贤人之分也。二欲同无，故全空以目圣；一有一无，每虚以称贤。贤人自有观之，则无欲以有欲；自无观之，则有欲于无欲。虚而未尽，非屡如何？

（八）皇侃同节下引梁太史叔明说云（叔明著《论语太史集解》。《七录》作"十卷"，《隋、唐志》作"十卷，亡"）：

颜子上贤，体具而微则精也，故无进退之事，就义上以立屡名。按其遣仁义，忘礼乐，隳肢体，黜聪明，坐忘大通，此忘有之义也。忘有顿尽，非空如何？若以圣人验之，圣人忘忘，大贤不能忘忘，心复为未尽。一未一空，故屡名生焉。

《论语》"庶乎屡空"句，汉人释"空"为空匮，本无玄义，皇侃疏引王弼说，仍用其义。何晏虽并列两说，而空匮之义居前。且空之别解，亦不似上述顾欢诸人之玄妙。何晏解云：

一曰：屡，每也；空，虚中也。以圣人之善道，教数子之庶几，然犹不至于知道者，各内有此害也。其于庶几每能虚中，惟回怀道深远，不虚心不能知道。

何晏引或人虚中之解，虽与空匮义殊，而与有若无、实若虚之义近，谓为《论语》确解，固未必然，要与孔、孟古义，不甚悬殊。（陶渊明诗："屡空常晏如"，知晋时陶公犹遵旧解，不信此辈玄谈也。）至顾氏、太史氏之说，则望而知为杂糅道、佛以解经者。

《维摩诘所说经》卷4《问疾品》云：

> 云何平等，谓我等涅槃等；所以者何？我及涅槃，此二皆空。以何为空，但以名字故空，如此二法，无决定性，得是平等，无有余病，唯有空病，空病亦病。

罗什注曰："上明无我无法，而未遣空，则空为累，累则是病，故明空病亦病也。"僧肇注曰："群生封累，深厚不可顿舍，故阶级渐遣，以至无遣也。止以三法除我，以空除法，今以毕空，空于空者，乃无患之极耳。"

《出三藏记》卷8支遁《大小品对比要抄序》云："希无以忘无，故非无之所无；寄有以忘存，故非存之所存；莫若无其所以无，忘其所以存。……忘无故妙存，妙存故尽无，尽无则忘玄，忘玄则无心。"

维摩、什、肇所说"无遣""空空"之论，支道林所持"希无忘存"之说，当为顾氏、太史氏说之所本。盖无欲忘忘，本非儒家所持。晋代老、庄风煽，乃以老子"损之又损，以至于无"及庄子"坐忘""心斋"之说，杂解儒经。庄子所说，适托于孔门颜子，于是以"屡空"之说，与坐忘集虚之义相附。然老子只言"损""无"，庄周亦仅赞"坐忘"（《淮南子·原道》言："予能有无，而未能无无也；及其为无无，至妙何从至此哉"，当由《庄子·知北游》篇推演而成）。其意重在损忘，于无无忘忘之道，固未特加推阐。自佛法遣空之说入，始于此义辨析详尽。顾欢所云"全空目圣"，叔明所云"忘有顿尽"，云空云顿，正非受佛经影响者不能言，不只老、庄旧说也。盖佛学盛行，本以老、庄为桥梁。在佛经则以格义讲内典，儒生则揉道、释以释六经。自道安、罗什后，佛徒中始立严正之门户，而一般儒生及少数沙门，犹自倡调和之论（右述什、肇之注，以佛义释经，尚无显然比附之意。道林之说，则不能无老、庄论调。盖道林早于安、什，其时尚不得不假老、庄以讲佛法）。史称顾欢主孔、佛一联，叔明好老、庄，尤精三玄。欢著《夷夏论》，以夷夏观点排佛，但并不斥佛理，以是更促其一睼之说（顾事迹见《南齐书》卷54《高逸传》，叔明见《南史》《齐书·沈毅传》）。其采佛理以释儒书，正一般调和论者之常态也。

（九）皇《疏》卷5《子罕第九》"子谓颜渊曰：'吾见其进也，未见其止也'"节下引殷仲堪《论语殷氏解》云：

> 夫贤之所假，一悟而尽，岂有弥进勋实乎？盖其轨物之行，日见于迹，夫子从而咨嗟以盛德之业也。

殷仲堪所云"一悟而尽"，与道生"顿悟成佛"、谢灵运辨宗之论，必有关系，当无可疑。惟殷在道生、灵运之前，其间关系何若，非能率尔断定。

考殷于晋太元十七年（392），督军益、宁；隆安二年（398），与王恭、桓玄反；三年（399），玄攻江陵，殷被杀。《高僧传》称道生卒于宋元嘉十一年（434），《传》未明载道生生平，假其与僧肇年相若，则肇卒于晋义熙十年（414）。春秋三十有一，是其生时当在太元九年（384）左右，此正道安卒于长安，罗什入中国之际，当与仲堪年代相接。惟《传》称生后与慧睿、慧严同游长安，从什公受业……生既潜思日久，微悟言外，……于是校阅真俗，研思因果，乃立"善不受极""顿悟成佛"义，是生顿悟之说，成于长安从什以后。而什入长安在姚兴弘始三年（401）。是时仲堪已被杀，其无由闻道生之说明矣。如是，则其间关系，可能有三：一者，殷先倡此说，道生受其影响，遂成顿悟之论；二者，顿悟本非印度独有，乃混合道佛思想所产，道生、仲堪同生于此种混合时潮之孕育中，遂不期而同发相似之议论；三者，道生首倡此说，既风行一时，于是儒生取以解经，托于仲堪，以明孔亦主悟，或竟为生谢同派所为，以为生说张目。

按道生立说，及谢灵运与诸道人辩论，每涉孔、佛顿、渐异同，俱未引及殷说。仲堪名重一时，似不应为世忽视如此。道生、灵运，亦非剿说者比，故第一可能，较难安立。顿悟之说，虽本非孔、孟所有，而在晋、宋之际，则似已共认孔氏本有此义。如《辨宗论》所载："孔氏之论圣道既妙，虽颜殆庶，体无鉴周，理归一极，华人易于鉴理，难于受

教，故闭其累学而开其一极"，又勖问："神道之域，虽颜也，孔子所不
诲"；《答琳公难》云："孔虽日语上，而云圣无阶级"，明当时学者共认
孔主顿教，已默然无争，则殷在同时亦倡此说，不为奇异。如是，则第
二可能亦勉可成立。顾孔主明辨、慎思、格物、致知，既不主悟，何论
顿渐。晋、宋虽以"屡空"与"虚中"比附，而尚无迳用"一悟而尽"
之语以说经者。佛法本求玄妙，但当道生首倡是说时，尚引起群僧哗议，
倘殷以此说先解儒经，何以了无反响。且依《辨宗》所云，理归一极者，
大抵多就"庶乎屡空""中人以上可以语上也"诸语推演而得。殷氏首出
此解，亦应就此诸义，积极立说，乃独于"吾思其进也，未见其退止也"
句下云一悟之论，明是此说已流行后，知其与"吾见其进"之义相违，
遂为之弥缝补充，以求一贯。故疑第三可能或近事实。惟皇《疏》引殷
说，本非全卷，不知其于"愿乎屡空"诸句下，有否相同于顾欢及叔明
之解说，仲堪《论语解》之全貌，亦不可知，故仅存大较如此，详论以
俟异日。

（十）皇侃《论语义疏》卷6《先进十一》"颜渊死。子曰：'噫！
天丧予'"下疏云：

> 然则颜、孔自然之对物，一气之别形，玄妙所以藏寄，道旨所
> 由赞明。叙颜渊死则孔子体缺，故曰："天丧予！"噫，谅率实之情，
> 非过痛之辞。将求圣贤之域，宜自此觉之也。

佛徒因与老子化胡说对抗，遂倡佛遣三弟子震旦教化之说。三弟子
者，老、孔、颜也。

《清净法行经》云："佛遣三弟子震旦教化[①]：儒童菩萨，彼[②]称孔
丘；光净菩萨，彼[③]称颜渊；摩诃迦叶，彼[④]称老子。"（《广弘明集》卷
8，北[⑤]周解释道安《二教论》引）

---

① "教化"原脱。——编者注
② "彼"原误作"被"。——编者注
③ "彼"原误作"被"。——编者注。
④ "彼"原误作"被"。——编者注。
⑤ "北"原误作"此"。——编者注

儒家虽未承认此说，但亦隐以孔子与释迦比，以颜与佛大弟子阿难等比，故皇《疏》每有玄妙之论，无不与颜子有关。如前述庾翼、殷仲堪、顾欢、太史叔明之说，皆自颜子而发。顾其比论颜、孔，虽阴采佛说，尚未趋于神异，而皇侃此节谓颜、孔为自然之对物、一气之别形，颜渊死则孔子体缺，则径用法身变化、神识常存之说解释儒书殊嫌怪诞。实则中土虽有万物备于我之说，然只玄想宇宙一体，不可分割，极其神秘，不出泛神窠臼。若皇氏所说，则明谓孔、颜二人，一气别形，此是印土转生轮回之说，非老、庄宇宙一体之论也。

上述诸事，大抵以"经中数事，配拟外书"，与支愍度之格义内容相反而方法相同，亦儒书中之格义。其它皇《疏》中无形流露佛教之一般影响者，亦有数条可述：

（十一）皇《疏》卷9《微子十八》"我则异于是，无可无不可"下引晋江熙《集解》云：

> 夫迹有相明，教有相资。若数子者，事既不同，而我亦有以异矣。然圣贤致训，相为内外，彼协契于往载，我拯救于此世；不以我异而抑物，不以彼异而通滞，此吾所谓无可无不可者耳，岂以此自己之所以异哉？我迹之异，盖著于当时，彼数子者，亦不宜各滞于所执矣。故举其往行，而存其会通，将以导乎方类所挹抑乎？

江所云"圣贤致①训，相为内外，彼协契于往载，我拯救于此世；不以我异而抑物，不以彼异而通滞"者，其中内、外、彼、我，明是佛家术语，江氏随手拈来，解说《论语》，似无深意，盖是佛说通行以后，一部分儒家之态度。时代思潮如此，不容其守汉人训诂章句之门户也。

（十二）皇《疏》卷4《述而第七》"子钓而不纲"下注云：

> 孙绰曰："杀理不可顿去，故禁网而存宿。"

皇曰：

---

① "致"原误作"为"。——编者注

周、孔之教，不得无杀，是欲因杀止杀，故同物有杀也。

（十三）皇《疏》卷6《先进十一》"季路问事鬼神"下疏云：

外教无三世之义，见乎此句也。周、孔之教，唯说现在，不明过去、未来，而子路此问事鬼神，正言鬼神在幽冥之中。

（十四）皇《疏》卷7《宪问十四》"原让夷俟"下疏云：

孔子方内圣人，恒以礼教为事。

南朝思想，以佛为宗，故凡与佛教相背者，必为之解说，以求调和。孙绰云："杀理不可顿去"，皇侃谓"欲因杀止杀"，皆欲使孔之钧弋与佛之戒杀相调和。原让方外圣人，本晋人为老庄清①谈者言，此云孔子方内圣人，盖亦隐有尊视方外高人之意。至云外教无三世之义，直以外教称儒，知其时佛法普及，学者必如是立说，乃能为时人所重。犹今人言及古代学者与科学相违之说，必以时代所限为之解说，此佛学影响于经疏者之又一类也。

（十五）皇《疏》卷1《为政第二》何晏《集解》"异教不同归者也"下疏云：

诸子百家，俱是虚妄。

（十六）皇《疏》卷6《先进十一》"子曰：由也升堂矣"下疏云：

若推而广之，亦谓圣人妙处为室，粗处为堂，故子路得堂，颜子入室。

（十七）皇《疏》卷8《卫灵公十五》"子曰：吾之于人也，谁毁谁

---

① "清"原误作"请"。——编者注

誉？"下疏云：

> 我之与世，平等如一，无有憎爱毁誉之心，故云谁毁谁誉也。

前引四条（十一、十二、十三、十四）为疏中所示受佛义之影响；此引三条（十五、十六、十七）表示受佛家术语之影响。如云妙处、粗处；云平等如一。以佛教术语，解儒家经典，意在援引，非求生解，故与上列十端，义稍不同。佛学之影响义疏者，此又一矣。

总上所述，知六朝人疏解儒经，不嫌比附佛说，且以能融合孔、佛相尊尚。盖自老、庄思想流行后，即置自然于名教之上，故时人每有论述世教之言，必先推崇自然，与老、庄调和，然后立说。泊佛教盛行，又杂述老、庄无为之义，与性空之说相融合，流风所播，遂又取儒经中之言性与天道者，以佛理说之。盖时人之中心思想，不在政教礼乐，而在忘空遣有，故必欲使中国之圣人，于此根本问题，有所接触也。吾人由上述十七条中，约可窥见《易》《礼》《论语》三《义疏》中受佛教影响之梗概。约略言之，可别为后五类：

第一类为佛典名词之引用。如末述十五、十六、十七诸条，及第一条崔、刘以"相续"解"易"者是也。

第二类为佛典论证语句之模仿。如第五条皇《疏》"性相近"句下，"近火者热"及"若全同也，相近之辞不生"诸语是也。

第三类为佛经疏解方法之采用。如第二条周宏正以六门主摄《周易·序卦》者是也。

第四类为佛教教义传说与儒书之牵合。如第六条引庾翼以穷理尽性则可以涉险冒屯，解子畏于匡；第十条皇侃以孔、颜为一气之别形者是也。

第五类为佛教学理与儒家学说之杂糅①。如第四条贺场以水、波、金、器喻性、情；第七、八两条顾欢、太史叔明以空空、忘忘解颜子之

---

① "糅"原作"揉"。——编者注

屡空；第九条殷仲堪以"一悟而尽①"解"吾见其进也"者是也。

第一类只为名词术语之引用，影响所及，尚在表相。二、三两类，影响已在方法，倘用之精当，可助思想之发展。第四类以印土思想，比附孔说，在当时相信"神不灭"之雾围中，谅能得多人之赞仰，但在具有悠久文化传统中，苟"三世果报"之说与其根本态度不能相容，则此种牵合，必随时代而泯灭。恐中唐以后，相信此类学说为儒家本义者，盖甚鲜也。惟第五类采取两说，比附形似，与中国学术思想之发展，所关甚巨。盖相异之悠久文化，既相接触，必经抗拒、杂糅、抉择而融合之种种阶段。且外来文化中，苟有可以摇动吾文化之根本，诱引吾民人之仰慕者，更非经此种种过程，撷其英华，弃其枝叶，不能至于平衡。此第五类之解释，正所以表示此附会、杂糅种种努力。虽其援儒入佛，在思想及生活史上，产生甚多之恶果，然追寻新儒家产生之起源，此种牵合，固亦必经之尝试。如上第五条引皇侃《疏》"性相近"句云："性无善恶，而有浓薄；情是有欲之心，而有邪正。性既是全生，而有未②涉乎用，非惟③不可名为恶，亦不可目为善。故性无善恶者也"，正为横渠别立气质之性，及阳明"无善无恶心之体"诸说之滥觞。新儒家之学说，诚较六朝之调和论者，为能发现儒佛之异同，为能建立系统一贯之主张，更能有意识地建立中国之形上学。然此种以本国文化之立场，受外来文化之影响，而欲采取其精髓之精神，固与一部分南北朝人为同一路向。清人见宋学中含有佛老影响，不明其根本之同异，径欲以近于二氏斥之，诚为谬误；近儒，如太炎先生，又尊崇佛法，等宋儒于皇侃之流，亦为失伦。惟由皇侃诸人书中，推寻儒、佛杂糅④及以后演进之痕迹，庶可见思想发展之路径，亦无损于宋儒之创新。因略考三书之影响，简论如上，惜今存资料较少，不能窥见当时附会之全貌，平日对佛典所知甚少，不能推寻比附之原句，故致论证疏陋，甚无当耳。

又考《隋、唐志》中，所列六朝人之义疏，除《周易》《礼记》《论

---

① "尽"原误作"进"。——编者注
② "未"原误作"末"。——编者注
③ "惟"原误作"谓"。——编者注
④ "糅"原误作"揉"。——编者注

语》三经最多外，《孝经》疏解亦较它书为多。此种倾向，似皆与佛教盛行不无关系。盖《周易》本"三玄"之一，《论语》为孔子微言所寄，《礼记》则其中《中庸》《乐记》诸篇与《周易》《论语》相类，此类疏之数量增多，其为受佛学影响之故，似无可疑。（《隋志》列戴颙《中庸传》二卷、梁武帝《中庸讲疏》一卷。）惟《孝经》《礼记》等篇，重在典制，当由南人重视门阀礼教之故，自与佛理无涉，然与佛教教律之推重，似有相当关系。盖佛学律宗诸派注重持律，其在中土，惟《三礼》《孝经》足以当之。故六朝沙门及信佛之儒生，如雷次宗、宗炳、慧远（见《经典释文·毛诗序下》）、慧琳（注《孝经大义》，见《广弘明集·辨证论》）之徒，多讲丧服、《孝经》，此固有门第阶级之社会因素，而佛律之盛，亦或一因素。朱彝尊《经义考》载晋元帝《孝经传·序》曰：

> 原始要终，莫踰《孝经》，能使甘泉自涌，邻火不焚，黄金天降，神女感动，……

此文有以《孝经》之神迹，比于持咒诵经之意。又唐明皇《孝经注》孙奭《序》曰：

> 有唐之初，虽备存秘序，而简编多有残缺。传行者惟孔安国、郑康成之注，并有梁博士皇侃《义疏》播于国序，然辞多纰缪，理昧精研，……荣华其言，妄生穿凿。

此所谓"辞多纰缪，妄生穿凿"者，当亦与其《论语、礼记义疏》相等，乃多引外义比附儒说之类。惜书缺有间，无由考寻，惟此类比附，义殊鄙浅，仅能与上述第四类相似，当与后来之思想学术所关较少，故未加详考也。

1936 年 6 月 22 日

此文作于 1936 年夏，下列数点，应须补充：

一、当时只知王弼《论语注》之可疑，后见陈寅恪师及王维城先生，均疑此注自"近火者热"句以下，恐系皇侃语，非王弼注语，乃知向误于马国翰之辑佚。时虽曾以马书与原书对勘，竟未发现此点，亦读书粗疏之证。惟"近火者热"句以前之句调，仍多佛典风格，且江熙辑十三家《论语》注，弼注不与其列，仍为疑点，故未及全部改正。

二、时未见汤锡予先生《汉魏两晋南北朝佛教史》讲义，不知有小顿悟、大顿悟之分，更未注意刘虬《无量义经序》言"安公、道林之言，合于顿义"，故甚疑皇引殷仲堪之《论语解》当为依托。见汤先生书后，知向日所疑根据，殊为薄弱。惟道生以前，顿悟之义，究不明显，殷仲堪是否能从支道林书中，发掘"一悟"之义，此点仍为可疑。

三、当时只注重六朝人已佚之注疏，故未对韩康伯《易注》特加考证。又闻日本存有周宏正之《讲周易疏论家义记》一书，亦未寓目，足证此文疏漏①甚多。近日兴趣转移，不耐考索，姑志于此，以俟后考。

1946 年 11 月 28 日

（原载《中国社会与思想文化》，人民出版社 1989 年版）

---

① "漏"原误作"陋"。——编者注

共工洪水故事与古代民族

一 各书所记共工故事及其分化

中国原始民族，与洪水故事最有关系的人物有四个：女娲、共工、鲧和禹。

在人物的性格及其与水的关系上，共工和鲧近于一类，女娲和禹是一类。在时代及血统关系上，照通行的说法，女娲最古，共工次之，鲧为帝尧之臣，禹是鲧的儿子。

这四位神人中，女娲和禹的传说，较为一致。女娲的传说，虽在"其文不雅驯"之列，但一致以为是炼石补天的始祖。禹的治水传说，尤其普遍。从北面的匈奴、西南的蜀，一直到东方之齐、南方之越，都说他们的先人和禹有关系。中原禹迹之多，更无须说了。

鲧和共工的故事，便没有这么普遍而整齐。

鲧在儒家传说中，是一位"方命圮族"的人物，他治水九载不成，被殛死于羽山。在墨家传说中，亦是"废帝德庸"而刑于羽郊的"帝之元子"。在南楚屈原的作品中，却是一位"婞直而亡身"的人物。但传说虽然歧异，总还只有尧、禹间治水的那一位鲧。

共工便不然了。其传说之多，约可分为数类：

1.《淮南子·原道训》云：

> 昔共工之力，触不周之山，使地东南倾，与高辛争为帝，遂潜于渊，宗族残灭，继嗣绝祀。

《天文训》云：

> 昔者共工与颛顼争为帝，怒而触不周之山。天柱折，地维绝。天不足西北，故日月星辰移焉；地不满东南，故水潦尘埃归焉。

《诠言训》云：

> 共工为水害，故颛顼诛之。

上列《淮南》诸篇所述共工故事，不甚悬殊。大致他在颛顼或高辛时，争过帝，为过水害。

2. 《览冥训》云：

> 往古之时，四极废，九州裂。天不兼覆，地不周载。火滥炎而不灭，水浩洋而不息。猛兽食颛民，鸷鸟攫老弱。于是女娲炼五色石以补苍天，断鳌足以立四极，杀黑龙以济冀州，积芦灰以止淫水。苍天补，四极正，淫水涸，冀州平，狡虫死，颛民生，背方州，抱圆天。和春阳夏，杀秋约冬，枕方寝绳。

这一节虽未提到共工，但王充和《列子》都把这和共工事说为一事。（高诱注也说："女娲，阴帝，佐宓戏治者也。三皇时，天不足西北，故补之。"）

《论衡·谈天》篇：

> 儒书言共工与颛顼争为天子，不胜，怒而触不周之山，使天柱折，地维绝。女娲炼五色石以补苍天，断鳌足以立四极。天不足西北，故日月星辰移焉；地不满东南，故百川注焉。

《列子·汤问》篇云：

> 故昔者女娲氏炼五色石以补其阙，断鳌之足，以立四极。其后

共工氏与颛顼争为帝，怒而触不周之山，折天柱，绝地维。故天倾西北，日月星辰就焉；地不满东南，故百川水潦归焉。

王充把共工触不周山放在女娲补天之前，《汤问》篇把它放在补天之后，其所受古史系统的影响虽不同，而认共工为水害与女娲补天有关，是相同的。

3.《淮南子·本经训》云：

舜之时，共工振滔洪水，以薄空桑，龙门未开，吕梁未发，江海通流，四海溟涬。

《山海经·海外北经》云：

共工之臣曰相柳氏，九首，以食于九山。相柳之所抵，厥为泽豀①，禹杀相柳，其血腥，不可以树五谷、种，禹厥之，而三仞三沮，乃以为众帝之台。（卷8。《大荒北经》略同，惟"相柳"作"相繇"。）

《大荒西经》：

西北海之外，大荒之隅，有山而不合，名曰不周负子，有两黄兽守之。……有禹攻共工国山。

《淮南·本经》及《山海经》是说共工在舜、禹之时和禹发生过斗争。这三种说法（高辛颛顼时、女娲时、舜禹时）所说时代，虽不尽相同，但这些资料都代表儒家古史系统凝固以外的说法。

4.《尚书·尧典》云：

帝曰："畴，咨，若予采？"驩兜曰："都！共工方鸠僝工。"帝

---

① "豀"原误作"豁"。——编者注

曰："吁！静言庸违，象恭滔天。"帝曰："咨！四岳，汤汤洪水方割，荡荡怀山襄陵，浩浩滔天，下民其咨，有能俾乂？"佥曰："於！鲧哉！"帝曰："吁，咈哉！方命圮族。"岳曰："异哉！试可乃已。"帝曰："往！钦哉。"九载，绩用弗成。

又云：

> 流共工于幽州①，放驩兜于崇山，窜三苗于三危，殛鲧于羽山，四罪而天下咸服。

这里所引《尧典》四语，又见于《孟子·万章》《庄子·在宥》诸书。把共工列为四凶之一，这代表儒家四凶说成立以后的说法。

从神话的或传说的观点看这些记述，时代的先后算不了什么冲突。女娲、颛顼、尧、舜，本身的时间既不固定，他们的先后根本排不成一条直线。共工的故事，自不妨和几个君主都发生关系，但对于整齐的古史系统，这是一大矛盾。理性不许矛盾存在，要求一种调和。最初的《国语》，似乎便有调和共工和鲧的意思。后来从贾逵、韦昭、高诱、杜预一直到清代学者如梁玉绳等，都在做着这种调和。

《国语·周语下》：

> 昔共工弃此道也，虞于湛乐，淫失其身，欲壅防百川，堕②高堙卑③，以害天下，皇天弗福，庶民弗助，祸乱并兴，共工用灭。其在有虞，有崇伯鲧，播其淫心，称遂共工之过，尧用殛之于羽山。其后伯禹，念前之非度，厘改制量。……共之从孙四岳佐之，高高下下，疏川道滞。……皇天嘉之，胙以天下。……胙四岳国，命为侯伯，赐姓曰姜，氏曰有吕。

---

① "州"原误作"洲"。——编者注
② "堕"原误作"坠"。——编者注
③ "卑"原误作"庳"。——编者注

《国语》的作者用了"称遂共工之过"一语，把共工的治水和鲧的治水连起来，又用了"共之从孙四岳佐之"一语，把古时共工和尧、舜时共工分开。直到贾逵注《国语》时，仍继续着这种调和。韦昭注《国语》云：

> 贾侍中云："共工诸侯，炎帝之后，姜姓也。颛顼氏衰，共工氏侵陵诸侯，与高辛氏争而亡也。"或云："共工，尧时诸侯，为高辛所灭。"昭谓为高辛所灭，安得为尧时诸侯！又尧时诸侯，与此异也。……共，共工也。从孙，昆弟①之孙也。四岳，官名。言共工后从孙为四岳之官，掌帅诸侯，助禹治水。

高诱注《淮南·原道》亦云："共工，以水行霸于伏羲、神农间者也，非尧时共工也。"《左传》昭七年"共工氏以水纪"杜预注云："共工，以诸侯霸有九州者，在神农前、太皞后，亦受水瑞，以水名官。"把共工分为二人，大概盛行于东汉时，不但贾逵、高诱如此立说，班固作《古今人表》时，亦把共工分列二等。一位是兴霸于羲、农间的上中人物，一位是放于幽州的下下人物。这样分划，基本上和正统的历史评价符合了。但要想完全符合于已成立的帝王系统，分为两人亦不够。因为从羲、农、女娲到颛顼、高辛，从颛顼、高辛到尧、舜，这已须好几千年的时间，不但尧、禹和女娲不能同时，女娲和颛顼也不能同时。所以这调和，还得再改造。

清梁玉绳《汉书古今人表考》云：

> 《山海经·海内经》："炎帝后祝融生共工，共工生术器。"《竹书》："术器作乱，辛侯诛之。"贾逵注《周语》"共工从孙四岳佐禹"，云："共工，炎帝之后，姜姓。"此别一共工。犹尧时有共工是人名，舜时有共工是官名，与羲、农间之共工异，则所谓与高辛争者，或因炎帝后共工之事，传讹混并耳。……盖共工国名，作霸九域，为女娲所杀，不绝其嗣，屡朝不靖，迭经诛讨……

---

① "弟"原误作"帝"。——编者注

这是调和说中最后的综合。

对于这些纷乱的历史或神话，可分为几种看法：一种是完全相信这些是事实，不过一切须依正统的帝王系统以为论断调和。上述《国语》、贾逵、杜预到梁玉绳等，都属于这一类。一种是不相信其中神话的说法，而用极端理性化的手法，加以调制。如清俞正燮以天文上的测候①仪器来解释《淮南子》中女娲断鳌立极的故事者是其例（见俞正燮《癸巳存稿》）。这两种都是旧时代的看法。第三种是否认这些历史或神话，以为大部是后人的假造。如日人津田左右吉的主张，即其例（见津田左右吉《左传の思想史的研究》）。第四种是以为这些神话，固然不是事实，但也非纯出虚构，它多少反映着一点历史事实。本文采取这个较批评的看法，想从洪水故事中，试为推寻一点历史的大概。从这个态度看下面的几个证据，我们认为与其说共工是传讹混并，不如说是传讹分化，为较近于事实。

二 论鲧即共工、夸父，庸回即羽渊、虞渊

离开了正统的帝王系统，便觉各书所说共工，都颇一致。无论是《淮南子·原道、天文》中所说与颛顼、高辛争帝的共工，或《本经》中所说的舜时振滔洪水的共工，或《国语》所说的"防壅百川"的共工，以及《山海经》所记"其臣曰相柳氏"的共工，都不离洪水为害一事。只有《尧典》说共工的过是："靖譖庸违，象恭滔天"，似与此无关。但《尧典》此文，王符《潜夫论·明暗》篇引作"靖言庸回"。《三国志·吴志·陆抗传》说："靖譖庸回，唐书攸戒"。《左传·文十八年》"靖譖庸回，服谗搜慝，以诬盛德，天下之民，谓之穷奇"句下孔《正义》云："《尧典》帝言共工之行云'靖言庸违'，《传》说穷奇之恶云'靖譖庸回'，二文正同，知穷奇是共工也。"由此知"庸违"即"庸回"异文。但《楚辞·天问》云："康回凭怒，地何故以东南倾？"王逸注云："康回，共工名也。"孙星衍《尚书今古文注疏》引此云："康回，疑庸回之误，以为共工名，未知出典。""康回"之确解如何，留待下面解释。但从这里的证据，已知《尧典》中四凶之一的共工，即是"使地东南倾"

---

① "候"原误作"侯"。——编者注

的"康回"，无可怀疑。《尧典》作者所代表的意见，虽是把洪水故事完全归在鲧身上，共工方面单留下几条空洞的罪名，然而说"象恭滔天"，实在还透出洪水滔天的消息。说"方鸠僝工"也是"堕高堙卑①"的别解。是各书所记共工，虽时代先后不同，而要以洪水滔天一事为中心，则初无二致。再从下列种种证据看来，我们觉得不但共工只此一位，连作了禹的父亲之鲧以及似与此全无关涉的玄冥、夸父等传说，亦都是此事之分化。兹分别考证其离合异同之情形如次：

（一）有关鲧与共工的基本传说

1.《左传》昭公二十九年：

> 颛顼氏有子曰黎，为祝融。共工氏有子曰勾龙，为后土。此其三祀也。

杜注云："其子勾龙，能平水土，故死而见祀。"杜注盖本于《国语》及《山海经》。《国语下》云：

> 共工之伯九有也，其子曰后土，使祀以为社。

《小戴记·祭法》云：

> 共工之霸九州也，其子曰后土，能平水土，故祀以为社。……鲧障鸿水而殛死，禹能修鲧之功，……此皆有功烈于民者也。

《汉书·郊祀志》：

> 共工氏霸九州，其子曰勾龙，能平水土，死为社祠。

《左传》《国语》《祭法》《汉书》都说共工的儿子勾龙能平水土，死而为社，但死而为社的，也是曾经攻过共工的禹。

---

① "卑"原误作"庳"。——编者注

《淮南子·氾论训》云：

> 禹劳天下，死而为社。

《史记·封禅书》云：

> 自禹兴而修社祠，后稷稼穑，故有稷祠，郊社所从来尚矣。

　　上述二种说法，显然属于两个系统。童书业先生说："古文家以社稷神都是人鬼，今文家以为社神是土地之神，稷神是五谷之神。"（见《益世报·史学副刊·汉代的社稷①》）这正合于古文家重传说、今文家重理论的道理。童先生并且因为《史记·封禅书》没有勾龙为社的话，怀疑太史公时的《左传》《国语》尚无此记载，乃是后人的窜入。窃以为无论太史公时《左传》《国语》的内容如何，这故事的传说一定很古，不能说是汉人的假造。郊社是一国最高的祭祀，共工在战国时已列为四凶之一，勾龙更是一位不见经传的名字，如果没有古传说，不会凭空把最高的社神轮到勾龙身上。东汉人亦许为了粉饰光武中兴，造一段少康中兴故事，但对于共工之子勾龙为社，没有假造的必要。司马迁对于"其文不雅驯"的故事向不采用，其取禹而不取勾龙，仍然是一贯的态度，似无须怀疑。总之，不管此问题如何解决，从这一传说中看出共工和鲧不但都湮②障过洪水，而且他们的儿子——禹和勾龙——都能平土，死为社祠，他们的地位事迹十分相似。

　　2. 《左传》昭七年：

> 昔者尧殛鲧于羽山，其神化为黄熊，以入于羽渊，实为夏郊，三代祀之。

《国语·晋语八》：

---

① 此处原衍"社"。——编者注
② "湮"原误作"鄄"。——编者注

> 昔者鲧违帝命，殛之于羽山，化为黄熊，以入于羽渊，实为夏郊，三代举之。

其余如《吴越春秋》等书所记，大致相同，概多本于《左传》《国语》两书。但《淮南·原道训》云：

> 昔者共工之力，触不周之山，使地东南倾，与高辛争为帝。遂潜于渊。

由此知共工和鲧，不特他们的儿子都死而为社，而且都潜于渊。

3. 《左传》昭七年：

> 郑子产聘于晋，晋侯疾，韩宣子逆客，私焉。曰："寡君寝疾，于今三月矣，并走群望，有加而无瘳今梦黄熊入于寝门，其何厉鬼也？"对曰："……昔尧殛鲧于羽山，其神化为黄熊，以入于羽渊，实为夏郊，三代祀之，晋为盟主，其或者未之祀也乎？"韩子祀夏郊。晋侯有间。（《国语·晋语》略同）

《太平御览》卷906引《汲冢琐语》云（《路史》注引略同）：

> 晋平公梦见赤熊窥屏，恶之而有疾，使问子产，子产曰："昔共工之卿曰浮游，既败于颛顼，自殁沈淮之渊，其色赤，其状如熊，常为天下祟。窥君之屏，病而无伤。……祭颛顼、共工则瘳。"公如其言而疾间。

《左传》《国语》说子产劝晋侯祀鲧而疾有间，《汲冢琐语》说子产劝晋平公祀共工而疾有间，他们死后作祟的故事，又十分相像。

4. 《山海经·海内内经》云：

> 洪水滔天，鲧窃帝之息壤，以堙洪水，不待帝命。帝令祝融杀鲧于羽郊。鲧复生禹，帝乃命禹卒布土以定九州。

这里殛鲧的不是尧，不是舜，乃是祝融。前引《左传》云"颛顼氏有子曰黎，为祝融"，与"共工氏有子曰勾龙为后土"正相对。《史记·补本纪》直云："女娲末年，诸侯有共工氏，……与祝融战不胜而怒触不周之山。"说明《山海经》所说的祝融杀鲧，和《淮南子》《列子》《论衡》等书中所说的颛顼杀共工①，即为一事。

5. 《尚书·尧典》："共工，一本作龚。"《汉书·王莽传》颜注："共读曰龚。"《家语》《大戴礼·五帝德》正作"龚工"。是共工之"共"，自来便与"鲧"音相同。前引《国语》云："共之从孙四岳佐之"，知共工又单称"共"（音龚），是"共工"与"鲧"又只是语音上急读缓读的不同，而根本只是一音。

有了上面这些证据，我们可以假定共工与鲧只是一身之分化了。

这个假定成立之后，我们再看一下羽渊、虞渊和庸回的解释。

（二）庸回即羽渊、虞渊的推测

《天问》云：

> 鲧何所营？禹何所成？康回凭怒，地何故以东南倾？

王逸说"康回"是共工的名字。孙星衍说："'康回'恐'庸回'之误。以为共工名，未知出典。"（见《尚书今古文注疏》）诚然，说康回是共工名，有些离奇！"康回"二字，除见于《天问》外，只见于《秦诅楚文》。文云：

> 今楚王熊相，康回无道，淫失甚乱。（严可均《全上古三代秦汉文》卷14）

这里"康回"二字，不是一个具体名辞，也如同《尧典》的"靖譖庸回"一样，是一种恶德的形容词。董逌释康回为庸回，甚是。但庸回

---

① 《山海经·海内经》云："戏器生祝融，祝融降处于江水生共工"，此以共工为祝融后，与上述祝融杀共工者异。传说歧异，大都如是。从祝融为南方八姓共祖论，以祝融与共工同姓为可信。此处单取其在传说上之相似，非真信有祝融杀共工之事。

的出典又如何？如果真是"静潜用违"的意思，则《天问》的"康回凭
怒"将如何解释？从下列几方面的证据看来，我以为"庸回"即是"羽
渊"一名之转变。

从文字方面看：

《说文·水部》：

> 渊，回水也。从水。㕚，象形。左右岸也，中象水貌。㳆，渊古
> 文，从口水。

渊，甲骨文作㳆。商承祚《殷虚甲文①类编》云：

> 《说文解字》渊，回水也。或省作渊，古文作㳆。此与许书之古
> 文合。

又《文选·吴都赋》"剖巨蚌于回渊"注："回，渊水也。"

诸书"回""渊"互训，并与甲文、小篆合。章太炎《文始》云：

> "㕚"字最初亦但准初文，其声义并受诸"回"。"回"变为
> "沩"，与"渊"为次对转。及周时颜回字子渊，声形已别久矣。

章太炎谓声义并受诸"回"，似不如说声义并受诸㕚——㳆，因象形
的具体的名词，总该先于表状的形容字。不过这是纯文字上的问题，不
必管它。我们由章先生说，知"回""㕚"二字，最初声形义俱近，是无
可怀疑了。

"回""渊"既为一字，"庸""羽"也只是清浊稍异的双声字。《史
记·淮阴侯传》："百姓罢极，怨望容容无所倚。"《汉书·王莽传》云：
"天下喁喁引领而叹"（《孝平纪》作"颙"），是"容容"和"喁喁"
相通。

《庄子·胠箧》篇"容成氏"，《路史》引《六韬·大朋》篇作"庸

---

① "甲文"当作"文字"。——编者注

成氏"，是容、庸互通。其他同类的清浊音相通者，如《荀子》"宽容"，
《韩诗外传》作"宽裕"；《汉书·艺文志》"鬼容区"，一作"鬼臾区"，
等并其证。如是知"庸"音与"禹"音相通。

文字上从"禹"的字，与从"于""虞"等字多通，从"于"者又
与"羽"相通。例如：

《淮南子·天文训》："至于渊虞"，旧本《北堂书钞》《艺文类聚》
诸书并引作"渊隅"；"至于虞渊"，《山海经》作"禹渊"，《列子·汤
问》作"隅谷"（详下）。《荀子·赋》篇云："充盈大宇而不窕"，又云：
"而盈乎大寓"。《论衡·讲瑞》篇云："孔子反宇"，《骨相》篇作"孔子
反羽"。

由此可知：羽—宇—禹—喁—庸—容等字，并为一音之转。而《山
海经》中的一节叙事，尤与此有关。

《山海经·东山经》云：

> 东山之首，曰①樕螽之山，北临乾昧，仓水出焉，而东北流注于
> 海，其中多鱅鱅之鱼。"

郭璞注云："鱅音容。"郝懿行《笺疏》云："《说文》云：鱅，鱼名。又
云：鰅，鱼皮有文，出乐浪车腌，……周成王时扬州献鰅。《周书·王会》
篇云：扬州禹禹，鱼名，解腧冠，禹禹即鰅鰅声之转，古字通也。《史
记·司马相如传》有'禹禹'，徐广云：'禹禹，鱼牛也。'郭氏注《上
林赋》云：鰅鱼有文彩，又云：禹禹，鱼皮有毛，黄地黑文，与《说文》
鰅鲐文合。《说文》云：'出乐浪车腌'，亦与此经合，又《玉篇》下鱼
部：'鰅，鱼容切，鱼名。'"郝氏确证鰅、鱅为一物，正同于《玉篇》鰅
字之音切（此东海身有文彩之鰅鱼，颇有为鲧禹化身之暗示，禹渊本近
东海（说详后），或正以有此鱼而得名）。

由前举证，知羽与禹字通，由此知禹、庸同音，鰅、鱅同物。既然，
回、渊同字，庸、羽、虞同音，这样我们可以推定庸回（回）即是羽渊，
亦即虞渊了。不过单凭文字上的辗转相通，终是一件危险的事，我们再

---

① "曰"原误作"日"。——编者注

看一下别方面的证据如何。

（三）传说方面的旁证

1. 《楚辞》刘向《九叹·远游》云：

> 鞭风伯使先驱兮，囚灵玄于虞渊。……就颛顼而陈词兮，考玄
> 冥于空桑。

王逸注："灵玄，玄帝也。虞渊，日所入也。"

玄帝是什么？当即《墨子·尚贤中》篇所谓"伯鲧，帝之元子"，也即《左传》（昭二十九年）少昊四叔中，为北方水正之玄冥。

《国语·鲁语》云："冥勤其官而野死"（《礼记·祭法》同），《史记·殷本纪》《正义》引宋忠曰："冥为司空，勤其官而死于水中，殷人郊之"，是其事迹与鲧之"障洪水而死为夏郊"者同。《左传》昭二十九年云："少昊氏有四叔，曰重、曰该、曰脩、曰熙……脩及熙为玄冥。"《史记·夏本纪》《索隐》引皇甫谧云："鲧，帝颛顼之子，字熙"，是玄冥与鲧名又同。《庄子·逍遥游》云："北冥有鱼，其名为鲲"，钱大昕谓《诗》"其鱼鲂鱮"之鱮，即《庄子》所谓北冥之鲲。《说文》云："鲧又作鱉"，《十洲记》说"水黑色谓之冥"。总此诸说，知玄冥和鲧，实是一人物之异名。从他所在的地方说，便为玄冥。从他所象征的动物说，便是鲲、鱮、鲧异名同实的动物。

再看灵玄的灵是什么意思。《礼运》："麟、凤、龟、龙谓之四灵。"《文选·南都赋》"赤灵解角"注："赤灵，赤龙也。"灵为龙，玄为黑色，知灵玄即黑龙之别名。

《淮南子·览冥训》云："女娲……杀黑龙以济冀州。"本即洪水故事最纯粹的神话记载。由上述证据知道刘向所说的灵玄，就是鲧，当然也就是黄熊、黄龙、黑龙的化身。灵玄之为鲧，既已证明，那么它被囚的地点虞渊，不就是殛鲧的羽渊吗？

2. 《山海经·大荒北经》云：

> 大荒之中，有山名曰成都，载天。有人珥两黄蛇，两黄蛇，名曰夸父。后土生信，信生夸父。夸父不量力，欲追日景，逮之于禺

谷。将饮河而不足也，将走大泽，未至死于此。应龙已杀蚩尤，又杀夸父。

郭注："禹渊，日所入也，今作虞。"

《列子·汤问》篇云：

夸父不量力，欲追日影，逐之于隅谷之际。

张湛注云："隅谷，虞渊，日所入也。"

前引《左传》、《国语》说共工之子为后土，《海内经》说共工生后土，这里说"后土生信，信生夸父"，知共工与夸父属于一个系统。《大荒西经》说："西北海之外，大荒之隅，有山而不合，名曰不周负子，有两黄兽守之。……有禹攻共工国山。"这里也说夸父珥两黄蛇，握两黄蛇。《左传》《国语》称"鲧入于羽渊"，《九叹》说"囚灵玄（鲧）于虞渊"，这里也说夸父达之于禹谷（虞渊）。由此知夸父与共工都是黄兽的象征，都沉没于虞渊，其传说十分相似。

其次再来看杀夸父之应龙是什么？

王逸注《天问》"河海应龙，何尽何历"句云：

或曰：禹治洪水时，有神龙以尾画地，导水所注，当决者因而治之也。

洪兴祖《楚辞补注》引《山海经图》云；

昔蚩尤御，黄帝令应龙攻于冀州之野。女娲之时，乘雷车，服驾应龙。夏禹治水，有应龙以尾画地，即水泉流通。

《史记·五帝本纪》《索隐》引皇甫谧《帝王世纪》云：

黄帝使应龙杀蚩尤于凶黎之谷。

可见黄帝轩辕和禹的故事，许多相同。应龙为关于禹之神话的动物，而应龙杀蚩尤和帝瘞鲧以及颛顼诛共工之事，又复相似。

此外有关夸父与共工、鲧、禹的故事，都和大水有关。《山海经·西次三经》云：

> 《西次三经》之首曰崇吾之山，在河之南，北望冢遂，南望滛之泽，西望帝之搏兽之丘，东望蝎渊，……有兽焉，其状如禺，而文臂豹虎而善投，名曰举父。有鸟焉，其状如凫，而一翼一目，相得乃飞，名曰蛮蛮，见则天下大水。

郭璞注："举父或作夸父。"郝懿行《笺疏》："举、夸声近，故作夸父。"

由此知夸父是一个发动大水的怪动物。《海外北经》称："共工之臣相柳氏，九首，以食于九山。相柳之所抵，厥为泽谿。"这相柳氏正与上几段所举见则大水的野兽相仿。盖原始时，人兽观念混杂，这些野兽正是共工和鲧的代表。（《山海经·大荒北经》"相柳"作"相繇"，疑"繇"与"鲧"形似，疑"相繇"即"伯鲧"之误。）在这些神话中，夸父和鲧或共工，又处于同一地位。

由夸父和共工种种方面的相似，和羽渊之同于虞渊，知夸父即鲧或共工之化身。

按《山海经》此节所说"相得乃飞"的"蛮蛮"鸟，似乎不是象征不祥的动物。如《南山经》"丹六天山，有鸟曰凤凰……见则天下安宁"，《西山经》"女床五山，有鸟焉，名曰鸾鸟，见则天下安宁"，并是其证。与此相反：

《东山经》云：

> 空桑之山……有兽焉，其状如牛而虎文，其音如钦，其名曰轮，其鸣自叫，见则天下大水。

《中山经》云：

> 阳山……其中多化蛇，其状如人面，而豺身，鸟翼而蛇行，其

音如叱呼，见则其邑大水。

又云：

> 《中次三经》苋山之首曰敖岸之山……有兽焉，其状如白鹿而四角，名曰夫诸，见则其邑大水。

《南山经》云：

> 东南四百五十里，曰长右之山……有兽焉，其状如禺，而四耳，其名为长右（《广韵》引作"长舌"），其音如吟，见则郡县大水。

这几节所述"见则天下大水"的都是怪动物，和《西次山经》的举父，近于一类。尤其《南山经》所说的长右，其状如禺，尤与夸父相同。以此知此节"见则天下大水"句应紧接上文"名曰举父"句，中间蛮蛮鸟一段，是他篇杂入的。

（四）地理上的推测

羽山、羽渊的地域，向来有两种记载。《汉书·地理志》、杜预《左传》昭公七年《注》、《尚书·禹贡》"蒙羽其艺"句下《正义》都说："羽山在东海祝其县西南"，《括地志》说："在沂州临沂县界"，《元和志》说："在密州朐山县西北"，这是羽山在徐州的说法。《尚书》孔《传》云："羽山，东裔，在海中"，《寰宇记》说："在今登州蓬莱县东南"，这是说殛鲧处在青州。《清一统志》主前说，清胡渭、阎若璩皆主后说。

胡渭的《禹贡锥指》，不主张徐域羽山是殛鲧之处。其所持的理由是："此地太近，非荒服放流之宅。""此地太近"，是后人迁移古代地理的一个主要原因。从后述羽渊与南方民族有关的证据看来，《汉志》及杜预所说在祝其县县南甚是。不过无论从哪一说，都不离今山东东部或山东南部、江苏北部。

至于虞渊地带，便有些模糊了。虞渊似最初见于《淮南子·天文训》：

> 日出于旸谷，浴于咸池，拂于扶桑，是谓晨明；登于扶桑……
> 至于曲阿……至于曾泉……至于桑野……至于衡阳……至于昆
> 吾……至于鸟次……至于悲谷……至于女纪……至于渊隅……至于
> 连石……至于悲泉……至于虞渊，是谓黄昏。至于蒙谷，是谓定昏。
> 日入于虞渊之汜，曙于蒙谷之浦。

《淮南》所说日所经过的地方，如咸池、扶桑、曲阿、曾泉等，似乎多不是历史上能确指的地方。从许慎、高诱以来，只能望文生义地注云："扶桑东方之野"，"曲阿，山名"，"昆吾丘在南方"，"蒙谷，北方之山"。钱大昭的《天文训补注》于此也无新说。王逸注《楚辞·离骚》"望崦嵫而勿迫"云："崦嵫，日所入山也，下有蒙水，水中有虞渊"，似由日入故事想象而得，也不能确指虞渊地带。

《天文训》中所说的地方，虽多生疏，但如昆吾、蒙谷等名，并非不见于他书。《诗·商颂》云"韦、顾既伐，昆吾、夏桀"，《郑语》云："昆吾为夏伯矣。"知昆吾是祝融之后夏殷时的部落。《左传》昭公十二年，楚子云："昔我先祖伯父昆吾，旧许是宅。"是昆吾旧墟，在春秋的许国，即今河南许昌一带。《左传》哀公十七年："卫侯梦于北宫，见人登昆吾之观"。杜云："卫有观，在古昆吾氏之虚，今濮阳城中。"两处所说地域，虽不完全合于《天文训》的南方，但不出今河南及河北最南部。古代民族迁徙，地名随迁徙改易。则《天文训》所指的昆吾，亦不能距离太远。又《左传》哀公十七年："公会齐侯盟于蒙"，杜注云："蒙在东莞蒙阴县西故蒙阴城。"《诗·鲁颂》"奄有龟蒙"，《论语》"昔者先王以为东蒙主"，其地并在鲁境。《禹贡》云"蒙、羽其艺"，郑康成曰："蒙、羽，二山名。"《汉书·地理志》："泰山，蒙阴，《禹贡》蒙山在西南；东海祝其，《禹贡》羽山在南。"蒙、羽连称，表明这是相距不远的二山。今《天文训》说："日入于虞渊之汜，曙于蒙谷之浦"，也是相对为文，与《禹贡》相合。既然蒙谷、昆吾都在山东、河南一带，那么和它相近的羽渊、虞渊之地区，也不能太远了。

《淮南》所说日出入的地带，本源于沿海民族对于日的传说。原始人对于日的观念，正如同儿童对于日的观念一般，他们看见日头由东边的海上出来，便说出于汤谷；见它落在西边的池里了，便说是没于虞渊。

后人地理观念，随同帝王的领域扩大了，于是不敢想象"此地太近"的虞渊，是日落之处，乃依据原来的名词，将虞渊搬至西北，而虞渊与羽渊遂不复相合了。

三 洪水故事与古代民族分野

从上述论证，推想鲧即共工，庸回即羽渊、虞渊。鲧与共工，是洪水故事的主人，虞渊是发生洪水故事的地带。这是中国原始民族较普遍的神话。但是神话也不是从天上掉下来的，它有地上的基础。有些单纯的神话，像雷神、雨神、虼蜡神之类，仅从初民的礼俗信仰说明就够了。有些最普遍、最有影响于民族信仰的神话，则背后常反映着一些历史事实。洪水故事，似乎便属于这一类。为了说明这反映的史实，得走一趟迂远的路程，先看一下古代民族的分野。

三代或三代以上的中国民族，其主要活动地域，约在河、洛、淮、济流域附近。那时民族分划的界限，在东西而不在南北，似已为一般所承认。傅斯年氏在《夷夏东西说》里（《庆祝蔡元培先生六十五岁论文集》下册）曾证明夏周属于西系，殷夷属于东系。郭沫若先生在《两周金文大系序》中，虽从旧说，分南系北系，但所用名词不同，所指地域大概相同。西（北）系指岐①渭及河洛上游，东南系指淮济及黄河下游。大体的区分，已无疑义，不过这中间夏民族的分配，和所谓夷系一名内容之所指，还有可以商量的余地。

自来关于夏都问题，便有两个系统的说法：依《汲郡古文》、赵岐《孟子章句》《史记·夏本纪》《汉书》《世本》所说，禹都阳城、阳翟，桀都斟寻，都在今河南、山东地带；依《左传》定四年服注、郑玄《诗谱》《书伪孔传》《帝王世纪》：夏都晋阳、安邑，均在今山西地域。清代学者，如洪颐煊（《诂经精舍文集》卷6《禹都阳城考》）主张夏都在河南阳城，金鹗（《诂经精舍文集》卷8《禹都考》及《求古录·礼说》）主张夏既都河南阳城，亦都山西晋阳。近人如徐中舒、程憬先生等，皆主张夏为西方民族（徐著见《安阳发掘报告》第3期《再论小屯

---

① "岐"原误作"歧"。——编者注

与安阳》，程说见《大陆杂志》5 卷 6 期《夏民族考》）。其中有力的证据，是（1）夏后皋之墓在殽之南陵；（2）夏所封之崇地，去仰韶不远；（3）卜辞中之土方即夏方，在商之西北。但书籍上关于夏代的传说，其属于西方者，除《左》僖三十二年夏后皋之墓外，只有《左传》昭元年"迁实沈于大夏"（或说在晋阳，或说在翼），和定四年"封唐叔于夏墟"两条。其余关于夏代传说，则多半在东部，如《左传》所记帝丘（僖十三年。在今东郡濮阳县）、穷石（昭二十九年。即穷桑，今山东曲阜）、斟灌①、斟寻（襄四年。杜云："乐安寿光县东南有灌①亭，北海平寿县东南有斟亭。"）、东夏（襄二十二年。指卫地，杜云："在顿丘县南。"）、华夏（襄二十六年。指蔡、沈诸国）、观、扈（昭元年。杜云：今在顿丘与始②平鄩县③。）、钧台（昭四年。杜云："今河南阳翟县南。"）、仍、潜（昭四年。依顾颉刚先生《有仍国考》，在今山东任城附近）、涂山（哀七年。杜云："在寿春东北。"）等都在今山东、河南地带，甚至到了安徽北部。见于《国语》的，如伊、洛（《周语上》。今河南）、崇山（《周语上》。约在阳城）、崇（《周语下》。或云在河南，或云在陕西，但由前鲧即共工之证，知主在河南省近是）、杞、鄫（《周语下》。杞，今河南；鄫，在今山东）、昆吾（《郑语》。今河南许昌附近）、东夏（《楚语上》。韦云：东夏，沈、蔡也）等地，都不出淮、洛两流域附近。夏和羿、浞的战争，在这一带（此事实的真实性，不因少康中兴故事有东汉人提倡的嫌疑而生动摇）。成汤夏桀的战争，在这地带。所以夏民族之应为东系抑为西系，在论证未明以前，还不敢作过早的结论。王静安先生在《殷周制度论》④ 中说："以地理言之，则虞夏商皆居东土，周独起于西方，故夏商二代，文化略同"，本文仍抱着这种态度。也许夏民族，初由山西迁到河南。不过无论最后确证如何，似乎说夏周为一系，不如说夏殷为一系之近是。

但在另一面，本文虽不主张夏周为一系，但也不以夏为南方民族或

---

① "灌"原误作"湛"。——编者注
② "始"原脱。——编者注
③ "县"原脱。——编者注
④ "《殷周制度论》"原误作"《夏商制度论》"。——编者注

以夏殷即为一族。

顾颉刚先生早年曾有禹或为南方民族的看法（《古史辨》第1册）。因禹的遗迹多在东南，如《鲁语》说，"禹会群神于会稽"，及诸书所记禹娶于涂山氏，是其证据。这是一个很好的提示。不过在证据未备以前，还不能说夏氏族起于南方。第一，禹是否单独为夏民族的祖先，抑为各民族共同的神道，颇成问题。即使证明禹的遗迹在南方，还不能必然地推论到夏民族也出于南方。第二，黄河流域为中国最初文明发源之地，已有相当多的科学根据。楚国在春秋时，尚为蛮荒区域，楚民族本族本由东方移至南方，也都有相当的证明。如果禹即是夏启的始祖，其应出于北方，不必说了。如果禹为各民族共同的神道，则他应该是代表文化较高势力较大的民族之始祖，所以最初的神道——禹，也应是黄河流域民族所产生。

此外夏殷虽近一系，还不能混夏殷为一。夏代的许多君主，固多不可靠，但不能否认夏桀之存在，亦不能否认成汤和夏桀的冲突。所以我们虽相信夏代几个君主的名字是摹仿商代而造的，而另一面对于夏殷是两个曾经对立过的氏族，仍信为是一种事实。

这是对于夏民族属于西系的一点辩解。

其次论到的，是所谓夷系一名，所指的实质为何？傅斯年氏所说的东系中，一系为殷，一系为夷，夷系中包含太皓、少皓、颛顼以及羿、浞都算在内。但东夷一名，实在因时代变迁，所指内容范围不同。从周民族征服了河洛流域后，对于东部的异民族如殷、徐、淮等都称为夷，但在被称为夷族的中间，亦颇有彼此之分。

《左传》僖公二十一年："任、宿、须句、颛臾，风姓也，实司太皓与有济之祀，以服事诸夏。邾人灭须句，须句子来奔，因成风也。成风为之言于公曰：'崇明祀，保小寡，周礼也；蛮夷猾夏，周祸也。若封须句，是崇皓、济而修祀，纾祸也。'"杜注："四国，伏羲之后。任，今任城县。颛臾，在泰山南武阳县东北。须句，在东平、须昌县西北。四国封近于济，故世祀之。"成风一面虽说四国服事诸夏，一面却说救须句是崇明祀，又说邾人之灭须句，是蛮夷猾夏（四国是伏羲之后）。而邾是祝融之后（与楚近于一族），由此知太皓之族与祝融之蛮夷有别。

《国语·楚语下》云:"及少昊之衰也,九黎乱德,民神杂糅,不可方物,……颛顼受之,乃命南正重,司天以属神,命火正黎,司地以属民。"胡厚宣先生谓黎、夷为一声之转,九黎即《论语》之九夷(见《史学论丛》第 1 册《楚民族源于东方考》)。如九黎即九夷之说不谬(即使黎、夷有别,亦足以证明少昊、颛顼在东方颇有异族与之对抗),则少昊、颛顼在古代都不同于夷族。

又《左传》昭公十七年:"秋,郯子来朝,公与之宴。昭子问焉,曰:'少皞氏以鸟名官,何故也?'……仲尼闻之,见于郯子而学之,既而告人曰:'吾闻之,天子失官,学在四夷,犹信。'"这里孔子以少皞之后的郯子为四夷,似为春秋时对于非周族的观念。但王肃对此已表示过怀疑。《左传》正义引王肃云:

> 郯,中国也。故吴伐郯,季文子叹曰:"中国不振旅,蛮夷入伐,吾亡无日矣。"孔子称学在四夷,疾时学废也。郯,少皞之后,以其后则远,以其国则小矣。鲁周公之后,以其世则近,以其国则大矣。然其礼不如郯,故孔子发此言也。

王肃"疾时学废也"的解释,固未必十分确当,但所举季文子"蛮夷入伐"之叹,确证郯是中国,和蛮夷之吴国不同。大约原来东方诸民族,与后来的华夏民族关系甚密,与更在他们东方的夷系不同。自周民族入主中原后,才对于凡非周族而居于东方者,一概称之为夷。孔子所以指郯国为四夷者,盖随沿当时一般称谓而云然。然而实质上的分别,仍然保存于当时人的心目中,所以在必要时还提到它们的分别。上述成风、季文子语即其明证。

太①昊、少昊、颛顼诸东方族之不同于夷系统,既如上述,反之,他们与后来夏殷民族的关系,则非常密切。

关于夏民族和东方颛顼诸族之关系,简言之,似乎有三种可能的看法:(1)依传统的一般说法,夏之始祖为禹,禹之祖为颛顼,如此则夏族出于东方,不必说了。(2)依传统的又一说法,禹生于西羌,生于石

---

① "太"原误作"大"。——编者注

纽，如此则或完全与东方族无关，或连颛顼等都一齐搬到西方去。
（3）以启为夏民族可靠的始祖，和东方传说上的神禹分开。如是则禹虽
与夏有传说上的连接，而本身出于东方颛顼族，与西方之夏民族未必有
直线血统关系。

为节省篇幅计，似乎（1）、（2）两看法，无可讨论，以第三种说法
最有讨论的价值。从一般社会进化的状况看来，大概都经过一个母系中
心时代，所以殷民族说他的始祖是简狄，周民族说他的始祖是姜嫄。以
此为例，则夏民族之始祖，似乎不应从启开始，启以前应也有一段半历
史的神话。但是一涉入这个范围，便离不开禹。

《汉书·武帝纪》注引《淮南子》云（今本《淮南子》无此文，别
见《随巢子》）：

> 启，夏禹子也，其母涂山氏女也。禹治鸿水，通轩辕山，化为
> 熊。谓涂山氏曰："欲饷，闻鼓声乃来。"禹跳石，误中鼓。涂山氏
> 往见，禹方作熊，惭而去，至嵩高山下，化为石。方生启，禹曰：
> "归我子！"石破北方而生启。

关于启的先妣之神话，似乎没有他种歧异的说法。如果这个神话，多少
有一点历史的反映，则夏启和东方系之颛顼与禹，不能无相当关系。

《史记·夏本纪》《索隐》引《世本》云："……涂山氏女，名女
娲。"闻一多先生以祭高媒的石头，解释石破生启之由来，并说女娲即抟
人补天的女娲（《清华学报》10 卷 4 期《高唐神女故事之分析》）。其说
女娲即涂山氏，涂山即高阳、高唐，论证详博，不暇备引。

总之，神禖涂山氏，即同于高阳，而高阳即是颛顼，这是母系渡到
男系社会的变化。《大戴礼记·帝系》篇称颛顼妻女禄，自然也是女娲之
演变。颛顼在《墨子·非攻》篇中，代表上帝，禹亦代表上帝，颛顼和
共工争帝，女娲亦补共工触坏之天，而禹也伐共工国，杀共工之臣相柳
氏（禹代共工，见《荀子·议兵、成相》《山海经·海外北经》《战国
策·秦策》）。颛顼为水神，禹尤为治水之祖，是禹和颛顼同为当时民族
始祖之代表可知。我们固然不必相信禹是启的真正的父亲，但由商族之
简狄、周族之姜嫄看来，石破生启之涂山氏，正同于她们。如此则娶涂

山氏之禹、妻女娲之颛顼，与夏民族不能无相当关系了。

至殷的先祖出自玄鸟（《商颂》），与少昊氏之以鸟名官者，本为同系民族，其始祖契或即少昊挚之分化①，其为东方民族，已为一致结论，毋庸赘述。

夏民族与颛顼族有关系，殷民族即为少昊族之支流，既简述如上；反之，夏殷与更东的夷族，却都立于对立地位。夏羿之战见《左传》，启伐有扈（即有易）见《尚书》，"殷纣为黎之蒐，东夷叛之"见《左传》。所以把太昊诸族列于夷系，和殷夏对立，其区分似不尽恰当。这是关于东方系内容的一点疏解。

关于民族分野的两个大弯子绕完了，为说明洪水故事在历史上的反映起见，暂且假定中国古代民族大体可分为三系：一为岐渭之西方系，周氏族属之，其时代较后；一为河洛之中原系，夏民族属之；一为河济之东方系，其中又分为二支：一为穷桑附近之太昊、少昊、颛顼诸族，可名之曰穷桑系，后来的殷民族属此，夏民族与此系也有些联系；一为东方之东夷系，包括蚩尤、共工（鲧）、后羿、莫和九黎等代表的氏族以及一切未列入后来正统帝王系统的氏族部落在内。（上列各族，有可再细区分之处，因材料不太确凿，且与洪水故事无关，故暂作如是分类。）列表于后：

	岐渭西方系	→周
中国古代民族	河洛中原系	→夏
	河济东方系	穷桑系 | 太昊、少昊、颛顼→商
		东夷系 | 蚩尤、共工（鲧）、后羿、莫、九黎

① 本文写成后，见《燕京学报》廿期陈梦家先生《商代的神话》一文中有此证明。

　　共工振滔洪水故事，似乎反映着穷桑系和东夷①系的一场战争。

　　黄河下游及淮济流域一带，本是一片水道冲积的大平原，古来政治中心的少昊之都穷桑（杜预云："在鲁北"，即今曲阜），即在这个区域。《淮南子·本经训》云："共工振滔洪水，以薄穷桑"，《山海经·海内经》郭璞注引《归藏·启筮》云："蚩尤自羊水以伐穷桑"（羊水在今山东东部）。由此知穷桑为东方两系民族角逐之主要地带。我们设想原始穷桑系民族和东夷②民族，在这区域做过一次翻天覆地的战争：东系民族，乘当时洪水泛滥的灾害，用了"壅障百川"，振滔洪水的方法，进薄穷桑，使穷桑系民族有"四极废""九州裂"的危险。两系在这里经过激烈战争，穷桑系中一位最英雄的酋长，终于在羽渊一带，把异民族的酋长战败了。从这一场战争起，穷桑系才免除了东夷系的威胁，巩固了在中原发展的地位，所以这故事成为中原开天辟地的神话。但也从这一战争后，东夷③系才转向南方发展，开辟了南方民族发展的基础，又构成了南方民族起源的神话。

　　正由于民族分野不同，所以故事的传说因时间不同、地域不同，分化为种种说法。代表穷桑系的是女娲、颛顼、高辛和禹，代表东夷系的是共工或鲧。

　　在母系社会里，原始的始祖，都是女神。女娲故事，便代表以此种社会为背境的说法。

　　前引《淮南子·览冥训》云："往古之时，……水浩洋而不息，猛兽食颛民，……于是女娲炼五色石以补苍天，断鳌足以立四极，杀黑龙以济冀州，积芦灰以止淫水。"高诱注黑龙是水精，正同于《左传》《国语》的黄熊，《山海经》的水伯，《九叹》的灵玄。所以"水浩洋而不灭"便是振滔洪水；"杀黑龙以济冀州"，即是"殛鲧羽山""共工用灭"的纯粹神话。（此处说"猛兽食颛民"，"颛民"一词不见他书，疑亦颛顼族人民之意。）

　　母系社会终于因战争、游牧种种关系，渡到男系社会了。神话的主

----

①　"夷"原作"裔"。——编者注
②　"夷"原作"裔"。——编者注
③　"夷"原作"裔"。——编者注

人，也由女娲变为妻女媭的高阳和娶涂山的禹，纯粹的神话变为与历史混合的神话。女娲所杀的只是水精、黑龙，颛顼所诛的便是和他争天下的共工，并且，因争战不胜，在羽渊凭怒了。从"怒触不周山，使地东南倾"的传说，可以想象到当时战争的激烈；从"进薄穷桑""殛于羽渊"的纪述，可以推测一点当时战争追逐的方向。

我疑心这部落的后裔，从羽渊（祝其县西南）一带，向南方流移后，便成为后来楚族及上庸诸小国的先祖。

《史记·楚世家》云：

> 楚之先祖，出自帝颛顼高阳。高阳者，黄帝之孙、昌意之子也。高阳生称，称生卷章，卷章生重黎。重黎为帝喾高辛居火正，甚有功，能光融天下，帝喾命曰祝融。共工氏作乱，帝喾使重黎诛之而不尽，帝乃以庚寅日诛重黎，而以其弟吴回为重黎，复居火正，为祝融。吴回生陆终，陆终生子六人，坼剖而产焉。……六曰季连。芈姓，楚其后也。

《楚辞》所说"朕皇考曰伯庸""惟庚寅吾以降"，疑与楚民族先祖来源的传说有关。

黄帝、颛顼等为后代各国共同的祖先纠缠的问题太多了，此不及具述，这里可说的是祝融和重黎之弟吴回那个可注意的名字。

《山海经·海内经》云：

> 炎帝之妻，赤水之子听訞生炎居，炎居生节并，节并生戏器，戏器生祝融，祝融降处于江水，生共工，共工生术器。术器首方颠，是复土壤，以处江水。

依《郑语》，祝融本南方八姓共同的祖先，此处说他"降处江水"，江水为南方之水，谓之曰降，正谓由此北方迁移而来。又羽渊，在祝其西南，而祝其即祝融所在之祝丘，是羽渊（庸回）与祝丘皆为此族根据地带，证以此《经》所云祝融降处江水生共工，是其为一族一系无疑也。

不过祝融和北方的关系很多，已编入正统古史的系统中，欲充分解释一切纠纷，殊不易易。而"吴回"一名，却只和楚民族有关，是楚国较近的祖先，其名称之来由，颇可注意。

本文以为"吴回"，即"虞渊""庸回"一名之异文。

考回、𣃁同字，已见第二节所引章太炎《文始》和商承祚《殷虚甲文类编》；而吴、虞通用，古书中例证尤多。如驺虞，《山海经·海内经》《墨子·三辨》篇均作"驺吴"①。《管子·小匡》篇"西服流西虞"，《国语·齐语》作"西吴"，所以吴回就是虞渊，而《山海经》中之"天虞"与此尤有关系。

《山海经·大荒西经》："有人反臂，名曰天虞"。郭注："天虞，即尸虞也。"②

《海外东经》云："朝阳之谷，神曰天吴，是为水伯，在䖺䖺北两水间。其为兽也，八首八面，八足八尾，皆青黄。"《文选》嵇康《琴赋》云："天吴踊跃于紫渊。"

《大荒西经》云："有人名曰吴回，奇左，是无右臂。"

这几个例证，不但证明吴、虞通用，而且说明踊跃于紫渊的天吴，正是囚于虞渊的灵玄（鲧），这个八首八足的天吴水伯，正同于九首食于九山之共工之臣相繇氏。文字上既相通，传说上亦相同。由此知《秦诅楚文》所说楚祖熊相"庸回无道"正是楚祖吴回，亦即是"庸回凭怒"之庸回。楚祖吴回之名，由虞渊（庸回）而来，似乎无甚可疑了。上古时人名地名，本不可分，某族所在之地，或某族所从来之地，即为某族之名称。共工族从虞渊失败后，迁于南方楚地，所以楚民族说他的先祖名为吴回，诅楚者说楚的先祖"庸回无道"，这都不是凭空而来的名称。

又《诗经》有《鄘风》，《说文》云："鄘，南夷国。"《左传》文公十六年："庸人率群蛮以叛楚，楚子……会师于临品……以伐之。"杜注云："庸，今上庸县，属楚之小国。"《史记·楚世家》云："熊渠得江汉间民和，乃兴兵伐庸。"由此知庸是长江中流一个部落；由楚和庸经常发

---

① 王念孙《读书杂志》云："今本书传中，驺虞多作驺吴，故《困学纪闻·诗类》引《墨子》尚作驺吾。今作驺虞者，后人依经典改之。"

② 郝懿行《笺疏》谓尸虞未见他书。按尸、夷古同字，尸虞即夷羿、戎禹之义，天虞或由尸虞转变而来。

生冲突，知其势力颇不小。由《楚世家》所述，楚国既得民和后乃先伐庸，知熊渠时代，庸国在江汉间已有基础。而庸的名称之来由，或即由于从庸回（羽渊）南迁而得。《楚世家》说吴回为重黎之弟，楚国和庸国，恐是属于共工系之兄弟民族。

四 《天问》"阻穷西征"之解与不周山的地域

洪水故事与民族分野的关系，既述如上；这里附带说一下，《天问》"阻穷西征"的解释和不周山的地域，以为旁证。

前说振滔洪水的故事，反映着穷桑系和东夷系的一场斗争。代表穷桑系的是女娲、颛顼、高辛等，代表东夷系的是共工或鲧。女娲、颛顼、共工等争战的故事，已为普通传说。只有在鲧的名称之下的一般传说，似乎只是因治水不成而殛于羽渊，并无兴兵斗争之事。但在《吕氏春秋》中却保留着一段有关于鲧的原始神话。

《吕氏春秋·恃君览·行论》篇云：

尧以天下让舜，鲧为诸侯，怒于尧曰："得天之道者为帝，得地之道者为三公。今我得地之道，而不以我为三公。"以尧为失论，欲得三公。怒甚猛兽，欲以为乱。比兽之角，能以为城；举其尾，能以为旌。召之不来，彷徉于野以患帝。舜于是殛之于羽山，副之以吴刀。

这一段记述里，充分表现了《吕氏春秋》的作者们，是混合儒墨道法的杂家。他采取了儒墨的禅让说，采取了法家的反对禅让说（《韩非子·外储说左上》记共工反对让舜），又杂糅了道家中一派所保留的原始神话，于是造成这么一个故事。前半节理性化的道理，与此无关；后半节所纪鲧作乱情形，所谓"怒甚猛兽，欲以为乱。比兽之角，能以为城；举其尾，能以为旌。召之不来，彷徉于野"，明和《淮南子》所记女娲时，"猛兽食颛民""断鳌足""杀黑龙"及"共工怒触不周山"，《山海经》

所记"相繇氏①九首蛇身，所抵厥为溪泽"为同一类描写，都是原始人兽观念混杂时，两系民族斗争的不同记录。

《楚辞·天问》里"鲧何所营？禹何所成？康回凭怒，地何故以东南倾？"四句，向来的解释不够连贯。知道鲧即是共工，而共工即是康回（庸回），那么，这和共工振荡洪水怒触不周山是一个传说，就非常明白了。

再进一步看，不但"鲧何所营"四句，得到明白解释，并且由此知《天问》中"阻穷西征，岩何越焉？化为黄熊，巫何活焉？"四句，也是这个故事的叙述。

前人因相信鲧为尧臣，绝无西征之事，所以总做着不可通的解释。王逸注《天问》此四句云：

> 徂险也，穷窘也，……言尧放鲧羽山，西行度越岩岑之险，因堕死也。

洪兴祖知羽山在东，与西行堕死之说不符，改云：

> 羽山，东裔。此云西征者，自西徂东也。上文言鲧遏在羽山，夫何三年不施，则鲧非死于道路，此但言何以越岩而至羽山耳。

洪氏知羽山在东裔，所以尧之放鲧不能说是西征，因解西征为自西徂东，殊与文法不合，尤不可通。

自清毛奇龄及近人傅斯年、童书业氏等，才以越岩西征为说羿之事，与鲧无关（傅说见《夷夏东西说》，童说见《禹贡》5卷5册《天问阻穷西征解》）。这样西征和越岩的解释有了，"阻穷"二字，也得指实，比古注确实多了。不过《天问》全篇每四句或八句、十句说一件事，此节不但同韵之下句说鲧，且一连四句都记禹、鲧之事，不应第一、二语独说后羿。以越岩西征为羿事，虽和《山海经》"非仁羿莫能上冈之岩"的传说，及《左传》"自鉬迁于穷石"之说有些相合，但鉬、穷是二地名，说

---

① "繇氏"原误倒。——编者注

二地西征，也嫌牵强；明白了鲧即共工，本和后羿都在穷桑的东边，都代表与穷桑系对敌之民族，则阻穷西征，正是说鲧向穷桑西征，与共工振滔洪水以薄穷桑同为一事。《吕氏春秋》所说的"比兽之角以为城"，《淮南子》等书所说的"怒触不周山"，亦正是度越岩险的不同纪述。这一进攻失败后，遂由不周山附近流散到羽渊一带，于是生出潜渊化熊的神话。《天问》于此下紧接"化为黄熊"之问，首尾一贯，语气呼应，正不必别寻解释了。

也许不周山的地带，可以减低这一推测之确实性，但不周山的地域究在何处？前人所说在昆仑西北、昆仑东南的话，果有颠扑不破的证据吗？

《淮南子·原道训》高诱注云："不周山在昆仑西北。"（《吕氏春秋·本味》篇高注同）

《列子·汤问》篇张湛注云："不周山，在西北之极。"

《楚辞·离骚》"路不周以左转"句王逸注云："不周，山名，在昆仑西北。"

《汉书·司马相如传》注张揖云："不周山在昆仑东南二千三百里。"

郝懿行的《山海经·西山经》《笺疏》认为王逸、高诱、张揖说都不对，他根据《山海经》的里数，断定不周山在昆仑东一千七百四十里。但无论说在昆仑东北、昆仑东南，或西北之极，都不见于先秦经典。

我们看《淮南子》原文，即知后人所说，全为地理观念扩大后的想象之谈。《淮南子·地形训》云："有娀在不周之北"，又说："玄耀、不周、申池在海隅。"

不周山邻近的地方有了。试一看所谓有娀、申池、海隅者又在何处？

关于有娀地带，顾颉刚先生的《有仍国考》（《禹贡》5 卷 10 期）已给我们以极精确的考证。顾先生根据《左传》僖公二十三年，"齐侯伐宋，围缗"，知缗在今山东兖州一带。又根据《韩非子·十过》篇"桀为有戎之会，而有缗叛之"，知"有仍"又作"有戎"，戎在今山东曹县。根据《史记·殷本纪》桀败于有娀之虚，知有娀与东方之商距离不远。又根据任、仍二字互通，及《路史》"太昊后任国，或曰仍也"的记述，知仍即杜预时之山东任城，即今山东济宁县。

据此则有娀故地，不出今山东济河附近曲阜（古穷桑）一带。有娀之地域既定，则在其南之不周山，不出今山东南部可知了。

《淮南子·地①形训》云：

> 何谓九薮？曰越之具区，楚之云梦，秦之阳纡，晋之大陆，郑
> 之圃田，宋之孟诸，齐之海隅，赵之钜鹿，燕之昭余。

高诱注"玄爝、不周、申池在海隅"云："海隅，薮也"，注"齐之海隅"云："海隅，犹崖，盖近海滨是也。"

无论海隅作齐国的薮名解，或作海滨解，都不出今山东省境，与"有娀在不周之北"的地域相合，与共工薄于穷桑，怒触不周山，使地东南倾的地带，完全相合，与殛鲧于羽山的地带相合。如果照旧说，不周山在昆仑附近，则不但须把"水薄穷桑"和"怒触不周山"分为二事，并且须把"怒触不周"和"使地东南倾"也分为二事；不但须把共工迁到西北，而且须把和他争天下的颛顼、高辛也迁到西北，这样洪水故事，就完全成为虚构的神话，与实际的历史地理毫无关系了。

其实，在《淮南·原道》和《楚辞·天问》中，只说共工凭怒使地东南倾，并无不周山在西北之意。

闻一多师说："昆仑，即泰山。不周，即不注山"，这是合乎原始神话实际的。

把不周山搬到西北的原因，大概受《离骚》"路不周以左转②，指西海以为期"的影响。其实古人地理的观念，尤其是海的观念，并不如后人之所想象。像《山海经》的西海、北海、流沙、昆仑等，似乎大部不能在辽远的西北寻求。③ 后人的地理扩大了，民族酋长也变为封建帝王了，于是依据诗人"指西海以为期"想象，以为不周定在西北之极，于是把《淮南子》《山海经》的不周山，一齐搬到昆仑附近。正如日落的虞渊，随着地理观念的扩大而搬到西极；桀伐岷山，随着帝王领域的扩大而搬到四川一样。如此则洪水故事所反映的地理历史，不能得到确实的

---

① "地"原误作"坠"。——编者注
② "转"原误作"传"。——编者注
③ 《山海经》全书各部分的性质不同，有一部分的地理，确在比较遥远的西北方。

说明。

总上所述，大概知道鲧或共工代表的部落，最初在幽都①一带，常和穷桑系战争，水薄穷桑失败后，遂向南方流移，成为楚、庸诸国的先祖。他们虽然失败了，但并非是一个弱者。蚩尤的兵戈，共工的洪水，羿的弓矢，都曾使穷桑系及河济系的民族发生过震动，所以许多可怕的神话，都附会在他们身上。羽渊在穷桑系的地理上是南方的边境，是一带阴郁晦暗的沼泽，于是民间一切所崇敬的所畏惧的偶像，都附会在这里：太阳落在这里，夸父到过这里，演过悲壮的洪水剧之鲧或共工藏在这里，变为黄熊。一直到春秋时，这传说在民间还发生着很大的力量。

五　鲧禹父子关系之成立及四凶说之后起

上述振滔洪水的故事，代表原始穷桑系和东夷系两氏族间的战争，大体上得为一个可能的假设，但有几个矛盾观念不能不引起人的怀疑。第一，是禹和鲧的父子传说，共工和勾龙的字音相近，本应属于同系，何以不说为一人一系的分化，而认为是两系对立氏族的代表？第二，禹、鲧既代表两系民族，何以禹变为鲧的儿子？第三，鲧与共工，既为一人，何以同时又并列为四凶之二呢？

回答第一个问题，我们似乎只有消极的理由，因本文所确证的是共工即鲧，庸回即羽渊、虞渊几点。至于民族分野和背后代表的斗争，乃是解释上必要的假设。这假设可以因解释的顺利而成立，也可以因解释的困难而改造。怎样把上述各种复杂矛盾的史实，解释得清楚些，似乎有两种办法：一种是承认鲧和禹的父子关系，或径认鲧、禹是一人之延长分化，而否认禹和共工，及共工和女娲、颛顼之冲突；一种是承认这些冲突斗争是事实，而否认其父子关系。这两种假设，都有成立的可能。为解释一切矛盾起见，我颇动摇于这两种假设之间。

----

① 《尚书·尧典》："流共工于幽州。"一本作"幽都"，《庄子·在宥》正作"幽都"。按古代传说，在道家及南楚作品中，往往保存未被理性化之雏形或较早名词，所以幽都或较可信。《山海经·海内经》云："北海之内有山，名曰幽都之山。"此山当在今山东东北部。窃疑共工所在幽都当指此。高诱谓在雁门之北，疑非。又《寰宇记》称登州蓬莱县东南有羽山，有鲧城，胡朏明据以谓殛鲧之地，固未必全是，但如说此鲧城为鲧最初根据之地，或较近是。

　　本来从文字上看，羽、虞、禹、禺，本皆相通（虞、禺相通，诸证见前。禹、羽之通，如《春秋》昭公三十年"徐子章羽"，《公羊》作"章禹"即是其例）。从传说上看，有人反臂之天虞，或即禹步之大禹；又冥、禹皆为司空，禹、鲧皆化为熊，颛顼处于玄宫，似乎只是一人之延长或分化，正如共工之延长而为共之从孙四岳一样。但如果从这条路走下去，必须将禹和颛顼及女娲等的关系完全分开，必须对于禹伐共工、禹杀共工之臣相繇氏等事实加以否认或做出新的说明。尤其对于鲧则"宗祀殄天"、禹则神迹普遍的事实演变，更需要充分解释。从现在的证据看来，我觉得这个假设，说明上的困难颇多。反之，从古代父子关系之多系配合、鲧为禹父说颇有来由几方面看，以第二种假设较易成立。这里且用第二种假设，试一看古人父子关系成立的情形。

　　1. 春秋战国时人，用了周代封建观念看上古时代，于是一切氏族部落间的关系，都变为封建关系。古代较大的部落都变为天子，较小的部落都变为诸侯；同时封建关系是和宗法关系相依为命的，如周代大封同姓，鲁、卫、管、蔡，都是文王的儿子，以周例古，于是古代部落，既变为诸侯，又不得不变为天子（较大的氏族部落）之儿子。

　　丹朱本是丹渊一带的部落酋长，为尧所平，终于变成尧的儿子。清毛宗澄、邹汉勋（见《诂经精舍文集》）及今人童书业君（见《古史辨》第7册）等从丹有丹练、驩殁、驩朱、驩头种种异称，及其他证据，证明丹朱即是驩兜，似已无再怀疑的余地了。至舜和商均的关系，更不如尧和丹朱之固定。孟子时已把四凶之一的驩兜，分化为胤子丹朱；但对于舜之子，只能说"舜之子亦不肖"，还举不出商均的名称来，则其父子关系的派定，尤为晚起可知。

　　从上述尧、舜和丹朱、商均父子关系的成立看来，则鲧、禹之为父子，不足为怪。我们设想共工或鲧代表的氏族部落，必曾一度强盛。看各书记"共工之霸有九州"及其战争之激烈，可知其势力之大。或者禹所领导的部落，曾一度为东夷①系所打败或服属，后来强大复兴，征服了东方系，"东教乎九夷"后，继续原来鲧之事业，继续平治水土，培植稼

---

　　① "夷"原误作"裔"。——编者注

稽，完成鲧在东方未竟之业。东系民族，以为禹的功业，都是"纂①就前绪"，于是说禹是鲧的后代。这是鲧、禹父子关系成立的一个可能。

2. 可能是由名字上来的。

前引《山海经·西次三经》"崇吾之山，有兽其状如禺……名曰举父"，郭璞注云："或作夸父"。郝懿行说："举、夸声近，故作夸父。"

又《中山经》云："青要之山，实为帝之密都。北望河曲，是谓驾鸟；南望㟆堵，禹父之所化。"夸父已证与共工、鲧为一身，《中山经》之禹父，疑即与举父、夸父为一。举字，从舆得声，与禹声同，知举父与禹父同。如果问举父、夸父、禹父之名，孰较原始？似不易回答。但古书上凡有名称的尤其像鲧这样有名人物，如提到他，应直书其名，不应名之曰禹父（禹的父亲）。窃疑禹父、举父、夸父本为代表鲧一人或一物之异名，后来将禹父一名分开，竟变为禹的父亲了。

《吕氏春秋·求人》篇："禹……北至……夸父之野"，知夸父又是地名。古人人名、地名本合为一，以后有由人名变为地名的，也有由地名变为人名者。从古字"父""阜"相通看来（《淮南子·俶真训》："鬼阜之山，无丈之材。"《太平御览》引作"魁父"。《列子·汤问》："曾不能损魁父之丘。"张湛注云：《淮南子》作"块阜"），夸父或最初是地名，即鲧原始占据之地，后由地名变为人名之夸父，物名之夸父、举父（《尔雅·释兽》）。不幸而变为禹父，与最有势力的神禹为同字，于是依据羽渊中鲧化熊、夸父逐日的传说，再生出禹的父亲之神话。

又《楚辞·天问》："焉得虬龙，负熊以游？"

又云："但禹腹鲧，夫何以变化？"

《山海经·海内经》注引《启筮》云："鲧死三岁不腐，剖之以吴刀，化为黄龙也。"

《初学记》卷22引《归藏》云："鲧殛死，三岁不腐，副之以吴刀，是用出禹。"（《吕氏春秋·行论》篇同）

从这几个似乎无关的证据中看出：羽渊附近，发生了颛顼（禹）共工（鲧）战争之后，渊旁或有虬龙（应龙）、负熊（三足鳖）的传说。民间向以应龙为禹的化身，黄熊为鲧的化身，于是由虬龙负熊之"负"，

---

① "纂"原误作"篡"。——编者注

变为父亲之"父",即成为禹父鲧了。在另一面,或由负鲧之负变为剖鲧之剖（剖、副、负、父古音均同）。闻一多先生说:伯禹腹鲧,即是吴刀剖鲧之意。此较王逸以刚愎之愎解"腹"字,精当多了。从《天问》"伯禹腹（剖）鲧,夫何以变化"的疑问看来,知那时还保持禹杀鲧的传说。《初学记》《路史》等书所引《归藏》末后加一语云:"是用出禹",但谁剖的呢? 没有下文了。我们自然可以设想,先有禹的父亲为鲧之说,而后产生禹父、举父、夸父之名,然后产生负熊剖鲧之说。但照下列几点看来:（1）较以前的书（《诗》《论语》《墨子》等）没有鲧、禹为父子的说法。（2）古时部落盟长对部落之统属关系往往变"有子某"之传说。（3）禹父、举父、夸父本为一整个名词,不可分割。（4）"伯禹腹（剖）鲧"一说不易解释。（5）以及禹有杀共工臣相繇、禹攻共工国的故事,似以禹的父亲之说产生在禹父、夸父、龙负熊、禹剖鲧种种传说之后,为更近于情理。

3. 可能是源于郊社的误会。

原始人的祭祀,大约源①于两种心理:一种是对于崇敬的神,祈求幸福,一种是对于所畏惧的神物,祈求免害。鲧、共工是异民族中最凶恶最有力的代表,虽然被穷桑系战败了,而人民对于水旱炎病之迫害,仍认为是他们的作祟。我们看一直到春秋时,晋侯有疾,还归罪于"未之祀鲧",则古代之情形可想而知。夏代正以这种心理祀鲧,后人用郊祀先祖的理论解释一切,鲧当然非得为夏代先祖不可了。

但从后代祭祀的理论中,也还看出一些郊祀与他种祭祀的不同来。《春秋》庄二十五年,"大水,鼓用牲于社于门"。《春秋繁露·玉英》篇云:

> 大雩者何? 旱祭也。难者曰:大旱雩祭而请雨,大水鸣鼓而攻社,天地之所为,阴阳之所起也。或请焉,或怒焉者何? 曰:大旱者,阳灭阴也;阳灭阴者,尊厌卑也,固其义也;虽大甚,拜请之而已,无敢有加也。大水者,阴灭阳也;阴灭阳者,卑胜尊也。

---

① "源"原作"原"。——编者注

董仲舒这一套阴阳尊卑的解释，当然是今文家理论化的办法，但从这里可以看出原始祭神的不同态度。对于这个主使大水的神，可以怒而鸣鼓攻之，和对其他神之恭敬态度不同。证明其起源也和他种祭祀有别。由这一点推测，知道夏代郊鲧虽是事实，但不必因郊鲧即认为鲧是夏的先祖。鲧、禹父子说之固定，这也是一个加强的成分。

关于鲧禹父子说之成立，其约略原因姑作如是推测。至四凶说之成立，恐尤在以后，更不足推翻鲧即共工之假定。

《商、周书》及《论语》《诗经》中并无四凶之说，而且各书所说四凶，也不一致。四凶最初见于《尧典》，今本《尧典》晚出于战国，似已无可怀疑。其所说四凶，与《左传》所说不才子，也不尽吻合。

《左传》文公十八年：

> 昔帝鸿氏有不才子，掩义隐贼，好行凶德，丑类恶物，顽嚚不友，是与比周，天下之民，谓之浑敦。少皞氏有不才子，毁信废忠，崇饰恶言，靖谮庸回，服谗搜慝，以诬盛德，天下之民，谓之穷奇。颛顼有不才子，不可教训，不知话言，告之则顽，舍之则嚚，傲很明德，以乱天常，天下之民，谓之梼杌。此三族也，世济其凶，增其恶名，以至于尧，尧不能去。缙云氏有不才子，贪于饮食，冒于货贿，侵欲崇侈，不可盈厌，聚敛积实，不知纪极，不分孤寡，不恤穷匮，天下之民，以比三凶，谓之饕餮。

孔颖达《正义》云：

> 《尧典》帝言共工之行云"靖言庸违"，《传》说穷奇之恶云"靖谮庸回"，二文正同，知穷奇是共工也。《尧典》帝求贤人，驩兜举共工应帝，是与共工相比，《传》说浑敦之恶云"丑类恶物，是与比周"，知浑敦是驩兜也。《尧典》帝言鲧行云"咈哉！方命圮族"，《传》说梼杌之罪云"告顽舍嚚，傲很明德"，即是咈戾圮族之状，且鲧是颛顼之后，知梼杌是鲧也。《尚书》无三苗罪状，既甄去三凶，自然饕餮是三苗矣。先儒尽然更无异说，是与三苗同矣。

穷奇、共工、鲧与梼杌的罪状，孔加以比较，定为一人，但四凶罪状，除饕餮之贪贿外，皆空洞考语，孔以《尚书》无三苗罪状，自然饕餮是三苗，却不见对。《尧典》四凶并列，《左传》则说：前三凶是世济其凶，而缙云氏之饕餮，是尧时以比四凶的，可见三凶说在前，而四凶说在后。似《尧典》《孟子》的四凶，即由《左传》推衍而得，而且三苗说又有许多歧异。

《淮南子·修务训》高诱注云："浑敦、穷奇、饕餮三族之苗裔，谓之三苗。"又《地①形训》注云："三苗，国名，在今豫章之彭蠡。"此二注当以《地②形》注为长，因三苗、九黎（三苗服九黎之德，见《史记·历书》）、驩兜，都是当时部落。《尧典》中三苗变为人名，排成四凶，则四凶说之后出可知。如承认三苗是某族的苗裔，则与鲧即共工之说，尤不相违背，况且驩兜和丹朱，已确证为一人，而胤子朱却和驩兜同时并列，由此知鲧和共工分成四凶之二，和丹朱、驩兜之分化，是同一演变。

由四凶之先为三凶，三苗说之互不一致，四凶之初为三部落而变为四人名，知四凶说本无定论，不过是战国时对于古史的附会，这自然不能为推翻鲧即共工说之根据。

总之，共工氏和太皞氏、少皞氏等都代表一系民族。战国时人，把古代的神话和历史，在三皇五帝的大系统下，来一个大团结。于是神话蒙了理性的外衣，而历史变成创作。凡太皞、少皞、颛顼等与正统的尧、舜、禹系统，没有冲突的，都排成历代帝王。只有共工和鲧和正统系的冲突太多，不能调和，所以共工只能是霸而不王，鲧终于因治水不成而殛死了。然而这表示他是穷桑系以外的一大势力，从涂饰了的历史之背后，还多少可以想象出一点荒古之时，羽渊、不周山附近的一场悲壮的战剧来！

1936 年作，未发表

附记

本文是 1936 年秋冬（1937 年学年度第一学期）在清华研究院进修闻

---

① "地"原误作"坠"。——编者注
② "地"原误作"坠"。——编者注

一多先生"中国古代神话研究"课程的学期论文。闻先生对文中所提各点，有的赞许，有的批驳，在原稿上写了许多宝贵指示。本应遵照指示，大加改作，但因当年正在写《庄子研究》的毕业论文，无暇兼顾。不久，发生七七事变，以后就更没有研究改作的机会，辜负闻师厚意，实深惭怍！

　　本文所提各点，后来有许多专家，又有新的论证考索，回看本文，已没有多大价值。不过有些看法，还没有多人提出，也许对于后来的进一步研究，还有些引发新看法的作用。因此不欲全部废弃。特别是它经过革命烈士闻一多导师的指导，更觉得有长久保存的意义。因此照原作编入此集附录，以为纪念。

1982 年 9 月

（原载《中国社会与思想文化》，人民出版社 1989 年版）

读《世说新语》札记

一

《世说新语·赏誉》篇云：

> 谢太傅道安北①：见之乃不使人厌，然出户去，不复使人思。

注云：

> 《续晋阳秋》曰："谢安初携幼稚同好，养志海滨，襟情超畅，尤好声律；然抑之以礼，在哀能至。弟万之丧，不听丝竹者将十年。及辅政，而修室第园馆，丽车服，虽期功之惨，不废妓乐。王坦之因苦谏焉。"按谢安盖以王坦之好直言，故不思尔。

按谢安一生特长，本以雅量著闻，若以王坦之好直言，便不思之，似非本段确解。窃意谢不思王，正由于两人气度丰韵，本不同道，其为此语，正其人格距离之自然表露，亦当时持庄老人生哲学者对儒法者所常有之批评，惟其语气较蕴藉耳。

《雅量》篇曰：

> 桓公伏甲设馔，广延朝士，因此欲诛谢安、王坦之。王甚遽，

问谢曰："当作何计？"谢神意不变，谓文度曰："晋祚存亡，在此一行。"相与俱前。王之恐状，转见于色；谢之宽容，愈表于貌。望阶趋席，方作洛生咏，讽"浩浩洪流"。桓惮其旷远，乃趣解兵。王、谢旧齐名，于此始判优劣。

又一条曰：

> 谢太傅与王文度共诣郗超，日旰未得前，王便欲去。谢曰："不能为性命忍俄顷？"

两人气度丰韵之异，于此可见。

《晋书》本传称"安寓居会稽，与王羲之及高阳许询、桑门支遁游处，出则渔弋山水，入则言咏属文，……安虽放情丘壑，然每游赏，必以妓女从。……及镇新城，尽室而行，造泛海之装，欲经略粗定，自江道还东。"（《晋书》卷79）而坦之则"非时放荡，不敦儒术，颇尚刑名学，著《废庄论》，……又尝与殷康子书，论公谦之义。"（《晋书》卷74）则其学问所尊，亦复异趣。

《轻诋》篇云：

> 王中郎与林公绝不相得，王谓林公诡辩，林公道王云："箸腻颜帢①，绉布单衣，挟《左传》，逐郑康成车后，问是何物尘垢囊！"

林公与谢游处最相得，而独诋王如此，则王、谢气味之未尽投契，益以明瞭。

盖晋世虽清谈盛行，而亦时有尊名教礼法者与之对抗。如傅咸、陶侃、卞壶、江惇、干宝、范宁之伦，皆其代表。王坦之喜刑名、反庄子，与此派名教礼法之士，最相接近。安石志在东山，不废声音，自为清谈家所谓"第一流人"（《品藻》篇语）。此两种人生态度，本不相合。儒家所倡之"絜轨迹，崇世教"，固为彼辈所不能，而庄老派欣赏艺术，冥

---

① "帢"原误作"恰"。——编者注

契自然，悠然自得之风趣，亦为名法之士所不喻。则其生活风趣，自难投契，谢谓王之"不复使人思"者，正谓此耳。故王之谏谢，正此种志趣差异之结果，而非谢不思王之原因也。

《言语》篇云：

> 王右军与谢太傅共登冶城。谢悠然远想，有高世之志。王谓谢曰："夏禹勤王，手足胼胝；文王旰食，日不暇给。今四邻多垒，宜人人自效，而虚谈废务、浮文妨要，恐非当今所宜。"

是王右军亦尝以直言谏谢矣，而谢于右军，则游处相得，契合无间。盖右军虽曾以四邻多垒为念，而一面又不废丝竹山林之乐。其所云"欣于所遇，暂得于己，不知老之将至"（《晋书》卷80），正两人共持之人生态度，而非坦之所称誉。然谢谓王坦之见之乃不使人厌者，则亦为好评，盖其彼此人格间，固有共同可近原素。

考江惇之作《通道崇检论》，卞壶之斥王澄、谢鲲，范宁之罪王何，皆自儒家礼法之立场立论，直斥清谈之非，而坦之则虽在《废庄论》中，仍取庄义立说。如曰：

> 动人由于兼忘，应物在乎无心，……且即濠以寻鱼，想彼之我同。……其言诡谲，其义恢诞，君子内应从我，游方之外，众人因藉之以为弊薄之资，然则天下之善人少、不善人多，庄子之利天下也少、害天下也多。

是坦之于庄之兼忘无心、游方之外，颇非深恶痛绝，观其所著《沙门不得为高士论》中曾云："高士必在于纵心调畅，反更束于教，非情性自得之谓也。"（《轻诋》篇）此数语虽不过取以为反攻道林之词，而核其旨趣，似对清谈家之思想，怀有相当同情。故谢遗王坦之书曰："常谓君粗得鄙趣。"说明其立言深有分寸，与所谓"见之乃不使人厌"语，颇相契合，但终非莫逆无间，故"出户去，不复使人思"，此足以瞻两种人生态度之差异矣。

二

《世说新语·文学》篇云：

> 谢安年少时，请阮光禄道《白马论》。为论以示谢，于时谢不即解阮语，重相咨尽。阮乃叹曰："非但能言人不可得，正索解人亦不得。"

按此事《晋书》的《阮裕传》《谢安传》均不载；然裕本传（《晋书》卷49）称"裕旷达不及放，而以德业知名，……虽不博学而论难甚精。尝问谢万云：'未见《四本论》，君试为言之。'万叙说既毕，裕以傅嘏为长，于是构辞数百言，精义入微，闻者皆嗟咏之。"观阮裕以德业知名，知非放诞者比，自与庄老谈玄派不同。又以傅嘏为长，而傅嘏本人以言名理著，则裕之"构辞数百言，精义入微"必为精于名理分析细微之论可知。据此则《世说》所载裕"道《白马论》，为论以示谢"，其事确可信据。

又《世说新语》虽颇好为文字游戏之语，但此段所记阮云"正索解人亦不得之言"，则确为当时实际之情势，而非故为隽语者比。兹略述魏晋名理派之盛衰，及庄老派对于先秦施、龙学说之态度，以资参证：《魏志·荀彧传》注及本篇刘注，并引《荀粲列传》曰："粲太和初到京，与傅嘏谈，善名理，而粲尚玄远。宗致虽同，而仓卒时或格而不相得意。裴徽通彼我之怀，为二家释。"是魏太和时，颇有"名理""玄远"两种治学方法之不同可知。又《魏志·傅嘏传》曰："嘏论才性同异，傅钟会集而论之。"《钟会传》曰："会死后，于会家得书二十一篇，名曰《道论》，而实刑名家言也。"此二十篇《道论》中是否包含会之《四本论》在内，不可得知。顾当时所谓"善言名理"及"刑名家言"者，实指才性同异诸种问题之讨论而言。此种才性问题之讨论，虽与先秦惠施、公孙龙学说不尽相同，然其分析名相之方法，实由先秦名家而来。观今存刘劭之《人物志》，可知其概略。此种分析方法之应用，至西晋之初，犹多遗风。如裴颜之《崇有论》、欧阳坚石之《言尽意论》，皆能分析思理，不蹈笼统含混之失。然自老庄盛炽，玄论大倡，清谈中之名理成分，终为玄论所掩。观今刘孝标《世说注》中所引"善言名理"者，颇不乏人。如王敦（《文学》篇注①引《敦别传》）、卫玠（《文学》篇注引《玠别传》曰："玠少有名理，善《易》《老》"）、裴遐（《文学》篇注②引邓粲《晋纪》曰："遐以辩③论为业，善叙名理"）、殷浩（《文学》篇注引《高逸沙门传》曰："殷浩能言名理，自以为有所不达，欲访立于遁"）、桓玄（《文学》篇注引周祗《隆安记》）、谢玄（《文学》篇注引《谢玄别传》曰："玄能清言，善名理"）、殷仲堪（周祗《隆安记》："仲堪好学而有理思"）、孙盛（《文学》篇注引《续晋阳秋》曰"孙盛善理义"）诸人者是。然就今存诸人之遗文论之，除孙盛之《老子非大贤论》《老子疑问反讯》（《广弘明集》卷5）诸篇略有名家风致外，余则或无可考，或为将相大臣，似非学问之士，或即玄论者流，而与傅嘏、刘邵之名理，皆不相近。又观今《世说新语·文学》篇上段，皆纪关于学术思想之清谈，（《文学》篇所记时代，显分两段，察其内容，似前半所记，皆关于玄理经义，属于今所谓学术思想上之问题；后半所记，皆关于诗文咏唱，属于今所谓纯文学上之问题。蒙疑如此，未知当否，附志于此，以求斧正。）然所述含有名理性质之《四本论》《崇有论》及此段所记之《白马论》皆在较早之期。自此以下，则皆为庄、佛问题，名理派之言谈绝少。盖才性同异在清谈中成为过去问题之后，（殷浩虽长于此，然其时似已非一般重视之问题矣。）属于形名派之名理，亦渐绝迹。夫魏晋人所谓名理，本与先秦施、龙学说，非为一事，（如《隋志》列名家书九种，自先秦《邓析子》诸书外，多为衡论人物之书。《七录》列名家已有九种，当为《隋志》所本，《隋志》于此外更无他书可列，尤为名理派衰微之明证。）然即此种方法上相似之名理派，在老庄学盛行后，亦不复为人注意。则属于纯粹名家之施、龙学说，其势力之微，更可知矣。

当时清谈家对于施、龙学说之态度，约有二类，一为"存而不论"，一为"使之玄化"。向秀、郭象注《庄子》极详尽，而于惠施所说，无一

---

① "注"原脱。——编者注
② "注"原脱。——编者注
③ "辩"原误作"辨"。——编者注

字注解（向不注惠施说，由《释文》不引其说可知）。此代表第一种态度。郭象注《庄子·天下》篇末云：

> 昔吾未读《庄子》，尝闻论者争夫尺棰连环之意，而皆云庄生之言，遂以庄生为辩者之流。案此篇较评诸子，至于此章，则曰其道舛驳，其言不中，乃知道听涂说之伤实也。吾意亦谓无经国体致，真所谓无用之谈也。然膏粱之子，均之戏豫，或倦于典言，而能辩①名析理，以宣其气，以系其思，流于后世，使性不邪淫，不犹贤于博奕者乎！故存而不论，以诒好事也。

郭象以惠施学说比于戏豫，则在此种学说影响下之人士，于《白马论》一类之书，不屑解亦不能解，可以知之。

《文学》篇云：

> 司马太傅问谢车骑："惠子其书五车，何以无一言入玄？"谢曰："故当是其妙处不传。"

由今日西方哲学观点言之，正觉惠子学说，妙处甚多。然魏晋人所要求者，为言之"入玄"，故自觉其妙处不传。由于此种"入玄"之要求，故往往取其可附会者，使之玄化。如乐广之解"指不至"，即其代表。

《文学》篇云：

> 客问乐令"旨不至"者，乐令亦不复剖析文句，直以麈尾柄确几曰："至不？"客曰："至。"乐因又举麈尾曰："若至，那得去？"于是客乃悟服。

刘注又以"藏舟潜往，交臂恒谢，一息不留，忽焉生灭"等语解说此段。由今观之，惠子此语，当与公孙龙之《指物》篇同义。即近世所谓"共

---

① "辩"原误作"辨"。——编者注

相”“个体”之问题。然乐广则以近于后世禅家之方法解之，刘注则直以庄子及佛学解之。是则施、龙辈之学说，虽有“能言人”，而实非名理派之解人也。

晋世士族既为清谈所笼罩，而清谈家对名理派又持此两种态度，故即有真能解此之才士，亦必不为世重，而湮没无闻。观郭象云：“尝闻论者争夫尺棰连环之意”，又张湛注《列子·仲尼》篇“白马非马”句云：“此论见存，多有辩①之者，皆不弘通，故阙而不论也。”则知当时对此名学问题，颇有辩②之者。又观《释文》所引司马彪注、李颐注，于惠施诸说，颇有较详解释，而今《晋书》司马彪本传中，祇言其注《庄》，而不言其长于名理。李颐则事迹多无可考，则当时撰述史传者，于此等人物学说，皆不重视可知。又观《晋书·隐逸传》载鲁胜所为《墨辩③序》，知其人于墨家名学，确有心得，与玄言者之附会绝殊。然以其与士大夫非交游同侪，其名竟不一见于《世说》之中。则此种学问之为当世忽视，益以明了。

又张湛注《列子·仲尼》篇“白马非马，形名离也”句云：“《白马论》曰：‘马者，所以命形也；白者，所以命色也；命色者，非命形也’，寻此等语，如何可解，而犹不历然。”“孤犊未尝有母，非孤犊也”句下注云：“此语近于鄙，不可解。”张湛谓“此论见存④多有辩⑤之者”，知其于当时讲《白马论》之说皆曾寓目。然于“马者命形”两语，并不理解，竟谓“如何可解，犹不历然”，则持庄列玄想学说者，了解名理之困难可知。谢安一生有得于庄老之自然风趣，观其喜音律、爱自然，饶有艺术家风味。凡长于直觉者，大抵短于名理，其不即解阮之理论，固其宜矣。谢之不解，正当时清谈家之代表。魏晋时代风尚，固皆有此倾向。则阮谓《白马论》之解人难得，诚非虚语！

顾自先秦以后，除受印度唯识及近世西方哲学之影响者不论外，其能讲《白马论》一类书者，唯六朝人为最。惜流风不广，载籍失传，惟

---

① “辩”原误作“辨”。——编者注
② “辩”原误作“辨”。——编者注
③ “辩”原误作“辨”。——编者注
④ “存”原脱。——编者注
⑤ “辩”原误作“辨”。——编者注

鲁胜、阮裕及北朝杜弼（《北史》本传）称弼注（《惠施》篇）数人，尚可考见，至可叹惜。今《隋志》子部道家类列《守白论》一卷，不著撰人。考《公孙龙子》有"因资材之所长，为守白之论"之语，似即讲公孙龙学说之书，岂即阮光禄一类人之遗说乎？

此文为 1937 年在清华研究院，选修陈寅恪先生讲授"《世说新语》及魏晋哲理文学"课程之学年论文。箧藏数十年，幸未散失。文中第二段认为"《世说新语·文学》篇前半段讲学术思想，后半段专讲文学"，陈师在眉批中指出："李慈铭校《世说》，已言及。"并指示云："鄙意临川实采辑两种不同之材料，故《文学》一篇，前后性质不同也。"陈先生一代大师，评阅寻常作业，不苟如此，实深感佩！独恨数十年来，对魏晋思想文学，未再迈进一步，缅怀良师，愧怍无已！此文原稿首页，印有"中华民国廿六年六月三日"铅字（当是注册科收卷时所刻），屈指计算，距芦沟桥事变，仅一月有余。十年动乱时，翻检旧册，此稿尚在人间。闻此时陈师曾受冲激，敬对手泽，不胜感叹！值此整理旧作之际，聊存学作，以为纪念云尔。1982 年 7 月。

（原载《中国社会与思想文化》，人民出版社 1989 年版）

王庄靖先生《悟道诵》题词

　　岁庚辰①，余与同乡先辈王韵珊先生比邻潜居，颇相过从。一日，先生出其尊翁庄靖先生《悟道诵》遗墨，命题数语。蒙不及见庄靖先生，然尝于李史畏翁丈座闻其行谊，又读先生碑文，知其学养。兹蒙读先生遗墨《悟道诵》，及韵珊先生识语，则信乎吾乡潜修有道之士也。兹《悟道诵》所述，兼取《中庸》《庄子》诸书精语，以形绘其修养所得。此境与寻常感觉思维，绝非同域，近于今所谓神秘经验者。蒙于此未尝用功，且已有庐先生及韵翁诠释，故于此未敢妄赞一辞。惟批览遗泽，兴感颇多，亦有欲言者数焉。

　　自清代以来，汉学盛行，博闻之士咸目宋学为空疏！迨西学东来，渐知彼方哲学、伦理诸科，略与吾义理之学相当。迨研之稍深，知西学名理解析，确然不移，又以向日理学虚玄无用。夫苟自建立社会功利及学术系统诸端论之，其得失利弊诚当别有论列，惟学之范围不限于知识经验所摄，亦非名言所能尽诠。如庄靖先生所造之境，以其超于寻常感觉理知，故近于今所谓神秘经验。然世间确有一种经验为常人所不达，而惟有深造修养者可享其用，则又确为事实而实非神秘。且吾浮生之伦，以渺小之生命，波荡于宇宙大海之中，迁流冲激，日无止境（其间知识之所能为力者，不只沧海之一粟，而所不能为力者乃居其大半）。当夫生死之交，得失之途，徘徊于欢欣悲哀之中，搏战于宇宙命运之前。于斯

---

① 1940 年。——编者注

时也，求其能定其宇泰，安其身心，而不至嗒焉。若丧者，则微特饾饤①考据之学渺如无物，即今日科学之所属、逻辑之所建，俱无能为力。此西方科学之士颇逃于宗教，研究知识之哲学者最后多归于道德艺术，而考据之士临终而叹其所学之无用也。夫苟能综观人生之全，知真正受用于身心者，在此而不在彼，则庄靖先生以 80 之高年，日写此数语以自乐，遗稿尽焚，遁世无闷，其自得之乐非寻常可想象，殆可知矣。又近时讲学术史者，多知以社会背景解释思想，此说苟持之过实，诚有可非，然生活、思想相关甚密，其说要不可非。以此论先秦学术，则儒出于文礼之士，墨出于武侠之士，庄出于隐游之士，其分界大纲似不可移。窃尝谓，庄系正统必为江海山谷之人，有宁曳尾涂中，而不为庙堂之风操者。若彼论帝王之术、以阴谋取天下之道家，皆为庄派之堕落转变，不可入庄、列之堂奥。后世述庄诸家，必如嵇康、向秀之愤激，渊明之高栖，船山之贞晦，乃至如慧远、德清之有得于佛陀，皆为近之。支道林以缁流而日与王、谢少年清谈，恐已不得逍遥之真。乃若郭子玄贪婪禄位，遨游贵门，故世谓其注为盗窃。虽未必皆然，要其间精湛之论必出于向，而调和于有为无为、徘徊于仕宦与高蹈之迹，乃其不能自掩者。而今传郭注乃多精义，斯世传盗窃之说绝不为诬。

且非特一学说之创立须有其相当之环境，即一学说之理解亦当有此相当之环境。长沮、桀溺固难知孔丘之栖皇，孟轲、杨朱亦不解墨翟之放踵，而公卿大夫之流自亦不足会庄、列之逍遥，何足怪哉。此自其异者言之。又自其可同者言之，孔墨哲学殊论、生活殊境，而应世之切则相同；孟庄之人生异趣、处世异趣，而合同万物则相同。使此说而稍进其实，则庄靖先生数十年退修园林，躬亲农桑，孤然离世，恬邈潜修，斯真可以悟正统道家之本义，与夫笺注、清淡者均有别矣。蒙昔尝闻，吾乡青主傅先生②少嗜服食，长逃庄老。然独怪其学究天人而不肯著书，及考饱经世变，辄颟将其平日文字尽付焚如，然后知先生之不著书，其志较逃于著述者尤为可思。今庄靖先生亦好庄老而尽焚其平日著述，虽处境不与青主尽同，然其心志所蓄必有高于著述，其修养所得必有不假

---

① "饤"原误作"钉"。——编者注
② 青主傅先生，即傅山。——编者注

于文字而可以自娱者，故先生可追步于古哲者。呜呼！世维不肯以文字名者，而后其文字之幸存者乃益可贵。韵珊先生以哀思之情存先人之手泽，则虽片纸只字犹将奉为拱璧，况皆精言微论、悟道之作，其可贵为如何耶！蒙后生浅学，于先辈所论本不敢谬为论赞，惟其平日治学颇慕自得，不贵苟同，又性行狷僻①不与时流同声誉，而学行初基多得自庭训，故深为叹慕。韵翁能存庄靖先生之遗泽以尽其孝思，而蒙则先人遗泽了无一存，当复何颜喋喋于先生之卷耶？况遗泽以简洁之言象悟道之实，其为贵更殊之耶！

附记

本文是先生于 1940 年冬草就的，又名"莽苍山民跋语《悟道碑》"。"莽苍山民"是七七事变后，先生身困沦陷区常用的号，此间先生曾改名张永龄。

王俊才谨识

（原载《张恒寿先生纪念文集》，河北教育出版社 1993 年版）

---

① "僻"原误作"癖"。——编者注

论辩证唯物论的认识论之要点

　　唯心论、唯物论这些名词，现在似乎成为一般人口头上常用的语言了。但它的确实意义是什么？主张的根据是什么？似乎大家心目中，并没有一致而正确的概念。比如，随便问一位路人说："你以为自然先于人类而存在呢，还是人类先于自然而存在呢？你面前的山河、大地、桌子、椅子，都是真的东西呢，还是头脑的虚构呢？"我想除了少数疯子和少数唯识信徒及巴克莱信徒外，谁也不会做后一种答复。如果依照恩格斯告诉我们的哲学上两大阵营分类（凡是主张精神先于自然的人们，因而也就是在某种程度上承认宇宙创造说的人们，他们就形成了观念论的阵营。反之，凡是把自然看做本源东西的人们，他们就属于唯物论的种种学派（莫斯科英译本《费尔巴哈论》，第20页），无疑的，一般普通人大都属于唯物论的阵营。那么我们将问：唯物论的基本理论既如斯简单，那么马克思哲学亦不过是一个常识的重复，有什么了不起的伟大呢？或者真如一部分学者所说：马克思之伟大，只在唯物史观方面，在世界观、知识论方面，并无新的发现吗？

　　关于马克思在世界观及历史论方面的伟大理论，不属于本文之范围，这里只打算谈一谈马克思在知识论方面的创见。为指出马氏的创见，先要知道点他所继承的历史传统，他回答了一些什么问题，在理论上克服了一些什么样的困难。知道了他所面对的敌论，有怎样坚强的理论根据之后，才知道那个看起来似乎是简单的结论，并不是容易的收获。

　　从常识上看，我们普通人，大概都是一个广义的唯物论者。我们都不幻想人先于自然而存在，我们都相信感官是知识的来源；我们面前的东西都是真正的实物，而非头脑的虚构。但是假如稍一反省，稍看一下近代认识论上的论据，便有好多理由，使我们不敢太相信我们的感官。在一定的情况下，我们一遇到较复杂的人事社会问题，我们便不能坚持我们的素朴的唯物论据，一定至于动摇，甚至于投降了。比如说：我们面前的桌子，有颜色、声音、形状、软硬等性质。根据近代物理学、生理学的研究，知道物体的颜色，不过是不同的光波的跳动，经过我们的眼帘，投射到网膜上所生成的印象。桌子的颜色、光度可以随我们的感官的不同而改变。对于戴①蓝眼镜的人，一切物都是蓝色。对于戴②黄眼镜的人，一切都成黄色。根据此理，我们知道人的肉体的眼镜是永不能去掉的，那么外面的东西，它的客观颜色究竟是什么呢？似乎谁也不敢做确切的回答。尤其是发现了色盲一类现象之后，更足以证明，人类并没有绝对的标准，来确定外物本身的颜色。颜色如此，其他声音、温度、味气等，更莫不然。17世纪英国的经验派大家洛克，首先把物质的第二属性——颜色、声音——认为不属于物体本身，而认为是物体刺激主观的结果。后来巴克莱以为不但物体的颜色、声音等随主观的感觉而变动，连它的大小、形状，也随主观的位置、方向、距离而不同。由此想到假如物体除了这一切颜③色、声音、香味、形状、大小，它本身还有什么呢？于是建立了主观唯心论。既然人类对于外物的知识，只有借助于感官，而感官往往影响外物的性质与形状，而且由感官直接得到的不过是物体的某一方面的印象。人再加以主观的构造，乃形成物体的概念，那么我们有什么办法，来解脱这主观的束缚呢？既没有解脱主观色彩的方法，那么存在不就等于感知？或至少存在的本体，是永不可知的吗？

上述理由，虽然事实上推不倒我们常识上的信仰，它"能胜人之口，而不能胜人之心"。但我们从来的思想家们，总难在积极方面想出驳斥它的圆满而有力的论据。

从历史上看，回答这个认识上的难题，有两条路径：一条是消极的，一条是积极的。

先说第一条。

---

① "戴"原误作"带"。——编者注
② "戴"原误作"带"。——编者注
③ "颜"原脱。——编者注

第一，我们问唯心论家，你既然认为一切外物都不能离感官而独立，便以为一切存在都是觉知，那么你是单独承认你的心知呢，还也承认别人的心知呢？如果你也承认别人的心，那么你如果不是凭了别人的身体举动、形色、声音，你怎么知道别人的心呢？你既不相信外面的一切，自然不相信你感官外面的别人的身体，则别人的心也不能承认，如此你必变成"唯我主义"（solipsism）。因为照你的论据推下去，只有这样"予谓汝梦亦梦也"的境界可以说通。其实真是如此，即这一句话也不需要提出，因为世界只有你自己而已。然而一切持主观唯心论的人，似乎又不愿直率承认只有自己的唯我主义，所以前述"存在即觉知"主观唯心论的论点，从消极方面可以驳倒。至于客观唯心论，虽然承认外在世界可以离我们个人主观而存在，但最后都是绝对精神之显现。这一主张，似较客观，其实更为荒谬。因为个人主观意像，还有一个附属的头脑，主观意像既不能离个人身体而独立，哪里来的宇宙精神呢？既然承认一切外物可离个人主观而存在，为什么不可离宇宙精神而存在呢？所以这个主张，更不能成立。以上是我们所说的对于唯心论论据的消极回答。19世纪好多自然科学家，如英国的狄克逊（几何学家）、德国的菠尔茨蔓（物理学家）（列宁《唯物论与经验批评论》第1章第6节，引见曹葆华中译本，第149—150页）以及20世纪实在论哲学家罗素等（见罗素《哲学大纲》，第302页），都偏重于这个论点。但是这个论点虽然可以促使唯心论家反省，使他们感到最后必至变成唯我论的危险，但并没有告诉我们外界的实在的积极论据在哪里。知识之直接可靠基础是什么。对于那个"主观是否能达到真实"的问题，并没有正面有力的回答。总之，是没有一个积极建设贯通于自然历史各方面的"物质论"的基础。持这种论调的一部分人可以停留在不可知论的边沿上，可以徘徊在二元论的园地里，可以无可奈何的以"动物的信仰"暂作为生活的安慰。而一切知识行为、历史社会的事实，还站在一个不稳固的基础之上。马克思对于唯心论的反驳，不是单走这个路线。

马克思对于这个难题的回答，不在感觉和印象的表面上去辩解，而是更进一步，打穿后壁，把知识的基本问题重新放在一个新基础上。《费尔巴哈论纲》第1条说：

从来一切唯物论的主要缺点——费尔巴哈的唯物论在内——就是把对象、实在、感性等，只在客体的形式或静观的形式上去把握，而不是非主观地作为人类的感性动物或实践去把握……（莫斯科英译本《费尔巴哈论》，第61页）

第2条说：

人类的思维，是否能达到客观的真理，不是一个理论问题，而是一个实践问题。在实践上，人必须证明这个真理——即思想之真实、权利和此岸性。离开实践而争论思想之真实不真实，那是一个纯粹繁琐的问题。（同上）

把人类的行动，作为客观的实在，把实践作为知识真伪的标准，这是马克思最伟大的发现。也许有人认为这不过是用了"繁琐问题"四字，将问题推开而不是将问题解决。其实不知道这正是一个伟大的解决。因为自从哲学家们从独断的宇宙论转到认识问题上，虽然是一种进步，但谁也没有弄清楚知识的性质是什么。不论是理性派、经验派乃至康德的批评论，都不自觉的以知识为一个静的历程，所以经验派以感官符合于外物的路走不通之后（即由于前举色盲一类现象而知道走不通），理性派便以理性自相符合为准则。理性派的路走之不通之后（这条路的最终点是否认外物），批评派便以范畴与经验调协为准则，在静的里程上讲知识，到康德的批评调和，可以算登峰造极了，然而在自然与经验的关系上，在超越的先经验的知识之来源上，留下若干永远填不起的漏洞。其实都不晓得知识对于外物的关系，不是静的关系，而是动的关系；不是静的相应，而是动的相应，即辩①证的相应。静的感官虽不是认知外物的唯一可靠的标准，而另有可以协同证明外物符合于知觉的指标，那便是马克思所提出的实践。所以说这不是理论问题而是实践问题，正是对于知识问题给以正面有力的回答。恩格斯在《社会主义从空想的到科学的发展》的英文本序上，有一段最扼要的叙述，他说：

---

① "辩"原误作"辨"。——编者注

　　我们的不可知论者也同意，我们全部知识是建筑在经过感觉所得来的报导之上的。但是，他补充道：怎样知道我们的感觉正确的反映他们所感受的事物呢？其次他又告诉我们说：当他说到①事物及其属性时，实际上所指的并非这些事物和属性本身——这些都是他所一点都不能确实知道的——而是这些事物及其属性在我们的感觉上所发现的印象。不必说，这样的观点，当然，不容易只用论证去驳倒它的。但人们在论证以前，他们先行动。"事业在先"，在人类的才智发现这个困难以前，人类的行动老早已经解决了这个困难。The proof of the pudding is in the eating（布丁的证明就在吃）。当我们按照我们所知觉到的任何事物的属性来使用它的时候，在这时候，我们就使我们感觉的、知觉的真理性或虚伪性受到不会有错误的考验。如果那些知觉是虚伪的，那么我们关于这一切事物使用的可能性的判断，必然地亦将是虚伪的，而一切这样地使用它的企图，也必然要失败的。但是，如果我们达到了我们目的，如果我们找到了事物是合于我们关于它的观念的，它给予了我们在使用它时所预期的结果，那么，我们就有正面的证据证明在这些范围内，我们关于事物及其属性的知觉是符合于存在于我们之外的现实的。（解放社博古中译本，第16页）

　　从实践上、行动上，老早已经解决了知识上的困难问题，这真是一针见血之论。因为假如外物与我们的知识是虚幻的话，我们决不能依据于知觉经验，而制出使用事物、支配事物的方法。我们是人，是自然之一部分，我们不能跳出自然之外，当然不要求那个绝对静观的超越知识。我们的知识，是行动之一部分。知识的真伪，就以实践的有效与否为衡量。所以人类的行动，在日常实践上，尤其是在实验上、工业上，老早已告诉我们某种预期的效果之可靠了。有了准确的预料的知识，便得到相对的真理；这些具体的相对真理渐渐增多之后，便能渐渐走向绝对真理。旧哲学家所提出的疑难，实在不成为严重问题。但自人类发明了语言文字之后，人们可以用语文符号，经济化了若干不必要的行动，于是

————————

　　①　"到"原误作"道"。——编者注

便以为每个观念语言，都是无关于行为的外物之死的反映，于是发生了认知是否与外物相应的问题。自从社会产生了脱离劳动的知识阶级之后，专以文字求知为生活，因而越发加强了知行分离的趋势，于是大家便要求不借助于行动证明的知识。同时由机械唯物论而来的心理学，专以分析意识要素为研究对象，忘记了意识不过是行动之一环，于是知识论专在感觉印象与物体符合上兜圈子，圈子兜不过去，便缩回到贫乏的、枯瘦的、拖沓逻辑的架子里来，那便永远脱离不了巴克莱、休谟等提出的难关。然而马克思在近代心理学没有发达以前，便用行为（不是机械论的行为主义 Behaviorism）的观点，将知识论放在最稳固、最可靠的基础之上了。

明白了知识不是静的、被动的，而是辩①证的、主动的，不是单由感觉上去证明，而是由实践行动上去证明，才能摆脱一切唯心论、怀疑论的枷锁，才能免去不可知论的羞怯，才能在动的物质基础之上，解释一切社会历史之变化。马克思、恩格斯哲学之范围虽广，我以为这个看重实践的认识论，是主要关键之一。如果不先弄清这一点，便容易走入两种歧途：

第一条歧途是返回机械论去，以为一切社会现象，都可以用物理、化学的法则来解释，知识不过是呆板的印象，并无指导行动之作用。如此最后必至变为命定论，而取消了改变世界的理论根据。一切"马克思正教"经济主义，及均衡论等，都属于这一路线。

第二条歧途是返回到变相的唯心论、不可知论去。从阿万那留斯到波格达诺夫的经验批评论，便是证明。这一派人尤其是大物理学家马哈，多以近代自然科学为依据，因为科学愈发达，科学上的基本概念，愈不易与直观上的单纯印象相符合，于是造出了"世界要素""思维经济原理""物理学的唯心论"等等理论，他们不知道科学的基本概念，亦是由实际出发而返回实际与实验的行为相应的东西，于是说"物质消灭了"（关于此层需后另文论证）。

这两条路径，或是取消了改变世界的基础，或是暗示世界可任意改

---

① "辩"原误作"辨"。——编者注

造，而都由于错误①估计了实践在知识上所占的地位。所以我说这个重视实践的知识论，是马、恩哲学主要契机之一。

　　人类几千年来，早已是在实践论中认识真理的，几千万的普通人也可以说早已不自觉地站在唯物论阵营这边了。但是一遇到学者们分析的、怀疑的、逻辑的武器进攻之后，成千万人立刻失去了招架之功，而陷入混乱的深渊里，只有那位一向不为哲学家们所重视的伟人，真正能够自觉地、大胆地、非常**识**把这个"百姓日用而不知"的道理，有系统地建立起来，而使一玄妙空洞、支离破碎的知识论都变无物之阵，那便是伟大的革命哲学家马克思。

　　现代英国反马克思大家罗素说："世界上第一个从行动观点上讲知识的是马克思。"（罗素著《西洋哲学史》，第 784 页）这一句并非出于敬意的话，是非常正确的。

　　但是为什么几世纪以来，多少大哲学家想不通的问题，而马克思独能想通呢？单单提出马氏个人的天才，就算是个圆满回答吗？当然不是。我们知道天才并不能凭空产生，他有时代与社会的根源，并不是由于马克思的思辨②能力，超过以前的大哲学家——如休谟、康德、黑格尔等——所以他能想通几世纪来的思想家们想不通的问题，而是由于马克思的社会立场和时代关系，能把握了几世纪的哲学家们所不能把握的立场，所以能运用他的思辨天才想通了几世纪来乃至 20 世纪还不能解决的问题。《费尔巴哈论纲》第 9 条说：

　　　　静观唯物论，亦即是不把感性了解为实践行动的唯物论，它所能达到的最高点，是资产社会内各个人的静观。

第 10 条说：

　　　　旧唯物论的立足点是资产社会，新唯物论的立足点是人类社会，或社会化了的人类。（莫斯科英译本，第 63 页）

---

① "误"原脱。——编者注
② "辨"原误作"辩"。——编者注

这可作为马氏自己对于他的天才发现之真实说明。

　　（恒寿师于 1949 年 5 月①完成于国立北平艺术专科学校，2005 年 9 月先生之子张葆善提供。——王俊才）

　　　　　　　　　　　（原载《张恒寿文集》，中国文史出版社 2005 年版）

---

　　① "5 月" 疑当作 "10 月 5 日"。——编者注

关于中国哲学史中唯心、唯物主义斗争和阶级斗争的关系问题

自从马克思主义传播到中国以来，便有不少作者，企图用阶级分析的方法，解释中国历史上各种哲学思想的产生和发展。解放以来，有了更多的人从事这方面的工作。现在回顾一下 20 多年来走过的路程，确已有相当程度的进展。但是总的说来，大部分论著，基本上还没有超出简单比附西方哲学发展的阶段，还没有完全克服在唯心、唯物的框子上，贴阶级标签的缺点。不过这一缺点，从最近报刊上发表的有关中国哲学史问题的一些论文中所提到的问题看来，确曾被大家感觉到了。仅仅这个问题的提出，就标志着在这一路程上已大大前进一步了。

朱伯崑同志的论文，对于哲学史工作的缺点和困难，说得最为明白。他说：

> 按照一般的说法，唯心主义总是代表历史上反动和没落阶级的利益，而唯物主义总是代表历史上进步的阶级的利益。但这个问题，也不是那末简单。有人曾经认为在中国的封建社会中，农民是被剥削的阶级，因此反映农民的哲学观点，应该是唯物主义的。但实际上并不然。例如，太平天国的革命思想家，相信上帝，总不能说他们在世界观上是唯物主义者。又如，先秦道家的思想，老子、庄子的学说，不相信上帝和鬼神，提倡"天道自然"，反对目的论，应该说是古代的唯物主义者和无神论者；但他们（尤其是庄子）的社会

政治观点，却强烈地反映了没落贵族的情绪，显然是代表当时没落阶级的利益。与此相反，孟子在社会政治上发表了许多有利于当时新兴封建势力的言论，但他在哲学基本问题上却信"天命"，讲神秘主义，主张神权政治。怎样说明这些历史事实和哲学发展规律的关系呢？如果说，这些问题只是例外，但历史上这种例外太多了，原则也就成问题了。……有人说，一部中国古代哲学史，其中的思想，说来说去，不是代表大地主，就是代表小地主，实际上没有什么阶级分析。这些问题，不仅仅是对具体材料如何分析的问题，同时也牵涉到有关历史唯物主义的某些理论问题。（见 1956 年 10 月 14 日《人民日报》）

究竟这些问题，是不是牵涉到有关历史唯物主义的某些理论问题，还需要另作考虑。不过这些现象，确实证明了我们对于具体情况没有进行足够的具体分析。我觉得不仅像朱伯崑同志所提出的先秦时代，社会变化的复杂，老、庄、孟、荀思想内容的复杂，用简单的方法不容易解释，就连我们认为秦汉以后的社会和哲学似乎比较简单明确，也不是那么容易处理的。

比如汉代哲学中以董仲舒为代表的天人感应说，和以王充为代表的自然主义的对立，这个分野是很分明的。但从而认为一个是代表反动阶级利益的，一个是代表农民阶级或进步阶级利益的，就不是那么容易了。从世界观或对自然的解释上看，我们都知道董仲舒所讲的天人感应论，是非科学的、迷信的，可以说是神学的、宗教的。在这一点上，不会有什么争论。但是从社会斗争的立场上，或从社会问题的主张上看，我们很难说董仲舒是一个反动人物。

我们知道，汉代最大的社会问题，是农民的土地问题，对于这一问题的态度上，可以看出不同人物的不同立场来。而董仲舒正是第一个把土地问题提出来的人。在这个问题的立场上，他不但和当时的豪强地主立于反对的地位，而且比我们一般认为有进步思想的政论家贾谊、晁错，都更前进一步。贾谊、晁错不过提出了拥护中央集权和重农抑商的政策。而董仲舒则正式提出了"限民名田以赡不足"的具体主张。谁都知道"富者田连阡陌，贫者无立锥之地"的名言，是他说出来的；"去奴婢，除专杀之威"的名言，是他说出来的；他曾用了愤激的口吻，谴责了专制皇帝的苛重赋役；用了同情的态度，描写了"衣牛马之衣而食犬彘之食"的贫困小民；对那些"众其牛羊、多其奴婢"的豪民，表示了无比的愤恨；对那些"或耕豪民之田，见税什五"的佃农，叫出了同情的呼声。假如把董仲舒的语言，用诗歌形式写出来，我想不会比大诗人杜甫、白居易的作品的人民性更为少些。但是我们讲哲学史、思想史时，却只能依照我们的公式，把他说成是一个反动透顶的神父。讲到汉代土地问题时，却只能把董仲舒当作一个广播员，借他的口把汉代的土地问题、奴隶问题和解决土地问题、奴隶问题的主张传达出来。仿佛董仲舒的语言和他的思想感情、立场观点毫无关系。这不能不说是一个很难理解的矛盾。

这些现象，应该使我们对于原则的简单运用，要重作一番考虑了。我们一些哲学史、思想史的作者，在这一矛盾上，也曾作过一番自圆其说的努力。他们的方法，大概不外说董仲舒代表统治阶级，只能提出限田的主张，还不敢提出均田的主张来，这是地主阶级的意识；或者干脆说董仲舒和王莽一样，不过是一个代表皇帝立言的骗子。如果董仲舒所处的时代，土地改革的要求已成为普遍的呼声，或者董仲舒是一个皇帝信任的大臣贵戚，那么说他假借权势，欺骗群众，或者随声附和，依样学舌，那还不失为一个可以尝试的解说。但是谁都知道，在董仲舒以前，还没有人提出这个问题；董仲舒本人，并不是权臣贵戚，而是被朝廷排斥的冷落人员，他提出这些主张，并不为统治阶级所欢迎。总之，不论从他处的时际和地位上说，都没有利用土地问题欺骗群众的可能和必要。所以上面的解释，除了证明人们企图附会于"唯心论的宇宙观，一定为反动统治阶级服务"的愿望以外，对于具体事实的复杂关系，并没有作出进一步的解决。

和董仲舒派相对立的思想家是王充。王充在阴阳五行思想统治一切的时代，对于当时流行的灾异说、谶纬说，及一切阴阳迷信的说法，加以无情的攻击。他确实是一个伟大的自然主义者。但是，这是不是就如一些作者所说，王充是代表农民阶级利益的呢？这就是一个值得考虑的问题。王充讲政治的书，虽没有流传下来，但就现存的 85 篇《论衡》看来，其中《宣汉》等 3 篇，可以说是给汉朝统治者颂扬的文章。他在

《命禄》篇中说："有死生寿夭之命，亦有贵贱贫富之命"，认为国家的兴衰安危，完全由国命决定，与人类的努力，毫无关系，《治期》篇中说："世之治乱，在时不在政；国之安危，在数不在教"，这种理论，决不能在社会斗争上起什么进步作用，更不容易说成是农民阶级的意识。如果一定要说是代表农民，那只能说是代表农民起义失败后的悲观情绪。但从《论衡》全书中看来，很少替农民呼吁的语言，因此这个假定很难成立。我们在历史上曾经听到过农民自己的语言，他们说："苍天已死，黄天当立；岁在甲子，天下大吉。"这种农民反抗的真正呼声，和王充的思想是不一致的。

在这里顺便谈一下南朝的范缜。我们知道中国哲学史上，王充以外第二个杰出的唯物主义者，是齐梁之际的范缜。不但他的《神灭论》是中国哲学史上的宝贵遗产，而且他敢于提出和皇帝不同主张的精神，也是一个值得提倡的优良传统。但是，能不能说范缜的理论是代表农民阶级的利益的呢？当然是不能的。神灭论的内容，虽然主要是解答形神关系的理论，而最后也提到了他的社会理想。他的社会理想是什么呢？是"小人甘其陇亩、君子保其恬素"，"下有余以奉其上，上无为以待其下"。他不但没有看见南朝的农民问题和土地问题，而且也没有表示出对于农民的同情。这种"小人甘其陇亩"的理想，正和他说"人之生，譬如一树花，同发一枝，俱开一蒂，随风而堕，自有拂帘幌坠于茵席之上，自有关篱墙落于溷粪之侧"的偶然论，是一致的。

但是依照我们的那个"理论公式"，却只能把董仲舒定为代表反动的大地主阶级利益，而王充和范缜是代表农民阶级利益的。仿佛我们在哲学史研究工作中，决定一个人是属于什么阶级，或代表什么阶级的利益时，和我们在实际运动中（比如在思想改造运动中）决定一个人是属于什么阶级，或代表什么阶级思想时所采用的方法，可以完全不同。在实际运动中，决定一个人的阶级立场时，主要是取决于他的实际行动和对实际问题的主张，而在哲学上决定一个人的阶级立场时，只用看一下他对于世界的解释就够了。这不能不说是形而上学方法的表现，而不是唯物辩证法的应用。

除了董仲舒哲学和他的阶级立场难以解说外，第二个发生困难的问题，是关于朱熹的评价问题。

我们知道：朱熹在宇宙论上，主张"理在气先"。这种唯心论的体系是我们所反对的。朱熹的经书注解及其伦理规范，又曾是后代帝王提倡的教育工具，在封建社会中也是起了反动作用的。但是如果单单根据他的宇宙论和后代帝王对于他的尊重，就推定他是一个反动人物，便又会遇到理论和实际斗争中间的矛盾。

我们知道，中唐以后，最严重的社会问题，是土地赋税的平均问题。就在这一问题的斗争上，可以看出一个人的立场来。而朱熹正是一个坚决主张执行方田均役向豪强地主斗争的人，并且是一个有极详密的进行方田规划的实行者。朱熹就因为坚决执行方田政策，坚决反对和宰相有亲戚关系的贪官污吏，得罪了权贵大臣，终于兴起了对他全面打击的"庆元党禁"。在党禁实行时期，不但朱熹本人被排斥，几至置于死地；而且所有他的学生，都受了牵连。甚至于人们在入仕之前，必须先写填甘结，保证不是朱熹党徒，才能加入官吏系统。正如鲁迅先生说孔子生前是一个到处碰钉的倒霉人物一样，朱熹生前也是一个被迫害的倒霉人物。然而我们讲哲学史、思想史时，为了符合于我们的简单公式，竟可以对于一个哲学家的实际斗争，毫不理睬，或者用一句统治阶级内部矛盾的话，掩盖了复杂的事实。采用这种办法，问题确实是简单化了，理论确实容易讲了，但对于真正哲学斗争和阶级斗争的联系，并没有作出具体的分析。

我们提到了董仲舒和朱熹的例证，并不想说明唯心主义是"有些好处的"，借此给"对唯心主义有过感情的同志们"一点安慰，而是想提供一些具体情况，提醒我们对这些具体情况，作一些具体分析，不要仅仅用一个简单公式，就算解决了复杂的问题。

我们不但认为唯心主义的理论是不正确的，而且也不想强调"唯心主义在一定历史条件下起过进步作用"的那一论点；我们想着重说明的是：历史上确曾有些在宇宙论上是唯心主义的人，他们在实际斗争上是站在反对统治阶级立场上的；他们的社会理论，是主张改革、反对保守的。我们应该深入研究一下：他们的宇宙论和他们的实际斗争中间有些什么关系？他们从什么逻辑出发，由唯心的宇宙论上，推出改革社会的结论来？指导他们建立理想的原理，和真正指导他们建立社会理论的实际观察，两者中间的关系和矛盾是什么？作为一个斗争武器来说，这些理论起过什么正面和反面的作用？

我们说王充和范缜不代表农民阶级，当然和我们说唯物主义最后是正确的主张，并不冲突。因为在马克思主义以前，历史上根本没有既包含辩证唯物主义又包含历史唯物主义的最全面的科学唯物主义。一个古代史中有唯物世界观的哲学家，并不能保证他对社会历史的解释也是正确的，反而可以说在科学唯物主义产生以前，一个宇宙论上的自然主义者，往往在社会观上容易是一个命定论者；一个社会观上的命定论者，当然不是一个积极的社会改革者，所以仅仅从世界观上的唯物主义，推到代表农民阶级利益的方法，是和唯物史观的原理不符合的。

照我个人不成熟的想法，认为今后应用阶级分析法时，应该对于一个哲学家，不要只是根据他的世界观或宇宙论是唯心主义呢还是唯物主义而直接得到他是代表反动阶级还是代表进步阶级的结论。应该改换一下分析的次序，首先考察一个哲学家在社会斗争和政治斗争中的立场，是站在哪一方面的；考察一下他的历史理论、社会理论是进步的还是反动的。如果一个哲学家，只有关于宇宙方面的理论，而没有社会方面的主张，假如不是文献上有缺陷，就应该考察他是否是一个对社会漠不关心的学者。如果一个哲学家：（一）在世界观上是唯物的、在社会斗争上是进步的；（二）或者在世界观上是机械唯物主义的，在社会斗争上是消极的；（三）或者在世界观上是宗教的唯心的，在社会斗争上是反动的保守的；对于这三种类型的哲学，我们的解释工作当然没有什么困难。如果一个哲学家的世界观是唯心的，而在社会斗争、社会理论上是积极的，那就应该考察他的宇宙论是不是他的社会论的指导原理，他经过怎样的曲折路径，得出在社会问题方面的结论。

我以为一个人的阶级利益，和他的社会斗争、社会理论的关系是直接的，和他的世界观是间接的。从逻辑上说，一个人的社会观、历史观是从世界观上推出来的；但从实际上说，一个人的世界观却往往是根据他的社会观构成的。特别是在自然科学没有成为社会上绝对普遍承认的真理以前，古代思想家的世界观，往往是为他的社会观服务，而不是他的社会观给他的世界观服务。因此我们决定一个历史上的哲学家的阶级立场时，应该以他的社会理论为主，以他的世界观为辅；应该从他的社会斗争、社会理论上确定他的阶级立场，从而寻求两者间的关系。不应该先从他的宇宙论上推论他的阶级立场，然后再设法解释和这个"推论"不符合的社会行动和政治主张。

这是我对于如何具体应用阶级分析方法的第一点意见。

除了上述第一个简单公式外，中国哲学史研究工作中的第二个简单公式是："凡是正统的经过帝王提倡的哲学，一定是反动的；凡是属于'异端'的哲学，一定是进步的，革命的。"这一个公式的普遍应用，也阻碍了我们对中国哲学发展的具体了解。

要想克服这个缺点，首先应该把一个思想家所创造的思想理论，和统治阶级所利用来提倡的思想理论区别开来，才能弄清楚思想斗争和政治斗争的线索，否则我们不容易走出简单公式的死胡同。

我们知道：不论是什么样的统治阶级，必须有一套统治人民的理论，才能巩固他的统治地位。而且越到统治不巩固的时期，越需要找寻一些新的理论作为其维系人心的工具。历史上，对于统治者最方便最有利的办法，莫过于把社会上已具有势力的理论拿来，稍为改变一下它的重点，便可以成为欺骗人民的最好武器。因此历史上若干本来具有相当进步意义和改良愿望的思想，变成了反动阶级的统治工具。这便是为什么一个社会上具有权威的思想家，在他生前是一个被迫害的人物，到他死后，便成为被崇拜的偶像的原因。这种例子，在东西方的历史上，似乎都不难找到。而我们前面所提到朱熹，实际上也属于这样悲剧性的人物。

这种现象，在封建时代的历史家们，也已经看出来了。领导过明代学生运动的张溥，对于宋代统治者和程朱学派的关系，曾做过这样的论断：他说："为二程之学者，朱熹也。韩侂胄当国，不敢斥程学而偏锢朱熹。为朱熹之学者，真（德秀）、魏（了翁）也。史弥远当国，既知尊朱学，而偏锢真、魏。程学明于南渡，欲锢熹而斥程，则恐邪说之不伸；朱学明于理宗，欲锢真、魏而斥熹，则恐人主之不信。是故程学不废而朱熹自贬，朱学加崇而真、魏自罢。此所谓小人之术，盗亦有道也。……见圣贤之书则好之，当圣贤之身则弃之；圣贤既死则慕之，圣贤生前则锢之。古今同弊，于明君尤甚焉。"（见《宋史纪事本末》卷95《真魏诸贤用罢》附论）

张溥对于"程学不废而朱学自贬，朱学加崇而真、魏自罢"的现象，认为是"小人之术，盗亦有道"，这可以说是既正确而又尖锐的批评。我们必须具有比张溥更为明锐的眼光，用马克思列宁主义的阶级分析法，对南宋以后对于程朱的尊崇，和程朱学说的本来愿望，加以具体分析，才能说明他们中间的联系和区别，才能从实际问题中找出理论的产生和转变的说明。如果照我们现在的办法，则不但不能说明解决朱熹学说和朱熹行动间的关系，就连我们经常宣扬的明清之际的卓越思想家的来源，也成为无法说明的问题了。

应该指出：统治者对于思想家的学说加以利用、曲解，即使到了无产阶级革命学说发生以后，也没有停止过。列宁在《国家与革命》上说：

> 当伟大的革命家在世时，压迫阶级总是不断迫害他们，以最恶毒的敌意、最疯狂的仇恨、最放肆的诽谤对待他们的学说。在他们逝世以后，便企图把他们变为无害的神像，即所谓把他们偶像化，赋予他们的名字某种荣誉，以便"安慰"和愚弄被压迫阶级，同时却阉割革命学说的内容，磨灭它的革命锋芒，把它庸俗化。（《列宁选集》第 3 卷，第 165 页）

列宁这一指示，确可以作为处理哲学史上复杂问题的锁钥。因为马克思主义是最不容易利用的学说，而事实上还要遇到曲解，那么封建时代一些仅有改良意义的学说，它容易被统治者利用，那该是最自然不过的事了。所以我们哲学史研究中的重要工作，除了对于哲学本身，进行详密的分析外，就是要从政治利用和学说本身中找出其间的矛盾和统一，找出一个有一定进步性的学说如何转变为反动性质的关键，才能说明哲学思想的具体发展，才能避免迁就公式的矛盾。

以上是我对于改变研究方法时所想到的第二点意见。

我没想如果我们能改变了这个简单化的分析法，能够通过哲学家的实际行动和实际主张，找寻哲学家的世界观和社会观中间的联系和矛盾，那时，我们所写的哲学史或哲学史的教学工作，就不会是一个孤立的零碎的从古代文献中搜寻唯物主义材料的介绍和解释工作，而会成为一种讲述社会发展和思想发展密切联系的工作。（当然在工作进行中，分析古代哲学家的哲学思想，仍然是最主要的关键，因为如果对于哲学家的思想内容分别不清，那么对于哲学家的阶级分野也就无从找寻了。）同时如果能通过实际问题说明哲学思想，那时不但可以解决哲学史的问题，而且可以帮助解决中国社会史的问题。因为现在关于中国社会史分期争论的关键，不在于某一时代有没有某一经济体系（如奴隶经济或封建经济），而在于某一时代，同时有几种经济体系，可是究竟是哪一种经济体系占支配地位的问题。解决经济体系的关键，在于区别生产方式，这只是社会史家的责任；而解决哪种体系占支配地位，也即是解决"社会形态"问题的关键，就不仅是在于社会基础的区别，而也需要研究整个上层建筑的面貌。因此我们如果能对于上层建筑之一的哲学有所说明，一定能反转来对于解决何种经济体系占主导地位的问题有所帮助。这样，哲学史家，就不致永远处于跟随社会史家转移基础的"仆从"地位，而会成为协同社会史家解决全部问题的朋友了。

尽量占有大量的材料，深入分析思想的内容，有创造性地运用阶级分析方法，努力从事于中国哲学史的研究，这是我们应该共同担负起来的任务。

（原载 1957 年 2 月 4 日《人民日报》，也见 1957 年《新华月报》第 3 期和《中国哲学史讨论专辑》。此据《中国社会与思想文化》，人民出版社 1989 年版）

试论两汉时代的社会性质

中国历史上奴隶社会和封建社会分期的问题，是 20 多年来争论不决，而目前各方期待及早解决的问题。在最近的论辩①中，虽然还有非常分歧对立的见解，但并不是没有一定程度的进展。问题的全面解决，当然需要各方面的长期努力，但在全面解决的条件没有成熟之时，每一个历史工作者，各就自己的知识范围，提出一些不一定成熟的意见，对于促进全面解决的及早实现，不是没有帮助的。因此本文敢于提出个人对于汉代社会性质问题的一些看法，请教于史学界的前辈和同志们。

一 区别奴隶制跟封建制和区别奴隶社会形态跟封建社会形态的标准问题

在没有讨论到汉代社会性质以前，应该先说明一下什么是区分奴隶制跟封建制的标准，和什么是区分奴隶占有制社会形态跟封建制社会形态的标准。

前一个问题所讨论的是两种经济体系不同的标准，后一个问题所讨论的是两种社会经济形态不同的标准。经济体系（或社会经济样式）所指的内容是：历史上一定的生产关系之体系，也即是经济样式或经济结构；社会经济形态的内容，所指的是："包括着特定历史时代底经济诸关系之全部具体的丰富性、多样性和多方面性。包括着跟这些经济关系相适应的诸种上层建筑底全部总体。"（拉苏莫夫斯基《社会经济形态》，沈

---

① "辩"原误作"辨"。——编者注

志远译本，第18页）因为一个社会形态内可以包含几种不同的经济体系（或样式），"但它是以一种占优势的统治的生产方式，和跟它相适应的生产诸关系做基础，而这些诸关系，则支配着那些遗留下来的生产诸关系的形式。"（《社会经济形态》）所以这两个内容，虽然互相连接，并不绝对相同。

由于这两个概念的内容不同，因此区别这两种内容中各个不同形态的标准，也不相同。

区别经济体系的标准，主要在于用什么生产方法进行生产；而区别社会形态的标准，则要看哪一个生产方式占主导地位。对于一个较纯粹的社会，区别经济体系，自然也就基本上区别了社会形态；可是对于一个较复杂的社会，区别了经济体系，并不等于区别了社会形态。如果把这两个标准混同了，就会把一个非支配的经济体系，当作整个社会形态的代表。这是我们进行研究时应当首先分清的。

关于奴隶制和封建制区分的标准（包括纯粹的社会形态之标准），在经典著作中，有明确的指示。马克思说：

> 不论生产取何种社会形态，劳动者和生产资料总是它的因素，为了要有所生产，它们必须互相结合，社会结构的各种不同的经济时代就是由这种结合依以实行的特殊方式和方法来区别。"（《资本论》2卷，人民出版社中译本，第20页）

斯大林在这个基础上，提出奴隶占有制和封建制的具体标准。他说：

> 在奴隶制度下，生产关系的基础，是奴隶主占有生产资料和生产工作者，这生产工作者便是奴隶主所能当作牲畜来买卖屠杀的奴隶。
>
> 在封建制度下，生产关系的基础是封建主占有生产资料和不完全占有生产工作者，这生产工作者便是封建主已不能屠杀，但可以买卖的农奴。（《苏共（布）党史简明教程·辩证唯物主义与历史唯物主义》，莫斯科中文版本，第156—157页）

斯大林的这个定义，除了封建主不完全占有生产工作者一点，对于佃耕农民和封建主的关系，应如何解释，不太明确外，基本上是正确的。因为他完全从生产关系中确定具体标准；并且所定的标准，既然包括生产工作者和生产资料的关系，也包括生产工作者和生产资料所有者的关系，是可以作为我们进行分析时依据的。

但是最近有些论文，对于斯大林的标准，提出一些相反或不同的意见。因此，我们在应用这个标准以前，需要提出一些自己的看法，以便在进行讨论中，把观念弄得清楚一些。关于对这些不同意见的较详批评，不属于本文的范围。这里只简单地提出一些我对于这些看法的意见。第一种和斯大林不同的见解。可以弗·尼·尼基甫洛夫先生的论文为代表。尼基甫洛夫先生在《论不同国家从奴隶占有制向封建制过渡的几个共同的规律性》一文中，认为：“奴隶和依附农民之间有什么区别？奴隶占有制社会里的农民和封建社会的农民有什么不同？这些问题，今天的科学还没有完全解决。”又说：“一般说来，法律是允许杀奴隶而不允许杀农奴的，但在实际生活中不完全是这样。……奴隶没有生产资料，而农民自己则拥有生产资料，在理论上一般是这样说的，但在实际上也不完全是这样。”（《历史研究》1956 年第 10 期）

我们认为尼基甫洛夫先生，对于斯大林的理论并不盲目崇拜，这种态度是非常值得佩服的；他所提出来的怀疑，也有相当理由；但是他所提出来的困难，并不是十分难解决的问题。因为宇宙间一切自然现象、社会现象，都是非常错综复杂的；有些现象的分类，非常难以下严格定义。比如生物学上动物和植物的区别，就是最明显的例证。但是科学并没有因为这个困难，停止前进。因为“科学研究的主要对象，是极普遍的现象，而不是单个事件。”（《列宁文选》第 4 册，第 82 页）极少数的例外现象，任何科学中，都不能避免。这对于科学进行并无妨碍。问题的关键，在于开始研究时，所下的定义是①根据现象中的内在结构、基本特点加以区别，还是根据表面现象加以区别。如果一个定义是从对象中的内在规律、基本环节出发，并且可以包括了这些现象中的若干重要方面，那就可以根据这个标准，把向来按表面现象的分类，重新加以审查

---

① 此处原衍“否”。——编者注

归类。如果有些极少数个别零碎现象，不容易按照定义严格归类，亦不妨根据研究的方便，分在不同的类型中（如生物学中某些原生动物）。如果确知这个定义不够确当，就可以在现象中找寻更本质、更普遍、更有规律的东西另下定义。总之，不能为了少数个别现象不容包括在定义之中，便放弃定义，而只从表面现象的类比出发，那就非走到资产阶级的庸俗解说，或最后放弃科学的进行不可。

根据这个认识，我们认为斯大林在《辩证唯物主义与历史唯物主义》中，给奴隶制、封建制所下的定义，确实是从生产关系出发，并且包括了生产工作者和生产资料以及和生产资料所有者两方面的关系，是可以作为我们研究中国奴隶社会和封建社会区别的指导。而尼基甫洛夫先生否定了斯大林的标准后，自己提出来的七个规律，却并不是从社会内部的结构、生产关系出发寻求规律，而只是在社会表面现象的类比上、社会演进的年代上找寻规律。比如他所指出的"铁器的统治地位确立后，通常是几百年的时间，奴隶占有制的经济形态，才被封建制的经济形态所代替"，以及"庞大的帝国代替各小邦"，"基督教、伊斯兰教、佛教等世界性宗教获得胜利"等，都只是些年代长短和社会现象的类比，这可以作为研究科学时启发思想的参考，还不能成为一个社会发展的共同规律。

所以尼基甫洛夫先生所代表的说法，对于斯大林理论的正确性，没有什么妨碍。

第二种对于斯大林定义的不同看法，是由董楚平君提出来的。

董楚平先生在《从生产关系的基础看奴隶与农奴最根本的区别》一文中（《历史研究》1956 年第 8 期），批评了陈梦麟、范文澜先生等的文章，他认为斯大林在《辩证唯物主义与历史唯物主义》中给封建制下的定义，"完全是不正确的"。而斯大林在《苏联社会主义经济问题》中所下的定义，即"封建制的基础并不是非经济的强制，而是封建土地所有制"的新说法，才是正确的。

他说："不完全占有生产工作者，那是非经济的强制，把这种非法经济的上层建筑，当作封建经济关系的一个组成要素，当然是不恰当的。同时生产关系的基础，明明是生产资料的所有制关系，而生产工作者，根本不是什么生产资料。对生产工作者的占有，当然不属生产资料所有制之列。因此斯大林在新定义里，没有把不完全占有生产者当作封建生产关系的一个组成部分，显然是完全正确的。"（《历史研究》1956 年第 8 期，第 75 页）

我们认为：（1）生产关系既然是"人们在物质资料生产过程中一定的联系和关系"（《政治经济学教科书》，中译本上，第 2 页），那么，生产工作者这个人，他的是否被人占有，或自由到什么程度，就必然是构成生产关系的一个组成部分。（2）生产资料中既然包含着劳动资料，而劳动资料中包含着生产工具，那么，当资本主义以前，特别是奴隶社会时代，生产工作者本人完全和牛马一样，他正是生产工具的一部分，也就是生产资料的一部分。因此在区别一个社会经济体系和另一个社会经济体系时，就不能不把生产者本人的地位，特别是生产者本人是否变为生产资料这一条件，作为一个考察的因素。如果只注意生产者是否具有生产工具，而不注意生产工作者是否被人占有，那么，奴隶主和资本家、奴隶和无产工人乃至农奴和自由农民，都没有区别了。

我们又认为：斯大林的第二说法和他的第一定义并不矛盾。因为封建土地所有制，就是"封建主完全占有生产资料和不完全占有生产工作者"的简略说法，而"非经济的强制"和"不完全占有生产工作者"的内容，也并不相同。生产工作者的是否被人占有，是生产关系的一部分，而一般非经济的强制（法律的、习惯的），是上层建筑的一部分。奴隶主、封建主对于奴隶、农奴的一切非经济的强制，正是在完全或不完全占有生产工作者这一基础上产生的。如果把这两个概念混同了，就会把完全或不完全占有生产者认为是上层建筑，从而认为它们不是区别奴隶制和封建制的标准，那就非得出奴隶主和资本家、奴隶和无产工人彼此都完全相同的结论不可。所以我认为斯大林的第一说法，既包括了生产工作者和生产资料的关系，亦包括了生产工作者和生产资料所有者的关系，如果作为定义来说，比他的第二说法（因斯大林在《苏联社会主义经济问题》中的说法，只是答复别人的疑问，并非给封建社会下定义）更为圆满。因此董楚平先生说斯大林的第一定义"完全是不正确的"，恐怕是不正确的。

以上是我们对于两种不同于斯大林说法的批评。当然，关于生产关系和上层建筑的关系，以及斯大林第一定义中所包含的两方面，哪一个更为重要的问题，还需要更详细的论证，才能完全弄明白。不过对于我们研究汉代社会性质的问题关系不大，所以不在这里再加论述了。

因为我们关于研究汉代社会性质的关键，不在于两个经济体系的区分，而在于两个社会形态的区分，也不在于"完全占有生产资料"和"不完全占有生产工作者"哪一个因素更为重要，而在于既然知道一方面有完全剥夺了生产资料和人身自由的生产工作者，一方面亦有具有自己的经济、自己之生产工具的生产工作者。可是究竟这两种生产工作者所属的经济体系，是哪一个占主导的、支配的地位呢？哪一个可以决定整个社会形态呢？这才是讨论汉代社会性质问题的主要关键。

从近来讨论汉代社会性质的文章中看来，除了极少数作者外，大抵都承认有几种经济体系同时存在；实质上所争论的问题，只是哪一个占主导地位的问题。但是对于这个争论的关键，却并不是都有完全的自觉，因此在论证的进行中，常有含①混两种区分的论点。更由于一些作者，只是根据自己对古史认识的轮廓，把一般的材料引用进去，并不针对对方的论点加以分析辩②难，只"鸣"而不"争"，有论而无辩③，因此问题的进展，就进行的不快。不过无论如何，大家对于社会经济形态应该由占支配的经济体系来决定，是没有什么疑问了。

但是对于更进一步的问题，即究竟应该根据什么来决定这一经济体系是占支配地位的，便较少有明确的说明。

大部分的论文，或是自觉的，或是不自觉的，认为直接从事于主要经济的生产者人数的多寡，是决定一个社会形态的重要指标。也就是说应该根据最大多数农业生产者的身份、地位，来决定汉代的社会形态。有少数作者，认为决定一个社会形态的，不在于直接生产者人数的多寡，而在于两个经济体系力量的对比，或者说要看城市和乡村经济力量的对比。何兹全先生是这一主张的最明显的代表（《文史哲》1956年第8期）。我们认为从两种经济体系力量对比上来考察社会形态的看法，比从绝对人数方面考察的方法，更都接近本质。但在社会发展还没有到产生

---

① "含"原误作"企"。——编者注
② "辩"原误作"辨"。——编者注
③ "辩"原误作"辨"。——编者注

机器以前，在经济上还没有产生资本主义以前，在单纯协作还是集体劳动的唯一形式的时代，那时某种生产工作者的一定量的人数，就成为可以考察力量对比的一个重要因素。同时两种力量的对比，固然可以表现在城市和乡村的对比上，但必须分析不同时代、不同地域的城市性质，及其和乡村的具体关系，才能把相同的支配形式和不同的支配实质区别开来。

因此本文打算对上述两种标准，都加以论述，并试图把两方面结合起来，找寻一个决定整个社会面貌的枢纽。

马克思在《政治经济学批判导言》上说：

> 在一切社会形态中，都有一定的生产决定着其他一切生产的地位和影响（郭译本此句译为："对于其他生产，编配其等级与作用。"似更较具体）。这是普照的光，淹没着其他一切色彩，改变他们的特点。这是一种以太，出现在它里面的一切存在，都由它来决定比重。以畜牧民族为例，……在他们中间出现了耕作的一定形式，即分散游动的形式，土地所有权就由此决定了。……以定居的农业民族为例，——定居也是大大进步——如古代和封建社会，农业居于支配地位，连工业和它的组织，以及相应的所有权形式，都多少带着土地所有权的性质。或者如古代罗马那样完全依靠农业，或者如中世纪那样，在城市和城市的各种关系上，模仿着农村的组织。甚至资本——只要不是纯粹的货币资本——在中世纪，作为传统的手工工具之类，也带着这种土地权的性质。资本主义社会中的情况，农业越来越变成仅仅是一个工业部门，完全受资本的支配，地租也是如此。土地所有权居于支配地位的一切形态中，自然关系占优势，在资本居于支配地位的形态中，则社会地、历史地创造出来的因素占优势。不懂资本，就不能懂得地租，不懂地租，却尽可以懂得资本。资本是资本主义社会中支配一切的经济力量。（《政治经济学批判》，人民出版社徐译本，第 169 页）

马克思这一论证，是经典著作中关于决定整个社会形态的唯一指示。这是我们考察各种社会形态中何种经济体系占主导地位的唯一指标。马克思虽然只说"了解资本主义社会的钥匙是资本，了解古代和封建社会的钥匙是地租"，没有把古代社会和封建社会再加以区别，但我们可以试从古代社会和封建社会中不同的生产关系或生产结合方法上，找寻一个比较明显的特点；如果真能发现①一个马克思所说的"淹没其他一切色彩"的东西，那便可以说找到一个决定全社会面貌的枢纽了。

除了上述两个标准外，本文企图从政权性质、战争性质和阶级斗争几方面，加以相当的考察。

谁都知道政权是上层建筑，不是社会的基础，但它是社会基础的真实反映。我们固然不能根据上层建筑决定社会基础的全貌，但是可以根据上层建筑推知经济基础中的若干重要部分，尤其在社会经济材料不够完备，社会现象相当复杂，不容易看清哪一个经济体系占主导地位的情况下，从上层的真实反映中，反而可以看出基础上各种力量的对比来。

既然政治是经济的集中表现，而战争是政治的继续，所以整个社会经济的动向，又不能不在战争性质上表现出一部分来。

前面说过，一个社会经济形态中，可以包括不同的经济体系或样式，而决定社会形态性质的，是其中占主要支配地位的经济体系。但是各种经济体系并不是静止不动、和平共处的，它们的力量常有增减消长。因此，各种经济体系中的生产资料占有者和生产工作者间，以及生产资料占有者内部，经常有明显的、不明显的斗争和对抗，这就表现为种种不同的阶级斗争。既然经济势力的消长常常表现为阶级斗争的胜败，因此，从阶级斗争（特别是大规模起义斗争中）的胜利、失败，以及斗争中各阶级的联合、对立的情况中，可以看出决定整个社会经济形态的支配势力来。

此外，从生产力方面，从意识形态方面，都可以考察出社会形态的一个面相来。但由于区分奴隶社会和封建社会的生产力，如熔铁和制铁工作的改进，铁犁和纺织车的散布，农业、园圃业、酿造业的继续发展等，比起产生奴隶社会的青铜器和铁器，和产生资本主义社会的大机器生产力来，没有很明显的划时代界限（这也许正是古代社会和封建社会相当接近，比起他们和民族社会及资本主义社会区分较难的原因之一。

---

① "现"原作"见"。——编者注

马克思常常把两个社会合并举例，也正是因为他们有许多特点是共同的）。而且在讨论汉代社会中，生产力的争论，不像讨论西周社会性质时的关系重大，因为无论如何，可以产生奴隶社会及封建社会的铁器，是早已为普遍生产工具了。至于东西汉生产力之差别问题，我认为相差不大，而且已有人写过文章，作者在这方面没有新的意见，因此不单作为一项考察的论点。

至于意识形态方面，确有许多显明可以表现出汉代社会性质面貌来的东西，因为限于篇幅，不能在这里讨论，因此亦不加以论列。

以上是我们在进行讨论前的一些说明。

二　汉代公私土地上的生产方法和奴隶劳动问题

资本主义前的阶级社会中，农业是最主要的生产部门，土地所有权是决定一切的力量，因此各种劳动生产者和土地结合的方式，是决定社会形态的基本环节。

汉代的土地制度，有直接属于皇帝所有的国有土地制（公田、屯田、营田……），有属于皇帝所有而为封建王侯等占有的土地制（诸侯王封地和高级官吏的食邑土地），有属于天子、王侯及各种大小地主和自耕农等不同阶层所有的和私有土地制。

在这些土地上的直接生产者，有自耕农（《汉书·食货志》中晁错所说的五口之家的农夫），有佃农（同上书。董仲舒所说的"或耕豪民之田，见税十五"的农民），有雇民（《史记·陈涉世家》），有依附农（《汉书·宁成传》），有田卒（《西域传》）和奴隶（《史记·季布传》）。

首先要考察的是究竟在国有土地上，直接从事生产的农业奴隶有多少数量，或占多大的比重。

依照古代社会留下来的规定和通例，凡是不被任何私人所有，以及一切无主之田，和一切未开辟的山泽、草田等，都是属于王有的公田。汉代自刘邦取得政权后，他从秦代政权的残余基础上，把秦朝可能有的公田接收了多少，而那些公田上的生产工作者是什么人，史无明文。但是我们知道楚汉二年，刘邦由河南还归关中之时，曾下令"故秦苑囿园池，令民得田之"（《汉书·高祖本纪》①），可见那时的苑囿，曾让农民耕种；汉五年，刘邦统一全国后，曾下了几道安集流亡和军民复员的诏令，其中最后一条说："诸侯子及从军归者，甚多高爵，吾数诏吏先与田宅，及所当求于吏②者，亟与。"（《汉书·高祖本纪》）这里尽先给与有军功人的田，就是所谓公田。我们设想这些公田，在没有分配给军人以前，大概不是由官奴隶耕种的，因为如果是由官奴隶耕种，就得先有安插奴隶的办法，才能随便赐与人民，而文献上并没有提到处理奴隶的办法，也没有连同奴隶一起赐予的记载，可见这些土田，多半是各郡县原有用佃耕或其他方式生产的公田，或战乱后的无主之田。

这以后在惠帝、吕后和文、景时代，关于公田和奴婢的记载，比较不多。惠帝二年，曾经"发诸侯王、列侯徒隶二万人城长安"（《汉书·惠帝纪》）。文帝后四年，曾经"免官奴婢为庶人"（《汉书·文帝纪》）。文帝时贾谊上疏，曾经提到穿着丝履被卖的奴隶（《汉书·贾谊传》）。武帝初年，董仲舒上书曾提到"去奴婢，除专杀之威"（《汉书·食货志》）。这些奴婢，除一、四两条无从下判断外，其余二条都没有和土地连在一起的可能。汉武帝即位的第二年，曾经下令"赐徙茂陵者户钱二十万、田二顷"（《本纪》）。用同一理由，推知这些赐给茂陵徙民的公田，在未赐以前，可能不是用官奴婢耕种。总之，从汉初到汉武帝初年，几十年中，国有土地上没有奴隶生产的明确记载。

国有土地上是否有奴隶从事生产的问题，当然以汉武元鼎三年（前114年），实行告缗政策，没收大批奴婢、土地事件为重要关键。

《汉书·食货志》云（《史记·平准书》略同）：

"贾人有市籍，及家属，皆无得名田，以便农。敢犯令，没入田货（《史记》作'僮'）。"……杨可告缗半天下，中家以上大抵皆遇告。……乃分遣御史，廷尉③正监分曹往，即治郡国④缗钱，得民财

---

① "高祖本纪"当作"高帝纪"。——编者注
② "吏"原误作"使"。——编者注
③ "尉"原误作"御"。——编者注
④ "国"原脱。——编者注

物以亿计，奴婢以千万数；田，大县数百顷、小县百余顷；宅亦如
之。于是商贾中家以上大抵破。……乃分缗钱诸官，而水衡、少府、
太仆、大农各置农官，往往即郡县比没入田田之。其没入奴婢，分
诸苑养狗马禽兽，及与诸官。官益杂置多，徒奴婢众，而下河漕度
四百万石，及官自籴，乃足。

从上面的记载中，可以知道汉武帝实行告缗政策后，没收中家以上的奴
婢，有几万的数目。没收了商人的土地，大县有几百顷，小县有百余顷。
可是没收了这些土地之后，究竟是不是用奴隶耕种呢？在《平准书》和
《食货志》这一段里，没有明确的记载。1955 年《历史研究》第 1 期上
王思治等三位同志的论文，主张："没入的田，是分置于各农官，把没入
的生产奴隶大部分给各农官，做为耕种土地的劳动力。分给诸苑养狗马
禽兽的，只不过是奴婢以千万数的一小部分而已。"

有好多同志，不同意这个解释。

从原文的语义看来，对于没收的田，由谁来"田之"，虽没有明确交
待，而对于没收的奴婢，如何安排，却是说的非常明白的。原文云："其
没入奴婢，分诸苑养狗马禽兽，及与诸官。"这很明白无疑的说明没收的
奴隶，主要是分配到诸苑中去"养狗马禽兽"和分配到诸官府去。所以
成问题的，不是没入奴婢的下落，而是那些没入的田，由谁来耕种？和
给与诸官的奴婢，担任什么职务？

我们先来回答后一问题。

给与诸官奴婢，有下列几种可能的用途：

第一种用途，和分配到诸苑中养狗马禽兽的一样，是供奔走服役使
用的。《汉旧仪》云："庶子舍人五日一移，……官奴（择）给书计，从
侍中以下为①仓头（《鲍宣传》注引作"苍"），青帻，与百官②从事从入
殿中。省中待使令者，皆官婢。……宫殿中宦者署③郎署皆官奴婢传言。"

---

① "为"原脱。——编者注
② "官"原脱。——编者注
③ "署"原脱。——编者注

又一条云："丞相府①官奴婢，传漏以起居，不击鼓，官②属吏不朝。诸吏初除谒，视事，问③君侯，应阁④，奴名。"可见各官府中，担任侍从，传言、传漏、击鼓、应阁⑤等服役的，都是奴婢。

《御览》229 引《汉仪注》⑥：少府下属官，有太官主膳餐，汤官主饼饵，奴婢各三千人。这和各官府中"服劳辱之役"的侍从奴婢，性质相近。贡禹所说的"诸官奴婢游戏无事"，《盐铁论》中文学们所说"官奴垂拱遨游"，正是指的这一类奴婢们。

第二种可能，是分配到少府、水衡等官所属的手工业部门内。《汉书·百官表》：少府属官有考工室、东织室、西织室、东园匠等官，掌纺织及作陵内器物；有钩盾尚方，主苑囿和作禁器物。汉初魏豹的薄姬，就因魏豹背汉，输织室。又大农置工巧奴从事，制造农器（《汉书·食货志》）。可见各官府手工业中有刑徒和奴隶生产。

第三种可能，是分配到大农等官中新设立的农官下，从事农业生产。

从《平准书》《食货志》的文句上看来，以分到各官担任第一类工作的可能最多。因为原文明白是以分与诸苑养狗马禽兽为主，而以与诸官为副。如果是分与农官从事农业生产，就应该在上文讲各置农官句中叙述。如果以手工业为主，也不应当排列在养狗马禽兽之后。从《汉旧仪》⑦ 所说"太仆牧师诸苑三十六所，分布北边、西边，……官奴婢三万人，分养马三十六万头"（《汉书·景帝纪》如淳注引）的记载看来，单单诸苑中养马的就有三万人，那么这一次没收到的几万奴婢，分给诸苑者当然是主要部分，不会反而是"千万数的一小部分而已"了。

不过重要的问题，不是分给诸官的奴婢，担任什么职务，而是没收来的土田，由谁来耕种？

我们先从消极方面说，这些土田，基本上不是由奴隶来耕种。

---

① "府"原脱。——编者注
② "官"原脱。——编者注
③ "问"原误作"白"。——编者注
④ "阁"原误作"间"。——编者注
⑤ "阁"原误作"间"。——编者注
⑥ "《汉仪注》"书名有误。——编者注
⑦ "《汉旧仪》"当作"《汉仪注》"。——编者注

《汉书·食货志》中有一般常引的一段文字：

> 武帝末年，……以赵过为搜粟都尉。过能为代田。……过使教田太常，三辅，大农置工巧奴与从事，为作田器，二千石遣令长、三老、力田及里父老善田者受田器，学耕耘……故平都令光教过以人挽犁。过奏①光以为丞，教民相与庸挽犁。……过试以离宫卒田其官壖地，……又教②边郡及居延城，是后边城、河东、弘农、三辅、太常民皆便代田。

从这一段记载中，我们知道汉武帝晚年用赵过训练太常、三辅等地人，学习代田法。他所教的人，有令长、三老、力田、里父老善田者，有民，有离宫卒，独独没有奴婢。他所教的三辅地区中，太常诸陵正是公田，离宫壖地也是公田。如果汉政府的国有土地，是用原有或没收来的奴婢生产，赵过所教的应该首先是他们。但是赵过和平都令光所教的，是离宫的士卒，是一般农民，而不是奴隶。《食货志》的作者，对于制造田器者的身份，说的很明白，是工巧奴。对于学习田器者的身分，分别的很清楚，是三老、力田、民、离宫卒。如果所教的人中，包括奴隶在内，他绝不会漏掉的。可见汉武帝晚年时代的公田，至少是三辅、弘农、河东、边郡居延等地的公田上，没有用奴隶进行生产。

从汉武帝以后，国有土地不是用奴隶生产的迹象，更为显著。西汉从汉昭帝时起，屡次有赐民公田的记载：

昭帝元凤三年，"罢中牟苑赋贫民"。

宣帝地节元年三月，"假郡③国贫民田"。

地节三年，诏"池籞未御幸者，假与贫民"。又令"流民还④归者，假公田，贷种食，且勿算事"。

元帝初元元年三月，"以三辅、太常、郡国公田，及苑可省者，振业

---

① "奏"原误作"秦"。——编者注
② 此处原衍"过"。——编者注
③ "郡"原误作"军"。——编者注
④ "还"原脱。——编者注

贫民"。同年四月，诏："江海陂湖园池属少府者，以假贫民，勿租赋。"

二年，"诏罢……水衡禁囿、宜春下苑、少府伙①飞外池，严篽池田，假与贫民。"

永光元年，"赦天下，令励精自新，各务农②亩，无田者皆假之。"（以上各条，分见《汉书》各帝纪）

东汉自明帝时起，假民公田的记载，亦相当多。

明帝永平九年四月，"诏郡国以公田赐贫民各有差。"

十三年四月，汴渠成，诏曰："滨渠下田，赋与贫人，无令豪右得固其利。"

章帝建初元年七月，"诏以上林池篽田赋与贫人。"

元和元年，"令郡国募人无田③，欲徙他界就肥饶者，恣听之。到在所赐给公田，为雇耕佣，赁种饷，贳与田器，勿收租五岁。"

三年二月，诏："今肥田尚多，未有垦辟，其悉以赋贫民，给与粮种。"

和帝永元五年，诏："自京师离宫、果园④、上林、广成囿，悉以假贫民，恣得采捕，不收其税。"

安帝永初元年，以广成游猎地及被灾郡国公田，假与贫民。

三年三月……诏以洪池假与贫民，四月诏上林、广成苑可耕辟者赋⑤与贫民。（以上各条，分见《后汉书》各帝纪。）

总计两汉各代，先后下诏把公田假与平民的，不下数十次，其中绝大多数的土地在未给平民以前，是园囿、池篽⑥、未垦肥田，当然都不是用奴隶生产。其余假与平民⑦各郡公田时，没有一次提到对原有土地的生产者如何处理。如果奴隶生产有利益，统治者也不会随便大施恩惠让贫民垦辟。从东汉以来，假公田的次数很多，知道官奴婢用在农业生产上

---

① "伙"原脱。——编者注
② "农"原误作"园"。——编者注
③ 此处原衍"者"。——编者注
④ "园"原误作"树"。——编者注
⑤ "赋"原脱。——编者注
⑥ "篽"原误作"御"。——编者注
⑦ 此处原衍"的"。——编者注

的可能就很少了。总之，在武帝以后，关于官奴婢的记载常常见到，可是绝没有提到奴隶从事农业的。与其说这是记载缺漏，不如说这种缺漏正是客观情况的真实反映。①

我们再看一下边地屯田上的生产者。

西汉自文帝时，采用晁错建议，"募民徙塞下"，即开始民屯，这种人当然是自由农民。武帝元鼎六②年，初置张掖、酒泉时，便在上郡、朔方、西河、河西等地，"开田官，斥塞卒，六十万人戍田之"，这是自由民应征或被派的兵士。以后，开辟西域，在轮台、渠犁屯田的，"皆有田卒数百人"，以及桑弘羊等奏请遣田卒屯田轮台，都是用兵士进行生产的明证。

武帝以后，一直到元帝时，都有用田卒屯田的记载：

　　昭帝始元二年冬，……调故将吏屯田张掖郡。(《本纪》)

　　又用桑弘羊前议，以弥③太子赖丹为校尉将军田轮台。

　　元凤四年，……遣司马④一人、吏士四十人田伊循城。

　　宣帝地节二年，遣侍郎郑吉、校尉司马憙，将免刑罪人田渠犁，……使吏卒三百人别田车师。(并见《汉书·西域传》)

宣帝神爵元年，赵充国用兵西羌，进行有计划的屯田。他的上书中说，愿罢骑兵，留⑤弛刑应募及淮阳、汝南步兵与吏士私从者，

---

① 再按没收的土地数目和没收的奴婢数的比例计算，也得不出大量奴婢从事耕**公田**的结论。假定全国一千县中——《汉书·地理志》：前汉孝平时，县邑道侯国千五百八十七，有五分之一县份没收土地，而其中大县小县平均每县没收二百顷，总共要到五万顷以上的土地。而没收奴婢的数目，就以三四万人计算，除了分与苑养狗马禽兽的一大部分外，还有一部分女婢，那么即使真如一些作者说有耕田奴隶，所能分配的数目，也不过几千人。按晁错所说五口家中三个人耕一百亩地的劳动力计算，没收的五六万顷土地上，便需要十几万劳动者，那么这几千可能分配到土地的奴隶，所能种的土地面积所占的比例数不太小了吗？不过这些数字估计都不科学，所以我们只能提出来作一个附注参考，借此说明没收的奴婢，即使用以耕种公田，亦不可证明汉代的奴隶劳动，是主导生产。

② "六"原脱。——编者注

③ "弥"原误作"称"。——编者注

④ "司马"原误作"大司"。——编者注

⑤ "骑兵，留"原脱。——编者注

合凡万二百八十一人，……田事出赋，人二十亩。(《汉书·赵充国传》)

元帝时，冯奉世击西羌，……吏士颇留屯田。(同上《冯奉世传》)

从上述的记载中，知道西汉的边地屯田，主要是兵士，而兵士的成分中，有一部分是免刑罪人和弛刑徒。罪人和徒在未免刑前，近于奴隶，但一调发到边地上作战屯田，便改变身分，成为自由身分的士卒。

东汉一代的屯田，也有较详的记载：

如光武建武四年刘隆屯田武当(《后汉书》本传)，六年王霸屯田新安(本传)，李通屯田顺阳(《光武本纪》)，八年王霸屯田函谷关(本传)，都是在战争进行中或战事初结束时，国内各地的兵士屯田。明帝永平十六年，伐匈奴，取伊吾卢地，置宜禾都尉屯田(《后汉书·匈奴传》)。和帝永元十四年，曹凤将吏士屯田龙耆(《西羌传》)。顺帝永建四年，韩浩在湟中屯田(《后汉书·西羌传》)。又如邓训击败迷唐诸羌后，"置驰刑徒二千余人分以屯田"(《邓禹传》)，以及东汉末年献帝时，傅燮在汉阳"广开屯田，列置四十余营"(本传)等，都是用兵士在边地屯田的例证。从《邓训传》上所说"置弛刑徒二千余人，分以屯田，为贫人耕种"的话看来，这些弛刑徒，是变为普通贫民的身分了(不是替贫人耕种)。

总之，两汉时代，国家屯田上的直接生产者，都是具有自由民身分的兵士，即使有原来近于奴隶的罪人刑徒，而在从事屯田时，已变为平民。即使在屯田时的待遇，有近于隶农的情况，但在实际上是自由民的身分。我们根据以上各种记载，认为：两汉的国有土地上，无论是公田、苑囿或各地屯田，基本上没有用奴隶劳动进行生产。

那么，我们将问这些没收来的公田(或原有的公田)，究竟是由什么人来耕种呢？这在文献上亦有明确的记载。

上引《汉书·食货志》讲赵过代田法一段中有云："令命家田三辅公田"。韦昭注曰："命，谓爵命者①。命家，谓受爵命一爵为公士以上。令

---

① "者"原脱。——编者注

得田公田，优之也。"（《汉书·食货志》）这一记载，是有关公田下落的最重要材料。根据这一记载，我们知道西汉政府的公田，是租给各地一品以上的公士等经营耕种的。又从居延汉简上知道当时从一品以上公士爵位到第八级爵位公乘，都到边地戍守（劳干《居延汉简考释》）。可知最下级的命家，身分并不太高，因此这些田三辅公田的命家中，可能有一部分是自己参加生产的。但一般较高的命家，决不会亲自耕种，大概是由他们从国家方面包租过来，然后再用雇佣佃耕种方式进行生产。他们好像后世的佃主或包租人，是当时贷租公田的主要人物。

《盐铁论》上有一条更为明确的说明：

> 文学曰：……今县官之多张苑囿、公田池泽，公家有鄣假之名，而利归权家。三辅迫近于山河，地狭人众，四方并臻，粟米薪菜，不能相赡。公田转假，桑榆菜果不殖，地力不尽，愚以为非。先帝之开苑囿池籞，可赋归之于民，县官租税而已。假税殊名，其实一也。（《园池》篇）

从这一段记述中，我们知道汉政府把许多池囿公田，租给"权家"，从政府方面说，有圈围地段收取假税的名义，但实际的利益，都被"权家"收取。《盐铁论》上的权家，就是《食货志》上的命家，因为他们在社会上有地位，有耕牛、农具、种籽等从事生产的经济力，因此公田必然首先贷给他们。他们由政府方面租到公田，再转租给一般平民，由于剥削层次加多，和租户常有更换，当然产生"桑榆菜果不殖，地力不尽"的弊病。因此文学们请求直接租给一般平民，那样既可以使贫民常有地种，避免中间剥削，而政府方面并无损失。文章最后说："租给权家和租给平民，除了租税的名义不同外，实际上政府的收租是一样的。"

我们把这一段议论，和《食货志》所说"令命家田三辅公田"的记载合起来看，便很清楚地知道西汉时代，国有土地上，直接劳动者和生产资料结合的方式是什么形式了。

这一种生产方式，一直到东汉末年，没有改变。

《续汉书·百官志》注引《献帝起居注》中有这样一条诏书：

> 三辅地不满千里，而军师用度非一，公卿以下，不得奏除。其若公田，以秩石为率，赋与令各自收其租税。

可见东汉末年的公田，仍然采用收其租税的办法，不过当献帝在长安流离之时，由于政局紊乱，改为赋与臣僚直接收取税租了。

国家公田，采用这种租佃方式，是很自然的事；因为如果生产资料所有者不能自己生产，又不能用直接占有的没有劳动兴趣的奴婢生产，那么，他就必须找寻具有自己相当经济、具有生产工具及部分劳动资料的人生产，才能保证生产，提供剩余产品。由于历来社会上有一定地位的人，才能和官府的县令、田官或苑监之流发生来往。所以公田的使用权，便自然的落到他们身上了。如果在一定时期，最高土地所有者——皇帝，特别为了"赈贷平民而假与公田"，那就必须一并"为雇耕佣①赁种饷，贳与田器"（《后汉书·章帝纪》）。汉明帝永平十三年的诏书说："滨渠下田，赋与贫民，无令豪右得固其利"（《后汉书·明帝纪》），正是"豪右得固其利"的一定反映。这种劳动生产方式，是属于什么社会性质的，以下再谈。总之，以上面各种论证看来，汉政府的国有土地，基本上不用奴隶直接生产，那是非常明白的。

以上的论证，回答了王思治等三位同志主张汉朝用奴隶从事农业生产的第一种理由。

王思治等三位的第二个理由，大意是这样：

汉政府的官奴隶，如果不用在农业生产上，那么没收奴婢有什么用处？为什么要用奖励人民入奴婢的办法，作为一种解决国用空虚的政策呢？这个问题，较易回答。因为汉政府虽然不把奴婢用在农业生产上，而却把奴婢用在一部分手工业，和开河、运输、养狗马禽兽及种种侍从侍卫和服役上。这些工作，都需要一定的服务者。如果全用雇佣、戍卒等担任，就要消耗国家大量的费用，因此奖励入奴婢，对于解决国家财政困难，有一定程度的作用。而且输入奴婢，不仅可以代替一部分"自由民服役或雇佣劳动"，并且还可以担任一部分生利劳动。《汉旧仪》云：

---

① "佣"原误作"耘"。——编者注

> 武帝时使上林苑中官奴婢，及天下贫民，赀不满五千，徙置苑
> 中养鹿，因收抚鹿矢，人日①五钱，到元帝时，七十亿万，以给军击
> 西域。②

由此可见奴婢的增加，对于国用的宽裕，有相当用处。不过我想汉政府
奖励入奴婢的直接动机，除了这一项外，还有下列两项：

《汉书·食货志》云：

> 天子为伐胡故③，盛养马，马之往来食④长安者数万匹。卒掌者
> 关中不足，乃调旁近郡，而胡降者数万人皆得厚赏，衣食仰给县官，
> 县官不给，……

可见武帝时在长安掌马的人员，非常不足。马是古代作战时最重要的工
具。如果没有足够的马，就谈不到国防。所以汉景帝时，就开始"造苑
马以广用"（《汉书·食货志》）。到了武帝时代，马的数目增加了，对外
作战开始了，必须有大量养马的人员，才能供给军用。而这种工作简单，
又容易监督管理的事，是最适于奴隶的工作。比起调发关外近郡戍卒来，
可以节省大量浪费的人力财力。因此，汉政府制定入奴婢的政策，对国
用国防，都有直接间接的效用。上引《汉旧仪》⑤ 又一条云：

> 太仆牧师诸苑三十六所，分布北边、西边，以郎为苑监，官奴
> 婢三万人，分养马三十六万头。

《汉书·景帝纪》如淳注，把这一条引在"造⑥苑马以广用"句下，只是

---

① "日"原误作"曰"。——编者注
② 见孙星衍定本《汉旧仪》卷下。《太平御览》居处部引此条，"赀不满五千"作"五十
万"，恐误。
③ "故"原脱。——编者注
④ "食"原脱。——编者注
⑤ "《汉旧仪》"当作"《汉仪注》"。——编者注
⑥ "造"原误作"适"。——编者注

因文见义，其实真正达到这么多数目的时间，恐怕正是汉武帝大量养马、没收奴婢之时。不论如何，用奴隶养马，应该是汉政府奖励入奴婢的一个主要目的。

汉政府奖励入奴婢的另一目的，是继承了文帝时晁错的建议，准备迁移到边境郡县去。晁错说文帝曰：

> 远方之卒守塞，一岁而更，不知胡人之能，不如选常居者，室家田作，且①以备之。……先为室屋②，具田器，乃募罪人及免徒③复作令居之；不足，乃募丁奴婢赎罪，及输奴婢欲以拜④爵者；不足，乃募民之欲往者。(《汉书·晁错传》)

这是汉代开始提出输奴婢的建议，以后武帝时正式对外展开战争，当然徙民备边，更成为配合战争的一个要务，所以奖励入奴婢政策，也是解决国家问题的一个方面了。

从以上的论证中，我们认为汉政府奖励输奴婢政策的提出，主要是为了养马、防边种种用途，和没收土地、农业生产没有直接关系。

王思治等三位主张汉代农业用奴隶生产的第三个理由，是汉代一些书籍上，土地和奴婢常常连在一起，所举的例证是仲长统的《昌言》。这个例子，显然是文字上的误解。这一段《昌言》，第一句"豪人之室"是总括全文，应该是加冒号标点，以下每二句是一组，不但文意相对，而且大部分句子，平仄还完全相对，如"奴婢千群，徒⑤附万计"一联，就是平仄全部相对的。不应该把"奴婢千群"和上联的"膏田满野"连起来，说成是一回事情。这个错误，最近已由郭沫若、杜金铭先生的文章指明了（郭文见 1956 年 12 月 6 日《人民日报》，杜文见《历史研究》1956 年 11 期）。这个不应该有的错误，最初滥觞于劳干的《汉代奴隶制

---

① "且"原脱。——编者注
② "屋"原脱。——编者注
③ "徒"原脱。——编者注
④ "以拜"原脱。——编者注
⑤ "徒"原误作"徙"。——编者注

度辑略》一文。劳干引仲长统《昌言》这一段时，"豪人之室，连栋①数百，膏②田满野，奴婢千群"四句连在一起，以下便不引了（《历史语言集刊》第5本第1分册③）。这可能也是引导到近来附会解释的一个诱因。总之，这一条不能成为奴婢耕田的证据。

从以上的论证中，我们证明了汉代奖励入奴婢和没入奴婢，目的并不是为了用奴隶从事农业，汉代的公田、屯田等国有土地上，基本上不是用奴隶生产。

以下将考察一下私有土地上有没有用奴隶生产的呢？

关于私有土地上用奴隶生产的例子，一般常举的有下列几条：

《史记·季布传》：

> 乃髡钳季布……并与其家僮数十人，之鲁朱家所卖之。朱家心知是季布，买而置之田。诚其子曰："田事听此奴。"

《汉书·司马相如传》：

> 卓王孙不得已，分与文君僮百人、钱百万，及其嫁时衣被财物。文君乃与相如归成都，买田宅，为富人。

《汉书·霍光传》：

> 去病大为其父仲孺④买田宅、奴婢而去。

《史记·平准书》：

> 贾人有市籍者，及其家属，皆无得名田。敢犯令，没入田僮。

---

① "栋"原误作"梗"。——编者注
② "膏"原误作"豪"。——编者注
③ "册"原脱。——编者注
④ 此处原衍"大为"。——编者注

《后汉书·樊宏传》：

> 其营理产业，物无所弃，课役僮隶，各得其宜，故能上下戮力，财利①岁倍，至乃广开土田三百余顷。

《太平御览》卷500引《风俗通》：

> 南阳庞俭……凿井得钱千余万，行求老苍头，使主牛马耕种，直②钱二万。

此外，常举的例子，还有西汉末王氏五侯（《汉书·外戚传》）、王商（本传），东汉马防兄弟（《马援传》附）、济南王康（本传）、窦融（本传）等，皆有奴婢千人以上、田宅若干顷，以及王褒《僮约》（《古文苑》）等条。

从上述各条看来，有一部分是叙述财势富厚，包括田宅奴婢在内，究竟奴婢是否从事农业，不得而知。这一部分材料中，奴婢数目，虽然很多，但从《济南安王康传》（《后汉书》卷72）中记济南安王康有"奴婢千四百人，私田八百顷"，而何敞谏诤他说"而今奴婢厩马，皆有千余，增无用之口，以自蚕食"，可证大部分属于贵戚王侯的奴婢，是不从事农业生产的。

其中可以证明为农业奴隶的，只有《季布传》和《风俗通》几条，但大都是家内奴隶兼从事耕田的。如《季布传》说"田事听此奴"，似乎季布当为主持农事的奴隶的头目。《风俗通》中记庞俭用二万钱买老奴，使主牛马耕种一条，好几位作者都指为农业奴隶，但《风俗通》这一段下文，明说"奴在灶下助厨"，可知是家内奴隶兼主牛马耕种的。王褒《僮约》所描写的奴隶，亦是这种性质。汉武帝没收了买土地商人的田僮，可能有一部分从事农业，但其中一定有一部分，即是原来用以逐渔盐之利的僮仆，而且正因为有奴婢的商人是不许"名田"的，所以才发

---

① "利"原误作"力"。——编者注
② "直"原误作"置"。——编者注

生了杨可告缗遍天下的事件，所以即使其中有奴婢从事农业，亦只是短时期的现象。至于霍去病给他父亲买的奴婢有多少，不知道，是否种田，更无从证明。卓王孙分给司马相如的奴隶，可能从事一定生产（原在王孙处有从事冶铁事业的），但是否耕地，还是从事其他手工业，亦不能说明。东汉樊宏的僮隶，的确从事生产，但亦有些同志根据其"上下戮力"的情况，认为是近于封建庄园的性质。

总之，上述若干条中，除了汉武帝实行告缗政策所没收的奴婢外，只有极少数的几条，可以证明是兼管家内杂务并从事农业的奴隶，其余大部分例子，不能证明其性质。我们可以承认其中有一部分兼任农业生产，但无论从上述哪一条史料中，都不能看出两汉时代有专用奴隶经营农业的事实来。

再从理论方面看，如果国有土地上不用奴隶生产，那么私有土地上更不会用奴隶生产了。因为统治者放弃用奴隶生产农业的原因，并不是出于主观的仁慈，而是客观条件的发展，几千百年的经验，知道没有劳动兴趣、没有生产工具而又不便管理的奴隶，在土地上工作，提供不出较多的剩余生产品来。国有土地的所有者，具有无数的公田、草田、山林、园圃；具有大量的罪徒刑人，和没收来的奴隶；土地和"劳动力"都不用支出资本；官奴婢又没有算赋的负担；并且用国家势力更容易执行一切超经济的强制：这一切都是国家用奴隶生产比私人最有利的条件。但是国家却并不采用这种生产方法。

在私有土地者方面，他须有一部分资本，投在购买土地上。假如用奴隶生产，便须更有大量资本，投在购买奴隶上，因为汉朝的奴隶价格是很高的。照《居延汉简》下列一条记载："候长觻得广①昌里公乘礼忠，年卅，小奴二人直三万，大婢一人二万，……用马五匹直二万，……田五顷五万。"（劳干《居延汉简考释》，第455页）每个奴隶价二万至一万五千钱，在居延地带，一个奴隶的价等于一顷半至二顷土地的或四匹至五匹马的价格（《汉简》37，35，2，背面）。居延汉简上所记的奴隶价格，和王褒《僮约》所说的"决价万五千"，以及《风俗通》记庞俭行求老苍头直钱二万的价格，彼此一致，可见这是东、西汉的一

---

① "得广"原误倒。——编者注

般奴价。如果用奴价和内地牛价、马价比起来，依照司马迁在《货殖传》上"马蹄躈千，牛千足，羊彘千双，僮手指千"① 的比例算计，一个奴隶的价，就等于二匹马或二头半牛的价格。那末一个私有土地所有者，如果用奴隶耕耘，比起用牛马来，太不合算了。而且汉的赋税制度，一般人民自十五岁至五十六岁，每年出算赋一百二十，而每一奴婢出二倍算赋（《汉书·惠帝纪》注引应劭说），这是一个很重的负担。照汉朝的米价每石米价一百文算计，每一奴婢每年要出二石多的米，等于具有五十亩地的地主（每亩收获量以一石半计），每年交给国家田租的价格。总算起来，一个私有土地者如果用奴隶作农业生产，比起国有土地者来，要支出若干倍以上的代价。然而汉朝的国家，并没有用奴隶从事农业，那么私有土地者，绝不会专用奴隶来从事农业生产，不是很明白的事吗？

我们知道希腊、罗马奴隶生产发达的基本条件之一，是有大量廉价的奴隶劳动。所以单从奴隶价格这一点看，便会得出汉朝私有土地上不用奴隶生产的相当结论。因为追求剩余生产品的经济法则，是无论东方西方、国家个人，都不违背的。至于小量家内奴隶兼从事于农业生产，他们配合家务及其他服役，从事于使用价值的创造，当然可以不必按照剩余生产品的利益计算。正如王侯贵戚们的大量无用之物的奴从苍头们，只是表示他们的奢侈阔绰，消费他们从其他方面剥削来的剩余价值，当然不在经济法则之内计算是一样的。总之，无论从史料上，从理论上讲，我们认为汉朝的私有土地，基本上是不专用奴隶来进行生产的。

以上各节，我们论证了两汉时代，无论是国有土地，或私有土地，基本上都不是用奴隶劳动进行生产。并且说明了内地的公田，一部分是租给命家或权家，由他们再为分租转假，一部分是贷与贫民耕种；边地上的公田，用戍卒、田卒进行屯田。

现在的问题是：一般私有土地者，既然和国家一样，不用奴隶劳动进行生产，那么究竟用什么方法来从事生产呢？或者说在几种可能有的生产方式中，哪一种形式比较占支配地位呢？

在没有真正统计材料的条件下，我们对于这个问题，当然很难作出

① 见《史记·货殖传》。此一段是司马迁用一个千字的数目，作一般物价比例，不是如某些同志所说以僮手千指耕田，也不是如一些同志所说是文字游戏。

科学的回答。但从一般历史发展和具体史料中，可以推测一些大概的情况。

首先应该注意的是：两汉时代，虽然土地所有权是越来越集中了，但土地经营方式，却始终是分散的、个体的。我们在汉代的各种史料中，除边地屯田外，看不见大规模集体生产的记载，甚至连诗歌上想象式的描述也没有。就我注意到的文学作品中，类似于集体劳动的描述，只有两三条：一条是汉武帝柏梁台联句诗（丁福保辑《全汉诗》），其中大司农的联句是"陈粟万石扬以箕"，这是描写大司农贮藏粮粟的丰富的；一条是《汉书·沟洫志》中的《郑白渠歌》："田于何所，池阳谷口。郑国在前，白①渠起②后。举臿③如云，决渠如雨。……衣食京师，亿万之口。"这是描写白渠旁边公私田畴上溉灌时的情况，很难证明这些劳动者是属于同一土地所有者的。班固的《西都赋》里，引用了《郑白渠歌》中的辞句，有下列数句描写："提封五万，疆埸绮分。决渠降雨，荷臿④成云。五谷垂颖，桑麻铺棻。"似乎有一点集体劳动意思，但除了《郑白渠歌》二语只是描写灌溉情况外，没有任何关于可以作为大土地所有者集体耕作的证明。我们把这种情况和西周时代的史料对比一下，便马上可以看出两个时代的土地耕作方式的不同来了。西周的时代，在汉朝八、九百年以前，历史的文献非常之少，但就从流传到后世来的一点史料上，便有《大田》《噫嘻》《载芟》种种诗篇，"十千维耦""千耦其耘""岁取十千"种种有关于千万人口集体耕作的记录。两汉的历史，比西周详细到几千百倍；两汉的历史上，对于当时的垦田数目、户口数目、赋税数目，都记载的非常详细，而唯独没有集体耕作的记载（边地垦田情况详下）。这并不是西周人和两汉人的注意方向不同，而是因为一般主要突出的史实，不能不反映到当时历史文献上来。两汉时有好多没有性灵的诗歌，如郊庙祀歌和韦孟讽谏歌之类，都是专门模仿《诗经》雅、颂体的形式的；而其中找不到一、二句模仿《噫嘻》等诗中"十千维耦"一

---

① "白"原误作"洫"。——编者注
② "起"原误作"在"。——编者注
③ "臿"原误作"插"。——编者注
④ "荷臿"原误作"菏插"。——编者注

类的句子来。这正是说明了两汉时代，无论公田、私田上，都是小生产经营，已经没有像西周那样大生产形式了。因此那些专门模仿的诗人，也就不能凭空描写了。

两汉时代，既然没有大生产耕作方式，因此两汉时代的私人土地上，就只能有下列几种生产形式：

（1）自耕农生产形式：自商鞅变法以后，虽已走上了董仲舒所说的"富者田连阡陌，贫者无立锥之地"的路程，但并不是沿着这个方向一直上升。西汉初年，在秦朝迁徙豪杰和大规模农民起义的基础之上，对旧地主贵族的摧毁相当猛烈。因此，西汉初年，自耕农的成分，比起东汉初年和以后一些朝代来，有相当大的比例。晁错在文帝时上疏说：

> 今农①夫五口之家，其服役者不下二人，其能耕者不过百亩，百亩之收不过百石。

这是就自耕农立论的。董仲舒在武帝初年的上疏，所说"除井田，民得买卖，……又颛川泽之利，管山林之饶，小民安得不困"的"小民"，也是就自耕农立论的。这以下才谈到"或耕豪民之田，见税十五"，从这一个"或"字看来，董仲舒上书时，属于自耕农的小民，比起或耕豪民之田的佃农来，数量不会太小。但自耕农的数量虽然不少，而所占土地面积的比重，一定不太大。这一类自耕农，往往同时兼有佃农或雇农身分，在土地兼并的法则下，他们的人数当然日趋减少，所占土地的比例，减少的速度更加快些。大约从西汉中叶后，自耕农的土地面积，在全国土地中所占的比例，就更少了。

（2）租佃制生产方式：汉代的土地经营，既然普遍是小农经济方式，而土地的所有权却是大土地所有制，这样就不能不使租佃制的耕作方法，成为最主要的生产形式。西汉初年的董仲舒说："或耕豪民之田，见税十五，故贫民常衣牛马之衣，而食犬彘之食。"（《食货志》）西汉末年的王莽说："豪民侵陵，分田劫假，厥名三十，实十税五也。"（《汉书·食货志》）东汉末年的荀悦说："今汉民或百一而税，可谓鲜矣，然豪强富人，

---

① "农"原脱。——编者注

占田逾侈，输其赋太半……官家之惠优于三代，豪强之暴酷于亡秦。"（《汉纪①》卷8）可见这种租佃方式，是两汉四百年中最通行的农业生产形式。这一种经营方式的普遍流行，由国家公田的普遍采用假贷制上，亦可以反映出来。关于国家公田采用假贷经营的办法，不但在内地公田上普遍实行（如上一节所引《食货志》《盐铁论》二例），即在西北边地的大规模屯田上，也有一部分是这样的。

《居延汉简考释》卷2钱谷类有一条说："右第二长官二处田六十五亩，租二十六石。"② 陈直先生解释说"每亩收获，计有四斗"（《历史研究》1955年第6期）。这个计算法是错误的。因为，汉代土地每亩的产量，最低的估计是每亩一石，晁错上书中，强调人民困苦，就采取了这个标准；在西汉初年的《淮南子》中，便有一条不同的记载。《淮南子·主术训》：

> 夫民之为生也，一人跖耒③而耕，不过十亩，中田之获，卒岁之收，不过亩四石，妻子老弱，仰而食之。

晁错和刘安时间距离不远，两种不同的说法，只是根据高产量和低产量而言，实际上的每亩产量平均应在一石以上。按居延地区的黍谷大麦等粮价，每石平均在百钱以上（见陈直先生文），和内地的粮价一样。《汉书·西域传》记桑弘羊等奏请屯田轮台时说"有溉田五十顷以上处温和田美"，可见边地也有相当肥沃的土地。至于耕种方法，陈直先生亦说是采用赵过代田法，而代田法的功效，《食货志》上明白说超过漫田一斛以上，单超过的量，已不只一石了。从各方面说来，每亩四斗，不是每亩的收获量，而是每亩的租税量。如果按对分制计算，田六十五亩租二十六石，一共收获量是五十二石，每亩产量是八斗五升。如果按卒六官四分租制算，全部收获量恰恰是六十五石。正合晁错所谓亩收一石的低标准。简文明说："田六十五亩，租二十六石"，"租"字很明白，不能解释

---

① "纪"原误作"书"。——编者注
② 商务印书馆1949年版，第225页。——编者注
③ "耒"原误作"来"。——编者注

为收获量。如果认为这是每亩全部产量，不但不合于一般产量的标准，而且使其他有关的事件也解释不通了。比如，《汉简释文》卷 1 有一简①云：

> 守大②司农光禄③大夫臣调昧死言：守受簿④丞处，前以请给使护军屯食，守部丞武□⑤以东至西⑥河郡⑦十一农都⑧尉官官调物钱谷漕转籴，为民困乏⑨，启调有余给□⑩。

这是说内郡有灾荒了，要调边郡屯田谷以资救济（陈直先生即如此解释）。又如一条简文⑪记载："善居里男子丘⑫张自言与家买客田"，可知屯田有卖给居民的。如果居延土地的产量如此之低，连生产者的必要生活都不够支付，哪里会救济内郡灾荒，哪里会有居民出资买田呢？事实证明，租二十六石，就是六十五亩的田租。这可能是田卒和国家的租佃办法，也可能是吏士长官把官田分租给平民所收的租赋。我对于简文没有研究，不敢断定属于哪一种。总之，汉政府对于屯田的经营，至少有一部分是采取租佃分成形式的。

我们知道西北屯田是国家最集中的大量土地，田卒是最容易组织的劳动者，国家是最高权力机关，在这样有利条件之下，还要采用佃耕对分制。那么，分散的私有土地，缺乏组织力的私人经营，必须以采用佃租制为最方便、最有利益，那该是没有什么可怀疑的了。

---

① 商务印书馆 1949 年版，第 79 页。——编者注
② "大"原作"太"。——编者注
③ "当禄"原误作"先武"。——编者注
④ "簿"原误作"薄"。——编者注
⑤ "□"原误作"国"。——编者注
⑥ "西"原误作"两"。——编者注
⑦ "郡"原脱。——编者注
⑧ "都"原脱。——编者注
⑨ "乏"原误作"之"。——编者注
⑩ "□"原脱。——编者注
⑪ 商务印书馆 1949 年版，第 6 页。——编者注
⑫ "丘"原误作"邱"。——编者注

（3）雇佣制生产方式：从《韩非子·外储说左①上》记"卖②庸而播耕③者"的话看来，一般认为在战国时期，已有雇佣制。至于陈涉在秦末时，为人佣耕，更是大家熟知的事实。虽然有人解释为奴隶，究竟是一种使人不能心服的曲解。［王思治等三位的第一篇文中，承认陈涉是雇农，第二篇（《历史研究》1956 年第 9 期）中认为是奴隶，理由是贾谊《过秦论》上说陈涉是氓隶之人，而"氓"字古义是奴隶。如果现在没有《陈涉传》，而只留下"氓隶之人"一句话，倒还不失为一种解释，但是现在有一篇详细的《陈涉世家》保留下来，传中明记秦末发闾左贫民屯戍，而他和吴广可以当屯长。一个奴隶，哪里可以做一般戍边人民的屯长呢？传中又记载他在佣耕时和同伴们说"苟富贵，无相忘"的话，这决不是一个奴隶的口气。汉武帝时的外戚大将卫青，当为家奴时，曾说"人奴之生，得毋笞骂即足矣"（《汉书》卷 55 本传），这是一个奴隶的口吻。在阶级社会中，这个界限是很分明的。至于说陈良是奴隶，更非事实。世界上哪里有带着自己的生产工具（耒耜），自由自在，从一个大国去见一个小国国君的奴隶呢？］不过究竟这种生产形式，在全国范围中占多大比重，就很难估计。我们就土地的集中和经营的分散情况看来，认为雇佣制的数量，不能和租佃制相比。因为大地所有主要完全实行雇耕制，必须先有大量的雇佣劳动者存在，而这种劳动者，在农村公社还有残余势力，乡村手工业和农业密切结合，被束缚于土地上的贫佃农，可以长期在生命线上挣扎生活的情况下，便很难提供出多少数量来。兼为半自耕农、半佃农、半手工者的雇农，不适于大规模的雇佣制耕作。依据两汉没有大经营的理由，认为雇佣制耕作方式，只能是小规模的。

（4）依附农民生产形式：这一种生产形式，西汉和东汉发展情况不同。西汉时代，自耕农还有相当数量，政治上的剥削还没到迫使大量农民找寻保护者的时机。因此，这一种生产形式，比例不是太大。西汉前期，如《酷吏传》记宁成"贳贷陂田，役使数千④家"，可以说是趋使依

---

① "左"原脱。——编者注
② "卖"原误作"买"。——编者注
③ "播耕"原误作"耕种"。——编者注
④ "千"原误作"百"。——编者注

附农民的形式。其他，如汉武帝用酷吏郅都等打击了各地豪强，如济南
瞷氏、南阳孔，暴之属（《①汉书》卷90《酷吏传》），可能是分田劫假的
豪猾。不过这种方式的逐渐加多，大约到西汉末东汉初，才显著起来。
如马援带宾客在上林屯田（《后汉书》本传），以及樊宏家内上下戮力的
僮隶，应该是这类型的生产者。到了东汉末叶后，像"部曲"一类名词，
由军队部伍的原意，转变为附属身分的意义。仲长统说"徒附万计"，正
是东汉末叶的情况。

　　总起来说，我们认为两汉时私有土地上的生产方式，基本上是小农
经营，其中租佃制是主要形式，或者说，佃佣制是主要形式。依附农民
数量的逐渐加多，是东汉中期以后的现象。

三　汉代奴隶经济和小农经济的比重问题

　　从上一节论证中，我们认为汉代的农业生产，无论在国有土地方面、
私有土地方面，基本上都不以奴隶劳动为主要生产者，而以租佃制为其
中最主要的生产形式。以下将考察一下奴隶劳动在其他生产事业，特别
是手工业方面的情况，能不能达到可以支配全国小农经济的程度。

　　汉代官私手工业上，用奴隶劳动生产的，以冶铁为较多。国家经营
的冶铁业中，大部分用铁官徒生产。私手工业冶铁家，如汉初的卓氏，
"富至僮千人"（《史记·货殖传》。《汉书》作"八百人"），程郑亦数百
人（《汉书·司马相如传》）。都是大家熟知的事实。虽然，严格说来，罪
徒还和奴隶不同，他不是长期被人占有，而且不能随便杀死或出卖。不
过他们都是剥夺了生产资料，被生产资料所有者占有的工作者，所以他
们实际在生产关系上的地位，是一个类型。

　　冶铁业外，用奴隶生产和劳动的，有采矿、纺织、铸铁、造农器及
其他修城、漕运、养狗马禽兽等种种部门。

　　一般常举的例子，如元帝时贡禹上书说："今汉家铸钱，及诸铁官②，

---

① 此处原衍"后"。——编者注
② 此处原衍"徒"。——编者注

皆置吏卒①，攻山取铜铁，一岁功②十万人以上。"（《贡禹传》）其中有一部分奴隶劳动是参加矿业和铸钱生产的。如汉魏豹姬人薄姬，以豹故输织室，是罪徒参加纺织业的；如赵过教田三辅时，"大农置工巧奴与从事，为作农器"，是用奴隶制造农具的；如王莽时"民犯铸钱，……没入为官奴婢，其男子……传诣锺官，以十万数"（《汉书》卷99下《王莽传》），是用罪人参加铸钱业的。由此证明，汉时官手工业中，如铁官、办③铜、东西织室、大农、锺官等机关中，有一定量的奴隶从事生产。

在民间手工业方面，如文帝后窦后的兄弟，幼年家贫，"为人略卖，……入山作炭"（《汉书·外戚传》），是属于采矿业的；如张安世家僮七百人，皆有手技作业，可能是属于纺织及其他工艺品的（《汉书·张汤传附安世传》）；东汉初光武后弟郭况家"家僮四④百人，黄金为器，功⑤冶之声，震于都鄙"（《御览》833引王子年《拾遗记》），是属于冶锻制器的。

又如秦汉之际的刁间，用桀黠奴逐渔盐之利（《史记·货殖传》），以及汉武帝实行告缗政策时，没收了商人奴⑥婢中的一部分，都可以算在从事商业活动的奴隶一类里。

此外如从事养马养鹿、治道、修陵、漕运等半生产劳动的奴隶，再加上供官府贵戚们奔走服役的奴从苍头、供娱乐的歌女舞伎，以及吏民的嫁女陪送、服官随从等奴婢，都算在内，全国奴隶的数目，够相当多了。

不过我们这里要考察的奴隶，除了一切家内服役奔走的奴婢当然不在其内外，其他属于生产范围内的奴隶，亦有一部分，是不在我们重点考察之列的。

我们知道，一切官私手工业中的奴隶劳动，都是属于奴隶经济体系，但不是一切官私手工业，都能发生支配农村经济的作用。比如官府手工

---

① 此处原衍"徒"。——编者注
② "功"原误作"二"。——编者注
③ "办"原误作"辨"。——编者注
④ "四"原误作"数"。——编者注
⑤ "功"原误作"工"。——编者注
⑥ 此处原衍"隶"。——编者注

业中，制造军器的，制造园陵器物的，制造皇室贵戚们的舆服装饰和一切奢侈用品的，都和农村经济没有关系。这些工业，不但没有创造像资本主义时代的商品价值，而且也没有创造一般加入交换流通过程中的物品。它只是在创造皇室贵族直接消费的使用品，当然谈不到起支配农村经济的作用。因此，我们考察的手工业，首先是和农村经济有关的部门。

王莽实行五管六均政策时，曾经下过这样一道诏书：

> 夫盐，食肴之将；酒，百药之长，嘉会之好；铁，田农之本；名山大①泽，饶衍之臧；五均赊贷，百姓所取，平卬②以给赡；铁布铜冶，通行有无，备民用也。此六者，非编户齐民所能家作，必卬③于市。虽贵数倍，不能不买。豪民富贾，即要贫弱。先圣知其然也，故榦④之。（《汉书·食货志》）

王莽这个诏令，确实能区别出什么是"编户齐民非买不可"的物品来，这些物品，是真正能够起支配农村经济作用的生产。我们就可以根据王莽所要"管"的六种事业中，考察一下其中有多少奴隶经济的成分。

这六种事业中，当然以冶铁业中奴隶经济成分最多，汉初的私冶铁业，如卓氏、程郑，和汉武帝时的铁官，都可以说其中大部分是属于奴隶经济范围的生产。不过到元帝以后，冶铁业中的奴隶经济的比重，就逐渐少了。如元帝时贡禹上书所说："今汉家铸钱，及诸铁官，皆置吏卒徒，攻山取铜铁，一岁功⑤十万人以上。"这里面卒徒的成分，就占一部分。正如《汉书》记成帝时修昌陵的劳动者，有卒徒工佣种种名称一样，（用工佣从事修陵，在汉初时还没有见于记载。）元、成时代的冶铁业中，可能奴隶劳动的成分，已在减少。东汉时期的官有冶铁业，是否用奴隶生产，不太详细。《续汉书·百官志上》虽有一条"郡有盐官、铁官，随

---

① "大"原误作"水"。——编者注
② "卬"原脱。——编者注
③ "卬"原误作"卯"。——编者注
④ "榦"原误作"管"。——编者注
⑤ "功"原误作"二"。——编者注

事①广狭，置令、长及丞"，本注曰："凡郡县出盐多者置盐官，主盐税。出铁多者置铁官，主鼓铸。"但没有注明用什么人从事鼓铸。事实上东汉并没有经常实行国家管制，如章帝建初六②年"议复盐铁官"（《后汉书·郑众传》），可见东汉初年，没有正式设立盐铁官吏。章帝元和三年，张林奏请官鬻盐（《后汉书·朱晖传》），可见盐官设立时间很短。至于铁官是否如盐官存在同样长久，不可确知。和帝时曾下诏重申章帝时罢铁盐官的原意，在诏书中说到："吏多不良，动失其便，以违上意，先帝恨之，故遗③戒郡国，罢盐铁之禁，纵④民煮铸，入税县官如故事。"（《后汉书·和帝纪》）以后只有"永元十五年，复置涿郡故安⑤铁官"（《后汉书·和帝纪》），其他各处并未恢复。从东汉时对于盐铁管制的屡次改变，而以不管制为经常状态，可以推知当时已不可能有经常存在的官奴从事生产。我们推想自从西汉成帝时发生了颖川铁官徒申⑥屠圣和山阳铁官徒苏令等领导的两次大暴动后（《汉书·成帝纪》），铁官徒的制度逐渐取消了。

不过无论制度变迁如何，在西汉中叶时期，冶铁业总是奴隶经济范围内的重要项目。

与农民经济关系最重要的第二项是煮盐。这一种事业中，除了汉初的程郑，既有冶铁盐井，又有奴婢，可能有部分奴隶参加煮盐外（刁间用桀黠奴逐渔盐之利，是贩运性质），国家煮盐事业中，没有奴隶生产的记载。

《食货志上》记汉武帝实行国家管盐的办法是："愿募民自给费，因官器作鬻盐，官与牢盆"，似乎是一种官督商卖的办法。制盐的生产者，不一定是奴隶。东汉时期，《续汉书·百官志》注说："置盐官，主盐税"，显然只是收取盐税，和"置铁官，主鼓铸"的制造不同。至于"纵民煮铸"的"民"，其中有没有用奴隶生产的，至少在记载方面，没有积

---

① "事"原误作"时"。——编者注
② "六"原脱。——编者注
③ "遗"原误作"遣"。——编者注
④ "纵"原误作"从"。——编者注
⑤ "故安"原误作"盐"。——编者注
⑥ "申"原误作"甲"。——编者注

极证据。

酒的专卖，无论在汉武帝时期、王莽时期，都不占重要地位。汉武帝天汉三年，"初榷酒酤"，昭帝始元六年，听取文学们的声请罢酒榷酤，一共实行十七年，比其他国家管理的事业，实行的时期都很短。至其他时代，都是自由买卖，造酒的生产工作者，亦没有奴隶的记载。

山林川泽，大概包括采矿、木材、渔业……种种，除矿业中有奴隶生产外，其他没有关于奴隶劳动的记载。

五均赊贷是商业性质，在西汉初年，商人高利贷者可能同时就是用奴婢逐渔盐之利的。在汉武帝实行了盐铁国有，用告缗政策大量没收奴婢后，盐铁业和高利贷者分离了。高利贷的活动中，大概容纳不了多少奴隶，而参加国家平准、均输、赊贷工作的商人，本身不是奴隶。

"铁布铜冶"是铁币制造，在汉武帝和王莽时，铸钱业中都有奴隶从事生产。但从贡禹所说置吏卒徒攻取铜铁看来，知道当时直接生产者的地位，是混合性质，其中包括了各种成分的生产者。

从以上的分析中，我们知道这六项能够控制农村经济的事业中，其中只有冶铁、农具和铸钱采矿（山林川泽的一部）的一部分，有奴隶经济成分。其余煮盐、酤酒、五均赊贷等都只是国家经营，而不是奴隶经济。

在这些奴隶经济体系中的人数总共有多少？每年的总生产量有多少？我们不能确知（在国家收入中，可以有大概估计，详下）。不过如果和全国范围内的农业劳动者，和农村小农经济体系中的农产品总量比起来，就从常识上加以判断，也可以说是微乎其微了。就生产量的绝对价值来说，奴隶经济远远不能和小农经济相比。

但是奴隶经济和小农经济的比重，不能单从生产人数的生产总量上来比较，而要从两个体系的力量地位来比较，因此重要的问题是究竟哪个体系支配哪一个体系呢？

何兹全先生说："在奴隶社会，奴隶主经济和小生产者经济的对抗中，农民和手工业者经济是在奴隶占有制经济的支配和剥削下的，他的命运是破产而变为奴隶。决定一个社会性质是奴隶主经济的支配地位，而不是小生产者个人的众多。"（《文史哲》1956 年第 8 期）

何先生提出来的这个问题，是决定汉代社会性质的主要关键，是一切主张汉代是奴隶社会的论文中，最能抓住本质的一个论点。一切主张汉代是奴隶社会者，只有在这一点上提出深刻的分析，才能避免在材料方面勉强解释的错误；一切主张汉代不是奴隶社会的人，也只有对这一论点提出全面的分析，才能把零碎可靠的材料，构成说明社会性质的体系。

我们且试从马克思对于各个时代城市和乡村关系的分析上开始，看一下汉代两种经济体系对比的情况。

马克思在《前资本主义各形态》上说：

> 典型的古代历史，这是城市历史，不过是建立在土地所有制和农业之上的城市的历史；亚细亚的历史，这是一种城市和乡村不分统一（在这里，大城市只能看作王公的营垒，看作在经济制度上，一种真正的赘疣）；在中世纪（日耳曼时代），乡村本身是历史的出发点。历史的进一步发展，后来便在城市和乡村对立的①形态中进行。现代史，这是城市关系渗进乡村；而不是像在②古代那样③，乡村关系渗进城市。（中译本，第15页，人民出版社版）

马克思这一总结性的论点，说明了各个时代城市的不同性质，及各个时代城市和乡村不同的关系。我觉得这一段理论，比恩格斯在《家族、私有制和国家起源》中所说的"经济上，城市统治乡村，如古代所有者；或是乡村统治城市，如中世纪所有者"一段话，更能指出古代和近代城市的不同，更适用于比较中国古代城市和古典城市的分析上来。因为马克思这一段话，不仅说明了古典城市是支配乡村的，而且说明了古代城市凭了什么来支配乡村。马克思说，古典古代的历史，这是城市的历史，但同时是以土地财产和农民为基础的城市的历史。这里特别指出的"土地财产和农民为基础"，那是古代和近代城市根本不同的所在。大家知道，古典的时代，虽然在城市中已有某一程度的工商业，但整个经济基

---

① "的"原脱。——编者注
② "在"原脱。——编者注
③ "那样"原脱。——编者注

本上是自然经济。因此，住在城市里的奴隶主能够控制一切、支配一切的经济基础，是他的奴隶占有权和土地所有权，而不是他的工商业。因此说"乡村关系渗入城市"，因此说"城市连带乡村的整体"。这和资本主义时期城市里的资本家，用廉价工业品摧毁农村的手工业，用工业剥削农业，制造农村的无产后备军；用资本投向土地，控制了整个农村等情况，完全不同。所以我们首先应该考察的是各种城市的性质。那么我们看一下中国汉代的城市和古典古代的城市，是否完全一样呢？

何兹全先生说："古代中国的城市，是接近于古典古代的城市，而远于马克思所描述的古代亚细亚的城市。"（前引文，第14页）我觉得何先生这个说法是正确的。但我认为，中国古代城市和古典古代城市相同的地方是：主要生产资料所有者，和代表农村土地所有权的政权机构，都住在城市里；他们在城市里收取剩余产品，分割租税，组织军队，并进行一定量的物品生产和物品交换；但是不同的地方是：古典的古代，住在城市里的生产资料所有者，是用奴隶进行农业生产，而中国住在城市里的土地所有者是用田卒、佃农、雇佣、依附农民等进行生产的。在资本主义以前的社会中，土地所有权是决定一切的要素，城市工商"资本"只能在配合土地权上，起一定剥削农村的作用。离开了土地所有权，单凭工商"资本"是控制不了广大的农村的。因此，中国古代城市和古典古代城市是否实质上相同，就要取决于两种土地所有者进行生产的方法是否相同。从这一点出发，我们认为中国古代城市和古典古代城市相同的地方是形式方面，或是实质方面的一部分。而不同的地方，是实质方面的主要部分。如果不从支配实质上而单从支配形式上区别城乡的关系，不但会混淆了中国古代和古典古代的实质，而且会得出古代城市和资本主义城市相同的结论。

马克思在《前资本主义各形态》上说：

> 古代人从来不曾超越原来的城市工艺范围之外，所以他们从来[①]不可能造成大工业；把广大范围的乡村加入交换价值的生产，而不是使用价值的生产，这是大工业首要的前提。（第55—56页）

---

① "从来"原脱。——编者注

又说：

> 在城市手工业中，虽则实质上也是以交换、以创造交换价值为
> 基础，但这种生产的直接的、主要的目的却是保证手工业者、手工
> 业师傅的生存，因而是使用价值；这既①不是发财致富，也不是那作
> 为目的本身的交换价值。所以生产到处都服从于他原来所②估计的消
> 费，供给服从于需求，因此生产只是缓慢地扩大起来。（前书，第57
> 页）

这一论点，是了解中国汉代城市手工业能不能支配农村经济的钥匙。因
为当手工业生产，停留在主要以创造使用价值为目的的时候，都市的手
工业是服从农村的需要的。农村的购买强大时，手工业的生产就可以加
多；农村的购买力降低时，手工业的生产便随之降低。手工业本身没有
大量生产廉价品，破坏农村副业，或迫使需求增高的力量，因此就不能
单独支配农村经济。

中国两汉时期的手工业，至多亦不过刚刚达到中世纪城市手工业的
初步，当然不会突破供给服从于需要的法则；况且古代东方农村公社有
相当残余势力，手工业和农业结合的很坚固，一直到资本主义时代，还
不能马上攻破这个堡垒。那么，汉代手工业的实力发生不了支配农村经
济的力量，该是不必怀疑的了。

至于汉代城市的商业资本和高利贷资本，的确在经济上发生很大的
剥削农村的作用。但不能认为有了剥削关系，就有了支配关系。剥削和
支配，往往是相随的，而不是绝对相同的。在阶级社会中，凡是站在支
配地位的，一定是有剥削关系的，但不能说，凡是有剥削关系的，一定
占有支配地位。

马克思在《资本论》上说：

> 如果在中世纪，在政治方面，在封建制度没有像意大利一样，

---

① "既"原脱。——编者注
② "所"原脱。——编者注

由例外的城市发展遭到破坏的地方，到处都是农村榨取城市，那么在经济方面一切地方就都没有例外，是城市通过它①的独占权，它的课税制度，它的行会制度，它的直接的商业骗术和它的高利贷，剥削着农村。(3 卷，第 1045 页)

从马克思这一段话里，我们知道就在中世纪后期，乡村在经济上是被城市剥削的。但整个的支配权，是农村支配城市。理由很明显，即是城市工商业还没有占了支配整个农村的地位。两汉时代的城市里，一部分商业资本、高利贷，虽然在经济上剥削农民，但不等于整个支配了农村社会，当然更不是奴隶经济支配小农经济。

从以上的论证中，我们认为：

（1）两汉时代，虽然和古典古代一样，都是城市支配农村，但两汉时代城市中的剥削阶级，主要是剥削佃农、雇农、依附农民剩余产品的地主，而不是剥削奴隶的奴隶主。所以城市支配农村，不等于奴隶经济支配小农经济。

（2）两汉时代的城市手工业，虽然有一部分是奴隶经济，但正如西方古代及中世纪的手工业一样，它不以创造交换价值为目的，所以不能发生单独支配农村经济的作用。

（3）城市的商业资本、高利贷资本，对于农村经济，确有相当大的剥削；但商业资本本身，永远居于从属地位。有剥削作用，不等于有支配权力，而且汉武帝以后的商业，根本不是奴隶经济，所以商人剥削，更不等于奴隶经济支配农村。

何兹全先生说："掌握政权的大土地所有者、大领地持有者，以及商业资本、高利贷资本代表们所代表的城市，通过城市对农村的支配，体现出奴隶经济对小农的支配，体现出奴隶制在古代社会中的支配地位。"（见前引文）我觉得何先生的前半段话完全是对的。的确是大土地所有者、大领地持有者、高利贷资本们，是代表城市的；但是如果这些大土地所有者、大领地持有者、高利贷资本们，并没有用奴隶进行生产，那就不能从城市支配农村的公式中，得出奴隶经济对小农的支配，和奴隶

---

① "它"原误作"他"。——编者注

制在古代社会中占支配地位的结论了。

何先生除了用城市支配农村说明奴隶经济支配小农经济外，又引用了下面奥斯特罗维强诺夫一段话来说明"古代社会中，奴隶经济占有支配地位"一语中所谓支配地位的意义和性质：

> 奴隶制国家，将无数苛捐杂税，加在农民身上。用捐税的办法搜括起来的资金，源源入流城市，养国家机构，来维持公共事业，来养活军队和进行战争。

这是从政治方面、国家收入方面说明奴隶经济支配小农经济的。

我们认为汉代代表国家的皇帝，及其周围的宗室贵戚和各层官僚们，通过城市对乡村的统治、剥削，收取农村剩余产品、分割赋税，这是中国和古典古代相同的。

但是问题的关键，仍然和上面讨论过的一样，就在于代表国家的最高统治阶级，他的经济基础是什么？主要收入是什么？它是凭了从农民（佃农、雇农、依附农民）身上剥削来的租税生活呢，还是凭了从生产奴隶身上剥削来的剩余品生活呢？

对于这个论点，王仲荦先生曾经就汉代国家收入，作了一个数字比较。

王先生在他的论文中（《文史哲》1956 年第 3 期）引了《太平御览》卷 627 引桓谭《新论》下列一段文：

> 汉定以来，百姓赋敛，一岁为四十余万万；吏俸用其半，余二十万万，藏于都内为禁钱①。少府所领园地作务之八十三万万，以给官室，供养诸赏赐。（按丁印本严可均《全汉文》，"定"字为"宣"字）

并加以说明云：

_____

① "钱"原误作"盛"。——编者注

　　桓谭虽卒于东汉初年，可是这一统计材料，可能是就西汉末年，皇朝全年的总收入而说的。统计数所谓百姓赋敛约四十余万万钱，大概是田租、口赋等项的全年总收入而说的。少府全年收入数八十三万万中，除了部分的收入量，是山海池泽之税以外园地作务的收入，在其中也一定占了极大的比重。而我们知道这种政府经营的园地作务，大都是用奴隶进行的。因此奴隶经济在国家经济中，是占着很重要的地位。

王先生说桓谭所说的统计材料，是就西汉末叶皇朝全年总收入而说，这可能是对的。但桓谭所说的百姓赋敛四十余万万，究竟是不是全年的总收入呢？我觉得这个数目，很显然的不是全年总的收入。我们且不管全国全年的田租藁税有多少，但算计一下全年的算赋，便知道这个估计是错了。

　　我们知道西汉末年正是所谓哀平之世，"百姓訾①富，虽不及文景，然天下户口最盛矣"（《汉书·食货志上》）的时际，平帝元始二年的全国人口数是五千九百五十九万四千九百七十八人，每口人每年的算赋是一百二十文，就以五千万算吧，全国每年的算赋收入，就有六十万万，就已超过四十余万万的总数。如果再加上藁税、马口钱等，数目就更多了。可见这一项数目内，根本没有包括全国最大的收入田赋在内。因为田租是实物征收，而桓谭所说的百姓赋敛是专指货币征收而言，当然不包括田租在内。关于桓谭所说的四十余万万，可能是专指人口税（算赋、口赋）收入而言。因为照我们按五千万人口估计，虽然超过六十万万，但全国人口中不是都出算赋一百二十文。汉代是"民年十五以上至五十六"出算赋，到元帝时改为二十岁以上出一算，七岁至二十岁出口赋二十三文，七岁以下、五十六岁以上不出算赋（汉武帝时三岁即出口赋）。所以假定桓谭所说的是指西汉末年的收入，四十余万万，正相当于全年的算赋、口赋。

　　我们再把全国田赋计算一下，和少府收入作一比较。

　　按照《汉书·地理志》叙述，西汉全国垦田数是八百二十七万五百

---

　　① "訾"原误作"皆"。——编者注

三十六项，其中直接属于国有土地，究竟有多少，没有准确的比例。不过我们从边地的屯田数目、皇帝赏赐公主贵戚的公田数目、假贷平民公田的数目，以及汉武帝没收公田数目，各方面看起来，公田的数目不会太少了。如武帝元鼎五年，"初置张掖、酒泉①郡，而上郡、朔方、西河、② 河西开田官③，斥塞卒六十万人戍田之"。如按照赵充国的上疏（本传）和居延汉简（劳干《居延汉简考释》及前引陈直先生文）记录，平均每人能耕田二十亩，那么这六十万人就耕地十二万顷。又如桑弘羊与丞相御史奏言轮台以东，……有溉田五千顷以上，从这一项看来，推知边地屯田就可达到几十万顷。又如汉武帝赏赐姊修成君公田百顷（《外戚传》），茂陵每户赐田二顷（《本纪》），成帝赐董贤公田二千余顷（《董贤传》），以及东汉皇帝屡次贷与平民公田，可推知田公的总数，决不能比赏赐的数目差的太少了。又如按照我们前节对于汉武帝没收各县公田的计算，只那一次就有四、五万顷左右。总计起来，我们假定全国公田约当全国垦田数十分之一稍多，而达到百万顷的数字，这不会是太多的估计。

我们假定每亩收获平均以一石半计算，百万顷公田，便收入一千五百万石；以二分之一对分租计算（其实应全部计入收入，一半是收入后的开支），便实收七千五百万石；每石以百文计算，这一项就有七十五万万。其余七百万顷私田，以同一收获量（每亩一石半）计算，每亩三十分之一田租是五升，全部田租为三千五百万石；以每石百文计，全年田租为三十五万万。总计起来，这两项公私田赋，共为一百一十万万左右。如果把田租和算赋加起来，一共为一百五六十万万。这个数字，和桓谭所说少府全部收入比起来，已超过七八十万万。即使少府的收入全算在奴隶经济内，比重也相差一倍。而况少府的收入究竟有多少，其中又有多少可以算入奴隶经济之内，是很可以讨论的问题。

这里有一个校勘上的问题，应该附带说明：按通行本《太平御览》627引桓谭此段云"少府所领园地作务之八十三万万"一句，从文句上

---

① "酒泉"原脱。——编者注
② "西河"原脱。——编者注
③ "田官"原误倒。——编者注

看，古来文字很少有这样长的句法；从财政上看，属于皇帝个人用度的少府之收入，不应和属于全国的收入相比。《汉书·王嘉传》说：

> 孝元皇帝，温恭少欲，都内钱四十万万，水衡钱二十五万万，少府钱十八万万。……是时外戚资千万者少耳，故少府、水衡见钱多也。

可见当少府钱最多的元帝时代，才有十八万万。桓谭所说都内钱四十万万，和王嘉所说都内钱四十万万，正相符合；不应少府钱就到了八十三万万，和王嘉所说的十八万万相差得这样悬殊。我认为这个"八"字，应是"入"字的误文，原文应为少府园地作务之入，十三万万，或为少府、水衡之入，四十三万万（因"入"字误为"八"字，抄写者遂省掉"四"字），包含王嘉所说少府、水衡二项，正合此数。但查《四部丛刊》三编影印宋本《太平御览》及丁印本《全后汉文》，俱作"八"字，想这个字很早就成为"八"字，因而传写者把"四"字省了。（吕思勉先生的《秦汉史》第 18 章第 3 节引桓谭《新论》此文，正作"入"字，但引文小异，不知所据何本。）

现在姑且承认八十三万万数字没有错误，可是桓谭所说少府的收入内，其中山海池泽的税收和园地作务的收入，究竟各占比例有多大，也不能确知；而作务之中，究竟有多少可以算作奴隶经济的部分，又成问题。总之，少府总收入中，其中属于奴隶经济的成分，和全国的田租、藁税、算赋、口赋，再加上山海川泽、六畜等税的收入，是远不能相比的。

《北堂书钞》引应劭《汉官仪》上关于少府的说明是：

> 少府掌山泽陂池之税，名曰禁钱，以给私养，自别为藏。少者，小也，故称少府。秩①中二千石，大用由司农，小用由少府，故曰小

---

① "秩"原脱。——编者注

藏①。（原见《北堂书②钞·设官部》引，本文引自严可均辑《全汉文》34）

"大用由司农，小用由少府"的说法，我们认为和常识的想法是相合的。在专制时期，无论怎样一个暴的君主，他的个人消费，不能比全国的费用超过去；即使事实上他浪费了比全国军政费更多的财富，但也不能在财政制度的法规上，把作为私藏的费用，规定的超过全国的费用去。我们认为少府供作小用的经费，决不能等于大司农作大用的经费；而少府总收入中属于奴隶经济作务的收入，又不能被③属于山林川泽之税收超过。而代表全国最高首领的汉朝皇帝，他的"个人身份"仍然是靠土地剥削吃饭，而不是靠剥削奴隶吃饭。至于可归入统治集团的皇室贵戚官吏们的个人收入，都是"衣租食税"，主要是分割田赋、算赋（吏俸用其半），与少府作务的收入无干，那是更为明显了。

总之，在资本主义以前的阶级社会中，农业是最主要的生产部门。如果在农业生产中，找不到大量的奴隶生产，那么，无论从城乡对比的力量上看，无论从代表城市统治者的收入上看，都不会找出奴隶经济能够胜过农业经济的可靠证据来。

以上各节，我们论证了汉代的农业生产，基本上不以奴隶为主要劳动；官私手工业上，有一部分奴隶生产，但不能发生支配农业经济的作用。从这方面出发，我们很可以说汉代不是奴隶社会了。

但我们还可以再慎重一点，先考察一下下列两个问题：

第一个问题是：两汉时期，租佃制的存在，究竟普遍到什么程度？是不是可以到了前引马克思所说的可以"编配其他生产的地位和影响""可以改变他们特点"的程度呢？

关于这一问题，我认为两汉农业中的租佃制，可以达到相当于马克思所说的"淹没其他一切色彩"的程度。这表现在两方面：一方面表现在剩余产品的分配关系上，一方面表现在手工业的组织形式上。

---

① "藏"原误作"臧"。——编者注
② "书"原脱。——编者注
③ "被"原误作"比"。——编者注

先说第一方面：

斯大林在《苏联社会主义经济问题》中说："生产关系，包括（甲）生产资料的所有制形式；（乙）由此产生的各种不同社会集团在生产中的地位以及他们的相互关系；（丙）完全以（甲）（乙）二项为转移的产品分配形式。"

这里所说的作为"生产关系的一个组成部分"的产品分配形式，包括着两方面：一方面，也即是主要方面，是说生产资料所有者和直接生产者间的分配形式；另一方面，即次要方面，是说生产资料所有者内部对于剩余产品的分配形式。

两汉社会中，特别是农业生产中关于生产资料所有者和直接生产者的分配关系，我们在前面的论证中，认为主要是采用佃租形式。这个论点，正是我们在这里要企图证明的论断，当然不能作为前提来讨论。

因此，我们这里要提出来讨论的是第二种分配形式，亦即一部分剩余产品的分配形式。我认为如果对于一部分产品分配形式，有真确的材料和认识，也就可以看出全部产品分配形式的真实情况来了。

两汉时代，代表国家的全国最高所有者皇帝，他的收入，是国有土地上的全部收入和全国私有土地上的三十分之一的地租，全国人口的算赋、口赋，以及一切山林川泽渔盐税收和官府手工业作务的盈余等。代表国家的皇帝，收入了这些实物和货币后，在全国统治集团中按官品高低进行分配。分配的标准，首先是：田租户口的多少。从诸侯王、列侯、关内侯以下，自三四万户到几十户，大小不等。总之是"食其租税"是唯一目的。除王侯大官吏外，皇太子、公主、诸侯王女，皇帝外祖母、乳母等，都各有大小不等的汤沐邑或食邑。土地租税，是统治阶级中一种最重要的分配产品。因此国家和各郡县对于各个地区的户数、垦田、交界，有极详密的地图和统计，作为分割租税的根据。如西汉时，《匡衡传》载：

> 初，衡封僮之乐①安乡，乡本田提封三千一百顷，南以闽佰为

---

① "乐"原误作"系"。此地为临淮郡僮县乐安乡。——编者注

界。初元元年①，郡图②误以闽佰为平陵佰，积十余岁，衡封。临淮郡遂封真平陵佰为界，多四百顷。至建始元年，郡乃定国界，上计簿，更定图，言丞相府。……后赐（主簿陆赐）与属明举计曰："案故图，乐③安乡南以平陵佰为界，不足，故而以闽佰为界，解何？"郡即④复以四百顷付乐⑤安国。衡遣从史之僮，收取所还田租谷千余石入衡家。司隶校⑥尉骏、少府忠行廷尉事，劾奏："衡监临盗所主守，直十金以上。……"于是上可其奏，勿治，丞相免为庶人。

这一段记载是说：匡衡为丞相时，所封的乐⑦安乡，原有四千多顷，当初元元年时，临淮郡的地图，误把边界扩大了，到匡衡被封时，多了四百顷，及至建始元年，临淮郡重定国界，发现了错误，告知丞相府，匡衡听取主簿陆赐的办法，又到临淮郡，声明按地图的界限，缺少四百顷土地。临淮郡允许了相府的声请，于是匡衡派从⑧史到僮收取田租一千余石。因此被劾专地盗土，免为庶人。⑨ 由此可知，各郡的地图对于田亩地界有详细记载，每到一定年代，要重新考实。如果少算了，可以收回所少田租；如果多占了土地，丞相也得治罪。又如《后汉书·陈敬王羡⑩传》载建初四年，"案舆地图，令诸国⑪户口皆等租入，岁各八千万。"可见舆地图的作用和户口的计算，最后目标是达到租入若干万的标准。

这一种直接分配户口租税的形式，是由生产者亲自向封户交纳租谷，

---

① "初元元年"原脱。——编者注

② "图"原误作"国"。——编者注

③ "乐"原误作"系"。——编者注

④ "即"原误作"郎"。——编者注

⑤ "乐"原误作"焉"。——编者注

⑥ "校"原误作"权"。——编者注

⑦ "乐"原误作"系"。——编者注

⑧ "从"原脱。——编者注

⑨ 钱大昕《二十二史考异》卷8说："此租谷千余石，即三岁中多收之数，郡上计簿时，还之官，至是乃复收之地。"按四百顷每亩收获量以一石计，全数约合四万石，以三十分之一田赋算，正合一千余石，恐只是一年的田租。至贺昌群先生在1955年《历史研究》第2期《论西汉的土地占有形态》一文中，认为匡衡有三千多顷土地，和张禹的四百顷土地相比，这是误把两种土地混同了。

⑩ "陈敬王羡"原误作"章陈敬王"。——编者注

⑪ "国"原脱。——编者注

既和领土封建制的分配土地不同，也和下述的间接分配租税法不同，它是一种最直接的分配佃租方式。这种形式的产品分配，只适用于王侯贵族和最高的官吏中间。

除了直接分配租户以外的第二种形式是间接分配租税。中央政府把直接从人民方面（包括地主、农民）征收来的田租国赋等税收，交由大司农经管，作为吏俸开支。每年按官品大小，付给实物和货币俸禄（《汉书·百官志》①《续汉书·百官志》注引②荀绰《晋百官表③注》），但计算标准，完全用谷物计算。从最高的万石、二千石、中二千石，一直到最低的百石和百石以下的斗食佐史等大小不等，而其中最中坚的官吏，就用"二千石"作为官的名称。这种分配法，实行于各级统治阶层中间。这两种分配剩余产品的形式（除国家和地主分配剩余产品形式，不在此讨论外），是决定全国上下一切统治阶层地位高下的法定基础，这和皇帝对于亲贵嬖人等的奴婢赏赐性质不同。奴婢的赏赐，只是个别偶然的恩惠，而租税的分割，是普遍经常的法制。假如游牧时期，可以牲畜多少为分配标准；典型的奴隶制时期，可以奴隶多少为分配标准；典型的封建制时期，可以直接分配"土地和附属于土地上的生产者"为标准。那么在两汉社会，以分配土地上的租税或交纳地税、人口税的户口为标准，就很可以说明它所代表的社会基础了。这样，我们可以说"租佃制"的生产形式，是代表汉代社会形态的支配形式了。

租佃制占支配地位的第二种证明，是渗入手工业中的佃租形式，这也是租佃制占支配形态的一个标志④。为说明此点，我们先回到秦代的官府工业去。《史记·自序⑤》上说：司马迁的祖父司马昌，曾做过秦朝的铁官。可见铁官这个制度，在秦代早已设立。但是秦代既有铁官，就应对于冶铁事业，由国家鼓铸或管制。为什么又有卓氏、程郑、孔氏等僮客数百人的私手工业家呢？一般没有明文的解释，大概认为秦代是公私两种手工业同时存在。1955 年，陈直先生提出一个新的证据和看法来，

---

① "百官志"当作"百官公卿表"。——编者注
② "注引"原脱。——编者注
③ "表"原误作"志"。——编者注
④ "志"原误作"帜"。——编者注
⑤ 此处原衍"传"。——编者注

我认为是一个非常有见地的解释（《历史研究》1955 年第 6 期）。

陈先生根据《华阳国志》下列一段记载：蜀郡临邛县："汉文帝时，以铁铜赐邓通，假民卓王孙，岁取千匹，故卓王孙货累巨万亿①，邓通钱亦遍天下。"认为：《货殖传》中以盐钱起家者都是包商，正和后代的票商、食岸商一样，取得执照后，才能即山鼓铸，并非人人可以就海煮盐，就山开矿。

我觉得陈先生这一看法是正确的。我们在第 2 节里已经根据《食货志》和《盐铁论》的记载，说明汉武帝没收了公田，是包租给权家、命家，再由他们组织租户，转假生产。从《华阳国志》这一条记载中，我们又知道了这一种分散经营、分层剥削的租佃制，不但规定了农业生产形式，而且渗透到手工业内，改变了他们的组织形式。

马克思说："如古代封建社会，农业居于支配地位，连工业和他的组织，以及相应的所有制形式，都多少带着土地所有权性质。或者如古代罗马那样，完全依靠农业；或者如中世那样，在城市和城市的各种关系上，模仿着农村的组织。"

我们看到的汉代手工业内的包租制，正说明了租佃制农业，改变了工业组织的事实。如果我们模仿马克思的话，可以说：不懂租佃关系，就不懂得汉代的奴隶生产；不懂奴隶，却尽可以懂得它的租佃关系。根据以上的论证，我们说："汉代社会中相当于马克思所说的编配一切生产的地位和作用的东西，那正是这个租佃制的生产方式。"（当然，单从租佃制的形式上说，罗马工业中，也有用奴隶生产的包租形式，但罗马的农业中，却不是以租佃制为主导形式。究竟罗马工业中的租佃制形式起源何时？与农业的关系如何？还要请罗马史专家给我们指示。）

最后留下一个问题，即是以租佃制为主要生产形式的社会，固然不是奴隶社会，但是不是就是封建社会呢？对于这个问题确实有讨论一下的必要。

我们且以尼基甫洛夫先生的说法，作为讨论的开始。

尼基甫洛夫先生说："租佃关系不一定和封建关系结合在一起，在奴隶占有制社会里，在一定程度上也存在着租佃关系；在资本主义制度下，

---

① "亿"原脱。——编者注

也有租佃关系。……在封建制度没有产生的时候，租佃关系就已经存在了；当然随着封建关系的发展，租佃关系跟着发展起来。"（《历史研究》1956 年第 10 期前引文）

最后的结论是："有的时候，租佃关系是不能说明任何问题的，不能表明社会制度是怎样的；有的时候，租佃关系可以表明当时社会的政治危机，可以表明奴隶占有制社会的将要被推翻，和新的封建社会将要形成。"（前引文，第 48 页）

尼基甫洛夫先生说租佃关系不一定和封建制关系结合在一起，在奴隶占有制社会有一定程度存在着租佃关系，资本主义社会内亦存在过租佃关系，因此租佃制有时不能说明什么。我们很同意这个意见。因此决定一个社会形态的不是说有了一种经济制度就能决定它是什么社会，而是要看这个制度在那一个社会中是不是占了支配形态。当奴隶占有时代和资本主义时代，占支配的形态的是奴隶经济和资本主义经济，所以那个时代虽然有了租佃制，但不能说明是什么社会。但是如果租佃制占了支配形态，那么这个社会该叫什么名称呢？这是我们和尼基甫洛夫先生要商量的问题。

照尼基甫洛夫先生所代表的说法，认为必须像西欧中世纪那样的社会，一方有领主，一方有农奴或依附农民，政治上表现为地主割据，那才可以称为封建社会。当然，把这种类型作为典型的封建社会是可以的；一些同志又有一个假设是，在这个典型的封建社会之前，必须是一个奴隶社会。按照西方的历史，典型封建社会之前，紧接着是奴隶社会，这也是对的。但是问题就在于如果世界上有些国家，在一般认为和西方典型的封建社会相似的阶段之前，并没有一个发达的奴隶制，而就是以租佃制为支配形态，那么对于这个社会的名称，应该如何确定呢？究竟应该根据它的内部结构，即大部分劳动者和生产资料结合的租佃生产方式来决定呢，还是应该根据一般世界史的次序排列来决定呢？

我们认为：应该根据他的主要内部结构——租佃生产方式来决定，而不应该按照世界史的轮廓来决定。这个标准，没有什么争论的必要。可以作为一个问题提出的是：究竟租佃制生产方式是什么社会形态？是不是就是封建制的生产方式呢？我们认为：从严格的意义上讲，租佃制和典型封建制当然不完全相同；但从生产关系的基本结构上讲，租佃制的方式，也就是封建生产方式中的一个类型。因为封建生产方式跟奴隶制和资本主义生产方式主要不同之点，即是，在后两个形式中，不但一切生产资料完全属于生产资料所有者，而且一切从事于生产的劳动资料（包括生产工具在内），也完全属于生产资料所有者。同时直接生产者的必要劳动，只包括他本身再生产的生活资料。而在封建生产方式中，生产资料所有者，并不完全占有一切劳动资料；直接生产者必须有他自己一部分劳动资料（包括生产工具）从事生产，因此直接生产者的必要劳动，不仅包括他本人再生产的生活资料，而且还须包括一部分从事生产的劳动资料。这就是封建生产方式和奴隶制生产方式、资本主义生产方式不同之点。从这个标准出发，我们认为佃耕农民和地主的关系，就是封建生产方式的一个类型。佃耕农民有一定程度的自由，和封建农奴的不完全被封建主占有，当然有它的区别，但就它和生产资料结合的方式来看，本质上是相同的。正如前节里谈到罪徒和奴隶的区别一样，严格说来，他们在人身自由上并不相同；但就其在生产关系的地位上来讲，可以归入一类。因此我们认为租佃制就是封建生产方式的一个类型，以租佃制为支配形态的社会，就是毛主席所说的专制主义的中央集权的封建社会。

四　汉代政权性质的本质问题

以上各节，我们从农业生产方面，奴隶经济和"小农"经济比重方面，论证了汉代社会的基本形态。无论我们的材料和论证都非常不够，即使在这方面达到一定的完备程度，对于说明汉代整个社会形态来讲，还差的很多。因为一个社会形态的全貌，不仅包括着社会基础的经济关系，而且亦包括着"跟经济关系相适应的各种上层建筑底全部总体"（拉苏莫夫斯基《社会经济形态》，中译本，第18页），所以我们应当考察一下上层建筑的重要方面，是否和所推论的经济基础互相符合。如果相符合，便可以增加前面论证的力量；如果不相符合，便应当修改论证，或找出一个更全面的说明来。

我们知道，政治是经济的集中表现，国家政权是代表支配阶级的机器，但支配阶级的利益，不能用空洞的政权来代表，它必须通过若干立法行政的措施，才能表示出来。因此我们下面打算从统治机构、军事政策、租税政策等方面，看一下汉代政权究竟是代表什么阶级利益的。这个关系弄明白了，自然也就更清楚地看清了社会经济的支配者是什么阶级了。

（1）汉朝的统治机构。西汉初年的统治系统，最高一级是皇帝，其次是功臣贵戚。这些功臣贵戚，虽然多出身于中下阶层，但一经进入所谓"布衣卿相之局"的统治系统后，便改变了他们的原来的身分。在功臣贵戚以下的一般官吏，多从郎官（皇帝的卫士）中选拔，郎官的出身，有三个来源：一是"荫任"，即是品级在二千石以上的官吏、任职满三年以上的子弟；二是"赀选"，即是家资在五百万以上的富人，可以纳钱为郎；三是有特殊技能的或特殊品德者，也可以为郎。这三种来源中，以第一、二种为多。但是第二种中，并不包括所有的富人，而是把使用奴隶的商人排斥在外的。《汉书·高帝纪》八年令："贾人毋得衣锦绣绮縠絺纻罽、操兵、乘骑马。"《史记·平准书》"天下已平，高祖乃令贾人不得衣丝①、乘车，重租②税以困辱之"。"孝惠、吕后，复驰③商贾之律，然市井之子孙，亦④不得仕宦为吏"。《汉书·贡禹传》云："孝文皇帝时，贾人、赘婿，及吏坐赃者，皆禁锢不得为吏"。景帝后二年诏书说："今赀算十以上乃得官，廉士算不必众，有市籍不得官⑤，无赀又不得官，朕甚愍之。赀算四得官。"⑥可知汉代从开国以来，一直到景帝时代，虽然把赀选的尺度放宽了，但统治机构中一般是没有商人的法定地位的。到了武帝时期，统治组织系统扩大了，确定了每年郡国举孝廉的新选举法（文帝时即有察举制度，所举皆现任官吏，非一般"平民"）。还有其他射策、对策，上书言事等办法，亦都是开拓官吏系统的门径。这些门径，都不向商人奴隶主开放。所以一直到东汉末年，除汉武帝和王莽时

① "丝"原误作"绵"。——编者注
② "租"原脱。——编者注
③ "驰"原误作"施"。——编者注
④ "亦"原误作"也"。——编者注
⑤ "官"原脱。——编者注
⑥ 《汉书·景帝纪》注引服虔曰："赀万钱，算百二十七也。"应劭曰："限赀十算乃得为吏。十算，十万也。"

代有部分商人参加政治外，统治机构中，是限制排斥使用奴隶底商人的。

（2）汉朝的军事实力和征兵政策。汉朝的军事制度，正如秦朝一样，保卫国家，保护统治者的实力，主要依靠民间的征兵。《汉书·高祖纪》如淳注引《汉仪注》曰："民年二十三为正，一岁为卫士，一岁为材官骑士，习射御骑驰战阵。年五十六①衰老，乃得免为庶民，就田里。"就田里的庶民，是保卫国家的支柱。所以从军的年岁、期限，以及过更、践更的办法，都有明确一致的规定。但作战远戍，究竟是最苦的服役，因此凡是到极远方的作战，或是连年作战而不容易再发动民兵之时，就用罪人、奴隶和外族降人加以补充。这一种兵源，不是作为国民的义务而征集，而是作为一种惩罚或赎罪的目的而征集的。秦始皇时就曾发诸尝逋亡人、赘婿、贾人征南越。到了汉朝，高帝十一年击英布，赦天下死罪令从军。武帝元朔六年，大将军再出塞，诏言："诸禁锢及有过者咸蒙厚赏，得免减罪"。这是比较明显用罪人、商贾作战的开始。此后，元鼎五年路博德将罪人平南越，元封二年募天下死罪伐朝鲜，六年击昆明，太初元年发天下谪民征大宛，天汉四年发天下七科谪出朔方，以及昭帝元年击武都氏，五年击辽东，宣帝神爵三年发三辅中都官徒驰②刑使诣金城等役，都是用谪发罪人从事作战的（见各帝纪）。《汉书·武帝纪》"天汉四年春正月，发天下七科谪"张晏注曰："吏有罪一，亡命二，赘婿三，贾人四，故有市籍五，父母有市籍六，大父母有市籍七：凡七科也。"由此可知，从秦朝继承下来的七科谪办法，贾人是和罪人一样看待的。不但本人为商贾的和罪人一样待遇，而且甚至于父母、大父母曾经做过商贾的，都算在罪人施刑徒的一类中。这是汉朝政权在军事政策中进行压制商人的最明显的表征。

（3）汉朝的租税政策。两汉政权的租税来源，主要是田租、算赋，其次是山林池泽工商之税。汉朝的田赋最轻，最初是十五税一（《食货志》《惠帝纪》），到文、景时期改为三十税一。一直到东汉时期，除光武帝建武六年以前是十分之一外，其余都是三十税一。这种轻税政策，在汉朝四百年中，从最高的统治阶级如王莽，其次到官吏阶级、知识分子

---

① "十六"原误倒。——编者注

② "徒驰"原误作"施"。——编者注

如荀悦、仲长统等，都已经指出其中的不合理来。而且除了平常的田租最轻外，每遇水旱之灾或是皇帝巡幸经过，总是免减田租，文、景时期更因府库充裕，有十余年不收田租。所以汉代的租税政策，很明显地代表了土地私有者的利益。田赋外，算赋是一项最普遍的税收。《汉书·惠帝纪》六年"女子年十五以上至三十不嫁，五算"，注引应劭曰："汉律，人出一算算百①二十钱，惟贾人与奴婢倍算。今使五算，罪谪之也。"这说明汉朝对于贾人和奴婢，特别加重赋算，比普通人增加一倍。又汉武帝元光六年，公卿言："异时算轺车、贾人缗钱各有差小②，请③算如故"（《食货志》）。可见轺车、缗钱等税，在汉初即已实行，到武帝时，又重加整顿，新定税率。轺车税的规定是："非吏比者，三老北边骑士轺车一算，商贾人轺车二算。"这一条税率，正是高祖对于商人"重租税以困辱之"的政策的继续执行。至于整个对于商人的严重打击，如元鼎三年雷厉风行的告缗钱，没收大量土地奴婢，禁商人名田等措施，更是彰明较著的事实，毋庸再述了。

从以上三方面看来，汉政权的统治机构，是由贵戚王侯官吏子弟和非商人的有赀者等，共同组成的；军事力量，是以田里的庶民为基础的；财政来源，是以土地和人口税为主要收入的。而在官吏系统中，禁锢商人不得为吏；军事征集中，把商人和罪徒归为一类作为赎罪或惩罚的一种代替。在税收政策中，对于奴婢和商人，特别加重赋税，"以困辱之"。那么汉政权是代表土地所有者阶级的利益呢，还是代表奴隶所有或商人的利益呢？该是不必争论的问题了。但是有些同志认为汉朝的法律，虽然抑制商人，但商人事实上不但"乘坚策肥"，"交通王侯"，"租税与封君比入"，"封君皆氏④首仰给"；而且事实上如武帝时的东郭咸阳、桑弘羊等，王莽时的洛阳薛子仲、张长叔、临淄姓伟等，都是政府的重要官吏。那么如何能说汉朝政权是打击商人？更如何能根据不一定有效的法律，来判断社会性质呢？

---

① "算百"原误作"为"。——编者注
② "小"原脱。——编者注
③ "请"原误作"清"。——编者注
④ "氏"原误作"底"。——编者注

我们认为要说明这个复杂的关系，须先有下列几点认识：

第一点应有的认识是：我们说一个政权是代表什么阶级的利益，是取决于这个政权所制定的各种政策是代表哪一阶级的利益，而不是取决于参加这个政权的个别人物是什么阶级出身。正如我们不能根据汉初掌握政权者有好多是出身于屠狗、小贩、无赖流氓，而认为西汉初期的政治是代表屠户流氓阶层利益的政权一样，我们不能根据汉武帝和王莽用了商人为官吏，便说那时的政治是代表商人利益的。事实很明显，汉武帝正是用了分化商人的政策，利用上层商人个别分子如桑弘羊、东郭咸阳、孔仅等，来执行国有盐铁等打击商人政策的。东郭咸阳等的参加政权，正是背叛了商人利益，而为代表地主阶级的汉中央集权政治服务。《盐铁论》中代表政府发言的桑大夫，正是一个打击商人最彻底的理论家。我们能根据他的出身而认为汉武帝是代表商人利益的政权吗？王莽时代用张长叔等和汉武帝的政策是一样，不过王莽是一个执行政策的失败者罢了。所以有些书上根据汉政府中用了桑弘羊等为吏，认为汉朝是商人政权，那是不正确的。

第二点应有的认识：我们在第三节中已经提到了，即是说：一个经济上的剥削者，和一个政治上的支配者，并不是永远一致的。当一个经济上的剥削者，还没有取得支配整个社会经济地位的时候，那他就只能在一定经济范围中剥削其他阶级，而不能掌握国家机器，制定为自己利益服务而抑制其他阶级的法律。"法律贱商人，商人已富贵矣"的说法，正表示出商人在汉初的实际地位，他只能是"交通王侯"，而本身还不是王侯；他只能"乘坚策肥""履丝曳缟"，而不能取消了法律上的"贱"和社会上的"轻视"。所以司马迁的外甥杨恽，在政治上失败之时，回答朋友孙会宗的信上说："恽幸有余禄，方籴贱贩贵，逐什一之利，此贾竖之事，污辱之处，恽亲行之，下流之人，众毁所归，不寒而栗！"而东汉末年的王烈"避地辽东，公孙度欲以为长吏，烈乃为商贾以自秽，得免"。可见个别商人的做官，并不能改变了法律上和习惯上对于商人的轻视。这和资本主义时代，资本家在政治社会上的地位，丝毫不能相提并论。所以不能根据商人在经济上有剥削，在享受上等于王侯，而认为汉朝政权是代表商人利益的。

第三点应有的认识是：在两汉时代的长期中，商人的性质，前后二段有不同的转变。大约西汉时期特别在汉武帝以前，商人和奴隶主是结合的。而在东汉时期，商人是和地主结合的。汉武帝和王莽时对商人打击的政策，正是促成这一变化的枢纽。汉朝对于单纯有市籍的商人，加重租税并且禁止名田。但对于主要是地主身分而无市籍的兼营商业的豪富，则并没有法律上严格的限制。事实上，地主的剩余产品，不能不投到市场上，这一交换过程，便是商业行为。法律对于这种交换并不禁止。仲长统《昌言》上所说的"船车贾贩周于四方"的豪人，已经是兼营贾贩的地主了。所以不能根据一些兼营商业行为的地主情况，而判定汉政权是代表商人利益，更不能因此推论两汉政权是代表奴隶主利益。我们从两汉政府对待两种身分的商业者的不同政策看来，汉政府所打击的是有市籍的单纯商人，即原来是由奴隶转化而来或现在仍为奴隶的商人；他所不打击的是无市籍的商人，即兼有商业行为、而主要身分是土地所有者的地主。这便是西汉的抑商政策，为什么到东汉政权已不成问题的原因。因为那时的商人已不是奴隶主身分，而是地主身分了。

从以上的论证中，我们认为两汉时代的财政、军事和选举等方面的政策，都是代表土地所有者的利益，而打击奴隶主和商人的。当然这里还可以发生一个问题，即：以上的证据，除了奴隶和贾人倍算一条外，都只是对于商人的打击，而商人和奴隶主并不完全相同，那么如何能从打击商人的政策上，得出汉政权不代表奴隶主利益的结论来呢？所以应当讨论一下奴隶在法律上的待遇问题，便可以推知汉政权和奴隶主的关系了。

关于奴婢在法律上的待遇问题，一般都认为从秦时起，奴隶主非经官府批准不能随便处死奴婢，如有虐杀奴婢的，虽是王侯大臣，亦得受惩罚处分。如郭沫若先生所举《史记》卷94《田儋传》上"田儋佯为缚①奴谒杀"的例子（《奴隶制时代》）。翦伯赞先生所举"西汉初，平干②缪王元因贼③杀奴婢，又遗令以奴婢从死……因而国除"（《景十三王传》）；"武帝时邵侯顺坐杀人及奴凡十六人，因而得罪"（《汉书》卷15

---

① "缚"原误作"傅"。——编者注
② "干"原误作"于"。——编者注
③ "贼"原脱。——编者注

上《王子侯表》）；"将陵侯史子回妻宜君，因绞杀侍婢四十余人，论弃市"（《史记》卷20《建元以来侯者年表》）；"宣帝时，丞相魏相其家有婢自绞死，京兆尹赵广汉自率吏卒①突入丞相府，召丞相夫人跪庭下受审"（《汉书》卷76《赵广汉传》）；"王莽时其子获杀奴，莽令其自杀抵罪"（《汉书》卷99上《王莽传》）等例子，都是不能随便虐杀奴婢的证明（《历史研究》1954年第4期，第23页）。至于光武帝从建武二年五月到十四年十二月十余年中，一共下过八九次有关解放及宽待奴婢的诏令，更是大家熟知的事实。现在成问题的是对于这些事实，应该怎样解释？究竟这些法律和诏令，说明了些什么问题？

主张两汉不是奴隶社会的同志如翦伯赞先生，认为："两汉时的奴婢，虽然也有当作牲畜一样买卖的，但这种行为已宣布为非法。""更重要的是王莽不仅形成了反对把奴隶和牲畜同等看待的新的道德规范，并且曾经以法令固定这种新的道德规范。……王莽废除奴隶买卖的命令，所要保护的和要巩固的，不是奴隶社会的财产关系，而是为了肃清奴隶制的残余，替封建主开辟更广阔的道路。""两汉的奴隶不同于奴隶社会的奴隶，也从光武所颁布的一连串赦免奴隶的命令中反映出来。……如果说汉还是奴隶社会，则东汉王朝所颁布的法令，应该为奴隶制服务，帮助奴隶制度的巩固和发展，决不会对于自己的基础漠不关心，并且加以摧毁。"（《历史研究》1954年第4期，第21—22页）

主张汉朝是奴隶社会的，如王思治等三位同志的论文，则说："翦先生没有注意到王莽社会改制的本质，……更没有注意到王莽宣布的禁止买卖奴隶，只是禁止他以外的奴隶主买卖奴隶，而集中力量制造和增加他自己所属有的奴隶。"又说："在奴隶大起义的情况下，奴隶主政权遭到了极大的震动，因此刘秀采取了释放奴婢和禁止虐杀奴隶的策略和手段，以期暂时缓和阶级矛盾，骗取奴隶群众对他的支持，以及瓦解敌人队伍群众。……这并不意味这一政策在根本上否认奴隶制关系，因此他的释放和禁止虐杀奴隶的诏令中，大都明显的有时间和地域的区别"。并且指出："建武七年的五月下诏时，这时正与张步作战。建武十二年和建武十四年的下诏时，正和隗嚣、公孙述的残余力势力作战。"此外建武二

---

① "卒"原脱。——编者注

年他释放王莽时吏人没入为奴婢者，其目的则在于争取西汉旧贵族奴隶主的支持（《历史研究》1955 年第 1 期，第 37—44 页）。

我基本上同意王思治等三位所说王莽只是禁止他以外的奴隶主买卖奴隶的说法，亦不反对刘秀的释放奴婢有缓和阶级矛盾作用的说法。但这些理论，对于翦伯赞先生所提出的问题，并没有加以根本回答。我们认为一个统治者，为了缓和阶级矛盾，当然可以提出一些对被压迫者宽容的策略，但并不是任何时代的统治者，他可以任意采取任何策略来缓和矛盾。他不能超出时代要求，而提出那个时代还不需要的策略；更不能脱离社会基础，提出根本和它的经济基础相反的策略。正如我们不能设想中古时代的封建皇帝，可以提出召开国会、实行民治的策略；也不能设想近代资本主义政权，可以提出取消私有制，取消雇佣劳动的策略一样；我们也不能设想一个奴隶社会的奴隶主，会提出释放奴婢的策略来。一个法律的制定，固然不能保证法律在事实上的效力，但一个法律的制定，总可以表示出社会变化的一般趋向，和支配阶级的意图来。王莽的改制，究属于什么性质，不是几句话可以谈清楚的。但王莽的改奴婢为私属，的确是想把奴隶主完全占有的奴隶，变为不完全占有的私属，是比较明显的。正如一些同志所说："刘秀的解放奴婢，虽然并不表示以后根本没有奴隶了，但的确表示了当时社会上共同的要求已到了必须把释放奴婢作为缓和矛盾的策略了。"我们看隗嚣起兵时，移檄告郡国文告中，举发王莽在经济方面的罪状是"田为王田，买卖不得，规锢山泽，夺民本业。……设为六管，增重赋敛，……民坐挟铜炭①，没入钟官，徒隶殷积，数十万人，工匠饥死，长安皆臭"。可见王莽违反人民利益的政策，是土地不能买卖，山林川泽收归王有，把有铜炭的人民没入钟官为奴；而不是他的改奴婢为私属。所以隗嚣举发王莽的罪状，对于王田六管等都指出，而对于奴婢为私属这一条，就不能成为攻击王莽的理由。刘秀推翻了王莽之后，对于王莽的王田、六管等政策完全改变，而释放奴婢，却倒是继承了王莽的改奴婢为私属的政策。从这一点上，可以看出一个在时代要求上需要改变，而改变的时机已经成熟的东西，很容易成为统治者运用的工具。至于说刘秀释放奴婢有时间地域的区别，单从

---

① "挟铜炭"原脱。——编者注

语句上说，是正确的；但王思治等三位所举的事实，都和事实不符。光武解放奴婢的诏令，有些是有普遍性质而没有地域限制的，有些是有地域限制的；但不是为了瓦解敌人而实行的政策，而是在已经战胜了敌人的地区实行安抚人民的政策。王文说："建武七年，这时①正与张步作②战"，正和事实不相符合。按《后汉书》卷42《张步传》："建武五年，张步斩苏茂降汉，封步为安丘侯，后与家属居洛阳。"到建武八年夏，张步才又将妻子逃奔临淮，被"琅玡太守陈俊追击斩之"。所以建武七年所下的诏令："吏人遭饥乱及为青、徐贼所略为奴婢下妻，欲去留者，恣听之；敢拘制③不还者，以卖人从事"。正是青、徐已经占领后的诏书，而不是正在作战时的诏书。如果是策略，那是对青、徐地区人民的策略，而不是瓦解张步军队的策略。又按《后汉书》隗嚣、公孙述两传，隗嚣是建武九年春病死的，公孙述是建武十二年战死的；而解放陇、蜀的奴婢的命令是十二年，解放益、凉二州奴婢的命令是在十四年，都在战争结束之后颁布的。王文说十二年、十四年的解放奴婢，是正和隗嚣、公孙述的残余势力作战，也和事实不符。《后汉书》卷43《隗嚣传》："嚣于九年恚④愤而死，王元、周宗立嚣少子纯为王。明年来歙、耿弇、盖延⑤等攻破落门，周宗、行巡、苟⑥宇、赵恢等将纯降。宗、恢及诸隗分徙京师以东，纯与巡、宇徙弘农"。可以说在建武十年，陇、蜀地区基本上已没有隗嚣残余势力。那时只有一个王元，留为蜀将，那已是属于益州公孙述的势力范围了。又按同卷《公孙述传》："建武十二年，述弟恢及子婿史兴并为大司马吴汉、辅威将军臧宫所破，战死。……十一月，……述以兵属延岑，其夜死。明旦岑降，吴汉乃夷述妻子，尽灭公孙氏，并族延岑"。可见十二年十一月，对公孙述的战争完全结束，根本没有什么残余势力了。我们再看《公孙述传》说："初，常少、张隆劝述降，不从，并以忧死。帝下诏追赠少为太常、隆为光禄勋，以礼改葬

---

① "时"原误作"是"。——编者注
② "作"原脱。——编者注
③ "制"原误作"质"。——编者注
④ "恚"原误作"恙"。——编者注
⑤ "盖延"原脱。——编者注
⑥ "苟"原误作"荀"。——编者注

之。其忠义志节之士，并蒙旌显。程乌、李育以有才干，皆擢用之。于是西土①咸悦，莫不归心焉。"可见公孙述死后，刘秀在四川表扬了几个曾经劝公孙述投降而已经死去的旧部，而擢用了几个他认为有才干之士，并没有什么和残余势力作战的事。解放益、凉二州奴婢的命令，是十四年下的，正是公孙述势力完全消灭二年以后的事，不能说是瓦解敌人的策略。况且十四年的诏令包括益、凉二州。益州是公孙述旧地，还可以把时间拉回去，想象为瓦解敌人残余势力。至于凉州，是窦融占领的地区。河西，在王莽末年，没有和刘秀进行过战争。建武八年，窦融已举州投降东汉，窦融本人到了洛阳。更谈不到什么瓦解敌人的策略了。

总之，刘秀几次解放奴婢的政策，虽然其中有几次是有地点和时间的限制，但并不是在作战时期，为了瓦解敌人而施行。恰恰相反，每一次都是和敌人作战结束后一、二年，为了安抚民众，恢复善后而实行的。这就不能单纯解释为作战策略，而必须在政权性质上找出说明。

上文说过，一个统治者，他可以为巩固政权实行一些缓和矛盾的策略，但他不能超出时代限制，提出那个时代人民还不要求的策略，更不能提出和他们的政权基础根本相反的策略。所以只用了缓和矛盾的理由，对于刘秀为什么要以解放奴婢为策略是不容易解释通的。从而认为解放奴婢的统治者，正是代表奴隶主的政权，更是说不通的。照普通的看法，比较简单。我们认为从西汉初期董仲舒的议论，到西汉末期师丹的建议，一直到王莽的改奴婢为私属的政令，都是一贯的表示了奴隶制度的取消，已成为比较普遍的要求了。刘秀不过在当时社会基础之上，继承了西汉以来的一致要求，在法令上，部分地完成了这个任务而已。他不能是一个社会上的例外人物，他自己是代表奴隶主的政权，而却解放了自己统治地区的奴隶，摧毁了他自己的生产基础。

从以上的论证中，我们认为汉代的政权性质是代表土地所有者的政权，对奴隶主和单纯商人是进行打击的。和我们前二节中所论证的经济基础没有矛盾；而且反转来可以加强证明当时占主导的经济体系，不是奴隶经济，而是"农民"经济。因为在社会发展的过程中，一个阶级可以已经取得经济上的优势，而还没有取得政治上的领导，但决不能有一

---

① "土"原误作"士"。——编者注

个阶级，已经取得了政治上的领导权，却还不曾在经济上占有支配地位。汉代的政权，既然是代表取得经济势力的地位阶级利益的（同时绝不能说汉代已有资本主义阶级，也不能把奴隶阶级放在地主阶级之后，或认为汉代政权是氏族首长政权），所以汉代的政权性质，恰恰证明了汉代占支配地位的主导经济，不是奴隶经济而是"农民"经济，也即是证明了汉代不是奴隶社会形态而是封建社会形态。

五　汉代对外战争中的俘虏问题

在汉对外战争性质的问题上，大部分主张汉代是封建社会，和一部分主张汉代是奴隶社会的作者，都认为汉代的对外战争的目的，和典型的奴隶制国家对外战争的性质不同，根本不是为了俘获敌人，解决奴隶再生产的来源问题；而是为了拓大领土，增加贡物，抵抗侵扰，宣扬国威等目的而进行战争的。但也有少数作者，认为汉代的对外战争，"每次出征，捕虏人口，动辄数千万"，因此汉代的对外战争，是具有掠夺性的，因而俘获虏奴，当然也就是战争的一个目的了。

本文认为要想说明两汉的对外战争，是否以俘获奴隶为目的，应该从下列方面进行考察：第一方面，可以从两汉文献中，考察一下有没有把俘虏作为奴隶的明确记载。如果有，在哪几次战役？是什么性质的俘虏作为奴隶？在全部战争中，占多大的比重？第二应考察一下两汉人对于对外战争的议论，看其中主张战争的，是否把奴隶劳动再生产问题，作为争论的理由？而反对战争的，是否把俘虏无用作为反对的理由？第三方面应考察一下两汉的生产事业中，有没有大量奴隶劳动的记载，一般的奴隶用在哪些方面？

上述三点，除第三方面已在第二、三节中讨论过外，这里谈一下关于前两点的看法。

一般讨论汉代对于降人和俘虏的处置问题的，大抵认为汉朝虽不把降人作奴隶，但俘虏是作为奴隶的。这一个认识，不论是主张汉朝是奴隶社会的或不是奴隶社会的，没有大的争论。但细看两《汉书》上关于俘虏为奴隶的记载，却不大明确。一般说来，《汉书》上关于斩首和捕虏的记载，分别清楚的地方比较少，《后汉书》上分别的比较清楚。《汉书》

中如《卫青传》《霍去病传》《常惠传》《陈汤传》以及《樊哙传》《夏侯婴传》《靳歙①传》和《匈奴传》《西域传》《西南夷传》等传中，都有斩首、捕虏若干级的记载。有些地方，称斩首、捕虏若干级；有时只称捕首虏或获首虏，或捷首虏若干级。除直接纪斩首若干者外，像上举例子中，很难分出斩首或捕获各有多少来。颜师古说："本以斩敌一首，拜爵一级，故谓一首为一级，因复名生获一人为一级也。"（《汉书》卷55《卫青传》注）可见战争的主要目的，是斩首而不是获虏。但并不能因此把斩首虏若干级的数目，全部认为是斩首而没有俘虏。如《卫青传》中，记元朔二年"遂至于陇西，捕首虏数千"。对于这件事，皇帝的嘉奖中，总括如下："度西河至高阙，获首二千三百级，斩轻锐之卒，捕伏听者三千七十级"。如果前面所说的捕首虏数千级中包括了后面所说的捕伏听者三千七十级在内，那就捕虏的成分，不在少数。

《霍去病传》中除斩首捕虏不分外，但纪捕获数目的有"元狩三年鹰击②司马破奴……捕虏三千三百三十人，前行捕虏千四百人"。从文义上看，但纪捕若干人而不纪捕若干级者，可能指的是俘虏，而不包含斩首在内。

可见每次战役，俘虏的数目，占一定程度的比例。

《后汉书》中，关于斩首捕虏的分别，比较清楚。如卷49《耿恭传》"耿恭击车师，攻交河城，斩首三千八百级，获生口三千余人、驼驴马牛羊三万七千头。"卷53《窦宪传》"斩名王以下万三千级，获生口、马牛羊橐驼百余万头。"卷95《段颎传》"破西羌斩首二万三千级，获生口数万人"。"于是东羌定平，凡百八十战，斩首三万八千六百余级，获牛马羊骡驴骆驼③……四十二万七千五百头。"其他如马援、马防、马武、班超、张奂，南匈奴、西羌等传中都有斩获若干人的记载。

但不论《汉书》或《后汉书》中，对于俘虏下落如何安置，却很少明确的交代。如《后汉书·班超传》记班超平定焉耆、尉犁之后，"遂叱吏士，收广（焉耆王）、汎（尉犁王）等于陈睦故城，斩之，传首京师。

---

① "歙"原误作"敛"。——编者注

② "击"原误作"压"。——编者注

③ "马羊骡驴骆驼"原脱。——编者注

因纵兵抄①掠，斩首五千余级，获生口万五千人，……超留半岁慰抚之"
（《后汉书》卷77）。这里只说把焉耆王和尉犁王传首京师，而对于所获
生口万五千人，没有正式说明下落。比较有下落的有《段颎传》中如下
一段："（建宁）三年春，征还京师，将秦胡步骑五万余人及汗②血千里
马及生口万余人。"可以知道东汉末，灵帝建宁三年，段颎回国时，把生
口万余人带回内地了。但所谓"生口"是不是就是奴隶？被俘虏了的
"生口"，带回到中国后，是不是都变成奴隶？还不能作肯定的说明。

　　不过两《汉书》上关于俘虏的记载，有下列三点情况可以注意：第
一是关于明确记载以俘虏为奴婢的，多半是妻子弱口，而不是正式战士。
《后汉书》卷117《西羌传》："安定降羌烧何种，胁诸羌数百人反叛，郡
兵击灭之，悉没入弱口为奴婢。"又："杜季贡、王信等将其众据樗泉营，
侍御史唐喜领诸郡兵，讨破之，斩王信等六百余级，没入妻子五百余
人。"这二条记载中，恰恰所没入的奴婢，都是弱口和"妻子"，说明了
不是作为生产的。为什么各次对匈奴的大战役中，没有明确记载以俘虏
为奴隶的事，而独对于西羌的小战役，却以弱口为奴婢呢？

　　因为这二件事，都是由于降羌及附羌汉人反叛，所以用没入弱口为
奴婢的办法，作为犯罪的惩罚，和普通战争的俘虏性质不同。《后汉书·
西羌传》另一条说：

　　　　烧何豪有妇人比铜钳者，……为卢水胡所击，比铜钳乃将其众，
　　来依郡县，种人颇有犯法者，临羌长收系③比铜钳，而诛杀其种六七
　　百人。显宗怜之，乃下诏曰："……比铜钳尚生者，所在致医药养
　　视，令招④其种人，若欲还归故地者，厚遣送之。……若有逆谋，为
　　吏所捕而狱状⑤未断，悉以赐有功者。"

从这一条中可以看出东汉政府的正式法令，一般用以赏赐有功者的"人"

---

① "抄"原误作"摋"。——编者注
② "汗"原误作"汉"。——编者注
③ "系"原误作"者"。——编者注
④ "招"原误作"诏"。——编者注
⑤ "状"原误作"讼"。——编者注

是"有逆谋为吏所捕"的犯罪人，而不是一般的俘虏。又可以看出东汉官吏对于边地羌人，只因犯法嫌疑，便可随便诛杀六七百人，决没有一点爱惜劳动力，留作奴隶用的意图。

又如西汉宣帝时，辛武贤上书，陈说进击羌人的计划是：

> 虏以畜产为命，今①皆离散，兵即分出。虽不能尽诛，亶（但）夺其畜产，虏②其妻子。复引兵还，冬复击之，大兵仍出，虏必震坏。（《汉书》卷 96《赵充国传》）

从这里知道他的战略是在"不能尽诛"的情况下，但能屡次掠夺他们的妻子牲畜，便可以使敌人"震坏"，所以掠夺的目的，不是为了羌人的妻子这个劳动力本身，而是为了削弱打击敌人的实力和战斗意志。但是这个计划，最后终于被赵充国的稳健计划所战胜，没有被汉政府采纳施行。可见两汉对羌战争的目的，并不是为了俘虏奴隶；即使对于可供服役用的妻子弱口，也只用以惩罚罪犯，并不随便当作战略来采用。

第二点可以注意的事实是：在对外各次战争中，有好几次把俘虏让给联合作战的其他国家。

前书卷 70《常惠传》宣帝本始三年：

> "匈奴连发大兵击乌孙，取车③延、恶师地，收其人民去，……"（汉）以惠为校尉，持书护乌孙兵。昆弥自将翎④侯以下五万余骑，从西方入，至右谷蠡庭，获单于父行及⑤嫂居次，名⑥王骑将以下三万九千人，得马牛⑦驴骡橐⑧佗五万余匹，羊六十⑨余万头，乌孙皆

---

① "今"原误作"令"。——编者注
② "虏"原误作"夺"。——编者注
③ "车"原误作"东"。——编者注
④ "翎"原误作"翎"。——编者注
⑤ "父行及"原误作"行父"。——编者注
⑥ "名"原误作"各"。——编者注
⑦ 此处原衍"羊"。——编者注
⑧ "骡橐"原误作"羸橐"。——编者注
⑨ "十"原误作"千"。——编者注

自取卤获，惠从吏卒十余人随昆弥还。（卷96《西域传》略同）

卷70《陈汤传》记元帝建昭二年：

> 康居副王抱阗将数千骑寇赤谷①城东，杀略大昆弥千余人，驱②畜产甚多。（陈）汤纵胡③兵击之，杀四百六十人，得其所略民四百七十人，还付大昆弥。其马牛羊以④给军食。……凡斩阏氏、太子、名王以下千五百一十八级，降虏千余人，赋与城郭诸国所发十五王。（师古注："所发共围郅支王"。）

从上述两段记载中，知道在宣帝本始二年（即汉朝派田广明、范朋友，大发兵进攻匈奴、援救乌孙的同时）派常惠发动了乌孙等国兵力进攻匈奴郅支单于。战争结束后，常惠把所有的俘虏，都给了乌孙大昆弥。在元帝建昭三年上，陈汤发动了西域诸国，追击匈奴郅支单于，胜利后，把降虏千余人，"赋与城郭诸国"。

我们当然不能从这些记载中，断定汉朝不把俘虏作为奴隶；但可以知道汉朝的对外战争，不是以俘虏敌人为目的；否则不会把所有俘虏，付给完全在自己势力支配下的西域诸国。

又《后汉书·南匈奴传》元和二年，（武威太守）"孟云上书，言北虏既和亲，而南部复往钞掠，北单于谓汉欺之，谋欲犯塞，谓宜还南所掠生口，以慰安其意"。经过大臣们一番争论之后，最后章帝采取袁安建议，下诏说："倍雇南部所得生口，以还北虏。其南部斩首获生，计功受赏如常科。"（《后汉书》卷119《南匈奴传》）终于由汉政府，收买南匈奴所得北匈奴的人口，归还北匈奴。按《后汉书·袁安传》上记袁安在会议上的议论是："安曰：北虏遣使奉献和亲，有得边生口者，辄以归汉，此明其畏威，而非先违约也。"（《后汉书》卷75）可见这一次中国

---

① "谷"原脱。——编者注
② "驱"原误作"欧"。——编者注
③ "胡"原脱。——编者注
④ "以"原脱。——编者注

要积极贯彻还北匈奴生口的原因，是由于北匈奴先归还汉边地生口而引起的。但也证明汉政府统治下的北匈奴生口并不多，否则不会"倍雇南部所得生口"以还北虏了。从这一事上，也反映出东汉政府对于这些生口，是需要不大的。

第三点可注意的是：在国内战争中，也常有俘虏若干人的记载，和获生口若干的记载。不过《汉书》中比较分明，《后汉书》中很少事例。如《汉书·樊哙传、夏侯婴传、靳歙传》中，都记载着他们从刘邦作战各地，每次捕虏斩首的确切人数。① 而《后汉书》中关于刘秀和各方面的记载，只有《耿弇传》记建武三年，"弇与（延）岑等②战于穰，大破之，斩首三千余级，生③获其将士五千余人"（《后汉书》卷49）一条（可能有漏略），而且没有用捕虏的字眼，这是否反映两汉内战中对俘获敌人的态度和处理方法的不同，还只表示东汉不以首级论功，不得而知。但《后汉书·应奉传》记应劭为太山守时，"黄巾三十万众入郡界，劭纠率文武，连与贼战，前后斩首数千级，获生口老弱万余人，辎重二千辆，贼皆退却"。这一条内的生口老弱，似乎是指黄巾军中所容藏的一般群众，而不是黄巾军的主要兵士。

所以"生口"的解释，好多地方是指从作战中捕获了的平民，这和俘虏的兵士不同，而不一定"生口"总是奴隶。

从上面的论证看来，可以有下列四点认识：（1）两汉时代对外作战的俘虏是相当多的，但没有俘虏一定变为奴隶的积极论证；（2）两《汉书》中关于把俘虏作为奴婢的明确记载，只有《后汉书·西羌传》中几条，都是对于叛乱羌人和附羌汉人的惩罚，而且都是老弱妻子；（3）在对外作战中，有好几次把大批俘虏，让给联合作战的小国，说明俘虏不是作战的目的；（4）在国内战争中也有俘虏数千人和获生口若干的记载，这些俘虏，

———————————

① 如樊哙从攻围……等地，捕虏十六人；东破赵贲军开封北，捕虏二十六人；攻宛陵，捕虏四十四人；东攻宛城，捕虏四十人；攻武关，至霸上……捕虏百四十六人；击章平军好畤，虏二十人；击（卫）绾时虏二百八十七人。《夏侯婴传》"从击赵贲军"开封，捕虏六十八人。《靳歙传》："击秦军开封东，捕虏七十三人；又战蓝田北，捕虏五十七人，凡斩首九十级，虏百四十二人。"（并见《汉书》卷41）

② "等"原脱。——编者注

③ "生"原脱。——编者注

是否都变为奴隶，比较更难确定。

我们设想战争中的俘虏，可能有一部分编入屯田士卒中①，一部分变为奴隶，特别是其中的老弱妇女②，但不是俘虏都等于奴隶，更不是作战的目的，是为了俘虏奴隶从事生产。

从文献上关于俘虏的交代上，既然看不出俘虏一定是奴隶的证据，那么我们试从两汉人关于对外战争的议论上看一下，有没有以掠夺俘虏为作战理由的呢？

首先从秦代说起。汉武帝时，主父偃上书谏伐匈奴，引用了李斯的一段话，他说：

> 昔秦皇帝……欲攻匈奴，李斯谏曰："不可。夫匈奴无城郭之居，蓄积之守，迁徙鸟居，难得而制……得其地不足以为利，得其民不可调而守也。胜必弃之，非民父母，靡敝中国，甘心匈奴，非定计也。"（《汉书》卷64《主父偃传》）

从这段汉代主父偃所引述或假托秦代李斯的话中，知道秦、汉人对于匈奴，认为"得其地不足以利，得其民不可调而守"；而且说到"胜必弃之，非民父母"。可见战胜以后，这些匈奴人对于中国毫无用处，竟至于无用到"胜必弃之"的程度。那么如何能说汉代对外作战是以补充奴隶为目的的呢？

汉武帝开始对匈奴作战时，曾有过一次大辩论，主张击匈奴的王恢，所持的理由主要有下列几点：（1）匈奴和中国的和好是不长的（汉与匈奴

---

① 《后汉书》卷77，记梁慬定龟兹的情况是："凡斩首万余级，获生口数千人。……龟兹乃定。而道路尚隔，檄书不通。岁余，朝廷忧之。公卿议者，以为西域阻远，数有背叛，吏士屯田，其费无已。永初元年，遂罢都护，遣骑都尉王弘发关中兵迎慬，及（段）禧、（赵）博及伊吾卢、柳中屯田吏士。二年春，还至敦煌。"从这一条记载中，知道梁慬俘获了龟兹的生口万五千人时，和中国的道路音信都不通。他本人回国还需关中兵去迎接，那么这些生口，一定不会送回中国，而是留在西域，大约编在柳中屯田吏士的组织中。可能于永初二年春，和其他吏士一同到敦煌了。这种俘虏，大约和屯田卒相似，近于隶农身分。

② 除《西羌传》中直接说明没入弱口妻子为奴婢者外，如《后汉书·应奉传》注记应奉和许训的回答，有云："前食颍川纶氏都亭，亭长胡奴名禄，以喝浆来"，这个胡奴，可能是由俘虏中之弱口或边地人的掠卖而来。

和亲，率不过数载，即背约）。(2)匈奴的长期侵略是因为中国没有加以武力攻击的缘故（匈奴侵盗不已，无它，以不恐之故耳）。(3)中国边境上士卒死伤很多，是仁人最痛的心事（今边充数掠，士卒伤死，中国槽车相望，此仁人之所隐也）。(4)中国已有击败匈奴的实力，不可失掉时机（匈奴可以威服，不可以仁畜，今以中国之盛，万倍之资，遣百分之一，以攻匈奴，犹以强弩射且溃之痈也）。总起来说，他的理由不外匈奴侵扰边境，非用武力对付不可，现在正是时机。又东汉初年臧宫与马武上书，请灭匈奴，所持的理由是："匈奴贪利，无有礼信，穷则稽首，安则侵盗，缘边被其毒害，内郡受其抵突。虏今人畜疫死，旱蝗赤地，疫困之力，不当中国一郡。万里死命，悬在陛下，福不再来，时或易失。"（见《后汉书·臧宫传》）和西汉时王恢所说的理由，基本相同。总之，从来主张对外用兵的人，没有人提出过进攻匈奴对于中国有提供生产力的理由来。而主张不进攻匈奴的韩安国，他所持的理由，除了说对外用兵中国损耗太大外，仍然是主父偃转述李斯的大意："得其地不足为广，有其众不足为强"（《汉书》卷52《韩安国传》）。以后这两句话，就成了两汉时代一切反对对外战争的通用理由。东汉永元元年乐恢谏伐匈奴的话是："得其地不可垦发，得其人无益于政，……无故兴干戈、动兵革，以求无用之物，臣诚惑之。"（《后汉书·乐恢传》注引《东观汉记》）东汉末年，蔡邕谏伐鲜卑时，也说："得地不可耕桑，得民不可冠带。"（《后汉书·鲜卑传》）三国时曹植《谏伐辽东表》有云："得其地不足以偿中国之费，虏其民不足以补三军之失。"（《艺文类聚》卷24引，本文引自严可均辑《全后汉文》）语句大同小异，而主要的目的，是说征伐匈奴、鲜卑、辽东、西南夷等国的地方和人民，对于中国没有用处；而一切主张对外用兵的臣僚，没有一个人说，得其地，得其人，是对于中国有用的。也没有一个人，对于这两句话，加以反驳；反而有主张对外强硬的人，承认这两句话的证据。

《汉书·西南夷传》中记成帝河平中，夜郎王兴和钩町①王禹漏等举兵相攻，汉派太②中大夫蜀郡张匡去和解，兴等不从，杜钦主张用兵，劝

---

① "町"原误作"钉"。——编者注
② "太"原误作"大"。——编者注

大将军王凤宜因其罪恶未成，加以诛伐。并且说"即以为不毛之地，无用之民，圣王不以劳中国，宜罢郡放弃其民，绝其王侯勿复通。如此先帝所立，累世之功不可堕地，宜因其萌芽，早断绝之"（《汉书》卷95《西南夷传》）。可见即使主张对外强硬的杜钦，亦以为夜郎、钩町①等地人是"无用之民"。而所以主张用兵的原因，无非是为了夜郎等"不惮国威"，恐怕他们"党助②众多"之后，"狂犯守尉"，那时就"屯田之费不可胜量"了。可见对于外国人是无用之民，这一点认识，是大家一致的。

我们能说这些议论，不是反映了两汉时代的真实情况吗？

从以上的论证中，我们认为两汉对外战争，不但不是为了掠夺奴隶，而且社会上的一般舆论，认为俘虏是无用之民，事实上的俘虏，也没有用作奴隶生产的积极证据。

我们知道，除最野蛮的原始部落外，不论是什么样的社会，只要是有战争，总得有杀戮和俘虏两种形式。正如我们不能看见斩首若干，便说这个国家不需要奴隶一样；我们也不能看见俘虏若干，便说它一定是作为奴隶。问题的关键，就在于斩首和捕虏二种方法中哪一种形式是战争中所采取的主要手段，究竟什么是战争的目的。这是从战争这一现象来决定社会性质的主要环节，并不如一些同志所说："这是一个烦琐的问题。"

我们都知道："战争是政治的继续。"

列宁不只一次地强调说："一切战争，与它从而产生的政治制度是不可离地联系着的。"（《列宁全集》，引自赫鲁斯托夫《马克思列宁主义论战争》，中译本，第4页）所以一个国家的政治性质、社会性质，不能不在它的战争性质、战争目的中表现出一定程度的反映来。现在我们从两汉的史料中，既然绝对证明汉代对外战争不以俘获奴隶为目的，俘虏在战争中不占重要的地位，而两汉的对外战争正是以扩大领土、宣扬国威、增加贡献、抵抗侵略等为目的。那么我们当然可以说，两汉时代的国家是封建国家而不是奴隶所有制国家；两汉国家的社会基础是封建社会而不是奴隶社会了。

---

① "町"原误作"钉"。——编者注
② "助"原误作"固"。——编者注

六　汉代的农民起义和奴隶起义问题

关于两汉时代的人民起义，是农民起义，还是奴隶起义？或者在整个两汉时代中，奴隶和农民起义各占多大的比重？在这一问题上，争论并不大。因为很少作者正式积极主张两汉时代的人民起义，主要是奴隶起义的。不过也有一些作者，在叙述两汉的农民起义中，往往用了非正式的带叙方法，说绿林、赤眉、黄巾等起义是"农民、奴隶起义"，或是对某一起义者（如陈涉）认为是奴隶。所以现在的问题是：究竟两汉时代的各次起义中，哪些是农民起义？哪些是奴隶起义？哪些是农民、奴隶共同起义？如果有农民、奴隶共同起义，其中农民、奴隶各占什么地位？共同反对的目标是什么？从这些关系上，可以反映出汉朝社会的性质来。

从秦末到东汉末四百多年中，大小起义不下数十百次。其中大规模的起义，是我们熟知的三次大起义（秦末，西汉末，东汉末）。在这三次起义中，以第一次秦末起义中的阶级成为较为复杂。其余西汉末、东汉末两次起义中，阶级成分比较单纯。

秦末人民起义的领袖陈胜，曾为人佣耕，当然是雇农①（关于主张陈胜是奴隶的说法，已在第一节中，评过）。他所领导的戍卒群众，是闾左贫农，基本上是贫农。其余除属于残余贵族的项籍、田荣等及小有产者刘邦等不计外，最可注意的是吕臣和英布。

《史记·陈涉世家》"陈王故涓人吕臣，为苍头军，起新阳"，《集解》引应劭曰："涓人，如②谒者。将军，姓吕名臣也"，《索隐》引韦昭云："军皆著青帽"，故名苍头。这种解释不够确当，赵俪生先生引《后汉书·光武本纪》李贤注云："秦呼人为黔首。谓③奴为苍头"，解释苍头军为奴隶军，是正确的（《中国农民战争史论文集》，第19页）。不过苍头军的名称，在战国时已经开始。《史记》卷69《苏秦传》载，苏秦

---

① "农"原误作"役"。——编者注
② "如"原误作"知"。——编者注
③ "谓"原误作"呼"。——编者注

说魏哀王说："今窃闻大王之卒：武士二十万，苍头二十万，奋击二十万，厮徒十万。"按次序的排列，苍头在武士以下，奋击、厮徒以上，可见战国时魏国已有比厮徒地位稍高，同为奴隶身分组成的军队。又《汉书·霍光传》（霍云）"使苍头奴上朝谒"，《后汉书·梁王畅传》"自选择谨饬奴婢①二百人，其余所受虎贲、官骑，及诸工技②、鼓吹、苍头、奴婢③、兵弩、厩马，皆上还本署"，可见苍头是奴婢，到两汉时代没有改变。从霍云派苍头奴上朝谒见，和梁王赐留谨饬奴婢二百人，而把苍头奴婢和工技④，鼓吹、兵弩、厩马等归为一类，一齐上还本署的事实看来，可见"苍头"一类奴婢，向来即是贵族家庭中用以担任侍从护卫、对外交涉事件的，和家内的谨饬奴婢，不属一类。所以可以组成军队，担任作战。吕臣是涓人，涓人是如⑤谒者，也近于奴婢头目的身分。所以他可以率领了苍头军作战。总之，吕臣的起义军，可以说是属于奴隶阶级身分的。其余参加起义的，有近于奴隶的刑徒。《史记》卷91《黥布传》："黥布者，六人也。姓英氏。秦时为布衣。……布已论输骊山；骊山之徒数十万人，布皆与其徒长豪杰交通。乃率其曹偶，亡江中为群盗。陈胜之起也，布乃见番君，与其众⑥叛秦，聚兵数千人。"黥布所领的起义军，是先为骊山刑徒，后为群盗的群众。这些人大抵原来是自由民，因曾为刑徒，可以说近于奴隶。但原来的身分，基本上是自由民。

除了吕臣的苍头军和英布的刑徒外，其余起义首领中，只有彭越的出身，和黥布相近。《史记》卷90本传："常渔巨野泽中，为群盗。……泽间少年，相聚百余人，往从彭越。"可见他最初起事时的基本群众，是泽间为群众的少年。但以后集合的群众，便多半是诸侯散兵。本传说："乃行略地，收诸侯散卒，得千余人。……汉王二年，将其兵三万余人，归汉于外黄。"这些诸侯散卒，基本上是破产农民，或一般失业贫民。

从上述史料看来，秦末第一次大规模人民起义中的领袖中，有雇农，

① "婢"原脱。——编者注
② "技"原误作"使"。——编者注
③ "婢"原误作"隶"。——编者注
④ "技"原误作"使"。——编者注
⑤ "如"原误作"知"。——编者注
⑥ "众"原误作"从"。——编者注

有刑徒、布衣，有群盗，有涓人；参加起义的，有苍头，有刑徒、群盗，而基本上最大多数是农民。苍头军的数目有多少，不大确知。但初起义时，能夺还陈地，以后又和项籍、刘邦，同为义帝统率下的三支军队。可见势力还不太小。但自刘、项入关后，吕将军就不见下落。而苍头军名称，也即消灭。大概在发展过程中，已和其他军队混合，没有自己的特色了。

西汉末年的人民起义中，起义领袖和起义群众的阶级成分都很明白。除属于地主阶级的刘玄、刘秀等不算外，公元 14 年（新莽元年）东海起事的吕母，有"资产数百万"，应属于地主阶层；参加的少年群众，是亡命，和一般自由贫民①（《后汉书》卷 41《刘盆子传》）。公元 17 年（天凤四年）在荆州起义的王匡、王凤，是饥民中涌现来的领袖（见《后汉书》卷 41《刘玄传》）。王常、成丹、马武等是亡命（《刘玄传》）。平林兵的首领陈牧、廖湛，《后汉书》上只称为"平林人"，显然是个普通百姓。公元 18 年在山东起义的琅玡樊崇、逢安和东海人徐宣、谢禄、杨音，都是所谓"以困穷为寇"的贫民（《后汉书》卷 41《刘盆子传》）。其余在河北、山东的起义军，如铜马、大肜②、高湖、重连、铁胫、大枪、尤来、上江③、青犊、五校、檀乡、五幡④、五楼、富平、获索等，"或以山川土⑤地为名，或以军容强盛为号"的所谓"各领部曲所在寇掠"的群众，亦都是自由贫民（《后汉书》卷 1《光武本纪》及注⑥）。总之，不论是南方、东方起义者，基本群众都是饥民、流民。这一次大起义中，并没有奴隶参加的明显事迹。

东汉末的起义，领袖和起义群众，除张鲁不能算真正农民外，黄巾主力军领袖张角弟兄等和黑山军首领张燕所领导的军队，可以说都是失业农民（张角的先世，也可能如赵俪生先生所说是望族，张燕是群盗）。

①　西汉东海郡治郯县，琅玡郡治东武县。吕母所在之海曲县（治在今山东日照）属于琅玡郡。——编者注

②　"肜"原误作"彤"。——编者注

③　"上江"原脱。——编者注

④　"五幡"原脱。——编者注

⑤　"土"原误作"之"。——编者注

⑥　"及注"当补。——编者注

这一次的特色，是起义军纯是农民阶级。一方面没有地主军队参加，另一方面也没有奴隶军队的痕迹。

在三次大起义外，其余几十次的小规模起义，属于奴隶起义范畴的，只有西汉成帝时下列两次事件：

> 阳朔三年，夏六月，颍川铁官徒申屠圣等百八十人，杀长吏，盗库兵，自称将军，经历九郡。遣丞相长史、御史中丞逐捕，以军兴从事，皆伏辜。……

> 永始三年，十二月，山阳铁官徒苏令等二百二十八人，攻杀长吏，盗库兵，自称将军，经历郡国十九……汝南太守严䜣①捕斩令等。（《汉书·成帝纪》）

这是两汉史上唯一属于工奴起义的事件。这次起义的人数，记载的都很明确。虽然后来发展经历十九郡，一定有些贫民参加，但基本群众的几百人，是铁官工奴。除了这两次铁官徒起义外，其余各次，如西汉武帝时的梅免、白政、殷中、杜少、徐勃、坚庐、范生（《酷吏传》）等的暴政，成帝时的郑躬、樊并（《汉书》本纪），东汉安帝时的刘文河、张伯路（《后汉书·顺帝本纪》），顺帝时的张婴、章河、蔡伯流、范容、周生、徐凤、马勉（《后汉书·顺帝本纪、胜抚传、张纲传》）等小规模起义，基本上都是流氓饥民组成的农民暴动。我们看汉政府对起义事件的各种对策，便可以知道起义军的活动目的是什么性质了。

关于对付起义军的对策，如《后汉书》卷84《杨赐传》说："赐时在司徒，召掾②刘陶告曰：张角等遭赦不悔，而稍益滋蔓，今若下州郡捕讨，恐更骚扰，速成其患，且欲切敕刺史、二千石，简别流人，各护③归本郡。"这一个对策，虽然未被皇帝采用，但事后皇帝看到他的奏议，"诏④封赐⑤临晋侯邑千五百户"（《后汉书》卷84《杨赐传》），说明皇帝

---

① "䜣"原误作"诉"。——编者注
② 此处原衍"属"。——编者注
③ "护"原误作"获"。——编者注
④ "诏"后原衍"诏"。——编者注
⑤ "赐"原脱。——编者注

在对付黄巾起义的经验中，体会到没有"获归本郡"的流人，是起了大作用的。可见黄巾起义军的群众，主要是贫困流民。关于事后的对策，如《后汉书·羊续传》说："安风贼戴风①等作乱，续复击破之，斩首三千余级，生获渠帅，其余党辈，原为平民，赋与佃器，使就农业。"《后汉书》卷 61《郭级传》 "招怀山贼，阳夏赵宏、襄②城召吴等③数百人，……悉遣归附农"。《后汉书》卷 93《李固传》 "时太山盗贼，屯聚历年④，郡兵常千人追讨不能制。固到，悉罢遣归农"。《后汉书》卷 86《张皓传附纲传》 "散遣张婴部众，任从所之，亲⑤为卜居宅、相田畴，子弟欲为吏者，皆引召之"。汉政府对起义群众的最后处理方法，是罢遣归农；可见未起义前，当然都是贫困农民。

总看两汉时代的人民起义，三次大起义中，只有秦末农民起义中，吕臣的苍头军，属于奴隶身分，其余都是农民。几十次小规模的起义中，只有成帝时申屠圣、苏令二次领导的铁官徒暴动近于奴隶起义，其余数十次起义暴动，全都是农民。所以无论从起义次数的多寡上看，起义人数的多少上看（试把申屠圣百八十人、苏令二百二十八人和五校二十余万（《后汉书》卷 49《耿弇传》）、尤来大枪十余万（见同上）、铜马数十万（《后汉书》卷 50《姚期传》）的数字比较一下，就知道相差太多，再不用和赤眉、绿林比了），起义规模的大小上看，以及从起义军对于统治阶级的打击上看，显然知道两汉时代最基本的阶级对抗，最激烈的阶级斗争，是农民和代表地主的统治者间的对立斗争，而不是奴隶和代表奴隶主阶级的统治者间的对立和斗争，从而知道两汉社会结构，最基本的生产关系是什么了。

也许有些同志说，就在典型的奴隶社会中，奴隶起义的人数和规模之大，也不能和农民起义人数相比；中国两汉时代各次起义中，既然有奴隶参加，而且有单属于奴隶的起义，那么如何能根据起义的人数和起义规模来推断社会性质呢？

---

① "风"原脱。——编者注
② "襄"原误作"宽"。——编者注
③ "等"原脱。——编者注
④ "年"原误作"平"。——编者注
⑤ "亲"原误作"视"。——编者注

这里需要弄清楚的是起义的领导问题和起义的联合问题。

苏联学者关于斯巴达克起义中奴隶和农民的联合问题，及其失败的原因，曾有过争论。《斯巴达克起义》一书的作者米舒林说："一般说来，农民和士兵们，不仅同情斯巴达克的解放斗争，而且参加了这个斗争。""由于当时革命中领导者的奴隶们，不善于领导自由农民。而后者还不懂得一切农民革命问题的解决，是和消灭奴隶所有者的整个经济制度分不开的。"所以造成后来的意见分裂。

乌特琴科不赞成这种论断，他认为：

> 这种联盟在原则上是不可能的。因为奴隶和自由的土地所有者之间存在着对抗性的矛盾。……自由民只是力求重分土地。他们在奴隶所有者现存制度范围内为土地而斗争。但对消灭奴隶所有者制度，决没有发生兴趣。(见《奴隶社会历史译文集》，第 107 页)

又说：

> 必须在奴隶和自由民间缺乏联盟和统一战线上探求斯巴达克失败的原因。只有过了几世纪后这类联盟的历史条件已经成熟的时候，当罗马帝国中自由农民的地位为佃奴所取而代之的时代，只有那时，奴隶和自由贫农之间才形成了彻底战胜奴隶所有制的先决条件的统一战线。(同上书，第 108 页)

我基本上同意后一种说法，认为奴隶社会时代，农民和奴隶的真正联盟是不可能的。但并不反对少数农民对奴隶的同情。不论这两种说法，哪一种说法更为正确，都可以说明中国两汉时代人民起义所反映社会不是奴隶社会。

斯巴达克的起义，是奴隶领导农民；而秦末的起义，却是农民领导奴隶。吕臣所领导的苍头军，正是陈涉领导的农民军中的一部分。不但吕臣杀了叛徒庄贾，恢复陈县①，而且后来吕臣始终代表陈涉势力，和刘

---

① "县"原误作"州"。——编者注

邦、项羽同为楚怀王孙心下面的一支重要军队。这种奴隶和农民很巩固的统一战线，是奴隶社会起义中所没有的。

申屠圣和苏令领导的铁官徒，只有二三百人，后来虽然经历十九郡，可能有农民参加，但很快被御史中丞和地方军消灭，可见号召的能力不大。证明罪徒不自由的问题，只是少数人的问题，和农民苦于苛税徭役及水旱流亡的问题，不能相比。《苏联百科全书》的作者之一林茨曼，对于奴隶时代农民和奴隶的阶级斗争关系问题，说的最为简明。他说：

> 在奴隶占有制社会中，……不仅奴隶和奴隶主间进行过激烈的阶级斗争，富人和穷人之间……也进行过激烈的阶级斗争。这两股阶级斗争的洪流，至少在希腊、罗马共和国是很少互相混合在一起的。因为奴隶置身于公民社会之外。只有在过渡到隶农制的时候，自由贫民和奴隶之间的差别，才开始缓和。也只有在从奴隶占有制度过渡到封建主义的时候，人民群众才形成一条反对奴隶主的统一战线。（《苏联百科全书》选译：《奴隶占有制度》，第9页）

这一条说明，可以作为我们解决两汉人民起义问题的很大帮助。奴隶社会中，奴隶是在公民社会以外的，所以奴隶和自由民不会有真正的结合。而我们第一次大起义中，便表现了奴隶和农民的真正结合。那么如何能说这一次起义以后四百年中还是奴隶社会呢？即使机械地采用苏联学者的主张，至少秦朝末年，已是过渡到封建社会的时期了。可是主张两汉是奴隶社会的学者们，只采用了苏联学者不一定成熟的对中国历史分期的结论，而却不采用苏联学者最精确的对西方历史的分析的方法。为了证明两汉是奴隶社会，或者用非正式的带叙手法，把汉朝两次农民大起义说成是"奴隶、农民起义"，尽量使奴隶在农民起义中沾一点边；或者把汉成帝时几百人的铁官徒起义和西汉末绿林、赤眉的大起义拉在一起，尽量造成一个奴隶起义推翻汉政权的印象；而对于苏联学者所说"奴隶社会中奴隶和农民不可能有真正联盟，只有过渡到封建时期才有真正的联合"的基本理论，却不加采用，也不加批评和解释，恰恰采用了和这个理论相反的方法，证明汉代是奴隶社会的结论。这不能说是一种善于学习苏联经验的榜样。

我们认为：秦末的人民起义，不但已经有了奴隶和农民的巩固结合，而且到了农民为主导、奴隶为附属的阶段。这是以农民为主的反封建斗争。至于两汉末年的两次人民大起义，根本没有奴隶参加的事实，而且有地主军在作战过程中解放奴婢的事实（刘秀，前几次解放奴婢的命令，在全部战争未结束前颁布）。所以两汉时代的人民起义所反映的社会性质，是封建社会而不是奴隶社会。

七　经典著作中一些有关奴隶社会理论的应用和解释问题

以上各节，我们从经济基础、政权性质、农民起义等方面，论证了汉代的社会性质；照我们的观点看来，很可以肯定说汉代不是奴隶社会的结论了。但是能不能使主张汉代是奴隶社会说的同志们表示同意呢？大概是不能的。因为不论是主张汉代是奴隶社会的，或不是奴隶社会的，大家所根据的材料，并没有什么不同；所不同的是对于材料的解释。面对于同一材料得出不同解释的缘故，基本的原因可能有二个：第一个原因是由于所使用的方法不同，或者说在进行研究时，所注意的重点不同；第二个原因，是由于对经典理论的应用和解释不同。

所以必须对这些方面有较清楚的认识后，才会逐渐取得一致的意见。

在方法方面，一部分同志，认为最重要的是唯物史观的理论和中国历史具体情况的结合，所以特别重视具体材料的确实解释；一部分同志认为最重要的是社会发展的共同规律，所以特别重视中国社会演进的轮廓。就由于两方面注意的重点不同，因此对于同一材料，作出很相反的解释。比如常识上认为陈涉是雇农，"或耕豪民之田，见税十五"的生产者，是佃农；而一些作者认为前者是奴隶，后者不是佃农，就是最浅明的例子。不过可以作为理论认识不同的说明者，不是这一类例证，而是有些论文，在具体事实的解释上相当严肃，其中有若干论点，可以取得多数人的同意；可是从这些论点上，一部分同志认为可以证明汉代是奴隶社会，而一部分同志认为从这些论证上得不出汉代是奴隶社会的结论来。比如王仲荦同志《关于中国奴隶社会的瓦解及封建关系的形成问题》的论文（《文史哲》1956 年第 3、4、5 期）在材料的搜集上，非常完全；

他曾经指出了汉代的"奴隶价格很高",奴价优点的不存在,是引起封建关系发展的因素(同上,第3期,第40页),曾经指出了"西汉自武帝开始,一直到东汉帝国崩溃为止,农民从农村中抛掷出来的问题,成为古代中国最重要的问题"(同上,第4期,第50页),曾经指出了汉代政权是"建筑在小农基础之上的专制主义政权"(同上,第4期,第32页),又曾经指出了"古代小生产者……他们一连串的革命运动,轰轰烈烈地有力地打击了当时的统治阶级集团,……使不等到小生产者完全没落,奴隶和奴隶主的对抗上升到第一位,而孕育在奴隶社会内的封建关系,就很快获了发展。"(同上,第4期,第55页)这些论断,我们不但同意,而且认为是很精到的见解,但是我们认为这些论证正是说明汉代不是奴隶社会的论据。而王先生却把这些论点,作为证明汉代是奴隶社会,或说明封建因素在奴隶社会中产生的证据。我们认为这些论断,说明汉代不是奴隶主义的理由,是因为:

(1)汉代的奴价,并不是到了东汉晚年才提高的。依据王先生所做的两汉奴隶价格表(同上),西汉的奴价,是一万或一万五千,合米价一百四十五石或二百石;东汉的奴价,也是一万或一万五千,合米价七十五石或一百石;照米价计算,东汉的奴隶价,反而减低了,为什么说西汉是奴隶社会全盛时期而东汉是衰落时期呢?

(2)一般说来,奴隶社会全盛时期的严重问题,是劳动力的缺乏,而不是劳动力的剩余,所以奴隶主国家要发动战争,掠夺俘虏;所以不到奴隶制衰亡时期,流民不会成为严重问题。可是中国汉代的流民,正如王先生所说,自武帝时起,已经开始,并且相当严重。而汉武帝时正是主张汉代是奴隶社会的同志们,认为全盛时期,正是认为他要发动战争掠夺奴虏时期,这将如何解释呢?

(3)既然认为汉代政权是"小农"经济基础上的专制主义政权("小农"二字,应包括大部分中小地主及小规模经营的大土地所有制在内),就证明当时的主导经济不是奴隶经济,因为政权性质,正是代表经济优势的反映,而这个代表"小农"经济的政权性质,并不是东汉时期才成立的(余详第四节)。

(4)一方面承认奴隶和奴隶主的对抗,没有升到第一位;而一方面又认为奴隶制生产占主导地位,这样就使一个不代表主要矛盾的生产关系，作为社会的主导经济；而屡次爆发了轰轰烈烈的大革命运动的阶级斗争，反而不反映社会上的主导的生产方式，这是难于理解的。

但是根据非常丰富的材料，作出精辟论断的王仲荦同志，却把这些论断放在奴隶社会的体系之中，这就说明了中间有些理论上认识的差异，是需要弄清楚的。

我觉得彼此间认识或解释不同的原因，除了方法上的重点不同外，有两个有关经典著作中理论上的关键：

一个是马克思在《资本论》上说过"小自耕农的土地形态，正是古典的古代全盛时期的社会基础"的理论，一个是恩格斯说过"从罗马历史一开始就演着重要的债务关系，仅仅象征着小土地所有制不可避免的结局"的理论。

前一个理论，是这一段经典著作如何解释的问题；而后一个理论，是如何应用的问题。先谈后一个问题。我认为恩格斯这一指示，只说明西方古代罗马的情况。他并没有说，这个原则可以普遍应用在世界任何古代史上。同志们大抵说，"小农向两极分化，最后必沦为奴隶"；或者说，"大土地兼并小农，和小农破产为奴隶，是古代社会的发展规律。"甚至有的说，如果没有奴隶制，农民问题就不会产生。如果这些原则，只限于说明西方古代史的发展规律，当然毫无疑问；但是有些论文，拿来作为是中国古代史的发展规律，这就是一个值得讨论的问题。

我们认为大土地兼并小农，这一条原则是普遍的，但并不是说只有奴隶制的大土地所有制才能兼并小农。小农的被剥削，及向衰落一端走的小农，最后必至破产是肯定的；但小农的最后结局，并不是在任何时代、任何社会都必须沦为奴隶。从中国汉代历史上看，小农破产以后，多数是变为流庸，少数是变为奴婢。变为奴婢者，多系妻子弱口，所以文献上的材料，多半是出卖妻子。晁错也说："尝有卖妻鬻子①，以偿责者矣"（《汉书·食货志》）。变为流庸者是一般农民。所以汉昭帝的诏书上说："比岁不登，民匮于食，流庸未尽还"（《汉书·昭帝纪》）。东汉时杜林上疏说：

---

① "尝有卖妻鬻子"，《汉书》通作"有卖田宅、鬻子孙"。——编者注

其被灾害①民，轻薄无累重②者，两府遣吏，护送饶谷之郡，或惧死亡，卒为佣赁③。（《续汉书·五行志》注补引《东观记》）

可见农民从土地上抛掷出来之后，第一步问题，是或惧死亡，卒为赁佣。这些穷人的最后归宿，有一部分是死亡了，一部分妻子弱口被卖为奴婢了，大部分是由流佣而变为流民。如果在政治较清明的时代，便用赈贷救济、迁徙边境，和贷给公田种食的④方法，把流民重复回到土地生产上。如果在政治腐朽时代，便由流民运动直接爆发为革命运动，推翻了代表大土地所有者的王朝，重新建立一个多少可以保护小农经济的政权。这样便又进入新的经济循环和政治循环之中。这便是中国式的历史发展（当然在新循环中，有新的发展）。

我们认为一些同志，既然承认汉代政权是小农经济的反映，自由小生产者人数众多，奴隶和奴隶主的对抗没有上升到第一位，大规模起义是农民小生产者对皇帝贵戚大土地所有者的武装斗争，而奴隶起义在中国历史上没有地位，就可以得出汉代的主导经济是地主经济而不是奴隶经济的结论；就可以根据直接的社会斗争、社会现象，说明社会性质和社会问题；就可以从农民受苛重的徭役、田租等剥削，变为流民的具体情况上，说明革命爆发的原因。不必走许多曲折的路径，把农民问题、流民问题套在怕沦为债务奴隶的圈子内，说成是反奴隶主的斗争。不应把人数众多、代表政权、发动革命的阶级的经济基础——"农民"经济，说成是奴隶经济的补充。这样解释，除了可以把秦汉社会归为奴隶社会，使整个世界史的发展步骤互相一致外，对于中国的具体事实，是增加了人们了解上的困难的。但是由于"小农最后必沦为奴隶"这一原则的扩大应用，使好多论文的复杂体系不好理解。因为我认为这是一个牵引着好多有确实观察的同志们，走到汉代是奴隶社会说的理论环节。

第二个环节，是对于马克思大师下列一段理论的解释。

----

① "害"原脱。——编者注
② "重"原脱。——编者注
③ "佣赁"原误倒。——编者注
④ "的"原误作"耘"。——编者注

马克思在《资本论》第 3 卷上说：

> 自耕农民的，自由的小土地所有制形态，当作支配的通常的形态，在古典古代最盛时期，形成社会的经济基础。（人民出版社版，第 1053 页）

这一段理论，是一切主张汉代是奴隶社会说者的主要依据。但是这一段理论，究竟应该怎样解释呢？马克思所说的古典的最盛时期，是不是就是奴隶经济占支配地位的时期呢？如果是指奴隶经济已经占了支配地位的阶段而言，那么为什么说小土地所有制形态是那时的社会经济基础呢？这中间是不是有理论上甚至逻辑上的矛盾呢？如果不是指的奴隶制占支配地位的阶段，那么它是指什么阶段而言呢？这些是我们要弄清楚的问题。

我觉得"古典的"一词，包括整个古代社会几百年的长时间而言，其中（1）有农村公社解体不久，自由农民占主导地位的阶段；（2）有奴隶占有制占支配地位的阶段；（3）有奴隶占有制衰落的阶段。由于奴隶制是这一时代新产生的最有代表性的生产方式，所以在行文用语上，古典时代和奴隶社会时代，有时互相一致；但分别开来，古典时代和奴隶制时代，并不完全一样。而马克思所说的"自由的小土地所有形态，当作支配形态"的"古典全盛时期"，正是指古典时代的第一阶段而言；那时奴隶制还没有占了支配整个社会经济的地位，所以说小土地所有形态形成社会经济的基础。我们再看一下马克思在《资本论》第 1 卷中的一条注脚，便完全可以弄明白这里所说"古典的"一词，所指的是什么阶段了。他说：

> 无论是小自耕农经济，或是独立手工业的生产，总有一部分构成封建生产方式的基础；另一部分，则在封建生产瓦解之后，一起并存。但是同时，当东方式原始公社财产业已瓦解，而奴隶制还未来得及握有任何显著程度的生产之时，小自耕农经济与独立手工业，却构成古典社会全盛时期的经济基础。（《资本论》第 1 卷，1956 年版，第 401 页注 24；1970 年版，第 254 页注 24）

这一节叙述，比《资本论》第 3 卷第 1 节，更为详细，更为明确。马克思大师在这里，不但指出了小农经济和封建生产的关系，并且指出了小农经济和东方社会的关系。他明白告诉我们小自耕农和独立手工业构成古典社会全盛时期的经济基础，是指"奴隶制还未来得及握有任何显著程度的生产之时"。那么，对于《资本论》那一节所指的时代，决不是说奴隶制占支配地位的时代，那就毫无疑问了。

其实道理很明白：如果一个名符其实的奴隶社会，当然是以大土地所有制的奴隶经济为基础，而不能以小农经济为基础。（伟大的马克思，决不会说出这样一个普通学者也不会弄错的违反逻辑的理论。）如果以小土地所有制为经济基础，当然不是指奴隶制占支配地位的时代。由于我们急于想证明世界史发展的共同规律，因而把这两个时代混同了；因而把《资本论》上这一句本来是叙述古典全盛时代奴隶制还没有取得地位时的理论，拿来作为奴隶社会的证明。因此认为奴隶社会，本来就是以小土地所有制为基础的；认为佃农的存在，和小农被剥削，正是奴隶社会的基本特征。从而看见汉代的小农经济相当繁荣，奴隶数目相当繁多，于是对于这两种经济的比重不及细加分析，便认为这些现象正合于奴隶社会的"定义"。于是汉代是奴隶社会的趋向，在一部分注意苏联历史成果的人们中形成了。因使好多对于具体史实有精到观察的同志们，也不得不把这些观察设法放在奴隶社会说的体系中，形成一种很难免除矛盾的理论。对于这一段经典著作的误解或疏忽所发生的影响，是很可惋惜的。

也许有些同志，认为古典时代和奴隶社会时代虽然不完全相同，但正由于古典初期是奴隶制占支配时代的序幕，所以整个古典时代往往可以称为奴隶制时代。那么中国历史上，既然有相似于古典初期小农经济占支配形态的时期，为什么不可以连同下一阶段，一共称为奴隶社会呢？

我们的回答是：由于西方古代时期小土地所有制当作支配形态的时期很短促，接着从这个阶段便发展为大地所有制的奴隶制发达时期。奴隶制是新生的，长期支配一切的生产方式。所以有时在行文上可以把整个古典时代看作奴隶社会时代，不必细加分别。正如资本主义时期，可以包含简单协作时期、手工工厂时期、机器工厂时期几个阶段，而真正可以称为资本主义社会基础的，是大机器生产经济，可是由于资本主义创造了以后统治一切的新的生产方式，所以不妨连同手工工厂时期一并称为近古时代，或称资本主义时代的道理是一样的。但是假如有些国家像亚洲一些国家，它长期停留在简单协作时代，或手工工厂时代，或者正当它发展到手工工厂时代，便被帝国主义侵略而变为殖民地或半殖民地社会，或者受社会主义国家的影响而直接走上社会主义类型的道路，那么我们就不能把这些国家的手工工厂时期，称为是资本主义社会时代了。同样的理由，假如一个国家，像中国的战国以后，小土地所有制形态维持了相当长期的支配地位，而且并没有从小土地所有制占支配形态的阶段，直接走入奴隶制发达阶段，也即是说奴隶制还没有来得及取得支配一切的地位，便被地主农民对立式的封建经济占了统治地位（在这个时代，正如马克思所指示，"小自耕农、独立手工业者，仍然有一部分构成它的基础"），那么如何能和西方古代一样，把这一个小土地所有制支配形态的时期，称为奴隶社会时期呢？所以根据马克思这一段理论，把古典时代和奴隶社会时代区别开来，对于我们研究中国社会的发展，还是重要的。

总之，我们认为决定一个社会形态的主要关键，是取决于哪一种经济形态占支配地位。奴隶社会时代，可以有小农经济，奴隶主可以剥削小农，但作为奴隶社会的真正基础，必须是奴隶生产，小农经济不过是奴隶经济体系以外的附属生产。所以必须真正有一段奴隶生产方式占主导地位的时代，才能称为奴隶社会。像我们所举各种论证，以及一部分主张汉代是奴隶社会的同志们，所举的事实（奴价很高，流民众多，小生产人数众多，政权性质是代表小农经济的，农民起义是大规模起义而很少奴隶起义），都证明汉代的奴隶生产没有占了支配地位（小土地所有制的支配形态，并不是奴隶社会的证明），所以汉代不是奴隶社会。

也许有些同志认为，两汉时代，虽然奴隶制没有占了绝对支配地位，但从历史的发展上看，春秋以前的社会既相当于古代东方，魏晋到南北朝又相当于典型的封建社会，而世界古代社会史上，只有原始社会、奴隶社会、封建社会三个类型，中国如何能在典型的封建社会之前，有一个中央集权的或地主农民对立式的封建社会呢？我觉得这个顾虑，正是许多同志把两①汉时代称为奴隶社会的一个原因。也正是许多同志同样看见魏晋以后的奴隶数目并不少于两汉，而且有好多是和田地连在一起的叙述的，[如三国时麋竺有"僮客万人"（《三国志·蜀志》），西晋时苟晞有"奴婢将千人"（《晋书·苟晞传》），陶侃有"家僮千余"（同上《陶侃传》），刁协"有田万顷，奴婢数千人"（同上《刁协传》），以及刘宋时谢混"田业十余处，僮奴千人"（《宋书·谢弘征传》）等例子很多。]但是决不迟疑于肯定魏晋南北朝是封建社会的原因。因为魏晋以后的奴隶，和两汉时代的奴隶虽然大体相似，都不占生产的主导地位，但魏晋南北朝时代占主导生产地位的大地主领有部曲佃客的生产方式，在西方史上有一个封建社会类型的名称，而两汉时代占主导生产地位的地主—农民式的生产关系，在世界史上没有这样一个类型，因此就使好多同志趋向于主张两汉是奴隶社会，同时有些同志认为可以称为奴隶、封建结合形态或者称为封建社会过渡时代。（实际上主张两汉是奴隶社会的同志们，其中一部分同志的主张，就是封建社会过渡的说法。）

我认为把两汉时代称为封建社会过渡时期，比称为奴隶社会恰当得多，因为和主要的生产方式不相冲突。但从另一方面说，还没有理论上的足够根据和事实上的必要，同时也不能避免中国社会在世界史类型以外的其他特点。

因为过渡时期这一个名词，通常包含两种意义：一个意义是说它是暂时的、短促的，在它以前以后，各有一长期的永久的平稳阶段，所以它成为过渡的；一个意义是说，它本身不是所要达到的目的地，而是走到目的的前一阶段，就如同一个桥梁或摆渡一样，它是达到彼岸的中间过程。把这个含意应用在社会发展上，可以说在科学的历史唯物主义没有产生以前，第二种意义的过渡不能应用；因为马克思主义产生以前，历史上，根本不可能有根据社会客观规律，定出发展目标的改革尝试，当然不能说某一段社会是为了达到下一阶段的目的而产生的过渡时期。因为它所占据的时间，有四五百年，比起下一阶段来，并不短促。更不能说这一个经济、文化、政治有辉煌成绩的时代，是为了达到下一个混乱割据时代的目的而存在的。如果从经济、政治和文化某一些方面看，

---

① "两"原误作"西"。——编者注

宁可以说隋唐以后几百年中有些现象，和秦汉的结构还有些相似，而和魏晋南北朝时期的现象反较不同；宁可以说魏晋南北朝这一段有外族侵入破坏了本族正常发展的时代，是有过渡过性的，而不能说秦汉时代是过渡的。

如果认为世界史上没有这么一个现成的完全一样的类型，便把他归入过渡时期之中，那么隋唐以后，特别是中唐以后的社会，我们在世界史上也找不出合适的名称来。难道我们可以称它为资本主义过渡时期或到半封建半殖民时期的过渡时期吗？所以把两汉时代，称为封建社会过渡时期，既没有充足的理由和必要，同时也不能达到符合于西方史发展类型的目的。因为在相近于典型封建社会的魏晋南北朝时期以后，紧接着的，并不是一个资本主义社会。我们认为一个时代，如果不是显然太短暂，而不能成一个阶段，只要能找出它的主导的生产方式来，就可以根据他的经济结构，根据那时劳动者和生产资料结合的方式，规定这个时代的名称。既不应为了符合于西方史的类型，而给以与内容不符的名称，也不必牵就于西方史的顺序，称它为下一个时代的过渡。问题仍在于我们所说的汉代的主导的生产方式是不是佃佣制的封建生产；如果在这一点上可以成立的话，我认为仍可以称两汉社会是中央集权的封建主义社会。

总括以上对于汉代社会的论证，和论证汉代社会时，对于汉代以前和以后两个阶段的一些假定，我对于汉代社会发展的来源和演变，暂作如下的认识。

西周春秋时期，是马克思所说的古代东方社会，主要生产者是"共同体"下的公社农民（只是轮廓上的暂时假定，并未作过详细论证）。

战国时期，公社普遍解体，有一点走向发达期奴隶社会的趋向（以临淄、邯郸、阳翟等地为中心的城市工商的兴起，和以邹鲁、稷下为中心的百家学术之争鸣，是这个趋势的反映）。但主要生产者，是公社解放出来的农民；东方各国的奴隶生产，没有来得及占了优势，便被地主农民对立式的封建生产取得支配地位。秦对外统一和六国的灭亡，对内的专制和吕不韦的失败，以及第一次大规模的农民起义的出现，都是"地主—农民对立式的经济"之胜利及确立的反映。

西汉政权的建立，是地主–农民对立式的封建经济之继续发展。文、景时代，奴隶经济有一度的抬头，但没有取得支配地位，便被汉武帝加以严重的打击，从此奴隶经济基本上趋于衰落。

武帝以后，奴隶主和商人的结合，变为地主和商人的结合。哀、平时期，商人势力有再度抬头的迹象，经过王莽的改制和绿林、赤眉大起义，奴隶经济更趋没落；东汉政权的建立，反映了地主阶级的绝对统治。

东汉中期以后，地主和依附农民对立式的封建经济逐渐发展，黄巾大起义推翻了统一形式的东汉政权后，形成了典型的地方割据的封建社会之雏形。小农经济在曹操、诸葛亮政治的支持下，有短时期的恢复，最后通过西晋的贵族混战，和边疆部族的入侵，演变为近于西方中古式的典型封建社会。（从南方的商业和对外贸易上看，和西方的中古代并不完全相同。从再下一阶段的发展上看，和西方的类型更不相同。所以不必因为这一段和西方的中古时代相近，而称秦汉时代为向封建社会过渡时期。）

这是我对于汉代社会的形成及其演变过程的暂时看法。

1957 年 3 月 15 日

（原载《历史研究》1957 年第 9 期。此据《中国社会与思想文化》，人民出版社 1989 年版）

论中国接受实用主义影响的
社会基础和思想联系

自从 19 世纪末叶，资产阶级上升时期完全过去，世界上出现了垄断资本主义帝国主义以后，资产阶级的哲学理论，也便完全和唯物论绝缘，而在资本主义各国，产生了各式各样基本上属于唯心论的哲学。如奥国的马赫派、法国的柏格森派、意大利的新唯心论、美国的实用主义，以及稍前的实证主义、庸俗进化论、新康德派，稍后的逻辑实证论、语义哲学、存在主义等，都从形式上多少不同而实质上完全相同的立场观点上，和代表工人阶级的辩证唯物论哲学对立。这些学派，都先后传播到中国来，发生了或多或少的影响，而以美国的实用主义发生的影响最大。一般说来，自从展开对胡适的批判，同时展开了对实用主义的批判后，人们对于实用主义的内容，及其对中国思想界的危害，都有相当的认识了。但也曾有些同志，发生了进一步的追问，认为："外来思想，要在中国发生作用，必须适合当时当地的社会要求。必须和当地的主要思想相结合。中国既没有和美国相同的社会阶级，又没有和西欧相同的宗教传统和主观唯心论传统，所以中国并没有接受实用主义的社会基础和思想基础"。同时认为："介绍实用主义到中国来的胡适，他有好些主张和实用主义不同，特别是他的无神论思想和实用主义的宗教思想不能相容，因此中国从胡适方面接受了的影响，只能是他的庸俗进化论，而不是实用主义。"

这一种看法，虽然不一定正确，但很能启发人们的深入思考；虽然有好些人不同意这种看法，但很少提出正面的回答来。因此本文打算对于这一似乎过时了的问题，谈一谈个人的看法。

一　实用主义产生的过程及其特点

为了更顺利地说明中国接受实用主义的社会基础和思想条件以及中国接受实用主义大体步骤，首先依照近来马克思主义者的分析，叙述一下实用主义在美国产生的具体过程及其特点。

1860 年以后的二十年中，是列宁所说的"自由竞争发展的终结，垄断公司兴起中第一二阶段"（见列宁《帝国主义论》）。这时欧洲产生了世界上第一次无产阶级政权形式的巴黎公社，使全世界的资本家都大为恐慌。在大西洋彼岸的美国，那时资本正在迅速集中，垄断开始萌芽，资产阶级完全掌握了政权，对工会运动、农民组织，尽量行使其残酷的压制。在这样国际国内的形势下，阶级斗争反映到资产阶级的意识形态上，便要求有一个辩护资产阶级永久存在的哲学理论，至少是美国的资本家可以例外地永久存在的理论。这样便产生了美国特有的唯心论哲学——实用主义。

这个反唯物论的哲学，最初开始于 19 世纪 70 年代初期，由少数上层知识分子所组成的美国剑桥的玄学俱乐部。他们最初的企图，是想策划一种对付进化论，或调和进化论和神学的学说。后来知道在科学盛行的世纪，这样做法已不适用，于是改从根本否认科学的基础入手。最初由玄学会首脑赖特，抄袭了贝克莱、休谟们的理论，主张自然和社会界并没有必然规律，构成了一个实用主义的简单的雏①形。以后由玄学会会员皮耳士、詹姆士及后来的杜威，完成了实用主义的全部体系。

皮耳士首先从康德哲学中借来了"实用主义"的名词，开始在逻辑上奠定了"信仰即是真理"的理论基础。

二十年后詹姆士把这个原则，从心理学的理论上，推广到各方面，于是成为美国资产阶级危机日益明显时期更为通俗的流行理论。这两个实用主义家，都没有讳言他们的阶级基础。

到了 20 世纪初年，世界上发生了十月革命后，像詹姆士公开的宗教宣传，不容易为群众接受了，于是杜威便用"自然主义、科学方法、实

---

① "雏"原误作"刍"。——编者注

践主义"等名词进行实质上是主观唯心论的宣传；杜威自己又自居于社会民主派，掩盖了他为大资产阶级服务的实质。于是实用主义不仅是大资产阶级和资产阶级知识分子的共同信仰，而亦成为工人贵族和一般市民阶级、小资产阶级相信的哲学。因为他不仅提供了否认"资本主义必然死亡规律"的原理，并且亦建立了个人努力、碰巧机会。一点一滴适应环境，都可以发财致富得到成功的原理，这便是实用主义能够在美国盛行的来由。

但不论杜威和皮耳士、詹姆士等，用了怎样不同的语言，他的基本理论，不外下列几点：

（1）对于哲学上精神和物质的根本关系问题，表面上是用了"不了了之"的态度，不作正面肯定的回答，实质上是否认离开人类主观经验而独立存在的客观现实，把客观存在容纳在他所谓"经验"之中。

（2）既然否认了客观世界的独立存在，自然也就否认了客观世界的任何（自然界、社会界）必然规律，从而达到了否认"资本主义必然死亡的客观真理"之目的。

（3）既然没有客观的规律，于是世界成为各种零碎原因、零碎现象不分轻重大小共同凑成的总体；因而主张世界是多元的，否认有根本解决社会问题之可能，而只有一点一滴的改良应付；因此庸俗进化论成为实用主义的一个组成部分。

（4）既然没有可能遵循的客观规律，也就没有真正指导行为的理论原则，而只有应付环境的成功与失败；于是真理的定义，不是符合于客观的真实反映，而是有用的假设，或是什么"可以指导行为的信仰"。因此当不能否认必然规律时，便用信仰为行为的指导，这就给帝国主义垂死时期采取冒险、投机、实力政策等方法以理论基础。

这些观点，很明显的和辩证唯物论世界观、客观真理论完全相反，一般认为它是代表帝国主义时期大资产阶级的哲学。

但它所表现的形式，并不如一些人所分析的这么直接而露骨，他并不和贝克莱一样，直接说"存在即是知觉"，也不和休谟一样说"有没有客观实在，我不知道"。实用主义者，特别是杜威，并不公开反对科学，公开提倡有人格神的宗教，而是用了隐蔽的语言、曲折的方法、有计划的步骤，最后达到了"用提倡科学来破坏科学""用反对宗教来复活宗教"的目的。这是其他一切唯心论所没有的手法。

照美国马克思主义哲学家威尔斯的分析，实用主义者有欺骗群众的三个步骤（见威尔斯《实用主义——帝国主义的哲学》）：

第一步骤是用战斗的姿态，批评一切旧宗教、旧哲学，在群众中造成一个进步的印象。

第二步骤是利用进化论中人是动物演变而来的理论，强调适应环境，否认理性，从而建立了"有用即是真理""实在即是我们所相信的东西"的学说。

第三步骤是在"科学名词"的掩护下，把宗教输运进来，建立了作为帝国主义征服世界的最后依据。

这便是实用主义为帝国主义服务的具体步骤。

从以上的叙述中我们可以认识下列各点：

（一）实用主义的本质，是代表美国大资产阶级利益的，但相信和接受实用主义的人不限于大资产阶级，一切小资产阶级、知识分子、工人贵族等，都是它推销主义的市场；因为它不仅辩护帝国主义永久存在的合理，教育统治者如何统治，而他也教育中下阶层如何依附统治，争取成功。

（二）实用主义的理论本质，是主观唯心论的一种；但在表现的形式上，用了种种科学的名词、曲折的步骤。所以接受实用主义的人，不一定非先具有绝对唯心论和正统的宗教的传统不可。凡是想借用科学名词进行反对马列主义或追求暂时表面的功效，忽视基本理论和基本政策的人，都可以采取实用主义的理论。

（三）庸俗进化论中某些重要观点，是实用主义中一个组成部分，所以庸俗进化论中所强调的一点一滴的进化，以及美国社会学中流行的多元观点，亦即是实用主义的一个组成部分。不过把这些观点，放在实用主义否认客观真理的体系中，便和放在单纯庸俗进化论的体系中（亦即是只承认宇宙最后是不可知的，但在可知部分中，没有公开否认客观真理），意义不同。

有了这个认识之后，我们便可以进而看一下中国有没有接受实用主义的社会基础和思想传统的问题了。

二 中国接受实用主义影响的社会基础和具体步骤

从一般阶级分析上看，解放以前，中国是一个半殖民地半封建的国家，半殖民地统治者的阶级利益是和帝国主义的利益分不开的；他害怕资本主义必然死亡的规律，和他的主人没有两样。所以一个给资本主义辩护的理论，特别是从美国贩来的理论，必然对中国的封建统治阶级发生很大的支配和影响作用。其次是买办阶级和买办知识分子，更是百分之百直接接受帝国主义哲学的主要阶级，特别是自二十世纪以来，美帝国主义对中国的经济文化侵略，逐渐取得优势后，美国系的买办知识分子在社会上的地位日渐扩大，所以他们是传播或接受实用主义哲学的主要阶级。除了上两个阶级外，还有大部分小资产阶级和知识分子，他们在追求旧民主主义的出路中，在形式主义地反封建的追求中，甚至在幻想社会民主主义的憧憬中，都可以通过"科学方法""实验主义"等名词，和实用主义接近起来。所以说中国确实有可以接受实用主义的社会基础。

不过具体发生的过程，却不十分简单：我们不能把社会阶级和思想意识的关系，理解为简单的机械公式；不能认为"封建大资产阶级，完全是唯心论的，可能最先接受实用主义"，民族资产阶级有一定的革命性，不容易接受主观唯心论，或接受的时期比较稍晚，小资产阶级知识分子等距离主观唯心论更远，更不可能接受主观唯心论的理论，或接受实用主义的时间比较更晚。如果这样理解，必然陷于主观唯心论在中国不能发生影响的错误看法，必然对实用主义在中国发生的影响，不能有真实的了解。

我们知道实用主义的特点，是它的三个步骤。它迷惑人的地方，就在于它首先对一切正统宗教、正统哲学加以战斗性的攻击。正如塞尔桑（见威尔士《实用主义——帝国主义的哲学·序》）所说："实用主义者，就靠旧宗教对它的攻击兴盛和繁荣起来"，所以实用主义在中国发生影响的过程，亦是和这三个步骤相适应的。最先发生广泛影响的是它的第一个步骤，其次是它的第二步骤，最后才露出了它的第三步骤。而各种接近实用主义的阶层，亦在逐渐认清其内容的过程中，逐渐分清了思想上的敌我界限。

当1911年前后，由于资产阶级革命民主派对于指导中国革命的理论没有明确的认识，所以形式上推翻了清政府之后，思想上反陷于混乱。一直到十月革命一声炮响送来了马列主义以前，大部分知识分子仍然多在彷徨摸索，向西方资产阶级思想找寻出路之中；正如毛主席所说："中国人向西方学的不少，但是行不通，理想是不能实现。多次奋斗，包括辛亥革命那样全国规模的运动，都失败了。"（《论人民民主专政》）在这种情况下，只有新的工人阶级的产生，和工人阶级的马克思主义的传播，才给中国人民的解放指出了正确的出路。这便是伟大的划时代的五四运动的重要意义。但是这个运动，正如毛主席所说："在其开始是共产主义的知识分子、革命的小资产阶级知识分子，和资产阶级知识分子（他们是当时运动中的右翼）三部分人的统一战线的革命运动。"（《新民主主义论》）所以在"五四运动"前夕，新文化战线的内部，便已包含两种不同思想体系。而且当时，只有少数先进的革命知识分子和先进工人，真正认识到马克思主义是中国唯一的出路；大部分知识分子，对于当时形式上参加了五四运动的各个思想流派分不清楚。所以买办知识分子胡适，加入新文化运动后，他所宣传的实验主义，在一部分资产阶级和小资产阶级的知识分子中，首先发生了影响。

共产主义知识分子，正式揭出了马克思主义的旗帜后，胡适便拿出了从实用主义观点出发的"多研究问题，少谈主义"的理论，正式向马克思主义进攻，这是实用主义派表明自己立场最鲜明的旗帜；从此后，反对抽象理论，反对"空谈"主义，不要强调阶级等语句，成为多数人自觉的或不自觉的接受的理论；特别是大部分实质上反对马克思主义，而又和当时统治者不太接近的资产阶级知识分子，最容易通过各种不同的业务研究，接受了胡适的指导影响。毛主席说："五四运动的发展，分成了两个潮流，一部分人继承了五四运动的科学和民主的精神，并在马克思主义的基础上加以改造，这就是共产党人和若干党外马克思主义者所做的工作；另一部分人则走到资产阶级的路上去，是形式主义向右发展。"（《反对党八股》）胡适脱离了《新青年》，正式出版《努力周报》，便是向右分化的更明显的发展。

但是由于实用主义者胡适时常用科学名词的伪装、反封建的言词，向群众宣传，并且善于随时观察革命势力的高潮低潮，随时改变其论点的轻重方向，从而适应他在统治者和人民间的地位。所以当 1922 年发生"科玄论战"时期，那时，《努力》和《向导》已不止一次正式对垒了，而陈独秀仍然没有认清实用主义是唯物论的正面敌人，竟然自称他所反对的人生哲学，实用主义和唯物论不在其内。这个原因，一方面固然由于陈独秀的马克思主义不够高明，一方面也由于实用主义所宣传的"从做中学""实际功效是检查真伪的标准"等理论，确实有可以混淆一个不好的马克思主义的地方。我们看了杜威的徒弟虎克（Hook），曾想曲解马克思主义，把它和实用主义调和起来（见虎克著《马克思哲学引论》一书），英国哲学家罗素在他的《西方哲学史》中曾把马克思的知识论和杜威的知识论归为一类，便可以知道把马克思哲学和实用主义中某一点混淆在一起的，世界上已有同例，倒不能因此证明胡适所宣传的不是实用主义。

总之，陈独秀虽然是一个不好的马克思主义者，但总比当时一般知识分子的认识高明，陈独秀还认不清这个界限，所以一般知识分子，在胡适言词的影响下（有些青年甚至在陈独秀言论的影响下），仍然有接受实用主义一般理论的可能和趋向。

及至第二次国内战争时代，胡适正式向蒋介石靠拢，"从宣传资产阶级的人权，到抛了人权说王权"后，胡适从实用主义出发的政治理论，在大部分追求出路的青年中失掉了信仰，而只成为一部分大资产阶级知识分子的信念。但在学术方面，特别是历史考证方面的影响，则并没有很大的减退。

及至"九·一八"后，胡适公开做了蒋、汪的走卒，公开宣传投降理论。实用主义者胡适，挟持了美帝国主义的势力，和宣传卖国崇美理论的本质，对中国封建统治阶级的影响逐渐扩大，于是实用主义中的方便原则、应付环境原则，以及世界主义、美国至上主义和盲目行动主义等理论，亦便和中国的法西斯统治接连起来，而成为指导法西斯统治行动的一部分理论。三民主义之被解释为什么唯生论、力行哲学等，和实用主义所应用的原则，是没有多少区别的。

从表面看来，中外的法西斯军阀，确实不大懂得什么主观唯心论的认识论，但他们处理问题的基本精神、决定政策的基本原则，正是采用了实用主义所宣传的蒙昧主义，随时应付环境的办法；而这些理论，正是以否认客观必然规律为其逻辑的基础的。

由此我们可以说中国接受实用主义影响的次序，大体和它的三个步骤相应。买办知识分子开始宣传实用主义后，首先由一般中产知识分子接受，以后成为大资产阶级知识分子的信念，最后才和封建统治者接近起来。这便是实用主义在中国各社会阶层中发生影响的具体过程。

三　中国接受实用主义影响的思想联系

在没有谈这一问题之前，打算有三点说明：

（一）我们所说的接受某一哲学的影响，是说它对于我们的世界观、人生观、政治理想、思想方法等方面，发生了一定的指导和影响作用，并不一定说一个人的全部思想体系，必须和一个标准实用主义者完全一样，才算是"接受了实用主义"。

（二）我们认为实用主义是主观唯心论的一个流派，它有和一切主观唯心论共同之点，也有和其他主观唯心论不同之点。我们不能脱离了实用主义的具体内容和形式，只抽象地讨论一般主观唯心论和中国传统思想的关系问题，从而把对于这个关系的认识，搬到实用主义和中国思想传统的关系上来。

（三）我们以为一个人，如果自觉地向群众宣传实用主义，并且宣传了它的基本精神，或自觉地用实用主义的观点，发表政治主张，论述学术思想，而且有好多人同意和赞同他的议论和观点，就像胡适在中国的情况，那便可以说实用主义在中国发生了影响。并不一定说：胡适本人对于实用主义的了解必须彻底圆满，他本人每篇论文必须都谈到实用主义，他才算是一个真正实用主义的宣传者。

从这个论点出发，我们以为中国的传统思想中，有好多可以和实用主义接近的因素，再加上 19 世纪末由严复等输入的庸俗进化论新传统，那么中国人接受实用主义，实在不是什么难事了。

中国传统思想中，可以和实用主义接近的因素，首先是对于宇宙根本问题处理的态度。中国传统哲学，对于宇宙根本的心物问题，向来不用严格的哲学分析方法为逻辑的论辩，往往在表明自己对宇宙的态度中，连带提出对宇宙本身的见解。在本身问题不易回答时，便用"实用"态度加以处理；比如孔子所说的"未知生焉知死""祭神如神在"等态度，便是用了"不了了之"的办法，对待生死关系和鬼神有无的根本问题。这和实用主义者杜威用"不了了之"的态度，对付精神物质的根本问题的态度有些相似。这是中国思想传统和实用主义可以接近的一个因素。

中国传统思想中，对西欧所谓纯哲学的兴趣，很不浓厚，因此接近于常识的哲学，反成为一般人所持的理论。如多元论的宇宙观、多因论的社会观，都是一般中国人自发的解决和说明问题的传统办法；又如"英雄造时势，时势造英雄""谋事在人，成事在天"等流行说法，都和实用主义说明世界说明社会的基本理论可以相通。

此外如《庄子》书中所说"吾生也有涯而知也无涯""彼亦一是非，此亦一是非"语句，以及其中包含的没有绝对标准确定辩论是非的种种道理，都可以说成是"不可知论"和"知识相对说"的思想传统（庄子实际主张，并非绝对不可知）。因为庄子思想，在中国文学中的影响很大，因而成为一般人思想中存在的一个因素，所以从这个思想传统出发，对于接受"知识没有客观标准"的哲学，当然没有什么困难了。

以上各个道理，分开来说，都和实用主义的体系并不相同。但在帝国主义侵略中国日紧，中国人民革命高涨时期，在中国资产阶级惧怕革命，而寻求躲避革命的理论时期，这些传统说法，便都成了可以和实用主义接近的思想因素。至于19世纪末以来在社会上极流行的"物竞天择""优胜劣败"和浅薄的功利主义等说法，更是促成实用主义容易传播的有力因素，就不用说了。

从以上的论证中，我们认为具体的实用主义的理论，和中国的传统思想是可以结合的。

如果脱离了实用主义的具体内容，而抽象地讨论主观唯心论和中国传统思想的关系问题，中国当然没有像欧洲的基督教传统的势力，但亦并非没有相当程度的宗教势力和唯心论传统，如先秦孟子哲学中"万物皆备于我"的说法。晋南北朝佛教流行以来，"三界唯心，万法唯识"的说法以及一般宗教的神学成分，都在中国思想传统中有相当根苗，都可以说是和主观唯心论接近的思想因素。特别是唐朝盛行起来的禅宗，和宋明理学中的陆王学派，那更是最明显的主观唯心论，这二种思想在中国思想中有很深的影响。自明朝以来，陆王派始终是可以和程朱派对抗的副流，那么在一定时期，他可以成为接近一种外来思想的联系，也是很可能的。我们看清末改良派的康有为、谭嗣同，革命派的章太炎等人，他们的思想中，都杂揉了一部分似乎不相干的佛学思想，作为他们发表政治主张的附带武器，便可以知道主观唯心论的成份，在中国近代思想界中，并非毫无影响，而且并非没有用以和西洋唯心论接轨的企图。梁漱溟、张君劢①和解放前的贺麟先生等，正是想用陆王哲学和西洋哲学接轨。所以不能说主观唯心论没有和中国传统思想结合的可能。不过胡适宣传实用主义时，他所依据而结合的传统思想，倒不是主观唯心论的陆王哲学，而是反理学的考据学，或反虚玄的事功派理论。但这并不能证明实用主义的实质不是一个主观唯心论的流派。因为我们知道实用主义有三个步骤，它首先是向传统宗教和绝对唯心论进攻。正如美国的实用主义是靠攻击宗教起家一样，中国的实用主义者胡适，也是靠攻击正统理学起家的，所以他把实用主义和反理学的传统连起来，对于本质上的主观唯心论理论，并无"损失"。因为实用主义之所以是主观唯心论的关键，是在于它对于心物问题的根本见解，在于它认为："客观世界不能离经验而独立，自然即是经验化了的自然，因而没有符合于客观的真理，只有对我们有效的真理"，并不是说它对于每个具体的自然和社会事物，都加以否认，都加以神秘的直觉的解释；更不是说它在日常生活上，真正否认有外界的存在。所以中国的实用主义者曲解了或利用了颜习斋、戴东原的哲学，把这一传统和实用主义连起来，从实用主义一向采用的步骤上看，倒是很自然的事。这并不能证明他不是一个实用主义的主观唯心论，反而证明中国有好些思想传统，可以从其中找出和实用主义衔接的因素来（当然这只说彼此有些可以连系的因素，而不是说彼此完全相同）。

四　实用主义者杜威和胡适的宗教思想

从以上的论证中，我们认为中国既有可以接受实用主义影响的社会

---

① "劢"原误作"励"。——编者注

基础，也有可以接受实用主义影响的思想条件，所以中国各种学术思想中，特别是哲学、历史、政治、文学等思想中，发生了不少的实用主义毒素，这已有好多论文详加讨论了。这里只谈一下中国的实用主义者胡适，和美国的实用主义者杜威，在宗教思想上有没有矛盾的问题。

美国的实用主义表面上攻击传统的宗教，最后又暗中偷运进宗教来，特别是詹姆士宗教信仰很浓厚，这是大家熟知的事实。而中国的胡适，一般说来是相信无神论的，反对宗教迷信，而且他的一部分言论中，杂凑了一些反对宗教的庸俗唯物论的主张，因此有些同志，认为"胡适的这个反宗教态度和实用主义的哲学是根本不相容的"，那么，这个问题究竟应该怎样理解呢？

我没有看过杜威《一个普通信仰》这本书，不过从他的《确定性的追求》（*The Quest For Certainty*）和威尔士《实用主义——帝国主义的哲学》中讲"杜威的顺从派的宗教"时所引的杜威文字看来，觉得杜威所要建立的宗教，和胡适的思想并无冲突。（威尔士是站在马克思主义的观点上批评杜威的。如果杜威原书中有迷信的有神论的主张，威尔士不会加以掩盖，所以我们相信威尔士对于杜威的引用和理解是正确的。）杜威说："有一个观念，为相互对立的两群人所共有，那就是：属于宗教的东西等于超自然的东西。"他认为一个真正的宗教，不必非有一个超自然的神不可，只要"在人一方面，承认有某种看不见的权力，能够控制他的命运，并且值得为人所服从、尊敬和崇拜"，就是宗教（这一点并无错误）。他把经验里边宗教的因素，和特殊宗教在历史上所构成的麻烦分开；他把名词的"宗教"和形容词的"宗教的"分开，他说"一种'宗教'，总是指特别的一套有着某种或松弛或严谨的制度、组织的信仰与实践；相反地，形容词'宗教的'，并不指某种可加以特定的实体似的东西……它是指对每一个对象和每一种拟定的目的思想可能采取的态度"。什么态度呢？就是顺从的态度，就是说无论何时何地，只要发生对看不见的权力的顺从的态度时，那就是"宗教的"。照杜威的哲学看来，归根到底，没有物质世界的客观规律，没有符合客观的科学真理，而"世界是不确定的、可怕的"，那么除了服从、尊敬还有什么办法呢？这便是杜威建立宗教的基本原理。他的最高目的，是改造目前的宗教，取消了他的一切累赘形式，而且把这种宗教的经验保存下来，让它"适合目前的条件"，并且渗透于人类一切关系之中，而成为社会的中心。这就是说，在表面上不妨攻击宗教，而实际上保持了阶级社会中作为"人民的鸦片"的宗教实质。

这样看来，杜威宗教和无神论的语言，并无正面冲突，他的主要精神是推尊那个"对'看不见的权力'的顺从态度"，从而建立一个以这种宗教经验为中心的社会，达到"人民的鸦片"的目的。那么胡适的思想态度和杜威的这种态度有什么矛盾呢？

胡适在《今日教会教育的难关》一文中，曾经代当时的传教士们开了一个挽救基督教在中国命运的"药方"。其中有一剂"药"是"为基督教徒计，与其得许多幼稚可欺的教徒，还不如得少数晚年入教的信徒"，他的理由是"倒是那些中年以后信教的人，信心不易减退，宗旨不易变迁，给他自由思想的机会，他若从经验中感觉宗教的需要，从经验里体会得基督教的意义，那种信徒才是真信徒，一个可抵千百个的"（《文存》3集卷9）。

胡适所说的"从经验中感觉宗教的需要"，"从经验里体会基督教的意义"，不就是杜威所说的"宗教的经验"吗？胡适给教会学校提供的几条建议，不正是杜威所主张的用"适合目前条件"的方法，进行宗教的建设吗？这和他口头上的无神论并无矛盾，和他在一些文章中提到"空间无穷之大，时间无穷之大"（《科学与人生观·序》）的言论，亦没有冲突。因为一个斯宾塞式的不可知论者，和辩证唯物论的区别，不在于他承认不承认空间时间之无穷，而在于他是否在这无穷的时间空间中，划出一个绝对不可知的部分来。如果一面承认空间时间无穷之大，承认根据这个那个科学可以得到若干知识，一面却划出一个绝对不可知的部分来，那他便是一个斯宾塞式的不可知论者。如果再进一步，认为这个不可知的部分，便是支配人类看不见的权力，人们应该对他抱着顺从和崇拜的态度，藉以安慰生活上的失败，而引发一点最后的希望，这便是实用主义杜威所主张的宗教。这和不可知的理论是连贯一致的。所以胡适一些抄袭斯宾塞及一般时间空间无穷的说法，和杜威所要建立的宗教思想，并没有什么矛盾。我们且看一下胡适在投降主义的情绪下，发出来的要求宗教的呼声便更明白了。

胡适在《〈独立评论〉的一周年》文里说："在这严重的时期，我们只能用笔墨报国，这本来是很无聊的事，趁现在中国还是我们的，我们正应谈起日暮途穷之感，拼命的工作。虽然我们觉悟已太晚了，也许神明之胄，天不绝人，靠我们今日的努力，能造下复兴的基础。说到极点，即使中国暂时亡了，我们也要留下一点工作的成绩，叫世界上知道我们还不是绝对下等的民族。"

胡适这种亡国的哀鸣，正表示了他的需要宗教安慰的情绪。照他看来"我们所受的苦痛和耻辱都只是过去种种恶因种下的恶果"，除了"叫世界上知道我们还不是绝对下等的民族"一点希望外，只有对这恶命运，抱绝对"顺从的态度"，这不正是杜威所说的宗教的经验，是什么呢？

我们再来看一下，抗日战争以后，胡适从美国回来所做的"有名"诗吧！

　　偶有几根白发，心情微近中年。做了过河卒子，只能拼命向前。

这就是实用主义哲学，在不能承认客观规律、预见社会发展，而却盲目行动时所需要的宗教。这个态度，胡适在介绍詹姆士的宗教哲学时早就说过了：

　　我吗？我愿意承认这个世界是真正危险的，是需要冒险的，我决不退缩，我决不说我不干了！

这种"赌徒式的悲观中的乐观声浪"，就是主张对外投降、对内镇压者们的宗教，和他的无神论没有什么冲突。只要承认有一个"看不见的权力"对它表示服从的态度，便合于杜威的定义。如能推广经验，组织群众，造成一个社会中心，便是实用主义代帝国主义要造成的"人民的鸦片"。这正是胡适在亡国路线中希望达到的理想。

胡适知道中国是一个宗教不发达的国家，基督教的一切仪式、迷信，是妨碍传播宗教精神的累赘，所以他在三十年前和燕京大学教授谈话时，便表示了他改良基督教的态度。他的攻击迷信，反对宗教，和杜威的攻击正统宗教并无两样，正是三步论证的第一步。他的第三步和杜威的第三步也无两样，不过为了适合于中国具体条件，所用的辞句、所采取的形式不尽相同，也就是说装扮的更曲折、更隐蔽罢了。

小　结

从以上各节中，可以总结为下列几点认识：

美国的实用主义哲学，本质上是代表帝国主义大资产阶级利益的。但因为它不仅给帝国主义统治辩护，而亦给市民阶级、工人贵族宣传应该依附统治的理由。特别是由于它的三个论证步骤善于蒙混群众，所以实用主义的思想，不仅普遍存在于大资产阶级中，而亦广泛散布于中小资产阶级和工人贵族层中间。

中国资产阶级领导的革命，1911 年并未取得真正的胜利，因此辛亥以后，一切资产阶级、小资产阶级分子，仍然向西方找寻出路。由于美帝国主义侵华势力取得优势，同时中国无产阶级运动日渐兴起，因此，向西方找出路的中产阶级分子更加急迫地找寻可以对抗工人阶级革命的改良方案，于是实用主义便首先以它的第一步骤和中国的资产阶级、小资产阶级相结合，最后有一部理论，成为中国法西斯政权的理论支柱。

实用主义是唯心论的一个派别，其中包含了庸俗进化论的成份，但它表现的步骤却是以反对正统宗教、运用科学方法的姿态出现。所以我们理解实用主义在中国发生的影响，亦应当从它的具体内容、表现形式等方面来理解，不能抽出这些内容，而单剩下一个主观唯心论的因素，从而只从这个概念上，推论它能否和中国某一特定阶级发生连系。

中国本有主观唯心论的传统、知识相对说的传统、历史多元论的传统，亦有利用厚生说的传统，到了 19 世纪末年，又有庸俗进化论的新传统。这些传统中，有些零碎论点和实用主义的一些说法可以相通，因此在上述美帝侵华势力日占优势，中国革命势力日渐高涨，资产阶级日益惧怕革命、要求改良的基础之上，这些因素成为接受实用主义的思想条件。

中国的实用主义者胡适，虽然口头上是一个无神论者，但他对于杜威提倡的"顺从看不见的权力"的宗教，思想上并无冲突，他正是一个企图"重新构造宗教使它适合目前条件"的野心家。胡适正是结合了中国的传统实际，善于运用实用主义的第三步骤，而使实用主义中国化的一个使徒。不能从这一点认为他不是一个实用主义者。

总之，实用主义和围绕在它周围的一些其他资产阶级思想，在中国思想中，发生的影响太广泛了。我们既不应笼统地粗浅地加以简单的否定，便认为是肃清了它的影响，我们也不应使用形而上学的方法，把某一论点从它的全体系中孤立起来，加以抽象的推论，反而模糊了它所发生的影响。

（原载《河北天津师范学院学报》总第 2 期，1957 年，此据《中国社会与思想文化》，人民出版社 1989 年版）

关于中国封建土地所有制
讨论中的若干问题

一　区分土地国有制和私有制的标准问题

对经典著作中区分国有制和私有制标准的初步理解

中国封建土地国有制的讨论，大体说来，是从经典著作中两个启示提出来的：一个是 1853 年马克思给恩格斯信中说："百涅正确发现东方——他是说土耳其、波斯、印度斯坦——一切现象的基本形态，是没有私人土地所有制存在。这是真正的关键所在，甚至东方的天堂也是如此。"(《马克思恩格斯通信集》第 1 卷，第 543 页）同年恩格斯回答马克思说："没有土地私有制的，在实际上是整个东方的关键，政治和宗教的历史即根源于此。"(《马克思恩格斯通信选集》第 1 卷，第 546 页）另一个是《资本论》第 3 卷第 47 章中以下的一节："假设相对出现的，不是私有土地的地主，却像在亚细亚一样，是那种对于他们是地主同时又是主权者的国家，地租和课税就会合并在一起，……在这里，国家是最高的地主。在这里，主权就是在全国范围内集中的土地所有权。但在这里，因此也就没有土地私有权，虽然对于土地，既有私人的也有共同的占有权和使用权。"（马克思《资本论》第 3 卷，人民出版社 1953 年版（下同），第 1032 页）

这两处的经典理论，的确是研究中国土地国有制的钥匙，但我们研究应用起来，两者的指导意义不全相同。

我们可以从研究世界古代史文献角度出发，考察马克思所说的东方，是指哪些国家？除马克思已经指出的土耳其、波斯、印度斯坦等国家外，中国是不是也在其内？如果把这个问题弄清楚了，便可以改正我们在研究中，把"全东方"三字作为先验原则，然后在中国历史中尽量找材料证明原则的错误倾向。但解决中国封建社会土地所有制的关键，还不在于从地理上论证马克思所说的东方是否包括中国在内，而在于马克思所说的没有土地私有制的具体意义是什么？如果把马克思、恩格斯区分国有制和私有制的标准弄清楚了，即使马恩通信中所说的东方，没有包括中国在内，也可以根据这个原则，考察中国封建社会的土地国有制问题。所以上引《资本论》一段话，对于我们研究中国封建社会土地所有制问题，有其更重要的意义。

马克思在这一段里，指出了亚细亚制和一般农奴制不同的情况，可归为三点：(1)直接生产者不是隶属于私有土地的地主，而是臣属于国家。(2)地租和课税合并在一起。(3)主权是全国范围内集中的所有权，因此也就没有土地私有权。其中地租和课税的合一，是决定其他情况的主要关键，因此课税和地租的合一，是判定土地国有制的标准。个人认为对于亚细亚土地制，可作各种具体研究，但如果以此标准衡量历史上各国的土地所有制，必须有地租和课税这一原则，才能称为土地国有制。除了这一标准以外，任何标准都和马克思所说的土地国有制不相符合。

国有制的标准明确了，私有制的标准也就相对地说明了。马克思对于私有制也有明白的指示。他说："土地所有权的前提是某一些私人独占着地体的一定部分，把它当作他们的私人意志的专有①领域，排斥一切其他的人去支配它。"（马克思《资本论》第3卷，第803页）这里所说的"排斥一切其他的人去支配它"，可以有不同的解释。但恩格斯在《家庭、私有制和国家的起源》中，已给我们以明白的指示了。他说："对土地的完全而自由的所有权，不仅意味着可以毫无阻碍和毫无限制地占有它，而且意味着也可以出售它。"（恩格斯《家庭、私有制和国家的起源》，第160页）

恩格斯明白用"不但"和"而且"的语词，表示可以出售是"毫无阻碍和毫无限制地占有它"的更高标志，可见"可以出售"，就是恩格斯所说完全而自由的土地所有权的确实标准。当然，说"可以出售"是土

---

① "有"原误作"用"。——编者注

地私有权的标志，不等于说，一切私有土地都可以出售的。

土地所有权的另一标志是地租的实现。马克思说："地租不管属于何种特殊的形态，它的一切类型，总有这个共通点：地租的占有是土地所有权由以实现的经济形态；并且地租又总是以土地所有权，以某些个别的人对于地球某些部分有所有权这一个事实，作为假定。"（马克思《资本论》第3卷，第828页）

当然，一切有土地所有权的，不一定都实现为地租（如自耕农民的土地，详见后一节）；一切收取地租的，它本人不一定就有所有权（如包租或转租土地者）。但无论如何，既然得出地租来，就说明土地所有权已经实现了。至于哪一个收取地租的人是土地所有者，可以根据收取地租者是否出售土地的权利，是否有向他人转交地租的事实和约束，除课税以外，最后的地租归谁所有等原则来判定。（认为只有有所有权者，才能收取地租，或根据占有土地者也可得到地租的事实，否认地租是土地所有权实现这一原则，都不够妥当。）所以把自由出售和占有地租两者结合起来，是决定土地私有制的标准。

根据上述原则，我们对于中国历史上土地所有制的基本认识是这样的：

春秋中期以前，相当于古代东方没有土地私有权的时代。自农村公社逐渐破坏，商鞅变法公开承认土地买卖后，地主土地所有制就取得了合法地位。自此以后，一直到明清时代，只有北魏到中唐时期断断续续实行的均田制，以及历代的公田、屯田、官田、职田等，是符合于地租和课税合一的标准，可以称为封建时代的土地国有制。除此以外，都是土地私有制，而且私有制的发展，占着支配地位。因此土地买卖早已盛行，地租和课税早已分开了。

这一看法，有无数史实可作证明。这里只引两个较突出的例子，作为租税分离的说明。

《乾隆东华录》云：

> 乾隆十一年八月壬辰谕：据福建提督武进升折奏，汀州府上杭县，因蠲免钱粮，乡民欲将所纳业户田租，四六均分。……朕普免钱粮，原期损上益下，与民休息。至佃户应交业主田租，惟令地方

官劝谕有钱之家，听其酌减，以敦任恤之谊，初未尝限以分数，使之宽减。即如朕之蠲租赐复，出自特恩，非民间所能自主，佃户之与业主，其减与不减，应听业主酌量，即功令亦难绳以定程也。（《乾隆东华录》卷24）

这里，皇帝明白声明"蠲租赐复"是他的特恩，至佃户之与业主，只能由业主决定，"即功令亦难绳以定程"。

《乾隆东华录》又一条云：

十二年三月庚子谕：朕普免天下钱粮，今岁系安徽轮免之年。闻该省有马田稻租一项，系为公官田，不在蠲免之例。但念民佃终岁勤动，不得一体邀恩，未免向隅，著加恩将马田稻租息，蠲免十分之三，俾耕佃农民，均沾实惠。（《乾隆东华录》卷24）

这里，乾隆帝声称官地租息，"不在蠲免之例"，可见地租和地税的分离，不但在地主私有土地上，表现得十分明显，即在国家直接所有的土地上，也反映得非常清楚。正因为地租和地税，截然分开，所以传统文献上所有官田、民田的名词，对国有土地和私有土地已具有大体的区分①。而且前代学者，如马端临、黄宗羲、顾炎武等，对官田、私田的分别，已做过明确的论断。②

毛主席说："不但地主、贵族和皇室依靠剥削农民的地租过活，而且地主阶级的国家又强迫农民缴纳贡税，并强迫农民从事无偿的劳役，去养活一大群的国家官吏和主要地是为了镇压农民之用的军队。"（《中国革命和中国共产党》，《毛泽东选集》第2卷，第618页）

这里，毛主席明确指出地主、贵族、皇室等个人对农民的剥削是地

---

① 旧史中所说官田，其中有一部分不够确实，如《明史·食货志》所记皇庄及王公贵戚赐田，应属于私田。但大体区分是正确的。

② 马云："盖自秦兼并之后，地即为庶人所擅，然亦惟富者、贵者可得之"。见《通考》卷2。黄云："古者井田养民，其田皆上之田也；自秦而后，民所自有之田也。"见《明夷待访录·田制》。顾云："官田，官之田也，国家之所有，而耕者犹人家之佃户也。民田，民自有之田也。"见《日知录》卷10。

租，地主阶级的国家对农民的剥削是贡税和劳役，这和地租①、课税合一的原则决不相同。

这样看来，如果对经典作家土地国有制的理论，不离开地租和课税合一的标准而另作"高深"的理解；同时不离开可以出售、占有地租等条件而单纯推论"毫无限制"的字面意义，那末，对于中国封建土地所有制形式的论述，可以得到大体一致的看法。但是为什么争论了几年，还没有取得一致的意见呢？那是因为大家在讨论中，并没有采取同一标准的原故。

主张中国封建土地国有制论文中所用的标准及其论证

在几年以来争论的过程中，大多数主张中国封建社会以土地国有制为主的论文，不是以地租和课税是否合一为根据，而是以土地的买卖、经营是否受到国家的干涉、限制，是否要具备文牒契券，是否可被没收或追夺，是否向国家纳税服役等方面进行论证的。多数文章的总的论点是："如果在私人占用、使用、支配（包括买卖）等等权力之上，还有一个最高支配权力的话，这种财产就不能算作私有财产。"（《关于中国封建土地所有制问题的讨论》，《历史研究》1960 年第 1—2 期合刊，第 118 页）

看来这一论点，和马列主义的经典指示不相符合。

我们知道，历史唯物主义的核心，是以生产方式为社会基础，从而说明一切上层建筑的基本变化。既然生产方式的重要方面是生产关系，而生产资料所有制是生产关系的基础，因此要说明以对抗为基础的封建社会之土地所有制形态，就必须从它的经济关系方面考察，而不能仅从政治关系方面考察，也即是说要判定中国封建社会的土地所有制主要形式是国有还是私有问题，就应当从土地的剩余生产物主要归谁所有、由谁剥削、如何剥削等方面进行考察，而不能单从政治上的统率、干涉等方面加以论定。

从各文所举的例证看来：

（1）有些例子，是属于国家在正常时期对于土地占有、买卖、生产、

---

① "租"原误作"税"。——编者注

经营所设立的法令制度，如东晋过江后，凡货卖牛马田宅，要有文券，以及历代官僚要耕占荒田熟田，须向政府请射等例，显然是在任何社会中都是有的规定，正如唐陶华先生所述①，即在希腊、罗马以及近代资本主义的美国，土地所有权也不是不受国家干涉的。所以这种例子，不但不能否认所有权的存在，反而证明它是保存私有制的前提。

（2）有些例子，是国家在政权变动后，对土地的生产、占有等所设立的法令规章，如明初规定各处人民因兵燹抛荒而被别人开垦的，就为开垦者所有等例。这是新王朝建立后，为了奖励生产而设立的规定。"大诰"明载另行拨给荒田，正是承认久已抛荒者所有权的存在。我们知道不论在哪一国家，每当朝代更迭、政权转换时期，必然要对个别土地占有者有所剥夺，每当战乱之后，必然要设立种种招集流亡、奖励垦荒的规定，在东方、西方史上，有好多事实可以证明。恩格斯在《论梭伦在希腊的改革》时说："梭伦以侵犯财产关系的办法开始了一套所谓政治革命。……真的，一切所谓政治革命，从头一个起到末一个止，都是用没收（或者也叫做窃盗）别种所有权的办法来保护一种所有权而举行的。所以，无疑地二千五百余年来，私有财产所以能保存，只是由于侵害了财产的缘故。"（恩格斯《家庭、私有制和国家的起源》，第110页）中国封建时期每个朝代的更迭，虽谈不上什么政治革命，但总是一个政权的变革。既然历史上的政治革命，对于财产的侵犯还不过是保存了二千五百余年以来的私有财产，那么，仅仅是一个朝代变更，更谈不上什么对私有权的触动了。所以这些比较突出的例子，也不能否证土地私有权的存在。

（3）有些例子，是地主阶级内部对土地占有的调整和处理，如梁武帝夺还王骞的赐田一例，《南史》明确记载："就骞市之，欲以赐寺。"王骞回答说："此田不卖。若辄取，所不敢言。"最后还是"付市评田价，以直逼还之。"（《南史·王昙首传附王骞传》）可见王骞对土地的私有权确实存在的。如果土地所有权属于国家，梁武帝就可以直接收回，用不着"就骞市之"，王骞更不敢向皇帝理直气壮地说"此田不卖"，而最后"付市评田价"，更是土地私有权的有力证明。

（4）有些例子，是暴君豪强侵犯他人私有权的事实，以及对侵犯私

---

① 参看唐陶华《向中国封建土地国有制论者质疑》，《历史研究》1960年第6期。

有权者的惩罚和处理。如唐代贾敦颐等把豪强夺取贫民的土地判归原主等例，正说明所有权是属于私人的。如果土地所有权属于国家，国家正可以利用机会直接收回，重新分配，统治者何以会很慷慨地判归原主呢？总之，这些例证，都没有从生产关系、阶级关系的基本对抗中加以论证，都没有接触到土地上的剩余劳动、剩余生产物由谁剥削、如何剥削这一基本核心上。这只能说明作为上层建筑的国家主权如何强大，而不能证明社会基础的土地所有制是属于"国有"。只能说明皇帝、贵族、豪强们是否遵照法令对待已确定的所有权，而不能证明有没有所有权。如果把这种论点，应用到社会阶级的分析上，必然用政治关系代替了经济关系，强调身份的区别而忽略了阶级的对立。如果照这个标准推论下去，必须得出中国直到全国解放以前，地主也没有所有权，从而土地改革政策是错误的结论。（有些主张国有制的同志已半意识到这种困难，因此一方面说整个封建时代以国有制为主，一方面又说，"在封建后期土地私人所有制已渐发展，……到了鸦片战争后，更不用说，因为这时已开始转入半殖民地半封建社会，皇帝至高无上的权力已经一去不复返了"（韩国磐《关于中国封建土地所有制的几点意见》，《新建设》1960 年第 5 期）。其实，如果以国家的干涉限制等标准进行推论，这时的私人地主，仍然没有所有权，而全国土地应当为帝国主义者所有了。这当然是大家不能承认的结论。）而且再推下去，不但封建社会没有土地私有权，连资本主义时代的地主，甚至资本家对他的产业和货币，也没有私有权。因为资本主义时代的国家，不但对土地要征收地税，对土地的买卖经营有一定的限制和规定，而且对工商业者也同样征收赋税设立管理法令的。

当然，谁也没有做出这样的结论，而且大多数同志把国有制的下限，放在中唐时期或明清时期。但如果以上述标准进行论证，则无论中唐或明清时期，都不能中途停止，而上述结论是无法避免的。

所以这种"国有土地论"和马克思说的国有论，并非一事。

二　争论中的几个理论关键

主权、特权和所有权的同异

从讨论中意见纷歧的情况来看，有几个理论关键需要弄清。而主权和所有权的区别，是澄清争论的一个主要环节。

我们知道国家"是当时独自代表整个社会的那个阶级的国家"（《马克思恩格斯文选》（两卷集）第 2 卷，第 149 页），"国家无非是一个阶级镇压另一个阶级的机器"（同上书，第 1 卷，第 463 页）。所以封建社会的皇帝和政府，是整个地主阶级的代表，而不能是代表皇帝个人（当然皇帝个人的利益也包括在内而且居于首要地位）。封建国家的主要职能，首先在于保护土地所有者的利益而不能是其它。所以国家的最高权力，不能离开它所代表的地主阶级的土地所有权。这是主权和所有权统一的一面。

事情的另一面是：自从"社会产生出它所不能缺少的某些共同的机能，担负这些机能的人们，就形成了社会内部分工的一个新部门。他们因此对于他们的代表者也保持着特殊的利益"（《马克思恩格斯关于历史唯物论的通信》，人民出版社版，第 19 页）。因此，国家虽然是代表整个统治阶级利益的国家，但各个统治阶级的利益不能完全一致，整个统治阶级的长远利益和暂时利益也不相一致。因此代表整个地主阶级利益的封建国家（皇帝及其政府），除了担任维护本阶级利益的主要任务外，也要担任适当调整统治阶级内部利益及暂时和长远利益的任务。因此国家就需要订立一些规章法令，对土地的经营、买卖和占有有一定的限制和干涉。如梁武帝逼买王骞的土田，赐给大爱敬寺①，就是执行调和僧侣地主和世俗地主间的矛盾这一任务；刘宋政府拒绝谢灵运决湖为田，唐贾敦颐等夺还豪强强占贫民的土地②，不过是执行调和地主阶级长远及暂时利益的矛盾的任务。封建国家的这种权力，是高出于各个所有权以上的最高主权，和单纯表示占有生产资料的所有权并非一事。

简单说来，主权是国家的最高权力，它包括着整个统治阶级对内对外一切经济、政治、军事、外交等权力，它虽以一定的所有权为基础，而是高出于所有权以上的权力。

---

① 《南史·王昙首传附王骞传》。参见贺昌群《关于封建的土地国有制问题的一些意见》，《新建设》1960 年第 2 期。

② 《宋书·谢灵运传》《新唐书·循吏传·贾敦颐传》。参见韩国磐《关于中国封建土地所有制的几点意见》，《新建设》1960 年第 5 期。

所有权是生产关系的基础，它表示占有生产资料，劳动资料的关系。虽然在资本主义以前社会中，常常和政治的隶属、社会的某些装饰品混合在一起，但它的主要内容是纯经济的，比主权的范围小得多。

这两者的区别，在国家出现以后，在一般场合下是比较明显的。只有在国家直接管理的土地上，或国家是直接的或唯一的攫取土地上的剩余物者时，主权才和所有权合而为一，国家才是最高的地主，这才相当于马克思所说的没有土地私有权的亚细亚土地制度。

主张中国封建社会以国有制为主的同志们，由于没有把国家本身和国家的基础分开，没有把高居在土地所有权之上的主权和土地所有权分开，因此把国家调节各个阶级所有权利益的职能，认为是所有权本身的行使；同时没有把国家的两种职能分开，只强调国家的第二职能（调节统治阶级内部利益长远和暂时利益的职能），而忘记了国家的第一职能（代表整个统治阶级利益的职能），仿佛封建国家不是代表地主阶级的利益，而是悬空在一切阶级之上的皇帝个人。这样做的结果，不但所说的国有土地论和马克思所说的东方土地国有土地论不相符合，而且（非意愿地）和马列主义的国家学说也相违反了。

另一方面，主张中国封建土地私有制的同志们，在强调封建国家永远是地主阶级的国家这一点上，非常明确地抓住了问题的本质。但如果不能指出国家除了保护本阶级利益的第一职能外，还有调和本阶级内部矛盾的第二职能，则不能解答主张国有土地论同志所提出国家对地主阶级干涉限制的疑难。因此把主权和所有权加以清楚的区别，是澄清争论的一个主要环节。

讨论中另一次要的分歧看法，是特权和所有权的区别。有的同志，根据马克思在《黑格尔法哲学批判》中所提到的中世纪的"私有财产是特权即例外权的类存在"一语，认为封建地主只有特权而没有严格意义的私有权（参见侯外庐《关于封建主义生产关系的一些普遍原理》，《新建设》1959 年第 4 期）。从某种角度看，这种区别有相当重要意义，因为封建领主、封建地主的权力，和资本家在资本主义社会的权力，决不相同。中国历史上有许多政治斗争，就以特权和非特权的对立为主要矛盾，而不能以单纯有无所有权的对立加以解释。但是特权和所有权在社会中的地位、作用不同是一回事，而特权和所有权是否自相矛盾又是一回事情。在社会发展史上，特权的发生，总是伴随着生产资料的独占而发生的。所以凡是有特权的人或阶级，必须是占有生产资料的人或阶级。由于他们具有独占的权力，所以，凡是有特权的地方，往往侵犯了别人的所有权，但不能反回来说具有特权者反而没有所有权。正如非运动的所有权和运动的所有权固然内容不同，但不能认为更其巩固的"硬化了的私有财产"反而不是私有财产一样，我们也不能把比所有权权力更大的特权认为是没有所有权。马克思明确说："这些特权都以私有财产的形式表现出来。"（《黑格尔法哲学批判》，《马克思恩格斯全集》第1卷，第381页）既是私有财产，当然是有所有权了。虽然"中世纪的土地所有权往往在自己身上还粘着有地方的政治的成见，还没有完全从他的世界纠缠中脱离出来"（马克思《哲学经济学手稿》，第73页）。但这正是社会经济发展、土地所有权发展的必然过程，不应以此否认封建地主的所有权，从而和马克思所说的东方土地国有土地论混淆起来。

地租和地税的同异

如果上述区分主权和所有权的理由，可以反证以国家"干涉"为国有土地制根据的错误，那么同样的理由，可以说明从征税方面论证土地国有制的不易成立。

课税是从地租中分割出来的一部分，在本质上和地租相同，同是剩余生产物剥削。但从剥削的关系、剥削的目的、剥削的数量等方面，两者有显然的区别。一般说来，在资本主义以前的社会中，地租是土地所有者向直接生产者榨取的全部或大部剩余劳动，而地税是从地租中分割出来的较小部分。直接交纳地租者是直接劳动者，而交纳地税者，除自耕农外，不是劳动者而是收取地租的土地所者。同时由于自耕农民是有两层身份的，它的交纳地税，正是由于小土地所有者这一身份而不是由于劳动者这一身份。所以两者的剥削关系，有直接、间接的不同。对剩余劳动的直接剥削，是地租，可以说是实现所有权的一种方式。对剩余劳动的间接分割，就不能是所有权的实现（当然这里所谓"直接"是指有权出售土地者对生产者的剥削，一切包租、转租人的二道手不在其内）。

再从剥削的数量上看，在一般情况下，地主的剥削总是剩余生产中的全部或大部。而课税是其中的较小部分。中国赋税史上，有无数显明的对比，可为例证。如秦汉时期，国家对土地所有者所征收的田赋，是十五税一，或三十税一，而土地所有者对佃农的剥削，是见税十五（见《汉书·食货志》《汉书·王莽传》）。魏晋时期，普通小农对国家所负担的田赋部分是亩税四升（见《三国志·魏志·太祖纪》注引《魏书》），而耕种国家土地的屯田农民所负担的是官六民四，或官私对分（见《晋书·傅玄传》、《晋书·慕容皝载记》）。中唐时期，"京畿之内每田一亩，官税五升，而私家收租，殆有亩至一石者"（《陆宣公集·奏议》卷6）。北宋时期，国家向土地所有者征收的税额是"二十而税一者有之，三十而税二者有之"（《通考》卷4、《日知录》卷10引鲍廉《琴泉志》）。而地主对佃农的剥削是"田之所入，已得其半，耕者得其半"[1]。下迄金元明清时期，官田租额、私家收租和民田输税的差别，大抵是十与一到二十与一的比例，[2] 可见地租和地税的数量，在一般情况下，是前者苛重而后者较轻的。

再从两者的目的和作用上看，也有某种程度的区别。一般说来，征收地租的目的，是为了满足土地所有者的经济增殖和直接享受。而征税的目的，除了相同于地租的目的，榨取剩余产品、满足统治者的享受外，并要支出巨大费用，养活一大群国家官吏和主要是为了镇压人民之用的军队，维护整个统治阶级的地位。此外，尚有维护公共事业、支付公共费用、举办公共礼祭等残余作用。当然在每个具体朝代，有多少地税用在这些费用上很不相同，但无论事实上真正属于这方面的费用有多么微小，但在原则上不能不包括这种成分在内。所以两者的目的和作用是有区别的。总的说来，课税是国家（即主权）在经济上的实现，地租是所有权在经济上的实现，归根到底，仍然是主权和所有权不同的表现。所以，不能从课税是地租的分割这一原则上，得出收取地税的国家政权就

---

① 苏洵《嘉祐集·田制》。南宋时租额与北宋时相同，见洪迈《容斋随笔》、方回《古今续考》。

② 金代官田租额，据《续通考》所考，为每亩五升，与民田税额约为九与一之比。明代地税与地租额比例，大抵为二十比一，见《日知录》卷10。清代私租额，据李文治同志统计，每亩纳一石或一石以上者，占三分之二，与地税相比仍近二十比一，见《中国资本主义萌芽讨论集》第613页。

是具有土地所有权的结论来。

在叙述租税区别的同时，要弄清一个经典理论的解释。恩格斯的早期作品《在爱北斐特的演说》中，有这样一段话："的确，或者是私有制神圣不可侵犯，这样就没有什么国家所有制，而国家也就无权征税；或者是国家有这种权利，这样私有制就不是神圣不可侵犯的，国家所有制就是高于私有制，而国家也就成了真正的主人。"（《马克思恩格斯全集》第 2 卷，第 615 页）

有的同志引了这一段话，想从国家的征税权力上，证明封建社会的土地是国有的。① 这是对于经典理论的误解。

恩格斯这一段理论，是要说明一个真正的共产主义国家，是有权侵犯资产阶级神圣不可侵犯的主权，而建立国家所有制的。他在原则上指出，如果承认国家有权征税，那么国家就有侵犯私有权的权利，这是建立没收私人土地的原理，而不是说当时和历史上凡事实上有征税权的国家，都已经是国家土地所有制。如果曲解为国家征税就是国有制，则历史上一切征税的国家都已是国有制，那么恩格斯所理想的国有土地制早已成立，何必要在爱北斐特向工人群众宣传其没收私人土地的国有论呢？而马克思把东方国有制当作一种特例提出来讨论，更成为没有意义的东西了。

自耕农是否有土地所有权问题

以上说明从国家的主权方面、课税权方面，不能证明所有权的存在。但向国家提供剩余劳动的自耕农，它的地位显然和向国家纳税的地主有很大的区别。那么在中国封建社会中，自耕农究竟有没有土地所有权呢？

的确，指出自耕农的劳动业绩及其在封建国家中所处的地位，有极其重要的意义。但个人认为判定有没有土地私有权的标志，仍以是否有自由出售土地的权利，和是否要向他人交纳地租为断。至于本人是否参加劳动，与有无所有权并无必然关系。因为土地所有制是从人对生产资料——土地的处理权力、收益权力来决定的（不管这种权力的原始获得是来自暴力或其他原因），而不是从人对生产资料的脱离劳动来决定的。

---

① 参见贺昌群《关于封建的土地国有制问题的一些意见》，《新建设》1960 年第 2 期。

比如资本主义初期，手工业者是直接劳动的，工厂厂主是脱离劳动的；民主革命时代，中农是参加劳动的，富家是部分参加劳动的，地主是脱离劳动的；它们彼此间的阶级地位、自身利益，有很大的区别，但我们并不根据手工业者和富农、中农的参加劳动而否定了他们的所有权。

至于国家所代表的阶级利益，与有无所有权也不是绝对必然的。因为国家是独自代表统治阶级的那个阶级的国家，而不是一切具有所有权的人或阶级都能使国家代表他们的利益。古希腊罗马时期的国家，是奴隶主阶级利益的代表而不是小农阶级的代表，但马克思、恩格斯曾不止一次地讨论古典时期自由农民的小土地所有制，所以根据中国封建时代地主政权性质，否认小农所有制的存在，也不太妥当。

前面说过自耕农具有两重身份，只是由于他从土地上可能得出的剩余产品归他自己所有，没有实现为地租这一事实，干扰了人们的分析，因此有些同志认为他交给国家的是地租而不是地税。但如果以具体事实为例，便可以看出他交给国家的是地税而不是地租了。比如两汉时期的自耕农，他向国家交纳的，当然是"三十税一"而不是"见税十五"；曹魏时期的自耕农，向国家交纳的当然是"亩税四升"，而不是"官私对分"；中唐时期的自耕农民交给唐政府的当然是每亩五升，而不是一石或五斗；宋元明清的自耕农民他交给政府的，当然是"民田之赋"，而不是"公田之赋"。所以不能认为自耕农交给国家的是地租而不是地税。

当然这里有一重要问题，即自耕农民最苛重的负担，不是上述的田税部分，而是其他兵役、徭役等封建义务。那末他如何能具有相同于地主的土地所有权呢？

的确，中国封建时代自耕农民的处境，是非常惨苦的，这是我们应当重视的问题。但问题的解决不能放在有无土地所有权这一论断上。因为从极广泛的意义上说：兵役、徭役的征发，并非起于封建社会，而是自有阶级、自有国家以来就已存在的。比如经典作家早已指出的具有私有权的希腊罗马社会，当时的自由农民对于国家就负有服役的义务。罗马的兵士，大多数从农民中征集而来。罗马对外作战的胜利，部分原因就在于作战胜利后，可取得更多土地所有权的缘故。到了近代资本主义社会，一般徭役虽然用纳税代替了，但兵役仍然存在。如果认为征集兵役的权力即国家土地所权的表现，那就对于古典古代国有和近代资本主义国家征兵的权力无法解释。当然，近代资本主义国家的兵役和封建时代的兵役，无论从征集的规定、手续及待遇等等方面看，都不相同，但在阶级社会里，一切服役，归根到底，是统治阶级在国家公共事业的名义下，役使被统治阶级和一部分本阶级不当权分子为本阶级利益服务的一种表现。所以本质上说，和封建社会的兵役并无绝对的不同。国家之所以能有这样的权力，当然以它所代表的统治阶级占有生产资料为基础，但在各个不同时代，这种权力并不是都从国家直接控制的土地所有权而来，所以不能把一切朝代的兵役、徭役都解释成为劳动地租。

再从中国封建社会的赋役制度看，也不是都以土地的有无为征役根据。是否有免役特权，也不能在自耕农这里划一条明显的界限。比如秦汉时代的更赋，是以普遍的成丁人口为服役对象的。原则上"虽丞相子也在戍边之列"，这当然和有无土地所有权无关。其他有免复权利的，"或以从军，或以三老，或以孝弟力田，或以明经，或以博士弟子，或以功臣后，或以民产子者，或大父母、父母之年高者，给崇高之祠者"（《通考》卷13引的"徐氏曰"，即《东汉会要》作者徐天麟的按语），此外是皇帝诞生地的一般农户（如东汉时的济阳、南顿、元氏等地），可以说都不是根据有无土地或是否劳动规定的。即使在武帝对外用兵时代，由于买复的人数日益增多，以致"征戍之士益鲜"，差不多兵役、徭役都集中在自耕农身上了。但也不可能是所有非自耕的地主都得到买复的权利。再从免复的成员和免复的期限看来，有时同一家庭中，有的成员有免役权，有的人没有；在同一人身上，在若干年中有免役权，过期后又须服役，那么如何确定有无土地所有权的标准呢？所以无论从制度的规定方面看，或免役的人数和年限方面看，都不能把是否免役看成是有无土地所有权的标志。两晋、南北朝、隋唐时期的赋役制度，很明显是按身份等级规定的。如西晋规定占田制的同时，即确定了王公官吏的荫户制，但所谓"宗室国宾先贤之后"，不可能和地主的范围全部吻合。东晋南朝时期，徭役的问题更为严重。但当时区别有无免役的标准，不在于土地是否自耕，而在于是否是士族。如萧道成、虞玩之等关于黄籍问题的诏书和奏议（见《南齐书·虞玩之传》），沈约关于士庶服役的议论（见《通典》卷3引沈约语），都是要把徭役严格规定在非士族以下的各等民户方面。这些民户，当然包括一部分地主在内。隋唐时是实行计口授田的，但除"庸"以外的徭役，也不是严格地和授田制完全平行。两宋时代的特殊赋役是职役，除官品形势户和僧道单丁下户可以免除外，都集中在下户身上，可以说自耕农是职役的主要负担者。但如职役中最重的衙前、里正等役，是由上户负担的。这些上户，大部分是中小地主而不是自耕农。所以即使在宋代实行差役时期，也不能用是否负担徭役区分出地主和自耕农来。如果按照实行雇役时期的规定，"凡官品形势以至僧道单丁该免役者，等第输钱"，那就更不能以是否服役为自耕农和地主的区别了。如果宋以前的赋役不能作为区别自耕农和小地主的界限，那么实行一条鞭法，特别是摊丁入亩后，更不能用赋役形式来论证自耕农没有土地所有权的问题了。

总之，中国历史上自耕农民的地位，是无比重要的。他们的生活，是非常惨苦的。但生活的惨苦是一回事情，而有无土地所有权是又一回事情。作为一个科学的论断来说，一个人的从事劳动及其生活的惨苦，与他们的土地所有权并不矛盾，无论他的所有权小得多么可怜。

马克思是最同情于小农生活，而且也是最善于区别私有财产性质的。但他只认为劳动者和不劳动者的私有财产性质不同，而并不根据他们的劳动论定其财产是非私有的（参见马克思《资本论》第 1 卷，第 962 页）。马克思对各国的小农经济，有非常精辟的论断。他论述英国十四五世纪的小农时说："英国人口的惊人的多数，是自由的自耕农民（Bauer），尽管这些自耕农民的所有权，还由封建的招牌隐蔽着。"（《资本论》第 1 卷，第 905 页）

马克思在论土地国有化时，非常精辟地描写了法国小农的状况。他说："法国常被提起，但是由于它的农民所有制。……在法国凡是买得起土地的人就可以得到土地。……他被束缚在土地上，为了获得收入的一小部分而耗尽了他的一切力量。他的生产品的大部分不得不以赋税的形式交给国家，以裁判费的形式交给讼棍，和以利息的形式交给高利贷者；他对他的小小活动范围之外的社会运动全然无知，他仍然以狂热的钟爱，固守着他那小块土地和他对那小块土地仅属名义上的所有权。"（马克思《论土地国有化》，中译文见《文史哲》1951 年第 5 期）马克思所描写的法国小农，是已经进入资本主义时代的农民，当然比中国封建社会的小农有较多的自由。但当时的国家政权，还不是他们利益的积极代表者。

他交给国家的赋税，是自己劳动的产物而不是剥削来的地租。他的大部分收入用赋税形式交给了国家，用裁判费、利息等形式交给了讼棍和高利贷者，而自己除必要的生活外一无所有。然而马克思决不因此而否认其土地所有权。

如果认为英法的小农，是资本主义发达国家的农民，和中国的小农不能相比，那么，看一看马克思对德国小农所有制的论述吧！马克思说："在普鲁士许多地方，农民的所有权是第一次由斐特烈二世确定的。……但农民在斐特烈的财政和专制主义、官僚主义与封建主义的混合行政下面，究竟过的是怎样的愉快生活？……德意志的农民，须支付直接税，担负徭役，及各种各样的无报酬的服役。除此以外，他对于他所购买的一切物品，还要支付间接税，……使他完全归于灭亡的另一个事实，就是不能在自己愿意的场所，用自己愿意的方法，出卖自己的生产物。他也不敢向那些能够以较廉价格供给商品的商人，购买他的需用品。"（马克思《资本论》第 1 卷，第 925 页原注 220）

可见马克思认为具有农民所有权的普鲁士小农，不但要服各种兵役、徭役，要负担直接税，而且不能在自己愿意的场所，以自己愿意的方法，出卖自己的生产物；不敢向那些以较廉价格供给商品的商人，购买自己用的必需品。这种农民的自由情况，远比不上唐宋以来的自耕农民。但马克思明确而肯定地说，在普鲁士许多地方农民所有权是由斐特烈二世第一次确定的。那么我们对于中国封建社会的小农民所有制，还有什么可以怀疑的理由和必要呢？

法律观念和经济事实

在中国封建土地所有制的讨论中，除了由于主权和所有权、赋税和地租的混淆而来的纠缠外，有一部分问题是由于对法律观念和经济事实的关系没有一致理解而来的。

从一般理论方面看，无论是主张国有论者，或者主张私有论者，都认为土地所有权的基础是生产关系而不是法权形式，在这一点上，没有什么争论。但在具体的分析和运用上，便有很大的分歧。比如同样是主张国有土地论者，有的主张合法的占有和不合法的占有必须严格区别；认为一切不充分具备近代自由土地所有制法律观念的，都不够真正的私有财产（参见侯外庐《关于封建主义生产关系的一些普遍原理》）。有的认为封建时代的"土地私有的性质，归根到底说仅仅是封建政权凭借法律来虚构的假象"（贺昌群《关于封建的土地国有制问题的一些意见》）。同样是主张私有土地论者，有的认为"合法的占有和不合法占有的区别，在历史问题上没有什么意义"（唐陶华《关于封建社会土地所有制的性质问题》，《新建设》1960 年第 12 期，第 16 页）。有的认为"法律观念，是研究土地所有权必须注意的一个问题"（田泽滨《关于封建土地所有制问题的商榷》，《历史研究》1960 年第 6 期，第 53 页）。

我们认为既然经济是基础，法律是上层建筑，那么决定土地所有制的主要根据当然是经济事实而不是法律观念；但既然一个是基础，一个是上层建筑，两者间的关系，必然是基本上相应而不是绝对对立的。因此在每一个历史阶段，当统治者占有生产资料之后，必然要制定或承袭相应的法律，来保护其生产资料的所有权。如果还不能颁行这种法律，那么，这种所有制就不能达到巩固的地位。所以判定土地所有权的有无，固然要以事实上的占有和经济上的收益（即地租的实现）为主要根据，而法律观念的考察也不是毫无意义的。资产阶级法学家，把地方和资本家的占有生产资料，说成是天赋的神授的自然权利，那是十足的虚构。所以马克思主义者必须揭穿这种谎言。但地主阶级、资产阶级利用法律来保护其生产资料的占有，从而实现并巩固其经济利益，在这一点上，法律并不虚构。

但是法律虽然永远是经济事实的反映，而两者的发展，并不是永远平衡的。在大多数场合下，上层建筑的变化，往往跟着经济的变化逐渐改变。比如春秋战国期间私有土地发展的初期，仅仅有开阡陌、辟草莱和兼并买卖等无数事实。及至这一事实成为不可否认的趋势后，法律就成为保护这一制度的工具。商鞅变法公开承认土地的自由买卖后，这就在法律上完成了私有权的确立。又如曹魏后期，王公贵族不但广占私田，荫庇佃客、部曲，而且侵占了国家的屯田（参见《三国志·魏志·曹爽传》）。这在最初虽只是事实上的占有，但至 280 年西晋政府正式颁布了占田制和户调制后，这一事实，便得到法律上的巩固。唐朝初年，实行均田制时期，出卖口分田、永业田仅仅是存在的事实，到两税法的实行，口分田的买卖和占有便在法律上取得公开承认。所以法律可以是判定土地所有权的一个因素，但必须看所根据的法律，它是代表当时经济发展的趋势，还是旧经济事实的残余反映？如果是前者，则可以作为确定所有权的标准；如果是后者，则不能用以否认现存事实的所有权。同时要看所判定的事实，是当时比较多数的共同趋向呢，还是比较少数的个别事件呢？如果是后者，则不过是暂时存在的事实，不能据以推定其所有权的存在；如果是前者，便可以作为具有所有权的依据。因为代表经济发展共同趋势的事实，迟早会产生出保护它的法律规定来的。这就是为什么马克思一方面说"只是由于社会赋予实际占有以法律的规定，实际占有才具有合法占有的性质，才具有私有财产的性质"（《马克思恩格斯全集》第 1 卷，第 382 页）。而一方面又积极承认事实上的占有为真正私有财产性质的原故。

我们几年来的讨论中，由于对这两者的关系没有明确的认识，所以不论主张土地国有论者，或主张土地私有论者，都没有用一贯的自觉的原则建立自己的理论根据，都是在论辩交锋中，有时以事实存在为根据，有时又以法律为根据。比如主张土地国有论者，在论证封建地主没有土地所有权时，往往说地主在事实上虽然占有土地，但在法律上没有近代真正的自由土地权，如汉代的商人在法律上显然是没有所有权的；但在反驳一般地主有合法所有权时，则又以君主和豪强们对地主的干涉限制、强取霸占的事实为根据。主张土地私有论者，在论述一般地主有土地所有权，并强调大土地所有制对国有土地的侵蚀时，主要以事实上的占有为根据；但在论到暴君豪强侵夺私有土地的事实时，则又根据法律，认为这只是一些不合法的事实。这就使理论的纠缠不易弄清，双方都不能收到说服对方的效果。

但是从具体的论争方面看，虽然双方对于法律跟经济两者间的关系都不够明确，而主张土地私有论者的具体主张是比较正确的。因为主张中国封建社会以私有制为主的论文，它们强调的法律根据，多半是反映经济发展趋势的法律，如历代封建国家对地主利益的维护，对买卖权、收租权的重视等，都是这方面的表现；它们所强调的事实又多半是普遍存在的事实。如均田制实行时，人们对土地的买卖和兼并，对于法律限制的破坏，这些在当时虽只是一些事实，而最后总要得到法律的承认。而主张中国封建社会是国有土地制的论文所强调的法律，往往是封建社会中所不能存在的近代资本主义式的法律；所强调的事实，一部分是国家行使的主权，与所有权并非一事，一部分是暴君豪强们违犯法律的行为，这些行为在当时既被公认为非法的暴行，事后也不会得到法律上的公开批准。因此主张中国封建社会土地国有论和土地私有论者，虽然对于法律和经济发展的辩证关系，同样没有自觉而明确的认识，但私有土地制作者的具体主张是正确的。

总的说来，法律可以作为考察土地所有权的因素，但必须和不同历史形态的经济基础结合起来，才能有所决定。某些从近代自由土地所有权的法律观念，否认中国封建土地所有权的论断，是不正确的。

三　关于中国土地所有制发展史上的两个争论问题

从以上的分析中，我们认为不论从主权、赋税方面，还是法律方面，论证中国封建土地国有制的理论，都和马克思所说课税与地租合一的原则不相符合。不过假如论证停留在这里，那末，虽和马克思所说的东方土地制不是一事，还不妨建立一个新的国有土地论。可是大家的目的，又都在证明马克思所说的东方没有土地私有制的学说，因此除了从主权和法律方面建立自己的国有论标准外，又应用经典作家课税与地租合一的标准，在中国历史中寻找例证，同时把从两种不同标准出发所得的事实混合起来，肯定为马克思、恩格斯所说的东方国有土地制。如有的同志主张秦汉时期和隋唐时期一样，也有计口授田的均田制，统名之曰汉唐间的土地国有制（参见贺昌群《关于封建的土地国有制问题的一些意见》）；有的同志认为不但从秦汉到隋唐时期以国有土地为主，并且自均田制破坏后，国有土地仍占支配地位（参见韩国磐《从均田制到庄园经济的变化》，《历史研究》1959 年第 5 期）。这就不仅是理论标准是否与经典理论符合的问题，而且也是引用标准是否与历史事实符合的问题了。

以下谈谈我们在这方面的简单意见：

秦汉时期是否实行过普遍计口授田的土地国有制

贺昌群先生认为：秦统一六国后，建立了全国范围内集中的土地国有制，肯定从秦政府受到土地的小农，是秦的国家佃农。并引马克思

《剩余价值学说史》中一段文字作为理论根据。又认为董仲舒所说的"秦收太半之赋",《汉书·王嘉传》上所说的"均田之制",《汉书·王莽传》上所说"分田劫假",《后汉书·仲长统传》上所说的"分田无限",以及《汉书·平帝纪》中的"以口赋平民",《汉书·赵充国传》中的"人赋二十亩"等语,就是秦汉时实行计口授田的证据(参见贺昌群《关于封建的土地国有制问题一些意见》)。我们认为秦汉时期,除了边境上的屯田和内地一部分假民公田外,全是自由买卖的私有土地。当时根本没有像北魏至中唐时期相当普遍的计口授田制。秦汉时期的自耕农,也不是国家佃农。

首先,作者所引述的经典理论和原著的意义显然不符。《剩余价值学说史》的原文是这样的:"在这个初期,劳动者是奴隶,或是靠本人劳动生活的农民等等。在他是奴隶的场合,他是和土地一样属于土地所有者;在他是自耕农民的场合,他是自己的地主。在这两个场合,在土地所有者和农业劳动者之间,都没有资本家。"(马克思《剩余价值学说史》第2卷,第541页)在这里,马克思所说的劳动者是两种阶级、两种人:一种是属于土地所有者的奴隶;一种是自己的地主的农民。而贺先生把两个阶级混合起来,说成是一种人,借以证明有所谓既是农民又是奴隶的国家佃农,而这就是秦汉间小农地位。这是一个超乎断章取义的曲解。

按照一般的材料和通常的看法,土地买卖在战国时期已很通行(参见《韩非子·外储说》《史记·廉颇蔺相如传》《史记·王翦传》)。自商鞅变法后,土地私有制就在秦国确立;自秦始皇"令黔首自实田"后,土地私有制就在全国确立。秦统一以前确定的"任其所耕,不限多少"(《通典》卷1、《商君书·徕民》篇)的垦辟政策,一直到秦灭亡并未改变。既然垦辟时不限多少,垦辟后不禁买卖,那就不能建立授田、还田的制度。秦在统一六国过程中,往往募徙平民或迁徙罪人到新占领区(参见《史记·秦本纪》)。这些被徙的平民和罪人,最初所获得的,可能只是不明确的占有权和使用权。但当时对土地耕种的数量、时间,既没有限制,又没有一套还授制度,若干年后便渐变为自耕小农。他们就是后来可以自实田的黔首。这和汉代屯田的军民及后世受分田的农民性质不同,不能肯定为国家佃农。两汉时期,私有土地制更加发展。不但关于土地买卖的事实,史不绝书(参见《史记·货殖列传》《史记·萧何传》《汉书·霍光传》《汉书·张禹传》《汉书·贡禹传》），而且法律对于土地买卖和私有的保障，也非常明确。

《周礼·秋官·士师》注引郑司农云："别，若今时市买，为券书以别之，各得其一，讼则案券以正之。"（《周礼·秋官·士师》注引郑司农语。程树德《汉律考》引此节定为汉律。虽不一定是汉律原文，但确能看出汉律保护私有土地的精神。）可见政府对于民间买卖的私约，不仅承认其合法，而且据以为行法的根据。所谓"讼则案券以正之"，就是根据民间双方对共破莂①的契约，来判决其有关所有权及利益的争执，这是对私有权的法律保障。从现在保存下来的少数东汉时代地券看来，不但四至分明、证人明确，甚至有根生、土著、毛物皆属买主某人的记载（参见罗振玉《地券征存》），如果法律根据契约中所定一切来判决争讼，可以说政府对土地所有者的利益，极尽保障之能事了。

再从两汉时期的言论中看，也多对土地兼并加以评论，如大家熟知的，董仲舒说："秦用商鞅之法，改帝王之制，除井田，民得买卖，富者田连阡陌，贫者无立锥之地。汉兴，循而未改，古井田虽难猝行，宜少近古，限民田以赡不足，塞兼并之路，然后可善治也。"（《汉书·食货志》）王莽说："秦为无道，坏圣制，废井田，是以兼并起，贪鄙生，汉氏减轻田租，三十而税一，而豪民侵凌，分田劫假，厥名三十，实什税五也。"（《汉书·王莽传》）荀悦说："豪富人占田逾侈，输其赋太半，官家之惠，优于三代，豪强之暴，酷于亡秦。"又说："井田之制，不宜于人众之时，……土地布列在豪强，卒而革之，并有怨心……若高祖初定天下，光武中兴之后，人众稀少，立之易矣。既未悉备井田之法，宜以口数占田，为之立限。"（《汉纪》卷8）仲长统说："井田之变，豪人货殖，馆舍布于州郡，田亩连于方国。……分田无限，使之然也。"又说："今田无常主，民无常居，……土广人稀，中地未垦，虽然，犹当限以大家，勿令过制，其他有草者尽曰官田，为堪农事，乃听受之，若听其自取，后必为奸也。"（《后汉书·仲长统传》）

可见秦汉时代的土地兼并毫无限制，是大家一致指斥的对象。

如果秦朝实行类似后世的分田制，对农民收取近于"见税十五"的

---

① "对共破莂"，是立契时的习惯用语。莂，即契约。——编者注

私租，必然会在汉代政论家的言论中有明显的攻击和反对。如果汉朝实行计口授田制，必然会在他们的议论中得到反映。然而从董仲舒一直到荀悦、仲长统等，他们对秦朝的攻击是秦的废除井田以及一般暴政，而不是什么集中的土地国有制。他们对汉朝的批评，是汉对土地占有的不加限制，是豪富人的占田逾制，而不是所谓"计口授田制"。他们所惋惜的是高祖、光武不能实行井田制和限田制，而不是和中唐时期的议论一样，致慨叹于一版籍的荡毁和均田制的破坏。所以，郑玄所说"汉无授田之法"（《周礼·地官·载师》贾疏引《驳许慎五经异义》），是当时人最确实的论断。至于董仲舒所说"太半之赋"，是包括各种口赋、算赋在内，并非专指田租而言。① 《王嘉传》中所说的"均田之制"，只是所谓"于品制中令均等"（《汉书·王嘉传》颜师古注引孟康说），与后世的均田制绝然不同。《王莽传》中的"分田劫假"是指"贫者无田而取富人田耕种，共分其所收"（《汉书·王莽传》《汉书·食货志》颜师古注）。颜师古说："假，本谓贫人赁富人之田也；劫者，富人劫夺其税侵欺之也。"这正是王莽改制所反对的制度，意义本甚明显，而作者说此处"分田劫假"是富人侵占公田，再用高税额劫贫人之意。好像王莽所要改的旧制只是富人侵占公田转取假税，而不是富人的广占私田，收取假税，这和王莽主张实行王田制的一套议论不相符合。《仲长统传》中所说的"分田无限"，是指分占土田没有限制，和计口授田的口分田了不相干。正如我们不能把唐朝元稹《同州奏均田状》中所说的平均赋税的均田解释成为隋朝时的均田（参见元稹《元氏长庆集》卷38），不能把三国时枣祗所说的按收获量分益的"分田之术"解释成为口分田一样（《三国志·魏志·任竣传》注引《魏武故事》），我们也不能把《王嘉》《王莽》等传中的均田、分田等名词解释成为汉朝的均田制。至于《平帝纪》中的"以口赋平民"，《赵充国传》中的"人赋二十亩"，这是确实的计口授田。但前者是指农民流亡时，政府将部分园囿公田假与平民；后者是指征戍军士在边境上的屯田，并不能以此证明汉代实行普遍的计口授田制。从《居延汉简》所反映的情况看来，国家对戍卒可以直接管理进行

① 按先秦字义，"税"从禾，指土地上谷物的征收；"赋"从贝，指军事上货币的征收。汉代仍保存其部分区别。

生产，但亦采用分益制度进行分配。① 这种田卒，和假贷公田的农民，是真正的国家佃农。但也只有实行分益制的屯田兵士和初期假贷公田的平民，可以称为国家佃农。至于多年假贷公田的平民，便有转成自耕农的趋向。《后汉书·黄香传》说："郡旧有园田，常与人分种，收谷数千斛。……乃悉以赋人，课令耕种。"（《后汉书·文苑传》《后汉书·黄香传》）可见原来分种公田的农民，有一部分逐渐变为自耕农了。

总之，不论从哪方面看，秦汉时除了部分存在的假民公田和边境上的屯田外，一般都是私有土地。即使对个别名词加以新的解释，也不容易证明秦汉时实行过"普遍计口授田制"。

中唐以后土地国有制是否占支配地位

韩国磐先生主张，中国封建时代一直以土地国有制为主，即在均田制破坏后，国有土地仍居支配地位。作者所持论据，除了从主权方面论证的例子可以不论外（实则这方面的例证，既与经典理论不合，也和国有制为主的提法互相矛盾。因为按照主权的标准推论，任何土地都在国有制范围之内，便无所谓国有制占支配地位的问题了），可以看一下有关租税合一的理解和具体的国有制论证。

按照一般的理解，地租和课税的合一，就是在具有征税权的国家，跟直接劳动者的农民中间，并无地主阶级存在。直接劳动者只向土地所有者——国家提供一种剩余劳动或产品就够了。这种剩余产品，同时也是地租，也是地税，所以说两者合一。按照韩文的解释是："屯田上的农民，所交纳的是地租和赋税合一，试看北魏李彪所建议的屯田办法：'一夫之田，岁责六十斛，蠲其正课并征戍杂役。'……一夫年交六十斛，负担已极苛重，已经将通常的赋役包括在内……耕种职田的农民，也是既交地租又纳课税，故唐天宝元年的敕令说：'如闻河北、河东官人职田，既纳地税，仍收桑课，田树兼税，民何以堪。'可见这里是既交租又纳税，是地租和课税的合一。"（韩国磐《关于中国封建土地所有制的几点意见》，《新建设》1960 年第 5 期）看来这里所说的地租和课税的合一，

---

① 《居延汉简考释》第 2 卷钱谷类一条云："第二长官二处田六十五亩，租二十六石。"如以亩产量一石计，正合官六民四之比。可证居延屯民有采用分益制者。

不但和通常的理解不同，而且是自相矛盾的。

我们认为课税和地租是否合一，与征税的种类无关，只要国家和直接劳动者间并无地主阶级存在，那么无论国家对农民的剥削是一种赋税，如所举北魏李彪的建议，或者是多种赋税，如唐代的租庸调制，都可以说是两者合一。反之，如果在国家和劳动者中间有地主阶级存在，那就无论国家所征收的是一种赋役还是几种赋税，无论这种赋税的名称叫做租赋、钱粮或者是别的什么名称，都只能是课税而不是地租。韩文没有从所有者和劳动者间关系不同方面区别地租和课税，而从征收的种类名称方面寻求区分，因此所说的"合一"，不是纵的方面的合一，而是横的方面的合一，而在举例中究竟是同一农民交纳不同的赋税称为合一呢，还是同一种赋税中包括了不同类的税种是合一呢？也没有一致的解释。如果照这样解释，可以说古今中外的历史上，根本没有存在过地租和课税不合一的情况。因此历史上所有国家的税收，不是一种，便是一种以上。按照韩文的逻辑推论，如果是一种就是把各种租税合一起来了；如果是多种，就是在同一农民身上合一起来了。这样马克思提出地租和课税合一的理论，还有什么意义呢？由于曲解了马克思的理论，同时歪曲了毛主席关于中国封建社会的指示，认为《中国革命和中国共产党》中所说地主、皇帝、贵族和地主阶级的国家对农民的剥削和租税合一的理论互相符合①。这是一个不小的曲解。谁都知道毛主席明确指示农民对地主贵族皇帝等个人负担着的是地租，对地主阶级的国家负担着的是赋税和徭役，这如何能说是地租和赋税合一的理论呢？

韩文中关于中唐以后仍以国有制为主的具体论证，主要有下列几点：(1)唐以后的官庄、皇庄日益扩大；(2)两税法实行后，屯田和营田，不是减少而是更为增加②。

我们认为考察一种社会现象或制度是否占支配地位，首先要看它和其他现象比较起来，是否占绝对优势；或者在某种情况下，看它在数量上是否占相当多数，而不是看它本身的绝对数字是否比以前有所增加。

从整个中国历史发展趋势上看，地主私有制显然占绝对支配地位，

---

① 参见韩国磐《关于中国封建土地所有制的几点意见》，《新建设》1960 年第 5 期。

② 参见韩国磐《关于中国封建土地所有制的几点意见》，《新建设》1960 年第 5 期。

这表现在以下几个方面：（1）中国封建土地国有的出现，是当代表地主阶级国家成立以后，在无主荒地上用军屯、民屯等方式建立起来的，这在最初就表现为地主私有制的补充形式。（2）自商鞅变法公开承认土地买卖后，土地兼并的趋势就已形成，而兼并的对象，一部分即是国有土地。所以均田制在名义上虽实行了二百余年，但每一朝代的实行有效期间为时很短，最后终不能不在"公田已变为私田而私田终不可改（《通考》卷2引叶适语）的事实下，趋于崩溃。（3）历代以公田、屯田、营田等形式存在的国有土地，虽较均田制存在的时间长，但也终在私有土地发展的情势下逐渐破坏。周太祖将"系省庄田赐逐户充永业"（《五代史·周太祖本纪》），明代屯田多为内监军官占夺（参看《明史·食货志》）的事例，便是具体说明。（4）历代建立的官田、官庄，起初不能不采用私有制的经营形式，最后终至趋于失败。南宋绍兴、淳熙时的出卖官田，景定时大买公田的最后失败，正是国有土地不能不变为私田的又一显例。

所以从中国历史发展的总情况看，地主私有制无疑占绝对支配地位。当然在北魏到中唐期间，就每一朝代的一小阶段说，是否私有制也占绝对优势，还可作具体的研究和分析，但无论如何不能说中国封建社会历史的发展形势以土地国有制为主，特别是不能认为中唐以后，土地国有制仍居绝对优势。

再从数量对比方面考察，虽没有最确实的数字可资比较，但即从中唐以后几个公田、屯田数量较多时期看，国有土地的数量显然很小。如南宋时大买公田的原则是"自浙江东西官民户逾限之田抽三分之一"（《宋史·食货志》），可见所买公田在地区上限于两浙一带，在数量上限于逾限田的三分之一。这和全国的私有土地数①量相比，当然是很小的比例。又如明朝初期，国家垦田的面积是相当大的。但即以通常引用"弘治十五年，天下土田止四百二十二万八千五十八顷，官田视民田得七之一"的例子看，官田也只能占七分之一的比例。②

总之，不论从形势或数量的对比上，都不能证明中唐以后，国有土

---

① "数"后补。——编者注

② 《明史·食货志》载霍韬奏文，"自洪武迄弘治百四十年，天下额田已减强半"，知弘治时土地不止此数，而失额田当皆私田。所以七与一之比，并不准确。

地占支配地位。

作者在文中又举出两个侧面的例证（韩国磐《关于中国封建土地所有制的几点意见》，《新建设》1960 年第 5 期）：第一例是唐陆贽说过"土地，王者之所有"，所以唐朝的土地是国有的。这种古代成语的引用，即在大家认为私有制发展的明清时代也不少见。如清雍正三年上谕云："地皆朕土，人皆朕臣，此盈彼绌，悉在朕版图之内。"（《清通考》卷3）我们能否根据雍正此语，论定清朝的土地国有制呢？当然不能。所以上引陆贽所言，不能说明具体问题。其实即使承认陆贽此语，有实际内容，那也只是表明他的理想原则，认为应该如此。至于当时的实际状况，他是这样描写的："富者地兼数万亩，贫者无立足之居，……有田之家，坐食租税，贫富悬绝，乃至于斯。"（《陆宣公集》奏议六）这以下才提出"土地，王者所有"之理论，说明当时的土地兼并，和他的理想不合。那么，我们应该以他所描写的实际状况和历史事实为根据呢，还是应该以他批评现状时所持的理想和所引的词句为根据呢？这似乎是不必争论的问题了。

第二例证是《唐户籍残卷》中，买田多算在受田之中，表明国家是最高的地主，买卖只是占有权的转换。我们认为均田制的实行，只是将原来的未垦荒地、无主逃田分配给无地及少地的民户，借以保证封建国家的劳动人手。当时封建国家掌握的土地，既不能每人都达到规定的数量，又不能"尽夺富人之田以与贫人"（《通考》卷2），因此就只能在私人土地适当保存的条件下，大体规定一个每人占田的平均数目。所以买田算在受田之中，正是马端临所说"令其从便买卖，以合均给之数"（《通考》卷2），并不能以此证明买卖只是占有权的转换。不过在均田制实行初期，这样计算还有企图限制私田扩大的意义；而在均田制濒于崩溃的时期，就不过是维持残存的均田制形式罢了。所以这种名义上的归类，不能抹杀两种土地的实际差别。

至于唐末大顺年间，乃至北宋的"户籍残卷"，还注明"都受田"。"受田"字样，正如同《宋刑统》中仍有"禁卖口分①、永业田"的字句一样，那不过是旧制度的残骸在文字上的遗留。好像科举制代替了察举

① "分"原误作"份"。——编者注

制一千年后，本来是做八股的举人，仍称为孝廉；本来是坐着雇用的车子上京，还称为"公车赴都"一样。这种文字上的沿袭，当然不能作为受田制存在的证明了。

除上述各点外，韩国磐先生又提出"封建的国有是私有制发展上的国有，这时的私有又是国有前提下的私有"（韩国磐《关于中国封建土地所有制的几点意见》，《新建设》1960 年第 5 期）等论调，借以消解论辩中感到的困惑。从某一角度说，这一提法的前半部可以成立，因为封建国家的国有，实质上是皇帝和地主阶级的私有。而后半部分仍然不能成立。因为既然实质上是私有，就只能说是国家管理下的私有，而不能说是国有前提的私有。有些同志，正是从封建国家是代表地主阶级这一实质上，根本否认封建土地国有制的存在。所以这一补充说法，并没有解决遇到的困难。

不过我们虽不赞同国有论者混同国有、私有界限的补充说法，但也不完全同意根本没有土地国有制的论点。因为我们讨论的中心问题，是中国封建土地所有制的本身及其表现形式，而不是讨论国家背后代表的阶级实质。如果土地所有制问题，仅仅是一个阶级实质问题，那末，有马克思提出的国家理论，有列宁所写的一篇《论国家》就够了。经典作家何以要提出东方土地国有论作为一种类型而讨论呢？正因为封建国家所代表的阶级实质虽大体相同，但土地所有制本身及其表现形式各不相同，从而它所决定的一切上层建筑都不相同。因此有些历史发展上的政治斗争、制度演化、思想变迁，都可在所有制形式上找到部分说明，所以提出来讨论有重要意义。如果把国有制和私有制混同调和起来，或者根本否认封建土地国有制形式的存在，则经典作家所说的东方土地国有制以及资本主义国家土地国有化等提法，都成为没有意义的东西了。

总括以上各节所论，简单认识是这样的：

只有课税和地租合一的原则是马克思所说土地国有制的标准，其他一切从主权、法律等方面论证中国土地国有制者，都和经典理论不相符合。

从上述原则看中国历史：春秋中期以前，大体上私有土地制没有完全确立的时代，自商鞅变法公开承认土地买卖后，私有土地的发展就占了主导地位。自此以后，只有北魏到中唐时期，断断续续实行的均田制，以及历代的公田、屯田、营田、官田、职田、公廨田等属于封建社会的国有土地范围，其他一切土地都是私有土地。

就整个历史发展看，属于国有制形式的土地，无论在数量或形势对比上，都不能和私有土地相比。土地兼并的日益剧烈，均田制的屡遭破坏，终于不能再建，以及历代的公田、屯田……的被隐匿占夺，是私有土地制占支配地位的具体表现。

主张中国封建土地国有制的论著，对许多经典著作的引证，近于曲解。其中主张秦汉时期也实行计口授田制、中唐以后国有土地仍占支配的说法，和历史事实不相符合。

有些混同国有、私有的补充说法，并未解决这些困难。有些认为中国根本没有国有制形式的提法，也不能圆满解决问题。

以上看法极不成熟，希望得到同志们的指正。

（原载《历史研究》1962 年第 2 期，也见 1962 年《北京史学会论文选辑》。收入《中国社会与思想文化》时，有较大修改。此据《中国社会与思想文化》，人民出版社 1989 年版）

学习毛主席关于基础和上层建筑的理论[*]

一

基础和上层建筑的原理，是马克思、恩格斯根据辩证唯物主义的原则，社会实际斗争的经验，从极复杂的历史社会现象中，发现了的社会变化的根本规律。马克思在《政治经济学批判序言》中，对于这一理论，有最概括最精辟的论述。他说：

> 人们在自己生活的社会中彼此间发生一定的必然的不依他们本身意志为转移的关系，即与他们当时物质生产力的一定的发展程度相适应的生产关系。这些生产关系的总和，就组成为社会的经济结构，即法律的和政治的上层建筑所赖以树立起来而有一定的社会意识形态共相适应的现实基础。物质生活的生产方式，决定着社会生活、政治生活以及精神生活的一般过程。不是人们的意志决定人们的存在，相反，正是人们的社会存在决定人们的意识。

自从这个理论发明后，人类才掌握了说明社会、改造社会的武器，才真正能够找出社会变化的主要和次要原因，才可以预见社会变化的方向，从而决定改造世界的策略和步骤。列宁领导的十月社会主义革命，毛主席领导的中国民主主义革命和社会主义革命，以及一切人民民主国

---

* 该文是排印稿，有作者的手改。文中提到"两参一改"，所以可能作于 20 世纪 60 年代初。——编者注

家的革命，都是在这一原则指导下胜利成功的。因此深入学习这一理论，特别是学习毛主席对于这一理论的发展，有特别重要的意义。

我们知道毛泽东同志是当代伟大的马克思主义者，他不论在马列主义的哪一方面，都有天才的创造。个人在初步学习了他的关于基础和上层建筑的理论后，觉得正和其他方面所表现的精神一样，有以下三方面的特点：

（1）毛主席阐发这一理论的第一特点，是贯彻了从实际出发，特别是从中国的社会实际出发而不从理论定义出发的精神。他和某些研究者不同，从来没有怀疑过基础和上层建筑的一般解释，没有给这两个概念另下定义，从来也没有根据马克思、恩格斯、列宁讲述基础和上层建筑理论时在不同地方所用不同的词句，从而推论基本概念的差异。他总是永远从分析中国的历史社会出发，又回到解决当前的社会实际上来。《新民主主义论》中论中国新文化部分，就是主席关于基础和上层建筑理论的一个典范。

《新民主主义论》是毛主席在抗日战争相持阶段①时期，总结了一百年来革命斗争经验，从理论上阐明中国革命动向和中国文化动向的巨著。毛主席在这一名著中，把马克思关于经济基础和上层建筑的理论，作了最扼要最精阐的概括。他说：

> 一定的文化（当作观念形态的文化）是一定社会的政治和经济的反映，又给予伟大影响和作用于一定社会的政治和经济，而经济是基础，政治则是经济的集中的表现。这是我们对于文化和政治、经济的关系及政治和经济的关系的基本观点。那末，一定形态的政治和经济，是首先决定那一定形态的文化的；然后，那一定形态的文化又才给予影响和作用于一定形态的政治和经济。（《毛泽东选集》第2卷，第635页）

这段叙述，总共不过几百字，便把唯物史观的主要精华，阐发无遗，既说明了经济和政治的关系，更说明了文化和经济、政治的关系；既说明

---

① "段"原误作"级"。——编者注

了基础对上层建筑的首先决定作用①，又说明上层建筑的文化对基础的影响作用；并且引用马克思最有代表性的总括，说明了这两方面的作用和关系。可以说自有马克思主义以来，从没有这样用最简练最扼要而又最明确的语言，毫不费力地说明了一个最深奥复杂的道理。如果不是精通马克思主义，就不会有这样自然而全面的表述。但是毛主席在《新民主主义论》中，对马列主义的发展，还不在这里。因为这一基本道理，马克思、恩格斯已经完成了。主席只是用最简明最透辟的语言，加以论述罢了。

毛主席的新民主主义的文化理论，对马列主义的贡献，首先在于把马列主义的普遍真理和中国的实际结合起来，用马克思基础和上层建筑学说，非常精确地分析了中国自鸦片战争以来新旧文化对立、斗争的情况，和它们的社会根源，从而指出发展的方向来。毛主席说：

> 一定的文化是一定社会的政治和经济在②观念形态上的反映。在中国，有帝国主义文化，这是反映帝国主义在政治上、经济上统治或半统治中国的东西。……一切包含奴化思想的文化，都属于这一类。在中国，又有半封建文化，这是反映半封建政治和半封建经济的东西。凡属主张尊孔读经，提倡旧礼教、旧思想，反对新文化、新思想的人们，都是这类文化的代表。帝国主义文化和半封建文化是非常亲热的两兄弟，他们结成文化上的反动同盟，反对中国的新文化。这类反动文化是替帝国主义和封建阶级服务的，是应该被打倒的东西。……
>
> 至于新文化，则是在观念形态上反映新政治、新经济的东西，是替新政治、新经济服务的。……
>
> 中国自从发生了资本主义经济以来，中国社会就逐渐改变了性质，不是完全的封建社会了，变成了半封建社会，虽然封建经济还是占优势。这种资本主义经济，对于封建经济来说，他是新经济。同这种资本主义新经济同时发生和发展着的新政治力量，就是资产

---

① "作用"原误倒。——编者注
② "在"原脱。——编者注

阶级、小资产阶级和无产阶级的政治力量。而在观念形态上作为这种新的经济力量和新的政治力量①之反映并为他们服务的东西，就是新文化。没有资本主义经济，没有资产阶级、小资产阶级和无产阶级，没有这些阶级的政治力量，所谓新的观念形态，所谓新文化，是无从发生的。

新的政治力量、新的经济力量、新的文化力量，都是中国的革命②力量，它们是反对旧政治、旧经济、旧文化的。……中国社会的新旧斗争，就是人民大众（各革命阶级）的新势力和帝国主义及封建阶级的旧势力之间的斗争。这种新旧斗争，即是革命和反革命斗争。（《毛泽东选集》第2卷，第666—667页）

毛主席在这一段总结性的论述中，具体分析了中国实际社会中存在着各种对立的观念形态，说明他们各自是为谁服务的，从而指出了他们存在的社会根源。"没有资本主义经济，没有资产阶级小资产阶级和无产阶，没有这些阶级的政治力量，所谓新的观念形态，所谓新文化，是无从发生的。"这就是主席关于中国近代文化（意识形态）产生根源的总结。但他并不停留在这个总括的论断上，而是更深入地把近百年以来的革命和文化，分为五四前后两大阶段，更具体地更细致地分析了两大阶段中社会文化的发展和斗争。主席说：

在"五四"以前，中国文化战线上的斗争，是资产阶级的新文化和封建阶级的旧文化的③斗争。在"五四"以前，学校与科举之争，新学与旧学之争，西学与中学之争，都带着这种性质。那时的所谓学校、新学、西学，基本上都是资产阶级代表们所需要的自然科学和资产阶级的社会政治④学说（说"基本上"，是说那中间还夹杂了许多中国的封建余毒在内）。在当时，这种所谓新学的思想，有

① "和新的政治力量"原脱。——编者注
② "的革命"原误作"革命的"。——编者注
③ "的"原脱。——编者注
④ "政治"原误作"经济"。——编者注

同中国封建思想作斗争的革命作用，是替旧时期的中国资产阶级民主革命服务的。可是因为中国的资产阶级无力和世界已经进到帝国主义时代，这种资产阶级思想，只能上阵打上几个回合，就被外国帝国主义的奴化思想和中国封建主义的复古思想的反动同盟所打退了。被这个思想上的①反动同盟军一反攻，所谓新学就②偃旗息鼓，宣告退却，失了灵魂，而只剩下它的躯壳了。

"五四"以后则不然。在"五四"以后，中国产生了完全崭新的文化生力军。这就是中国共产党人所领导的共产主义的文化思想，即共产主义的宇宙观和社会革命论。……由于中国政治生力军即中国无产阶级和中国共产党登上了中国的政治舞③台，这个文化生力军，就以新的装束和新的武器，联合一切可能的同盟军，摆开了自己的阵势，向着帝国主义文化和封建文化展开了英勇的进攻。这支生力军在社会科学领域④和文学艺术领域⑤中，不论在哲学方面，在⑥经济学方面，在政治学⑦方面，在军事学方面，在历史学方面，在文学方面，在艺术方面……都有了极大的发展。……

在"五四"以前，中国的新⑧文化是旧民主主⑨义性质⑩的文化，属于世界资产阶级的资本主义的⑪文化革命的一部分。在"五四"以后，中国的新文化却是新民主主义文化，属于世界无产阶级的社会主义⑫的文化革命的一部分。……所谓新民主主义的文化，一句话，就是无产阶级领导的人民大众的反帝反封建的文化。(《毛泽东选集》

---

① "的"原脱。——编者注
② "就"原脱。——编者注
③ "舞"原作"午"。——编者注
④ "域"原误作"城"。——编者注
⑤ "域"原误作"城"。——编者注
⑥ "在"原脱。——编者注
⑦ "学"原脱。——编者注
⑧ "新"原脱。——编者注
⑨ "主"原脱。——编者注
⑩ "质"原脱。——编者注
⑪ "的"原脱。——编者注
⑫ "义"原脱。——编者注

第 2 卷，第 668—670 页①）

在这一段典范性的论述中，生动形象地描述了"五四"以前文化战线上
的对立形势，深刻地指出新文化代表失败根源，具体分析并彻底解决了
"五四"前后两个阶级文化斗争的不同性质，从阶级形势上论证并解决了
领导新文化的力量，最后天才地用一句话总结了新民主主义文化的性质，
是"无产阶级的人民大众的反帝反封建的文化"。

毛主席这些精辟的论断，由于建国以来展开了普遍的学习，一般人
都已相当熟悉了，甚②至有些人觉得旧民主主义革命和新民主主义革命的
区别，资产阶级领导和无产阶级领导的区别，新文化发展的方向等问题，
本来是很明白的。的确，一个最伟大的真理在已经发现，并渗透在群众
的生活思想中后，人们会觉得就像水能解渴、饭可充饥那样容易接受，
人们忘了这一伟大真理的发现，并不是像一般所想象那么容易简单的。
如果不能把马列主义的根本原理和中国历史社会的具体情况，很自然地
创造性地结合起来，是得不出这样的结论来的。在旧社会生活了年头较
多的人，试回想一下，毛主席没有发表这些论断以前，当时人们对于近
百年来的政治文化史的看法是怎样浮浅混乱，就会深刻地体会到毛主席
论断的伟大了。那些属于顽固派的见解，不必提及，可注意的是，连当
时曾经赞助维新、反对守旧，赞成革命、反对立宪，赞助新文化、反对
尊孔读经的人，有多少人懂得自己和别人是站在什么阶级立场说话，自
己一套关于文化的理论和看法与社会经济基础有什么关系呢？"五四"以
后有少数人对于基础和上层建筑的理论，已有一知半解，但有多少人能
把这个学理应用在中国近百年的政治、文化斗争上，作出科学的结论来
呢？当时有好多人们对于"五四"时期的新文化，一般有些接触，但一
般人心目中的新文化，是五光十色的。各种思想和各种文学艺术的混合
体，其中有马克思主义，也有无政府主义；有革命理论，也有整理国故；
有现实主义的文学，也有各色各样唯美派、浪漫派、颓废派等文学艺术。
从当时一般人的思想水平来看，不但说不到应用马克思的经济基础和上

---

① "页"原脱。——编者注
② "甚"原误作"基"。——编者注

层建筑的原理来解释当时中国的文化形态，而且也分不太清楚这些派别的正确与错误、进步和反动。更不用说把当时的文化斗争和社会经济阶级斗争联系起来，给以最总括最简单的结论了。

毛主席英明地指出了"五四"文化是无产阶级领导的，指出了当时虽然没有成立中国共产党，但已有了共产主义知识分子，而且是受了十月革命影响，才有了"五四"的新文化运动。像胡适派的思想是属于资产阶级右翼，很快就从新①文化运动中退下来了。及至中国共产党登上政治舞②台后，这个文化新军的锋芒就所向无敌，而鲁迅就是文化新军的最伟大英勇的旗手。这样的观察分析，不但一般从资产阶级观点表面看问题的人不能做到，即使对马列主义有所认识而不能结合中国实际的人，也不能做到。所以毛主席的分析是从具体出发，从实际出发，把马列主义基础和上层建筑理论应用到中国实际的一个典范。

（2）毛主席在基础和上层建筑理论上的第二个特点，是坚持马克思主义的战斗原则，把经济基础决定上层建筑的原理，永远和阶级斗争、社会矛盾连在一起，而不是静止的、机械的论证基础对上层的决定作用。

我们知道，自从马克思、恩格斯创造了历史唯物主义以来，曾经发生过各种曲解。就像第二国际和修正主义者们，把马克思的辩证唯物论解释成为机械唯物论或经济主义。照他们的解释，社会经济是基础，它自发的对一切起决定作用。生产发展了，自然会冲破生产关系，只要社会经济发展了，用不着人的努力，一切政治文化就会遵循经济发展的法则自然改变。因此资产阶级国家会和平走入社会主义。这就是历史上的机会主义和现代修正主义的理论。

毛主席不但在实际革命斗争上坚决反对机会主义路线，彻底实行了无产阶级专政。而且在基础和上层建筑理论上，也贯彻了阶级斗争和社会矛盾的观点。比如《新民主主义论》中对于各种文化的分析评论，总是从阶级斗争的角度上加以考察。他说：

> 帝国主义文化和半封建文化是非常亲热的两兄弟，它们结成文

---

① 此处原衍"中"。——编者注
② "舞"原作"午"。——编者注

化上的反动同盟，反对中国的新文化。这类反动文化是替帝国主义和封建阶级①服务的，是应该被打倒的东西。不把这种东西打倒，什么新文化，都是建立不起来的。不破不立，不塞不流，不止不行，它们之间的斗争是生死斗争。（《毛泽东选集》第2卷，第666页）

这种战斗性的论述，深刻说明了意识形态的发展过程。其他像这样的述论不止一处。

毛泽东同志不仅对民主革命时期的各种政治、文化现象，处处用阶级斗争的观点深入分析，指出新政治、新文化的动向来，更重要的是对于社会主义革命时期、社会主义建设时期的政治文化思想意识等现象，也同样用阶级斗争、社会矛盾的观点加以处理。曾经有过一种想法，认为社会主义社会时期，生产力和生产关系间，经济基础和上层建筑之间，已②经完全适应，没有矛盾，从而无产阶级和资产阶级间各派政治力量之间，没有斗争了。这种想法是幼稚而错误的。毛泽东同志根据了马列主义的根本原则，批判了这种想法，明确指示：

　　在社会主义社会中，基本的矛盾仍然是生产关系和生产力之间的矛盾，上层建筑和经济基础之间的矛盾，不过社会主义的这些矛盾，同旧社会生产关系和生产力的矛盾、上层建筑和经济基础的矛盾，具有根本不同的性质和情况罢了。（《关于正确处理人民内部矛盾的③问题》，第11页）

正因为毛主席掌握了辩证唯物主义的矛盾原则，深刻认识到在任何社会中，都有矛盾存在。所以他敢于正视社会主义时代的矛盾，从而主动地去解决生产关系和生产力之间的矛盾、上层建筑和经济基础间的矛盾，这样就可使生产力得到更大的解放，加速了社会主义的发展。

毛主席一方面指出社会矛盾的存在和旧社会的矛盾根本不同，同时

---

① "阶级"原误作"主义"。——编者注
② "已"原误作"巳"。——编者注
③ "的"原脱。——编者注

指出，社会主义建设时期，阶级斗争仍然存在，不能忽视。主席说：

> 在我国，虽然社会主义改造，在所有制方面说来，已经基本完成，革命时期的大规模的①急风②暴雨式的群众阶级斗争已经基本结束，但是被推翻的地主买办阶级的残余还是存在，资产阶级还是存在，小资产阶级刚刚在改造。阶级斗争并没有结束。无产阶级和资产阶级之③间的阶级斗争，各派政④治力量之⑤间的阶级斗争，⑥ 还是长时⑦期的曲折的，有时甚至是很激烈的。无产阶级要按照自己的世界观改造世界，资产阶级也要按照自己的世界观改造世界。在这一⑧方面，社会主义和资本主义之间⑨谁胜谁负的问题还没有真正解决。……马克思主义仍然必须在斗争中发展。马克思主义必须在斗争中才能⑩发展，不但过去是这样，现在是这样，将来也必然是这样。（《关于正确处理人民内部矛盾的问题》，第26—27页）

毛泽东同志的上述论断，是他发展马克思主义的又一贡献。马克思、恩格斯奠定了马克思主义的基本原理，列宁、斯大林丰富发展了这个原理，但对于社会主义的阶级斗争，社会主义时代的内部矛盾问题，都没有明确的指示。毛泽东同志第一次提出这个原则，正确领导了中国社会主义革命，正确处理了基础和上层建筑的关系，正确的在生产资料所有制问题解决之后，又进行了政治战线、思想战线上的革命（反右斗争、整风运动都是进行这个斗争的形式），因此出现了大跃进局面，促进了社会主义的发展。毛主席这一对于马克思主义的发展，不但正确的指导了中国

---

① "的"原脱。——编者注。
② "风"原误作"凤"。——编者注
③ "之"原脱。——编者注
④ "政"原误作"攻"。——编者注
⑤ "之"原脱。——编者注
⑥ 此处脱"无产阶级和阶级之间在意识形态方面的阶级斗争"。——编者注
⑦ "时"原脱。——编者注
⑧ "一"原脱。——编者注
⑨ "之间"原脱。——编者注
⑩ "才能"原脱。——编者注

社会主义建设，而且对世界上其他人民民主国家的社会主义建设也富有指导意义。如果说毛主席在民主革命时期，对马列主义的发展表现在和中国具体实际相结合方面，那末①在社会主义建设时期的发展，就不仅是和中国具体情况相结合，而是有指导世界社会主义革命的普遍意义了。

总之，毛主席永远把阶级斗争、社会矛盾的观点，贯穿在基础和上层建筑的理论和实践中，特别是贯穿在社会主义革命时期的指导中，这是毛泽东思想的又一特点。

（3）毛泽东同志在基础和上层建筑理论的另一特点，是坚持了马克思主义的辩证原则，永远从联系方面、变化方面、矛盾转化方面、相互制约方面说明基础和上层建筑间互相作用，说明两者在发展过程中的变化和继承关系，而没有像其他同志一样把唯物史观的原则变成抽象的空话。

我们知道自从马克思、恩格斯发明了唯物史观的理论后，还在恩格斯在世时，便有一部分青年，不能掌握全面理论，过分看重经济方面，因致引起理论上"惊人的混乱"。恩格斯1890年致约·布洛赫的信中说：

> 根据唯物史观，在历史过程中的决定因素，归根到底是现实生活的生产和再生产。无论我和马克思，从来都不过如此断定而已。倘若有人把这个原理加以歪曲，说仿佛经济因素是唯一决定的因素，那末他就使这个断语，变成无意思的、抽象的、荒诞无稽的空话。（《马克思恩格斯文选》第1卷，第490页）

像这样有意无意的歪曲，自马克思主义传入中国以来，在各种论文上也屡见不鲜，毛泽东同志和这些看法不同，他自始至终贯彻了辩证的全面看问题的原则，并且应用到指导革命的实际上，使马克思主义基本原理显出了更辉煌的成绩。毛主席在《矛盾论》里说：

> 有人觉得……生产力和生产关系的矛盾，生产力是主要的；理论和实践的矛盾，实践是主要的；……经济基础和上层建筑的矛盾，

---

① "末"原误作"未"。——编者注

经济基础是主要的。① 它们的地位并不互相转化。这是机械唯物论的见解，不是辩证唯物论的见解。诚然生产力、实践、经济基础，一般地表现为主要的决定作用。谁不承认这一点，谁就不是唯物论者。然而，生产关系、理论、上层建筑这些方面，在一定条件之下，又转过来表现为主要的决定作用，这也是必须承认的。当着不变更生产关系，生产力就不能发展的时候，生产关系的变更就起了主要的决定的作用。当着如同列宁所说"没有革命的理论，就不会有革命的运动"的时候，革命理论的创立和提倡就起了决定的作用。……当着政治、文化等上层建筑阻碍着经济基础发展的时候，对于政治、文化的革新，就成为主要的决定的东西了。我们这样说，是否违反了唯物论呢？没有。因为我们承认总的历史发展中，是物质的东西决定精神的东西②，是社会的存在决定着社会的意识，但是同时又承认，而且必须承认，精神的东西的反作用，社会意识对于社会存在的反作用，上层建筑对于经济基础的反作用。这不是违反唯物论，正是避免了机械唯物论，坚持了辩证唯物论。（《毛泽东选集》第2卷，第192页）

这一英明的论述，把唯物史观的辩证特点，表现到最精辟的程度。如果有人读了这一段理论，还坚持唯心论和机械唯物论的见解，可以说是没有接受真理的能力了。但是理论上承认这个真理是一回事，在实践上能不能体现这个真理又是一回事。现在学习马列主义的人，多数能够接受这个真理。但是在处理实际问题时，不是犯了主观唯心论的错误，便是犯了机械唯物论的错误。毛主席和一般人不同，他不但完满地阐发了这个真理，而且在革命实践上，运用了这个真理。比如他领导民主革命时期，主要力量固然放在武装夺取政权的实践上，但在一定时期，又把建立新民主主义论、实践论、矛盾论等主要理论为革命的主要环节。在建设社会主义时期，主要的任务固然在于实行全国工业化、农业合作化、手工业改造等经济基础的建设和改造，但在一定时期，又以建立正确处

---

① "经济基础和上层建筑的矛盾，经济基础是主要的"原脱。——编者注
② "决定精神的东西"原脱。——编者注

理人民内部矛盾的理论，总结无产阶级革命经验，为促进经济建设的主要环节。

毛主席运用辩证法的典型不仅在于指出各时代基础和上层建筑的互相作用，而在于善于识别并决定某一时期应以某个环节的改变为重要契机。总之，毛主席在基础和上层建筑互相作用上，不论在理论方面、实践方面，都是贯彻了辩证原则，这就是他领导革命走向胜利的一个重要原因。

考察经济基础和上层建筑之间的关系，除了注重它们间的主从关系和相互作用外，更应注重它们间的适应和不适应的关系。曾经有人认为，基础和上层建筑的不相适应，只是阶级社会的特有现象，到了社会主义时期，两者的关系就只有完全适应这一面了。他们的理由是既然社会主义代替了资本主义，改变了生产资料的私有制，当然生产力和生产关系没有矛盾了；既然建立了人民民主专政的国家，建立了马克思主义思想上的领导权，当然基础和上层建筑间没有矛盾了。这是一种简单机械的看法。另一些同志，在实际工作中也许会感到有些不适应的地方，但究竟不适应在哪里，是一种什么性质的不适应，就茫然无知。毛主席在《关于正确处理人民内部矛盾的①问题》中，正确地解决了这个问题。他说：

在社会主义社会中，基本的矛盾仍然②是生产关系和生产力之间的矛盾、上层建筑和经济基础之间的矛盾。不过社会主义社会的这些矛盾，同旧社会的生产关系和生产力的矛盾、上层建筑和经济基础的矛盾，具③有根本不同的性质和情况④罢了。（第11页）

又说：

①　"的"原脱。——编者注
②　"仍然"原脱。——编者注
③　"具"原误作"是"。——编者注
④　此处原衍"不同"。——编者注

人民民主专政的国家制度①和法律以马克思列宁主义为指导的社会主义意识形态，这些上层建筑对于我国社会主义改造的胜利和社会主义劳动组织的建立，起了积极的推动作用，它是和社会主义的经济基础，即②社会主义的③生产关系相适应的；但是资产阶级意识形态的存在，国家机构中某些官僚主义作风④的存在，国家制度中某些环节上缺陷的存在，又是和社会主义的⑤经济基础相矛盾的。（第12页）

这个理论发表后，不但在理论上正确地解决了这个复杂的问题，具体地指出了不相适应的所在，而且采取了整风反右、两参一改⑥等种种措施，解决这些矛盾。这一伟大理论的创造，也是运用了辩证法原则而收到的辉煌成果。

基础与上层建筑理论中另一个重要方面是：当社会变革时期，前一时代的基础和上层建筑是全部消灭还是一部分消灭？

马克思在《政治经济学批判序言》中说："随着经济基础的变更，在全部庞大的上层建筑中，也会或迟或早的发生变革。"在这里，马克思只提到基础和上层建筑的"变更""变革"，而没有提到"消灭"。斯大林在《马克思主义与语言学》中说："上层建筑是同一经济基础存在着和活动着的一时代的产物，因此上层建筑的生命是不长久的。它随着这个基础的消灭而消灭，随着这个基础的消失而消失"。

这里需要讨论的问题是：究竟在社会发展、社会变革过程中，基础

---

① "制度"原脱。——编者注
② "即"原误作"与"。——编者注
③ "的"原脱。——编者注
④ "作风"原脱。——编者注
⑤ "的"原脱。——编者注
⑥ "两参一改三结合"，"两参"即干部参加生产劳动、工人参加企业管理；"一改"即改革企业中不合理的规章制度；"三结合"即在技术改革中实行企业领导干部、技术人员、工人三结合的原则。1960年3月，毛泽东在中共中央批转《鞍山市委关于工业战线上的技术革新和技术革命运动开展情况的报告》的批示中，以苏联经济为鉴戒，对我国的社会主义企业的管理工作作了科学的总结，强调要实行民主管理，实行"两参一改三结合"的制度。当时，毛泽东把"两参一改三结合"的管理制度称之为"鞍钢宪法"，使之与苏联的"马钢宪法"相对立。——编者注

和上层建筑是变更变革还是消灭消失呢？如果基础就是生产关系，上层
就是政权机构和统治阶级的意识形态，那便可以说在社会革命时代基础
和上层建筑根本消灭了。如果基础不仅限于生产关系，而是整个社会经
济，即生产方式；上层建筑不仅限于政权机构和统治阶级的意识形态，
而也包括被统治阶级或新生的思想意识在内，那便不能说旧的上层建筑
都全部消灭了。特别是有关历史优良文化艺术传统，应如何继承问题，
是理论必须加以圆①满处理的。如果用形而上学的方法加以处理，就会得
出全部继承和全部消灭的结论；如果发现事实上不能这样处理，而又不
肯放弃形而上学的方法，便得出两个基础和被统治阶级的政治、文化不
是上层建筑的理论。

　　毛主席和这些简单看问题的方法不同，他正确的处理了变革和继承
问题，在对祖国文化遗产的态度上，表现了最英明最伟大最善于运用辩
证原则的看法。《新民主主义论》说：

　　　　中国的长期封建社会中，创造了灿烂的古代文化。清理古代文
　　化的发展过程，剔除其封建性的②糟粕，吸收其民主性的精华，是发
　　展民族新文化、提高民族自信心的必要条件，但决不能③无批判的
　　"兼收④并蓄"。必须将古代封建统治阶级的一切腐朽的东西和古代优
　　秀的人民文化，即多少带有民主性⑤和革命性的东西区别开来。（《毛
　　泽东选集》第 2 卷，第 679 页）

毛主席关于接受、发扬祖国优秀文化传统的言论，在其他文章中随处可
见，不必列举。总之说明一个问题，即他在实际的主张和方法上，没有
采取机械的完全接受和完全否定古代的文化的态度，在理论的处理上，
没有把基础分成两个，把进步的人民性的文化意识排斥在上层建筑以外。
毛主席说：

----

① "圆"原误作"园"。——编者注
② "性的"原脱。——编者注
③ "能"原脱。——编者注
④ "收"原误作"牧"。——编者注
⑤ "性"原脱。——编者注

对于中国和外国过去时代所遗留下来的丰富的文学艺术遗产，和优良的文学艺术传统，我们是要继承的，但是目的是为了人民大众。对于过去时代的文艺形式，我们也不拒绝利用，但这些旧形式到了我们手里，给了改造，加进了新内容，也就变成革命的为人民服务的东西了。(《毛泽东选集》第 3 卷，第 877 页)①

这一总结性的论断，正确地彻底地解决了如何继承古代文化遗产的问题，这是伟大的马克思主义者毛泽东同志，运用辩证原则处理上层建筑的又一英明典范。我们切勿因为这些语言似乎太浅显明白、平易近人，而忽视了其中包含着的极其圆②满深刻的伟大真理。

二

在上述各节的学习中，我们认为实践原则、斗争原则、辩证原则，是毛泽东思想的三个特点。以下想根据个人对于毛主席关于基础和上层建筑理论的了解，看一下近年来关于这个问题的争论，究竟哪些主张是和毛主席的思想符合的，哪些是和毛主席的主张不符合的。

在近来的讨论上，有下列几个争论的问题：

①社会经济基础是仅指生产关系的总和还是包括生产力在内？

②马克思所说的上层建筑是仅指统治阶级的政治法律意识形态，还是也包含被统治阶级的政治思想在内？

③上层建筑中的意识形态，是只包括反映社会斗争的意识形态，即社会科学、文学艺术等，还是也包括反映自然斗争的自然科学在内呢？

在第一个问题上，我认为毛主席的主张是认为经济基础，是包含生产力在内的。首先毛泽东同志不论在哪一论著中，从来没有提过两个基础。——既然社会只有一个基础，那就只能是生产力和生产关系的统一体而不能是其他。因为脱离生产力的生产关系，和脱离生产关系的生产力，是不能作为基础的。我们知道，生产力和生产关系是一个统一体中

---

① 此段文字出自毛泽东《在延安文艺座谈会上的讲话》。——编者注
② "圆"原误作"园"。——编者注

的两个方面，两者间的矛盾，是社会发展的基本动力。如果离开了生产力这一矛盾方面，就不能构成为社会的基础。毛主席明确指示我们"矛盾存在于一切事物发展过程中"，又说：

> 他们（马克思、恩格斯）看出生产力和生产关系之间的矛盾，看出剥削阶级和被剥削阶级之间的矛盾，以及由于这些矛盾所产生的经济基础和上层建筑之间的矛盾，而这些矛盾如何不可避免地会在各种不同的阶级社会中，引出各种不同的社会革命。（《毛泽东选集》第2卷，第184页）①

这不是明明白白的告诉我们说，经济基础和上层建筑之间的矛盾，是由生产力和生产关系间的矛盾产生出来吗？难道我们可以设想引起社会革命的基本矛盾中，有一面不是社会的基础，或取消了其中的一面，还可以引出各种不同的社会革命吗？

毛主席关于经济基础中包含生产力在内的主张，在《实践论》中，有更具体的说明。他说：

> 人们能够对于社会历史的发展作全面的历史的②了解，把对于社会的认识，变成了科学，这只是到了伴随巨大生产力——大工业而出现近代无产阶级的时候，这就是马克思主义的科学。（《毛泽东选集》第2卷，第283页）

这里所说的历史科学、马克思主义的科学，也不能认为它不是上层建筑，即使认为只有社会科学才是上层建筑的人，也不否认。毛主席明明告诉我们说它们是伴随巨大生产力——大工业出现的近代无产阶级而出现的，那么生产力是决定上层建筑的经济基础中一个重要因素，不是很明白吗？

当然，说经济基础是指生产力和生产关系的统一体，并不是说它们决定上层建筑的作用，彼此相等；也不是说在说明问题和行文用语上必

---

① 此段文字出自毛泽东《矛盾论》。——编者注
② "的"原脱。——编者注

须用生产方式的全称，而不可以根据不同情况，有时只提起决定作用的生产关系就够了。我们认为马克思有时用经济结构，有时用生产关系的总和；毛主席有时说经济基础，有时只用经济二字；用词有全称和简称的不同，基本意思并无区别。

在第二个争论问题上，毛主席的主张，非常具体明显，用不着我们多加推论，那就是它明确告诉我们上层建筑既包括统治阶级的政治文化、思想意识在内，也包括被统治阶级的政治文化、思想意识在内，一切认为只有统治阶级的政治文化才是上层建筑的说法，显然和毛泽东思想不相符合。

首先毛泽东同志的所有著作中，贯彻了矛盾原则和阶级观点，所以谈到上层建筑时，总是和社会矛盾、阶级斗争连在一起。既然在经济基础中，存在着生产力和生产关系间的矛盾，存在着各种不同经济成分的矛盾，当然在政治组织、法律观点、意识形态方面，表现出代表不同经济成分的反映。如果说代表一种（即占支配地位的）经济成分的政治思想是上层建筑，而代表另一种即不占支配地位的经济成分的政治思想不是上层建筑，那么后一种政治文化、思想岂不是成为没有基础的东西吗？这是和毛泽东思想不符合的。我们且看毛主席对近代文化是怎样论述的。前引《新民主主义论》中讲新民主主义文化一节，开始说："一定的文化是一定的政治和经济在观念形态上的反映。"很明白，这里所说文化，就是反映基础的上层建筑。以下说："在中国有帝国主义文化，是反映帝国主义在政治上、经济上，统治和半统治中国的东西。""又有半封建文化，是反映半封建经济的东西"。最后总结为："这类反动文化是替帝国主义和封建阶级服务的，该被打倒的东西。"很明白，这种统治阶级的文化意识形态就是大家共同承认的半封建半殖民地的上层建筑，没有问题。但毛主席的话没有停止在这里。他接着说："至于新文化，则是在观念形态上，反映新政治和新经济的东西，是替新政治新经济服务的。"可见毛主席非常肯定的认为当时代表被统治阶级的新政治、新文化，也是半封建殖民地的上层建筑。

毛主席不但认为被统治阶级的政治思想意识也是当时社会的上层建筑，而且非常重视这种新政治、新文化。他深入分析了近百年来中国新政治、新文化产生的斗争过程，从而指出产生这些新政治、新文化的经济基础。我们怎能对毛主席这个指示不加注意而认为旧时代的新思想没有它的经济基础，仅仅是一个所谓上层建筑"现象"呢？毛主席不但对于我国半封建半殖民地社会时代代表被统治阶级的革命新文化，认为是当时上层建筑的一部分，而且对于社会主义革命、社会主义建设时期残余的资产阶级思想、习惯势力等等，也没有排斥在上层建筑之外。毛主席在《关于正确处理人民内部矛盾的①问题》中说：

> 我国社会主义和资本主义之间在意识形态方面的谁胜谁负②的斗争，还需要③一个相当长的时间④才能解决。这是因为资产阶级和从旧社会来的⑤知识分子的影响，还要在我国长期存在，作为阶级的⑥意识形态，还要在我国长期存在。

又说：

> 资产阶级、小资产阶级，他们的思想意识是⑦一定要反映出来的，一定要⑧在政治问题和思想问题上，用各种办法顽强地表现他们自己。要他们不反映、不表现，是不可能的。（第27—29页）

这是多明白的肯定。难道我们可以把主席所用意识形态这一概念，任意分割开，认为其中一种是上层建筑、一种不是上层建筑吗？也许有人说：在《新民主主义论》中，仅仅是说旧民主主义革命时期有代表帝国主义和封建经济的统治文化，也有代表资产阶级的新文化；在新民主主义革命时期，又有了代表无产阶级的新文化。在《关于正确处理人民内部矛盾的问题》里，仅仅说社会主义革命和建设时期，有代表无产阶级的思

---

① "的"原脱。——编者注
② "的谁胜谁负"原作"谁战胜谁"。——编者注
③ "要"原脱。——编者注
④ "间"原误作"期"。——编者注
⑤ 此处原衍"旧"。——编者注
⑥ "的"原脱。——编者注
⑦ "是"原脱。——编者注
⑧ "此处又衍一"要。——编者注

想意识，也有代表资产阶级、小资产阶级的思想意识。不论在哪里，毛主席都没有明确说这些文化、这些思想意识就是上层建筑，怎么能肯定毛主席把统治阶级和被统治阶级的政治、文化，都认为是上层建筑呢？我们认为学习经典著作，要领会它的精神实质，全面看问题，不能在个别字句上强加分割。既然意识形态这一词照马克思主义的一般理解，确实属于上层建筑。毛主席在任何地方并没有作任何区别和解释，那么毛主席所说的文化、思想①意识形态当然就是上层建筑，不容有别的解释。不过如果一定要从文字上找根据，我们也可以举出一个明白的例子来。毛主席在《介绍一个合作社》里说："过去的剥削阶级完全陷落在劳动群众的汪洋大海中，……一切腐朽的意识形态，和上层建筑的其他不适用部分，一天一天地土崩瓦解了。"（《红旗》第 1 期，第 3 页）这里毛主席不是很明白的把那些残留在社会主义社会中的意识形态和其他不适用部分都叫做上层建筑吗？

应该指出：重要的问题不在于规定哪一阶级的政治、文化等观点是上层建筑，哪一阶级的政治、文化……不是上层建筑，而在于分析哪一种观点意识是代表统治地位的上层建筑，哪一种是代表附属地位，即被统治阶级的上层建筑；哪一种上层建筑是代表②新经济力量，哪一种是代表旧统治经济的；哪一种是占支配地位，决定当时社会性质的，哪一种是占附属地位，不决定当时社会性质的。更重要的是用什么方法建立和巩固代表新经济的上层建筑，破坏或变革代表旧经济的上层建筑，而不应把力量花③费在形式主义的定义上。

当然，认为统治阶级和被统治阶级的政治、文化等观点是上层建筑，不是说他们之间没有主导和附庸之分，不是说他们是一些平列分散的成分，而没有构成一个有主导、有附从，既有联系而又绝对矛盾的统一体。

毛主席的各种著作中给我们指示的很清楚。他一方面把代表不同阶

---

① "想"原误作"思"。——编者注
② "表"原脱。——编者注
③ "花"原作"化"。——编者注

级的政治①文化等都作为反映经济基础的上层建筑来叙述，一方面又以占主导地位的经济基础和上层建筑，作为代表社会性质的决定因素来论断，并没有认为这两种说法有什么矛盾。因为这正是辩证法的具体运用。《矛盾论》里说：

> 在资本主义社会中，资本主义已经从旧的封建主义社会时代的附庸地位，转化成为取得支配地位的力量，社会的性质也就由封建主义的变为资本主义的。在新的资本主义的社会时代，封建势力则由原来处在支配地位的力量，转化为附庸力量，随着就日归于消灭了。……人数比资产阶级多得多并和资产阶级同时生长，但被资产阶级统治着的无产阶级，是一个新的力量，它由初期附属于资产阶级的地位，逐步的壮大起来，成为独立的和在历史上起主导作用的阶级，以至最后夺取政权成为统治阶级。这时社会性质，就由旧的资本主义转化成了新的社会主义社会。（《毛泽东选集》第 2 卷，第 789—790 页）

这里，毛泽东同志教导我们说决定一个社会性质的关键，在于那一经济是否占支配地位，决不是说在一个新社会的开始，旧的经济就完全消灭了。除了最后的共产主义社会，很难说有纯一色的经济，所以承认有几种经济成分同时存在，承认代表不同经济利益的政治②、文化都是上层建筑，和同时承认只有占支配地位的基础和上层建筑是代表社会性质，不相矛盾。我们如果不把斯大林的论断解释的更为机械更为狭隘，那就会深刻领会到毛泽东同志在这一问题上是真正遵循而又发展了马克思主义的。

对于第三个争论的问题，即自然科学是不是上层建筑的问题，毛主席没有具体的论述过。但从主席的一般理论上可以推出一些结论来。

毛主席在《实践论》里说：

---

① "治"原误作"冶"。——编者注
② "治"原误作"冶"。——编者注

马克思主义者认为人类社会的生产活动，是一步又一步地，由低级向高级发展，因此人们的认识，不论对于自然界方面，对于社会方面，也都是一步又一步地由低①级向高级发展，即浅由入深，由片面到更多的方面。（《毛泽东选集》第 2 卷，第 282 页）

这里所说的人们的认识，当然就是意识形态，所说的自然界方面的高级认识、深入认识、更多方面的认识，当然相当于自然科学。毛主席在这里没有明说它是不是上层建筑。但既然自然和社会方面的认识同属于意识形态，那么就不应该把自然知识排斥在上层建筑之外。

主席在《整顿党的作风》里说：

什么是知识？自从有阶级的社会存在以来，世界上的知识只有两门，一门叫做生产斗争的知积，一门叫做阶级斗争的知识，自然科学、社会科学就是这两门知识的结晶，哲学则②是关于自然知识和社会知识的概括和总结。此外还有什么知识呢？没有了。（《毛泽东选集》，第 2 卷，第 287 页）

既然世界上没有逃出上述二种学问以外的知识，也就很难有逃出意识形态以外的科学。即使说一些极零碎极原始的感觉等，可以认为只是一种认识，而不是意识形态，那么成为知识结晶的自然科学，决不能说不是意识形态。至于包含③自然科学的总结在内的哲学，那更是大家公认为属于意识形态的上层建筑。哲学既是上层建筑之一，那么包含④在哲学中的自然科学的总结，也不能逃于上层建筑之外。所以，从主席对于两种科学的起源⑤，和两种科学和哲学的解释看来，自然科学是一种意识形态，当然也是一种上层建筑，认为自然科学不属于上层建筑的说法，是和毛泽东同志有关实践知识理论不符的。当然说

① "低"原误作"底"。——编者注
② "则"原误作"就"。——编者注
③ "含"原作"函"。——编者注
④ "含"原作"函"。——编者注
⑤ "源"原误作"原"。——编者注

自然科学和社会科学同是上层建筑，并不是说自然科学它本身也有阶级性。但自然科学本身虽没有阶级性，而自然科学的产生运用和具有自然科学的人，是有阶级性的。所以属于一定阶级的人，它所具有对自然的知识，当然是一种意识形态，即是一种上层建筑。不过这种上层建筑本身，可以为统治阶级服务，也可以为被统治阶级服务，这是和社会科学不同之点。但自然科学本身（即自然科学中的规律），虽可以为任何阶级服务，而在阶级社会中，一套自然科学的应用，总是为一定阶级服务，所以从自然科学本身没有阶级性论证它不是上层建筑的说法，是不一定正确的。

前引毛主席《新民主主义论》中一节说："一定文化（当作观念形态的文化）是一定社会的政治和经济的反映。"我们不能说"文化"一概念里，只包括社会知识在内，而不包括自然知识在内。所以认为自然科学不是上层建筑的说法，是过分机械地理解、更加狭隘地推演《马克思主义与语言学》中上层建筑的理论而产生的结果，和丰富了马列主义的毛主席思想是不符合的。

以上各节只是在学习毛主席关于基础和上层建筑理论的一点初步体会，其中错误之处一定很多。请同志们多加指正。

论子产的政治改革和天道、民主思想

1975 年初，《北京大学学报》上刊出了梁效①作的《评孔老二吹捧的子产》一文，对于曾经是郑国宰相（执政上卿）著名的外交家子产，进行了恶毒的攻击。这是一篇影射攻击周总理的毒草，虽然它不会对于周总理的品质有丝毫损伤，但它在社会上产生的恶劣影响，特别是在学风、文风上造成的危害和混乱，不能低估。本文对其反动谬论，予以批驳，希能对它造成的混乱，有所澄清。

一 论子产执政前后的政治斗争

梁效写的一系列评论历史人物的文章，所用的一贯手法是对人物事件不作具体分析，而是从主观意图——篡党夺权的意图出发，将用以比附自己方面的人物擅定为新生的革命阶级，而将其对立方面派定为反动复辟势力，然后摘引一些经典著作中的片断词句，穿插在歪曲了的事实和捏造的论据之中，进行肆意的影射攻击，借以达到其借古喻今的罪恶目的。《评子产》一文，正是运用这种手法的一个例证。

（1）该文开始对子产执政前平灭了司氏等五族之乱一事，论定为镇压新兴势力的夺权斗争。他是这样描绘的：

> 子产出身于奴隶主贵族家庭，他是依靠血腥镇压新兴地主阶级

① "梁效"，即"两校"的谐音，"批林批孔"运动中北京大学、清华大学大批判组的笔名。——编者注

的夺权斗争起家的。公元前 563 年，郑国执政者子驷为了整顿和巩固井田制，为造田洫，侵夺了司氏、侯氏、堵氏、子师氏几家贵族的私田，这几家贵族便联合起来进行武装的反抗，杀死子驷及其同谋，劫持了郑国的国君，不少奴隶乘机逃亡，这是由土地占有关系问题引起的新旧势力之间的一场殊死搏斗。为了挽回败局，子产赤膊上阵，亲手部署了一场血腥大屠杀，他派人守宫室，闭府库，防止奴隶造反，继而出动兵车，把暴动者全部推进血泊。

除了故意突出夺权斗争等词的影①射意图和帮八股风格的"赤膊上阵""推进血泊"等词句不值一驳外，要提出来驳斥的是究竟根据什么说司氏等族是新兴地主阶级。

按照周代的宗法分封制，只有贵族的后人才有称氏的资格，一般平民只有在自己的名上加一个表示职业或其他特点的称呼（如盗跖、匠庆之类），是没有氏的②（即后世所谓姓）。而这里所说的司氏、侯氏等族，分明是已经取得氏姓的贵族后嗣，并且是没有坠命亡氏的"现任"贵族，怎能推知是新兴地主阶级呢？

《左传》襄公十年记："初，子驷与尉止有争，将御诸侯之师而黜其车，尉止获，又与之争，子驷抑尉止曰：'尔车非礼也。'遂弗使献。初，子驷为田洫，司氏、堵氏、侯氏、子师氏皆丧田焉，故五族聚群不逞之人，因公子之徒以作乱。"

可见司氏等五族都是郑国的中等贵族，他们发动暴乱的原因，除尉止是因受子驷排斥外，其他四族都是由于子驷整顿田洫时丧失了一些土地。所集合的党羽是群"不逞之人"和以前谋杀子驷未遂的一群"公子之徒"。这是百分之百的失意贵族集团为了争夺私利而企图夺权的动乱，与新兴地主阶级有什么相干？曾有人说："所谓不逞之人，大概是指逃亡的奴隶和摆脱奴隶身份的流氓无产者。"究竟其中有无奴隶或有多少奴

---

① "影"原误作"隐"。——编者注
② 古代贵族有姓、有氏、有名，如"坠命亡氏"（见《左传》襄公十一年），就失掉了贵族地位。顾炎武说："庶人无氏，不称氏称名。"（见《亭林诗文集·原姓》及《日知录》）秦以后一般人都有姓，姓氏不分。

隶，不可确知，但可以确知的①是：这些"不逞之人"只是乘机追随动乱，决不是具有自觉的阶级意识起来反抗，正如"臣妾多逃"的臣妾只是乘乱逃亡而非参加暴动的情况相似，不能援引此语，抬高司氏等暴乱的政治性质。这些暴动的组织者是贵族身份，平常既没有政治表现，作乱时也没有提出什么政治口号，那么究竟根据什么说它是新兴地主阶级的夺权斗争呢？梁效叙述事实经过时，明明说"侵夺了几家贵族的私田"，又说"这几家贵族便联合起来进行武装反抗"，可是在没有叙事之前，就先断定是新兴地主阶级，可见他急于要达到借古喻今的目的，因而连最明显的自相矛盾也不暇掩饰了。

作者自己知道没有有力的事实根据进行论证，因而用一些空洞词句，说什么"这是由土地占有关系问题而引起的新旧势力间的殊死搏斗"。好像一提新旧势力，不言而喻地国君和执政方面总是代表旧势力，而动乱方面总是新兴阶级；好像一提到土地占有关系，那个丧失了土地的一方就是私有权的被侵犯，因而就是代表新势力的新兴地主阶级了。究竟当时郑国的土地占有关系是什么一种关系？所谓新兴地主阶级是否已经形成？是怎样形成的？是澄清问题的必要前提。

为了弄清问题，需要简单叙述一下周代的田制变化和斗争形势。

周族灭殷掌握了全国的土地所有权后，曾实行过按一定亩数，划分整齐，具有沟洫阡陌，区分公田、私田的井田制。所谓公田，即各级奴隶主贵族直接支配的私田，因原系村社农民共同耕作以备歉收、祭祀、战争等公共费用的土地，所以被统治者据为己有后，仍称公田。所谓私田，即原来公社成员的份田，现在仍由农户劳作使用，但已是连自己的人身也被专制君主占有的对象了。所谓沟洫阡陌，是为了灌溉、排水，并课督劳动、计算分配而开立的田界、疆界和道路。按照《周礼》的记载，有两种区划疆界的形式：一种是《大司徒》所说"九夫为井"，是以九百亩为一个单位；另一种是"十夫有沟"②，是以一千亩为一个单位。

---

① "的"后补。——编者注

② 陈乔枞云："夫之名有二，其连夫家为文者，则指人也；其从田制而言，如亩百为夫，夫三为屋，则指地。"因当时每人能耕的地为百亩，所以"夫"字有两种意义。陈说见孙诒让《周礼正义·小司徒》疏引。

"九夫为井"即《孟子》书中说的"中为公田"的井田制,公田和私田都在每个井字形的单位中,上八家尽先耕作中间的百亩公田,然后耕作每家所分的百亩私田,剥削率约为九分之一。① "十夫有沟"的井田制(亦称沟洫制)以一千亩为一单位,由十家耕种,公田不在其中,而是较集中地存在于其他地区。《诗经》中描写的"十千维耦""千耦其耘"的规模,即是调集大批农民耕作这种公田的情况。不论是哪一种形式,最初都是采用"借民力以耕公田"的助法。以后由于生产力的发展和"民不尽力于公田"的种种原因,这种助耕公田的办法,特别是大规模征集庶民助耕藉田的方法,到西周末年就不能推行了。周宣王"不藉千亩"②,说明这种剥削方法,首先在王畿内正式废止。王畿的乡遂以外,在不同地区还存在过相当时期,《周礼》所记"乡遂用贡,都鄙用助"的说法,当是西周末到春秋初期的制度。其后由于生产力的发展及其它种种原因,各国的田制税制也都发生了不同程度的变化,都由"公田十一""九一而助"的助法,变为"十一而彻"的彻法了。③

各国中首先改革的是齐国(公元前 685 年,管仲相桓公,实行"相地而衰征"的税法,说明已不是采用助耕公田的方式了),其次是晋国

---

① 如依《韩诗外传》等书对井田之解释,公田百亩中有二十亩是八家庐舍,这样剥削率就为十分之一。

② 关于《国语·周语》中所说的"不藉千亩",史学界有不同看法:(一)有的认为是"周宣王解放了奴隶,把千亩的田地,分划成无数小块,交给奴隶自行生产"(见李亚农《西周与东周》)。(二)有的人认为是"透示了土地国有制崩溃的征兆"(常悟《关于中国奴隶制向封建制过渡的问题》,见《历史研究》1959 年第 3 期)。(三)有的人认为是"藉田制的正式宣布废止,税收也由什一而藉的助法变为十一使自赋的彻法"(韩连琪《先秦的土地占有制及其剥削形态》,见《山东大学学报》1957 年第 2 期)。(四)有的人认为是"王室税收由助转贡制之表现"(李亚农《先秦两汉经济史稿》,第 139 页)。(五)有的人认为:"周宣王'不藉千亩'只是与鲁文公四不视朔一样,乃是当时统治者政治废弛的一种表现,并不涉及改变生产关系的问题。"(金景芳《中国奴隶社会的几个问题》,第 52 页)按:《周语》记虢文公对宣王"不藉千亩"的谏言所谈内容,是各级统治阶级督导农夫助耕公田的情况,决不仅仅是一个举行仪式的问题,所以第五种说法不符实际。第一种说法,是从否认中国有井田制而用欧洲奴隶制瓦解时的情况解说西周末情况的,也不合实际。第二种说法比较笼统,用意义较多的国有制一辞解释"不藉千亩",不够明确。第三、第四两说基本相同,本文认为最能说明当时实际,因用此说,叙述周代田制变化的开端。

③ 彻法的内容,从汉赵岐、郑康成到清末孙诒让等注经家有各种不同的解释,拟别为短文介绍,此处只取其放弃助耕公田按十一之率取税的基本含义。

（前645年晋惠公作爰田。关于爰田有各种不同解释，按照一种解释，作爰田即改变三年换土易居的办法为"自爰其处"的办法，说明私人土地占有权比前巩固了），第三是鲁国（前594年鲁"初税亩"，即开始废止助耕公田，改为履亩而税）①；第四是楚国（前548年，楚子木实行量入修赋的办法，既是修赋，说明已无公田）；第五就是郑国。前543年子产执政时，使"都鄙有章，上下有服，田有封洫，庐井有伍"，这就是对田制的整理和改革。按《周礼·大司徒》郑注，"都鄙"是"王子弟、卿大夫采地"所居，所谓"都鄙有章"，即是对于卿大夫采地上的土田疆界、赋税剥削种种秩序加以整齐划一。"上下有服"，是对于各级贵族吏民的衣服有所规定。"田有封洫"，是整理公私田地上的疆界沟洫。"庐井有伍"，是将八家同井的编制，按照"伍家为比"的编制重新调整，实际上是废除了八家共耕的公田而改为仅有税律作用的公田。这样，原来直接属于贵族的公田，就变为庶民分耕的"私"田；原来直接支配享有公田产品的采邑主，就只能按照税率收其实物产品了。从经济上看，由近于劳役地租的剥削变为近于实物地租的剥削，是一进步；从政治上看，削弱贵族采邑主的部分特权，加强国君的中央集权，是一进步。那么，这两方面谁是代表进步势力，谁是代表腐旧势力，不是很明白的事吗？事实上子产的田制改革是从子驷执政时开端的。子驷的"为田洫"和子产的"田有封洫"一样，当是整修公私田地上的水道疆界，把破坏了的沟洫加以修整，把贵族们侵占了的公共地界和互相侵占的土地，重新改正，因此有许多人"皆丧田焉"②。可见，子产平灭了司氏等五族之乱，正是维护政府的整顿改革，打击贵族的抵抗叛乱，难道可以说代表国君和政府实行新田制税制的执政是旧势力，而维护旧特权制度的贵族们反而是新势力吗？

① 初税亩，各家解释不同，《左传》《公羊传》解释都不明确，《谷梁传》明说"非公之去公田而履亩"，税率是十分取一，今取其说。杜预认为既取公田，又税其私田十分之一，是十而取二，仍立有公田，非是。王船山认为："言税田者，谓无亩而不税，故曰履亩。……公田百亩而无莱私田则以三等酌其中，履亩是凡已耕之土，尽入税额。"也不太确当。王说见《春秋稗疏》。

② 恽敬《三代因革论》说："郑子驷为田洫而侵四族田，是郑之田不尽井也"，这是由侵四族田一事，证明郑国的田不全是"井"字形井田，不是指广义的井田而言。恽说见《大云山房文稿》卷1。

从上述论证及整个郑国形势看来，郑国在子产改革以前，没有社会变革的显著迹象，自子产实行政治革新后，才出现了由奴隶主转化为地主的趋势（或可说由封建领主转化为地主的趋势），以后才逐渐产生了严格意义的新兴地主。当子驷执政时，根本没有地主阶级，哪里有新兴地主阶级的夺权斗争？

梁效本来想用"土地占有关系""新旧势力殊死搏斗"等词句蒙混群众，借以达到借古喻今的罪恶目的，但在史实面前，却打了自己的嘴巴。事实证明，那个代表新旧土地占用关系的进步势力，恰恰不是他硬封为地主阶级的司氏五族，而是被他诬蔑为复辟势力的子产，说明一切离开实事求是而玩弄阴谋的手法，最后是必然要失败的。

（2）梁效攻击了子产平灭司氏五族之乱一事后，接着对子产不许丰卷田猎祭祖一事件作了歪曲的描写和攻击。他说："当时有个大夫丰卷，为了祭祖，请求打一次猎。子产说：只有国君才能用猎获的野兽来献祭。非但不批准，而且严加惩办。在子皮支持下，把丰卷驱逐出境。这和孔老二咒骂季氏祭泰山的所谓越礼行为，何等相似！"按《左传》原文是说子产不许丰卷请求之后，丰卷就"退而征役"（招集私兵），竟致子产企图奔晋，后来"子皮止之而逐丰卷"，并不是子产本人驱逐丰卷。梁效故意歪曲事实，是为了影射周总理没有批准他们的一些无理要求，所以用"非但不批准，而且严加惩办"的词句来发泄私愤。不过，究竟是子产还是子皮驱逐了丰卷，无关重要；梁效的影射，对于坚持原则的周总理和其他领导同志，也无损毫末。这里指出的是梁效把反对越礼行为作为攻击子产的理由，是非常谬误而有害的。

相当一个时期以来，有一些论者把"田氏代齐""季氏专政"说为代表春秋末年封建社会变革，并把这一论点不适当地夸大而歪曲了。原来作者所重视的是私家争取人民时实行的一些欺骗政策所起的作用，而后来的论者舍弃了这一重要关键，却把贵族的专权自恣种种僭越行为本身，都说成是革命行为。这种不正确的论点，到了梁效手中，就成为篡党夺权的理论根据。

应该指出，僭越和革命不但了无共同之处，而且是正相反对的两种东西。革命是被统治阶级为了实现远大理想，自觉地破坏旧的秩序；而僭越乃是统治阶级中某一等级的人擅自享用上级统治者的特权享受。他们并没有新的理想，只不过企图把上级的享受特权，夺到自己手中罢了。他们所羡慕而要取得的东西，正是革命者所鄙弃而要打倒的东西，如何能把这两者混淆起来？革命和革新是必然要破坏或改变旧秩序的，但并非一切不守旧秩序的非法行为都可称为革新或革命。历史上某些权贵的僭越行为，有时反映出社会的分解破坏，但这也和每一朝代末叶，一切贪污淫杀都在客观上反映出旧朝代的崩溃一样，不能说这一切都是新生事物的代表。某些僭越者，曾经利用职权做过一些争取群众客观上有益于人民的事。如齐国的田氏用大斗出借、小斗收回等事，如果撇开他的动机不管，也不和他算收入盈亏的总账，可以承认是一件有益之事。但也只能说这一事在客观上起过作用，而不能把田氏一切僭越行为都说成是代表进步势力。至于鲁国的季孙氏，情况又有不同。季孙氏执政几代中，只有"无衣帛之妾，无食粟之马"的季文子一代，有过一些不同表现。如果在史实上搜求一番，我认为鲁宣公时代实行的"初税亩"，可以说是季文子执政时实行的新措施。当时鲁宣公得不到季氏的允许是不能实行这一新剥削方法的。史学界在这一点上有过不同的看法，我认为李剑农先生的解释最近于事实。他说：

> 或疑政权既握于贵族世卿之手，必不愿以税亩加重本身之负担，吾则谓正惟贵族世卿专政之故，始能创行此税亩……。大地主之世卿形式上虽似因税亩而本身之负担加重，实则自己所提出之税亩，仍由自己支配使用。……惟大多数保有土地之小地主，则为税亩之真正负担者，……专政之世卿贵族反得利用此丰厚之聚敛，任意挥霍，以市恩于其下之士民，使皆乐为之用。①

---

① "初税亩"的不同解释，上段注中略有说明。这里所说的不同意见，是指这一税制的实施是鲁宣公的意志，还是季孙氏意志的问题。（一）常悟同志申述郭老意见认为鲁宣公实行此新制是向三桓进攻（见《历史研究》1959 年第 3 期）；（二）金景芳同志认为鲁宣公时"早已政在大夫是铁的事实。鲁宣公无力向大夫进攻，大夫不能向自己进攻"，意谓是季孙氏的意见（见《中国奴隶社会的几个问题》，第 62 页）。本文认为鲁宣公不能向三桓进攻的意见，和三桓不可能是革命者的意见是正确的。但不同意过分轻视"初税亩"的意义和作用。因这一说没有说明何以三桓能提对自己不利的税法，即对自己土地加税的原因。所以李剑农先生的解释，最合于事实。李说见《先秦两汉经济史稿》，第 98 页。

可见"初税亩"一事是季文子为了私利而实行的一种有积极意义的政策。这一笔账应该记在季氏名下，但也仅有此时此事而已。到了季武子、平子三代，便无任何革新可言。① 史册所载，只有专权致富，向大国的权臣行贿，伺机侵袭小国，甚至公然"用人于亳社"（《左传》昭公十年），实行奴隶制时代的残刑，这和昏庸的鲁昭公所表现的一切，没有任何新旧之分。季氏旅泰山等举动，只能是奴隶制时代残留下来的僭越行为，没有什么进步可言。把子产不准丰卷田猎祭祖一事，比作孔丘骂季孙氏旅泰山一样，意谓任何越礼行为都不应反对，谁要反对，就要加以复辟倒退之罪名。这种批评方法只能作为钳制舆论的手段，随着革命的继续深入，就成为不值一顾的东西了。

总之，子产被梁效攻击的上述两事（平司氏五族之乱和不准丰卷田猎祭祖），都是打击贵族加强中央集权的行为，不能诬蔑为反动复辟路线。把革命和叛乱、革新和僭越混淆起来的理论，不但在政治上是阴险而反动的，而且在学术上造成了混淆黑白的影响。这种颠倒了的是非，必须颠倒过来。

（3）这里要附带谈一下清初学者王船山对于子产平灭司氏五族之乱一事的评论，以见在"儒法斗争"的题目下，把思想史的阵线混乱到什么程度。

《左传》襄公十年记：郑子驷执政时，因整理田洫引起了司氏等五族之乱。他们"晨攻执政于西宫之朝"，杀子驷（执政）、子国（司马）等。子驷的儿子子西闻乱后，"不儆而出"。结果"臣妾多逃，器用多丧"。子国的儿子子产闻乱后，作了详密的准备而后出，结果把五族的为乱者全部平灭。《左传》作者记此事是表扬子产的才能的，历代学者很少加以评论。王船山对此提出特别的看法。他说：

> 子西闻其父之难，不儆而出。子产闻其父之难，守备成列而后

---

① 《左传》昭公三十二年，晋史墨对赵简子所说"季氏世修其勤"的话，有借此诌媚赵氏之意。所谓勤，只能做屡次执政、勤于专政解，与人民利益无关。晋赵氏、范氏与季氏地位相同，互有来往勾结。昭公三十一年，晋召季孙，范献子先使人和季孙私谈订约一事即其证，其它类此。

出。夫使有至性者设身以为二子处，其必为子西而不为子产明矣。（《续左氏博议》卷上《子产追盗》一节）

王船山认为：为子者闻父之难，应当有不反兵而斗的杀敌精神，不当"犹转一念为臣妾器用计"，所以在此时机，人们应当学子西，不当学子产。不过他又认为，按照子产的生平作为，不致"如此不肖"，可能是子产早有准备，遇变时攻盗有人，守室有人，因而应付裕如，一举平敌。后来被"不知性者妄为传闻"，遂成为左氏所记之经过。我认为王船山这一评论，虽表现了真挚的天性，但意见并不正确。子产先做好准备，再进行平乱，不论在效果上、动机上都相当合理，不应对此有所疑难，不过对此不拟多加讨论。这里只是借此铁证说明这位明清之际杰出的唯物主义思想家，是典型的纯粹儒家而不是什么法家。某些人用歪曲事实、指鹿为马的手法，硬派他为法家人物，纯系颠倒黑白的胡说。稍为读过王船山著作者，都知他的思想是以继承发扬张横渠的思想为职志，并且有真正的发扬光大之处，他临终以前还以"希张横渠之正学而力不能企"为憾（潘宗洛《船山先生传》），哪有一点"尊法反儒"的意思？他不但不尊法，而且是反法家的宗将，单从《读通鉴论》中就可以举出好多反法家的例证。若从全部遗著中看，就他的整个思想理论看，更知他和法家思想，特别是和严刑重罚、权谋术数那一套格格不入。船山所反对的佛教、老庄、申韩三派中，对于申韩特别没有恕辞。他明白说："明与圣人之道背驰而毒及万世者，申韩也。"（《姜斋文集》卷1《老庄申韩论》）哪里还有比这更激烈的反法评论呢？可是"四人帮"捏造出一个法家人物的名单来①，为了使这一派中有一个是具有唯物思想、进化思想的殿军人物，压倒对方，于是硬把这位思想家拉入法家阵营，以壮声势。这种混乱黑白的阵营划分，不但搞乱了学术阵线，使人对儒法异同无从分别，而且造成一种使学术研究为阴谋服务的恶劣学风，真是贻害无穷。人们对于王船山的思想学术，可以分析批评，作不同看法的评价，将来有机会展开讨论，再为论辩。这里借船山评子产追盗一事，确证他是极端反

---

① 该名单中有确属法家者，有的虽不是法家，但有法家精神，有的决非法家而且是反法家的。把这些排列起来定为法家系统，完全是捏造。

法家的正统儒家，希望受骗的同志明白事实真相，不再对王船山是个法家还是个儒家的问题持犹疑徘徊的态度，以致思想更加混乱，这是所谓儒法斗争史上一个必须澄清的重要环节。

二　论子产的政治改革

子产是春秋时期著名的政治家、外交家，在当时和后世，都有很好的声誉。现代学者如范文澜、郭沫若等老同志，也都认为他是时代的先进人物。但梁效却诬蔑他实行的各种政策，如作封洫、作丘赋、铸刑书等措施，都是复辟奴隶制的路线，这是颠倒黑白的胡说。

春秋末期是中国社会大变化的时代。这种变化在经济上的表现，是生产力的发展和井田制的动摇破坏；在政治上的表现，是旧贵族的腐朽没①落和君主集权的逐渐形成。我们就用这两个标志来考察一下子产实行的这些改革是前进的还是倒退的呢。

作封洫是子产执政以后，继续子驷实行而未成功的整理田制的改革。《左传》襄三十年记此事说：

> 子产使都鄙有章，上下有服，田有封洫，庐井有伍。大人之忠俭者从而与之，泰侈者因而毙之。
>
> 从政一年，舆人诵之曰："取我衣冠而褚之，取我田畴而伍之。孰杀子产，吾其与之。"及三年，又诵之曰："我有子弟，子产诲之；我有田畴，子产殖之。子产而死，谁其嗣之？"

按《周礼·大司徒》郑注，都鄙是"王子弟、卿大夫采地所在"，所谓"都鄙有章"，就是对于卿大夫采地上的土田赋税等秩序，加以整齐划一。"上下有服"，是对于各级吏民的衣服制度有所规定。"田有封洫"，是整理公私田地上的疆界沟洫，排除水患，减少纠纷。"庐井有伍"，是将八家同井的编制，按照"伍家为比"的组织重新调整。实际上是废除了八家助耕的公田，而改为仅有税律作用的公田。这样原来直接支配、

---

① "没"原误作"殁"。——编者注

享有公田产品的采邑主，就只能按照税率收取其实物产品了。

舆人所说的"取我田畴而伍之"，即所谓"田有封洫""庐井有伍"，即是把原来共耕公田而隶属于采邑主的庶民，编入伍家为比的组织中，以便按照新整理了的田洫疆界有领导、有秩序地进行生产。所说的"取我衣冠而褚（畜藏）之"，即所谓"上下有服"，也即管子所说"毋逾等之服"（《管子·重令》）、商君所行的"名田宅、臣妾、衣服以家次"（《史记·商君列传》）的基本内容，是裁制"泰侈"者的一种步骤。改编田制组织，一定要有些纷更干扰，给人以暂时的不便，而且取消了贵族们直接控制的公田，当然会引起一些人的反感咒骂。但子产的改革不仅在于对田畴的"伍之"，而且在于对田畴的"殖之"，韩非子说"子产开亩树桑，郑人谤訾"①，可见，子产作封洫时，确实做了一番促进生产的工作。当这种收获利益还不显著的时候，当然会有人诅咒诽谤。但在当时铁器普遍使用，生产力很快提高的推动下，大大得到好处的人们不久就知道新的政策对他们最有利益，于是转而歌颂起子产来了。这一改革，既促进了农业生产，也削弱了旧贵族对于农民的控制，从而加强了中央集权制的建立。所谓"我有子产，子产诲之"，不是说国家举办了教育文化事业，而是说国家对于被编制的农民卒伍，进行政治教育。可见子产这些措施是推进了社会的发展，而不是向后倒退；是促进了地主政权的建立，至少是促进了由奴隶主转化为地主的政权建立，而不是维护奴隶制的复辟倒退。

子产的改革方向及改革时所遇到的情况，和后来商鞅变法时的方向、情况非常相似。

《史记》说商君变法时，"令行于民期年，秦民之国都言令之不便者以千数；行之十年，秦民大悦。"（《史记·商君列传》）商鞅用了十年取得的变化，子产用了三年就取得了。韩非子说：子产治郑"国无盗贼，道不拾遗。桃枣阴于街者，莫有援也。锥刀遗道，三日可反"（《韩非子·外储说左上》）。《史记》也说商鞅变法时"道不拾遗，山无盗贼"。虽不免都有些粉饰，但说明他们的政治效果十分相似。从这些绝非偶然相似的事实中，不也说明子产的政治路线，绝非复辟倒退吗？

---

① 《韩非子·显学》陈奇猷《集释》认为末段系后人伪作，论据不确。

作丘赋是子产实行作封洫以后的重要措施。梁效对此也作了诬蔑性的批评，他煞有介事地援引服虔《左传注》"丘赋者，赋此一丘之田出一马三牛，复古法耳。丘赋之法不行久矣，今子产复修古法，民以贪，故谤之"一段文字，从而说"丘赋并不是什么改革，完全是复旧的"。事实果真是这样的吗？

丘赋的内容是什么，自来注家有各种不同的解释，似有众说纷纭之势。但比较难确定的是关于丘赋之数量多少问题；至于丘赋的性质，已有较符事实的看法，不需有什么怀疑。

当周初实行的井田制，即藉田制的助法未废止以前，一切战争、祭祀等重要费用，都出于藉田或公田的生产品中。这本是从原来公社农民为积蓄公共储藏费用沿袭而来，其中战争费用更是主要项目。《国语·周语》记虢文公谏周宣王"不藉千亩"时，就曾提出"三时务农，一时讲武，故征则有威，守则有财"的理由，可见公田的存在，确实负担着支付战费的任务。当藉田制废止后，这笔费用就没有固定支取的地方。于是采用了遇有战争，临时向农民征收粮秣刍藁的办法。随着战争的频繁，统治阶级的腐化奢侈，政府的开支日益增大，他们势必要从被统治阶级中开辟各种费用，特别是战争费用的来源，这就产生了田税以外的军赋制度。作丘赋就是征收军储的一种赋法。

这种税赋的演进和田制的变化相应。正如鲁国实行"初税亩"（前594年）后四年，就实行"作丘甲"的步骤一样，郑国也于作封洫后四年（鲁昭公四年），实行作丘赋的税法。

杜预注云：

> 丘十六井出马一匹、牛三头。今子产别赋其田，如鲁国之用田赋。

照此解释，子产的作丘赋，不是和鲁国成公元年的"作丘甲"相同，而是和哀公十一年的用田赋相同；不是按照丘甸的居民区划开始征收军赋，而是在此之外，又按照田亩多少另征收军赋一份。后世注经家对于杜预"作丘甲"注所说"此甸所赋，今鲁使丘出之"的解说，多认为骤加四倍太重，有人提出较轻于四倍的解释①，对于杜预把郑国的作丘赋视同鲁国的用田赋，也有不同意见②。本文认为子产的作丘赋，应和鲁国的作丘甲相同，是按照居民单位征收军赋。至于鲁国的用田赋，是更进一步按田亩征军赋的办法，与作丘赋不同，所以此处杜注不够正确。但无论丘赋、丘甲的异同如何，剥削量究竟是多少，增加剥削的倍数是否太快，可以肯定的是鲁国的作丘甲、郑国的作丘赋，都是向丘甸居民征敛军赋，增加了农民的负担。杜注在这一点上完全正确，而服虔所说"古法不行久矣""复古法耳"的说法是绝对错误的。

因为从来统治的趋势，总是增加剥削而很少是减少剥削。特别是春秋时期，正是社会政治大变动时代，无论就生产力的发展增加了扩大剥削的可能上看，或是就战争等费用迅速增加方面看，统治阶级必然要扩大财政收入，断没有古来规定的赋税"不行久矣"，而并无其他赋税代替施行的事。况且书上明确记载着"作丘赋"，作就是有所改造兴作而不是完全复旧。如果是"复古法耳"，也不会遭到许多人的反对。浑罕批评子产说："作法于凉，其敝犹贪；作法于贪，敝将若之何？"不正说明他是"作法"而不是复旧吗？其实服虔的错误，唐朝的孔颖达早已指出来了。他说：

> 案春秋之世，兵革数兴，郑在晋楚之间，尤当其剧，正当重于古，不当废古法也。若往昔不修此法，岂得全无赋乎？（《左传正义》成元年）

梁效如获至宝地抓住了的这条服虔注，就是从孔颖达的《正义》引来的，偏偏他只取服虔的说法而闭眼不看孔颖达的反对意见。这种手法，在梁效等文中本来俯拾即是，不值再论。可以一提的是梁效自封为是站在人民立场，用马列主义分析历史的，为什么不对子产加重人民的负担

---

① 宋刘敞开始认为加四倍太重，宋家铉翁提出每丘出一甲、一甸出四甲的解说。均见《春秋传说汇纂》。清代王夫之等也有新解。

② 清吴南屏认为用田赋只是将"公田一百亩亦充一夫"之费，比杜注所说轻的多。吴说见刘师培《左庵题跋·跋吴南屏与戴子高出》。

批评攻击，而却用了"复古法耳"一语轻轻否定"作丘赋"的作用意义呢？事情很明白，因为孔丘曾反对过季孙氏的用田赋，在他整理过的《春秋》里，也讥贬过鲁国的作丘甲，如果从重敛角度批评子产，就和孔丘的立场相同，达不到借古讽今的罪恶目的，这就是他舍弃通行的杜注而搜取残缺的服虔注的原因。

无论梁效的动机如何，我们认为子产的作丘赋，是增加了人民的负担，绝对不是恢复久已不行的古法，这是毫无疑义的。当然，这种赋法，也不是子产开始创立，一定有所沿袭，鲁国的"作丘甲"就在子产作丘赋以前五十余年。可能都和司马法所说有一定渊源，且不细论。需要一提的是既然子产的作丘赋是增加了人民的负担，那末他的改革意义何在呢？

我们知道"马克思主义理论的绝对要求，就是要把问题提到一定的历史范围之内"（列宁《论民族自决权》，《列宁选集》第 2 卷，第 440 页），那么就要根据子产所处的时代地位来考察判断。如果离开了子产的治国方针、政治作风等条件而单纯论"作丘赋"一事，那也不过和鲁国的"作丘甲""用田赋"一样，只是一种扩大剥削增进税收的方法，没有什么进步可言。如果和子产一系列改革措施、治国态度联系起来看，就知道郑国处于晋楚两大国①之间，朝聘会享的频繁②，战争国防的耗费，都需要积极筹措才能应付。子产是一个现实的政治家，他既不能和孔子一样，只满足于背诵"施取其厚，事举其中，敛从其薄"（《国语·鲁语》）的空想原则，也不能和鲁国君臣一样，只为了享用而增加赋敛。他必须在不违背"苟利社稷"的原则之下，解决实际存在的问题。因此他在改革田制、开亩树桑发展生产之后，接着就订立丘赋制度，使浩大的军政费支出有固定的来源，这样就能充实国力，可以用相当强硬的外交战略，保持本国的独立尊严，不致衰弱屈辱。所以从子产治郑的全局看，"作丘赋"也是政治改革的重要一环，它的进步意义就在于此。梁效诬蔑为复辟奴隶制的路线，是混淆黑白的谬说。

子产的三大改革中，铸刑书的内容比较清楚，旧时学者没有做过众

---

① "国"原脱。——编者注
② "繁"原脱。——编者注

说纷纭的解释，近代学者更一致认为是成文法的公布，反映了社会的进步。梁效却武断地说："铸刑书是公布了奴隶制刑罚，其目的决不是为了限制奴隶制贵族的特权，而是为了压制新兴地主阶级和劳动人民的反抗，维护奴隶主阶级的专政"。所持的理由只有两条。一条是：叔向给子产的信中提到"今吾子相郑国……制参辟、铸刑书，将以靖民，不亦难乎？"其中的制参辟意思就是用三代之刑法，说明子产铸刑书的内容完全是沿袭夏、商、周三代奴隶主制定的刑律。这种字句上的推测是说明不了什么问题的。

我们知道，叔向的信中，曾提到"夏有乱政，而作《禹刑》；商有乱政，而作《汤刑》；周有乱政，而作《九刑》"等语，是作为一个比拟，用以说明一般制作刑法的实际和情况，而不是指实刑法的内容。他认为三代都是到了衰乱的晚世才制作刑法，用此来警告子产，不要铸刑书了，如刑书公布，民情就不稳靖了。怎能从这一比拟的字句中，推出子产的刑书内容是维护奴隶制呢？

叔向提出"制参辟"一语是用以批评子产的铸刑书的，也即是说他是反对这个"制参辟"的。既然认为叔向是奴隶主贵族保守派，那么他就不是反对子产加强了对奴隶的压制，而是批评他公布了刑法，更容易引起人民的动乱来的。所以从叔向"制参辟"一语中，得不出子产的铸刑书是巩固奴隶制来。

梁效攻击铸刑书的第二条理由是孔丘对于晋国的铸刑鼎激烈反对，而对于郑国的铸刑书，却没有表示反对意见。因此晋国的铸刑鼎是维护新兴地主阶级利益，而子产的铸刑书是维护奴隶主阶级利益的。并说："孔丘骂晋国铸刑鼎是'失其度矣'，而子产以礼治郑，公开宣称'度不可改'；孔丘骂晋国无序，而子产治郑却是'都鄙有章，上下有服'，所以晋国所破坏了的东西恰恰是子产要维护的东西。"这一连串话，好像振振有词，其实除了预定的套语外，什么内容也没有说明。

很明白，子产说的"度不可改"是说他"作丘赋"的法度不能更改，即新立的法度不能改动；而《左传》所记孔丘批评晋国的"失其度矣"，是指晋国失掉了唐叔虞的法度，即失掉了旧的法度。两个度不是同一内容。如何能根据两个不同内容的"度"字，推定两国的刑法是相反的东西呢？梁效要论证子产铸刑书和晋国的铸刑鼎不同，就应该考察两国刑法的内容或两国政治经济上的差异，指明事实加以论证；而却只用了几个空洞辞句，妄为分别，好像只要说"上下有序""都鄙有章"，就是维护奴隶制的秩序，那么，商鞅变法时不也是"明尊卑爵秩等级各以差次"，能够说商鞅变法也是奴隶制的秩序吗？

至于孔子不反对子产的铸刑书，而只反对晋国的铸刑鼎，确是一个可以考虑的问题，在材料不足之前，不敢作肯定的推测。曾有人设想过孔丘当时还年轻（十九岁），不是发表政见的时候。但《左传》记孔丘评论子产外交才能的话，在鲁襄公二十五年，那一年孔丘不过四、五岁，决不会说出"言以足文，文以足言"的这些话来。可见《左传》此处所记，如非想象编造之辞，就是误传他人评语，或者是把孔丘多年以后的评论，记为当时的语气。所以孔丘年轻，也不是他没有批评过子产铸刑书的原由。郭老曾指出："叔向和仲尼语，都带有预言性质，一言郑之将败，一言晋之必亡，这分明是在晋、郑败亡后，撰述这些故事者的润色。"（郭沫若《十批判书·前期法家的批判》）这话确有特识。看仲尼语，直称文公，不称晋文公；直称宣子，不称范宣子，很像晋国本国人说话的口气，孔丘很少这样称述列国君臣的，所以《左传》所记孔丘评论语言不可全信。但无论事情真相如何，梁效离开两国的政治法律本身而只就孔丘的评论态度来推测事实，是得不出正确结论来的。

孔子对于当时的政治，并不能每一事都要加以评论；他的论事原则也不是首尾一贯，毫无出入分歧，如何能根据他曾否评论来推断事实的内容？难道能把孔丘没有批评过的事都认为是代表奴隶主利益，把他没有称赞过的事都定为代表地主阶级的利益吗？

梁效也不自觉地说了这样一句符合实际的话："叔向指责子产，并不是反对刑书的内容，而是担心这一套公布出来造成祸乱。"但他立刻笔锋一转，用统治阶级内部争吵一句话滑过去了。我们要问：既然两方争执的关键，在于应否公布刑法，那么究竟公布刑法和"议事以制，不为刑辟"，哪一种方法对于统治阶级更有利益，对于被统治阶级更能加强控制呢？是代表旧统治阶级的人主张公布，还是代表新方向的统治者主张公布呢？梁效说："这是救世的策略上有些分歧"，那么究竟哪一种策略较能代表新的方向？而晋国的铸刑鼎和子产的铸刑书又有什么策略上的分歧呢？

叔向的信中很明白地说明统治的目的在于"民可任使而不生祸乱"，他担心的是"民知有辟，则不忌于上，并有争心，以征于书"。这就是说刑法一公布，人民就可以根据刑法进行斗争，这就削弱了贵族的特权，减低了对于贵族的畏惧（不忌于上），这是很明显的奴隶主贵族立场。而站在叔向的对立面被叔向批评的子产，显然和叔向不是一个路线。如果子产为了加强奴隶主的权力，他就当保持这种不为刑辟的方便，为什么要冒犯国内外一些人，如士文伯和叔向等的反对，而实行一种新的策略呢？

本文同意一般的看法，认为：春秋时期由于生产力发展的推动，上层建筑的各部分也发生急剧变化，从尊礼到重法，从法的保密到法的公布，就是社会基础变化的反映。当宗法礼制还可以维持社会等级秩序的时候，虽也订立一些个别法规，如仆区之法、茅门之法等，但基本上是"议事以制，不为刑辟"。到了阶级斗争激烈、社会关系复杂的时候，这种没有强制性的礼义就无济于事了。这就必须实行严格的法制，才能处理事件、稳定秩序。因此随着奴隶制的分解，从奴隶主阶级内部中产生出来的向地主阶级转化的统治者，就能首先考虑到新生阶级的利益要求，提出了公布刑法的方案。子产就是这种能适应新形势的人物。正因为子产是从奴隶主贵族转化来的，所以对于旧制度还不是怎样深恶痛绝，而是由于客观事实的实际需要，不得不采取相应的措施，所以说"吾以救世也"。既已是救，就是要向前改进，而不是倒退复辟。梁效在"救世"二字上玩弄词句，企图把不同路线说成是内部争吵，借以抹煞铸刑书的进步意义，是完全徒劳的。

子产刑书的内容是什么，我们不能详知；但根据当时社会发展的趋向，可以推知和后来李悝著的《法经》精神相同，不外于加强对盗贼的惩罚压制、对私有财产的保护，其中可能包含作封洫后土地疆界权益及其他财产争夺的裁判等。这种法律，对于真正劳动人民（流氓阶层不在其内）的彻底解放是一种枷锁，是反动的，而对于新生的富而不贵的地主阶级和一般自由民工商业者是一种权利，在总的社会发展上看，是进步的表现。梁效出于借古讽今的罪恶目的，千方百计地把公认为标志新时代的铸刑书，也说成是反动倒退的。这除了造成思想混乱、蒙混群众的恶果外，能有什么作用呢？

三　论子产的天道观和民主思想

子产，不仅是一个著名的政治家、外交家，而且是一个无神论的先驱者。他有关反对迷信的言论和行动，史籍上有明确的记载，前代和近代学者对之都无异议。而梁效为了达到其借古讽今的罪恶目的，却诬蔑为利用神权维护反动统治。恩格斯说："恶意的诽谤当然是借任何理由都可以散布的。"（《马克思恩格斯选集》第 4 卷，第 483 页）那么就看看他举出一些什么理由来吧！

第一个理由是说，子产把晋侯患病说成是他不祀夏郊造成的，以此来迫使晋侯恢复三代的祭祀。并说，这一套鬼神的理论，完全是为推行克己复礼的路线服务的。

《左传》上（昭公七年）确实记载了子产和晋大夫韩宣子的一段有关晋侯梦见黄熊的问答，子产确实说了一大套鲧死化为黄熊的神话，但子产回答韩宣子的提问，首先是说："以君之明，子为大政，其何厉之有？"就是说以晋侯的英明，加上韩宣子主持大政，哪还能有什么厉鬼作祟呢！大前提说明之后，才举了鲧化为黄熊的传说，回答了黄熊来历的提问，让晋国自己决定办法。这在外交上是一个很圆满的对话，怎能根据此点断定是维护神权呢？

第二个理由是说：郑伯有死后变为厉鬼，郑人皆惊。这分明是庸人自扰。子产却立伯有和子孔的后代以安抚死人，还讲了一大篇鬼魂原理。他借鬼神意志达到"继绝世、举逸民"的反动的政治目的。子产对此事确实讲过有关鬼神的言论，但必须进行具体分析，才能知道这种发言在他的思想中占什么地位。郑国是一个"族大多宠"的国家。子产为卿时，就因此感到畏难，不欲接受执政的职务。执政后，一面在政治上执行裁抑贵族的改革政策，一面在生活上采取一些安抚贵族的策略。伯有的被逐，罪有应得，但他的祖父子良是曾经让过君位、被国人推许的，伯有被杀，使子良无后，这对于当时贵族们是一件不能安心的大事。所以在社会上传播了伯有闹鬼的故事，正是由于这些失意贵族的不安酿成的。子产借此机会，对这些已被打击的贵族之后，做了一些安抚工作，是非常必要的。他讲了一套安定人心的鬼魂理论，是内政上的策略，不能据此而论定为神权政治的维护者。子产曾说过"从政有所反之，以取媚也"的话，杜注云："民不可使知之，故治政或当反道以求媚于民"，可见子产在安抚伯有为厉一事上有反经合道的策略意义，正说明他的正面言行是不重视这一套的。

以上只是从消极方面说明梁效抓住上述二事，诬蔑子产为维护神权是错误的。现在要考察一下子产在积极方面究竟有过什么反对宗教迷信的言行和贡献。这一点弄清后，梁效的谬论就不攻自破了。

《左传》记昭公十七年冬，郑国的占星家裨灶根据星的位置变化，向子产建议说："宋、卫、陈、郑将同日火"，如用国宝祭禳，"郑必不火"。子产拒绝了他的建议，不给宝玉。第二年五月，四国都遭了火灾。于是裨灶又说："不用吾言，郑又将火"。郑国人都大为惊恐，都请求子产听取裨灶的建议，用宝玉祭祀，子产仍然坚决不与。他说："天道远，人道迩，非所及也，何以知之？"结果郑国也没有发生火灾。这一事是大家熟悉的。子产的特见，不在于第一次不准裨灶的请求，而在于火灾之后，第二次仍不准其请求。虽然子太叔用救亡的大道理竭力劝说，也毫不动摇。这种定识、定力决不是一个对有神无神论稍存模糊观念和犹豫态度者所能办到。把这样有识力的政治家说成是借神权维护反动统治，除了别有用心的阴谋家外，有谁能作这种诽谤呢？

子产的第二特见，是他不仅坚决不信裨灶的巫术预言，而且能指出这种预言能够迷惑群众的原因。他说："是亦多言矣，岂不或信"，这种人预言的次数太多了，能够没有一二次偶然的巧合吗？现在看来，这话似乎非常平凡，但确是一个相当重要的发现。我们知道中外历史上一切迷信预言的能够广泛传播发生影响，重要原因之一就是由于无数次不应验的预言，都没有记录流传下来，反被一些巫师和庸人加以掩盖；而偶然一二次的碰巧偶合，却被他们粉饰夸张、扩大宣传，这就助长了迷信的散布。子产是中国历史上第一个揭穿这道理的人。在这一点上，他比汉代有名的素朴唯物论者的王充要更为进步。王充在《变虚》篇上说：

宋、卫、陈、郑之俱灾也，气变见天，梓慎①知之，请于子产，

---

① "梓慎"应为"裨灶"之误。

有以除之，子产不听。天道当然，人事不能却也。使子产听梓慎，
四国能无灾乎？（《论衡·变虚》篇）

王充认为梓慎等根据气变可以预见火灾，这就承认了天上的星变和人间
的火灾有因果关系或函数关系，只是"天道当然"（即必然），人事不能
却除改变罢了；而子产则认为裨灶根本不能预见火灾，只是说的太多了，
有偶然碰上的机会罢了，这就比王充的说法正确的多。王充的命定论中，
缺点很多，（如果裨灶不是根据星变，而是根据科学或是日常观察有所预
见，为什么不能用人事力量如曲突徙薪之类的方法消灭火灾呢？）而子产
的言论中没有人事不能改变天灾的意思，而却指出了迷信预言能迷惑人
的原因。这一道理一经揭露，就可以改变、动摇一部分人的信念，使其
不受迷信宣传的蛊惑，为无神论传播造成有利的条件。所以他在无神论
思想的传播发展史上，有重要的地位。

当然在他生活的春秋时期，还不可能有系统理论，也不可能彻底肃
清宗教神学的残渣。而且他是一个实际的执行政策者，更须照顾到一般
人能接受的程度和其他社会政治影响。所以他在火灾之后，除了积极指
挥防火救护、保卫治安、调查救济（书焚室而宽其征）等实际工作外，
还循例举行了向"玄冥"、回禄等水火神祭告的仪式，这一步骤，正和荀
子所说"非以为得求也，以文之也"的意旨一样，与所谓神权政治绝对
相反，怎能根据此点抹杀其反迷信的积极精神。

如果认为拒绝裨灶禳祭只是个别事件，请再看一下其他例证，则可
明白无疑了。

前526年（鲁昭公十六年），郑国发生旱灾，子产遵照礼制，派屠击
等三人到桑山祭祀，当屠击等斩伐了桑山的树木而不雨时，他就严厉斥
责说："有事于山，艺（培植）山林也，而斩其木，其罪大矣"，立刻罢
其官职。

可见他在不伤害农田利益的条件下，可以举行传统祭祷仪式，而当
属吏们斩伐了有防旱作用的树林时，立刻予以罢官夺邑的惩罚。这种态
度，和他当火灾发生后积极行动在于救护保卫而不在祭告仪式，是一
样的。

又如前523年（鲁昭公十九年）郑国大水，有龙斗于城外洧渊，国

人请求祭襄，子产不许。他说："吾无求于龙，龙亦无求于我。"坚决不祭。可见他的"天道远，人道迩"的思想是一贯的。火灾、旱灾是有关于人民生命财产的大事，他除了积极防救外，也举行祭告仪式，但决不能因此伤害农林利益。至于龙斗于水，和人民的生活毫不相干，就坚决不许祭祀。这种分别对待神和人的思想，如此坚定分明，能够诬蔑为利用神权维护反动统治吗？

列宁早已指示："判断历史的功绩，不是根据历史活动家没有提供现代所要求的东西，而是根据他们比他们的前辈提供了新的东西。"（《列宁全集》第 2 卷，第 150 页）

根据这个标准，我们认为子产的"天道远，人道迩"思想，比《左传》所记春秋初年如随的季梁、虢的史嚣以及宋的司马子鱼（《左传》桓公六年、庄公三十二年、僖公十九年）诸人所说的重民轻神、吉凶由人等片断思想，都前进了一步。这些思想，虽已能把神放在次要地位，但还保留了神民并举的形式；而子产的天道观，就已达到了无神论的前沿，确实比他的前辈提供了新的东西。梁效故意歪曲事实，用现代标准对二千多年以前的古人肆意诬蔑，说明这些自封为用马克思主义批判历史的人，对于历史主义是一窍不通的。

应该指出：思想的发展是受生产力和自然科学的发展程度限制和决定的。当生产力和自然科学没有高度发展以前，一切具有无神论倾向的思想，乃至具有素朴唯物论的思想中，都不可能彻底肃清宗教神学的影响，尤其牵涉到政治习俗等影响时，更不可能要求古人完全摆脱这些考虑而做纯科学的论辩。在道德、政治观念占主要地位的中国哲学中，更是如此。古代唯物主义者荀况就曾说过：

> 日月食而救之，天旱而雩，卜筮然后决大事，非以为得求也，以文之也。故君子以为文，而百姓以为神。（《荀子·天论》）

这种反神学的不彻底性和艺术性的应世态度，是中国古代思想的一个特点，一直到近代也没有完全超出其范围。不但王充、柳宗元是如此，就是到了王夫之、戴震，一直到康有为、严复，也没有完全摆脱这种局限。

王船山对于子产拒绝的禜灶，作过最激烈地抨击。他说：

> 若灶者流，恶足与争是非哉？放之可矣，疏而贱之，勿使有言
> 于廷可矣。……弗获已而遏于其流，若李晟之立斩术士，犹庶几也。
> （《续左氏博议》卷下《子产拒裨灶》）

可以说，有史以来反对迷信的言论，再没有比这更激烈的了，但文中还
保留了一句"巫祝之词有常"的陈言。在船山的其他著作，如《尚书引
义·甘誓篇》中就强调了"得罪于天者……天讨弗赦"的意思，但这些
带感情的思想并不妨碍他的主要思想是一个杰出的唯物论者。

戴震是清代考证学大师，也是天算学家，近来的哲学史中都给以唯
物论者的地位，但他也没有跳出儒学的传统。他说：

> 或曰：日食既预推而得，圣人畏天变之意如何？曰：此变其悬
> 象著明之常，不必为其行度之常也。岂有天变见于上，而圣人不恐
> 惧修省者乎？（《戴东原集》卷1《书〈小雅·十月之交〉篇后》。
> 《戴东原集》卷10《诗比义述序》亦有相同论述）

戴震认为日月运行的度数，是有客观规律的，但日月的明度变化，则属
于天变范围，人君应该"日蚀修德，月蚀修刑"。这种认识，很不正确，
比起子产严厉拒绝裨灶的请求而不废祭神仪节的态度，局限性似更大些，
但我们是否可以根据戴震此文，就否定了他在《孟子字义疏证》等书中
所显示的唯物论者的地位呢？

王船山、戴震都还是封建时代的学者，那么看一下近代改良主义思
想家康有为、严复的议论，就更可以知道对于二千多年以前的子产，应
该作什么评价了。

康有为在《上清帝第二书》中说：

> 甚者太和正门祈年法殿无故而灾，疑其地气当已泄尽。王者顺
> 天，革故鼎新，当应天命，当舍燕蓟之旧宅，京长安为行在。（《中
> 国近代思想史参考资料简编》，第251页）

严复在有名的《救亡决论》中说：

> 曩己丑、庚寅之间，祈年殿与太和门数月连毁，……灾异至此，可以寒心。然安知非祖宗在天之灵爽默示深恫也？（《侯官严氏丛刊》卷4）

康有为还属于半封建的旧式士大夫，而严复是真正受过近代科学教育，具有进化论思想的新型人物。当他写《救亡决论》时，正是积极提倡西方科学主张变法图强而没有退化落伍的时期，他当时的宇宙观中应该没有宗教神学那一套迷信了。然而他的文章中还不得不依照传统观念，借重于"祖宗在天之灵爽"，可见在一个专制主义根深蒂固的国度里，如期望对帝王独裁政治有所影响、有所改革，要完全抛弃天人感应那一套传统说法，是多么困难。生在19世纪具有科学修养的严复，发表议论时，还不能不考虑到政治效果、社会影响种种因素，那么对于二千多年前奴隶主贵族出身的子产，能要求他完全抛弃一切传统的习俗礼仪，而径直地宣传其天道思想，进行改革吗？

总起来说，我们认为子产的天道思想，虽还没有达到系统理论的高度，但已进入无神论阶段，从历史发展上看，有一定的启蒙意义。正像他的政治改革代表了由奴隶制转向封建制的趋向一样，他的天道观也反映了新兴阶级突破旧束缚的倾向。这两种倾向本来是有内在密切联系的。

除了无神论思想外，原始民主思想也是子产政治作风中一个特点。最明显的例证，即大家熟知的不毁乡校一事。

《左传》襄三十一年记：

> 郑人游于乡校，以论执政。然明谓子产曰："毁乡校何如？"子产曰："何为？夫人朝夕退而游焉，以议执政之善否。其所善者，吾则行之；其所恶者，吾则改之。是吾师也，若之何毁之？我闻忠善以损怨，不闻作威以防怨，岂不遽止？然犹防川，大决所犯，伤人必多，吾不克救也。不如小决使道，不如吾闻而药之也。"

吕思勉先生引述滇西风俗，解释此条云：

> 惟冬日教学，余时皆如议会公所，亦如俱乐部，故人得朝夕游

其间也。①

可见，乡校中还保留着原始民主制的遗俗。从子产对然明的解释中，看出他高出于当时一般统治者的思想作风，真有天壤之殊。他所说的"其所善者，吾则行之"等语，似乎只是一种很平常的道德格言，但在一个当权的执政者口里说出，而且应用在实际的群众议政问题上，就很不平常。他知道如果使用高压手段，一定能镇压下去（作威以防怨，岂不遽止），但他更知道压制言论的后果，必至走到"大决所犯，伤人必多"的地步。因此他用"忠善以损怨""吾闻而药之"（医治己病）的办法，发挥了当时所能达到的民主作用。他不是仅仅重复一遍"防民之口甚于防川"的古训，而是应用在实际上，并在理论上有所发挥，因此然明听了后五体投地，认为这样做郑国就全赖子产了。鲁国的孔子听了后也说："人谓子产不仁，吾不信也"。这种反响是很自然的。但是梁效却说："他们一唱一和，真是要搞民主吗？完全是陷阱和骗局。"试问在不毁乡校问题上，子产设下了什么陷阱？欺骗了哪些民众？梁效所说子产的所谓骗局，不外于说"当新兴势力起来夺权、奴隶起来造反的时候，他们就把民主的遮羞布抛到九霄云外"。那么，所谓的新兴势力夺权是指的什么呢？无非就是指司氏等族因为②丧田而反子驷之乱。但这是十足的贵族叛乱，根本不是什么新兴势力。对于这种动乱者，当然不能和对待乡校的议政者一样予以同等的民主待遇，这里并没有什么骗局可言。至于后来子太叔围剿了萑苻盗，可能是属于镇压民众的性质，但这是阶级社会中无法克服的矛盾，我们还不能把消灭阶级以后才能做到的事，作为衡量刚刚向封建制过渡时的政治标准。当然，我们也可以从更高的角度出发，把整个旧时代的民主都称为骗局陷阱。但这和我们通常所说的民主是两回事情。照一般民主政治的近代意义，是指在一个政权下，人民对国家政治有自由发表意见、批评政府，行使选举、罢免、示威、罢工等权利，而不是说可以自由举行武力暴动（包括革命的暴动和叛乱的暴动都在

---

① 吕思勉《燕石续札》乡校条。引自杨宽《试论中国古代的井田制度和村社组织》，《历史研究》1956 年第 3 期。

② "为"原误作"袭"。——编者注

内）。如果到达那样程度才能算民主，则在阶级社会中"民主"一词就没有什么意义了。梁效连主张极端专制的一些法家，都称为代表人民的，那么他所攻击的，当然不是整个阶级社会的政治制度，而是在承认旧制度的前提下，批评其中的具体人物事件，那就得举出子产在乡校问题或其他政治问题上做了些什么欺骗民众的事，才能说是设下的骗局陷阱，否则只是别有用心的无理取闹而已。

除了不毁乡校一事外，子产在行政上，也多有民主作风的表现。《左传》说："子产之从政也，择能而使之"，如冯简子的能断大事，公孙挥的了解四国国情，子太叔的多文，裨谌的能谋，都在子产领导团结之下，分别发挥各人的特长，谋画周到后，然后执行，这种表现也是旧时代所罕见的。特别值得一提的是，他同时具有民主思想和有唯物论倾向的无神论思想两个优点，这是中国历史上值得重视的一个典范。

本来春秋初年无神思想的萌芽和重民思想是同时提出来的。如随国的季梁说："夫民，神之主也，是以圣王先成民而后致力于神。"（《左传》桓六年，前707年）虢国的史嚚说："国将兴，听于民；将亡，听于神。"（《左传》庄公三十二年，前663年）这都表现了重民轻神的进步色彩。但随着宗教神学的垮台，阶级关系的复杂变化，民主思想和唯物思想、无神论思想就不能经常联在一起。往往具有原始民主思想传统的，成了唯心论者，而具有无神论、唯物论倾向者，成为维护专制主义的支柱。战国时儒家中的孟、荀两派已开始了这个分歧，但荀子的唯物论中没有排斥民主因素，《管子》书中颇有结合两者的表现，到了韩非子就只有唯物主义而毫无民主思想了。从秦统一以后一直到近代，这两种思想能够在一个思想家或政治家身上结合得很好的，非常少见，总是具有这一优点的就缺乏那一优点，二者分离时多而结合时少。这也不足为怪，因为社会发展没有到达真正无产阶级革命时代，没有到达产生马克思主义的辩证唯物论时代，这两种思想的圆满结合，几乎是不可能的。在马克思、恩格斯以前，本来没有最全面的唯物论，也即是说没有能把主观能动作用包含进去的辩证、历史唯物论。这样人们就只能在其他理论（唯心论、二元论、机械唯物论……）指导之下进行思考和工作，于是向往民主理想的就容易违反唯物主义而徒具空想，重视社会现实的就容易拥护权力而背离民主，这两个优点就很难结合在一个人身上或一个体系之内。

中国是一个宗教传统较少而具有如范文澜同志所说史学文化悠久传统的国家，所以无神论、唯物论的因素，在历史上比较多见。中国又是一个经过近于古代东方型的奴隶制社会，进入封建专制主义时代停滞很久的国家，所以民主思想的传统非常薄弱。因此一直到近代维新运动兴起、资产阶级号召民主革命时代，在历史上只能举出孟轲、黄宗羲等寥寥数人，作为鼓动革新的旗帜，而这几个具有民主思想因素的先驱者，包括最杰出的黄宗羲在内，都是哲学上的唯心论者。（有些论著宣称黄宗羲是唯物论者，不符事实，甚至说他反对纲常名教，更是曲解。）可见能够把这两种思想结合起来是相当难的。而子产在刚刚走向封建社会时代，就具有这两种思想的萌芽，是相当可贵的。

当然子产的时代较早，还不能有系统的理论，他的民主思想比他的无神论思想还更简单，远不能和近代的民主思想相比；但从这简单的雏型看，他的起点、方向比以后的儒、墨等家都较为正确。毛泽东同志说："清理古代文化的发展过程，剔除其封建性糟粕，吸收其民主性精华，是发展民族新文化、提高民族自信心的必要条件。"（《新民主主义论》，《毛泽东选集》第 2 卷，第 701 页）子产的这些思想，特别是关于民主思想，应属于祖国历史中民主性精华的一部分。

总起来说，不论在政治方面，还是在思想方面，子产都是前进的而不是后退的，在历史上占有一定的地位。正如郭老所说："这位被人讥为'虿尾'的政治家子产，确实是一位新时代的前驱者。"（郭沫若《十批判书》，1947 年东北版，第 310 页）

（本文第二、三节曾在吉林《社会科学战线》编印的《哲学史论丛》中登载，第一节是投稿时删节的。现照原文编入本书。原文写于 1977 年夏①。）

（原载《中国社会与思想文化》，人民出版社 1989 年版）

---

① 据《张恒寿自述》是冬不是夏。——编者注

我亲自看到了百家争鸣的春天[*]

1973 年期间，在北京一个编写中国古代史讲义漫谈会上，我曾说："有些学术问题，必须到真正展开百家争鸣时，才能解决，可惜我已年老，赶不上这个时代了。"会后听人说，有人认为这话非常错误，因为现在（1973 年）就是百家争鸣，还更有什么真正百家争鸣的时期呢？我听了之后，只能报之以苦笑，但内心的感叹就更加沉重，渴望有一个真正百家时期的到来，就更加殷切了。

1976 年 10 月，粉碎了"四人帮"后，就像春雷一声，震破了冰封的寒冬，吹散了满天乌云一样，心里感到无比的兴奋痛快。日夜盼望的时期终于来到，而且比自己预计的时间来得更早，这多么令人鼓午①呀！

随即在全国出现了欣欣向荣的新气象，不论在群众集会上，朋友交谈中，或是在报纸上，广播中，到处可以听到欣欣鼓午的声音，觉得学术上的光明前途，随着政治上的光明，马上来到了。但自己还没有参加过几次百家争鸣的会议，还没有深切的感受。这次能够来到济南，参加山东大学文科理论讨论会的盛会，亲自听了领导和同志大会上所作的报告，亲自看到同志们的争鸣发言，觉得"四人帮"设置的禁区确实突破了，敢于实事求是说内心实话的作风，逐渐抬头了。我 12 年前所憧憬而担心自己赶不上的百家争鸣时代，终于亲自看到了，这怎能不令我忘记

----

[*] 1978 年 10 月 21 日下午，山东大学 1978 年文科理论讨论会在济南军区第二招待所礼堂开幕。这是山东大学历史上空前的盛会。参加这次讨论会的有 20 个省、市，50 多所高等院校，70 多个单位的代表和知名人士近 300 人，出席开幕式的近千人。此文是张恒寿先生在历史组小组会上的发言。——编者注

① "午"即"舞"。下同。——编者注

衰老而振奋焕发呢!

在小组会上感到自由争鸣的愉快，大会报告中得到许多闻所未闻的知识。如吴大琨同志讲的资本主义经济的情景，法美两国中支持张姚理论的所谓经济学派，都是我这个多年不接触外国文献的人所无从知道的。特别是会后吴先生告诉我外国新发现了一批马克思讲到亚洲古代史的原著，不久可能介绍到中国来，更是令人鼓午的消息，中国历史研究的前途大有可为，这对于中青年和老年的历史工作者都是一个鞭策。

能够参加一个自由讨论学术的会议，已够兴奋了，而这个会在山东大学召开，就更觉得亲切。我没有来过济南，以前和山东大学也没有联系和来往。但对于山大，有一定的崇敬向①往。首先是由于在《文史哲》《山东大学学报》上经常看到山大同志的文章。因此对作者的研究情况有所了解，从若干好文章中，受过启发，起过共鸣。因此有许多同志虽未谋面而有所了解；有少数同志，虽未有经常来往的机缘，而深致渴慕之情。这次晤面，就不觉倍加亲切。其次，我觉得六十年代②初的《山大学报》上有许多好文章，五十年代的《文史哲》上，对中国古代社会性质和古史分期问题，起过传播作用。在推进历史研究工作上，山大有一定的功绩。此外我觉得山大的史学人材，比他校为多，现能输出人材，支援其他大学，又能培养中青年人材，不断挺出，这也是山大的一个特点，因此在这里开会，就更有深意。

这次会上，老年人受到特别的关怀照顾，在此谨向筹备这次大会的领导同志，工作同志们致以深切的敬意!

（原载《山东大学学报》1978 年 11 月 3 日第 5 版）

---

① "向"原误作"响"。——编者注
② "代"原脱。——编者注

论春秋时代关于"仁"的
言论和孔子的仁说

——驳关锋所谓春秋时代"仁"的三种类型说

当前，重新对孔子学说加以客观评价，是学术界的重要任务之一。60 年代的孔子讨论曾有一定程度的进展，但有许多问题并未按照"百家争鸣"的方针真正展开讨论。当时关锋①散布了一系列武断理论，起了很坏的作用。后来"四人帮"控制的批孔运动，其中有些调门，就是这些理论的发展，至今仍然是开展孔子讨论的精神枷锁。本文拟就关锋所谓春秋时代"仁"的三类型说，提出一些个人看法，作为初步批判的尝试。

一

关锋在《再论孔子》一文中，打着历史唯物主义的旗号，对"孔子的仁说来源和它的对立面"进行了"考察"，提出了春秋时代"仁"的三种类型说。他认为第一类型的仁说，主张"礼让""爱亲""承事如祭"，是代表奴隶主阶级的仁说；第二类型是主张"杀无道而立有道"，注重功利，是代表地主阶级的仁说；第三类型的仁说是主张"为富不仁"，是代表劳动人民的仁说。并认为孔子的仁说是第一种仁说的集中概

---

① 关锋（1919—2005），山东庆云人。1956 年，经康生等人推荐，被借调到北京，在中央政治研究室工作。经过反右斗争，被正式调入中央。1958 年，被调到《红旗》杂志社，不久成为编委。——编者注

括，和后两种"仁"的观念是根本对立的（《春秋哲学史论集》①，第501—508 页）。

乍看起来，这很像是运用阶级分析的例证；细加考察，发现他对于春秋时代的社会形势和各种仁说的内容，多半是预定框框的武断分析，是必须予以揭露和批判的。

关锋在第一种仁说中举了五个例子：1. 宋子鱼曾说："能以礼让，仁孰大焉？"（《左传》僖公八年）2. 晋臼季推荐冀缺时说："出门如宾，承事如祭，仁之则也。"（《左传》僖公三十三年）3. 晋骊姬说："爱亲之谓仁。"（《国语·晋语》）4. 申生说："仁不怨君。"（同上）5. 晋郤②至说："仁人不党。"（同上）作者认为这些观念是针对着"臣弑君，子弑父"而提出来的，孔子的仁说和这一类仁说完全一致。

在孔子仁说中确是包含着"礼让""爱亲"等内容的，因为"仁"这一观念，本是从宗法制（保留在东方型奴隶制社会中的氏族制因素）中的亲亲孝友等观念扩充发展而来，其中有若干相同因素是很自然的。"仁"字虽不见于甲骨文③、金文和《尚书》虞、夏书，《周易》卦辞、爻辞中，而在《诗经》齐风、郑风，《书经·金縢④》及《周礼·大司徒》中已经发现，《左传》《国语》中则有许多和《论语》中"仁"字相同的用法，所以孔子的仁说正是这些仁说的概括和集中。

但孔子的仁说不仅是这些仁说的集中概括，而且有许多新的创发。它不仅包含着关锋认为和孔子仁说相对立的第二类型的内容（论证详第二节），而且具有关锋三种类型中没有提到的东西。他的仁说的提出，固然有针对着"臣弑君，子弑父"的方面，而更重要的是，在庶民势力逐渐抬头的形势下，针对着王侯贵族的残民以逞、横征暴敛而提出来的。这一要义，在孔子的言论以及对当时人物的评论中都有明白的阐发。如关锋所举的第二例中臼季所说"出门如宾，承事如祭，仁之则也"数语，正是孔子回答仲弓问仁时的内容。孔子的讲学方法，往往是沿用旧有的

---

① 关锋、林聿时《春秋哲学史论集》，人民出版社 1963 年版。——编者注
② "郤"原误作"却"。——编者注
③ 刘节《古史考存》认为甲骨文中有"仁"字，但未详列证据。
④ "縢"原误作"滕"。——编者注

观念而注入新的内容。他讲这几句话时，把"承事如祭"一语，引为"使民如承大祭"（《论语·颜渊》），仅仅增加了"使民"二字，便说明他这里讲"仁"的重点是放在改善统治者对人民的关系上。他要求统治者在"使民"时，特别慎重严肃表现仁德，这就是他注入流行观念中的新内容。孔子的政治主张之一是"节用而爱人，使民以时"（《论语·学而》）。他提倡"仁"的目的之一，就是为了实现这种政治。他回答樊迟问仁时说："爱人。"（《论语·颜渊》）回答仲弓问仁时说："使民如承大祭。"（《论语·颜渊》）回答子张问仁时说："能行五者于天下为仁矣。"（《论语·阳货》）五者是恭、宽、信、敏、惠。其中宽、惠两者就是专指对人民的态度而言。在另一处孔子回答子张如何从政的提问时，又提出"惠"是五美之一，并用"因民之所利而利之"一语，阐发"惠而不费"的道理（《论语·尧曰》）。可见孔子仁说的主要方面，是重在调整统治者对民众（国人和庶民）的关系，并非仅仅为了改变"臣弑君，子弑父"的现象（调整当然和站在人民立场者不同，但也不是说完全出于欺骗）。

孔子对于当时人物的评论，也坚持了这个原则。《左传》襄公三十一年记：

> 郑人游于乡校，以论执政。然明谓子产曰："毁乡校何如？"子产曰："何为？夫人朝夕退而游焉，以议执政之善否。其所善者，吾则行之；其所恶者，吾则改之。是吾师也，若之何毁之？"……仲尼闻是语也，曰："以是观之，人谓子产不仁，吾不信也。"

这里可以看出，孔子用"仁"的尺度衡量人物时，重点仍在对民众的态度这一方面。《论语》中所记孔子称赞子产有君子之道的四项品德，其中后二项就是专指对人民的关系，所谓"养民也惠"的"惠"字，即是"仁"字未通行以前表达"仁"这一品德的词汇（见阮元《揅经室集》一集《孟子论仁》篇）。所谓"使民也义"和"使民如承大祭"是同一意义，这和评子产"不毁乡校"一事的趋向是一致的。

又如《论语·宪问》记：

> 子路曰："桓公杀公子纠，召忽死之，管仲不死，曰，未仁乎？"

> 子曰："桓公九合诸侯，不以兵车，管仲之力也。如其仁！如其仁！"
>
> 　子贡曰："管仲非仁者与？桓公杀公子纠，不能死，又相之。"
>
> 子曰："管仲相桓公，霸诸侯，一匡天下，民到于今受其赐。微管仲，吾其披发左衽矣。岂若匹夫匹妇之为谅也，自经于沟渎而莫之知也。"

如果孔子的"仁"是专指忠孝礼让等品行，那么管仲的不为子纠而死，无疑是"不仁"的了。然而孔子却从"民到于今受其赐"的角度称管仲为"仁"，可见孔子的仁说决不是单为了"臣弑君，子弑父"的现象而提出来的。

再从仁说的发展方向及其在语言上的陈述看，也显示出孔子仁说的这一重点来。

在孔子以后，讲"仁"最多的是孟子。孟子书中讲到"仁"和"仁政"的地方不下八十多条（每条中"仁"字出现的次数不等）。其中只有三条是和事亲联系的①，有数条是广泛讲"仁"的，其余约七十余条全是从政治上、君民关系上强调"仁"之重要的。如"发政施仁""仁者无敌""施仁政于民""行仁政而王"等语，引述不止一次；如"焉有仁人在位，罔民而可为也？"（《孟子·滕文公上》）"为天下得人谓之仁""惟仁者宜在高位"（《孟子·离娄上》），"三代之得天下也以仁，其失天下也以不仁""亲亲而仁民，仁民而爱物"（《孟子·尽心》）等相当精辟的语言，都是孔子仁论的发挥，有些直接是记述孔子遗言（如孔子曰："国君好仁，天下无敌。"）。可见孔子的仁说，发展到孟子时，调整君民关系，已成为仁说核心了。

此外"仁"字在日常语言的应用上，也反映了其内容的变化。"仁"字最初通行时，往往和忠孝礼义等词所指的内容，没有严格的区别，但以后在具体的称谓上便各有应用范围，而不相混淆。如对于敬爱父母的，称为"孝子"，不称为"仁子"；对于尽忠国君的称为"忠臣"，不称为"仁臣"；而对于宽惠恤民的统治者则称为"仁君"，对于能体现这种精神

---

① 《梁惠王上》一条"未有仁而遗其亲者也"，《离娄下》一条"仁之实事亲是也"，《万章上》一条"仁人之于弟也"。

的政治则称为"仁政"。可见"仁"字的应用范围，除一般的泛用外（如仁人、仁者），特定的称谓，往往是和人君连在一起，这不也透露出提倡"仁"的目的，是企图对人君应具的品德有所规范吗？当然，历史上有没有真正的"仁君""仁政"，那是另外的一个问题。但目前讨论的是"仁"的内涵和孔子提倡这一道德的目的，那就必须根据事实，承认它有关心人民这一重要内容而不容从偏见出发随便加以否认。

上述这些论证，本来多半是大家熟知的事实，可是关锋却遵奉《论语新探》①（以下简称《新探》）的说法，强分人民为两个阶级，硬说孔子"仁"的对象只限于统治阶级的"人"，被统治阶级的"民"不在其内。这样，孔子的仁说就只能限制在奴隶主贵族内部的忠、孝、礼让上了。其实，《新探》并不是什么科学论著，而只具有一些伪科学的假象而已。

"民"字在春秋以前，曾有专指奴隶的含义，而在春秋时代，就和"民人""民众"等词用法无别。不论在稍前的《尚书》《诗经》中或稍后的《左传》《国语》等书中，都看不出"民""人"两字的对立区分。在《论语》中，有少数章节，有貌似对举的形式，而按其实际仍为两字的一般含义。如果按照《新探》的解说，则到处会遇到解释不通的矛盾。如《新探》中最得意的例子是"节用而爱人，使民以时"两语，他认为"人是爱的，民是使的"，是《论语》用字的通例。但在《阳货》篇里就有"惠则足以使人"的语句，打破了《新探》所说的原则。对于这一例外，他的解释是"惠则足以使人"的"人"字，原来应是"民"字，因唐代避讳改为"人"字。根据是刘宝楠的《论语正义》里"注只十七字，而民字凡三见"（《论语新探》，第11页），所以原文应是"民"字。可谓牵强之至。如果根据是汉郑玄、魏何晏、梁皇侃等的注解，再举出其他旁证，还可作这样推测；但所根据的是清中叶的刘宝楠《论语正义》，刘又没有唐以前写本的依据，如何能从一千年后的注中推测出唐以前《论语》本文的原字？其实即使此处"人"字原文真是"民"字，也不能使其全部主张都能自圆其说。因为他们是主张孔子"仁"的对象只限于统治阶级的"人"，被统治阶级的"民"不在其内。那么，如果原文

---

① 赵纪彬《论语新探》，人民出版社1959年版。——编者注

改为"惠则足以使民",孔子施仁(惠)的对象,岂不包括被统治阶级在内了吗?

《新探》又说:"使民者必是人。人中虽有被使者,而民却绝无使人者。凡民皆被人使用的工具,永远处于被驱使地位,已属毫无疑义。"看来好像有所发现,其实不过是一个用拖沓逻辑掩盖着矛盾的陈述。因为"人"字从来是对生物的人、社会的人的广泛称谓,"民"是人中的一部分而不是人以外的另一实体。

所以春秋时期,"人"字除和"己"字相对外,一般是和鬼、神、鸟、兽等字对举的。如"鸟兽不可与同群,吾非斯人之徒而谁与"(《论语·微子》)、"未能事人,焉能事鬼"(《论语·先进》)、"薛征于人,宋征于鬼"(《左传》定公元年)等例是。"民"是就人的政治地位而言,春秋时一般与"上"字对文,如"上好礼,则民易使也"(《论语·宪问》)、"民知有辟则不忌于上"(《左传》昭公六年)、"兽恶其网,⋯⋯民恶其上。"(《国语·鲁语》)等。这些地方,决不能用"人"字代替"上"字,改为"人好礼,则民易使也""民知有辟,则不忌于人""民恶其人"等绝对不通的句子。战国时有用"官"字和"民"字对举的,有用"士""士君子"和"民"字对举的①。不论何时,都没有以"人"字为统治阶级成员的专称,而与"民"字对立的用法。所以孔子主张"泛爱众",其中包含统治阶级和一般民众,因此说"爱人"而不说"爱民"。孔子的政治理想,仍然是有阶级的社会,其中必须有被治的民来供驱使,所以此处说"使民"而不说"使人"。孔子和当时统治阶级不同的地方,在于他主张"使民以时""博施于民",而不是不使民(使民和爱人②并不矛盾)。《新探》作者费了很大气力所得出的结论,其中合理的部分,不过是说明了"民"字中本来含有的社会意义,这一点并无人反对。而他在说明"民"是处于被统治地位的同时,却硬把本来是广泛称谓的"人"字,专限制在统治阶级内部,并强加在孔子头上。好像孔子

---

① 《墨子·尚贤上》:"官无常贵,民无终贱。"《孟子·滕文公上》:"无恒产而有恒心者,惟士为能。若民,则无恒产,国无恒心。"《荀子·礼论》:"人有(域)是,士君子也;外是,民也。"

② 民在内。

在二千年前，就有极自觉的阶级意识，不但在讲政治主张、哲学思想时，打上阶级的烙印，而且在日常语言中，也要对通用的语辞另下定义，把广泛用的"人"字，专限于统治阶级内部，借以表达其坚持只爱奴隶主阶级的意图。这种"高论"是我们所不能接受，也是多数人不易理解的。

然而关锋却把这种"新解"吹捧为科学原则，并进一步，干脆不用避讳改字等迂回方法来解释矛盾，而是用闭眼不见的方法宣称"《论语》里没有一个地方提到爱民"（《春秋哲学史论集》，第449页）。这种"科学"实在太武断了。请看《论语》里下列一段：

> 子贡曰："如有博施于民而能济众，何如？可谓仁乎？"子曰："何事于仁！必也圣乎！尧舜其犹病诸！"

在《雍也》篇最后一章中不是提到了"博施于民"吗？然而却作了更无理的解释。他说："很显然，孔子是把博施于民看作是不现实的，他所说的仁只是己欲立而立人、己欲达而达人，并不是子贡说的'博施于民'。"（《春秋哲学史论集》，第449页）这真使人有啼笑皆非之感。一个有语文常识和起码的逻辑知识的人，谁不理解孔子所说的"何事于仁，必也圣乎，尧舜其犹病诸"的话，是认为"博施于民"比仁的道德更高，是推尊"博施于民"到极点的说法，而不是认为不切实际的说法。怎能用"不现实的"几个字，加以抹杀呢？

当然，我们知道，在阶级社会中，"爱"的行为是有阶级性的，孔子实际上所爱的只能是上层阶级和接近上层阶级的人，但不能说他的主观意图即"仁"的理想所涉及的范围只限于奴隶主阶级，并且很自觉地公开主张只爱统治阶级的人，对于被统治的民毫无同情。倘若如此，还能起什么调和阶级矛盾的作用呢？

二

关锋在说明他所谓第二类型的"仁"时，举了四个例子：1. 秦公子縶要杀晋惠公而纳重耳时说："杀无道而立有道，仁也。"2. 郑子产向然明问政时，"对曰：视民如子，见不仁者诛之，如鹰鹯之逐鸟雀也。"

3. 鲁展禽批评臧文仲祭海鸟时说：“夫仁者讲功，……无功而祀之，非仁也。”4. 楚伍尚（该文误为“伍员”）对其弟伍员说：“度功而行，仁也。”（见《春秋哲学史论集》，第 503—504 页）

关锋认为公子縶的仁说是为地主阶级辩护的。并说：“按照这种说法，像鲁国的季氏把国君驱逐出国，当然是合乎仁的。……孔子的仁说是和这种流行观念根本对立的。”对于然明的仁说，他认为“子产极其赞成的然明的观点，和‘杀无道而立有道，仁也’，完全一致，而且更有明显的阶级性，不用多说是和孔子的仁学正相反对的”（《春秋哲学史论集》，第 504 页）。

这种说法，不论在理论上和事实上都是错误的。

我们知道，“仁”这一道德观念，主要是指对他人的同情、友爱，当然是反对杀人的。但在实践“仁”的过程中，总会遇到障碍和破坏，这就必须排除障碍，才能达到仁的目的。所以在实行“仁”的全部过程中，在仁说的完整体系中，必须把排除障碍这一环节包含进去，才能避免矛盾，达到仁的目的。“杀无道”“诛不仁”为仁的言论，就是在这种过程中产生的。孔子曾说：“唯仁者，能好人，能恶人”（《论语·里仁》），正是这一道理的概括。后来孟子所说的“贼仁者谓之贼。……残贼之人，谓之一夫，闻诛一夫纣矣，未闻弑君也”（《孟子·梁惠王下》），荀子所说的“夺然后义，杀然后仁”（《荀子·臣道》），以及近代学者谭嗣同所说“杀固恶，而仅行杀杀人者，杀亦善也”（《仁学》，见《中国近代思想史参考资料简编》，第 510 页）等等，都是对这一道理的阐发。所以孔子的“唯仁者能好人能恶人”的仁说，和“杀无道，诛不仁”为仁的言论，并无根本矛盾，不能说两者是互相对立的。问题在于主张“杀无道，诛不仁”的人是真正从“爱人”的动机出发，还是以“爱人”为杀人、恶人的辩解。同时所谓“有道”“无道”，在不同阶级、不同地位的人会有不同的认识。这就须联系事实，才能判明是非，不是仅用一个预定的阶级标签所能解决的。

关锋认为赞成第二类型仁说（然明仁说）的子产，是孔子最推崇佩服的人物，他们的思想言行一致之处非常之多。孔子对于当代人物的评论，只有对子产有褒辞而无贬辞。子产死，孔子为之出涕（《左传》昭公二十年），从这些事实看来，对于两人不能作截然相反的评价。孔子所说

"惟仁者能好人能恶人",和然明所说"诛不仁为仁"的道理互相一致,特别是孔子强调"唯仁者能好人能恶人"的意思和然明以"视民如子"为诛不仁的前提之意,更是契合无间。因为只有真能视民如子的"仁者",才可以"恶人",才可以"诛不仁"而完成仁德,这比单讲"杀无道而立有道"的提法更为圆满。既然他们有这样多的共同之点,怎能说子产、然明的仁说是代表地主阶级的,而孔子的仁说是绝对相反的呢?

公子絷是秦国的大夫。晋献公死后,秦穆公应晋国的请求,派他去会见晋国的二位亡公子夷吾(晋惠公)、重耳(晋文公),准备送一人回晋国继承君位。他最先主张立"不仁"的夷吾为君,对秦国有利。及至夷吾回国后背信弃义、和秦国作战失败被俘时,他主张杀掉夷吾,另纳重耳回晋为君。由于重耳素有仁名,惠公以不仁见称,所以他提出"杀无道以立有道,仁也"的理论,为他杀惠公立重耳的主张作理论根据。从立论的动机方面看,公子絷重在对晋惠公的报复,并非有爱于晋国,这和子产、然明及孔子的动机不同,但理论的逻辑,和孔子的仁说并无二致。特别是公子絷和孔子的政治倾向,决非互相对立。孔子虽说过晋文公(重耳)"谲而不正"的话,但他修的《春秋》中,对晋国的霸业,多从"尊王攘夷"角度,加以肯定。据《国语》《左传》记载,晋文公未回国前,遵守仁、孝原则,不积极谋求君位。回晋以后,实行了"弃责薄敛,施舍分寡"等措施,都和孔子的伦理政治观点方向一致。孔子以后的儒家著述《小戴礼·大学》篇里,曾引了舅犯对重耳所说"亡人无以为宝,仁亲以为宝"的话,可见孔子的立场,是赞助仁的重耳,反对不仁的夷吾。怎能说和公子絷的仁说是相对立的呢?

更其离奇的是关锋认为公子絷的仁说是为地主阶级辩护,但他的论断不是从秦穆公时的社会政治现实寻求而得,而是远离秦晋,用比附的方法,从鲁国季孙氏和鲁昭公的关系推出来的。关于季孙氏和孔子的关系以及季氏是否代表地主阶级的问题,下文再谈,这里先看一下公子絷时的秦晋情况有没有为地主阶级辩护的条件。

无论是按照"西周封建说"或"战国封建说",秦国的社会总比中原各国落后。历史记载,秦到简公时才"初租禾",到商鞅变法时才确立了地主政权。早在二百多年前的秦穆公,在当时虽较开明,但还谈不到地主阶级的政权。公子絷无论是代表他自己的立场或秦国的利益来参与晋国的内政，都不能说是代表地主阶级的利益。从晋国方面说，晋文公的政治品质、才能作风，当然比晋惠公贤明得多，但在政权性质上，他们同属于奴隶主贵族或同属于封建领主的政治代表，没有什么分别。照历史趋向看，晋国从文公起能维持相当长期的霸权，一定有较新的社会经济为其基础，但这一点还没有人做过认真的研究，现在还不能确说晋文公时有哪些地主经济的因素。如用"向封建社会过渡说"看，则在晋惠公时已有许多新的现象。前 645 年，晋"作爰田"，照一种解释就是走向土地私有制的先行过程①。"作州兵"也是反映鄙野居民有服役权利的一个军制变化，可以说晋惠公在晋文公之前，已有一些改革。所以公子縶主张"杀无道"为仁的理论，只是代表秦和晋争霸的利益，与为地主政权利益的辩护毫无干系。作者也自知从秦晋的社会政治和公子縶个人的地位，得不出代表地主政权的结论，因此他便远离秦晋，而到鲁国的政治中去比附推论。现在就谈谈鲁季孙氏的情况。

近年以来，多以鲁季孙氏为地主阶级的代表，以对季孙氏的态度作为评价孔子的唯一标准，其实这种论断是不正确的。季孙氏是三桓之一，是鲁国当权的贵族，不论在他的用人方面、实行政策方面，都和后来李悝、吴起等的倾向相反。在权力下移的过程中，可能有些促进旧贵族崩解的因素，但远远谈不到代表地主阶级的政权。郭沫若同志以"初税亩"为鲁国进入封建社会的标志，史学界还有争论②，如果可以成立，也不能作为鲁公室和季孙氏代表不同阶级的分界。因鲁宣公十五年实行"初税亩"后，鲁国的政权机构就以税亩所得为财政来源，鲁君和季孙氏等贵族同为一个经济基础上的剥削阶级（只有权力大小之分）并无代表不同阶级利益的根据。

郭老曾以鲁"作三军""季氏尽征之"为季氏首先采用封建剥削的标志，这一解释，也有错误。"作三军"只是三家分割鲁君直属之兵卒，并非分割鲁国之全部农民，更不是改变阶级剥削关系。清代著名的经学家

---

① "作爰田"有各种不同解释，一种解释认为是由"换土易居"变为"自爰其处"，即由公有制变为私有制的一个步骤。有的认为是把原属国君的一部分土地，分给纳军赋的国人之义。还有其他解释，与社会性质变化关系不大，不及细述。

② "初税亩"是由劳役剥削变为实物剥削，它有促进农民独立经济发展的一定作用，还不能说是地主私有制的确立。

江永，早已在《群经补义》中指出：

> 所谓子弟者，兵之壮者也；父兄者，兵之老者也，皆其素在兵籍隶之卒乘者，非通国之父兄子弟也。其后舍中军，季氏择二，二子各一，皆尽征之，而贡于公。谓民之为兵，尽属三家，听其贡献于公也。若民之为农者出田税，自是归之于君，故哀公云"二，吾犹不足"，三家虽专，亦惟食其采邑，岂能使通国之农民田税皆属之己哉？

这一条经说，澄清了杜预、孔颖达等的含糊解释，相当精辟。所以，戴震给他老师作传状时，特别举出这一条来，表明江永的特识（《戴东原集》卷12《江慎修先生事略状》）。最近国内学者，也对郭老的解释提出不同意见（金景芳《中国古代史分期商榷》，《历史研究》1979年第2期）。所以，根据这条材料论定季孙氏代表地主阶级的说法，不能成立。

即使单从政治品格讲，也只有"无衣帛之妾，无食粟之马"的季文子一代，有较好的作风（季氏能争取一些隐民，只有季文子时有此可能。史墨说，季氏"世修其勤"，是借此献媚赵鞅的谀词，并非事实）。到了季武子、平子等几代，就只凭季文子的余泽，占据权位。他们已成为专横贪虐的典型权贵，并无比鲁君较好的表现。如季武子接受邾庶其的叛邑，引起鲁国的多盗，受到臧武仲的抗议（《左传》襄公二十一年）；季平子筑郎囿，督促役民加速完成，引起叔孙氏的批评（《左传》昭公九年）；特别是季平子伐莒取郠，竟"用人于亳社"（《左传》昭公十年），完全是奴隶主的残暴行为，这比昏庸的鲁昭公更为恶劣，怎能认为季氏驱逐鲁昭公"当然是合乎仁的"，并且是地主阶级"仁"的代表呢？

至于把"用八佾""旅泰山"等行为说成是革命表现，更是把统治阶级内部的攘夺特权，和被统治阶级的要求政权混淆了。郭老最初提出田氏、季氏等代表封建地主说时，着重在他们争取人民的手段一面，后来引用郭说的人多半偏离方向，竟把僭越行为本身说成是革命表现。这种说法所带来的影响是非常有害的。

关锋又从《论语》中引了一条他认为很有意思的材料："季康子问政于孔子曰：'如杀无道，以就有道，何如？'孔子对曰：'子为政，焉用杀？子欲善而民善矣。'"（《论语·颜渊》）他说："请看季康子所说'杀无道以就有道'不是和要杀晋君而以重耳代之的公子縶所说的'杀无道而立有道，仁也'一样吗？……季康子恐怕就是用当时正夺取政权的地主阶级中流行的'杀无道立有道'谓之仁这种观念来试探孔子，看能不能争取孔子在公开推倒鲁公室这个问题上采取赞助或中立态度，孔子的回答是所答非所问，无论如何，孔子是反对'杀无道而立有道，仁也'这种观点的"（《春秋哲学史论集》，第 504 页）。

这一煞费苦心的解说，也和事实显然不符。孔子明白的回答说："子欲善而民善矣"，"君子之德风，小人之德草，草上之风，必偃"（《论语·颜渊》）。可见季康子所要杀的"无道"是民、是小人，而不是鲁昭公。《论语》里紧连这章的上一章说："季康子患盗，问于孔子。孔子对曰：'苟子之不欲，虽赏之不窃。'"可见，季康子心目中要解决而希望孔子帮忙的是患盗问题，这与鲁昭公有什么相干？孔子在当时不过是个教书匠，在政治上没有什么地位，季孙氏想推翻公室，也没有必要征求他的同意。孔子在当时以讲忠孝礼义见称，季氏纵有杀鲁昭公意，也决不会和一位迂夫子商量。季孙氏后来"欲以田赋"时，还是"使冉有访诸仲尼"（《左传》哀公十一年），如何能和孔子直接探询这一严重的杀君问题。如果季孙氏真有此意，孔子肯定不会赞同附和，但这不代表两种不同的仁论，而只代表两种政治态度和道德评价。因为季孙氏并没有说他的"杀无道而立有道"的主张是仁也；而孔子的"仁"中包含着"诛不仁"这一环节，是和公子縶、子产、然明的仁说，没有理论上的分歧的。

关锋在阐述其第二类型仁说中的另一原则，是认为展禽说"仁者讲功"，伍尚（该文误引为"伍员"）说"度功而行，仁也"是讲功利主义的仁说的流行观念。他说"公开地讲功利主义，恐怕只有新兴的阶级才有可能，孔子的仁说和这种流行观念，也是直接对立的。"（《春秋哲学史论集》，第 504—505 页）这个论断比上一说法更为荒谬。

展禽是孔子称赞的鲁国贤人。展禽批评臧文仲的这一事，也就是孔子批评臧文仲的同一事件。《左传》文公二年载："仲尼曰：'臧文仲，其不仁者三，不知者三。下展禽，废六关，妾织蒲，三不仁也；作虚器，纵逆祀，祀爰居，三不知也。'"孔子对臧文仲之不推荐展禽，评为不仁；

对臧文仲的"祀爰居",评为不知,说明孔子和展禽的观点极为一致,怎能说是直接对立呢?

伍尚兄弟的"度功而行",是否为孔子所赞同,没有直接的证据,但孔子的"仁"中包括着功效观点而且占相当重要位置,是毫无疑义的。前述孔子许管仲为仁一事,就是最明显不过的例证。从《论语》所记子路和子贡的提问中,可知他们都对管仲之是否为仁,很有怀疑。所以说"未仁乎"?"非仁者与"?然而孔子从管仲的"九合诸侯,不以兵车,相桓公霸诸侯,一匡天下,民到于今受其赐"等显著的功勋上,肯定为"如其仁,如其仁"(清俞樾解"如其仁"为否定句法,显然和下文说明管仲功勋矛盾,决不可信),肯定说:"微管仲,吾其披发左衽矣。"这不是最明显的从"仁者讲功"的角度论"仁"的典型吗?

当然,从孔子的世界观来看,他是比较重义轻利的。但和他提倡仁义而重视功效并不矛盾。宰我向孔子提出"仁者虽告之曰井有仁(人)焉,其从之焉"的问题,孔子的答复是"君子可逝也,不可陷也;可欺也,不可罔也"(《论语·雍也》),这就是仁者一定会注重效果的简单解释。不过注重功效者,不一定都是功利主义。

即如关锋所举的展禽,他一生甘居下位,素以和称,在政治上未得施展,实无功利主义可言。又如伍尚兄弟得到楚王迫害其父、召之回国的命令后,在从命和报仇二者之间,伍尚选择了从命的道路,实践了"奔死免父,孝也;知死不避,勇也"的道德;而让才能比他高的弟弟伍员,出奔吴国,图谋报仇,实践"度功而行,仁也;择任而往,知也"(《左传》昭公二十年)的道德。伍尚"知死不避",可以说是非功利主义了,但提出"度功而行,仁也"的道理的,正是他自己。这种注重功效的仁说,和有特定意义的功利主义不是一回事。

从社会发展的阶段看,展禽的时代,在春秋前期(鲁僖公二十六年),比鲁宣公实行"初税亩",还早四十余年,当然谈不到地主阶级的形成。伍尚和孔子同时,这时楚国的宫廷,屡次发生篡夺王位的变乱,不论楚国的社会属于什么性质,这些变乱都只是贵族内部的夺权之争。伍尚父子的受谗被杀,正是这种斗争中的一环。伍尚所讲的"仁孝知勇",也是承袭传统道德观念,与新兴阶级没有关系。关锋却说这些仁说,是代表地主阶级利益,是和孔子的仁说相对立的。这完全是一种贴标签的阶级分析法。在这一段里，又扯入了一条他认为有意思的材料，即白公胜的故事。他说："有趣的是，反对白公胜的叶公子高的观点和孔子的仁学是完全一致的。"他认为："从叶公子高看来，白公胜的'不周仁'、'不谋长'就是犯上作乱。直而不隐就是不为君隐，就是讲功利主义，这和孔子的仁学观点是相对立的。"（《春秋哲学史论集》，第505页）

孔子的仁学观点和叶公子高一致，和白公胜的行为相反，是对的。但白公胜并不代表地主阶级，也没有什么功利主义。文献所载，只有叶公子高用自己的仁学观点批评白公胜的行为，表示他对白公胜的看法和子西的看法不同，并没有说白公胜有什么仁学观点。白公胜只是一个赋性强直，能团结私党，带一点豪侠气味，敢于报父仇的野心贵族，与新兴地主阶级毫无关系。如果认为前548年楚子木的"量入修赋"已算进入封建社会，则子西和白公，同是代表领主阶级的人物，而不是两个阶级。他和令尹子西的斗争，分明是楚贵族内部兄弟叔侄间的夺权斗争，并不是新兴阶级反对旧奴隶主的斗争。倒是战胜白公胜的叶公子高有一点接近人民的倾向。我们看《左传》所记，国人期望叶公出来如望慈父母，有人劝他带上军胄，免为敌人所伤；有人劝他脱下军帽，让国人有所瞻仰（《左传》哀公十六年）。说明人民的倾向，不在白公胜那一边，怎能说白公胜是代表地主阶级，并有代表地主阶级的仁学观点？又怎能从白公胜故事中分析出孔子的仁学基本上是奴隶主阶级的仁学，而和地主阶级的"仁"的观点相对立的呢？

郭老在《孔墨的批判》中提到白公胜故事，仅是企图证明孔子帮助乱党的假设，既然从年代上证明实无此事，则用此来推论孔子的仁学观点就无甚意义了。

总之，关锋在第二类型的仁说中所举的许多例证，都和孔子的仁说没有矛盾，实际上都可以包括在孔子仁说之中，它本身构不成一个类型，把它说成是代表地主阶级的思想，更是妄说。

三

关锋列为第三类型的仁说，据说是代表劳动人民的。材料是下列两条："阳虎议曰：'主贤明，则悉心以事之；不肖，则饰奸而试（弑）

之.'"(《韩非子·外储说左下》)"阳虎曰:'为富不仁矣,为仁不富矣.'"(《孟子·滕文公上》)

这两条材料中,实际上只有"为富不仁矣"一条是讲仁的,至于所引《韩非子》一条,根本没有提到"仁"字,也没有牵涉到"仁"的任何方面。那么,阳虎是否代表劳动人民,他的仁说和孔子的仁说有什么同点和异点呢?

阳虎是季孙氏的家臣。家臣是春秋时卿大夫贵族集团家族内部管理事务的成员。最初可能全是世卿族内的支子别庶及其姻党,相当于周初诸侯一级中所谓"私人"和春秋时所谓"迩臣""私昵",是贵族的家族私党。他们中根据职务不同,分成各种等级,似都可以参加贵族集团内部的祭祀、宗盟等典礼,如《侯马盟书》中所记参加宗盟的郘缳,即赵鞅家臣虎会(见《侯马盟书丛考》,第79页)。他们中之高级家臣,可以占有封邑,控制卒乘,有的可以世袭邑宰,最后竟可掌握军政大权,形成陪臣执国命的局面。如鲁国季氏的家臣南遗(季桓子妻名南孺子,南氏当为季氏姻党),当鲁襄公时,是季氏私邑的费宰。因帮助叔孙氏的竖牛攻杀叔孙仲壬,一次就得到了叔孙氏东鄙三十邑(《左传》昭公五年)。到鲁昭公时,南遗的儿子南蒯继为费宰,而南蒯本人又有属于他的家臣。当南蒯于前528年背叛季氏而盟费人时,他的属下司徒老祁、虑癸二人(杜注:二人南蒯家臣),对南蒯说:"臣愿受盟而疾兴"云云(《左传》昭公十四年)。可见,这种家臣和奴隶主贵族的地位相差无几。家臣中有从他国来的贵族,也可得到采邑,如齐国的国鲍逃到鲁国时,为施氏之宰"有百室之邑"(《左传》成公七年)。家臣中之掌权者,可以主持参与卿大夫家族存亡胜败的决策大计,如晋赵氏家臣董安于为赵氏而自缢,死后祀于赵氏宗祀(《左传》定公十四年)。正因为他们的权势极大,所以首先发难叛其主子者也是他们,鲁国季氏的公山不狃①、晋赵氏的佛肸是众所周知的例子。总之,这一类家臣,和奴隶主的关系极为密切,是属于奴隶主贵族集团的上层成员。

到春秋末期,随着社会的发展,产生了由士阶层出身"学而优则仕"的人。如孔子弟子仲由、冉求等为季氏家臣,他们和贵族的从属关系较

---

① "狃"原误作"扭"。——编者注

为松弛，他们的地位接近于后世的官僚，是战国时客卿养士制的前身，和前一类旧家臣的身份地位，颇不相同。但不论是哪一种家臣，都和劳动人民绝无相同之点，是毫无疑义的。那末，我们要讨论的阳虎，他属于哪一类的家臣，应该是不必细论的问题了。

据《公羊传》（定公八年）所记，季孙被拘出逃时，阳虎的从弟阳越为右，"诸阳之从者车数十乘"。据马融的《论语注》说："阳氏为季氏家臣，至虎三世。"（何晏《论语集解》卷16引）可见阳虎是家臣中之"世族"。

据《左传》所载，阳虎一生的活动全部是在统治阶级内部互相倾轧的阴谋斗争中进行的。最先是要用璠璵（国君佩带的美玉）殓①季平子，接着是逐仲梁怀，囚季桓②子、公父文伯，杀公何藐（季氏族人），逐秦遄（季氏姻亲）。以后是强使鲁军不假道于卫而直入卫境以破坏鲁卫关系；当齐国夏伐鲁时，又阴谋夜袭齐师，故意使鲁军失败。不久，占据郓和阳关，最后进攻三桓失败，"取宝玉大弓而出，入于谨阳以叛"。奔齐后，鼓动齐国伐鲁不成，又用诈术逃至晋国，为赵鞅家臣（《左传》定公九年）。

从这一系列活动中实在找不出一点近于劳动人民的作风、行事。

当时各国君臣对阳虎的为人是看得很清楚的，所以当他劝齐君出兵攻鲁时，鲍文子向齐君谏曰："夫阳虎有宠于季氏，而将杀季孙，以不利鲁国而求容焉。亲富不亲仁，君焉用之？君富于季氏，而大于鲁国，兹阳虎所欲倾复也。"（《左传》定公九年）"亲富不亲仁"，是阳虎平日自述的语言，也是他的行为准则。所以鲍文子用这一定评来谏齐君，免中其计。现在看来，阳虎所说的"为富不仁矣，为仁不富矣"，确如郭沫若同志所说"不失为千古名言"（《十批判书》，第77页）。但问题在于阳虎这样说的目的是什么？他是提倡抛弃富而实现仁的理想呢，还是提倡追求富而不要仁的空想呢？从他一生的行事中，我们一望便知其说话的意图，毋须多说。

前人的《孟子注》中已说明此点，如朱熹云："虎之言此，恐为仁之

---

① "殓"原误作"敛"。——编者注
② "桓"原误作"恒"。——编者注

害于富也；孟子引之，恐为富之害于仁也。"（《孟子章句·滕文公》）焦循云："虎亲富不亲仁，则重在富，孟子引之则重在仁。"（《孟子正义·滕文公》）关锋故意不睬这两条注解，而只引用了赵岐的半截注释说："赵岐注曰：'富者好聚，仁者好施，施不得聚，道相反也'，很显然，孔子的仁学和阳虎的观点是根本对立的。"（《春秋哲学史论集①》，第508页）这个论断太使人无从理解了。试问：孔子是赞成好聚的富者呢，还是赞成好施的"仁者"呢？孔子所说的"博施于民""施取其厚"等语，和"仁者好施""施不得聚"的解释，有什么对立呢？试问，《论语》所记下列二条："季氏富于周公，而求也为之聚敛而附益之。子曰：'求也非吾徒也，小子鸣鼓而攻之可也。'"（《论语·先进》）"子曰：'富而可求也，虽执鞭之士，吾亦为之；如不可求，从吾所好。'"（《论语·述而》）这和"为富不仁"的观点有什么根本对立的地方吗？事情很明白，单从理论本身讲（即仁和富两者的关系），孔子和阳虎的观点并无二致。所以孟子才引述阳虎此语，以阐述其"取民有制"的主张。如果是互相对立，孟子引用此语，岂不成为否定自己的无聊举动吗？但孔孟和阳虎相同的部分，也只在于共同承认"仁"和"富"是互相对立的这一点，除此以外，无论从说话的动机、目的以及一切行为理想，都是绝对相反的。关锋不从动机、目的方面，指出孔子和阳货的对立，而却错误地或故意地把阳虎坦白求富的语言，说成是劳动人民的仁说，这不但在理论是错误的，而且是对劳动人民的最大侮辱。

综上所说，我们认为关锋所谓春秋时代"仁"的三类型说，根本不能成立。他第一类中的若干例证，只是形成孔子仁说的一些材料和萌芽；第二类中的全部例证和第三类中的"为仁不富"一条，就是孔子仁说的一部分内容；第三类中另一条材料，根本不是仁说。所以严格说来，春秋时期基本上只有孔子的仁说是相当系统的仁说类型。直到战国初期，墨子的"兼爱说"才构成一个和孔子仁说相对立的另一类型。其他涉及"仁"的言谈只是一些片断言论而已。

不过在春秋初期，倒有一点不同于孔子"仁"说的理论萌芽，即《国语·晋语》中记优施教骊姬谗害申生时的一段话："（骊姬曰）吾闻

---

① "集"原误作"丛"。——编者注

之外人之言曰：'为仁与为国不同，为仁者爱亲之谓仁，为国者利国之谓仁。故长民者无亲，众以为亲。苟众利而百姓和，岂能惮君？'"（韦氏注：岂惮杀君）这条记载如果可靠，则在春秋初年晋国就有一种基本上不同于儒家仁说的思想，这个"外人"，就是晋国那一种思想的代表。他和孔子仁说不同的地方，就在于他认为"爱亲"和"利国"是矛盾的，主张"长民者无亲"。而儒家则认为仁民应从亲亲开始，"亲亲而仁民，仁民而爱物"，这两种思想是有相当区别的。但这条记载是否真是春秋初年的事实，还是六国时《国语》的著者根据骊姬谗害申生的传说，按照自己的设想编造而成的①，还须仔细考察，才能确定。这里只附带提出，作为以后考察的提示，并用以指出关锋本来是想寻找一些和孔子仁说相反的例证，而恰恰对于这一条可以作为另一类型仁说萌芽的材料，交臂失之，而却只举了骊姬的"爱亲之谓仁"一语作为第一类仁说的例证之一。说明从主观框框出发而不从客观材料出发的研究方法，是只能贴一些阶级标签，而得不出什么使人信服的结论来的。

关锋评孔的若干文章中，涉及的方面相当广泛，制造的框框和混乱也实在不少。本文只对其影响很坏、错误明显的"仁"的三类型说，根据史实，加以批驳。至于其他方面，如"仁"和"礼"的关系，举贤和亲亲的关系，特别是孔子究竟代表什么阶级，他的思想中进步成份和保守成份哪个是主导的等重要问题，因篇幅所限未能涉及。个人觉得这些问题，须放在春秋时的社会性质、中国古代史分期问题中一并讨论，才能做出比较明确而满意的解答。

（原载《哲学研究》1979 年第 12 期。此据《中国社会与思想文化》，人民出版社 1989 年版）

---

① 崔述认为《国语》中所记的议论，多为"增衍"之言，见《丰镐考信录》卷 6。

论《庄子》内篇产生的
时代及其篇名之由来

向来研究《庄子》的人，多半是对外、杂篇的真伪和时代问题考证疏辨，而对于内篇的时代问题，很少论列。大部分著述认为内篇是庄周作品，不轻怀疑；或沿用旧说，默认内篇是庄子作品，不加论证。1960年的讨论中，任继愈同志提出了《庄子》内篇是汉代后期庄学作品的说法，是新的论点。多年以前，我曾对此问题做过一些初步探索，曾试图打破内外篇界限，另寻区别《庄子》各篇时代先后的标准，对《庄子》内篇的特别题目，发生怀疑，所以对于任继愈同志这种打破传统的看法，深表同意。但对于他主张《庄子》内篇是汉代作品的论据，认为不易成立。兹将一些不成熟的意见，提供出来，作为百家争鸣的参考。

一 评《庄子》内篇出于汉代说的文献根据

任继愈同志在《庄子探源》一、二篇中[①]，主张《庄子》内篇不代表庄周思想，而是汉初后期庄学的作品，所持理由，大概有下列几个方面：

（1）司马迁所述的庄子代表作是《渔父》《盗跖》《胠箧》等篇，都在外篇而不在内篇。篇中的主要思想，是过激思想，和内篇的没落思想根本不同。

（2）荀子对于庄子的批评，是"蔽于天而不知人"，"荀子的自然观

---

① 见《哲学研究》1961 年第 2 期，《光明日报》1961 年 8 月 25 日。

是唯物主义的，他所肯定的庄周的自然观也是唯物主义的"。今《庄子》中具有这种自然观的是外篇《天道》等篇，而不是内篇。

（3）《天下》篇比较晚出，不能从《天下》篇的文句中论证出《逍遥》《齐物》的思想来。

（4）战国时代，奴隶主阶级和封建地主阶级的斗争，胜负还未最后决定。到了汉初，奴隶主阶级才最后绝望。所以代表没落奴隶主的悲观绝望思想，只能产生在汉初，不能在战国。

（5）篇分内、外起于两汉，特别是内篇离奇的篇名，及其具有谶纬和神仙家色彩的内容，是汉初的作品特征。

对于这些论点，已有好些文章，提出不同意见，但有些论证，还需要加以补充和商量。

（一）司马迁所记《庄子》篇目问题

《史记》中记述庄子的著书，确实只提了《盗跖》《渔父》等五篇，而没有一篇是在内篇中的。但是司马迁叙述各家的学说和著述，并不是把所有的内容都列举出来，而是用举例的方法，揭出若干篇目，说明所要阐明的问题。他举《渔父》《盗跖》《胠箧》等篇乃是说明这几篇特别诋訾孔子之徒，而不是说庄子所著十余万言，只有这几篇。张德钧同志指出汉初儒、道的斗争情况，是司马迁以微辞见旨之处①，最为扼要，不需再为复述了。

但任继愈同志又认为司马迁以庄周的全部著作都剽剥儒、墨，决不说只这五篇剽剥儒、墨。如果认为抨击儒、墨，抗议剥削的思想，是《庄子》的社会政治思想的基本方面，那么和这思想相反的，就不是庄周思想，如果宣扬唯物主义天道无为思想是庄周的思想，那么神秘主义和不可知论的思想不是庄周的思想②。

我对《庄子》全书都剽剥儒、墨的说法相当同意，因为从《庄子》全书看来，除了《天下》篇和其他篇中若干章节外，都和儒、墨思想相反，无论其中有明显的评语或是没有。但这种反儒、墨的态度，和他泯

---

① 张德钧《庄子内篇是西汉初人的著作吗》，载《哲学研究》1961 年第 5 期。
② 《庄子探源之二》。

除是非的主张，并不矛盾，因为他正是用不要是非这一原理来剿剥儒、墨的。最明显的例子就是《齐物论》。这一篇的内容，是一方面主张混忘是非，一方面反对儒墨之是非的。所以从这一推论中，不能得出承认《渔父》等篇为庄子派作品，便须论定内篇是汉代作品的结论来。至于神秘主义、不可知论和唯物主义互相矛盾，那是确实的。但《庄子》全书中，属于唯物主义思想者，究竟是哪些部分；司马迁所提的《渔父》《盗跖》《胠箧》等篇，是不是唯物主义，都成问题。如果《渔父》三篇并无明显的唯物主义，而其他篇中，又有明显的唯心主义，则根据上述矛盾，只能得出初步具有唯物论因素的《天道》《天运》① 等篇中若干章节，和《庄子》内篇不是一人所作，而不能证明内篇非庄子所作。因为司马迁并没有提到《天道》《天运》等篇，而这几篇中具有唯物倾向的章节和司马迁所提到的几篇，是否一致，还需要研究。

现在要特别指明的是：司马迁在老子、庄子本传中所举的《庄子》篇目，除了《渔父》《盗跖》《胠箧》三篇外，还有空语无事实的"亢桑子""畏垒虚"之属。这个亢桑子，就是杂篇中的《庚桑楚》，而这一篇的内容，显然和内篇的内容相近，而和《渔父》《盗跖》等篇不是一类。《庚桑楚》篇第一章中所说的至人是"相与交食乎地，而交乐乎天，不以人物利害相撄，不相与为怪，不相与为谋，不相与为事"。这正是内篇《逍遥游》《德充符》《大宗师》《应帝王》等篇中所描写的"至人"状态。《庚桑楚》篇描写"至人"时，有"身若槁木之枝而心若死灰"之辞，这正是内篇《齐物论》中描写南郭子綦隐几②之语句。不但《庚桑楚》篇和内篇思想是一类的，而且有些章节是互相关联的。如《庚桑楚》中有一段云：

> 古之人其知有所至矣，恶乎至？有以为未始有物者，至矣尽矣，弗可以加矣。其次以为有物矣，将以生为丧也，以死为反也。

---

① 《天道》《天运》等篇，内容不全一致，其中有些章节，具有某种程度的唯物主义因素，但决非《庄子》早期作品。

② "几"原误作"机"。——编者注

这一段的前数语，和《齐物论》的语句完全相同，可见它们是同类作品。

如果承认司马迁所见《庄子》有今本《庚桑楚》一篇，就很难根据司马迁的记述把《庚桑楚》的作者及其产生时代，和内篇的作者及时代截然分开。如果认为《庚桑楚》的内容是庄周思想，那就很难否认内篇的内容和思想不是庄周的（如果发现《渔父》等三篇和《庚桑楚》篇的思想不一致，就需要找寻其他根据，来论证哪一篇是庄周思想，而不能根据司马迁的记述，来论证何者为庄周思想。因为司马迁并不知道它们中间有矛盾，而认为这些篇都是庄周的著述）。所以从司马迁所举的篇目看来，只能推证司马迁对今本内篇不甚重视，或司马迁所见的《庄子》篇目次序和今本不同，而不能得出司马迁所见的《庄子》没有内七篇，更不能得出《庄子》内篇不是先秦庄周思想的结论来。

（二）荀子对庄子的评述问题

以荀子为讨论《庄子》的支点，比司马迁为支点更为有力。因为现在可以证明《庄子》内容的，再没有比《荀子》更早的材料了。但是从荀子所说的"蔽于天而不知人"一语中，能否得出庄子是唯物论，从而认为内篇是汉代作品的结论，是值得讨论的问题。

从有关这一问题的争论看来，有几个论点，需要弄清，即：（1）《庄子》中之"天"和荀子用以批评《庄子》之"天"是什么含义，是不是他们所说的"天""人"二词，就相当于现在的"心""物"二词呢？（2）荀子对于庄子的评语是有一半肯定、一半反对，还是整个反对？（3）荀子对于庄子的批评是正确的，还是错误的？

这三个问题是相连带的，而以第一问题为核心。如果对第一问题看法不同，就会对下二问题的看法也不相同。但也有对于第一问题看法相同，而对后二问题看法分歧的。所有这些问题的不同看法，都会推论到庄子是唯心论还是唯物论，从而断定内篇是不是庄周作品这一问题上来。

好多人认为《庄子》《荀子》书中的天人概念，就是现在的心物概念，因此或者对荀子的批评发生疑问，认为荀子的批评是错误的。正确的批评应该是"庄子蔽于人而不知天"①。或者认为荀子的批评是正确的，

---

① 罗根泽《诸子考索》，第306页。

但那是对《庄子》外篇的批评，所以《庄子》书中唯心色彩非常浓厚的内篇，应该是汉代作品。

我们认为中国哲学中的天人概念，和西方哲学中的心物概念并不等同。中国哲学中的"天"字，在不同时代和不同哲学著作中，虽可有不同意义（如有人格的天、有意志的①天，以及近似自然的天等）。但在《庄子》《荀子》中论到天人相对的意义时，总是天然和人为相对的意义，而不能和西方的心物关系等同起来。从不同哲学家对天人关系的主张上，可以看出他们是主张"自然"或是主张人为来，但却不能决定主张天然的一定是唯物论，而强调人为的反而是唯心论。因为强调天然，或强调人为，只是他们在人生观上的一种主张和态度，只是他们世界观的一部分，而不是他们对世界本质问题的回答。究竟他们所说的天是精神的东西，还是物质的东西，所说的人是社会环境中的主观能动作用，还是精神的自由活动，那要看在其他方面的理论和解释才能决定。

庄子是中国哲学史上②首先提出天人概念来的。从现在的《庄子》看来，不论是内篇或外、杂篇，有一共同的倾向，即主张因任自然，而反对人为制度，反对知识辩论。所以荀子所说"庄子蔽于天而不知人"一语，的确是对庄子思想最概括最简要的批评。如果把庄子的天人意义，解释为心物意义，那就不但和《庄子》书的整个精神不合，而且有些语句简直成为不通之辞了。如内篇《大宗师》说："物不胜天久矣。"外篇《秋水》篇说："天在内，人在外。"难道可以译为"物不胜物久矣""物在内，心在外"吗？难道可以说荀子认为庄子是蔽于物而不知心，他自己是主张唯圣人唯不求知物的吗？所以从荀子对庄子的评语中，只能得出庄子思想是因任自然，而得不出它是唯物论的结论来。

现在要说明的是《庄子》内、外、杂篇中虽有反对人为的共同倾向，但从哲学意义上发挥重天轻人理论，并明白举出"天""人"二字对比讨论的，首先在内篇而不在《渔父》《盗跖》《胠箧》等篇。外、杂篇中明显揭出"天""人"二字对比讨论的，首先在和内篇相近的《秋水》等篇，而不在和内篇相远的《天道》《天运》等篇。如内篇《齐物论》云：

---

① "的"原无。——编者注
② "上"原无。——编者注

> 圣人不由而照之于天。
>
> 和之以天倪，因之以曼衍。

这些都是强调天然、反对人为的论述。特别是《养生主》《德充符》《大宗师》三篇中，明白举出"天""人"二字，对比讨论。如《养生主》"公文轩见右师而惊"一节云：

> 是何人也？天与？其人与？曰：天也，非人也。天之生是使独也，人之貌有与也，是以知其天也非人也。

《德充符》第五章云：

> 既受食于天，又恶用人？有人之形，无人之情。有人之情，故群于人；无人之心，故是非不得于身。眇乎小哉，所以属于人也；謷乎大哉，独成其天。

《大宗师》第一章云：

> 知天之所为，知人之所为者，至矣。
>
> 是之谓不以心捐道，不以人助天。

又云：

> 其一，与天为徒；其不一，与人为徒。天与人不相胜也，谓之真人。畸人者，畸于人而侔于天。故曰：天之小人，人之君子；人之君子，天之小人也。

上列这些议论，就是荀子批评庄子蔽于天而不知人的主要根据。庄子这里所说的天，显然是顺从自然的意思，与唯物论没有共同之处。所以从荀子之支点上，得不出庄子是唯物论，从而认为内篇不是先秦作品的结论来。

　　如果同意庄子的天不等于物，则荀子对于庄子的批评，显然是正确的；至于荀子对于庄子的批评，是否有部分赞同之意，也就无关重要了。因为即使荀子批评各家所蔽的词句中有部分肯定之意（如以上文"桀蔽于末①喜"等句为例，则毫无肯定之意；如以《天论》中"有见于齐无见于畸"等句为例，也可能对诸子之蔽和桀纣之蔽的批评分量不同），但那也只是说庄子见到随顺自然的一面，而不知人为努力的一面；而不是说庄子见到客观物质的一面，而不知主观精神的一面。（至于《庄子·大宗师》篇又说"庸讵知所谓天之非人乎？所谓人之非天乎？"那是用洸洋自恣之辞，说明虽然"知天之所为人之所知"者是最高的，但怎能知所说的天不是人、所说的人不是天呢？而最后归结为"不以人助天"，仍然是重天轻人。）而且无论天人的意义如何，荀子论评的对象都在《庄子》内篇（《齐物论》《养生主》《大宗师》等篇），而不在《渔父》《盗跖》等篇，所以不能以此推证《庄子》内篇出于汉代。

　　荀子对庄子的批评，除明见于《解蔽》篇外，也见于《天论》篇：

　　　　故明于天人之分，则可谓至人矣。
　　　　大天而思之，孰与物畜而制之？从天而颂之，孰与制天命而用之？

这里所说"大天而思之""从天而颂之"的人，正是那个咏叹"謷乎大哉，独成其天"、主张"不以人助天"的庄子。特别是荀子所说"明于天人之分，则可谓至人矣"一语，显然是针对着《庄子》内篇《大宗师》开首"知天之所为、知人之所为者，至矣"数语而发的。我们知道"至人"一词，是庄子派对理想人物②的称谓，荀子的理想人物是圣人、圣王、君子等名，而不是什么"至人"。但在这里，却用了"至人"一词，分明是用庄子的名词以反击庄子，好像说你以为明于天人之为的③是"至人"，我以为明于天人之分的才是"至人"。因为《大宗师》开首说"知

---

　　① "末"原脱。——编者注
　　② "物"原脱。——编者注
　　③ "的"原无。——编者注

天之为、知人之为者，至矣"，似乎对二者将有所区别；但下文又把天人混同起来，所以必须指出天人之分来，加以反驳。从《天论》和《大宗师》针锋相对的议论中，知道荀子对庄子的批评，主要是对照着《大宗师》等篇，而不是对《渔父》《天道》等篇。所以从《荀子·天论》这一支点上，也不能推证《庄子》内篇晚出于汉代。

（三）从《天下》篇推证内篇思想问题

任继愈同志反对以《天下》篇为推证内篇的理由约有下列几点：

（1）《天下》篇的时代不早于秦汉之际，《天下》篇疑非庄子学派的作品，《天下》篇对庄周的批评值得重视。

（2）《天下》篇讲到其他流派之时，都引用了一些代表性的原文，可是讲到庄周的哲学时，夹议夹叙，并没有引用庄子的原文，只是对庄周的治学态度、生活作风作了一些抽象的描绘，因而很难使人依据这些描绘，进一步研究《庄子》书的真伪。

（3）《逍遥游》和《齐物论》中从没有讲"析万物之理，察古今之全"，而是要人不析不察，取消分别，抹煞是非，更说不上对邹鲁之士有什么敬意，这和《天下》篇主张不合。

（4）《天下》篇中所说"独与天地精神往来"一条，可与关尹、老聃相通；所说"不谴是非以与世俗处"，和慎到相似，通过《天下》篇，好像也能论证出《齐物论》是慎到作的结论来。所以《天下》篇，不是研究庄学的很好证人。①

对于第一论点，我完全同意。旧作关于《天下》篇的考证，即认为《天下》篇是荀子以后、司马谈以前同情于道家的儒家派作品，和任文的主张大体相同。但我认为《天下》篇虽不是庄周自作，而确为考察庄子思想最可靠、最有用的材料。从《天下》篇叙述庄周的学说中，确可推证出《庄子》内篇某些思想来，不过可以从《天下》篇中推证出的内篇思想，不止《逍遥》《齐物》二篇而已。

对于后三论据，我觉得理由都不够充足。

首先我们认为从《天下》篇中可以推证庄子的思想，是说从《天下》

---

① 《庄子探源之二》。

篇所叙述的庄周思想中可以推证庄子的思想，而不是说从《天下》篇作者本人的思想中可以推证出庄周的思想。任文举了《逍遥游》和《齐物论》中没有讲"析万物之理，析古今之全"的内容，认为不能从《天下》篇推证《逍遥》《齐物》思想，这正是把《天下》篇作者本人的思想和《天下》篇作者所述庄周思想混淆了的结果。站在儒道之间的《天下》篇作者，当然可以有不同于《齐物》《逍遥》的议论，可以对邹鲁之士表示敬意，这和从他对庄子的叙述中，可以推证庄周思想，并不矛盾。正如我们不能因为荀子、司马迁的思想和庄子相反，便否认从荀子、司马迁对庄周的叙述和批评中推证庄周思想一样。我们当然不能根据《天下》篇作者在总论部分有和庄周思想不同的地方，便否认其所述庄周思想的正确性，甚至否认其可以作为推证庄子思想的依据。

任文所提从《天下》篇中"独与天地精神往来"及"不谴是非以与世俗处"等句，也可以推证关尹、慎到学说的论据，只有消极的怀疑理由，我曾在《评傅斯年论〈齐物论〉为慎到所作》① 一文中，根据《齐物论》所引人物，及其与《庄子》他篇相同语句，加以反证，此处不再复述。这里要说明的是：如果《天下》篇中只有"独与天地精神往来"和"不谴是非以与世俗处"这二句，那就不容易区别出庄周思想和关尹、慎到的思想来。但是《天下》篇中除了上述二语外，还有几十句讲述庄周思想作风的话，它明明说"以天下为沈浊而不可与庄语，以卮言为曼衍，以重言为真，以寓言为广"；明明说"上与造物者游，而下与外死生、无终始者为友"，难道从关尹、老聃、慎到中可以找到寓言、卮言、重言等不与天下庄语的例子？可以找到参差諔诡的文辞和"与造物者游"的理论吗？所以这个论据，对于证明《天下》篇不能为推论庄周思想证人的理论，没有大的帮助。

任文所举的几个理由中，以第二论点，即《天下》篇对于庄周思想没有具体引述而只有抽象描绘的论据，最值得重视。这个特点，确是读《庄子·天下》篇者多数共有的印象。但这个现象，正足以证明先秦的《庄子》是《齐物》《逍遥》，以及作风相近的几篇，而不是《天道》《天

---

① 拙作《批判傅斯年在哲学史学上的反动观点和谬误考证》，见《劳动与教育》1959 年第 9 期。

运》《渔父》《盗跖》等篇。因为《庄子》书和先秦诸子不同的特点之一，即是它不作概念的抽象叙述，不用整齐死板的文句，而惯用参差谲诡的形象化语句和洸洋自恣的风格，来表现其思想，这样就很难从书中举出若干文辞整齐、概念明确的文句作为引证，而不得不摹仿作者的风格，描绘其思想轮廓。因此描绘作者的态度作风、表现方式者占了多半。所以这一论据，不但不能作为否认《天下》篇可作推证内篇的支点理由，反而成为证明《天下》篇可以作为推证《庄子》内篇的有力理由了。

现在进一步要说明的是《天下》篇中论述庄周部分，除了一些描绘庄周作风的辞句外，也有描述庄周思想的辞句，而且有些辞句，就是从今本《庄子》内篇《齐物论》《大宗师》等篇提取出来的。如《天下》篇云：

> 死与生与？天地并与？神明往与？芒乎何适？忽乎何之？万物毕罗，莫足以归。

这种叙述，既是描写作风，也是叙述思想。这种飘忽不定的写作方法，在内七篇中表现的很明白，而《齐物论》尤其是典型例子。这里一连串用了若干"与"字表示提问，最后的结束是"莫足以归"，正是《齐物论》中用无数"乎"字提出若干疑问，而最后不作肯定结论的表现方法。可知这一段叙述，基本上是从《齐物论》概括而来的。特别是《齐物论》中所说："天地与我并生，而万物与我为一"，就是《天下》篇"天地并与"一语的来源。又《天下》篇云：

> 上与造物者游，而下与外死生、无终始者为友。

这二句显然是取自《大宗师》篇。《大宗师》第三章子祀、子舆、子犁、子来四人相与语曰："孰知死生存亡之一体者，吾与之友矣。"第四章子桑户、孟子反、子琴张三人相与友曰："彼方且与造物者为人，而游乎天地之一气。"又云："庸讵知夫造物者之不息，我黬而补我劂，使我乘成以随先生邪？"可见上引《天下》篇二句出自《大宗师》，是相当明显的。

我们知道，在先秦诸子中，只有《庄子》书特别讲生死问题，而《庄子》书中讲生死问题者，以内篇《大宗师》为最多。而且像"造物者"这一词，和"与某某游""与某某为友"这种提法，也只有内篇《逍遥》《齐物》《大宗师》等篇为最多。《大宗师》篇一共用了四次"造物者"（一次"造化"）这一名词，一共有四处用"与某某游""与某某为友"的叙述法，这种词句和提法，是外篇《骈拇》《马蹄》《天道》《刻意》《渔父》《盗跖》等篇所没有的。所以从《天下》篇所述庄周思想作风中可以推证庄子的思想，而且确知其来源就在今本内篇《齐物论》《大宗师》等篇中。

总起来说，《天下》篇虽不是先秦早期的作品，但现在保存下来论述庄周思想最具体而详细的史料，再没有比这篇更古的了。它评述先秦各派学说都很确当，特别是对先秦道家各派的评述，有很高的参考价值。它虽不是庄周嫡派的作品，但秦汉时论集古籍者，把它放在《庄子》书的末尾，说明它和庄子派有特殊的关系。从论证庄子思想的价值来说，它比荀子、司马迁的论述，是不逊色的。

二　论《庄子》内篇思想所反映的时代不是汉初而是战国中期

《庄子》内篇所体现的思想，可能产生于秦汉之际，还是产生在战国中期，是决定内篇时代的一个中心环节。

任继愈同志在《庄子探源》一文中对此问题提出了几个主要论点：

（1）奴隶主阶级和封建地主阶级的斗争，到汉初才决定了最后胜负，奴隶主到这时"才真正感到大势已去，不可挽回了"，所以战国中期，不可能产生内篇的思想。

（2）董仲舒说过："今师异道，人异论，百家殊方，指意不同，……"所以《齐物论》有跟同时人争论的口气，不是不可理解的。

（3）"汉初的统治阶级，是以黄老为幌子的道家宗教神学"，"《庄子》内篇极大可能是许多黄帝老子书中的一个支派"。"他不采取儒墨那一套，这一点符合了汉初与民休息的方针"。

（4）"当时统治者都注意神仙养生，《庄子》内篇也给了一定的满足"。

（5）庄子的滑头主义、相对主义，对统治阶级是有利的。所以内篇思想流行于汉初，有足够的根据。

我们觉得：《庄子》内篇代表没落阶级（至于代表何种没落阶级，可以讨论）的思想，大概不成问题。问题在于奴隶主阶级和封建地主阶级的斗争，究竟在什么时候决定了最后的胜负，旧阶级的失败，到什么阶段会产生悲观绝望的思想。

春秋战国的社会性质，虽还没有定论，但代表新旧社会过渡的几个重要特征，如农村公社的解体，土地买卖的出现，固定的世袭等级制的分解等现象是比较确定的，而这些现象的出现，大体以商鞅变法为重要断限。可以说两方斗争的胜负，在这个时候，基本上确定了。如果从全国范围看，可以说在秦统一前夕，最后决定了。无论如何，不能说迟至汉初，封建主对奴隶主的斗争才最后胜利。

那么是不是说像《庄子》内篇这样没落的思想，如果产生在秦国，可以在商鞅变法时期；如果产生在庄周出生的宋国，必须到秦统一前夕呢？问题还不是这样简单。

应该指出，阶级斗争在客观上的胜败决定是一回事，而人们主观上对斗争形势的感觉和估计又是一回事。一般说来，多数人的认识，往往落后于形势，因此那些维护旧阶级利益的分子，一直到灭亡前夕，还不承认自己阶级的失败，甚至在失败以后还长期留有复辟的思想。但是在新旧阶级对垒的形势中，不论哪一阶级，其中必然有若干感觉敏锐的分子，特别是其中具有思想体系的知识分子，他们可以在斗争形势发展到一定阶段后，便会感觉到自己阶级前途的光明或黑暗。那些代表先进阶级的思想家们，在本阶级发展初期，便唱出了胜利的凯歌，固不必说了。即使那些代表失败和衰亡的阶级，也不是非到最终没落以后，才会发出绝望的哀音。

比如大家熟知，也是讨论庄子哲学常常引用的代表没落封建贵族意识的"封建社会主义"，它的产生，并不在封建残余绝迹之后，而是在资产阶级革命到处进行的 19 世纪 30 年代。这时法国的七月革命虽已完成，英国的改革运动虽已胜利，但不论在英国和法国，封建残余并未绝迹。单就法国说，这时距离 1848 年的革命，还有 18 年，此后还有拿破仑第三的第二①帝国等带有封建残余的政治形式，更不用说大陆上德国、意大利等国的封建势力了。如果照任文所提出的代表旧社会的没落思想，必须到旧势力最后破灭，而残余势力绝迹之后才能出现，那就对产生在 30 年代而为马克思所论定为代表封建贵族没落意识的"封建社会主义"，就无法理解了。

所以无论判断哪一种思想产生的时代，都不可离开那个思想的具体内容及其与当时社会关系，而作抽象的推论，对于《庄子》内篇也不能例外。

从常识看来，战国时期虽已进入封建社会，但全国范围的中央集权国家还未形成，所以百家争鸣的空气非常活跃。只有在这样阶级分化激烈、矛盾斗争复杂的时期，才会产生百家争鸣的局面，产生丰富多彩而具有新鲜内容的思想体系。《庄子》内七篇虽然是没落意识的反映，但它是一个具有创发性的悲观思想体系，他用了丰富的想象，描写了他的理想至人和理想社会；他用了名辩的语言和儒、墨、名、法各家形成针锋相对的辩论。无论他提出什么"不遣是非""混忘是非"的口号，而事实上是用了"无是非"这一标准，和一切有是非的学派进行了斗争。这种旗帜鲜明、自由争鸣的精神，是秦汉统一以后所少有的。这种精神和董仲舒所说"今师异道、人异论"的情况，迥不相同。

汉朝初年，确有许多不同学派，如儒家的孔鲋、叔孙通、陆贾，儒法之间的贾谊，道家的盖公、田叔以及淮南门客苏飞、李尚之徒，阴阳家的张苍，法家的晁错等，可以说"师异道、人异论"了。但是这些学者，大都根据先秦学派的理论，加以推演敷陈，很少像战国诸子那样的创造，连较突出的贾谊，也不能例外。正像田何、伏生那些经学家们远不能和孟、荀相比一样，像淮南门客中的大山小山之流，也远不能和庄子相比。特别是《庄子·齐物论》中所辩论的对方，是惠施派的名家学说，而这个学派在秦汉时期是近于绝迹的。有谁能从汉朝初年，找出一个像惠施、公孙龙那样一位名家学派，可以作为《齐物论》辩论的对方呢？所以无论从汉代的社会还是从汉代的学派方面，都不能证明《庄子》内篇思想是产生于汉初的。

———————————

① "二"原误作"三"。——编者注

如果从社会、学术方面，不能证明《庄子》内篇思想产生于汉初。那么，从汉初统治思想方面所建立的论据就更难成立了。

无论汉初统治者怎样来不及建立指导理论，但像《庄子》内篇那样消极弃世的主张，决不能作为一种政治指导思想，这是无疑的。其实任何一个封建王朝的开始，都未必来得及马上制出一套系统理论，而任何一个王朝，都不会缺乏一套现成的或拼凑的理论。因此像儒家、法家以及阴阳家等积极提倡礼制法律，不脱离现实的学派，总要被历代统治者从其中吸取一部分理论，加以调和，作为其统治思想。汉初的一切法律制度，就是法家和儒家思想的具体指导。刘邦一入关就定了约法三章，定三秦之初，就下令定服色，即位第七年，便命令叔孙通定朝仪，第十一年便命他曾看不起的儒生陆贾上《新语》，下诏求贤才，这些措施和政策，都不是黄老思想所能指导的。所谓汉初文景之治与黄老思想的关系，不过是节取了《老子》书中"我清静而民自正"一部分帝王之术，作为与民休息的号召，与《老子》书中包含的其他思想并不相干。所以即使在曹参为相和窦太后好《老子》书的①时代，黄老思想也不是唯一的政治指导。如文帝时的置诸经博士，特别是文帝诏举贤良文学士，景帝的平七国之乱，这些政策，如何能在老庄思想指导下进行呢？我们看道家学派的黄生说："冠虽敝必加于首，履虽新必贯于足"，就知道汉初的道家不能不把先秦的道家思想有所改变，像《庄子》内篇那样逃避现实、追求绝对自由的思想，如何能成为黄老帝王之术一个支派，成为统治阶级积极提倡的思想呢？

既然《庄子》内篇思想不能成为统治思想，而汉初统治者也并没有绝对排斥儒、墨，特别是不能排斥儒家和阴阳家，则所谓为了反儒、墨而提倡庄子的论点，也就无需多加辩论了。

至于说滑头主义、相对主义，对统治阶级有利，那只能成为不积极压制或禁止它的理由，而不能成为积极提倡的理由。因为无论如何，它不如忠君思想、专制思想对统治者更有利益，这也无需多加辩论。

此外关于《庄子》内篇讲养生神仙之术的论据，已有好多同志指出《逍遥游》中浪漫主义的幻想和外篇《天地》等篇中的神仙思想决不相

---

① "的"原无。——编者注

同。而且神仙思想始于战国末期，不是始于汉初，所以这些都不能成为内篇产生于汉初的理由。

三　论《庄子》内篇题目是刘安门客所加及其政治目的

在区分内外篇时代和篇题方面，任继愈同志提出以下几个论点，作为内篇晚出的理由：

（1）有中心题目的文字，比用篇首二字为篇名的晚出，所以内篇应"晚于外篇"。

（2）"篇分内外，起于两汉"，所以《庄子》内篇应当是"汉人编纂的结果"。

（3）内篇从篇名到内容，都带有浓厚的汉代宗教神学方术的特色，这些篇名和它的内容有某些意义上的联系，但又不是那么紧密地联系着，这种情况，和纬书十分相似。

张德钧同志对这些论点，做了详尽地分析和批驳，除了几个零碎证据外，我完全同意张文对任文前二点的批评。我认为篇分内外，并不始于两汉，在《韩非》和《管子》书中，已经有了。有中心题目的文字，不一定晚出，从《墨子》开始，已经有了。张文举出《墨子》中的《耕柱》《公孟》和《荀子》中的《大略》《尧问》等篇，说明"一部著作中大部分有中心题目，则少数以开头二字名篇的，反而全是较晚或不可信的"。这一点，为我以前所未注意。有此例证，更足以①证明有中心题目的文字，并不晚出。

但在篇名的离奇这一点上，我和任文的看法有部分相同，即我认为有中心题目的文虽不一定晚出，但像《庄子》内篇那样奇特的篇名，却为先秦所没有。

《庄子》篇名的奇特，首先表现在题目的字数上。按先秦书的篇名，大多数是二个字。如为一字，即下加"论"字或"篇"字，如《管子》有《计篇》，《荀子》有《礼论》《天论》之类。如果是三字以上的篇名，

---

① "以"原脱。——编者注

多半是因为名词不可分割，如《孟子》中①之《梁惠王》《荀子》中之《非十二子》等篇是。只有《墨子》中之《备城门》《备高临》《迎敌祠》等篇，《管子》中的《臣乘马》《问乘马》《山国轨》等篇，《韩非子》的《初见秦》篇，是三个字。而这几篇，多半不是先秦的作品。《初见秦》篇，多数学者认为不是韩非作品②；《备城门》等篇中有太尉、太守等汉代官名，《臣乘马》等篇中有汉代理财制度，已有人证明为汉代作品③。这几个例外，更其证明了先秦诸子基本上是以二字为篇名的。而现在的《庄子》内篇，除了《齐物论》一篇名的第一种解释外（即以"齐物"为一词，不以"物论"为一词的解释），却都是三个字，这是先秦篇名少有的形式。

其次表现在题目意义的隐晦上。按先秦篇名多数是二字，其中有的是一个具体名词，如《子路》《阳货》等，有的是在名词之上加以动词，如《尚贤》《非攻》《解蔽》《正名》等，意义是非常明显的。很少把动词放在名词之下，或是以一个语法不全的句子为篇名。而《庄子》内篇的题目，除《齐物论》一篇外，却多半是形式奇特，意义模糊。在形式上好像有意要凑足三个字，在意义上多在可解、不可解之间。旧来的注家虽曾加以种种解释，但总觉得迂远曲折不甚明了。如王督夜解《逍遥》云："以斯而游天下，故曰逍遥。"④ 司马彪解《逍遥游》云："言逍遥无为者，能游大道也。"⑤ 这样"游"字是一个动词，下面省去了"天下"或"大道"一个宾词。司马彪注《人间世》云："言处人间之宜，居乱世之理。"⑥ 郭象注云： "人间之变数，世世异宜。"这样"间"字和"世"字，似是一义，又像两义。郭象注《德充符》云："德充于内，应物于外，外内充合，信若符命。"这样一个题目中就有两个不连接的动词。又如《释文》解《养生主》云："养生以此为主也。"《释文》引崔谡解《大宗师》云："遗形忘生，当大宗此法也。"都有把二字题目引申

---

① "中"原无。——编者注
② 罗根泽《管子探源》，郭沫若《十批判书》。
③ 朱希祖《〈备城门〉以下十二篇系汉人伪作说》，载《古史辨》第4册。
④ 湛然《止观辅行传宏决》引。
⑤ 《文选·秋兴赋》注引。
⑥ 《文选·秋兴赋》注引。

为三字题目的迹象。看来不论哪一种解释，总不能免除增字解经和转弯太多的毛病，而不能给人以非常清楚的概念。这种意义不明，因致解释迂曲的现象，是一般篇名所没有的。

内篇题目的奇特，更在于有些题目，和内容没有紧密的关联，而有勉强牵合的痕迹。这在《德充符》《应帝王》二篇中，表现的更为明显。按先秦子籍，凡是有中心题目的，总是总括篇中的要义，或是总括了若干章节的要义。篇中可有若干段与题目较远，但总有一部分相合，而且题目本身的意义，是非常明显的。而《庄子》内篇中的《大宗师》《德充符》《应帝王》等篇的题目和内容，就不是紧密联合。如《德充符》的内容，不过描写庄子理想中的至人怎样不因生死祸福而改变内心的恬静，怎样游心于太初而不肯以物为事，怎样"才全而德不形"。这样的人，说他是德充于内是有意义的，但哪里会连到什么"信若符命"的"符"字上去呢？当然，注解家可以用种种解释，把"符"字的意义连上去，但牵强生硬的痕迹，总难抹去。

《应帝王》这一篇名，从字义上看，比较易解。但是究竟和内容有什么关系，就很难确定。篇中叙述的人物如王倪、狂接舆、无名人、老聃、季咸、列子、壶子之类，都是隐遁散人，其理想的境地，是"未始出吾宗"，与所谓帝王了无关系。篇中所说的无名人，他回答天根提出治天下的问题时，起初是用轻蔑的态度，说"去，汝鄙人也"，再三相问，他只回答云："顺物自然，……而天下治矣。"作者丝毫没有表示这样的人应为帝王之意。崔譔和郭象的解释，是为了"应帝王"这一题目而拉上去的。

总之，这种离奇的内篇名，确实是可怀疑的。

现在的问题是：我们既然不能仅仅因为篇名的离奇，就认为内篇本身晚出于西汉，但也不能对于这些可怪的篇名置之不理，问题在于对这两者的分歧应该如何解释。

个人觉得我们应该抛弃内篇是庄周自订题目的传统说法，而采取苏轼所提"分章名篇，皆出自世俗"的看法①，把《庄子》内篇的作者和内篇题目的编者分别开来，然后根据题目的特点和编订《庄子》的时代

---

① 苏轼《庄子祠堂记》。

和作者，考察两者分歧的来由。

从编订《庄子》的时代和题目的特点看来，我认为内篇题目是由汉初淮南王刘安及其门客加上去的，并且具有一定的政治目的。以下是这样推测的几点理由：

（1）《庄子》书在汉代的编纂和整理者，是刘安及其门客。《汉书·艺文志》记《庄子》五十二篇，《经典释文叙录》载《庄子》内篇七、外篇二十八、杂篇十四、解说三，正合《汉志》五十二篇之数。那么所谓解说是什么呢？近代学者根据《文选》张景阳《七命》注下列一段

> 《庄子》"庚市子肩之毁玉也"淮南王《庄子后解》释曰："庚市子，圣人无欲者也。"

推知，古本《庄子》中有淮南王所作的《庄子后解》。又依《文选》谢灵运《入华子冈诗》、江文通《杂体诗·拟许征君》、陶渊明《归去来辞》、任彦升《齐竟陵①王行状》注并引淮南王《庄子略要》，《后解》《略要》就是《庄子》的解说。现有的《淮南王书》中有许多材料取自《庄子》，而淮南王又作了《庄子略要》和《庄子后解》等篇，则《庄子》书最先由淮南王及其门客加以编订整理，无可怀疑。

（2）淮南王时代的作者和他本人的著作，都有区分内、外篇和另加题目的体例。篇分内外，虽在《管子》《韩非子》中已经出现，但像《管子》的《内言》《外言》，《韩非子》的《内储说》《外储说》等篇，究竟作于何时，不可确知，而这些篇在全书中只占一小部分，其他大部分篇目，仍不分内、外。把整个书分为内、外篇或内、外传的，只有在汉初才盛行起来。如《韩诗内、外传》《黄帝内、外经》《白氏内、外经》等。

淮南王整理《庄子》正在这个时代。《汉书·淮南王传》云：

> 招致宾客方术之士数千人，作为内书二十一篇，外书甚众，又有中篇八卷，言神仙黄白之术，亦二十余万言。

---

① "陵"原脱。——编者注

又云：

> 初安入朝，献所作内篇，新出，上爱秘之。

可知淮南王安在武帝初年入朝时，已完成了他的内篇。高诱《淮南子序》云：

> 讲论道德，总统仁义，而著此书，号曰鸿烈。

可见刘安著书，既有分内、外书的体例，又有另加题目的体例。高诱注《淮南子·要略》篇中"此鸿烈之泰族也"句云："鸿，大也。烈，功也。"可见淮南王把他的书称为"鸿略"，有借书名意义显示大功的政治目的，因此他所编的《庄子》会表现同一的倾向。

在淮南王著书稍前，有河上公注的《老子》八十一章，每章皆另立一题目，和今传王弼的本子不同。葛洪《神仙传》云："河上公者，莫知其始名，汉孝文时居河之滨。"《经典释文》《隋书·经籍志》皆采其说。河上公给《老子》八十一章加题目的时期，和淮南王整理《庄子》的时间相差不远。现存的河上公本虽不可信为西汉的原来形式，但据此却可以推证古子书中先有内容后加题目的例子，是存在的。

（3）内篇题目中的神秘色彩和刘安著书的时代相合。《庄子》内篇题目的特点，表现在三字形式和意义的隐晦上。这种奇特的题目，在西汉末期盛行的纬书上表现的最为突出，如《乾凿度》《钩命决》《稽曜钩》等名，不胜枚举。但这种怪名，正和它的内容一样，并不是一开始就这样奇怪，而是在西汉初期逐渐形成起来的。

自从邹衍创立"五德转移，治各有宜，而符应若兹"的理论后，以后逐渐发展，便形成了谶纬之书。这种理论的主要目的之一，是说五德转移到一定阶段，一定要出现符瑞。符瑞出现，一定有有德受命者与之相应。从某种意义上说，是为了讽谏或为了诡谀而作的一种朝代更迭的预言，因此不能明白说出本意，就在题目上故意隐晦其词，表示神秘。在西汉初期，虽还没有出现成套的纬书，但已有近于后来纬书的题目出现。像《春秋繁露》这一书名，以及其中若干篇名，如《玉杯》《竹林》

《离合根》《立元神》《天地施》之类，显然带有浓厚的神秘色彩，意义在可解不可解之间。淮南王整理《庄子》时间，正和董仲舒著书时间先后同时，他们都是在题目上表现了显然和先秦不同的作风。

　　更可注意的是《庄子》内篇的名称，不但形式和阴阳、谶纬的名称相近，而且内容也有一部分是相同的。《史记·孟荀列传》说：

　　　　（邹衍）乃探观阴阳消息而作迂怪之变，终始大圣之篇十余万言，……称引天地剖判以来，五德终始，治各有宜，而符应若兹。

《封禅书》云：

　　　　丞相张苍以为汉当水德，河决金堤，乃其符也。

又云：

　　　　天瑞下，宜立祠为帝，以合符应。

又云：

　　　　盖有无其应而用事者矣，未有睹符瑞而不臻乎太山者也。

可见"符应"二字，是邹衍以来谶纬形成过程中的重要概念。而《庄子》内篇中的《德充符》《应帝王》二篇名，就很明显地援用了这一重要术语。这说明内篇篇名的出现，是和汉初符应说兴起的时代有关。而淮南门客，有一部分正是属于阴阳家的方术之士，所以经过淮南门客之手编订过的《庄子》内篇，其题目中带有符瑞说色彩是很自然的。

　　（4）内篇一部分题目中暗示的政治目的，和刘安及其门客的政治野心相合。从《德充符》《应帝王》等篇的题目看来，编者有意在其中表达一种政治目的，即采用邹衍以来的符应说，暗示道德充实，是将为帝王的符应。我们知道淮南王刘安的为人是"好书鼓琴"，"欲以行阴德，抚循百姓，流名誉"的。他屡次自称"亲行仁义"，并且招致宾客方术之士数千人，著书立说，最先图谋继承帝位，以后策划夺取帝位。这样一位雄心勃勃自负行仁义的人，在他从事著述时，就不能不表示他的政治企图。不过像《庄子》内篇这样脱离现实的文字，是不容易放进政治思想的。因此就在题目中大做文章，暗暗指出只有像他这样"行阴德"的有德之人，才应为帝王。先秦的《吕氏春秋》就曾在题目的安①排次序和数目等方面，表示作者的思想。从这一趋向看来，淮南门下一群抱有政治野心的游士集团，利用编书的题目，表达其政治企图，是可以理解的。

其实即在《庄子》内篇这样脱离现实的内容中，编者也没有放弃羼改辞句表达政治目的的企图。《应帝王》篇中就留有一点羼改的痕迹。本篇第四节云：

> 阳子居见老聃曰："有人于此，向②疾强梁，物彻疏明，学道不倦，如是者，可比明王乎？"老聃曰："是于圣人也，胥易技系，劳形怵心者也。且也虎豹之文来田，猨狙之便、执嫠之狗来藉，如是者，可比明王乎？"

《天地》篇里有基本上与此相同的一段：

> 夫子问于老聃曰："有人治道若相放，可不可，然不然。辩者有言曰：'离坚白，若悬寓。'若是，则可谓圣人乎？"老聃曰："是胥易技系，劳形怵心者也，执留之狗成思，猿狙之便自山林来。"

这两段文字，有一大段基本上相同。只有《天地》篇中的"夫子"，《应帝王》篇作"阳子居"。《天地》篇提出的问题是"可不可，然不然"，是庄子、惠子讨论的问题，而《应帝王》篇的问题是一般道家问题。《天地》篇说"可谓圣人乎"，《应帝王》作"可谓明王乎"。可见它们是由原始共同材料逐渐形成的。

---

① "安"原误作"按"。——编者注
② "向"原误作"响"。——编者注

　　从《应帝王》篇阳子居所提的问题看来，是"向①疾强梁，物彻疏明，学道不倦"，似乎与"明王"二字无甚关系。而且在《庄子》内篇以及与之相近的外、杂篇中，都没有把"明王"二字作为理想人物的称谓，特别是阳子居问的是"可比明王乎"，而老聃的回答是"是于圣人也"云云。彼此的问答，殊不呼应。我怀疑阳子居所问，本来是"可比圣人乎"，淮南门客为了加上《应帝王》的题目，便将其中"圣人"二字改为"明王"二字，以与题目相适合。否则为什么老聃的回答，直说"圣人"而不说"明王"呢？为什么与此相同的《天地》篇一段，只作"圣人"不作"明王"呢？这分明是改窜未尽而留下的痕迹。

　　总之，我认为把本来与帝王无关的文章，称之为《应帝王》，又把原为"圣人"一词改为"明王"二字，这种政治企图的暴露，是和刘安及其门客的政治野心相符合的。这就是我对于《庄子》内篇篇名和内容分歧由来的一些推测。

　　从上面的一些论证看来，我认为《庄子探源》中所提出的若干论证，都不能证明内篇晚出于汉代。只有内篇篇名的离奇，是一极可怀疑之点。但只能推证内篇题目的晚出，不能对内篇本身产生于先秦的时代证据有所动摇。

　　（原载中华书局编辑部编《文史》第 7 辑，中华书局 1979 年版。在《庄子新探》中，为第二章第五节、第一章第二节）

---

　　① "向"原误作"响"。——编者注

论《庄子·在宥》篇各章的异同和时代

日人武内义雄氏在《老子与庄子》一书中，以《在宥》篇前半篇和《骈拇》《马蹄》等三篇相近，归为一组，以《在宥》后半篇归入《天地》《天道》等篇一组中。① 罗根泽氏在《〈庄子〉外杂篇探源》中，以《在宥》全篇和《骈拇》《马蹄》等三篇为一类，认为是战国末左派道家所作。② 笔者同意武内氏的看法，认为《在宥》全篇没有一个共同的中心思想，它和《骈拇》等三篇相同的部分只在前二章，其余各章相当驳杂，归入《骈拇》一组很不恰当。为了弄清线索，首先应对《在宥》全篇各章的内容同异分别考察，才可以作属于道家何派的论断。所以这里仍③将《在宥》全篇，单独讨论。

一

《在宥》篇依王先谦《集解》和新《集释》本，共分七章。大体说来，可分为三类：第一章（闻在宥天下）、第二章（崔瞿问于老聃）为一类，和《骈拇》等三篇内容相近；第三章（黄帝立为天子）、第四章（云将东游）为一类，其中有和内篇相近的地方；第五（世俗之人）、第六（夫有土者）、第七（贱而不可不任者）三章另是一类，和晚出的《天道》篇内容、形式都很相近。兹依次分论如下：

前讨论《骈拇》等三篇时，曾举出其中的若干特征。这些特征，在

① 武内义雄《老子与庄子》。
② 罗根泽《〈庄子〉外杂篇探源》，见《诸子考索》。
③ "仍"，后改为"只"。——编者注

《在宥》篇的开首两章也即第一类中，都常出现。如第一章说："而后有
盗跖、曾、史之行"，第二章说："下有桀、跖，上有曾、史"。这里所述
的曾、史、盗跖，正是《骈拇》等三篇屡次引用的人物；又如第一章说：
"自三代以下者，……彼何暇安其性命之情哉？"又说"闻在宥天下，不
闻治天下也"。第二章说："其德不同，而性命烂矣。"这里所说的"三代
以下""治天下""性命"和"性命之情"等词，正是《骈拇》等三篇中
共有的词语。又如第一章中"故贵以身于天下①，则可以托天下；爱以身
于天下，则可以寄天下"两语，见今本《老子》十三章；第二章"故曰
绝圣弃知"句，见今本《老子》十九章。并且都称"故"和"故曰"，
而不称"故老子曰"，这和《骈拇》等三篇引《老子》书的惯例相同。
可以说这二章在文句上表现的特征，和《骈拇》等三篇完全相符。至于
思想方面，这二章全是激烈地非毁圣知，攻击儒、墨，和内篇风格不同，
更是属于《骈拇》组的明证。因此清代姚鼐和日人武内义雄氏都把这二
章和《骈拇》等三篇一并论述，是非常正确的②。现在要进一步考察的是
这二章和《骈拇》三篇，以及这二章彼此之间，是不是也有时代先后之
分呢？

　　我将这两章内容和《骈拇》等三篇详细对比一下，觉得《在宥》第
一章比较最晚，《骈拇》等三篇次之，而以《在宥》第二章为最早。所以
这样设想的理由，有以下几点：

　　(1)《在宥》第一章以及《骈拇》等三篇的文格，都是通体议论，
逻辑性相当强，没有记事和问答，而《在宥》第二章的文格，则不是议
论体裁，而是把议论放在崔瞿和老聃两人问答之中。从先秦文体的发展
看，大抵记事记言文在先，议论文在后，特别是《庄子》书中的较古篇
目（如《逍遥》《齐物》等），总是借故事寓言，通过人物的对话，发表
议论，而这正是《在宥》第二章不同于第一章以及《骈拇》等三篇的特
点，所以第二章应早于第一章。

　　(2) 从思想内容看，《在宥》第一章和《骈拇》等三篇，纯粹是批

---

　　① 苏舆说："身"字下两"于"字是衍文，甚是。今本《老子》十三章无"于"字。苏
说见王先谦《庄子集解》引。

　　② 姚鼐《庄子章义》。

评当时实际社会现象，基本上没有论到人心分析这一方面的问题。而《在宥》第二章则先叙述了人心的动静刚柔和"偾骄不可系"的情态，然后才谈到仁义法度的危害。从《庄子》全书看来，有大部分是讨论哲学问题而不是政治问题（当然哲学思想有一定政治背景和目的，哲学问题也是政治问题的一种表现），有一部分是兼涉到哲学和政治两方面问题，这两种而以论哲学为主。这两种形式究竟以哪一种为较早，虽不敢擅定，但这两种形式都比单纯论政治、社会的为较早，是可以肯定的。所以第二章应早于第一章和《骈拇》等三篇。

（3）从政治立场上看，《在宥》第二章和第一章有相当大的距离，而和《骈拇》等三篇的立场则相当接近。《骈拇》等三篇的特色是基本上站在被统治者的地位，对当权派的现实政治和依附当权派的人物言行，予以猛烈的攻击。如《骈拇》篇说："天下尽殉也，彼其所殉仁义也，则俗谓之君子；其所殉货财也，则俗谓之小人：其殉一也，则有君子焉，小人焉。若其残生损性，则盗跖亦伯夷矣，又恶取君子、小人于其间哉？"《胠箧》篇说："世俗所谓知者有不为大盗积者乎？所谓圣者有不为大盗守者乎？善人不得圣人之道不立，跖不得圣人之道不行。天下之善人少，不善人多，则圣人之利天下也少，害天下也多。……掊击圣人，纵舍盗贼，而天下始治矣。""圣人不死，大盗不止，彼圣知者天下之利器也，非所以明天下也。故绝圣弃知，大盗乃止；摘玉毁珠，小盗不起。"这种对当权派及圣知之攻击是相当激烈的，而在《在宥》第二章中表现的更为突出。它说：

> 今世殊死者相枕也，桁杨者相推也，刑戮者相望也，而儒、墨乃始离跂攘臂乎桎梏之间。噫！甚矣其无愧而不知耻也，甚矣吾未知圣知之不为桁杨接槢也、仁义之不为桎梏凿枘也，焉知曾、史之不为桀、跖嚆矢也！

最后的结论是"绝圣弃知而天下大治"，和《胠箧》篇的态度完全一致。而《在宥》第一章中的言论就没有这样激烈，特别是最后说"故君子不得已而临莅天下，莫若无为"，这和第二章及《骈拇》等三篇的口吻完全不同。《在宥》第二章和《骈拇》等三篇的基本态度，是对于当权派及圣知者加以揭露和攻击，最后的理想是虚无而空洞的，决没有设想自己临莅天下之意，而《在宥》第一章则表示了有意临莅天下的情态，这不是一个微小的区分。

和这种不同的政治态度相连的是它们所述理想人物的名称差异。《庄子》书中较古篇章所称述的理想人物是"至人""圣人""神人""真人"等名称，《骈拇》三篇只提"至德之世"而没有提"至人""真人"等名，《庄子》书一面攻击儒家的圣人，一面称颂自己的圣人，不论是内篇或《骈拇》等篇，都没有把"君子"一词作为理想者的称谓。如《骈拇》篇说："又恶取君子、小人于其间哉？"《马蹄》篇说："至德之世，……恶知君子、小人哉？"都是明显地攻击君子。而《在宥》第一章则两次提到"君子"二字，它说："故君子不得已而临莅天下"，又说："故君子苟能无解其五藏"，分明是以"君子"为理想人物的代词，这和内七等篇以"至人""神人"等为理想及《骈拇》等篇之攻击君子者，态度迥别。这是一种政治立场上的分歧①，不仅是词句上的差异而已。我疑心第一章末段自"故君子不得已而临莅天下"以下数句，是秦汉时编纂《庄子》者无意或有意加上去的。即使不是编者有意羼入，那么这一章和第二章及《骈拇》三篇的作者不是同派，更不是一人所作，那是可以肯定的。

（4）从个别词句上看，《在宥》第二章跟第一章及《骈拇》等三篇，也有一些差异。比如《骈拇》等篇和《在宥》第一章都用"性命之情"一词表述所谓天然的本性，而《在宥》第二章则用"性命"二字；又如《在宥》第一章和《骈拇》等三篇都有抨击杨、墨的语句，如《骈拇》云："骈于辩者……游心于坚白同异之间，而敝跬誉无用之言非乎？而杨、墨是已"。《胠箧》云："削曾、史之行，钳杨、墨之口。"都是杨、墨并称。而《在宥》第二章则说："而儒、墨乃始离跂攘臂乎桎梏之间"，称儒、墨而不称杨、墨。照一般情况，攻击儒、墨者比攻击杨、墨者时代较早；在前一节里，已谈到"性命"二字分别出现比"性命之情"一词出现较早，所以从这两个词语的差异上看，第二章比较早出也是较可信的。

---

① "歧"原误作"岐"。——编者注

再从对古人的评价上看，第二章也有不同于他章的特点。它说：

> 昔者黄帝始以仁义撄人之心，尧舜于是乎股无胈、胫无毛，以养天下之形。

"黄帝"一名，究竟始于何时，虽还不能确定，但大约最初出现和容成、大庭、神农、颛顼等的地位相似，只是一个氏族长或部落酋长的代名。约到战国末①期，便正式列入古代帝王系统之中，及至秦汉时期，又和老子并称成为道家、神仙家的始祖。在第一阶段，可以有些不同的传说；到第三阶段，作为道家尊奉的黄帝已经定型，那时，即使是摹仿荒唐之言的作者，也只能讥讽尧、舜、禹、汤而不能批评黄帝了。而《在宥》第二章的作者却迳直提出"黄帝始以仁义撄人心"的论题，对它表示不满，说明这决不是黄帝已定型为道家始祖的秦汉时代作品。正如《养生主》篇记老聃死，及秦失批评老聃"遁天倍刑"的情况一样，是较早出现的证据。不过"黄帝"一名在《墨子》《孟子》书中还未出现，约到战国中期才由道家抬出来和儒家的尧、舜相对抗，可能即是庄子或庄子派所编造的。而这一章把它直接放到尧、舜之前，暗示五帝的古史系统快将形成，所以这一章的时代，也不能早于战国后期，即庄子门徒著述时代。

总之，《在宥》篇中第一、二两章是一类文字，第二章较早，第一章较晚。除第一章末数语有些可疑外，其余部分和《骈拇》一组文大体相同，应为战国末秦统一以前的作品。

二

《在宥》篇中第三（黄帝立为天子）、第四（云将东游）两章，性质相近，都是记述故事而不单讲道理。但两章的时代内容也不完全相同。大体说来，第三章有许多神仙家言，比较晚出；第四章有很多近于内篇的内容，应为全篇中最早的章节。

---

① "末"，后改为"中"。——编者注

第三章的神仙家色彩，相当浓厚。如云："欲取天地之精，以佐五谷。""治身奈何而可以长久。""无劳汝形，无摇汝精，乃可以长生。""故我修身千二百岁矣，吾形未尝衰，"这是一种讲求修炼方法追求长生久视的神仙家思想，和《庄子·逍遥游》等篇的浪漫游仙思想很不相同。

又如说："得吾道者，上为皇而下为王"。这里把"皇""王"二词对比论列，是战国末期的倾向。近代学者多数主张"皇"字在《诗经》《尚书》中，多作状词用，没有作名词用的。金文中多称"尹""君""天""帝"，而没有称"皇"的。大约从《楚辞》起，"皇"才为神之别名，还不是人帝①。及至《吕氏春秋》时，才有"三皇五帝"的名称。所以这一章的产生不能在《吕氏春秋》以前。至于得道观念，也晚出于战国末叶，已在《大宗师》篇考察中论过，不再谈了。

第四章当是本篇中最早的作品，其证有下列三点：

（1）这一章里记述云将和鸿蒙的问答，司马彪说："云将，云之主帅。"俞曲园说："即《楚辞·九歌》中之云中君"②。俞说是否，不敢确定。但这种名称正和内七等篇所说的"天根""浑沌""日中始"等名相似，都是根据想象编造出来的，和本篇第一、二章所说的曾、史、桀、跖等历史人物决不相同。这种人物的设构，是《庄子》较古篇目的一个特征。

（2）本章说："堕尔形体，吐尔聪明，伦与物忘，大同乎涬溟。"这和《大宗师》篇第七章所说的"堕肢体，黜聪明，离形去知，同于大通"，十分相似。本章说："鸿蒙曰：浮游不知所求，猖狂不知所往。……云将曰：朕也自以为猖狂，而百姓随予所往。"《庚桑楚》篇也有相似的句子。《庚桑楚》第一章说："至人尸居环堵之内，而百姓猖狂不知所往"。《大宗师》和《庚桑楚》都是代表庄子哲学的典型作品③。而《在宥》这一章里有许多和它们相同的词句和内容，说明这一章的时代，不可能太晚了。

---

① 见王国维《说文讲义》、汪荣宝《释皇》篇、刘节《洪范疏证》、顾颉刚《三皇考》。

② 俞樾《庄子人名考》。

③ 《大宗师》考论，详拙作《论〈庄子〉内篇的真伪和时代》，见《哲学研究》编辑部编《中国哲学史论集》第2辑。《庚桑楚》考论，详拙作《〈庄子〉杂篇考辨》中，未刊。

（3）本章说："万物云云，各复其根"，这二句见今本《老子》第十六章。但本章不称"老子曰"，也不称"故"或"故曰"，而是上下文一气连贯，前后用韵，非常自然，丝毫没有抄袭割裂的嫌疑。这种特点，绝非《老子》书定型以后的现象，更不是《庄子》书中晚出篇目的特征。

总起来说，《在宥》篇第四章的内容和词句，都和内篇有些相近。可能是介于《逍遥游》《大宗师》和《骈拇》《马蹄》间的作品。

三

《在宥》篇第五、第六、第七三章，文字直衍，思想肤泛，既没有《逍遥游》等篇洸洋自恣的风格，也没有《骈拇》等篇的精辟论断，特别是第七章更为浮浅，和本篇前四章远不能相比。

第五章说："夫有土者，有大物也；有大物者不可以物物，而不物故能物物。"这和《山木》篇所说"浮游乎万物之祖，物物而不物于物"的文句，有些相似。但《山木》篇所说的"物物"，是说至人要为万物的主动者而不被万物所役使，而这一章却说是有土的有大物者不可以物物，这是把哲学上的论断和用语转用在政治上，就显得"物物"二字不够自然确当。这和道家别派把"至人无为"变为"君主无为"的情况相同，不是早期庄学的风格。《山木》篇为庄子弟子所记（详另篇），这一章又袭取《山木》而加以曲解，当然是更晚的作品了。

第六章记大人之教数语，看不出什么特点来，但最后说，"睹有者昔之君子，睹无者天地之友"，显然有调和"君子"及"天地之友"的倾向。这和《逍遥》等篇的藐视君子，《骈拇》等篇之攻击君子者，态度迥不相同。这是晚期道家的特点，可能产生于秦汉时期。

第七章说："无为而尊者，天道也；有为而累者，人道也。主者天道，臣者人道。"以下又罗列了物、名、事、法、仁、义、礼、德等名，加以抽象的解释，企图调和道、儒、法间的差异，和庄子的思想距离很远，显然是一种从道家过渡到法家的理论。从前注《庄子》者如宣颖等人已疑其意肤文杂，不似庄子之笔，近人也多加以论辩[1]，这种区分一望

---

[1] 宣颖《南华经解》、马叙伦《庄子义证》。

而知，不需详加论列了。

（原载《河北师院学报》1980 年第 1 期。在《庄子新探》中为第三章第一节第二小节）

论《庄子》内篇的真伪和时代[*]

一 试破内外界限，推寻《庄子》书中较古篇目

向来研究《庄子》的论著，多半是对于外、杂篇的时代、真伪探索考证，而对于内篇则往往相信旧说，认为是庄周作品，不轻易论列。我以为要对《庄子》全书进行科学研究，就不能漫信旧说，不加分析。即使内篇真为庄周作品，也须经过审查，重新确定。问题在于根据什么标准进行探索。

前人对于区分内、外篇的标准，大约有这样几种说法：有的认为"内篇明理，外篇纪事"；有的认为"内篇理深，外篇理浅"。但内篇虽是明理，外篇却非纪事。内篇虽是明理，但并非全部理深。如《应帝王》篇"阳子居问于老聃"一章，其中若干文句，和外篇《天地》"夫子问于老聃"一章基本相同，但理较外篇为浅。① 如外篇《达生》《知北游》，杂篇《庚桑楚》《则阳》等篇，所明之理，有时比内篇为深。王船山是主张外篇多伪的，但他已指出杂篇有比内篇更深刻处。② 可见内篇理深的标准不够准确。林云铭说："内七篇是有题目之文，为庄子手订者；外、杂篇各取篇首两字名篇，是无题之文，乃后人取庄子杂著而编著之者。然则或曰'外'、或曰'杂'，何也？当日订《庄子》之意，以文义易晓、

* 本文是 1963 年旧稿《论〈庄子〉内篇的真伪和时代》一文的第二部分。第一部分的原题目是：《论〈庄子〉内篇非汉代作品，但题为汉人所加》，发表在《文史》1979 年第 7 期，题目略有改动。

① 详下论《应帝王》一段。

② 见王夫之《庄子解》。

一意单行者列之于①前而名‘外’，以词意难解、众意兼发者置之于后而名‘杂’，故其错综无次如此。”② 林说以有无题目为区分内、外篇标志之一，基本上是可信的。确实，除了内篇有一特别题目之外，别无其他可严格区分的标准。但他说内篇是庄子手订者，则决非事实。

近代讨论《庄子》真伪的文章，也多以外、杂篇为考证对象。对于内篇，大多数默认是庄周自己的作品，而不提积极的理由。只有高亨先生提出外篇晚出的六条证据时，涉及到内篇早出的看法③。其中第四（田成子的年代）、第五（盗跖说汤武立为天子而后世绝灭）、第六（记庄子将死）三证，是很可信的。四、五证尤为一般所公认。但这只证明《胠箧》《列御寇》等篇时代较晚，不能作为内篇全部早出的证明。第一证说“庄周道术毕具内七中，外、杂皆内之绪余”。第二证说“内篇文辞玮琦，外篇气蹙质嫣有雕瑑之迹”，虽是多数注《庄》家常提的理由，如说“庄子主要思想，在内篇里基本上有了”，还可成立，但说外、杂篇全是内篇绪余，就有可商量处。因为外、杂篇中有些思想和内篇某些部分相差不多，很难说哪个是根本，哪个是绪余（详杂篇考证部分）。

第二证从文学作风上看时代、作者，确为探索《庄子》各篇真伪的一个重要环节。内七篇的表现方法，确与外、杂篇中某些篇目，如《刻意》《缮性》《骈拇》《马蹄》《让王》《说剑》之类，截然不同。但和《秋水》《田子方》《则阳》《寓言》等篇就不易划界。所以这两个异点也很难作为划分内、外篇时代的标准。

我觉得既然除了有无特别题目外，很难找出区分内、外篇的客观标准。而这个题目又可能是汉人所加，那么我们现在就应首先打破内、外、杂篇的严格界限④，重新建立一个考察全书的标准。如果根据新立标准，能找出一、二篇可靠的证据，就可再根据这几篇的证据推寻其他篇的真伪和时代。

我们知道，《庄子》书最先由淮南门客加以编纂、整理，同时认为

---

① “于”原误作“曰”。——编者注
② 林云铭《庄子因·庄子总论》。
③ 见高亨《庄子今笺》。
④ “界限”原误倒。——编者注

《庄子·天下》篇所述庄子思想、作风，可为推证是否是庄子的依据。现在就从这些根据上，拟立三个标准，作为考察全书的开始。

（1）考察《淮南子》以前的典籍，有没有明引"庄子曰"云云，而明见于今本《庄子》者。这一标准，比较明白，不需解释。

（2）考察先秦书中有没有虽未明引"庄子曰"三字，但察其大意，确实是指庄子学说，而且在今本《庄子》内无可怀疑者。这一标准是指在思想上、文句上确能找到联系的，如果思想上大体相同，而在文句上不能断定其出于何篇的，只能作为第二步考察的参考。

（3）依据《天下》篇所述庄周思想、作风，考察它和今本《庄子》各篇有没有显然符合之处。有没有显然是《天下》篇叙述庄周思想作风的来源。这一标准也是指在思想、文句上有确实联系的。至于思想倾向、文体风格都和《天下》篇所描述的相符，但无明显相似语句的，作为第二步复勘的依据。

这三个标准，只是作为开始考察的一个支点。先看第一步所能证明的是哪些篇目。

首先考察《淮南子》以前书中，明引"庄子曰"云云，而确在今本《庄子》内者，约有数条：

（1）《吕氏春秋·有始览·去尤》篇云：

> 庄子曰：以瓦玦者翔，以钩玦者战，以黄金玦者殆，其祥一也，而有所殆者，必外有所重者也。外有所重者，泄盖内掘。

这一段文字，见今本《庄子》外篇《达生》篇第四段"颜渊问仲尼"一章，原文是：

> 以瓦注者巧，以钩注者惮，以黄金注者殙，其巧一也，而有所矜，则重外也，凡外重者内掘。

这一段文和上引《吕氏春秋》一段，字句稍有不同，确实是《吕氏春秋》所本，无可怀疑。

（2）《庄子》外篇《天道》篇有这样一段话：

　　庄子曰："吾师乎！吾师乎！齑万物而不为戾，泽及万世而不为仁，长于上古而不为寿，覆载天地、刻雕众形而不为巧。"

《天道》篇里有"素王""六经"等名词，已有多人怀疑为汉初作品①，似无可疑（详外篇考证）。《天道》通篇是议论文，和讲故事、讲寓言的文体显然不同，这一篇也没有故事、人物的问答，所以这一篇引"庄子曰"云，即是引《庄子》之书，也无可疑。这一节文字见今本《庄子》内篇《大宗师》篇第七段。原文是这样的：

　　许由曰："噫！未可知也，我为汝言其大略。吾师乎！吾师乎！齑万物而不为义，泽及万世而不为仁，长于上古而不为老，覆载天地，刻雕众形而不为巧，此所游已。"

《大宗师》这一段是一个人物的对话，作者把自己的思想假托在许由对意而子的对话中表现出来，说明这是庄子的寓言。《天道》篇引述《庄子》书文，直接说是"庄子曰"云云，正和现在我们引《庄子》书文，不论出于何人之口，都称为庄子所说一样。所以《天道》篇作者所见的《庄子》有《大宗师》这一段是可信的。②

　　（3）《淮南子·道应训》篇云：

　　故庄子曰："小年不及大年，小知不及大知，朝菌不知晦朔，蟪蛄不知春秋。"此言明之有所不见也。

这一段见今本《庄子》内篇《逍遥游》第一章中，原文是这样的：

　　小知不及大知，小年不及大年。奚以知其然也？朝菌不知晦朔，

---

　　① 见武内义雄《老子と庄子》。
　　② 我提这一证据之时，还没有看见郭沫若同志的《十批判书》。后见郭说，更觉得这个看法可以成立。任继愈同志认为这是《大宗师》抄《天道》篇，而不是相反，并说这个问题，只能是后息者胜，但没有提出为什么《大宗师》篇作者把"庄子曰"改为"许由曰"的理由来，对于《天道》篇中"素王""六经"等后出名词，也未加考辨。此说很难成立。

蟪蛄不知春秋，此小年也。

《淮南子·道应训》此段，先引了卢敖游北海的故事，然后引"庄子曰"加以解释，确为引《庄子·逍遥游》文，无可怀疑。①

《淮南子》以前书，明引"庄子曰"而见于今本《庄子》者，仅查到这三条，不知道有没有漏略。

根据这三条证据，知道现在《庄子》内篇中《逍遥游》第一节，《大宗师》篇"意而子问许由"一节，外篇《达生》中第四节（颜渊问仲尼节）确为先秦庄子作品。

再考先秦书中虽未明白引述"庄子曰"云云，但它的内容，显然是指庄子思想，而且确在今本《庄子》内能找到证据的，有如下一条：

《吕氏春秋·离俗览·为欲》篇云：

> 使民无欲，上虽贤，犹不能用。夫无欲者，其视为天子也，与为舆隶同；其视有天下也，与无立锥之地同；其视为彭祖也，与为殇子同。

又《孟春纪·重己》篇云：

> 夫弗知慎者，是死生、存亡、可不可未始有别也。未始有别者，其所谓是未尝是，其所谓非未尝非，是其所谓非，非其所谓是，此之谓大惑。

据此知《吕氏春秋》成书以前，确有一种"无欲者"或"弗知慎者"，这种人认为天子和舆隶一样，彭祖和殇子一样，死生、存亡、可不可没有分别。像这种齐一生死、存亡、寿夭、贵贱的思想，在先秦儒、墨、道、法、阴阳百家中都找不到，只有《庄子》中有这样思想。而表现此种思想最明显的，在内篇《齐物论》中。

---

① 《庄子》文中，常以喻义放在正义之后，"朝菌"二句在"小知不及大知"句后，正是《庄》文特点。今本《庄子》加"奚以知其然邪"一句，殊不适当，应根据《淮南子》删去。

《齐物论》云：

> 天下……莫寿于殇子，而彭祖为夭。

又云：

> 以隶相尊。

又云：

> 虽然，方生方死，方死方生；方可方不可，方不可方可；因是因非，因非因是。是以圣人不由而照之于天，……果且有彼是乎哉？果且无彼是乎哉？

《齐物论》所说的殇子、彭祖，以隶相尊，方生方死等，就是《吕氏春秋》描写无欲者态度的辞句。特别是彭祖、殇子的比喻，不见于他书和《庄子》他篇，可以说是《吕氏春秋》驳语的来源，所以《齐物论》篇确为《吕氏春秋》以前的《庄子》篇目。①

第三条标准，是和《天下》篇对勘，看是否符合。在应用此标准前，且先作简单的分析。《天下》篇原文是这样的：

> 芴漠无形，变化无常，死与生与？天地并与？神明往与？芒乎何之？忽乎何适？万物毕罗，莫足以归。古之道术有在于是者。庄周闻其风而悦之。以谬悠之说，荒唐之言，无端崖之辞，时恣纵而不傥，不以觭见之也。以天下为沈浊，不可与庄语。以卮言为曼衍，以重言为真，以寓言为广，独与天地精神往来，而不傲倪于万物。

---

① 此外先秦书中未明引《庄子》而暗指《庄子》者，还有几条：如《墨经》中有"谓辨无胜，必不当""以言为尽诗诗"等句。又如《荀子·解蔽》篇中"若夫非分是非，非治曲直，非辨治道，非治人道"等句，都是指庄子学说，可作旁证。因无具体相似辞句，故未论列。

不谴是非，以与世俗处。其书虽瓌①玮，而连犿无伤也。其辞虽参差，而諔诡可观。彼其充实，不可以已。上与造物者游，而下与外死生、无终始者为友。其于本也，弘大而辟，深闳而肆。其于宗也，可谓稠适而上遂矣。虽然，其应于化而解于物也。其理不竭，其来不蜕，芒乎昧乎，未之尽者。

从《天下》篇这一段看来，其中意义明确的语句可分为三个部分：

（1）"芴漠无形，变化无常，死与生与？天地并与？神明往与？……上与造物者游，而下与外死生、无终始者为友。"这是叙述他的宇宙论和人生论的大纲。

（2）"谬悠之说，荒唐之言，无端崖之辞"，"以天下为沈浊，不可与庄语"，"以卮言为曼衍，以重言为真，以寓言为广"，"其书虽瓌玮，而连犿无伤也。其辞虽参差，而諔诡可观"。这是叙述他的行文作风，说明这种表现手法是和一切郑重严肃的议论整齐排列的文句不同的。

（3）"芒乎何之？忽乎何适？万物毕罗，莫足以归"，"其应于化而解于物也，其理不竭，其来不蜕，芒乎昧乎，未之尽者。"这似乎是兼指思想和作风两方面而言。大概这种态度，表现在思想上，就是对于百家学说都有点轻视，而没有一种思想是他最后有皈依；表现在文体风格上，就是多设游疑两可追求问题的辞句，很少斩钉截铁滞于形迹的断语。就是在建立正面的议论，语意也多含蓄，不肯说尽，有时正意和喻意杂出，突然而来。所谓未之尽者，可以说是赞扬，也可以说有点批评。

如果我们对于《天下》篇叙述庄周的思想作风所作的分析，大体上可以说通的话，那么就可以以此为衡量《庄子》各篇的线索，看一下《庄子》全书中，究竟哪些篇中是既有"死生变化""天地并与""与造物者游"等思想内容，而又有汪洋自恣、不竭不蜕的表现作风。特别是哪些篇中，有《天下》篇叙述庄周的相似语句，可以作为确实证明。

我在讨论《庄子》是否汉代作品时，曾经提出从《天下》篇可直接推证出来的，有《齐物论》和《大宗师》两篇。

《齐物论》说：

---

① "瓌"，《庄子》通行本作"瑰"。——编者注

> 天下……莫寿于殇子，而彭祖为夭；天地与我并生，而万物与我为一。既已为一矣，且得有言乎？既已谓之一矣，且得无言乎？

这种理论和《天下》篇所说的"死与生与？天地并与？"互相符合。而"天地与我并生"一语，正是《天下》篇"天地并与"一语的来源。

《齐物论》又说：

> 人之生也，固若是芒乎？其我独芒，而人亦有不芒者乎？

这种提法，和《天下》篇所说"芒乎何之？忽乎何适？"的提法，互相符合，也正是《天下》篇那一提法的来源。

再看《齐物论》全篇，多半是用参差比喻的方法，表现思想情致，如对天籁地籁的描写、大恐小恐的形容，以及"狙公赋芧""罔两问景""麋与鹿交""梦为蝴蝶"……种种比喻，可以说无一不是用极形象的谬悠支蔓之辞，曲尽其描绘之情致。

即使在驳斥别人和①自己建立理论时，也不作十分肯定的形式；全篇结尾之句，几乎无不用"乎"字、"邪"字者；如"果且有彼是乎哉？果且无彼是乎哉？""既已为一矣，且得有言乎？既已谓之一矣，且得无言乎？""庸讵知吾所谓知之非不知邪，所谓不知之非知邪？""恶认所以然？恶识所以不然？"等等，正是"万物毕罗，莫足以归""芒乎昧乎，未之尽者"的具体表现。所以从文辞、思想二方面看，《齐物论》和《天下》篇所述庄周情况完全相合。可以说《齐物论》是《庄子》先秦的篇目。

《大宗师》篇和《天下》篇所述庄周思想、作风有更多相同之处。如：

> 子祀、子舆、子犁、子来，四人相与语曰："……孰知死生存亡之一体者，吾与之友矣。"（《大宗师》）
>
> 子桑户、孟子反、子琴张三人相与语曰："……彼方且与造物者

---

① "和"原脱。——编者注

为人，而游乎天地之一气。"（同上）

这就是《天下》篇所述"上与造物者游，而下与外死生、无终始者为友"二语的来源。

此外《大宗师》篇描写的人物故事，多半是寓言、卮言之类。如"柳生左肘，藏山于泽，铸金踊跃，临尸而歌"以及"虫臂鼠肝、决疣溃痈"等比喻，都可以说是荒唐之言、无端崖之辞的典型。这样看来，《大宗师》篇的大部分，可以说是和《天下》篇所述庄周思想符合的。

除了《齐物论》《大宗师》两篇外，在思想语句上显然有联系的，有《寓言》篇。如《寓言》第一节云：

> 寓言十九，重言十七，卮言日出。

可以说是《天下》篇"以卮言为曼衍"三语所本。《寓言》全篇思想内容、行文作风，和具体的语句，大部分和《齐物论》相同，可以说是庄周早期的作品。但基本思想在《齐物论》中已都包括，留待论外、杂篇时再为论列，这里不把它作为典型庄子作品的重点。

此外《庄子》各篇中，有一部分思想和《天下》篇相合或有些表现方法和寓言、卮言相合者颇不少，但很少是两方面都吻合的，而且没有语句上的联系，所以都不在这里算作从第三标准得出来的篇目，而只能作为论证该篇时的参证。

总上所述，我认为《逍遥游》《齐物论》《大宗师》《达生》四篇中的大部分章节，是先秦庄子的早期作品。但是我们还不能说这几篇的全部，都有同样可靠性，对全篇各章还须作具体分析。不过大体说来，可以作为一个论证全书的基点了。

二 对《逍遥游》《齐物论》《大宗师》各篇的考察

以上论证了《逍遥游》《齐物论》《大宗师》《达生》等篇中，有一大部分是先秦早期的《庄子》作品。除了《达生》在论外、杂篇时再为论列外，先考察一下《逍遥游》等三篇，是否全篇各章都有一致的可靠性？是否有晚出或混入的章节？是否具有确定时代的标志？这样就可以找到更能推证他篇的典型材料了。

（1）《逍遥游》。从《逍遥游》全篇看来，只有第一节"北冥有鱼"中的早出证据比较明显。除前述《淮南子》引"大知不及小知"的证据外，其他像"若夫乘天地之正，御六气之辨，以游无穷者，彼且恶乎待哉？"的辞句，可以说和《天下》篇所说"上与造物者游"的意思，很相一致。其中描写鲲鹏的活动，用了大椿、斥鷃、芥舟种种比喻，正义和喻义糅合在一起，可以说是"参差諔诡"的典型。但从"汤之问棘也"句以下，显然是这一故事的重复。至于其他各章，则很不一致。其中有似在《吕氏春秋》以前的，有与《大宗师》《达生》时代相近的，也有显然是后人附加的章节。

如"尧让天下于许由"一节，有一大段文字同时见于《吕氏春秋·慎行论·求人》篇。《吕氏春秋》没有说是引自《庄子》，但对勘两文，《求人》篇这一段当在《逍遥游》以后。

《逍遥游》写道：

> 尧让天下于许由曰："日月出矣，而爝火不息，其于光也，不亦难乎？时雨降矣，而犹浸灌，其于泽也，不亦劳乎？夫子立而天下治，而我犹尸之，吾自视缺然，请致天下。"许由曰："子治天下，天下既已治也，而我犹代子，吾将为名乎？名者实之宾也，吾将为宾乎？鹪鹩巢于深林，不过一枝；偃鼠饮河，不过满腹。归休乎君，予无所用天下为！庖人虽不治庖，尸祝不越樽俎而代之矣。"

《吕氏春秋·慎行论·求人》篇这样写道：

> 昔者尧朝许由于沛泽之中，曰："十日出而焦火不息，不亦劳乎？夫子为天子，而天下已治矣。请属天下于夫子。"许由辞曰："为天下之不治与？而既已治矣，自为与？啁噍巢于林，不过一枝；偃鼠饮于河，不过满腹。归已，君乎，恶用天下？"遂之箕山之下、颍水之阳，耕而食，终身无经天下之色。

从上列两篇对照看来，《吕氏春秋》的文字很简略，《逍遥游》的文字较详细，也有《庄》抄《吕》的嫌疑，但细看起来，《吕氏春秋》文章虽简，意思却不够明白。比如《逍遥游》所说的"夫子立而天下治"，所谓"立"，不一定是指立为天子，而《求人》篇说"夫子为天子，而天下已治矣"，似乎许由已经立为天子了。这就和尧将属天下于许由的意思互相矛盾。又《逍遥游》此节最后说"庖人虽不治庖，尸祝不越樽俎而代之矣"，目的在于假借许由之口，表现其轻天下的意思，对于故事之结局不甚重视。这种"其理不竭，其来不蜕"的作风，在庄子较古篇中往往具有。而《吕氏春秋》此篇最末，说"遂之箕山之下、颍水之阳，耕而食，终身无经天下之色"，重在故事叙述的完整性，缺乏暗示风趣，正是《吕氏春秋》引用他书的一般方式。因此《逍遥游》这一段当为《吕氏春秋·求人》篇所本，是比较可信的。

又如《逍遥游①》篇第三章"肩吾问于连叔"，其中有和《大宗师》、《齐物论》相同的语句②，而《大宗师》这一章，正是比较晚出的《天道》篇引用过的一章，所以《逍遥游》这一节，可说是庄子早期作品。

其中特别可以提到的是：这一章中描写至人之状的辞句是"之人也，物莫之伤，大浸稽天而不溺，大旱金石流、土山焦而不热"，是一种浪漫主义的游仙思想。当作者写出这种辞句时，只是主观地描写他的想象，并没有考虑如何在现实中达到这种理想。但在《达生》篇中却提出了一个具体解释。《达生》第二章云：

> 子列子问关尹曰："至人潜行不窒，蹈火不热，行乎万物之上而不慄，请问何以至于此？"关尹曰："是纯气之守也，非知巧果敢之列。"

《达生》这一段，给那种蹈火不热、潜行不窒的想象以理论上、修养上的解释，似乎是《逍遥游》中游仙思想的进一步发展。《达生》篇的时代，

---

① "逍遥游"原误作"求人"。——编者注

② 《逍遥游》此章"瞽者无以与乎文章之观……"二句，亦见《大宗师》"意而子见许由"章中；"乘云气，御飞龙……"句，亦见《齐物论》"啮缺曰"章中。

前已证明，是早出于《吕氏春秋》以前的（那一段在《达生》第九章，和此章①文义都相近）。那么《逍遥游》中这一章当更在《达生》以前，大概和庄周时代不甚相远。

只有最末一章，完全是抄袭本篇各章而成，其中有些辞句，显系误用。② 不能和以上各章等量齐观。

总起来说，我认为《逍遥游》中除"汤之问棘也"一段为同类作品之重出，末章为后人的仿作外，其余各章，大体都很古，可以说是庄子早期作品。

（2）《齐物论》。《齐物论》篇早出的证据，前已根据《吕氏春秋》和《天下》篇的对比，加以说明。现在要谈的，约有三点：

第一，《齐物论》反映的名家影响，是早期作品的一个特征。以惠施、公孙龙为代表的名家学说，是战国时期特有的产品。他们所讨论的问题及其抽象性论证，在战国时期各家学说中，如《荀子》、《墨经》等书都有反响，甚至像《孟子》书中，所记"白羽之白""白雪之白"等词语，也是名家的影响（直到秦汉时期，这种理论便近于绝迹）。在《庄子》内篇中，以《齐物论》所反映的名家影响比较明显。全篇以反对是非辩论为论辩中心，又多以惠施为辩论对手。像"天下一指也，万物一马也"，"以指喻指之非指，不若以非指喻指之非指也；以马喻马之非马，不若以非马喻马之非马也"，以及"未成乎心而有是非，是今日适越而昔至也"等议论，充分说明作者对坚白、同异问题十分熟习，表现出是和同时人相辩论的口吻。

第二，想象力极丰富的小品寓言，是《庄子》作品的一个特征。寓言在先秦书中不为罕见，但像《齐物论》中"罔两问景""庄周梦为蝴蝶"等纯哲学的寓言，把宇宙论和人生论融为一片，分不出他是理论还是创作，这样形式的寓言，则除了《庄子》书里少数篇以外，非常少有。从《天下》篇中描写庄周的风格看来，这种精短的寓言，应该说是最能代表庄子特色的。本节称庄周而不称庄子，颇有作者自道的倾向。如果

---

① "章"原脱。——编者注

② 如第一章形容天际之大鹏，说如垂天之云，这一章形容地上的牦牛，也说如垂天之云，显系不确当的摹拟。

一定要问什么是庄周自著的作品，那么再没有比这一类小品寓言可以作为合适的答案的了。

第三，在《齐物论》全篇中，并不都是互相一致的，就像"夫道未始有封"一段，显然和上述各章不是一类。

《齐物论》全篇的中心问题，是等齐死生、泯除是非，都是些脱离现实的玄想问题。而这一节却说："六合之外，圣人存而不论"，"六合之内，圣人论而不议。《春秋》经世，先王之志，圣人议而不辨。"显然这是一种调和儒、道思想的议论。不但"《春秋》经世，先王之志"一类话，和《齐物论》主要思想相反，而所说"圣人"一词，亦和庄子以及一般道家的圣人很不相类。后世解《庄》家，对这一点不加区别，反而引此数语，宣称庄周是"尊孔之至"，甚至说什么"庄子胸中未尝须臾忘夫子也"，确为误解。

再看《齐物论》各章，都用譬喻、象征的手法表现其哲学思想。如"天籁""地籁""乐出虚""蒸成菌""狙公赋芋""昭文鼓琴""丽姬之泣""蝴蝶之梦"，无不用极形象、极参差的语言，表现其意境和想象。而这一章却是用了概念化的语言，建立郑重的议论，排列了八种名相，称为八德，又引证《春秋》，称述先王，了无所谓"以天下为沈浊，不可与庄语"的痕迹，更没有什么荒唐之言、悠谬之辞。和前述各章，显然不是一人一派的手笔。前代的注《庄》家已接触到这个问题。如林云铭云："篇中段段散行，卷舒收纵，至此忽将知不知分二对总收，意虽递而词实对，是散中取整法。"① 可见他实际上是能分辨出这种不同的味道来的。但由于先有内篇为庄周自著和全篇首尾一贯的成见，又很欣喜其中有尊孔的证据，所以照批八股文的习惯，用"散中取整法"一语，将这个矛盾轻轻掩盖过去了。

又《齐物论》各章，和《庄子》他篇互见的语句，相当之多。不过多半在《大宗师》《徐无鬼》《寓言》等篇中，而这一篇中有"注焉而不满，酌焉而不竭"二语，也见于《天地》篇。而这二句，很像是从《天地》篇那一段节取来的。这一篇又有"此之谓天府""此之谓天乐"二语，也和《天运》篇的"此之谓天乐，此之谓天德"句法相类。《天地》

---

① 林云铭《庄子因》。

篇的时代，虽不能确定，但《天运》的时代，是比较晚的（当在汉初，以后将专文论述）。那么，这一章的时代晚出，也较显然。

最足以证明这一看法者，是陆德明留下的记载，《释文》引崔云："《齐物》七章，此连上章，而班固说在外篇。"

可见东汉时代这一章还没有杂入内篇。幸而有《释文》这一条记载，让我们得一有力佐证，知道这一章是本篇的羼杂部分，从而知用文体风格辨析庄子派和一般道家说的同异，有一定的可靠性。那么，在谈庄子哲学思想时，就不应以这一节的内容为根据了。

（3）《大宗师》。前节里已根据外篇《天道》里引述"庄子曰"云云，证明《大宗师》篇的第七章是庄子早期作品。这里谈一下本篇的几个特点和各章中的可疑和羼杂部分。这一篇突出地表现了庄子特色的是对生死问题的看法，及其用故事性的、形象性的语言表现这一态度的文风。但全篇各章并不一致，特别是首章讲真人一段，讲神仙得道一段，是很可怀疑的。

从初步证明为《庄子》早期作品的内容，以及先秦各家对庄子的评述看来，庄子的基本思想中，没有修炼长生的思想。如《齐物论》和本篇四、五等章，他的理想是齐一生死，超然物外。不但不主张长生久视，而且他所反对的正是这种思想。在《逍遥游》中有游仙思想，但那是一种浪漫主义的诗的幻想，和真正相信修炼精气的养生思想不同。而《大宗师》这一章里，从"且有真人而后有真知"以下，至"是之谓真人"这一大段，文字形式和思想内容，都和本章第一段以及最后几段，表现了不同的文风。①

第一，从《齐物论》《达生》《逍遥游》等篇看来，他的理想人物是圣人、至人和神人，没有"真人"这一名词。而在比较晚出的《刻意》篇，描写从事"纯素之道，惟神是守"的养生者，就说"能体纯素，谓之真人"。《吕氏春秋·季春纪·先己》篇有和《刻意》相似的一段：

> 凡事之本，必先治身，啬其大宝，用其新，弃其陈，腠理遂通，

---

① 从"是之谓真人"句以下，如"死生命也""夫藏舟于壑"等小节，和《大宗师》后几章，思想作风互相一致。

精气日新，邪气尽去，及其天年，此之谓真人。

《吕氏春秋》所描写的真人和《刻意》篇所说的"有干越之剑者押而藏之"的真人完全相似，都是炼精养气、期望长生的思想。可见"真人"这一名称中所包括的内容，在一般情况下是指养生长寿者而言①。和圣人、至人的内容不同。《大宗师》这几段中，从四方面描述了真人之状（宣颖称为真人四解），其中所说"其寝不梦，其觉无忧，其食不甘，其息深深"（《刻意》也有此四句），"真人之息以踵，众人之息以喉"等语，和《刻意》及《吕览·先己》篇所描写的"真人之状"完全相似，而和《逍遥游》《达生》所描写的圣人、至人很不相同，和本篇后半篇所描写的"上与造物者游，而下与无终始者为友"的圣人就更不同了。

第二，从对人物的评论看，前述可信诸篇（《逍遥游》《齐物论》和本篇后几章），他提到一个人物故事，一般是以人物为主，描写他的故事，评论就寓在故事的描述中。很少把若干同类人物排列起来，加以抽象的评论。只有在《胠箧》《马蹄》等另一类型的各篇中，才有这样文格。这正是议论文和故事性论文不同的一般情况，而《大宗师》这一段中，把狐不偕、务光、伯夷、叔齐、箕子、胥余、纪他、申徒狄等人，排列在一起，总加以"役人之役，适人之适而不自适"的评语，这和《庄子》文学特点不是一类。

再从思想方面看，也有可疑。像《逍遥游》《齐物论》《达生》及本篇三、四等章，他所抨击的人物是"知效一官，德合一君"的世俗之人，是讲仁义忠孝的儒、墨之徒，是辩坚白、同异的惠施之流。他所称赞的是畸人、散人以及许由、王倪等人。而这一段中所批评的人物中有一部分却是和许由等人近似的。如不受尧让、投河而死的狐不偕，和不受汤让、自负沈于庐水的务光二人，即使不是庄子派所创构出来的人，也决不应成为他所攻击的对象。至于伯夷、叔齐、箕子等人物，虽然不是庄子所称赞的，但也不是他正面的敌人（《庄子》外篇中如《秋水》《骈拇》等篇，对于伯夷有批评，但总是和仲尼及盗跖放在一起评论）。而把这一类人当作正面攻击对象的，是积极拥护君主集权的法术之士。《韩非

---

① 《庄子》全书中只有《田子方》篇中的真人和养生、长寿没有联系。

子·说疑》篇云：

> 若夫许由、续牙、晋伯阳（顾广圻说："晋"字当衍）、秦颠颉、
> 卫侨如、狐不偕、重明、董不识、卞随、务光、伯夷、叔齐，此十
> 二人者，皆上见利不喜，下临难不恐，……此之谓不令之民也。

《大宗师》所罗列批评的人物，有许多和韩非所批评的人是重复的。所不同的是，韩非从君主的立场出发，批评这些不合作的人为不令之民；《大宗师》是从个人的立场出发，批评他们为亡身不真。从韩非的立场，骂这些人为"不令之民"，实在是应该的。而从"隐士"的立场，批评他们为"适人之适"就有些曲折。一个脱离现实，和统治阶级不合作的人，他的为我思想可以发展到对卞随、务光等人有所不满，但要在文字上形成一种理论，特别罗列了这一类人加以正面攻击，这种现象不可能发生在退隐派出现的早期和各种退隐思想可以自由表现的战国中期（即庄子时期），而一定是发生在君主集权的形势已经确立，不容许处士避世，同时隐逸派内部已发生动摇、分化，再不能强调绝对"退隐"的战国晚期（关于此种变化，另文论述）。我怀疑这段文字，不但非庄子早期作品，而且不可能产生在作于战国末期的《骈拇》篇[①]以前。《骈拇》篇中曾说："夫适人之适，而不自适其适，虽盗跖与伯夷，是同为淫[②]僻也。"《大宗师》此章中所说的"适人之适，而不自适其适"，正和《骈拇》评伯夷、盗跖之语相同。而所批评的人物，又大部与《韩非子·说疑》相同，特别可疑的是取消了《韩非子》所批评的许由，而留下务光，显然是为了避免和《庄子》各篇称赞许由的思想相矛盾而有所取舍。因此我疑心《大宗师》此节是有意抄袭了《骈拇》篇对伯夷、盗跖的评语，从而节取了韩非评论的一部分人物加以批评，以表示对当权派的接近。它产生的时代似乎在秦汉时或战国末期，不能比《骈拇》和《韩非子》为早。

第三，再将本段文字和《吕氏春秋》对比起来，也有可疑之处。《吕

---

① 《骈拇》篇约作于秦统一前夕，详外篇考证。
② "淫"原误作"谣"。——编者注

氏春秋·慎大览·下贤》篇有一节描写"得道之人"的文字，和《大宗师》此节描写真人之文字，句法十分相似，都是用"×乎其×也"的句法，抽象地加以形容①。单从字面上看，很难判定他们的时代先后，但从这些句子的下文看，似乎《吕氏春秋》所说，和《庄子》其他文字还相当接近，而《大宗师》此节下文，反而和《管子》的《白心》《心术》等篇是一类的。《吕氏春秋·慎大览·下贤》篇的下文是这样的：

> 以天为法，以德为行，以道为宗，与物变化，而无所终穷。

天、德、道三个词，是《庄子》他篇以及道家各派共有的中心概念。"与物变化而无所终穷"和《庄子》他篇以及《天下》篇描述庄子思想的语句也多相似。而《大宗师》此节的下文，是这样的：

> 以刑为体，以礼为翼，以知为时，以德为循。

这里刑（形）、礼、知三个概念，不是庄子早期作品的中心概念，把这三种品德调和起来，也不是庄派思想，而是儒、道之间特别是宋、尹派的特色。

这里需要说明的是"以刑为体，绰乎其杀也"这一语的解释，自从郭象开始作出"刑者治之体，非我为""任法之自杀，故虽杀而宽"的注解后，后代多数注家都用"刑"字本义解释此句。这不但和"外死生，齐彼我"的庄子思想不合，而且和一般道家思想也不相近。屈复的《南华通》里有一段很好的解释。他在"以刑为体"句下注云："心中意念皆斩除也。"在"绰乎其杀也"句下注云："斩除干净，无置碍也。"

我认为这个解释是正确的，因为全节文字，都是讲身心养生问题，不是讲政治问题，即便是讲政治，亦决不能"以刑为体"。郭象知道"以刑为体"和庄子思想不合，因而添出了"任治自杀"的意思，企图和庄子思想相调和。但无论如何和道家派思想不相协调，更不用说和庄子思想协调了。我觉得这一段文字和《白心》《内业》等篇有很深的关系。

---

① 在《荀子·儒效》篇中，也有类似句法，但句法较简，排列同类句法也较少。

《管子·内业》云：

> 凡心之刑，自充自盈，自生自成，其所以失之，必以忧乐喜怒
> 欲利，能去忧乐喜怒欲利，心乃反济。

这里所说"心之刑"正是《天下》篇所说"语心之容，命之曰心之行"的同义语。"刑"有型态、形体之义，当然不是作刑罚解。《大宗师》此段的"以刑为体"，即是说以这样"自充自盈""自生自成"的心之形为体。而这种"心刑"，因忧乐喜怒欲利的产生而失掉了。所以必须去掉这几种私情，本来的心型才能完成（"心乃反济"）。所以《大宗师》此章的"绰乎其杀也"，与政治上的刑杀无关，正是说坚决地去掉"忧、乐、喜、怒、欲利"，这是一个较自然的解释。郭象等注家，解作刑罚，确与原意不合。

总之，无论如何，这一节讲养生的真人，不是庄子派思想，而是近于《心术》《白心》派的思想，这是比较可以肯定的。

除这一章外，像第五章"夫道有情有信，无为无形"，突出地表现神仙思想的一段，也决不是庄子作品。

在《庄子》较古篇章中，没有神仙家思想。只有《逍遥游》所说"乘天地之正而御六气之辨"以及藐姑射山神人的描写，有一点游仙思想，但那不过是一种幻想超脱现实的诗人想象，是一种想摆脱世俗礼法所积抑的苦闷的象征，和所谓"登彼云天，长生久视"的思想迥然不同。而在《大宗师》这一段里，却把所谓"道"描绘成一个具体的东西，为各种神人可得到的精气宝物，这和本篇后几章的与造物者游的方外之人，不是同类人物，而和《楚辞·远游》中所描写的得道神人却很相近。

《楚辞·远游》中所说的"道"，正是可传而不可受的，所说的真人正是登仙的；所罗列的仙人，如傅说、轩辕等，和《大宗师》此节所说的狶韦氏、黄帝、禺强、傅说等人正复相似。此外《韩非子·解老》篇中，也有一段描写得道神人，如轩辕、赤松之徒，也和本篇所述的各种神人十分相似。《远游》和《解老》的时代，不能早于战国晚期。《大宗师》此章，也和那二篇相差不多，决不是庄子派早期作品。

总起来说，我们认为《大宗师》篇中早出的证据相当之多，但都在

第三、四、五、六各章中，因此不能认为全篇都是早期作品，特别是批评伯夷、务光和神仙得道几节相当晚出，如果以之为讨论庄子哲学思想主要依据，那就把庄子思想和神仙家思想混淆起来了。

三　对《养生主》《德充符》《应帝王》三篇的考察

内七篇中有直接早出证据的，只有《逍遥游》《齐物论》《大宗师》三篇，已论如前。现在要讨论一下《养生主》《德充符》《应帝王》三篇。这三篇的内容，有相当的一致性，多半都是描写一个超脱生死祸福，有特殊修养的畸人、散人或百工技艺之人，是庄子派作品中为数较多的一个类型。

从我们拟定的标准看，这三篇没有像《大宗师》等篇那样明显、直接的早出证据，但较不明显的直接证据，或较明显的间接证据，在三篇中都可找到一些，而以《养生主》的早出证据为较多。

（1）《养生主》。《养生主》篇的早出证据，约有三点：

第一，从《荀子·解蔽》论知的态度中，推知《养生主》第一节的简短记言，当在荀子以前①。《养生主》的开首是这样的：

> 吾生也有涯，而知也无涯，以有涯随无涯，殆已！已而为知者，殆而已矣。

《荀子·解蔽》云：

> 凡以知，人之性也；可以知，物之理也。以可以知人之性，求可以知物之理，而无所疑止之，则没世穷年，不能遍也。

《养生主》这一段和《解蔽》篇这一段，所讨论的问题基本上相同，都涉及到知识论上，知识之能力限度问题。在内容上，《荀子》比《庄子》的

---

① 自"为善无近名"以下七句，是用韵文，与开首数句文意不十分衔接，是否羼杂，不敢确定。

分析精细的多。《解蔽》篇中这一段，显然是接受《养生主》中这一段的
影响，而对之加以反驳和修正。《养生主》说："以有涯随无涯，殆已"，
是根本反对求知的态度。《解蔽》的主要思想，是阐明知识的权力和效
用。但在建立正面的议论以前，先提到知识之限度问题，先承认如果求
知而"无所疑止"，就"没世穷年，而不能遍"，这显然是受了"知也无
涯"说的影响，而进一步加以反驳。正如《天论》篇中先承认有所谓
"不为而成"之天职，然后积极申①说"不求知天"之思想一样，都是接
受对方影响而加以反驳的立论方法。总之，从《解蔽》篇提到没世穷年
而不能遍的论点看来，《养生主》这一段，可能是在《荀子》以前的
作品。

第二，从《吕氏春秋》的对比中，推知《养生主》"庖丁解牛"一
章，当在《吕氏春秋》以前。《养生主》篇所记的庖丁解牛，是一个流行
的故事。

《吕氏春秋·季秋纪·精通》篇也有一段记庖丁解牛的记述，但从文
字的详赡②和简括以及某些提法上看，《吕氏春秋》此段，似乎是从《养
生主》取来的。

《养生主》用全力描写庖丁解牛的情状，对庖丁解牛时之各种心理状
态描写得栩栩如生，而《吕氏春秋》却只有"三年而不见生牛"几句简
单的叙述。如果没有《养生主》这一段，我们很难明了《吕氏春秋》
"顺其理诚乎牛"的道理。按照引书较简、原文较详的一般文例来看，
《养生主》此段，应为《吕氏春秋》所本。

再从文字的提法上看，《养生主》说"庖丁为文惠君解牛"，没有说
庖丁是哪一国人，而《吕氏春秋》却明确说，"宋之庖丁好解牛"。究竟
这个庖丁是何国人，且不必管。③但无论他是哪一国人，都可以看出《养
生主》是《吕氏春秋》以前的作品。因为如果庖丁是宋国人，而《养生
主》不提他是哪一国人，却直接提出"庖丁为文惠君解牛"，正说明庄周
是宋国人，对他本国人的故事，不再称述地点，是庄周本人记述本国事

---

① "申"原误作"伸"。——编者注
② "赡"原误作"瞻"。——编者注
③ 《淮南子·齐俗训》高诱注："庖丁，齐屠伯也。"以庖丁为齐人，不知所本。

的口气。如果庖丁本来不是宋人，而《吕氏春秋》作者却误认他为宋国人，也正说明《吕氏春秋》的作者，是从庄周书中采取了此故事。他因为庄周是宋国人，便把这个不知何国人的庖丁当作宋人。从这两方面看来，作为《养生主》中心的庖丁解牛章，应为庄子早期作品。

第三，从对老子的评论看来，"老聃死"一章，应为战国早期作品。从《庄子》全书对老聃的态度看来，可分为三种类型。第①一种类型是不把老聃当作唯一的理想圣人，而是以编造的寓言人物，如肩②吾、王倪之类，或是以庄学化了的儒家，如仲尼、子琴张等为理想人物。如《逍遥游》《齐物论》《大宗师》等篇是此类型。第二类型是以老聃和其他理想人物同时称述，把他的思想随时放在这些理想人物的口中，并无固定的高下等级地位，如《德充符》《应帝王》《田子方》《知北游》等篇是。第三种是把老聃放在最高地位，把道家思想的定型和教训儒家的口吻都归于老聃，如《天运》等篇是。《田子方》诸篇的时代，在没有考察以前，暂不论述；但《逍遥游》几篇的比较早出，已论证如前。而《天运》几篇比较晚出，也有一定的评论③。可见在《庄子》全书中，老聃的地位是逐渐增高的，逐渐成为庄子唯一先师的。而在先秦诸书中，这一趋向也比较明显。在战国早期的《墨子》、《孟子》各书中，没有老聃，到了《吕氏春秋》时，《重言》篇称詹何、田子方、老聃为圣人。《贵公》篇称老聃为至公，地位在仲尼之上。到秦汉而后，便有西出关不知所终的神话，不但道家、神仙家推尊老子为鼻祖，即在儒家书中，如司马迁等人的著作，也以老子在孔子之上，有一定神话性的叙述。老聃的神圣性，在《庄子》一部分篇目和《吕氏春秋》中已经确定。而《养生主》篇，却明记"老聃死，秦失吊之"，且批评他为"遁天倍刑"。④ 这种评论，决不是战国中期以后可能产生的。当然，这只是一种寓言，不一定是事实，但这种寓言决不能在老聃已成为道家各派唯一崇拜的偶像后所敢想象。再从文字上看，这一节里有"适来，夫子时也；适去，夫子顺也。

---

① "第"原无。——编者注

② "肩"原误作"屑"。——编者注

③ 详见《论〈庄子〉外篇〈天道〉、〈天运〉等篇的时代》一文。参阅武内义雄《老子と庄子》和罗根泽《〈庄子〉外杂篇探源》。

④ 王先谦等拘牵于老子为道家绝对始祖的成见，认为"遁天倍刑"是赞颂之语，甚误。

安时而处顺，哀乐不能入也"数语，在《大宗师》"子舆子祀"一章中，也有相同的句子，说明它们是同类同时的作品（《大宗师》"子舆"章和《天下》篇相合，已论证如前），所以这一章为庄子早期作品，似无可疑。

除上述三章外，如"公文轩见右师"一章中，以天和人对比立论，符合于荀子对庄子的批评。又这一章里用"恶乎"一词，也是庄子派文①（如《齐物论》）常用的语词。这些都是早出的证据。总起来说，《养生主》篇的羼杂较少，可以推定为庄子早期作品。

（2）《德充符》。本篇除末一章外，内容大体一致，都是用一个形体残废的人和一般圣哲相比，说明所谓"才全德不形"的理想。这和庄子派作品的倾向是一致的。这一篇里也有几点近似早出的证据：

第一，从《天道》篇和本篇第一章相同的句子看来，疑《天道》篇是引此篇的。《德充符》和《天道》相近的文句，对照如下：

《德充符》：

> 仲尼曰：死生亦大矣，而不得与之变；虽天地覆坠，亦将不与之遗。审乎无假而不与物迁，命物之化而守其宗也。

《天道》：

> 夫子曰：夫道，于大不终，于小不遗，故万物备。……夫至人有世，不亦大乎，而不足以为之累，天下奋棅，而不与之偕，审乎无假而不与利迁，极物之真，能守其本。

《德充符》这一篇所记的文句，是假托为仲尼答常季的语言，而以兀者王骀为故事之主，和《逍遥游》《养生主》等篇的叙述方法，互相一致。《天道》篇这一节，只称"夫子曰"云云，而不是故事性的叙述。这一个"夫子"，究竟是指庄子，还是指孔子，不敢肯定。但可以推知《天道》篇是引《德充符》此篇而加以改变的。因为《德充符》

---

① "文"原脱。——编者注

篇，只是故事性、寓言性的叙述，并不必真有仲尼答常季①这一真事。
如果《天道》篇的"夫子"是指孔子，显然《天道》的作者是把《德
充符》的故事当作正式议论加以援引的。如果《天道》篇的"夫子"
是指庄子，就更证明是庄子后学所作，正如引《大宗师》篇许由的话
而称为"庄子曰"一样，是把《庄子》书中假借古人之口的重言，都
还原为庄子之言了。说明《天道》篇的作者，认为这一章是庄子的著
作（成玄英说："庄周师老君，故呼为夫子。"他是误把这一段和上章
相连，故解"夫子"为老子，但此段分明与上章不相连，上章"老子
曰"云云以下并没有插入士成绮的话，不能忽然又出来一个"夫子
曰"）。再对勘两篇的内容，有些字句上的不同，也说明本篇和《逍遥
游》《齐物论》《大宗师》的思想相同，而《天道》篇是另一类型。
《德充符》讨论的是生死问题，所说的"自其异者视之，肝胆楚越也；
自其同者视之，万物皆一也"，和《齐物论》的思想完全一致；所说的
"死生亦大矣，而不得与之变"，和《大宗师》的思想完全一致；而
《天道》篇云："至人有世，不亦大乎（郭注：用世，故不患其大也），
而不足以为之累"，这种有意用世的态度，和《齐物论》等篇的思想显
然不同。《德充符》说："天地覆坠……不与物迁"，《天道》篇作"天
下奋棅……不与利迁"，把"天地"改为"天下"、"物"字改为"利"
字，似乎有改动原文表现自己主张的痕迹。总之，不论从思想上或引文
上看，《德充符》这一章是比较早期的作品。

第二，从引用的人物以及和《齐物论》相同的语句看来，第二、三、
四、五各章，都近于早期作品。本篇二、三、四、五各章，都是一个
"才全德不形"的故事。如兀者申徒嘉、兀者叔山无趾、恶人哀骀它以及
阗跂、离无脤、瓮㼜、大瘿之类，都是《庄子》书中特创的人物，表现了
庄子派作品的特色。其中第四章（鲁哀公章）有"日夜相代乎前，而知
不能规乎其始者也"数语，和《齐物论》第二章"日夜相代乎前，而莫
知其所萌"之句，基本上相同，而都没有杂糅互抄的痕迹，说明是同类
同时之作。章末有"渺乎小哉，所以属于人也，謷乎大哉，独成其天"
数语，也正是荀子批评庄子"蔽于天而不知人"的来源之一。所以这几

---

① "常季"原误倒。——编者注

章，虽没有明显而确凿的早出证据，但从上述一些情况看来，可以说基本上是近于早期作品。

最后一章，和前几章的表现形式，不是一类，但所记的人是惠子，所表现的思想是"因其自然而不益生也"，都是庄子派的特色。不过其中记"庄子曰：是非吾所谓无情也，吾所谓无情者"云云，这一种提法，颇有补偏救弊①之意，似乎不是一个初创学说时的必要说明。好像《淮南子·修务训》对"有为""无为"加以补充解释的情况一样，似为较晚出的说法。但其内容和前述庄子思想并无矛盾，时代或者较晚，但仍然是庄子派的作品。

（3）《应帝王》。本篇分为七章，除第四（阳子居问老聃）、第六（无为名尸）二章在形式上有些不同外，全篇的思想风格都很一致。其中虽少明显确凿的早出证据，但从表现庄派特点的一般情况看来，大部分章节可以说是庄子早期的作品。

第一，在人物的设构和思想内容方面，第一、二、三、五等章和《逍遥游》《齐物论》《养生主》等篇，是同类作品。第一章记啮缺问王倪的故事，第二章记肩吾见狂接舆的故事。啮缺和王倪这两个人物，都见于《齐物论》，"肩吾"一名见于《逍遥游》，狂接舆亦见《人间世》第七章（《人间世》这一章可信）。第三章的"天根""无名人"，是纯粹假构的名称。这几章的内容无非描写无知无识的原始社会，阐明"顺物自然而无容私"的混沌理想。特点在于把理想放在人物的对话中，没有离具体而空泛的抽象理论。第五章记壶子对季咸的态度变化，创造了若干奇怪的名词，如"杜德机""太冲莫胜（朕）"等奇怪术语，其确切意义，虽不甚理解，但全章多用比喻，显露出作者对自然界的山水草木有一定的知识和观察，这也是庄派早期作品的一个特点。

第二，最足以表现为早期作品特点的是第七章描写"七日而混沌死"的寓言。这种寓言所表现的理想是反动的，但艺术手腕却非常高妙。这和《齐物论》中"庄周梦蝶""罔两问景"等章为一类，是晚期道家他派所不能摹仿的作品。

第三，从和他篇相同的语句看，"天根游于殷阳"章有"予方将与造

---

① "弊"原误作"蔽"。——编者注

物者为人"语句和《大宗师》篇"子桑户"章的语句相近。《天下》篇所说庄周"上与造物者游"一语，正是从这些语句中概括而来的。可证其为庄派早期作品。

只有第四章记"阳子居见老聃"的问答和《天地》篇记"夫子问于老聃"的辞句，大部分相似，而有改窜的痕迹，似较晚出。本篇第四章说：

> 阳子居见老聃曰："有人于此，向疾强梁，物彻疏明，学道不倦，如是者可比明王乎？"老聃曰："是于圣人也，胥易技系，劳形怵心者也，且虎豹之文来田，猨狙之便、执嫠之狗来藉，如是者可比明王乎？"

《天地》篇里有基本上与此相同的一段：

> 夫子问于老聃曰："有人治道，若相放，可不可，然不然。"辩①者有言曰："离坚白，若悬寓，若是则可谓圣人乎？"老聃曰："是胥易技系，劳形怵心者也。执留之狗成思，猨狙之便，自山林来。"

这二章的后半段基本上相同，只有《天地》篇开首是夫子，本篇是阳子居。《天地》篇提出的问题是"可不可，然不然"，是庄子和惠子常辩论的问题，而本篇的问题是一般道家的问题。《天地》篇说："可谓圣人乎？"而本篇说："可谓明王乎？"从阳子居所提的问题看来，似乎和"明王"二字无甚关系。而且在《庄子》内七篇以及在与内七篇思想相近的外、杂篇中，都没有把"明王"二字作为理想人物的称谓。特别是阳子居问的是"可比明王乎？"而老聃的回答是"是于圣人也"云云，彼此的问答殊不呼应。我怀疑阳子居所问本来是"可比圣人乎？"（如《天地》篇所说），编纂《庄子》的淮南门客为了政治目的，加上《应帝王》的题目，便将其中"圣人"二字改为"明王"二字，以与题目相适应。否则老聃的回答为什么直说"圣人"，而不说"明王"呢？为什么与此相同

---

① "辩"原误作"辨"。——编者注

的《天地》篇一段只作"圣人",不作"明王"呢？这是改纂未尽而留下的痕迹。

此外，第六章（无为名尸），纯为记言形式。就思想说，和他篇无大矛盾；就文辞说，比较整齐死板，近于有韵之格言，和《养生主》首章、《大宗师》开首数语的简隽而别有风趣的记言，文风不同。马叙伦先生因此章和上章记列子、壶子事相连，认为"亦列子之贵虚"①，似有一定道理。但上章最末一句"一以是终"，记事已经结束，不应以下再添出格言式的理论来。而且这节内容和上章并无关系。我觉得这一段很整齐的文字，可能是关尹的遗说。《天下》篇叙述关尹的学风是这样的："在己无居，形物自著，其动若水，其静若镜，其应若响。"和本章所说"至人之用心若镜，不将不迎，应而不藏"的内容，都很相近。这和庄派正统作风，微有分别。不过总的说来，《应帝王》篇除第四章有若干字句为有意羼改外，大体上可以说是庄派早期作品之一。

四　对《人间世》篇的怀疑和考察

《人间世》篇，共分七章。也和内篇中某些篇的情况一样，各章的内容不全一致。但其他篇的不一致处，夹杂在各章中间，显然是羼杂进去或附加进去的零简（见《齐物论》和《大宗师》二篇）。而《人间世》篇的互不一致处，则颇为整齐。很显然，前三章是一类，后四章是一类。后四章（即匠石之齐、南伯子綦、支离疏、狂接舆）的思想内容，主要是讲"终其天年而不中道夭"的"无用之用"的道理，不论内容和形式都和前证庄子早期作品完全契合。而开首三章，亦即一向认为代表《人间世》特点的部分，却是《庄子》书中另一类型的文字。

第一，前三章中对于当权派统治者的态度，和后四章以及《庄子》书中主要篇目所表现的态度都不相同。我们知道，不论从《庄子》书中有关庄周行事的叙述，还是司马迁《老、庄传》中对于庄周事迹的记载，都是竭力描写他是一个脱离现实和当权派不合作、不接近的人物，而且谈到"王公大人"总是用奚落的语言，表示冷淡而轻蔑的态度。像《秋

① 马叙伦《庄子义证》。

水》篇所记庄周对楚国使者所说神龟曳尾于涂中的故事，和对惠施所讲的鸱鸟和鹓鶵的故事，像《列御寇》篇所记庄子对宋人所讲牺牛欲为孤犊而不可得的故事，以及对曹商所讲的舐痔得车的故事等，不一而足，都在表明这一轻世离俗的态度，没有例外。

第二，从前证庄子早期作品以及同类作品中的内容方面看，也都和司马迁描述的庄周态度十分协调。如《逍遥游》记尧让天下于许由，许由的回答是"归休乎君，予无所用天下为"；记述连叔对"藐姑射山神人"的称赞是"是其尘垢秕糠，将犹陶铸尧舜者也"，又说："尧往见四子藐姑射之山、汾水之阳，窅然丧其天下焉。"这都是一种轻世离俗态度的具体表现。其他如《齐物论》《养生主》等内篇，以及和内篇相近的一些外、杂篇，也都在不同形式不同程度上，表现了同一倾向，和《庄周传》所说的态度完全相符。最足以说明这种态度的现实内容者，有如下二段：

杂篇《庚桑楚》第一章云：

> 庚桑子曰："小子来！夫函车之兽，介而离山，则不免于罔罟之患；吞舟之鱼，砀而失水，则蚁能苦之。故鸟兽不厌高，鱼鳖不厌深。夫全其形生之人，藏其身也，不厌深眇而已矣。"

《徐无鬼》（南伯子綦章）云：

> 南伯子綦隐几而坐，仰天而嘘……曰："吾尝居山穴之中矣。当是时也，田禾一睹我而齐国之众三贺之。我必先之，彼故知之；我必卖之，彼故鬻之。若我而不有之，彼恶得而知之？若我而不卖之，彼恶得而鬻之？"

这种绝对避免和当权派统治阶级有一点接触的态度，正是一个极端失望、逃避现实的个人主义的具体表现，这就是《人间世》后四章所说的散木、畸人等的无用之用，这是贯通在《庄子》主要篇中的基本精神。而《人间世》前三章所述的故事主人——颜回、叶公子高、颜阖等三人，却是主动地接近当权派，并且要谏诤国君，做太子的师傅，受国君之命到他国当使臣，积极参加政治活动的人。如果照《逍遥游》《齐物论》《庚桑楚》《徐无鬼》等篇以及本篇后四章的作者看来，这三个人正是不能"藏其身也，不厌深眇""惯惯然为世俗之礼，以观众人之耳目"的卖弄才能的俗人。对于这样的人，正可用"我必先之，彼故知之；我必卖之，彼故鬻之"的道理，加以奚落讽刺，正可用"桂可用，故伐之；漆可用，故割之"的道理，加以警告说服，让他们回到山穴大泽之中，"衣裘褐，食杼栗"，做一个无用的散人，这才符合于"我悲人之自丧者"的态度。而这三章的作者，却借了仲尼、蓬伯玉的口，说了一套如何当使臣、傅太子、遵守君父之大戒，以求全身免害的道理。其中有些论点，固然可以和《庄子》主要篇目的某些理论，曲折地连接起来，但在政治立场上，在是否和当权者合作的基本态度上，是决不相同的。

正由于这三章中所表现的政治立场和《庄子》主要篇目的态度不同，所以所谈的问题和思想亦不相同。《逍遥游》《齐物论》等篇的中心思想，是讨论宇宙变化、生死命运、知识是非等哲学问题，总的态度是对人生社会的前途极端失望，而在虚幻的想象上，追求主观的自由和欣悦。因此各篇中对一般社会伦理问题，则表示轻蔑而不关心的态度。而《人间世》前三章的中心问题，则在于如何事父事君，既能不辱君命而又能保全性命，这是《逍遥游》等篇所不加论列的。当然，对于《人间世》这几章可以作不同的解释。如比较重视思想系统的注《庄》家宣颖，就曾用"前三章是讲'不见有人'的处人，后四章是讲'不见有己'的自处，将两种态度连接起来"。他在第二章的注中说："乍读两大戒，谓是以忠孝辣动诸梁，及读至下，乃知是两个影子，以君亲影心，以臣影身耳"①。

这样解释确实比那些把庄子说成是非常注重忠孝大节的注家高明得多，因为无论从本篇后半篇以及《庄子》全书看，作为庄周派特色的中心思想，是和以君父为大戒的思想不相调和的。但是细看《人间世》这几章，确实是正正经经地讲如何当使臣、传君命，如何"传其常情，无传其溢言"，所不同于儒家的只是尾巴上缀了两句"乘物以游心，

---

① 宣颖《南华真经解》卷2。

托不得已以养中"的庄子派语调，作为事心和事君亲的连接。这种连接，在本文中说得相当明白，并非以君臣作为身心的影子。原文是这样的：

> 仲尼曰："天下有大戒二：其一，命也；其一，义也。子之爱亲，命也，不可解于心；臣之事君，义也，无适而非君也。无所逃于天地之间，是之谓大戒。是以夫事其亲者，不择地而安之，孝之至也；夫事其君者，不择其事而安之，忠之盛也；自事其心者，哀乐不易施乎前，知其不可奈何而安之若命，德之至也。为人臣子者，固有所不得已。行事之情，而忘其身，何暇至于悦生而恶死？夫子其行可矣。"

这里明明先提出"子之爱亲，命也，不可解于心"的命题，下文才说到"自事其心者，哀乐不易施乎前"。后面所说的"自事其心"的心，即前文"子之爱亲命也，不可解于心"的心，这正是着重说明人对不可解于心的忠孝大节，应当安之若命，并非脱离事父事君而泛论身心关系。最后的具体回答是"夫子其行可矣"，要他安心地到齐国当使臣去，哪里是用君父作为身心影子的比喻呢？

《庄子》书中，确实有许多文章是用一般政治社会的故事，来比喻宇宙、人生命运问题的，如《齐物论》云：

> 丽之姬，艾封人之子也。晋国之始得之也，涕泣沾襟。及其至于王所，与王同匡床，食刍豢，而后悔其泣也。

这一段，无论什么样的读者，都会知道作者决不是讲丽姬的后悔，而是用以比喻悦生者不知觉悟者的心境的。又如《逍遥游》中记述"宋人善为不龟手之药者，客得之以说吴王。越有难，吴王使之将，与越人战，大败越人，裂地而封之"这段故事，谁都知道这决不是希望人们作战封侯，而是希望人们善以无用为用。特别是《庄子》书中有些文字，确实是用事君、事父比喻事天的，如《大宗师》云：

> 彼特以天为父①，而身犹爱之，而况其卓乎！人特以有君为愈乎
> 己②，而身犹死之，而况其真乎！

《山木》篇云：

> 仲尼曰：饥溺寒暑穷桎不行，天地之行也，运物之泄也，言与
> 之偕逝之谓也。为人臣者，不敢去之，执臣之道犹若是，而况乎所
> 以待天乎？

这二节里，显然是以臣比喻自己，以君父比喻天和真宰，谁也不会对比喻有什么误会，而《人间世》这一章的叙述，则决不是一个比喻。如果全文所讲事父事君，仅仅是一个比喻，那么仲尼说了一套"凡交近则必相靡以信，远则必忠之以言""言者风波也，行者实丧也"等议论，又是比喻什么呢？难道庄子所设想的心和身的关系，就像是一个难侍奉的国君和使臣的关系吗？这样一个包藏着种种猜忌疑虑的国君，可以作为庄子理想的真宰的象征吗？

我觉得这三章的作者，和《庄子》主要篇目的作者，不是一人或一派。这一章的作者，可能是受了《大宗师》《山木》篇的影响，把那二篇中的喻义，作为正面意义；而《大宗师》《山木》所说的"彼特以君为愈乎己③者"，"执臣之道犹若是者"，也可能正是指《人间世》这一章的作者而言。两者间可以有一定的历史关系，而决不是同一立场。宣颖对于庄子思想特点是有较多理解的，但过度相信《庄子》内篇全是庄周作品，过度相信《庄子》每篇各章的内容，是互相一致，并且以为庄子的文章像后来的八股文一样，先有一个题目，然后分股点题，各章互相照应，并且有种种明暗线索，因而他造出了若干解说，用以调和各章的矛盾。如果打破这个成见，就觉得这三章本不和《庄子》其他篇思想完全

---

① 此节在《大宗师》首章中，近似错简，但内容和《大宗师》其他章互相一致，此句"天""父"二字，当互易，应作"以父为天而身犹爱之"，与下文"以君为愈乎己而身犹死之"相对为文。

② "己"原误作"已"。——编者注

③ "己"原误作"已"。——编者注

一致，不必要作若干牵强的解释了。

第三，再从文辞形式方面来看，不论在人物的称述、成语的引用以及论断的情调等哪一点上，前三章的作风，和后四章及内七其他篇，都不相同。内七其他篇和本篇后四章所述人物，大抵是畸人、散人、百工技艺以及庄学化了的远古帝王。除了子虚乌①有者和庄学化了的仲尼、颜回等人外，其中也有少数是列国君相和孔子门徒，如卫灵公、齐桓公、子产、子贡等，大抵是用以和所述理想人物相形对比②。而《人间世》前三章中所述人物，是颜回、仲尼、卫君、关龙逢、比干、桀、纣、舜、禹、伏羲、几蘧、叶公子高、颜阖、卫灵公、蘧伯玉等。其中除颜回、仲尼多见于《庄子》他篇，伏羲、几蘧和他篇所述人物相近外，其余多半是历史上真实人物，是一般儒、法书中常见的君相大臣，而且并非引以与畸人、散人相形对比。这种风格是和前述庄子派作品不相同的。

表现庄子特点的内七他篇，较少抽象的议论，因此很少称引古书，加以论证。只有《逍遥游》中引了一条《齐谐》，说明是一种志怪的书，正是所谓荒唐之言的东西。而《人间世》第二章却连引了两次《法言》，一条是故《法言》曰："传其常情，无传其溢言，则几乎全。"另一条是故《法言》曰："无迁令，无劝成，过度益也。迁令劝成殆事，美成在久，恶成不及改。"从"法言"的书名和所引内容看来，很像是古代或儒家的格言，这种严肃认真讲伦理政治的引书方法，是和所谓"无端崖之辞"的庄派作风不相同的。

《天下》篇论庄子的作风说："以天下为沈浊，而不可与庄语"，"其辞虽参差，而諔诡可观"。前叙庄子《逍遥游》《齐物论》等篇，正表现

---

① "乌"原作"无"。——编者注

② 《逍遥游》中引述的人物，有彭祖、汤、棘、宋荣子、列子、尧、许由、肩吾、连叔等。《齐物论》中引述的人物，有南郭子綦、顾成子游、师旷、惠施、昭文、狙公、啮缺、王倪、瞿鹊子、长梧子、丽姬、艾封人等。《养生主》引述的人物，有庖丁、文惠君、公文轩、右师、老聃、秦失等。《德充符》引述的人物，有兀者王骀、仲尼、常季、申徒嘉、子产、伯昏无人、叔山无趾、鲁哀公、哀骀它、跂支、无脤、卫灵公、瓮㽹、大瘿等。《大宗师》引述的人物，有子桑户、孟子反、子琴张、子贡、颜回、仲尼、孟孙才、意而子、许由、尧、黄帝、子舆、子桑（除若干神仙名不计）。《应帝王》引述的人物，有啮缺、王倪、蒲衣子、有虞、太氏、肩吾、狂接舆、日中始、天根、无名人、阳子居、老聃、神巫季咸、壶子、列子之类。这些人物中，大部分是畸人、散人之类，少数是列国君相，都是用以和其理想人物相形对比。

了这种特点。所以每段结尾之句，多用洸洋自恣的笔调，故作疑问反诘之词，表现其放诞高傲的情绪。如《逍遥游》云："而彭祖乃今以久特闻，众人匹之，不亦悲乎？""若夫乘天地之正，而御六气之辨，以游无穷者，彼且恶乎待哉？""是其尘垢秕糠，将犹陶铸尧舜者也，孰肯以物为事？"《齐物论》云："咸其自取，怒者其谁耶？""人之生也，固若是芒乎，其我不芒，而人亦有不芒者乎？""庸讵知吾所谓知之，非不知邪？庸讵知所谓不知之非知邪？"这样的例证，也多见于《大宗师》等篇，不胜枚举。而《人间世》第二章的结语则说："可不慎与？"第三章的结尾说："可不慎邪？"第二章又说："此其难者"。都是一种拘谨慎重的态度，和上述庄周作风，迥然不同。

以上是从思想文体方面，论证《人间世》的前三章和《逍遥游》等篇的不同，现在再从一个具体人物的引用中，推寻一下这三章可能产生的时代。

《人间世》第一章中引用了关龙逢这一人物。从先秦书籍看来，这一名称出现的较晚。从《诗》《书》《左传》《国语》《论语》，一直到《墨子》《孟子》等书，讲到夏桀的事迹者相当之多，其中非但没有记述桀杀关龙逢一事，连关龙逢这一名称也没有提到。大约这一名称的出现，最早见于《荀子》。《解蔽》篇云：

　　桀蔽于末喜、斯观，而不知关龙逢。

《宥坐》篇云：

　　汝以忠为必用邪？关龙逢不见刑乎？

从此以后，像《吕氏春秋·仲春纪·功名》《慎大览》，《韩非子》的《难言》《十过》《说疑》等篇，凡是讲到忠谏之士的，总是把关龙逢和比干一并称述。显然，关龙逢谏桀被杀的事迹，是战国晚期才流传起来的。当然，我们不能单单根据某一书上没有某一人物的记载，便说当时没有此人。但可以作为判断根据的，是考察某书某篇的内容和性质，是否有提到某人的必要。如果有一种讲述忠君爱国的著作，对于古代忠正直谏之士，罗列的相当完备，而独独对于和比干媲美的关龙逢①，偏偏没有提到，那么，在这时期，关龙逢其人之有无，就成为问题了。

　　按先秦学者，对于古代忠贞之士，同情最深、咏叹最多者，以屈原书为最。《楚辞·九章》中，罗列古代忠谏之士，最为完备。如《惜诵》云：

　　　　晋申生之孝子兮，父信谗而不好；行婞直而不豫兮，鲧功用而不就。

《涉江》云：

　　　　接舆髡首兮，桑扈裸行。……伍子逢殃，比干菹醢。

《惜往日》云：

　　　　吴信谗而弗昧兮，子胥死而后忧，介子忠而立枯兮，文君寤而追求。

《悲回风》云：

　　　　求介子之所有兮，见伯夷之故迹。……浮江淮而入海兮，从子胥而自适。望大河之洲渚兮，悲申徒之抗迹。

从上所引各段看来，《楚辞》中所歌咏的古代人物，从崇鲧、比干、申生、介子推、子胥、接舆、桑扈、申徒狄等，凡是古代立身忠直而抑郁不平之士，无不见诸吟咏，那么，"谏君而不听"者，应该再没有比关龙逢、比干最突出的了，而《九章》的作者对于比干、子胥则不厌反复地歌咏赞叹。可是独独对于最古的因忠谏而杀身的关龙逢，没有一次提到他。这样，我们能相信关龙逢这个人在屈原时代就流传于世吗？考春秋战国时对于夏代历史的记载，已很隐晦不明，独有楚国的著作，因为没

────────

　　①　即关龙逢（páng）。下同。——编者注

有受到中原儒家理性化古史之影响，因而还保留了些较古的传说。如羿和鲧的神话，九辨、九歌、五子家阋等旧说，都幸有《楚辞》，可以略窥其剪影。如果关龙逢真像《荀子》《韩非子》所说，是夏代的忠臣，那么，熟悉夏代传说的《楚辞》作者，不会不提到的。

再考王符《潜夫论·志氏姓》篇云：

> 豢龙封诸朡川、朡夷、彭姓豕韦，皆能驯龙者也，豢龙逢以忠谏，桀杀之。凡因祝融之子孙，己姓之班、昆吾、籍、扈、温、董，秃姓朡夷、豢龙，则夏灭之。

据此则关龙逢即古之豢龙氏①，为夏所灭的一个部落。由于战国时人往往用当时封建社会的观念来解释并创造古代氏族社会的传说，因此一切独立的氏族或部落，都变成封建时代的诸侯。如丹水之驩兜氏（鹋②吺）变为尧的儿子丹朱③；不周山附近之共工氏变为尧臣共工④。这样的例子，不算鲜见，所以豢龙氏之变为关龙逢，自也属于同类性质的演变。

《荀子·解蔽》篇云：

> 桀蔽于末喜、斯观，而不知关龙逢。

杨倞注云：

> 末喜，桀妃。斯观，未闻。韩侍郎云："斯"或当为"斟"。斟观，夏同盟国，盖其时君，当时为桀佞臣也。

韩侍郎认为斯观盖时君，为桀佞臣，仍不脱牵强弥缝⑤之法，但他说"斯

---

① 梁玉绳《汉书古今人表考》引《路史》注云："关音豢，作平声，非。"并云："以为关姓者失之。"
② 鹋原误作"鹃"。——编者注
③ 童书业《丹朱与驩兜》，《浙江图书馆馆刊》4 卷第 5 期。
④ 杨宽《鲧共工与玄冥冯夷》，《古史辨》第 7 册上第 12 篇。
⑤ "缝"原误作"逢"。——编者注

观"为"斟观"之误，确不可易。因为夏桀的历史，在战国之际，远不如殷纣事迹的详明。战国时正是一个盛行创造古史宣传政治主张的时代，因此多把夏桀的恶德和殷纣的故事配合混并。《荀子》为了把夏桀的故事和"纣蔽于妲己、飞廉而不知微子启"相配合，因此采取旧说中的斟观氏、豢龙氏两个氏族部落的传说，创造了一个佞人、一个忠臣的故事，这正是战国时托古改制的常例，不仅《荀子》如此。

也许有人说，荀子和庄子相离不过几十年，既然可以说关龙逢故事是荀子创造，为什么不可以说是庄周创造的呢？我们认为不能这样推论，因为战国时际的诸子百家，固然常用假托古人、创造史实的方法互相争鸣，但他们所假托的古人、古事，一定是为了宣扬自己的学说主张，而不是无目的地凭空创造。因此儒、墨就倡导尧、舜禅让的历史；许行就宣传神农并耕的历史；隐逸之士就创造了尧让天下于许由，许由不受的传说；法术之士就创造了太公杀狂矞华士的故事。因为只有这样，才能扩大宣传，取得群众信仰。这样看来，把夏代部落的豢龙氏变为忠谏被杀的关龙逢，一定是由忠君立节的儒、法之士所创立，而不是由全身葆真之士所创立，大概是可以推想的。再加屈原的时代，正在庄、荀之间，屈原时还没有把豢龙氏变为关龙逢，而《解蔽》篇中又曾把斟观氏变为桀之佞臣，托古改制的事迹非常明显，所以我们认为豢龙氏之变为关龙逢，可能即创始于荀子，或同时的儒、法之徒。

如果这个推测可以成立，那么《人间世》篇前三章（至少是第一章）不可能产生在比屈原较早的庄周时代，是无可怀疑了。

既然，这三章和庄周早期作品不属于同派，时代又不可能在荀子以前，那么这三章的作者，是属于何派呢？从这三章的整个态度以及个别字句看来，我疑心它是属于战国晚期宋、尹学派的作品。

郭老和刘节先生曾论证《管子》中的《白心》《心术》《内业》等篇是宋、尹学派作品。从《天下》篇所述宋钘、尹文学说的内容看来，有许多术语和论点，如"白心""别囿""寡欲"（情欲寡浅）等说，彼此互相符契。但是《天下》篇所述宋、尹的"禁攻寝兵，以调海内"等主张在《白心》等篇中找不到迹象。所以对于《白心》等篇是否真是宋、尹遗著，还有争论。现在从《人间世》第一章中，倒可以看出一些包涵宋、尹学说较全面的遗迹。第一章云：

> 颜回见仲尼，请行，曰：奚之？曰：将之卫。曰：奚为焉？曰：
> 回闻卫君其年壮，其行独，轻用其国而不见其过，轻用其民死，死
> 者以国量乎，泽若焦，民其无如矣！

这里叙述颜回请到卫国的态度，和以"禁攻寝兵为外"，"愿天下安宁以活民命"的态度，很相接近。这里的仲尼，并不根本反对他到卫国劝卫君不要轻用其民，而是担忧他"所存于己者未定，何暇至于暴人之前？"担心他"德厚信矼，未达人气，名闻不争，未达人心"，而"强以仁义绳墨之言术暴人之前者，是以人恶有其美也"。仲尼所说的"德厚信矼，未达人气"，不正是要他"不苟于人"吗？所说的"名闻不争，未达人心"，不正是要他"不忮于众"吗？特别是所说的"强以仁义绳墨之言术暴人之前者，是以人恶有其美也"，不正是"以此周行天下，上说下教，上下见厌而求见也"的同一描写吗？仲尼和颜回的问答，最后归为"唯道集虚"，"耳目内通而外于心知"，和《白心》《心术》等篇中所说的道理互相一致，正是《天下》篇所说"情欲寡浅，以别囿为始"等论点的进一步阐发。

宋、尹学派的特点是一面主张"禁攻寝兵"，周行天下，上说下教，一面又主张"情欲寡浅，见侮不辱"，一面调和杨、墨，一面又采取儒家仁义之言，《人间世》前三章正体现了这些特点。如所说"乘物以游心、托不得已以养中"，是庄、老派语言，所说"天下之大戒"，是儒家之言，这和《管子》中《白心》等篇有同样的倾向，特别是两者之间有显然共同的语句，如《人间世》首章云：

> 闻以有翼飞者矣，未闻以无翼飞者也。

《管子·戒》篇云：

> 无翼而飞者声也，无根而固者情也。

《人间世》首章云：

夫徇耳目内通而外于心知，鬼神将来舍，而况于人乎？

《管子·心术上》云：

虚其欲，神将入舍。

可见两者间有一定的联系。

如果《管子·白心》篇包含宋、尹学派的部分遗说，那么《人间世》第一章就比《白心》等篇包含更多的宋、尹学说。因为从这第一章中，才真正看出"禁攻寝兵为外，情欲寡浅为内"的联系来。正是由于这一派的最初创立者，目的在于"调和海内"，"愿天下之民命，以活民命"，而事实上是"上下见厌而求见"，所以才研究如何能"强以仁义绳墨之言术暴人之前"而不被刑害的方术，这就由"见侮不辱""情欲寡浅"的主张，而最后归于"唯道集虚"的"心斋"理论和"以腼合欢"的处世态度。至于这种态度和理论的进展之推测，拟在论道家思想的发展时另文再谈。现在可以肯定的是：《人间世》前三章，至少是第一章，和宋、尹学派的《心术》等篇有一定联系，而且比《心术》等篇还较近于原始的宋、尹学派。

不过从文辞用语方面看，这三章和庄派作品，也有某些相近的痕迹：如"庸讵""未始"二词，和当作"何"字用的"恶"字，都是《齐物论》《大宗师》等篇常用的语词，而为《让王》《盗跖》等篇所不用的语词。这样看来，这三章的思想作风虽和《庄子》内七他篇迥别，但在语词方面，还有一些和宋、楚一带文风相似的地方。也许这就是编入《庄子》内篇的一个原因。①

小　结

根据以上各节论证，基本认识如下：

---

①　过去著作，只有叶国庆的《庄子研究》，对《人间世》篇提出过疑问，虽然论辩比较简单，证据也不够充实，又未把后四章和前三章分开，但不失为一个可取的看法。而在60年代期间以"权威"自居的关锋对之加以全盘否定，不能使人信服。

《庄子》内篇虽不出于汉代，但也不全是先秦作品，应该打破内外界限，重新建立审查真伪和时代的标准。

根据假定的三个标准，（即（1）《淮南子》以前书，明引"庄子曰"云云，而明见于今本《庄子》书；（2）虽不明引"庄子曰"，而确指《庄子》内容者；（3）和《天下》篇所述庄周思想完全相符且有相同语句者），推知《逍遥游》《齐物论》《大宗师》《达生》四篇的主要内容，是先秦庄子作品。

《逍遥游》等三篇，基本上是先秦作品，但其中也有羼杂错简的章节，和主要部分的思想不相一致，论析庄子哲学时，应该加以区别。

除上三篇外，《养生主》《德充符》《应帝王》三篇的主要内容，也是先秦《庄子》作品，其中的《养生主》早出的证据比较确定。

内七篇中只有《人间世》前三章的思想作风，和他篇不合，可能是与宋、尹学派有关的遗说。

总起来说，内七篇中除若干章节外，基本上属于先秦庄子早期作品。从全书看来，这七篇和外、杂篇中某些篇章相比，固然不能肯定它的时代都更古些，但和紧相连接的《骈拇》《马蹄》等九篇相比，确实不是同时代同一人的作品。可能汉代整理古籍时，这七篇的来源出于一处，因此编纂《庄子》者，就根据当时的思想特点，特别加了一个题目。这样看来，前人无批判地推崇内篇为庄周自作，确不可信，但所以归为一类，特别称为内篇者，也非全无原由。不过，来源相同者，内容价值不一定相同；淮南王及其门客所尊信的《庄子》，不一定符合于先秦庄子实际，所以研究《庄子》哲学思想时，还须对七篇内容加以分别对待。

（原载《中国哲学史研究集刊》第 1 辑，上海人民出版社 1980 年版。在《庄子新探》中为第一章第三节和第二章第一、二、三、四节）

论《庄子》外篇中
《秋水》以下六篇的特点和时代

自宋苏轼提出《庄子》中《让王》《盗跖》等四篇不是庄周作品的议论后，明清时代和近代一般治诸子学者，多认为《庄子》外、杂篇不是庄周作品。但对于各篇的具体评论，颇不一致。

笔者认为《骈拇》《马蹄》《胠箧》三篇和《在宥》篇的第一二章是一种类型，当为秦统一前夕道家中比较激进派的著作；《天地》《天道》《天运》和《刻意》《缮性》等相当驳杂的几篇，除其中少数章节外，当为秦汉时期的道家别派著作。而现在要讨论的《秋水》《至乐》《达生》《山木》《田子方》《知北游》等六篇，和上述两组不同，应属于《庄子》嫡派作品。

我们从《庄子》内七篇读起，读到外篇《骈拇》以下至《刻意》等篇，觉得内、外篇的差异相当显著。但是再读下去，到了《秋水》以下，便觉得内、外之分有些模糊。大概这个感觉是比较普遍的。所以前代注家，多以《秋水》以下六篇和内篇互相配合。近人论述，也多认为这几篇的性质和内篇相近。日人武内义雄以《至乐》以下五篇，和杂篇中的《寓言》《列御寇》二篇，归为一组；而把《秋水》篇归在《天地》《天道》一组中，他的理由是：现在《列子》书中《天瑞》《黄帝》二篇，是《列子》书中保存先秦旧说的篇目，当是古代《列子》的遗存，而现在的《庄子》书中，和《天瑞》《黄帝》二篇内容相同的，都在《至乐》以下五篇和《寓言》《列御寇》二篇中（有少数是和内篇相同），所以这七篇应该归为一组（见《老子与庄子》）。武内氏认为《天瑞》《黄帝》二篇，不是魏晋人作的说法，也有相当理由，但不能作为区分《庄子》

各篇类别的标准，因《天瑞》二篇也和《庄子》相似，是杂集旧传材料而成的。原始编者，对材料的去取，并没有共同一致的标准。把《列御寇》《寓言》二篇从杂篇中提出，归入《至乐》一类，没有充分的理由。至于他根据《刻意》和《秋水》都有"野语有之"一语，《天运》和《秋水》都有"三王五帝"一名，便将《秋水》归入《天运》《刻意》等一类中，更是只看小节，不管内容的办法了，颇有些近于荒谬了。

罗根泽氏以《寓言》《秋水》《田子方》为庄子派所作，以《至乐》《知北游》《庚桑楚》三篇为老子派所作（《诸子考索》）。在方法上能超出考据的局限，注重思想内容，而不仅拘拘于个别字句，是可贵的。但他所定的分类，由于未能指出篇中的杂屡部分，也有以偏概全之失。《庚桑楚》属于何派，暂不详论。至如《至乐》《知北游》两篇，断然与老子派不同。这两篇和《庚桑楚》相同的部分，远不如它和《达生》《田子方》的同点更为明显。所以本文仍依照原书顺序，以《秋水》等以下六篇归为一组讨论，理由有下列几点：

1. 这六篇次序相接，都在旧题外篇之中；

2. 六篇文体相同，都以故事寓言为主，既和《骈拇》等篇的议论体不同，也和《庚桑楚》等篇多附简短记言的体例不同；

3. 六篇各章分列，但多有共同的问题和趋向，和《天地》《在宥》以及《列御寇》等篇之驳杂而无中心问题者不同；

4. 六篇中皆有互相共同之语句。如《秋水》首章曰："道人不闻"，也见《山木》篇，作"至人不闻"。《至乐》五章有"昔者海鸟止于鲁郊"一大段，和《达生》末章除若干词句的变化外大体相同。《达生》首章曰："生之来不能却，其去不能止"，亦见《知北游》末章（作"哀乐之来吾不能御，其去吾不能止"），又见《田子方》第七章（作"吾以其来不能却也，其去不可止也"）。《达生》第二章云："死生惊惧不入乎胸中"，亦见《田子方》第四章（作"喜怒哀乐，不入于胸次"）。《达生》末章云"今汝饰知以惊愚……"三句，也见《山木》篇第四章。更其重要的是，不但字句上有相同之处，而文体思想也都很相近，比较内七篇的互相一致之点为数更多，亦更明显。

这就是我们把这六篇归为一类来讨论的依据。以下试分别论之。

一 《秋水》篇各章的异同和时代

《秋水》篇一向称为文学杰作，在《庄子》书中颇有代表性的地位。但就其内容来看，各章的性质和时代并不完全一致。全篇共分七章，可以分为三类。第一（秋水时至）、第二（夔怜蚿）、第七（庄子与惠子游于濠梁之上）等三章是一类，讨论的是宇宙观、认识论上的根本问题。第四（公孙龙问于魏牟）、第五（庄子钓于濮水）、第六（惠子相梁）等三章是一类，所记皆有关于庄子的轶事。第三章（孔子游于匡）独为一类，显然不是庄子派作品。

第一章记秋水时至，河伯和北海若的对话，不论在思想上、文风上都可以和《逍遥》《齐物》并称，不需辞费。它产生的时代，从以下几点看来，当在《齐物论》以后。

（1）从思想方面看，它综合了《逍遥游》《齐物论》的理论。《逍遥游》和《齐物论》代表了《庄子》哲学的两个方面。《逍遥游》主要表现追求绝对自由的超然态度，所以用了鲲鹏、鸴鸠、灵椿、朝菌等种种比喻，强调了"小年不及大年""小知不及大知"的对比；《齐物论》主要从论证方面，阐发其神秘论和相对主义，所以用了彭祖、殇子，泰山、秋毫，厉与西施种种比喻说明美恶、是非道通为一的道理。《逍遥游》所说的"小知不及大知"和《齐物论》所说"道通为一"，言各有当，并无矛盾。但其立论之时，各就一方面阐发，是比较明显的。而《秋水》篇首章，便将《逍遥》《齐物》两篇分别说明的道理，综合起来了。如以河伯和东海若相形，以礨空和大泽相形，以稊米和太仓、毫末与马体对比，这就是《逍遥游》中以大鹏和鸴鸠、灵椿和蟪蛄对比的手法。如说："骐骥捕鼠，不如狸狌，鸱鸺撮蚤，而不见丘山"，这就是《齐物论》和"蝍蛆甘带，鸱鸦嗜鼠，麋与鹿交，鳅与鱼游"的推衍。但是在《逍遥游》里，明说"众人匹之，不亦悲乎"，显然是以灵椿为大，众人为小，鲲鹏为大，鸴鸠为小，并没有郭象所谓"大小虽殊，逍遥一也"的意思。在《齐物论》里，明说"凡物无成与毁，复通为一"，"吾恶能知其辨"，不需要再说这种玄同是非的态度是较高于儒墨是非观的。因为一个哲学的创发时期，主要在发抒自己的见解而不暇作各方面的照顾，每篇各抒一义，对实质上的系统并无损害。古代哲学大抵如是，而《庄子》行文，向多参差诡谲之风，当然更富于这样的色彩了。而《秋水》篇则不但把两方面的论据和比喻结合起来，并且加以进一步的说明。如它既用河伯和北海若的对比，作出了大小之别的区分后，便提出了"然则吾大天地而小毫末可乎"的问题，加以追问；又立即遮拨此说，提出"因其所大而大之，则万物莫不大；因其所小而小之，则万物莫不小""知东西之相反，而不可以相无"的相对原则，加以解释，这显然是综合《逍遥游①》《齐物论②》而加以系统阐发的明证。

再看《齐物论》中所齐一的分别，是道德上的善恶、知识上的是非，所以说"仁义之端，是非之涂，樊然殽乱，吾恶能知其辨？"而《秋水》篇则说"盖师是而无非，师治而无乱乎？是未明天地之理、万物之情也，……帝王殊禅，三代殊继。差其时，逆其俗者，谓之篡夫；当其时，顺其俗者，谓之义之徒"，把《齐物论》的相对主义，应用在社会制度和文化方面。这也是产生在《齐物论》以后的具体证明。

（2）从引用的史实来看：这一章有"五帝之所运，三王之所争"的文句，"五帝"一名在《墨子》《孟子》等书中还没有出现，最早见于《荀子·非相》篇（《荀子·大略》篇也有此名，但该篇晚出于荀子以后）。大概把古代传说中的帝王排成次序，最后确定为五个，这一过程不可能产生在战国中期以前。《庄子》中惯以古代帝王为寓言，可能是促成"五帝"一名确立的一个因素，所以运用"五帝"一名的文章，可能在《庄子》以后。本章又说"昔者尧舜让而帝，之哙让而绝"，姚鼐云"之哙与庄子同时，必不曰昔者"（《庄子章义》）（罗根泽氏也取此说）。按《史记·六国表》，燕王哙立于周慎靓王元年（前320年），五年让国其臣子之（前316年），七年与子之皆死。依《竹书纪年》推算，为齐宣王六年、魏襄王五年，正和庄子、惠子同时，姚说近是。不过"昔者"一词的意义，也不限定在很远以前，如《孟子·公孙丑》篇有"昔者疾，今日愈"之语，孟子所说的"昔者"，就指的是前几天的事情。如果单从这一词来看，也可推证此文在之哙让国同时稍后，而不能断定其具体时期。

---

① "游"原省。——编者注
② "论"原省。——编者注

比较可以推定其时间的，是以下一些证据：

《韩非子·五蠹》篇说："文王行仁义而王天下，偃王行仁义而丧其国，是仁义行于古而不行于今也，故曰世异则事异"，这和本章所说"尧舜让而帝，之哙让而绝"的意旨相同。又《韩非子·显学》篇云："无参验而必之者愚也，弗能必而据之者诬也；明据先王必据尧舜，非愚则诬也。"本章也说，"然且语而不舍者，非愚则诬也"。用"愚""诬"二字作为批评词语，很少见于他书，而《显学》篇给这二字以最确凿的解释，说明这一用语可能就是韩非所创造的。此外《五蠹》篇说"超五帝、侔三王者，必此法也"，和本章称"三王""五帝"的情况亦相近。从这些共同语辞看来，本章和《韩非子》是同时期的作品。不过《韩非子》提出的"世异则事异"的理论，是代表战国末期新兴阶级的看法，而《秋水》作者虽仍是没落阶级的立场，但对此无可挽回之事，也不能完全不受影响，因此无形中把《齐物论》中相对主义的理论，和《五蠹》《显学》中所表现的进化理论联系起来，这就形成了战国晚期庄子派的思想特点。

第二章记"蘷怜蚿，蚿怜风，风怜目，目怜心"的现象，说明"动吾天机而不知所以然"的道理，和《齐物论》中"罔两问景"一章的意见和比喻，都很相同。这种从自然界微小的生物现象或物理现象中，体察出一种微妙的关系，并用以表现其哲学的趋向，是庄子哲学和文风的特点。所以这一章肯定是先秦庄子派的作品。不过和《齐物论》比较起来，《齐物论》中"罔两问景"的语言，比《秋水》此段更为简隽含蓄，它只写景和罔两的问答，更不解说所象征的内容。本章则发挥较详，最后又加以解释云："故以小不胜为大胜者，惟圣人能之"，这也可能是本章晚出于《齐物论》后的一点证明。

末章记"庄子与惠子游于濠梁之上"和《齐物论》"庄周梦为蝴蝶"章的风趣略同，肯定是先秦庄子派作品。但从所用的一些语词看来，当在《齐物论》以后。《庄子》较早篇目如《齐物论》中的疑问系词，都用"恶乎""恶""庸讵"等词，这是其他书中少见的。如《齐物论》中"予恶乎知欲生者①之非惑邪？恶乎知恶死之非弱丧而不知归者邪？"《淮

---

① "欲生者"当作"悦生"。——编者注

南子·精神训》沿用此文，而不用"恶乎"字，改作"吾安知刺灸而欲生者之非惑邪？又安知夫绞经而求死者之非福邪？"又《庄子·则阳》篇记桓公问管仲病的故事云："寡人恶乎属国而可？"《吕氏春秋》亦记此事云："寡人将谁属国而可？"《管子·戒》篇作"寡人将安移之？"《韩非子·难一》作"将奚以告寡人？"说明"恶乎"一词，在《吕氏春秋》《韩非子》《淮南子》的时代都不用了。《秋水》篇末章云"安知鱼之乐""安知我不知鱼之乐""汝安知鱼乐"，都用"安"字而不用"恶乎"或"恶"字，这也说明是稍后于《齐物论①》之作。

总起来说，这三章（一、二、七）的内容文辞都和《齐物论》相近，向来认为《秋水》是《庄子》中的代表作品，就是指这几章而言。虽其时代稍晚于《齐物论》，但无疑是庄子嫡派后学的作品。

本篇中第二类性质的文字，包括第四、第五、第六等②三章，所记多有关庄子的轶事，但第四章的可靠性不能和第③五、第④六两章相比。第五章记庄子钓于濮水，楚王使大夫往聘，庄子用神龟将曳尾于涂中的话回答使者，为《史记·老、庄传》所本。第六章记惠子相梁，庄子往见，说了一套鹓鶵和鸱鸟的故事，和第五章所用的譬况比喻，手法相同。这些故事，特别是后者，可能是寓言，但它所代表的生活方向和表现思想的方法，是庄周的典型。姚鼐于第六章末注云"记此语者，庄徒之陋"（《庄子章义》）。评语不一定正确，但他断定为庄徒所记，大概是可信的。

至于第四章记公孙龙问庄子于魏牟的故事，有人怀疑公孙龙、魏牟的生活时代比庄子为晚，亦有人证明公孙龙、魏牟都稍后于庄子，前后可相及。从思想内容上看，这一节和第⑤五、第⑥六章很不相类，魏牟回答公孙龙的话，也用了陷井之龟、东海之鳖等比喻，但像是抄袭而来，没有新的内容。如所云："无南无北，奭然四解，沦于不测；无东无西，始于玄冥，反于大通。"不过是《庄子》书中习见的空洞套语。最后说：

①　"论"原省。——编者注
②　"等"原无。——编者注
③　"第"原无。——编者注
④　"第"原无。——编者注
⑤　"第"原无。——编者注
⑥　"第"原无。——编者注

"公孙龙口呿而不合，舌举而不下，乃逸而走。"用这种笨拙的辞句，描写公孙龙的惊惧失色，很像是战国策士的风格，和第五、六两章的风趣相差很远。大概这三章都是后人杂集有关庄子传说而成，而这一章的内容和本章第一类文字相比，显得失真的地方就更多些。

上述二类文字，内容性质不同，但基本上都是庄派遗作。全篇中只有第三章记"孔子游于匡，子路入见论勇"一段，和全篇各章均不相称，而和《吕氏春秋》及本书《让王》等篇倒有些相似。

按《荀子·荣辱》篇和旧传《胡非子》一书，都有论勇的议论。《胡非子》分勇为猎徒之勇、渔人之勇、陶缶之勇、五刑之勇、君子之勇五等，多半是根据《秋水》此章推衍而成，不必细论。惟荀子分勇为四等，和本章相比，孰为先后，不易确定。

今列表于下，以便比较：

《荀子·荣辱》	《秋水》
有狗彘之勇者，有贾盗之勇者，有小人之勇者，有士君子之勇者。争饮食，无廉耻，不知是非，不辟死伤，不畏众强，恈恈然唯利饮食之见，是狗彘之勇也。为事利①争财货，无辞让，果敢而振，猛贪而戾，恈恈然唯利之见，是贾盗之勇也。轻死而暴，是小人之勇也。义之所在，不倾于权，不顾其利，举国而与之，不为改视，重死持义而不挠，是士君子之勇也。	水行不避蛟龙者，渔父之勇也；陆行不避兕虎者，猎夫之勇也；白刃交于前，视死若生者，烈士之勇也；知穷之有命，知通之有时，临大难而不惧者，圣人之勇也。

从文辞看来，似乎不相袭，从文字的繁简看来，似乎《荀子》在此章以后，但《荀子》以"重死持义而不挠"为最高之勇，而此章在烈士之勇上又加了一条"知穷通之有命"的所谓圣人之勇，这就有出于荀后的痕迹。且不论两者的时代孰为先后，可以肯定的是这一章不是庄子派理论。因这一章所论，不外于调和命、勇二种品德，但"勇"这一种品德，是儒家、墨家所尊尚的，所以在内涵和外延上，需要加以解释，如

---

① "事利"原误倒。——编者注

孔子说"暴虎冯河，吾不与也"，孟子说"今王一怒而天下定"等，都是
儒家道德说中必需的解说。至于庄周学说，他所向往的是如"槁木死灰"
"不遣是非以与世俗处"。"勇"这一品德，在他的道德哲学中，没有地
位，当然没有加以解释的必要。而在前述庄子的作品中，也没有一处提
到"勇"字。可见这是受了荀子论勇影响后的摹仿之作。特别是把所谓
"知穷之有命，知通之有时，临大难而不惧者"叫作"圣人之勇"，这不
但与儒家的命不相合，和庄子的命也不相合。孔子被围于匡而弦歌不辍，
固然可以说是临大难而不惧，但孔子所关心的是自己的理想是否实现，
而不是什么穷通问题；他的临难不惧，是建筑在"天生德于予"的自信
上，而不是什么知通之有时。至于庄子，对于命是相当重视的，但他所
重视的命，主要在于生死这一大问题上，以及其他一切人生必然趋向上，
并不局限于个人穷通的小范围内。而《秋水》这一章所讲的命，都只是
所谓仕进上的穷通，这正是庄子所鄙弃的庸俗之见。林云铭云："讳穷求
通等语，以拟圣人之言，恐觉不是，且笔颇平庸，非庄所作也。"（《庄子
因》）说明这一章的伪杂，在清代注《庄》家，早已看到了。

总起来说，《秋水》篇中只有第一、第二、第七等三章阐发哲学的部
分，和第五、第六记述庄周轶事的部分，可以当得起一向对它的推重，
肯定是庄子后学所作。其余第三、第四两章，当是羼入《庄子》书中的
浅人作品，决不如宣颖所说第三章"是发无以故灭命[①]"、第四章"是发
无以得殉名"，而全篇是"一体融彻"（见《南华经解》）的。

宣颖在注《庄》家中是相当有见解的，但由于过分相信《秋水》全
篇是完整一体之作，从而用批点八股文的方法加以注释，就得出了牵强
而近于可笑的论断，这种分析的方法，是不可取的。

二 《至乐》篇各章的同异和时代

前代《庄子注》中，对于《至乐》篇的评价，颇不一致，有的学者
（如王船山）认为本篇和《天道》《缮性》等篇相差不远，在《庄子》外
篇中"尤为惆劣"（《庄子解》）。近代学者，对于本篇是老子派作，抑为

---

① "无"原脱，"灭"原误作"天"。——编者注

庄子派作，也有不同看法。看来，引起不同看法的原因，在于《至乐》各章的内容并不一致，如果不把现在的形式认为是原始篇目，而将全篇各章分别看待，那么，基本的争论也就大部消失了。

本篇共有六章，可分为二大类。从第二章（庄子妻死）到末章，文体大体相近，其中除第五章（颜渊东之齐）显为羼杂外，其余四章基本上是庄子及其后学作品。只有第一章，不论在文体上、思想上都和前述《庄子》内篇显然不同，正是引起争论和怀疑的所在。

从文体方面看，本篇二、三、四、六等章，都是用想象丰富的描绘，写一个故事和寓言，而第一章则通体议论，没有故事，也没有象征和比喻的文辞，如云："所乐者，身安、厚味、美服、好色、音声也；所下者，贫贱、夭恶也；所苦者，身不得安逸，口不得厚味，形不得美服，目不得好色，耳不得音声。"排列身、口、服、色、声音等辞，相当整齐，和《荀子》《吕氏春秋》《韩非子》等书中常见的议论①形式有些相像，而和《庄子》参差诡诡的作风截然不同。至于末段从"至乐无乐，至誉无誉"以下，更是空洞贫乏，不但和第二、第三等章不能相比，就和本章前半段也不甚相似，是相当惝劣之作。

从思想方面看，和《庄子》内篇相比，有以下几点显著的差异：

（1）在知识是非的看法上，和《齐物论》所说相反。如《齐物论》云："是亦一无穷，非亦一无穷，故莫若以明"，"是以圣人和之以是非而休乎天钧"，这是一种所谓超乎"是非""得其环中"的说法。这种理论，确实有些神秘，但作者用比较具体而形象的文字，来描绘这种认识方法，说明对他所说的内容，有真的体会。而本章则说："天下是非果未可定也，虽然，无为可以定是非。"完全是一种干瘪而空洞的滥调。《齐物论》所说的"得其环中"，只是灵活运用，并不等于块然无为。正因为照他的观点，世界上找不出一种固定的是非标准来，所以才主张不定是非而"和以天倪"，怎能又说"无为可以定是非"呢？这种沾滞死板的说法，和庄子"不以觭见之也"的作风，显然相反。

（2）在生死问题的态度上，和《大宗师》所说显然有别。罗根泽先生认为《至乐》篇是老子派作，他的根据之一是："《老子》书上有'吾

所以有患者，为吾有身，及吾无身，吾又何患?'"" 欲求无身，只有死之
一途，《至乐》篇以死为至乐，所以是老子派思想"（见《诸①子考索》）。
此说不够正确。因为《老子》书中，除上引一句外，并没有以死为乐的
倾向，生死问题在《庄子》书中特别在《大宗师》等篇中，是主要问题，
而在《老子》书中，不过是连类而及。从《大宗师》的"夫大块载我以
生，佚我以老，息我以死"，"以生为附赘悬疣，以死为决病溃痈"等说
中，也可以推衍出"以死为乐"的倾向来。所以这一点并不表现为老子派
作。但是从《大宗师》的议论中，固然也有推衍出"以死为乐"的可能，
而《大宗师》的态度和"以死为乐"的说法却根本不同。《大宗师》说
"载我以生，佚我以老，息我以死"，其中"载"字、"佚"字都是肯定方
面的字眼，并没有以生和老为苦痛的意思，而且明说"善吾生者，乃所以
善吾死也"，更没有以死为乐的意思。所以罗先生认《至乐》篇为老子派
作，固然不对，但我们也不根据其同讲生死问题而认为是庄子派思想。

（3）空洞的强调无为，和庄子思想不同。

罗根泽先生认为本篇是老子派作的另一理由，是遍查内七篇中，只
有《逍遥游》有"彷徨乎无为其侧"，②《大宗师》有"逍遥无为之业"
两句外，其余从未提到"无为"，此篇则畅论无为及无为而无不为之
旨，……这也足以说明是老子派而不是庄子派（见《诸子考索》）。

这一点提的相当正确，"无为"二字，确乎是老子派的③中心观念，
而在《庄子》书中，没有什么位置。但须指出，这一段在本章中，很像
是附加上去的，因为上文讲的都是至乐、活身等问题，而这一段忽然提
出一个"天下是非果未可定也"的是非问题来。而以下又杂引了《大宗
师》中"天无为以之清，地无为以之宁"一段文，最后又空喊了一句
"人也孰能得④无为哉!"完全是将道家通行辞句杂凑成章，谈不到什么老
子派的作品。

此外本章又说："贵者夜以继日，思虑善否，其为形也亦疏矣。"这

---

① "诸"原作"庄"。——编者注
② 此处标点原有严重问题。——编者注
③ "的"原脱。——编者注
④ "得"原脱。——编者注

种提法虽和庄子思想没有矛盾，但意境的肤浅和深蕴相差很远，王船山于此句下注云："老庄言无为无欲，初不与三家村积粟藏金，嚆哄肉烧酒人说法，此种文字，读之令人欲哕。"（《庄子解》）极为有识。可见本章决非庄子作品，是非常明显的。

本篇第二（庄子妻死）、第三（支离叔）、第四（庄子之楚）、第六（列子行食于道）四章，是一类性质的文字，也是本篇的精华。这四章都是写一个故事和寓言，表现生死齐一的道理，和《大宗师》篇子舆、子祀、子犂、子来等章，非常相近，正是《天下》篇所说"下与外死生、无终始者为友"的典型事例。不过，这四章的时代先后，不尽相同：大体说来，第三章（支离叔）、第六章（列子）比较早些，第二（庄子妻死）、第四（庄子见空髑髅）两章比较晚些。

第三章中"支离叔"一名，亦见于《人间世》第五章（该篇四、五、六章不伪），其中有云："生者假借也"，"吾与子观化而化及我"，和《大宗师》篇的文义都全相同，很难区别出彼此间的先后来。而第二章的内容，和《大宗师》比较起来，就显得明晰详细，当是进一步论证的文字。如《大宗师》说："以生为脊，以死为尻，孰知生死存亡之一体者，吾与之为友矣。"又说："阴阳之于人，不翅于父母。"和本篇第二、第三两章中以"生死为春秋冬夏四时行也①""死生为昼夜"的思想完全相同。但《大宗师》篇只总括地讲生死存亡之一体，而没有从自然和人生的关系上有所说明。本篇第二章云："察其始而本无生，非徒无生也，而本无②形，非徒无形也，而本无气，杂乎芒芴之间，变而有气，气变而有形，形变而有生，今又变而之死，是相与为春秋冬夏四时行也。"这里详细叙述了由气变形，由形变生，又变而至死之历程，给"生死一体"说以具体而确定的解释，特别可注意的是提出一个"气"字来，作为生的基础，显然是《大宗师》那一理论的进一步发展，是庄子嫡系作品的明证。

第四章记庄子见空髑髅，第六章记列子见百岁髑髅，分明是同一故事的演变。但第六章的文字简隽，意义含蓄，第四章则文字较详，且多

---

① "也"原脱。——编者注

② "本无"原误倒。——编者注

语病，显然不是同时同手之作。如第六章说："列子行食于道，从见百岁髑髅，攘蓬而指之曰：'唯予与汝知而未尝死、未尝生也。'"只说明生死存亡之一体，毫没有以死为至乐的意思。最后说："若果养乎？予果欢乎？"只以疑问作结，不加正面肯定，这和《齐物论》等篇往往用疑问口语结束的手法相同，正是《天下》篇所说"其理不竭"，"芒乎芴乎未之尽者"的庄周作风。而第四章记庄子见空髑髅一段，则比较详细地叙述了和髑髅的问答，其中有云："虽南面王乐①不能过也，"又说："吾安能弃②南面王乐，而复为人间之劳乎？"仿佛真像有以死为乐的意思。这种夸大的描绘，显然是摹仿第六章内容而不免失掉原意的拟作。疑第六章是庄周早期作品，后学因庄子有此作品，便推衍此理，把原来是列子的故事，放在庄子身上。这正是古书中故事演变的一般现象。

第六章末段记述各种动物的变化，最后说"万物皆出于机，皆入于机"，和《寓言》篇所说"万物皆种也，以不同形相禅"的文意都很相近。这种丰富的生物知识和重视万物变化的思想，正是庄子派作品的特征。这一段在某些本子中，另为一章，也许更较正确些，不过无论它是独立的一章，或是第六章的末段，从内容看来，是庄子派作品，当无疑问。只有第五章的内容，和上述各章不相调协。中间有"昔者海鸟止于鲁郊"一大段，和《达生》篇末章大部相同，但其中有些地方，像是稍稍改换《达生》《齐物论》的辞句而来的。有些论断又近于牵强，如说（齐侯）"彼将内求于己而不得，不得则惑，人惑则死"，近于夸张失实。林云铭云："恐世无惑言而死之人，此等拙笔，欲以拟庄，何不自量也。"（《庄子因》）又本章末段云："故先圣不一其能，不同其事，名止于实，义设于适，是之谓条达而福持。"和《人间世》第一、二章的内容，有部分相似。林云铭云："此段似指用世而言，撙掇于此，甚属无谓，其文之平庸浅肤，不问而知其为伪物也。"（同上）王船山说："此段与③上下文不相属，故知外篇多杂纂之言。"（《庄子解》）可见这一章和二、三、四、六等章的差别，前代学者早已看出。

———————————

① "乐"原脱。——编者注

② "弃"原误作"去"。——编者注

③ "与"原误作"于"。——编者注

　　总起来说，此篇除第一章和第五章外，都和《齐物论》《大宗师》的内容相同，正是庄学正统思想。王船山对于庄子派和非庄子派的同异，辨析甚精，但由于过分相信全篇是一个整体，因而根据各章节中互相矛盾处，以及第一章中的浮浅辞句，认为此篇和《缮性》《天道》等篇同为《庄》书中最"惆劣"之作，殊不恰当。罗根泽氏也因过信全篇是一整体，特别是以第一章的内容代表全篇，因而误认此篇为老子派作。如果分章论述，这些问题，便都基本上解决了。林云铭云："此篇鼓盆、支离叔、空髑髅、百岁髑髅四段，理解精辟，得未曾有，……细玩应入《秋水》篇中，以为生而不悦、死而不祸样子，疑散佚之后，好事者遂撰出此篇首段，因而撺掇其中。"（《庄子因》）林说除此篇应入《秋水》篇的解释，还没有完全摆脱评点八股的影响外，全部论断是非常有识的。大抵古书卷首卷尾，最易杂入他文，如《大宗师》《齐物论①》（详下）等篇，皆是其例，此说相当正确。

三　《达生》篇的特点和时代

　　《吕氏春秋·去尤》篇引"庄子曰：以瓦注者巧……"一段文，证明《达生》篇第四章（颜渊问仲尼），确是先秦《庄子》较古篇目。现在综看全篇，觉得各章的内容，都环绕着凝神养气这一中心思想而曲加譬喻。除第一章是全篇的综括，末章是全篇的补充外，其余各章都是生动形象的寓言故事，文字深邃蕴藉，没有他派和浅文的羼杂，可以说是《庄子》书中最完整的篇目了。

　　全篇各章除第一章以简短的警句阐明其"能移""相天"的哲理，为全篇的总括外，其余各章，约可分为二类：第二（子列子问关尹）、第三（仲尼适楚）、第四（颜渊问仲尼）、第九（纪渻子为王养斗鸡）、第十（孔子观于吕梁）、第十一（梓庆削木为鐻②）、第十三（工倕旋而盖规矩）等七章为一类，都是假借一个技术工巧的特技和坠车蹈水等奇异事件，说明"用志不分""得全于天"的养生之道。其余第五（田开之见

---

①　"齐物论"原误作"外物"。——编者注
②　"鐻"原误作"锌"。——编者注

周威公)、第六（仲尼曰）、第七（祝宗人玄端以临牢筴）、第八（桓公
田于泽）、第十二（东野稷以御见庄公）、第十四（有孙休者）等六章为
一类，大都是从消极方面说明不能全天养生者的误失。

全篇的共同特点，是作者对于中下层社会百工技艺的生活相当熟
悉，对他们的技巧有细微的观察。如描写佝偻承蜩的技巧，就说："五
六月累丸二而不坠，则失者锱铢；累三而不坠，则失者什一；累五而不
坠，犹掇之也。"描写津人操舟的技巧，就说："视渊若陵，视舟之覆
犹其车却也。"描写吕梁丈人的游水，就说："数百步而出，被发行歌
而游于塘下"，"与齐俱入，与汩偕出"。描写梓庆削木为镰①的情况，
就说他"斋三日……斋五日……斋七日，……然后入山林，观天性；
形躯至矣，然后成见镰，然后加手焉，不然则否"。描写工倕的手艺，
就说他"旋而盖规矩，指与物化，而不以心稽"。其他如讲斗鸡的精神
变化，有鬼论的各种传说等，都说明作者对于这些技巧和生活有相当的
体验。除这些具体的描写外，还有若干综合性的观察。如说："复仇者
不折莫干，虽有忮心者，不怨飘瓦"；"以瓦注者巧，以钩注者惮，以
黄金注者殙"，"忘足，履之适也；忘要，带之适也"等等比喻，都是
从日常事物中提取出来的经验（当然是从他的主观唯心论角度中提取
的），和晚期道家抄袭成语，空洞地宣说抽象道德概念之文，有显著的
差别。如果我们还不能根据此点，断定其为庄周自作，也必须承认有这
样的经验和观察的人，是建立、发展庄子唯心论体系的真正作者。

分看全篇各章，可以标志时代先后和各篇异同的，有以下几点：

在"子列子问关尹"章中，讲了许多"游乎万物之所终始"，"通乎
物之所造"，"死生惊惧不入乎其②胸中"，"不开人之天，而开天之天"
的道理，都和荀子对庄子的批评，《天下》篇对庄周的叙述，完全符契，
确为《逍遥游》《大宗师》等篇的同类之作。其中有些论据，和《逍遥
游》等篇所说相同，如《逍遥游》说藐姑射山的神人是"之人也，物莫
之伤，大浸稽天而不溺，大旱金石流、土山焦而不热"，《齐物论》也说：
"至人神矣，大泽焚而不能热，河汉冱而不能寒，疾雷破山、风振海而不

---

① "镰"原误作"锌"。——编者注
② "其"原脱。——编者注

能惊"，但都只是一种想象的诗意描写，并没有提及达到这样境地的具体方法。本章则说："子列子问关尹曰：'至人潜行不窒，蹈火不热，行乎万物之上而不栗，请问何以至于此？'关尹曰：'是纯气之守也，非知巧果敢之列。……夫若是者，其天守全，其神无却，物奚自入焉！'"这就给此种幻想以具体的解释，从我们的观点看来，确实还是神秘的，但和神仙养生家的方法不同，应该说是庄子唯心论思想的正统发展。

第五章田开之见周威公解说"善养生者，若牧羊然，视其后者而鞭之"的道理，举了单豹和张毅两个例子，分别说明只知养内或只知养外者的偏畸，这比专讲养内的各章节为进一步的阐发。从这些发展上，可以推证是庄子后学的作品，也可以推证是庄子晚年的作品。

第十二章记东野稷以御见庄公，此故事也见于《荀子》（哀公）、《吕氏春秋》（适威），及《韩诗外传》（卷二）、《新序》（杂事）、《家语》（颜回篇）等书。《荀子》《家语》等书，"东野稷"作"东野毕"，"庄公"作"定公"，"颜阖"作"颜渊"。《达生》此章，和《吕氏春秋·适威》的故事是同一系统，故事的主人同为颜阖和庄公，且多相同的语句。但从下列几点看来，知本章在《吕氏春秋》以前：

（1）《庄子》的体裁，是好讲荒唐的寓言，旨在说明道理，不必合于历史事实；《吕氏春秋》的体裁，是篇首有数句议论，以下全是杂引他书，作为例证。而"东野稷以御见庄公"这一故事，恰恰是寓言，和真实的历史年代不相符合。高诱注《吕览》此篇云："颜阖在春秋后，盖鲁穆公时人也，在庄公后十二世矣。若实庄公，颜阖为妄矣；若实颜阖，庄公为妄矣。由此观之，咸阳市门之金，固得载而归之也。"（《吕氏春秋·离俗览·适威》）高诱对《吕氏》的非难，正说明这一故事，不是以信史自命的吕氏所造，而是取自荒唐之言的《庄子》书的。

（2）本章的内容是阐明养生之道，不可消耗精力。记事完结之后，更没有一句议论和说明，这和庄子的作风正相符契。而《吕氏春秋》引用此事，说明国君"不可竭民之力"。在此段下，又引"烦为数而遇不识"数语，完全是抄袭《庄子·则阳》篇文（详论《则阳》一节）。可见《吕氏春秋》是采取《庄子》两篇中文句作为例证，而不是《庄子》割裂《吕览》而成此文。

（3）《荀子·哀公》篇也记此事，但作为定公和颜回的问答，分明是因颜回和庄公不同时而改为定公的。下文说："定公越席而起曰：趋驾召颜渊……"很像是战国策士的风格。可见这同一故事的不同传说，都是编造的。但《庄子》书本以寓言为体，所以不妨把春秋后的颜阖和鲁庄公同时，而荀子则以平实见长，不应把"在陋巷，人不堪其忧"的颜回，说成是游说国君的策士，可见《哀公》篇的故事是荀子后辈把颜阖故事归为颜回后的改编。至于《吕氏春秋》和《达生》的故事完全相同，但所要说明的意义，却是和儒家系统《荀子·哀公》篇相同，而和庄子相异。如果《吕氏春秋》成书时，已有《哀公》篇，那他就应采取颜回和定公的故事，而不应采取颜阖和庄公的故事，可见在《吕氏春秋》时还没有把颜阖变为颜回的传说，所以借庄子故事说明"勿竭民力"的道理，正是始于《吕览》，以后才由儒家系人变为颜回的故事。总之，从这一故事的演变看来，《达生》此章是比《吕览·适威》《荀子·哀公》都较早的。

第十四章（有孙休者），似仅为全篇的剩义和补充，但亦有时代较早的证据。本章和他篇相同的语句比较最多，如"芒然彷徨乎尘埃之外，逍遥乎无为之业"句，也见《大宗师》篇第四章①（子桑户、孟子反）；"饰知以惊愚，修身以明污，昭昭乎若揭日月而行也"，也见《山木》篇第四章（孔子围于陈、蔡之间）；"有鸟止于鲁郊"一大段，亦见《至乐》篇第五章（颜渊东之齐）。《至乐》篇这一段，显然是抄袭本章，其他和《大宗师》《山木》相同部分，都没有抄袭割裂的痕迹，说明它们是同时同类之作。

至第一章是全篇的总括，在庄子以生死为一体的哲学中，有为他篇所没有提出的论证，王船山曾予以极高的评价，究竟应如何看待，不属于本文范围，但本章为庄子唯心哲学的精密部分，这点是可以肯定的。

总起来说，《达生》篇中早出的证据比较最多，本组六篇中互同的语句相当多，而以《达生》篇为中心，正像《齐物论》《秋水》《寓言》《则阳》等篇的互同语句最多，而以《齐物论②》为中心一样，说明本篇是这一组中最早的作品。

---

① 在《庄子》通行本中，《大宗师》作"无为"，而《达生》作"无事"。——编者注
② "论"原省。——编者注

四 《山木》篇的主要内容和羼改章节

《山木》篇在《庄子》书中，向来有一定的看法。多数注《庄》家说它和《人间世》互相表里，"乃补内篇《人间世》所未备"，实则《人间世》和《山木》的表里部分只在后四章，至其前三章，则只有字面上的联系，实质上有很大的差别（详后）。近来论《庄子》者，多数把《山木》放在《秋水》《至乐》《达生》《田子方》等篇一组中，认为是庄子后学作品，从下述的论证看来，这一说法近于真实。但其中有些羼改的部分，远不如《达生》等篇的完整统①一。

《山木》篇共分九章，除第六章（庄子衣大布而补之）以外，思想风格大体一致，都是通过一个故事中的人物对话，阐明"虚己②处世"的哲学。其中可以证明为庄子派作品的论据，有以下几点：

（1）坚决逃避现实，幻想虚无的理想王国。如第一章提出了"材与不材之间"的说法，立刻又认为是"似之而非"，更提出"浮游乎万物之祖，物物而不物于物"的幻想。第二章中通过市南宜僚对鲁侯的对话，直告鲁侯说："今鲁国独非君之皮邪？吾愿君刳形去皮，洒心去欲，而游于无人之野"，又说："吾愿君去国捐俗，与道相辅而行"，"吾愿去君之累，除君之忧，而独与道游于大莫之国。"而这个理想国的内容是"其民愚而朴，少私而寡欲，知作而不知藏，与而不求其报，不知义之所适，不知礼之所将，猖狂妄行，而③蹈乎大方，其生可乐，其死可葬"，比后世的《桃花源记》《醉乡记》等作品中的政治内容还要具体。第四章通过太公任对孔子的吊慰，告孔子说："孰能去功与名而还与众人，……削迹捐势，不为功名，是④故无责于人，人亦无责焉。"而孔子听了之后，便"辞其交游，去其弟子，逃于大泽，衣裘褐，食杼栗，入兽不乱群，入鸟不乱行"。第五章通过子桑雽对孔子的问答，孔子听了之后，便"徐行翔

---

① "统"原误作"纯"。——编者注
② "己"原误作"已"。——编者注
③ "而"，《庄子》通行本作"乃"。——编者注
④ "是"原脱。——编者注

佯而归，绝学捐书，弟子无挹于前，其爱益加进"。第七章通过孔子对颜回的告诫，提出了"无受人益难"的道理，认为"爵禄并至"，"吾若取之"，是如同盗窃的。这都说明作者所追求的是绝对逃避现实政治，退居山林而虚己①游世的生活，这和各书所记庄周的生活行事以及前述庄子作品中所表现的哲学思想完全符合，而和《人间世》前半篇所描写的处世态度完全不同。

（2）把虚己②免害的处世态度和物无终始的哲学结合起来。《庄子》书中讲到全身免害的地方相当多，大概这是继承杨朱的全生葆真的倾向而来的，但他并不停留在全生免害上，而往往提到一个宇宙变化的高度上，于无可奈何中找出一点自我欺骗的慰藉。如《大宗师》等篇所讲生死齐一，"万化而未始有极"等问题，都是显著的表现。本篇第七章中记孔子对颜渊的告诫，除了"无受天损易，无受人益难"二点外，又有"无始而非卒也""人与天一也"两点提示。他对于"无始而非卒也"的解释是："化其万物，而不知其禅之者，焉知其所终？焉知其所始？正而待之而已③耳。"这和《寓言》篇所说"始卒若环，莫得其伦"以及《齐物论》等篇所讲的宇宙变化说，互相符契。他对于"人与天一也"的解释是"有人天也，有天亦天也"，和《大宗师》篇所说"庸讵知吾所谓天之非人乎，所谓人之非天乎"的道理互相符合，都是想把人消解在天中的意思，这也是本篇为庄子派的一个证明。

（3）篇中多有富于形象的比喻和寓言。如第一章记庄子在山中看见大树、在故人家听到杀雁的谈话，第二章设想虚船触舟和有人在其上的不同情况，第三章记北宫奢赋敛为钟的故事，第六④章引用林回弃千金之璧、负赤子而趋的比喻，第五章描写鹢鸲鸟的小心畏人的生活，特别是第八章描写庄周游于雕陵，看见异鹊和蝉、螳螂，以及自己被虞人诟詈的情况，都是他派著作中所少有的特色。（此外如第八章称"庄周"而不称"庄子"，又有弟子蔺且的姓名，也似乎不是后人的伪造。）

---

① "己"原误作"已"。——编者注
② "己"原误作"已"。——编者注
③ "已"原误作"巳"。——编者注
④ "六"原误作"四"。——编者注

在这些章中，可以约略推证时代先后的，有以下几点：

（1）第一章记庄子和弟子的问答，不只强调无用之用，而另提出了"材与不材"之间的处世方法，正如一些作者所说，是庄子后学进一步发挥庄子学说的证明。这一段文，见引于《吕氏春秋·孝行览·必己》篇，无疑是《吕氏春秋》以前的作品。但将本章和《吕氏春秋》细加对勘，觉得今本《山木》篇第一章，有好多是采取《必己》篇文附加上去的。

《庄子·山木》	《吕氏春秋·必己》
庄子行于山中，见大木枝叶盛茂，伐木者止其旁而不取也。问其故，曰："无所可用。"庄子曰："此木以不材得终其天年。"夫子出于山，舍于故人之家。故人喜，命竖子杀雁而烹之。竖子请曰："其一能鸣，其一不能鸣，请奚杀？"主人曰："杀不能鸣者。"明日弟子问于庄子曰："昨日山中之木，以不材得终其天年；今主人之雁，以不材死。先生将何处？"庄子笑曰："周将处于材与不材之间。材与不材之间，似之而非也，故未免乎累。若夫乘道德而浮游则不然。无誉无訾，一龙一蛇，与时俱化，而无肯专为；一上一下，以和为量，浮游乎万物之祖，物物而不物于物，则胡可得而累邪？此黄帝、神农之法则也。若夫万物之情、人伦之传则不然。合则离，成则毁，廉则挫，尊则议，有为则亏，贤则谋，不肖则欺，胡可得而必乎哉？悲乎！弟子志之，其唯道德之乡乎！"	庄子行于山中，见木甚美长大，枝叶盛茂，伐木者止其旁而弗取，问其故，曰："无所可用。"庄子曰："此以不材得终其天年矣。"出于山，及邑，舍故人之家。故人喜，具酒肉，令竖子为杀雁飨之。竖子请曰："其一雁能鸣，一雁不能鸣，请奚杀？"主人之公曰："杀其不能鸣者。"明日，弟子问于庄子曰："昔者山中之木，以不材得终天年；主人之雁，以不材死。先生将何以处？"庄子笑曰："周将处于材不材之间。材不材之间，似之而非也，故未免累。若夫道德则不然。无讶无訾，一龙一蛇，与时俱化，而无肯专为；一上一下，以禾为量，而浮游乎万物之祖，物物而不物于物，则胡可得而累？此神农、黄帝之所法。若夫万物之情、人伦之传则不然。成则毁，大则衰，廉则挫，尊则亏，直则觟，合则离，爱则隳，多智则谋，不肖则欺，胡可得而必？"

上列二书，有些字句上的重要差异，如《山木》篇说："夫子出于山中"，《吕氏春秋》没有"夫子"二字，《释文》曰："夫，如字。夫者，夫子，谓庄子也。本或即作夫子。"马叙伦《义证》据《必己》篇此段

和《艺文类聚》所引，说："此'夫子'为'矣'字坏文，读者以'夫'字属'出于山'读，辞气不洽，妄加'夫子'。下文曰'先生将何处'，是弟子称庄子为'先生'不曰'夫子'也。"马说的结论也可能是对的，但本篇第八章说："蔺且从而问之，夫子何为①顷间甚不庭乎？"又说："吾闻诸夫子曰"，可见本书有称庄子为"夫子"的先例。② 如果本章原文真作"夫子"二字，正说明《山木》篇是庄子弟子所作，《吕氏春秋》晚出，引用此文，故删去"夫子"二字。

又如《山木》篇云："若夫乘道德而浮游③则不然"，《必己》篇作"若夫道德则不然"。按庄子文风，好作形象化的、动的描写，而不好用较平板的、静的叙述，这一句"乘道德而浮游"一语，正是庄子修辞特点。《吕览》作者，删去"乘"和"浮游"三字，也符合于《吕览》的作风。但这里本是论一个理想人的行为，所以用乘道德而浮游者，和材与不材之间者相比，如果改为"道德"二字，这一抽象名词，哪里能说它是无誉无訾呢？这是《吕氏春秋》有意修改庄子而失掉原意的痕迹。

从上二点看，《必己》篇确实是引用《庄子》的。但详看《必己》篇文意，知道"自神农黄帝之法则也"以下，都是《吕氏春秋》本文，《山木》此段，反而是抄袭《吕氏春秋》而成的。理由有以下几点：（甲）按《吕览》体例，一般是篇首有几句议论，以下列举故事作为例证，每引一事以后，又加几句结束的断语。如《必己》篇引庄子故事以后，又引了一段牛缺邯郸遇盗的故事，便说"此以知故也"。以下又引了孟贲过河的故事，便总结说："此以不知故也"，"知与不知皆不足恃，其④惟和调⑤近之，犹未可必，盖有不辨和调⑥者，则和调有不免也。"以下又引了"宋桓司马有宝珠"的故事，加以论断说："此言祸福之相及也……和调何益？"以下又引张毅、单豹的故事，加以评论说："说如此

---

① "为"原误作"谓"。——编者注
② 《天道》篇第七章夫子曰"大下奋棅而不与之偕……不与利迁"数语，是《德充符》篇的语句，可见本书引《庄子》有称为"夫子"的惯例。又《释文》称"本或即作夫子"，是唐初已有作"夫子"之本，所以据《艺文类聚》改此，未见的当。
③ 此处原衍"者"。——编者注
④ "其"原脱。——编者注
⑤ "和调"原误倒。——编者注
⑥ "和调"原误倒。——编者注

其无方也，而犹行，外物岂可必哉？"从这些论证看来，《必己》篇每引述一个例证之后，总要加几句论断，不应开首引了《山木》篇庄子故事后，偏没有一句解释，便直接提出第二例证。所以《山木》篇这一段末尾的几句，一定是《吕览》的议论，而不是《山木》篇的原文。（乙）《必己》篇一开首提出"外物不可必"的总纲后，以下援引事实，都在证明这一点。所以引牛缺、孟贲故事后，便说："犹未可必"；引"孔子马逸"故事后，便说："外物岂可必哉？"最后又说"君子必其①在己②者，不必在人者也"。可见本段"胡可得而必"一语，正是《必己》篇前后呼应的语句。如果这一句是《庄子·山木》篇的原文，便没有什么意义了。（丙）《山木》篇所说"物物而不物于物"的游世之方，和《逍遥游》《达生》等篇的思想完全相合，用"胡可得而累邪"一句作为结尾（和《知北游》篇"胡可得而有邪"句结尾一样），正是《庄子》文风本色，不应以下再加若干句抽象的解释。可见《必己》篇引《山木》原文，只到"胡可得而累邪"一句为止，从"此神农黄帝所法"以下，完全是《吕氏春秋》的论议。再看《必己》篇删去"胡可得而累邪"句中的"邪"字，正以此段和下文相接，可是今本《山木》篇保留着原文的"邪"字，却仍然下接"此神农、黄帝之法则也"句，分明是后人取《吕览·必己》篇文，附加在后面，而未及删去"邪"字的证据。（丁）末一段论议主张"万物之情、人伦之传则不然"，认为上引庄子所说的"物物而不物于物"的道理，陈义太高，这正是《吕览》作者的思想，而这一段文，文辞整齐，和上文风格迥别，也是一望而知。最后又附加一句"悲夫！弟子志之，其唯道德之乡乎"一语，说明是有意窜改，并非传抄之误。疑《庄子》全书中像这样的窜改，不止此篇，可惜其他篇没有可靠的旁证，只能以此篇为例，说明即在同一章节之中，也有真伪先后的区别，不能一概认为是庄子的思想。

（2）本篇中有些和《人间世》篇相近的字句，如第七章（孔子穷于陈、蔡之间）说："为人臣者，不敢去之，执臣之道，犹若是，而况乎所以待天乎？"和《人间世》篇第二章所说"臣之事君，义也，……无所逃

---

① "其"，《吕氏春秋》通行本无。——编者注
② "己"原误作"已"。——编者注

于天地之间"有些相似；又第五章（孔子问子桑户）有云："形莫若缘，情莫若率"，和《人间世》篇第三章"形莫若就，心莫若和"句有些相似。但在实质上，有很大的不同。《山木》篇所说的"执臣之道"，只是用作事天之道的比喻，而《人间世》篇便真说成是"臣之事君无所逃于天地之间"了。《山木》篇在"形莫若缘"句下紧接着说："缘则不离，率则不劳，不离不劳，则不求文以待形……"它是用率直的手段，达到不离不劳的目的，而《人间世》说了"心莫若和"后，便提出"彼且为婴儿、亦与之为婴儿"的处世方法，这正是《山木》篇所反对的"劳"和"求文以待形"的人生态度。显然，《山木》篇所说和《庄子》他篇思想完全相合，而《人间世》篇所说，只是《山木》篇思想的误解和歪曲。我们不能设想《山木》篇率真事天的思想，是从《人间世》篇委曲事君的思想而来的，所以《山木》篇的时代，应在《人间世》第一、二、三章之前。

（3）本篇二、三、四、五等章，在记事之中，有许多讲道理的韵文，所说道理，有些和今本《老子》相近。如第二章云"其民愚而朴，少私而寡欲，知作而不知藏，与而不求其报；不知义之所适，不知礼之所将"，和《老子》十九章"见素抱朴，少私寡欲"相似；三章"既雕既琢，复归于朴"，和《韩非子·外储说左上》引书曰"既雕既琢，还归其朴"相似；四章引昔吾闻大成之人曰"自伐者无功，功成者堕，名成者亏，孰能弃功与名，而还与众人"，和《老子》二十四章及《管子·白心》篇文，都很相近。《老子》书和《白心》篇的著者和产生时代问题，留在另文再谈，这里需要说明的是，《庄子》书中各篇，对《老子》书的关系，彼此互不相同，其中有些篇和《老子》书虽有关系，但不称"老子曰"，而称"故"或"故曰"；本篇引《老子》二十四章文而称为"昔吾闻大成之人"，也不明称"老聃"，说明是属于后一类性质的作品。大成之人的话，有许多是《白心》篇的内容，说明它和《白心》篇有相当联系。《白心》篇产生的时代，不可能在宋尹学派成立初期，这样推证《山木》篇的第二、三、四、五等章，当在《逍遥游》《达生》等篇之后。

总起来说，本篇各章，除羼改部分外，大抵是庄子后学作品，成书约在《吕氏春秋》以前。只有第六章记庄子"衣大布而补之"一章，类似战国策士之言，和《庄子》他文不相类。但其中所说，仍保持山林之士不迎合当权派的立场，也可能是这一派人的拟作，和《人间世》篇的歪曲，还有区别。

五　《田子方》篇各章的异同和时代

《田子方》篇，各本都分为十一章，除第六章（庄子见鲁哀公）近于战国策士之文外，其余都和《庄子》内篇，以及《至乐》《达生》《山木》等篇相近，从下列几点可以推证为庄子嫡派作品。

（1）本篇所讨论的主要内容，都是《庄子》内七等篇的中心问题，如第一（田子方）、第二（温伯雪子）等章里所记述的全德之人，第七（宋元君将画图）、第九（列御寇为伯昏无人射）两章里记述的技巧之精，都是庄子早期作品中常见的手法。特别是第三（颜渊问于仲尼）、第四（孔子见老聃）两章讨论的"死生有待，莫知所穷""且万化而未始有极"的宇宙根本问题，是庄子哲学的特色。这些问题，以及对问题的提法，正和《天下》篇所述庄周思想完全相符，和先秦时老子派以及秦汉间道家思想决不相同。

（2）本篇各章，多阐发内篇的论点，彼此有显然相同的语句。如第八章（文王观于臧）记文王举臧丈人为大夫的故事，和《德充符》篇第四章鲁哀公举哀骀它而传国的故事很相似，所说"臧丈人昧然而不应，泛然而辞，朝令而夜遁"，和《德充符》篇所说"闷然而后应，汜而若辞"的语句，显然有一定的联系。又如第十章（肩吾问于孙叔敖）里有"子之用心独奈何？"一语，这一句也见《德充符》篇。有"死生亦大矣，而无变乎已"的语句，这和《德充符》篇句也略相同。又说"其来不能却①，其去不能止"，也见《达生》和《知北游》篇。又有"方将踌躇，方将四顾"的文句，这也见《养生主》篇。（姚鼐说"《田子方》篇和《德充符》篇同旨"。如果单以这二章为例，是可以这样说的。）

又如第三章（颜渊问于仲尼）里有"吾一受其成形，而不化以待尽"的话，这和《齐物论》第一章句相同（《齐物论》"化"作"亡"）；又

_____

① "却"原误作"郤"。——编者注

说"日夜无隙，而不知其所终""知命不能规乎其①前"，和《德充符》
（鲁哀公问仲尼章）句相同。又如第四章所说"形体掘若槁木"，和《齐
物论》第一章句略同；所说"喜怒哀乐不入于胸次"，和《达生》第二
章"死生惊惧不入于胸次"句相同；所说"死生终始为昼夜"，和《至
乐》第三章"死生为昼夜"句略同；所说"且万化而未始有极"，和
《大宗师》句同。可见本篇和《德充符》《齐物论》《大宗师》《达生》
等较古诸篇是有许多联系的。

（3）本篇各章，不但和《庄子》较古诸篇有相同的问题和相同的语
句，而且有若干处是有所发展的。如第三章（颜渊问于仲尼）说"夫哀
莫大于心死，而人死亦次之"，正是对《齐物论》所说"其形化，其心与
之然，可不为大哀邪"论点的阐发。所说"虽忘乎故吾，吾有不忘者
存"，正是《大宗师》等篇"人相忘乎道术"说的补充和阐发。特别是
第四章所说"至阴肃肃，至阳赫赫，肃肃出乎天，赫赫发乎地，两者交
通成和而物生焉，或为之纪，而莫见其形。……夫天下也者，万物之所
一也。得其所一而同焉，则四支百体将为尘垢，而死生终始将为昼夜"，
这一段文将《德充符》《齐物论》《大宗师》各篇分别说明的道理，都融
合在一起，构成完整的理论相当精辟。这里提出阴阳交通成和而物生的
原则，提出"天下为万物之所一"的原则，而却没有像某些篇章专门赞
颂"道"的玄妙，这是庄子早期作品的一个特点。

（4）全篇文格，都是用故事问答来讲哲学，基本论点虽多和他篇相
同，但有许多新的比喻和说法。如第一章借了田子方和魏文侯的问答，
引出一个黎工和东郭顺子来，对于东郭顺子的描写，说他"物无道、正
容以悟之，使人之意也消"，最后魏文侯说出了"夫魏真为我累耳"的叹
息。第二章记仲尼见温伯雪子而不言，最后告子路说"若夫人者，目击
而道存矣，亦不可以容声矣"，都是极生动细致的具体描写，和某些章节
中专用抽象词语，叙述所谓"不言之教"者，有显著的区别。又如第九
章记"列御寇为伯昏无人射，引之盈贯，措杯水于其②肘上，发之，适矢
复沓（郭注：矢，去也。箭适去，复歃沓也），方矢复寓（郭注：箭方去

---

① "其"原脱。——编者注
② "其"原脱。——编者注

未至的也，复寄杯于肘上）……于是无人①遂登高山，履危石，临百仞之渊，背逡巡，足二分垂在外，揖御寇而进之，御寇伏地，汗流至踵。"这种想象丰富、极生动形象的描写，更是庄子行文的特色。

大体说来，本篇各章除第五章记庄子见鲁哀公一段，近于战国策士的摹作外，都具有庄子嫡派的风格。具体写作的时代，不易确定。比较可以推证的，是第二章当在《吕氏春秋》以前。第二章记温伯雪子一段，和《吕氏春秋·审应览·精谕》篇所记的故事，约略相同。

《田子方》	《精谕》
温伯雪子适齐，舍于鲁。鲁人有请见之者，温伯雪子曰："不可，吾闻中国之君子，明乎礼义而陋于知人心，吾不欲见也。"至于齐，反舍于鲁，是人也又请见。温伯雪子曰："往也蕲见我，今也又蕲见我，是必有以振我也。"出而见客，入而叹。明日见客，又入而叹。其仆曰："每见之客也，必入而叹，何邪？"曰："吾固告子矣：中国之民，明乎礼义而陋乎知人心。昔之见我者，进退一成规，一成矩，从容一若龙，一若虎，其谏我也似子，其道我也似父，是以叹也。"仲尼见之而不言，子路曰："吾子欲见温伯雪子久矣，见而不言，何邪？"仲尼曰："若夫人者，目击而道存矣，亦不可以容声矣。"	孔子见温伯雪子，不言而出，子贡曰："夫子之欲见温伯雪子久矣，今也见之而不言，其故何也？"孔子曰："若夫人者，目击而道存矣，不可以容声矣。故未见其人而知其志，见其人而心与志皆见，天符同也。圣人之相知，岂待言哉！"

看上述两书内容，知《庄子》对温伯雪子事的本末，叙述最详确。《吕氏春秋》只是节取末段孔子见温伯雪子一节，最后加了几句论断。看他说"故未见其人而知其志……"用"故"字联接引文，正是《吕览》引书的惯例。这一章是《吕氏春秋》以前庄子作品，是没有什么问题的。

按世传《庄子》书，在司马彪五十二篇本、郭象三十三篇本外，有崔撰、向秀的二十七篇本。武内义雄根据《释文》不引崔、向注的地方，推证崔、向本所少者为《天道》《刻意》《田子方》《让王》《说剑》《渔

---

① "无人"原脱。——编者注

父》六篇（《老子与庄子》，第 126 页）。从我们的考证看来，《天道》等五篇，确非庄系遗著，无可怀疑，崔、向本将此数篇删去，确有根据。只是对《田子方》篇也同样不加注解，其根据是什么，就很难理解了。不论如何，这一篇是庄子派遗作的较好作品，是无可怀疑的。

六 《知北游》篇为庄子派作品及其羼乱部分

《知北游》篇在《庄子》外篇中，向来有较高的地位。前人的《庄子》注本，和近人讲《庄子》思想的论文，多对本篇有足够的重视。从全篇内容看来，这种无形的评价，是有道理的。

全篇共十五章，属于纪言体的有四章，如第二（天地有大美而不言）、第六（果蓏有理）、第七（人生天地之间）、第八（不形之形）等节是；属于故事寓言体的有十一章，其中第一（知北游于玄水之上）、第四（舜问乎丞）、第五（孔子问于老聃）、第九（东郭子问于庄子）、第十（妸①荷甘）、第十一（于是泰清问乎无穷）、第十二（光耀问乎无有）、第十四（冉求问于仲尼）等八章，是讲述有关宇宙论和认识论的问题的，和《齐物论》的思想约略相当。第三章（啮缺问道乎被衣）、第十三（大马之捶钩者）、第十五（颜渊问乎仲尼）等三章，都是讲述所谓"至人"之德行的，和《德充符》《养生主》等篇约略相当。大体说来，都对内篇思想有相当的阐发。但有几点，是本篇独具的特色：

（1）本篇虽然基本上是庄子派作品，但第一章有一大段羼杂，必须指出，否则会发生认为是老子派作品的误会。

第一章假设知和无为谓狂屈的问答，都没有得到回答，最后"见黄帝而问焉"，又假托黄帝之言，说明宇宙本体的不可言说，是《庄子》各篇中常见的手法。但本章开首和最末二段，都是记述知和黄帝的问答，忽然在中间插入了"夫知者不言"一大段文，就使知和黄帝的问答不相衔接，而中间插入的话，意思也不相连贯，显然是羼杂进去的。

《知北游》第一章的原文前一段是这样的：

---

① "妸"原作"婀"。——编者注

知北游于玄水之上，登隐弅之丘，而适遭无为谓焉。知谓无为谓曰："予欲有问乎若：何思何虑则知道？何处何服则安道？何从何道则得道？"三问而无为谓不答也，非不答，不知答也。知不得问，反于白水之南，登狐阕之上，而睹狂屈焉。知以之言也问乎狂屈。狂屈曰："唉！予知之，将语若，中欲言而忘其所欲言。"知不得问，反于帝宫，见黄帝而问焉。黄帝曰："无思无虑始知道，无处无服始安道，无从无道始得道。"知问黄帝曰："我与若知之，彼与彼不知也，其孰是邪？"黄帝曰："彼无为谓真是也，狂屈似之；我与汝终不近也"。

后一段是：

知谓黄帝曰："吾问无为谓，无为谓不应我，非不我应，不知应我也。吾问狂屈，狂屈中欲告我而不我告，非不我告，中欲告而忘之也。今予问乎若，若知之，奚故不近？"黄帝曰："彼其真是也，以其不知也；此其似之也，以其忘之也；予与若终不近也，以其知之也。"狂屈闻之，以黄帝为知言。

前后两段，文义非常连贯，而在前段和后段中间，羼入了以下一段：

夫知者不言，言者不知，故圣人行不言之教。道不可致，德不可至。仁可为也，义可亏也，礼相伪也。故曰："失道而后德，失德而后仁，失仁而后义，失义而后礼。礼者，道之华而乱之首也。"故曰："为道者日损，损之又损之，以至于无为，无为而无不为也。"今已为物也，欲复归根，不亦难乎！其易也，其唯大人乎！生也死之徒，死也生之始，孰知其纪！人之生，气之聚也；聚则为生，散则为死。若死生为徒，吾又何患！故万物一也，是其所美者为神奇，其所恶者为臭腐；臭腐复化为神奇，神奇复化为臭腐。故曰："通天下一气耳。"圣人故贵一。

这一段插入的文字，又可分为二节：从"夫知者不言"到"无为而无不为也"是抄袭《老子》书文,所讲的都是圣人治世修身的事理,既和本篇内容无关,也和《庄子》整个学说没有密切的关系。从"今已为物也"到"①圣人故贵一",是又一段,所讨论的是"生死一气"的哲理,和《庄子》《齐物论》《大宗师》等篇的内容互相一致,但和本章所记知和黄帝的问答没有关联,可能是《庄子》他篇中的错简。罗根泽先生曾认此篇是老子派摹作,主要的根据是本章多引《老子》书文。实则《知北游》全篇,除了第一章中"夫知者不言……"数语以外,都和老子派思想作风不是同类。如果知道这中间一大段全是羼入之文,那么本篇是代表老子派还是代表庄子派作的问题,就自然解决了。

（2）《庄子》书中属于庄子派著作,虽多是讲述哲学思想的,但讲的最多的是"全德之人""无心忘世""生死齐一"等偏于人生方面的问题,而不是宇宙根本问题。在前已讨论过的若干篇中,只有《齐物论》和《秋水》篇在宇宙论方面讲的较多,但多半是和人生论混合在一起讲,很少有一章是专讲宇宙根本问题的。在本篇中却有好几章是专以宇宙本体论为中心而讲述的。如"孔子问于老聃""东郭子问于庄子""冉求问于仲尼"等章,分别提出了天地万物的生成本原、"无所不在"的道、物物者和物的关系、未有天地以前的情境等问题,并有思辨的论证和阐发。这种对宇宙根本问题的重视和思辨性的论述,是他篇少有的。

（3）由于老、庄都属于道家,所以自来论者,多以为"道"这一观念,在两家书中,同等重要,并有同一意义。实则《庄子》书中,如前述《逍遥游》《齐物论》《养生主》《大宗师》《达生》等较早②诸篇中,都没有属于形上本体的道这一观念。凡涉及这一概念的道,都是羼杂的章节（所以认为是羼杂的,是根据其他方面的证据,而不是借助于道。如以道为证明则成丐辞）。这一问题已在论《齐物论》《大宗师》篇中详论,可参阅（详见《论庄子内篇的真伪和时代》,《中国哲学史辑刊》第1辑）。在《齐物论》等篇中讲述宇宙根本问题的地方,多用"真宰""造物者""天""未始有始"等名词,代表最根本的东西,而没有提出"道"字来。即在《田子方》篇第四章中,讲述"至阴肃肃,至阳赫赫"

---

① 此处原衍"故"。——编者注
② "早"原脱。——编者注

一节，阐发宇宙变化的道理，相当深刻详细，也没有提出"道"字来。而本篇第四章中说"道可得而有乎"、第五章说"精神生于道""此其道与"，便有一些近于本体的道的意思。特别是第九章说"所谓道，恶乎在？庄子曰：无乎不在，……周、遍、咸三者，异名同实，其指一也。"很显然，这"道"字是代表无所不在的宇宙本体的。这样看来，属于庄子派作品中，把"道"字用作宇宙本体的代词者，以本篇为最明显可信，这是本篇的又一特点。

现在需要说明的是，本篇虽然把"道"当作代表宇宙本体的名词，但和《老子》书、《淮南子》书以及《庄子》书中一部分晚出章节所述道的意义，很不相同。《老子》书中所说的"有物混成，先天地生""道之为物，惟恍惟惚"，《淮南子》所说的"夫道者，覆天载地，廓四方，柝①八极，高不可际，深不可渊，包裹天地，禀受无形"，在那里道像是一种在天地以外或以前可以生天地的具体东西，而本篇第四章说："汝身非汝有也，汝何得有夫道？"五章说："天不得不高，地不得不广，日月不得不行，万物不得不昌，此其道与？"九章说："道在蝼蚁，……在瓦甓，在屎溺"，"周、遍、咸三者，异名同实，其指一也。"十一章说："道不当名。"都是把道当作一种普遍存在于宇宙间的能力和作用，而不是存在于宇宙以前的东西，是一种不当名的假名，而不是一种具体物质。明陶望龄注本篇"物不得先物也"句云："老子言'有物混成，先天地生'，此破其义"（《庄子翼》引。陶说颇有见地，为他注所未及）。究竟是不是破老子义，还须讨论，但这两种对于道的看法和解释，确不相同，是很明显的。本篇各章对道的描写，和《齐物论》等篇所讲宇宙变化的道理，完全符契，所以本篇所用代表宇宙本体的"道"字，虽和《逍遥》《齐物》等所用"道"字的意义不同（那些篇所用"道"字多指道理、原则、普遍意义），而实为庄子派作品。

至本篇具体产生的时代，可以作这样的推测：

（1）从思想的发展上看，"道"字用来代表宇宙本体或动力，并成为各家通用词的时期，一定比各家分别用"真宰""造物者""天""神"

---

① "柝"原误作"析"。——编者注

"未始有始"以及"道"① 等词的时期较晚。如果"道"是老子派所创立，而"真宰""造物"等词是庄子派所创立，那么，用"道"这一名称来讲庄子哲学的《知北游》篇，一定是受了老子派影响以后的庄子派作品。我们知道，在战国晚期，这样意义的"道"字，在儒家书中已经出现。《荀子·解蔽》篇云："夫道体常尽变，一隅不足以举之。"《天论》篇云："万物为道一偏"，这两处的"道"字，已不是孔、孟书中通用的"道"字意义，而是代表宇宙整体的概念。庄子派著作中出现形而上学意义的"道"字，不会比荀子为迟。至少《知北游》篇可以和《荀子》书的《天论》《解蔽》等为同时作品。

（2）从文句的联系和引用上看，本篇中有好多和《庄子》他篇以及《吕氏春秋》相同的语句。如第三章说"形若槁木，心若死灰"，和《齐物论》第一章句相同；第十三章（大马之捶者）说"子巧与？有道与？"和《达生》篇中仲尼问痀偻丈人之语句相同；末章说"哀乐之来吾不能御，其去弗能止"，和《达生》第一章、《田子方》第十章中语句基本上相同。当然，从这些相同的词句上，只能推知这些篇的内容、性质约略相近，还不能确定它们的时代先后。但从本篇的最后一段文中，可以推知本篇产生的大概时代。末章最后说："至言去言，至为去为，齐知之所知，则浅矣。"《吕氏春秋·审②应览·精谕》篇中有此数句。它说："故至言去言，至为去为，浅智之所争则末矣。"《吕览》在这几句以前，加一"故"字，显然是引用他书成语的表示，可见《知北游》这一章（以及和他有相同语句的各篇章），是《吕氏春秋》以前的著作。

总起来说，外篇中《秋水》《至乐》《达生》《山木》《田子方》《知北游》这六篇除少数羼杂的章节外，都是庄子派作品，大抵《达生》的时代较早，《秋水》和《知北游》较晚，但基本上都是《吕氏春秋》以前的作品。

（原载《中国哲学史论文集》第 2 辑，山东人民出版社 1980 年版。在《庄子新探》中为第三章第三节）

---

① 此处原衍"神"。——编者注
② "审"原误作"宙"。——编者注

论《庄子·天下》篇的作者和时代

一

从来注释和考论《庄子》的作者，多数人认为《天下》篇是庄周自作，隐持的理由不外下列两点：第一、是认为《天下》篇的思想精湛，分析细微，一定不是后人所能写作。第二、是认为古书多有自序放在篇末，这一篇在全书最后，对各家都有叙述批判，最后讲到本人，定是庄周的自序。这些理由比较浮泛，不必多加辨析。只有罗根泽先生提出了几点前人没有说过的理由，需要考察一下。

罗氏所持论据约有三点：

（一）《天下》篇中所述庄子学说和庄子本人的学说思想互相一致。

（二）《天下》篇中所述庄周学说，比荀卿、司马迁所说庄周学说，独得要领。

（三）如果《天下》篇是战国末人所作，不应不述及孟子、荀子，更不应不论及邹衍和商、韩之属。①

上述第一论据，大体近似，但这只能成为庄周自作的必要条件，而不能成为充足条件。因为如果是庄周自作，当然和庄子思想相合，但和庄子思想相合的，不必即是庄周自作。第二论据，确是事实，但不能成为庄周自作的理由。因为《天下》篇作者对于先秦各派的知识都相当精博，**像**他叙述墨翟、宋钘、田骈、关尹等派的学说，都很精湛扼要，是历史上少见的文献，可以说《天下》篇所述各派学说，比荀卿、司马迁

---

① 见罗著《诸子考索》，第310—311页。

更得要领的不仅庄子学说，所以也不能成为庄周自作的理由。第三论据，比较具体，但单凭文中是否不提某些学派，就推定它是何时作品，也很不易。因为既是史的论述，一定不能把所有各派完全罗列，一定要有所选择，既有选择，则各人去取详略不能完全相同，这是古今中外一切学术史的通例。所以问题不在于对以前的学派是否有所遗漏，而在于它所不提或省略的是否为必不可少的重要学派，它的去取原则，是否和作者的基本主张互相吻合。从这个角度看《天下》篇对先秦各家的叙述，觉得它不提邹衍和商、韩，正和《荀子·非十二子》①《吕氏春秋·不二》等篇都没有提邹衍、商、韩的理由一样，因为邹衍和商、韩都不是当时的重要学派，在评述哲学思想渊源时，没有提及的必要。既然战国晚期的《荀子》《吕氏春秋》可以提到它嚣、魏牟、儿良、王廖等后世不甚重视的学人，而不提商鞅、邹衍，那末《天下》篇的作者只提尹文、彭蒙、田骈等而不提及邹衍、商、韩就不足为怪了。

　　再看《天下》篇所要评述的学派，有一定的重点，即篇首提出的"天下之道术果恶乎在"的问题。"道术"是什么呢？《吕氏春秋》中有一个解说"田骈以道术说齐，齐王应之曰：寡人所有者齐国也，愿闻齐国之政。田骈对曰：臣之言无政而可以得政。"（《吕氏春秋·审分览·执一》）可见所谓道术者是无政而可以得政之术，至少在田骈及《吕氏春秋》作者一部分人的看法是这样的。这就和商、韩等专言政治的学派有别。《天下》篇开首就提出了"天下之道术果恶乎在"的问题，可见他要论述的是有关学术的问题而不是政治思想的问题，这样法家的申、商自不在讨论之内。至于阴阳家邹衍，在战国时还不成为学术上的重要派别，《天下》篇没有提到他，更不成为可疑的问题了。现在真正成为问题的是《天下》篇作者为什么对于先秦最重要学派的孔子没有评述？为什么不和《尸子·广泽》《吕氏春秋·不二》篇的提法一样，把孔子和老聃、墨翟对比评论，而仅仅提出邹鲁之士来和墨、宋、老、庄诸家并列叙述呢？这就更不是归为庄周自作的说法所能解答。所以我们现在要尽先解决的问题，正和几百年前苏轼、姚鼐等所讨论的问题无大悬殊，即《天下》篇作者的立场究竟属于庄周派嫡系，还是徘徊在儒、庄之间呢？这是讨

---

① 《荀子》书写成时，虽还没有韩非，但申不害、商鞅的法家思想早已形成。

论《天下》篇的作者、时代首先要弄清的问题。

二

在正式讨论这一问题之前，有一些连带次要的问题应先叙述一下，即《天下》篇中有几段文字，很像是从《庄子》他篇或其他书中羼杂而来的。这几段文字在一定程度上打乱了全篇的系统性，可能影响对于作者立场和时代的顺利推测，所以这里先提一下。

按《天下》篇开首先问"天下之道术果恶乎在？"接着回答说："无乎不在。"以下又分别叙述"其在于旧法世传之史"，"其在于诗书礼乐""其在于百家之学"。这几个"其"字，都是直接承述"道术"无乎不在的内容，分别叙述，上下文义关合，明确简要，毫无含糊之处。可是中间忽插入"神何由降？明何由出？……其运无乎不在"一大段，使前后文义不太呼应，而所论问题也不一致。再看全篇分析各家学说，文字精湛，意义确切，而这一段所说，较少确切内容。比如不离于宗、不离于精、不离于真等语中的"宗""精""真"三字，就难确指其区别何在。以前的注家，虽有些勉强的解释，总不能给人以清晰的理解。

再看这一段里的语句，和《天道》篇第一章里的词语，有好多相同。如"六通四辟"一语，不见于他篇，只见于这两篇中。又如圣和王的对举，在《天道》篇第一章和《天下》篇这一段里，数次出现。《天道》篇说："静而圣，动而王。"《天下》篇里这一段说："圣有所生，王有所成。"又如《天道》篇说："此之谓大本大宗"，"以天地为宗，以道德为主。"这一段说："以天为宗，以德为本，以道为门"。以下又说："以仁为恩，以义为理"，"以法为分，以名为表"云云。把道、德、天、神等词和仁、义、礼、乐、名、法等词调和结合起来，这是以《天道》篇为代表的汉初"道家右派"① 的特点，既和《庄子》主要著作中《逍遥》《齐物》等篇的超世思想不同，也和《天下》篇（以下各段）评述各家

---

① 罗根泽先生把外篇中《天地》《天道》《天运》三篇，称为道家右派。我觉得《天道》篇确可定为汉初道家右派；《天地》《天运》两篇，内容复杂，称为道家右派还不符实际。别详拙作《论〈天地〉、〈天道〉、〈天运〉的时代和特点》部分。

之明确分析截然有别。因此，我怀疑这一段可能是他篇断简，因涉"恶乎不在"一语，羼入此篇。

又："诗以道志，书以道事，礼以道行，乐以道和，易以道阴阳，春秋以道名分"六语，马叙伦《义证》谓系古注杂入正文。按上文只讲诗、书、礼、乐，这里忽然增加易、春秋合为六经，显系后人增入。上文三句"其名而在度数者"，"其在于诗书礼乐者"，"其散于天下而设于中国者"，皆同类句法，这里多加此六语，似不相称，马说甚是。

篇末记述惠施学说一节，前人早已提出是另外一篇附加在这里的。按全篇叙述墨、宋、老、庄等派学说，多是隐括学说大意，首先推本于"古之道术有在于是者"，以下用某某闻其风而悦之相接。只有最后叙述惠施学说，不用这一形式，而是详细罗列惠施学说内容，比论述各家更为详尽，显然和以前各节不相一致。

《北齐书·杜弼传》说："弼又注《庄子·惠施》篇。"宋王应麟说杜弼所注是《庄子》逸篇①。日人武内义雄认为《惠施》篇就是《天下》篇最末这一段。② 看来武内所说比较近是。可能古本《庄子》本来另是一篇，也即司马彪五十二篇本中之一篇。后人因它和《天下》篇都是讲先秦学派的，便并入《天下》篇末，杜弼当是根据五十二篇本特为《惠施》篇加注的。

上述三节，疑是本篇羼入的部分。除惠施学说一节对推测本篇的作者时代问题无大关系外，其他二节（"神何由降"一节，"诗以道志"六句）对确定本篇的作者时代问题关涉颇多。

假如"诗以道志"六句不是注文羼入，则《天下》篇的产生，一定在秦代以后。因为"六经"这一名词起源较晚，当荀况时代"易"还未加入经中。《荀子·儒效》篇云："诗言其志也，书言其事也，礼言其行也，乐言其和也，春秋言其微也。"《儒效》篇的次序排列和《天下》篇"诗以道志"六句的形式、内容都很相近。但《儒效》篇独没有提《易

---

① 《困学纪闻》卷10。
② 武内义雄《老子と庄子》。

经》，以后如《礼记·经①解》《淮南子·泰族训②》《春秋繁露·玉杯》
《史记·太史公自序》等篇中，才把易和诗书礼乐一并叙述。可见"易"
之加入六经最早不能早于秦汉之际。上述各书中，《儒效》篇和《春秋繁
露·玉杯》篇中排列的六经次序，和《天下》篇完全相同，所以《天
下》篇这一节如果不是注文羼入，可确定全篇产生于汉初。不过从上下
文义看，马叙伦所说比较近是，多数人同意此一看法，不烦多加讨论了。

这里需要讨论的是"神何由降"一节和《天下》篇作者的关系问题。
自从宋苏轼、王安石以来，好多人根据《天下》篇"徧评百家而不及孔
子"的特点，推测庄周出于儒家，或说是阳道阴儒。清代的姚鼐独说：
"是篇乃《庄子》后序，其意以为道也者本末精相一贯，世之学者得其粗
末耳，若得其本源，则粗末莫能外也。……盖所云圣人君子者，儒者之
所奉教是也。不离于真，则关尹、老聃之博大真人是也，然犹未至极，
若庄生……则独所谓不离于宗之天人者耳。其辞义之不逊如是，而宋贤
反谓《庄子》斯篇推尊儒者甚至，则其于文义有未审矣。"③

姚鼐此论，颇为有识。因为既认此篇是庄周自作，就应当认为这一
篇的思想和庄子全书相协调，就应当从全篇中寻求理据为庄子学说张目。
而全篇中只有"不离于宗，不离于真"等语，和《庄子》他篇较多吻合
（和《天道》篇多吻合，和《逍遥》《齐物》等篇不合），但从全篇文看，
则王介甫、苏东坡的论断有相当道理，因为全篇除这一段外，很多接近
于儒家的观点，至少是和《庄子》全书的观点作风不全融洽。我们不应
为了这是一篇最先讲学术史的精彩④文字，便坚信庄周自序的传统成见而
不顾全篇思想之矛盾。再则，姚鼐所说也有不能说通之处。比如他以为
庄周自居于"不离于宗"的天人，以老聃、关尹为"不离于真"之至人，
那么介于其间的神人又是谁呢？而且《天下》篇对关尹、老聃称为博大
真人，对庄周则惜其"芒乎忽乎，未之尽者"，这样看来，庄周以天人自
居的说法，也不足信。姚鼐的主张本来是回答苏、王的看法的，而这样

① "经"原误作"通"。——编者注
② "训"原省。——编者注
③ 姚鼐《庄子章义》。
④ "彩"原误作"采"。——编者注

解释对于《天下》篇"徧评百家而不及孔子"的疑问，并没有回答。所以这一节的是否羼杂，对于推测《天下》篇的作者和时代问题，有一定的关系。

三

关于上述各节的是否杂羼如何解释，还可详细考虑。现在可以肯定的是：即使"诗以道志"六语是注文羼入，也不能证明《天下》篇产生于荀子以前。即使"神何由降"一段是《庄子》原文，也不能说《天下》篇思想和庄周思想互相一致。

以下从《天下》篇和儒家书的关系中，看一下该作者的立场和时代问题。

《荀子·解蔽》篇云：

> 凡人之患，蔽于一曲而闇于大理。……天下无二理，圣人无二心，诸侯异政，百家异说，则必或是或非、或治或乱。乱国之人、乱家之人，此其成心莫不求正而自为也。妬缪①于道而人诱其所迨也，私其所积，唯恐闻其恶也。倚其所私，以观异术，唯恐闻其美也。是以与治离走而是已不辍也。岂不蔽于一曲而失于正术哉？
>
> 夫道体常尽变，一隅不足以举之，曲知之人观于道之一隅而未之能识也。
>
> 曷为至足？曰圣王也。圣也者，尽伦者也。王也者，尽制者也。两尽者足以为天下极矣。

荀子是战国末期总结各家思想之集大成者，他曾受道家影响，提出了体常尽变的"道"的概念。他的理想人物是"尽伦尽制"的圣王，他所反对的是观于道之一隅的一曲之士。这种倾向和《天下》篇的主张非常相似。《天下》篇说：

---

① "缪"原误作"谬"。——编者注

其数①散于天下而设于中国者，百家之学时或称而道之。天下大乱，贤圣不明，道德不一，天下多得一察焉以自好，譬如耳目鼻口皆有所用，不能通也。犹百家众技也，皆有所长，时有所用。虽然，不该不偏，一曲之士也。判天下之义，析万物之理，是故内圣外王之道，阇而不明，郁而不发，天下之人各为其欲焉，以自为方。悲夫！百家往而不返，必不合矣。后世之学者，不幸不见天下之纯，古人之大体，道术将为天下裂。

《天下》篇所追求的理想是体现"天下之纯"的"内圣外王"之道，所悲叹的是分裂道术往而不返的"百家之说"，"一曲之士"。这和上引《荀子·解蔽》篇所说完全相合，都是战国末期企图综合百家争鸣的一种倾向，而和《庄子》书中发挥自己思想的主要倾向完全不同。

《天下》篇"徧评百家而不及孔子"的问题，确是一个突出的现象。我们看篇首提出"天下之道术果恶乎在"的问题，以下从三个方面分别叙述：第一是"其明而在度数者，旧法世传之史尚多有之"，第二是"其在于诗书礼乐者，邹鲁之士搢绅先生多能明之"，第三是"其数散于天下而设于中国者，百家之学时或称而道之"。这里以旧法世传之史、诗书礼乐和百家之学，三者平列叙述。接着谈到裂天下之道术的是由于百家往而不返，而诗书礼乐不在其内。可见他所向往的"内圣外王"之道，儒家孔子思想就是其中主要内容。它不叙述孔子而以邹鲁之士和百家相对，正是积极推尊儒家的表现。这和庄子思想完全相反。《庄子》主要篇目中有时对孔子是相当称引的②，但那是庄学化了的孔子，而不是讲"内圣外王"、诗书礼乐的儒家孔子。庄子在《逍遥游》《齐物论》《大宗师》等篇中所表现的理想是"上与造物者游，而下与外死生、无终始者为友"，像儒家的"内圣"是他所轻视的，更不用说所说的"外王"了。

按"内圣外王"一语，是儒家思想不是庄子思想，在《庄子》早期

---

① "数"原脱。——编者注

② 如《德充符》鲁哀公问仲尼章、《大宗师》颜回问于仲尼章中，皆以孔子为理想人物。《人间世》篇中的孔子，非庄子作品。参阅拙作《论庄子内篇的真伪和时代》，见《中国哲学史研究论集》第1辑。

篇目中根本没有这一概念。正由于从来认《天下》篇为庄周自作，又以"内圣外王"作为庄子理想，所以产生了好多笼统调和的说法，使思想系统相当混乱。这种发展线索，俟另文论述，这里只说明以"内圣外王"为根据，推论《天下》篇是庄子自作的论据，是不恰当的。

再从《天下》篇对于儒墨的批评看，也和庄子主要思想不同。《庄子》书中属于庄子系统的著作，提到儒墨学派的有《齐物论》《徐无鬼》《列御寇》等篇。

《齐物论》篇说："故有儒墨之是非，以是其所非而非其所是。欲是其所非而非其所是，莫若以明。"

《徐无鬼》篇说："儒、墨、杨、秉四，与夫子为五，果孰是邪？"

《列御寇》篇说："郑人缓也，呻吟裘氏之地。只三年而缓为儒，河润九里，泽及三族，使其①弟墨。儒、墨相与辩②，其父助翟，十年而缓自杀。"

这几篇对于儒墨的批评，都是从相对主义的超是非的观点出发。作者用轻视的态度，认为儒墨的相辩③是无意义的。而《天下》篇却用严肃的态度，从世教的观点出发，对儒墨表示不同的意见。且不说对儒家诗、书、礼、乐推尊态度与庄子思想不合，即从对墨子的态度看，也和《庄子》他篇的态度完全不同。

《天下》篇对墨子的评论是这样的：

> 古之丧礼，贵贱有仪，上下有等，天子棺椁七重，诸侯五重，大夫三重，士再重。今墨子独生不歌、死不服，桐棺三寸而无椁，以为法式。以此教人，恐不爱人；以此自行，固不爱己。未败墨子道。虽然，歌而非歌，哭而非哭，乐而非乐，是果类乎？

这完全从儒家立场世教观点，加以评论。这和《庄子》他篇对生死的态度截然相反。

---

① "其"原脱。——编者注
② "辩"原误作"辨"。——编者注
③ "辩"原误作"辨"。——编者注

《庄子·至乐》篇说："庄子妻死，惠子吊之，庄子则方箕踞鼓盆而歌。……人且偃然寝于巨室，而我嗷嗷然随而哭之，自以为不通乎命，故止也。"

《列御寇》篇说："庄子将死，弟子欲厚葬之。庄子曰：吾以天地为棺椁，以日月为连璧，星辰为珠玑，万物为赍送，吾葬具岂不备邪，何以加此？弟子曰：吾恐乌鸢[①]之食夫子也。庄子曰：在上为乌[②]鸢食，在下为蝼蚁食，夺彼与此，何其偏也！"

把这两篇所述庄子对人死问题的态度和《天下》篇中对墨子薄葬的评论对比一下，觉得相差很远。如果从《天下》篇的观点来看，像《至乐》篇所记庄子妻死箕踞鼓盆而歌，那才是歌而非歌、哭而非哭呢！像《列御寇》篇所记庄子将死时所说的"吾以天地为棺椁，……万物为赍送"等语，那才是"以此爱人，固不爱人；以此自行，固不爱己"呢！所以我们不能轻信传统说法，认为《天下》篇和主张齐死生的《庄子》他篇是同一作者或同派作品。庄子和墨子同是反对厚葬的，但两家的出发点不同，前者是从超生死的观点出发，后者是从节用的观点出发，庄子可以批评墨子，但决不从"古之丧礼，贵贱有仪，上下有等"的观点来批评墨子。所以单从对墨家的批评一点来看，也说明《天下》篇不是庄子嫡派论著，更不能认定为庄周自著了。

总的看来，《庄子》书中凡属于庄周派的篇章[③]，都有一种浪漫超旷的气氛，而《天下》篇的思想，却表现了平实谨严逻辑思维的特点。庄周其人，一方面是一个具有神秘观色彩的唯心论哲学家，一方面又是一个想象丰富、情思飘逸的诗人。而《天下》篇之作者，却是一个分析精湛、善于批评的哲学史家。一个哲学家固然不妨同时也是一个哲学史家，但像庄子这样一个消极厌世、玩世不恭的哲学诗人，似乎不能为也不肯为一个详述事实的哲学史家。特别是评述的观点和他篇的观点不同。所以《天下》篇作者的立场，与其说近于老庄，不如说是介于儒家和庄老

---

① "鸢"原误作"鸦"。——编者注

② "乌"原误作"鸟"。——编者注

③ 别详拙作《庄子研究稿》，稿中论内篇的真伪和时代部分，分别在《中国哲学史研究论集》第1辑和《文史》第7辑发表。

之间；与其说是庄老系统的作品，不如说是受庄老影响很深的儒家系统作品。这是对本篇基本立场的初步看法。

四

至于本篇产生的确切时代，较难论定。大体说来，可从下列几点进行推测。

（一）《史记·太史公自序》中有司马谈"论六家要旨"一段，他把先秦学派分为阴阳、儒、墨、名、法、道六家。先秦提到学派的论文，如《荀子·非十二子》《尸子·广泽》《吕氏春秋·不二》，都是列举一些作者，而没有总称为什么家的。把这些学派的分类固定下来而给予一个某某家的名称，始见于《太史公自序》，可能即是司马谈创造了这个名词。如不始于司马谈，最早也不能先于秦汉之际。从这个线索来看，《天下》篇对各派的叙述还是列举人名而不称为某家，则其产生时代，一定在司马谈之前，似无可疑。

（二）前段曾谈到《天下》篇的思想和《荀子·解蔽》篇的思想，有好多相似之处。现在将两篇内容对比一下，可见《天下》篇的写定，显然在《荀子·解蔽》篇以后。

《解蔽》篇说："诸侯异政，百家异说"，"乱国之君，乱家之人"，又列举了人君之蔽者是夏桀、殷纣等；人臣之蔽者是唐鞅、奚齐等，以下才谈到诸子之蔽。可见荀子所谈的问题是合政治、学术在一起，而偏重于政治，所以论学术的评语附加在论政治的评语之后。而《天下》篇则是以论学术为主要问题，是一篇学术史的雏形，是司马谈以前所没有的。从中外历史文化的发展上看，论政文总在论学文以前，纯粹论学术的文字一般总是从综论政学的文中分离独立演进而来，所以《天下》篇决然在《荀子·解蔽》篇以后。

《解蔽》篇说："此数具也，道之一隅也。夫道者体常而尽变，一隅不足以举之。"这里只有"道"字而没有"道术"二字。"道术"二字，虽早见于《墨子·尚贤上》篇，但在《孟子》《荀子》及《老子》书中，和本篇以外的《庄子》书中都没有出现此词，到了《吕氏春秋》中才多用"道术"二字。如《诬徒》篇说："学术之败也，道术之废也，从此生矣。"《执一》篇说："田骈以道术说齐威王。"可见《吕氏春秋》时代这一名词相当通行。至于"方术"一语，更不见于先秦早期书中。从这些词的引用上看，《天下》篇当在《荀子·解蔽》篇以后。

《解蔽》篇说："圣也者，尽伦者也。王也者，尽制者也。两尽而足以为天下极矣。"荀子在这里把"圣""王"两字分别加以规定。《天下》篇所说的"内圣外王之道"，是把尽伦之圣和尽制之王合而为一的术语，像是前说的综合推演。

（三）更从时代的趋势来看，学术的演进，一定要发展到相当程度，才能产生类似于学术史的著述。一般是先有创造，后有批评，再由批评而趋于综合，这当是世界的通例，而先秦学术的发展，更是这种发展的典型。

先秦学术思想，大致可分为三个段落：从春秋末到战国初期，是中国社会大变革的时代。孔墨显学的创立，正反映了这个变革。

到战国中期，儒分为八，墨离为三。像宋钘、杨朱、孟轲、田骈、惠施、庄周、陈仲、许行等人，无不独抒己见，各放异彩①。这反映了东方奴隶制瓦解，各种自由民阶层兴起的特点，是百家争鸣的灿烂时期。

中期以后，随着地主阶级的形成，学术思想也由创发而进于批评，由华茂而进于平实。到战国末期，随着社会政治的发展趋向，学术思想上也提出了综合的要求。荀子正当稷下初散、争鸣狂潮渐低之时，担负起批评各家的任务。《解蔽》篇的主张正是代表这样由批评而综合的过渡。

这以后像《吕氏春秋》的著述结构和部分内容，像《易·系辞》所说的"天下殊途而同归，一致而百虑"，以及汉初司马谈所说的"因阴阳之大顺，采儒墨之善，撮名法之要"等提法，都是这种趋势下的产物。

从这种趋势看，《天下》篇所说"百家皆有所可，时有所用"，"百家往而不返，必不合矣"等论点，显然和《易·系辞》及司马谈的态度十分接近。

据此可以推定《天下》篇的制作，当在司马谈以前、荀子以后，最早可与《吕氏春秋》相接。《吕氏春秋》成书于始皇八年（前239年），

---

① "彩"原误作"采"。——编者注

那么《天下》篇约当为秦汉之际的作品。

司马迁说他父亲学道论于黄子，曾有人说黄老之学的黄，是黄子而不是黄帝，如此说可信，黄子乃是道家学派中的重要人物。司马谈说的道家，不是原始的老庄学说，而是采各家之长的综合学派。如果从司马谈论六家要旨的渊源上看，《天下》篇也可能是讲道论的黄子或其前辈采取战国末年儒道两家绪论而成的。《天下》篇中所述，可能包括黄子道论中的一部分内容，当然这只是一种臆测，不能成为论据。比较可以肯定的，只是《天下》篇的作者是一位受老庄影响很深的儒家，成书时代在荀子以后、司马谈以前而已。

本文写成后，看到谭戒甫先生《现存〈天下篇〉研究》的文章。[①]谭先生认为《天下》篇除"惠施多方"以下为《惠施论》外，其余即是淮南王《庄子略要》之改名。从时代上看，也有这样可能，但考他书所引《庄子略要》篇文，及淮南王自己作的《淮南子·要略》中的思想，似和此说不相符合。

淮南王《庄子略要》，前代人多不注意。清俞正燮根据《文选》谢灵运《入华子岗诗》、江文通《杂体诗·拟许征君》、陶渊明《归去来辞》、任彦升《齐竟陵王行状》注，并引淮南王《庄子略要》曰："江海之士，山谷之人，轻天下细万物而独往者也。"又并引司马彪曰："独往任自然，不复顾世。"推知五十二篇本的《庄子》中有淮南王《庄子略要》一篇，并有司马彪注，认为是《庄子》逸篇之一，其说甚是。[②]

但此篇虽系《庄子》五十二篇之一，却不是《天下》篇之改名。因《文选》注所引"江海之士"云云，在今《天下》篇中并无此文，文风也不相近。又《文选》张景阳《七命》注，引"淮南王《庄子后解》曰"云云，日人武内义雄认为淮南王《庄子后解》和《庄子略要》二篇，即是《释文》所说《庄子》内篇七、外篇二十八、杂篇十四、解说

---

① 见《中国哲学史论文初集》。

② 见俞正燮《癸巳存稿》卷12《庄子司马彪注辑本跋》。姚振宗《汉书艺文志条理》也引《文选》此注。但姚不知《庄子略要》是《庄子》篇目，因疑在《淮南子》外三十三篇中。孙冯翼《辑司马彪庄子注序》，谓"自属《庄子》逸篇"，但又从淮南王书中查考引文，亦误。

三中之《解说二》篇①。《解说》是淮南王所作，和《庄子》书中的内、外、杂篇不同。《天下》篇是杂篇之一，不是《解说》，所以不可能是《天下》篇之改名。

再看淮南王及其门客自己作的《要略》② 中，基本上是对《淮南子》各篇内容的提要说明，最后综说各派产生的历史渊源背景，所引各派有太公之谋、儒者之学，和墨子、管、晏、申、商等家，儒家和诸子并列。而现在的《天下》篇，并没有《庄子》各篇的提要说明，叙述各家时，孔子不在其内，都和《淮南子·要略》的态度不同。所以断《天下》篇为《庄子略要》的改名，证据还嫌不够。

一九六三年写成，七九年后记

（原载《中国哲学》第 4 辑，生活·读书·新知三联书店 1980 年版。在《庄子新探》中为第四章第四节）

---

① 武内义雄《老子与庄子》，第 123 页。
② "要略"原误倒。——编者注

论《庄子》中《骈拇》《马蹄》《胠箧》三篇的特点和时代

　　自从苏轼提出《庄子》中《让王》《盗跖》等四篇不是庄周作品的议论后①，明清时代的学者如罗勉道、焦竑②、李贽、王船山③、姚鼐④等人，都对《庄子》外、杂篇的作者和产生时代，提出过不同的怀疑和推测。近代一般治诸子学者多数人认为外、杂篇不是庄周作品，但对于这些篇中究竟哪些绝对不是庄子作品，哪些可能是庄子后学的作品，哪些是道家别派或非道家的作品，是不是其中也有一些和庄周时代较近的作品，都还没有提出多少具体明确的论断。近人罗根泽氏和日人武内义雄氏对《庄子》外、杂篇进行了"探源"和分类工作，取得了相当的成绩，郭老的《十批判书》对这一研究又推进一步，但有些争论未决和论证简略的问题，还需要继续探讨。

　　武内氏分《庄子》外、杂篇为五部分：

　　第一部分包括《至乐》《达生》《山木》《田子方》《知北游》《寓言》《列御寇》七篇，认为是庄子之⑤后弟子所作。

　　第二部分包括《庚桑楚》《徐无鬼》《则阳》《外物》四篇，认为是比庄子稍晚的后学之作。

　　第三部分包括《骈拇》《马蹄》《胠箧》和《在宥》上半篇，认为成

---

　　① 《东坡全集·庄子祠堂记》。

　　② 焦竑《庄子翼》。

　　③ 王说见《庄子解》。

　　④ 姚鼐《庄子章义》。

　　⑤ "之"原误作"直"。——编者注

于齐王建时代。

第四部分包括《在宥》下半篇，《天地》《天道》《天运》《秋水》《刻意》《缮性》《天下》七①篇半，认为成于秦汉之际。

第五部分包括《让王》《盗跖》《说剑》《渔父》四篇，认为是秦、汉之际别派作品②。

罗根泽氏分外、杂篇为十一类：

（1）论《骈拇》《马蹄》《胠箧》《在宥》为战国末年左派道家所作。

（2）论《天地》《天道》《天运》为汉初右派道家所作。

（3）论《刻意》《缮性》疑为秦汉神仙家所作。

（4）论《秋水》《达生》《山木》《田子方》《寓言》为庄子派所作。

（5）论《至乐》《知北游》《庚桑楚》为老子派所作。

（6）论《徐无鬼》《列御寇》疑为道家杂俎。

（7）论《外物》为西汉道家所作。

（8）论《则阳》为老庄混合派所作。

（9）论《让王》《渔父》为汉初道家隐逸派所作。

（10）论《盗跖》为战国末道家所作。

（11）论《天下》篇疑为庄子所作③。

武、罗两氏的分组，都有一定的根据，但也有许多不妥的地方。如武内把《秋水》篇和《刻意》《缮性》等篇归为一类，显然错误；罗氏认《天下》篇为庄子自作，也没有摆脱传统束缚。笔者论证内篇时，已提到《庄子》每篇中各章的内容往往互不一致，外、杂篇中更多参差，所以笼统将某些篇归为一类，也有容易歧混之处。④ 现拟据每篇基本内容，并依原书次序，将外篇分为三组讨论，即：《骈拇》《马蹄》《胠箧》三篇为一组，《在宥》《天地》《天道》《天运》《缮性》《刻意》六篇为一组，《秋水》《至乐》《达生》《山木》《田子方》《知北游》为一组；将杂篇分为四组讨论，即：《庚桑楚》《徐无鬼》《则阳》《外物》为一

---

① "七"原误作"八"。——编者注

② 武内义雄《老子と庄子》。

③ 罗根泽《诸子考索》。

④ 参阅拙作《论〈庄子〉内篇的真伪和时代》，载《哲学研究》编辑部编《中国哲学史论辑》第2期。

组,《列御寇》《寓言》二篇为一组,《让王》等四篇为一组,《天下》篇
为一组。每篇分组的理由和需要分别论列及商讨的地方,在讨论中随文
提及,不再概述。以下是对《骈拇》《马蹄》《胠箧》三篇的分析考查。

———

《庄子》外篇中《骈拇》《马蹄》《胠箧》三篇,不论从思想、文体
哪一方面看,都和内七篇有显著的不同。

大体说来,(1)内篇《逍遥》《齐物》等篇所谈的问题,是关于宇
宙论、知识论上的问题,而这三篇所谈的问题是关于政治、社会的问题。
(2)《逍遥》等篇主要是发抒超脱现实的主观幻想,企图用相对主义、神
秘主义的方法泯除是非,而这三篇是激昂慷慨地辩论是非,对现实社会
加以正面的抨击。(3)《逍遥》等篇虽不赞成仁义圣知,但没有积极[①]
"绝圣弃知"的词语,而这三篇则直接非毁仁义礼乐。(4)在文体方面,
《逍遥》等篇是集合若干章节汇萃成篇,其中多以描述人物故事为主,通
过故事表现思想,极富于文学创作的风趣。这三篇则通体一章,首尾一
贯,纯粹是论著体裁,在《庄子》全书中[②]独具特色。苏舆说"文体直
衍,不类内篇汪洋诙诡"[③],大体是适当的。(5)再从个别字句看,《骈
拇》《胠箧》二篇,都有"自三代以下者""尝试论之"的提法,说明是
同一人或同一派的手笔,而这种词句,是内七等篇所绝对没有的。

总之,不论从内容、形式哪方面看,都和《逍遥》等篇及《天下》
篇所谈的庄周作风很不相同。这是多数注《庄》家共有的看法。

但对于这三篇产生的具体时代则所见不同。除了墨守传统说法认为
是庄子作品者外,仍有不同的推测。明焦竑根据《胠箧》篇"齐田成子
一旦杀齐君,十二世而有齐国"的论述,认为是"秦末汉初之言"[④]。清
姚鼐和近代武内义雄、罗根泽等,认为是齐王建时的作品。笔者认为后

---

① "积极",后改为"提出"。——编者注
② "中"原脱。——编者注
③ 王先谦《庄子集解》引。
④ 焦竑《庄子翼》。

一说法比较确当，但两氏所举论证，都较简略。兹从下列几方面的理由，断定这三篇应是秦末①统一以前、齐王建时的作品，它不可能产生在庄周时期或晚至秦汉时代：

第一，《骈拇》三篇，固然不是庄子派嫡系作品，但和道家思想有一定的联系。这里有"性命之情"一词，就是战国晚期道家系思想中的一个术语。《骈拇》篇说："彼正正者，不失其性命之情。"②又说："吾所谓臧者，非所谓仁义之谓也，任其性命之情而已矣。"和这三篇最相近的《在宥》篇第一章里也说："何暇安其性命之情哉？"可见"性命之情"一语是这几篇中一个中心概念。"性命"二字，在《尚书》《论语》中已是重要概念，《孟子》中更将"性命"二字对照讨论。但把"性命"二字集合起来成为一个词的，在战国前他书里没有见过。究竟儒家的"性命"概念，什么时期影响了道家思想，两家所指"性命"意义有什么不同，且不暇论及。这里可以肯定的是在道家《老子》书中只有表示本性的"德"字而没有"性"字，在《庄子》内七《逍遥》等篇中，有代表本性的"真君""灵府""灵台"等词，也没有"性命"一词。只在《达生》篇第一章里，才有"达生之情者""达命之情者"两语，又有"始乎性，长乎命"的语句，这可能是《庄子》书中"性命"二字最早的出现。按照一般规律，复合的名词总比单一的名词产生较晚，如"仁义"二字，在《论语》和《墨子》里，是两个独立的单词，到《孟子》书里，便成为常用的复合名词。正如"仁义"一词形成的过程一样，"性命之情"一词，也一定在"性""命"二个单词形成③以后才通用起来。所以《骈拇》等篇一定产生于《达生》以后。前论内篇真伪及区别《庄子》各篇时代的标准时④，已提到《吕氏春秋》引用庄子说，见于外篇《达生》篇，证明《达生》产生较早，现在再看一下《吕氏春秋》中引用"性命之情"一词的情况。

《吕氏春秋·孟春纪·重己》篇云："有慎之而反害之者，不达乎性

---

① "末"原误作"末"。——编者注

② 俞樾说："上'正'字乃'至'字之误"。

③ "形成"原脱。——编者注

④ 参阅拙作《论〈庄子〉内篇的真伪和时代》，载《哲学研究》编辑部编《中国哲学史论辑》第 2 期。

命之情也。"

《先识览·观世》篇云:"先见其化而已动,达乎性命之情也。"

《有始览·谨听》篇云:"耳之可以断也,反性命之情也。"

又云:"今夫惑者,非知反性命之情。"

《审分览·知度》篇云: "君服性命之情,去爱恶之心,用虚无为本。"

《似顺论·有度》篇云:"诸能治天下者,固不必通于性命之情者。"

又云:"通乎性命之情而仁义之术自行矣。"

从《吕氏春秋》屡次用"性命之情"一词看来,可说明《吕氏》成书时,这一词已成为当时通用术语。由此推证《骈拇》等三篇,至早和《吕氏春秋》著作时代约略相当。

第二,《胠箧》篇中有一段讲盗跖的文字:

> 故盗跖之徒问于跖曰:"盗亦有道乎?"跖曰:"何适而无有道邪? 夫妄意室中之藏,圣也;入先,勇也;出后,义也;知可否,知也;分均,仁也。五者不备而能成①大盗者,天下未之有也。"

《吕氏春秋·仲春纪·当务》篇也有近似的②一段,除了个别字不同外,基本上是一致的。③

从两书的上下文义看,都很连贯,都没有掺杂抄袭的显明痕迹。

从两书的体例看,《胠箧》和《骈拇》《马蹄》等篇的体例一样,是自己创立议论,而《吕氏春秋》的全书体例,都是引证他书加以解说。单从这一点看,也可以说《吕览》是引证《庄子》。但《吕氏春秋》这一段以下接着说:"备说非六王五伯……下见六王五伯,将敲其头矣。"而这几句很具体的论述,《胠箧》篇里没有,杂篇《盗跖》篇里也没有,可见《吕氏》别有所本。《胠箧》篇虽然通体是创立议论,但这一段开首

---

① "成"原脱。——编者注

② "的"原无。——编者注

③ 《胠箧》"何适而无有道邪",《吕览》作"奚适其有道也";《庄子》"知可否",《吕览》作"知时";《庄子》"五者不备"句,《吕览》作"不通此五者";《庄子》"天下未之有也",《吕览》作"天下无有也"。

便用"故"字引出盗跖之徒的问答，以下说："由此观之，善人不得圣人之道不立……"也是引述事例证明其立说的。这样看来，这一段论"盗亦有道"的故事，是当时的通行的传说，《胠箧》作者和《吕氏春秋》都是引自他书，但《胠箧》作者更近于盗跖的立场，是两书的差异。从引书的情况看，《胠箧》和《吕氏春秋》的时代也约略相当。

第三，《骈拇》三篇和《在宥》中第一章，都有对于杨、墨、曾、史的评述。明焦竑说："曾、史、盗跖与孔子同时，杨、墨在孔后孟前，《庄子》内篇三卷，未尝一及五人，则外、杂多出后人可知。"① 焦竑根据《庄子》外篇中提到曾、史等五人，推证外、杂篇为后人所作，有一定的道理，但所论不够准确。因为外、杂篇中引述曾、史、杨、墨的只有《骈拇》等三、四篇，至于《秋水》《至乐》《庚桑楚》《则阳》等篇，则都和内篇相同，没有提到这五人。再则杨、墨、盗跖在《孟子》书里都论述过，单从这一点看，也不能推定其产生时代。只有曾参、史鳅两人，虽然都是春秋时人，但在战国中期的著作中，即使在儒家的《孟子》《荀子》里，也都没有把这两人并称的例子。而在战国晚期的《韩非子》里，才屡次有这样的提法。如：

《六反》篇说："虽曾、史可疑也。"

又说："不知则曾、史可疑于幽隐。"

《八说》篇说："修孝寡欲为曾、史。"

《守道》篇说："立法非所以避曾、史也。"

可见韩非子时代，有把曾、史二人连称，用作代表品德廉孝的惯例。特别是往往引此二人，作为说明其他问题的对比，而不是对曾参、史鳅二人作正面叙述，积极地加以宣扬称赞，这和《骈拇》等篇的提法相同，说明这三篇的写作和《韩非子》的时代约略相当。

第四，再从和《老子》书的关系来看，也和上述时代相符。自来论《庄子》者，多认为这几篇和《老子》的关系相当密切。如苏舆说："《骈拇》下四篇多释《老子》之义。周虽悦老风，自命固绝高，观《天下》篇可见。四篇于申、老外，别无精义，盖学庄者衍老为之。"② "学

---

① 焦竑《笔乘》卷 2。

② 王先谦《庄子集解》引。

庄者衍老为之"的说法，是否妥确，还待详论；但这几篇和《老子》的关系密切，是相当明显的。从《庄子》书和《老子》书在文句上的关系看来，大体有三种类型：一种是各自立说，看不出显然的联系，如《逍遥》《齐物》等篇；一种是思想上有相当联系，也有些相同的语句，但在《庄子》中文气连贯，天衣无缝，很难确指是引用今本《老子》书的，如杂篇中《庚桑楚》篇；另一种是两者间显然有相同语句，在《庄子》文中，明显是引用成语而又确在今本《老子》中者，如现在讨论的《胠箧》篇即是其例。

按先秦书中分明是引证《老子》书文句，而确实可信的，除《庄子》书不论外，以《韩非子》《吕氏春秋》两书为最早。①

《吕氏春秋·先识览·乐成》篇说："大智不形，大器晚成，大音希声。"这是引今本《老子》十一章；《制乐》篇说："故祸兮福之所倚，福兮祸之所伏。"是引《老子》五十八章；《君守》篇说："故曰：不出于户知天下，不窥于牖而知王道，其出弥远，其知弥少。"是引《老子》四十七章（其他语意相似而和今本《老子》不尽符合的，暂不论列②）。说明《吕氏春秋》成书时，类似于今本《老子》的书，确已存在，但吕书引《老子》时，都是只称"故曰"或"故"字，而没有一条是明称"故老子曰"的。③ 吕书不称"老子曰"的原因，究竟是由于《老子》书是当时习知通行的经典，因此引述时不必明指，还是因为当时这本书，还没有定为是老聃遗著，这里不加讨论。现在要肯定说明的是当吕氏著书时代，当时有一部分作者，引证此书时，确有只称"故"或"故曰"而不称"老子曰"的惯例。而我们要讨论的《胠箧》篇，正和《吕氏》引《老子》的惯例相同。如它说："故曰：鱼不可脱于渊，国之利器不可以示人。"是引今本《老子》三十六章；又说："故绝圣弃知，大盗乃止。"又说："故曰：大巧若拙。"这二条都是引今本《老子》四十五章。

这里三次引了今本《老子》的语句，都是只称"故"或"故曰"而

---

① 《太平御览》513 载墨子曰："老子曰"云，极不可信。《战国策·齐策》颜斶引《老子》也较早，但《战国策》的内容多有附会，该书写成的时代也不好确定。

② "列"原误作"例"。——编者注

③ 顾颉刚《从〈吕氏春秋〉推测老子之年代》，见《古史辨》第 4 册。

不称"故老子曰"。

所以从引《老子》书的惯例看来，这三篇的产生时期和《吕氏春秋》成书时代，也约略相当。

二

从这三篇所反映的时代形势及所引的史实看来，也确具战国晚期的特色。

第一，近世考证《老子》者，曾有人指出"取天下"的词语不是春秋时人语气，虽然有人表示反对，但不能否认它所具有的真理。大抵先秦较古书籍，凡是讲述当时四海以内或泛指世界性事物的，多称"天下"；凡是讨论政治治乱等事的，多称"邦"或"国"。因为当时社会本以列国为政治中心，所以立言论事，不能脱离时代影响。因此，战国中期以前之书，很少有"平天下""取天下"等词语。而《骈拇》等三篇的立论，则都以天下为对象，很少以邦和国为对象的。如《骈拇》篇用"天下"一词，共有十次；《马蹄》篇用了六次，《胠箧》篇共用二十四次。可见它们所针对的形势和问题，已经不是局部的列国了。特别是《胠箧》篇中引了"故曰：国之利器，不可以示人"一语后，接着说："彼圣人者天下之利器也。"显然是用当时问题中心的"天下"来诠释引语中的"国之利器"，是时代较晚的明证。但篇中又说："足迹接乎诸侯之境，车轨结乎千里之外，是上好知之过也。上诚好知而无道，则天下大乱矣。"可见作者所处之时代，一方面还有千里之外的诸侯之境，一方面已有使天下大乱的"无道"之"上"；这恰恰反映了六国残破未尽而秦已有混一天下趋势之时代。姚鼐云："此人乃有慨于始皇，故言最愤激。"[①] 姚说相当正确。从上述论据和全篇精神看来，这几篇作于始皇行将统一之时，是比较可信的。

第二，在《庄子》全书中，多数是空语无事实的荒唐寓言，所以考证家很难依据所述人物时代，推证史实。只有《胠箧》篇中有一段确切反映具体历史事实的记述：

---

① 姚鼐《庄子章义》。

田成子一旦杀齐君，十二世而有齐国。

以前的注《庄》家，因相信全书皆庄周自作，所以对这一段产生了好多曲说。如《释文》云："十二世，自敬仲至庄子九世，知齐政。自太公至威王三世，为诸侯"，目的是说明庄周和齐威王同时。从齐威王以上推算，必须到陈敬仲才够十二世。但《胠箧》篇明说："田成子一旦杀齐君，十二世而有齐国"，如何能推到陈敬仲之前？俞樾感到《释文》的说法不通，便说："疑《庄子》原文作'世世有齐国'。"① 马叙伦也说："'十二世'乃'世'字的烂文。"② 但古书上这样的句法非常之多。如《吕氏春秋·仲冬③纪·长见④》篇云："其后齐日以大，至于霸，二十四世而田成子有齐国。"高诱注云："田成子弑简公，适二十四世也。"可见古书中明指世数者，多有确据，难道《吕览》原文"二十四世"也可改为"世世而田成子有齐国"吗？而且无论是倒文、烂文，断不会和真实的历史恰巧符合。只有焦竑和姚鼐能破除旧说，认为十二世即至齐王建之时，可谓有识。不过姚鼐囿于《竹书纪年》不如《史记》的成见，不取《纪年》中所载齐之世系，而谓"田常至王建十世，上合桓子无宇、釐⑤子乞为十二世"，这就和《释文》所说不符于原文的情况，没有什么分别了。钱穆氏按司马贞《索隐》引《纪年》世系，自田成子至王建，正是十二世，与《庄子·胠箧》和《鬼谷子》都相符合，所以本篇当⑥作于齐王建时，有本文内证，不必多加曲解了。

齐王建于秦昭襄王十三年（前264）即位，始皇二十六年（前221）为秦所虏，他在位期间正是始皇行将统一六国之时。从前举各证看来，这几篇和《吕氏春秋》写作时代约略相当，《吕氏春秋》作于始皇八年（前239），正当齐王建在位后期，这样，各种证据互相符合，所以可确定为始皇统一六国前的作品。旧说认为庄子自著，固甚错误，而焦竑认为

---

① 俞樾《古书疑义举例》。

② 《庄子义证》。

③ "冬"原误作"春"。——编者注

④ "见"原误作"贝"。——编者注

⑤ "釐"原误作"厘"。——编者注

⑥ "当"原无。——编者注

是秦末汉初之言，也不够正确。

罗根泽氏说这几篇是道家左派所作，大体是对的。不过所谓左派道家，应该包括些什么内容？具体产生的情况如何？还需要综看道家各派发展趋势，才能论证。这些留待综论道家各派思想发展时，另篇再述。

（原载《河北师院学报》1981 年第 2 期。在《庄子新探》中为第三章第一节第一小节）

论《庄子·庚桑楚》篇的
特点及其与《老子》书的关系

一

《庚桑楚》篇，诸本分 19 节，除第 1 章篇幅较长外，其余各节多为简短记言即所谓"博引而泛记"之类，也许这就是称为"杂篇"的原因之一。但各节的内容有一定的联系，所以王船山《庄子解》将第 1 章以后的 18 节，分为 6 章。近年中华书局整理的《集释》本，也并为 3 章，比旧本的分段较为整齐。为了便于考索，依中华本的分章依次讨论。

《庚桑楚》篇第 1 章记述老聃的弟子庚桑楚拒绝畏垒之民的推尊，批评了尧舜的治化，又让弟子南荣趎南见老子，受到老聃的一番教训，讲出许多"卫生之经"的玄远道理。这和内篇中《逍遥游》等篇特别是《德充符》篇的体裁内容基本一致，都是借故事人物宣说其全生葆真的思想。其中有和内篇相同的语句，如"南面而不释然"句，也见《齐物论》篇第 4 章（尧问于舜）；"身若槁木之枝而心若死灰"句，也见《齐物论》第 1 章和外篇《田子方》《知北游》篇（这两篇都是庄子嫡派）。另有"百姓猖狂不知所如往"句，和《在宥》篇中"云将东游"一章中的句子相同。而该章在《在宥》篇中，比其他各章都有早出的证据（详外篇考论）。可以说《庚桑楚》篇第 1 章是和《庄子》中较古篇如《齐物论》等篇为同类作品。更可注意的是其具有《齐物论》等篇所没有的特色，即篇中有对于现实社会的尖锐批评，和与《老子》书的密切关系。这两点对于评价本篇有很大的启发意义。

前述《庄子》中可信诸篇如《逍遥游》《齐物论》《大宗师》《达

生》等篇，主要是讲宇宙变化、知识是非、内心修养等哲学问题，而没有对现实社会的具体批评。其他像外篇中的《骈拇》《马蹄》等篇，主要是对现实社会政治为激烈的攻击批评，而没有讲至人修养等哲学问题。《庚桑楚》篇第 1 章则对于这两方面都有论评，而且讲的深刻蕴藉，文辞和理论都体现了《天下》篇所说的庄周作风。

王船山说：

> 杂篇言虽不纯，而微至之语，辄能发内篇未发之旨。盖内篇皆解悟之余畅发其博大精微之致。而所从入者未之及，则学庄子之学者必于杂篇取其精蕴，诚内篇之归趣也。（《庄子解》）

王船山所说的"所从入者"，应该包括形成庄子思想的社会原因和理论步骤。《庚桑楚》篇对这两方面都有提示。篇末几章的简隽记言，很像是构成内篇理论的原始笔记。第 1 章说：

> 全其形生之人，藏其身也，不厌深眇而已矣。

又说：

> 不知乎？人谓我朱愚。知乎？反愁我躯。不仁则害人，仁则反愁我身；不义则伤彼，义则反愁我己。我安逃此而可？

这里表明他的处世态度和内心矛盾，显然是促成他脱离现实走向逍遥、齐物哲学的第一步骤。

第 1 章中又说：

> 举贤则民相轧，任知则民相盗。之数物者，不足以厚民。民之于利甚勤，子有杀父，臣有杀君，正昼为盗，日中穴阫。吾语汝，大乱之本，必生于尧舜之间，其末存乎千世之后，千世之后，其必有人与人相食者也。

这里所观察到而加以抨击的社会政治，是形成那一套避世玄想的社会原因。这种批评社会的理论，在《骈拇》《胠箧》等篇中有详尽的发挥（《骈拇》等三篇晚出于秦统一前夕，已证如前）。但这种思想，并不是到战国晚期才出现，而是和避世无为、重天轻人思想同时而有的。正因为不满于现实社会，才产生轻世重生思想，两种态度本有内在联系而非后来的混合，只是随着社会斗争的演进，有一部分人专向内心修养上努力，另一部分人向评论政治社会方面发展，所以这种既谈修养兼评社会的文字，应为《庄子》书中较早的可信作品。

本章的第二特点是和《老子》书的关系相当密切。从《庄子》全书和《老子》书的关系看来，有几种不同的情况。除了各成体系，看不出明显的相互关系，如《逍遥游》《齐物论》几篇典型的《庄子》外，约有四种类型：

（1）明引《老子》而称"老聃曰"且见于今本《老子》，如《天下》篇、《寓言》篇是。（《天下》篇引"知其雄，守其雌，为天下谿；知其白，守其辱，为天下谷"，见今《老子》28章。《寓言》篇引"大白若辱，盛德若不足"，见今《老子》41章）。

（2）明引《老子》而但称"故"或"故曰"者，如《胠箧》篇、《在宥》篇（第2章）和《知北游》中羼杂部分是。《胠箧》篇引"鱼不可脱于渊"句见今本《老子》36章，又引"绝圣弃知"句见今本《老子》19章，引"大巧若拙"见今本《老子》45章。《在宥》第2章（崔瞿问于老聃）引"绝圣弃知"上加"故曰"见今本《老子》19章，又引"贵以身于为天下，则可以托天下；爱以身于为天下，则可以寄天下"上加"故"字见今本《老子》13章。《知北游》引"失道而后德，失德而后仁，失仁而后义，失义而后礼。礼者，道之华而乱之首也"加"故曰"见今本《老子》38章，引"为道者日损，损之又损之，以至于无为，无为而无不为也"加"故曰"见今本《老子》48章，又引①"圣人行不言之教"加"故"字见今本《老子》2章。

（3）明有和《老子》相同语句，而不称"故"或"故曰"或"故老子曰"，而称"大成之人曰"者，如《山木》篇是。《山木》篇说："昔

---

① "引"原脱。——编者注

吾闻之大成之人曰：自伐者无功，功成者堕，名成者亏，孰能去功与名而还与众人？"（此段《管子·白心》作"还与众人同"，甚是。）见今本《老子》24 章，作"自见者不明，自是者不彰，自伐者无功"。

（4）明有和《老子》书相同语句，而在《庄子》书中夹在其他文句中，语气一贯，没有引文形式，文前也没有"故"或"故曰"等字。如《在宥》篇"云将东游"章有"万物云云，各复其根"句，和今《老子》16 章"夫物芸芸，各复归其根"句略同；《达生》篇末章有"为而不恃"句，略同于今《老子》第 2 章句；有"长而不宰"句，见今《老子》51 章；《田子方》篇（"肩吾问于孙叔敖"章）有"既以与人，己愈有"句，见今本《老子》81 章，作"既以为人，己愈有；既以与人，己愈多"；《胠箧》篇有"当是时也，民结绳而用之，甘其食，美其服，乐其俗，安其居，邻国相望，鸡犬之音相闻，民至老死而不相往来"句，和今《老子》80 章语相同，均无"故"或"故曰"字。

以上所说，除第 4 类外，无论其称"故老子曰"或仅称"故曰"或称"大成之人曰"，都显然是《老子》书或相当于今本《老子》书的古经典形成以后的文字。而《庚桑楚》第 1 章中凡《老子》书中有关人生修养如全生葆真，以婴儿为法等观念，都具备了，并且明引"老子曰"云云，见今本《老子》10 章和 55 章，但对勘两书，看不出是引《老子》书文，而反有老在庄后的嫌疑，这是一个不好理解的疑点。

兹将《庚桑楚》首章和《老子》55 章及《老子》第 10 章文分列于后以资比较：

《老子》55 章	《庄子·庚桑楚》
含德之厚，比于赤子，蜂虿虺蛇不螫，猛兽不据，攫鸟不搏，骨弱筋柔而握固，未知牝牡之合而脧①作，精之至也。终日号而不嗄，和之至也。知和曰常，知常曰明，益生曰祥，心使气曰强。物壮则老，谓之不道，不道早已。	老子曰：卫生之经，能抱一乎？能勿失乎？能无卜筮而知凶吉乎？能止乎？能已乎？能舍诸人而求诸己乎？能翛然乎？能侗然乎？能儿子乎？儿子终日号而嗌不嗄，和之至也；终日握而不掜，共其德也；终日视而目不瞚，偏不在外也。行不知所之，居不知所为，与物委蛇，而同其波。是"卫生之经"已。

① "脧"原误作"全"。——编者注

《庚桑楚》此一段文，上下浑然一气，辞意都很自然，没有杂羼凑辑的嫌疑，也不是援引他文证明自己的理论，和《胠箧》篇的引《老子》书称"故曰"者不同。《老子》书55章的前几句，也很明顺自然，但从"知和曰常"句以下，和上文关涉较少，似有抄辑成文之嫌。究竟此文与《老子》书55章文孰为先后，涉及《老子》书著作之时代和取材来源问题，非常复杂，不敢臆断。但依《吕氏春秋》及《胠箧》《在宥》等篇引《老子》书只称"故"或"故曰"而不称"故老子曰"的例子来看，推知《老子》书在秦皇初年，一些作者们只尊奉为一种通行传诵的古书，尚未完全确定为老子所作，似颇显然。《老子》书的编者，确有自己的系统和著书的目的，但书的取材有多种来源。前人早已指出，如《金人铭》《周书》，以及《建言》旧传古说的成语，相当之多。如果《老子》的编纂过程真是这样，那么《庚桑楚》中"儿子终日号而不嗄"数句，我们设想它是《老子》55章中相同句的来源，似非全无可能。又一可能是先有《卫生之经》一书和《老子》所说的"建言"相似，《老子》和《庄子》都是引述此书，但《庚桑楚》引的自然，而《老子》书略有语气上的变动，也未可知。

又《老子》第10章：

载营魄抱一，能无离乎？专气致柔，能婴儿乎？

这几句和《庚桑楚》此段有相当关联。"能儿子乎？"和"能婴儿乎？"的内容形式完全一致。照通常看法，当然是《庚桑楚》承袭《老子》，但从文章的句法看，《老子》全书主要以[①]哲理诗的形式，正面说明道理，《庄子》书则多用故事形式说明道理。《庄子》往往用人物对话体裁引出理论。《庚桑楚》这一段正是叙述老聃和南荣趎的问答，所以一连用若干以"乎"字结尾的句子，提示对方。这种提问形式，在《庄子》的故事人物问答中是很自然的，而在《老子》书中就有点特殊。《老子》书81章中用疑问系词"乎"字结尾的句子，只有这一章，再没有第二个相同的例子。这样看来，我设想上述两书相同语句，最先出现在《庄子·庚

---

① "以"原无。——编者注

桑楚》篇中，宁较可信。

《庚桑楚》这一段的开首数语，在《管子·心术下》和《内业》二篇中都有相同句子：

> 《心术下》云："能专乎？能一乎？能无卜筮而知凶吉乎？能止乎？能已乎？能毋问于人而自得之于己乎？"
>
> 《内业》云："能搏一①乎？能一乎？能无卜筮而知凶吉乎？能止乎？能已乎？能勿求诸人而得之于己乎？"

从上下文看，《庚桑楚》联贯一气，非常自然，而《心术下》篇则在全篇叙述句中，突然杂入疑问语数句，显系引用成语加强本文说服力的意思。罗根泽先生的《管子探源》中，根据《心术下》篇有改动《庚桑楚》文的痕迹，《内业》篇文语意不如《庄子》衔接，认为"是此袭《庄》，非《庚桑楚》袭此明矣"（《诸子考索》，470 页），是"此抄《庄子》，非《庄子》抄此"（《考索》，481 页）。这样看来，《老子》10 章、55 章和《管子·心术下》《内业》等成书时代，《庚桑楚》中的词句已有被引用的资格了。《心术》《内业》等篇的作者是谁，学术界还有不同意见②，但不论其为宋尹学派所作，还是为慎到派所作，它产生的时代当在稷下派活动时期（比荀子成书时稍前），这样，《庚桑楚》的写成时代，应属于战国中期。

《庚桑楚》篇和《老子》的特殊关系，更见于《老子》书 71 章。《老子》云：

> 知不知上，不知知病。夫唯病病，是以不病。圣人不病，以其病病，是以不病。

---

① "一"为衍文。——编者注

② 刘节《古史考存》。郭沫若《宋钘尹文遗著考》（见《青铜器时代》）主张《管子》的《白心》《心术》4 篇是宋尹学派遗作。朱伯崑《管子四篇考》认为是慎到派所作，见《中国哲学史论文集》第 1 辑。

单看《老子》书本文，"病病"二字的意义，很难理解。看了《庚桑楚》下列一段后，就豁然明白了。《庚桑楚》第 1 章云：

> 南荣趎曰："里人有病。里人问之，病者能言其病，然其病，病者犹未病也。若趎之闻大道，犹饮药以加病也。"

照语言文字的发展法则，文学中通用的词语典故，总是先起于具体事实的概括比喻，后来引用较多，才成为通用词汇（古今书上例证甚多，不烦列举）。所以"病病"二字，一定是在一个具体事实中首先运用，而不会一开始就成抽象理论的一般意义。因此我觉得《老子》71 章的"病病"二字，是从《庚桑楚》"病者能言其病，然其病，病者犹未病也"的故事中抽出来的。

《老子》书 71 章"病病"二字的意义，已超出了《庚桑楚》所说的"病病"之义，已将"病病"二字脱离了有形的身体疾病而推广到人生的各方面去，这就表明了两段文字的时代先后。当然这不是说《老子》书全部出于《庄子·庚桑楚》第 1 章后，而是指明这两段文字的时代先后。关于《老子》书时代问题，须对《老子》书的内容、性质、体例各方面有全面深入的考察，才能细论，此不赘述。

这里只说明无论《老子》书编定的时代究在何时，都能证明《庚桑楚》在《庄子》书中是较早作品。因为《庄子》中牵涉到《老子》书的各篇，不论是称"故曰"或"故老子曰"者，都一望而知为所引"故曰"下文句形成以后之作，只有此篇的内容，明引"老子曰"而不易辨别其孰为先后，却有好些老出于庄后的疑迹。从这一点看，《庚桑楚》篇应是《庄子》中早期作品。

二

除第 1 章外，其余各节，可分为 3 个段落：自"宇泰定者"至"非阴阳贼之，心则使之也"为一段，为全篇之第 2 章；自"道通其分也"至"是蜩与学鸠同于同也"为一段，为全篇之第 3 章；自"蹍市人之足"至"名相反而实相顺也"，为全篇之第 4 章；自"羿工乎中微"至篇终，为全篇之第 5 章。

这几段文和第 1 章的形式不同，不是通过故事人物讲述道理，而是直接用自己的语言说明哲理。但除第 4 章（"踬市人之足"）中有些整齐板滞的论述外，其余绝大部分都是用形象微妙的比喻、参差①诙诡的语调来讲宇宙、人生哲理的。这种散文式的夹论夹喻的讲理方法是庄子作风的特点之一。

这几章的内容和《逍遥游》《齐物论》及外篇《达生》《知北游》等篇的哲理，基本相同，都贯串了重天轻人、重内轻外的人生理想，所用故实词语中有许多较古的证据。如第 2 章云：

> 备物以将形，藏不虞以生心，敬中以达彼，若是而万恶至者，皆天也而非人也，不足以滑成，不可入于灵台。

这一段和内篇《德充符》第 1 章（鲁哀公）所说"故不足以滑和，不可入于灵府"二语相同。但《德充符》二语前加一"故"字，说明是引用此文的。

又本篇"不足以滑成"句，《德充符》篇作"不足以滑和"，"和"字和"成"字在两处意义相同，但"成"字比"和"字的用法较古，《庄子》中常有把"成"字作为代表自然本性的用法。如《齐物论》第 1 章云：

> 夫随其成心而师之，谁独且无师乎？（自郭象起把"成心"解为成见，后多沿用，甚非。）

《德充符》第 1 章云：

> 固有无形之教不言而心成者邪？

《大宗师》第 6 章云：

---

① "参差"原误倒。——编者注

庸讵知夫造物者之不息我黥而补我劓，使我乘成以随先生邪？

《则阳》第 4 章云：

> 冉相氏得其环中以随成。

这几处的"成"字都有天然、本有、现成的意义，"成心"代表本性或本来具足的觉知，和晚期《庄子》中的"性命之情"微有差别，而和儒家所说的良知良能略有相通之处。这种用法在后来的《文子》《淮南子》等书中就绝对少见。如《淮南子·俶真》云"不足以滑和"，就不用"滑成"一词。

又"灵府""灵台"二字，也有时代先后的惯用法。《淮南子·原道》云："精通于灵府"，和《德充符》用词相同，而和本篇第 2 章"灵台"一词不同。

《淮南子》书引用古语，多改用汉代通用之字，由此知"滑和"比"滑成"，"灵府"比"灵台"近于汉代语言。这样推知《德充符》文比《庚桑楚》文接近于汉代。《德充符》是内篇中可信之篇，那么（如果不是传写有误），《庚桑楚》此段比《德充符》还要早些。

第 2、3 章的记言中提出了好多新的哲学概念和命题，如"有实而无乎处者，宇也；有长而无本剽者，宙也"，在中国哲学史上第一次提出了科学性的总结性的"宇宙"概念。又如"有不能以有为有，必出乎无有，而无有一无有"，和《知北游》所说的"物出不得先物"的理论，同为庄子哲学中唯心主义倾向的关键问题。又如"兵莫憯[1]于志，镆[2]铘为下；寇莫大于阴阳，无所逃于天地之间"等警句，也都是庄子晚期作品所没有的内容。

又第 3 章云："其成也毁也"；"古之人其知有所至矣，有以为未始有物者至矣尽矣，不可以加矣，其次以为有物矣。……"这一段和《齐物论》中的语句基本相同。两文分别从这个论点出发，各自发挥其相关意

---

① "憯"原误作"惨"。——编者注
② "镆"原误作"镇"。——编者注

义，而不是互相抄袭。

又云："以无为首，以生为体，以死为尻，孰知生死有无之一守者，吾与之为友。"这一段和《大宗师》（子祀子舆章）的语句基本相同，而更为简括。

《庚桑楚》此节似将《齐物论》文和《大宗师》文融合论述，行文首尾一贯，自成体系，而与他篇抄辑之文性质不同。看它下文说："是三者虽异，公族也。昭、景也，著戴①也；甲氏也，著封也，非一也。"用了一些楚国的历史典故比喻作结，而更不加理论的说明。这种手法，是庄子文风的特色。至于随便引用楚贵族的姓氏为喻，也露出作者对楚民族的历史风俗非常熟习，这也是《庄子》书常有的色彩。

我觉得这些绪言和《齐物论》《大宗师》的时代相去不远，很可能作者先有这些绪言，随后推广阐发而成为较完整的篇章。王船山所说："学庄子学者必于杂篇取其精蕴"，这些简隽记言有许多是庄子的精蕴。

再从文词方面看，2 章第 1 节中有"乃今有恒"一语，"乃今"这个词，见于《逍遥游》第 1 章（"北冥有鱼"），在较晚的篇目（如《天道》《刻意》《让王》）中，绝无此词。又此章云："有乎生，有乎死，有乎出，有乎入。"这种介于动词和宾词的"乎"字，也为他书及本书晚出各篇所罕见。

至于奇特的比喻，如"腊者（祭名）之有腺胲（牛百叶，牛蹄），可散而不可散也"、"观室者周于寝庙，又适其偃（便溺②处）焉"，"介者拸画（刖足者弃掉饰容工具），外非誉也；③ 胥靡（奴隶）登高而不惧"以及"蝍与鸢鸠同于同也"等句，和一般论著中常用的比喻迥然不同，都是从自然界、生物界的活动中，从当时的社会礼俗、社会生活中观察而得。有些礼俗（如腊祭之有④腺胲、观室者适偃）已少见于他书，将其中反映出来的道理作为比喻，更是庄子较早作品中所具有的特色。

第 4 章（彻志之勃）的风格和第⑤2、3 两章稍有异点，其中有些论

---

① "戴"原误作"载"。——编者注
② "溺"原误作"波"。——编者注
③ "外非誉也"原脱。——编者注
④ "有"原误作"散"。——编者注
⑤ "第"原无。——编者注

述品德的抽象分析，较少参差诙诡的特色，但也系秦皇以前之作品：

> 彻志之勃，解心之缪，去德之累，达道之塞。富贵显严名利六者，勃志也；容动色理气意六者，缪心也；恶欲喜怒哀乐六者，累德也；去就取与知能六者，塞道也。此四六者不荡胸中则正，正则静，静则明，明则虚，虚则无为而无不为也。

这一大段也见《吕氏春秋·似顺论·有度》篇，文字略有异同。"彻志之勃"作"通意之悖"，"达道之塞"作"通道之塞"，本篇所有"彻""勃""达"三字，都比《吕览》所改的"通""悖"二字为较古用法（"彻"字可能为汉代避讳所改）。《吕氏春秋》这一段前加"故曰"二字，和它引《老子》书而称"故曰"的情况相同，确证《庚桑楚》这一段文产生在《吕览》以前。至于《吕览》作者是取自《庄子》，还是两书同取自另一通行古说，虽不易辨明，但《庚桑楚》此段不加"故"字，说明它是保存原始资料之最早篇章。

综观《庚桑楚》全篇，为时较早的证据相当之多。王船山说："此篇之旨，笼罩极大。庄子之旨于此篇而尽揭以示人。"这是前人对本篇的最高评价。现在看来，基本上还是正确的。

但罗根泽先生认为《庚桑楚》篇是属于老子派的作品，他的根据是下列几点：（1）"道者，德之钦也"等语所含意义符合于《老子》的道德意义。（2）有无是《老子》最好讨论的问题，"天门"也是《老子》特用的术语。（3）反对贤知是《老子》思想，《庄子》内篇中不甚反对知，也没有表示对贤的态度。（4）以婴儿为理想，先秦书中只有《老子》《庄子》以至人、圣人为理想，不以婴儿为理想。（5）庚桑楚是老聃弟子。又说：篇中有庄子派论点，但以老子派思想为主，同于《老子》者十之七八，同于《庄子》者十之二三①，所以是老子派作品而不是庄子派作品。

这一论点有相当理据，但不够正确，因为老庄思想本来有许多是相同的。如所举道和德的关系、有出于无的观点、反对贤知的主张（所说

---

① 罗根泽《〈庄子〉外杂篇探源》，《诸子考索》，第303页。

《庄子》内篇不反对贤知不符事实），都是众所共知的共同思想，即所举《庄子》不以婴儿为师一条，也与本篇内容不合。

本篇第一章说：

> 吾固告汝曰：能儿子乎？儿子动不知所为，行不知所之，身若槁木之枝，而心若死灰。

可见"身若槁木之枝，而①心若死灰"，就是把婴儿之无知形容到极致的意思。而"身若槁木，心若死灰"正是《庄子》（见《齐物论》《知北游》《徐无鬼》篇）的语言，而非《老子》派语言。罗先生承认此二语是庄子派语而却把它和上文割断，认为以婴儿为师不是庄子派思想，似非事实。这几点都是老、庄二派共同的因素，可以是老子派后学采取了庄子派语言而作的，也可以是庄子派人采取了老子派理论而作的。所以要区别是何派著作，不能从他们相同的观点说明，而应从他们相异的观点说明。大体说来，《老子》书和《庄子》书中的相异的论点有下列几方面：（1）《老子》书中常有从侯王立场及"取天下"角度谈的理论，如"欲将取天下而为之"（29 章）、"取天下常以无事"（48 章）、"以无事取天下"（57 章）、"侯王若能守之"（37 章）、"功成事遂，百姓皆谓我自然"（17 章）、"以道佐人主者"（30 章）、"天大，地大，王亦大"（25 章）等带有上层政治意味的语言，是《庄子》书中没有的。（2）有些带有权谋术数的语言，如"将欲夺之必固与之"（36 章）等语是《庄子》书中没有的。（3）把阴柔后退作为前进斗争手段的论点，如"夫唯不争，故天下莫能与之争"（22 章）、"以其不争，故天下莫能与之争"（66 章）等进一步推论的语言，也是《庄子》书中所没有的。

另一面在《庄子》书中有些宣传相对主义知识论的观点，和名家派辩论的观点，以及玄同彼我、无成与毁、逍遥齐物、生死为一等观点，是《老子》书中所没有的。如果这个粗略分析，可以作为老、庄相异的标志，那么用此来看《庚桑楚》篇所表现的特征是老子派还是庄子派就非常明了了。《庚桑楚》中没有《老子》特有而为庄子派所无的几个特

---

① "而"原脱。——编者注

点，反之却有老子派所没有而为庄子派特有的特点。如第二段所说："其成也，毁也"，"古之人，其知有所至矣"，"孰知有无、生死之一守"等理论，都是《老子》书中所没有的。

即使①在和《老子》书关系最密切的第 1 章中，虽有些同义词句，而其最后所说"相与交食乎地，交乐乎天，不相与为怪，不相与为事"的至人，也和《老子》中的圣人不同，而和《庄子》中之圣人一致，并且在《徐无鬼》篇就有相同的语句，所以《庚桑楚》篇不是《老子》派所作而是《庄子》派作品。

如果我们前述《庚桑楚》中卫生之经一段文，真可能是《老子》55章、10 章相同句的来源，则此篇为《老子》派所作的论点，就更难成立了。

不过从文风上看，本篇第 1 章的风格和《逍遥游》《齐物论》《秋水》等篇的风格，还有微小的差异。《秋水》等篇极富于今所谓浪漫的气氛，本篇首章虽也用种种形象②、比喻，表现参差诡诡的色彩，但另有一种严肃深邃的气氛，和《逍遥》《秋水》等篇之汪洋恣肆者微有不同。究竟在道家思想发展的过程中，老、庄两派的起源如何，和各自分道扬镳的情况如何，还是一个比较模糊的迷津。最后如何走通，还不知道，但可知的是《庚桑楚》篇是弄清两派关系的一个重要关键。

（原载《河北师院学报》1981 年第 2 期。在《庄子新探》中为第四章第一节第一小节）

---

① "使"原脱。——编者注
② "象"原误作"相"。——编者注

孔子哲学思想述要

　　春秋中期，在经济、政治、文化各方面都有显著变化：铁工具和牛耕的普遍使用，井田制的彻底破坏，农村公社的最后解体，氏族等级制的瓦解，文化教育的下移，这些现象构成了春秋中期的总体变化。它体现在阶级关系中，就是士阶层从旧贵族统治奴隶和庶民的宗法贵族中分离出来，而和自由的工、商、农民接近、联合，形成了近似于"平民"或"国民"的①阶级。士本来是贵族的最下层，在春秋以前，是宗族内部占有禄②田的"食田"者（最低的士，其田数相当于一个农夫应授的田）。由于上述各种社会经济变化，和宗族本身发展的必然限度，这一阶层中的大部分人，日趋没落，降为自耕农的庶民（个别的降为皂隶），从贵族中分化出来。所以文献上就有两种士的区分。所谓上士、中士、下士者，是有职禄③的贵族下层之士；所谓"农士商贾四民交触易作"（《管子·治国》）之士，以及"士不可以不弘毅"（《论语·子罕》）之士，是和农商工贾接近的平民之士。自从这一种士掌握了原为贵族独占的文化知识，取得了"学而优则仕"的政治地位，并在商品经济发展中，和自由的农工商贾增多了联系之后，就和自由的工商农民，形成了近于平民或国民的④阶级，并与贵族阶级形成了相对并存的对立形势。虽然他们身上往往打着旧时代的等级烙印，他们最后必然归入地主阶级的控制之内，但在刚从贵族中分化出来的一段时间内，还是生气勃勃的上升阶

---

① "的"原无。——编者注
② "禄"原误作"录"。——编者注
③ "禄"原误作"录"。——编者注
④ "的"原无。——编者注

级，在春秋中期到战国中期（约二百余年）稍后，一直是和旧贵族及新
兴封建势力相对并存的社会势力。至少在意识形态上表现为批评现实、
提出理想、指导方向的领先势力。这就为处士横议、百家争鸣的局面铺
平了道路，而开创这个局面的，正是创立的儒家学派的孔子。

仁礼学说

仁礼学说，是孔子思想的中心。

《论语》中讲仁的地方，相当之多：

> 樊迟问仁，子曰："爱人。"（《颜渊》）
>
> 仲弓问仁，子曰："出门如见大宾，使民如承大祭。己所不欲，
> 勿施于人。"（《雍也》）
>
> 子曰："夫仁者，己欲立而立人，己欲达而达人。能近取譬，可
> 谓仁之方也矣。"（《雍也》）
>
> 颜渊问仁，子曰："克己复礼为仁，一日克己复礼，天下归仁
> 矣。"（《颜渊》）
>
> "刚毅木讷近仁。"（《子路》）
>
> "巧言令色，鲜矣仁。"（《学而》）

他虽没有对仁下明确的定义，但"爱人"一语，可以作为仁的简要
概括。爱人就是对别人有同情心，有关心他人的真实感情。在一定时期，
可以"杀身成仁"。而达到这种境地的办法，是"能近取譬"，"己所不
欲，勿施于人"。即无论何时何地，要设身处地考虑到他人的利益。这种
解释，虽近于老生常谈，但确为人类长期社会生活中道德经验的总括。

孔子说过，"人而不仁如礼何，人而不仁如乐何"（《八佾》），说明
仁是礼乐的前提。而在"克己复礼为仁"一语中，又像是以复礼为仁的
条件。两者的关系究竟如何，是正确理解"克己复礼为仁"的关键，也
是评价孔子思想的一个关键。有人说孔子的仁是为礼服务，复礼是他提
倡仁的真正目的。这一论点，比所谓克己复礼就是恢复奴隶制的说法有
一定意义，但还不够正确。"仁"的最初提出，有充实礼仪内容的意图，

但不能说是以复礼为唯一目的，特别是仁说形成以后，早已超越了礼的范围而成为衡量礼的准则，更不能说是以复礼为目的了。

从孔子学说的整体看来，仁无疑是最高的最根本的理想或准则。这一点，不论从孔子自述其志愿，以及从①人们对他的称赞和他对人的评论中，都可得到证明。

《论语》里有一段孔子和颜渊、子路的谈话：

> 颜渊、季路侍，子曰："盍各言尔志？"子路曰："愿车马，衣②轻裘，与朋友共，敝之而无憾。"颜渊曰："愿无伐善，无施劳。"（不把劳苦事，施予别人）子路曰："愿闻子之志。"子曰："老者安之，朋友信之，少者怀之。"（《公冶长》）

这段话说明孔子的老安少怀思想超越了家族范围，体现了对人的同情关怀。颜回、子路所说，也都是要对社会、朋友体现应尽的仁德。可见孔子的仁的思想已体现在他的教育实践中了。

前人对他的赞扬、评价，也以仁为最高标志。

荀况称"孔子仁知且不蔽"（《荀子·解蔽》），《吕氏春秋》说"孔子贵仁"（《审分览·不仁》），尸佼说"孔子贵公"，公是仁的表现（《尔雅·释诂》邢疏引《尸子·广泽》篇），可见用仁来总括孔子的思想是战国以来共同的认识。

孔子评论人物的标准，也和这相同，他称人为知礼好礼的，比较多见，而却不轻许人以仁的称号。对于令尹子文、陈文子等，只许他们为忠、为清，而不许以仁（《公冶长③》）。在他的弟子中也许颜回能"三月不违仁"。孔子对于自己也说："若圣与仁，则吾岂敢！"（《述而》）可见仁这一品德，是他追求的最高理想，而礼、义等不过是仁下的一个④条目而已。

---

① "从"原脱。——编者注
② "衣"原误作"年"。——编者注
③ "长"原脱。——编者注
④ "个"原脱。——编者注

　　许多论者指出仁是真情实感，在一定情况下会受到礼的束缚，这样就抵销了它的进步作用，这确是常见的事实。但不能得出仁和礼是绝对矛盾的结论。因为仁属于主观的道德情操，它必须体现在行为中，才能发生作用和影响。而行为的表现，一定要有一个形式、秩序，这种形式、秩序，就是所谓礼。仁的积极作用能否体现，不是取决于它脱离礼而独立，而是取决于它在什么样的礼中表现出来。如果当时的礼已是一种僵化的东西，就和仁的作用不能相容；如果礼是根据仁的原则制定并且不断改进的，那就可使仁的作用更加发挥。这和法制与民主的关系，有些相似。所以克己复礼为仁，应是就这一意义的礼而言。复礼的礼中所含的仁，是制礼时所依据的标准；克己复礼为仁的仁，是指能够克己者所具有的品德，所以两者不是循环论证。如果复礼之礼，就是周初制定的礼，那就只提倡守礼循礼就够了，用不着提出新道德的仁来，而所谓"人而不仁如礼何"等语，也就无甚意义了。

　　从历史事实看来，西周奴隶宗法制的礼的内容是什么，虽不能详知，但孔子所谓"吾从周"，决不是原盘接受周礼，则是肯定的。孔子对于周礼，要有所损益，就是有所改进。大体说来，他要用举贤来损益亲亲；用"道之以德，齐之以礼"（《为政》）来损益"礼不下庶人"（《礼记·曲礼》）；要用"有教无类"（《卫灵公》）改变学在官府；要用节俭来改变奢侈（"礼，与其奢也宁俭"，"麻冕，礼也，今也纯俭，吾从众。"《子罕》）；要用哀戚来改变讲究（"丧，与其易也，宁戚。"同上）；用谦敬来改变骄泰（"拜下，礼也。今拜乎上，泰①也。虽违众，吾从下。"同上）。总之，要用仁的原则来改造旧礼，制立新礼，发挥仁的积极作用，这才是克己复礼的真正意义。

　　不过由于礼的改进，总赶不上生活的变化，而行礼的人又多丧失仁的本质，因此在一定时期必然趋于形式，趋于虚伪，礼常常会束缚了仁的积极作用。同时由于儒生本是以讲礼为职业，那些邹鲁之士和各种小儒，只知传统的礼节，而不知孔子的仁说，这样下去，克己复礼的意义，就会更加被歪曲了。

　　不过这种流弊的产生，孔子不能负完全责任。他之积极提倡仁德，

---

　　① "泰"原作"太"。——编者注

正是为了挽救这个弊病。在那个过渡时代，他受阶级地位的限制，事实上能做到的，也只能是这些了。

天命鬼神思想

孔子没有明白谈论过宇宙本体问题。他的有关于天和鬼神及天命的言论即是他对于宇宙本体的主张。孔子已不相信有人格的上帝，他所说的"天"，有一部分还留有有意志的天的残余，有一部分是命运之天的意义。如颜渊死后，他说："噫！天丧予！"（《先进》）他害病时，子路要使门人为臣（家臣），他很生气地说："无臣而为有臣，吾谁欺，欺天乎？"（《子罕》）又如，当子路不同意他见南子时，他说："予所否者，天厌之，天厌之。"（《雍也》）他回答王孙贾要他媚灶①的劝告时，说："获罪于天，无所祷也。"（《八佾》）……这几处的"天"大抵是遭遇了不幸后的悲叹，或是表示无法表达的内心，都不是从理论上对自然进行解释。他又说过："天何言哉？四时行焉，百物生焉，天何言哉！"（《阳货》）"子在川上曰：逝者如斯②夫，不舍昼夜。"（《子罕》）这虽也不是正式讲宇宙论问题，但确是有关于自然的郑重言论。从这些言论中知道他对于自然界的运行变化有一定的观察体会，与所谓神的人格意志并无关系。这两种天在他的思想中位置不同，前者是逆境中的呼吁、感叹，后者是平时的观察认识，他自己不认为有什么矛盾。

对于鬼神和命运，也有相似的情况：春秋初年已有过季梁、司马子鱼等的重民轻神的言论。春秋中期子产讲过"天道远，人道迩"（《左传》昭公十八年）的名言，孔子和子产先后同时，对于鬼神的态度基本上和子产接近。

> 务民之义，敬鬼神而远之，可谓知矣。（《雍也》）
>
> 祭如在，祭神如神在。（《八佾》）
>
> 季路问事鬼神，子曰："未能事人，焉能事鬼？"曰："敢问死。"

---

① "灶"原误作"皂"。——编者注

② "斯"原误作"是"。——编者注

曰："未知生，焉知死?"(《先进》)

他怀疑鬼神的无神论倾向是明显的，但并不作斩钉截铁的论断。鲁迅说："孔丘先生确是伟大，生在巫鬼势力如此旺盛的时代，偏不肯随俗谈鬼神；但可惜太聪明了，'祭如在，祭神如神在'，只用他修《春秋》的照例手段，以两个'如'字略寓'俏皮刻薄'之意，使人一时莫明其妙，看不出他肚皮里的反对来。"(《再论雷峰塔的倒掉》)有些人认为孔子属于有神论者。读了鲁迅文后，就可释然了。不过孔子虽不相信鬼神，但却不同于唯物论的高度，他似乎相信宇宙中有一种支配人生的神秘力量，似乎相信自然界中有一种不可解释的秩序安排，对这种力量应表示崇敬，所以在祭礼中表现极其严肃的敬畏态度。这在他畏天命的态度中也可看出来。

各书所记孔子有关"天命"的言论也有两种意义。如伯牛死时，他说："亡之，命矣夫!"(《雍也》)这里所说的命和一般所说的命运、命数之义，无大差异，是指人力无可如何的情况而言。

又如"五十而知天命"(《为政》)等语，就不是这样简单，这种命肯定不是商周奴隶主常宣传的天命，那种低级的天命不必经过几十年的学习到五十岁时才可知道。不过他所说"知天命"还和了解自然界的客观规律不一样，一方面说，没有达到科学的高度；另一方面说它比自然规律的范围要广些。凡是相信天命的，总不肯积极努力，但是孔子终身积极学习，惶惶奔走，企图实现他的理想，并且以这种精神教育后世。当时人称他为"知其不可而为之者"(《宪问》)，说明他没有因天命而放松了人的努力。他认为人的努力发挥到极点而还不能对现实有所改变时，才是他所说的"天命"范围。

特别在道德方面，他认为是人自己努力不受任何外力限制的范围。后来孟轲说"有性焉，君子不谓命也"(《孟子·尽心》)，即是这种思想的发挥。因此有的同志说孔子在道德方面否认了天命，但这只是道理的一方面；从另一方面看，他的天命另有深刻的意义，正是在道德方面，显示出"天命"的意义和力量。他从仁的观点出发，认为积极发挥仁德是天所赋予人的使命，至少是一部分先觉者应负的使命。因此他在教育实践中号召士阶层人负担这种使命，"士不可以不弘毅，任重而道远。仁以为己任，不亦重乎？死而后已，不亦远乎？"（曾子语，见《太伯》）这种天赋与人的历史使命是天命的最高意义，他的"知其不可而为之"的精神、"朝闻道，夕死可矣"的精神、提倡"杀身成仁"的精神，正是从这里来的。这种思想的渊源，可能与中国的远古文化有关，与孔子竭力为道德寻求形而上学的基础有关。虽有点神秘味道，但不是有神论，不是命定论，它有宗教的作用而没有宗教的迷信，这是孔子哲学的特点，也是中国文化的特点。

正因为孔子有这些哲学思想，所以他在政治方面，主张实行节用而爱人、使民以时的仁政；在教育方面，开创了有教无类的私人讲学局面，提出并实践了"学而不厌，诲人不倦"、学思并重、因材施教等重要原则，这些思想，在历史上起过积极作用。

由于时代和阶级的局限，孔子思想中有许多缺陷和糟粕，但其中进步因素是主导的。

他之所以^①能够提出这些进步理论的社会原因，不是由于他是一个破落贵族，也不是由于他已成为地主阶级的代表，而是由于他处在两个社会过渡的"中世"，是从贵族阶级最下层中分化出来而和自由的工、商、农民阶级共同构成了"四民"阶层的原故。这个以士为首的阶级，是和旧贵族阶级对立的新生力量，是当时推进社会文化发展的动力。

正是由于旧贵族的统治已经衰落，而新的地主阶级的集权统治还未绝对形成，所以出现了士阶层的活跃，出现了像孔子仁学这样的学说。连同墨子的兼爱说、孟子的民贵说，也都是属于过渡时期的所谓"悦仁而尚贤"的"中世"的意识形态。及至战国中期以后，部分国家出现了比较强固的地主阶级政权，孔子的仁学就不可能发展到了秦统一后，就只留下有利于君主的尊卑等级观念，成为专制者利用的统治工具了。

附记

本文原名《孔子评传》，已在哲学研究所编的《中国古代著名哲学家评传》第一册登载。原文详目如下：

---

① "所以"原脱。——编者注

一 引言

二 青年时期

（一）没落贵族的后裔（二）幼年时鲁国的文化空气（三）"十五而志于学"（四）为委吏、乘田

三 中年时期

（一）开创私人讲学（二）见聘的传说（三）对子产的评论和景慕（四）游齐的遇合。批评晋铸刑鼎（五）归鲁后的学术事业

四 中年后的政治事业

（一）定公初年鲁国的政治形势（二）为中都宰及司寇时的政绩（三）和三家的政治斗争（四）在冷淡中离开鲁国

五 周游列国的十四年

（一）从适卫到离卫过匡（二）从晋国的边境上再回到卫国（三）过宋适陈时的困厄（四）在楚蔡境中和隐者们的相遇（五）再次回到卫国和正名言论

六 归鲁后的政治言论和教育事业

（一）回到鲁国及回鲁后的政治言论（二）哲学思想和教育思想（三）整理文化典籍（四）七十岁后的活动和悲哀

七 结束语

本文是其中有关哲学思想部分

（原载《河北省历史学会一九八〇年年会论文选》，《河北师院学报》增刊，1981 年 5 月。内容选自《孔子评传》，文字略异）

县令小考

从分封制到郡县制，是中国古代社会的一大变化。先秦古书中，常有关于这一制度的名称同异的不同记述。为了便于理解，兹对有关县和县令的问题，粗略考论如次。

（1）郡县制的开始

春秋时已有"县"的名称，它有两种意义：一种是和"国"对举的"县"名，是指国以外的乡聚之地，如《国语·周语》中所说"国无寄寓，县无施舍"和《左传》昭二十年所说"县鄙之人入从其政"的县，即是县鄙之义，与后来正式成立的地方官制之县实质不同。

春秋时正式建立县制的以楚国为最早。《左传》宣公十一年："楚子入陈，杀夏徵舒，因县陈。"宣公十二年："郑伯对楚王曰：'使改事君夷于九县。'"可见这时楚国设立的大县已相当多了。孔颖达《左传正义》曾列举：楚国文王时县申、息，庄六年楚灭邓，十八年克权，僖五年楚灭弦，十二年楚灭黄，二十六年楚灭夔，文四年楚灭江，五年楚灭六，又灭蓼，十六年楚灭庸，凡十一国。又苏氏、沈氏说，以权为小国、庸先属于楚，不在九县之内，除二国外，正为九县，证明九县之数。清代的注家，根据汪中《释三九》的解说，认为九是泛指多数，不必实指九个。不论哪一解释较确，都说明楚国在鲁宣公十二年（前597年）时，已经设立了好多县了。

楚国开始有县是肯定的，但《广韵》说："楚庄王县陈，县所自起"，还不正确。《左传》哀十七年：楚"子谷①曰：……彭仲爽，申俘也，文

---

① "谷"原误作"国"。——编者注

王以为令尹，实县申、息"，可见楚国开始有县在楚文王时期，当鲁庄公六年（前688年），比晋国、秦国设县都早。晋自文公、襄公以后，大邑亦称为县。《左传》僖公三①十三年："襄公以再命命先茅之县赏胥臣"，宣十五年："晋人赏士伯以瓜衍之县"以及昭公五年：楚薳启疆说：晋国内"韩赋七邑，皆成县也"，又说："因其（晋）十家九县，……其余四十县"云，都远在楚国设县之后。《史记·秦本纪》说"武公十年伐邽、冀，初县之"等语，《左传》没有记载，如是事实，即和楚文王县申、息的同年。

大体说来，春秋时已有改封建为郡县的趋势，由楚国创始，秦、晋两国继之，到战国时秦孝公大规模改革后，才普遍推行于各国。但各国设县的先后，特别是县长官的名称，是很不一致的。

（2）县长官名称的不同

《史记·秦本纪》说："孝公十二年，并诸小乡聚，集为大县，县一令，凡四十一县。"《汉书·百官公卿表》：县令、长皆秦官，万户以上为令，秩千石至六百石；减万户为长，秩五百石至三百石，皆有丞、尉。（商鞅书略同，较简。）

可见"县令"一名，是秦国的创制。而在晋、楚等国，就不叫做县令，楚国初有县时，称为县公、县大夫，以后又有县尹之名。《左传》襄公二十六②年："伯州犁曰：……此子为穿封戌③，方城外之县尹也。"可为确证。晋国的县长官即沿用旧名，称为大夫。《左传》昭公二十八年："魏献子为政。分祁氏之田以为七县，分羊舌氏之田以为三县。司马弥牟为邬④大夫，贾辛为祁大夫，司马乌为平陵大夫，魏戊为梗阳大夫，知徐吾为涂水大夫，韩固为马首大夫，孟⑤丙为孟大夫，乐霄为铜鞮大夫⑥，赵朝为平阳大夫，僚安为杨⑦氏大夫。"可见晋国的县长官，称为大夫，

---

① "三"原脱。——编者注
② "六"原误作"九"。——编者注
③ "戌"原误作"穴"。——编者注
④ "邬"原误作"乌"。——编者注
⑤ "孟"原误作"盂"。——编者注
⑥ 此句原脱。——编者注
⑦ "杨"原误作"相"。——编者注

不称县令。《孟子·公孙丑下》："孟子之平陆，谓其大夫曰"云云，又说："王之为都者，臣知五人焉。"赵岐注："平陆，齐下邑也。大夫，治邑大夫也。"可见孟子适齐时，齐国的邑宰称为大夫，不称为县令。孟子和商鞅的时代先后相接，他称平陆的邑宰为"大夫"，可知秦国的县令名称，还没有成为各国之通制。

（3）县令名称是否通行于各国

按《史记·赵世家》赵孝成王四年："韩氏上党守冯亭使者至，……乃令赵胜受地，告冯亭曰：'……敝国君使胜致命，以万户都三封太守，千户都三封县令，皆世世为侯。'"《正义》曰："尔时未合言'太守'。至汉景帝时，始加太守。此言'太'，衍字也。"张守节说"尔时未合言'太守'"，甚是。但尔时赵国是否会言"县令"也不能确断。因古人的著书，和现代人相似，往往用当时的制度记述前代的历史。《史记》《战国策》等书中，这种例子相当之多，还须分别考订才可引用。

如《韩非子·外储说左下》："阳虎曰：臣举齐荐三人，一人得近王，一人得县令，一人为候吏。"《外储说右上》："季孙相鲁，子路为郈令。"（《家语·致思》篇作"郈宰"）《外储说左下》："西门豹为邺令"。这里所说，不但子路为郈令，和《论语》《左传》所记春秋时的情况显然不合；即西门豹为邺令，也不是事实。秦孝公时才开始有县令，魏文侯比秦孝公早了许多年，魏国沿袭晋制，不会很早沿用秦制。

又如《左传》襄公三年记"晋祁奚请老，问嗣焉，称解狐。"《国语·晋语》说："祁奚解为军尉，公问焉：'孰可？'"都没有提到"县令"一名，而《吕氏春秋·孟春纪·去私》篇记述同一事实则说："南阳无令，其谁可而为之？"可见秦国人好用当时制度追述古代的历史。

又如《战国策·楚策》："城浑出……至于新城，城浑说其令曰"云云，"新城公大悦"。由"新城公大悦"一语知道，楚国的邑长，至战国时仍称为"公"。可见上文说"城浑说其令曰"云云，是用著书时的秦汉县令制，追叙古事之辞。

从上述各证中，可以推知《史记》《国策》中所记的"县令"一名要分别看待，如荀卿为兰陵令之类，也多半是用秦国的制度记述他国事的同例，不能作为荀卿时秦的县令制已成为六国通制之证明。

（4）各国通行县令制的时期

《庄子·外物》篇有"饰小说以干县令"一语，成玄英疏云："干，求也；县，高也。夫修饰小行，矜持言说①，以求高名令闻者，必不能大通于至道。"他不把"干县令"解释为干求县的长官，而另出新说，原由可能是他认为庄周时宋国还没有县令之官。

宋代的马永卿反驳他说："仆以上下文考之，……盖揭竿累，以譬饰小说也；守鲵鲋，以譬干县令也。彼成玄英浮浅，不知庄子之时，已有县令，故为是说。《史记·庄子列传》庄子与梁惠王、齐宣王同时。《史记·年表》秦孝公十二年并诸小乡，聚为大县，县一令，是年乃梁惠王二十二年也。"（《嫩真子》）

孙诒让在《墨子间诂·号令》篇注中说："《汉书·百官表》县令皆秦官，皆有丞、尉。《史记·商君传》云：'集小都邑聚为县，置令、丞。'《秦本纪》在孝公十二年。《国策·赵策》赵受赏千户，封县令，则县有令，盖七国之通制矣。"

按照我们上面所引《史记》《国策》《韩非子·外储说》的例证，秦国的县令制，在战国中期还没有成为各国的通制。成玄英的解说，对于《庄子》的原意是错误的，《庄子》书本来是说饰小说以干求县令，不能作别的解释，应该根据"县令"一名的时代，确定《外物》篇作者的时代，不应先肯定《外物》篇是庄周时作品，来曲解"干县令"一语的意义。但他考虑到庄周时代，秦国的"县令"之名还没有成为各国的通制，这一点倒是相当可取的。

那么这一名称究竟是什么时候才成为各国的通制呢？

考《韩非子·五蠹》篇说："今之县令，一日身死，子孙累世絜驾，故人重之。"

《五蠹》篇是韩非所作，确实无疑。《史记》说"人或传其书至秦，秦王见《孤愤》《五蠹》之书"云云，可知《五蠹》是韩非未入秦以前的杰作。以上所引数语，是韩非针对古来的情况和当时的县令对比立论，和《史记》《国策》等书用当时的制度、语言记述古事的情况不同，所以"今之县令"一语是就当时韩国的实情而言。秦国以外人所著书中，提到

---

① "说"原误作"论"。——编者注

"县令"一名者，以《五蠹》篇为最可信据。韩非子时，秦已渐平山东六国，新得的城邑自当改用秦国的制度，设立县令，和秦孝公初立县令制的情况不同。在秦国势力扩大播及的范围内，列国仿效秦制而设立县令的也有可能，但根据前举例证，不会是战国中期的事。所以，凡是遇到类似于上引《韩非子·外储说》《吕氏春秋·孟春纪·去私》篇的记载的，还应审慎考证，再确定它的可信程度。

（原载《河北师院学报》1982 年第 1 期）

略论理学的要旨和王夫之对理学的态度

一

近年以来，各种书刊上，常有王夫之是反理学的提法，觉得和旧来的理解不同，因就浅识所及，谈一些个人的看法。

理学是什么？不易一下说清。为了方便，先从前代学者特别是理学家们对于理学本身的概括叙述中，了解一个大概轮廓。

南宋的理学家张栻说：

> 自秦以来，言治者汩于五霸功利之习，求道者沦于异端空虚之说，而于先王发政施仁之术、天理人伦之教，莫克推寻而讲明之，故言治者若无豫于学，而求道者反不涉于事，民莫睹乎三代之盛，可胜叹哉！惟先生（周敦颐）崛起于千载之后，……推本太极，以及乎阴阳五行之流布、人物之所以生化，于是知人之为至灵而性之为至善，万理有其宗，万物循其则，举而措之，可见先王之所以为治者，皆非私智之所出。孔孟之意于以复明。（《宋元学案·濂溪学案下》附录）

周敦颐是理学的开山祖，对他的评述，也就是张栻对理学的基本论断。周在北宋时还没有很高的地位，是从南宋开始，受到朱熹、张栻的特别表扬，地位才上升；所以张栻对周的评论，实际上也就是对理学的总结和宣传。

理学家朱熹，在论赞周敦颐时，也做了详细的概括。他说：

秦汉以来，道不明于天下，而士不知所以为学。言天者遗人而无用；语人者不及天而无本。专下学者，不知上达而滞于形器；必上达者，不务下学而溺于空虚。优于治己者，或不足以及人；而随世以就功名者，又未必自其本而推之也。……

宋兴，有濂溪先生者作，然后天理明而道学之传复续。盖有以阐夫太极阴阳五行之与（疑为"奥"），而天下之为中正仁义者得以知其所自来。言圣学之有要，而下学者知胜私复礼之可以驯致于上达；明天下之有本，而言治者知诚心端身之可以举而措之于天下。（《韶州州学濂溪先生祠记》，《朱文公集》卷 79）

张栻、朱熹的论述，都是从两方面阐明理学的特点的，即：一方面反对不从学术、道德出发的功利政治，没有道德修养的世俗之学和章句之士；一方面反对迷信来世、虚妄空幻的佛老异端之学。它所反对的前一种趋势是秦汉以来早已存在的普遍现象；所反对的后一种趋向正是魏晋到隋唐时期盛行的腐恶势力。早在隋唐时期（或者更早些从南北朝算起）就有一部分不属于贵戚豪门的经生儒士，在世俗庶族地主兴起的形势下，想对这种佛老盛行的局面有所改变。也曾有些人就国家财政赋役的损失、寺院经济的膨胀，以及夷夏文化的竞存等方面，提出一些批评抗议。但在理论方面，由于一向囿于训诂、词章之中，缺乏对儒经的义理研讨，所以提不出可以对抗佛学的哲理体系，从而不能对佛教的根本有所打击，这就促使一些人积极从儒家经典中发掘可以和佛老对抗的理论，在这种要求下，从中唐的韩愈、李翱开始，提出了一个新学问的基本方向，到北宋时期，周敦颐、张载、二程等在理论上深入发挥，就正式形成了一个理论体系，这就是所谓理学。

韩愈虽没有深刻的哲学理论，但他在《原道》中指出儒家之道以仁义为内容，和佛老的虚无之道不同，第一次引用了《小戴记·大学》篇中"古之欲明明德于天下者，先治其国；欲治其国者，先齐其家；欲齐其家者，先修其身；欲修其身者，先正其心；欲正其心者，先诚其意；欲诚其意者，先致其知；致知在格物"一段文字，作为理论体系，批评了佛老心性之学的虚玄无用。这样，便很粗略地为后来的理学，勾画出一个理论大纲。

到了北宋时期，周、张、二程等在本体论、心性论、道德论等方面都有更细致深入的发挥，周敦颐的《通书》《太极图》说，虽有一些道教的杂质，但基本上建立了以阴阳五行大化流行为骨干的理论系统。张载建立了气为主体的理论，批评了佛教"诬世界乾坤为幻妄"的谬论，并以"天地之塞吾其体、天地之师吾其性"为依据，提出"民吾同胞、物吾与也"的人生理想。程颢发挥仁者以天地万物为一体的理论，程颐对理气关系、格物致知等说，建立起自己的理论。他们把穷神知化和开物成务联系起来。从此《大学》中的为学步骤和《中庸》中的性命理论，就成为传播儒学的主要文献。到了南宋时，朱熹集合几家学说加以发挥，构成比较完整的系统。

他们各个人的理论，不尽相同，在一些细微问题上，甚至有对立的观点，但在总的目的和总的方向上，是互相一致，师承严格的。

粗略说来，他们的共同精神，正如朱熹、张栻所概括的那样：

（1）世界是真实而不是虚幻的，人的道德在宇宙中有其根源，应以身心性命的修养践履为本，达到优入圣域的境界。

（2）道德修养不局限于内省修身范围，必须和人伦日用、治国淑世的事业结合起来，完成有体有用之学。

这个粗略的概括，可以作为衡量某一个学者或某一思想体系是否属于理学的标准。

这里有两点需要说明：

第一点，我们说理学是由反佛兴起的，并不是说凡反对佛教的都可归入理学范围。比如唐的傅奕和梁的范缜，他们都在反佛运动中有过贡献，傅奕从社会民生民族文化的角度反对佛教，范缜在形神问题上提出了卓越的神灭论点，有更大的成绩。但两人都不能说是理学的先驱，因为傅奕只反对佛教的迷信，而没有反佛学的理论，范缜的理论只限于形神关系一点，其它方面没有提出自己的理论，所以不能和有积极理论的理学相等。黄宗羲在批评某些认为周敦颐学术来源于佛老的人们时说："使其学而果非也，即日取二氏而谆谆然辩之，则范缜之神灭、傅奕之昌言，无与乎圣学之明晦也。"（《宋元学案·濂溪学案下》附录）

黄宗羲所说的"无与乎圣学之明晦"，即是说他们对儒学的身心性命、天德王道之学，无所贡献，所以虽然排佛有功，也不引为同道。

因此想到有的同志，认为应将张载从理学家中单提出来，和王充、范缜等排成一个系统，这是和张载学术的总体精神不相符合的。天道观中的唯物论思想，固然是张载思想体系中的一个重要方面，但从整体看，从学术的主要精神看，张载和程、朱相同的部分还是主要的。而和王充、范缜相同之处，只是一小部分，在人生观上，很难看出他们的共同点来。

第二点是说理学家虽是反佛学的，但他们都受过佛学深浅不同的影响，所以他们的著作中有相似于佛老的提法，有许多佛学的概念。因为在互相影响的情况下，这是应有而不可避免的。我们认为要在基本问题上，看其同异。看他认为世界是真实还是虚幻的，是否重视道德修养对社会政治的关系和作用。如果在这些方面基本上站在儒家立场，就不必摘取其近似于佛学的个别词语，指为禅学。可是自清代以来，人们往往从这些方面加以指责，如汉学家凌廷堪就曾举出"体""用"二字作为理学是禅学的证据。（《校礼堂文集》卷16《好恶论》下）他不知新范畴的引用，正是促进学术发展的标志，应当分析范畴的内容是否正确，而不应只看范畴的来源来自佛学，便轻率地予以批评，至于"体"、"用"二字，在中国古代已有引用，那更是考证家应该知道的。

黄宗羲说：

> 后世之异论者谓《太极图》传自陈抟，……是周学出于老氏矣；又谓周子与胡文恭同师僧寿涯，是周学又出于释氏矣。此皆不食其蔽而说味者也。使其学而果是乎，则陈抟、寿涯，亦周子之老聃、苌弘也。（《宋元学案·濂溪学案下》附录）

黄宗羲是真正有见解的思想家，他能认清理学和佛学的根本区别，又敢于承认理学受到点佛学的影响。但清朝多数学者并不赞同他的看法。一直到今天那种从佛学影响、传流渊源上评论理学是禅学的流风，还有遗迹，这也是评价理学时一个可注意之点。

黄震说：

> 孔子于性理，举其端而不尽言。……自心性天等说，一详于孟子。至濂洛穷思力索，极而自性以上不可说处。其意固将指义之

所从来，以归之讲学之实用。适不幸与禅学之遁辞言识心而见性者，虽所出异源而同湍激之冲。故二程甫没，门人高第多陷溺焉。不有晦翁，孰与救止？（《黄氏日钞》，引自《宋元学案·东发学案》）

这一段论述，对宋代理学的要旨和变化说得相当简要。周、程穷思力索到了性以上不可说处，意在于指出义理的来源，这正是理学的主要意义。这一来源处和禅学的内容，容易混杂，所以程门弟子如杨时、谢良佐等多陷于禅学一方。这一歧流到朱熹才纠正过来。所以理学中有许多佛禅影响是很自然的，问题在于如何用正确的标准把主流和影响区别开来，如何肯定其合理部分而批判其谬误。仅仅指出一些词句上的影响，对于了解认识一个学术的本质，是用处不大的。

二

根据上述标准，我们看一下王夫之的主张是怎样呢？

船山的大部分著作中，对于身心性命、天人关系、知行关系、道德修养等问题，都有深刻而精辟的理论，其中和标准（1）相关者甚多，且不多述。这里只举一条他关于宋学的综合论断，就可以说明他的基本立场是什么了。他说：

圣人之道，有大义，有微言；故有宋诸先生推极于天而实之以性，核之心得，严以躬修，非故取其显者而微之、卑者而高之也。自汉之兴，天子之教，人士之习，亦既知尊孔子而师六经矣。然薄取其形迹之言而忘其所本，则虽取法以为言行，而正以成乎乡原，若苏威、赵普之流是已。苏威曰："读《孝经》一卷，足以立身治世"；赵普曰："臣以半部《论语》佐太祖取天下"。而威之柔以丧节，普之险以斁伦，不自知也，不自愧也。以全躯保妻子之术为立身扬名之至德，以篡弑夺攘之谋为内圣外王之大道，窃其形似而自以为是，歆其荣宠者，众皆悦也。……

呜呼！微有宋诸先生洗心藏密，即人事以推本于天，反求于性，以正大经立大本，则圣人之言，无忌惮之小人窃之以微幸于富贵利

达，岂非圣人之大憾哉？（《读通鉴论》卷 19）

他认为自汉以来，从天子之统治，到士人之学习，都是以孔子六经为尊师的，但只采取孔子表面上的形迹之言，而不追求这种伦理道德的内在根本，又没有心得和实践，所以像苏威、赵普一类表面上讲《孝经》、《论语》的官吏士人，不过是"挟圣言以欺人而自欺其心"，利用圣言媚世取容，把"保全性命之术当作立身扬名之至德"；在统治者方面，则把"篡弑攘夺的阴谋，当作内圣外王之大道"，这真是圣道的一大遗憾！他认为只有宋儒出来"极微言以立大义"，即"人事以推本于天"确立大本大经之后，才可"根极于性命而严辨其诚伪"，才可使圣人之言不至被小人当作富贵利达之阶梯。这是对于宋儒的极大推崇。

船山在这里讲的道理，似有点深晦，但也很显明。因为把道德只作为一般教育的宣说号召，人们可以遵守，可以不遵守，可以为了外在原因而表面遵守，也可以利用道德言语达到私利的阴谋目的，只有深知道德的根源在于天命之性，使人感到它是生命中最重要的部分，对它有了宗教般的内心信仰后，才能发挥指导生活的最大力量，最后可以达到舍生取义、杀身成仁的高度。所以王夫之说这并不是"故意取其显者而微之、卑者而高之也"，而是有其必然的道理和原因的。

当然，这种道德论在旧幸福论和旧理性论的道德哲学中占什么位置，在最科学的道德论中，应如何分析批判，还须深入研究。这种道德论在封建社会中，能不能实现思想家所想象的效果，或在一定条件下能发挥到什么程度，还须根据各种不同的具体情况而定。这属于另一问题，暂不详论。这里只说，把道德修养放在宇宙本体的基础上，把天人关系紧密结合起来，在这一点上，王夫之自己的主张，同他对理学家的评价是完全一致的。

对标准（2），王夫之也有精深的发挥。《论语》里记孔子称赞管仲的功业，给予"如其仁，如其仁"的极高评价，但又说"管仲之器小哉"，似乎评价不一。朱熹对后一句的注解说：管仲"不知圣贤《大学》之道，故局量褊浅，规模卑狭"。王夫之肯定朱熹的注解是"探本之论"，而对东阳所说：管仲之器小是由于"格物致知工夫未到"的话，则予以批评，认为这一解释，是由于对"《大学》本末始终之序""泥而未通"，所以不是"对症之药"(《读四书大全说》卷4)。

他认为大学以修身为本而不是以格物致知为本;从格物致知到诚意正心,都是修身之事。其中,正心诚意是"就地下工夫",格物致知是"借资以广益",所以衡量一个政治人物,应以是否诚意正心为主要标准。他说管仲的缺点,不在于没有格物致知之功,而在于没有正心诚意之学。他强调"诚意者,天德、王道之关也",并说:"曾西之所以下视管仲者,正在诚意正心之德。故朱子亦曰:'生平所学止此四字'。"可见他是完全遵用朱说的。那么朱熹为什么又重言格致呢? 他说那是"为陆子静救也,其于陈同甫,则必以诚正告之"(同上)。

王夫之对于管仲的才能推崇到相当高度,和那些迂儒的见解不同,但同时对他的学术无本,也提得相当明确。他强调要以正心诚意之学为本,要有"欲明明德于天下之心",才符合于天德王道之条理,而不至变为"假仁义致富强之术"。把正心诚意和治国平天下的内在联系,讲得相当透辟。这是儒家立场,也即理学家的立场。所以认为王夫之是反理学的提法,是不符事实的。

在理学的各派中,王夫之最推崇张载,以继承张载学术自任,这是人们共知的事实。但他推尊张载,却并不排斥程、朱。在某些问题上,和程、朱的主张不同,而对程、朱的尊重,仅次于对张载的尊重。如前引他对朱注的评论,和程、朱的见解如出一辙,即是明证之一。又如对《孟子》"禹、稷、颜回易地则皆然"的注解,他不同意只从出处上讲,认为这样把"圣贤'致中和'之全体、大用说得容易"了。他赞扬朱子《孟子集注》中所说"各尽其道,退则修己"八字,"是扼要语"。禹、稷、颜子同道,是儒家有关修身和治国平天下关系的重要课题。王夫之说"'禹、稷、颜子'一章,只《集注》说得好",又说"兼以《论语集注》中……求之",正因为在朱注中,包含着颜子和禹、稷同道的真正血脉之故。

又如真德秀解《孟子》"人之异于禽兽者几希,庶民去之,君子存之"一章时说:"人、物均有一心,人能存,物不能存。"王夫之批评他说:"此语卤莽,害道不小。自古圣贤吃紧在此处分别。孟子明白决断谈一个'异'字,西山却将一'均'字换了。……心便是统性情底,人之性善,全在此心凝之。只庶民便去,禽兽却不会去。禽兽只一向是蒙蒙昧昧。……朱子云：'今人自谓能存，只是存其与禽兽同者'，此语如迅雷惊蛰，除朱子外，无人解。……孟、朱两夫子力争人以异禽，西山死向释氏脚跟讨个存去，以求佛性于狗子。考亭没而圣学充塞，西山且然，况其他乎！"（《读四书大全说》卷9）这里对朱熹的推尊是如何深切真挚！

又如王夫之曾在《周易外传》《尚书引义》两书中，提出天命日生日成的理论，这是中国哲学史中最卓越的见解。他在《读四书大全》中，又重述了这一理论，最后说："愚于《周易》《尚书》传义中说生初有天命，向后日日皆有天命，天命之谓性，则亦日日成之为性，其说似与先儒不合。今读朱子'无时而不发现于日用之间'一语，幸先得我心之所然。"（《读四书大全说》卷1）可见他认为自己的创见，在朱熹那里有一定的渊源，这是更高的推崇。

其他在批评朱门后学的错误时，屡次发出朱子死后理学衰变的慨叹，在《宋论》中指出史弥远解道学之禁，褒崇儒先，开始了儒学依附朝廷之腐败可耻，最后说："故朱子没而嗣其传者，无一人也，是可为太息者也。"（《宋论》卷14）这一段议论，不但说明了朱熹个人的遭遇，也说明了以后几百年朝廷对朱学的利用，这对于我们分析、区别理学本身和统治者的利用，以及王夫之对于朱熹的尊重，都有很大的启发意义。[①]

王夫之对程、朱的某些遗说，常有不同看法（最重要的是反对理先气后说、先知后行说，其他不同观点也不少），有时提得相当尖锐，但总的精神是景仰推崇。正如他对张载的个别论说也不完全同意。如他在《思问录》里曾说："君子之知生者，知良能之妙也；知死，知人道之化也。奚沤冰之足云？"自注云："张子亦有沤冰之喻，朱子谓其近释氏。"可见王夫之是真正坚持真理的学者，和一些党同伐异的俗学不同，所以我们不能根据王夫之和程、朱某些不同意见，认为他是反程、朱的。

王夫之讲到明代的理学家时说："昭代理学自薛文清而外，见道明、执德固，卓然特立，不浸淫于佛老者，唯顾泾阳先生。"（《搔首问》）如

---

① 鲁迅《且介亭杂文》中有《买〈小学大全〉记》一文，曾说："清朝虽然尊崇朱子，但止于'尊崇'，却不许'学样'"，分析得非常深刻。窃意鲁迅此文，可作为分析理学和统治者关系时的必要参考文献。

果按照理学中唯物主义的线索讲，王夫之应该以罗钦顺、王廷相为见道最明的，但他却认为薛文清而外，只有顾泾阳先生见道明、执德固。而薛、顾二人，都是程、朱学派①，这也是研究王夫之哲学时应该注意的一个问题，在《船山全书》中是否有特别称赞罗、王的地方，我没有遍查，不敢妄说。不过这里却是单讲薛瑄和顾宪成，可见他对程、朱学派是相当尊崇的。我觉得王夫之评论人物的特点，是总要把一个人的思想学术和他的品格气概联系起来，他之特别推重顾泾阳者，可能是由于顾的刚烈风度，比别的思想家更为突出之故。这样推测，也许未必符合于他的本意，但可以确知的是，他对程、朱学派是引为同道，而不是与之对立的。

我们还可以说，王夫之不但不反程、朱，而且有些偏助程朱的形迹。比如他对宋代学者，最反对、轻视的是苏氏父子，屡次予以批评。如在《搔首问》中，有一段讲到吕留良时，是这样说的：

> 近有崇德人吕留良，极诋陆、王之学，以卫朱子之教，是已。乃其称道三苏不绝，苏氏岂敢望陆、王之肩背者！子静律己之严，伯安匡济之猷，使不浸淫浮屠，自是泰山乔岳；明允说客之雄，子瞻荒淫之长，子由倾险之夫，于文字间面目尽②露。……朱子与子静争辩，子静足以当朱子之辩者。若陆务观、刘改之为子瞻余风所煽，固不屑与谈也。

三苏的品德确不能和王介甫及陆子静、王伯安相比，但说苏轼为荒淫之长，也有些过分。船山之对苏氏不满者，除由于做人态度、学术趋向不同外，可能多少是出于对苏轼轻侮程颐的不满。究竟对苏应如何评价，这里不谈。③ 所可知者，是就这一事看，王夫之对于程朱是尊为先辈而不是站在对立地位的。

前面提到黄宗羲不以范缜为自己的同道，而认为他的神灭论和圣学

---

① 薛为典型的程、朱派，顾也属于周、程派理学。
② "尽"原误作"自"。——编者注
③ 朱熹对于陆游相当重视，似非不屑与谈。

之明晦无关，这是从理学家的立场说的，那么看一下王夫之对范缜的评价如何呢？

王夫之在《读通鉴论》中说：

> 范缜作神灭论以辟浮屠，竟陵王子良饵之以中书郎，使废其论，缜不屑卖论以取官，可谓伟矣。虽然，其立言之不审，求以规正子良而折浮屠之邪妄，难矣。……夫缜树花齐发之论，卑陋已甚，而不自知其卑陋也。子良乘篡逆之余润而位王侯，见为茵褥而实粪溷。缜修文行而为士流，茵褥之资也，而自以为粪溷。以富贵贫贱而判清浊，则已与子良惊宠辱而失据者同其情矣，而恶足以破之？（《读通鉴论》卷16）

他认为范缜所说树花落地的比喻，是站在贵贱的立场而没有站在道德的立场，这是不能战胜子良的。他最后提出战胜贵族佛徒的办法是"有得于性命之原而立人道之极"。这显然是用理学家的思想来评论范缜的。这和黄宗羲的观点，基本相同。

究竟王夫之所讲的性命之原和人道之极，应怎样评析？特别是他的唯物主义同性命之原和人道之极，真正的联系是什么？在理论上有什么常会想到的困难？有什么突破困难的进一步理解？限于自己的水平，还没有成熟的意见，也不属于本文的范围。本文只对王夫之是反理学的这一提法，谈一点看法，希望得到同志们的指正。

（原载《中国社会科学》1982年第4期。此据《中国社会与思想文化》，人民出版社1989年版）

《中国史哲论丛》自序

　　50 年代以来，写过一些有关哲学和历史的文章，由于内容平常，数量很少，一向没有编集成册的要求和兴趣。1977 年后，在争鸣空气的高涨下，又写了几篇论述哲学史的文章。当时写作的心情，比二十年前更为兴奋愉悦，但写作的精力却不免桑榆晚景之感。因此想到乘此精神还未枯萎之时，把写过的几篇文字整理成册，以便翻阅检查，回顾走过的道路和足迹，对于个人来说还是一件有意义的事。如果其中有些许见解可供后来研究者的参考，或从讨论的问题中，可以反映出某一阶段的时代趋向，将会更有意义些。于是在朋友们的督促支持下，编成了这部论集。

　　书中收集了论文 12 篇，附录 4 篇，内容性质，正如书名所示，分为社会史、思想史两部分。思想史部分，多数是论述古代哲学思想的，少数是对现代思想人物的批判。两部分的篇目顺序，是按题目的时代先后排列，而写作的年代，却是评论现代思想的文章，比较在前。

　　1955 年冬，在全国展开批判胡适的号召下，结合自己的专业，写了《揭露并批判胡适标榜"反理学"的历史渊源和反动本质》一文（1956 年发表在《哲学研究》第 2 期上），是我解放以后写的第一篇批判文字。1956 年冬，写了《论中国接受实用主义的社会基础和思想联系》一文，是在批判胡适过程中，和雷海宗先生商榷实用主义的一些意见，当时在天津河北师院工作，和雷先生所在的南开大学，同属于一个领导系统，有机会听到他的"评胡适"报告，因写了此文，曾在《河北天津师院学报》第 2 期登载过。1958 年，转到河北北京师院工作，在响应批判资产阶级思想的号召下，写了《批判傅斯年在哲学、史学上两个谬论》一文，曾在河北北京师院院刊《劳动与教育》第 9 期上登载过。这三篇是本书中有关现代思想史部分。

1957 年 1 月，参加了在北京大学召开的中国哲学史讨论会。与会期间，应《人民日报》记者之约，根据自己的发言，写了《关于中国哲学史中唯心唯物主义斗争和阶级斗争的关系问题》一文，于 1957 年 2 月 4 日发表在《人民日报》上，这是我关于研究中国哲学史方法论方面的一点看法，这个看法，至今没有放弃、改变。

我虽念过历史系，但研究兴趣，总偏在哲学思想方面，所以很愿意参加哲学史方面的讨论研究，借以提高自己的认识。但思想史上的问题，不能单在思想史范围内解决，在继续研究的过程中，必然要追寻到规定思想倾向的社会基础上。因此自己的研究课题，又从哲学方面回到历史社会方面来。

中国古代社会性质，也即古代史社会分期问题，是各种社会科学都要涉及而必需理解的问题，也是长期以来没有得到解决的问题。从思想史的角度看，春秋战国的社会变化，尤其是解决问题的关键。但这一问题的圆满解决，难度较大，不论在理论上、材料上都没有达到圆满解决的时机，自己还没有解答这一问题的①足够条件，所以虽有些初步设想，却不敢作正面论述的尝试。不过在问题的侧面，比如从战国社会的演变发展上，探寻一些解决的线索，还较易着手。当时正在讲授秦汉史课程，便结合教学工作，写了《试论两汉时代的社会性质》一文，作为解答古代史性质的一个预备步骤。论文是 1957 年 3 月写成的，1957 年 5 月在中国科学院第二次学部委员会史学组报告讨论过。（因当年科学院哲学研究所曾调我到该所工作，河北天津师院只同意在哲学所任兼任研究员名义，从事研究。冯友兰先生是哲学所中国哲学史组组长，同意我把学校的论文题目，作为哲学所的兼任研究员题目，便将《试论两汉社会性质》一文推荐到学部委员会上列席讨论。）讨论后，应《历史研究》编辑部约，将原文压缩了一半，于 1957 年 9 月登载在《历史研究》第 9 期上。

经过反右、"大跃进"运动后，1961、1962 年间，运动风浪有一度的暂时平静，这期间史学界发表了许多讨论国有土地制的文章，这一问题

---

① "的"原脱。——编者注

和中国封建社会的经济形态、阶级分野，都有关涉，引起我的思考兴趣。在学习的过程中，写了《关于中国封建土地所有制讨论中的若干问题》，表达了我对土地国有制的看法（曾在《历史研究》1962 年第 2 期上登载，以后又在北京史学会年会选辑上登载过），此后这个问题的争论，近于尾声，也就没有再事研究。

这两篇是本书中属于社会史部分的论文。

正当史学界争论国有土地制的时期，哲学界相继展开了孔子哲学和庄子哲学的讨论。我对于孔子思想虽也有些想法，但因对春秋时的社会性质，尚无定见，准备对这一问题稍有自信的理解之后，再加论述，所以没有参加孔子讨论的意愿。而对于庄子哲学的讨论，则很有参加讨论之意。因为二十年前，曾做过一些庄子考证的研究，写过《庄子考辨》的论稿。由于抗战开始，不愿继①续搞脱离现实的东西，便长久搁置起来。1961、1962 年内，看到许多讨论庄子的文章，很想提出自己的意见参加讨论，因当时忙于教学，又正在写关于国有土地制的文稿，未得兼顾。1962 年后期，结束了国有土地制问题的探索，于 1963 年初开始，把久已搁置的《庄子考辨》文言文稿重新整理起来。在政治学习、教学工作的交错中，以蜗牛般的速度从事整理，经过两年的时间，尚未将全书整理完毕，便开始了《海瑞罢官》的批判，接着是"文化大革命"，当然不可有研究这些古老思想的余裕和兴趣了。

不过在开始批判《海瑞罢官》之际（1965 年冬），主持者还没有亮出发动批判的真正意图，人们对吴晗还可以称同志。当时对《海瑞集》浏览一过，于是从学术研究的角度，写了《评海瑞〈泰②伯论〉中的反动思想》一篇短文，表达我对于海瑞反民主思想的意见。这种文章的写法，当然不合于当时的功令，也满足不了频来索稿的记者们之要求，但对于学校的号召，还可完成交卷的任务（该短文曾登载在河北北京师院院刊《思想战线》第 3 期上）。因为是评论海瑞而不是批判吴晗同志，所以现在还可照原文形式，保存在这个论集里。

"文化大革命"时期，浪掷了宝贵的光阴，不能写也不想写一个字，

---

① "继"原脱。——编者注
② "泰"原误作"秦"。——编者注

儒法思想本是平常研究的课题，但在所谓评法批儒的运动中，简直无一语可言，只能在悲愤的沉默中，静观运动的趋向，渴望着黎明时期的到来。（1974年中，曾有友人介绍，给北京师院编注王船山法家思想论著的学员们，讲过《船山遗书》中的若干篇章——《薑斋文集》中的"君相可以造命论"《尚书引义》中的若干章节——当时曾举出文集中的"老庄申韩论"为例，和天真的同学说："说王船山是唯物论者，相当容易，说王船山是法家，你们这任务不容易完成。"这也算是对儒法问题发过一言了。）

日夜盼望的争鸣曙光，终于露出来了，这才舒了一口气，写了《论子产的政治改革和天道、民主思想》和《论春秋时期有关"仁"的言论和孔子的仁说》等文，表达了我对从关锋到梁效等所代表的评孔意见。1980年初，应社会科学院哲学研究所同志之约，为《中国古代著名哲学家评传》一书，写了《孔丘评传》，将两文意见和我对春秋社会的初步看法，结合起来略加陈述，算是本书思想史部分的中心论题。这些意见是否正确，有多少正确性，不敢妄说，可以一说的是这些意见是根据自己的"良心"认识写出，而不是在指挥棒下，仰承鼻息而写的，所以这一禁区的开放，确是国家政治革新、思想解放的一个标志，也是对于个人前进的一个鼓励。

1981年中，在海外学者的推动下，久被定为最反动的理学禁区也开放了。在参加宋明理学讨论会的前夕，写了《论理学的要旨和王夫之是否反理学问题》一文（1982年登在《中国社会科学》第4期上），表达了我对理学本身和朱熹、王夫之等思想的一些看法。这些看法，在批判胡适一文中，也曾涉及，其中错误之处，一定很多，希望能得到读者的批评指正，对这一问题，共同讨论，推进下去。

在写《孔子评传》前后（1980年—1981年），曾将60年代整理完的《庄子》内外篇考论，发表了一部分。写完《孔子评传》后，把没有改写完的《庄子》杂篇部分整理完毕，接着写了"庄子的哲学思想"和"道家思想的发展"等章，作为对庄子研究的暂时结束（全书定名为《庄子新探》，由社会科学院哲学研究所交由湖北人民出版社出版）。本书收入的《庄周述略》一文，是应社会科学院历史研究所编辑的《中华民族杰出的历史人物丛书》之约而写的，主要是根据《新探》中的哲学部分，提要而成，是本书中写作时期最晚的一篇（1982 年 5 月）。

关于十二篇文的写作经过，大体如是，其中如有多少可取之处，还须经过时间和事实的检验，才可评定，其中许多纰谬之见，希能得到读者的批评指正。

另外有四篇附录，是 30 年代在清华大学研究院时的作业论文。其中（1）《六朝儒经注疏中的佛学影响》一文，是进修陈寅恪先生讲授"佛教翻译文学"课的学年论文；（2）《读〈世说新语〉札记》，是进修陈先生讲授"世说新语和魏晋哲理①文学"课的学期作业；（3）《庄子与斯宾挪莎哲学之比较》，是进修冯友兰先生"中国哲学史研究"课的学年论文；（4）《共工振荡洪水故事和古代民族》，是进修闻一多先生讲授《中国古代神话研究》课的学年论文。

这四篇文，除第三篇曾于 1946 年在《文艺与生活》上登载外，其余三篇，都没有发表过。从内容性质上讲，前三篇是讨论思想史的，和前列思想史部分，性质相同；第四篇不是专论社会史和思想史的，但和两方面都有一定联系。所以放在本书附录中，还不算离题太远。

从四篇文的内容价值看，四十余年前的作品，当然谈不到什么新时代的学术价值，不过由于是自己用过一番心的劳动成果，总有点敝帚自珍的私见。从这个私见出发，觉得其中谈到的某些问题（如魏晋玄学和名理学），当时还没有现在这样普及，有些论题一直没有多少人讨论过（如儒经注疏中的佛教影响）。有些引用过的材料，对于后来的研究者，可能还有一定的参考价值，至少可以节省一些搜集的时间。有些分析和推测，在本文中虽没有构成系统而圆满的结论，但不全是无稽废话，或许可以引发后来的新颖创见。因此，为了将来的参考和过去的回忆，愿意保存下来。特别是这几篇文，曾经过几位大师的指导评阅，与个人的平常作业意义不同。三位导师中，除冯先生健在外，陈、闻二师，都已先后作古，面对尊敬者手批过的文稿，不忍轻予废弃，这就更有保存纪念的意义。由于年龄精力关系，不可能遵照导师的指示，重新对久未思考的问题，钻研改作，所以这几篇附录，纪念的意义，比本身的学术价值较为大些，这也是应该向读者声明的一点。

---

① "理"原误作"学"。——编者注

从 30 年代到现在，半世纪的光阴很快逝去了。在平凡的一生中，只写了寥寥十几篇平凡文字，说明自己的才力庸下，工作松弛，不足为青年的先导，只希望一点追求真理老而不衰的精神，可以在建设社会主义新中国的时代，和中青年同志们共勉前进而已。

原书目录如下：

一、试论两汉时代的社会性质

依据 1957 年科学院原讨论时印本付排。1957 年《历史研究》第 9 期文系据本文缩编。

二、关于中国封建土地所有制讨论中的若干问题

（原载《历史研究》1962 年第 2 期）

三、关于中国哲学史中唯心、唯物主义斗争和阶级斗争的关系问题

（1957 年 2 月 4 日《人民日报》）

四、论子产的政治改革和天道、民主思想

（原载 1980 年吉林《社会科学战线》主编《哲学史论丛》）

五、论春秋时代有关"仁"的言论和孔子的仁说——驳关锋的春秋时仁的三种类型说

（原载《哲学研究》1979 年第 12 期）

六、孔子评传

原载社会科学院哲学研究所编的《中国古代著名哲学家评传》第一册（齐鲁书社 1980 年出版）。

七、庄周述略

系社会科学院历史研究所编的《中华民族杰出的历史人物丛书》之一（原名《庄周》），本年将由中国青年出版社出版。

八、略论理学的要旨和王夫之对理学的态度

（原载《中国社会科学》1982 年第 4 期）

九、评海瑞的《泰伯论》

（原载 1965 年河北北京师院院刊《思想战线》第 3 期）

十、揭露并批判胡适标榜"反理学"的历史渊源和反动本质

（原载《哲学研究》1956 年第 2 期）

十一、论中国接受实用主义的社会基础和思想联系

（原载 1957 年《天津河北师院学报》第 2 期）

十二、批判傅斯年在哲学史学上的两个谬论

原载河北北京师院院刊《劳动与教育》第 9 期（1959 年），原题为《批判傅斯年在哲学史学上的反动观点和谬误考证》，收入本书时，将原文后半篇编入《庄子新探》一书内，保留前半篇改题今名。

附录：

《六朝儒经注疏中之佛学影响》（1935 年旧作，未登载过）

《读〈世说新语〉札记》（1937 年旧作，未刊）

《庄子与斯宾诺萨哲学之比较》（1934 年旧作，曾载于 1946 年《文艺与生活》第 3、4 两期）

《共工振荡洪水故事与古代民族》（1936 年旧作，未发表过）

（此论文集，于 1983 年夏交齐鲁书社，据云约在 1984 年可以印出。）

（原载《河北师院学报》1983 年第 4 期，后略改，作为《中国社会与思想文化》一书自序，因内容雷同，本书不再收入。）

章太炎对于二程学说的评论

辛亥革命时期的章太炎是著名的古文派经学家，又是深通诸子学及佛学的学者和革命家，对于宋明理学，非其素所尊信，但他对于理学家的评论，却有独到的见解。《检论》中的《通程》篇，即是一个例证。《通程》篇开首，从汉魏晋唐的学风说起，说到北宋的理学各派，认为魏晋间人多知玄理，唐人专好文辞，微言几绝，宋自庆历以后，始有儒言。但孙复、石介等人，时或近怪，犹有唐人遗风；庆历以后，才有"审谛有内心"的儒家。各派中，周、邵近于纬候阴阳，张氏也有神学杂质（淫于神教），善于述作的只有二程。以后发展到南宋，分为闽婺、永嘉等派，互相争论，也互受影响；但都溯源于程氏，说明程学的包罗是相当广的。

在开首这段里，除了对于张载的看法和我们的相反外，基本上是正确的。（当时严复对横渠也多误解，原因起于何处，须另加讨论。）

《通程》篇的中心部分，是对于程学的评论，可分几点论述。

一　程学和佛老的关系

章太炎认为"二程于释老之学，实未深知"，但"有暗合"的地方。在佛老二派中，二程和庄老接近，和佛学"相隔甚远"。但又说二程对庄老的批评，亦多不当。比如程氏批评庄生不知"物本自齐"的道理，其实庄生的《齐物论》正是以不齐为齐的。程氏批评老子"圣人不仁，以百姓为刍狗"说的不当，不知世界上正多以百姓为刍狗的现象。如"制器作物，皆劳苦其父兄，而为后嗣营谋安乐"等事，正是以百姓为刍狗的事例。

这一评论，基本上是正确的（辩圣人以百姓为刍狗说，有不圆莹处，当细讨论）。

只有对于二程以佛家的怀生畏死为自私的答辩，显得理据薄弱，不能成立。

一般说来，有儒家传统的中国人，多半没有积极追求不死的要求和信仰，理学家更自觉地树立"仁者以天地万物为一体""存，吾顺事；没，吾宁也"的人生态度（二程说过"圣贤以生死为本分事，无可惧"，《程氏遗书》卷1），所以认为佛家的怀生畏死是自私的。太炎没有对于这一态度提出反论，建立更高的原则，而只说怀生畏死是人之共性，并以"自非无生，孰能无死"为理由，辩解佛家不是自私的，这仍是站在追求不死的前提下，进行辩论。从我们非宗教信徒者看来，当然是没有足够的说服力的。

不过这一带有根本性的复杂问题，不是《通程》篇的重点，本文自也没有详论的必要了。

二 对"存天理，去人欲"说的分析评论

"存天理，去人欲"是理学中最重要的命题，也是近代人反对理学的集中论点，《通程》篇中集中讨论了这一问题，有极为精辟的见解。

他首先分析"天理""人欲"二词的确实意义是什么，其次论到这一主张是针对什么问题而提出，也即主要是对什么人说的。这两个问题提的非常扼要，也正是现在人们自觉或不自觉地争论的关键所在。

他对于第一问题即"天理""人欲"二词的涵意问题，认为二程所说的"天理"是指"物则自然"（与现在所说的宇宙精神不同），所说的"人欲"是指人的私利而言（并不包括人生一切欲望），对于这一主张的评语，是"其实是，其名非"，这即是说二程主张人应当尊崇物则自然，去掉私利欲望。这个实际道理是对的，但用"人欲"二字代替私利，在字义上容易引起混乱。所以用"其名非"一语，指出其缺点所在。章太

炎几次说过理学家不讲名学，"言议或函胡①，不可绳以名家"。

这一分析，不但能理解二程学说的实质，而且能指出它表现方法上的错误，这比一般笼统地以西方宗教家的禁欲主义，来理解"存天理，去人欲"的意义深刻多了。这样理解，既可以和程氏的整体学说及生平实践互相印证，又可以指出如何整理程学，使意义清楚，较有系统，所以说它是相当深刻的。

太炎提出"其实是，其名非"的评论后，接着说，程氏后来的门徒们，把他的"存天理，去人欲"说，逐渐掺杂了佛氏理论以讲人伦政事（攀缘佛氏，以游方内），这就枉戾不当，不如荀卿远甚了。

太炎认为自来讲"理""欲"问题，以荀子《正名》篇中所说"心之所可中理，欲虽多，奚伤于治？心之所可失理，欲虽寡，奚止于乱？""虽为守门，欲不可去；虽为天子，欲不可尽"等一大段理论，最为精当；后世戴震，说明"理欲不相外"的道理，名为疏证《孟子》，实际是原本于荀子的理论。如果从政治上（县群众，理民物）的作用方面看，二程之徒的理论是比不上荀子和戴震的。不过从大程的《定性书》看，他在从政时，也决不以去欲说为依据，而是在修身方面（蓄德修行）提倡此说。

从修身方面看，孟子、荀子都主张寡欲，反对追求享受（引《荀子·正名》篇及孟子寡欲说），因为修身和治民，本来情况不同，应该各有偏重的。（束身之于宰世，其道固未可均也，虽偏有所主何害？）这一论断，更为扼要精辟，是澄清理欲问题的理论关键。

章氏在《释戴》篇中（《太炎文录》卷1），有同样的论断，他说："凡行己②欲陵，而长民欲恕"，"欲当即为理者，斯固竦政之言，非饬身之典矣"；又说："洛闽之言，本以饬身，不以竦政。"这比《通程》篇讲的更明白了。

但在语气上，不如《通程》篇更为准确（"偏有所主"和"不以竦政"的意义不同）。因为二程提倡"存天理，去人欲"，虽然主要是为了个人的修身立德，而与政治也并非毫无关系，因为这虽然是一个关于修

---

① "函胡"，今作"含糊"。——编者注
② "己"原误作"已"。——编者注

身的普遍立说，但应用在不同地位的人身上，就有不同意义。对于一个普通人或老百姓说，它是一个修身的格言；对于统治者特别是对于最高统治者帝王来说，它就同时是一个政治准则。因为中国的传统政治，总是和伦理结合在一起；中国的传统政治，即在最清明时期，也总是人治而不是法治。所以统治者的修养品德，与国家的治乱兴衰，关系至密（其实即在法治国家，两者也非没有关系），所以统治者的修身准则，也就是施行仁政的政治准则，从诚意正心到治国平天下是一系列事的不同环节。因此，理学家们给皇帝的上疏奏议，总是从正心诚意说起，以"格君心之非"为起点，然后才讲到政治上的具体整顿措施。从这个角度看，就可知"存天理，去人欲"说的提出，主要是对哪一阶层人说的问题，就很容易解决，而毋须多加争议了。

其实，关于"理""欲"说的偏重问题，早在董仲舒的书里，就有类似的适当论断："治身之与治民之法，先后不同。治民先富后教，治身先难后获。先饮食而后教诲，谓治人也；先其事而后其食，谓治身也。"（《春秋繁露·仁义发》）董仲舒的这一论述，没有受到后世的重视（因已经包含在理学中），到了近代，就更加无人注意了。所以章太炎在《通程》篇中所说，对于我们现在评论"理""欲"问题，仍有很高的指导意义。

三 对《定性书》的推崇

章太炎认为大程的《定性书》是其全部学说的重点，当以《定性书》为中心，衡量其他部分的得失。对于《定性书》的总评是"言近而旨远"，认为依照书中所说"廓然大公，物来顺应"的方法行事，可以达到"无为而治"的境地。并说这是对老子"圣人无常心，以百姓心为心"的发挥。

这一论点似不如上一论点之更为卓越。《定性书》是流传下来唯一属于程颢自著的文字，认为是程学的主要部分，当无不可；但把它的重要性，放在《识仁》篇之上（《识仁》篇的内容原为语录一段，《宋元学案》加此题目），似不确当。

早在南宋时期，叶适就说它是老庄之说，这和太炎的解说，有些相近。不过叶适是批评程氏此书，而章太炎是推崇此书的，这是两者的不同。我们认为《定性书》中所讲，确有与庄老相通之处，"以百姓心为心"的思想，可以作为相通的一点，但章氏说"名曰定性而宛，实藏南面之术"，完全解释成为政治理论，则不够正确。

关于《定性书》的哲学意义，和它在程学中地位，以及和后来陆、王之学有何关系，这里不能详论，可以一说的是章太炎在推崇《定性书》的同时，提出一个评论思想家的方法，相当有指导意义。

他认为评论程氏的学说，不应只在字句文字间讨论，而应当有全面、完整的观点，从人生态度、行谊品格各方面结合学说的内容，加以考察（"疏观人物品性，明征迹状"，"旷观其意，稽以经典"），才能有会通的理解。他结合《定性书》来分析程氏之理欲说，就是实践他这一主张而取得的成绩。他在个别具体问题上，指出程氏评老庄说的不当，而从整体上又认为程氏之学于老庄为近，以及对程氏哲学和经学的分析（详下），都是应用这一方法的。

四　评程氏哲学及其经学的关系

评论二程的哲学，不能离开他们的经学解说，章太炎认为他们是"宋世高材，心有自得"；但不精于名学，有时言议含糊，同时采用经义，来讲自己的哲学，和原来的经义不相吻合。因此，引起后人的许多议论，但自来九流之儒和解经之儒，不属于同官，应当把解经的是非和哲学的是非分开。

他认为王阳明恢复古本《大学》，就尊经说是对的，但对于究明真理，古本《大学》也无大用；阮元著《性命古训》，对于解释"性""命"等字的古义是对的，但不能以此为完成真理。对于后世程、朱派和陆、王派之争，他认为宋明以来攻守双方，都以《戴记》为本，即使在《戴记》里能说通，也不能对其他书也说通。他指出：应当研究人物之性的实状，不应仅仅比附经记中的故言。这种论断，有接近科学方法的意向。从这个角度出发，他不认为后世批评程学的议论都是正确的。他认为二程对于辩析名相，非其所长，但如能从全面看，整体精神看（旷观其意，稽以经典），则知他有心得，和经生不同。由于后人不能"旷观其意"，从总体精神上讨论程学，因此使批评程学为支离玄虚的学者，比程氏更加支离、玄虚了。

这里对二程哲学，没有下十分肯定的断语，但从他对于王阳明、阮元以及一切不能从总体精神上看待程学者的批评看来，他尊信程学之意溢于言表，说明他的评论，是相当审慎而力求恰如其分的。

章太炎本属于正统派的经学家。经学家们，往往拘限于文字训诂的疏证，而轻视思想实质（太炎在其他文中，也偶有此病）。而他在这一文里，特别能摆脱这一拘限，直接从思想整体处评论分析，这自然是他深研诸子学、佛学的结果。也可以说在章氏全部学说中，是一篇具有特色的作品。

五 论程氏关于语言的见解和对于《易》《诗》的态度

章太炎运用他综合看问题的方法，对于小程论语言的见解，相当钦佩。他认为伊川所说："名出于理，音出于气"①，"可谓知语言之情者"。并说：他自己从前作《文始》和《语言缘起说》时，发现名号音义所由来的原理，后来"阅程氏书，适有是说"，和自己的主张完全相合。这一道理"古人未有言之者，颇怪叔子不治《说文》故训，而能道此，其聪睿不可及也。"又说程氏系的弟子，"或考古文铜器"，批评"王氏字说之诬"，可见"程氏之学，所包络者广也"。

这一评论是对程学的衷心称赞，和他处对程学的一般称许者不同，因为程氏从哲学观点论语言的见地，正符合他自己多年的研究，所以给与向来未曾对任何学者有过的高度评价。这也许就是他放弃汉学家立场，而重视程学精神的一个契机。

除这一点外，他从九流之儒不同于经生之儒的角度，评论二程经学，认为"儒家之学，虽多本六艺，然举大义而已"，所以解经可以和六经原义有些出入，如果勉强接合，对于本经及解经者本人的原意，都会有害，

---

① 《程氏遗书》卷1："凡物之名字，自与声气、义理相通。……如天之所以为天"，"盖出于自然之理，音声发于其气，遂有此名此字。"本节引文是它的概括。

如"二程之学《大学》"就属于这种性质。

不过除《大学》外，二程对于他经还能"遵守古文大义"，只缘"后进（指朱熹、王柏等）之好诬"，他认为二程论《诗》《书》，"上尊仲尼、卜商之序"，说《易经》"崇信十翼"，讲人事，不信图书变怪，"同时不取永叔、尧夫，而下与元晦绝远"，并说"近世和合汉宋之学者（指陈澧等）以元晦明于名物，不失汉儒大法，而叔子（程颐）反遗焉"，这是"举细故而遗大义，曲恕变怪而忽忘经常"。

这一评论，有其合理部分，但也显出他尊经信古的旧立场。称许程氏解《易》，重人事不信图书是对的，可是反对欧阳修、朱熹的怀疑《易传》、《孝经》，而墨守《诗序》的陋说，仍然是清代以来正统汉学家的衣钵，和他不相信甲骨文的固执是一致的。至于批评陈澧等之称朱遗程为曲恕变怪而忽①忘经常，也是由同一立场而来的偏见。关于章对程、朱的不同评价，需要怎样理解，不属于本文的范围，这里只说章太炎在《通程》篇中，有极超拔的见解，但也留存一些汉学家的旧见。

六　对程氏两个遗说的解释

由于章太炎从整体精神上推崇二程，因此对于程氏几个长期受到讥议和反对的遗说，也作了些辩解。

第一个是对于程氏"饿死事小，失节事大"说的分疏，他认为这话诚然过当，但也是"因缘旧传礼俗而言"，而且程氏说过男子不当再娶的话，"其意盖谓夫妇皆当坚守契约，未当偏抑妇人也"，这样就和孤立看原话的意义不同，不是单方面压迫妇女的说教了。

第二个是对于以诵史为玩物丧志的解释，他认为程氏说读史为玩物丧志，是对于当时一般人把读史当作炫博谈助的纠正，"驰于口耳，固宜裁也"。他认为这种倾向，应该加以裁削，也是"圣人去甚去奢"之意，并说宋人一般娴情多闻，虽加以裁削，也不会落到废史的地步。这样结合宋代情况，对于玩物丧志说的批评，就可以理解了。

这两点解说，近似《通程》篇中的插曲，似无重要关系，但也看出

---

① "忽"原脱。——编者注

章太炎对于程学的全面了解和相当尊重的程度了。

《检论》中的《通程》篇，本是由《訄书》中的《学蛊》篇改作而来。在《学蛊》篇中，只说宋代学术的遗害，不是程、朱，而是欧阳修、苏轼，只说程、朱不是"尊君卑臣，小忠为教"的罪魁；《通程》篇则对程学有进一步理解，与以相当推崇。

《学蛊》篇的结尾，说："赫赫皇汉，博士黯之，自宋以降，弥又晦蚀"。对于唐以后学术，无所推崇。而《通程》篇的结尾，则改为"赫赫皇汉，博士黯之，魏晋启其明，唐斩其绪，宋始中兴，未壮以夭"。

这里把"包罗甚广""善于述作"的程学，作为中国学术中兴的代表，而惋惜其没有得到正常的发展，中道夭折了。因此致叹于当世的新圣，不知如何振兴中夏学术，可见他因评论程学而引起的追思感想，是意味深长的。

章太炎的学术评论，往往因时事的变化、敌对派的言论，而改变自己的论调。如对王阳明的评论，就是针对康有为的学说而有所隐射的。《通程》篇的思想，是否也因某一时事而发，没有研究以前，不敢臆测。现在只就文论文，我们认为他对二程的评论，相当深刻，已摆脱汉学家的成见，开拓了学人们的心胸、思路，和《訄书》时期相比，单从纯学术方面说，是更加全面深化了。特别是关于理欲说的分析，相当精辟，直到现在，还有指导意义，这是难能可贵的。

以上是读了章氏《通程》篇后的一些感想；由此联想到有关中国哲学史和中国思想史的对象范围问题。

我觉得以《通程》为例，这是一篇思想史的典范，而不是哲学史的典范，它讨论到历史学术流派、哲学问题、政治问题、经学思想、文字语言思想、史学思想……，而不是专就哲学上某一问题，如本体论、知识论……中某一专题叙述辩论。和王国维的《论性》比起来，明显看出王文是哲学史的典型，而章文是思想史的典型。

中国哲学和西方哲学比起来，中国哲学的内容主要是伦理道德和政治思想，和社会、历史、政论、文学等方面的思想常交织在一起，不容易和哲学思想严格区别开来，所以中国哲学史实际上就是中国思想史的中心部分。不同作者，可以就其研究心得，写出范围广狭不同的中国思想史，取得一定经验和成绩之后，特别是对于各代哲学家的专题研究，有比较深细研究之后，则写出严格区别于思想史的哲学史。现在似不妨着重于从事各时代具体问题、具体人物的研究，不宜在讨论对象范围等抽象问题上花过多的精力。谬见如此，请予指正。

（原载《中国哲学》第 13 辑，人民出版社 1985 年版）

试谈溇江诗的思想和风格

　　1985 年春在《河北师院学报》第 1 期上，读到了黄宏荃①君为其尊人②写的《试论溇江诗》一文后，知道溇江诗的作者，就是我几十年前久已闻名的中国著名法学家黄右昌教授，不禁对这位学识渊博，既精专业，又有丰富而高超之诗作的学者，发生崇敬之感。

　　宏荃是研究西方文学的，而对中国文学有相当修养。他对于中国文化的优良传统有深刻体会，常和我谈到这方面的问题，也常谈到溇江诗中所表现的高尚品格，因此引起我愿一睹溇江全诗的兴趣。宏荃近一年来，正在整理溇江诗集，详加注释，准备出版问世。在注释将要完成之际，他要我写一点近于题词或后序的文字作为纪念，我感到相当恐惶，因为我多年来离开文学本行，旧日所知已多荒废，何敢对前辈诗作有所论列；但因感于宏荃的纯真孝思，不忍坚决辞谢，就在不安的心情中接受了他的重托。近几月中，将《溇江诗选》浏览一过，对其中若干篇章，细读多遍，觉得黄老先生的诗，确实是晚清以来旧体诗中不可多得之作。大体说来，有以下几方面的特点：

　　读溇江诗首先感到的是其中贯彻着爱民族爱国家的深厚感情，如在

---

　　① 黄宏荃（1925—2009），字寅亮，号虔斋，又号抱璞子，湖南省临澧县人，晚清著名诗人黄道让先生曾孙、南京立法委员黄右昌幼子，翻译家、诗人。1951 年毕业于湖南大学外文系，1975 年 7 月调入河北师范学院外语系任教。——编者注

　　② 黄右昌（1885—1970），字黼馨，号溇江子，黄道让的嫡孙，湖南省临澧县新安镇金坑黄家棚人。著名法学家、诗人。——编者注

《东渡舟中感怀》① 中缅怀班定远②、鲁仲连之为人，《戊申③归国感怀》诗中有"嫖姚何忍独为家"的悲壮诗句。及至九一八事变后，爱国感情更为浓厚激昂，在1931年《农历中秋④愤东北之变夜不能寐》诗中写出如下悲愤满怀的诗句：

> 万案虚悬等石沉，徙薪曲突早知今。
> 一群狐鼠逃亡尽，举目河山创痛深。
> 锄恶椒山自有胆，丧权叔宝全无心。
> 凄凉今夜辽阳月，国破家亡泪满襟。

诗人的爱国肝胆，几乎要破裂了。

《榆关失守感赋八首》，情怀更为深蕴，艺术风格也更为高远：

> 耻被儒冠误，怆然感岁华。
> 盈庭风过水，大漠血飞沙。
> 读律如鸡肋，穿墉自鼠牙。
> 匈奴长不灭，何处是吾家？

在"大漠血飞沙"的情境中，想到"匈奴长不灭，何处是吾家"的前途，对自己被儒冠所误，终日钻研法律，真如鸡肋之无味，这种悲叹和自责，比仅仅痛骂丧权辱国辈的悲愤，更为伟大深厚。

下文写道："博浪椎秦后，而今孰继之？谁来教孺子，我且为婴儿。"不仅对国破家亡感慨系之，而且表现出要急起直追、寻求杀敌本领的急切愿望，气壮情深，十分感人。这一类诗，饶有步武放翁、追踪少陵⑤的气概。

从忧国忧民的心情出发，诗人对历史上的忠烈义士和昏君奸邪，唱

---

① 作于1902年。——编者注
② 班超，封定远侯。——编者注
③ 戊申，1908年。——编者注
④ 1931年9月26日农历中秋。——编者注
⑤ 陆游号"放翁"，杜甫号"少陵野老"。——编者注

出爱憎分明的感叹。如《游北固山望长江放歌》一诗中，对于见长江而联想起来的历史人物，发抒了激昂的赞仰与批评。"六朝天子可怜虫"，骂尽了南朝的昏淫君主。"万里长城自毁坏，胡马南来势汹汹。"对檀道济的被杀，深表同情，不胜悲叹。而对于像姚广孝一流奸人的残忍诡诈，无论其在战争上取得怎样"杀气满天江水红"的可耻胜利，只能增加诗人的藐视和痛恨。这种怀古诗和单纯的咏史诗不同，它是结合了作者的游历环境和史事想象而发出的咏叹。集中歌咏同类题材之作，如歌颂抗倭英雄戚继光等篇，都很精彩，具见作者的感情思想总是不离关心民族存亡兴衰这一中心的。

特别可以一提的是，诗人所仰慕的最高人物，不是如一般诗集中常见的叱咤风云的英雄豪杰，而是具有"先天下之忧而忧，后天下之乐而乐"的胸怀，如范文正①一流的圣哲伟人。诗人在《登天平山怀范文正》一诗中写道："人言无用是书生，似此书生古今鲜。"这样的具有崇高品学，而又能整军卫国，使敌人闻而胆寒的范仲淹，才是他最崇敬的对象。这种意境是一般才人诗中很少有的。

溇江诗的另一重点，是把代表中国传统文化特点的孝友感情，表现得非常深切。如《还山扫墓纪事抒怀八首》云：

> 眷我读书堂，思亲泪两行。
> 课经忘夜永，纺绩授衣忙。
> 手泽今犹在，薪传老不忘。
> 陇头来扫墓，一步一悲伤。

《对月有感示儿辈》写道：

> 而今所记者，都出双亲赐。
> 早知今退速，悔不幼进锐。

溇江诗作者，12 岁进秀才，17 岁中举人，这在旧社会是认为无上荣誉

---

① 范仲淹，谥号"文正"。天平山为其祖茔所在。——编者注

的。一些文人才士的诗文中，总要流露出得意之态，而溇江诗人在回想到少年时的顺境时，最主要的感情是感念双亲对自己的恩养教诲，而叹息自己的进锐退速。"早知今退速，悔不幼进锐"，这种由孝思而来的谦退情绪，也是一般文人诗中所少有的。

自少陵、香山①后，歌咏社会民生的诗，在诗中占有相当地位，人们往往从诗中有无歌咏"生民病"的篇章，评述作者的志行立场，到了现代，更是衡量诗格的重要方面。这是时代的进步。

溇江诗中也有这方面的动人篇什，如《山居漫兴七首》其五云：

> 陟巘询耕者，终朝耦几弓？
> 怜他双脚赤，愧我一冬烘。

作者对农民的同情，和对自己的谴责，凝结在十个字中，感情何等高远而真挚。

在《一九三八年家居感怀》一诗中，有"大抵彝伦存野老，最怜清瘦是农村"之句，同样表现了对家乡故老的深切关怀。

这一类诗在集中量虽不多，而质却很高。评判诗的高下，主要看感情是否真实，而不是单看表面的词句铺陈。这种关心农民疾苦的感情，是和赞仰先忧后乐的抱负联在一切起的。

以上各诗，感情豪放，气骨高远，是集中具有的一种特色；在另一类歌咏自然的诗中，又有极其清隽而婉约的情调，不比第一类诗为逊色。如《宿汤山晓发宝华山》一首有句云：

> 浴罢一枕眠，为周或为蝶。
> 野坰②四郊清，尘静万籁寂。
> 蛙鸣当鼓吹，鸟啼转清越。
> 山头几点星，天际一钩月。
> 时有犬吠声，灯火光明灭。

---

① 白居易号"香山居士"。——编者注
② "坰"原误作"迥"。——编者注

又如《题画自遣二十四首》其四：

> 岩颠飞瀑布，石罅老春花。
> 雁字诗人觉，跨驴访酒家。

这些诗句，清丽隽逸，情景交融，给读者以超尘脱俗的感受，是诗中另一境界。集中像这一类出色的名句，俯拾即是，如"池影经秋瘦，松声着雨闲""乾坤双老眼，风雨一高楼""驴背肆游观，野茶花如雪""历历水程七十里，疏星淡月过苏州""涧水无声常绕竹，梯田有树便成山"等句，不胜枚举。可以说，各种不同的意境在诗选中都分别有所表现。

我要特别一谈的是：集中有几首古风，在同一首诗中，即表现了丰富多彩的色调，应是全集中的上品。我指的是《五老峰放歌》《葛岭初阳台观日出》《普陀梅岑峰观日出》等诗。这几首诗都以刻画景物见长，而同时将议论、哲理和感想抒情融为一体。

《五老峰放歌》描写在云雾中看五老诸峰出现的变化景色。

> 云迷更兼零雨濛，冷气袭人等冰霰。
> 有时云气帛裂缝，空中隐约见一线。
> 天风忽尔从东来，下与云气相激战。
> 至此眼界始大开，五老须眉齐发现。

这时四面远望，各处佳景俱在目前："万千气象一刹那，望眼仍为云雾幻。"诗人想到如果初到五老峰，便看到山中各峰，不过等闲一顾盼耳；由于继续等候时机，才看到一峰峰的真面目，"乃知看山与诲人，苦中生乐在不倦"。从游观山色风景中，体现了平日诲人不倦的精神：思想感情已融为一片。中间描写山峰变化的情景，很有追攀刘梦得描写《天坛遇雨状》的笔力，而最后的散文化句调，则是宋人沿袭韩、白而来的余风。

《葛岭初阳台观日出》诗，和五老峰一诗有相同的风格。开首四句：

> 昨夜既望月正圆，波光云影共一天。
> 今朝昧爽观日出，皎皎犹见昨夜月。

自然高雅，颇有张若虚《春光花月夜》的余韵。接着写道：

> 月往日来何足奇，难得同时两见之。
> 俄焉五色涌扶桑，满天星斗都无光。
> 回头不见昨夜月，唯见红芒万丈长。

用气势雄壮之笔，写迅速变化之景，使读者身临其境，分享观赏日光的美感，已逼近苏轼《书王定国所藏烟江叠嶂图》的能力。以下忽然联想到自己此行，不减于陈同甫①游钱塘的情景：

> 壮哉此行不虚也，何减同甫游钱塘。
> 却忆南渡偏安日，君臣上下恣荒逸。
> 襄阳烽火卷地来，丞相半闲斗蟋蟀。
> 奄奄夜气不足存，崖山一舟覆宋室。

同甫以满腹经纶之才，不为当权所知，有所施展，宋室卒至沦于一舟覆灭的结局，何等可恨可悲！

这本来是一首描写日出景致的优美诗篇，而却在写景之末，发抒了忧国忧民的悲愤之感，在一首诗中具备了叙事、写景、抒情、感怀种种内容，表现了优美、雄壮、激昂、细腻等各种情调，几乎可以和少陵《北征》诗的丰富内容仿佛相比，应该说是集中上乘作品。

另一首《普陀梅岑峰观日出》诗，同样是描写日出时之神奇景色，同样是写景之后发抒内心深处的情怀，而比《葛岭初阳台观日出》诗的艺术风格，更为高雅蕴藉，比葛岭诗写日出时的前后情景，更其曲折逼真。

在等候观日出时，写道：

———————————

① 陈亮（1143—1194），字同甫。——编者注

> 仗剑出寺门，言登梅岑顶。
> 落落天际星，灯火犹未屏。
> 海风从东来，吹彻衣裳冷。
> 翻怪日出迟，转觉夜更永。

表现了急于看到日出的情绪。及至看到半轮日出，光气湿渍时，写道：

> 出头不生芒，皎如月在岭。
> 再酌涌全轮，大海金摇影。
> 水云一色红，霞光万万顷。

真是气态变化生动逼真。而更其余味深长的是结尾数语：

> 矫首瞻四方，众生尚酣寝。
> 海上达清晨，尘世在梦境。
> 喔喔天鸡鸣，舜跖盍自醒！

表面看来只是写了日出之后，海上已是清晨了，而城内人还在梦里酣睡，天鸡叫了，不论什么人都该起床了。它没有像《五老峰放歌》《葛岭初阳台观日出》两诗，在诗末发一段感慨议论，也没有提出什么与日出无关的联想，而只是用海上清明和尘世的浑浊对比，暗示两种境界的不同，最后二句用了人们最熟悉的典故，发抒了对尘世上孳孳为义与孳孳为利两种人的警告：天鸡已喔喔叫了，城市中两类人盍不醒来呢？一种无穷的深意和哲理，在两语中烘托而出，使人有余味不尽之感。

　　前两首诗中，把写景和议论、感想结合在一诗中，已够好了，但两种意境联结时还有一点痕迹，篇末的长句，还有些宋诗中散文化的影响；而这一首五古，则毫无概念化议论，也没有典雅的比喻，而只是一种最富启发的兴寄，使人在欣赏风景之余，对于人生、国家民族，有无穷深远的启迪。这种艺术风格，不但在晚近诗中绝无仅有，即在东坡、放翁集中，也不多见，要当在盛唐诗人陈伯玉、李太白集中找寻端绪。我觉得这一诗，比集中的咏物等诗意味更为深远。有此一诗，就奠定了它在近现代旧体诗中的较高地位。

以上就诗的艺术风格方面，谈一些个人的偏好。以下略对诗人的思想抱负和继承渊源，漫谈一些浮浅感想。

前谈到诗人对范仲淹的崇拜，有别于一般文人的倾向，这种思想感情在其他诗篇也有表露。

又如《山居漫兴》末首云：

> 终奋渑池翼，桑榆尚可收。
> 乾坤双老眼，风雨一高楼。
> 小道工何益，多文富自求。
> 明夷如待访，我欲续梨洲。

诗人怀持了"乾坤双老眼，风雨一高楼"的高远气概，想继承黄梨洲①的精神，写出《明夷待访录》的伟著，以济世用，——这和崇拜范仲淹是一样精神。

又如1941年《挽蔡孑民②先生》诗云：

> 先生学问民之望，一卷哲学迈老庄。
> 洗尽铅华扫秕糠，……
> 先生道德民之坊，襟怀如月品如璋。
> 英雄肝胆佛心肠，……

这时正在抗战，最后以"诛仇雪耻复故疆，预先灵爽书破羌"作为结尾，民族独立这一中心思想，正是蔡先生和作者共同有的感情。诗中"英雄肝胆佛心肠"一语，道出了以革命家兼为哲学家的内心特点，也可以说是作者本人追求的人格思想，这和崇敬范仲淹、学习黄梨洲的精神是一脉相承的。

---

① 黄宗羲，号南雷，别号梨洲老人、梨洲山人等。——编者注
② 蔡元培，字鹤卿，又字孑民。——编者注

作者是研究法律的，其有关法律的文章和专著甚丰。在《庚午①初度感怀》诗的自注中提到："余著有《海法》与《空法》论文，尤侧重空法。"诗人写过《法律的革命》一书，对此曾有诗记述云："法律自侬倡革命，差欣头脑未冬烘。"但又叹道："海岳归来三十春，当年学说已陈陈。育才至乐非糊口，著作虽多未等身。"表现了非常谦虚的胸怀。林祖涵②老酬作者的诗有云："雪竹家风延雅韵，典章国是赖斯人。"前一句是讲溇江子的诗人家风，后一句是期望诗人从事研讨法律来为国家服务。作者在1932年曾写过揭露日本侵略者的文章，次年在《醉后遣愁》诗中述此事云："去年揭破倭烟幕，我有罪言继牧之。"杜牧是有政治抱负、深知兵略的诗人，这里以继承杜牧写《罪言》的意趣，说明自己的著述，正是林老对作者的称许，这和崇拜范仲淹、黄梨洲的精神也是一致的。

关于溇江诗的渊源流派，自当以其祖岐农公③为直接师承。最近宏荃君买得一册清季长沙人杨恩寿著的《坦园日记》，其中有关《雪竹楼诗》的一段记载云："同治六年（1867）六月十四日，……黄岐农工部来谈，刻《雪竹楼诗集》告成。集中佳句极多，是能学随园、瓯北者。"由此想到，溇江诗中有一些性灵派的余韵，当系从雪竹楼诗的渊源而来。但从全诗的精神来看，不属于袁、赵提倡的灵性诗派，而有其他流派的渊源。清代诗的流派，相当之多，清初已有江南三家（钱谦益、吴伟业、龚鼎孳）等名称；康熙中叶，有南朱（彝尊）北王（士祯）、南施（愚山）北宋（琬）种种称号。其中王士祯提倡的神韵派，盛行一时，但接着就有赵执信之"格律"派、厉鹗提倡的"典故"派，与之对抗；乾嘉时期，除提倡温柔敦厚近于正统派的沈德潜外，有翁方纲提倡的肌理派、袁枚提倡的性灵派，各有门径。道咸以后，受政治及经学学风影响，有以龚自珍为代表的具有今文派倾向的新派诗风，有以程恩泽、郑珍等代表的具有古文派倾向的"学人"诗风；沿及晚清时期，除黄遵宪代表的新诗格外，又有所谓同光体诗。

---

① 庚午，1930 年。——编者注

② 林伯渠，原名林祖涵，号伯渠，湖南省安福县（今临澧）人。——编者注

③ 黄道让（1837—1891），号岐农，湖南省安福县（今临澧）人。咸丰十年进士，官工部主事。有《雪竹楼诗稿》。——编者注

这些诗派的源流影响，虽颇复杂，但大体不外尊唐、宗宋两种倾向，而以宗宋派较占势力，特别在道咸以后，更是如此。（在理论上，推尊唐人者很多，而在创作实践上，则以宗宋者为多。龚自珍的特色在于诗中所表现的较新思想，至其创作方法，并没有超出宗宋范围。）到了辛亥革命时期出现的南社诗人，才显出尊唐诗风抬头的萌芽。溇江诗大体写作在清末到解放以前，正是在这种诗风演变的形势下产生的，所以可简单概括为基本上步武宋之苏、陆①而兼学中唐之刘（梦得）、白（香山）。再具体点说，他的五古、五律，有尊唐派的余韵而无其末流之肤廓；他的七古、七律，多承宗宋派的格局而无其末流的生硬。在清人诗中，似乎和查初白（慎行）② 诗风，颇多相似之点。

清初的黄宗炎、王士祯都说查初白诗可比陆游（《四库提要》卷 34《敬业堂集下》云：“集首载王士祯原序称黄宗羲比其诗于陆游”，“宗羲”当为“宗炎”之误）。《四库提要》评查云：“得宋之长而不染其弊，固当以慎行首屈一指也。”这一评语以之转赠溇江诗，也很恰当。赵翼曾把查初白列为古今十大诗人之一。但也有人指出，查初白诗集中“投赠公卿”的篇章太多，有“急于求知”的缺点（朱庭珍《筱园诗话》）。与此相反，溇江诗正以恬淡高雅的品格，独显异彩。所以说，溇江诗和查初白诗格，虽大部相似，但风度上亦有所不同。

由于明代七子等标榜盛唐气象，清初学者多加反对，于是尊唐、宗宋之事，颇为喧嚣，因此有些学者批评这种门户之见。黄梨洲曾说：“争唐争宋，特以一时为轻重高下，未尝毫发出于性情。”（《南雷文定·三集·天岳禅师诗集序》）又说：“夫宋之佳者，亦谓能唐耳，非谓舍唐之外，能自为宋也。”（《南雷续文案·张心友诗序》）这见解是相当卓越的。查慎行曾受学于梨洲，他继承老师的精神，也反对汲汲于唐宋的争执，所以他的诗时有中唐风趣，“能得宋之长而不染其弊”。溇江诗中有“我欲续梨洲”之句，也有反对抑李扬杜的诗句：

---

① 苏轼、陆游。——编者注
② 查慎行，晚年居于初白庵，故人称“查初白”。——编者注

> 李杜并世称亮瑜，各有千秋道不孤。
>
> 抑李扬杜门户奴，沾沾字句诚小儒。

这和查初白继承梨洲思想，反对唐宋之争的精神是一致的。因为尊唐者大抵倾向太白，而宗宋者一定抑李扬杜，这是从元稹以后就形成的趋势。溇江诗中有各种流派的渊源，正是由这种反对门户之见的思想而来的。

　　总起来说，溇江诗表现的思想积极健康，表现的风格清新雅健。溇江诗确应列在清末以来旧体诗中有较高成就的诗作之中。

1985 年 12 月 18 日

（原载《河北师院学报》1986 年第 1 期）

论宋明哲学中的"存天理，去人欲"说

天理、人欲的对立，是中国思想史中一个重要问题。宋明以来，"存天理，去人欲"说，是理学各派的共同主张。明代中期后，有不少学者，对此说表示反对；到了"五四"时期，在反礼教的浪潮中，予以猛烈的抨击。"存天理，去人欲"说在社会上所产生的弊害，已是尽人皆知的事实了。

但是，"存天理，去人欲"说的原始意义是什么？以后的演变如何？哲学家们对此说的解释和社会上通行的了解，有什么差别？这些差别在社会上和学术思想上产生了什么影响？对于这些问题，似乎还没有弄得十分清楚。社会上及学术界对于"存天理，去人欲"说的反对，主要是认为它等于西方宗教上的禁欲主义。但是，对近古思想史有过探讨的人都知道这和事实不符。30 年代时，曾有些学者已指出"存理去欲"与"禁欲"说绝不相同。但是在学术界中，仍存在一些不大符合史实的见解。为此，不揣冒昧，谈一些个人的看法。

一

先秦时代，孔孟书中，有"存心所欲不逾矩""养心莫善于寡欲"等提法，但都没有讨论过理欲对立问题。正式讨论理欲问题的，始于荀况。他在《正名》中说："心之所可中理，则欲虽多，奚伤于治！……心之所可失理，则欲虽寡，奚止于乱！……虽为守门，欲不可去，虽为天子，欲不可尽。欲虽不可尽，可以近尽也；欲虽不可去，求可节也。"这一段议论，既很平实而又卓越，可以说是"以理节欲"说的最早陈述。

汉代的《乐记》对理欲关系，有另一提法："人生而静，天之性也；感于物而动，性之欲也。物至知知，然后好恶形焉。好恶无节于内，知诱于外，不能反躬，天理灭矣。夫物之感人无穷，而人之好恶无节，则是物至而人化物也。人化物也者，灭天理而穷人欲者也。"这里以"天理"一词和"人欲"对立，就不仅是有关人性的心理、伦理问题，而牵涉到人性来源的形上问题。

到了宋代，发展成为理学中的一个重要课题。北宋开始讨论理欲的是张载。他说："上达反天理，下达循人欲者与！""所谓天理也者，能悦诸心，能通天下之志之理也。"（《正蒙·诚明》）前一条指明两者的方向相反，确立了两者的严格界限。后一条指明天理虽是上达，但不是干枯的抽象原则，而是使人心喜悦、通天下之志的道理。他又说："天理者时义而已"（同上），指明天理不是死板的行为准则，而是随时适应的义理。这寥寥数语，把天理、人欲的内涵，表达得确当不移，绝对没有一般人解释为禁欲主义的意义。特别是《有司》说："'子之不欲，虽赏之不窃。'欲生于不足则民盗，能使无欲则民不为盗。……故为政者在乎足民，使无所不足，不见可欲，而盗必息矣。"他认为为政者在于足民，人民的生活无所不足，就对于身外财富没有希求的欲念了。这里的"无欲"，不是说去掉人欲，而是说满足了人民的生活欲望之后，他就不再有希求财富的欲望了。有的论者，曾把此句中的"无欲"，解释为灭绝人民的欲望，这是对张载学说的曲解。

二程提倡"存天理，去人欲"说，和张载约略同时。程颢说："人心莫不有知，惟蔽于人欲，则忘天理也。""人心惟危，人欲也；道心惟微，天理也。"（《语录》11）这里引用伪《古文尚书》中"人心""道心"范畴，解释天理、人欲的对立，使"存理去欲"的主张更有根据，内容更加丰富。但在概念上却引起一些混乱，有些理论的争执，就是由于这一解释而引起的。直到朱熹，才对于"道心""人心"和"天理""人欲"的同异，有了细微、明确的分析。

程颐和程颢的说法，大体相同，而多就日用行为方面提出主张。他说："甚矣欲之害人也！人之为不善，欲诱之也。诱之而弗知，则至于天理灭而不知反。"（《语录》25）又说："凡人欲之过者，皆本于奉养；其流之远，则为害矣。先王制其本者，天理也；后人流于末者，人欲也。

损之义，损人欲以复天理而已。"（《程氏易传·损》）他认为行为之不善，主要由于物欲所诱、奉养过度之故。也许这些语言，就是引起"存理去欲"是禁欲主义的原因之一。但他又说："耳闻目见，饮食男女之欲，喜怒哀乐之变，皆性之自然，今其（佛）言曰：必灭绝是，然后得天真，吾多见其丧天真矣。"（《粹言》卷1）可见二程和张载相同，都认为饮食男女的基本欲求，是性之自然，而不是人欲。他们正是在这个立场上坚决反对佛教的禁欲主义的。

朱熹是理学的集大成者，也是"存理去欲"说的理论完成者，他对于天理、人欲的关系，有比张、程更明确而细微的分析。大体可分为三个方面：

（1）首先确立天理、人欲的严格界限，同时指出饮食寒暖等基本欲求，是天理而不是人欲。

他说："人之一心，天理存则人欲亡，人欲胜则天理灭，未有天理人欲夹杂者"；"学者须是革尽人欲，复尽天理，方始是学。"（《语类》13）这两条比较抽象的原则，是他规范行为的基本主张，同时指出："如饮食寒暖之类，皆生于吾身血气形体，而他无与所谓私也，亦未尝不好，但不可循之耳。"（《语类》62）"问：'饮食之间，孰为天理？孰为人欲？'曰：'饮食者，天理也；要求美味，人欲也。'"（《语类》13）"饥食，渴饮，……这是天教我如此，饥便食，渴便饮，只得顺他。穷口腹之欲，便不是。"（《语类》96）

这几段话，说得浅显明白，他所说的人欲，不等于一般欲望，人类生活的最基本要求不在其内，所以和禁欲主义毫无共同之处。

（2）结合道心、人心说，指出"道心"和"人心"的区别，"人心"和"人欲"的区别，消除把"人心"等同于"人欲"的混乱。

朱熹说："人心，尧舜不能无；道心，桀纣不能无。盖人心不全是人欲，若全是人欲，则直是丧乱，岂止危而已哉？"（《语类》118）又说："既是人心如是不好，则须灭绝此身而后道心始明，且舜何不先说道心，后说人心？""彼释迦是空虚之魁，饥能不饮食，寒能不衣乎？能令无生人之所欲者乎？虽欲灭之，终不可得而灭也。"（《语类》62）

程颢认为"道心"即是"天理"，"人心"即是"人欲"，只是一个大体类似的说法。细加比较，有一定的缺陷，因为这样解说，必须认为尧舜没有"人心"，桀纣没有"道心"，方合逻辑。倘说桀纣没有"道心"，还可勉强成立，若说尧舜没有"人心"，就根本不能设想，便和上引朱熹所说尧舜不能无人心之说相违，而且也不能解释何以伪《古文尚书》只说"人心惟危"，而不说"人心惟乱"的疑点。

现在看来，"人心"一词，从广义说，可以包括人的本能、欲求、冲动、知觉和知性认识、情绪意志以及道德理性等内心倾向。从狭义的"人心"说，即按照伪《古文尚书》所说的"道心""人心"看，它是把人类区别于动物的道德意识、实践理性单独称为"道心"，而把其余部分称为"人心"。"人心"中这些成份，在正常情况下，不能称为"人欲"。有些倾向活动，在不节制的情况下，即理性未加以指导的情况下，是违反道德规范的，这才是理学家所说的和天理不并存的人欲（物欲）。朱熹说：

> 人莫不有是形，故虽上智不能无人心；亦莫不有是性，故虽下愚不能无道心，二者杂于方寸之间，而不知所以治之，则危者愈危，微者愈微，而天理之公，卒无以胜夫人欲之私矣。……必使道心常为一身之主，而人心每听命焉，则危者安，微者著，而动静云为自无过不及之差矣。（《中庸章句序》）

这一节，比前节所说，更有理论意义。前节所说，主要在于区别"人心"和"人欲"之不同，同时指出属于日常生活的基本欲求（人心），本身并无不善，只是不加节制，任其泛滥，才成为违反天理的东西。如果把"人心"等同于"人欲"（如程颢所说），则提倡去"人欲"就是主张去"人心"，这是绝对不通的。程颢的原意，也并非主张去掉"人心"，但由于用词未加辨析，就可以形成这样的推论。所以章太炎在《通程》篇中，一方面指出程氏所说的"天理"是物则自然，所说的"人欲"是指人的私利而言，并不包括人生一切的欲望；一方面又说，"其实韪，其名非"（详《检论·通程》篇），这即是说二程的实际主张是对的，但把"人心"等同于专指私利的"人欲"，这就容易引起混乱。这一批评是正确的，但如果照朱熹的解释，根本就没有混乱，所以章氏的批评，不能用在朱熹的解说上。

朱熹的解释,对程颢说是一大修正。但到了明朝,王守仁却反对朱说,主张程说。他说:

> 心,一也。未杂于人,谓之道心;杂以人伪,谓之人心。人心之得其正者,即道心;道心之失其正者,即人心,初非有二心也。程子谓"人心即人欲,道心即天理",语若分析,而意实得之。今曰"道心为主,而人心听命",是二心也。天理人欲不并立,安有天理为主而人欲又从而听命者?(《传习录》上)

王守仁这一辩说,显然是错误的。朱熹明说"心之虚灵知觉一而已矣",并不是说人有两个心,只是把整个人心中的不同作用,在语言上予以区别,正如孟子所说恻隐之心、羞恶之心等四端,只是指心的四种不同现象或作用,并非说人有四个心一样。至于说"天理人欲不并立,安有天理为主而人欲又从而听命",则是王守仁按照自己(和程颢)"人心"即是"人欲"的前提而论辩的。如果知道"人心"不等于"人欲",则"天理"和"人心"可以并立,"人心"中之"天理"为主时,"人心"可以听命,没有什么矛盾存在。

应该指出,朱熹的"天理为主,人心听命"的说法,在理论上有很大的贡献。因为"人心"和宇宙中其它现象一样,本身也是一个"系统","人心"中的各种欲望冲动、情绪觉知等,彼此的要求不同,有时互相冲突,必须有一个主导的要素,支配一切,才能起平衡调节的作用,对内完成人格的统一,对外有助于社会的和谐。这种支配行动的主导因素,可以称为理性意志或别的什么名字①。理学家们所说的"道心"为主,正是说要用修养等方法,使道德理性成为支配一切行为的统率,这是和近代心理学有相通之处的。

以上说明"存天理,去人欲"说不是禁欲主义,而是节欲主义。可以说除少数公开提倡禁欲主义或纵欲主义者外,多数思想家都是主张节欲主义的。但这种看法,还不圆满,因为单单提倡节欲,只是消极性主

---

① 如霍布斯不称为意志,而认为是战胜了的欲望,也未尝不可,但为什么这个欲望能战胜其他欲望,则不能离开理性或意志。

张，很容易得出这样的推论，即认为品评人格的高下只看节欲的多寡就够了，这比禁欲主义高不了多少。真正的评价，应该是从"人心"活动的主导作用进行分析，而不当以一个人对生活欲望的节制多少作为评论准则。朱熹说："以道心为主，则人心化而为道心矣，如《乡党》篇所说，饮食衣服本是人心之发，然后在圣人份上，则浑然是道心也。"（《文集》卷51）这就是从行为的总体结构上评论人格，从"杂出于方寸之间"的"道心""人心"二者上分析其主从关系，加以全面衡量，这比单纯的区别"人心""人欲"，在理论上更有深远意义。

（3）从社会政治方面，统治者对人民的施政态度上论述"天理""人欲"的分别。

"存天理，去人欲"说，从普通意义上讲，是修身立德之通则，可以适用于任何人。但从施行程序及社会效果方面讲，则是专对于政治上的统率者而指出的。因为中国的政治，向来是和伦理道德联系在一起，政治社会的好坏，与统治者的品德有重要的关系。所以宋儒提倡此说，总是先从帝王国君之正心诚意说起，然后才谈到治国行政的具体措施。朱熹在这一点上，比张、程诸儒更多发挥：除了他在上宋孝宗的奏札中，屡次申诉正心诚意、存理去欲的重要性外，在其精心注解的《四书集注》中，也有明确的陈述。《孟子》齐宣王问好货好色章注中说："钟鼓苑囿游欢之乐，与夫好货好色之心，皆天理之所有而人情之所不能无者。然天理人欲，同行异情。循理而公天下者，圣贤之所以尽其性也；纵欲而私于一己者，众人之所以灭其天也。二者之间，不能以发，而其是非得失之间，相去远矣。故孟子因时君之问，而剖析于几微之际，皆所以遏人欲而存天理。"（《孟子章句·梁惠王下》）

这一段注解首先提到侯王们的钟鼓苑囿之乐、好货好色之心，都是天理之所有、人情之所①不能免者，说明理学家的"存天理，去人欲"说，与所谓禁欲主义毫无共同之处。接着用"循理而公天下，纵欲而私一己"说明理欲之分，实际上即是公私之分，并且指出两者间的区分，非常细微，而实际上产生的效果之差别，则非常之大。以公私来区别理欲，这是理欲说的关键所在。

---

① "所"原误作"行"。——编者注

后来清代学者戴震说，"好货好色，人欲也；与百姓共之，天理也"，博得了近来学者的喝采，但实际上就是对于朱熹这一段注解的简化概括。这一段注解含蕴着孟子以来的民本主义思想，是对于专制帝王思想的抨击，可以说这是"存理去欲"说的最圆满而深刻的解说。奇怪的是，自清代以来，对于这一段当时人人熟读的注解，没有受到应有的重视，用以消除其它方面的误解。

二

朱熹的理欲说，除了继承张、程的基本思想外，也采纳了胡宏的观点。胡宏是朱熹挚友张栻的老师。朱熹和张栻共同讨论过胡宏的《知言》，他对胡宏的"天理人欲，同体异用"说虽不完全同意，而对其"天理人欲，同行异情"说则甚表赞同。朱熹的"人欲中自有天理"说，可能是受了胡宏此说的影响而形成的。朱熹的《孟子章句集注》中，引了一段张栻的解释："小勇者，血气之怒也；大勇者，理义之怒也。血气之怒不可有，理义之怒不可无。知此则可以见性情之正，而识天理人欲之分矣。"

可见张栻和朱熹一样，都是从公私、义利的角度区分理欲，而不是从喜怒等感情有无上区分理欲，他们都是从统治者的喜怒等感情对于人民的影响上评论理欲之分，而不仅是一个抽象原则。在朱熹同时代人中，张栻和他的理欲说是最相一致的。

自此以后，在哲学的根本问题上，如理气关系、心性关系等问题，学者们有明显的对立，而在"存天理，去人欲"这一问题上，则没有大的分歧。

如陆九渊是不赞成"天理人欲"之辩的，他认为不当以天为尽善、人为尽恶，有一定的道理，但他所争的只在这个理性来源的"天"字上，而不在于理、欲二者的区分。他正是重视理欲之分，特别是强调义利之分的，在这一点上和程、朱完全一致。

王守仁是坚持人只有一心，反对分为"人心""道心"二者的，但在"存天理，去人欲"这一点上，和张、朱完全一致，所以程、朱和陆、王的不同，主要在于对心和理、理和气的关系等看法上不同，而不在"存理去欲"的主张上。但朱、王在理欲关系上，仍有其重要的区别。王重视人心整体的同一，而反对分析，朱认为实体上虽只一心，而必须在作用上分别为二；朱重视"人心"中起主导作用的要素，而王则不加分别。所以朱熹的理欲说，比较丰富、深入，正确的成分最多。

宋元以后，能够发展朱熹这一观点的是罗钦顺和王夫之。罗钦顺在"理气"问题上和朱熹有不同观点，而在"心性"问题上、"理欲"问题上和朱说完全相同。他说："人之有欲，固出于天，盖有必然而不容已，且有当然而不可易者。"（《困知记》卷4）又说："欲，未可谓之为恶，其为善为恶，系于有节无节耳。"（《困知记》卷1）"人心道心之辩，只在毫厘之间。道心，此心也；人心，亦此心也，一心而二名，非圣人强分别之。体之静正有常而用之变化不测也，须两下见得分明，方是尽心之学"（《困知记》卷4）。罗首先提出"道心""人心"都是此心，接着提出"一心而二名"一语，说明分为两心的必要。这一点看来非常简单，而在古代思想方法的发展上，却是一个要点。

王廷相是杰出的气本论者，但在理欲问题上，和程朱的意见基本相同。他说："贪欲者，众恶之本；寡欲者，众善之基"；"圣人之基，其要有二：澄思寡欲，以致睿也；补过徙义，以自新也。"（《慎言·见闻》）在这一问题上，他没有罗钦顺的细微分析，基本上是寡欲说的陈述。

王廷相以后，明清之际的陈确在理欲说上有极明快的观点，他说："人心本无所谓天理，天理正从人欲中见，人欲恰好处，即天理也。"这一说受到近世学者的称赞，但在用辞上有欠分晓之处。黄宗羲给他的信中说：

> 老兄此言，从先师道心即人心之本心，义理之性即气质之本性，离气质无所谓性也而来，然以之言气质言人心则可，以之言人欲则不可。气质人心，是浑然流行之体，公共之物也，人欲是落在方所，一人之私也。天理人欲，正是相反，此盈则彼绌，彼盈则此绌，故寡之又寡，至于无欲，而后纯乎天理，若人心气质焉可言寡耶？
>
> 　必欲从人欲恰好处求天理，则终身扰，不出世情，所见为天理者，恐是人欲之改头换面者耳。（《南雷文案》卷3）

　　黄宗羲指出:刘宗周的理论,以之言气质言人心则可,以之言人欲则不可,是一个重要的分别。陈确所说人欲恰到好处即是天理,实际上是说人心恰到好处即是天理。黄宗羲所说与天理相反之人欲正和朱说相同,是指人心的私利而言,与陈确所说范围不同。如果按照黄宗羲所说把"人心"和"人欲"分开,就可消除混淆。所以陈确此说,虽很明快,而实多歧混。不过综观陈确的全部学说,还属于节欲主义的范围,和主张感觉主义的放情任欲者很不相同。

　　在这个问题上,王夫之的理论,最为深刻细微。他说:"礼虽纯为天理之节之,而必寓于人欲以见,……终不离人而别有天,终不离欲而别有理。"(《读四书大全说·孟子·梁惠王下》) 这和罗钦顺、王廷相的思想互相一致,但他的贡献,不只在指出理不离欲一点,而更在于指出理欲二者在人心系统中的复杂关系,是相互包涵而又确有分别。他首先明确:"喜怒哀乐,只是人心,不是人欲。"(《读四书大全说》卷2) 又说:"喜怒哀乐人心也,恻隐羞恶、恭敬是非道心也,斯二者互藏其宅,而交发其用,虽然则不可不谓之有别也。""著其微以统危,而危者安;治其危以察微,而微者终隐。"(《尚书引义》卷1《大禹谟》) 这是说"道心"和"人心"是互相含藏的;如果把隐微的"道心"显扬出来以统率"人心","人心"就不会离开正路;如果使其强制"人心",则隐微之"道心"反而不能显现了。

　　他又说:"心统性情者也,但言人心而皆统性情,则人心亦统性,道心亦统情矣。人心统性情,气质之性其都,而天命之性其原矣。原于天命,故危而不亡;都于气质,故危而不安。"(同上) 他指出两者"互藏其宅","人心亦统性,道心亦统情",是前人没有说过的。这里既不同意程颢、王守仁以"道心"为理,"人心"为欲,使二者截然分离的说法,更反对李贽等以欲为理、等情为理,使二者混同无别的说法,既强调了"人心"和"道心"的联系,又坚持了天命之性和气质之性的分别。比罗钦顺、王廷相的理论,更为精细。

　　王夫之还说:"五峰曰:'天理人欲,同行异情',韪哉!能合颜、孟之学而一原者,其斯言也。""于此声色臭味,廓然见万物之公欲,而即万物之公理,孟子承孔子之学,随处见人欲,随处见天理。"(《读四书大全说·孟子·梁惠王下》)

王夫之推尊朱熹的注解，赞许胡宏"天理人欲，同行异情"之说，最后用公理公欲，把孔孟之说统一起来，说明理欲之分，主要在于每一具体行为上是否道心（仁）居于统率地位，而不是限定某事为天理，某事为人欲，所以说"随处见天理，随处见人欲"。用这种观点来理解朱熹所说"道心为主，人心听命"的理论，就显得更为深刻。可以说朱熹、胡宏在理欲关系中的辩证看法，经过罗钦顺到王夫之，达到了最圆满的说明。

从以上的论证中，我们认为从张、程开端的"存理去欲"说，到朱熹时作了系统的说明，经过罗钦顺、王夫之的补充发挥，达到了相当圆满的程度。这种学说，是继承儒家积极入世的乐观主义精神，在现实中实现理想，既不是要求出世的禁欲主义，也不是单纯的节欲主义，而是主张以理御欲，以公统私，以道心（仁）支配人心，以仁为最高价值的伦理本体的学说。陆象山、王阳明在理气论、心性论上和张、程、朱等有不同的看法，但在"存理去欲"的倾向上没有分歧。由于王学过度强调主观良知，其末流就产生了晚明时任情纵欲的狂禅偏向，使理性主义受到破坏。但经过罗钦顺、王廷相以及东林学派思想的传播，最后出现了顾、黄、王等学派，特别是王夫之的学说，使张、程、朱的理性主义传统，得到发展。

在时下所举的反理学人中（陈确、王夫之、李贽、戴震等），只有李贽强调情欲，倡导私心，属于感觉主义，是和朱熹、王夫之理欲说根本对立的，其余诸人观点不同，但都属于理性主义范围。戴震学说虽公认为重欲说，但也属于节欲主义范围，只是其立说根据不是道德理性而是知识，这一点虽有特色，而有很大漏洞，远不如王夫之学说圆满。我们认为张载、朱熹、王夫之的理欲说，不是反动的学说而是中国文化中的优良传统。

三

关于理欲关系的理论及其是非得失，略述如上。人们会问：既然理学家不是禁欲主义，那么为什么长期流行着禁欲主义的看法呢？大体说来，有下列几方面的缘由：

（1）从理论渊源方面说，作为理学开山祖的周敦颐在所著《通书》《太极图说》中，提出过"无欲故静"的主张，二程是周的学生，集理学大成的朱熹是确立周敦颐为理学祖师的人，所以人们把周的"无欲"说，等同于程、张的"存理去欲"说，从而照字面意义称为禁欲主义，这也是可以理解的。

周敦颐《太极图说》中所引"无欲故静"一语，最初见于孔安国的《论语注》，"无极"二字，见于《老子》。周受道家影响很深，他的学说中有不少道家和道教的杂质，其生活态度亦近于"道人"高士（但绝非禁欲苦行），这种形象，亦容易引起人们以为他有禁欲主义的倾向。虽其思想实质与行为实践确为儒家，黄宗羲给陈确的信已作了明确的评论，但周的理论和张、程、朱比起来，究竟有粗略和详确的不同，有初期的笼统性，所以人们因其"无欲故静"之语，评为"不禅而禅"，并将此看法推拓到整个理学上，就容易影响一般人的看法。

（2）程、朱的言论，常有互不一致之处，也有提得过高的地方，这就容易引起误解。本来在文字上，"人欲""私欲"和"人心"等词常可互相使用，理学家多疏于名学，随事发论，由门徒记录，往往不能经常遵守自己确定的界说，所以有些言论，可以引起禁欲的解释。至于门徒们的言论，就更多失误，如谢良佐认为，救孺子于井时，有纳交、要誉、恶其声而怨之意，便是人欲。王夫之曾对谢说有所指正。又如庆源（辅广）谓人之得生逊患即是人欲，也受到王夫之的批评，认为违背了朱注的原意（《读四书大全说·孟子·告子上》）。这些现象，都是引起误解的部分原因。

（3）凡是内容复杂、意义较深的哲学，往往只对于专业研究者，才有过细分辨的兴趣，而对于一般人，则多从与常识相近的地方加以理解，这就容易把理学理解为禁欲主义。而我们则常常把通俗见解与古代思想家的看法混淆在一起，通俗化了之后，就远不是原来的意义了。

（4）理学初兴起时，本是和统治者相对独立的，当其体系中所含的反暴君、权臣、宦戚、小人等因素发展到一定程度时，便与统治者矛盾，以致发生庆元党禁等政治性斗争。但是自从南宋宁宗时，史弥远当国，用"阳崇之而阴摧之"的手段，一面把道学奉为官方哲学，利用其中有利于统治的规条，作为箝制臣民的武器，一面对一些真要将理学思想在政治上实行的臣僚（如真德秀、魏了翁）却予以打击罢黜，这样就使人们对于统治者的思想和思想家的思想，混而为一。

自南宋末期，理学成为官方哲学，至元代以朱注经书为士子必读的经典后，朱熹的地位日益提高；但在另一方面，从明代中期后，朱熹又成为各方面反对的人物。明代人多从朱、王学派对立的背景上反对朱熹。清代人反对朱熹，情况比较复杂。一部分有民族思想的人，是借反朱来反对提倡朱学的清王朝的；一部分是嫉妒理学家，在圣庙里吃冷猪肉而有意讥贬的；一部分人是窥测了皇帝（乾隆）的圣意之后，迎合满族皇帝消灭民族意识和惧怕臣僚形成党派的心理，借反朱来暗行诡谀的；多数文人才士，则如明顾宪成所说，感到朱学的严肃态度对己不便（顾宪成《泾皋藏稿》卷6《朱子节要序》）而加以讥讽的。这些因素凑合起来，就形成了乾嘉时期的反朱潮流，直到近代改良主义出现，沿至"五四"时期，理学当然成为批判对象。

上述这些引起误解的原因弄明以后，人们就可以按照历史的本来面貌，分辨其中的精华与糟粕。我们认为，如果把"存理灭欲"说中所夹带的时代、阶级限制和统治者的利用歪曲清除之后，这种以公胜私、以理节情的原则，不仅有历史价值，而且对现实社会，也不是全无意义的。

（原载《哲学研究》1986 年第 3 期。此据《中国社会与思想文化》，人民出版社 1989 年版）

论宋明哲学中的"存天理，去人欲"说（续）

　　对上述这些引起误解的原因明白了或消除了之后，人们就可以比较实事求是地观察历史事实，辨别其本质与现象，分辨其精华与糟粕，从而对社会思想发展可有较正确的认识。我们认为，如果把存理去欲说中所夹带的时代、阶级限制消除之后。这种以公胜私、以理节情的原则，不仅有历史价值，而且对现实社会也不是全无意义的。

　　现在我们正在积极发展生产，改革经济，可能会感到讨论这些问题，即使理论无误，也没有大的意义。的确，人类在生物、社会进化的路程中，首先要解决的是物质生产问题，只有在物质经济基础奠定之后，生活资料不缺乏的条件下，才能顺利地解决其他问题。但是生活的基础是一回事，生活的理想是另一回事，基础问题未解决（即物质生活缺乏）之前，固然谈不到精神文明的理想建设，但也不是说必须等到物质生产完全解决之后，才需要考虑精神文明的道德问题，更不是说人生的全部意义就在于物质享受，所以有关人生理想的道德问题，还是需要讨论的。

　　不过事分缓急，关于人生理想问题，暂不细论，这里只就经济改革本身，谈一下它和道德的关系。人进行生产从事经济改革，不是在真空中单个人进行的，而是在人与人的社会关系中，在国家集体各种法制规定的利益协调中进行的，比如改革中要用契约关系，来确定并协调个人和国家集体的利益关系，用以促进生产的发展。但契约本身不能生产真实的作用，必须订约双方养成遵守契约的道德习惯，才能达到改革的目的。如果订约者不遵行守法的道德原则（理），不克服个人私利，必将使这项改革归于失败，而且越是改革之际，越需要遵守道德（理），克服自私，因为这个时际，最容易当事人造成图谋私利的机会，一切营私舞弊，不正之风，都是由于不能克服利己欲望而产生的。所以以理节欲这一传统道德，即在建设社会主义经济的今天，也是实际上起指导人的工作态度及其它行为之作用的（口头上、理论上可以换一句别的话讲）。现在世界上比较先进的国家，基本上解决了物质生产、生存斗争的问题，但并没有解决人类生活的全部问题，而且在低级要求满足之后，越感到内心生活的空虚贫乏，越感到精神生活的需要。现在有些西方哲人，深深认识到西方文明的缺点，想从东方文明中寻求医病的良药，因此对中国文化发生兴趣，这个认识是有道理的。

我们因为对第一步的物质生产问题还未解决，所以要积极从事经济改革，补走以前未走的道路，但这只是一种补课性质，而不是最后的目的地。我们在补课过程中，仍要有一个远大理想的明灯，指引前进，才不至重现某些西方人所感到的迷惘。那么，西方人向东方所要寻求的东西是什么呢？我认为在中国学术文化中，以儒家思想比较重视道德本原，重视人与人的理想关系，它不相信灵魂不灭的学说，没有追求来世的迷信，而却有超越利害、自强不息的宗教作用。最能深入体现这种精神，有所发展的，是宋明理学。我们认为，从张、程到朱熹，再从朱熹到罗钦顺、王夫之（可包括黄宗羲、方以智、顾炎武）的主要精神，是可以作为医治空虚病的药方的。

当然，由于理学变为官方哲学后，曾经通过专制帝王和专横的权臣、卑鄙的奴儒们，假借思想家的片言只语，实行对人民的压制，但只要能破除成见，对历史事实作出客观的分析观察，则可以对历史中的主流和枝①节、精华和糟粕作出恰如其分的分别去取。为了世界、为了人类、为了中国的现在和未来，我们应对中国文化中的优良传统，积极研究，发扬光大，作出应有的贡献。

1985 年 8 月

附记

《哲学研究》1986 年 3 期发表了先生的《论宋明哲学中的"存天理，

---

① "枝"原误作"技"。——编者注

去人欲"说》,该文是理学禁区开启之后,先生对理学核心问题进行探讨的首篇重要文章。该文的第 4 部分在发表时,限于篇幅和其它原因被删减为百余字,并入第 3 部分,作为全文的结尾。对此,先生曾有不尽意之感。在整理先生遗文的过程中,发现先生仍将被删减的文稿与已发的文章放在一起。今将这未发的 1500 余言发表出来,以遂先生生前之愿,并飨同仁。

王俊才谨识

(原载《张恒寿先生纪念文集》,河北教育出版社 1993 年版)

评一部有学术价值的新著——《王通论》[*]

隋代大儒王通，在中国思想史上有一定的重要地位。但学术界过去对他不大重视，这一领域的研究，基本上还是空白。中国社会科学出版社不久前出版的尹协理、魏明同志合著的《王通论》一书，一方面对王通其人的存在、其书的真伪，作了周详而精辟的考证辨析，一方面对王通的思想内容作了较为深入的发掘，填补了王通研究的空白。对于此书所取得的成就，有的同志已作了充分的肯定（参看张岱年、郑凯堂《一本有新意的学术新著》一文，载《中国社会科学》1986 年第 1 期）。我们这里仅就此书有关王通思想内容部分，谈一点读后感想。

我们认为，此书对王通思想的阐释和评论，独到与精彩①之处甚为丰富。这是此书的一大优点。

（一）《中说》是基本代表王通思想的论著。此书模仿《论语》，记载的多是王通与弟子们交谈的片言只语，因此，材料上具有语焉不详之弊②。这对后人准确地理解王通的思想，造成了一定的困难。如《王通论》第 167 页引《中说·述史》篇下列一段文：

> 文中子曰："天下有道，圣人藏焉；天下无道，圣人彰焉。"董常曰："愿闻其说。"子曰："反一无迹，庸非藏乎？因二以济，能无彰乎？"

这里的"反一无迹""因二以济"二语的道理，是比较不好解释的。但作者对此有明确而新颖的解释。作者认为，在王通思想里，具有许多深刻的辩证法观点。这里的"反一无迹""因二以济"是用来说明圣人与君主的矛盾统一关系的。"反一无迹"的"一"表示矛盾的合一；"因二以济"的"二"，指的是矛盾的两个方面。圣人与君主是一对立的统一体。统一的方面表现在二者都应推行王道仁政。当天下有道，君主贤明，天下统一，社会安定，吏治清廉，生民安居乐业之时，如果至人在君位，圣人的业迹就会融合在君主的业迹里面而不能显露出来；如果圣人不在君位，圣人的业迹就掩盖在君主的业迹里面也显露不出来。二者此时融合成了统一的整体。矛盾的方面表现在当天下无道，君主昏庸，天下混乱，社会动荡，官吏残暴，生灵涂炭之际。这时圣人出现，或不辞劳苦，不怕磨难，为振兴王道仁政而奔走呼号、奋斗不止，或著书立说，垂训后世。此时圣人与昏君相较，圣人的功绩就更加彰明突现。圣人与昏君就是在相比较中存在、相斗争中发展的。圣人的业绩能使昏君的黑暗政治更加彰明，昏君则从反面成就了圣人的勋功伟业。王通的这一观点不同于孔子的"用之则行，舍之则藏"（《论语·述而》）。在孔子，反映的是一种消极、被动的用世态度，在王通，表现的是一种积极进取的精神。王通这两句话的可贵，不仅在于它阐明了圣人与君主的对立统一关系，而且在于它已将这种对立统一的关系概括、提升到了哲学抽象思维的理论高度。它是古代哲学中两个非常出色的哲学命题。

作者对王通"反一无迹""因二以济"的命题的阐释是正确的，对其中所蕴藏的深刻哲理的发掘也是出色和独到的。

（二）本书在第 158 页中引《中说·天地》篇文：

> 子曰："智者乐，其存物之所为乎？仁者寿，其忘我之所为乎！"

王通的这段话，很容易使人联想到庄子的"坐忘"说："堕肢体，黜聪明，离形去知，同于大通，此谓坐忘。"（《庄子·大宗师》）二者表面上都强调"忘我"，貌似相同，很易乱人耳目。但作者抓住了二者的根本歧异而加以评论。认为在庄子，"坐忘"说表现了他对人生现实采取的一种虚无和完全否定的态度。"坐忘"的目的是要追求精神的绝对超脱，以求消除人事的忧患。在王通则不然。他的"存物""忘我"的人生态度，并不是见物不见人，而是要人们去顺应自然，尊重客观事物和它们的发展变化规律。作者对王通与庄子"忘我"说差异的见解，也是颇为精到的。

（三）本书第216页引《中说·天地》文曰：

> 子曰："古之仕者也以行其道，今之仕者也以逞其欲。难矣乎！"（《中说·事君第三》）"士有靡衣鲜食而乐道者，吾未之见也。"（《中说·天地第二》）

王通认为"道"与"欲"是对立的。在这一对立中，他主张"寡欲"："恶衣薄食，少思寡欲。"（《中说·事君第三》）并处处在自己的日常生活中将这一主张加以践履："子之服俭以洁，无长物焉，绮罗锦绣不入于室。曰：'君子非黄白不御，妇人则有青碧。'"（《中说·事君第三》）"子宴宾，无贰馔。食必去生味必适。果菜非其时不食，曰：'非天道也。'非其土不食，曰：'非地道也。'"（同上）

王通还借用伪《古文尚书·大禹谟》中的"人心惟危，道心惟微，惟精惟一，允执厥中"中"道心"与"人心"的范畴，来说明"道"和"欲"的对立："人心惟危，道心惟微，言道之难进也，故君子思过而预防之，所以有诚也。"（《中说·问易第五》）王通认为，"道"与"欲"的对立与"道心"与"人心"的矛盾存在着联系。"道心"与"人心"的矛盾主要表现在人心会抑制、影响道心的发挥上。他进而提出"思过而预防之"的道德修养任务，强调"存道心，防人心"，主张"以性制情"："以性制情者鲜矣，我未见处歧①路而不迟回者。"（《立命第九》）王通认为，"寡欲""存道心，防人心"或"以性制情"在一个人道德修养上的具体表现，就是看其能否做到"遗身"："夫能遗其身，然后能无私。无私，然后能至公。至公，然后以天下为心矣，道可行矣。"（《中说·魏相第八》）能"遗身"，也就达到了一种至高无上的道德境地。

《王通论》的作者认为，王通在这里已经接触到了"存天理、去人欲""以道心统人心"这些理学核心理论问题。理学家都是主张"存天

---

① "歧"原误作"岐"。——编者注

理、去人欲"的。比如，朱熹就对此强调说："人之一心，天理存则人欲亡，人欲胜则天理灭"，"学者须革尽人欲，复尽天理，方始是学。"（《朱子语类》卷13）王阳明也强调说："圣贤之学，明伦而已"，"学是学去人欲，存天理"，"许多问辨思索、存省克治工夫，然不过欲去此心之人欲，存此心之天理耳。"（《阳明全书》卷1《传习录》上）理学家在这里所说的"天理"，主要是指人的道德理性；理学家在这里所说的"人欲"，主要是指过分的物质欲求。理学家看到了人性之中，道德理性与自私的物质情欲的矛盾对立，高扬前者，而节制后者，来试图调节，解决这一矛盾对立。

理学家在强调"存天理，去人欲"时，多引用"人心"与"道心"的范畴，来阐释天理与人欲的对立。上面说过，"人心"与"道心"范畴出自伪《古文尚书·大禹谟》。在北宋，程颢首先用"人心"与"道心"来解释天理与人欲的对立："人心惟危，人欲也；道心惟微，天理也。"（《遗书》卷11）朱熹对此又做发挥："此心之灵，其觉于理者，道心也；其觉于欲者，人心也。"（《答郑子上》）"道心是义理上发出来底，人心是人身上出来底，虽圣人不能无人心。"（《朱子语类》卷78）道心因是"源于性命之正"，即人的道德理性，故是很微妙的；"人心"因是"生于形气之私"，是与物欲相联系的，故是很危险的。他主张道心支配人心，"必使道心常为一身之主，而人心每听命焉。"（《四书章句集注》）

作者认为，王通已初见了作为理学核心理论的"存天理，去人欲"或"以道心统人心"学说的理论雏形，在这里他实际上也开启了理学思潮的先河。这里涉及了一个十分重要的问题，即理学到底萌芽于何时？旧说一般将理学的产生上溯到唐中叶的韩愈和李翱。而作者否定旧说，认为时代应再向前提，是萌芽于整个隋唐时代，其最初的拓宇者即是王通。

我们认为作者的这一见解是正确的。作者把王通的理学思想的萌芽放在当时的广阔的社会政治经济背景中去加以考察，认为理学的萌芽是中国封建农奴制社会向封建地主制社会变革的产物，解决旧说不能完满解答的为什么理学发端于唐中叶而不是在其它另一时期的这一难题，并为人们澄清了旧说的错误。这应看做是本书对理学研究的一个重要贡献。

《王通论》一书在研究王通思想时，坚持社会存在决定社会意识这一历史唯物主义的基本原理，不是从思想到思想，而是把王通的思想放在当时广阔的社会经济政治背景中去进行分析研究。这是此书的一个显著特点。

作者认为，王通所处的隋代，正是中国封建社会由农奴制经济向自由租佃制为特征的地主制经济的转变时代。作者对中国封建社会采用了一种新的历史分期法，即把隋代以前，上溯到秦汉，看作是中国封建社会的第一阶段，它是以按人丁强制征收定额课租和存在着严格的人身依附关系的农奴劳动为其特征的农奴制经济，把隋以后至明清看作是中国封建社会的第二个阶段，它是以按田亩征收租税和解除了严格的人身依附关系的农民劳动为其特征的地主制经济。隋代正处于第一阶段向第二阶段转变的重要时代。在这一转变为过程中，由于农奴制强制性的人身依附关系已逐渐解除，在新的形势下，如何加强对广大农民的思想统治，加强对广大农民的伦理道德规范的束缚力量，也就成了摆在统治者面前一个重要的课题。在统治者方面，由于旧的农奴制政权已被新的地主阶级政权所代替，造成皇室在经济、政治上的地位有所下降。因此，在统治阶级内部加强思想教育，加强伦理道德的约束，也是十分必需的了。作者认为，这就是王通思想产生的时代的社会背景，这就是王通理学思想产生的时代社会根源。由于时代的变化所产生的特殊的需要，终于促使理学破土而出了。

基于上述分析，作者对理学重新评价。他认为，早期的理学，不是什么反动的学说，而是一种进步的学说。理学家伦理道德学说，固然是加强了对广大农民伦理道德上的束缚，但与农奴制的强制人身依附相比，这应说是一种进步。从社会发展的角度说，它对生产者是个解放，对生产力是个解放。看不到理学的这种进步性，不算是一个历史唯物主义者。我们认为：作者对理学评价是公正的，有卓识的。目前对理学评价中，极左思潮的观点仍有相当影响，作者重评理学，需要有一定的理论勇气，这一点更是难能可贵的。

《王通论》一书的另一卓越之处，在于它对王通其人其书的详确考证。王通其人的是否存在及《中说》的真伪，历来都是众说纷纭的。作者对此进行了一番周详①而精辟的考证辩析工作。对历史上种种有代表性的说法，都一一论及，而或是或非，都给以辩析。通过考证，作者肯定了王通其人的存在，也肯定了《中说》基本代表王通的思想。

当然，《王通论》一书也不是毫无缺点。它的许多见解、提法，都还有再讨论的必要。例如，王通的"通变之谓道，执方之谓器"（《中说·周公第四》）的"道""器"范畴，能否说已接近了理学家所说的"形而上为道，形而下为器"（《遗书》卷1）、"理也者，形而上之道也，生物之本也；气也者，形而下之器也，生物之具也"（朱熹《答黄道夫》）的"道""器"范畴，就成问题（《王通论》的作者是主张二者是接近的）；王通的"春生之，夏长之，秋成之，冬敛之。父得其为父，子得其为子，君得其为君，臣得其为臣，万类咸宜，百姓日用而不知"的"天"，究竟能否如作者所说已达到"自然天"的高度，还是可以讨论的。

总之，《王通论》一书是一本富有新意，具有一定学术价值，值得从事中国哲学、思想史和中国历史研究的工作者深入研究的著作。

（原载《晋阳学刊》1986 年第 6 期）

---

① "详"原误作"祥"。——编者注

顾宪成简论

明清之际是中国近古时期社会变化剧烈的时代，也是学术思想蓬勃发展的时代。有的学者比之为文艺复兴时期，有的学者称之为早期启蒙时期，都有一定的道理。多数学者以顾炎武、黄宗羲、王夫之为这一时代趋势的代表，认为清代兴起的新学风是明代王学末流的反动，这也有相当的道理。但没有明确指出这一新时代的前站可以划在哪里，他们的先驱应该以何派何人为代表。

近来一些哲学史著述，在论述顾、黄、王等思想以前，多着重叙述王学"左"派及李贽等人学说，因此，多数读者认为这些王学"左"派，就是顾、黄、王等进步学者的先驱。这和主张清学是明末理学反动的说法，不相调协。所以顾、王等进步思想的先驱，应当在反王学的阵营中寻找，而不应以明代王学末流的人为代表。在以前的著述中，只有钱穆先生的《近三百年学术史》，明确以东林学派为清初顾、黄、王学术的先驱，笔者认为这一提法最符合史实。（关于顾宪成的思想，最近《文史哲》等期刊，有较全面的介绍。）本文拟对东林学派首领顾宪成的品格思想提一点零碎看法。

一 以天下为己任的救世精神

顾宪成，字叔时，别号泾阳先生，江苏无锡人。生于嘉靖二十九年（公元1550年），卒于万历四十年（公元1612年）。是明后期政治史学术史上的重要人物。他年轻时从薛应旂受学，薛在师承渊源上，属于王学系统，后来转向朱学，顾的思想比薛更属于朱学，而政治倾向则比师友同僚更为卓越。他初入仕途，就上书执政，言时政得失，无所隐避。宰相张居正病重，百官为之斋醮，同僚们代他署名，他闻知后，驰往削去，决不参加鄙卑的谄上行为。后官吏部时，屡次对神宗的并封三王，及不听朝政等事，上疏直谏。被黜归里后，和其弟允成及高攀龙、钱一本等学者，在东林书院讲学。他们品评人才，訾议朝政。在他的号召下，清流趋之如市，政府行政往往受其影响，俨然成为全国清议的中心。万历时，他和代表反动势力的执政王锡爵、沈一贯等人对抗争议；天启时，和最凶恶的阉党客氏等激烈斗争。他本人正直不阿，疾恶如仇。属于东林系的忠烈们，屡遭残酷杖刑而抗议更为激烈，最后在昏庸的专制皇帝和凶暴的阉党恶势力下，归于失败。及至崇祯帝即位后，才得到平反，虽然阉党的残余势力并未完全消灭，但在社会上历史上东林派得到广大人民称颂景仰，成为正义力量的代表。

顾宪成的政治热情来自他的学术修养。在纯思辨的哲学理论上，不一定是最杰出的流派，而其思想气度迥出时流之上。

他的第一特点是，重视社会政治，关心世道人心，充满了以天下为己任的救世精神。他的遗书中有几段常被人引述的名言：

> 官辇毂念头不在君父上，官封疆念头不在百姓上，至于水间林下，三三两两，相与讲求性命，念头不在世道上，虽有他美，君子不齿也。（《小心斋札记》）

> （允成）一日喟然而叹，泾阳曰："何叹也？"曰："吾叹夫今之讲学者，凭是天崩地陷，他也不管，只管讲学耳。"泾阳曰："然则所讲何事？"曰："在缙绅，只明哲保身一句；在布衣，只传食诸侯一句。"泾阳为之慨然。（《小心斋札记》）

> 史际明曰："宋之道学在节义之中，今之道学在节义之外。"予曰："宋之道学在功名富贵之外，今之道学在功名富贵之中。在节义之外，则其据弥巧；在功名富贵之中，则其就弥下。无惑乎学之为世之诟也。"（同上）

这些言论表明他把关心社会政治、世道人心放在第一位，认为如无救世之心，"虽有其他长处，也不足挂齿。"这一原则是他衡论一切思想人物的前提。从这个标准出发，对于那些不管天崩地陷，只讲明哲保身的官僚，和卑鄙无耻，只讲传食于诸侯的士人，非常痛恨。他积极发挥身体力行的精神，讲求以周（敦颐）、朱（熹）为代表的理学，用以矫正这种风气。

这种从正心修身做起，以天下为己任的救世精神，本是儒家孔孟的传统，但在封建专制主义的统治下，后世的经生儒士，已完全和这一精神背道而驰。不但多数沉溺于科举功名之士，和从事考据、词章的儒生，都远离这一精神，连标榜义理之学的儒者，也多半只顾空谈玄理，而忘记社会。北宋兴起的新儒家本是以恢复这种精神为志愿的，但在封建专制的统治下，不能顺利发展。北宋末程学曾一度遭到禁锢，南宋初程学解禁以后，到朱熹时期，在某一阶段，对这种精神有所发扬，但随即遭到庆元党禁的打击，趋于衰弱。不久，统治者知道用猛烈方法，达不到压服士人的目的，于是改用阳尊阴抑的方法，消烁儒士的意志，从此官方形式上提倡的理学成为愚弄人民的招牌。

从理学内部说，程学传到南宋时期，分为三支趋向，即江西的陆九渊，后来发展成为"心学"一派；浙江永嘉的陈傅良、永康的陈亮等发展成为"事功"一派；福建的朱熹，形成正统的"理学"派。在哲学方面，以朱、陆为代表，两家各立宗旨，互有辩论。蒙元时期，两家学说，互有争论，也互相吸收。从元仁宗皇庆年起，朝廷规定以朱注四书为取士标准，从此朱派在世俗社会上的势力，更为扩展。到了明朝前期，除世俗科举势力外，在学术方面，朱学仍然保持优势。明初的学者，薛瑄①、吕柟等，都是朱派理学大师。到正德时，王守仁起而提倡"致良知"的心学后，王学大行。王守仁发挥陆学宗旨，提倡致良知说，比较简明可行，一新讲训诂文字及从事科举时文者之耳目，所以一时盛行。但王学轻视读书，反对向外格物穷理，专倡内心良知，及至其门徒王畿等以后，学者讲论虚玄，几和禅宗无别，这虽然不完全合于阳明本意，但源②于王氏所谓天泉证道之说：

---

① "瑄"原误作"暄"。——编者注
② 此处原衍"泉"。——编者注

> 无善无恶是心之体，有善有恶是意之动，知善知恶是良知，为
> 善去恶是格物。(《传习录》)

其中"无善无恶"一语，尤为走向虚玄关键。

自此后王学末流，变为狂禅，对社会的危害极大。当王守仁初倡新说时，即有罗钦顺、王廷相等反对，但当时尚未形成社会上满街圣人的风气，还只限于学理上的争论。到了嘉靖、万历时期，朝政腐败已极，那些腐恶的阉党，固然不知什么是良知之学，但王学末流所孕育出来的官僚士人，却是助长腐恶势力蔓延的支柱。于是以顾宪成为首的东林学派，提倡宋儒气节之学，与之抗争，虽然斗争未能完全胜利，但他提倡起来的重修轻悟的学风，敢于和恶势力斗争，以天下为己任的救世精神，体现了儒学中最可宝贵的优良传统，对民族的生存发展，起了不可低估的作用。

二 对王学及其末流的批评

顾宪成思想的另一特点是坚决站在朱学的立场，批评王学末流所宣扬的无善无恶之说；而对王守仁的本意，也有相当理解，没有狭隘的门户之见。

这样说，是由于曾经有过顾宪成是调和论者的说法，本文认为不确。因为调和论者，总是把要讨论的对象，放在平列地位，自己没有独立的系统，而只杂取一些各派论点，构成混合体系。而自成一家的学说，则有独立的系统，其中可以某派理论为主，而对于别派，却只有一些零碎的枝叶影响，并不是调和。顾宪成的思想是后者而不是前者。当然他在某些方面，有调和两派的意图，也有为王学辩解的言论，但总的精神是尊信朱学，有所阐发。

这里先谈一下，他对于王学的辩解。

与顾宪成同时的唐伯元，是"深嫉守仁新说"的。万历初年，政府讨论王守仁从祀孔庙的问题时，唐伯元上疏反对。当时正是王学盛行时代，唐以非毁先儒罪名，谪为海州判官。在万历十四年，当孟我疆（北方王学者）问顾宪成说唐伯元是何如人时，顾答说："君子也。"（唐知太

和、万年二县，有善政）孟说："何以唐排王文成之甚？"顾答云："朱子
以象山为告子，文成以朱子为杨、墨，皆甚辞也，何但仁卿（伯元字）？"
这是说朱、王都有过甚的言语，不必对唐责怪。后来顾宪成与唐伯元谈
及此语时，唐说："世之谈良知者，如鬼如蜮，还得为文成讳否？"顾宪
成为之解释说：

> 《大学》言致知，文成恐人认识为知，更走入支离去，故就点出
> 一"良"字；孟子言良知，文成恐人将这知作光景玩弄，便走入虚
> 玄去，故就上面点出一"致"字，其意最为精密。至于如鬼如蜮，
> 正良知之贼也，奈何归罪文成？（《小心斋札记》）

这几句话，把王守仁主张致良知的用意，解释的相当明白，主要说明良
知不同于一般知识，提出良知是防止走入支离；同时提出"致"字，指
出下工夫处，防止人把良知作光景玩弄。唐伯元听了后，说："如早闻足
下之言，从祀一疏，尚合有商量也。"（同上）可见他为王学的辩解，有
一定效力。此外他曾说：

> 性即理也，言不得认气质之性为性也；心即理也，言不得认血
> 肉之心为心也。

这一段话，前二句是为朱学辩解的，后二句是为王学辩解的。其他类似
的语言，还有一些。所以多数人认为顾宪成是调和朱、王论者，有一定
的缘由。

但细看他的全部学说及其对王学的批评，则表明他是朱学而不是混
合朱、王的那种调和论者。

朱、王学说的主要分别在于朱认为"性与理一"，而王认为"心与
理一"。朱认为"即凡天下之物莫不有理"，包括心外的自然界、社会
界和心的内部，莫不有理，即包括自然规律和道德规律，都是穷理的对
象，也即是说心中有理而非心即是理。王认为理不在外而在心内，只要
认识本心良知，就可了知宇宙一切。"致吾心良知之天理于事事物物，
则事事物物皆得其理"，"吾性自足，不假外求"。这个根本分别，牵涉

到的哲学问题，非常复杂，非本文所能详述。这里只就性即理和心即理的分歧来看，顾宪成是坚决认为心之根柢处是性而不是血肉之心。他说：

> 心之所以为心，非血肉之谓也，应有个根柢处，性是已；舍性言心，其究也必且堕在情识之内，粗而不精。天之作为天，非窈冥之谓，应有个着落处，性是已；舍性言天，其究也必且求诸常人之外，虚而不实。（同上）

这里对于舍性言心的批评，是非常明显的。又说：

> 心，活物也，而道心、人心辨焉。道心有主，人心无主。有主而活，其活也，天下至之神也；无主而活，其活也，天下之至险也。（同上）

这里所说的道心有主，即是朱熹在《中庸章句序》中所说"以道心为主而人心听命焉"的道理。陆王认为人只有一心，反对以道心为主、人心听命的说法。这样的心，即顾宪成所说的"其活也，天下之至险也"。这和以道心为主的天下之至神的话，有天渊之别。在道心、人心的区别，有主和无主这一根本性的对立上，顾宪成显然是发挥朱说而反对王说。立论观点非常明确，绝无调和的意味。

又如唐仁卿曾说："杨、墨之于仁义，只在迹上模拟，其得失人皆见之。而今一切证之于心，无形无影，何处究诘？二者之害孰大孰小？吾安得不恶言心乎！"顾宪成回答说："只提出'性'字作主，这心便有管束。孔子自言从心所欲不踰矩，矩即性也。"这又是明显主张性即理而反对心即理的。其他类似言论，不一而足，总之在哲学根本问题上，顾宪成决无调和朱、王的意味。如果认顾宪成是对朱、王两方各有所取的调和论者，就歪曲了他的本质，再从顾宪成对朱、王学说的批评态度上看，更是是非分明，毫无模棱含混之处。

和顾宪成辩论的王派学者管东溟说过："凡说之不正而久流于世者，必其投小人之私心而又可以附于君子之大道者也。"顾宪成认为"无善无

恶"四字足以当管东溟此言。他把无善无恶说的弊害归为"空"和
"混"二字。他说：

> 空则高明者入而悦之，于是以仁义为桎梏，以礼法为土苴，以
> 砥节砺行独立不惧，为意气用事者矣。混则一切含糊，圆融者便而
> 趋之，于是以任情为率性，以阉然媚世为万物一体，以枉尺直寻为
> 舍其身济天下……以顽钝无耻为不动心者矣。由前之说何善非恶，
> 由后之说何恶非善，上之所以附君子之大道，下之可以投小人之私
> 心，即孔孟复作，其奈之何哉？（同上）

这一段言论，对无善无恶说之所以流行及其社会影响，描写的相当生动。
他虽没有说这是王守仁本人的错误，而总认为这是由于他的言论而引起
的现象。

在另一处他就说的更为直接："阳明岂不教人为善去恶乎？然既曰无
善无恶矣，又曰为善去恶，学者执其上一语不得不忽下一语也。何则？
心之体无善无恶，则凡所谓善与恶，皆非吾之所固有矣。""阳明曰：四
无之说，为上根人立教；四有之说，为中根以下人立教。是阳明且以无
善无恶，扫却为善去恶矣。……彼且以为是权教，非实教也，其谁肯
听？……是故重阳明之功而掩其过，阙而不论可也，所以存厚也。体阳
明之心而拯其弊，须于提宗处一照可也，所以救时也。"（《质疑续
编》——见《顾端文年谱》万历二十七年）这一辩论直接对准阳明，而
不是反对其末流，明明说"重其功而掩其过，所以存厚也"，可见他为阳
明辩解的言论，也只是从存厚的态度而说的，决不能根据这些辩解认为
他是杂取朱、王学说的调和论者。

当然，我们说顾宪成不是调和论者，只是说他自己的主张不是调和
朱、王而成，而不是说他对于朱、王二家没有调停的意图（比如他说
"阳明之所谓知，即朱子所谓物"，即有牵合二说之意，但这种牵合，对
于坚决的朱派和王派学者，都未必承认）。这种对朱、王二家的调停，和
他自己的主张是否调和，不是一回事情。

那么，我们再看他对朱学是如何评论的。

三 对朱学的阐发和朱陆异同的评析

顾宪成遗书中有关论朱学的言论很多，有的是对朱学的崇敬颂扬，有的是对朱学的阐发，有的是对朱学的辩解。《札记》中有一段讲朱子格物说的话：

> 朱子之辨格物，其义甚精，语物则本诸帝降之衷、民秉之彝，夫子之所谓性与天道，子思之所谓命，孟子之所谓仁义，程子之所谓天然自有之中，张子之所谓万物一原。语格则约之以四言，或考之事为之著，或察之念虚之微，或求之文字之中，或索之讲论之际。盖谓内外精粗，无非是物，不容妄有拣择于其间。又谓人之入门各各不同，须如此收得尽耳。议者独执"一草一木，亦不可不理会"两言，病其支离，则过矣。

这是针对那些认为朱子说"一草一木，亦不可不理会"是支离的人而说的，是为朱子的辩解。

这一段对朱熹格物说的辩解，非常重要，因为那些借王守仁格了七天竹子而病倒的事来攻击朱子格物说的人，根本不知道朱熹解释格物的丰富内容，根本不知道朱子所说的物，包含哪些方面，所说的格，有哪些方法，而只抓住"一草一木，亦不可不理会"二语加以反对，这显然是受了禅学影响而来的成见。现在看来，朱说"一草一木，亦不可不理会"，正符合于科学精神，不过用于解释《大学》诚意正心治国平天下的下文，不相符合而已。其实朱子的学问，主要还在德性方面，这里只是顺便带说，使理论更为圆融，并非真要研究一草一木，也非用一草一木之理进行诚意正心的修养。顾宪成论及此点，对于了解朱子格物说的真解，甚有贡献。

顾宪成在《泾皋藏稿》中有三篇阐明朱学的重要文章，即《朱子二大辨序》《朱子节要序》《学蔀通辨序》，其中深刻而精彩的议论很多。分述如下：

从前朱熹说过："海内学术之弊不过两说，江西顿悟，永康事功，不竭力明辩，此道无由得明。"顾宪成的弟弟顾允成读了朱子此言后，很有感触，就把朱子和象山、陈亮辩论的文字搜集在一起，名为《朱子二大辨》，顾宪成为允成此书作了一篇序文，其中有云：

> 昔也顿悟事功分而为二，今也并而为一，其害更不可言也。

这是对明末王学末流敏锐的观察，也是最深刻的批评。理学的兴起，本来是一方面反对虚玄的佛老之学，一方面反对世俗的功利之学，可是到了南宋陆学兴起以后，又走到虚玄的路上；永康学派兴起以后，又和世俗功利之学，有一定联系。所以从朱学的立场看，陆派的心学、陈派的事功，都不合于标准的圣学，不过这两派互相独立，虽各有其弊病，而也各有其长处，基本是一个学术是非问题，对社会实际，利害不太直接。到了明末的王学末流，从王畿开始到李贽、周海门等人，就把这种相反的倾向，集于一身。他们一方面以成佛成圣标榜，似乎极其高尚，而实际上，又积极邀名邀利自欺欺人，这是促成明末社会腐烂的重要原因之一。

顾宪成认为这两派的理论根源由无善无恶而来，他用"空"和"混"两字加以概括。他说：

> 谓人之心，原自无善无恶也，本体只是一空；谓无善无恶，惟在心之不着于有也，善恶必至两混。空则一切扫荡，其据之境界为甚超，故玄也。世之谈顿悟者，大率由此入耳。混则一切包裹，其所开之门户，为甚宽，故巧也。世之谈事功者，大率由此出耳。其法上之可以张皇幽渺而影附于至道，下之可以缴名缴利而曲济其无忌惮之私，故险也。世之浮游于两端之中而内以欺己、外以欺人者，大率就此播弄耳。

明末那些空谈玄理的上层官吏和依附于官僚的知识分子，正是这种浮游于两者间的人士。顾宪成推溯他们的思想渊源，认为与陆象山、陈龙川两派有一定关系。他在批评陆、陈开始时很谦虚谨慎，认为"朱子谓南渡以来八字着脚，现今着实工夫者，惟他和子静二人，何敢目之曰禅"，但他的持论太高，推极末流之弊，不免使人堕入漭荡。他又说，陈龙川与朱子书称天地人为三才，人生只要做一个人，立意皎然，何敢目之曰伯，但陈的才太露，行径太奇，推原其发端之地，已倒入功利之中。况且"象山说'恶能害心，善亦能害心'，岂非吾所谓空？龙川说'义利双行，王霸并用'，岂非吾所谓混？"

最后说朱子在《胡五峰知言疑义》中，对于"无善无恶之辨，最为分明"，可惜朱子没有能剖析到"两家安身立命之处在此""其受病之处亦在此"的最后关键。

他认为："凡人之情，于其受病处，未有不畏而郤者也；于其安身立命处，未有不恋而留者也。惟其安身立命处，即其受病处，几微之间，很易眩惑而难决"，所以不容易接受人的批评。

这一篇序文，分析的极其细微深刻，其最后讲安身立命处即其受病处数语，可以说不仅适用于王学末流，而可适用于古今学者，在明代程朱派的薛、胡等书中也很少可与此文相比者，所以王夫之说"昭代理学自薛文清而外，卓然自立，不浸淫于佛老，唯泾阳先生"（《搔首问》）。高攀龙说"自孟子以来得朱子，一千四百年间，一折衷也；自朱子以来得顾子，又四百年间，一折衷也"（《顾端文公年谱序》）。高攀龙和王夫之的论断，相当正确。这种推尊顾宪成为朱学嫡派的认识比认为顾宪成是朱、王调和派的看法，更符合于其思想实际。

顾宪成在另一篇《朱子节要序》（《泾皋藏稿》卷2）中说：

> 世之言朱子者鲜矣，彼其意皆不满于朱子也。予窃疑之，非不满也，殆不便也。何者？世好奇，朱子以平，平则一毫播弄不得，高明者遏于无所逞而厌之；世好圆，朱子以方，方则一毫假借不得，旷达者苦于有所束而惮之，故不便也。……内怀不便之实，外著不满之形。不便之实，根深蒂固，而不满之形，遂成而不可鲜，宜乎世之言朱子者鲜矣。

顾宪成认为"孔子似乎中庸，遁世不见，知而不悔，平之至也；七十而从心不逾矩，方之至也；从血脉上看依然孔子也"。并说："血脉正了，随其所至，皆可以入孔氏之门；如不其然，即有殊能绝识，超朱子

而上，去孔子弥远。"（同上）

这里对明中期以后，多数人不满于朱子的隐情，揭露的相当深刻。这种情况，一直到清代以后，也仍然是众多不满于朱子的实情。

刘宗周对顾宪成这一分析，相当赞同。他在《奏修正学以淑人心》文中引顾氏说，认为当今世变所为假借播弄者，正符于顾宪成所说的情况。并说"顾氏之言曰：行一不义、杀一不辜得天下而不为。利心方消尽，依乎中庸，遁世不见，知而不悔；名心方消尽，此亦方之说也"。如果说《朱子二大辨序》一文深刻说明了朱学和王学的相异点，那么在《朱子节要序》中，更深刻地指出了朱子整个为人态度，及其为一般人不满的原因。这是他阐发朱学的又一贡献。

此外，在《学蔀通辨序》中，顾宪成对朱陆的异同，更有一段最深刻而未为前人指出的论点，即向来论析朱陆异同的人，从种种不同角度比较分析，而最扼要的区分，是说朱学重在道问学，在陆学重在尊德性，朱子也自己说过自己的偏重，所以宋元以来，一直用这两语，作朱陆不同的代表。实际上，说陆学是尊德性是对的，而说朱学是道问学，则非常片面。胡居仁说过：

> 吴草庐初年甚聪明，晚年做得无意思。其论朱陆之学，以朱子道问学、陆子尊德性说得不是。愚以为尊德性工夫亦莫如朱子，平日操存涵养，无非尊德性之事。又观其德性箴何尝不以尊德性为重乎？但其存心穷理之功，未尝偏废，非陆子之专本而遗末。（《胡敬斋集·奉罗一峰书》）

这在朱陆异同的评论上，比一般议论前进了一步，现在我们知道朱的格物致知，和西方的重视科学，并不一样，因为他虽然积极提倡读书，亦观察自然，而真正的中心，还在于尊德性方面。所以胡居仁的评论是正确的。但这一评论，还没有达到最细的分析。而顾宪成对于朱陆的不同，则又前进了一步。他说：

> 予于两先生非敢漫有左右也。然而尝读朱子之书矣，其于所谓支离，辄认为己过，悔艾刻责，时见平辞，曾不一少恕焉。尝读陆

子之书矣，其于所谓禅，藐然如不闻也，夷然而安之，终其身虽不一置疑焉。在朱子，岂必尽非而常自见其非？在陆子，岂必尽是而常自见其是？此无我、有我之证也。朱子又曰："子静所说，专是尊德性往事；而某平日所论，却是道问学上多。今当反身用力，去短集长，庶几不堕一边耳。"盖情语也，亦逊语也，其接引之机微矣。而象山遽折之曰："既不知尊德性，焉有所谓道问学？"何歟？将朱子于此果有所不知歟，抑亦陆子之长处短处，朱子悉知之；而朱子之吃紧处，陆子未之知歟？（《泾皋藏稿》卷6《学蔀通辨序》）

他又认为朱子歧德性、问学为二，象山合德性、问学为一，表面上看来，似乎得失判然，但"如徐而求其所以言，则失者未始不为得，而得者未始不为失，此无我有我之别也"。他的结论是"辨朱陆者，不须辨其孰为支离、孰为禅，辨其孰为有我而已矣"。他认为这是道术中一大关键，"非他小小牴牾而已也"（《泾皋藏稿》卷6《学蔀通辨序》）。对于朱陆异同的这一评论，真是剖析入微，前无古人。即使极端陆王派的人读后，也不会提出相反意见，这是顾宪成对朱学的又一贡献。

四 余论

综观顾宪成的思想实践，确已超过同时的讲学之士，能把儒家传统的积极精神重新振兴①起来，并能对当时各地兴起的市民运动、职工运动起了积极支持作用，不愧为明清之际进步学者的先驱。

可叹惜的是当时的社会舆论，不能认识其崇高价值，反而要把亡国的责任推在他们身上，真是对真理的黑白颠倒。

黄宗羲说：

今日天下之言东林者，以其党祸与国运相终始。小人既资为口实，以为亡国由于东林，称之为两党。即有知之者，亦言东林非不为君子，然不无过激；且依附之者，不纯为君子也，终是东汉党锢

---

① "兴"原误作"新"。——编者注

中人物。(《明儒学案·东林学案》)

倪元璐说:

> 议者以忠厚之心曲原彼辈,（魏党）而独持已甚之论苛责吾徒,
> 亦所谓悖也。(《明史纪事本末》)

直到清代这种苛责君子的舆论倾向,没有改变,甚至到近现代,仍有余响。这就使东林继承下来的正义精神,不得发扬。

当然我们并不说顾宪成等东林学者没有缺误,比如常被指责的绳人太刻、持论太深等,即其缺点。但这些都是属于斗争方法的偏差,而在大是大非根本立场上,则完全出于爱国仁民的动机,决不能让他们和所谓浙党、楚党、阉党等分担亡国的责任。然而清朝以来的官方旨意和臣僚议论,多承袭这种重责贤者的倾向,对于以顾宪成为代表的东林作风,多有讥评。

清朝统治者最反对知识分子以天下为己任,最怕臣僚有结党的倾向。所以表面上尊重宋儒,而暗中加以打击,对于继承宋学的东林人物,总有戒心不予好评。《四库提要》中的有关论评即是典型的代表。《四库提要》（儒家类存目八《小心斋札记》）下云:

> 声气既广,标榜日增,于是依草附木之徒,争相趋赴,均自目为清流。门户角逐,追相胜败,党祸因之而大起,恩怨纠结,辗转报复,明遂以亡。虽宪成等主持清议,本无贻祸天下之心,而既已聚徒,则党类众而流品混;既已讲学,则议论多而是非生。其始不过一念之好名,其究也流弊所极,遂祸延宗社。《春秋》责备贤者,宪成不得辞其咎也。

四库馆臣的这种议论是代表皇帝的声音,他们把顾宪成救世热情,诬蔑为好名一念加以扼杀。在这种舆论下,潜存的东林精神,必然消沉毁灭,儒学就只能变为乾嘉时的埋首考据,不敢关心政治世道了。终于逐渐变为万马齐喑的时代,才有人想到东林气节的可贵。

当然我们称赞顾宪成倡导的学风，并不认为他的思想行为，可以挽救明朝的灭亡。我们知道由于时代和阶级的局限，他们所能做到的也只有伸张正义一点，不会对社会有大的改变。即在思想方面看，只要没有认识到"天下之大害惟有君而已"的程度，则不会有很大的突破。但我们不应只看到这些拘限，而认为他们的清议活动对实际社会毫无效益。《东林列传》作者陈鼎在《顾宪成传》后，记述了一段当时社会风气之改变情形。他说：

> 每罢官归里者，若破车疲马，残书敝箧，乡党率以为贤，愿与婚姻结金兰，相与往还不倦。若归有余资，买田宅高栋宇，即亲弟侄亦鄙以为贪夫，至于亲戚朋友，老死不相往来，宗族父老之严者，拒不令入家庙，曰：恐辱吾祖宗也。曰：吾祖宗亦羞见汝此等贪夫也。自是，深山穷谷虽黄童白叟、妇人女子皆知东林之贤，至今农夫野老相传以为口实，犹喋不休焉。

陈鼎描写的情况，可能由于热情，在文辞上有些渲染，但社会风气的基本情况，必然属实。从万历到清初，已是八、九十年之久，当时农夫野老，犹传为口实，说明这种精神之效力，比皇帝一篇谕旨或群众一次批斗，所产生的影响更为深远的多。假使清议不受打击，能把这种风气扩大持续下去，必然会起到制裁贪污的效果。所以我们不能认为这种思想学风，没有产生实际的社会效益，而应该对其救世的精神和思想实质，作出更为高度的评价。

（原载《河北师院学报》1987年第2期，原名《顾宪成学术思想散论》。此据《中国社会与思想文化》，人民出版社1989年版）

对董仲舒思想的一些看法

今天参加了全国性的董仲舒学术思想讨论会，心里很高兴。因为对于这个历史上很有影响的人物，近几十年来的评价很不一致，多半说他是唯心主义神学目的论者，有的说是最反动的地主阶级的代表。我在1957年中国哲学史讨论会上提出过不同的意见，至今没有多大改变。

搞历史研究的人都知道，汉代最大的问题是农民的土地问题。而董仲舒恰恰是第一个把土地问题提出来的人。在这个问题的立场上，不但和当时的豪强地主立于反对的地位，而且比我们一般认为有进步思想的政治家贾谊、晁错都更前进了一步。当时我曾提出，不能只根据哲学的世界观或宇宙观是唯心主义或唯物主义，就直接得出他是代表反动阶级还是代表进步阶级的结论，而应该首先考察一个哲学家在社会斗争和政治斗争中的立场，考察一下他的历史理论、社会理论是进步的还是反动的。如果一个哲学家，只有关于宇宙论方面的理论，而没有关于社会方面的主张，假如不是文献上有缺陷，就应该考察他是否是一个对社会漠不关心的学者。既然董仲舒的世界观是唯心主义的，而在社会斗争、社会理论上是积极的，那就应该考察他的宇宙论是不是他的社会论的唯一的指导原理，他经过了怎样的曲折途径得出这样的结论。我以为一个人的阶级利益，和他的社会斗争、社会理论的关系是直接的，和他的世界观是间接的，不要把两种理论看成永远完全一致，或认为永远符合于我们预定的公式。这样就可以解释董仲舒宇宙观和社会理论上客观存在着的矛盾。汉朝奴隶问题也是个社会重要问题，董仲舒首先看到了虐待奴婢不对，提出"去奴婢，除专杀之威"的口号；出于对劳动人民的同情，他发出了"富者田连阡陌，贫者无立锥之地"的呼声。这是现在连中学生也会讲的话，而当时如果不是站在贫者的立场是说不出来的。这两句话是讲汉代历史的人必讲的，如果只是借董仲舒的口把汉代的土地问题和农民问题及其解决主张表达出来，仿佛董仲舒的语言和他的思想感情、立场观点无关，这种看法是不正确的，也是不公允的。我一直认为董仲舒不是宗教家，中国儒家本非宗教，他的哲学中有理性主义，和一般宗教不同，他绝不是站在地主阶级立场上的反动神父，而是颇有进步意义的思想家。

我的这种观点，在一个阶段人们不大接受，近年来同意的人多了起来，对于董仲舒的学说，评价也比过去高了。有的同志用系统论的理论，阐明他的阴阳五行哲学，很有道理，中国古代哲学中本含有融合天地人物、自然、社会的系统思想，所以这种解释并不是把古代哲学现代化了。不过，我对于系统论和董仲舒哲学的关系没有研究，同时对他的"天人感应"论中许多比附，认为有些牵强附会，没有超越粗俗阶段，所以不想多说什么。现在就董仲舒的人生理论谈一些看法。

董仲舒在中国哲学史上对一些伦理学说问题很有见地。就像普通人在应用上容易混淆的"仁"和"义"的问题，他讲的就很清楚。董仲舒认为，"仁"和"义"二者都很重要。但二者的应用范围不是完全等同的，它们指涉的重点不一样，有先后秩序之分。具体说，"仁"是对他人而言的，"义"对自己而言的，因为自己对自己做到"仁"，很容易，对自己做到"义"，才是高的人格。弄清楚这一点，就不至于拿"仁""义"到处一样应用。若把这种思想推广到社会上，董仲舒认为"治身之与治民之法，先后不同。治民先富后教，治身先难后获。先饮食而后教诲，谓治人也；先其事而后其食，谓治身也"（《春秋繁露·仁义发》）。这几句话很扼要，很多人在物质利益和道德关系的问题上分别不开，就源于不懂这一道理。董仲舒对二者都重视，但又有所区别：政治和治身不同，治身是先难后获，治民是先富后教。对于个人不重视物质利益需求是可以的，治理国家若不重视物质利益是不行的。他的这种区分，把物质利益和道德理想的关系说的很准确，可以说到现在还有一定的重要性。因为现在有好多问题，都是由于有意或无意混淆这二个问题而引起的。

旧的传统讲法，主要讲董仲舒的"罢黜百家，独尊儒术"提高了儒学的地位，又认为其"正其谊不谋其利，明其道不计其功"加重了儒家重义轻利的成份。但从董仲舒"治民""治身"的观点可以看出，董仲舒在哲学上虽偏于注重动机不注重效果，而对于社会利益并非不重视，而是强调应有所区别。另外，董仲舒"天人感应"的道理是不对的，但仔细分析可以看出他主要是针对皇帝而言的。作为天子的皇帝，他们唯一害怕的就是天，董仲舒此意的目的在于引导皇帝，使其欲望野心有所收敛。应该肯定，对于儒家正统思想讲得很纯真的，在汉朝当以董仲舒为首，传统的儒家不论是汉人，还是宋明以后的人，评论起汉代人物来，都很推崇董仲舒。在许多推崇他的人里面，清人陆陇其在评价贾谊和董仲舒的区别时，讲过几句很简要的话，他说："贾以才胜，董以学胜，贾似古来狂者，董为狷者"。如果贾有董之学问，才就更高了，不过贾之学问不如董正派。"董之所弊者独阴阳灾异之说。使并此而去之，虽与关闽濂洛比肩可也。"（《三鱼堂外集·贾董优劣》）可见过去旧正统儒家，对董仲舒推崇甚高。我认为这些评论，其中心思想基本上是正确的。不过当有些人拿西方历史来与中国比较时，认为董仲舒所处的时代相当于西方的中古时代，因此就不顾历史事实，认为他是像西方中古时代的神父一样，是最反动的了。这个结论显然不够正确。我们应该仔细分析他所处的历史条件和社会环境，全面认真地分析其思想，不应根据简单的模式下断语。目前这个问题已被越来越多的人认识到了，同时对董仲舒的"阴阳五行""天不变，道亦不变"的思想，有了新的解说。这种勇于探索的精神是可贵的，至少把从前极简单教条的方法改变了，是中国哲学史研究不断深入的一个标志。

我在讨论会上的发言没有底稿，此文仅就记忆所得和临时感想，口说大意，由高淑娟同志整理写出。

（原载《董仲舒哲学思想研究》，河北人民出版社1987年版。此据《中国社会与思想文化》，人民出版社1989年版）

王孝鱼先生《老子微》序

　　榆次王孝鱼①先生幼承家学，博览群书，年未弱冠，即熟于目录之学。在清华、南开两校读书时（先生 1917 年入清华留美预备学校，因病休学一年，后入南开大学，1925 年卒业），初入数学科肄业，后转哲学系，而于国学研讨，未尝少废，时有斐然著述之意。1931 年在东北大学任教时，著有《船山学谱》两卷，《焦里堂三种》两卷，以线装古籍形式刊印行世。30 年代初，知识界对船山学术之兴趣，多在《读通鉴论》等书中之政治、民族思想方面。船山之哲学思想，尚未为多数人所关注。先生此书，可谓重视船山整体思想、尤重哲学思想之较早著作（商务印书馆印有张印堂著《船山学谱》，约同时稍后）。因其对《船山遗书》，用力甚勤，遂用船山观点写有《庄子内篇新解》及《庄子通疏证》两书，于 1983 年由岳麓书社合刊出版，此两书写作时间，当在 70 年代初期。在此以前，约在 1947 年中，先生著有《老子微》数万言。"文化大革命"时期，久疑此稿散佚亡失，而书稿命运，亦与人之幸不幸相同，此稿竟未与他书同遭浩劫，尚存人间。1982 年先生长女王立玉同志在北大图书

　　① 王孝鱼（1900—1981），原名永祥，以字行。山西省榆次县南庄村人。中国哲学史家，中国"船山学"的开拓者。1917 年考取清华留美预备学校，一年后因病休学。1920 年入南开大学哲学系，1925 年毕业。1927 年至 1931 年任辽宁省教育厅编辑主任，兼东北大学历史、哲学系讲师、教授。1932 年至 1937 年任南京中山文化教育馆编译、特约研究员。1946 年至 1948 年任东北大学历史系、哲学系教授，沈阳《中央日报》主编，兼沈阳《东北日报》《文化周刊》副主编。1948 年至 1953 年任北京蒙藏学院教师。1954 年至 1958 年任北京中共中央马恩列斯著作编译局编审。1958 年至 1966 年任北京中华书局哲学组编审。其间曾在北京大学古典文献专业、人民大学哲学系讲学。1979 年被山西省社会科学院哲学所聘为研究员。一生喜研中国哲学史，藏书 18000 余册，后被毁。著作颇丰，主要有《船山学谱》《焦里堂三种》《现代文化史》《老子微》《庄子通》《四库全书总目提要续编》。——编者注

馆善本室工作，当整理馆藏胡适氏留京之图书时，忽发现其父之《老子微》手稿，杂存于胡氏藏书中，完整无缺，此系当年交胡氏审查出版之原稿，因得全部复印，重新清录。此事经过，宛如乱离中家人失散，流落他方，忽得天幸机缘，复相团聚，亦云幸矣！

1986 年中《老子微》将由岳麓书社出版，立玉同志来函，愿我写一小序以告读者。我对老庄、船山虽稍问津，而旧学荒废；年来精力衰退，怯于动笔，恐不能顺利完成，故未敢率然承诺。但以与孝鱼交友多年，平日所学又复相近，颇有义不容辞之感。尤为可念者，1979 年在太原出席中国哲学史会时，与孝鱼同志在宾馆盘谈数日，欣喜其以 80 高龄而康健似 60 许人；并知其会后将赴湖南讲学，壮志豪气，不减当年，殊深欣佩。不意 1980 年初，先生赴长沙讲学时，因数十日连续讲授船山遗著过度兴奋疲劳，卒至老病遽发，返晋不久，即告仙逝。当此情境，念先生以老健之躯，幸值安定岁月，正发挥余热之时，而未能实现夙愿，赍志以殁，益觉对其遗著，有所宣扬介绍，乃友朋职责，不应过度谨慎，畏难谦辞。因函立玉同志将原稿寄下，以便从容涉猎，寻绎旨趣。数月以来，粗有体会，兹述其大意，聊当序言：

《老子》是中国哲学中影响最大著作之一，历代注《老子》者自汉魏以来不下千数百家（大概可与历代《论语》《周易》注数量之多相比），也可以说是中国史上注解最多的著作之一。

在浩如烟海的《老子》注中，大概可分为两类：一类是注重训诂章句的注释。一类是注重哲学思想的注释；自近代提出老子其人的时代及其与《老子》书的关系之问题后，又有专门讨论这一问题的研究著作，虽与《老子》注的形式略有不同，但也可列入训诂章句一类研究中。

在注重《老子》思想一类的注解中，又可分为二类：一类是沿袭传统形式，引申疏解；一类是引入西方哲学概念，有所阐发。从学术发展的过程看，当以能用新时代哲学思想疏解古书者，为最理想。但东西方哲学渊源不同，所运用之概念、范畴，亦有略相近而实非一致者，所提问题角度，亦复有异，所以注解中能有新意，而不趋于牵强比附者，最为可贵。以此标准，衡论各家注解，窃意孝鱼先生《老子微》一书，确有沿此方向前进，而不同于他家的特色。粗略言之，约有数点：

（1）虽沿用旧注形式，而能用现代概念对老子本文，加以简明扼要之解说。如第 1 章注云：

> 常与暂对，则异具体；常与奇对，则异偶然。具体、偶然之道皆可言传，而常道则只能理悟。故曰，可道非道。

可谓言简意赅。又如，解"名可名非常名"云：

> 算学中公式定律之名，常名也；例证中之名，暂名也。故公式定律中之名，而以未知数代之，即"可名，非常名"之义也。

可谓引喻入胜。而最能引发读者思路者，在其对道之解释，如"无名天地之始"句下注云：

> 道先天地，为天地万物一切之总原则，非可以言语形容者也，勉强求之，莫妙于研究其所生之天地万物。
>
> 道之为名，本属抽象，非果有一具体之物，发令指挥，有所作为以生天地也。特在思维中果必有因。有其然，则必有其所以然。知所以，而后可以心安理得。

如此解释，意义深刻，而表达明显，可以与近代哲思相接，而无旧时代笼统言道之弊。又原书第 14 章下注云：

> 道本最先之因，思维中若干相因思想之最终点，非果有一物。老子恐人以物为道，故直称其曰"无物"。以其无物，始可为一切之母而不为子。若道为一物，则物必有因，母必有祖，因因相属，无有穷极，岂常道之谓哉？

此注与第 1 章注互相发明，解说"道非一物"之意义，极为透辟，乃旧注中绝难看到者。

（2）本书体裁为注经形式，一切理论分见于各章注下，似少总贯解说。但在某数章中亦有贯彻全书之解释，使人能对全书有综合理解。如

第 4 章注云："《老子》虽屡言道体，而注意处多在用一边。"又如第 57
章注云："《老子》所谓知愚，乃公私之分、拙巧之分，非世俗所谓'知
愚'。"54 章注云："《老子》一书，凡言修已治人诸端，皆不及具体细
目，而只提纲领。"78 章"故柔之胜强，天下莫不知，莫能行"句下
注云：

> 故《老子》一书，所反复申明者，皆治天下之理论根据，至于
> 如何方能实现此理想，则未尝涉及，……具体之制度，有待于后人
> 之因时制宜，继续研究。

如此解说，则非随文解句之零星解释，而有阐发全书通则之意，亦本书
特色之一。

（3）全书要旨，在阐明《老子》哲学，不属于训诂考证之作，但在
若干章节中，亦有关于考校之注释。如 31 章注云："细审此章，多不似
老子原文，疑乃注家附加之语。"在"故吉事尚左，凶事尚右，偏将军居
左，上将军居右"一段下注云："《老子》之言，不美不辩不博，如此数
句辩而博矣，删之为是。"

又如在 42 章"人之所恶唯孤寡不穀，而王公以为称"句下注云：
"'人之所恶唯孤寡不穀，而王公以为称'句，与下文不相属，删之为
是。"又如在 60 章"治大国若烹小鲜"句注云："此句是下章首句，应移
下章之首。"这几处考证，俱极允当，与旧时空谈义理而不察章句之注又
复不同。其他个别字词的解释，亦有甚精当而有新意者。如对 13 章"宠
辱若惊"句之解释，对 27 章"是谓袭明"句之解释，均极新颖可取，其
他类此者尚多不必枚举。

总之，以上所说各点（即①沿用旧注形式而赋以新哲学之内容；②
具有新哲学之诠释，而无过度现代化之缺失；③在阐发思想之余，亦不
废字句考证；④基本上依每章字句注释，而间有贯串全体之通义），皆为
本书要义，而以阐发道之形上意义最为深刻。所以孝鱼先生《老子微》
一书，确为近代《老子》注中较有特色之作，应推为研究《老子》思想
重要参考读物之一。

作者在本书第 81 章注中，有一段说明：

　　章太炎先生《征信论》之下言曰："昔老聃良史之宗，定著八十一章，其终有乱，夫其信言不美，美言不信，吾以告今文五经之家；知者不博，博者不知，吾以告治晚书疑前史者；善言不辩，辩言不善，吾以告出入风仪、尚论古人之士。"最为能得《老子》之宗旨。予之此注，亦稍遵之，不博引众人之说，不附会西哲之论。……不惜委曲详说，以求贯通。

此段说明，即先生注此书之微旨，特为揭出，以告读者。希读者虚心体会，触类旁通。如读者能以此注为津梁之一，渐能运用近代哲学理论，深入老学堂奥，发挥百家争鸣之效，使《老子》研究中至今悬而未决之诸问题（如《老子》书之时代问题，《老子》之作者问题，《老子》哲学为唯心论抑有唯物因素问题，《老子》所代表之阶级性问题等），渐能发现争论症结，有所前进突破，则作者之勤劳为不虚费，而此稿之幸存，为更幸矣。

1987 年 7 月张恒寿谨序

（原载《河北师院学报》1988 年第 2 期）

致洛学与传统文化学术讨论会的信

洛学与传统文化学术讨论会：

在中国传统文化的各种思潮①中，最有影响、最有生命力的是儒家思想。在儒家的传统中，能继承孔孟的主要精神、有所发挥的是宋明时期的新儒家哲学。而理学各派中，又以二程开创的洛学包罗广、影响大。在现在对这种传统文化不够重视的情况下，举行这样一个会议，对于中国传统重新有所认识，有所批判，去粗取精，为建设有中国特色的社会主义精神文明有重要意义。所以，我对这一会议十分欢迎，并因衰老和交通关系，不能参加会议为憾。在此，我仅向大会致以崇高的敬意，并敬祝大会圆满成功。

关于洛学研究中的问题很多，如：二程与周敦颐、胡瑗的师承关系；洛学与关学的关系；洛学与荆公新学的关系。近年来有不少文章都谈到了，似乎大体上已有了比较一致的看法，没有什么大的分歧，我也基本上同意。但对二程兄弟思想异同的看法，在学术发展上关系重大，还是一个应深入研究的问题。大程和小程在气质上、风格上的不同比较明显，在流传的一些故事、他们自己的言论和门人的记述中，都有表明。而两人思想实质的异同，则是后来才看清楚的。大抵程朱学派，实质上是祖述伊川②，对二程的学说不加分别，对大程也甚加尊重；陆王学派，无论在实质上和语言上都是推崇明道③，忽视伊川。陆象山④本

---

① "潮"后改为"想"。——编者注
② 程颐，世称"伊川先生"。——编者注
③ 程颢，世称"明道先生"。——编者注
④ 陆九渊，自号"象山翁"。——编者注

人就时有文公开反对小程的言论。对二程学说实质上的不同，黄宗羲在《宋元学案·明道学案》中已有论及。他在引朱子所说"明道说话浑沦①，然太高，学术难看"，又谓"程门高第如谢、游、杨以下稍皆入禅学去，必是程先生初说得高了，他们也只见了上一截，而少下面着实功夫，故流弊至此"之后，表示对朱的这一说法"其实不然"，他认为"朱子得力于伊川，故明道之学未必尽其传也"。可见在黄宗羲的时代已形成对二程学术的不同看法，而且认为朱子是继承伊川的。但他没有做出详细的分析。

对二程学说异同做出详细明确区分的是冯友兰先生。30 年代，冯先生在论及朱、陆不同的同时，说此差异于二程的哲学中既已显著。他最后归结理学家的哲学是两个世界，心学家的哲学是一个世界。冯先生在一篇谈话中，谈到二程兄弟各开了一个学派。应该说，提出两个世界的观点是冯先生首先讲的。冯先生所说的朱子有两个世界，陆、王只是一个世界的理论，似乎也是区分二程兄弟思想的不同的问题。从整个思想看，当然一元论比二元论为正确，理气必须结合起来，提具体的世界。但从思想发展的某一阶段上看，有暂时的、抽象的分为两个世界，加以研究，使条理清楚后，再全面综合，似更能推进全面理解。我国缺乏抽象的纯理思维，缺乏极抽象的思辨哲学，它是科学不发达的原因之一。从这一点说，伊川、朱子一系的思想，应该予以更多的重视。

二程兄弟思想的不同，关系到理学流派的发展，甚至关系到整个中国哲学发展的方向问题。最近，港台学者牟宗三著《心体与性体》② 等书，对理学的分系提出了一种新的看法。他的意见是将程明道、周敦颐、张载列为一系，将程伊川、朱元晦③单独列成一系。认为朱子不是集理学大成，而只是集了伊川的大成。另外以胡五峰④和刘蕺山⑤又是一系，是

---

① "沦"原误作"论"。——编者注
② 该书有（台北）正中书局 1969 年 6 月初版，1984 年 4 月第 6 次印刷。作者可能指此版。——编者注
③ 朱熹，字元晦。——编者注
④ 胡宏，号五峰，世称"五峰先生"。——编者注
⑤ 刘宗周，因讲学于蕺山，世称"蕺山先生"。——编者注

续承北宋三家的，而陆、王则是直接继承孟子而来的。这种分法，确有不同于我们传统的看法，有些看法确很细致深刻，和近年来我们对理学的研究风格不同。在我们讨论洛学发展及其与现代文化关系时，应该对牟宗三的说法有较多的研究，才能使问题更加深入。所以，我认为牟氏这个区分及其分类，是有重要意义的。对他提出问题的研究，对于发展我们的学术思想，也一定会有启发和贡献。但这也有一个问题需要解决，即程伊川本人对这种分歧是否有自觉？他本人既具有与其兄不同的思想体系，应该自己比别人更加明白。而他给大程写的传记里，将其抬到直接继承孔孟的高度，他自己所写的书中也没有表明他们之间的分歧，这应该如何解释？又如《二程全书》中前十四卷的二先生语中，哪些是大程之道，哪些是小程之说，如何鉴别？牟氏所做的鉴别是否完全正确等问题，是值得我们研究的。

我个人认为，伊川、朱子的某些思想主要是分析的，如格物致知思想就是如此。在这一点上，我认为可以将传统文化与现代文化联接的。我们今后要发展科学文化，就一定要在传统文化中找一个有相当联接的思想，才容易成功。在传统文化中就只有程伊川、朱子一路比较接近。牟氏在成德的立场上，说程朱是儒门别子；我们以发展社会文化为目的，则应当以程朱一系为主要继承对象。因为从中国学术的大方向说，儒家是主流，而宋明哲学又是儒家的主流。其中能综合各方面、和①社会及自然科学比较接近的是程朱一系的格物穷理说，而不是陆王一系的致良知的本心说。辛亥革命前后，章太炎在《检论》一书的《通程》篇中，就认为在理学各派中，以程朱派包罗较广，也接近于新发展的可取之学。我认为这个看法有一定的道理。从后工业社会来看，也应当重视整个儒家哲学（包括程朱在内）的研究，尤其是从建设社会主义初级阶段的文化看，似乎可以说，对程朱思想体系加以研究发展，以便与近代文化接轨，也是很有意义的。张载的重气说，王夫之对张载的发展，对朱子的改造，都是我们研究传统文化的重要线索。

以上是我的一点感想，谈不上什么看法，只是提一些愿望。希望中

---

① "和"原脱。——编者注

青年同志在这方面的研究能有重要贡献。

张恒寿（1988 年 4 月 22 日）

（原载《洛学与传统文化》，求实出版社 1989 年版。本文曾以"也谈二程思想的异同"为名载于《中州学刊》1988 年第 5 期。又收入《中国社会与思想文化》，改名为"浅淡二程思想的异同"，内容有较多改动）

王夫之天人学说探微

王夫之的哲学思想，非常丰富，有不少精粹的言论，如关于道和器的理论、理和势的理论、知行关系的理论，都有独创的见解。这里拟谈谈他有关天人关系的学说。

一 反对天人感应论

天人感应论是汉代盛行的学说，它当是由古代的天命论演变而来。春秋末期，在社会经济发展的趋势下，人的思想意识随之开朗，《左传》上记述了许多重人轻天的开明言论，多已为人所熟知。但这只是一部分人的思想，在整个社会上占主导地位的思想还是天人感应说。如《左传》昭公七年记士文伯对晋侯①解释日食的原因，是由于"不善政也"，并说："国无政不用善，则自取谪于日月之灾，故政不可不慎也。"则是较通行的看法。士文伯是借日食的天象变化，向国君陈述善政的内容（择人、因民、从时），希望晋君遵行，其政治动机无可厚非，但和客观真理是相违背的。这种理论就是后来董仲舒和今文经学家们所讲的一套天人感应说的渊源之一。

经过汉唐时期王充、柳宗元等的驳议，天人感应的谬误在一部分人的心目中已十分清楚了。但在历代帝王的统治意识中，仍然以此说为依据，臣僚对统治者的建议中，仍然多以此说为警告，其间可能有些臣僚的疏奏只是假借此说为警君之用，但大部分人则是保持真诚的信仰，而

不是彻底否认。所以从理论上予以驳斥，仍是少数学者必要的任务，王夫之对于天人感应论的看法，基本上和王充、柳宗元、欧阳修等无大区别，但在理论上则更前进了一步。

他提出了"有即事以穷理，无立理以限事"的根本原则，批评了某些将客观事实纳入其主观框架的倾向，即所谓万变不离吾宗的倾向。他认为士文伯的议论，是"私为理以限天"的言论，绝对不合于事实。他说：

> 天之有日月风雨也，吾其能为日月风雨乎？地之有草木金石也，吾其能为草木金石乎？物之有虫鱼鸟兽也，吾其能为虫鱼鸟兽乎？彼皆有理以成乎事，谓彼之理即吾宗之秩序者，犹之可也；谓彼之事一吾宗之结构运行也，非天下之至诞者，孰敢信其然哉！

这是说如果以为客观之理和主观构思的秩序相当，还可以；如果认为客观之事，即日月风雨、草木金石之事，便是主观的结构运行，那真是荒诞极了。这一分析是相当深刻的，不但古代的士大夫难以了解，即后来的论者也没有达到这个水平。

他又说：儒者们讲天人之际，五行之感应似乎很明易简单，实际上是"不出吾宗"。儒者们认为："以其理通天之理，而天之理为我易；以其气通天之气，而天之气为我回。其言甚辩，莫之能穷。"甚至有说"返荧惑之舍，挽欲坠之日者"，似乎确有其据，使辩者亦无从辩说，但是一到日食这一问题，他们就无法辩说了。

他说："使当历法大明之日，朔望转合不差，迟疾朒朓不乱，则五尺童子亦知文伯之妄，彼何敢在人主之前讲说，以至传述于经生之口"呢？

这里说明日月运行有一定的轨道、次序，他的运行时日都能推算准确。到了科学的真理被阐明，连儿童们都可以知晓之后，则这种天人感应之说，就不攻自破、自然衰竭了。

他又说："日食之理，幸而灼然于后世历家之学，则古人之诐辞辩矣；不幸而未明焉，则为文伯之言者，以终古述焉可也。"

确实，假如没有天文学的科学发现，则天人感应之说，一直到现在都还可能存在。他所说的："此圣人之所以有俟于来学也"，是极有份量的断语，它说明了社会的进化、知识发展的连续性，无形中打破了历来学者过于迷信先圣万能的成见。现在看来，这不过是个常识，但在17世纪的中国，它是振聋发聩、开阔眼界的卓识。

二 对"君相可以造命论"的论评

"天命"一词在孔子以前的《诗经》《尚书》中，早已多次出现，是中国古代哲学中的重要概念，但其意义不出人格天或命运天的范围，和后来命的意义不同。

孔子说过"五十而知天命""不知命无以为君子也""畏天命"等言论，孟子讲过"莫之为而为者，天也；莫之致而至者，命也"以及"莫非命也，顺受其正"等道理。说这些话的时间、情况不同，因此其所含的意义亦不一致。其中有些言论，是遭遇不幸时的感叹，夹带着一些原始人格天的内涵，有些则是纯粹的哲学语言，大概可以说"莫之致而至者"，即人的努力所不能改变的情势，称为天命，这是孔孟命说的基本倾向。

孔子以后，有墨子的非命说。孟子以后，有庄子的安命说、荀子的制天命而用之的"人定胜天"说。其中，除墨子的"命"近于旧说、庄子的"命"近于命定论外，孔、孟、荀的"命"都有较系统的哲学意义，而以荀子的制天命说，最为积极。

汉晋时期，讲命的理论不少，但无多新见。到了唐朝，出现了柳宗元的天人相分说和刘禹锡的天人相胜说，以刘的理论较为圆满，可谓有关命论的明显进展。但在刘、柳稍前，唐朝著名的政治家、军事家、宰相李泌，就提出过"君相可以造命"的言论，可以说是把人定胜天说应用于社会政治上的一种最为引人注目的伟论。

王夫之在《读通鉴论》中，推崇这一言论，并加以引申发挥。

他首先解释天命的内涵，认为"天之命有理而无心者也"，排除了人格天的意义。既然天只是理而无人格，所以"有人于此寿矣，有人于此夭矣"，于天毫无关系，"其或寿或夭不可知者，所谓命也"。他说：

生有生之理，死有死之理，治乱、存亡，各有其理。而天者理也，其命理之流行者也。寒而病，暑而病，饥而病，饱而病，违生之理，浅者以病，深者以死。人不自知，而①自昧②之，而自昧之，见为不可知，信为莫之致，而束手以待之，曰天之命也。是诚天之命也，理不可违，与天之杀相当，与天之生相背，自然其不可移也。（《读通鉴论》卷24）

这里以人的身体作例证，指出人的身体生命，都有一定的生理，如违背生理，则寒暑饥饱可以致病致死，可是人们往往不自知道生理的和治病的道理，自取病亡，"见为不可知，信为莫之致"，便归为命运，束手以待之，曰天之命也。确实可以说是天之命，因为自然界和人的生命本有一定存在的道理，不能违背，而自己的行为恰恰和天之杀的理则相当，与天之生的理律相背，自然就不可改动了，"天何心哉！"

他接着说："国家之治乱存亡亦如此而已矣。"没有什么不同的道理。不过在国家中，"君相之权藉大，故③治乱存亡之数亦大，实则与士庶之穷通④生死，其量适止于是（只限于自己一身）者⑤一也"。

这里主要是说明社会政治和人体生理一样，都是依照本身的理则存在发展，与外在的天命无关。粗粗看来，此说似乎只是王充理论的重复，但他有较辩证的分析。他说："能造命者而后可以俟命，能受命者而后可以造命"，这是说只有能够认识到客观规律，从而主动改变客观者，才可以说是顺从天命、也只有顺从天命，静观变化者，才可以改造命运。他总的精神是，一方面反对听天由命的人，一方面也反对鲁莽行动的人，这和他在《尚书引义》的《尧典》中所讲的道理基本一致。

《引义·尧典》中论述"己"（自身）和"物"的相互关系，认为"己是物之所待"，己能胜物，但非任何时际都能胜物（非唯己之所胜而靡不安）。《尧典》中的己物关系，相当于这里的人与命的关系，都是从两方面说明天（物）和人（己）的关系，即认为人可以改变客观，但不

---

① "而"原脱。——编者注
② "昧"原误作"眛"。——编者注
③ "故"原误作"所"。——编者注
④ "通"原误作"困"。——编者注
⑤ "者"原脱。——编者注

能任意改变。既批判了无所作为，亦批评了任性而为；既尊重天对人的制约，客观规律之不可违背，更重视主观能动性可以改变客观的能力。同时反对主观可以任意改变客观的妄想，只有能够了解客观的理则，顺其发展的方向，而不与相背，才能依据对理的认识决定行动，达到目的。

这里已接近于认识了必然则可自由的结论。中国历史上主张积极有为、反对屈服于命的理论，从孔孟起，即有渊源，但多从"以义制命"的观点立论，即认为一切色声嗅味的满足、富贵寿夭的遭遇，多由命运支配，自己不能掌握，但道德行为的提高，是由自己决定，是性而不是命。这是中国哲学中的最高原则，应该发扬光大，达到知其不可为而为之的高度。但仅有这一原则，可以提高人的伦理道德，而不能改变自己和社会的命运。

这个原则在一定时际，在一定程度上，可以有改变现实的作用，但立论的目的及主要功能不在于此。而王夫之提出君相可以造命这一理论目的，则不在于道德提高，而在于改变现实，所以这一理论有更积极的意义。王夫之推崇此说，又进而指出其缺点，他说："此言有病，唯君相可以造，岂非君相而无与于命乎？""修身以俟命，慎动以永命，一介之士莫不有造焉。"

"一介之士莫不有造"的伟论，就此君相可以造命说，更能鼓舞人们发挥人的主观能动性，这是中国哲学中最光辉的议论。虽然他所说的"修身以俟命，慎动以永命"之说，似乎偏于修身一面，而没有提到造命的高度，但从他的言论气派及语言指涉（慎动的动中，就包含着实践及改变客观的意义），再结合其他文中所说，实已包含了超出修身以上的含义和识量，不能不说是祖国哲学中最卓绝的言论。

以上所述《读通鉴论》中的议论，只是王夫之论君相造命说的一个方面。在《姜斋文集》中有一篇《君相可以造命论》，和此处的角度不同，它谈了这一理论的另一个方面，即论述了命和人的更复杂的关系，限于篇幅，拟另文再述。

三　人道不同于天道的理论

王夫之关于天人的学说，以在《续左氏传传义》中评论子服景伯的一段理论最为全面精到。

　　春秋末年，吴国称霸中国，于鲁哀公七年向鲁国征派百牢的重礼。鲁国臣僚子服景伯面对强大的吴国，不敢据理力争，他明知吴国"弃天背本"（古代以天空为十二次，今吴征百牢，故曰背天），将致灭亡，却说："不与，必弃疾（加害）于我"，乃以"与之以速其亡"为自解理由，屈服于吴。

　　王夫之对于子服景伯屈服于吴的理据，深为不满，于是借题发挥，写成一篇有哲学深度的论文，文中说：

> 　　人之道，天之道也；天之道，人不可以之为道者也。语相天之大业，则必举而归之圣人，乃其弗能以圣自尸，抑岂曰同禽鱼之化哉？天之所生而生，天之所杀而杀，是则可无君也。天之所哲而哲，天之所愚而愚，是则①可无师也。天之所有，因而有之；天之所无，因而无之，则是可无厚生利用之徒也。天之所治，因而治之；天之所乱，因而乱之，则是可无秉礼宗义之经也。

　　这里最主要的论点是，"人之道，天之道也；天之道，人不可以之为道"。人本来是天以内的万物之一。说人之道是天之道，比较易懂；说人不可以以天之道为道，这就比较费解。哲学上主张法天、事天、顺天者，相当之多，为什么不可以天之道为道呢？答复是：试把《老子》书中所说"天道不仁，以万物为刍狗；圣人不仁，以百姓为刍狗"二语，和《易传》所说"鼓万物而不与圣人同忧"的道理比较一下，就非常明白了。

　　因为天对于万物，只任其各依本性自己生长，完成自己的生死历程，就如人对刍狗一样用后就弃置一旁了。而圣人对于百姓，以及个人对于他人，则须爱护、关注，既长且教，不能用天对万物之道，对待人类。所以不可以天之道为人之道。赫胥黎的《进化与伦理》中，将进化分为两大阶段，前一段是生存竞争的进化阶段，后一段是伦理进化的阶段。他说："社会进展意味着对宇宙过程每一步的抑制，并代之以一种称为伦

---

　　① "是则"原误倒。——编者注

理的过程。"（见该书第 57 页）这里所说对宇宙过程的抑制和王夫之所说"天之道，人不可以之为道"的方向是一致的，如果一切任天为治，即天之所生因而生之，天之所杀因而杀之，则一切政治、教育、正德利用厚生的文化发展都无用了。王夫之根据这一原理，批评了子服景伯"因而与之以速其亡"的行径，虽似借题发挥，而实是一种最正确而又深远的道理。

王夫之不仅讲了人不可以天道为人道的道理，更进一步阐明人须竭尽自然赋予之成能的道理，他说：

> 夫天与之目力，必竭而后明焉；天与之耳力，必竭而后听焉；天与之心思，必竭而后睿焉；天与之正气，必竭而后强以贞焉。可竭者，天也；竭之者，人也。人有可竭之成能，故天之所死，犹将生之；天之所愚，犹将哲之；天之所无，犹将有之；天之所乱，犹将治之。

这比上节所说，更为深刻，它已达到近代哲学、心理学上所说的发挥人的潜能和人的实现的哲理。人类的智慧能达到认识这一深层的发展原理，是相当不易的。据说詹姆斯首先发现普通人只用了他们全部才能的最小部分。他把这当作自己最重要的发现之一。但这一发现并没有普遍引起人们深切的注意，直到 1967 年美国社会心理学家先驱赫伯特·奥托博士仍说："近 50 年来人类潜力这一课题，全被社会科学家和行为科学家所忽视，而没有当作一个中心课题来研究。"（引文均见《第三思潮：马斯洛心理学》，中译本，第 58 页）可见在马斯洛创立人本心理学之前，人的潜力这一问题是久被忽视的。但詹姆斯已是 20 世纪初的人，马斯洛大倡此说更是 50 年代的事，而王夫之早在 17 世纪就说出了发挥潜力这一道理，确是难能可贵的。

我们认为王夫之的议论中，有些已为西方学术所包含而有了进一步的发展，有些则尚未被西方人所重视。如他所说的竭目力之明、竭耳力之聪、竭心思之睿，在西方发展潜能的概念中，都已包含而更加丰富，但如王夫之所说"天与之正气，竭而后强以贞焉"一条，则为西方哲学所不能发扬或不甚重视，而这应是王夫之发扬中国哲学的一个特点，也是一切轻视传统文化的人应该深思的要点。

以上只是从王夫之论子服景伯对"吴征百牢"的评论中抽出其哲理部分加以说明，至于其政治内容，与他的民族思想、尊君思想，以及残留的宗法思想，都有联系。这须根据历史情况，才能说明其具体意义。简单说来，则是他认为吴国是周室之懿亲，"天弃之、任之而弗治，犹弗忍也"，何忍成其恶以促其必亡呢？"任天而无能为、无以为，人助天而成其乱"是不当的，而景伯的言行，不仅是放任天道、废弃人道，而且是"窥天下之祸福以为机阱"。景伯曾游于圣门，志趣却如此卑下，可能是受了当时习气陷溺之故。

王夫之这些议论是针对当时政治斗争中的一些具体情况而发，由于社会政治情况不同，大概不易引起现代人深究的兴趣。我们只就其与现在关系较近的理论方面有所陈述，并深叹其哲理之深刻。希望关心民族盛衰的中青年同志，对王夫之的哲学多加钻研，对马斯洛的人本心理学深入研究，以期能从时下流行的弗洛伊德心理学和尼采哲学的诱引与束缚中摆脱出来，这对于寻求人生正路，发扬祖国文化的精华，是会有裨益的。

从以上各节所论，我们认为王夫之的天人学说，实已达到中国哲学中有关这一问题的最高水平，无愧于近代以来人们对他的推尊崇敬。当然，王夫之也有不能越过的时代局限。如他论"君相可以造命"时，讲的是非命的理论，而又带有人格天的口吻。又如论吴征百牢中，把君当作人类社会的救星。不过这些时代的局限，丝毫也不影响他在中国古代哲学领域代表着它的最高成就。一切论述古代思想家者，应具有全面论评的态度。

（原载《河北师院学报》1989 年第 1 期，原名《王船山天人学说探微》。此据《中国社会与思想文化》，人民出版社 1989 年版）

一部创见叠出的理学史专著

——读《张载哲学思想及关学学派》①

《张载哲学思想及关学学派》（人民出版社出版）是陈俊民同志的新著。作者在多年整理缕析关学典籍的基础上，运用历史与逻辑相统一的原则和方法，探讨了宋明理学思潮中关学学派的主旨及形成、发展和终结的历史过程，填补了理学思潮研究中没有专门论述关学学派的空白。

该书出版以后，以它具有较高的学术价值，被列为"香港三联新书精选"之一，展销于新加坡和日本等国，引起了海内外学术界的关注，赢得了较高的评价。如海外著名学者陈荣捷先生称誉该书能"从大处着眼，精细入微，由张载至李颙一气贯通，使人眼界为之大开"，国内著名学者张岱年先生认为该书"是近年中国哲学史研究的又一丰硕成果"。

我们初读之后，认为该书系统清晰，创见叠出，优胜之处甚多。以下略举数端。

一、建国以来，运用唯物史观研究张载思想的论著翻卷可得，但对张载所创立的关学学派却无专门的文字论及。作者填补了这一空白，并提出了许多富有创见性的见解。

作者对"关学学派"的概念内涵首先作了厘定，认为关学不是历史上一般的"关中之学"，而是宋元明清时代的关中理学。它具有世代以

---

① 作者署名"张恒寿 马涛"。"及"后原衍"其"。——编者注

"躬行礼教"为宗旨，直接援自然科学入儒学，倡"气本论""气化论"的哲学特点，又具有"实学"学风、中和性格的独立学派。作者认为，关学始于北宋，终于清初。由华阴申颜、侯可为代表的"华学"首开先声，领袖张载独创新论，"倡导关中"，弟子三吕（吕大忠、吕大钧、吕大临）衍其说，李复正其传，至南宋而"式微""寂寥"；中经元明，由吕柟、冯从吾"中兴""复替"，直到清初，李颙用"儒学"代替"理学"，使关学由"复盛"而终结。前前后后，历七百余年，"关中道脉相传不绝"，其盛"不下洛学"。作者认为，张载死后，关学的演变经历有一个否定之否定的辩证过程。具体些说，张载之后，关学虽然"衰落"，但没有"熄灭"，而是出现了"三吕"的关学"洛学化"和李复的关学"正传"两种发展趋向。"三吕"的关学形式上虽依附洛学，但在思想上却严守师法。两种趋向都不同程度地保持着以"躬行礼教为本"的"崇儒"的关学要旨。明代以后，程朱理学和王学在皇叔的支持下先后极盛于世。关学学者又经历了一条折中朱王，反归张载，还原"儒学"的曲折路径。在明代理学思潮的辩证发展中，由于朱子的"支离"，导致了阳明学的"简易"，又因朱王的玄远虚空，产生了关中学者的"实学"。他们仍在坚守着张载关学"躬行礼教为本"的致用宗旨和坚决排佛、注重实践的关学传统。他们在调停朱王、互救其失中，又表现出了一种敦厚典雅的中和性格，总是用自己的关学思想来溶解朱王的理学和心学。如薛敬之用"气"折中"理""心"，吕柟用"仁心"代替"良知"，冯从吾进一步把"良知"复原为"善心"。他们表面是以张载思想为归，其实是向原始儒学的还原。到了明清之际，关学学者李颙进一步提出"儒学即理学"，公开主张用"儒学"取代理学，向原始儒学还原，最终结束了关学。如果说张载是关学逻辑的起点的肯定形式，那么，明代的吕柟、冯从吾则是其中的否定环节，而清初的李颙，则是关学逻辑发展的终结和再肯定形式。关学自始至终都同整个理学思潮相关联，可谓是按同一脉搏①、同一心理共始终的。

作者在书中对关学学派源流的考察，是在对大量的现存史料进行钩沉、辨析的基础上完成的。应该肯定地说，作者的这一工作不仅有筚路

---

① "搏"原误作"博"。——编者注

蓝缕的开拓之功，而且亦反映了关学研究的深入和突破。

二、在北宋理学诸子中，朱熹推崇周敦颐，认为周子已经解决了"体用殊绝""天人二本"的理论问题，故是"上接洙泗（孔孟）千岁之统，下启河洛（二程）百世之传"，使"道学之传复续"的理学宗祖人物。朱子以后，世人也多沿其说。作者继明代关学学者韩邦奇之后（韩氏首辩此说之非），力辩此说之非，认为这是朱子的偏见。

作者认为，周子没有真正解决这一理论问题。周子是以《图》傅《易》，走的仍然是道家陈抟"体用殊绝""有无为二"的路子，他的"主静为宗""无极为旨"，也都明显地保留着道教无为思想的残余。作者认为，真正解决这一理论问题的是张载，张载在北宋重建伦常纲纪、拯救理论危机的新儒学运动的推动下，从破汉唐"三教"和宋初诸儒的"体用殊绝""有无为二"的"天人二本"论中，独树新说，确立了"天人一气""万物一体"的关学主题，奠定了宋明理学"天人合一"的理论格局。正因为张载开辟了这一方向，到南宋时朱熹才进一步吸取张载的思想资料，沿着周、程的思想路线，集理学思想之大成，而建立了精致的理学体系，使封建时代的中国哲学思想达到了新的高峰。作者在这里对张载在理学中地位的重新估定，在我们看来，对于纠正以往的偏颇认识，是很有裨益的。

三、《周易》是先秦儒家的重要典籍，也是理学家所共尊奉的"经典"之一。由于它文字简约，义蕴隐晦，便于人们随意发挥。所以两宋理学诸子中，几乎都对《周易》有所阐释。但他们之中有哪些不同？张载的释《易》又有哪些独到之处？一般读者还不清楚。作者一一给我们作了解答。

作者认为，"性与天道合一"是《易说》的主题，张载用"《易》即天道""天道即性"和"一物两体者，气也""有两则须有感"的命题，论证了"天人""道性"如何"合一"的问题。

关于"一物两体者，气也"，作者分析说，这是张载确立"天人合一"思想的根本命题。张载认为，推动着"天人""道性"在天地造化过程中"合一"的造化之机，就是根源于"气"自身是一个矛盾的统一体。其矛盾的两个方面如"阴阳""动静""屈伸""聚散""虚实"等互相作用，推动着整个宇宙永恒向前发展。作者析"一"之义有二层，第一层指"湛然"的"太虚之气"的统一体;第二层指"气化"天地万物过程中,矛盾两方面的统一关系,如"天"是"阴与阳"的统一,"地"是"刚与柔"的统一,"人"是"仁与义"的统一。这种统一关系的"一",也称作"参"("三")。这个"参",实际上是比"太虚之气"统一体的"一"更进一层的"一",也是"两"而"一"的最佳状态。张载又用"感"来说明"一"之"两"为什么能够成为"参"和怎样成为"参"的。作者分析张载的"感"也有两层意义,一指矛盾两方面之间的相互感应、影响和作用;二指矛盾两方面"相应而感"必然引起事物变化,形成新的统一体("参")。这两层同蕴涵于"感"中,使"感"这一范畴既能说明天人万物为什么能够统一于"一";又能回答天人万物"两"的矛盾发展,怎样能产生新事物的"参"的统一体。作者认为,这正是现代唯物辩证法"同一性"思想的筚路蓝缕,它们共同构成了一个"一两"辩证法的范畴体系:"一"→"两"→"感"→"参"(一)。并认为这是《横渠易说》的思想精华,是张载对人类理论思维作出的杰出贡献。作者在这里对张载"一物两体者,气也"根本命题所包含的辩证思想的析述,无疑是十分深刻的,多发前人之所未发,反映出作者具备有较高思辨水平和哲学造诣。

四、《西铭》是张载精心创造的一篇理学论纲,在"张子学之全体"中具有十分独特的重要地位。但现代的一些哲学史家因要强调张载哲学的唯物主义性质而有褒《正蒙》贬《西铭》的倾向;对于《西铭》旨趣的解释,又多受程朱"理一分殊"说的影响。作者对这些看法力辩其非。

作者认为,《西铭》言简意约,至为深切。它以《六经》孔孟之言为依据,而"扩前圣所未发"之大义,概括表明了张载宇宙论、人性论、政治论、道德论、人生论及其相互联系的逻辑联系。《西铭》哲学论纲的逻辑结构,还给我们揭示了宋明理学的基本格局,故受到理学各派的共同尊奉。所以,它和《正蒙》的地位同样重要。

关于《西铭》的本旨,作者认为程朱以"理一而分殊"概之是一种偏见,不符合张载原旨。作者认为,程朱"理一而分殊"说是基于其客观唯心主义理学体系的需要,突出了"理一"这一本体的存在。其理论来源于对周敦颐《太极图说》的蹈袭:"理一"实即《太极图说》首句的"无极"(或太极),"理一而分殊"实即周子"自无极而太极"的程朱新版。所以，"理一而分殊"绝非张载《西铭》本旨，而是程朱理学的"理一本论"在《西铭》机体上的绝妙附会。作者认为，《西铭》的本旨在于创现了一个"民胞物与"的理想境界：它从首句的气一元本体论出发，通过"性帅天地"的人性论"关钮"，把宗法封建等级秩序，本体化为"民胞物与"的"均平""大同"理想。这才是《西铭》理学的旨趣所在，也是张载这位"浑然与万物同体"的"吾"所创现的真正自由的理想人格境界，也是整个宋明理学家的共同心境。它之所以受到统治者和理学诸派的共尊，是因为对整个封建统治阶级来说，它为巩固中央集权的专制统治，提供了哲学根据和精神支柱；对于所有理学家来说，它符合他们为粉饰自己长期锻造的"理本论""心本论"所需要的所谓"极高明而道中庸""数点梅花天地心""四时佳兴与人同""圣人气象""孔颜乐处"等虚幻花环。作者"以张解张"对《西铭》本旨的阐幽发微，无疑是第一次在历史上为我们澄清了这一沉没了几百年的历史理论混乱，其功不可没矣。

五、对于张载哲学的性质，历来众说纷纭，颇有争议。有的认为，张载的哲学在体系上是唯心主义的（牟宗三）；有的认为，张载的哲学是二元论的体系，并由此走向了唯心主义（侯外庐）；有的则认为在张载的哲学体系内存在有"性气二本"的内在矛盾（丁伟志），等等。作者坚持张载"气本论"的唯物主义性质，并作了极有说服力的辨析。尤其是作者对"太虚"范畴的解析，更是精辟独到。

作者认为，"太虚"是张载哲学的最高范畴。"太虚之气"不但是张载整个范畴系列的起端，也是张载全部哲学内容历史开展的根据。作者解析说："太虚"既具有宇宙本体上的最高实在性，又具有宇宙发展上的[1]最初创造性；既是最一般、最抽象的规定，又蕴涵着最具体、最现实的发展。其意义，或以未形体言者，或以流行之用言者，或以究极之归言者，盖不外上而推之于天地人物之先，指其湛然无形而足以形形的"气本之虚"，中而推之于万物有生之初，指其"野马缊缊"而阴阳气化的"天地之气"，极而推之于人物既生以后，指其"形溃反原"而不能不化有形为无形的"太虚之气"。从天地人物之先，生万物有生之初，到天

---

① "的"原脱。——编者注

地人物既生之后，始终不离太虚之本，这表明"太虚"是有无、虚实、动静、"通一无二"的统一实体，所以，它不仅是张载范畴体系的起点，而且也是其终点。

在对"太虚"范畴解析的基础上，作者又进一步采用素描化的笔法为我们勾勒出了张载哲学范畴的逻辑行程和内在逻辑结构。作者认为，宇宙本体的"太虚"，清通无碍，无形无感，升降飞扬，未尝止息，产生了"阴阳气也"的"天"这个范畴。由"阴阳之气"对立统一于太虚细缊之中而推动"太虚之气"本身的运动变化，以资生万物，形成"气化"的过程，又派生出"道"这个范畴。"天""道"范畴，表明"太虚"尚处在阴阳二气未分，而万物并育其中，包孕"浮沉、升降、动静、相感之性"，犹如"太和"状态的物质实体。这种"太虚"之"虚"与"气化"之"气"合一，决定了"太虚之气"不能不成乎人之秉彝，使自身蕴①涵着"浮沉、升降、动静、相感"之"天性"，变为"物性"与"人性"，形成了"性"这一范畴。而人有其性，便能感知万物，产生知觉，从而使性、知又统之于一心，由此又形成了"心"这一范畴。"性""心"范畴，表明"太虚之气"经过"气化"过程，不但已聚而为万物（动植），而且产生了"得天地之最灵"、具有物质最高发展属性的人。所以，"心""性""道""天"本只是一个"太虚"，是"太虚之气"聚散气化而为万物（动植）与人的过程。在"太虚气化"的逻辑行程里，实际上形成有三个层次的内在逻辑结构："太虚"与"天"，属"气本"范畴，是作为宇宙本体的第一层次；"道""理"和"神"，属"气化"范畴，是作为宇宙生化的第二层次，同第一层次共同构成了客观的"天道"范畴系统；"性""心""圣""诚"，基本归属于"人道"范畴，是作为人对客观宇宙本体和生化过程进行主观认识的第三层次。这三个层次，就构成了张载哲学"天——人——合一"的逻辑结构。作者着墨不多，却主题突出，脉络清晰。它不仅使读者能体会到张载哲学的真正底蕴，也使人对于整个宇宙人生有耳目一新之感。

另外，该书在研究方法上也别具一格，不落俗套。张子毕生著作浩

---

① "蕴"原误作"缊"。——编者注

瀚①，作者从张载生平的许多论著中，以张载自撰者为主，依成书的次序和内容的联系，着重提举出三部加以论述，认为张载思想的形成经历有一个《易说》—《西铭》—《正蒙》的逻辑行程，认为他的关学主题，正是通过这个内在的逻辑过程，在同周、程诸子外在的矛盾统一中，逐步确立、深化和完善的。在这一逻辑行程里，《易说》初步确立了"性与天道合一"的理学主题，奠定了他以后思想理论的基础；《西铭》则集中表达了他的关学思想的最高理想境界，可看作是张载思想的论纲；《正蒙》则是张载全部思想的结晶，初步已形成的一整套哲学范畴的体系，是他晚年的定论。这种历史与逻辑相统一的方法，使作者的研究能钩玄提要，避免支离琐碎，从而能逻辑地（也即本质地）把握住了张载哲学的义谛。

在全书体例的结构安排上，作者也突破了传统哲学史、思想史的旧章法，没有采纳所谓"两个对子（唯物主义与唯心主义）""四大块（宇宙观、认识论、方法论、历史观）"的排列，而是将全书内容辟为三部分："总论"部分，辨析了关学思想的源流及其历史文化背景。"本论"部分，按照张载其学的逻辑进程，依次论证了张确立"性与天道合一"的关学主题；张载追求"民胞物与"的大同理想和"孔颜乐处"的自由人格；张载以"天人合一""体用不二"的结构原则，构成了"气—道—性—心—诚"的哲学逻辑范畴体系。"附论"部分，考查了张载之后，北宋陷于"完颜之乱"，关学几乎"百年不闻学统"期间，以"道德性命之学"标宗的世俗化全真道在关中崛然兴起，并炽传北方的思想动向，从这一侧面，展现了宋元整个中国传统思想走向"三教归一"的必然趋势；并把张载关学和整个宋明理学的基本精神，归总为对"天人合一"的理想人格的追求。全书结构紧密，一气呵成，不仅使人思路大开，读之也令人精神振奋。

当然，该书也有不足和值得商榷之处。依作者对关学的定义，关学有两层意义：一是张载学说的继承和发展，二是指宋元明清时期的关中理学。这两者之间有统一的方面，因为宋元明清时代的关中学者都在一定程度上接受有张载的影响；但这两者之间也有矛盾、复杂的方面：有

---

① "瀚"原误作"翰"。——编者注

的"关中理学学者"可能不是张载思想的信徒，而有的张载派的思想家却又可能不是"关中理学学者"。对这种复杂的矛盾关系，作者似未能给我们作出一个十分清楚的解答。书中还有一些没有删尽的流行说法，如说王夫之、李颙等是"反理学"（本书认为关学是在关中的理学，如说李颙是反理学的，则显然矛盾），认为朱熹完成"三教归一"，这都是值得再商榷的。但综观全书，我们可以肯定地说它是一部具有较高水平的学术著作。

（原载《中国哲学史研究》1989 年第 2 期）

严复对于当代道学家和
王阳明学说的评论

　　严复是中国近代史上的重要人物，他是西学东渐以来第一个对于西方文化学术有深刻了解，并对其重要著作做过翻译的人。他介绍过来的进化论思想和近代经济、政治启蒙思想，对中国近代社会文化起了很大的影响，在维新时代，造就了一大批不同于封建时代的新知识分子，这是社会上和学术界公认的事实。

　　他对于中国传统学术的研究，虽没有达到精通西学的权威程度，而也有相当深厚的造诣。这一点还没有引起多人的重视，甚至有些误解。如最近由著名学者费正清主编的《剑桥中国晚清史》就有这样的论述：

　　　　严复是彻底的文化激进主义，笼统地把全部儒家学派视为思想的废物而不屑一顾。（下卷，第 340 页，引自《危机与选择》，第297 页）

这很不像是一个了解中国近代史学者的言论。究竟严复哪些言论是引起这种误解①的原因，不必管它。本文想说明的是严复对中国儒家学说有相当精辟的评论。他既没有像传统国粹学者对西学的牵强附会，更没有像那些对西学一知半解的浅人，稍稍看到一些新鲜观点，即②认为传统文化不值一顾。正因为他对于西方学术有深切理解，所以能用较客观的观点

---

① "误解"，《河北师院学报》（哲社版）作"谬说"。——编者注
② 此处《河北师院学报》（哲社版）有"生崇洋媚外之心"。——编者注

来看中国学术，就比拘限于传统思想的学者见解开明，评论也更公正。本文拟谈谈他在这方面的贡献。

严复对中国学术的评论，有许多是表现在他各种名著翻译的按语中，如译孟德斯鸠《法意》中对孟子批评"墨子兼爱，是无父也"的说法，就做过深刻的批评（严译《法意》卷21，第41—42页）；翻译赫胥黎的《天演论》的按语中，曾称述过刘禹锡、柳宗元的天论学说（严译《天演论》论16《群治》按语，第92页）。这两处的评论，在当时和以后若干年中，产生过一定影响。这已为一些学者所熟知，本文不拟赘述。这里仅就过去不为人所注意的几篇文章①，谈谈严复对于宋明儒学的评论及其意义。

一

严复于1898年6月在天津《直报》上写过《道学外传》和《道学外传余义》两文（《严复集》第2册，第483—486页）。表面看来，《外传》不过是一篇对于当时被视为道学家者②的讽刺，《外传余义》也只是对宋儒的一般论述，没有什么较深的理论。但实际上对于了解近代中国的社会现象有一定的帮助，特别是《余义》一文，指出了世俗道学和真正道学的区别，澄清了社会上对两者的混淆，对于扫清这种混乱在思想文化上产生的弊害，有相当作用。

现在看来，这种混淆仍然存在，而且更加复杂，比如有些浅人把封建社会一切腐朽的东西，也即儒家所最反对的迷信拜神婚丧陋俗等，都认为是孔子教义，大大③影响了人们对整个儒家和中国传统文化的看法，所以严复此文有重新认识的必要。

《道学外传》是用讽刺的笔调描绘当时称为道学家的八股先生的小文。他写道：自明以八股取士，限定以朱子的《四书注》为标准以来，

---

① "章"原误作"中"。——编者注
② "者"原脱。——编者注
③ "比如……大大"，《河北师院学报》（哲社版）无。——编者注

到现在已六百余年了，无论到何乡镇，一定有"面带（戴）① 大圆眼镜，手持长杆烟筒，头蓄半寸长发，颈积不沐之泥，……号为先生长者其人者"。看样子，已五六十岁了；问其业，则以读书对；问他读书始于何年，则说自幼读书。试思这人读了一辈子书，也该有些成就了。但你进入他的书屋，笔砚以外，只有《四书味根录》《诗韵合璧》《四书典林》，再没有其它书了，其中最典雅的，有《五经汇解》之经学、《纲鉴易知录》之史学、《古文观止》之古文、《时务大成》之西学。如问他："先生何为② 乐此？"他说这是国家之功令；再问："功令改了，先生怎么办？"他说："功令怎么能改！天下之文，再没有时文（八股文）好的了。如功令改变，国家就要亡了。……"问他也看报吗？他说："也偶尔看看，但今日之报，即是今日天下之乱民。洋人来中国，是为利而来，本无大志，可是各报纸天天嚷嚷要瓜分，这无异于诱引洋人来占中国了！其实中国即瓜分，我们照样吃饭穿衣。"《外传》的描述，大体如此。

严复认为中国积两千年的政教风俗，以陶铸此辈人才，"生为能语③ 之牛马，死做后人之殭④石"。对此辈怜悯之不暇，安用讥评？但恨中国制造了无数这样的人，充斥国内，难保其中没有少数上执政权、下管教育的人，如把两千年神圣之教，让此辈位置，仁人志士就太伤心了。因此不避刻酷轻薄之讥，写此《外传》，形容一二人，以例其余。他认为人之为恶，虽千变万化，总由于心地之糊涂，此辈既糊涂若此，即使没有为恶之心，将来必有致祸之实。中国与日本种族相同，教也相近，乃以十倍之地而不及日本，岂不由于此辈人之多少，决定国势之强弱吗？

严复所描绘的这一类人，现在的中青年，已没有见过了。在鲁迅的小说中，如《祝福》里的鲁四老爷身上，还可有些想象⑤。所以这种文字，对于现代大多数人，已没有太大的用处，但也可能有些爱读小说的人，颇有兴趣。不过严复写此文，本来是想填补旧史之不足，想用细小

---

① "（戴）"，从《河北师院学报》（哲社版）增。——编者注
② "何为"原误倒。——编者注
③ "语"原误作"言"。——编者注
④ "殭"原误作"僵"。——编者注
⑤ "有些想象"，《河北师院学报》（哲社版）作"得到一些印象"。——编者注

直接的社会材料，使人们对于社会实际，有直观形象①的了解，从而对社会风俗的变化，能把握其实际。从这个意义上看，现代中青年可以从这一文章里知道一般文学和口语中所说的道学家是怎样一种人，并可知社会上对道学家的憎恶是怎样流行起来的。现代青年对传统的轻视反对，大抵沿此形象②而来，看了严复此文，一定很多同情；但是不要忙于下结论，认为这种人就是传统儒家的代表，更重要的是细读一下严复的《道学外传余义》一文，从中可以分清中国文化中的精华和糟粕，从而对中国学术可有较全面的了解。

严复的《道学外传余义》一文，首先说明他的《道学外传》并不像清代纪昀一样，把中国村夫子的愚蠢等同于宋儒，更没有把中国的积弱归罪于宋儒，而是和他们的意见截然相反，认为纪昀的思想非常卑鄙，认为他是从自私的目的反对宋儒，而真正的宋儒不但和当时被称为道学家的人绝对相反，而且他们品格高尚③，是当时急需的人材，他说：

> 昔者河间（纪昀，河间献县人）奉命编《四库全书》，书之提要并出其④手，其间旁见侧出，以诋宋儒，不敢明言，务为隐⑤语，诚壮夫之所不为矣。及其为《阅微草堂笔记》，乃明目张胆，大放厥辞，往往假狐鬼之言以攻之。夫人之自处，必有所守而后可攻人，既攻宋学，则必守汉学也。然宋学不言狐鬼矣，岂汉学遂言狐鬼哉⑥？

他认为纪昀之痛恶宋儒者："仅以宋学方严，与己之行不便，盗憎主人，民恶其上，遂不觉从而詈⑦之耳。"而他自己写《道学外传》的目的，是痛恶那些"托宋儒以济其私"，因而贻害国家的人，与纪昀的私心

---

① "象"原误作"相"。——编者注
② "象"原误作"相"。——编者注
③ "品格高尚"原误作"的品格"。——编者注
④ "出其"，《严复集》作"其出"。——编者注
⑤ "隐"原误作"阴"。——编者注
⑥ "哉"原脱。——编者注
⑦ "詈"原误作"言"。——编者注

截然相反。严复对于纪昀的批评，虽不全面而相当中肯。现代学者多数是由《四库提要》入门，引入学术研究的，又受到一些文人学者的影响，对于这一评论可能觉得生疏，所以应先对于这一过程有所了解，才能扫除多少年来形成的对宋学的误解，而重新开始真正客观的研究。为了弄清问题，可先说一下纪昀在反宋儒的倾向下，造成的影响。

清初的务实之学本是反对明季空虚之学而兴起的，但因各种原因，乾隆时期把清初提倡的经世内容完全舍弃，而成为纯粹文字考证之学。特别是经过几次文字狱后，把具有民族气节的学者视为异己，把清初提倡起来的经世实学转为献媚清廷、消灭民族思想而服务，这一转变约起于吕留良之狱以后，以修《四库全书》为契机，挟政治势力大肆宣扬，于是造成反宋尊汉、反哲学尊考证的学风。而主持《四库提要》的纪昀是其中心人物。

纪昀在编辑《四库书目提要》时，多处歪曲事实，诋讥宋儒，特别反对朱子，如说朱子有意抑刘安世，在《名臣言行录》中不登一字，实际上原书录刘安世言多至二十二条；又①如说讲学家不引杨万里为气类，所以在庆元党禁中故意削去其名，实则党禁时，杨已罢官；又如说唐仲友有经制之学，因陈亮向朱子诬构，朱子便数次劾奏唐仲友，而不知唐仲友系宰相王淮亲戚，其种种贪污确系事实（余嘉锡《四库提要辨证》卷 6 史部四）。其他类此故意歪曲事实诬蔑朱子之谈，不一而足。这种歪曲，魏源在《〈名臣言行录〉书后》文中已予以反驳（魏源《古微堂外集》）。

笔者 50 年代时，在鲁迅《读〈小学大全记〉》的启发之下，曾指出自吕留良案件事后，乾隆帝十分不满于宋儒强调华夷之辨所生的影响。纪昀窥测了乾隆的"圣意"，为了献媚皇帝，因此敢于对升为十哲的朱子公开诋毁。除了这一政治原因外，一个重要的心理原因，即不便于宋儒提倡的严肃生活，也是反对宋儒的因素之一。严复说宋儒方严，诈佞小人感到于己不便，所以不自觉的加以讥评，这和顾宪成所说明人反对朱子的原因一样（顾宪成《泾皋藏稿》卷 6《朱子节要序》）。

道、咸时期，除魏源首先揭露纪昀对朱子的歪曲外，姚莹对四库馆

---

① "又"原脱。——编者注

臣造成的影响，有很尖锐的批评。姚莹说："窃叹海内学术之敝久矣，自四库馆启之。后当朝大老皆以考博为事，无复有潜心理学者，至有称颂宋元明以来儒者，则相与诽笑。是以风俗人心日坏，不知礼义廉耻为何事，至于外夷入侵，辄望风而靡，无耻之徒，争以悦媚夷人为事，而不顾国家之大辱，岂非毁讪宋诸公之过哉？"（姚莹《东溟外集》卷1《复黄又园书》）姚莹是在台湾省抗击过帝国主义侵略的，他对于当时不顾国家大事的士大夫的思想，有特殊的观察体会，他对于四库馆臣的批评是相当正确的。但当时只有少数人有此识见，而大多数人则仍然沉没在以纪昀为代表的半官方意见之下。直到晚清末年，纪昀的思想影响在士大夫中仍占主导地位，不但像李慈铭一类人完全站在纪昀的立场上为其辩护，即当时有远见卓识的学者，亦不能完全摆脱其无形中的影响，只有章太炎和严复对纪昀的反宋儒言论，提出批评，在当时确是特识。章太炎在《释戴》篇和《说林下》二文中指出纪昀利用戴震学说以"非洁身之士""泯华夷之界"，败坏了戴震的法度（《太炎文集·则录》）。章文举出具体事实批驳纪昀意见，是相当敏锐而正确的，但还没有论到他内心深处，所以严复的批评是较为深入的。

严复在辛亥革命前，头脑还清醒的时候，颇能运用其熟悉的经验论、进化论的唯实思想，衡论中国旧学，所以有较客观的言论。除了他指出纪昀反宋儒的动机和危害外，更其重要的是他从整个宋儒的人格，并联系当代的时势，论评了宋明儒的品德。他说：

> 试思以①周、程、张、朱、② 阳明、蕺山之流，生于今日之天下，有益乎？无益乎？吾知其必有益也。其为国也忠，其爱人也厚，其执节也刚，其嗜好③也淡④。此数者，并当世之所短，而宏济艰难时所必不可少之美德也。使士大夫而能若此，则支那之兴殆不须臾。方且尸祝之、呼吁之，恨其太少，岂恨其多哉？

---

① "以"原脱。——编者注
② "张朱"，《严复集》作"朱张"——编者注
③ "好"《严复集》作"欲"。——编者注
④ "谈"，《严复集》及《河北师院学报》（哲社版）作"澹"。——编者注

这种议论真能针对现实，作较全面的观察，既表现了他对于国家时势的关切，深知宏济时艰需要什么样的人才，又表现他对于周、张、程、朱、王、刘等人格学问之了解，深知其高出于众人者，是哪些特点，而不同于当时一般论者，只发些新旧之争的泛泛议论，更不和近年来学人一样，只根据几个唯心、唯物的概念，漫加以保守、进步的评论。我认为严复在维新变法时期，不但在了解西方学术之深度上超过了康、梁等人，即在摆脱清代考证派遗留的影响，敢于从大处肯定宋儒的识见，也是传统学人所远不能比的。当然，他这一段言论，也有不十分圆满之处。如他认为宋人之学，大旨出于昌黎（韩愈）而附益之以大颠（与韩愈有交谊的僧人）之学，认为汉学者诋其近佛，而不知其非佛；佛之徒讥其构于儒，而不知其实非儒，议论不太准确。但从总的评论看，对于宋儒的认识，在当时是最公正而深刻的。正因为他对于宋学有这样真实的体会，所以对于当时被称为道学家之流，极为卑视。他认为：

> 此辈所行，实①在在与宋儒相反。至其②为人所诘，不能自救时，乃大言称宋儒以自脱。而③闻者不察，亦或以道学先生称之，则色然大喜，非喜其得名也，喜人目以④迂儒，则己⑤得乘人之解严，而一快其偷鸡摸狗之本怀也。及其败露⑥，则好高之士、过激之人，必嫉之已甚，而遂迁怒于宋儒。

以上说明了人们迁怒于宋儒的过程，而更其可虑的是迁怒以后的结果。他说：

> 夫怒宋儒者，必反宋儒。于是其待国也如传舍，以忠愤为痰魔；其待人也如市易，以敷衍为得计。其执节也，以因人而施为妙道；

---

① "实"原脱。——编者注
② "至其"原误作"当他们"。——编者注
③ "而"原脱。——编者注
④ 此处原衍"为"。——编者注
⑤ "己"原误作"已"。——编者注
⑥ "及其败露"原误作"此辈败露之后"。——编者注

其嗜欲也，以及时行乐为本怀。人皆若此，大事便去，黄种便灭，更何待言！

最后总结说：

> 故恶道学先生者，非恶宋儒也，正所以明此辈之与宋儒绝异，而毋以此累宋儒也。(《严复集》第 2 册，第 486 页)

严复此文的价值，不仅在于把宋儒和当时被称为道学家者①区分开来，澄清了思想上的混乱，而且在于指出过激之人归罪于宋儒以后，在其行为上所产生的危害，即待国家如传舍，待人如市易，以及时行乐为本怀的倾向。现在看来，持这种态度的人，不但当时有，即到现在也很不少。现在此种人虽不是受了反宋儒的影响，而与近代这种倾向有源渊关系是肯定的。"以忠愤为痰魔"，"以及时行乐为本怀"，这种行为是不能假借学西方、反传统之名，来拯救中国的。

二

严复对于宋明哲学的严肃评论，见于他 1906 年写的《〈王阳明先生集要三种〉序》一文中。

严复不是专讲宋明理学的，更不是提倡阳明学说的人，乃是偏重程、朱而反对陆、王的。而当时讲求王学的方、魏等人重刊《王阳明集要》时，请他作序（可能是由于提倡新学已成为社会风气，想借重严复之名，来宣扬阳明学说的原因），这对于严复说来倒是一个很难下笔的文章，但严复②却在短短的序中，表达了他对于王阳明学说的深刻而公正的见解，这和一般广泛而冗长的文章相比，真有天渊之别。文章一开始先叙述了一下当时人们对理学家的看法，顺其趋向，写了几句略表称颂，而不违己意的套语。他说：

---

① "者"原脱。——编者注
② "复"原脱。——编者注

　　阳明之书，不待序也。夫阳明之学，主致良知，而以"知行合
一，必有事焉"为其功夫之节目，其言既详尽矣，又因缘际①会，以
功业显。终明之世，至于昭代，常为学者宗师②。近世异学争鸣，一
知半解之士，方怀鄙薄程朱氏之意，甚或谓吾③国之积弱以洛、闽学
术为之因。独阳明之学，简径④捷易，高明往往喜之。又谓日本维新
数巨公，皆以王学为向导，则于是相与⑤偃尔加崇拜焉。然则阳明之
学，世固考之详而信之笃矣，何假⑥不肖更序其书也哉！

这一短短的开首数语，用表面称赞而实际不满的笔法，表达了自己的看
法。他认为那些鄙薄程、朱，谓吾国之积弱原于程、朱的人，是一知半
解之士。认为王阳明的功业是因缘际⑦会，同时对于时人以为日本维新是
以王学为向导和喜爱王学简捷之士是"高明"者，接着说"诸公对于阳
明之学是已经考之详而信之笃矣，何假⑧不肖⑨更序其书也哉？"这种语
气已表明他对时人评论，不完全同意。

　　以下即正式提出他"心知其意而不随众议论"的深刻见解。他说：

　　吾国所谓学，自晚周秦汉以来，大经不离言词文字而已。求其
仰观俯⑩察，近取诸身，远取诸物，如西人所谓学于自然者，不多
遘也。

他认为："言词文字者，古人之言词文字也。乃专⑪以是为学，故极其弊

---

① "际"原误作"机"。——编者注
② "师"原脱。——编者注
③ "吾"原脱。——编者注
④ "径"原误作"经"。——编者注
⑤ "相与"原脱。——编者注
⑥ "假"原误作"暇"。——编者注
⑦ "际"原误作"机"。——编者注
⑧ "假"原误作"暇"。——编者注
⑨ "肖"原脱。——编者注
⑩ "俯"原误作"府"。——编者注
⑪ "专"原脱。——编者注

为支离、为逐末，……而课其所得，或求诸吾①心而不必安，或放诸四海
而不必准。"这样下去，转不如"屏除耳目之用，收视返②听，归而求诸
方寸之中，辄恍然而有遇，此达摩所以有廓然无圣之言，朱子晚年所以
恨盲废之不早，而阳明居夷之后，亦专③以先立乎其大者教人也"。

这是说，我们尊重朱、王之学，只是由于中国传统学术以文字语言
为学，毫无所得，反不如求诸方寸之中，还可恍然有遇，并非认为收视
反听的学习方法真正比研究自然为优。

那么，什么是真正的学术正轨呢？他认为学习语言文字之后应学于
自然，内之身心、外之事变都是自然，如能精察微验，思想日精，则人
群生养的乐利，乃日益完备，此天演之所以进化，世所以无退转之文明
也。这里把内的身心、外的事变，都归为自然，并说明天演进化，没有
倒退的文明。

以下对哲学的中心问题即心物、知行关系问题，提出了自己的论断。
他说：

> 知者，人心之所同具也；理者，必物对待而后形焉者也。是故
> 吾心之所觉，必待诸物之见④象，而后得其符。火之必然，理欤⑤？
> 顾⑥使王子生于燧人氏之前，将焄燔烹饪之宜，未必求诸其一⑦心而
> 遂得之也。

这里指出人虽同具心知，而理却须有事物对待，才能表现出来，思维一
定要和外物相符才算有知。假使在燧人氏之前还没有发明火的时候，人
是不能从心中求得焄燔烹饪的道理的。

这里从自然的一般现象中，说明心和理的关系，以下针对王阳明唯

---

① "吾"原脱。——编者注
② "返"原作"反"。——编者注
③ "亦专"原误作"才事"。——编者注
④ "见"原误作"现"。——编者注
⑤ "欤"原误作"与"。——编者注
⑥ "顾"原脱。——编者注
⑦ "其一"原脱。——编者注

心论的核心问题提出批评，他说：

> 王子尝谓"吾心即理，而天下无心外之物矣①"，又喻之曰："若事父，非于父而得孝之理也②；若事君，非于君而得忠之理也。"是言也，盖用孟子"万物皆备"之说而过，不自知其言有蔽③也。

王阳明最强调的，也是其信徒们常用以辩护的道理，是"非于父而得孝之理"，"非于君而得忠之理"的论据，因为这一伦理道德的自觉是主体所具有而不存在对象之中，这一点容易为大家相信。但仅仅这一点并不能构成忠孝的全部道德行为。只强调这一点，已不全面，而阳明却从这一点就推论出心外无物、心外无理的通则，就更为错误。严复说它是用孟子"万物皆备于我"之说而过，实在是相当客气的批评。严复接着说：

> 今夫水湍石④碍，而砰訇作焉，求其声于水与石者，皆无当也；观于二者之冲击，而声之所以然⑤得矣。故论理者，以对待而后形者也，使六合旷然，无一物以接于吾⑥心。当此之时，心且不可见，安得所谓理者哉！

这是对于理物关系的进一步论述，现在看来，这些论据，似已为大家所知，似非太高深的道理，但和旧时代对王学的批评相比，就精到多了。

以前对王阳明的评论，多半集中在无善无恶和以诚正解格物致知等问题上，还少有从本体论、认识论的根本上分析评论的。严复此文，从心物关系、物理关系上，说明理的显现的具体情况，虽没有从近代哲学观点上分别伦理之理和物理之理之不同，用以批评阳明心即是理的缺误，但确已就物理形成之互相对待中，指出其心外无理的谬误，这是传统理

---

① "矣"原脱。——编者注
② "也"原脱。——编者注
③ "蔽"原误作"敝"。——编者注
④ "石"原误作"不"。——编者注
⑤ "然"原误作"者"。——编者注
⑥ "吾"原脱。——编者注

论中少见的卓识。张横渠《正蒙》中有"声者形气相轧而同①"之说，严复所说，与此一传统有相当联系，而所析更为明确。他从经验论自然主义立场对主观唯心主义加以反驳，和当时学者对比，比康、梁、谭等人，科学的成分都较丰富，亦较他们少受陆、王影响，所以立论较公正。当然，他所说"使六合旷然，无一物以接于吾心"之时，"心且不可②见，安得所谓理"的道理，可以驳斥主观唯心论，还不足以折服客观唯心论，因为唯理论正是认为理不依赖于人心而客观存在的。不过从当时新学和旧学的斗争形势中看，主要弊③害在于心学派的流弊④，所以严复的论评，是可以纠正那些奉王阳明为圣人的流弊⑤的。

但是，严复并未因阳明的心学理论错误而抹杀其以天下为一体的精神。他不和章太炎一样，由于反康有为而贬斥王阳明的事功，而是从其人生总体态度上推尊王阳明的。他说：

> 王子悲天悯人之意，所见于答聂某之第一书者⑥，真不佞所低徊流连、翕然无间⑦言者也，世安得如斯人者出，以当世之亟⑧乎！（《阳明先生集要》卷4《答聂文蔚书》其一⑨）

王阳明答聂豹的第一书里，表述了他视民之饥溺若己之饥溺的心理和感情，非常深切。严复认为一定要有这种视天下犹一家的志士来担当今之世变，才能胜任。他重视王阳明之价值，不在其理论，而在其以斯道为己任的人格。严复此文，虽很简短，而很扼要。既指出了王学理论上的错误，又表扬他感情上的深厚。特别是他处处和当时的世变联系起来，发抒其对当时世变之关心。所以严复的贡献，不只在于传播了进化论等

---

① "同"原误作"成"。——编者注
② "可"原脱。——编者注
③ "弊"原误作"敝"。——编者注
④ "弊"原误作"敝"。——编者注。
⑤ "弊"原误作"敝"。——编者注。
⑥ "者"原脱。——编者注
⑦ "间"原误作"简"。——编者注
⑧ "世之亟"，《严复集》作"今日之世变"。——编者注
⑨ 此注所注当为"答聂某之第一书"。——编者注

西方思想，而也在于其对中国的传统学术有正确的评价，对当时流行的反宋学倾向有深切的理解与公正评价。

根据上述几点，简述结语如下：

（1）严复在辛亥革命以前，有关宋儒的评论，很有见解。他描绘了八股先生的丑态，使人对社会现象有具体认识，严格区分腐朽的流俗①所谓的②道学家和真正道学家的区别，使头脑清明的人不再把两者混为一谈。

（2）在区别理学家和当时被称为道学家者③的过程中，特别批评了纪昀的谬论及其影响，使人们对清中期以来反宋学潮流的形成和弊害，有较清楚的认识。

（3）对于宋儒的肯定，首先，就其人格方面、学行的规模方面，指出这种品格，正是应付世变之亟新时期所需要的品格，而不是停留于心物、理情④等空谈的概念上。

（4）在理论上坚持了他的进化论自然主义，采用程、朱派主张格物致知的思想，批评了王阳明的主观唯心论，同时也没有因为王的唯心论，而否定其悲天悯人的热情。

我们认为严复没有像康有为、梁启超、谭嗣同等受陆、王影响之深，所以能有较客观的评论。

近年来我们接受西方文化的影响较辛亥前深远多了，对于传统文化的研究也深刻多了，但对于传统学术和西方文化的接轨问题，还没有达到圆满的解决。除了所谓全盘西化论者不必深论外，单就主张对传统文化批判继承的学人讲，几位重要的思想家多偏重于陆、王之学，这固然有一定原因和较深的辨析，但从全局看，不能不说是一种错误的方向。

我们认为中国前进的方向，必然要以民主与科学为两大支柱，而传统思想中最适宜于和两者接轨融洽的，是继承儒家孔孟传统的张载、朱熹、王夫之的哲学，加上黄宗羲的政治思想，而不是陆、王系的心外无

---

① “腐朽的流俗”原误作“流俗腐朽的”。——编者注
② “的”原脱。——编者注
③ “者”原脱”。——编者注
④ “情”原误作“性”。——编者注

物说。从这一点看，严复的方向比较正确，至于在社会方面（包括一般文士）如何宣传，则须首先对世俗道学和真正儒家的混淆有所澄清，然后才能产生批判继承的效果，所以严复此二文，有重新重视的必要。

（原载《河北师院学报》1990 年第 1 期。此据《中国社会与思想文化》，人民出版社 1989 年版）

读《薛文清文集》中两篇书信的感想

一　给李贤两信中所表达的务实态度和思想造诣

李贤是明朝中期三杨以后有经济才干政绩显著的名臣。宣德年中，到山西视察旱蝗灾情时，曾亲访薛瑄，质疑请教，对薛瑄的学养非常佩服，屡次致函薛瑄，备加推尊，认为薛瑄的学术，已达到承担"圣学显晦"的地位。薛瑄对于这一推许，不敢承当。他于宣德九年给李贤的信中（《文集》卷12《复李原德书》），叙说了自己的求学志愿、身心修养，是出于道之自然，并不敢以道学自居。他说："此道出于天，赋于人，全尽于圣贤，凡六经四书以及周、程、张、朱之说，无非明此而已。"并说自己"少时尝有志于此，非敢自谓能与于斯道也，但觉心之所存、言之所发、身之所履小有违理，则一日不能安其身，此盖出于道之不能自已①者，岂敢借拟古人，而以道学自居哉！"他觉得李贤对他的推许，徒使自己感到惭愧，并说："若以是声号于人，必且见怪见鄙，不斥之以为狂，即笑之以为迂，深愿阁下不以云云者，布于人也。"这里表达了他真诚的谦虚态度，深怕李贤向他人这样宣扬，招来了人以为狂为迂的斥责讥笑。他说往年在河汾会晤时，随便谈了一些身心性命的道理，"也只是六经孔、曾、思、孟，周、程、张、朱之书，世儒之共读共谈者耳，非瑄之所独见也"。因此请李贤从今以后，不要以为他真有道学家的学养，只以众人看他就可以了。这种谦虚诚恳的忠实态度，即在较纯朴的古代也是少见的。但他又恐这种谦虚，挫伤了李贤讲学求道的远大志趣，因此顺

---

① "已"原误作"己"。——编者注

便告李贤说：

> 或欲往来讲切是道，但当熟读凡圣贤之书，一字一义，灼见下
> 落，体之心，体之身，继之以勿怠，则推之人者不外是，而所学皆
> 实理，虽不言道而道在是矣。

这是诱导这位有政治才能的人，努力在实事实行上下工夫，而不要重视
讲论形式，"一字一义①，灼见下落"，"不言道而道在是"，这是多么伟
大实在的品格气概。这种品德，是宋明理学成德之学的精华，和西方哲
学之专尚理论者迥然不同。这种风格，当然不容易为现代人所理解，在
追求外向文化的气氛中，人们会讥笑为迂腐拙劣，且不要以一元化的眼
光，忙下批评，在人类文化的前进路上，究竟哪一种价值趋向更为卓越？
未来的历史会作出判断的。

正统六年，薛瑄在山东任学政时，有一封《报李贤司封书》（《文
集》卷12），回答了李贤来信中涉及的三个问题。

第一问题是论述理学的基本道理，特别是伊川、朱子所讲的格物致
知的进学方法。他说：

> 道之大原于天，具于人心，散于万事万物，非格物致知，则不
> 明其理，故大学之教，以是二者，居八条目之首。

这是说来源于天之道，既具于人心，又散见于万事万物，如果不经过格
物致知的工夫，就不能深明其理，大体意思，重在向万事万物中研穷道
理，和黄梨②洲所说"穷理是穷此之心之万殊，非穷万物之万殊"的主张
不同，但他又说：

> 然非此心大段虚明宁静，则昏昧放逸，无以为格物致知之本，
> 程子所谓涵养须用敬、进学则在致知者，正欲居敬穷理，交互为用，

---

① "义"原误作"句"。——编者注
② "梨"原误作"黎"。——编者注

以进于道也。

则是以涵养居敬，为格物穷理之前提。就不是重在向万事万物之中研究道理，所以薛瑄所继承的程朱之学，必须内外并重，方为完备。

本来理学各派，都是以诚意正心为终身之本，但程朱派根据《大学》所提的进学次序，以致知格物如下手处，陆象山则以先立乎其大者为入手处，由于这一进路的不同，形成朱陆两派。南宋以后，一些学者往往依据朱子的一些词语，用尊德性、道问学两语，作为两派的区分，实则这一概括，和实际并不符合，以尊德性表示陆学内容，比较正确，以道问学论述朱学性质，则非常错误。朱学虽重视道问学，而更重视尊德性，他的道问学①是为他的尊德性服务的。严格说来，陆学也没抛弃道问学一面，但在他的总体中，只占很小的份量，朱学则是两者同时并重，而尊德性更居首要地位。所以薛瑄这里提出程子居敬穷理交互为用的主张，正是遵循朱学两面并重的方向有所阐发，居敬涵养，正是尊德性的义蕴之一。当然，从细微处说，程朱的涵养用敬和象山的先立乎大者，以及后来王阳明的致良知说仍有很大差别，但这属于另一层次的分别（即同属于尊德性内层的分别），和一般用道问学、尊德性两者来区分朱陆的不同者，显然不同，至于以支离批评朱学者，则更不确当。所以薛瑄的上一叙述，是相当全面，而简明扼要的。

信中涉及的第二问题，是李贤来信中，自谓："忠孝大节，固不敢亏，但圣贤细腻工夫，决不能到。"薛瑄认为这是李贤自谦之辞，应当看到"大节固当尽，细腻工夫，亦不可不勉"。

李贤提出的想法，正是一般儒者和理学家的区别。所谓细腻工夫，即理学家们讲求的身心性命的修养工夫。他们认为要达到道德的高度，须对于宇宙人生有较深的认识，因此，很重视道德的形上理论，常常讨论知性知天等理论；同时很重视正心诚意等修养工夫，认为平时有这种修养锻炼的持久工夫，才能达到成圣的境地。有了这种修养，就能比较自然地实现忠节行为，提高内心境界不至犯愚忠愚孝的错误。薛瑄引朱子所说"愈细密愈广大，愈谨确愈高明"的名言，正是要说明这一道理。朱子这几句话，

---

① "学"原脱。——编者注

相当符合于相反相成的辩证思想，这即是说有细密的修养工夫者，才能达到高明远大的境地，从而体现在忠孝行为上，则更能持久不懈，灵活运用，所以这种细腻工夫，是更能巩固和推广忠孝行为的。

信中涉及的第三个问题，是鼓励李贤要有体现历史使命的豪迈气概。他根据李贤来信中有反省的语言，即自谓"动作毫厘差忽，忽不知堕于为利之域矣"。薛瑄回信说："足下省察工夫至此，已极为亲切。"鼓励他更加以①精辩②持守之力，就一定达到"为己而不为人，为义而不为利"的地步，他认为李贤气清才敏，识高志笃，如能进修不已，不难达到更高的成就，他说："孟子所谓豪杰之士，朱子所谓百世之下神会而心得者，岂无其人乎？……自今以往，尤有望足下矣。"

薛瑄在这里对于李贤的希望，是相当大的。他认为自己愚僻无他才，独于为学一事，特有专好，但因为缺少明师益友以正其是非，以此不敢自定。自从中年以后，得到李贤的切磋商量，认为是孤陋的一幸，所以对于李贤期许颇大，而李贤在执政时期，屡次积极赈③济，减轻剥削，减汰军费，改进制度，确有经世致用的志趋④才能，《明史》本传（卷176）说：

> 英宗之初⑤复辟也，当师旅饥馑之余，民气未复，权奸内讧，……李贤以一身揹拄⑥其间，沛然若有余，奖厉人才，振饬⑦纲纪，迨宪、孝之世，名臣相望，犹多贤所识拔⑧。伟哉贤⑨相才也。

这种成绩和薛瑄对他的诱导熏陶是分不开的。

---

① 以。——编者注
② "辩"原误作"辨"。——编者注
③ "赈"原误作"账"。——编者注
④ "志趋"即志之所趋。——编者注
⑤ 今通行本无"初"。——编者注
⑥ "揹拄"原误作"技柱"。——编者注
⑦ "饬"原误作"饧"。——编者注
⑧ "拔"原误作"拨"。——编者注
⑨ "贤"，今《明史》通行本作"宰"。——编者注

二 从《与杨秀才书》中看到的勤学 经过和对后进的教导

薛瑄有一位学生名杨进道，和他家的交谊很深。与薛瑄的父亲（名贞）在山东时即与之相识，以后薛瑄父亲到河南荥阳任教谕时，杨生朝夕相亲，交谊更笃。后来薛父死在河内①任上，薛瑄赴荥阳收拾遗物归葬故乡时，杨进道徒步相从。正值秋雨积潦，杨生泥行三十里，水行十余里，跋涉良苦，略无愠色，最后又送至孟津，洒泪而别。可见杨生②对薛家的交谊是非常深厚的。

薛瑄认为，一般人的交情，总是急于势利二者，杨生对于薛家，并非有势利可趋，而却真诚殷勤如此，这是一种笃于义的行为，因于宣德三年赴京之前，给杨生写了一封长信，用真诚的关怀，叙述了自己的学养经过和学习收获，指出杨生的缺点，告以今后努力的方向，作为对杨进道的报答和教导，

信中说七八岁时，听父亲讲述古人某为大儒，今人某为伟士，就私下记在心上，自己想："彼亦人耳，人而学人，无不可及之理也。"不过这时他正在学对偶诗文，还不知真正的义理之学，又六七年，才发奋诵习圣贤之书，"昼不足则继之以夜，夜坐倦，则置书枕侧而卧阅之，或有达旦未已③者。至于行立出入、起居饮食，不讽诸口，则思诸心，虽人事胶扰，未尝一日易其为学之志也"。这样昼夜勤学，又积十余年之久，然后才观察到天地间的一些道理，内心有所收获。"有以察夫圣贤千言万语之理，无不散见于天地万物之中，而天地万物之理，无不统会于此心微密之地。"这几句话，很概括地说明理学的主要精神。从此以后，自己更加努力学习，慎防疏忽，积之既久，"因以其中之欲发者发而为文辞，则但觉来之甚易，若或有物以出之于内而迫之于外也"。这是他对于书中的

----

① "河"原误作"何"。"内"或为"南"之讹。河内县，是怀庆府治所，今河南省沁阳市。——编者注
② 此处原衍"而"。——编者注
③ "已"原误作"己"。——编者注

义理有长久深刻的体会以后，自然会有发为文辞的要求，文思自然源源而来，而不是专在文辞上用功的。

这时他出而应试，中了进士，他认为自己不能和大儒伟士相比，勉强可以说是进士中的知读书者。现在又退居六七年，遭父亲之丧，时时温习旧书，觉得"义味愈切，理趋愈深"，"盖有得于心而不能形诸言者矣"。这就是他自己自少至长勤苦仅得而不敢自已①的经过。

从以上所说，可以看到他的求学读书十分勤奋，内心修养深有心得，但此信的最感人者更在于对杨生的关心诱导真诚训诲，他说：

> 今观生之于瑄，求之可谓勤矣，然徐察生之态，则所慕者科名之未得，所急者文词之不足，是以求之愈劳而得之愈难也。

这里很坦率地指出杨②生的缺点，在于立志不够远大，求学的方向不够正确，所以求之愈劳而得之愈难。

他正告杨③生，要学习他本人十六七岁以后的发愤勤学，而更加努力，则他日蓄积既深之后，以其余力，发为文辞，自然析理精切，再去应有司考试就很容易了，否则"涉猎记诵，愈劳愈难，纵使得之，亦何益于人己哉"。

这里可贵者不在于他说积极勤学，有心得之后，自然会作文应考，而在于他对杨生的忠告、直言，这种真实的师生感情即在古代，也是很少有的。由此想到我们的学校教育，不论就内容的充实有用，方法的灵活进步，不知比薛瑄时代前进了多少倍，但在师生的关系方面看，则比那个时代反而疏远的多。学生的真正志愿是什么？是不是多数学生的意愿也和杨进道的情况相似，所慕者是外在的科名地位，而不是真实的学识，主持教育者和直接教师都不了解，即使小有察知，也决不肯直率指出，诱导改正，所以读了此信，觉得文清对后进的真诚关怀，是非常可敬的。

---

① "已"原误作"己"。——编者注
② "杨"原误作"扬"。——编者注
③ "杨"原误作"扬"。——编者注

当然，薛瑄此信所说，也有些不圆①满之处，比如他说，义理明了之后，就自然能作文应考，一举得之，这就和社会现象不相符合，历史上有许多学识很好而中不了进士的人，就不合于这一说法，但如果对薛瑄时代的考试情况有所了解，则对他这一说法，是可以理解的。

现在我们都知道八股文是一种极无价值、锢蔽聪明的文体，但在明代初期，还没有堕②落到后来那样只有形式，而毫无义解的文字游戏。如王船山、吕留良都讲过八股文的沿变（王说见《船山经义》，吕说见《吕子评语》），都认为明代初期的作八股文者，还是钻研四书本文和朱注义蕴，把读书心得发挥在八股文中，所以有深研义理有文学修养的学者，同时也是八股文能手，如唐荆川③、归震川④、顾宪成等大学者，都是如此，所以薛瑄听说义理明了之后，就能文思涌现应付考试的道理，是可以理解，并和唐宋以来古文运动的传统文论比较一致的。

所以薛瑄这样说，还不是单纯为了诱导杨进道讲求义理之学而随便提出，而是根据明初考试的具体情况，结合他自己的经验，对杨生有所教导的。

薛瑄的学术品格，重在道德实践，"有问科举之学者，默然不对"。他教诲杨生从立志做起，勤奋读书，自然会文思涌现，正是这种基本态度的发展。

自然，这和他对后进的教导，重视因材施教、循序渐进的思想，也有关系。《文集》卷12有一篇《答阎禹锡⑤书》，讲了这个道理。阎禹锡曾数次致书薛瑄，请教推尊，在第二信中提到了他的生徒们对于他所教告的微妙之言，"茫然若夏虫之语凝⑥冰"，薛瑄告他说这不足为怪，像孔子弟子子贡，也只有到晚年才仅能闻性与天道，何况他人，程子终身不以太极图示人，也是同理，

---

① "圆"原误作"园"。——编者注
② "堕"原误作"坠"。——编者注
③ 唐顺之（1507—1561），因爱好荆溪山川，故号荆川。——编者注
④ 归有光（1507—1571），别号震川。——编者注
⑤ 此处原衍"的"。——编者注
⑥ "凝"原误作"疑"。——编者注

故教人之法，最宜谨其先后浅深之序，若不量所至，骤①语以高妙，不止不能入，彼将轻视此理为不足信矣。

由此知他对于杨生的教诲，也是根据其实际程度循序诱导的。

（原载《运城师专学报》1990 年第 1 期薛瑄研究专刊）

---

① "骤"原误作"骤"。——编者注

评《明清实学思潮史》[*]

　　由陈鼓应、辛冠洁、葛荣晋主编的《明清实学思潮史》（以下简称《思潮史》），已由齐鲁书社（1989 年 7 月）出版。全书洋洋 120 余万言，是国内外学术界第一部有关明清社会思潮专题研究的大部头论著，是海峡两岸学者首次在社会科学领域内合作研究的成果。

一

　　《思潮史》的贡献在于它首次提出以"明清实学思潮"的概念，来概括从明中叶至鸦片战争前夕，随着中国后期封建社会总危机的爆发和资本主义萌芽的产生，在思想界出现的反省既往、面向现实的新的社会思潮。并对它产生的历史条件、主要内容、发展演变和历史地位进行了全面的探讨，提出了一系列的重要创见。

　　《思潮史》认为，明清实学思潮是明清时代精神的集中体现，它有其产生和发展的历史条件。从社会根源看，它是由当时的地主阶级改革派的自我批判和新兴市民阶层的启蒙意识汇合而成的。作为一种社会形态的地主阶级的自我批判思潮，是在一种特定的历史条件下产生的。从明朝中期开始，中国封建社会在阶级矛盾和民族矛盾日益尖锐的基础上，统治阶级内部的各派政治势力的倾轧和斗争愈演愈烈，在此情况下，一些有识之士纷纷开始探讨形成这种局面的症结所在。由于历史和阶级的局限，他们不可能从历史发展规律和封建制度本身上找原因，而只能归

---

　　* 本文作者署名"张恒寿　马涛"。——编者注

罪于理学末流与心学末流空疏迂阔的学风。加之明亡以后，"明朝何以亡"这一重大社会问题吸引着一整代先进学人的思考。与他们的前人一样，他们也深切地认识到理学末流特别是王学末流的空谈心性是明王朝覆灭的重要原因之一。他们由此得出结论，要拯救社会，必须批判理学末流和心学末流空疏学风。所以，一些进步的思想家开始抨击空谈，要求由虚返实，强调经国济世的为学宗旨。与此同时，随着资本主义萌芽的发展，新兴市民阶层反对封建制度的斗争也在发展。以上两点构成了明清实学思潮形成的重要社会基础。除此之外，明清实学思潮的兴起还有深远的文化思想渊源。这主要表现在明清实学与程朱理学和陆王心学有着既继承又否定的关系。理学与心学虽然都着力于发扬孟子的"内圣"路线，把追求宇宙本体和追求个人心性修养作为治学宗旨，但他们也都从未抛弃过儒家的经世传统，在他们的思想中就包含某些实学思想。正因为理学与心学中含有某些实学思想，所以明清时期的实学家在批评理学、心学末流空谈心性的同时，对其中的实学思想多加肯定和继承。其次是明清时期，中国古典科学复兴和西学的传入，也与明清实学思潮的兴起和发展有着密切的关系，中西文化的交融，为明清实学思潮的发展提供了必要的条件。

《思潮史》认为，明清实学思潮是遍及于当时社会各个领域，具有丰富内容的社会思潮。它既有主流，又有支流。其主流是经国济世，既包括对社会各种弊病的揭露和批判，也包括对拯救时弊方案的构思，还包括学术上的"通经致用"和"史学经世"等多方面内容。其批判精神主要体现在对理学末流、心学末流空疏之弊和社会政治积弊的批判上。其经世思想主要表现为锐意于社会改革的经世主义。以顾宪成、高攀龙为代表的东林党人，面对着"天崩地陷"的严峻现实，以"风声、雨声、读书声，声声入耳；家事、国事、天下事，事事关心"的对联，表达了他们欲救世济民的崇高理想。主流派的主要代表人物有高拱、张居正、吕坤、顾宪成、张溥①、陈子龙、顾炎武、黄宗羲、吕

---

① "溥"原误作"薄"。——编者注

留良、王源①、万斯同、全祖望、章学诚、洪亮吉、龚自珍、魏源等人。他们对理学和心学末流所作的批判，促进了这一时期学风由虚返实的转变，提高了我们民族的思维水平；他们所提出的各种社会改革方案，为后人留下了重要遗产，在历史上发挥了积极的进步作用。

明清实学思潮还包括三支重要的支流：一是市民意识的觉醒；二是自然科学的探索；三是考据学和子学的兴起与发展。市民意识的觉醒反映在意识形态的各个领域，表现在许多方面。如在土地制度上，他们已突破了封建士大夫的"均田""限田"说，公开反对封建土地所有制。在经济思想上，黄宗羲、唐甄等人主张"工商皆本"，冲击了"崇本抑末"的传统思想。在政治上，他们以民本主义为武器，猛烈抨击封建君权，多方限制封建君权，甚至提出了君臣共治天下的主张。在哲学上，以王艮、何心隐、李贽等人为代表的启蒙派，竭力阐发人的主体意识和人的社会价值，提倡个性解放和人文主义，使理学的天理人性论转变为具有近代意义的自然人性论。在文学艺术上，随着封建正统文艺的衰败，兴起了一股市民阶层反传统的浪漫主义的文艺思潮。自然科学的探索既包括对中国古典科学的总结，也包括对从欧洲输入的"西学"的吸收与改造；既包括天文、历法、数学、音律，又包括医学、地理、农业、水利、生物等多种学科。其代表人物和成果是这一时期里涌现出的一批著名科学家，如李时珍的《本草纲目》、朱载堉的《乐律全书》、徐光启的《农政全书》、徐弘祖的《徐霞客游记》、宋应星的《天工开物》、王锡阐的《晓庵新法》、梅文鼎的天算之学、刘献廷的舆地之学，等等。这些科学家及其成果，是明清实学思潮兴起的产物。在实学思潮的影响下，一些思想敏锐和注重实际的学者，把注意力放到了自然科学的探索上，不但提出了许多有价值的科学思想，也开创了重实践、重考察、重验证、重实测的科学的时代新风。考据学和子学是随着实学思潮的兴起和发展而产生的。在经学研究领域，出现了强调子学研究和"通经致用"的新局面。主要代表人物有杨慎、焦竑、陈第、方以智、傅山、顾炎武、毛奇

---

① 王源（1648—1710），字昆绳，号或庵，顺天府宛平县（今属北京市大兴区）人。其父王世德在明崇祯朝任锦衣卫指挥佥事。他一生提倡经世致用之学，早年著述尤以地理、兵战为对象，晚年则受颜李学派的影响，试图从制度层面探求治平之道。——编者注

龄等人。明清实学思潮就是由上所述的主流和支流共同构成的多层次的社会思潮。

《思潮史》认为，明清实学思潮不是一个静态的社会思潮，而是随着明清社会的变迁而不断在演化，经历了一个产生、发展、鼎盛和衰颓的历史过程。大体说来，可以分为三个历史阶段：从明朝正德年间至万历前期，是实学思潮的兴起、发展时期；从明万历中期至清康熙中期，由于封建社会所固有的阶级矛盾和清贵族入主中原使明王朝覆亡而引起的满汉之间的民族矛盾，随着资本主义萌芽的发展而产生的市民阶层反抗封建统治的斗争，加上"西学东渐"正处于全盛时期，从而把明清实学思潮推向了一个发展鼎盛的新时期；从清康熙中期至鸦片战争前期，由于资本主义萌芽受到严重摧残，"西学东渐"处于沉寂，加上清初统治者奉行的文化专制主义，使实学思潮进入了一个曲折发展的低落期。

《思潮史》认为明清实学思潮具有重要的历史地位。这主要表现在：从理论价值看，它借用了理学家所使用的一系列范畴、概念、命题，但又对之作了总结性的批判，根据时代的要求对同一范畴、概念、命题作出了自己的解释和说明，赋予完全不同或某些新的含义，达到了中国古代思想史的最高水平，同时它又孕育着近代的某些因子，提出了一些新的范畴、概念和命题，成为近代思想的理论先驱，为中国思想史的发展作出了巨大贡献；从社会价值看，明清实学思潮是继先秦百家争鸣和魏晋玄学思潮、宋明理学思潮之后又一次空前的学术高潮。它开始冲破了宋明理学的一统天下的局面，以及封建社会已经僵化了的旧礼教、旧传统、旧观念、旧习惯的束缚，导致又一次思想解放，为新的社会生产力的发展开辟了道路。如果没有明代中后期实学对理学末流空疏学风的批判，就不会出现张居正的社会改革及由它带来的暂时的社会稳定和经济繁荣。如果没有明清实学思潮的洗礼，就不会出现晚清的维新变法和近代孙中山领导的革命。因此，从它的历史地位看，明清实学是古老的中国传统文化通往近代新学的桥梁，是近代进步学者批判封建制度的理论先驱。

怎样概括和评价从 16 世纪至 19 世纪 40 年代（即从明中叶至清鸦片战争前夕）这一时期思想界出现的一大批具有批判精神与进步思想的思想家，并由此而形成的反省既往、面向现实的社会思潮？以往影响最大的说法是"早期启蒙思潮说"。此说的问题在于对这一思潮性质的判断上。顾名思义，在封建社会后期出现的、与资本主义萌芽相联系的"启蒙思潮"，应当是一种新兴的资产阶级的思想潮流。"启蒙"的意义应当在于打破封建制度、封建思想的禁锢和束缚，宣传资产阶级的新思想、新主张。无疑，明清社会思潮是远达不到这一程度的。它所反映出的"启蒙意识"也仅仅是市民阶层的启蒙意识。而"市民"阶层不是资产阶级，而是封建社会中的一个等级。在资本主义萌芽发生后，"市民"中虽可包含少量的"资产阶级的前辈"，但还不等于资产阶级；"市民意识"虽包含少量的"启蒙"因素，但还不能把"市民意识"与"启蒙思潮"等同起来。相比较而言，《思潮史》认为它是"由当时的地主阶级改革派的自我批判和新兴市民阶层的启蒙意识汇合而成的"（第6页），由于历史条件的局限，它"没有得到充分的发展，更谈不上完成自身的历史使命，因此不能对其作过高的估价，不能把明清实学与近代启蒙思潮完全等同起来"（第14页）的说法要接近于历史的事实。

二

《思潮史》在对全书62位思想家的研究撰述中，着重阐述发掘思想家本有的命题、概念，揭示其思想学派发展的内在逻辑行程，多有独到的创获。限于篇幅，我们这里仅举该书对泰州学派的领袖王艮思想的研究为例。

学术界目前对王艮的思想评价不一，分歧很大。作者认为，他的思想一方面继承了王学，同时又在一些重要问题上背离了王学，从内部促使王学解体，为晚明社会思潮中追求个性解放、冲击名教网络的启蒙思想奠定了理论基础。但他还尚未走到完全背离儒家名教正统的地步。接着，作者对王学分化的总趋势，对泰州学派与王学之间的既有继承又有背离的复杂关系进行了具体的考察。

作者认为，王阳明的中心思想是"致良知"，目的在于纠正当时占据官方统治地位的朱学的偏差，以提高主体的自觉性。但在什么是主体以及用什么办法来提高主体自觉性的问题上却存在着歧义，人们可以从不同的角度来解释，这就必然要引起王学的分化。按照王阳明的说法，主体即良知，良知即天理，这个天理不在心之外而在心之内，它就是心之本体。所谓天理，主要是指封建名教的道德法则。按照朱熹的说法，天理是客观外在的，人们应该通过"即物穷理"的途径把这个外在之理体认到手。王阳明反对朱熹的说法，把天理归结为良知，认为不必向外追求，只要致吾心之良知，便自然符合天理。无论朱熹或王阳明，都是把天理奉为神圣权威，不同之处只在朱熹把天理摆在心之外，强调封建名教对人们的规范拑制作用，王阳明则把天理摆在心之内，激发人们积极自觉地去做维护封建名教的圣人。因而王阳明的"致良知"，关键在一"致"字，就是说如何从"知行合一"的观点出发去积极自觉地从事道德实践。至于良知的内涵，主要是封建名教的道德法则，那是早已由天理事先规定好了的。但王阳明既然把良知说成是心之本体，认为心固然内在地具有忠、孝、仁、义等封建名教的道德法则。但心同时又是身之主宰，具有灵明知觉，支配着耳目口鼻器官，这些却又属于人的自然本质。就前者而言，心即性，性即理，所谓心无非是一个抽象的本体，先验的道德意识，不是指具体的人心。但就后者而言，心是主宰身体的灵明知觉，离开了具体的个人，心也就不复存在。

在王阳明的思想中，关于什么是主体的说法包含了一系列的矛盾，这些矛盾就是王学必然趋于解体的内在根源。有的人可以根据他的"致良知"学说，在天理人欲之辨上做文章，用先验的道德意识去破"心中贼"，自觉地维护封建名教。有的人也可以同样根据他的学说，去强调人的自然本质，掏空先验的道德意识，把主体的自觉落实到个人身上。总的说来，王学的分化都是围绕着如何提高主体自觉性的问题而展开的，但是却呈现出两条不同的趋向，一条是沿着维护封建名教的路子来提高主体的自觉性；另一条则追求个性解放，使主体的自觉朝着冲击名教网络的方向发展。王艮及其所开创的泰州学派就属于后者。他用自然主义思想去掏空王阳明良知说中的先验的道德意识，以"尊身立本"的格物说解释王阳明的良知。这样，所谓的良知也就不再是一个精神性的道德本体，而被归结为具体实在的血肉之躯，并提出"尊身"与"尊道"的统一论：个人只有"尊道"才能自觉认识到人的价值，而人的价值也只有具体体现在个人身上才能存在。既尊身，又尊道，这就是王艮所建立的不同于王阳明的新的主体结构，这其实就是个人对人的价值的自觉。

但二者内在发展的逻辑联系也是昭然若揭的：如果王艮不通过王阳朋良知说而接受广泛的哲学训练，他的"尊身立本"的新的主体结构是难以建立的。作者认为，认识了这种既有继承又有背离的复杂关系，才是我们今天重新理解王艮思想特色的关键所在。

《思潮史》对王艮及泰州学派的研究，清楚地揭示出心学瓦解走向近代的逻辑行程。相对于有的论者割断王艮及泰州学派与王学思想的联结而无限拔高的武断作法，《思潮史》无疑要更客观而深刻。

三

《思潮史》的再一贡献，是它发掘了许多从未被学界重视或鲜为人知的思想家，如崔铣、唐鹤征、朱载堉、陈第、潘平格、陆世仪、魏禧等人，并对上述思想家的思想学说都作了较为深入的发掘和研究。展读本书，读者可以从中获得对他们认识或理解。在资料的使用上，《思潮史》的作者除文献之外，还作了许多实地调查工作，如对王廷相、吴廷翰等，作者都曾到过他们的故乡，查阅了族谱和地方志，收集了许多珍贵文物和资料。

当然，《思潮史》中的某些重要提法还值得进一步讨论。理学与实学的关系就是其中一个十分重要的问题。诚如作者所说，理学（广义的理学，包括心学）虽追求以宇宙本体和个人心性修养的完善为其治学宗旨，但他们又都从未抛弃过儒家的经世传统。虽然其末流只片面玄谈心性，忽视了儒学的经世传统，完全流于空疏清谈一途，于社会无补，反促进了社会的腐败，因而遭到了一些进步思想家的抨击，但批判理学末流的空疏，并不等于就是否定理学体用统一的基本精神。实际上，理学家讲求心性修养的"成德"或"成学"，其最终目的正是为要"措之天下，润泽斯民"（《中庸》）的，其心性修养不过是"经国济世"之前的准备工作而已，以顾宪成、高攀龙为领袖的东林学派，才是明中期理学精神的真正体现者。顾、黄、王等为代表的进步思想家对理学末流的批判，其目的的也正是要补偏救弊，使理学回复到健康的发展道路上来，以顺应时代的需要。《思潮史》夸大了这种批判，认为它是对理学的否定，因之实学代替了理学。这些结论我们认为是值得再商榷讨论的。依我们看来，本书中所论列的许多"实学思想家"，如罗钦顺、王廷相、吴廷翰、吕坤、顾宪成、高攀龙、黄宗羲、王夫之、顾炎武、孙奇逢、陆世仪、张履祥、陆陇其等人，正是道地的理学家。本书又因是集体编写的产物，故水平上也明显有参差不齐。这也是其不足之处。

（《明清实学思潮史》是一部包罗宏富①，对学习中国思想史很有启发的著作。读者有此一书，即可综览明清时代各派学说的概貌，并对其中有积极意义的思想，有所鉴别，不必搜罗各书及翻近年论述，即可把握纲领，明其趋向。把许多不同学派的学术，包括哲学、科学、史学、文学各方面在内的学说，摘其精华，综为一书，而以一名贯之，实非易事。当然"实学"一名，可有不同解释，但除此一名外，实无更好的名词可以概括，比"早期启蒙"等名，适当得多。书中各篇，多能贯彻实学之义，加以发挥，其中多篇不乏深刻独到的见解，实堪嘉许。我读了后，很受启发，因精力衰老，不能执笔为文，特嘱马涛同志，略记大意，并结合他的思想，写一评述，表达浅意。如有不当之处，请读者多加指正。张恒寿谨识）

（原载《哲学研究》1990 年第 4 期）

---

① "富"原误作"篇"。——编者注

薛瑄散论二则

一 对钱穆先生《宋明理学概述》中
记薛瑄部分的一点补正

钱穆先生的《宋明理学概述》（以下简称为《概述》），系统明晰，论述简要，是一部对学习中国哲学史后进极富启发性的好书。但书中亦有个别提法有商榷余地。如其中对薛瑄的评述就比较简略，没有发挥出他在《先秦诸子系年考辨》《中国近三百年学术史》等著作①中表现的博综详赅精神。

《概述》明代部分，以王阳明为中心，分明代学术为初期、中期。在初期阶段，首先叙述的是吴与弼，比较详细。其次是胡居仁、娄谅、陈献章，其中对陈献章的记述甚为详明。这以后才述及薛瑄，非常简略，评语亦少赞词。文云"其为学、悃愊无华，恪守宋人矩矱，……所著有②《读书录》大概为《太极图说》《正蒙》《西铭》之义疏。高攀龙说其无甚透悟，殆是的评"。

这一评述，没有脱出心学派的成见，此为《明儒学案》以后论述明初理学者的共同倾向，毋须深论。现在需要一提者，是《概述》对于薛瑄的品德虽有较详的记载，可对于明代一般人对薛瑄的误传与苛求，摘录崔铣一段评语而没有详考原文、弄清崔铣的原意，便作出"尽美不尽善"的评论，这容易引起思想上的混乱。为此，根据崔铣原书，对《概

---

① "作"原脱。——编者注
② "有"原脱。——编者注

述》作些补正。

《概述》中的原文是这样："崔铣论瑄之出处，谓王振之引，若辞而不往，岂不愈于抗而见祸？"粗粗读过，好像崔铣对于薛瑄的评价和黄梨洲所说"尽美而不能尽善"的看法相似。但细查崔铣原书，绝无此种印象。首先，崔铣对于薛的品德佩服之至，绝无一点不满之意。其次，文中所引崔铣之言，并非崔之郑重论断，而是梦中所记他人之言。再次，崔铣另有一文，记述薛瑄当景泰易太子时不在京都的事，对一般传说作了辩①解、证明。

崔铣对于明儒中最推崇的当是薛瑄，他的文集《洹词》卷6中有"明臣十节"一文，是他记述明代贤臣的善行，"取其不疑者十节识于篇，皆传、志之缺者云"。"十节"中第一节便是记薛瑄拒绝王振馈赠而获罪的事实。他说：正统初，王振使人馈赠薛瑄（瑄为儒林名士、宦群贤臣）礼物，被瑄拒绝后，"仆归，跪对振曰：'大权在我，不厚乡人以美官，而乃馈酒肉，彼却之，固当已。'迁文清大理少卿。又馈，又却之，亦不往谒。未几，文清得罪"。这可见崔铣对薛瑄拒绝王振拉拢的佩服。而《概述》中所引崔铣论薛瑄的一段话，其出处，意指是这样："戊戌②四月廿二日，予……夜宿西斋，梦三原端懿公（王恕）见访，坐评今代名臣"，"公曰：文清公之佐大理，王振引之，若辞而不往，不愈于抗而得祸？铣竦然，异其言，遂寤。"③ 这段文字很重要，也很清楚。它不足作为崔铣对薛瑄评论的严肃论据，是薛瑄梦中所听到王恕的话而不是他的评论。当然梦中所述，也是他下意识中曾经闪过的念头，但究竟与正式评论有别。况且，听到王恕之言，"铣竦然，异其言，遂寤"。这说明即在下意识中也觉得如此评论出乎意料，一惊至醒，更足证明其意识中对薛瑄的看法是什么了。

再就这一评论本身言，也不完全正确。这一评论，同就祸福的打算中为薛瑄着想，而薛瑄的行径则是从行为本身的是非和为国家服务着想，而不管个人祸福打算的。所以即使真是崔铣的评论，亦不应奉为正论，

---

① "辩"原作"辨"。——编者注

② 戊戌，1538年。——编者注

③ 见《洹词》卷11《柴村录》。——编者注

更何况只是一个梦中记述呢。

《洹词》卷11有《讹传》①一节，记"铣少见东岑子讥薛文清之随"的话，没明确说是指哪一件事而言。查看下文，原指景泰三年（壬申）②，景帝废英宗长子皇太子见深为沂王，而立其子见济为太子一事而言。此事的出现，确是封建朝廷的一件大事，也是一件极可笑而自私的事。

景泰的这种私心，大概一般臣子都知道，而首先迎合帝意提出建议的是一个叫黄竑（广西浔州守备都指挥）的人。他杀死了兄弟黄㙔被告发后，惧朝廷治罪，为逃死罪计想出了一条献媚皇帝的计策，便派人到京都上书请易太子，即废掉原英宗的太子新立景泰的儿子为储。果然，"上大喜曰：万里外有此忠臣"，亟下群臣集议。尚书胡濙，侍郎薛琦、王直、于谦等臣虽闻而相顾眙愕，但终于屈从了皇帝的私意和宦官的恫吓，上言"统绪之传，宜归圣子。黄竑奏是"，这一滑稽戏终于完成了。

东岑子对薛瑄的评语，是认为薛瑄也是当时阿附景泰的一员。但崔铣根据自己参"修实录，得见国史"所了解到的事实，认为这是讹③传。他说："正德戊辰④，铣与修实录，得见国史。文清以正统己巳⑤起丞大理，督饷征苗。景泰辛未⑥归朝，壬申（景泰三年）升⑦南理卿。署状时，公不与焉，亦无⑧衔名。"所以他结论云"东岑子乃讥文清，非也"，并就此事郑重书曰："嘉靖己⑨亥⑩秋寓居詹事后署录之，告诸同志。"

由这一节《讹传》记录可知，崔铣对于薛瑄不但没有不满之意，而且是根据亲身经过为薛瑄辩护。

钱穆先生最精于考证的，可惜受阳明学派及黄梨洲等人的影响，对崔铣的语言未加细辨，使引以为据了。这容易引起误会，为了评议正确，

---

① 《洹词》卷11有两则《讹传》。——编者注
② 景泰三年壬申，1452年。——编者注
③ "讹"原误作"伪"。——编者注
④ 正德戊辰，1508年。——编者注
⑤ 正德己巳，1449年。——编者注
⑥ 景泰辛未，1451年。——编者注
⑦ "升"原脱。——编者注
⑧ "无"原误作"未"。——编者注
⑨ "己"原误作"已"。——编者注
⑩ 嘉靖己亥，1539年。——编者注

谨对钱先生的记载作如上补正。

二 周庆义先生辑《薛瑄文选》序言

薛文清公瑄是明代的名臣，亦是中国思想史上的重要思想家。他继承了朱子的理学思想，而有所发挥。朱子的理学系统中，包含着理气并重的内容、格物致知和涵养主敬并重的内容。这两方面的平衡发展，很不容易，所以朱子死后，后学们各有所偏重，分向各自的方向发展，沿至明代，就产生了恪尊程朱的理学、尊重陆象山的心学，以及兼宗横渠的气学派。明代初期基本上以程朱学为主，自陈献章、王守仁开创了尊重陆象山的心学，以后又有朱学中分化出以罗钦顺、王廷相为代表的，可以称为气学的一派。理学的内容，更加丰富了。薛瑄基本上属于程朱理学一派，但他有许多观点已超出了程朱，而为重视气本论的先河，所以成为理学发展史上的重要思想家。

这一看法，是近年才提出的新的认识。以前多认为他是典型的程朱学派，受到普遍尊重，正如刘宗周所说："前辈论一代理学之儒，惟先生无闲言。"（《明儒学案》卷1）可是自黄宗羲的《明儒学案》中对文清评论有不满的微辞后，人们对文清的评价有些不同。从王学派的观点出发，认为薛瑄谨守宋人的矩矱，并无新的见解，这一看法，相当通行，这就使人们的思想产生混乱。为了弄清问题，有重新重视研究薛氏学术的必要。

周庆义同志研究薛文清思想多年，写过若干有关阐发薛瑄思想的文章，并积极组织会议，讨论薛氏思想学术；《运城师专学报》专辑发表了若干篇国内学者研讨文清思想的论文，这对于研究明代思想发展是一大推进。周老除写文批判把薛瑄和陈、王并列为心学派的谬误外，又把薛文清全书的其他文章按性质分为哲学、道德修养、政治、教与学四大类，每类都选了有代表性的文字，加以注解和评论，题为《薛瑄文选》，这一书对于全面了解薛文清思想有重要贡献，对于中青年开始研究薛氏思想者甚为方便。我认为从整个文集来研究一个学者，比从几篇有代表性的文章或从研究者的结论中，了解一个学人的学术思想，更为具体，更为深入。因为哲学家的思想固然表现在他的文字、概念等抽象思维中，而他的整体思想感情以及整个人格对学者的感染影响，则须在全集的各种文章中寻求。中国哲学在逻辑推理上不如西方哲学家的系统清楚，但是必须对一个思想家的具体思想感情①有所感受，然后读到这种清晰分析的文字，才有大的启发。如果对哲学家的原始文字没有具体接触，而只是记住几条抽象的分析，则不能对哲学家的思想有确实的了解。而几条抽象的思想，也不久会混乱遗忘，不能巩固地成为自己的东西。所以周庆义同志的《薛瑄文选》，对青年学者是有很大教益的。薛文清的历史价值，不仅在于思想上有重要贡献，而更在于其人格的伟大、无私的精神。读者试想象其对宦官的藐视、不畏权势的斗争精神，对平民的感动，则更容易引起对他的崇敬。试一读其文章中如《魏纯传》等著作，则更易受感动。从这种具体感受中再了解其抽象思想的道理，就更能获得一般哲学史中得不到的益处。

周庆义同志最近要改订此书，一定会有更多的发掘。希望读者在阅读此书时，除文字外，更多注意文清的人格品质，扫除明代以来一部分人对文清的误解和苛求。这样，周庆义同志的辛勤劳动，就有更大的价值了。

（原载《河北师院学报》1991 年第 1 期）

---

① "情" 原误作 "清"。——编者注

从《爱因斯坦谈人生》说到
孔子儒家的性与天道

一个对自然科学"了无修养"的人，对于大科学家爱因斯坦的著作是不敢轻易阅读的。但由于对这一伟人的崇拜敬仰和好奇心的驱使，偶然翻阅了一本《爱因斯坦谈人生》[①] 的小书，觉得有启发，引起一些联想，因此把这些联想记下来，以便向通人请教，并作为继续思考的参照。

一

爱因斯坦的著作，主要是讲高深的物理学、数学、天文学等自然科学，也有极少数讲到宗教、伦理等方面的文字，这一本《谈人生》小书就是这方面的片段选录。其中我最受启发的有下列几段。

1947 年爱因斯坦给一位农民的回信中说：

> 雄心壮志或单纯的责任感，不会产生任何真正有价值的东西，只有对于人类和对于宇宙[②]事物的热爱与献身精神，才能产生真正有价值的东西。(《谈人生》，第 46 页)

这里他所说的雄心壮志是指那些为少数人谋利益的所谓英雄人物、

---

① ［美］海伦·杜卡斯、巴纳希·霍夫曼编《爱因斯坦谈人生》，高志凯译，世界知识出版社 1984 年版。——编者注

② "宇宙"，《爱因斯坦谈人生》作"客观"。——编者注

社会活动家，所说的单纯的责任感是指那些缺乏远大理想，只是遵照社会规范勤奋工作的人。他认为这些人，不会产生什么有价值的东西，真正能产生有价值的东西者，是热爱、献身人类和热爱科学的人。而在这两类人中，又以热爱献身人类、有高尚道德的人为更高一筹。

他在 1937 年对一位朋友说：

> 我们切莫忘记，仅凭知识和技①巧并不能给人类的生活带来幸福和尊严。人类完全有理由把高尚的道德标准和价值观的宣②道士置于客观真理的发现者之上。在我看来，释迦牟尼、摩西和耶稣③对人类所作的贡献远远超过那些聪明才智④之士所取得⑤的一切成就。如果人类要保持⑥自己的尊严，要维护生存⑦的安全以及生活的乐趣，那就应该竭尽全力地保卫这些圣人所⑧给予我们的一切，并使之发扬光大。（同上，第 61—62 页）

爱因斯坦本人是历史上少有的大科学家，是客观真理的发现者，而他却主张把有高尚道德、热爱献身人类的宣道士置于发现真理的科学家之上，这是多么伟大的胸襟和人格。他不但这样主张，而且在对朋友的评论关怀上，也是这样实行的。

他在悼念法国朋友物理学家朗之万（Paul Lange nin）的文中称颂了朗之万的科学成就，而更称颂他的奉献精神。他说朗之万的一生"由于悟到我们的社会经济制度的不平等而深受其苦，可是他还坚信理性和知识的力量，他的心是那么纯洁，以致深信凡是人一旦看到了理性和知识的光辉，就应当准备完全的自我牺牲。他为促进全人类的幸福生活的愿望，也许比他为纯粹知识启蒙的热望还要强烈"（见《爱因斯坦文集》，

---

① "稣"原作"苏"。——编者注
② "宣"原误作"传"。——编者注
③ "稣"原作"苏"。——编者注
④ "智"原误作"知"。——编者注
⑤ "取得"原误作"得到"。——编者注
⑥ "持"原误作"护"。——编者注
⑦ "存"原误作"态"。——编者注
⑧ "所"原脱。——编者注

第 434—435 页）。

爱因斯坦认为朗之万在电磁学和离子理论领域里的独创性，对科学发展有决定性影响。他认为要是别处没有人已经发展了狭义相对论，他一定会发展起来。而更佩服他的无私精神，认为朗之万的噩耗给他的打击，比当时（充满沮丧不幸的年头）其他一切不幸事件都更大。

这种悼念朋友的精神和上引《谈人生》的议论是完全一致的。在没有看到这两段文字之前，真没想到西方大科学家，对于热爱人类有高尚道德的圣人，有如此崇拜爱敬的热诚。西方的科学家同时是虔诚的宗教信仰者不在少数，但爱因斯坦不信有人格的上帝，而对于有高尚道德的人有如此深厚的敬仰崇拜，不禁想起这和中国的孔子儒教精神有一定的相近之处。但从整个文化背景和其他联系关系方面看，又有相当大的不同。

二

爱因斯坦是只信斯宾诺莎式的上帝的，他说：

> 我想象①不出一个人格化的上帝，……也想象②不出上帝会亲自审判那些由他③自己创造的人。
>
> 我的宗教思想只是对宇宙中无限高明的精神所怀有的一种五体投地的崇拜心情。这种精神对我们这些智力如此微弱的人，只显露出了我们所能领会的极微小的一点。伦理道德是十分重要的，但这只是对我们而言，而不是对上帝。（《谈人生》，第 58 页）

在另一文里又说：

---

① "象"原脱。——编者注
② "象"原脱。——编者注
③ "他"原误作"我"。——编者注

我从①说过大自然有什么目的或目标，也从未说过任何可以理解为大自然具有人的特点的话。我在大自然里所发现的只是一种宏伟壮观的结构，对于这种结构现在人们了解还很不②完善，这种结构会使任何一个勤于思考的人感到"谦卑"。这是一种地道的宗教情感，而同神秘主义毫不相干③。（《谈人生》，第41页）

在1929年回答犹太教士问相对论宗教会议的信上有相同的思想：

用逻辑思维来认识这种深奥的相互关系，就会产生一种宗教情绪。但这种宗教情绪同一般人通常所称之为④的宗教情绪大不⑤相同。在很大程度上它⑥是对物质宇宙的结构模式所产生的一种敬畏心情。它不会使我们创造一个类似人⑦的形象的神，用他⑧来向我们提出种种要求，照管⑨我们各人的事务⑩。在这种宗教情绪中，既没有目标，也⑪没有必须做的事，只有一种纯粹的存在。正因为如此，我们这种人才把道德看作仅仅是人的事情，虽然它在人类领域中居于最重要的地位。（同上，第61页）

在以上数节中所表达的思想基本一致，总的精神是不相信有人格的上帝，不认为大自然有什么目的，但却有一定的宗教情感，并认为伦理道德不是关于上帝的事，虽然是人类中最重要的事。

这种思想和孔子儒家思想有一部分相似，也有很大的分歧。在本体

---

① 此处原衍"来"。——编者注
② "很不"原误作"不够"。——编者注
③ "干"原误作"关"。——编者注
④ "通常所称之为"原简作"称"。——编者注
⑤ "不大"原误倒。——编者注
⑥ "它"原误作"已"。——编者注
⑦ "人"原脱。——编者注
⑧ "他"原误作"它"。——编者注
⑨ "管"原误作"看"。——编者注
⑩ "各人的事务"原误作"的种种事物"。——编者注
⑪ "没有目标，也"原脱。——编者注

论上都不相信有人格的上帝，而却有一定的宗教情绪，这是相近的，但其宗教精神很不相同，爱因斯坦的宗教情绪是对物质宇宙的结构模式产生的一种敬畏心情。他认为这种宗教情绪中，既没有目标也没有必须做的事，只有一种纯粹的存在。因此道德仅看作是人间的事。

儒家的宗教感情表现在对宇宙（天）造化的赞叹崇仰和敬畏心情。孔子说的"畏天命"（朱注：天命者，天所赋之正理也，知其可畏，则其戒惧恐惧有不能已者），和对"天何言哉，四时行焉，百物生焉"的赞叹，就相似于爱因斯坦的对宇宙中无限高明精神所怀有的崇拜心情（但所崇拜的重点对象很不相似）。

宋明儒家，亦多有这种精神。如朱子注《中庸》"天命之谓性"句云："道者，日用事物当行之理，皆性之德而贞于心，……是以君子之心，常存敬畏之心。"王夫之说："诚者，实也，实有天命而不敬不畏。"（《尚书引义·尧典》）其他儒者的类似言论，不一而足。可以说这种敬畏就相近于爱因斯坦所说的宗教精神。但所敬畏的对象，很不相同。

爱因斯坦是物理学家，所继承的文化是希腊人崇拜自然的传统。他最崇拜的是物理结构中的秩序，认为是宇宙中无限高明精神的表现。而儒家的传统是中国的人生文化，所最崇拜的对象虽也不脱离物理宇宙（天），但重点在于宇宙造化的生生不已、天地之生物不测，而不是物的结构。特别是崇拜天赋于人的道德理性，认为性与天道有关，这是两方的最大异点。

这种不同导源于两种文化的殊异。西方文化强调自然和人的区别，提倡人类控制征服自然的精神，这就促进了自然科学的发展，产生了近代世界的文明，这是东方文化所最缺乏的东西。

中国儒家认为人是自然的一部分，人与自然虽有区别，但更多联系，它们的区别只是全体和部分的区分，所以"人之道也即天之道"。

中国本有天人合一之说，孟子所说的知性知天，即是天人合一说的渊源。到了宋代张载正式提出这一辞句，以后正统儒家的思想，都属于天人合一的系统，一直到现代尊信儒学的学者，仍然持这一学说。有的学者，主张文化之事即自然之事，文化中之道德生活亦为自然生活的自然表现，道德本身之具体美感，并能充实生命，也由于道德本身离不开宇宙本体（成中英《中国文化的现代化与世界化》，第15页），这是对理学道德论的推衍。整个宋学的中心问题，可以说即是给道德找形上基础，也可说是阐明道德之自然主义基础。这种理论和上面爱因斯坦所说伦理道德只是人的事而不是上帝事的道理，是相对立的。

现在看来，两种学说，各有应用的范围，各显出自己的特点。

从宇宙自然之初始阶段看，只有日月星辰天体的结构，却和人的伦理道德没有关涉。但宇宙自然不是静止不变的，宇宙由原始的混沌状态、无生物状态演化出生物以后，其物的结构就大为复杂，从植物的生长荣枯中显出自然界的变化繁殖隐然有一种目的趋向，及至演化出动物，特别是到了高等动物后，就出现了近于伦理道德的萌芽。

如果不隔断宇宙演化的过程，则对天人合一说，会有较高的理解。赫胥黎所说由宇宙进化到伦理进化阶段，有相当的真理。但人虽是自然的一部分，而部分和整体终究不同，一个历程的终结和其初始阶段有很大的区别。从整体的观点看，即从本体论的角度看，应重视其统体的联系；从科学的角度看，应重视其区别。

自然科学中的大发明，往往是把研究对象孤立①起来进行研究才能取得成果（如居里发现铀，即是其例）。

当宇宙历程中某种潜力还未显现，如自然中还没有出现道德之时，显然不应说，当时的大自然中已有伦理道德。这样分析，认为道德伦理只是有了人类以后的事，亦符合于事实。但从整个宇宙看，则天人本相联系而非彼此孤立，人类中所发生的事情，都可在宇宙中寻其根源。这样看来，主张天人合一论者，只要不超过认同的范围，不认为天人完全相同（如董仲舒的牵强比附），而只是寻探其渊源关系，则显然比互相分离为近于真实。

哲学家的本体论和他的伦理学，有一定的联系。一般看来，在本体论上持观念论的哲学家，往往在伦理学上主张道德理性主义；一般在本体上持自然主义的哲学家，在伦理学上比较多主张幸福论、快乐论。从后一种观点出发，就容易强调竞争，崇拜雄心壮志的英雄人物，而无视热爱人类的圣贤人物。但爱因斯坦这一深通物理科学，只敬畏物质结构的科学家却最推崇爱人类的宗教圣人，而轻视爱讲合理的利己主义的聪

---

① "立"原误作"离"。——编者注

明之士，这就和一般的情况不完全一致。

从儒家的角度看，对于这样的伟大人物当然佩服其人格的智慧，但在理论上有一问题，即爱因斯坦的伦理观点和他的宇宙本体观点的联系是什么？从宇宙的结构中能否直接生出这样的人生价值？爱因斯坦深知这两者间没有直接的联系，所以积极主张这只是人的事，而不是上帝的事。他的宗教感情，只在物质结构上，而对于中国人所重性命天道之学，则未予注意。

中国儒家哲学认为伦理道德不仅仅是人的事，而有它的形上基础，即是说天和人紧密联系而不是互相分离。他们认为天和人的道德关系，主要在人性论上，"天命之谓性"，"尽其心者，知其性也，知性则知天矣"，这就是儒家道德论深层基础。

王夫之在人生论上有独到见解，他不强调初生的天命之性，而认为人性是日生日成的，但他仍说：

> 初生之倾，非无所命也，何以知其有命，无所命，则仁义礼智无根也。（《尚书引义·太甲二》）

这个根是他最重视的东西，也是一切儒家共同重视的东西。宋儒的哲学，主要是讲伦理的形上基础，也即一些学者所说置伦理于自然主义基础之上的意思。"天命之谓性"即是其探索的环节。对这一学说的评论，即是追问道德起源于何处、宇宙中有无道德渊源①的问题。

爱因斯坦的本体论，认为宇宙中没有道德。如果他的伦理学是主张幸福论、功利论的，就容易理解。而他却是积极推尊热爱献身人类的无私圣人，则两者的联系就不够紧密，他所崇敬而实行的高尚道德似乎不能直接从物质的结构中产生出来，而应当从"天命之谓性"的哲学中找到说明。

所以我设想这样绝顶聪明和人格高尚的爱因斯坦，如果有机会接触到中国孔子的儒家哲学，一定会有会心相通之处，可能产生出更包融一切的高深理论，使中西文化有所融合。

---

① "渊源"原误倒。——编者注

同样，假使中国儒家哲学在重视天人合一、道德修养之外，更知道在一定的阶段必须把天人分开，先对自然本身有极深的分析研究，然后把这些原理、这些方法，融合在研究人生道理之中，则中国的哲学，不会拘限在内心良知的范围之内，而有所开展。

我希望中外学者在今后的研究中，能结合两种方向，各自去短扬长，互相学习，创造一个比较完善的世界文化，对人类前途作出贡献。

如果现代儒家对于传统中的格物致知说多加利用（虽然他的原意多在道德方面），对张载、朱熹、王夫之的哲学和黄宗羲的政治思想多加研究，而不要停留在良知、本心的反省上，特别不要强调"心外无理"的学说，这样就可以和西方现代化倾向有较多接轨之处。这就可以为工业后的文明设立一定的基础。

（附带说，道德的形上学是重要的，而道德的形上学则不易理解。）

（原载《河北师院学报》1992 年第 1 期）

读《薛文清文集》的一些感想

薛瑄（1389—1464 年），字德温①，是明代前期的理学大师，也是反对宦官、至死不屈的直臣。他的学术品德在历史上有较高的定评。他创立的河东学派对于朱学的传播、发展，有一定的贡献。近年来一些学者对于他的哲学思想——理气论、复性说等方面有不少论述。本文不拟对他的学术思想作系统论述，只是就其《文集》中的几篇文章，谈一些个人的体会。

一　给李贤两信中所表达的务实态度和思想造诣

李贤是明朝中期三杨以后有经济才干、政绩显著的名臣。宣德年中，到山西视察旱蝗灾情时，曾来访薛瑄，质疑请教，对薛瑄的学养非常佩服，数次致②函薛瑄，备加推尊，认为薛瑄③的学术，已达到承担"圣学显晦"的地位。薛瑄④对于这一推许不敢承当，他于宣德九年（1434 年）给李贤的信中（见《文集》卷 12《复李原德书》），叙说了自己的⑤求学志愿、身心修养是出于道之自然，并不敢以道学自居。他说："此道出于天，赋于人，全尽于圣贤。凡六经四书，以及周、程、张、朱之说，无非明此而已"……并说自己"少时尝有志于此，非敢自谓能与于斯道也。

---

① "薛瑄"谥号"文清"。——编者注
② "致"原误作"改"。——编者注
③ "瑄"原无。——编者注
④ "瑄"原无。——编者注
⑤ "的"原脱。——编者注

但觉心之所存、言之所发、身之所履小有违理，则一日若不能安其身。此盖出①于道之不能自已者，岂敢借拟古人而以道学自居哉？"他觉得李贤对他推许，徒使自己感到惭愧，并说："若以是声号于人，必且见怪见鄙，不斥之以为狂，即笑之以②为迂，深愿阁下不以云云者布于人也。"这里表达了他真诚的谦虚态度，深怕李贤向他人这样宣扬，招来了人以为狂、为迂的斥责讥笑。他说往年在河汾会晤时，随便谈了一些身心性命的道理，也只是"六经、孔、曾、思、孟、周、程、张、朱之书，世儒之共读③、共谈者耳，非瑄之所独见也。"因此请李贤从今以后，不要以为他真的④有道学家的学养，只以众人看他就可以了。

这些谦虚诚恳的忠实态度，即在较纯朴的古代也是少见的。但他又恐这种谦虚挫伤了李贤讲学求道的远大志趣，因此便告诉李贤说："或欲往来讲切是道，但当熟读。凡圣贤之书，一字一义，灼见下落，体之心，体之身，继之以勿怠，则推之人者不外是，而所学皆实理，虽不言道，而道在是矣。"这是诱导这位有政治才能的人努力在实事实行上下工夫，而不要重视讲论形式。"一字一义，灼见下落"，"不言道而道在是"，这是多么伟大实在的品格气概。这种品德是宋明理学成德之学的精华，和西方哲学之专尚理论者，迥然不同。这种风格当然不易为现代人所理解。在追求外向文化的气氛中，人们会讥笑为迂腐拙劣，但且不要以一元化的眼光忙下批评。在人类文化的前进路上，究竟哪一种价值取向更为卓绝，未来的历史会作出判断。

正统六年（1441 年），薛瑄在山东任学政时，有一封《报李贤司封书》（见《文集》卷 12），回答了李贤来信中涉及的三个问题。

第一问题是论述理学的基本道理，特别是伊川、朱子所讲的格物致知的进学方法。他说："道之大原出于天，具于人心，散于万物，非格物致知，则不能明其理。故《大学》之教，以是二者居八条目之首。"这是说，来原于天之"道"，既具于人心，又散见于万事万物，如果不经过格

---

① "出"原误作"浊"。——编者注
② "以"原脱。——编者注
③ "共读"，从《张恒寿先生纪念文集》增。——编者注
④ "的"原脱。——编者注

物致知的工夫，就不能深明其理。大体意思，重在向万事万物中研究道理，和黄梨洲①所说"穷理是穷此心之万殊，非穷万物之万殊"的主张不同。但他又说："非此心大段虚明宁静，则昏昧放逸，无以为格物致知之本，程夫子②所谓涵养须用敬、进学则在致知者，正欲居敬穷理交互为用，以进于道也。"则是以涵养居敬为格物穷理之前提，就不是只重在向万事万物之中研究道理。所以薛瑄所继承的程朱之学，必须内外兼重，方为完备。

本来理学各派都是以诚意、正心为修身之本，但程、朱派根据《大学》所提的进学次序，以致知格物为下手处。陆象山则以先立乎其大者为入手处。由于这一进路的不同，形成了朱、陆两派。南宋以后，一些学者往往依据朱子的一些词语，用"尊德性""道问学"两语作为两派的区分，实则这一概括和实际并不符合。以"尊德性"表示陆学内容比较正确，以"道问学"论述朱学性质则非常错误。朱学虽然③重视"道问学"，而更重视"尊德性"。他的"道问学"是为他的"尊德性"服务的。严格说来，陆学也没有抛弃"道问学"一面，但在他的总体中，只占很小的分量。朱学则是两者同时并重，而尊德性④更居首要地位。所以薛瑄在这里提出程子居敬穷理交互为用的主张，正是遵循朱学两面并重的方向有所阐发，居敬涵养正是尊德性的义蕴之一。

当然，从细微处说，程、朱的涵养用敬和象山的先立乎大，以及王阳明的致良知说仍有很大差别，但这属于同一层次的分别（即同属于尊德性内层的分别），和一般用道问学、尊德性两者来区分朱、陆的不同者⑤，显然不同。至于以支离批评朱学者，则更不确当。所以薛瑄的上一叙述，是相当全面而简明扼要的。

信中涉及的第二个问题是⑥，李贤来信中的自谓："忠孝大节，固不敢亏。但圣贤细腻工夫，决不能到。"薛瑄认为这是李贤自谦之辞，应当

① "梨洲"原误作"黎州"。——编者注
② "子"原误作"之"。——编者注
③ "然"原无。——编者注
④ "性"原脱。——编者注
⑤ "者"原脱。——编者注
⑥ "是"原脱。——编者注

看到"大节固当尽，细腻工夫，亦不可不勉"。

李贤提出的想法，正是一般儒者和理学家的区别。所谓"细腻工夫"，即理学家们讲求的身心性命的修养工夫。他们认为要达到道德的高度，须对于宇宙人生有较深的认识。因此很重视道德的形上理论，常常讨论知性、知天等理论；同时很重视正心诚意等修养工夫，认为平时有这种修养锻炼的持久工夫，才能达到成圣的境地。有了这种修养，就能比较自然地实现忠节行为，提高内心境界，不至犯愚忠愚孝的错误。薛瑄引朱子所说"愈细密愈广大，愈谨确愈高明"的名言，正是要说明这一道理。朱子这几句话相当符合于相反相成的辩①证思想，这即是说有细密的修养工夫者，才能达到高明远大的境地，从而体现在忠孝行为上，则更能持久不懈，灵活运用。所以这种细腻工夫，是更能巩固和推广忠孝行为的。

信中涉及的第三个问题，是鼓励李贤要有体现历史使命的豪迈气概。他根据李贤来信中有反省的语言，即自谓"动作毫厘差，忽忽不知堕于为利之域矣"，薛瑄回信说："足下省察工夫至此，已极为亲切"，鼓励他更加以②精辩③持守之力，就一定能达到"为己④而不为人，为义而不为利"的地步。他认为李贤气清才敏、识高志笃，如能进修不已，不难达到更高的成就。他说："孟子所谓豪杰之士，朱子所谓百世之下，神会而心得者，岂无其人乎？……自今以往，尤有望于足下矣。"

薛瑄在这里对于李贤的希望是相当大的。他认为自己愚僻无他才，独于为学一事特有专好，但因为缺少明师益友以正其是非，以此不敢自定。自从中年以后，得到李贤的切磋商量，是孤陋的一幸。所以对于李贤期许颇大。而李贤在执政时期，屡次积极赈济、减轻剥削、减汰军费、改进制度，确有经世致用的志趣才能。《明史》本传（卷176）说："英宗之初复辟也，当师旅饥馑之余，民气未复，权奸内讧，……李贤以一

---

① "辩"原误作"辨"。——编者注
② "以"原脱。——编者注
③ "辩"原误作"辨"。——编者注
④ "己"原误作"已"。——编者注

身揩拄①其间，沛然若有②余，奖励人才，振饬纲纪，追宪、孝之世，名臣相望，犹多贤所识拔。"这种成绩和薛瑄对他的诱导、熏陶是分不开的。

二 从《与杨秀才书》中看到的
求学经过和对后进的教导

薛瑄有一位学生名杨进道，和他家的交谊很深。薛瑄的父亲（名贞）在山东时即与之相识，以后薛瑄父亲到河南荥阳任教谕时，杨生朝夕相亲，交谊更笃。后来薛父死在荥阳任上，薛瑄赴荥阳收拾遗物、归葬故乡时，杨进道徒步相从。正值秋雨积潦，杨生泥行三十里，水行十余里，跋涉良苦，略无愠色，最后又送至孟津，洒泪而别。可见杨生对薛家的友谊是非常深厚了。

薛瑄认为，一般人的交情总是急于势利二者，杨生对于薛家并非有势利可趋，而却真诚殷勤如此，这是一种笃于义的行为。因此于宣德三年（1428 年）赴京之前，给杨生写了一封长信③，用真诚的关怀叙述了自己的学养经过，和学习收获，指出杨生的缺点，告以今后努力的方向，作为对杨进道的报答和教导。

信中说他七八岁时，听父亲讲述古人某为大儒，今人某为伟士，就私下记在心上，自己想："彼亦人耳，人而学人，盖④无不可及之理也。"不过这时他正在学对偶诗文，还不知真正的义理之学，又六七年才发奋诵习圣贤之书，"昼不足则继之以夜，夜坐倦则置书枕侧而卧阅之，或有达旦未已者。至于行立出入、起居饮食，不讽诸口，则思诸心，虽人事胶扰，未尝一日易其⑤为学之志也。"这样昼夜勤学，又积十余年之久，然后才观察到天地间的一些道理，内心有所收获。"有以⑥察夫圣贤千言

---

① "揩拄"原误作"技柱"。——编者注
② "有"原误作"存"。——编者注
③ 《敬轩文集》卷 12《与杨秀才书》。——编者注
④ "盖"原脱。——编者注
⑤ "其"原误作"女"。——编者注
⑥ "以"原脱。——编者注

万语之理，无不散见于天地万物之中；而天地万物之理，无不统会于此心微密之地。"这几句话很概括地说明了理学的主要精神。从此以后，自己更加努力学习，慎防疏忽，积之既久，"因以其中欲发者，发而为文辞，则但觉来之甚易，若或有物以出之于内而迫之于外也"。这是说他对于书中的义理，有长久深刻的体会之后，自然会有发为文辞的要求，文思自然源源而来，而不是专在文辞上用功。

这时他出而应试，中了进士，他认为自己不能和大儒、伟士相比，勉强可以说是进士中的知读书者。现在又退居六七年，遭父亲之丧，时时温习旧书，觉得"义味愈切，理趋愈深。盖有得于心而不能形诸言者矣"。这就是他自己自少至长，勤苦仅得而不敢自已的经过。

从以上所说，可以看到他的求学读书十分勤奋，内心修养深有心得。但此信的最感人者，更在于对杨生的关心诱导、真诚训诲。"今观生之于瑄①，求之可谓勤矣，然徐察生之志，则所慕者科名之未得，所急者文词之不足，是以求之愈劳而得之愈难也。"这里很坦率地指出杨生的缺点，在于立志不够远大，求学的方向不够正确，所以求之愈劳而得之愈难。

他正告杨生，要学习他本人十六七岁以后的发奋勤学，而更加努力，则他日蓄积既深之后，以其余力发为文辞，自然析理精切，再去应有司考试就很容易了，否则"涉猎记诵，愈勉②愈难，纵使得之，亦何益于人已③哉？"这里可贵者不在于他说积极勤学、有心得以后自然会作文应考，而在于他对杨生的忠告直言。这种真实的师生感情，即在古代也是很少有的。

因此想到了我们的学校教育，不论就内容的充实有用、方法的灵活进步，不知比薛瑄时代前进了多少倍，但在师生的关系方面看，则比那个时代反而疏远的多。学生的正直志愿是什么？是不是多数的意愿也和杨进道的情况相似，所慕者是外在的科名地位，而不是真实的学识？主持教育者和直接教师都不了解，即使小有察知，也决不肯直率指出，诱导改正。所以读了此信，觉得文清对后进的真诚关怀，是非常可敬的。

---

① "瑄"原误作"道"。——编者注
② "勉"原作"劳"。——编者注
③ "已"原误作"亦"。——编者注

当然文清此信所说，也有些不圆满之处。比如他说，义理明了之后，就自然能作文应考，一举得之，这就和社会现象不相符合。历史上有许多学识很好而中不了进士的人，就不合于这一说法。但如果对薛瑄时的考试情况有所了解，则对他这一说是可以理解的。

现在我们都知道，八股文是一种极无价值、锢蔽聪明的文体，但在明代初期还没有堕落到后来那样，只有形式而毫无义解的文字游戏。如王船山、吕留良都讲过八股文的演变，都认为明代初期的作八股文者，还是钻研四书本文和朱注义蕴，把读书心得发挥在八股文中，所以有许多深研义理、有文学修养的学者，同时也是八股文能手。如唐荆川、归震川、顾宪成等大学者，都是如此。所以薛文清所说，义理明了之后就能文思涌现、应付考试的道理，是可以理解的，并和唐宋以来古文运动的传统文论是一致的。

所以文清这样说，不是单纯为了诱导杨进道讲义理之学而随便提出的，而是根据明初考试的具体情况，结合他自己的经验，对杨生有所教导的。

薛文清的学术品格重在道德实践，"有问科举之学者，默然不对"。他教诲杨生从立志做起，勤奋读书，自然会文思涌现，正是这种基本态度的发展。

三 《魏纯传》中论道、命关系的崇高思想

魏纯字希文，山东高密人，通《易》《春秋》等经，年轻时随他父亲在绩溪时，即被金陵达官请为子弟教师，后因受谪到玉田县。

薛瑄的父亲为玉田教谕时，魏纯在玉田学宫①旁为军官子弟老师，就和薛瑄"纳交为心友"。从此以后，两人常在一起讨论学问，十余年议论，日夜不舍。薛瑄认为，魏纯对他的帮助很大，以后薛瑄②的父亲任满离开时，魏纯徒步送数十里，执手为别。后来的数年中，薛瑄赴北京时，魏纯亦以荐至吏部，因同荐者不与之合，遂又离去。宣德元年（1426

---

① "宫"原误作"官"。——编者注
② "瑄"原无。——编者注

年），侍从有荐魏纯文学行者，又召至京师，集试吏部，文章已通过了，未及呈报上级，竟暴卒于旅次。

魏纯卒后第二年，薛瑄在河南接到讣告。薛瑄和魏纯交情至深，常常写怀念诗。他得知魏纯的消息，正是他写诗最怀念魏纯的[①]时日，于是感慨万分，认为这是交情之密、默有感触于中而不能自已的结果。从魏纯的暴死，他感想到"富贵贫贱，盖皆决然不易之命[②]，而非人之私智所能去取也"。他说，尝观古人论富贵贫贱，皆曰有命，年轻时不太相信，年来[③]涉世既久，不论从别人身上、从自己的经验，然后相信，富贵贫贱果然有不易之命，特别是从他的好友魏希文的经历上看来，他的气质明粹、学问纯正，存心必欲一毫无愧于屋漏，制行必欲一事无悖于天理，所以从品德上说，他应当见用于时。他在军中教书三十年，不向上[④]级焜耀，其贫至于床无完衾、身无完褐，耕获薪刍之事毋不备尝，而操行不少变。至其忠信之行，武夫小子皆信其为善人，而起尊敬之心。若从人事言之，他名实孚于远迩，应该显名于世。

从各方面论，他都无丝毫可疑而终于不得一试，这实在不能使人不相信那个不易之命了。薛瑄所[⑤]疑惑者，乃所谓命者究竟从哪里来的？应该说是来自于天了。但按照平日相信之天，必贵有德、福仁人，而希文什么也没得到，则所谓天者，竟如何哉？岂贵德、福善者是常态，而相反情况是变态吗？是不是天道自然而然[⑥]无心于其间，而人之也适遇着气之清浊不齐，而不是天所能为呢？这都不可知晓。也有人说，天于善人，不是施福于本身，一定要加福于后代，这也不可知道。

（经过了这一串怀疑推测之后）他认为，真正的善人君子者，只重视其自处如何，未尝以命之厚薄为轻重也。古时曾有贵为卿相、富累千金，生无益而死无闻者，他们的命可算是厚了，其于道如何呢？

---

① "的"原脱。——编者注
② "命"原误作"公"。——编者注
③ "年来"原脱。——编者注
④ "上"原误作"下"。——编者注
⑤ "所"原误作"作"。——编者注
⑥ "而然"原脱。——编者注

如此，像希文这样的贤人，虽终于穷死，而①其德行名誉乎于人人，其自处既然无愧于道，则命之厚薄，何足道哉！何足道哉！

总之，薛瑄②与魏纯交最久、情最密，起先以魏纯之不遇，问之于命而自疑；终于以为魏纯之无愧，用道来考量，就可了然。他又恐魏纯之潜德懿行时久而后泯没无闻，所以作了这一传，以传之悠久，目的在于使世之君子"当勇于为善，而无疑于命"。这就是经过感叹以③后的结论。

附记

1991年3月6日早，先生由肠胃不适引起进食翻胃，我和葆善兄送他到校医院，数小时输液后，于晚6点回到家中。时先生的气色、精神比早上明显见好。进家后，先生落坐于书房写字台旁的沙发上。我抬头看见放在写字台上的这篇稿子（展着写了两行多字的最后一页，纸上放着那支用了多年的钢笔），先生便以轻微④而略带愉悦的声调说："近日腰痛不能坐久，这篇东西拖的时间不短了，若不是昨天午后肠胃不适加重，末尾再写几句也就完了。"怎能想到，先生在次日凌晨溘然仙去。纸热墨湿，先生作古。天丧斯文，悲夫哀哉！今天含泪整理这篇字迹歪扭的遗稿，先生秉笔著文时忍受着腰痛的情状，犹在眼前。先生的这种生命不止，研究不休，献一生于祖国优秀传统⑤文化挖掘的精神，当是激励后学锲而不舍、奋发进取的不竭源⑥泉。

学生王俊才谨识

（原载《河北师院学报》社科版1993年第1期。后收入《张恒寿先生纪念文集》，河北教育出版社1993年版）

---

① "而然"原脱。——编者注
② "瑄"原无。——编者注
③ "以"原无。——编者注
④ "微"原作"声"。从《张恒寿先生纪念文集》改。——编者注
⑤ "优秀传统"原作"传统优秀"。从《张恒寿先生纪念文集》改。——编者注
⑥ "源"原作"渊"。从《张恒寿先生纪念文集》改。——编者注

河北师范大学历史文化学院双一流文库

张恒寿◎著

温玉春◎编

（下卷）

张恒寿文集

中国社会科学出版社

下卷目录

著 作 编

庄子新探

孔子评传

庄周述略

诗 歌 编

杂 作 编

著作编

庄子新探

序　言

中国先秦学术思想在后世产生的影响，以儒、道两家为最著。在社会政治、伦理方面，儒家思想是统摄一切的主流，道家中的老子派思想是和儒家并行的附流。而在社会文化的一些侧面（如文学艺术），道家中的庄子派思想有其特殊的作用和意义。所以历代的研究文献，也以儒、道两家为最多。

但在文献的确实可信方面，谈论玄的道家远不能和崇尚实际的儒家相比。不但老子其人其书至今还是一个没有全部解开之谜，即以历史相当明确的庄周而论，他的"著书十余万言"，究竟有哪些篇章可信为庄周本人或嫡派后学所作，哪些篇章可推定其具体写作时间，也多在疑似之间。这和儒家孟、荀的言论活动，年月历历可稽的情况相比，还像是一片杂草丛生的半垦园地。

民族文化思想的全部，是一个互有联系的整体，每一个环节的支离混乱，都会使其他部分也不易彻底明了。因此对于这些纠缠较多的纽结，如能加以分疏爬剔，有所批导，则可对整个文化的整理发扬，起一定的推进作用。从这一意义上说，从事于《庄子》书的研究，还是一个相当必要的环节。

不过我最初研究《庄子》，并没有明确的具体目的，而是在半自觉半偶然的情况下开始的。

1934 年秋，我是清华大学中文研究所的研究生，因我入的是中文系（报考中文系可以用英文应考欧洲文学史代替第二外国语的考试）而我学习的兴趣却偏于哲学，于是选取了一个与文、哲都有关系而自己又较熟悉的《庄子》作为研究题目，从此开始了对《庄子》书的考证。

1937 年夏，论文初稿写完，还未全部誊清，便发生了"芦沟桥事变"，从此华北沦陷，没有研讨整理的兴趣和机会了。日本投降后，只抄清了最后几篇字迹潦草的原稿，就搁置起来，不愿一看这一与抗战、革命无关的陈腐东西了。全国解放以后，1961 年间，学术界展开了庄子哲学的讨论，才打算整理一些旧作，参加讨论。因当年正在写一篇有关中国封建土地所有制的论文，又兼教学工作较多，没有整理旧作的暇时，延至 1963 年初，才开始将原来用文言写的"内篇考证"部分，改写为语体文，又增加了一部分评《庄子》内篇出于汉代说的辩论，写成《论〈庄子〉内篇的真伪和时代》一文，曾有油印本作为提交北京史学会的年会论文。因篇幅较长（约四万余字），内容又不属于史学的主要范围，加上当时庄子哲学的讨论基本结束，《哲学研究》的编辑方针也有所改变，没有适当的发表园地，就搁置下来，继续改写外篇部分。至 1964 年冬，只改写了原稿外篇全部和杂篇中的《天下》一篇，其余杂篇考论数章，还未整理，便进入批判《海瑞罢官》时期，接着是"文化大①革命"，当然更没有写作的时间和可能了。

"四人帮"粉碎后，《哲学研究》编辑部的同志来约稿，知道编辑部拟选一些篇幅较长，不适于在月刊上登载的哲学史论文编成文集，便将 1963 年所写论庄子内篇一文的第二部分交《哲学研究》编的《中国哲学史研究辑刊》第 1 辑发表，将《论庄子非汉代作品但题目为汉人所加》部分，交《文史》第 7 辑发表。

其余外篇部分也陆续发表，《〈秋水〉以下六篇》登在《哲学研究》编的《中国哲学史论文集》第 2 集，《论〈天下〉篇的作者和时代》在《中国哲学》第 4 辑刊登，外篇《论〈骈拇〉三篇考证》由《河北师院学报》刊出。

《中国哲学史丛书》编委会的同志知我的旧文言稿已经写成，约我将未整理的杂篇部分早日改写完毕，可收入由湖北人民出版社出版的《中国哲学史丛书》，并已纳入计划。衷心甚感同志们的敦促，但因精力衰退，写作迟缓，不能如期交稿，又因感到讨论庄子问题，远不如评价孔

---

① "大"原脱。——编者注

子问题更为急需，因此又先写了几篇有关孔子的文章，才开始整理《庄子》杂篇考证的未完部分。

杂篇的最后部分，于 1981 年秋初步改完，接着写本书下编的庄子哲学思想，即本书的第五、六两章。写作能力本来迟钝，中间又写了一篇讨论宋明理学的文章，完稿时间又不得不推迟了。写完第五、六章后，感到考证开始时，没有对庄周的历史作简单说明，同时看到有重申庄周即杨朱的论文，因此又补写了第一章中"庄周的身世"一节。现在总算交卷了。但细审内容，殊不理想。

首先是上编的考证部分，只有很少几处提出比较确切的时代证据，大部分考论，仅针对其是否庄子派思想文风，做了一些归类推测，而不能肯定其具体时代。全书中用《荀子》作为确定时代的标准，只有《大宗师》开首数语比较确实。其他多是就荀子所说"庄子蔽于天而不知人"的大意，广泛论析。全书中用《吕氏春秋》作为推定时间的标准，比较多些。但《吕氏春秋》成书于秦政八年（前 239 年，或说在秦政六年），距离庄周生活时代，已有六十年左右，由于缺乏其他证据，只能把在吕书以前者定为庄子前期的作品，而对于战国末年、秦汉之际各篇的发展线索，也没有能做出一个十分确定的假设分段，所以用严格的考证标准来说，是不够精确之作。

下编哲学部分，虽在历年考论过程中也有些想法，但由于考证部分未完，没有能就其整个思想系统深入思索。解放前在清华研究院时，曾写过一篇《庄子与斯宾诺莎哲学之比较》的文章，系进修冯友兰先生中国哲学史研究课程的学年论文。当时拟定此题，是为了多学点西方哲学，有助于研究庄子，实际上对于斯宾诺莎的哲学只读过两本英译斯氏原著，和一些讲斯氏哲学的书和论文，谈不上对斯氏哲学有真正的理解，不过经过一番思考，对庄子的哲学思想比较有些想法了。以后几十年中，兴趣偏于中国历史方面，对庄子哲学，未再从事探讨。

1961 年学术界展开庄子哲学讨论时，引发了我对庄子哲学的一些看法。我不赞成说庄子是代表没落奴隶主阶级和彻底主观唯心论的说法，但也不同意庄子是唯物论的意见。很想写出一些自己的看法，但总觉得在《庄子》各篇的时代真伪没有初步解说以前，径谈他的哲学思想，总不能避免矛盾混乱的缺点，因此决定在考证部分整理完成后，再讲哲学思想，这样就比较有些自己认为可信的根据了。

1981年秋，上编初步完成后，开始写下编第五、六两章，读了一年来关于讲庄子哲学的文章，受到很多启发，似乎写起来应该比较顺利，但由于精力衰老，有些问题总不能深入。比如对斯宾诺莎哲学，多年前稍接触一点边沿，应该在这一点上继续深入，但竟不敢有所发挥。我看到黑格尔在《哲学史讲演录》中下列一段话："斯宾诺莎的绝对实体，根本不是有限的东西，不是自然世界。"又说："必须把思维放在斯宾诺莎主义的观点上，这是一切哲学的重要开端。要研究哲学，就必须首先作一个斯宾诺莎主义者，灵魂必须在唯一实体的这种元气里洗个澡。一切被认为真实的东西，都是沉没在实体之中的。"（《黑格尔哲学史讲演录》第4卷，第101—102页）觉得在庄子哲学中似乎有一些相似而不同的现象，曾设想如果能用斯宾诺莎、黑格尔的观点，对庄子的泛神论，加以分析比较，从而说明东西方哲学的同异之处，将会对哲学史的研究有较大裨益。但由于自己对两家哲学都缺乏素养，不相信自己有真正的理解和比较的能力，这就限制了思想的深度。

在第六章谈道家思想演变一节，由于《老子》问题不易彻底解决，自己有些不成熟的看法（我倾向于顾颉刚先生和蒙文通先生的看法），也因为牵涉的问题较多，不便放在论《庄子》文中，致有喧宾夺主、枝节臃肿之弊，因此对道家演变问题的论析，显得不够圆满精辟。

现在第六章第二节的写法，基本上用郭沫若所说的环渊的"上、下篇"即是《道德经》的主张，而稍有不同，因为郭沫若说既可保存老聃为春秋时人的旧说，又可解释作品有战国时代色彩的疑点。既然环渊和庄周、孟轲都同时，那么，他所发明的旨意，就不必死定在孟子以后、庄子以前，其中有些言词可能是在《庄子》某些早期篇目以后，而在某些晚期篇目以前，这样就可避免深论有关《老子》书的一切矛盾，暂时假定可以解决《庄子》书中某些语词有出于《老子》书以前的嫌疑问题。

本书和郭沫若说法不同的地方，是认为《老子》书中虽保存了许多老聃的遗说，但以"道"为宇宙本体的理论，"天地不仁，以万物为刍狗"的立说，不是春秋时老聃的遗言，而是战国时的新说。但究竟战国时是谁先提出这个"道"的，是不是就是环渊其人，我在书中没有作肯定的交代（只说像是他，又像是《内业》的作者）。这固然对于庄子学说本身没有太大的关系，而对于说明道家各派的关系及其演变，就是一个缺陷。

这一缺陷，须俟《老子》书问题进一步解决后，才能补正，现在我还没有解决这一问题的条件和能力。如有精力余暇，当继续探讨，写出臆测，就正于关心此问题的师友同志们。

一本小小的书，写成半部后，停顿了几十年，再度整理后，又中断了十几年，直到三中全会复苏了争鸣的空气后，在同志们的督促下，才初步完成，真有点"驾驽马而长驱"之感！

现乘本书付印之机①，略述写作的蹒跚经过和主要缺点如上，希望能得到中国哲学史工作者的批评指正，更希望中青年同志们，写出进一步深入研究的著作，促进中国哲学史研究的繁荣，共同为建设社会主义文化事业贡献力量。

我最初从事《庄子》研究时，导师是刘文典先生，刘先生是校刊《庄子》专家，曾指导我从《吕氏春秋》书中发掘考证《庄子》的材料，可惜论文完成时即"七七事变"前夕，已来不及向导师汇报。日本投降后，刘先生又没有返回北京，未能得到他的审查，深感遗恨。

本书文言文旧稿，曾经朱自清先生、冯友兰先生和老友张岱年同志看过，此次整理出版，又承岱年同志和哲学研究所辛冠洁、陈克明等同志的督促支持才完成，在此向诸先生敬致谢意。

文言文旧稿，是由已故爱人刘桂生保存誊清的，附此志念。

1982 年 1 月

---

① "机"原误作"际"。——编者注

上　编

第一章　关于庄周的生平和《庄子》书的时代真伪问题

第一节　庄周的身世

庄周的生平，比较单纯，没有孔子那么多的政治教育活动，也不像老聃那样迷离恍惚。

《史记》本传说：

> 庄子者，蒙人也，名周。周尝为蒙漆园吏，与梁惠王、齐宣王同时，其学无所不窥，然其要本归于老子之言，其著书十余万言，大抵率寓言也。作《渔父》、《盗跖》、《胠箧》以诋訿孔子之徒，以明老子之术。畏累虚、亢桑子之属，皆空语无事实。然善属书离辞，指事类情，用剽剥儒、墨，虽当世宿学，不能自解免也。其言洸洋自恣以适己，故自王公大人不能器之。楚威王闻庄周贤，使使厚币迎之，许以为相。庄周笑谓楚使者曰："千金，重利；卿相，尊位也。子独不见郊祭之牺牛乎？养食之数岁，衣以文绣，以入太庙，当是之时，虽欲为孤豚，岂可得乎？子亟去，无污我。我宁游戏污渎之中自快，无为有国者所羁。终身不仕，以快吾志焉。"

这一传略，基本上把他的生平人格、学术文风，都纪述了。他是宋之蒙（约在今河南商丘）人，当过管漆树的小吏，和齐宣王、梁惠王同时，他的学问淹博，文辞超脱，多写寓言式的文章，对于当世的儒、墨学者，宿学之士，都加以诋訿批评。任何王公大人都不能器使他。具体的事实就是楚威王派人卑辞厚币，许以卿相，他笑着说了一个愿在污渎之中做自由的孤豚，而不愿做被人豢养的牺牛的①故事，拒斥了派来的使者，终身不仕。

所说楚威王聘以为相一事，可能有些增饰，因为当时的统治者中，虽有些礼贤下士的国君，但多数士人是在招纳贤士的政策下，推荐引进，不可能马上就许以卿相之位。但无论如何，这是《庄子》书中所表现的真正庄周人格。《秋水》篇里有一段庄子钓于濮水的故事，比《史记》近于真实："庄子钓于濮水，楚王使大夫二人往见焉，曰：'愿以境内累矣。'庄子持竿不顾曰：'吾闻楚有神龟，死已三千年矣，王巾笥而藏之庙堂之上。此龟者，宁其死为留骨而贵乎？宁其生而曳尾于涂中乎？'二大夫曰：'宁生而曳尾于涂中。'庄子曰：'往矣，吾将曳尾于涂中。'"司马迁就是根据这一段文叙述庄周拒聘事实的。

《庄子》里还有一段记述庄子讥刺惠施的故事："惠子相梁，庄子往见之。或谓惠子曰：'庄子来欲代子相。'于是惠子恐，搜于国中三日三夜。庄子往见之，曰：'南方有鸟，其名为鹓鶵，子知之乎？夫鹓鶵，发于南海，而飞于北海，非梧桐不止，非练食不食，非醴泉不饮。于是鸱得腐鼠，鹓鶵过之，仰而视之曰："吓！"今子欲以子梁国而吓我耶？'"（《秋水》）

这一故事也显出他的内心高洁和文学风格。在《庄子》书中像这一类比喻，不止一处，这是他经常用以抒写悲感、向②往自由的艺术表现。所以后学们就根据见闻编成了这些故事，具体化了庄子的个性和精神。

庄子生活的时代，本传说和齐宣王、梁惠王同时。宋朝的朱熹回答弟子问"庄子和孟子是否同时"的问题时说："比孟子后几年，然亦不争多。"（《语类》）近来的学者也多略同此说。他们根据庄周和惠施的交往，惠施为相的时间，特别是《庄子》书中记载庄子过惠子之墓一事，推知他生活于前4世纪中期到3世纪早期，大约在前396—前296年左右。具体的年代，有生于前328、355、369、375年，卒于前286、275、295年几种说法，这和老子时代问题的性质不同，不必过细推究。本来先

---

① "的"原脱。——编者注
② "向"原误作"响"。——编者注

秦诸子，除孔子、孟子几人外，都是根据其生平事迹、交游来往大致推定的。所以凡是肯定说生于何年、卒于何年者，反而显得意义不大而远于科学了。

不过最近有关于考证杨朱时代的论文，推证庄子在孟子以前，据以重申蔡子民先生"庄周即杨朱"说的立论，这就和推论生卒早晚差三二年的问题性质不同，而是有关于学术发展的问题，所以在此应论述一下。

《杨朱考》的原文（冯韶《杨朱考》，见《学术月刊》1981 年 11 期），是根据古本①《竹书纪年》推定楚威王在位的时代，是和齐威王、魏惠王同时②，下距齐宣王、魏襄王时还有十余年，庄周在楚威王时已有被聘为相的声名，可见他是魏惠王以前的人，而孟轲是惠王后元时才到魏、齐活动，比庄子为晚。又根据《列子·杨朱》篇和《说苑》中都有杨朱见梁王的记载，及杨朱和庄子有相同论点等材料，论证庄周即是杨朱。

这里先看一下庄子比孟子为早的问题。从楚威王③在位的年代和孟子于齐宣王时到齐的年代看，庄子到魏可能比孟子为早，但只此一点，不能证明庄子年代整个比孟子为早。因为庄周和惠施同时为友，并送葬过惠子之墓，在惠施死后，他还活着。这是《庄子》书中证明确凿无疑的事实，而惠施一生的活动也是有年代可稽的，他在魏为相的年数虽有些歧说，而他于前 318 年（魏襄王二年），因五国伐秦事，为魏出使之楚（《魏策二》）。于前 314 年（魏襄王六年）又被派和淖滑出使之赵，请伐齐而存燕（《赵策》）。魏惠王死，葬时遇雪，他劝告太子（魏襄王）改期安葬。前 310 年张仪为相，才被迫适楚。这些事实，都明确载在史册④，可见魏襄王时惠施还存在，而庄周更比惠施存在为久。所以庄子和孟子约略同时，庄子不能比孟子早的很久了。文中另一论点，是说齐国

---

① "本"原误作"术"。——编者注

② 楚威王在位时代为前 339—329 年。《史记·六国年表》误以魏惠王后元元年为襄王元年，因此孟子到魏时代，比按《竹书纪年》推算的时代，提前十余年，和事实不符。宋元人如吴师道注《战国策》已知《竹书》此段纪年比《史记》正确，经清人朱右曾等人考校，益加证明。冯文据此定楚威王元年为魏惠王三十二年，末年为惠王后元六年，推孟子到魏，在魏惠王后元七年以后，颇是。

③ "王"原脱。——编者注

④ "册"原作"策"。——编者注

的稷下学宫只存在于宣王时期，认为这个时期，庄子已不进行活动了，他赶不上宣王稷下时代，因此不同意郭沫若所说庄周宁肯贫苦而决不依附稷下的提法。此说殊误。稷下兴盛时期，在威王、宣王两代，并不是开始于宣王时期①。宣王以后襄王时期稷下还仍存在②，宣王于前 320 年即位，十年后（前 310 年）惠施才离魏适楚，以后惠施生存若干年虽不能确证，但庄子死在惠施以后是确实的，则宣王在位稷下兴盛时，正是庄子著书和惠施论辩③之际，如何可说庄子不及宣王稷下时呢？总之，冯文只论证庄子到魏在孟子以前，孟子到魏在惠王后元七年是正确的，以外的推证都欠妥当。

至于杨朱即庄周说，则更难证明。

多年前知道蔡子民先生有庄周即杨朱说时，感到很有兴趣，因为孟子时和儒、墨鼎立的学者杨朱，在战国晚期后就若存若亡，讲学术史的论文如《庄子·天下》篇等概不提他，汉代的《史记》也不为他立传，感到这样一个大学者何以忽然消沉了。如果证明庄、杨同是一人，就可以解释好多疑问。冯文正是从这个角度提出问题的，但所列论据，远不能证明这个期望。

冯文曾举《列子·杨朱》篇记杨朱见梁王事，刘向《说苑》也有杨朱见梁王说，依照魏迁大梁时代，当在魏惠王九年以后，论证杨朱和庄周是同时代人。但庄、杨时代相同，不能证明即是一人，所根据的材料，又是晚出的《列子》，和汉代的刘向著书，就更觉得薄弱无力。

又举《吕氏春秋·不二》篇有"阳生贵己"说，认为这个阳生即是庄周，因庄周常有庄生之号，庄子学说实多贵己思想，郭沫若也有阳生即庄生之说。

---

① 徐干《中论·亡国篇》说："齐桓公立稷下之宫，设大夫之号，招致贤人而尊宠之，孟轲之徒皆游于齐。"郭沫若根据《陈侯因资敦》铭文说："这位齐桓公是齐宣王的父亲威王，即因齐敦里的孝武桓公"（《十批判书·稷下黄老学派的批判》）。但《史记》说威王名因齐，而威王之父为田桓公午，近代学者丁山等皆沿威王为因齐之说，不知郭沫若何所根据说因齐是宣王。无论何说为是，都说明稷下是在宣王以前兴起的。

② 据《史记·孟荀列传》："齐襄王时，而荀卿最为老师。"《盐铁论》："及湣王奋二世之余烈……矜功不休，诸儒分散，慎到、接子亡去，田骈如齐，而孙卿适楚。"可证稷下在齐襄王时仍然存在。

③ "辩"原误作"辨"。——编者注

此外据《庄子·山木》篇记阳子所说的话，与《庄子·则阳》篇所说的"生而美者，人与之鉴，不告则不知其美于人也"的理论完全相同，证明《山木①》篇也称庄子为"阳子"。

按《吕氏春秋》中保存着许多阳朱遗说，贵己即是为我。贵己的阳生，可能是杨朱，这是许多人同意的，所以学者们总是根据吕书中这些材料讲杨朱学说，这没有问题。

《庄子》书中也有若干全生保真不以物累形的杨朱遗说，因为庄在杨后，承其渊源而更加深化是非常自然的。如冯文所举《山木》篇记阳生之语，和庄子所说"生而美者，……不告则不知其美于人也"的理论，表面确有同点，但意义深浅迥别，《山木》篇阳子的话是说美者不要自以为美，是要人谦虚自卑的意思，而《则阳》篇庄子所说"生而美者，不自知其美"是用以比喻真正的爱人者并不知道自己在爱人，是说明一种最高的道德标准。显然是这种思想的进一步深化，并不能证明是同一人的理论。

如果能证明庄周即是杨朱，确能解释许多历史现象上的疑点，但讨论真理，不能单从一方面着眼，而须对有关材料全面观察。最重要的是在《庄子》书本身的材料。

《庄子》书中屡次提到阳子居名，阳、杨同音互用，子居连读为朱，阳子居即为杨朱，当无疑问。如果庄、杨为一人，则有些问题，无法解释。

《庄子外篇·胠箧》篇云：

削曾史之行，钳杨墨之口。

《骈拇》篇说：

骈于辩②者，……而杨墨是已。

---

① "木"原误作"术"。——编者注
② "辩"原误作"辨"。——编者注

这两篇是秦统一前夕的文字，非庄周自作，但作者一定是庄子后学，他不可能把当时本①为一人的杨朱、庄周分为两人。

特别是《徐无鬼》篇里记庄子语惠子曰："儒、墨、杨、秉四，与夫子为五。"这一条材料，比上引两条时代较早，更为可靠。《徐无鬼》是较早之作（详《杂篇考论》），他所说儒墨杨秉，虽有人认为不可据以论战国学派（见钱穆《先秦诸子系年②考辨·杨朱考》），但这一条的不可定者，在秉指何人③，至于杨为杨朱，则确实无疑。

我们不可只因为解释何以战国后期杨朱的声名不显的疑问，而将确实的材料加以否认。而且那个疑问并非不可解释，近几十年的哲学史著作，早已基本上解释明白了。

只要我们不把孟子"杨墨之言盈天下"的话看得太绝对化了，而只看作是孟子对于当时学术的一般概括，他以杨朱代表儒墨以外的"为我"派，并不排斥杨派中还有其他人物，更不排斥杨派以后可有更大的发展。

实际上，战国晚期，杨朱学说并非趋于消灭，《吕氏春秋》所记贵生言论和子华子学说，就是杨朱学说存在的明证。只是从战国中期后，老庄派盛行，确能包括杨朱思想在内而又有进一步深化的理论。因此"杨朱之名为老庄所掩"，就显得不太突出，这在历史上也是常有的现象，不必加以否认。如果把杨朱、庄周说为一人，则《庄子》书中许多有关阳子居记事，和对杨墨的评论，以及儒、墨、杨、秉并存之语成为不可解释的事实了。

有关庄子生平的事迹，略述如上。其他关于他的哲学思想、阶级基础等问题，必须对《庄子》全书有所考论后，才可论列。下面先对《庄子》书的篇目编纂问题，作较详的讨论。

---

① "本"原误作"木"。——编者注
② "年"原脱。——编者注
③ 成玄英《庄子疏》："秉者，公孙龙字也。"不知何据。郭沫若认为秉、彭音近，谓秉为彭蒙，近是。见《十批判书·稷下黄老学派的批判》。

第二节 《庄子》书的时代真伪问题

一 内、外篇区分之时代

《庄子》书自宋苏轼以《让王》四篇为伪书后，元、明、清各代的学者如黄震、吴澄、罗勉道、焦竑、王夫之、姚鼐（见焦竑《庄子翼》、王夫之《庄子解》、姚鼐《庄子章义》等书）等人都对其中某些篇章提出怀疑，直到近年，外、杂多伪之说似已成为一般的通论了。

但所谓真伪的意义，还有些模糊。如果一定要说出于庄周本人手笔才叫做真，则不但《让王》四篇是伪作，连整个《庄子》全书也不容易下一个确切的论断。清代学者如章学诚、孙星衍等早已说过："凡称子书，多非自著。"（见章学诚《文史通义·言公》、孙星衍《晏子序》）近年以来，学者多能用历史眼光评论古籍，多半认为《庄子》书不是一人一时之作，有似于近代丛书的性质，这样则所谓某书某篇的真伪涵义，和前代的看法有所不同。30 年代，如日人武内义雄和罗根泽氏的论著（武内义雄《老子と庄子》，罗根泽《〈庄子〉外杂篇探源》，见《燕京学报》18 期），都认为《庄子》书包含由战国到秦汉时期各派道家学说，对于各篇的时代，作者也提出若干可信的论断，这是可贵的。但两氏的著作，都以研究外篇、杂篇为限，对于内篇则相信传统旧说，认为是《庄子》真品，不加论列，一直到最近，相信内篇为《庄子》所作的倾向还相当普遍。这种趋向，似和历史唯物主义的科学态度不相符合。

笔者认为要对《庄子》思想进行研究，就须对全书各部分都加考察，不能漫信旧说，不加分析，即使《内篇》真为庄周所作，也须和对外、杂篇的态度一样，经过审查，重新确定。问题在于根据什么标准，以什么为基点，进行探索。

初步看来，在探索内容以前，应先对以下三点有大概的认识：一、区分内、外篇的时代，开始及盛行于何时？二、最先整理编纂《庄子》书的是何人？三、区别内、外篇的标志是什么？内篇的特别题目，来由如何？这三点弄清后，就可以比较顺利地进行各篇内容的研究了。

关于《庄子》书开始区分内、外篇的时代，近年以来有几种不同的说法：

第一说以为"内、外之分起于郭象"，傅斯年氏在《谁是〈齐物论〉的作者》一文中（《历史语言研究所集刊》6 卷 4 号），曾主张此说。

按《汉书·艺文志》著录《庄子》五十二篇，没有提内、外、杂篇的分别，似乎郭象说可以成立。但陆德明的《经典释文》在《齐物论》"夫道未始有封"句下注云："崔云：《齐物》七章，此章连上章，而班固说在外篇。"可见班固时的《庄子》已有内、外篇的区分。又按《艺文志》著录《孟子》十一篇，也把内七篇和外四篇合在一起叙述，不加区别。可见班《志》著录之例，一定是原书各自成书，像《淮南内篇》《淮南外篇》等形式的，才分别著录，像《庄子》《管子》等书的最初本是没有标明内、外篇的，就不再详举细目。所以内、外篇分别起于郭象说不能成立。

第二说以为内、外之分起于梁周宏正，坊行郎擎宵氏《庄子学案》中有此说。按上举《释文》所说，既已证明郭象说的非是，周宏正远在郭象后二百多年，更不能是开始区分内、外篇的人了。不过《隋书·经籍志》列周宏正《庄子内篇七讲疏》八卷，可能单独为内篇作注的是始于周宏正，所以郎氏有此误会。

第三说以为内、外之分起于刘向，唐兰先生在《老聃的姓名和时代考》（《古史辨》第 4 册）中有此主张。唐氏据今存刘向《管子书录》《晏子叙录》《孙卿书录》里明记"中外书若干篇以校，除重复若干篇，定著若干篇"等语，推论凡著录于《别录》的古子书，都经过刘向的删削重复，才成为《汉志》的篇数，所以《庄子》也当在此例。

这一说比上二说近于事实。但刘向所校的书，如《管子》书中本有"内言""外言""短语""枢言""杂篇"的分别，刘向仅叙述篇目重复删定之数，没有说到他为之区分类别的原因。看他在《晏子叙录》中说前六篇为合于六经之义，对于末二篇，一则说："文辞颇异"；一则说："不合经术，非晏子言，惟不敢遗失，故列为二篇。"可见刘向对于他曾经审定鉴别的篇目，颇有在《叙录》中说明的例证。所以如果说《管》《庄》等书，一定有向、歆父子曾加厘定之处，无待赘说；但如果径说"内言""短语"等区别，刘向一无所本，都是自创，也不近于事实。再则如果在刘向以前文献中曾有关于整理《庄子》书的记载，就不能随便认为区分内、外篇的时代开始于刘向了。

从下列文献看来，本书认为淮南王刘安是整理编纂《庄子》书的开始者。

按陆德明《经典释文叙录》载《庄子》内篇七、外篇二十八、杂篇十四、解说三，正合《汉志》五十二篇之数。内、外、杂篇都在今本《庄子》中，人所共知，那么《解说》三篇是什么呢？

根据清俞正燮和日人武内义雄的考证，在《文选注》中有关于《解说》的线索。

《文选》张景阳《七命》中"盖理有毁之而争宝之讼解"一句，其注引《庄子》"庚市子肩之毁玉也"淮南子《庄子后解》曰："庚市子，圣人无欲者也。有人争财相斗者，庚市子毁玉于其间，而斗者止。"看它先叙《庄子》，再引淮南子的《庄子后解》，知道古本《庄子》中有淮南《后解》这一部分，从而知道这个《后解》就相当于五十二篇本中的《解说》。

又《文选》行旅类中，谢灵运《入华子岗诗》、江文通杂体诗《拟许徵君》、陶渊明《归去来辞》、任彦升《齐竟陵王行状》注并引淮南王《庄子略要》曰："江海之士，山谷之人，轻天下。"又并引司马彪曰："细万物，而独往者也。独往，任自然，不复顾世。"可见司马彪本《庄子》中还有淮南王的《庄子略要》①。

既然五十二篇的《庄子》中另有淮南王的《后解》和《要略》两篇，而今存淮南王所著的《淮南子》内篇，又多采用《庄子》书文，这样《庄子》书一定经过刘安和他的门客们的编纂和整理，无可怀疑。

---

① 清姚振宗《汉书艺文志条理》（开明本《二十五史补编》第2册）提及：《淮南外》三十三篇下列谢灵运《行旅诗》注、许询《杂诗》注、《齐竟陵王行状》注说："是淮南《庄子略要》，司马彪注《庄子》先引之，李善从《庄子》采录者也。"又说："按今内篇无《庄子略要》、《庄子后解》，或在外三十三篇中。"按：姚不知淮南《庄子后解》、《要略》本是《庄子》书中篇名，却说在《淮南外》三十三篇中，非是。孙冯翼《辑司马彪庄子注序》说："若《选注》'江海之人，轻天下万物而独往'数语，李善凡四引之，又复有彪注文，自属《庄子》逸篇，而称淮南王《庄子略要》，虽拟庄之作，今其书具在，未见此语，况彪、固注《庄》，未注《淮南》也。"按：孙也不知淮南《庄子略要》即《庄子》逸篇，却在《淮南子》中查寻此语，也误。惟俞正燮《癸巳存稿》卷十二《庄子司马彪注辑本跋》列《庄子略要》为司马彪本之一篇，不误；但未提到《庄子后解》。至武内义雄氏（见《老子与庄子》中，第123页），始以此二篇均为五十二篇本中之逸篇。今采此说。

《释文》说：《汉书·艺文志》《庄子》五十二篇，即司马彪、孟氏所注是也。①

可见《汉志》著录之《庄子》，即是有内、外、杂篇的司马彪本，曾经刘安门客等整理过的《庄子》书。这样，开始区分内、外篇者，不是刘向、郭象，而是淮南王刘安，这个问题可算基本上弄清楚了。

再看古书分为内、外两类约起于何时。

古书中有内、外之分者，如《管子》有"内言""外言"，《韩非子》有"内储说""外储说"，时代都比较早。不过在先秦时代，还没有将某一种书全部分为内书、外书的明确记载。比较可信而明见于《汉志》者，在经类中有《韩诗内传》四卷、《韩诗外传》六卷、《春秋、公羊、谷梁内传》以外有《公羊外传》五十篇、《谷梁外传》二十篇。

《汉书·儒林传》说："韩婴，燕人，孝文时为博士，景帝时至常山大傅……武帝时婴常与董仲舒论于上前。"可见《诗经》有内、外传之分，大概在景帝、武帝时代②。

《春秋、公羊、谷梁外传》《汉志》没有说作者是何人。但依班《志》次序，二书列在《内传》以后，《章句》以前。《公羊、谷梁内传》虽传于先秦，而成书也在汉初。③《章句》即是汉初胡母生、董仲舒所传学的书册。《内传》和《章句》的时代既已确定，那么介于其间的《外传》，其出现时间，也当在景帝、武帝之际。

在子类中，除上述《管子》"内言""外言"外，《汉志》明白说有《淮南内》二十一篇、《淮南外》三十三篇，又有《黄帝内经、外经》《扁鹊内经、外经》《白氏内经、外经、旁篇》若干卷。《黄帝内、外经》的时代起于何时，不必细论。现在要考察一下与《庄子》有关的《淮南子》内、外篇的名称，是刘安原书所有，还是后来刘向重订的。

清庄逵吉《淮南子序》说：

---

① 《淮南子·脩务训》高诱注："庄子名周，宋蒙县人，作书二十二篇。"（与其《吕氏春秋》注不同。）可见汉时不仅有五十二篇本一种。

② 荀悦《汉纪》说："齐人辕固生作《诗外内传》，按《儒林传》辕固以治《诗》，孝景时为博士。"正和作《韩诗内外传》同时。

③ 戴宏《序》：子夏传与公羊高，高传与子平，子平传与子地，地传与子敢，敢传与子寿。至汉景帝时，寿乃共弟子胡母子都著于竹帛。

《鸿烈》之义，一见于本书《要略》，而高诱序中亦言讲论道德，统总仁义，而著此书，号曰"鸿烈"，是内篇亦名"鸿烈"也。诱又曰：光禄大夫刘向校定撰具，名之"淮南"。《艺文志》本向、歆所述，是"淮南内""淮南外"之称，为刘向之所定，然只题"淮南"，不必称"子"。

庄逵吉说内篇初名"鸿烈"是对的，但不是有了"鸿烈"这一特定名称后，便没有内、外篇的分别了。

按《汉书·淮南王传》说：

淮南招致宾客方术之士数千人，作为内书二十一篇，外书甚众，又有中篇八卷，言神仙黄白之术，亦二十余万言。……初安入朝，献所作内篇，新出，上爱秘之。

班固既说《淮南》有内书、外书又有中篇，而且说安入朝献所作内篇，可见当时于"鸿烈"一名之外还有内、外篇之分，而且"鸿烈"一名就是专指内篇而言的。

从上述论证，可以确知区分内、外篇的形式，虽起于先秦，而盛行却在汉初。这正是淮南王刘安及其门客整理《庄子》的时代。

由于刘安整理《庄子》时，正是汉初谶纬说初起，它深深影响了儒家和道家的思想，特别是影响了董仲舒、刘安等人的著作，所以考论《庄子》内篇的特定题目时，应在时代的影响上找寻线索。

二　内篇篇名之来由

关于内、外篇区分之时代，略如上述。关于内、外篇区分之标准，曾有"内篇理深，外篇理浅"等说法，都不能适用于全书。实际上只有内篇另起一篇名，是不同于外、杂篇的主要标志。但可注意的，不仅在于有一篇名，而更在于这些篇名的奇特。它的奇特，首先表现在题目的字数上，其次表现在题目意义的隐晦上。按先秦书的篇名，大多是两个字。如为一字，即下加"论"字或"篇"字，如《管子》有《计》篇，《荀子》有《礼论》《天论》之类。如果是三字以上的篇名，多半是因为名词不可分割，如《孟子》之《梁惠王》《荀子》之《非十二子》等篇是。只有《墨子》中之《备城门》《备高临》等篇，《管子》中的《臣乘马》《山国轨》等篇，《韩非子》的《初见秦》篇是三个字。而这几篇，多半不是先秦的作品。《初见秦》篇，多数学者认为不是韩非作品（见郭沫若《十批判书》）；《备城门》等篇中有太尉、太守等汉代官名，《臣乘马》等篇中有汉代理财制度，已有人证明为汉代作品（朱希祖《〈备城门〉以下十二篇系汉人伪作说》，罗根泽《管子探源》）。这几个例外，更加证明了先秦诸子基本上是以两个字为篇名的。而现在的《庄子》内篇，除了《齐物论》一篇名的第一种解释外（即以"齐物"为一词，不以"物论"为一词的解释），却都是三个字，这是先秦篇名少有的形式。

又按先秦篇名多数是两个字，其中有的是一个具体名词，如《子路》《阳货》等，有的是在名词之上加动词，如《尚贤》《非攻》《解蔽》《正名》等，意义是非常明显的。很少把动词放在名词之下，或是以一个语法不全的句子为篇名。而《庄子》内篇的题目，除《齐物论》一篇外①，却多半是形式奇特，意义模糊。在形式上好像有意要凑足三个字，在意义上多在可解、不可解之间。旧来的注家曾加以种种解释，但总觉得迂远曲折不甚明了。如王瞀夜解《逍遥》云："以斯而游天下，故曰逍遥。"（湛然《止观辅行传宏决》引）司马彪解《逍遥游》云："言逍遥无为者，能游大道也。"（《文选·秋兴赋》注引）这样，"游"字是一个动词，下面省去了"天下"或"大道"一个宾词。司马彪注《人间世》云："言处人间之宜，居乱世之理。"（《文选·秋兴赋》注引）郭象注云："人间之变数，世世异宜。"这样"间"字和"世"字，似是一义，又像两义。郭象注《德充符》云："德充于内，应物于外，外内充合，信若符命。"这样一个题目中就有两个不连接的动词。又如《经典释文》解

① 唐以前人多认为《齐物论》即是齐物之论，如《魏都赋》："齐万物于一朝"；刘琨《答卢谌书》："逖慕老庄之齐物"；刘勰《文心雕龙·论说》篇："庄周齐物以论为名"，并是明证。宋王安石、吕惠卿认为"物论"二字应连读，王应麟《困学纪闻》也说："《庄子·齐物论》，非欲齐物也，盖谓物论之难齐也。"此后明、清人注《庄》者，从两说者，各有其人。但不论其原意如何，也不能否认篇名受纬书影响的推论，因纬书书名多数虽用三字怪名，但也有极少数是比较平易的，如《春秋演孔图》《尚书洪范记》之类是。这七篇只有一篇比较不怪，正和纬书的情况相同。

《养生主》云："养生以此为主也。"《释文》引崔譔解《大宗师》云："遗形忘生，当大宗此法也。"都有把二字题目引申为三字题目的迹象。看来不论哪一种解释，总不能免除增字解经和转弯太多的毛病，而不能给人以非常清楚的概念。这种意义不明，因致解释迂曲的现象，是一般篇名所没有的。

内篇题目的奇特，更在于有些题目，和内容没有紧密的关联，而有勉强牵合的痕迹。这在《德充符》《应帝王》二篇中，表现的更为明显。按先秦子籍，凡是有中心题目的，总是总括篇中的要义，或是总括了若干章节的要义。篇中可有若干段与题目较远，但总有一部分相合，而且题目本身的意义，是非常明显的。而《庄子》内篇中的《大宗师》《德充符》《应帝王》等篇的题目和内容，就不是紧密联合。如《德充符》的内容，不过描写庄子理想中的至人怎样不因生死祸福而改变内心的恬静，怎样游心于太初而不肯以物为事，怎样"才全而德不形"。这样的人，说他是德充于内是有意义的，但哪里会连到什么"信若符命"的"符"字上去呢？当然，注解家可以用种种解释，把"符"字的意义连上去，但牵强生硬的痕迹，总难抹去。《应帝王》这一篇名，从字义上看，比较易解。但是究竟和内容有什么关系，就很难确定。篇中叙述的人物如王倪、狂接舆、无名人、老聃、季咸、列子、壶子之类，都是隐遁散人，其理想的境地，是"未始出吾宗"，与所谓帝王了无关系。篇中所说的无名人，他回答天根提出治天下的问题时，起初是用轻蔑的态度，说"去，汝鄙人也"，再三相问，他只回答云："顺物自然，……而天下治矣。"作者丝毫没有表示这样的人应为帝王之意。崔譔和郭象的解释，是为了"应帝王"这一题目而拉上去的。

总之，这种离奇的内篇名，确实是可怀疑的。

我们当然不能仅仅因为篇名的离奇，就认为内篇本身晚出于西汉，但也不能对于这些可怪的篇名置之不理，问题在于对这两者的分歧应该如何解释。

个人觉得我们应该抛弃内篇是庄周自订题目的传统说法①，而采取苏轼所说"分章名篇，皆出自世俗"的看法（苏轼《庄子祠堂记》），把《庄子》内篇的作者和内篇题目的编者分别开来，然后根据题目的特点和编订《庄子》的时代和作者，考察两者分歧的来由。

从编订《庄子》的时代和题目的特点看来，我认为内篇题目是由淮南王刘安及其门客加上去的，并且具有一定的政治目的。以下是这样推测的几点理由：

1. 《庄子》书在汉代的编纂和整理者，是刘安及其门客。淮南王时代的作者和他本人的著作，都有区分内、外篇和另加题目的体例。这在高诱的《淮南子序》中讲的相当明白。

高诱《淮南子序》云："讲论道德，总统仁义，而著此书，号曰鸿烈。"高诱注《淮南子·要略》篇"此鸿烈之泰族也"句云："鸿，大也。烈，功也。"可见淮南王把他的书称为"鸿烈"，有借用书名显示大功的政治目的，因此他所编的《庄子》，也会表现出相同的倾向。

据《隋书·经籍志》，在淮南王著书稍前，河上公注《老子》八十一章时，每章皆另立一个题目，和今传王弼的本子不同。葛洪《神仙传》云："河上公者，莫知其始名，汉孝文时居河之滨。"《经典释文》、《隋书·经籍志》皆采其说。如此说可信，则河上公给《老子》八十一章加题目的时期，和淮南王整理《庄子》的时间相差不远。虽现存的河上公本不见于《汉书·艺文志》，不可信为西汉的原来形式，但据此可以推证古代子书中，先有内容后加题目的例子，是存在的。

2. 内篇题目中的神秘色彩和刘安著书的时代相合。《庄子》内篇题目的特点，表现在三字形式和意义的隐晦上。按先秦篇名，一般是两个字，直到汉代初年陆贾《新语》中的篇名，仍沿用两个字，贾谊《新书》里，便有《制不定②》《孽产子》《□③不信》等三篇是用三字，到了董仲舒的《春秋繁露》里，两个字以上的篇名，就遍见于全书。《繁露》一名，已

---

① 旧说一般默认内篇为庄子手订，有明文的如宋陈景元说："内七篇目，漆园所命名也。"《南华真经章句音义》卷1，林云铭说："内篇是有题目之文，是庄子所手订者。"见《庄子因总论》。王先谦说："此漆园所以寄概而以'人间世'名其篇也。"见《庄子集解》。

② "定"原误作"足"。——编者注

③ "□"当作"威"。——编者注

很奇特，而书的篇名更为参差，其中有《玉杯》《竹林》等与内容无关的二字篇名，有《官制象天》《深察名号》等四字篇名。最多的如《离合根》《天地施》《立元神》三字篇名。这种特色，与纬书的形式有一定的联系。到了东汉时期，一般书又恢复了两个字篇名的形式，可见三字名篇是西汉初年的特殊趋向。这种奇特的题目，在西汉末期盛行的纬书上表现的更为突出，如《乾凿度》《钩命决》《稽曜钩》等名，不胜枚举。现在知道这种怪名，正和它的内容一样，并不是一开始就这样奇怪，而是在西汉初期逐渐形成起来的。

自从邹衍创立"五德转移，治各有宜，而符应若兹"的理论后，以后逐渐发展，便形成了谶纬之书。这种理论的主要目的之一，是说五德转移到一定阶段，一定要出现符瑞。符瑞出现，一定有有德受命者与之相应。从某种意义上说，是为了讽谏或为了谄谀而作为一种朝代更迭的预言，因此他不能明白说出本意，就在题目上故意隐晦其词，表示神秘。在西汉初期，虽还没有出现成套的纬书，但已有近于后来纬书的题目出现。像《春秋繁露》的书名，以及其中若干篇名，就显然带有浓厚的神秘色彩，其含意在可解不可解之间。淮南王整理《庄子》时间，正和董仲舒的著书时间先后相同，他们都是在题目上表现了显然和先秦不同的作风。

更可注意的是《庄子》内篇的名称，不但形式和阴阳、谶纬的名称相近，而且内容也有一部分是相同的。

《史记·孟荀列传》说：

> （邹衍）乃探观阴阳消息而作迂怪之变，终始大圣之篇十余万言，……称引天地剖判以来，五德终始，治各有宜，而符应若兹。

《封禅书》云：

> 丞相张苍以为汉当水德，河决金堤，乃其符也。

又云：

天瑞下，宜立祠为帝，以合符应。

又云：

> 盖有无其应而用事者矣，未有睹符瑞而不臻乎太山者也。

可见"符应"二字，是邹衍以来谶纬形成过程中的重要概念。而《庄子》内篇中的《德充符》《应帝王》二篇名，就很明显地援用了这一重要术语。这说明内篇篇名的出现，是和汉初符应说兴起的时代有关。而淮南门客，有一部分正是属于阴阳家的方术之士，所以经过淮南门客之手编订过的《庄子》内篇，其题目中带有符瑞说色彩是很自然的。

3. 内篇一部分题目中暗示的政治目的，和刘安及其门客的政治野心相合。从《德充符》《应帝王》等篇的题目看来，编者有意在其中表达一种政治目的，即采用邹衍以来的符应说，暗示道德充实，是将为帝王的符应。我们知道淮南王刘安的为人是"好书鼓琴"，"欲以行阴德，抚循百姓，流名誉"的。他屡次自称"亲行仁义"，并且招致宾客方术之士数千人，著书立说，最先图谋继承帝位，以后策划夺取帝位。这样一位雄心勃勃自负行仁义的人，在他从事著述时，就不能不表示他的政治企图。不过像《庄子》内篇这样脱离现实的文字，是不容易放进政治思想的。因此就在题目中大做文章，暗暗指出只有像他这样"行阴德"的有德之人，才应为帝王。先秦的《吕氏春秋》就曾在题目的安排次序和数目等方面，表示作者的思想。从这一趋向看来，淮南门下一群抱有政治野心的游士集团，利用编书的题目，表达其政治企图，是可以理解的。

其实即在《庄子》内篇这样脱离现实的内容中，编者也没有放弃窜改辞句表达政治目的的企图。《应帝王》篇中就留有一点窜改的痕迹。本篇第四节云：

> 阳子居见老聃曰："有人于此，向①疾强梁，物彻疏明，学道不倦，如是者，可比明王乎？"老聃曰："是于圣人也，胥易技系，劳

---

① "向"原误作"响"。——编者注

形怵心者也。且也虎豹之文来田，猨狙之便、执斄之狗来藉，如是者，可比明王乎？”

《天地》篇里有基本上与此相同的一段：

> 夫子问于老聃曰：“有人治道若相放，可不可，然不然。辩者有言曰：‘离坚白，若悬寓。’若是，则可谓圣人乎？”老聃曰：“是胥易技系，劳形怵心者也，执狸之狗成思，猿狙之便自山林来。”

这两段文字，有一大段基本上相同。只有《天地》篇中的“夫子”，《应帝王》篇作“阳子居”。《天地》篇提出的问题是“可不可，然不然”，是庄子、惠子讨论的问题，而《应帝王》篇的问题是一般道家问题。《天地》篇说“可谓圣人乎”，《应帝王》作“可谓明王乎”。可见它们是由原始共同材料逐渐形成的。

从《应帝王》篇阳子居所提的问题看来，其中所说“向①疾强梁，物彻疏明，学道不倦”，似乎与“明王”二字无甚关系。而且在《庄子》内篇以及与之相近的外、杂篇中，都没有把“明王”二字作为理想人物的称谓，特别是阳子居问的是“可比明王乎”，而老聃的回答是“是于圣人也”云云。彼此的问答，殊不呼应。我怀疑阳子居所问，本来是“可比圣人乎”，淮南门客为了加上《应帝王》的题目，便将其中“圣人”二字改为“明王”二字，以与题目相适合。否则为什么老聃的回答，直说“圣人”而不说“明王”呢？为什么与此相同的《天地》篇一段，只作“圣人”不作“明王”呢？这分明是改窜未尽而留下的痕迹。

总之，我认为把本来与帝王无关的文章，称之为《应帝王》，又把原为“圣人”一词改为“明王”二字，这种政治企图的暴露，是和刘安及其门客的政治野心相符合的。这就是我对于《庄子》内篇篇名和内容分歧由来的一些推测。

---

① “向”原误作“响”。——编者注

第三节　试破内外界限，推寻《庄子》书中较古篇目

前节里，论证了《庄子》内篇题目之来由，本节试为打破内、外界限，推寻一下《庄子》书中较古的篇目作为考论全书的起点。

在未建立新标准前，先看一下旧传区分内、外的标准如何。

前人对于区分内、外篇的标准，大约有这样几种说法：有的认为"内篇明理，外篇纪事"；有的认为"内篇理深，外篇理浅"。但内篇虽是明理，外篇却非纪事。内篇虽是明理，但并非全部理深。如《应帝王》篇"阳子居问于老聃"一章，其中若干文句，和外篇《天地》"夫子问于老聃"一章基本相同，但理较外篇为浅（详下论《应帝王》一段）。如外篇《达生》《知北游》，杂篇《庚桑楚》《则阳》等篇，所明之理，有时比内篇为深。王船山是主张外篇多伪的，但他已指出杂篇有比内篇更深刻处（见王夫之《庄子解》）。可见内篇理深的标准不够准确。林云铭说："内七篇是有题目之文，为庄子手订者；外、杂篇各取篇首两字名篇，是无题之文，乃后人取庄子杂著而编著之者。然则或曰'外'、或曰'杂'，何也？当日订《庄子》之意，以文义易晓、一意单行者列之于①前而名'外'，以词意难解、众意兼发者置之于后而名'杂'，故其错综无次如此。"（林云铭《庄子因·庄子总论》，参考冯友兰《论〈庄子〉内外篇分别之标准》，见《燕京学报》第 19 期）林说以有无题目为区分内、外篇标志之一，基本上是可信的。确实，除了内篇有一特别题目之外，别无其他可严格区分的标准。但他说内篇是庄子手订者，则决非事实。

近代讨论《庄子》真伪的文章，也多以外、杂篇为考证对象。对于内篇，大多数默认是庄周自己的作品，而不提积极的理由。只有高亨先生提出外篇晚出的六条证据时，涉及到内篇早出的看法（见高亨《庄子今笺》）。其中第四（田成子的年代）、第五（盗跖说汤武立为天子而后世绝灭）、第六（记庄子将死）三证，是很可信的。四、五证两则为一般所公认。但这只证明《胠箧》《列御寇》等篇时代较晚，不能作为内篇全

---

① "于"原误作"曰"。——编者注

部早出的证明。第一证说"庄周道术毕具内七中，外、杂皆内之绪余"。第二证说"内篇文辞玮琦，外篇气蹙质嫣有雕琢之迹"，虽是多数注《庄》家常提的理由，但如说"庄子主要思想，在内篇里基本上有了"，还可成立，若说外、杂篇全是内篇的绪余，就有可商量处。因为外、杂篇中有些思想和内篇某些部分相差不多，很难说哪个是根本，哪个是绪余（详杂篇考证部分）。

第二证从文学作风上看时代、作者，确为探索《庄子》各篇真伪的一个重要环节。内七篇的表现方法，确与外、杂篇中某些篇目，如《刻意》《缮性》、《骈拇》《马蹄》《让王》《说剑》之类，截然不同。但和《秋水》《田子方》《则阳》《寓言》等篇就不易划界。所以这两个异①点也很难作为划分内、外篇时代的标准。

我觉得既然除了有无特别题目外，很难找出区分内、外篇的客观标准。而这个题目又可能是汉人所加，那么我们现在就应首先打破内、外、杂篇的严格界限，重新建立一个考察全书的标准。如果根据新立标准，能找出一、二篇可靠的证据，就可再根据这几篇的证据推寻其他篇的真伪和时代。

我们知道，《庄子》书最先由淮南门客加以编纂、整理，同时认为《庄子·天下》篇所述庄子思想、作风，可为推证是否是庄子的依据。现在就从这些根据上，拟立三个标准，作为考察全书的开始。

一考察《淮南子》以前的典籍，有没有明引"庄子曰"云云，而明见于今本《庄子》者。这一标准，比较明白，不需解释。

二考察先秦书中有没有虽未明引"庄子曰"三字，但察其大意，确实是指庄子学说，而且在今本《庄子》内无可怀疑者。这一标准是指在思想上、文句上确能找到联系的，如果思想上大体相同，而在文句上不能断定其出于何篇的，只能作为第二步考察的参考。

三依据《天下》篇所述庄周思想、作风，考察它和今本《庄子》各篇有没有显然符合之处。有没有显然是《天下》篇叙述庄周思想作风的来源。这一标准也是指在思想、文句上有确实联系的。至于思想倾向、文体风格都和《天下》篇所描述的相符，但无明显相似语句的，作为第

---

① "异"原误作"疑"。——编者注

二步复勘的依据。

这三个标准，只是作为开始考察的一个支点。先看第一步所能证明的是哪些篇目。

首先考察《淮南子》以前书中，明引"庄子曰"云云，而确在今本《庄子》内者，约有数条：

（1）《吕氏春秋·有始览·去尤》篇云：

> 庄子曰：以瓦殳者翔，以钩殳者战，以黄金殳者殆，其祥一也，而有所殆者，必外有所重者也。外有所重者，泄盖内掘。

这一段文字，见今本《庄子》外篇《达生》篇第四段"颜渊问仲尼"一章，原文是：

> 以瓦注者巧，以钩注者惮，以黄金注者殙，其巧一也，而有所矜，则重外也，凡外重者内掘。

这一段文和上引《吕氏春秋》一段，字句稍有不同，确实是《吕氏春秋》所本，无可怀疑。

（2）《庄子》外篇《天道》篇有这样①一段话：

> 庄子曰："吾师乎！吾师乎！鳌万物而不为戾，泽及万世而不为仁，长于上古而不为寿，覆载天地、刻雕众形而不为巧。"

《天道》篇里有"素王""六经"等名词，已有多人怀疑为汉初作品（见武内义雄《老子と庄子》），似无可疑（详外篇考证）。《天道》通篇是议论文，和讲故事、讲寓言的文体显然不同，这一篇也没有故事、人物的问答，所以这一篇引"庄子曰"云，即是引《庄子》之书，也无可疑。这一节文字见今本《庄子》内篇《大宗师》篇第七段。原文是这样的：

---

① "样"原误作"祥"。——编者注

> 许由曰："噫！未可知也，我为汝言其大略。吾师乎！吾师乎！
> 罄万物而不为义，泽及万世而不为仁，长于上古而不为老，覆载天
> 地，刻雕众形而不为巧，此所游已。"

《大宗师》这一段是一个人物的对话，作者把自己的思想假托在许由对意
而子的对话中表现出来，说明这是庄子的寓言。《天道》篇引述《庄子》
书文，直接说是"庄子曰"云云，正和现在我们引《庄子》书文，不论
出于何人之口，都称为庄子所说一样。所以《天道》篇作者所见的《庄
子》有《大宗师》这一段是可信的。①

（3）《淮南子·道应训》篇云：

> 故庄子曰："小年不及大年，小知不及大知，朝菌不知晦朔，蟪
> 蛄不知春秋。"此言明之有所不见也。

这一段见今本《庄子》内篇《逍遥游》第一章中，原文是这样的：

> 小知不及大知，小年不及大年。奚以知其然也？朝菌不知晦朔，
> 蟪蛄不知春秋，此小年也。

《淮南子·道应训》此段，先引了卢敖游北海的故事，然后引"庄子曰"
加以解释，确为引《庄子·逍遥游》文，无可怀疑。②

《淮南子》以前书，明引"庄子曰"而见于今本《庄子》者，仅查
到这三条，不知道有没有漏略。

根据这三条证据，知道现在《庄子》内篇中《逍遥游》第一节，
《大宗师》篇"意而子问许由"一节，外篇《达生》中第四节（颜渊问

---

① 我提这一证据之时，还没有看见郭沫若同志的《十批判书》。后见郭说，更觉得这个看
法可以成立。任继愈同志认为这是《大宗师》抄《天道》篇，而不是相反，并说这个问题，只
能是后息者胜，但没有提出为什么《大宗师》篇作者把"庄子曰"改为"许由曰"的理由来，
对于《天道》篇中"素王""六经"等后出名词，也未加考辨。此说很难成立。

② 《庄子》文中，常以喻义放在正义之后，"朝菌"二句在"小知不及大知"句后，正是
《庄》文特点。今本《庄子》加"奚以知其然邪"一句，殊不适当，应根据《淮南子》删去。

仲尼节）确为先秦庄子作品。

再考先秦书中虽未明白引述"庄子曰"云云，但它的内容，显然是指庄子思想，而且确在今本《庄子》内能找到证据的，有如下一条：

《吕氏春秋·离俗览·为欲》篇云：

> 使民无欲，上虽贤，犹不能用。夫无欲者，其视为天子也，与为舆隶同；其视有天下也，与无立锥之地同；其视为彭祖也，与为殇子同。

又《孟春纪·重己》篇云：

> 夫弗知慎者，是死生、存亡、可不可未始有别也。未始有别者，其所谓是未尝是，其所谓非未尝非，是其所谓非，非其所谓是，此之谓大惑。

据此知《吕氏春秋》成书以前，确有一种"无欲者"或"弗知慎者"，这种人认为天子和舆隶一样，彭祖和殇子一样，死生、存亡、可不可没有分别。像这种齐一生死、存亡、寿夭、贵贱的思想，在先秦儒、墨、道、法、阴阳百家中都找不到，只有《庄子》中有这样思想。而表现此种思想最明显的，在内篇《齐物论》中。

《齐物论》云：

> 天下……莫寿于殇子，而彭祖为夭。

又云：

> 以隶相尊。

又云：

> 虽然，方生方死，方死方生；方可方不可，方不可方可；因是

因非，因非因是。是以圣人不由而照之于天，……果且有彼是乎哉？果且无彼是乎哉？

《齐物论》所说的殇子、彭祖，以隶相尊，方生方死等，就是《吕氏春秋》描写无欲者态度的辞句。特别是彭祖、殇子的比喻，不见于他书和《庄子》他篇，可以说是《吕氏春秋》驳语的来源，所以《齐物论》篇确为《吕氏春秋》以前的《庄子》篇目。①

第三条标准，是和《天下》篇对勘，看是否符合。在应用此标准前，且先作简单的分析。《天下》篇原文是这样的：

> 芴漠无形，变化无常，死与生与？天地并与？神明往与？芒乎何之？忽乎何适？万物毕罗，莫足以归。古之道术有在于是者。庄周闻其风而悦之。以谬悠之说，荒唐之言，无端崖之辞，时恣纵而不傥，不以觭见之也。以天下为沈浊，不可与庄语。以卮言为曼衍，以重言为真，以寓言为广，独与天地精神往来，而不傲倪于万物。不谴是非，以与世俗处。其书虽瑰②玮，而连犿无伤也。其辞虽参差，而諔诡可观。彼其充实，不可以已。上与造物者游，而下与外死生、无终始者为友。其于本也，弘大而辟，深闳而肆。其于宗也，可谓稠适而上遂矣。虽然，其应于化而解于物也。其理不竭，其来不蜕，芒乎昧乎，未之尽者。

从《天下》篇这一段看来，其中意义明确的语句可分为三个部分：

（1）"芴漠无形，变化无常，死与生与？天地并与？神明往与？……上与造物者游，而下与外死生、无终始者为友"。这是叙述他的宇宙论和人生论的大纲。

（2）"谬悠之说，荒唐之言，无端崖之辞"，"以天下为沈浊，不可

---

① 此外先秦书中未明引《庄子》而暗指《庄子》者，还有几条：如《墨经》中有"谓辨无胜，必不当""以言为尽诗诗"等句。又如《荀子·解蔽》篇中"若夫非分是非，非治曲直，非辨治道，非治人道"等句，都是指庄子学说，可作旁证。因无具体相似辞句，故未论列。

② "瑰"原误作"环"。——编者注

与庄语"，"以卮言为曼衍，以重言为真，以寓言为广"，"其书虽瑰①玮而连犿无伤也。其辞虽参差，而諔诡可观"。这是叙述他的行文作风。说明这种表现手法是和一切郑重严肃的议论整齐排列的文句不同的。

（3）"芒乎何之？忽乎何适？万物毕罗，莫足以归"，"其应于化而解于物也，其理不竭，其来不蜕，芒乎昧乎，未之尽者"。这似乎是兼指思想和作风两方面而言。大概这种态度，表现在思想上，就是对于百家学说都有点轻视，而没有一种思想是他最后有皈依；表现在文体风格上，就是多设游疑两可追②求问题的辞句，很少斩钉截铁滞于形迹的断语。就是在建立正面的议论，语意也多含蓄，不肯说尽，有时正意和喻意杂出，突然而来。所谓未之尽者，可以说是赞扬，也可以说有点批评。

如果我们对于《天下》篇叙述庄周的思想作风所作的分析，大体上可以说通的话，那么就可以以此为衡量《庄子》各篇的线索，看一下《庄子》全书中，究竟哪些篇中是既有"死生变化""天地并与""与造物者游"等思想内容，而又有汪洋自恣、不竭不蜕的表现作风。特别是哪些篇中，有《天下》篇叙述庄周的相似语句，可以作为确实证明。

初步看来，从《天下》篇可直接推证出来的，有《齐物论》和《大宗师》两篇。

《齐物论》说：

> 天下……莫寿于殇子，而彭祖为夭；天地与我并生，而万物与我为一。既已为一矣，且得有言乎？既已谓之一矣，且得无言乎？

这种理论和《天下》篇所说的"死与生与？天地并与？"互相符合。而"天地与我并生"一语，正是《天下》篇"天地并与"一语的来源。

《齐物论》又说：

> 人之生也，固若是芒乎？其我独芒，而人亦有不芒者乎？

---

① "瑰"原误作"环"。——编者注
② "追"原误作"迫"。——编者注

这种提法，和《天下》篇所说"芒乎何之？忽乎何适？"的提法，互相符合，也正是《天下》篇那一提法的来源。

再看《齐物论》全篇，多半是用参差比喻的方法，表现思想情致，如对天籁地籁的描写、大恐小恐的形容，以及"狙公赋芋""罔两问景""麋与鹿交""梦为蝴蝶"……种种比喻，可以说无一不是用极形象的谬悠支蔓之辞，曲尽其描绘之情致。

即使在驳斥别人和自己建立理论时，也不作十分肯定的形式；全篇结尾之句，几乎无不用"乎"字、"邪"字者；如"果且有彼是乎哉？果且无彼是乎哉？""既已为一矣，且得有言乎？既已谓之一矣，且得无言乎？""庸讵知吾所谓知之非不知邪，所谓不知之非知邪？""恶认所以然？恶识所以不然？"等等，正是"万物毕罗，莫足以归""芒乎昧乎，未之尽者"的具体表现。所以从文辞、思想二方面看，《齐物论》和《天下》篇所述庄周情况完全相合。可以说《齐物论》是《庄子》先秦的篇目。

《大宗师》篇和《天下》篇所述庄周思想、作风有更多相同之处。如：

> 子祀①、子舆、子犁、子来，四人相与语曰："……孰知死生存亡之一体者，吾与之友矣。"（《大宗师》）
> 子桑户、孟子反、子琴张三人相与语曰："……彼方且与造物者为人，而游乎天地之一气。"（同上）

这就是《天下》篇所述"上与造物者游，而下与外死生、无终始者为友"二语的来源。

此外《大宗师》篇描写的人物故事，多半是寓言、卮言之类。如"柳生左肘，藏山于泽，铸金踊跃，临尸而歌"以及"虫臂鼠肝、决疣②溃痈"等比喻，都可以说是荒唐之言、无端崖之辞的典型。这样看来，《大宗师》篇的大部分，可以说是和《天下》篇所述庄周思想符合的。

---

① "祀"原误作"杞"。——编者注
② "疣"原误作"疣"。——编者注

除了《齐物论》《大宗师》两篇外，在思想语句上显然有联系的，有
《寓言》篇。如《寓言》第一节云：

寓言十九，重言十七，卮言日出。

可以说是《天下》篇"以卮言为曼衍"三语所本。《寓言》全篇思想内
容、行文作风，和具体的语句，大部分和《齐物论》相同，可以说是庄
周早期的作品。但基本思想在《齐物论》中已都包括，留待论外、杂篇
时再为论列，这里不把它作为典型庄子作品的重点。

此外《庄子》各篇中，有一部分思想和《天下》篇相合或有些表现
方法和寓言、卮言相合者颇不少，但很少是两方面都吻合的，而且没有
语句上的联系，所以都不在这里算作从第三标准得出来的篇目，而只能
作为论证该篇时的参证。

总上所述，我认为《逍遥游》《齐物论》《大宗师》《达生》四篇中
的大部分章节，是先秦庄子的早期作品。但是我们还不能说这几篇的全
部，都有同样可靠性，对全篇各章还须作具体分析。不过大体说来，可
以作为一个论证全书的基点了。

第二章 《庄子》内七篇考论

第一节 对《逍遥游》《齐物论》 《大宗师》三篇的考察

上章论证了《逍遥游》《齐物论》《大宗师》《达生》等篇中，有一大部分是先秦早期的《庄子》作品。除了《达生》在论外、杂篇时再为论列外，先考察一下《逍遥游》等三篇，是否全篇各章都有一致的可靠性？是否有晚出或混入的章节？是否具有确定时代的标志？这样就可以找到更能推证他篇的典型材料了。

一　《逍遥游》篇为庄子早期作品的证据及其附加章节

从《逍遥游》全篇看来，只有第一节"北冥有鱼"中的早出证据比较明显。除前述《淮南子》引"大知不及小知"的证据外，其他像"若夫乘天地之正，御六气之辨，以游无穷者，彼且恶乎待哉？"的辞句，可以说和《天下》篇所说"上与造物者游"的意思，很相一致。其中描写鲲鹏的活动，用了大椿、斥鴳、芥舟种种比喻，正义和喻义糅合在一起，可以说是"参差諔诡"的典型。但从"汤之问棘也"句以下，显然是这一故事的重复。至于其他各章，则很不一致。其中有似在《吕氏春秋》以前的，有与《大宗师》《达生》时代相近的，也有显然是后人附加的章节。

如"尧让天下于许由"一节，有一大段文字同时见于《吕氏春秋·慎行论·求人》篇。《吕氏春秋》没有说是引自《庄子》，但对勘两文，《求人》篇这一段当在《逍遥游》以后。

《逍遥游》写道：

> 尧让天下于许由曰："日月出矣，而爝火不息，其于光也，不亦难乎？时雨降矣，而犹浸灌，其于泽也，不亦劳乎？夫子立而天下治，而我犹尸之，吾自视缺然，请致天下。"许由曰："子治天下，天下既已治也，而我犹代子，吾将为名乎？名者实之宾也，吾将为宾乎？鹪鹩巢于深林，不过一枝；偃鼠饮河，不过满腹。归休乎君，予无所用天下为！庖人虽不治庖，尸祝不越樽俎而代之矣。"

《吕氏春秋·慎行论·求人》篇：

> 昔者尧朝许由于沛泽之中，曰："十日出而焦火不息，不亦劳乎？夫子为天子，而天下已治矣。请属天下于夫子。"许由辞曰："为天下之不治与？而既已治矣，自为与？啁噍巢于林，不过一枝；偃鼠饮于河，不过满腹。归已，君乎，恶用天下？"遂之箕山之下、颍水之阳，耕而食，终身无经天下之色。

从上列两篇对照看来，《吕氏春秋》的文字很简略，《逍遥游》的文字较详细，也有《庄》抄《吕》的嫌疑，但细看起来，《吕氏春秋》文章虽简，意思却不够明白。比如《逍遥游》所说的"夫子立而天下治"，所谓"立"，不一定是指立为天子，而《求人》篇说"夫子为天子，而天下已治矣"，似乎许由已经立为天子了。这就和尧将属天下于许由的意思互相矛盾。又《逍遥游》此节最后说"庖人虽不治庖，尸祝不越樽俎而代之矣"，目的在于假借许由之口，表现其轻天下的意思，对于故事之结局不甚重视。这种"其理不竭，其来不蜕"的作风，在庄子较古篇中往往具有。而《吕氏春秋》此篇最末，说"遂之箕山之下、颍水之阳，耕而食，终身无经天下之色"，重在故事叙述的完整性，缺乏暗示风趣，正是《吕氏春秋》引用他书的一般方式。因此《逍遥游》这一段当为《吕氏春秋·求人》篇所本，是比较可信的。

又如《逍遥游》篇第三章"肩吾问于连叔"，其中有和《大宗师》

《齐物论》相同的语句①，而《大宗师》这一章，正是比较晚出的《天道》篇引用过的一章，所以《逍遥游》这一节，可说是庄子早期作品。

其中特别可以提到的是：这一章中描写至人之状的辞句是"之人也，物莫之伤，大浸稽天而不溺，大旱金石流、土山焦而不热"，是一种浪漫主义的游仙思想。当作者写出这种辞句时，只是主观地描写他的想象，并没有考虑如何在现实中达到这种理想。但在《达生》篇中却提出了一个具体解释。《达生》第二章云：

> 子列子问关尹曰："至人潜行不窒，蹈火不热，行乎万物之上而不慄②，请问何以至于此？"关尹曰："是纯气之守也，非知巧果敢之列。"

《达生》这一段，给那种蹈火不热、潜行不窒的想象以理论上、修养上的解释，似乎是《逍遥游》中游仙思想的进一步发展。《达生》篇的时代，前已证明，是早出于《吕氏春秋》以前的（那一段在《达生》第九章，和此章文义都相近）。那么《逍遥游》中这一章当更在《达生》以前，大概和庄周时代不甚相远。

只有最末一章，完全是抄袭本篇各章而成，其中有些辞句，显系误用③，不能和以上各章等量齐观。

总起来说，我认为《逍遥游》中除"汤之问棘也"一段为同类作品之重出，末章为后人的仿作外，其余各章，大体都很古，可以说是庄子早期作品。

二 《齐物论》篇为庄子早期作品的哲学特色及其羼杂章节

《齐物论》篇早出的证据，前已根据《吕氏春秋》和《天下》篇的对比，加以说明。现在要谈的，约有三点：

---

① 《逍遥游》此章"瞽者无以与乎文章之观……"二句，亦见《大宗师》"意而子见许由"章中；"乘云气，御飞龙……"句，亦见《齐物论》"啮缺曰"章中。

② "慄"原误作"栗"。——编者注

③ 如第一章形容天际之大鹏，说如垂天之云，这一章形容地上的牦牛，也说如垂天之云，显系不确当的摹拟。

第一，《齐物论》反映的名家影响，是早期作品的一个特征。以惠施、公孙龙为代表的名家学说，是战国时期特有的产品。他们所讨论的问题及其抽象性论证，在战国时期各家学说中，如《荀子》《墨经》等书都有反响，甚至像《孟子》书中，所记"白羽之白""白雪之白"等词语，也是名家的影响（直到秦汉时期，这种理论便近于绝迹）。在《庄子》内篇中，以《齐物论》所反映的名家影响比较明显。全篇以反对是非辩论为论辩中心，又多以惠施为辩论对手。像"天下一指也，万物一马也"，"以指喻指之非指；不若以非指喻指之非指也；以马喻马之非马，不若以非马喻马之非马也"，以及"未成乎心而有是非，是今日适越而昔至也"等议论，充分说明作者对坚白、同异问题十分熟习，表现出是和同时人相辩论的口吻。

第二，想象力极丰富的小品寓言，是《庄子》作品的一个特征。寓言在先秦书中不为罕见，但像《齐物论》中"罔两问景""庄周梦为蝴蝶"等纯哲学的寓言，把宇宙论和人生论融为一片，分不出他是理论还是创作，这样形式的寓言，则除了《庄子》书里少数篇以外，非常少有。从《天下》篇中描写庄周的风格看来，这种精短的寓言，应该说是最能代表庄子特色的。本节称庄周而不称庄子，颇有作者自道的倾向。如果一定要问什么是庄周自著的作品，那么再没有比这一类小品寓言可以作为合适的答案的了。

第三，在《齐物论》全篇中，并不都是互相一致的，就像"夫道未始有封"一段，显然和上述各章不是一类。

《齐物论》全篇的中心问题，是等齐死生、泯除是非，都是些脱离现实的玄想问题。而这一节却说："六合之外，圣人存而不论"，"六合之内，圣人论而不议。《春秋》经世，先王之志，圣人议而不辨"。显然这是一种调和儒、道思想的议论。不但"《春秋》经世，先王之志"一类话，和《齐物论》主要思想相反，而所说"圣人"一词，亦和庄子以及一般道家的圣人很不相类。后世解《庄》家，对这一点不加区别，反而引此数语，宣称庄周是"尊孔之至"，甚至说什么"庄子胸中未尝须臾忘夫子也"，确为误解。

再看《齐物论》各章，都用譬喻、象征的手法表现其哲学思想。如"天籁""地籁""乐出虚""蒸成菌""狙公赋芧""昭文鼓琴""丽姬之泣""蝴蝶之梦",无不用极形象、极参差的语言,表现其意境和想象。
而这一章却是用了概念化的语言,建立郑重的议论,排列了八种名相,
称为八德,又引证《春秋》,称述先王,了无所谓"以天下为沈浊,不可
与庄语"的痕迹,更没有什么荒唐之言、悠谬之辞。和前述各章,显然
不是一人一派的手笔。前代的注《庄》家已接触到这个问题。如林云铭
云:"篇中段段散行,卷舒收纵,至此忽将知不知分二对总收,意虽递而
词实对,是散中取整法。"(见林云铭《庄子因》)可见他实际上是能分
辨出这种不同的味道来的。但由于先有内篇为庄周自著和全篇首尾一贯
的成见,又很欣喜其中有尊孔的证据,所以照批八股文的习惯,用"散
中取整法"一语,将这个矛盾轻轻掩盖过去了。

又《齐物论》各章,和《庄子》他篇互见的语句,相当之多。不过
多半在《大宗师》、《徐无鬼》、《寓言》等篇中,而这一篇①中有"注焉
而不满,酌焉而不竭"二语,也见于《天地》篇。而这二句,很像是从
《天地》篇那一段节取来的。这一篇又有"此之谓天府""此之谓天乐"
二语,也和《天运》篇的"此之谓天乐,此之谓天德"句法相类。《天
地》篇的时代,虽不能确定,但《天运》的时代,是比较晚的,当在汉
初(详后)。那么,这一章的时代晚出,也较显然。

最足以证明这一看法者,是陆德明留下的记载,《释文》引崔云:
"《齐物》七章,此连上章,而班固说在外篇。"

可见东汉时代这一章还没有杂入内篇。幸而有《释文》这一条记载,
让我们得一有力佐证,知道这一章是本篇的羼杂部分,从而知用文体风
格辨析庄子派和一般道家说的同异,有一定的可靠性。那么,在谈庄子
哲学思想时,就不应以这一节的内容为根据了。

三 《大宗师》篇表现的庄子派特点及其羼杂部分

《大宗师》篇的早出证据,除前章根据外篇《天道》里引述"庄子
曰"云云,证明《大宗师》篇的第七章是庄子早期作品外,又如《荀
子·天论》篇说"明于天人之分,则可谓至人矣",分明是针对《庄子·
大宗师》篇开头所说"知天之所为,知人之所为者,至矣"数语提出的

---

① "篇"原误作"章"。——编者注

驳论。因为荀子的理想人物，是圣人、圣王、君子，而不是至人，这里特用"至人"一词，说明"明于天人之分"才是"至人"，以反驳庄子强调"天人之为"的理论，可证《大宗师》开头数语，是荀子以前的作品。这两个证据，比较确实，不再多述。这里谈一下本篇的几个特点和各章中的可疑和羼杂部分。这一篇突出地表现了庄子特色的是对生死问题的看法，及其用故事性的、形象性的语言表现这一态度的文风。但全篇各章并不一致，特别是首章讲真人一段，讲神仙得道一段，是很可怀疑的。

从初步证明为《庄子》早期作品的内容，以及先秦各家对庄子的评述看来，庄子的基本思想中，没有修炼长生的思想。如《齐物论》和本篇四、五等章，他的理想是齐一生死，超然物外。不但不主张长生久视，而且他所反对的正是这种思想。在《逍遥游》中有游仙思想，但那是一种浪漫主义的诗的幻想，和真正相信修炼精气的养生思想不同。而《大宗师》这一章里，从"且有真人而后有真知"以下，至"是之谓真人"这一大段，文字形式和思想内容，都和本章第一段以及最后几段，表现了不同的文风。①

第一，从《齐物论》《达生》《逍遥游》等篇看来，他的理想人物是圣人、至人和神人，没有"真人"这一名词。而在比较晚出的《刻意》篇，描写从事"纯素之道，惟神是守"的养生者，就说"能体纯素，谓之真人"。《吕氏春秋·季春纪·先己》篇有和《刻意》相似的一段：

> 凡事之本，必先治身，啬其大宝，用其新，弃其陈，腠理遂通，精气日新，邪气尽去，及其天年，此之谓真人。

《吕氏春秋》所描写的真人和《刻意》篇所说的"有干越之剑者押而藏之"的真人完全相似，都是炼精养气、期望长生的思想。可见"真人"这一名称中所包括的内容，在一般情况下是指养生长寿者而言②。和圣

---

① 从"是之谓真人"句以下，如"死生命也""夫藏舟于壑"等小节，则和《大宗师》后几章，思想作风互相一致。

② 《庄子》全书中只有《田子方》篇中的真人和养生、长寿没有联系。

人、至人的内容不同。《大宗师》这几段中，从四方面描述了真人之状（宣颖称为真人四解），其中所说"其寝不梦，其觉无忧，其食不甘，其息深深"（《刻意》也有此四句），"真人之息以踵，众人之息以喉"等语，和《刻意》及《吕览·先己》篇所描写的"真人之状"完全相似，而和《逍遥游》《达生》所描写的圣人、至人很不相同，和本篇后半篇所描写的"上与造物者游，而下与无终始者为友"的圣人就更不同了。第二，从对人物的评论看，前述可信诸篇（《逍遥游》《齐物论》和本篇后几章），他提到一个人物故事，一般是以人物为主，描写他的故事，评论就寓在故事的描述中。很少把若干同类人物排列起来，加以抽象的评论。只有在《胠箧》《马蹄》等另一类型的各篇中，才有这样文格。这正是议论文和故事性论文不同的一般情况，而《大宗师》这一段中，把狐不偕、务光、伯夷、叔齐、箕子、胥余、纪他、申徒狄等人，排列在一起，总加以"役人之役，适人之适而不自适"的评语，这和《庄子》文学特点不是一类。

再从思想方面看，也有可疑。像《逍遥游》、《齐物论》、《达生》及本篇三、四等章，他所抨击的人物是"知效一官，德合一君"的世俗之人，是讲仁义忠孝的儒、墨之徒，是辩坚白、同异的惠施之流。他所称赞的是畸人、散人以及许由、王倪等人。而这一段中所批评的人物中有一部分却是和许由等人近似的。如不受尧让、投河而死的狐不偕，和不受汤让、自负沈于庐水的务光二人，即使不是庄子派所创构出来的人，也决不应成为他所攻击的对象。至于伯夷、叔齐、箕子等人物，虽然不是庄子所称赞的，但也不是他正面的敌人（《庄子》外篇中如《秋水》《骈拇》等篇，对于伯夷有批评，但总是和仲尼及盗跖放在一起评论）。而把这一类人当作正面攻击对象的，是积极拥护君主集权的法术之士。《韩非子·说疑》篇云：

> 若夫许由、续牙、晋伯阳（顾广圻说："晋"字当衍）、秦颠颉、卫侨如、狐不偕、重明、董不识、卞随、务光、伯夷、叔齐，此十二人者，皆上见利不喜，下临难不恐，……此之谓不令之民也。

《大宗师》所罗列批评的人物，有许多和韩非所批评的人是重复的。所不同的是，韩非从君主的立场出发，批评这些不合作的人为不令之民；《大宗师》是从个人的立场出发，批评他们为亡身不真。从韩非的立场，骂这些人为"不令之民"，实在是应该的。而从"隐士"的立场，批评他们为"适人之适"就有些曲折。一个脱离现实，和统治阶级不合作的人，他的为我思想可以发展到对卞随、务光等人有所不满，但要在文字上形成一种理论，特别罗列了这一类人加以正面攻击，这种现象不可能发生在退隐派出现的早期和各种退隐思想可以自由表现的战国中期（即庄子时期），而一定是发生在君主集权的形势已经确立，不容许处士避世，同时隐逸派内部已发生动摇、分化，再不能强调绝对"退隐"的战国晚期（关于此种变化，另文论述）。我怀疑这段文字，不但非庄子早期作品，而且不可能产生在作于战国末期的《骈拇》篇[①]以前。《骈拇》篇中曾说："夫适人之适，而不自适其适，虽盗跖与伯夷，是同为淫[②]僻也。"《大宗师》此章中所说的"适人之适，而不自适其适"，正和《骈拇》评伯夷、盗跖之语相同。而所批评的人物，又大部与《韩非子·说疑》相同，特别可疑的是取消了《韩非子》所批评的许由，而留下务光，显然是为了避免和《庄子》各篇称赞许由的思想相矛盾而有所取舍。因此我疑心《大宗师》此节是有意抄袭了《骈拇》篇对伯夷、盗跖的评语，从而节取了韩非评论的一部分人物加以批评，以表示对当权派的接近。它产生的时代似乎在秦汉时或战国末期，不能比《骈拇》和《韩非子》为早。

第三，再将本段文字和《吕氏春秋》对比起来，也有可疑之处。《吕氏春秋·慎大览·下贤》篇有一节描写"得道之人"的文字，和《大宗师》此节描写真人之文字，句法十分相似，都是用"×乎其×也"的句法，抽象地加以形容[③]。单从字面上看，很难判定他们的时代先后，但从这些句子的下文看，似乎《吕氏春秋》所说，和《庄子》其他文字还相当接近，而《大宗师》此节下文，反而和《管子》的《白心》《心术》等篇是一类的。《吕氏春秋·慎大览·下贤》篇的下文是这样的：

---

① 《骈拇》篇约作于秦统一前夕，详外篇考证。
② "淫"原误作"谣"。——编者注
③ 在《荀子·儒效》篇中，也有类似句法，但句法较简，排列同类句法也较少。

> 以天为法，以德为行，以道为宗，与物变化，而无所终穷。

天、德、道三个词，是《庄子》其他篇以及道家各派所共有的中心概念。"与物变化而无所终穷"和《庄子》他篇以及《天下》篇描述庄子思想的语句也多相似。而《大宗师》此节的下文，是这样的：

> 以刑为体，以礼为翼，以知为时，以德为循。

这里刑（形）、礼、知三个概念，不是庄子早期作品的中心概念，把这三种品德调和起来，也不是庄派思想，而是儒、道之间特别是宋、尹派的特色。

　　这里需要说明的是"以刑为体，绰乎其杀也"这一语的解释，自从郭象开始作出"刑者治之体，非我为""任法之自杀，故虽杀而宽"的注解后，后代多数注家都用"刑"字本义解释此句。这不但和"外死生，齐彼我"的庄子思想不合，而且和一般道家思想也不相近。屈复的《南华通》里有一段很好的解释。他在"以刑为体"句下注云："心中意念皆斩除也。"在"绰乎其杀也"句下注云："斩除干净，无置碍也。"

　　我认为这个解释是正确的，因为全节文字，都是讲身心养生问题，不是讲政治问题，即便是讲政治，亦决不能"以刑为体"。郭象知道"以刑为体"和庄子思想不合，因而添出了"任治自杀"的意思，企图和庄子思想相调和。但无论如何和道家派思想不相协调，更不用说和庄子思想协调了。我觉得这一段文字和《白心》《内业》等篇有很深的关系。

　　《管子·内业》云：

> 凡心之刑，自充自盈，自生自成，其所以失之，必以忧乐喜怒欲利，能去忧乐喜怒欲利，心乃反济。

这里所说"心之刑"正是《天下》篇所说"语心之容，命之曰心之行"的同义语。"刑"有型态、形体之义，当然不是作刑罚解。《大宗师》此段的"以刑为体"，即是说以这样"自充自盈""自生自成"的心之形为体。而这种"心刑"，因忧乐喜怒欲利的产生而失掉了。所以必须去掉这几种私情，本来的心型才能完成（"心乃反济"）。所以《大宗师》此章的"绰乎其杀也"，与政治上的刑杀无关，正是说坚决地去掉"忧、乐、喜、怒、欲利"，这是一个较自然的解释。郭象等注家，解作刑罚，确与原意不合。

总之，无论如何，这一节讲养生的真人，不是庄子派思想，而是近于《心术》《白心》派的思想，这是比较可以肯定的。

除这一章外，像第五章"夫道有情有信，无为无形"，突出地表现神仙思想的一段，也决不是庄子作品。

在《庄子》较古篇章中，没有神仙家思想。只有《逍遥游》所说"乘天地之正而御六气之辨"以及藐姑射山神人的描写，有一点游仙思想，但那不过是一种幻想超脱现实的诗人想象，是一种想摆脱世俗礼法所积抑的苦闷的象征，和所谓"登彼云天，长生久视"的思想迥然不同。而在《大宗师》这一段里，却把所谓"道"描绘成一个具体的东西，为各种神人可得到的精气宝物，这和本篇后几章的与造物者游的方外之人，不是同类人物，而和《楚辞·远游》中所描写的得道神人却很相近。

《楚辞·远游》中所说的"道"，正是可传而不可受的，所说的真人正是登仙的；所罗列的仙人，如傅说、轩辕等，和《大宗师》此节所说的狶韦氏、黄帝、禺强、傅说等人正复相似。此外《韩非子·解老》篇中，也有一段描写得道神人，如轩辕、赤松之徒，也和本篇所述的各种神人十分相似。《远游》和《解老》的时代，不能早于战国晚期。《大宗师》此章，也和那二篇相差不多，决不是庄子派早期作品。

总起来说，我们认为《大宗师》篇中早出的证据相当之多，但都在第三、四、五、六各章中，因此不能认为全篇都是早期作品，特别是批评伯夷、务光和神仙得道几节相当晚出，如果以之为讨论庄子哲学思想主要依据，那就把庄子思想和神仙家思想混淆起来了。

第二节 驳《齐物论》为慎到作品说

一

傅斯年在《谁是〈齐物论〉的作者》一文中（载《历史语言集刊》6 卷 4 号），主张《庄子》内篇《齐物论》是战国时慎到所作，而不是庄周的作品，他的论据大概可分为以下三点：

1. 《庄子·天下》篇中，叙述慎到的学说，和《齐物论》本旨相合。

2. 《齐物论》在《庄子》全书中"独显异采"，和他篇不类。

3. 今本《庄子》中除此篇外，无以"论"名者，而《史记·孟荀列传》称慎到著"十二论"，正相符合。

乍一看来，这些论证，似乎有些道理，但细加考察，知道他所提出的理由，不足为据。现且依照他的论证次序，首先看《天下》篇所说的慎到学说是否和《齐物论》的内容完全相同。

其次，从内容方面，提出《齐物论》的作者仍应为庄子的论据；此外略谈一下慎到的"十二论"和《齐物论》的"论"，并非一事的问题。

傅斯年说《齐物论》全篇反对是非之说，即是《天下》篇所述慎到学说之"舍是与非"，我们以为说《天下》篇中所述慎到的学说，和《齐物论》的内容，有一部分相同，这是可以承认的。但两种学说之是否相同，要看其全面的精神是否相同，而不是只根据片词只句的相同，便可断定其全部相同。我们要问的问题是：《齐物论》和《天下》篇中所述庄周学说的相同处较多较全面，还是和所述慎到学说的相同处较多较全面呢？《齐物论》的行文风格和《天下》篇中所述庄子的作风相同呢，还是和慎到的作风相同呢？再具体一点，《齐物论》中有和《天下》篇所述庄周学说相同的语句呢，还是有和所述慎到学说相同的①语句呢？经过这些比较之后，才可以回答《齐物论》的作者是谁的问题。

试把现在的《齐物论》和《天下》篇中所述慎到学说，仔细对比，只有"舍是与非"一点比较相同。但《天下》篇讲庄周的学说时，亦提出了"不谴是非，以与世俗处"，这和《齐物论》中反对是非的观点相同；那么为什么说这是慎到的学说而不是庄周的学说呢？由于舍是与非是庄周和慎到共有的观点，两家本有一部分理论彼此相同，我们不能只根据这一句话，就说《齐物论》的作者是慎到而不是庄周。进一步再看一下两句话的上下文，便知道这几句话的意义似乎相同，而实质却大有分别。照《天下》篇讲慎到学说的原文，是"舍是与非，苟可以免，不师知虑，不知前后，魏然而已矣。……"最后说"至于若无知之物而已，

---

① "的"原脱。——编者注

无用贤圣，夫块不失道"。这一段话的意思以"舍是与非"的方法，为逃避应世的手段，最后要达到"无知之物"的境地，是一种完全逃避人生、走向死亡的道路，态度完全是消极被动的。篇中讲庄周学说的原文是："以天下为沉浊，不可与庄语，……独与天地精神往来，而不傲倪于万物，不谴是非，以与世俗处。……上与造物者游，下与外死生、无终始者为友。"大意是说要用"不谴是非"的方法，和世俗相处，目的是要达到"上与造物者游，下与外死生、无终始者为友"的境地。这种态度，虽然归根结蒂，仍为逃避斗争的人生观，但在处世的态度上，较为主动，和土块的人生观完全不同。那么我们看《齐物论》的人生观究竟和哪一种相同呢？《齐物论》里说："彼亦一是非，此亦一是非。果且有彼是乎哉？果且无彼是乎哉？彼是莫得其偶，谓之道枢，枢始得其环中，以应无穷。"可知《齐物论》的本义在于"得其环中，以应无穷"。所谓"环中"的确实意义，究竟是什么，虽然可有好多的解说，但从"以应无穷"一语看来，可以知道这是一种适应无穷是非的方法，亦即适应各种不同环境、不同道德标准的方法。所谓"以与世俗处"，正可以说是"以应无穷"中的一部分。这和《天下》篇所讲慎到学说的"若无知之物者"的意义不同。即使单从"泯除是非"的意义来看，也不能证明《齐物论》的主张合于慎到的"舍是与非"，而不合于庄周的"不谴是非"。再进一步看，《齐物论》的内容，它不但在知识论方面，有反对是非的理论，而且有宇宙观、人生观方面的理论。它讲到天人关系时，就说"天地与我并生，而万物与我为一"；讲到生死问题时，便说"天下莫寿乎殇子，而彭祖为夭"，这些道理，和《天下》篇讲述庄周学说时所说的"死与生与，天地并与""独与天地精神往来"的意义，完全相同。而这种纯哲学的道理，在慎到学说（限于《天下》篇所述慎到学说）中，可以说完全找不到。那么《齐物论》的学说究竟是合于庄周还是合于慎到，不是很明白吗？再从《天下》篇行文的体例看来，他叙述各家学说时，往往引用原作文句，然后再加以评论。讲慎到时，亦用这个方法。《天下》篇原文中有下列几句：

1. 曰："天能复之，而不能载之；地能载之，而不能复之；大道能包之，而不能辩之。"

2. 故曰："选则不编，教则不至，道则无谴者矣。"

3. 曰："知不知，将薄知而后邻伤之者也。"故曰："至于若无知之物而已。"

以上几段引文中的"曰"和"故曰"以下的话，都是《天下》篇作者所引慎到等学说的原语，而不是《天下》篇作者自己总括的话。反之《天下》篇讲庄周的学说时，其中有"死与生与，天地并与"的句子，按上下文意，这两句话，并不是称引原文，而只是总括原文大意（因为没有"曰""故曰"等字）。但现在的《齐物论》中，并没有相似于《天下》篇作者所引慎到的句子，而却有"天地与我并生"一语，正和《天下》篇讲庄周学说的文句相同。由此可以知道《天下》篇作者显然是引用《齐物论》中这一句话来叙述庄周学说的。那么《齐物论》的作者，应该是庄周，还是慎到，不是更明白了吗？

此外再从《天下》篇的行文风格来看，它叙述各家学说时，都用了质直平实的词句，尤其开头几句话，更为整齐。如述墨子学说时，说："不侈于后世，不靡于万物"；叙述宋钘、尹文的学说时说："不累于俗，不饰于物"；叙述慎到、田骈学说时说："公而不当，易而无私"；叙述关尹、老聃学说时说："以本为精，以物为粗。"其中修辞的格式比较对称，都很平实质朴，没有一句疑问的句子，亦不故作洸洋不定之词。只有叙述到庄周学说时便改变了行文格式，用了好多疑问的语句。如原文："芴漠①无形，变化无常，死与生与？天地并与？神明往与？芒乎何之？忽乎何适？"通体不过七句话，便有五个疑问句子，而且以下叙述庄周学说时，也是叙述他的作风处较多，叙述他的思想处很少，和叙述别家学说时的文风不同。为什么有这样不同的改变呢？显然是因为庄周本人的作品，多半是"参差诡谲"的比喻，而很少具体说理的简明句子，可以引用。所以《天下》篇作者（我考证《天下》篇不是庄周本人所作，详本书第四章）叙述庄周学说时，无形中便摹仿其原来作风而形成一种特别的风格。而这种行文风格在今本子三十三篇中，只有《齐物论》等若干篇表现的最为明显、突出。而上述《天下》篇中所引慎到等学说语句，

___

① "芴漠"原误作"汤莫"。——编者注

则根本没有这种风格。至于现在《韩非子·难势》篇、《吕氏春秋·慎势》篇所引慎子其它文句，更是质直整齐，与所谓"参差诪诡"的作风完全不同，那么《齐物论》的作者究竟是谁，不是更明白了吗？

二

我们主张把《齐物论》的作者，仍归为庄子的理由，除了上述《齐物论》的内容，合于《天下》篇所述庄周的思想作风外，还有下列两个方面的证明：

第一是《齐物论》里有好多和《庄子》各篇相同的句子，而且这几篇，大多就是庄子较早期的作品。

第二是《齐物论》中所引用的人物，和《庄子》他篇中所引用的人物大半相同；而且这些人物，大都又是庄子自己创造的。

有了这两方面的证据，便知道傅斯年说《齐物论》在《庄子》全书中，"独显异采"，因而不是庄周所说的话，是毫无根据的。

我们首先把《齐物论》和《庄子》其他篇中相同的语句，列举如下：

1. 《齐物论》首章："南郭子綦隐机而坐，仰天而嘘，荅焉似丧其偶，颜成子游立侍乎前，曰：'何居乎？形固可使如槁木，而心固可使如死灰乎？'"

《徐无鬼》八章：文句略同。

《知北游》三章："形若槁骸，心若死灰。"

《庚桑楚》一章："身若槁木之枝，而心若死灰矣。"

2. 《齐物论》二章："日夜相代乎前，而莫知其所萌。"

《德充符》四章："日夜相代乎前，而知不能规乎其始者也。"

3. 《齐物论》二章："一受其成形，而不亡以待尽。"

《田子方》三章："一受其成形，而不化以待尽。"

4. 《齐物论》三章："得其环中，以应无穷。"

《则阳》二章："冉相氏得其环中以随成。"

5. 《齐物论》四章："恶乎然？然于然。……无物不然，无物不可。"

《寓言》一章："恶乎然？然于然。……无物不可。"

6. 《齐物论》八章："见卵而求时夜，见弹而求鸮炙。"

《大宗师》三章："浸假而化予之左臂以为鸡，予因以求时夜。浸假而化予之右臂以为弹，予因以求鸮炙。"

7. 《齐物论》八章："和之以天倪，因之以曼衍，所以穷年也。"

《寓言》篇一章："和以天倪，因以曼衍，所以穷年。"

8. 《齐物论》九章："罔两问景……恶识所以不然。"

《寓言》六章："众罔两问于景曰。"以下大意略同。

总计《齐物论》和《庄子》他篇相同的语句，共有八条。如果《齐物论》是慎到的作品，哪里能和《庄子》全书有这么多相同之处呢？

《齐物论》中，不但有好多和《庄子》他篇相同的句子，而且其中所引用之人物，有好多名字和其他篇称引的人物相同。如：《齐物论》中的南郭子綦、颜成子游，亦见于《徐无鬼》《寓言》两篇（《寓言》作"东郭子綦"）；啮缺、王倪两名亦见《应帝王》《天地》二篇，啮缺又见《知北游》《徐无鬼》二篇；长梧子一人，亦见于《外物》篇，作"长梧封人"；惠子屡见于《逍遥游》《秋水》《至乐》《徐无鬼》诸篇。可以说《齐物论》全篇中所称引的人物，几乎没有一个不见于今本《庄子》其他各篇。如果它是慎到的作品，可以有这么多偶然的相同吗？而且这些名称中，有两个特点，可以证明是庄子的作品。

第一，惠施是庄子最好的朋友，他在全书中屡次提到，屡次加以评论。至于慎到和惠施两个人究竟有什么关系，在现存的文献上，没有根据。因此从《齐物论》中屡引惠子并加评述这点看来，也可以作为该篇并非慎到所作的旁证。

第二，《齐物论》中所引的人物，除惠施外，其余如啮缺、王倪、南郭子綦、长梧子等，都不是历史上实有的人，而是《齐物论》作者虚构出来的。而这种特点，在先秦诸子中，只有庄子最为明显。《天下》篇说庄子"以重言为真，以寓言为广"，《齐物论》里所引用的人物，正是虚构出来的寓言人物。现在的《庄子》全书中，正以创造这种奇异人物，为其特色，而《天下》篇对于慎到的叙述，以及一般书上对慎子的叙述和传说，却一点也没有说他好为寓言的意思，那么《齐物论》的作者究竟是谁？不是很明白吗？

傅斯年所举的一、二两个论证，既然都不能成立，那么他的第三个论证，以为《齐物论》便是《史记》所说慎到著"十二论"之一的说法，更成为孤证，不能成立了。我猜想傅氏大胆擅定慎到是《齐物论》

作者的原因，是由于把《天下》篇"齐万物以为首"一语，和《史记》慎到"著十二论"随便联想起来的缘故。傅斯年一面说反对疏通，一面却专在零碎问题上找线索。他抓住一点枝节上的联系，而不顾全面的事实。即使在这一点上，他也没有做到他们所谓"小心求证"的地步。他不知道《庄子》内七篇中，虽然大部分可推定为早期作品，但内七篇每篇的名称，并不是先秦时代就有的。本书第一章里已论证过。《庄子》全书都经过淮南门客的整理，其中内七篇的篇名，大概起源于西汉景、武之际，是纬书出现以后的产物。

现在可简略说明的是：司马迁时代通行的原本《庄子》，还没有现在内篇的名称；既然司马迁心目中的《庄子》，未必有这个篇名，那么和他说的"十二论"当然不是一回事了。再如"齐物论"三字，自宋王安石、张耒以来，便以"物论"二字连读，应该解释为"齐一物论"，不该解释为"齐物之论"，后来注《庄子》的人，也多以为这个说法较为确当。如果真作这样的解释，则"齐物论"之论，更不能和"十二论"之论看作为一回事了。

我们知道内七篇的名称是后加的；而且"齐物论"的"论"字，不一定作通名解释。那便知道傅氏的第三个推论，亦是全无根据了。

傅斯年所举的各种证据，既都不能成立，那么他所举的旁证，当然更加没有力量了。因为他所举的旁证，不外乎说慎子尚法尚势的理论，和《天下》篇所说"弃知去己"的说法，不相悖谬而已。但是慎子的"尚法尚势"说虽然可以和"弃知去己"说互相比附，但和《齐物论》中"泯是非，齐死生"的道理，则毫无相干。那么他这个旁证，除了证明，再举不出什么有力的本证外，对于《齐物论》是慎到所作的论证没有什么作用。以上的论证是在假定慎子的"无知说"和他的"尚法说"，在逻辑上可以说通的基础上提出来的。其实究竟这个主张"弃知去己"的人，是否即是主张"尚势尚法"的人，尚在可以研究之列。如果这方面的事实还有问题，则"十二论"和《齐物论》的关系，"弃知说"和"尚法说"的关系，都成了可以重新估定的论题了。我对于这两说的主张者，究竟是否一人的问题，不敢作肯定的答复。因《荀子》中提到慎子的地方两方面都涉及到了，和《天下》篇只提"先知之物"一面不同，但可以肯定的是：仅仅从逻辑上证明"弃知说"和"尚法说"没有矛盾，对于解决谁是《齐物论》作者的问题，是没有什么重要性的。

第三节　对《养生主》《德充符》
《应帝王》三篇的考察

内七篇中有直接早出证据的，只有《逍遥游》《齐物论》《大宗师》三篇，已论如前。现在要讨论一下《养生主》《德充符》《应帝王》三篇。这三篇的内容，有相当的一致性，多半都是描写一个超脱生死祸福，有特殊修养的畸人、散人或百工技艺之人，是庄子派作品中为数较多的一个类型。

从我们拟定的标准看，这三篇没有像《大宗师》等篇那样明显、直接的早出证据，但较不明显的直接证据，或较明显的间接证据，在三篇中都可找到一些，而以《养生主》的早出证据为较多。

一　《养生主》篇的较古证据

《养生主》篇的早出证据，约有三点：

第一，从《荀子·解蔽》论知的态度中，推知《养生主》第一节的简短记言，当在荀子以前①。《养生主》的开首是这样的：

> 吾生也有涯，而知也无涯，以有涯随无涯，殆已！已而为知者，殆而已矣。

《荀子·解蔽》云：

> 凡以知，人之性也；可以知，物之理也。以可以知人之性，求可以知物之理，而无所疑止之，则没世穷年，不能遍也。

《养生主》这一段和《解蔽》篇这一段，所讨论的问题基本上相同，

_____

① 自"为善无近名"以下七句，是用韵文，与开首数句文意不十分衔接，是否羼杂，不敢确定。

都涉及到知识论上，知识之能力限度问题。在内容上，《荀子》比《庄子》的分析精细的多。《解蔽》篇中这一段，显然是接受《养生主》中这一段的影响，而对之加以反驳和修正。《养生主》说："以有涯随无涯，殆已"，是根本反对求知的态度。《解蔽》的主要思想，是阐明知识的权力和效用。但在建立正面的议论以前，先提到知识之限度问题，先承认如果求知而"无所疑止"，就"没世穷年，而不能遍"，这显然是受了"知也无涯"说的影响，而进一步加以反驳。正如《天论》篇中先承认有所谓"不为而成"之天职，然后积极申①说"不求知天"之思想一样，都是接受对方影响而加以反驳的立论方法。总之，从《解蔽》篇提到没世穷年而不能遍的论点看来，《养生主》这一段，可能是在《荀子》以前的作品。

第二，从《吕氏春秋》的对比中，推知《养生主》"庖丁解牛"一章，当在《吕氏春秋》以前。《养生主》篇所记的庖丁解牛，是一个流行的故事。

《吕氏春秋·季秋纪·精通》篇也有一段记庖丁解牛的记述，但从文字的详赡②和简括以及某些提法上看，《吕氏春秋》此段，似乎是从《养生主》取来的。

《养生主》用全力描写庖丁解牛的情状，对庖丁解牛时之各种心理状态描写得栩栩如生，而《吕氏春秋》却只有"三年而不见生牛"几句简单的叙述。如果没有《养生主》这一段，我们很难明了《吕氏春秋》"顺其理诚乎牛"的道理。按照引书较简、原文较详的一般文例来看，《养生主》此段，应为《吕氏春秋》所本。

再从文字的提法上看，《养生主》说"庖丁为文惠君解牛"，没有说庖丁是哪一国人，而《吕氏春秋》却明确说，"宋之庖丁好解牛"。究竟这个庖丁是何国人，且不必管。③但无论他是哪一国人，都可以看出《养生主》是《吕氏春秋》以前的作品。因为如果庖丁是宋国人，而《养生主》不提他是哪一国人，却直接提出"庖丁为文惠君解牛"，正说明庄周

---

① "申"原作"伸"。——编者注
② "赡"原误作"瞻"。——编者注
③ 《淮南子·齐俗训》高诱注："庖丁，齐屠伯也。"以庖丁为齐人，不知所本。

是宋国人，对他本国人的故事，不再称述地点，是庄周本人记述本国事的口气。如果庖丁本来不是宋人，而《吕氏春秋》作者却误认他为宋国人，也正说明《吕氏春秋》的作者，是从庄周书中采取了此故事。他因为庄周是宋国人，便把这个不知何国人的庖丁当作宋人。从这两方面看来，作为《养生主》中心的庖丁解牛章，应为庄子早期作品。

第三，从对老子的评论看来，"老聃死"一章，应为战国早期作品。从《庄子》全书对老聃的态度看来，可分为三种类型。第①一种是不把老聃当作理想圣人加以称述，而是以编造的寓言人物，如肩吾、王倪之类，或是以庄学化了的儒家如仲尼、子琴张等为理想人物。如《逍遥游》《齐物论》《大宗师》等篇是此类型。第二类型是以老聃和其他理想人物同时称述，把他的思想随时放在这些理想人物的口中，并无固定的高下等级地位，如《德充符》《应帝王》《田子方》《知北游》等篇。第三种是把老聃放在最高地位，把道家思想的定型和教训儒家的口吻都归于老聃，如《天运》等篇。《田子方》诸篇的时代，在没有考察以前，暂不论述；《逍遥游》几篇是比较早出，已论证如前。而《天运》几篇比较晚出，也有一定的评论②。可见在《庄子》全书中，老聃的地位是逐渐增高的，逐渐成为庄子唯一的先师。而在先秦诸书中，这一趋向也比较明显。在战国早期的《墨子》《孟子》各书中，没有老聃，到了《吕氏春秋》时，《重言》篇称詹何、田子方、老聃为圣人。《贵公》篇称老聃为至公，地位在仲尼之上。到秦汉而后，便有西出关不知所终的神话，不但道家、神仙家推尊老子为鼻祖，即在儒家书中，如司马迁等人的著作，也以老子在孔子之上，有一定神话性的叙述。老聃的神圣化，在《庄子》一部分篇目和《吕氏春秋》中已经确定。而《养生主》篇，却明记"老聃死，秦失吊之"，且批评他为"遁天倍刑"③。这种评论，决不是战国中期以后可能产生的。当然，这只是一种寓言，不一定是事实，但这种寓言决不能在老聃已成为道家各派唯一崇拜的偶像后所敢想象。再从文字

---

① "第"原无。——编者注

② 详见本书第三章第二节。参阅武内义雄《老子と庄子》和罗根泽《〈庄子〉外杂篇探源》。

③ 王先谦等拘牵于老子为道家绝对始祖的成见，认为"遁天倍刑"是赞颂之语，甚误。

上看，这一节里有"适来，夫子时也；适去，夫子顺也。安时而处顺，哀乐不能入也"数语，在《大宗师》"子舆子祀"一章中，也有相同的句子，说明它们是同类同时的作品。《大宗师》"子舆"章和《天下》篇相合，已论证如前，所以这一章为庄子早期作品，似无可疑。

除上述三章外，如"公文轩见右师"一章中，以天和人对比立论，符合于荀子对庄子的批评。又这一章里用"恶乎"一词，也是庄子派文（如《齐物论》）常用的语词。这些都是早出的证据。总起来说，《养生主》篇的羼杂较少，可以推定为庄子早期作品。

二 《德充符》篇当为庄子早期作品之一

本篇除末一章外，内容大体一致，都是用一个形体残废的人和一般圣哲相比，说明所谓"才全德不形"的理想。这和庄子派作品的倾向是一致的。这一篇里也有几点近似早出的证据：

第一，从《天道》篇和本篇第一章相同的句子看来，疑《天道》篇是引此篇的。《德充符》和《天道》相近的文句，对照如下：

《德充符》：

> 仲尼曰：死生亦大矣，而不得与之变；虽天地覆坠，亦将不与之遗。审乎无假而不与物迁，命物之化而守其宗也。

《天道》：

> 夫子曰：夫道，于大不终，于小不遗，故万物备。……夫至人有世，不亦大乎，而不足以为之累，天下奋棅，而不与之偕，审乎无假而不与利迁，极物之真，能守其本。

《德充符》这一篇所记的文句，是假托为仲尼答常季的语言，而以兀者王骀为故事之主，和《逍遥游》《养生主》等篇的叙述方法，互相一致。《天道》篇这一节，只称"夫子曰"云云，而不是故事性的叙述。这一个"夫子"，究竟是指庄子，还是指孔子，不敢肯定。但可以推知《天道》篇是引《德充符》此篇而加以改变的。因为《德充符》篇，只是故事性、寓言性的叙述，并不必真有仲尼答常季①这一真事。如果《天道》篇的"夫子"是指孔子，显然《天道》的作者是把《德充符》的故事当作正式议论加以援引的。如果《天道》篇的"夫子"是指庄子，就更证明是庄子后学所作，正如引《大宗师》篇许由的话而称为"庄子曰"一样，是把《庄子》书中假借古人之口的重言，都还原为庄子之言了。说明《天道》篇的作者，认为这一章是庄子的著作（成玄英说："庄周师老君，故呼为夫子。"他是误把这一段和上章相连，故解"夫子"为老子，但此段分明与上章不相连，上章"老子曰"云云以下并没有插入士成绮的话，不能忽然又出来一个"夫子曰"）。再对勘两篇的内容，有些字句上的不同，也说明本篇和《逍遥游》《齐物论》《大宗师》的思想相同，而《天道》篇是另一类型。《德充符》讨论的是生死问题，所说的"自其异者视之，肝胆楚越也；自其同者视之，万物皆一也"，和《齐物论》的思想完全一致；所说的"死生亦大矣，而不得与之变"，和《大宗师》的思想完全一致；而《天道》篇云："至人有世，不亦大乎（郭注：用世，故不患其大也），而不足以为之累"，这种有意用世的态度，和《齐物论》等篇的思想显然不同。《德充符》说："天地覆坠……不与物迁"，《天道》篇作"天下奋棅……不与利迁"，把"天地"改为"天下"、"物"字改为"利"字，似乎有改动原文表现自己主张的痕迹。总之，不论从思想上或引文上看，《德充符》这一章是比较早期的作品。

第二，从引用的人物以及和《齐物论》相同的语句看来，第二、三、四、五各章，都近于早期作品。本篇二、三、四、五各章，都是一个"才全德不形"的故事。如兀者申徒嘉、兀者叔山无趾、恶人哀骀它以及闉跂、离无脤、瓮瓷、大瘿之类，都是《庄子》书中特创的人物，表现了庄子派作品的特色。其中第四章（鲁哀公章）有"日夜相代乎前，而知不能规乎其始者也"数语，和《齐物论》第二章"日夜相代乎前，而莫知其所萌"之句，基本上相同，而都没有杂糅互抄的痕迹，说明是同类同时之作。章末②有"眇乎小哉，所以属于人也，謷乎大哉，独成其天"数语，也正是荀子批评庄子"蔽于天而不知人"的来源之一。所以这几

---

① "常季"原误倒。——编者注
② "章末"原误倒。——编者注

章，虽没有明显而确凿的早出证据，但从上述一些情况看来，可以说基本上是近于早期作品。

最后一章，和前几章的表现形式，不是一类，但所记的人是惠子，所表现的思想是"因其自然而不益生也"，都是庄子派的特色。不过其中记"庄子曰：是非吾所谓无情也，吾所谓无情者"云云，这一种提法，颇有补偏救弊①之意，似乎不是一个初创学说时的必要说明。好像《淮南子·修务训》对"有为""无为"加以补充解释的情况一样，似为较晚出的说法。但其内容和前述庄子思想并无矛盾，时代或者较晚，但仍然是庄子派的作品。

三 《应帝王》篇各章的同异和屡改痕迹

本篇分为七章，除第四（阳子居问老聃）、第六（无为名尸）二章在形式上有些不同外，全篇的思想风格都很一致。其中虽少明显确凿的早出证据，但从表现庄派特点的一般情况看来，大部分章节可以说是庄子早期的作品。

第一，在人物的设构和思想内容方面，第一、二、三、五等章和《逍遥游》《齐物论》《养生主》等篇，是同类作品。第一章记啮缺问王倪的故事，第二章记肩吾见狂接舆的故事。啮缺和王倪这两个人物，都见于《齐物论》，"肩吾"一名见于《逍遥游》，狂接舆亦见《人间世》第七章（《人间世》这一章可信）。第三章的"天根""无名人"，是纯粹假构的名称。这几章的内容无非描写无知无识的原始社会，阐明"顺物自然而无容私"的单纯理想。特点在于把理想放在人物的对话中，没有离具体而空泛的抽象理论。第五章记壶子对季咸的态度变化，创造了若干奇怪的名词，如"杜德机""太冲莫胜（朕）"等奇怪术语，其确切意义，虽不甚理解，但全章多用比喻，显露出作者对自然界的山水草木有一定的知识和观察，这也是庄派早期作品的一个特点。

第二，最足以表现为早期作品特点的是第七章描写"七日而混沌死"的寓言。这种寓言所表现的理想是反动的，但艺术手腕却非常高妙。这和《齐物论》中"庄周梦蝶""罔两问景"等章为一类，是晚期道家他

---

① "弊"原误作"蔽"。——编者注

派所不能摹仿的作品。

第三，从和他篇相同的语句看，"天根游于殷阳"章有"予方将与造物者为人"语句和《大宗师》篇"子桑户"章的语句相近。《天下》篇所说庄周"上与造物者游"一语，正是从这些语句中概括而来的。可证其为庄派早期作品。

只有第四章记"阳子居见老聃"的问答和《天地》篇记"夫子问于老聃"的辞句，大部分相似，而有改窜的痕迹，似较晚出。本篇第四章说：

> 阳子居见老聃曰："有人于此，向疾强梁，物彻疏明，学道不倦，如是者可比明王乎？"老聃曰："是于圣人也，胥易技系，劳形怵心者也，且虎豹之文来田，猨狙之便、执斄之狗来藉，如是者可比明王乎？"

《天地》篇里有基本上与此相同的一段：

> 夫子问于老聃曰："有人治道，若相放，可不可，然不然。"辩①者有言曰："离坚白，若悬寓，若是则可谓圣人乎？"老聃曰："是胥易技系，劳形怵心者也。执留之狗成思，猨狙之便，自山林来。"

这二章的后半段基本上相同，只有《天地》篇开首是夫子，本篇是阳子居。《天地》篇提出的问题是"可不可，然不然"，是庄子和惠子常辩论的问题，而本篇的问题是一般道家的问题。《天地》篇说："可谓圣人乎？"而本篇说："可谓明王乎？"从阳子居所提的问题看来，似乎和"明王"二字无甚关系。而且在《庄子》内七篇以及在与内七篇思想相近的外、杂篇中，都没有把"明王"二字作为理想人物的称谓。特别是阳子居问的是"可比明王乎？"而老聃的回答是"是于圣人也"云云，彼此的问答殊不呼应。我怀疑阳子居所问本来是"可比圣人乎？"（如《天地》篇所说），编纂《庄子》的淮南门客为了政治目的，加上《应帝王》的

---

① "辩"原误作"辨"。——编者注

题目，便将其中"圣人"二字改为"明王"二字，以与题目相适应。否则老聃的回答为什么直说"圣人"，而不说"明王"呢？为什么与此相同的《天地》篇一段只作"圣人"，不作"明王"呢？这是改纂未尽而留下的痕迹。

此外，第六章（无为名尸），纯为记言形式。就思想说，和他篇无大矛盾；就文辞说，比较整齐死板，近于有韵之格言，和《养生主》首章、《大宗师》开首数语的简隽而别有风趣的记言，文风不同。马叙伦氏因此章和上章记列子、壶子事相连，认为"亦列子之贵虚"（马叙伦《庄子义证》），似有一定道理。但上章最末一句"一以是终"，记事已经结束，不应以下再添出格言式的理论来。而且这节内容和上章并无关系。我觉得这一段很整齐的文字，可能是关尹的遗说。《天下》篇叙述关尹的学风是这样的："在己无居，形物自著，其动若水，其静若镜，其应若响。"和本章所说"至人之用心若镜，不将不迎，应而不藏"的内容，都很相近。这和庄派正统作风，微有分别。不过总的说来，《应帝王》篇除第四章有若干字句为有意羼改外，大体上可以说是庄派早期作品之一。

第四节　《人间世》篇的主要章节非庄子作品

《人间世》篇，共分七章。也和内篇中某些篇的情况一样，各章的内容不全一致。但其他篇的不一致处，夹杂在各章中间，显然是羼杂进去或附加进去的零简（见《齐物论》和《大宗师》二篇）。而《人间世》篇的互不一致处，则颇为整齐。很显然，前三章是一类，后四章是一类。后四章（即匠石之齐、南伯子綦、支离疏、狂接舆）的思想内容，主要是讲"终其天年而不中道夭①"的"无用之用"的道理，不论内容和形式都和前证庄子早期作品完全契合。而开首三章，亦即一向认为代表《人间世》特点的部分，却是《庄子》书中另一类型的文字。

第一，前三章中对于当权派统治者的态度，和后四章以及《庄子》书中主要篇目所表现的态度都不相同。我们知道，不论从《庄子》书中有关庄周行事的叙述，还是司马迁《老、庄传》中对于庄周事迹的记载，

---

① "夭"原误作"天"。——编者注

都是竭力描写他是一个脱离现实和当权派不合作、不接近的人物，而且谈到"王公大人"总是用奚落的语言，表示冷淡而轻藐的态度。像《秋水》篇所记庄周对楚国使者所说神龟曳尾于涂中的故事，和对惠施所讲的鹓鸟和鸱鸹的故事，像《列御寇》篇所记庄子对宋人所讲牺牛欲为孤犊而不可得的故事，以及对曹商所讲的舐痔得车的故事等，不一而足，都在表明这一轻世离俗的态度，没有例外。

第二，从前证庄子早期作品以及同类作品中的内容方面看，也都和司马迁描述的庄周态度十分协调。如《逍遥游》记尧让天下于许由，许由的回答是"归休乎君，予无所用天下为"；记述连叔对"藐姑射山神人"的称赞是"是其尘垢秕糠，将犹陶铸尧舜者也"，又说："尧往见四子藐姑射之山、汾水之阳，窅然丧其天下焉。"这都是一种轻世离俗态度的具体表现。其他如《齐物论》、《养生主》等内篇，以及和内篇相近的一些外、杂篇，也都在不同形式不同程度上，表现了同一倾向，和《庄周传》所说的态度完全相符。最足以说明这种态度的现实内容者，有如下二段：

杂篇《庚桑楚》第一章云：

> 庚桑子曰："小子来！夫函车之兽，介而离山，则不免于罔罟之患；吞舟之鱼，砀而失水，则蚁能苦之。故鸟兽不厌高，鱼鳖不厌深。夫全其形生之人，藏其身也，不厌深眇而已矣。"

《徐无鬼》（南伯子綦章）云：

> 南伯子綦隐几而坐，仰天而嘘……曰："吾尝居山穴之中矣。当是时也，田禾一睹我而齐国之众三贺之。我必先之，彼故知之；我必卖之，彼故鬻之。若我而不有之，彼恶得而知之？若我而不卖之，彼恶得而鬻之？"

这种绝对避免和当权派统治阶级有一点接触的态度，正是一个悲愤失望、逃避现实的个人主义的具体表现，这就是《人间世》后四章所说的散木、畸人等的无用之用，这是贯通在《庄子》主要篇中的基本精神。而《人间世》前三章所述的故事主人——颜回、叶公子高、颜阖等三人，却是主动地接近当权者，并且要谏诤国君，做太子的师傅，受国君之命到他国当使臣，积极参加政治活动的人。如果照《逍遥游》《齐物论》《庚桑楚》《徐无鬼》等篇以及本篇后四章的作者看来，这三个人正是不能"藏其身也，不厌深眇""惛惛然为世俗之礼，以观众人之耳目"而卖弄才能的俗人。对于这样的人，正可用"我必先之，彼故知之；我必卖之，彼故鬻之"的道理，加以奚落讽刺，正可用"桂可用，故伐之；漆可用，故割之"的道理，加以警告说服，让他们回到山穴大泽之中，"衣裘褐，食杼栗"，做一个无用的散人，这才符合于"我悲人之自丧者"的态度。而这三章的作者，却借了仲尼、蘧伯玉的口，说了一套如何当使臣、傅太子、遵守君父之大戒，以求全身免害的道理。其中有些论点，固然可以和《庄子》主要篇目的某些理论，曲折地连接起来，但在政治立场上，在是否和当权者合作的基本态度上，是决不相同的。

正由于这三章中所表现的政治立场和《庄子》主要篇目的态度不同，所以所谈问题和思想亦不相同。《逍遥游》《齐物论》等篇的中心思想，是讨论宇宙变化、生死命运、知识是非等哲学问题，总的态度是对人生社会的前途极端失望，而在虚幻的想象上，追求主观的自由和欣悦。因此各篇中对一般社会伦理问题，则表示轻蔑而不关心的态度。而《人间世》前三章的中心问题，则在于如何事父事君，既能不辱君命而又能保全性命，这是《逍遥游》等篇所不加论列的。当然，对于《人间世》这几章可以作不同的解释。如比较重视思想系统的注《庄》家宣颖，就曾用"前三章是讲'不见有人'的处人，后四章是讲'不见有己'的自处，将两种态度连接起来"。他在第二章的注中说："乍读两大戒，谓是以忠孝辣动诸梁，及读至下，乃知是两个影子，以君亲影心，以臣影身耳。"（宣颖《南华真经解》卷2）

这样解释确实比那些把庄子说成是非常注重忠孝大节的注家高明得多，因为无论从本篇后半篇以及《庄子》全书看，作为庄周派特色的中心思想，是和以君父为大戒的思想不相调和的。但是细看《人间世》这几章，确实是正正经经地讲如何当使臣、傅君命，如何"传其常情，无传其溢言"，所不同于儒家的只是尾巴上缀了两句"乘物以游心，托不得已以养中"的庄子派语调，作为事心和事君亲的连接。这种连接，在本文中说得相当明白，并非以君臣作为身心的影子。原文是这样的：

仲尼曰："天下有大戒二：其一，命也；其一，义也。子之爱亲，命也，不可解于心；臣之事君，义也，无适而非君也。无所逃于天地之间，是之谓大戒。是以夫事其亲者，不择地而安之，孝之至也；夫事其君者，不择其事而安之，忠之盛也；自事其心者，哀乐不易施乎前，知其不可奈何而安之若命，德之至也。为人臣子者，固有所不得已。行事之情，而忘其身，何暇至于悦生而恶死？夫子其行可矣。"

这里明明先提出"子之爱亲，命也，不可解于心"的命题，下文才说到"自事其心者，哀乐不易施乎前"。后面所说的"自事其心"的心，即前文"子之爱亲命也，不可解于心"的心，这正是着重说明人对不可解于心的忠孝大节，应当安之若命，并非脱离事父事君而泛论身心关系。最后的具体回答是"夫子其行可矣"，要他安心地到齐国去当使臣，哪里是用君父作为身心影子的比喻呢？

《庄子》书中，确实有许多文章是用一般政治社会的故事，来比喻宇宙、人生命运问题的，如《齐物论》云：

丽之姬，艾封人之子也。晋国之始得之也，涕泣沾襟。及其至于王所，与王同匡床，食刍豢，而后悔其泣也。

这一段，无论什么样的读者，都会知道作者决不是讲丽姬的后悔，而是用以比喻悦生者不知觉悟者的心境的。又如《逍遥游》中记述"宋人善为不龟手之药者，客得之以说吴王。越有难，吴王使之将，与越人战，大败越人，裂地而封之"这段故事，谁都知道这决不是希望人们作战封侯，而是希望人们善以无用为用。特别是《庄子》书中有些文字，确实是用事君、事父比喻事天的，如《大宗师》云：

> 彼特以天为父①，而身犹爱之，而况其卓乎！人特以有君为愈乎己②，而身犹死之，而况其真乎！

《山木》篇云：

> 仲尼曰：饥溺寒暑穷桎不行，天地之行也，运物之泄也，言与之偕逝之谓也。为人臣者，不敢去之，执臣之道犹若是，而况乎所以待天乎？

这二节里，显然是以臣比喻自己，以君父比喻天和真宰，谁也不会对比喻有什么误会，而《人间世》这一章的叙述，则决不是一个比喻。如果全文所讲事父事君，仅仅是一个比喻，那么仲尼说了一套"凡交近则必相靡以信，远则必忠之以言""言者风波也，行者实丧也"等议论，又是比喻什么呢？难道庄子所设想的心和身的关系，就像是一个难侍奉的国君和使臣的关系吗？这样一个包藏着种种猜忌疑虑的国君，可以作为庄子理想的真宰的象征吗？

我觉得这三章的作者，和《庄子》主要篇目的作者，不是一人或一派。这一章的作者，可能是受了《大宗师》《山木》篇的影响，把那二篇中的喻义，作为正面意义；而《大宗师》《山木》所说的"彼特以君为愈乎己③者"，"执臣之道犹若是者"，也可能正是指《人间世》这一章的作者而言。两者间可能有一定的历史关系，而决不是同一立场。宣颖对于庄子思想特点是有较多理解的，但过度相信《庄子》内篇全是庄周作品，过度相信《庄子》每篇各章的内容，是互相一致，并且以为庄子的文章像后来的八股文一样，先有一个题目，然后分股点题，各章互相照应，并且有种种明暗线索，因而他造出了若干解说，用以调和各章的矛盾。如果打破这个成见，就觉得这三章本不和《庄子》其他篇思想完全

---

① 此节在《大宗师》首章中，近似错简，但内容和《大宗师》其他章互相一致，此句"天""父"二字，当互易，应作"以父为天而身犹爱之"，与下文"以君为愈乎己而身犹死之"相对为文。

② "己"原误作"已"。——编者注

③ "己"原误作"已"。——编者注

一致，不必要作若干牵强的解释了。

第三，再从文辞形式方面来看，不论在人物的称述、成语的引用以及论断的情调等哪一点上，前三章的作风，和后四章及内七其他篇，都不相同。内七其他篇和本篇后四章所述人物，大抵是畸人、散人、百工技艺以及庄学化了的远古帝王。除了子虚乌①有者和庄学化了的仲尼、颜回等人外，其中也有少数是列国君相和孔子门徒，如卫灵公、齐桓公、子产、子贡等，大抵是用以和所述理想人物相形对比②。而《人间世》前三章中所述人物，是颜回、仲尼、卫君、关龙逢、比干、桀、纣、舜、禹、伏羲、几蘧、叶公子高、颜阖、卫灵公、蘧伯玉等。其中除颜回、仲尼多见于《庄子》他篇，伏羲、几蘧和他篇所述人物相近外，其余多半是历史上真实人物，是一般儒、法书中常见的君相大臣，而且并非引以与畸人、散人相形对比。这种风格是和前述庄子派作品不相同的。

表现庄子特点的内七他篇，较少抽象的议论，因此很少称引古书，加以论证。只有《逍遥游》中引了一条《齐谐》，说明是一种志怪的书，正是所谓荒唐之言的东西。而《人间世》第二章却连引了两次《法言》，一条是故《法言》曰："传其常情，无传其溢言，则几乎全。"另一条是故《法言》曰："无迁令，无劝成，过度益也。迁令劝成殆事，美成在久，恶成不及改。"从"法言"的书名和所引内容看来，很像是古代或儒家的格言，这种严肃认真讲伦理政治的引书方法，是和所谓"无端崖之辞"的庄派作风不相同的。

《天下》篇论庄子的作风说："以天下为沈浊，而不可与庄语"，"其辞虽参差，而諔诡可观"。前叙庄子《逍遥游》《齐物论》等篇，正表现

---

① "乌"原作"无"。——编者注

② 《逍遥游》中引述的人物，有彭祖、汤、棘、宋荣子、列子、尧、许由、肩吾、连叔等。《齐物论》中引述的人物，有南郭子綦、顾成子游、师旷、惠施、昭文、狙公、啮缺、王倪、瞿鹊子、长梧子、丽姬、艾封人等。《养生主》引述的人物，有庖丁、文惠君、公文轩、右师、老聃、秦失等。《德充符》引述的人物，有兀者王骀、仲尼、常季、申徒嘉、子产、伯昏无人、叔山无趾、鲁哀公、哀骀它、跂支、无脤、卫灵公、瓮㼜、大瘿等。《大宗师》引述的人物，有子桑户、孟子反、子琴张、子贡、颜回、仲尼、孟孙才、意而子、许由、尧、黄帝、子舆、子桑（除若干神仙名不计）。而《应帝王》引述的人物，有啮缺、王倪、蒲衣子、有虞、太氏、肩吾、狂接舆、日中始、天根、无名人、阳子居、老聃、神巫季咸、壶子、列子之类。这些人物中，大部分是畸人、散人之类，少数是列国君相，都是用以和其理想人物相形对比的。

了这种特点。所以每段结尾之句，多用洸洋自恣的笔调，故作疑问反诘之词，表现其放诞高傲的情绪。如《逍遥游》云："而彭祖乃今以久特闻，众人匹之，不亦悲乎？""若夫乘天地之正，而御六气之辨，以游无穷者，彼且恶乎待哉？""是其尘垢秕糠，将犹陶铸尧舜者也，孰肯以物为事？"《齐物论》云："咸其自取，怒者其谁耶？""人之生也，固若是芒乎，其我不芒，而人亦有不芒者乎？""庸讵知吾所谓知之，非不知邪？庸讵知所谓不知之非知邪？"这样的例证，也多见于《大宗师》等篇，不胜枚举。而《人间世》第二章的结语则说："可不慎与？"第三章的结尾说："可不慎邪？"第二章又说："此其难者。"都是一种拘谨慎重的态度，和上述庄周作风，迥然不同。

以上是从思想文体方面，论证《人间世》的前三章和《逍遥游》等篇的不同，现在再从一个具体人物的引用中，推寻一下这三章可能产生的时代。

《人间世》第一章中引用了关龙逢这一人物。从先秦书籍看来，这一名称出现的较晚。从《诗》《书》《左传》《国语》《论语》，一直到《墨子》《孟子》等书，讲到夏桀的事迹者相当之多，其中非但没有记述桀杀关龙逢一事，连关龙逢这一名称也没有提到。大约这一名称的出现，最早见于《荀子》。《解蔽》篇云：

桀蔽于末喜、斯观，而不知关龙逢。

《宥坐》篇云：

汝以忠为必用邪？关龙逢不见刑乎？

从此以后，像《吕氏春秋·仲春纪·功名》《慎大览》，《韩非子》的《难言》《十过》《说疑》等篇，凡是讲到忠谏之士的，总是把关龙逢和比干一并称述。显然，关龙逢谏桀被杀的事迹，是战国晚期才流传起来的。当然，我们不能单单根据某一书上没有某一人物的记载，便说当时没有此人。但可以作为判断根据的，是考察某书某篇的内容和性质，是否有提到某人的必要。如果有一种讲述忠君爱国的著作，对于古代忠正直谏之士，罗列的相当完备，而独独对于和比干媲美的关龙逢，偏偏没有提到，那么，在这时期，关龙逢其人之有无，就成为问题了。

按先秦学者，对于古代忠贞之士，同情最深、咏叹最多者，以屈原书为最。《楚辞·九章》中，罗列古代忠谏之士，最为完备。如《惜诵》云：

> 晋申生之孝子兮，父信谗而不好；行婞直而不豫兮，鲧功用而不就。

《涉江》云：

> 接舆髡首兮，桑扈裸行。……伍子逢殃，比干菹醢。

《惜往日》云：

> 吴信谗而弗昧兮，子胥死而后忧，介子忠而立枯兮，文君寤而追求。

《悲回风》云：

> 求介子之所有兮，见伯夷之故迹。……浮江淮而入海兮，从子胥而自适。望大河之洲渚兮，悲申徒之抗迹。

从上所引各段看来，《楚辞》中所歌咏的古代人物，从崇鲧、比干、申生、介子推、子胥、接舆、桑扈、申徒狄等，凡是古代立身忠直而抑郁不平之士，无不见诸吟咏，那么，"谏君而不听"者，应该再没有比关龙逢、比干最突出的了，而《九章》的作者对于比干、子胥则不厌反复地歌咏赞叹。可是独独对于最古的因忠谏而杀身的关龙逢，没有一次提到他。这样，我们能相信关龙逢这个人在屈原时代就流传于世吗？考春秋战国时对于夏代历史的记载，已很隐晦不明，独有楚国的著作，因为没有受到中原儒家理性化古史之影响，因而还保留了些较古的传说。如羿和鲧的神话，九辨、九歌、五子家闺等旧说，都幸有《楚辞》，可以略窥其剪影。如果关龙逢真像《荀子》《韩非子》所说，是夏代的忠臣，那么，熟悉夏代传说的《楚辞》作者，不会不提到的。

再考王符《潜夫论·志氏姓》篇云：

> 豢龙封诸滕川、滕夷、彭姓豕韦，皆能驯龙者也，豢龙逢以忠谏，桀杀之。凡因祝融之子孙，己姓之班、昆吾、籍、扈、温、董，秃姓滕夷、豢龙，则夏灭之。

据此则关龙逢即古之豢龙氏①，为夏所灭的一个部落。由于战国时人往往用当时封建社会的观念来解释并创造古代氏族社会的传说，因此一切独立的氏族或部落，都变成封建时代的诸侯。如丹水之驩兜氏（鹃②吺）变为尧的儿子丹朱（童书业《丹朱与驩兜》，《浙江图书馆馆③刊》4 卷第 5 期）；不周山附近之共工氏变为尧臣共工（杨宽《鲧共工与玄冥冯夷》，《古史辨》第 7 册上第 12 篇）。这样的例子，不算鲜见，所以豢龙氏之变为关龙逢，自也属于同类性质的演变。

《荀子·解蔽》篇云：

> 桀蔽于末喜、斯观，而不知关龙逢。

杨倞注云：

> 末喜，桀妃。斯观，未闻。韩侍郎云：“斯”或当为“斟”。斟观，夏同盟国，盖其时君，当时为桀佞臣也。

韩侍郎认为斯观盖时君，为桀佞臣，仍不脱牵强弥缝④之法，但他说“斯

---

① 梁玉绳《汉书古今人表考》引《路史》注云：“关音豢，作平声，非。”并云：“以为关姓者失之。”
② “鹃”原误作“鹃”。——编者注
③ “馆”原脱。——编者注
④ “缝”原误作“逢”。——编者注

观"为"斟观"之误，确不可易。因为夏桀的历史，在战国之际，远不如殷纣事迹的详明。战国时正是一个盛行创造古史宣传政治主张的时代，因此多把夏桀的恶德和殷纣的故事配合混并。《荀子》为了把夏桀的故事和"纣蔽于妲己、飞廉而不知微子启"相配合，因此采取旧说中的斟观氏、豢龙氏两个氏族部落的传说，创造了一个佞人、一个忠臣的故事，这正是战国时托古改制的常例，不仅《荀子》如此。

也许有人说，荀子和庄子相离不过几十年，既然可以说关龙逢故事是荀子创造，为什么不可以说是庄周创造的呢？我们认为不能这样推论，因为战国时代的诸子百家，固然常用假托古人、创造史实的方法互相争鸣，但他们所假托的古人、古事，一定是为了宣扬自己的学说主张，而不是无目的地凭空创造。因此儒、墨就倡导尧、舜禅让的历史；许行就宣传神农并耕的历史；隐逸之士就创造了尧让天下于许由，许由不受的传说；法术之士就创造了太公杀狂矞华士的故事。因为只有这样，才能扩大宣传，取得群众信仰。这样看来，把夏代部落的豢龙氏变为忠谏被杀的关龙逢，一定是由忠君立节的儒、法之士所创立，而不是由全身葆真之士所创立，大概是可以推想的。再加屈原的时代，正在庄、荀之间，屈原时还没有把豢龙氏变为关龙逢，而《解蔽》篇中又曾把斟观氏变为桀之佞臣，托古改制的事迹非常明显，所以我们认为豢龙氏之变为关龙逢，可能即创始于荀子，或同时的儒、法之徒。

如果这个推测可以成立，那么《人间世》篇前三章（至少是第一章）不可能产生在比屈原较早的庄周时代，是无可怀疑了。

既然，这三章和庄周早期作品不属于同派，时代又不可能在荀子以前，那么这三章的作者，是属于何派呢？从这三章的整个态度以及个别字句看来，我疑心它是属于战国晚期宋、尹学派的作品。

郭老和刘节先生曾论证《管子》中的《白心》《心术》《内业》等篇是宋、尹学派作品。从《天下》篇所述宋钘、尹文学说的内容看来，有许多术语和论点，如"白心""别囿""寡欲"（情欲寡浅）等说，彼此互相符契。但是《天下》篇所述宋、尹的"禁攻寝兵，以调海内"等主张在《白心》等篇中找不到迹象。所以对于《白心》等篇是否真是宋、尹遗著，还有争论。现在从《人间世》第一章中，倒可以看出一些包涵宋、尹学说较全面的遗迹。第一章云：

> 颜回见仲尼，请行，曰：奚之？曰：将之卫。曰：奚为焉？曰：
> 回闻卫君其年壮，其行独，轻用其国而不见其过，轻用其民死，死
> 者以国量乎，泽若焦，民其无如矣！

这里叙述颜回请到卫国的态度，和以"禁攻寝兵为外"，"愿天下安宁以活民命"的态度，很相接近。这里的仲尼，并不根本反对他到卫国劝卫君不要轻用其民，而是担忧他"所存于己者未定，何暇至于暴人之前？"担心他"德厚信矼，未达人气，名闻不争，未达人心"，而"强以仁义绳墨之言术暴人之前者，是以人恶有其美也"。仲尼所说的"德厚信矼，未达人气"，不正是要他"不苟于人"吗？所说的"名闻不争，未达人心"，不正是要他"不忮于众"吗？特别是所说的"强以仁义绳墨之言术暴人之前者，是以人恶有其美也"，不正是"以此周行天下，上说下教，上下见厌而求见也"的同一描写吗？仲尼和颜回的问答，最后归为"唯道集虚"，"耳目内通而外于心知"，和《白心》《心术》等篇中所说的道理互相一致，正是《天下》篇所说"情欲寡浅，以别囿为始"等论点的进一步阐发。

宋、尹学派的特点是一面主张"禁攻寝兵"，周行天下，上说下教，一面又主张"情欲寡浅，见侮不辱"，一面调和杨、墨，一面又采取儒家仁义之言，《人间世》前三章正体现了这些特点。如所说"乘物以游心、托不得已以养中"，是庄、老派语言，所说"天下之大戒"，是儒家之言，这和《管子》中《白心》等篇有同样的倾向，特别是两者之间有显然共同的语句，如《人间世》首章云：

> 闻以有翼飞者矣，未闻以无翼飞者也。

《管子·戒》篇云：

> 无翼而飞者声也，无根而固者情也。

《人间世》首章云：

夫徇耳目内通而外于心知，鬼神将来舍，而况于人乎？

《管子·心术上》云：

虚其欲，神将入舍。

可见两者间有一定的联系。

如果《管子·白心》篇包含宋、尹学派的部分遗说，那么《人间世》第一章就比《白心》等篇包含更多的宋、尹学说。因为从这第一章中，才真正看出"禁攻寝兵为外，情欲寡浅为内"的联系来。宋、尹学派最初创立的目的，在于"调和海内"，"愿天下之民命，以活民命"，而事实上是"上下见厌而求见"，所以才研究如何能"强以仁义绳墨之言术暴人之前"而不被刑害的方术，这就由"见侮不辱""情欲寡浅"的主张，而最后归于"唯道集虚"的"心斋"理论和"以腼合欢"的处世态度。现在可以肯定说：《人间世》前三章，至少是第一章，和宋、尹学派的《心术》等篇有一定的联系，而且比《心术》等篇还较近于原始的宋、尹学派。

不过从文辞用语方面看，这三章和庄派作品，也有某些相近的痕迹：如"庸讵""未始"二词，和当作"何"字用的"恶"字，都是《齐物论》《大宗师》等篇常用的语词，而为《让王》《盗跖》等篇所不用的语词。这样看来，这三章的思想作风虽和《庄子》内七他①篇迥别，但在语词方面，还有一些和宋、楚一带文风相似的地方。也许这就是编入《庄子》内篇的一个原因②。

第五节 评《庄子》内篇出于汉代说

任继愈同志在《庄子探源》一、二篇中（见《庄子哲学讨论集》，

---

① "他"原脱。——编者注
② 过去著作，只有叶国庆的《庄子研究》，对《人间世》篇提出过疑问，虽然论辩比较简单，证据也不够充实，又未把后章和前三章分开，但不失为一个可取的看法。而在 60 年代期间以"权威"自居的理论家却对之加以全盘否定，不能使人信服。

第178—227页），主张《庄子》内篇不代表庄周思想，而是汉初后期庄学的作品，所持理由，大概有下列几个方面：

1. 司马迁所述的庄子代表作是《渔父》《盗跖》《胠箧》等篇，都在外篇而不在内篇。篇中的主要思想，是过激思想，和内篇的没落思想根本不同。

2. 荀子对于庄子的批评，是"蔽于天而不知人"，"荀子的自然观是唯物主义的，他所肯定的庄周的自然观也是唯物主义的"。今《庄子》中具有这种自然观的是外篇《天道》等篇，而不是内篇。

3. 《天下》篇比较晚出，不能从《天下》篇的文句中论证出《逍遥》《齐物》的思想来。

4. 战国时代，奴隶主阶级和封建地主阶级的斗争，胜负还未最后决定。到了汉初，奴隶主阶级才最后绝望。所以代表没落奴隶主的悲观绝望思想，只能产生在汉初，不能在战国。

5. 篇分内、外起于两汉，特别是内篇离奇的篇名，及其具有谶纬和神仙家色彩的内容，是汉初的作品特征。

除了最后一个论据，我们同意，并在第一章第一节里，提出自己的解释外，对于其他论据，认为都不能成立。

分述理由如下。

一 司马迁所记《庄子》篇目问题

《史记》中记述庄子的著书，确实只提了《盗跖》《渔父》等五篇，而没有一篇是在内篇中的。但是司马迁叙述各家的学说和著述，并不是把所有的内容都列举出来，而是用举例的方法，揭出若干篇目，说明所要阐明的问题。他举《渔父》《盗跖》《胠箧》等篇乃是说明这几篇特别诋訾孔子之徒，而不是说庄子所著十余万言，只有这几篇。张德钧同志指出汉初儒、道的斗争情况，是司马迁以微辞见旨之处（见《庄子哲学讨论集》，第245—283页），最为扼要，不需再为复述了。

但任继愈同志又认为司马迁以庄周的全部著作都剽剥儒、墨，决不说只这五篇剽剥儒、墨。如果认为抨击儒、墨，抗议剥削的思想，是《庄子》的社会政治思想的基本方面，那么和这思想相反的，就不是庄周思想，如果宣扬唯物主义天道无为思想是庄周的思想，那么神秘主义和不可知论的思想不是庄周的思想（《庄子探源之二》，见《庄子哲学讨论集》，第 210—227 页）。

我对《庄子》全书都剽剥儒、墨的说法，部分同意，因为从《庄子》全书看来，除了《天下》篇和其他篇中若干章节外，都和儒、墨思想相反，无论其中有明显的评语或是没有。但这种反儒、墨的态度，和他泯除是非的主张，并不矛盾，因为他用不要是非这一原理来剽剥儒、墨。其中最明显的例子就是《齐物论》。这一篇的内容，是一方面主张混忘是非，一方面反对儒墨之是非的。所以从这一推论中，不能得出承认《渔父》等篇为庄子派作品，便须论定内篇是汉代作品的结论来。至于神秘主义、不可知论和唯物主义互相矛盾，那是确实的。但《庄子》全书中，属于唯物主义思想者，究竟是哪些部分；司马迁所提的《渔父》《盗跖》《胠箧》等篇，是不是唯物主义，都成问题。如果《渔父》三篇并无明显的唯物主义，而其他篇中，又有明显的唯心主义，则根据上述矛盾，只能得出初步具有唯物论因素的《天道》《天运》[①] 等篇中若干章节，和《庄子》内篇不是一人所作，而不能证明内篇非庄子所作。因为司马迁并没有提到《天道》《天运》等篇，而这几篇中具有唯物倾向的章节和司马迁所提到的几篇，是否一致，还需要研究。

现在要特别指明的是：司马迁在老子、庄子本传中所举的《庄子》篇目，除了《渔父》《盗跖》《胠箧》三篇外，还有空语无事实的"亢桑子""畏垒虚"之属。这个亢桑子，就是杂篇中的《庚桑楚》，而这一篇的内容，显然和内篇的内容相近，而和《渔父》《盗跖》等篇不是一类。《庚桑楚》篇第一章中所说的至人是"相与交食乎地，而交乐乎天，不以人物利害相撄，不相与为怪，不相与为谋，不相与为事"。这正是内篇《逍遥游》《德充符》《大宗师》《应帝王》等篇中所描写的"至人"状态。《庚桑楚》篇描写"至人"时，有"身若槁木之枝而心若死灰"之辞，这正是内篇《齐物论》中描写南郭子綦隐几[②]之语句。不但《庚桑楚》篇和内篇思想是一类的，而且有些章节是互相关联的。如《庚桑楚》

---

① 《天道》《天运》等篇，内容不全一致，其中有些章节，具有某种程度的唯物主义因素，但决非《庄子》早期作品。

② "几"原误作"机"。——编者注

中有一段云：

> 古之人其知有所至矣，恶乎至？有以为未始有物者，至矣尽矣，弗可以加矣。其次以为有物矣，将以生为丧也，以死为反也。

这一段的前数语，和《齐物论》的语句完全相同，可见它们是同类作品。

如果承认司马迁所见《庄子》有今本《庚桑楚》一篇，就很难根据司马迁的记述把《庚桑楚》的作者及其产生时代，和内篇的作者及时代截然分开。如果认为《庚桑楚》的内容是庄周思想，那就很难否认内篇的内容和思想不是庄周的（如果发现《渔父》等三篇和《庚桑楚》篇的思想不一致，就需要找寻其他根据，来论证哪一篇是庄周思想，而不能根据司马迁的记述，来论证何者为庄周思想。因为司马迁并不知道它们中间有矛盾，而认为这些篇都是庄周的著述）。所以从司马迁所举的篇目看来，只能推证司马迁对今本内篇不甚重视，或司马迁所见的《庄子》篇目次序和今本不同，而不能得出司马迁所见的《庄子》没有内七篇，更不能得出《庄子》内篇不是先秦庄周思想的结论来。

二　荀子对庄子的评述问题

以荀子为讨论《庄子》的支点，比司马迁为支点更为有力。因为现在可以证明《庄子》内容的，再没有比《荀子》更早的材料了。但是从荀子所说的"蔽于天而不知人"一语中，能否得出庄子是唯物论，从而认为内篇是汉代作品的结论，是值得讨论的问题。

从有关这一问题的争论看来，有几个论点，需要弄清，即一、《庄子》中之"天"和荀子用以批评《庄子》之"天"是什么含义，是不是他们所说的"天""人"二词，就相当于现在的"心""物"二词呢？二、荀子对于庄子的评语是有一半肯定、一半反对，还是整个反对？三、荀子对于庄子的批评是正确的，还是错误的？

这三个问题是相连带的，而以第一问题为核心。如果对第一问题的看法不同，就会对下两个问题的看法也不相同。但也有对于第一问题看法相同，而对后二问题看法分歧的。所有这些问题的不同看法，都会推论到庄子是唯心论还是唯物论，从而断定内篇是不是庄周作品这一问题上来。

好多人认为《庄子》《荀子》书中的天人概念，就是现在的心物概念，因此或者对荀子的批评发生疑问，认为荀子的批评是错误的。正确的批评应该是"庄子蔽于人而不知天"（罗根泽《诸子考索》，第306页）。或者认为荀子的批评是正确的，但那是对《庄子》外篇的批评，所以《庄子》书中唯心色彩非常浓厚的内篇，应该是汉代作品。

我认为中国哲学中的天人概念，和西方哲学中的心物概念并不等同。中国哲学中的"天"字，在不同时代和不同哲学著作中，虽可有不同意义（如有人格的天、有意志的①天，以及近似自然的天等）。但在《庄子》《荀子》中论到天人相对的意义时，总是天然和人为相对的意义，而不能和西方的心物关系等同起来。从不同哲学家对天人关系的主张上，可以看出他们是主张"自然"或是主张人为来，但却不能决定主张天然的一定是唯物论，而强调人为的反而是唯心论。因为强调天然，或强调人为，只是他们在人生观上的一种主张和态度，只是他们世界观的一部分，而不是他们对世界本质问题的回答。究竟他们所说的天是精神的东西，还是物质的东西，所说的人是社会环境中的主观能动作用，还是精神的自由活动，那要看在其他方面的理论和解释才能决定。

庄子是中国哲学史上首先提出天人概念来的。从现在的《庄子》看来，不论是内篇或外、杂篇，有一共同的倾向，即主张因任自然，而反对人为制度，反对知识辩论。所以荀子所说"庄子蔽于天而不知人"一语，的确是对庄子思想最概括最简要的批评。如果把庄子的天人意义，解释为心物意义，那就不但和《庄子》书的整个精神不合，而且有些语句简直成为不通之辞了。如内篇《大宗师》说："物不胜天久矣。"外篇《秋水》篇说："天在内，人在外。"难道可以译为"物不胜物久矣""物在内，心在外"吗？难道可以说荀子认为庄子是蔽于物而不知心，他自己是主张唯圣人唯不求知物的吗？所以从荀子对庄子的评语中，只能得出庄子思想是因任自然，而得不出它是唯物论的结论来。

现在要说明的是《庄子》内、外、杂篇中虽有反对人为的共同倾向，但从哲学意义上发挥重天轻人理论，并明白举出"天""人"二字对比讨

---

① "的"原无。——编者注

论的，首先在内篇而不在《渔父》《盗跖》《胠箧》等篇。外、杂篇中明显揭出"天""人"二字对比讨论的，首先在和内篇相近的《秋水》等篇，而不在和内篇相远的《天道》《天运》等篇。如内篇《齐物论》云：

> 圣人不由而照之于天。
> 和之以天倪，因之以曼衍。

这些都是强调天然、反对人为的论述。特别是《养生主》《德充符》《大宗师》三篇中，明白举出"天""人"二字，对比讨论。如《养生主》"公文轩见右师而惊"一节云：

> 是何人也？天与？其人与？曰：天也，非人也。天之生是使独也，人之貌有与也，是以知其天也非人也。

《德充符》第五章云：

> 既受食于天，又恶用人？有人之形，无人之情。有人之情，故群于人；无人之心，故是非不得于身。渺乎小哉，所以属于人也；𢢀乎大哉，独成其天。

《大宗师》第一章云：

> 知天之所为，知人之所为者，至矣。
> 是之谓不以心捐道，不以人助天。

又云：

> 其一，与天为徒；其不一，与人为徒。天与人不相胜也，谓之真人。畸人者，畸于人而侔于天。故曰：天之小人，人之君子；人之君子，天之小人也。

上列这些议论，就是荀子批评庄子蔽于天而不知人的主要根据。庄子这里所说的天，显然是顺从自然的意思，与唯物论没有共同之处。所以从荀子之支点上，得不出庄子是唯物论，从而认为内篇不是先秦作品的结论来。

如果同意庄子的天不等于物，则荀子对于庄子的批评，显然是正确的；至于荀子对于庄子的批评，是否有部分赞同之意，也就无关重要了。因为即使荀子批评各家所蔽的词句中有部分肯定之意（如以上文"桀蔽于末喜"等句为例，则毫无肯定之意；如以《天论》中"有见于齐无见于畸"等句为例，也可能对诸子之蔽和桀纣之蔽的批评分量不同），但那也只是说庄子见到随顺自然的一面，而不知人为努力的一面；而不是说庄子见到客观物质的一面，而不知主观精神的一面。（至于《庄子·大宗师》篇又说"庸讵知所谓天之非人乎？所谓人之非天乎？"那是用洸洋自恣之辞，说明虽然"知天之所为人之所知"者是最高的，但怎能知所说的天不是人、所说的人不是天呢？而最后归结为"不以人助天"，仍然是重天轻人。）而且无论天人的意义如何，荀子论评的对象都在《庄子》内篇（《齐物论》《养生主》《大宗师》等篇），而不在《渔父》《盗跖》等篇，所以不能以此推证《庄子》内篇出于汉代。

荀子对庄子的批评，除明见于《解蔽》篇外，也见于《天论》篇：

> 故明于天人之分，则可谓至人矣。
> 大天而思之，孰与物畜而制之？从天而颂之，孰与制天命而用之？

这里所说"大天而思之""从天而颂之"的人，正是那个咏叹"警乎大哉，独成其天"、主张"不以人助天"的庄子。特别是荀子所说"明于天人之分，则可谓至人矣"一语，显然是针对着《庄子》内篇《大宗师》开首"知天之所为、知人之所为者，至矣"数语而发的。我们知道"至人"一词，是庄子派对理想人物的称谓，荀子的理想人物是圣人、圣王、君子等名，而不是什么"至人"。但在这里，却用了"至人"一词，分明是用庄子的名词以反击庄子，好像说你以为明于天人之为的①是"至人"，我以为明于天人之分的才是"至人"。因为《大宗师》开首说"知天之为、知人之为者，至矣"，似乎对二者将有所区别；但下文又把天人混同起来，所以必须指出天人之分来，加以反驳。从《天论》和《大宗师》针锋相对的议论中，知道荀子对庄子的批评，主要是对照着《大宗师》等篇，而不是对《渔父》《天道》等篇。所以从《荀子·天论》这一支点上，也不能推证《庄子》内篇晚出于汉代。

三 从《天下》篇推证内篇思想问题

任继愈同志反对以《天下》篇为推证内篇的理由约有下列几点：

1.《天下》篇的时代不早于秦汉之际，《天下》篇疑非庄子学派的作品，《天下》篇对庄周的批评值得重视。

2.《天下》篇讲到其他流派之时，都引用了一些代表性的原文，可是讲到庄周的哲学时，夹议夹叙，并没有引用庄子的原文，只是对庄周的治学态度、生活作风作了一些抽象的描绘，因而很难使人依据这些描绘，进一步研究《庄子》书的真伪。

3.《逍遥游》和《齐物论》中从没有讲"析万物之理，察古今之全"，而是要人不析不察，取消分别，抹煞是非，更说不上对邹鲁之士有什么敬意，这和《天下》篇主张不合。

4.《天下》篇中所说"独与天地精神往来"一条，可与关尹、老聃相通；所说"不谴是非以与世俗处"，和慎到相似，通过《天下》篇，好像也能论证出《齐物论》是慎到作的结论来。所以《天下》篇，不是研究庄学的很好证人（《庄子探源之二》，见《庄子哲学讨论集》，第210—227页）。

对于第一论点，我完全同意。旧作关于《天下》篇的考证，即认为《天下》篇是荀子以后、司马谈以前同情于道家的儒家派作品（详见本书第四章第四节）。但我认为《天下》篇虽不是庄周自作，而确为考察庄子思想最可靠、最有用的材料。从《天下》篇叙述庄周的学说中，确可推证出《庄子》内篇某些思想来，不过可以从《天下》篇中推证出的内篇

---

① "的"原无。——编者注

思想，不止《逍遥》《齐物》二篇而已。

对于后三论据，我觉得理由都不够充足。

首先我们认为从《天下》篇中可以推证庄子的思想，是说从《天下》篇所叙述的庄周思想中可以推证庄子的思想，而不是说从《天下》篇作者本人的思想中可以推证出庄周的思想。任文举了《逍遥游》和《齐物论》中没有讲"析万物之理，析古今之全"的内容，认为不能从《天下》篇推证《逍遥》《齐物》思想，这正是把《天下》篇作者本人的思想和《天下》篇作者所述庄周思想混淆了的结果。站在儒道之间的《天下》篇作者，当然可以有不同于《齐物》《逍遥》的议论，可以对邹鲁之士表示敬意，这和从他对庄子的叙述中，可以推证庄周思想，并不矛盾。正如我们不能因为荀子、司马迁的思想和庄子相反，便否认从荀子、司马迁对庄周的叙述和批评中推证庄周思想一样。我们当然不能根据《天下》篇作者在总论部分有和庄周思想不同的地方，便否认其所述庄周思想的正确性，甚至否认其可以作为推证庄子思想的依据。

任文所提从《天下》篇中"独与天地精神往来"及"不谴是非以与世俗处"等句，也可以推证关尹、慎到学说的论据，只有消极的怀疑理由，在本章第二节中，根据《齐物论》所引人物，及其与《庄子》他篇相同语句，加以反证，此处不再复述。这里要说明的是：如果《天下》篇中只有"独与天地精神往来"和"不谴是非以与世俗处"这二句，那就不容易区别出庄周思想和关尹、慎到的思想来。但是《天下》篇中除了上述二语外，还有几十句讲述庄周思想作风的话，它明明说庄周"以天下为沈浊而不可与庄语，以卮言为曼衍，以重言为真，以寓言为广"；明明说庄周主张"上与造物者游，而下与外死生、无终始者为友"，难道从关尹、老聃、慎到中可以找到寓言、卮言、重言等不与天下庄语的例子？可以找到参差诙诡的文辞和"与造物者游"的理论吗？所以这个论据，对于证明《天下》篇不能为推论庄周思想证人的理论，没有大的帮助。

任文所举的几个理由中，以第二论点，即《天下》篇对于庄周思想没有具体引述而只有抽象描绘的论据，最值得重视。这个特点，确是读《庄子·天下》篇者多数共有的印象。但这个现象，正足以证明先秦的《庄子》是《齐物》《逍遥》，以及作风相近的几篇，而不是《天道》《天运》《渔父》《盗跖》等篇。因为《庄子》书和先秦诸子不同的特点之一，即是它不作概念的抽象叙述，不用整齐死板的文句，而惯用参差诙诡的形象化语句和洸洋自恣的风格，来表现其思想，这样就很难从书中举出若干文辞整齐、概念明确的文句作为引证，而不得不摹仿作者的风格，描绘其思想轮廓。因此描绘作者的态度作风、表现方式者占了多半。所以这一论据，不但不能作为否认《天下》篇可作推证内篇的支点理由，反而成为证明《天下》篇可以作为推证《庄子》内篇的有力理由了。

现在进一步要说明的是《天下》篇中论述庄周部分，除了一些描绘庄周作风的辞句外，也有描述庄周思想的辞句，而且有些辞句，就是从今本《庄子》内篇《齐物论》《大宗师》等篇提取出来的。如《天下》篇云：

> 死与生与？天地并与？神明往与？芒乎何适？忽乎何之？万物毕罗，莫足以归。

这种叙述，既是描写作风，也是叙述思想。这种飘忽不定的写作方法，在内七篇中表现的很明白，而《齐物论》尤其是典型例子。这里一连串用了若干"与"字表示提问，最后的结束是"莫足以归"，正是《齐物论》中用无数"乎"字提出若干疑问，而最后不作肯定结论的表现方法。可知这一段叙述，基本上是从《齐物论》概括而来的。特别是《齐物论》中所说："天地与我并生，而万物与我为一"，就是《天下》篇"天地并与"一语的来源。《天下》篇又云：

> 上与造物者游，而下与外死生、无终始者为友。

这二句显然是取自《大宗师》篇。《大宗师》第三章子祀、子舆、子犁、子来四人相与语曰："孰知死生存亡之一体者，吾与之友矣。"第四章子桑户、孟子反、子琴张三人相与友曰："彼方且与造物者为人，而游乎天地之一气。"又云："庸讵知夫造物者之不息，我黥而补我劓，使我乘成以随先生邪？"对比两者，可见上引《天下》篇二句出自《大宗师》，是相当明显的。

我们知道，在先秦诸子中，只有《庄子》书特别讲生死问题，而《庄子》书中讲生死问题者，以内篇《大宗师》为最多。而且像"造物者"这一词，和"与某某游""与某某为友"这种提法，也只有内篇《逍遥》《齐物》《大宗师》等篇为最多。《大宗师》篇一共用了四次"造物者"（一次"造化"）这一名词，一共有四处用"与某某游""与某某为友"的叙述法，这种词句和提法，是外篇《骈拇》《马蹄》《天道》《刻意》《渔父》《盗跖》等篇所没有的。所以从《天下》篇所述庄周思想作风中可以推证庄子的思想，而且确知其来源就在今本内篇《齐物论》《大宗师》等篇中。

总起来说，《天下》篇虽不是先秦早期的作品，但现在保存下来论述庄周思想最具体而详细的史料，再没有比这篇更古的了。它评述先秦各派学说都很确当，特别是对先秦道家各派的评述，有很高的参考价值。它虽不是庄周嫡派的作品，但秦汉时论集古籍者，把它放在《庄子》书的末尾，说明它和庄子派有特殊的关系。从论证庄子思想的价值来说，它比荀子、司马迁的论述，是不逊色的。

四 内篇思想所反映的时代问题

《庄子》内篇所体现的思想，可能产生于秦汉之际，还是产生在战国中期，是决定内篇时代的一个中心环节。关于《庄子》思想及其所代表的阶级意识，在第六章中详论，这里只谈任文所涉及的一些问题。

任继愈同志在《庄子探源》一文中对此问题提出了几个主要论点：

1. 奴隶主阶级和封建地主阶级的斗争，到汉初才决定了最后胜负，奴隶主到这时"才真正感到大势已去，不可挽回了"，所以战国中期，不可能产生内篇的思想。

2. 董仲舒说过："今师异道，人异论，百家殊方，指意不同，……"所以《齐物论》有跟同时人争论的口气，不是不可理解的。

3. "汉初的统治阶级，是以黄老为幌子的道家宗教神学"，"《庄子》内篇极大可能是许多黄帝老子书中的一个支派"。"他不采取儒墨那一套，这一点符合了汉初与民休息的方针。"

4. "当时统治者都注意神仙养生，《庄子》内篇也给了一定的满足。"

5. 庄子的滑头主义、相对主义，对统治阶级是有利的。所以内篇思想流行于汉初，有足够的根据。

我们觉得：《庄子》内篇代表没落阶级（至于代表何种没落阶级，可以讨论）的思想，不成太大的问题。问题在于奴隶主阶级和封建地主阶级的斗争，究竟在什么时候决定了最后的胜负，旧阶级的失败，到什么阶段会产生悲观绝望的思想。

春秋战国的社会性质，虽还没有定论，但代表新旧社会过渡的几个重要特征，如农村公社的解体，土地买卖的出现，固定的世袭等级制的分解等现象是比较确定的，而这些现象的出现，大体以商鞅变法为重要断限。可以说两方斗争的胜负，在这个时候，基本上确定了。如果从全国范围看，可以说在秦统一前夕，最后决定了。无论如何，不能说迟至汉初，封建主对奴隶主的斗争才最后胜利。

那么是不是说像《庄子》内篇这样没落的思想，如果产生在秦国，可以在商鞅变法时期；如果产生在庄周出生的宋国，必须到秦统一前夕呢？问题还不是这样简单。

应该指出，阶级斗争在客观上的胜败决定是一回事，而人们主观上对斗争形势的感觉和估计又是一回事。一般说来，多数人的认识，往往落后于形势，因此那些维护旧阶级利益的分子，一直到灭亡前夕，还不承认自己阶级的失败，甚至在失败以后还长期留有复辟的思想。但是在新旧阶级对垒的形势中，不论哪一阶级，其中必然有若干感觉敏锐的分子，特别是其中具有思想体系的知识分子，他们可以在斗争形势发展到一定阶段后，便会感觉到自己阶级前途的光明或黑暗。那些代表先进阶级的思想家们，在本阶级发展初期，便唱出了胜利的凯歌，固不必说了。即使那些代表失败和衰亡的阶级，也不是非到最终没落以后，才会发出绝望的哀音。

比如大家熟知，也是讨论庄子哲学常常引用的代表没落封建贵族意识的"封建社会主义"，它的产生，并不在封建残余绝迹之后，而是在资产阶级革命到处进行的 19 世纪 30 年代。这时法国的七月革命虽已完成，英国的改革运动虽已胜利，但不论在英国和法国，封建残余并未绝迹。单就法国说，这时距离 1848 年的革命，还有 18 年，此后还有拿破仑第三的第二①帝国等带有封建残余的政治形式，更不用说大陆上德国、意大利等国的封建势力了。如果照任文所提出的代表旧社会的没落思想，必须到旧势力最后破灭，而残余势力绝迹之后才能出现，那就对产生在 30 年代而为马克思所论定为代表封建贵族没落意识的"封建社会主义"，就无法理解了。

所以无论判断哪一种思想产生的时代，都不可离开哪个思想的具体内容及其与当时社会关系，而作抽象的推论，对于《庄子》内篇也不能例外。

从常识看来，战国时期虽已进入封建社会，但全国范围的中央集权国家还未形成，当时和旧贵族统治阶级对立的，除了正在形成的地主阶级外，还有许多自由民阶层。所以百家争鸣的空气非常活跃。只有在这样阶级分化激烈、矛盾斗争复杂的时期，才会产生百家争鸣的局面，产生丰富多彩而具有新鲜内容的思想体系。《庄子》内七篇虽然基本上是没落意识的反映，但它是一个具有创发性的悲观思想体系，他用了丰富的想象，描写了他的理想至人和理想社会；他用了名辩的语言和儒、墨、名、法各家形成针锋相对的辩论。无论他提出什么"不谴是非""混忘是非"的口号，而事实上是用了"无是非"这一标准，和一切有是非的学派进行了斗争。这种旗帜鲜明、自由争鸣的精神，是秦汉统一以后所少有的。这种精神和董仲舒所说"今师异道、人异论"的情况，迥不相同。

汉朝初年，确有许多不同学派，如儒家的孔鲋、叔孙通、陆贾，儒法之间的贾谊，道家的盖公、田叔以及淮南门客苏飞、李尚之徒，阴阳家的张苍，法家的晁错等，可以说"师异道、人异论"了。但是这些学者，大都根据先秦学派的理论，加以推演敷陈，很少像战国诸子那样的创造，连较突出的贾谊，也不能例外。正像田何、伏生那些经学家们远不能和孟、荀相比一样，像淮南门客中的大山小山之流，也远不能和庄子相比。特别是《庄子·齐物论》中所辩论的对方，是惠施派的名家学说，而这个学派在秦汉时期是近于绝迹的。有谁能从汉朝初年，找出一个像惠施、公孙龙那样一位名家学派，可以作为《齐物论》辩论的对方呢？所以无论从汉代的社会还是从汉代的学派方面，都不能证明《庄子》

---

① "二"原误作"三"。——编者注

内篇思想是产生于汉初的。

如果从社会、学术方面，不能证明《庄子》内篇思想产生于汉初。那么，从汉初统治思想方面所建立的论据就更难成立了。

无论汉初统治者怎样来不及建立指导理论，但像《庄子》内篇那样消极弃世的主张，决不能作为一种政治指导思想，这是无疑的。其实任何一个封建王朝的开始，都未必来得及马上制出一套系统理论，而任何一个王朝，都不会缺乏一套现成的或拼凑的理论。因此像儒家、法家以及阴阳家等积极提倡礼制法律，不脱离现实的学派，总要被历代统治者从其中吸取一部分理论，加以调和，作为其统治思想。汉初的一切法律制度，就是法家和儒家思想的具体指导。刘邦一入关就定了约法三章，定三秦之初，就下令定服色，即位第七年，便命令叔孙通定朝仪，第十一年便命他曾看不起的儒生陆贾上《新语》，下诏求贤才，这些措施和政策，都不是黄老思想所能指导的。所谓汉初文景之治与黄老思想的关系，不过是节取了《老子》书中"我清静而民自正"一部分帝王之术，作为与民休息的号召，与《老子》书中包含的其他思想并不相干。所以即使在曹参为相和窦太后好《老子》书的[①]时代，黄老思想也不是唯一的政治指导。如文帝时的置诸经博士，特别是文帝诏举贤良文学士，景帝的平七国之乱，这些政策，如何能在老庄思想指导下进行呢？我们看道家学派的黄生说："冠虽敝必加于首，履虽新必贯于足"，就知道汉初的道家已是外道内法的东西，像《庄子》内篇那样蔑视现实、追求绝对自由的思想，如何能成为黄老帝王之术一个支派，成为统治阶级积极提倡的思想呢？

既然《庄子》内篇思想不能成为统治思想，而汉初统治者也并没有绝对排斥儒、墨，特别是不能排斥儒家和阴阳家，则所谓为了反儒、墨而提倡庄子的论点，也就无需多加辩论了。

至于说滑头主义、相对主义，对统治阶级有利，那只能成为不积极压制或禁止它的理由，而不能成为积极提倡的理由。因为无论如何，它不如忠君思想、专制思想对统治者更有利益，这也无需多加辩论。而且把滑头主义的帽子加在庄子头上，显然谬误。

---

① "的"原无。——编者注

此外关于《庄子》内篇讲养生神仙之术的论据，也不成立，因为《逍遥游》中浪漫主义的幻想和外篇《天地》等篇中的神仙思想决不相同。而且神仙思想始于战国末期，不是始于汉初，所以这些都不能成为内篇产生于汉初的理由。

结　语

根据以上各节论证，对《庄子》内篇的基本认识如下：

《庄子》内篇不是汉代作品，但也不全是先秦作品，应该打破内外界限，重新建立审查真伪和时代的标准。

根据假定的三个标准（即①《淮南子》以前书，明引"庄子曰"云云而明见于今本《庄子》书者；②虽不明引"庄子曰"而确指《庄子》内容者；③和《天下》篇所述庄周思想完全相符，且有相同语句者），推知《逍遥游》《齐物论》《大宗师》《达生》四篇的主要内容，是先秦庄子作品。

《逍遥游》等三篇，基本上是先秦作品，但其中也有羼杂错简的章节，和主要部分的思想不相一致。论析庄子哲学时，应加以区别。

除以上三篇外，《养生主》《德充符》《应帝王》三篇的主要内容，也是先秦《庄子》作品，其中《养生主》的早出证据，比较确定。

内七篇中只有《人间世》前三章的思想作风和它篇不合，可能是与稷下道家派有关的学说。

总起来说，内七篇中除《人间世》前三章及他篇中少数章节外，基本上属于先秦庄子的早期作品。从全书看来，这七篇和外、杂篇中某些篇章相比，固然不能肯定它的时代更为古些，但和它紧相连接的《骈拇》《马蹄》以下九篇相比，确实不是同一时代、同一人的作品。可能汉初整理《庄子》时，这七篇的来源出于一处，因此编纂《庄子》者，就根据当时的思想特点，特别加了一个题目。这样看来，前人无批判地推崇内篇为庄周自作，确不可信，但所以归为一类，特别称为"内篇"者，也非全无原由。不过来源相同者，内容价值不一定相同。淮南王及其门客所尊信的《庄子》，不一定能符合于先秦庄子的实际。所以研究庄子哲学思想时，还须对七篇内容加以分别对待。

第三章 《庄子》外篇考论

自从苏轼提出《庄子》中《让王》《盗跖》等四篇不是庄周作品的议论后（《东坡全集·庄子祠堂记》），明清时代和近代一般治诸子学者，多数人认为外、杂篇不是庄周的作品，但对于这些篇中究竟哪些绝对不是庄子作品，哪些可能是庄子后学的作品，哪些是道家别派或非道家的作品，是不是其中也有一些和庄周时代较近的作品，都还没有提出多少具体明确的论断。近人罗根泽氏和日人武内义雄氏对《庄子》外、杂篇进行了"探源"和分类工作，取得了相当的成绩，郭沫若的《十批判书》对这一研究又推进一步，但有些问题争论未决，或者论证简单，还须继续探讨。

武内氏分《庄子》外、杂篇为五部分：

第一部分包括《至乐》《达生》《山木》《田子方》《知北游》《寓言》《列御寇》七篇，认为是庄子以后弟子所作。

第二部分包括《庚桑楚》《徐无鬼》《则阳》《外物》四篇，认为是比庄子稍晚的后学之作。

第三部分包括《骈拇》《马蹄》《胠箧》和《在宥》上半篇，认为成于齐王建时代。

第四部分包括《在宥》下半篇，《天地》《天道》《天运》《秋水》《刻意》《缮性》《天下》八篇，认为成于秦、汉之际。

第五部分包括《让王》《盗跖》《说剑》《渔父》四篇，认为是秦、汉之际别派作品（武内义雄《老子と庄子》）。

罗根泽氏分外、杂篇为十二类：

（1）论《骈拇》《马蹄》《胠箧》《在宥》为战国末年左派道家所作

（2）论《天地》《天道》《天运》为汉初右派道家所作

（3）论《刻意》《缮性》疑为秦汉神仙家所作

（4）论《秋水》《达生》《山木》《田子方》《寓言》为庄子派所作

（5）论《至乐》《知北游》《庚桑楚》为老子派所作

（6）论《徐无鬼》《列御寇》疑为道家杂俎

（7）论《外物》为西汉道家所作

（8）论《则阳》为老庄混合派所作

（9）论《让王》《渔父》为汉初道家隐逸派所作

（10）论《盗跖》为战国末道家所作

（11）论《说剑》为战国末纵横家所作

（12）论《天下》篇疑为庄子所作（罗根泽《诸子考索》）

武内、罗两氏的分组，都有一定的根据，但也有许多不妥的地方。如武内氏把《秋水》《刻意》《缮性》等篇归为一类，显然错误；罗氏认《天下》为庄子自作，也没有摆脱传统束缚。笔者论证内篇时，已提到《庄子》每篇中各章的内容往往互不一致，外、杂篇中更多参差，所以笼统将某些篇归为一类，也有容易歧混之处。现拟据每篇基本内容，并依原书次序，将外篇分为三组讨论，即：《骈拇》《马蹄》《胠箧》三篇和《在宥》篇前二章为一组，《天地》《天道》《天运》《缮性》《刻意》五篇为一组，《秋水》《至乐》《达生》《山木》《田子方》《知北游》六篇为一组；将杂篇分为四组讨论，即：《庚桑楚》《徐无鬼》为一组，《列御寇》《则阳》《外物》《寓言》四篇为一组，《让王》等四篇为一组，《天下》篇为一组。每篇分组的理由和需要分别论列及商讨的地方，在讨论中随文提及，不再概述。

第一节　对《骈拇》《马蹄》《胠箧》三篇和《在宥》篇的考察

一　《骈拇》《马蹄》《胠箧》三篇为秦统一前夕的作品

《庄子》外篇中《骈拇》《马蹄》《胠箧》三篇，不论从思想、文体哪一方面看，都和内七篇有显著的不同。

大体说来：（1）内篇《逍遥游》《齐物论》等篇所谈的问题，是关于宇宙论、知识论上的问题，而这三篇所谈的问题是关于政治、社会的问题。（2）《逍遥游》等篇主要是发抒超脱现实的主观幻想，企图用相对主义、神秘主义的方法泯除是非，而这三篇是激昂慷慨地辩论是非，对现实社会加以正面的抨击。（3）《逍遥游》等篇虽不赞成仁义圣知，但没有提出"绝圣弃知"的词语，而这三篇则直接非毁仁义礼乐。（4）在文体方面，《逍遥游》等篇是集合若干章节汇萃成篇，其中多以描述人物故事为主，通过故事表现思想，极富于文学创作的风趣。这三篇则通体一章，首尾一贯，纯粹是论著体裁，在《庄子》全书中独具特色。苏舆说"文体直衍，不类内篇汪洋俶诡"（王先谦《庄子集解》引），大体是适当的。（5）再从个别字句看，《骈拇》《胠箧》二篇，都有"自三代以下者""尝试论之"的提法，说明是同一个人或同一派的手笔，而这种词句，是内七等篇所绝对没有的。

总之，不论从内容、形式哪方面看，都和《逍遥游》等篇及《天下》篇所谈的庄周作风很不相同。这是多数注《庄》家共有的看法。

但对于这三篇产生的具体时代则所见不同。除了墨守传统说法认为是庄子作品者外，仍有不同的推测。明焦竑根据《胠箧》篇"齐田成子一旦杀齐君，十二世而有齐国"的论述，认为是"秦末汉初之言"（焦竑《庄子翼》）。清姚鼐和近代武内义雄、罗根泽等，认为是齐王建时的作品。笔者认为后一说比较确当，但两君所举的论证，都较简略。兹从下列几方面的理由，断定这三篇应是秦未统一以前、齐王建时的作品，它不可能产生在庄周时期或晚至秦汉时代：

第一，《骈拇》三篇，固然不是庄子派嫡系的作品，但和道家思想有一定的联系。这里有"性命之情"一词，就是战国晚期道家系思想中的一个术语。《骈拇》篇说："彼正正者，不失其性命之情。"（俞樾说："上'正'字乃'至'字之误。"）又说："吾所谓臧者，非所谓仁义之谓也，任其性命之情而已矣。"和这三篇最相近的《在宥》篇第一章里也说："何暇安其性命之情哉？"可见"性命之情"一语是这几篇中的一个中心概念。"性命"二字，在《尚书》《论语》中已是重要概念，《孟子》中更将"性命"二字对照讨论。但把"性命"二字集合起来成为一个词的，在战国前他书里没有见过。究竟儒家的"性命"概念，什么时期影响了道家思想，两家所指"性命"意义有什么不同，且不暇论及。这里可以肯定的是在道家《老子》书中只有表示本性的"德"字而没有"性"字，在《庄子》内七《逍遥游》等篇中，有代表本性的"真君""灵府""灵台"等词，也没有"性命"一词。只在《达生》篇第一章里，才有"达生之情者""达命之情者"两语，又有"始乎性，长乎命"的语句，这可能是《庄子》书中"性命"二字最早的出现。按照一般规律，复合的名词总比单一的名词产生较晚，如"仁义"二字，在《论语》和《墨子》里，是两个独立的单词，到《孟子》书里，便成为常用的复合名词。正如"仁义"一词形成的过程一样，"性命之情"一词，也一定在"性""命"二个单词形成以后才通用起来。所以《骈拇》等篇一定产生于《达生》以后。前论内篇真伪及区别《庄子》各篇时代的标准时，已提到《吕氏春秋》引用庄子说，见于外篇《达生》篇，证明《达生》产生较早，现在再看一下《吕氏春秋》中引用"性命之情"一词的情况。

《吕氏春秋·孟春纪·重己①》篇云："有慎之而反害之者，不达乎性命之情也。"

《先识览·观世》篇云："先见其化而已动，达乎性命之情也。"

《有始览·谨听》篇云："耳之可以断也，反性命之情也。"

又云："今夫惑者，非知反性命之情。"

《审分览·知度》篇云："君服性命之情，去爱恶之心，用虚无为本。"

《似顺论·有度》篇云："诸能治天下者，固不必通于性命之情者。"

又云："通乎性命之情而仁义之术自行矣。"

从《吕氏春秋》屡次用"性命之情"一词看来，可以说明《吕氏》成书时，这一词已成为当时通用的术语。由此推证《骈拇》等三篇，至早和《吕氏春秋》著作时代约略相当。

第二，《胠箧》篇中有一段讲盗跖的文字：

> 故盗跖之徒问于跖曰："盗亦有道乎？"跖曰："何适而无有道邪？夫妄意室中之藏，圣也；入先，勇也；出后，义也；知可否，知也；分均，仁也。五者不备而能成大盗者，天下未之有也。"

---

① "己"原误作"已"。——编者注

《吕氏春秋·仲春纪·当务》篇也有近似的一段，除了个别字不同外，基本上是一致的。①

从两书的上下文义看，都很连贯，都没有掺杂抄袭的显明痕迹。

从两书的体例看，《胠箧》和《骈拇》《马蹄》等篇的体例一样，是自己创立议论，而《吕氏春秋》的全书体例，都是引证他书加以解说。单从这一点看，也可以说《吕览》是引证《庄子》。但《吕氏春秋》这一段以下接着说："备说非六王五伯……下见六王五伯，将敲其头矣。"而这几句很具体的论述，《胠箧》篇里没有，杂篇《盗跖》篇里也没有，可见《吕氏》别有所本。《胠箧》篇虽然通体是创立议论，但这一段开首便用"故"字引出盗跖之徒的问答，以下说："由此观之，善人不得圣人之道不立……"也是引述事例证明其立说的。看来这一段论"盗亦有道"的故事，是当时较通行的传说，《胠箧》作者和《吕氏春秋》都是引自他书，但《胠箧》作者更近于盗跖立场，这是两书的差异。从引书的情况看，《胠箧》和《吕氏春秋》的时代也约略相当。

第三，《骈拇》三篇和《在宥》中第一章，都有对于杨、墨、曾、史的评述。明焦竑说："曾、史、盗跖与孔子同时，杨、墨在孔后孟前，《庄子》内篇三卷，未尝一及五人，则外、杂多出后人可知。"（焦竑《笔乘》卷2）焦竑根据《庄子》外篇中提到曾、史等五人，推证外、杂篇为后人所作，有一定的道理，但所论不够准确。因为外、杂篇中引述曾、史、杨、墨的只有《骈拇》等三四篇，至于《秋水》《至乐》《庚桑楚》《则阳》等篇，则都和内篇相同，没有提到这五人。再则杨、墨、盗跖在《孟子》书里都论述过，单从这一点看，也不能推定其产生时代。只有曾参、史䲡两人，虽然都是春秋时人，但在战国中期的著作中，即使在儒家的《孟子》《荀子》里，也都没有把这两人并称的例子。而在战国晚期的《韩非子》里，才屡次有这样的提法。如：

《六反》篇说："虽曾、史可疑也"。

---

① 《胠箧》"何适而无有道邪"，《吕览》作"奚适其有道也"；《庄子》"知可否"，《吕览》作"知时"；《庄子》"五者不备"句，《吕览》作"不通此五者"；《庄子》"天下未之有也"，《吕览》作"天下无有也"。

又说："不知则曾、史可疑于幽隐"。

《八说》篇说："修孝寡欲为曾、史"。

《守道》篇说："立法非所以避曾、史也"。

可见韩非子时代，有把曾、史二人连称，用作代表品德廉孝的惯例。特别是往往引此二人，作为说明其他问题的对比，而不是对曾参、史鳅二人作正面叙述，积极地加以宣扬称赞，这和《骈拇》等篇的提法相同，说明这三篇的写作和《韩非子》的时代约略相当。

第四，再从和《老子》书的关系来看，也和上述时代相符。自来论《庄子》者，多认为这几篇和《老子》的关系相当密切。如苏舆说："《骈拇》下四篇多释《老子》之义。周虽悦老风，自命固绝高，观《天下》篇可见。四篇于申、老外，别无精义，盖学庄者衍老为之。"（王先谦《庄子集解》引）"学庄者衍老为之"的说法，是否妥当，还待详论；但这几篇和《老子》的关系密切，是相当明显的。从《庄子》书和《老子》书在文句上的关系看来，大体有三种类型：一种是各自立说，看不出显然的联系，如《逍遥》《齐物》等篇；一种是思想上有相当联系，也有些相当的语句，但在《庄子》中文义连贯，天衣无缝，很难确指是引用今本《老子》书的，如杂篇中《庚桑楚》篇；另一种是两者间显然有相同的语句，在《庄子》文中，明显是引用成语而又确在今本《老子》中者，如现在讨论的《胠箧》篇即是其例。

按先秦书中分明是引证《老子》书文句，而确实可信的，除《庄子》书不论外，以《韩非子》《吕氏春秋》两书为最早①。

《吕氏春秋·先识览·乐成》篇说："大智不形，大器晚成，大音希声。"这是引今本《老子》十一章；《制乐》篇说："故祸兮福之所倚，福兮祸之所伏。"是引《老子》五十八章；《君守》篇说："故曰：不出于户知天下，不窥于牖而知王道，其出弥远，其知弥少。"是引《老子》

---

① 《太平御览》卷513载墨子曰："老子曰"云，本是《淮南子》引《墨子》文而不是《墨子》引《老子》。《战国策·齐策》颜斶引《老子》也较早，但《战国策》的内容多有附会，该书写成的时代也不好确定。编者按：未见《太平御览》卷513有此文，亦未见《淮南子》引《墨子》，此注必有误。

四十七章（其他语意相似而和今本《老子》不尽符合的，暂不论列）。说明《吕氏春秋》成书时，类似于今本《老子》的书，确已存在，但吕书引《老子》时，都是只称"故曰"或"故"字，而没有一条是明称"故老子曰"的（顾颉刚《从〈吕氏春秋〉推测老子之年代》，见《古史辨》第4册）。吕书不称"老子曰"的原因，究竟是由于《老子》书是当时通行的经典，因此引述时不必明指，还是因为当时这本书，还没有定为老聃遗著，这里不加讨论。现在要肯定说明的是当吕氏著书之际，当时有一部分作者，引证此书时，确有只称"故"或"故曰"而不称"老子曰"的惯例。现在我们要讨论的《胠箧》篇，正和《吕氏》引《老子》的惯例相同。如它说："故曰：鱼不可脱于渊，国之利器不可以示人。"是引今本《老子》三十六章；又说："故绝圣弃知，大盗乃止。"又说："故曰：大巧若拙。"这二条都是引今本《老子》四十五章。

这里三次引了今本《老子》的语句，都是只称"故"或"故曰"而不称"故老子曰"。

所以从引《老子》书的惯例看来，这三篇的产生时期和《吕氏春秋》成书时代，也约略相当。

从这三篇所反映的时代形势及所引的史实来看，也确有战国晚期的特色。

第一，近世考证《老子》者，曾有人指出"取天下"一词不是春秋时人语气，虽然有人表示反对，但不能否认它所具有的真理。大抵先秦较古书籍，凡是讲述当时四海以内或泛指世界性事物的，多称"天下"；凡是讨论政治治乱等事的，多称"邦"或"国"。因为当时社会本以列国为政治中心，所以立言论事，不能脱离时代影响。因此，战国中期以前之书，很少有"平天下""取天下"等词汇。而《骈拇》等三篇的立论，则都以天下为对象，很少以邦和国为对象的。如《骈拇》篇用"天下"一词，共有十次；《马蹄》篇用了六次，《胠箧》篇共用二十四次。可见它们所针对的形势和问题，已经不是局部的列国了。特别是《胠箧》篇中引了"故曰：国之利器，不可以示人"一语后，接着说："彼圣人者天下之利器也。"显然是用当时问题中心的"天下"来诠释引语中的"国之利器"，是时代较晚的明证。但篇中又说："足迹接乎诸侯之境，车轨结乎千里之外，是上好知之过也。上诚好知而无道，则天下大乱矣。"可见作者所处之时代，一方面还有千里之外的诸侯之境，一方面已有使天下大乱的"无道"之"上"；这恰恰反映了六国残破未尽而秦已有统一天下的趋势。姚鼐云："此人乃有慨于始皇，故言最愤激"（《庄子章义》），姚说相当正确。从上述论据和全篇精神来看，这几篇作于始皇行将统一之时，是比较可信的。

第二，在《庄子》全书中，多数是空语无事实的荒唐寓言，所以考证家很难依据所述人物时代，推证史实。只有《胠箧》篇中有一段确切反映具体历史事实的记述："田成子一旦杀齐君，十二世而有齐国。"以前的注《庄》家，因相信全书皆庄周自作，所以对这一段产生了好多曲说。如《释文》云："十二世，自敬仲至庄子九世，知齐政。自太公至威王三世，为诸侯"，目的是说明庄周和齐威王同时。从齐威王以上推算，必须到陈敬仲才够十二世。但《胠箧》篇明说："田成子一旦杀齐君，十二世而有齐国"，如何能推到陈敬仲之前？俞樾感到《释文》的说法不通，便说："疑《庄子》原文作'世世有齐国'。"（俞樾《古书疑义举例》）马叙伦也说："'十二世'乃'世'字的烂文。"（《庄子义证》）但古书上这样的句法非常之多。如《吕氏春秋·仲冬纪·长见》篇云："其后齐日以大，至于霸，二十四世而田成子有齐国。"高诱注云："田成子恒杀简公，适二十四世也。"可见古书中明指世数者，多有确据，难道《吕览》原文"二十四世"也可改为"世世而田成子有齐国"吗？而且无论是倒文、烂文，断不会和真实的历史恰巧符合。只有焦竑和姚鼐能破除旧说，认为十二世即至齐王建之时，可谓有识。不过姚鼐囿于《竹书纪年》不如《史记》的成见，不取《纪年》中所载齐之世系，而谓"田常至王建十世，上合桓子无宇、釐①子乞为十二世"，这就和《释文》所说不符于原文的情况，没有什么分别了。钱穆氏按司马贞《索隐》引《纪年》世系，自田成子至王建，正是十二世，与《庄子·胠箧》和《鬼谷子》都相符合，所以本篇当作于齐王建时，既有本文内证，就不必多加曲解了。

齐王建于秦昭襄王十三年（前264）即位，始皇二十六年（前221）为秦所虏，他在位期间正是始皇行将统一六国之时。从前举各证看来，

---

① "釐"原误作"厘"。——编者注

这几篇和《吕氏春秋》的写作时代约略相当，《吕氏春秋》作于始皇八年（前239），正当齐王建在位后期，这样，各种证据互相符合，所以可确定为始皇统一六国前的作品。旧说认为庄子自著，固甚错误，而焦竑认为是秦末汉初之作，也不够正确。

罗根泽氏说这几篇是道家左派所作，大体是对的。不过所谓左派道家，应该包括些什么内容？具体产生的情况如何？还需要综看道家各派的发展趋势，才能论证。这些留待综论道家各派思想发展时再述。

二　《在宥》篇各章的同异和前二章的特点

日人武内义雄氏在《老子与庄子》一书中，以《在宥》篇前半篇和《骈拇》《马蹄》等三篇相近，归为一组，以《在宥》后半篇归入《天地》《天道》等篇一组中（武内义雄《老子と庄子》）。罗根泽氏在《〈庄子〉外杂篇探源》中，以《在宥》全篇和《骈拇》《马蹄》等三篇为一类，认为是战国末左派道家所作（罗根泽《〈庄子〉外杂篇探源》，见《诸子考索》）。笔者同意武内氏的看法，认为《在宥》全篇没有一个共同的中心思想，它和《骈拇》等三篇相同的部分只在前二章，其余各章相当驳杂。为了弄清线索，首先应对《在宥》全篇各章的内容同异分别考察，才可以作属于道家何派的论断。所以这里只将《在宥》全篇，作为《骈拇》一组的附论。

《在宥》篇依王先谦《集解》和新《集释》本，共分七章。大体说来，可分为三类：第一章（闻在宥天下）、第二章（崔瞿问于老聃）为一类，和《骈拇》等三篇内容相近；第三章（黄帝立为天子）、第四章（云将东游）为一类，其中有和内篇相近的地方；第五（世俗之人）、第六（夫有土者）、第七（贱而不可不任者）三章另是一类，和晚出的《天道》篇内容、形式都很相近。兹依次分论如下：

前讨论《骈拇》等三篇时，曾举出其中的若干特征。这些特征，在《在宥》篇的开首两章也即第一类中，都常出现。如第一章说："而后有盗跖、曾、史之行"，第二章说："下有桀、跖，上有曾、史"。这里所述的曾、史、盗跖，正是《骈拇》等三篇屡次引用的人物；又如第一章说："自三代以下者，……彼何暇安其性命之情哉？"又说"闻在宥天下，不闻治天下也。"第二章说："其德不同，而性命烂矣。"这里所说的"三代以下""治天下""性命"和"性命之情"等词，正是《骈拇》等三篇中共有的词语。又如第一章中"故贵以身于天下，则可以托天下；爱以身于天下，则可以寄天下"① 两语，见今本《老子》十三章；第二章"故曰绝圣弃知"句，见今本《老子》十九章。并且都称"故"和"故曰"，而不称"故老子曰"，这和《骈拇》等三篇引《老子》书的惯例相同。可以说这二章在文句上表现的特征，和②《骈拇》等三篇完全相符。至于思想方面，这二章全是激烈地非毁圣知，攻击儒、墨，和内篇风格不同，更是属于《骈拇》组的明证。因此清代姚鼐和日人武内义雄氏都把这二章和《骈拇》等三篇一并论述，是非常正确的（姚鼐《庄子章义》）。现在要进一步考察的是这二章和《骈拇》三篇，以及这二章彼此之间，是不是也有时代先后之分呢？

我将这两章内容和《骈拇》等三篇详细对比一下，觉得《在宥》第一章比较最晚，《骈拇》等三篇次之，而以《在宥》第二章为最早。所以这样设想的理由，有以下几点：

1. 《在宥》第一章以及《骈拇》等三篇的文格，都是通体议论，逻辑性相当强，没有记事和问答，而《在宥》第二章的文格，则不是议论体裁，而是把议论放在崔瞿和老聃两人问答之中。从先秦文体的发展看，大抵记事记言文在先，议论文在后，特别是《庄子》书中的较古篇目（如《逍遥游》《齐物论》等），总是借故事寓言，通过人物的对话，发表议论，而这正是《在宥》第二章不同于第一章以及《骈拇》等三篇的特点，所以第二章应早于第一章。

2. 从思想内容看，《在宥》第一章和《骈拇》等三篇，纯粹是批评当时实际社会现象，基本上没有论到人心分析这一方面的问题。而《在宥》第二章则先叙述了人心的动静刚柔和"偾骄不可系"的情态，然后才谈到仁义法度的危害。从《庄子》全书看来，有大部分是讨论哲学问题而不是政治问题（当然哲学思想有一定政治背景和目的，哲学问题也是政治问题的一种表现），有一部分是兼涉到哲学和政治两方面问题，而

---

① 苏舆说："'身'字下两'于'字是衍文。"甚是。今本《老子》十三章无"于"字。苏说见王先谦《庄子集解》引。

② "和"原脱。——编者注

以论哲学为主。这两种形式究竟以哪一种为较早，虽不敢擅定，但这两种形式都比单纯论政治社会的为较早，是可以肯定的。所以第二章应早于第一章和《骈拇》等三篇。

3. 从政治立场上看，《在宥》第二章和第一章有相当大的距离，而和《骈拇》等三篇的立场则相当接近。《骈拇》等三篇的特色是基本上站在被统治者的地位，对当权派的现实政治和依附当权派的人物言行，予以猛烈的攻击。如《骈拇》篇说："天下尽殉也，彼其所殉仁义也，则俗谓之君子；其所殉货财也，则俗谓之小人：其殉一也，则有君子焉，小人焉。若其残生损性，则盗跖亦伯夷矣，又恶取君子、小人于其间哉？"《胠箧》篇说："世俗所谓知者有不为大盗积者乎？所谓圣者有不为大盗守者乎？善人不得圣人之道不立，跖不得圣人之道不行。天下之善人少，不善人多，则圣人之利天下也少，害天下也多。……掊击圣人，纵舍盗贼，而天下始治矣。""圣人不死，大盗不止，彼圣知者天下之利器也，非所以明天下也。故绝圣弃知，大盗乃止；擿玉毁珠，小盗不起。"这种对当权派及圣知之攻击是相当激烈的，而在《在宥》第二章中表现的更为突出。它说：

> 今世殊死者相枕也，桁杨者相推也，刑戮者相望也，而儒、墨乃始离跂攘臂乎桎梏之间。噫！甚矣其无愧而不知耻也，甚矣吾未知圣知之不为桁杨接槢也、仁义之不为桎梏凿枘也，焉知曾、史之不为桀、跖嚆矢也！

最后的结论是"绝圣弃知而天下大治"，和《胠箧》篇的态度完全一致。而《在宥》第一章中的言论就没有这样激烈，特别是最后说"故君子不得已而临莅天下，莫若无为"，这和第二章及《骈拇》等三篇的口吻完全不同。《在宥》第二章和《骈拇》等三篇的基本态度，是对于当权派及圣知者加以揭露和攻击，最后的理想是虚无而空洞的，决没有设想自己临莅天下之意，而《在宥》第一章则表示了有意临莅天下的情态，这不是一个微小的区分。

和这种不同的政治态度相连的是它们所述理想人物的名称差异。《庄子》书中较古篇章所称述的理想人物是"至人""圣人""神人""真人"

等名称,《骈拇》三篇只提"至德之世"而没有提"至人""真人"等名,《庄子》书一面攻击儒家的圣人,一面称颂自己的圣人,不论是内篇或《骈拇》等篇,都没有把"君子"一词作为理想者的称谓。如《骈拇》篇说:"又恶取君子、小人于其间哉?"《马蹄》篇说:"至德之世,……恶知君子、小人哉?"都是明显地攻击君子。而《在宥》第一章则两次提到"君子"二字,它说:"故君子不得已而临莅天下",又说:"故君子苟能无解其五藏",分明是以"君子"为理想人物的代词,这和内七等篇以"至人""神人"等为理想及《骈拇》等篇之攻击君子者,态度迥别。这是一种政治立场上的分歧,不仅是词句上的差异而已。我疑心第一章末段自"故君子不得已而临莅天下"以下数句,是秦汉时编纂《庄子》者无意或有意加上去的。即使不是编者有意羼入,那么这一章和第二章及《骈拇》三篇的作者不是同派,更不是一人所作,那是可以肯定的。

4. 从个别词句上看,《在宥》第二章跟第一章及《骈拇》等三篇,也有一些差异。比如《骈拇》等篇和《在宥》第一章都用"性命之情"一词表述所谓天然的本性,而《在宥》第二章则用"性命"二字;又如《在宥》第一章和《骈拇》等三篇都有抨击杨、墨的语句,如《骈拇》云:"骈于辩者……游心于坚白同异之间,而敝跬誉无用之言非乎?而杨、墨是已。"《胠箧》云:"削曾、史之行,钳杨、墨之口。"都是杨、墨并称。而《在宥》第二章则说:"而儒、墨乃始离跂攘臂乎桎梏之间",称儒、墨而不称杨、墨。照一般情况,攻击儒、墨者比攻击杨、墨者时代较早;在前一节里,已谈到"性命"二字分别出现比"性命之情"一词出现较早,所以从这两个词语的差异上看,第二章比较早出也是较可信的。

再从对古人的评价上看,第二章也有不同于他章的特点。它说:

> 昔者黄帝始以仁义撄人之心,尧舜于是乎股无胈、胫无毛,以养天下之形。

"黄帝"一名,究竟始于何时,虽还不能确定,但大约最初出现和容成、大庭、神农、颛顼等的地位相似，只是一个氏族长或部落酋长的代名。约到战国中期，便正式列入古代帝王系统之中，及至秦汉时期，又和老子并称成为道家、神仙家的始祖。在第一阶段，可以有些不同的传说；到第三阶段，作为道家尊奉的黄帝已经定型，那时，即使是摹仿荒唐之言的作者，也只能讥讽尧、舜、禹、汤而不能批评黄帝了。而《在宥》第二章的作者却径直提出"黄帝始以仁义撄人心"的论题，对它表示不满，说明这决不是黄帝已定型为道家始祖的秦汉时代作品。正如《养生主》篇记老聃死，及秦失批评老聃"遁天倍刑"的情况一样，是较早出现的证据。不过"黄帝"一名在《墨子》《孟子》书中还未出现，约到战国中期才由道家抬出来和儒家的尧、舜相对抗，可能即是庄子或庄子派所编造的。而这一章把它直接放到尧、舜之前，暗示五帝的古史系统快将形成，所以这一章的时代，也不能早于战国后期，即庄子门徒著述时代。

总之，《在宥》篇中第一、二两章是一类文字，第二章较早，第一章较晚。除第一章末数语有些可疑外，其余部分和《骈拇》一组文大体相同，应为战国末秦统一以前的作品。

《在宥》篇中第三（黄帝立为天子）、第四（云将东游）两章，性质相近，都是记述故事而不单讲道理。但两章的时代内容也不完全相同。大体说来，第三章有许多神仙家言，比较晚出；第四章有很多近于内篇的内容，应为全篇中最早的章节。

第三章的神仙家色彩，相当浓厚。如云："欲取天地之精，以佐五谷。""治身奈何而可以长久。""无劳汝形，无摇汝精，乃可以长生。""故我修身千二百岁矣，吾形未尝衰"，这是一种讲求修炼方法追求长生久视的神仙家思想，和《庄子·逍遥游》等篇的浪漫游仙思想很不相同。

又如说："得吾道者，上为皇而下为王"。这里把"皇""王"二词对比论列，是战国末期的倾向。近代学者多数主张"皇"字在《诗经》《尚书》中，多作状词用，没有作名词用的。金文中多称"尹""君""天""帝"，而没有称"皇"的。大约从《楚辞》起，"皇"才为神之别名，还不是人帝（见王国维《说文讲义》、汪荣宝《释皇》篇、刘节《洪范疏证》、顾颉刚《三皇考》）。及至《吕氏春秋》时，才有"三皇五帝"的名称。所以这一章的产生不能在《吕氏春秋》以前。至于得道观念，也晚出于战国末叶，已在《大宗师》篇考察中论过，不再谈了。

第四章当是本篇中最早的作品，其证有下列三点：

1. 这一章里记述云将和鸿蒙的问答，司马彪说："云将，云之主帅。"俞樾说："即《楚辞·九歌》中之云中君。"（俞樾《庄子人名考》）俞说是否，不敢确定。但这种名称正和内七等篇所说的"天根""浑沌""日中始"等名相似，都是根据想象编造出来的，和本篇第一、二章所说的曾、史、桀、跖等历史人物决不相同。这种人物的设构，是《庄子》较古篇目的一个特征。

2. 本章说："堕尔形体，吐尔聪明，伦与物忘，大同乎涬溟。"这和《大宗师》篇第七章所说的"堕肢体，黜聪明，离形去知，同于大通"，十分相似。本章说："鸿蒙曰：浮游不知所求，猖狂不知所往。……云将曰：朕也自以为猖狂，而百姓随予所往。"《庚桑楚》篇也有相似的句子。《庚桑楚》第一章说："至人尸居环堵之内，而百姓猖狂不知所往。"《大宗师》和《庚桑楚》都是代表庄子哲学的典型作品（《大宗师》考论，详第二章；《庚桑楚》考论，详第四章）。而《在宥》这一章里有许多和它们相同的词句和内容，说明这一章的时代，不可能太晚了。

3. 本章说："万物云云，各复其根"，这二句见今本《老子》第十六章。但本章不称"老子曰"，也不称"故"或"故曰"，而是上下文一气连贯，前后用韵，非常自然，丝毫没有抄袭割裂的嫌疑。这种特点，绝非《老子》书定型以后的现象，更不是《庄子》书中晚出篇目的特征。

总起来说，《在宥》篇第四章的内容和词句，都和内篇有些相近。可能是介于《逍遥游》《大宗师》和《骈拇》《马蹄》间的作品。

《在宥》篇第五、第六、第七三章，文字直衍，思想肤泛，既没有《逍遥游》等篇洸洋自恣的风格，也没有《骈拇》等篇的精辟论断，特别是第七章更为浮浅，和本篇前四章远不能相比。

第五章说："夫有土者，有大物也；有大物者不可以物物，而不物故能物物。"这和《山木》篇所说"浮游乎万物之祖，物物而不物于物"的文句，有些相似。但《山木》篇所说的"物物"，是说至人要为万物的主动者而不被万物所役使，而这一章却说是有土的有大物者不可以物物，这是把哲学上的论断和用语转用在政治上，就显得"物物"二字不够自然确当。这和道家别派把"至人无为"变为"君主无为"的情况相同，不是早期庄学的风格。《山木》篇为庄子弟子所记（详第二节），这一章又袭取《山木》而加以曲解，当然是更晚的作品了。

第六章记大人之教数语，看不出什么特点来，但最后说，"睹有者昔之君子，睹无者天地之友"，显然有调和"君子"及"天地之友"的倾向。这和《逍遥游》等篇的藐视君子，《骈拇》等篇之攻击君子者，态度迥不相同。这是晚期道家的特点，可能产生于秦汉时期。

第七章说："无为而尊者，天道也；有为而累者，人道也。主者天道，臣者人道。"以下又罗列了物、名、事、法，仁、义、礼、德等名，加以抽象的解释，企图调和道、儒、法间的差异，和庄子的思想距离很远，显然是一种从道家过渡到法家的理论。从前注《庄子》者如宣颖等人已疑其意肤文杂，不似庄子之笔，近人也多加以论辩（宣颖《南华经解》、马叙伦《庄子义证》），这种区分一望而知，不需详加论列了。

第二节　对《天地》《天道》《天运》 《刻意》《缮性》等篇的考察

一　《天地》篇内容的复杂和各章的同异

现在的《庄子》书，可以说包含着从战国到汉初这一长时期中各派道家的作品。而《天地》这一篇，很像是全书的缩影，几乎全书中所具有的各种类型、各个时期的作品都有了。

《天地》的内容相当复杂，各家对章节的区分，也不一致。有的分为十六章（姚鼐《庄子章义》），有的分为十五章（如林云铭《庄子因》，中华本《庄子集释》和阮毓崧的《庄子集注》），有的分为十四章（如王先谦《庄子集解》）。大体说来，这十六段落可分为四种类型：

第一类中包括第一（天地虽大）、第二（夫子曰夫道复载万物）、第三（夫子曰夫道渊乎其居也）和第八（太初有无）共四章，是汉初的作品。

第二类中①包括第四（黄帝游于赤水）、第五（尧之师曰许由）、第九（夫子问于老聃）、第十（将闾葂见季彻）、第十一（子贡南游于楚）、

---

① "中"原脱。——编者注

第十二（谆芒将东之大壑）、第十三（门无鬼）、第十四（孝子不谀其亲）、第十五（大声不入于里耳）等章，是战国期间庄子派或庄子后学的作品。

第三类中包括第六（尧观乎华）、第七（尧治天下）二章，可能是战国末到秦汉间隐逸派作品。第三类只有最末一章（百年之木），和《骈拇》《马蹄》等篇为一类，是秦统一前夕的作品。

在每一类中，各章的内容和时代，也不完全相同，不过为了避免烦琐，便于讨论，暂作这样区分而已。

《天地》篇第一组（一、二、三、八）各章中具有的特征，有以下几点：

1. 通体是议论和记言，没有寓言和故事。而议论中又多韵语，很少洸洋自恣的风趣。

2. 对道德和仁义、无为和有为，加以调和混合：如第一章一面主张天德无为，一面又讲君臣之义明，天下之官治；第二章中一面歌颂复载万物之道，一面称述"爱人利物之谓仁，有万不同之谓富。"这和《逍遥游》等篇主张"至人无己"、《骈拇》等篇之抨①击仁义圣知者，截然不同。

3. 从"君天下"者立场发言，以"君子"为理想人物。如第一章说："人卒虽众，其主君也"，"古之君天下，无为也"，"无欲而天下足，……渊静而百姓定"。第二章云："君子不可不刳心焉"，"君子明于此十者"，"不以王天下为己处显"。第三章云："此谓王德之人"，和《逍遥游》等篇之称述畸人、散人、神人、至人者决不相同。

4. 与秦汉间儒家著作有共同的思想和语言。如第二章云："夫道，覆载万物者也，洋洋乎大哉，君子不可以不刳心焉。……爱人利物之谓仁，不同同之之谓大，君子明乎此十者，则事心之大也。"这和《小戴记·中庸》篇所说"大哉圣人之道，洋洋乎发育万物，竣极于天，……故君子尊德性而道问学"等语，有许多共同之处。两者同以"洋洋乎大哉"词语来赞美道，同以"君子"为代表修道之人。所不同者只是《天地》篇所赞颂的是覆载万物之道，《中庸》所赞颂者是圣人之道；《天地》篇是

---

① "抨"原误作"拼"。——编者注

儒、道或道、法思想的混合，《中庸》是略受道家影响的儒家思想而已（《中庸》不是子思自著，时代较晚）。

又如第八章云：

物得以生，谓之德；未形者有分，且然无间，谓之命；留动而生物，物成生理，谓之形；形体保神，各有仪则，谓之性。

和《大戴记·本命》篇所说"分于道谓之命，形于一谓之性"以及《中庸》所说"天命之谓性，率性之谓道"等论点及提法，都很相近。说明这是秦、汉间儒、道两家哲学互相影响以后的产物。不过《天地》第八章开首"太初有无，无有无名……"和最末"是谓玄德，同乎大顺"等句，无论就内容和形式看，都和《老子》书相同，这是八章和二、三章不同之处。但《老子》书只论道、德、有、无，不言性、命，而《天地》篇第八章则综合德、命、形、性等词，都加以定义式的解说（和《易传》《大戴记》《中庸》等书的解法相似），仍然表现了秦、汉间介于儒、道间作品的色彩。

以上是这几章具有的相近特点，但彼此间还有些重要的差异，即各章对于道和天的关系这一根本问题，论述很不一致：

第一章对这问题的看法，是非常明确的。它说："技兼于事，事兼于义，义兼于德，德兼于道，道兼于天。"这是把天放在第一位、道放在第二位，和《老子》书及《庄子》书某些部分认为道先天地生的说法绝然不同。这是否宋尹学派的理论，且不细谈，但它决不是老庄正统派的思想，是可以肯定的。

但在第二、三章里，对于道和天的看法，就没有这样明确。第二章说："夫道，覆载万物者也，洋洋乎大哉！"这里所说覆载万物的道，既像是天地的别名，又像是把天地也包括在"万物"一名之内而居其上的东西，概念不够明确。

第三章说："夫道渊乎其居也，漻乎其清也，金石不得，无以鸣。"这种描写道的方法，和《老子》《淮南子》以及一部分《庄子》篇章中形容道的词语相似，可以作为原始物质解释，又好像道是一个神秘而具体的东西，而不是天的作用或规律。三章里又说：故"形非道不生"，如果形即是一切有形之物，那么道就不可能是物质性的东西。第三章根本没有提到天，或天地一词，而末段有"视乎冥冥，听乎无声。……神之又神，而能精焉；……"等语，如果这十数语真是第三章的末段，而不是羼杂或另外的片段，那么这一章所描写的道，就和《老子》书中的道，没有什么分别了。

总起来说，《天地》篇里，真正和《天道》篇相近，可以说是汉初道家右派或宋尹学派后学的作品，只有第一、二章。至于第三、第八两章，虽也是汉初作品，但在哲学思想上，属于老子系统，不过其中揉合了一些儒家或别派的辞句而已。

《天地》篇第二组包含的各章中，除十四、十五节是散文外，大部分是故事和寓言。共同的特征，是"用荒唐之言、无端崖之词"发挥其超现实的浑沌思想；既没有调和道德仁义的理论（如第一类），也没有露骨的攻击曾、史的议论（如《骈拇》），可以说是庄子系的作品。

分开来看，这几章中也各有些时代较早的特征。如第四章记黄帝"遗其玄珠"的故事，纯粹是寓言体，和内篇《应帝王》末节"南海之帝为儵①"的寓言，文义都很接近。《应帝王》所述的浑沌，正相当于这一章里所说的玄珠，都是象征那个不可言说的宇宙本体或不可破坏的真、美、善。在《应帝王》里，"日凿一窍，七日而浑沌死"的儵②和忽（代表感知和是非）把道或真善破坏了。在这一章里，知（知识）和离朱（感官）、喫诟（辩论）等都找寻不到玄珠，而那个无心的象罔，毫不费力地得到了。这神寓言所表现的思想，和《逍遥游》《齐物论》等篇的内容完全相符，所表现的艺术风格，更非晚期道家各派所能企及，应该说这是本篇中，也是全书中较古的作品。

第五章里记述尧之师许由，和许由的几代师啮缺、王倪、被衣，以及尧和许由的问答、许由评论啮缺的故事。许由、啮缺、王倪、被衣和《逍遥游》《齐物论》《应帝王》等篇所记述的人物相同，不过在那几篇中，许由和尧为一事，啮缺和王倪是一事，而这一章里合二事为一事，而又加被衣于其上，似乎有后出的痕迹。但《逍遥游》一章里，有尧往

---

① "儵"原误作"鲦"。——编者注
② "儵"原误作"鲦"。——编者注

"见四子藐姑射山"之语，司马彪、李颐都说："王倪、啮缺、被衣、许由也，"如此这四人就是《逍遥游》的四子，那么这里的故事，正可以说明它和《逍遥游》《齐物论》等章是同类的寓言和传说。

这一章里，主要是说明仅有聪明睿智①，只懂得禁过，而不知"过之所由生"的人，不能够配天（郭云：为天子）。

其中有许多形象②而细致的分析描写，和晚期道家抽象的叙述法，作风不同。如文中所用火驰、绪使、物絯等词，有族、有祖、众父和众父父等富于想象的比喻都是庄子派文的特有色彩。至于"方且"和"未始"二词，更是庄子早期篇章常用的语词，已在论内篇文中说过，不再谈了。

第九章记"夫子问于老聃"的故事，和《应帝王》篇中阳子居问老聃的内容，有部分相同语句，这一章应在《应帝王》篇该章之前，主要理由已在内篇论《应帝王》篇谈过，不再复述，这里需要补充指出的是：这一章最后说"忘乎物，忘乎天，其名为忘己，忘己之人，是之谓入于天"。这种忘己忘天的思想，比《大宗师》篇所说的坐忘思想，还更近于"圣人无己"之意，而和《人间世》篇的"心斋"思想却不相同，这也是本章为庄子派作品的一个证明。

第十章记述"将闾葂和季彻"的对话，所叙人物和《德充符》篇常季之类相同。所论"大圣之治天下也，摇荡民心，使之成教易俗，举灭其贼心而皆进其独志，若性之自为而民不知所由然"。既没有设想自己做天子，更没有把至人无为转化为"君道无为，臣道有为"的议论，仍是原始道家主张无为的本义。

所用词语，如"岂兄尧舜之教民，溟涬然弟之哉？"极富于创发想象，正是《庄子》系文风的色彩。其中所说："若夫子之言，于帝王之德，犹螳螂之怒臂以当车轶，则不必胜任矣。"和《人间世》第三章所说："汝不知夫螳螂者乎？怒其臂以当车辙，不知其不胜任也"相同。不过《人间世》篇用这一故事来比喻游说之士不可触犯国君，似乎较这一章的比喻更适切些（在此数句下，又有"汝不知夫养虎者乎"一喻）。可能这一章的作者，是受《人间世》第三章的影响而这样写的（《韩诗外

---

① "智"原作"知"。——编者注
② "象"原误作"相"。——编者注

传》亦有此比喻，可能这是战国时一般通用的喻言）。《人间世》第三章虽不是庄子派作品，但时代不会很晚（见本书第二章第三节）。所以即使这一章在《人间世》第三章后，也还是战国晚期作品。从本章和《人间世》第三章所记都是鲁国的故事看来，也许这一章是庄子后学中鲁人所作。

第十一章记子贡遇抱瓮丈人故事，反对机事机心，和《逍遥游》等篇的主张，完全相合，所用语词，如"浑沌之术"、"全德之人"，都见于《德充符》篇；说孔子自称为"风波之民"，和《大宗师》篇孔子自称"天之戮民"的语气相合。这种一方面借高士之口批评孔子，一方面又把孔子描画成为一个推尊方外而自甘于方内的人物，也是《庄子》书早期作品的一种特征。

第十二章记"谆芒遇苑风于东海之滨"的故事，在人物的设构上，和鸿蒙、云将之类相似。在思想上，分别圣治、德人、神人三种情境，而以"致命尽情，天地乐而万事销亡"的神人为最高，和《逍遥游》等篇理想相差不远。其中有云："夫大壑之为物也，注焉而不满，酌焉而不竭。"这几句也见《齐物论》"夫道未始有封"章，但《天地》篇这一段，显然比《齐物论》那一段时代较早，因为"注焉而不满，酌焉而不竭"正是对大壑的具体描写，是这两语的本义，所以本章所说应该是最早的成语。至于《齐物论》那一章，乃是借用此语，来描写"道"和至人的德性，这种引申出的比喻，当该在本义之后。

陆德明说："崔云：《齐物》七章，班固说在外篇"，可见《齐物论》这一章不但从内容上比《天地》此章为晚，即在编纂上看，也不在《天地》篇这一章之前。

第十三章记门无鬼和赤张满稽的问答，无论在文体或内容方面，都有先秦庄子派作品的特点。门无鬼和赤张满稽两名，正和内篇中叔山无趾、南郭子綦等名相同，是随便设构的。他们所批评的统治者是有虞氏而不是三皇五帝，从古史系统的形成过程看，也是较早的现象。批评有虞氏说："有虞氏之药疡也，秃而施髢，病而求医，孝子操药以修慈父，其色燋然，圣人羞之。"这一段不过六七句，便用了三四个比喻，而所用比喻，又是日常生活中琐细而隐微的现象，这非精于观察者不能下笔。末云："圣人羞之"，藐视有虞氏之态度，盎然言外。这种表现手法，是庄子派作品以外所少有的。惟末段"至德之世不尚贤"以下十数语，文句排列整齐，全是抽象论断，虽也可作为前段的结论看，但在文风上和前半节完全不同，应别为一章。因庄子派文风，往往是比喻已尽，文字也完，没有什么另外结论的。

第十四（孝子不谀其亲）、十五（大声不入于里耳）两节，所论问题相同，所以多数本子都合为一章。

这两节的特点，是没有寓言和人物故事，但也不同于第一类的抽象议论，所论的问题是对于随从俗见的不满。最后更进一层，认为"知其不可得也"而又强之，是"又一惑也"。结论是"莫若释之而不推"，正是庄子派"不了了之"的态度。文中引用了"大声不入于里耳"，"以二缶锺惑"，特别是"历之人夜半生其子"，种种极生动的比喻，也是庄子派文的特色。

以上九章，时代先后不同，但都近于先秦庄子派作品。

第三类包括的第六（尧观乎华）、第七（尧治天下）两章中，都以尧为故事主人，虽也和道家思想有一定联系，但内容比较肤浅。第六章记华封人用"寿，富，多男子"祝尧，最后的结论是："天下有道，则与物皆昌；天下无道，则修德就闲；千岁厌世，去而上仙；乘彼白云，至于帝乡"，显然是一种世俗之见和神仙家言。林云铭云："此段义无着落，其词颇趋时，疑非庄叟真笔。"这看法相当正确，现在不必再加细辨了。第七章记"尧治天下，伯成子高立为诸侯"，《吕氏春秋·恃君览·长利》篇也有同样记述，主要是借伯成子高对禹的批评，说明轻天下之意。文字肤浅，和早期庄子派不同，但仍然保持着不和统治者合作的态度，当是战国末隐逸派摹拟的作品。

第四类，指最末一章（"百年之木，破为牺尊"）。这一节里提到"跖与曾、史"，提到"杨墨"，提到"五色乱目""五声乱耳""五臭薰鼻""五味浊口"，又说"美恶有间矣，其于失性一也"。这些用词和提法的特征，和《骈拇》等篇一组的文字，完全相同。有人主张这一节应当和《在宥》篇末节互易，确有一定的道理，但《在宥》篇的全篇并不一致，而《天地》篇和《在宥》末章相近的文字，也只有第一、二章，所以纵将两章互易，也取消不了两篇内容的复杂性，现在只指明本章应为《骈拇》类中的一个断简就够了。

总起来说，《天地》篇的内容相当驳杂，从象罔得玄珠的寓言，和忘天忘己的理想，到跖与曾、史之批评，和道、德、数事之调和，这中间的演变分合，恐非经过数十年不可。单根据第一、二章，将它归入《天道》《天运》一类，并认为是代表早期庄子的唯物论思想，是不够恰当的。

二 《天道》篇为秦汉间道家派所作

《天道》篇前半篇（自开首至"天地而已矣"，姚鼐《章义》定为一章，王先谦《集解》本分为四章），不论内容和文字，都和《庄子》内篇有显著的区别。主要表现在以下几点：

1. 以"虚静恬淡，寂寞无为"为天地之本和帝王之德，把"虚静"的认识论和"南乡""北面""功名大显"的政治理想结合起来。

2. 一面以"无为"为"万物之本"古人所贵，一面强调君臣上下间的区别，认为"下与上同德则不臣""上与下同道则不主"，主张"上必无为而用天下，下必有为为天下用"。

3. 按照先后次序，把道德、仁义、形名、赏罚等社会作用，排列起来，统一在天或天地之下，加以调和。

4. 强调天尊地卑的先后之序，朝廷、乡党的人伦秩序，并给以理论根据。

这种调和儒、道、名、法学说最后为帝王服务的理论，是先秦庄子学说所绝对没有的。特别可以指出的是：它的特点，不仅在于把"无为"和"有为"按照君臣上下的不同地位调和起来，而更在于它在君上无为的名义下，隐含着皇帝应当自尊享乐，对臣下行督责之术的意思。这更是其他各论所绝无的内容。

王船山云：

> 上不自为而任之下，亦与用人则逸、自用则劳之言相似。然君子之用人，以广益求治；而此以自尊求乐，既非老庄无为之旨，抑且为李斯、赵高罔上自专之倡，甚矣其言之悖也！
>
> 其意以兵刑法度礼乐，委之于下，而按分守，执名法，以原省其功过。此形名家之言，而胡亥督责之术，因师此意，要非庄子之旨。（以上见《船山遗书》《庄子解》卷13《天道》）

　　从本文强调"本在于上，末在于下""上与下同德则不臣""上与下同道则不主"等点看来，船山这种分析，是非常深刻的，这是本篇和先秦庄子学派最不同的特点。再从名物制度方面看，这四节也有明显的晚出证据：

　　本章第一节有云："以此处下，玄圣素王之道也"。姚鼐云："素王、十二经是汉人语"。考"素王"一词是汉初《公羊春秋》家尊称孔子之名，隐含孔子当为帝王之意。这种思想，在战国时期，还没有产生，如孟子对孔子的赞仰，只称为"圣之时者也""集大成者"，或说"孔子作《春秋》而乱臣贼子惧"。《荀子》（《非十二子》篇）也只说"无置锥之地而王公不能与之争名，……仲尼、子弓是也"。他们都只从孔子的道德权威社会价值上，论断其社会地位，丝毫没有超出伦理圣人而变为教主的倾向。连战国晚期的《吕氏春秋》也只提到"孔丘、墨翟无地为君，无官为长"（《顺说》篇），并没有造出一个"素王"的名词来。到了汉初《淮南子·主术训》云："专行教道，以成素王"，《史记·殷本纪》云："伊尹从汤，言九主素王之事"，《索隐》云："按素王者，太素上王，其道质素，故曰素王"，《汉书·董仲舒传》云："孔子作《春秋》先正天而系万事，见素王之文焉。""素王"一词才散见于各书。伊尹是道家所托，太素上皇，当是受命有道之君。淮南王是方士和道家混合的代表者，董仲舒是方士和儒家混合的代表者，他们所说的素王，都隐寓受命为王之意。汉时有素问、素书、素女等名称，阴阳谶纬的色彩相当浓厚，"素王"一名之起源，和这些名称有相同意义。《太平御览》207引《论语摘辅象》云："仲尼为素王，颜渊为司徒"，《文选》曹摅《思友人诗》注引《论语崇爵谶》云："子贡共操仲尼微言，以当素王"，《文选》中永明十一年《策秀才文》、魏武帝《短歌行》及扬子云《剧秦美新论》注等并引《论语素王受命谶》[①]。可见"素王"一名，和谶纬家有很深关系。只有《论衡·超奇》篇云："孔子作《春秋》以示王意，

---

　　① 《文选》卷36永明十一年《策秀才文》第一首"握枢临极"注有"《论语素王受命谶》曰：'王者受命，布政易俗，以御八极。'"又卷27魏武帝《短歌行》"海不厌深"注有"《论语素王受命谶》曰：'河授图，天下归心'"。又卷48扬子云《剧秦美新论》"喁喁如也"注有"《论语素王受命谶》曰：'莫不喁喁，迎颈归德。'"

然则孔子之《春秋》，素王之业也；诸子之传书，素相之业也。"和孟子称"孔子作《春秋》而乱臣贼子惧"的原始意思颇为相近，但无论意义如何，都说明这一名称是到了汉初才出现的。从而推知《天道》篇首节，当亦是秦、汉时期，接近专制帝王的道家某派作品。不过看下文引"庄子曰"云云，可见作者是引用《庄子》的成语来证明其主张，并非是有意作伪。而这篇编入《庄子》的原因，可能是由于淮南门客整理了庄子派遗著后，将自己同辈的作品附在后面，正和刘向《九叹》、王逸《九思》附在《楚辞》后的情况一样，当然不能认为是先秦庄子作品了。

除此四节外，其余各章大体可以说是庄子派及一般道家的议论，不过时代先后不尽相同而已！第五节记"孔子西藏书于周室"，姚鼐云："此言汉人语，藏书者谓圣人知有秦火而预藏之。"其言近是。当然，古代书籍，不易获得，先秦人保藏《诗》《书》，或亦偶有其事。但明云：孔子西藏书于周室，就不像是普通保藏书籍的情况。特别是"十二经"之名，在秦、汉以前，没有见过。《释文》说："说者云：《诗》《书》《易》《礼》《春秋》六经加六纬合为十二经也。"一说云："《易》上下经并十翼为十二"。又一云："《春秋》十二公经也。"这三说中，以第一说较为可信。因为这一节的作者，意在描绘孔子见老聃炫其淹博，借此加以批评，似乎仅仅一经，不能表现其淹博，而且《易》和《春秋》本各是一经，也不应分称为"十二经"。大概十二经包涵十二种经典是较可信的。现在要说明的，不论以哪一说为长，都是"经"名成立以后的说法。而"六经"名称的确立，为时很晚。先秦有"六艺"之称，而没有"六经"之名。《荀子·劝学》篇云："始乎诵经，终乎读《礼》"，可能是儒家称"经"之始。这里以经和《礼》相对，可知经之中没有包含《礼》，似乎经专指《诗》《书》而言。《礼》既在经以外，可知当时没有包含《礼》在内的六经。此外《儒效》篇、《劝学》篇都列举《诗》《书》《礼》《春秋》而没有《易经》。自《礼记经解》《淮南子·泰族》、《春秋繁露·玉杯》《史记·太史公自序》等篇后，才列举《诗》《书》《易》《礼》《春秋》，因为《易》在秦代本是卜筮之书，加入六经甚晚，所以包含《易经》在内的"六经"名称，最初出现不能早于秦、汉之际。那么再加上六纬而成的"十二经"，当然更是汉初的名称了。

《释文》所述第二说以上下经、十翼为十二经的说法，即使可取，也只能是汉初的现象。总之，"十二经"之名，出现很晚，和"素王"一名成立的时代约略相当，可能是淮南门客或其同派的作品。

只有第六章记"士成绮见老子"所讨论的问题是修身之道，文体是记事形式，和《养生主》《应帝王》中某些议论相去不远。王船山云："此节于《庄子》之旨为合，但上下文不相类。有为则有名，巧智神知皆为也，凡为皆窃也。若如上文所云臣道有为，则臣可以窃为道乎？"船山鉴别庄学和非庄学的不同，最为有识，但相信全篇是一手所成，因此认为全篇内容彼此矛盾，如果认为《庄子》全书，特别是外篇《在宥》《天地》《天道》《天运》等篇，以及杂篇中的《外物》《列御寇》等篇，纯粹是后人纂辑而成，那么全篇的前后矛盾本不足怪。从本章作者观点看来，当然认为前章所说之臣道有为，是同于盗窃，从前章作者的观点看来，则非把有为和无为区分为臣道、君道之不同，则不能把原始道家的无为哲学，和当时的专制政论调和起来。这是两种不同的政治立场。但在历史渊源上、概念使用上有一定的联系，因而形成了各章的矛盾和羼杂的篇目。关于这种思想立场的变化，拟在下篇论述，现在可以肯定的是《天道》篇的前半篇（亦即表现《天道》等篇一组特点的前四节）产生较晚，是秦、汉间所谓道家右派的作品。《天道》的第六节（士成绮）和内篇《应帝王》等篇的议论有些相近，比较早出。从本篇末"边境有人焉"数语的态度看来，也许是中原宋、鲁之人，痛恨于西陲秦人之虐政而发的愤言，可能是战国晚期之作。

此外第八（世之所贵者道）、第九（桓公读书于堂上）两节，论述了"书不足贵"的道理，和《外物》《寓言》等篇所讲"得意忘言"的道理完全符合，和《养生主》篇记"庖丁解牛"、《达生》篇记"佝偻承蜩"一类故事的精神也颇一致。疑"轮扁斫轮"故事，当是庄派旧说，第八节可能是第九章的解释和推演，都和开首数节不是同类同时之作。

至于第七节（夫子曰）记"夫子曰夫道于大不终"云云，大概是引述《德充符》仲尼答常季的语句而加以改变推演，已在论内篇文中论述，不再复述。

三 《天运》篇的晚出证据及其特点

《天运》篇在这一组中，有自己的特点。它既没有《天道》篇中许多混合儒、道、名、法的议论，也不像《天地》篇那样包含着道家各时期的零篇，从内容和文风上看，基本上是庄子派思想，不过在思辨哲学方面，庄子嫡派的色彩不太浓厚（和《秋水》《庚桑楚》等篇不同），而在名物和词语的运用上，又有晚出的证据，这就是我们仍归入这一组讨论的原由。

本篇八章可分为两个类型，第一章最为特殊，独成一类；其余二至末章，体制上大体相近，可归为一类，但内容深浅、时代早晚不尽相同。

第一章一开始就提出了"天其运乎，地其处乎，日月其争于所乎？孰主张是？孰维纲是？……"一连串有关自然哲学的根本问题。这些问题，既和仁义、圣知、无为、有为等社会政治论不同，也和齐物、忘我、有待、无待等虚玄理论有别，而是对客观的宇宙起源、自然运行提出了根本性的追问，这在中国哲学史上是少有的论题。在文体上，既不是故事寓言，更不是抽象议论，而是一种近于哲学的诗或诗的哲学，和《楚辞·天问》有些相近。但自"巫咸祒曰"句以下解答之辞，和上面提出的问题绝不相称，以前提出的问题是关于自然宇宙之因果问题，所以说："孰居无事推而行是？意者其有机缄而不得已耶？意者其运转而不能自止邪？"……下文应该根据这些问题，提出回答。（从《庄子》全书中看，可以作为这些问题答案的，并非没有。假如让《知北游》篇的作者回答此问题，就可以说："天不得不高，地不得不厚，日月不得不昌，此其道与？"假如让《齐物论》的作者回答，也可以说："必有真宰，而特不得其朕，可形已信，而不见其形"，"恶识所以然？恶识所以不然？"这都可以作为庄子式的答案。）但是这一节的下文却说："天有六极五常，帝王顺之则治，逆之则凶，九洛之事，治成德备，监临下土，天下戴之，此谓上皇"，所说全是顺逆吉凶之事，与自然之因果问题、宇宙开始运行问题了无关涉。这实是一个奇怪的行文。前代注《庄》家如王船山、宣颖等都已注意这个问题了。王船山说："今既详诘而终不能明言其故，则自然者本无故而然，既无故矣，将何所师以勉效法之乎？"（《庄子解》）宣颖云："六极五常果足以当上文五孰字乎？盖分明要逼出道字，姑隐约其词，使人自遇之，此五六止是道之使用，然能顺此五六，则道在其中矣。"（《南华经解》）

王船山和宣颖代本节作出的解答，都是正确的，但何以《天运》作者，既能发出这样精辟而深刻的问题，而却说不出一点类似王船山和宣颖的回答，偏以"王顾左右而言他"的态度，扯到帝王、九洛、上皇等问题上？王船山曾将六极解为"天、地、日、月、风、云各尽其极"，五常解为"地也，日、月也，风、云也，天皆因其常而用之"，尽量使六极、五常不离开客观自然界，以便与上文调协（宣颖说：帝王代天行事，其设施与天、地、日、月、云、雨、风、飙一般，天、地、日、月、云、雨、风、飙之主人，即帝王经纶设施之主人也，哪可不顺）。但六极、五常的解释，恐不如此。成玄英云："六极谓六合，四方上下也；五常谓五行，金、木、土、火、水，人伦之常性也。"此说较王说为近是，但释五常为五行，也不甚准。俞樾云："六极、五常，疑即洪范之五福、六极也，常与祥，古字通，……下文曰'九洛之事治成德备'，其即禹所受之洛书九畴乎？"（王先谦《庄子集解》引）。俞说结合下文，和《洪范》的解释比较近于真实。因为巫咸祒的回答，全是与《洪范》内容有关的理论，实找不出一点近于自然哲学的概念和名词来（章太炎有调和两者之说，甚牵强。章说见《菌说》）。

再看上文一开始提出"天其运乎，……"等语，纯粹是一种诗歌式的疑问，并不是假托于某人之口的寓言或故事，而下文忽然有"敢问何故？巫咸祒曰"云云，上下语气不够衔接。我觉得从开首到"孰居无事而披拂是"为一节，是和《楚辞·天问》为一类的文章，本以疑问为体（船山所云："答不如所问者，答即在问中也。"），问题的答案就寓在问题之中，并没有亦不需要什么直接的解答。自"敢问何故？巫咸祒曰"以下，乃是另一篇文的片断，与此文无关涉。汉人编《庄子》者，为了其中有九洛上皇宣扬帝王顺天思想，便附在前段之后，或者这一段就是汉人自作的文章，于是形成了这样一种上下文不相称的文章。这也间接说明在天人感应、阴阳谶纬说盛行的汉代，对于先秦有哲学意义的问题，都不能正确了解了。

巫咸祒所说的"九洛之事"，杨慎、俞樾都解释为九畴、洛书。九畴见《尚书·洪范》，洛书见《易大传》，按《洪范》为战国时作品，《易大传》约为秦汉人所作，似已近于定论。那么合九畴与洛书为一，当更在以后。

孔颖达《周易正义序》《论重卦之人》下引《礼纬含文嘉》曰："伏

羲德合上下，天应以鸟兽文章，地应以河图洛书，伏羲则而象之，乃作八卦。"又《系辞①》"河出图洛出书"句下《正义》云："如郑康成之义，则《春秋纬》云：河以通乾出天苞，洛以流坤吐地符，河龙图发，洛龟出感，河图有九篇，洛书有六篇，孔安国以为河图则八卦是也，洛书则九畴是也。"可知九畴洛书和谶纬之书是同一渊源。又本章下文说："天下戴之是谓上皇"，这种语调也像是秦、汉统一之际阴阳谶纬家言，与先秦时代的《庄子》和《楚辞》都不相近。如果本章前半段和《楚辞·天问》的时代约略相当，那么"敢问何故？巫咸祒曰"以下，在时代上和前节不能相及。即使不是淮南门客编《庄子》时，把两种片断拼合为一，也是秦汉人采取先秦旧传遗文，推演而成的。从"巫咸祒""上皇"二名看来，都近于楚人之语，也许把这二节合为一章，在文献来源上，有一定的渊源，现在已不可考，只好存疑了。

从第二章以下都是一个故事或寓言。其中除第七章（孔子见老聃归三日不谈）近于《骈拇》等篇议论外，其余二（商太宰荡）、三（北门成问于黄帝）、四（孔子西游于卫）、五（孔子行年五十有一）、六（孔子见老聃而语仁义）、八（孔子谓老聃曰）等六章，都反映了庄子派的思想和作风。但其时代特征不尽相同。

第二章设为"商太宰问仁于庄子"，庄子回答说"虎狼仁也"。这种说法，和《知北游》篇所说"道在瓦甓""道在屎溺"等的提法十分相似，都是故意用一种和常识相反的答案引起对方的领会和思考，近于后世所谓富有禅机的对话，在先秦书中，似乎只有《庄子》文有这种特点。下文所说"兼忘天下易，使天下兼忘我难"等论点，也和《大宗师》篇的提法相符。不过从全篇看来，行文质直整齐，没有多少杂出的比喻，显示不出洸洋自恣的特点，也很难确指其为何时期的作品。

第三章（北门成）述北门成和皇帝关于乐的问答，可能是本篇中最古的章节。本章对于音乐的描绘，有些近于神秘，但有非常合于音乐原理的哲学。所以有些讲乐理哲学的人，往往引证此章。其中说："吾惊之以雷霆，其卒无尾，其始无首，一死一生，一偾一起，所常无穷而一不可待。"是用音乐变化无常的道理，象征宇宙现象的变化无常。和《齐

---

① "辞"原误作"词"。——编者注

物》《秋水》等篇的思想文风完全一致。其中有云："倚于槁梧而吟"，和《德充符》篇"据槁梧而瞑"句相近。又云："此之谓天乐"，和《天道》篇中此句相同，这一句在《天道》篇中出现三次。第一节说："与人和者谓之人乐，与天和者谓之天乐。"以下引《庄子》曰"吾师乎……"云云，接着说："此之谓天乐，故曰知天乐者其生也无行，其死也物化。"可见当《天道》篇写作时，"天乐"这一名词已经通行。因此作者引"庄子曰"云云或"故曰"云云来作证明解释。而此章通体是描写音乐的变化无常的，作者在尽量描绘了音乐的微妙作用后，总结说："此之谓天乐，无言而心悦，"这和《天道》篇的引述"庄子曰"或"故曰"以证明其主张者情况不同。按音乐之"乐"与快乐之"乐"本为一字，古读并无区别，所以从音乐方面讲天乐的，当为"天乐"二字最原始的意义。而其他一切非音乐性的"天乐"，都应该是这一词的推广应用。从这一点看，本章定在《天道》篇各章之前。再看本章对乐理的描写，既说明作者有神秘主义的哲学思想，也说明作者对艺术有很多的知识和修养，这一特点，也是庄子派早期作品的一个特色。

第四章记孔子西游于卫，颜渊问师金云云。师金提出了对孔子的许多批评。从批评孔子的态度上看，和《骈拇》等篇的激烈攻击者不同，和内篇《齐物论》《大宗师》等篇的态度还相接近。从师金之口说出来的哲学是：

> 夫水行莫如用舟，而陆行莫如用车。以舟之可行于水也，而求推之于陆，则没世不行寻常。古今非水陆与？周鲁非舟车与？今蕲行周于鲁，是犹推舟于陆也，劳而无功，身必有殃。彼未知夫无方之传，应物而不穷者也。

单从"无方之传，应物而不穷"的原则看，和《齐物论》《秋水》的理论完全一致。但《齐物论》等篇所讨论的中心问题，是世界观和知识论的问题，还没有把这个原则应用在社会政治上。而这一章则着重在说明古今制度应随时而变。所以说：

> 故譬三皇五帝之礼仪法度，其犹柤梨桔柚邪！其味相反而皆可

于口。今取猿狙而衣以周公之服，彼必龁啮挽裂，尽去而后慊。观古今之异，犹猿狙之异乎周公也。

这是《齐物论》等篇中所没有涉及的内容。当然从《齐物论》《逍遥游》等篇中所主张的随顺变化，"无物不可，无物不然"等哲学中，是可以从逻辑上推演出这种"礼义法度应时而变"的理论来的。但在具有复古思想、没①落意识，或追求原始自由思想的哲学家，则只能停留在随顺变化完成全身免害的境地，最后的归宿是返于太初。所以本章所说"三皇五帝之礼义法度，其犹柤梨桔柚邪！其味不同而皆可于口"的理论，和这种返回原始的理想有一定矛盾。大概隐含在一种哲学中所可有的结论，必须到社会条件有一定变化时，才能朝这些方向发展。所以《齐物论》等篇中所包含的社会变化、古今不同的推论，也必须到社会斗争激烈、复古论不可通行的战国晚期，才能出现。

考尊古卑今的传统，自荀子主张法后王后，才有所改变，及至韩非子出，才发挥尽致的。《五蠹》篇云：

> 今有构木钻燧于夏后氏之世者，必为鲧、禹笑矣；有决渎于殷、周之世者，必为汤、武笑矣，然则今有美尧、舜、汤、武、禹之道于当今之世者，必为新圣笑矣。

《五蠹》篇这一段，和本章所说"行周于鲁，犹推舟于陆"的词句和内容，都相接近。可知这一章的作者是受了韩非派这种影响而从内篇哲学中推演出来的。但本章作者，虽和韩非同样主张不能行周于鲁，而彼此的着重点显然不同。韩非子所用的比喻，是"构木钻燧于夏后氏之世，决渎于殷、周之世者"，都是对复古论的批评。而本章作者所用的比喻，是"今取猿狙而衣以周公之衣，必龁啮挽裂，尽去而后慊"，仍然透露了追求自由的幻想。韩非子的最后归结是"必为新圣笑矣"，而本章作者的归结是"劳而无功，身必有殃"，仍然透露了复古幽情。所以这一章作者，可能是庄子后学受了战国晚期韩非一派的影响而写作的。

---

① "没"原作"殁"。——编者注

从文风上看，庄子派的特点十分显著。如对于刍狗的描写，猿狙衣周公之服的比喻，西施病心的寓言，都是非常生动而富于启发的形象语言。但它写作的时代不可能太早。除上述受韩非派影响一点证明外，再看它引用"三皇""五帝"二词，也是比较晚出的证明。

第五（孔子行年五十有一）、第六（孔子见老聃而语仁义）、第七（孔子见老聃归）、第八（孔子谓老聃曰）四章，都是借孔子见老聃故事，宣传其反对儒家主张的。其中五、六、八等三章属于一类，七章是另一类。前者的特色有如下二点：

（1）反对孔子的态度比较缓和，对儒家思想有一定的容忍，批评语气相当蕴藉，绝无近于谩骂的词句。如第五章云：

> 名，公器也，不可多取。仁义者，先王之蘧庐也，止可以一宿，而不可以久处，觏而多责。古之至人，假道于仁，托宿于义，以游逍遥之虚。

第八章云：

> 老子曰："可，丘得之矣。"

这种"假道于仁，托宿于义"的态度，是承认仁义在达到至人的过程中，有暂时的作用，并且竭力把儒家孔子变为接受老子化的圣人。这和内篇中往往假托于孔子、颜回、子琴张等儒家人物以宣传庄子思想者相似，而和《胠箧》等篇根本反对仁义、绝圣弃知的激烈态度有显著的差别，但也和《天道》前半篇的态度不同。因为《天道》篇（前半篇）调和儒、道、名、法，最后的归宿是帝王之道，而这几章的态度，虽有对孔家的一定容忍，而根本态度仍然是庄派的离世思想。

（2）在文风上具有许多形象的比喻和象征，对生物变化和人情物态有细致的描写。如第八章云：

> 夫白鶂之相视，眸子不运而风化；虫，雄鸣于上风，雌应于下风，而风化。类自为雌雄，故风化。

> 鸟鹊孺，鱼傅沫，细腰者化。

第六章云：

> 鹄不日浴而白，乌不日黔而黑。
>
> 泉涸，鱼相与处于陆，相呴以湿，相濡以沫，不若相忘于江湖。

这说明作者对自然界中生物变化的情况，有深入的观察。如第五章云：

> 以富为是者，不能让禄；以显为是者，不能让名；亲权者，不
> 能与人柄。操之则栗，舍之则悲。

第八章云：

> 夫六经，先王之陈迹也，岂其所以迹哉？……夫迹，履之所出，
> 而迹岂履哉？

说明作者对世情物态有深刻的体验。这些都不是秦、汉时所谓道家右派所具有的特点。

从文句的同异上看，这几章也和《骈拇》一组没有联系。

如第五章云："中无主而不止，外无匹而不行。"与《则阳》篇中"自外入者，有主而不执；由中出者，有匹而不行"句略同。又云："此天之戮民也，"也和《大宗师》篇句相同。

它如记孔子南之沛见老聃，和《列御寇》篇记孔子见老聃的地点相同（和《天道》篇记孔子适周，见周守藏史老聃的传说有别），说明第五章是和《大宗师》《则阳》《列御寇》等篇为同类文字。

第六章记"泉涸，鱼相处于陆，相呴以湿，相濡以沫，不如相忘于江湖"的比喻，也见《大宗师》篇。林云铭云："窃《大宗师》篇内数语填入，何苦如此。"（《庄子因》）似未必然。《大宗师》的原文是这样的："故曰人相忘乎道术，鱼相忘于江湖。"可见《大宗师》之作者是引述先有的成语。而这一章描绘"泉涸，鱼相与处于陆，相呴以湿，相濡

以沫"数语，似乎真能说出为什么提出相忘于江湖的原由来。从这一点看，如果不是这一章的作者，直接从自然界中观察并想象出这种关系，也是和《大宗师》一样，对那一成语的阐发，不一定它是对《大宗师》的剽窃。而这种比喻，应该是早期庄派的一个遗说。又本章云"吾子亦放风而行、总德而立矣，又奚杰然若负建鼓而求亡子者也"数语，也见于《天道》篇。林云铭云："窃西藏书段内数语填入，何苦如此。"（《庄子因》）按此段与《天道》篇数语基本相同，惟《天道》篇云"放德而行，循道而趋"，本章作"放风而行，总德而立"，似乎"放风而行"的提法，和《逍遥游》等篇所常用的修辞①法较相接近。林说不够正确。

但本章内容，确乎没有什么警辟的议论，虽保留了一些先秦庄派的比喻，却像是后人的袭作。此外如第八章有"丘治《诗》、《书》、《礼》、《乐》、《易》、《春秋》六经"一语，"六经"之名起源较晚，最早不能先于秦末汉初（已在《天道》篇谈过），也说明这一章虽然具有许多庄派文风特点，而其产生时代不可能早于秦统一前后，或者是汉人取先秦旧说改编而成的。

至于第七章，虽和第②五、六、八章相同，都是记述孔子见老聃的故事，但风格则和那三章不同。

首先对儒家的攻击比较激烈而少含蓄，编造故事也是竭力形容老聃对孔子的凌辱。如曰："而犹自以为圣人，不可耻乎？其无耻也。子贡蹴蹴然立，不安。"又如"孔子见老聃归，三日不谈""予口张而不能嗋""老聃方将倨堂而应微""老聃曰：小子少进，予语汝"等语，都和第五、六、八章的态度语气有显著的差别。

其次所述内容，和《胠箧》等一组中的辞句，有许多相同。如云"尸居而龙见，雷声而渊默"，和《在宥》篇首章句相同；云"上悖日月之明，下睽山川之精，中堕四时之施"，和《胠箧》篇末句相同；又屡用"性命之情""三皇五帝之治天下"等语，更是《胠箧》等篇常见的语词。这一章和《骈拇》《胠箧》等篇是一类作品。这章③也有和《在宥》

① "辞"原作"词"。——编者注
② "第"原无。——编者注
③ "章"原误作"篇"。——编者注

篇崔瞿问老聃一章相同的情况（内容不是庄子思想）。《在宥》篇那章，连用"三皇""五帝"数次。"三皇"一名晚出于秦、汉间。这一章和《在宥》崔瞿问老聃章相近，它的产生也不可能太早，可能是秦、汉时期抄袭《骈拇》等篇内容编造而成的。

四 《刻意》《缮性》两篇的同异和特点

1. 《刻意》《缮性》两篇的特点，比较明显。它既没有《逍遥游》《齐物论》等篇的丰富寓言，又没有《骈拇》《马蹄》等篇的激昂议论，也不像《天地》《在宥》等篇的内容庞杂，而是通体一段，不分章节，文字板滞，意义肤浅，无所谓参差诚诡的风格，略近于《天道》《天地》中开首几节，决非先秦庄派遗著，是不成问题的。所以自来注家（如罗勉道、林云铭。罗说见焦竑《庄子翼》引，林说见《庄子因》）多怀疑其为伪作，但究为何时何性质的著作，却没有一致的看法。清吴汝纶以为《刻意》作于《淮南子》以后。他说："吹嘘呼吸三语，割取《精神训》文。"（吴汝纶点勘本《庄子》）罗根泽氏以《精神训》文和《刻意》对勘，证明《刻意》在淮南之前（《诸子考索·庄子探源》），其说甚是。但罗又以为《刻意》和《缮性》都是神仙家言，则不够恰当。

《刻意》篇中有近于神仙家语，如本篇末段"夫有干越之剑者，柙而藏之，不敢用也，宝之至也。……纯素之道，惟神是守，守而勿失，与神为一。……能体纯素，谓之真人"等语。

但此篇前段，却对神仙家作了相当的批评。如曰：

> 吹呴呼吸，吐故纳新，熊经鸟申，为寿而已矣；此导引之士，养生之人，彭祖寿考者之所好也。若夫不刻意而高，无仁义而修，无功名而治，无江海而闲，不导引而寿，……此天地之道，圣人之德也。

可见作者本意，对于导引养生之士并不赞同。所以归为神仙家言，不够恰当。但是这篇作者，并未完全摆脱神仙养生的影响。所谓"干越之剑，柙而藏之"的养神方法，和《大宗师》的"忘我忘天"等精神，决不相同。所说"能体纯素，谓之真人"，仍然开辟了后世养生导引家的路线。

所以王船山说：

> 此篇之指归，则啬养精神为干越之剑，盖亦养生家之所谓炼己
> 铸剑、龙吞虎吸鄙陋之数，……虽欲自别于导引，而其末流，亦且
> 流为炉火。彼家之妖妄，固庄子所深鄙而不屑为者也。（《庄子通》
> 卷15《刻意》）

这种看法，有一定道理。

再从本篇和他篇的关系看来，本篇和《天道》篇前半篇相同的语句
最多。如说"故曰：圣人之生也天行，其死也物化，静而与阴同德，动
而与阳同波。""故无天灾，无物累，无人非，无鬼责。"都见于《天道》
篇第一章。《天道》篇和本篇相同之句，都加"故"或"故曰"等字，
说明它们都是取自当时道家传诵习用的词句，而非出于自己的创造。可
见它们是同时同类之作。但本篇又云："故曰圣人休，休焉则平易矣。"
这一引文，《天道》篇的作者改为："故帝王、圣人休焉，休则虚，虚则
实，实者伦矣。"这里《天道》篇特别把"圣人休焉"改为"圣人帝王
休焉"，显示了《天道》篇首章的作者，是有意把道家所说的圣人和帝王
合而为一，与其全章内容取得一致。而本篇则保持了圣人的原样，又屡
次提到圣人。如曰"圣人之德也""圣人休焉""圣人之生也天行"，一
次也没有提到帝王，但到最后忽曰"能体纯素谓之真人"，说明本篇是有
意把道家的圣人和神仙家的真人融合为一的。这两处小小的改动，说明
《刻意》和《天道》篇的文义，虽多相近，而发展方向不同。《天道》篇
是把道家思想，转化为调和儒、道、名、法的思想，以与帝王相投合。
《刻意》篇是将原始道家的恬淡无为，向神仙养生方向发展。这种变化，
最早不能先于秦皇统一时代。

按现存的《淮南子》书，虽号称集道家之大成，实则不过是诸家之
杂集（不能和《吕氏春秋》相比），其主要目的，是用虚静恬淡之道，来
讲君人南面之术和神仙养生之方两事而已。《天道》（第一、二章）和
《刻意》正是两大事的各一方面。把《刻意》和《淮南子》全书对勘起
来，《刻意》全篇文句，几乎无一语不见于《淮南子》者，可见《刻意》
和《淮南子》书的关系非常密切。

从文字的结构看来，《刻意》的文意连贯，层次分明，而《淮南子》《精神训》等篇，都不免旁征杂引、铺张堆砌的痕迹。因此我觉得《刻意》和《天道》前半篇，或即淮南门客的最初作品，后来敷衍推广，便成了淮南王书中《精神训》等篇的内容。而传统学者对于《刻意》则多加怀疑，对于《天道》篇则偏喜其与"帝王之道"相近，反加推崇，实在是错误的。

2. 向来多把《缮性》和《刻意》相提并论，但两篇相同的地方，只在于文字的平衍板滞，缺乏汪洋自恣等风趣。至其内容性质，则颇不相同。《刻意》是较标准的秦、汉道家者言，其主要意旨，不外于"恬淡寂寞"，"迫而后动"，"不为福先"，"不为祸始"，最后的依归是守神养素，流入养生一派。《缮性》内容，则没有养生导引家的言论，也没有淮南王书中习用的语句。虽然基本上是道家风度，但采纳了许多儒家语言，加上自己的解释，和《管子》书中《白心》《心术》等篇的趋向，有好些共同之处。如云：

> 夫德，和也；道，理也。德无不容，仁也；道无不理，义也；义明而物亲，忠也；中纯实而反乎情，乐也；信行容体而顺乎文，礼也。礼乐偏行，则天下大乱矣。

这种论调，不但不是庄子的议论，而且也不是老子派的道家思想。它并不反对仁、义、礼、乐，只是认为天下大乱的原因是由于"礼乐偏行"，而不是像《胠箧》等篇归咎于仁、义、礼、乐的产生，也不像《齐物》等篇推源于知识是非的分别。这是和《逍遥游》《齐物论》《骈拇》《马蹄》《天地》《天运》乃至相邻的《刻意》篇，都不同的地方。

全篇中也有和庄子派思想相通的地方。如云："古之治道者以恬养知，生而无以知为也，谓之以知养恬。"这种"恬知互养"的思想，近于《大宗师》所说"以其知之所知养其知之所不知"的精神，但在全篇中并没有对这点加以发挥，相反的在后半篇中却有许多庸俗思想的流露和后出摹仿的痕迹。比如《天运》等篇，曾对三皇、五帝加以批评，但所列举的上古帝王，只从黄帝开始，而本篇云：

> 逮德下衰，及燧人、伏羲始为天下，……德又下衰，及神农、
> 黄帝始为天下。

这里把黄帝以前的传说，都排在帝王系统中，把其他篇中对黄帝、尧、舜的批评，用在更古的燧人、伏羲身上，分明是后出的说法。三皇之名，晚出于战国晚期，此篇当是秦汉时期之作。又如篇中有"其来不可圉，其去不可止"的语句，这二语也见于《知北游》《田子方》《达生》等篇。但在那几篇中，它是针对整个人生问题而发的议论。《知北游》是说"哀乐之来，吾不能御；其去，吾弗能止"。《达生》篇、《田子方》篇是说"吾以其来不可却也，其去不可止也，吾以为得失之非我也"，是以孙叔敖的故事，比喻得失贵贱不在我的道理。而《缮性》篇这二语，则专论"轩冕之来不能却，其去不能止"，显然是把《知北游》等篇对待生死哀乐等人生根本问题的态度，搬来对待"轩冕之来"的问题上了。特别是前面讲到知恬交养，反性复初，而后面再三慨叹于"时命大谬"，最后的归结是"当时命而大穷乎天下，则深根宁极而待"。虽然郑重表白："古之得志者非轩冕之谓也"，而这种表白，正反映了还未完全忘情于轩冕的内心。王船山说：

> 此篇与《刻意》之旨略同，其言恬知交养，为有合于庄子之指，而语多杂乱，前后不相侔。且其要归，不以轩冕为志，而叹有道之人不兴而隐处，则庄子虽非无其情，而固不屑言此以自隘，盖不得志于时者之所假托也。

又云：

> 与上文不相为类，其曰时命大谬，又曰根深宁极而待，则林逋、魏野之所不屑言，而况庄子！

这种批评是非常深刻的，但说此篇与《刻意》之旨略同，则殊不然。在《刻意》中没有这种时命大谬的议论。王船山指出末段与上文不相为类，甚是。因所有庸俗的意态，都在后段。我怀疑从篇首至"隐故不自隐

内"，是根据旧说而成，自"古之所谓隐士者"以下，是自己的续貂，因此形成"前后不相侔"的情况。这种混合是有意的拼凑，和《天地》《天道》等篇的本为不相属的零简，彼此意思矛盾的情况不同。

第三节　对《秋水》以下六篇的考察

我们从《庄子》内七篇读起，读到外篇《骈拇》以下至《刻意》《缮性》篇，觉得内、外篇的差异相当显著。但是再读下去，到了《秋水》以下，便觉得内、外之分有些模糊。大概这个感觉是比较普遍的。所以前代注家，多以《秋水》以下六篇和内篇互相配合。近人论述，也多认为这几篇的性质和内篇相近。日人武内义雄以《至乐》以下五篇，和杂篇中的《寓言》《列御寇》二篇，归为一组；而把《秋水》篇归在《天地》《天道》一组中，他的理由是：现在《列子》书中《天瑞》《黄帝》二篇，是《列子》书中保存先秦旧说的篇目，当是古代《列子》的遗存，而现在的《庄子》书中，和《天瑞》《黄帝》二篇内容相同的，都在《至乐》以下五篇和《寓言》《列御寇》二篇中（有少数是和内篇相同），所以这七篇应该归为一组（见《老子と庄子》）。武内氏认为《天瑞》《黄帝》二篇，不是魏晋人作的说法，也有相当理由，但不能作为区分《庄子》各篇类别的标准，因《天瑞》二篇也和《庄子》相似，是杂集旧传材料而成的。原始编者，对材料的去取，并没有共同一致的标准。把《列御寇》《寓言》二篇从杂篇中提出，归入《至乐》一类，没有充分的理由。至于他根据《刻意》和《秋水》都有"野语有之"一语，《天运》和《秋水》都有"三王五帝"一名，便将《秋水》归入《天运》《刻意》等一类中，更是只看小节，不管内容的办法了。

罗根泽氏以《寓言》《秋水》《田子方》为庄子派所作，以《至乐》《知北游》《庚桑楚》三篇为老子派所作（《诸子考索》）。在方法上能超出考据的局限，注重思想内容，而不仅拘拘于个别字句，是可贵的。但他所定的分类，由于未能指出篇中的杂羼部分，也有以偏概全之失。《庚桑楚》属于何派，暂不详论。至如《至乐》《知北游》两篇，断然与老子派不同。这两篇和《庚桑楚》相同的部分，远不如它和《达生》《田子方》的同点更为明显。所以本文仍依照原书顺序，以《秋水》等以下六篇归为一组讨论，理由有下列几点：

1. 这六篇次序相接，都在旧题外篇之中；

2. 六篇文体相同，都以故事寓言为主，既和《骈拇》等篇的议论体不同，也和《庚桑楚》等篇多附简短记言的体例不同；

3. 六篇各章分列，但多有共同的问题和趋向，和《天地》《在宥》以及《列御寇》等篇之驳杂而无中心问题者不同；

4. 六篇中皆有互相共同之语句。如《秋水》首章曰："道人不闻"，也见《山木》篇，作"至人不闻"。《至乐》五章有"昔者海鸟止于鲁郊"一大段，和《达生》末章除若干词句的变化外大体相同。《达生》首章曰："生之来不能却，其去不能止"，亦见《知北游》末章（作"哀乐之来吾不能御，其去吾不能止"），又见《田子方》第七章（作"吾以其来不能却也，其去不可止也"）。《达生》第二章云："死生惊惧不入乎胸中"，亦见《田子方》第四章（作"喜怒哀乐，不入于胸次"）。《达生》末章云"今汝饰知以惊愚……"三句，也见《山木》篇第四章。更其重要的是，不但字句上有相同之处，而文体思想也都很相近，比较内七篇的互相一致之点为数更多，亦更明显。

这就是把这六篇归为一类来讨论的依据。

一 《秋水》篇为庄子派后学所作和各章的同异

《秋水》篇一向称为文学杰作，在《庄子》书中颇具有代表性。但就其内容来看，各章的性质和时代并不完全一致。全篇共分七章，可以分为三类。第一（秋水时至）、第二（夔怜蚿）、第七（庄子与惠子游于濠梁之上）等三章是一类，讨论的是宇宙观、认识论上的根本问题。第四（公孙龙问于魏牟）、第五（庄子钓于濮水）、第六（惠子相梁）等三章是一类，所记皆有关于庄子的轶事。第三章（孔子游于匡）独为一类，显然不是庄子派作品。

第一章记秋水时至，河伯和北海若的对话，不论在思想上、文风上都可以和《逍遥游》、《齐物论》并称，不需辞费。它产生的时代，从以下几点看来，当在《齐物论》以后。

1. 从思想方面看，它综合了《逍遥游》、《齐物论》的理论。《逍遥游》和《齐物论》代表了《庄子》哲学的两个方面。《逍遥游》主要表现追求绝对自由的超然态度，所以用了鲲鹏、鸤鸠、灵椿、朝菌等种种比喻，强调了"小年不及大年""小知不及大知"的对比；《齐物论》主要从论证方面，阐发其神秘论和相对主义，所以用了彭祖、殇子，泰山、秋毫，厉与西施种种比喻说明美恶、是非道通为一的道理。《逍遥游》所说的"小知不及大知"和《齐物论》所说"道通为一"，言各有当，并无矛盾。但其立论之时，各就一方面阐发，是比较明显的。而《秋水》篇首章，便将《逍遥游》《齐物论》两篇分别说明的道理，综合起来了。如以河伯和东海若相形，以礨空和大泽相形，以稊米和太仓、毫末与马体对比，这就是《逍遥游》中以大鹏和鸤鸠、灵椿和蟪蛄对比的手法。如说："骐骥捕鼠，不如狸狌，鸱鸺撮蚤，而不见丘山"，这就是《齐物论》和"蝍蛆甘带，鸱鸦嗜鼠，麋与鹿交，鳅与鱼游"的推衍。但是在《逍遥游》里，明说"众人匹之，不亦悲乎"，显然是以灵椿为大，众人为小，鲲鹏为大，鸤鸠为小，并没有郭象所谓"大小虽殊，逍遥一也"的意思。在《齐物论》里，明说"凡物无成与毁，复通为一"，"吾恶能知其辨"，不需要再说这种玄同是非的态度是较高于儒墨是非观的。因为一个哲学的创发时期，主要在发抒自己的见解而不暇作各方面的照顾，每篇各抒一义，对实质上的系统并无损害。古代哲学大抵如是，而《庄子》行文，向多参差诙诡之风，当然更富于这样的色彩了。而《秋水》篇则不但把两方面的论据和比喻结合起来，并且加以进一步的说明。如它既用河伯和北海若的对比，作出了大小之别的区分后，又提出了"然则吾大天地而小毫末可乎"的问题，加以追问；又立即遮拨此说，提出"因其所大而大之，则万物莫不大；因其所小而小之，则万物莫不小"、"知东西之相反，而不可以相无"的相对原则，加以解释，这显然是综合《逍遥游》、《齐物论》而加以系统阐发的明证。

再看《齐物论》中所齐一的分别，是道德上的善恶、知识上的是非，所以说"仁义之端，是非之涂，樊然淆乱，吾恶能知其辨？"而《秋水》篇则说"盖师是而无非，师治而无乱乎？是未明天地之理、万物之情也，……帝王殊禅，三代殊继。差其时，逆其俗者，谓之篡夫；当其时，顺其俗者，谓之义之徒"，把《齐物论》的相对主义，应用在社会制度和文化方面。这也是产生在《齐物论》以后的具体证明。

2. 从引用的史实来看：这一章有"五帝之所运，三王之所争"的文句，"五帝"一名在《墨子》、《孟子》等书中还没有出现，最早见于《荀子·非相》篇（《荀子·大略》篇也有此名，但该篇晚出于荀子以后）。大概把古代传说中的帝王排成次序，最后确定为五个，这一过程不可能产生在战国中期以前。《庄子》中惯以古代帝王为寓言，可能是促成"五帝"一词确立的一个因素，所以运用"五帝"一词的文章，可能在《庄子》以后。本章又说"昔者尧舜让而帝，之哙让而绝"，姚鼐云"之哙与庄子同时，必不曰昔者"（《庄子章义》）（罗根泽氏也取此说）。按《史记·六国表》，燕王哙立于周慎靓王元年（前320年），五年让国其臣子之（前316年），七年与子之皆死。依《竹书纪年》推算，为齐宣王六年、魏襄王五年，正和庄子、惠子同时，姚说近是。不过"昔者"一词的意义，也不一定是指很远以前，如《孟子·公孙丑》篇有"昔者疾，今日愈"之语，孟子所说的"昔者"，就指的是前几天的事情。如果单从这一词来看，也可推证此文在之哙让国的同时或稍后，但不能断定其具体时间。比较可以推定其时间的，有以下一些证据：

《韩非子·五蠹》篇说："文王行仁义而王天下，偃王行仁义而丧其国，是仁义行于古而不行于今也，故曰世异则事异"，这和本章所说"尧舜让而帝，之哙让而绝"的意旨相同。又《韩非子·显学》篇云："无参验而必之者愚也，弗能必而据之者诬也；明据先王必据尧舜，非愚则诬也。"本章也说，"然且语而不舍者，非愚则诬也。"用"愚""诬"二字作为批评词语，很少见于他书，而《显学》篇给这二字以最确凿的解释，说明这一用语可能就是韩非所创造的。此外《五蠹》篇说"超五帝、侔三王者，必此法也"，和本章称"三王""五帝"的情况亦相近。从这些共同语辞看来，本章和《韩非子》是同时期的作品。不过《韩非子》提出的"世异则事异"的理论，是代表战国末期新兴阶级的看法，而《秋水》作者则代表自由民或小土地所有者的立场。他和新兴阶级不同，但对此显著的变化，不能完全不受影响，因此无形中把《齐物论》中相对主义的理论，和《五蠹》《显学》中所表现的进化理论联系起来，这就形成了战国晚期庄子派的思想特点。

第二章记"蘷怜蚿，蚿怜风，风怜目，目怜心"的现象，说明"动吾天机而不知所以然"的道理，和《齐物论》中"罔两问景"一章的意见和比喻，都很相同。这种从自然界微小的生物现象或物理现象中，体察出一种微妙的关系，并用以表现其哲学的趋向，是庄子哲学和文风的特点。所以这一章肯定是先秦庄子派的作品。不过和《齐物论》比较起来，《齐物论》中"罔两问景"的语言，比《秋水》此段更为简隽含蓄，它只写景和罔两的问答，更不解说所象征的内容。本章则发挥较详，最后又加以解释云："故以小不胜为大胜者，惟圣人能之"，这也可能是本章晚出于《齐物论》后的一点证明。

末章记"庄子与惠子游于濠梁之上"和《齐物论》"庄周梦为蝴蝶"章的风趣略同，肯定是先秦庄子派作品。但从所用的一些语词看来，当在《齐物论》以后。《庄子》较早篇目如《齐物论》中的疑问系词，都用"恶乎""恶""庸讵"等词，这在其他书中是少见的。如《齐物论》中"予恶乎知欲生者①之非惑邪？恶乎知恶死之非弱丧而不知归者邪？"《淮南子·精神训》沿用此文，而不用"恶乎"字，改作"吾安知刺灸而欲生者之非惑邪？又安知夫绞经而求死者之非福邪？"又《庄子·则阳》篇记桓公问管仲病的故事云："寡人恶乎属国而可？"《吕氏春秋》亦记此事云："寡人将谁属国而可？"《管子·戒》篇作"寡人将安移之？"《韩非子·难一》作"将奚以告寡人？"说明"恶乎"一词，在《吕氏春秋》《韩非子》《淮南子》的时代都不用了。《秋水》篇末章云"安知鱼之乐""安知我不知鱼之乐""汝安知鱼乐"，都用"安"字而不用"恶乎"或"恶"字，这也说明是稍后于《齐物论》之作。

总起来说，这三章（一、二、七）的内容文辞都和《齐物论》相近，向来认为《秋水》是《庄子》中的代表作品，就是指这几章而言。虽其时代稍晚于《齐物论》，但无疑是庄子嫡派后学的作品。

本篇中第二类性质的文字，包括第四、第五、第六三章，所记多有关庄子的轶事，但第四章的可靠性不能和第②五、六两章相比。第五章记庄子钓于濮水，楚王使大夫往聘，庄子用神龟将曳尾于涂中的话回答使者，为《史记·老、庄传》所本。第六章记惠子相梁，庄子往见，说了一套鹓鶵和鸱鸟的故事，和第五章所用的譬况比喻，手法相同。这些故事，特别是后者，可能是寓言，但它所代表的生活方向和表现思想的方

---

① "欲生者"当作"悦生"。——编者注
② "第"原无。——编者注

法，是庄周的典型。姚鼐于第六章末注云"记此语者，庄徒之陋"（《庄子章义》）。评语不够正确，但他断定为庄徒所记，大概是可信的。

至于第四章记公孙龙问庄子于魏牟的故事，有人怀疑公孙龙、魏牟的生活时代比庄子为晚，亦有人证明公孙龙、魏牟都稍后于庄子，前后可相及。从思想内容上看，这一节和第①五、六章很不相类，魏牟回答公孙龙的话，也用了陷井之龟、东海之鳖等比喻，但像是抄袭而来，没有新的内容。如所云："无南无北，奭然四解，沦于不测；无东无西，始于玄冥，反于大通。"不过是《庄子》书中习见的空洞套语。最后说："公孙龙口呿而不合，舌举而不下，乃逸而走。"用这种笨拙的辞句，描写公孙龙的惊惧失色，很像是战国策士的风格，和第五、六两章的风趣相差很远。大概这三章都是后人杂集有关庄子传说而成，而这一章的内容和本章第一类文字相比，显得失真的地方就更多些。

上述二类文字，内容性质不同，但基本上都是庄派遗作。只有第三章记"孔子游于匡，子路入见论勇"一段，和全篇各章均不相称，而和《吕氏春秋》及本书《让王》等篇倒有些相似。

按《荀子·荣辱》篇和旧传《胡非子》一书，都有论勇的议论。《胡非子》分勇为猎徒之勇、渔人之勇、陶缶之勇、五刑之勇、君子之勇五等，多半是根据《秋水》此章推衍而成，不必细论。惟荀子分勇为四等，和本章相比，孰为先后，不易确定。

今列表于下，以便比较：

《荀子·荣辱》	《秋水》
有狗彘之勇者，有贾盗之勇者，有小人之勇者，有士君子之勇者。争饮食，无廉耻，不知是非，不辟死伤，不畏众强，恈恈然唯利饮食之见，是狗彘之勇也。为事利争财货，无辞让，果敢而振，猛贪而戾，恈恈然唯利之见，是贾盗之勇也。轻死而暴，是小人之勇也。义之所在，不倾于权，不顾其利，举国而与之，不为改视，重死持义而不挠，是士君子之勇也。	夫水行不避蛟龙者，渔父之勇也；陆行不避兕虎者，猎夫之勇也；白刃交于前，视死若生者，烈士之勇也；知穷之有命，知通之有时，临大难而不惧者，圣人之勇也。

① "第"原无。——编者注

从文辞看来，似乎互不相袭，从文字的繁简看来，似乎《荀子》在此章以后，但《荀子》以"重死持义而不挠"为最高之勇，而此章在烈士之勇上又加了一条"知穷通之有命"的所谓圣人之勇，这就有出于荀后的痕迹。且不论两者的时代孰为先后，可以肯定的是这一章不是庄子派理论。因这一章所论，不外于调和命、勇二种品德，但"勇"这一种品德，是儒家、墨家所尊尚的，所以在内涵和外延上，需要加以解释，如孔子说"暴虎冯①河，吾不与也"，孟子说"今王一怒而天下定"等，都是儒家道德说中必需的解说。至于庄周学说，他所向往的是如"槁木死灰""不谴是非以与世俗处"。而"勇"这一品德，在他的道德哲学中，却没有地位，当然没有加以解释的必要。而在前述庄子的作品中，也没有一处提到"勇"字。可见这是受了荀子论勇影响后的摹仿之作。特别是把所谓"知穷之有命，知通之有时，临大难而不惧者"叫作"圣人之勇"，这不但与儒家的命不相合，和庄子的命也不相合。孔子被围于匡而弦歌不辍，固然可以说是临大难而不惧，但孔子所关心的是自己的理想是否实现，而不是什么穷通问题；他的临难不惧，是建筑在"天生德于予"的自信上，而不是什么知通之有时。至于庄子，对于命是相当重视的，但他所重视的命，主要在于生死这一大问题上，以及其他一切人生必然趋向上，并不关心于个人的穷通等小事。而《秋水》这一章所讲的命，都只是所谓仕进上的穷通，这正是庄子所鄙弃的庸俗之见。林云铭云："讳穷求通等语，以拟圣人之言，恐觉不是，且笔颇平庸，非庄所作也。"（《庄子因》）说明这一章的伪杂，在清代注《庄》家，早已看到了。

总起来说，《秋水》篇中只有第一、第二、第七等3章阐发哲学的部分，和第五、第六记述庄周轶事的部分，可以当得起一向对它的推重，肯定是庄子后学所作。其余第三、第四两章，当是羼入《庄子》书中的浅人作品，决不如宣颖所说第三章"是发无以故灭命"、第四章"是发无以得殉名"，而全篇是"一体融彻的"（见《南华经解》）。

宣颖在注《庄》家中是相当有见解的，但由于过分相信《秋水》全篇是完整一体之作，从而用批点八股文的方法加以注释，就得出了牵强而近于可笑的论断，这种失误，应当引为鉴戒。

---

① "冯"原误作"凭"。——编者注

二 《至乐》篇除首章外，当为庄子派后学所作

前代《庄子注》中，对于《至乐》篇的评价，颇不一致，有的学者（如王船山）认为本篇和《天道》《缮性》等篇相差不远，在《庄子》外篇中"尤为惝劣"（《庄子解》）。近代学者，对于本篇是老子派作，抑为庄子派作，也有不同看法。所以引起不同看法的原因，在于《至乐》各章的内容并不一致，如果不把现在的形式认为是原始篇目，而将全篇各章分别看待，那么，基本的争论也就大部消失了。

本篇共有六章，可分为二大类。从第二章（庄子妻死）到末章，文体大体相近，其中除第五章（颜渊东之齐）显为羼杂外，其余四章基本上是庄子及其后学作品。只有第一章，不论在文体上、思想上都和前述《庄子》内篇显然不同，正是引起争论和怀疑的所在。

从文体方面看，本篇二、三、四、六等章，都是用想象丰富的描绘，写一个故事和寓言，而第一章则通体议论，没有故事，也没有象征和比喻的文辞，如云："所乐者，身安、厚味、美服、好色、音声也；所下者，贫贱、夭恶也；所苦者，身不得安逸，口不得厚味，形不得美服，目不得好色，耳不得音声。"排列身、口、服、色、声音等辞，相当整齐，和《荀子》《吕氏春秋》《韩非子》等书中常见的议论形式有些相像，而和《庄子》参差诡诞的作风截然不同。至于末段从"至乐无乐，至誉无誉"以下，更是空洞贫乏，不但和第二、第三等章不能相比，就和本章前半段也不甚相似，是相当惝劣之作。

从思想方面看，和《庄子》内篇相比，有以下几点显著的差异：

1. 在知识是非的看法上，和《齐物论》所说相反。如《齐物论》云："是亦一无穷，非亦一无穷，故莫若以明"，"是以圣人和之以是非而休乎天钧"，这是一种所谓超乎"是非""得其环中"的说法。这种理论，确实有些神秘，但作者用比较具体而形象的文字，来描绘这种认识方法，说明对他所说的内容，有真的体会。而本章则说："天下是非果未可定也，虽然，无为可以定是非。"完全是一种干瘪而空洞的滥调。《齐物论》所说的"得其环中"，只是灵活运用，并不等于块然无为。正因为照他的观点，世界上找不出一种固定的是非标准来，所以才主张不定是非而"和以天倪"，怎能又说"无为可以定是非"呢？这种沾滞死板的说

法，和庄子"不以觭见之也"的作风，显然相反。

2. 在生死问题的态度上，和《大宗师》所说的显然有别。罗根泽先生认为《至乐》篇是老子派作，他的根据之一是："《老子》书上有'吾所以有患者，为吾有身，及吾无身，吾又何患？'""欲求无身，只有死之一途，《至乐》篇以死为至乐，所以是老子派思想"（见《诸子考索》）。此说不够正确。因为《老子》书中，除上引一句外，并没有以死为乐的倾向，生死问题在《庄子》书中特别在《大宗师》等篇中，是主要问题，而在《老子》书中，不过是连类而及。从《大宗师》的"夫大块载我以生，佚我以老，息我以死"，"以生为附赘悬疣，以死为决疚①溃痈"等说中，也可以推衍出"以死为乐"的倾向来。所以这一点并不表现为老子派作。但是从《大宗师》的议论中，固然也有推衍出"以死为乐"的可能，而《大宗师》的态度和"以死为乐"的说法却根本不同。《大宗师》说"载我以生，佚我以老，息我以死"，其中"载"字、"佚"字都是肯定方面的字眼，并没有以生和老为苦痛的意思，而且明说"善吾生者，乃所以善吾死也"，更没有以死为乐的意思。所以罗先生认《至乐》篇为老子派作，固然不对，但我们也不根据其同讲生死问题而认为是庄子派思想。

3. 空洞的强调无为，和庄子思想不同。罗根泽先生认为本篇是老子派作的另一理由，是遍查内七篇中，只有《逍遥游》有"彷徨乎无为其侧"、②《大宗师》有"逍遥无为之业"两句外，其余从未提到"无为"，此篇则畅论无为及无为而无不为之旨，……这也足以说明是老子派而不是庄子派（见《诸子考索》）。

这一点提的相当正确，"无为"二字，确乎是老子派的中心观念，而在《庄子》书中，没有什么位置。但须指出，这一段在本章中，很像是附加上去的，因为上文讲的都是至乐、活身等问题，而这一段忽然提出一个"天下是非果未可定也"的是非问题来。而以下又杂引了《大宗师》中"天无为以之清，地无为以之宁"一段文，最后又空喊了一句"人也孰能得无为哉！"完全是将道家通行辞句杂凑成章，谈不到什么老子派的作品。

此外本章又说："贵者夜以继日，思虑善否，其为形也亦疏矣。"这

---

① "疚"原误作"疣"。——编者注
② 此处标点原有严重问题。——编者注

种提法虽和庄子思想没有矛盾，但意境的肤浅和深蕴相差很远，王船山于此句下注云："老庄言无为无欲，初不与三家村积粟藏金，嚯哄肉烧酒人说法，此种文字，读之令人欲哕。"（《庄子解》）批评极当。可见本章决非庄子作品，是非常明显的。

本篇第二（庄子妻死）、第三（支离叔）、第四（庄子之楚）、第六（列子行食于道）四章，是一类性质的文字，也是本篇的精华。这四章都是写一个故事和寓言，表现生死齐一的道理，和《大宗师》篇子舆、子祀、子犁、子来等章，非常相近，正是《天下》篇所说"下与外死生、无终始者为友"的典型事例。不过，这四章的时代先后，不尽相同：大体说来，第三章（支离叔）、第六章（列子）比较早些，第二（庄子妻死）、第四（庄子之楚见空髑髅）两章比较晚些。

第三章中"支离叔"一名，亦见于《人间世》第五章（该篇四、五、六章不伪），其中有云："生者假借也"，"吾与子观化而化及我"，和《大宗师》篇的文义都全相同，很难区别出彼此间的先后来。而第二章的内容，和《大宗师》比较起来，就显得明晰详细，当是进一步论证的文字。如《大宗师》说："以生为脊，以死为尻，孰知生死存亡之一体者，吾与之为友矣。"又说："阴阳之于人，不翅于父母。"和本篇第二、第三两章中以"生死为春秋冬夏四时行也""死生为昼夜"的思想完全相同。但《大宗师》篇只总括地讲生死存亡之一体，而没有从自然和人生的关系上有所说明。本篇第二章云："察其始而本无生，非徒无生也，而本无①形，非徒无形也，而本无气，杂乎芒芴之间，变而有气，气变而有形，形变而有生，今又变而之死，是相与为春秋冬夏四时行也。"这里详细叙述了由气变形，由形变生，又变而至死之历程，给"生死一体"说以具体而确定的解释，特别可注意的是提出一个"气"字来，作为生的基础，显然是《大宗师》那一理论的进一步发展，是庄子嫡系作品的明证。

第四章记庄子见空髑髅，第六章记列子见百岁髑髅，分明是同一故事的演变。但第六章的文字简隽，意义含蓄，第四章则文字较详，且多语病，显然不是同时同手之作。如第六章说："列子行食于道，从见百岁髑髅，攓蓬而指之曰：'唯予与汝知而未尝死、未尝生也。'"只说明生死

---

① "本无"原误倒。——编者注

存亡之一体，毫没有以死为至乐的意思。最后说："若果养乎？予果欢乎？"只以疑问作结，不加正面①的肯定，这和《齐物论》等篇往往用疑问口语结束的手法相同，正是《天下》篇所说"其理不竭"，"芒乎芴乎未之尽者"的庄周作风。而第四章记庄子见空髑髅一段，则比较详细地叙述了和髑髅的问答，其中有云："虽南面王乐不能过也，"又说："吾安能弃南面王乐，而复为人间之劳乎？"仿佛真像有以死为乐的意思。这种夸大的描绘，显然是摹仿第六章内容而不免失掉原意的拟作。疑第六章是庄周早期作品，后学因庄子有此作品，便推衍此理，把原来是列子的故事，放在庄子身上。这正是古书中故事演变的一般现象。

第六章末段记述各种动物的变化，最后说"万物皆出于机，皆入于机"，和《寓言》篇所说"万物皆种也，以不同形相禅"的文意都很相近。这种丰富的生物知识和重视万物变化的思想，正是庄子派作品的特征。这一段在某些本子中，另为一章，也许更较正确些，不过无论它是独立的一章，或是第六章的末段，从内容看来，是庄子派作品，当无疑问。只有第五章的内容，和上述各章不相调协。中间有"昔者海鸟止于鲁郊"一大段，和《达生》篇末章大部相同，但其中有些地方，像是稍稍改换《达生》《齐物论》的辞句而来的。有些论断又近于牵强，如说（齐侯）"彼将内求于己而不得，不得则惑，人惑则死"，近于夸张失实。林云铭云："恐世无惑言而死之人，此等拙笔，欲以拟庄，何不自量也。"（《庄子因》）又本章末段云："故先圣不一其能，不同其事，名止于实，义设于适，是之谓条达而福持。"和《人间世》第一、二章的内容，有部分相似。林云铭云："此段似指用世而言，撺掇于此，甚属无谓，其文之平庸浅肤，不问而知其为伪物也。"（同上）王船山说："此段与上下文不相属，故知外篇多杂纂之言。"（《庄子解》）可见这一章和二、三、四、六等章的差别，前代学者早已看出。

总起来说，此篇除第一章和第五章外，都和《齐物论》《大宗师》的内容相同，正是庄学的正统思想。王船山对于庄子派和非庄子派的同异，辨析甚精，但由于过分相信全篇是一个整体，因而根据各章节中互相矛盾处，以及第一章中的浮浅辞句，认为此篇和《缮性》《天道》等篇同为

---

① "面"原误作"而"。——编者注

《庄》书中最"惰劣"之作，殊不恰当。罗根泽氏也因过信全篇是一整体，特别是以第一章的内容代表全篇，因而误认此篇为老子派作。如果分章论述，这些问题，便都基本上解决了。林云铭云："此篇鼓盆、支离叔、空髑髅、百岁髑髅四段，理解精辟，得未曾有，……细玩应入《秋水》篇中，以为生而不悦、死而不祸样子，疑散佚之后，好事者遂撰出此篇首段，因而撺掇其中。"（《庄子因》）林说除此篇应入《秋水》篇的解释，还没有完全摆脱评点八股的影响外，全部论断是非常有识的。大抵古书卷首卷尾，最易杂入他文，如《大宗师》《齐①物论》（详下）等篇，皆是其例，此说相当正确。

三 《达生》篇为庄子派较早作品

第一章中，我们根据《吕氏春秋·去尤》篇引"庄子曰：以瓦注者巧……"一段文，证明《达生》篇第四章（颜渊问仲尼），确是先秦《庄子》较古篇目。现在综看全篇，觉得各章的内容，都环绕着凝神养气这一中心思想而曲加譬喻。除第一章是全篇的综括，末章是全篇的补充外，其余各章都是生动形象的寓言故事，文字深邃蕴藉，没有他派和浅文的羼杂，可以说是《庄子》书中最完整的篇目了。

全篇各章除第一章以简短的警句阐明其"能移""相天"的哲理，为全篇的总括外，其余各章，约可分为二类：第二（子列子问关尹）、第三（仲尼适楚）、第四（颜渊问仲尼）、第九（纪渚子为王养斗鸡）、第十（孔子观于吕梁）、第十一（梓庆削木为锯）、第十三（工倕旋而盖规矩）等七章为一类，都是假借一个技术工巧的特技和坠车蹈水等奇异事件，说明"用志不分"、"得全于天"的养生之道。其余第五（田开之见周威公）、第六（仲尼曰）、第七（祝宗人玄端以临牢筴）、第八（桓公田于泽）、第十二（东野稷以御见庄公）、第十四（有孙休者）等六章为一类，大都是从消极方面说明不能全天养生者的误失。

全篇的共同特点，是作者对于中下层社会百工技艺的生活相当熟悉，对他们的技巧有细微的观察。如描写佝偻承蜩的技巧，就说："五六月累丸二而不坠，则失者锱铢；累三而不坠，则失者什一；累五而不坠，犹

---

① "齐"原误作"外"。——编者注

掇之也。"描写津人操舟的技巧，就说："视渊若陵，视舟之覆犹其车却也。"描写吕梁丈人的游水，就说："数百步而出，被发行歌而游于塘下"，"与齐俱入，与汩偕出"。描写梓庆削木为镶的情况，就说他"斋三日……斋五日……斋七日，……然后入山林，观天性；形躯至矣，然后成见镶，然后加手焉，不然则否"。描写工倕的手艺，就说他"旋而盖规矩，指与物化，而不以心稽"。其他如讲斗鸡的精神变化，有鬼论的各种传说等，都说明作者对于这些技巧和生活有相当的体验。除这些具体的描写外，还有若干综合性的观察。如说："复仇者不折莫干，虽有忮心者，不怨飘瓦"；"以瓦注者巧，以钩注者惮，以黄金注者殙"，"忘足，履之适也；忘要，带之适也"等等比喻，都是从日常事物和生活中提取出来的经验加以总括（当然是从他的世界观角度中提取的），和晚期道家抄袭成语，空洞地宣说抽象的道德概念之文，有显著的差别。如果我们还不能根据此点，断定其为庄周自作，也必须承认有这样的经验和观察的人，是建立、发展庄子哲学体系的真正作者。

分看全篇各章，可以标志时代先后和各篇异同的，有以下几点：

在"子列子问关尹"章中，讲了许多"游乎万物之所终始"，"通乎物之所造"，"死生惊惧不入乎其胸中"，"不开人之天，而开天之天"的道理，都和荀子对庄子的批评，《天下》篇对庄周的叙述，完全符契，确为《逍遥游》《大宗师》等篇的同类之作。其中有些论据，和《逍遥游》等篇所说相同，如《逍遥游》说藐姑射山的神人是"之人也，物莫之伤，大浸稽天而不溺，大旱金石流、土山焦而不热"，《齐物论》也说："至人神矣，大泽焚而不能热，河汉沍而不能寒，疾雷破山、风振海而不能惊"，但都只是一种想象的诗意描写，并没有提及达到这样境地的具体方法。本章则说："子列子问关尹曰：'至人潜行不窒，蹈火不热，行乎万物之上而不栗，请问何以至于此？'关尹曰：'是纯气之守也，非知巧果敢之列。……夫若是者，其天守全，其神无却，物奚自入焉！'"这就给此种幻想以具体的解释，从我们的观点看来，还是近于神秘的，但和神仙养生家的方法不同，应该说是庄子泛神论思想的正统发展。

第五章田开之见周威公解说"善养生者，若牧羊然，视其后者而鞭之"的道理，举了单豹和张毅两个例子，分别说明只知养内或只知养外者的偏畸，这比专讲养内的各章节为进一步的阐发。从这些发展上，可以推证是庄子后学的作品，也可以推证是庄子晚年的作品。

第十二章记东野稷以御见庄公，此故事也见于《荀子》（哀公）、《吕氏春秋》（适威），及《韩诗外传》（卷二）、《新序》（杂事）、《家语》（颜回篇）等书。《荀子》《家语》等书，"东野稷"作"东野毕"，"庄公"作"定公"，"颜阖"作"颜渊"。《达生》此章，和《吕氏春秋·适威》的故事是同一系统，故事的主人同为颜阖和庄公，且多相同的语句。但从下列几点看来，知本章在《吕氏春秋》以前：

1. 《庄子》的体裁，是好讲荒唐的寓言，旨在说明道理，不必合于历史事实；《吕氏春秋》的体裁，是篇首有数句议论，以下全是杂引他书，作为例证。而"东野稷以御见庄公"这一故事，恰恰是寓言，和真实的历史年代不相符合。高诱注《吕览》此篇云："颜阖在春秋后，盖鲁穆公时人也，在庄公后十二世矣。若实庄公，颜阖为妄矣；若实颜阖，庄公为妄矣。由此观之，咸阳市门之金，固得载而归之也。"（《吕氏春秋·离俗览·适威》）高诱对《吕氏》的非难，正说明这一故事，不是以信史自命的吕氏所造，而是取自荒唐之言的《庄子》。

2. 本章的内容是阐明养生之道，不可消耗精力。记事完结之后，更没有一句议论和说明，这和庄子的作风正相符契。而《吕氏春秋》引用此事，说明国君"不可竭民之力"。在此段下，又引"烦为数而遇不识"数语，完全是抄袭《庄子·则阳》篇文（详论《则阳》一节）。可见《吕氏春秋》是采取《庄子》两篇中文句作为例证，而不是《庄子》割裂《吕览》而成此文。

3. 《荀子·哀公》篇也记此事，但作为定公和颜回的问答，分明是因颜回和庄公不同时而改为定公的。下文说："定公越席而起曰：趋驾召颜渊……"，很像是战国策士的风格。可见这同一故事的不同传说，都是编造的。但《庄子》书本以寓言为体，所以不妨把春秋后的颜阖和鲁庄公列于同时，而荀子则以平实见长，不应把"在陋巷，人不堪其忧"的颜回，说成是游说国君的策士，可见《哀公》篇的故事是荀子后辈把颜阖故事归为颜回后的改编。至于《吕氏春秋》和《达生》的故事完全相同，但所要说明的意义，却是和儒家系统《荀子·哀公》篇相同，而和庄子相异。如果《吕氏春秋》成书时，已有《哀公》篇，那他就应采取颜回和定公的故事，而不应采取颜阖和庄公的故事，可见在《吕氏春秋》时还没有把颜阖

变为颜回的传说，所以借庄子故事说明"勿竭民力"的道理，正是始于
《吕览》，以后才由儒家后人变为颜回的故事。总之，从这一故事的演变看
来，《达生》此章是比《吕览·适威》《荀子·哀公》都较早的。

第十四章（有孙休者），似仅为全篇的剩义和补充，但亦有时代较早的证
据。本章和他篇相同的语句比较最多，如"芒然彷徨乎尘埃之外，逍遥乎无
事之业"句，也见《大宗师》篇第四章（子桑户、孟子反）；"饰知以惊愚，
修身以明污，昭昭乎若揭日月而行也"，也见《山木》篇第四章（孔子围
于陈、蔡之间）；"有鸟止于鲁郊"一大段，亦见《至乐》篇第五章（颜渊
东之齐）。《至乐》篇这一段，显然是抄袭本章，其他和《大宗师》《山木》
相同部分，都没有抄袭割裂的痕迹，说明它们是同时同类之作。

至第一章是全篇的总括，在庄子以生死为一体的哲学中，有为他篇
所没有提出的论证，王船山曾予以极高的评价，究竟应如何看待，不属
于本文范围，但本章为庄子哲学的精密部分，这点是可以肯定的。

总起来说，《达生》篇中早出的证据比较最多，本组六篇中互同的语
句相当多，而以《达生》篇为中心，正像《齐物论》《秋水》《寓言》
《则阳》等篇的互同语句最多，而以《齐物论》为中心一样，说明本篇是
这一组中最早的作品。

四 《山木》篇为庄子派后学所作及其羼改

《山木》篇在《庄子》书中，向来有一定的看法。多数注《庄》家
说它和《人间世》互相表里，"乃补内篇《人间世》所未备"，实则《人
间世》和《山木》的相同部分只在后四章，至其前三章，则只有字面上
的联系，实质上有很大的差别（详后）。近来论《庄子》者，多数把
《山木》放在《秋水》《至乐》《达生》《田子方》等篇一组中，认为是
庄子后学作品，从下述的论证看来，这一说法近于真实。但其中有些羼
改的部分，远不如《达生》等篇的完整统一。

《山木》篇共分九章，除第六章（庄子衣大布而补之）以外，思想风
格大体一致，都是通过一个故事中的人物对话，阐明"虚己处世"的哲
学。其中可以证明为庄子派作品的论据，有以下几点：

1. 坚决逃避现实，幻想虚无的理想王国。如第一章提出了"材与不
材之间"的说法，立刻又认为是"似之而非"，更提出"浮游乎万物之祖，

物物而不物于物"的幻想。第二章中通过市南宜僚对鲁侯的对话，直告鲁侯说："今鲁国独非君之皮邪？吾愿君刳形去皮，洒心去欲，而游于无人之野"，又说："吾愿君去国捐俗，与道相辅而行"，"吾愿去君之累，除君之忧，而独与道游于大莫之国。"而这个理想国的内容是"其民愚而朴，少私而寡欲，知作而不知藏，与而不求其报，不知义之所适，不知礼之所将，猖狂妄行，乃蹈乎大方，其生可乐，其死可葬"，比后世的《桃花源记》《醉乡记》等作品中的政治内容还要具体。第四章通过太公任对孔子的吊慰，告孔子说："孰能去功与名而还与众人，……削迹捐势，不为功名，是故无责于人，人亦无责焉。"而孔子听了之后，便"辞其交游，去其弟子，逃于大泽，衣裘褐，食杼栗，入兽不乱群，入鸟不乱行。"第五章通过子桑虖对孔子的问答，孔子听了之后，便"徐行翔佯而归，绝学捐书，弟子无挹于前，其爱益加进。"第七章通过孔子对颜回的告诫，提出了"无受人益难"的道理，认为"爵禄并至"，"吾若取之"，是如同盗窃的。这都说明作者所追求的是绝对逃避现实政治，退居山林而虚己游世的生活，这和各书所记庄周的生活行事以及前述庄子作品中所表现的哲学思想完全符合，而和《人间世》前半篇所描写的处世态度完全不同。

2. 把虚己[①]免害的处世态度和物无终始的哲学结合起来。《庄子》书中讲到全身免害的地方相当多，大概这是继承杨朱的全生葆真的倾向而来的，但他并不停留在全生免害上，而往往提到一个宇宙变化的高度上，于无可奈何中找出一点自我欺骗的慰藉。如《大宗师》等篇所讲生死齐一，"万化而未始有极"等问题，都是显著的表现。本篇第七章中记孔子对颜渊的告诫，除了"无受天损易，无受人益难"二点外，又有"无始而非卒也""人与天一也"两点提示。他对于"无始而非卒也"的解释是："化其万物，而不知其禅之者，焉知其所终？焉知其所始？正而待之而已耳。"这和《寓言》篇所说"始卒若环，莫得其伦"以及《齐物论》等篇所讲的宇宙变化说，互相符契。他对于"人与天一也"的解释是"有人天也，有天亦天也"，和《大宗师》篇所说"庸讵知吾所谓天之非人乎，所谓人之非天乎"的道理互相符合，都是想把人消解在天中的意思，这也是本篇为庄子派的一个证明。

---

① "己"原误作"已"。——编者注

3. 篇中多有富于形象的比喻和寓言。如第一章记庄子在山中看见大树、在故人家听到杀雁的谈话，第二章设想虚船触舟和有人在其上的不同情况，第三章记北宫奢赋敛为钟的故事，第六章引用林回弃千金之璧、负赤子而趋的比喻，第五章描写意怠鸟的小心畏人的生活，特别是第八①章描写庄周游于雕陵，看见异鹊和蝉、螳螂，以及自己被虞人诮詈的情况，都是他派著作中所少有的特色。（此外如第八②章称"庄周"而不称"庄子"，又有弟子蔺且的姓名，也似乎不是后人的伪造。）

在这些章中，可以约略推证时代先后的，有以下几点：

1. 第一章记庄子和弟子的问答，不只强调无用之用，而另提出了"材与不材"之间的处世方法，正如一些作者所说，是庄子后学进一步发挥庄子学说的证明。这一段文，见引于《吕氏春秋·孝行览·必己》篇，无疑是《吕氏春秋》以前的作品。但将本章和《吕氏春秋》细加对勘，觉得今本《山木》篇第一章，有好多是采取《必己》篇文而附加上去的。

《庄子·山木》	《吕氏春秋·必己》
庄子行于山中，见大木枝叶盛茂，伐木者止其旁而不取也。问其故，曰："无所可用。"庄子曰："此木以不材得终其天年。"夫子出于山，舍于故人之家。故人喜，命竖子杀雁而烹之。竖子请曰："其一能鸣，其一不能鸣，请奚杀？"主人曰："杀不能鸣者。"明日弟子问于庄子曰："昨日山中之木，以不材得终其天年；今主人之雁，以不材死。先生将何处？"庄子笑曰："周将处乎材与不材之间。材与不材之间，似之而非也，故未免乎累。若夫乘道德而浮游则不然。无誉无訾，一龙一蛇，与时俱化，而无肯专为；一上一下，以和为量，浮游乎万物之祖，物物而不物于物，则胡可得而累邪？此黄帝、神农之法则也。若夫万物之情、人伦之传则不然。合则离，成则毁，廉则挫，尊则议，有为则亏，贤则谋，不肖则欺，胡可得而必乎哉？悲乎！弟子志之，其唯道德之乡乎！"	庄子行于山中，见木甚美长大，枝叶盛茂，伐木者止其旁而弗取，问其故，曰："无所可用。"庄子曰："此以不材得终其天年矣。"出于山，及邑，舍故人之家。故人喜，具酒肉，令竖子为杀雁飨之。竖子请曰："其一雁能鸣，一雁不能鸣，请奚杀？"主人之公曰："杀其不能鸣者。"明日，弟子问于庄子曰："昔者山中之木，以不材得终天年；主人之雁，以不材死。先生将何以处？"庄子笑曰："周将处乎材不材之间。材不材之间，似之而非，故未免乎累。若夫道德则不然。无讶无訾，一龙一蛇，与时俱化，而无肯专为；一上一下，以禾为量，而浮游乎万物之祖，物物而不物于物，则胡可得而累？此神农、黄帝之所法。若夫万物之情、人伦之传则不然。成则毁，大则衰，廉则挫，尊则亏，直则骫，合则离，爱则隳，多智则谋，不肖则欺，胡可得而必？"

---

① "八"原误作"九"。——编者注
② "八"原误作"九"。——编者注

上列二书，有些字句上的重要差异，如《山木》篇说："夫子出于山中"，《吕氏春秋》没有"夫子"二字，《释文》曰："夫，如字。夫者，夫子，谓庄子也。本或即作夫子。"马叙伦《义证》据《必己》篇此段和《艺文类聚》所引，说："此'夫子'为'矣'字坏文，读者以'夫'字属'出于山'读，辞气不洽，妄加'夫子'。下文曰'先生将何处'，是弟子称庄子为'先生'不曰'夫子'也。"马说的结论也可能是对的，但本篇第八章说："蔺且从而问之，夫子何为顷间甚不庭乎?"又说："吾闻诸夫子曰"，可见本书有称庄子为"夫子"的先例。[①] 如果本章原文真作"夫子"二字，正说明《山木》篇是庄子弟子所作，《吕氏春秋》晚出，引用此文，故删去"夫子"二字。

又如《山木》篇云："若夫乘道德而浮游则不然"，《必己》篇作"若夫道德则不然"。按庄子文风，好作形象化的、动的描写，而不好用较平板的、静的叙述，这一句"乘道德而浮游"一语，正是庄子修辞特点。《吕览》作者，删去"乘"和"浮游"三字，也符合于《吕览》的作风。但这里本是论一个理想人的行为，所以用乘道德而浮游者，和材与不材之间者相比，如果改为"道德"二字，这一抽象名词，哪里能说它是无誉无訾呢? 这是《吕氏春秋》有意修改庄子而失掉原意的痕迹。

从上二点看，《必己》篇确实是引用《庄子》的。但详看《必己》篇文意，知道"自神农黄帝之所法"以下，都是《吕氏春秋》本文，《山木》此段，反而是抄袭《吕氏春秋》而成的。理由有以下几点：(甲) 按《吕览》体例，一般是篇首有几句议论，以下列举故事作为例证，每引一事以后，又加几句结束的断语。如《必己》篇引庄子故事以后，又引了一段牛缺邯郸遇盗的故事，便说："此以知故也"。以下又引了孟贲过河的故事，便总结说："此以不知故也"，"知与不知皆不足恃，其惟和调[②]近之，犹未可必，盖有不辨和调[③]者，则和调有不免也。"以下又引了"宋桓司马有宝珠"的故事，加以论断说："此言祸福之相及

---

① 《天道》篇第七章夫子曰"天下奋棅而不与之偕……不与利迁"数语，是《德充符》篇的语句，可见本书引《庄子》有称为"夫子"的惯例。又《释文》称"本或即作夫子"，是唐初已有作"夫子"之本，所以据《艺文类聚》改此，未见的当。

② "和调"原误倒。——编者注

③ "和调"原误倒。——编者注

也……和调何益？"以下又引张毅、单豹的故事，加以评论说："说如此其无方也，而犹行，外物岂可必哉？"从这些论证看来，《必己》篇每引述一个例证之后，总要加几句论断，不应开首引了《山木》篇庄子故事后，偏没有一句解释，便直接提出第二例证。所以《山木》篇这一段末尾的几句，一定是《吕览》的议论，而不是《山木》篇的原文。（乙）《必己》篇一开首提出"外物不可必"的总纲后，以下援引事实，都在证明这一点。所以引牛缺、孟贲故事后，便说："犹未可必"；引"孔子马逸"故事后，便说："外物岂可必哉？"最后又说"君子必在己①者，不必在人者也。"可见本段"胡可得而必"一语，正是《必己》篇前后呼应的语句。如果这一句是《庄子·山木》篇的原文，便没有什么意义了。（丙）《山木》篇所说"物物而不物于物"的游世之方，和《逍遥游》《达生》等篇的思想完全相合，用"胡可得而累邪"一句作为结尾（和《知北游》篇"胡可得而有邪"句结尾一样），正是《庄子》文风本色，不应以下再加若干句抽象的解释。可见《必己》篇引《山木》原文，只到"胡可得而累邪"一句为止，从"此神农黄帝所法"以下，完全是《吕氏春秋》的论议。再看《必己》篇删去"胡可得而累邪"句中的"邪"字，正以此段和下文相接，可是今本《山木》篇保留着原文的"邪"字，却把《吕览》下文"此神农、黄帝之所法"，改为"此神农、黄帝之法则也"，引在后文，分明是后人取《必己》篇文，附加在后面，而未及删去"邪"字的证据。（丁）末一段论议主张"万物之情、人伦之传则不然"，认为上引庄子所说的"物物而不物于物"的道理，陈义太高，这正是《吕览》作者的思想，而这一段文，文辞整齐，和上文风格迥别，也是一望而知。最后又附加一句"悲夫！弟子志之，其唯道德之乡乎"一语，说明是有意羼改，并非传抄之误。疑《庄子》全书中像这样的羼改，不止此篇，可惜其他篇没有可靠的旁证，只能以此篇为例，说明即在同一章节之中，也有真伪先后的区别，不能一概认为是庄子的思想。

2. 本篇中有些和《人间世》篇相近的字句，如第七章（孔子穷于陈、蔡之间）说："为人臣者，不敢去之，执臣之道，犹若是，而况乎所

---

① "己"原误作"已"。——编者注

以待天乎？"和《人间世》篇第二章所说"臣之事君，义也，……无所逃于天地之间"有些相似；又第五章（孔子问子桑户）有云："形莫若缘，情莫若率"，和《人间世》篇第三章"形莫若就，心莫若和"句有些相似。但在实质上，有很大的不同。《山木》篇所说的"执臣之道"，只是用作事天之道的比喻，而《人间世》篇便真说成是"臣之事君无所逃于天地之间"了。《山木》篇在"形莫若缘"句下紧接着说："缘则不离，率则不劳，不离不劳，则不求文以待形……"，它是用率直的手段，达到不离不劳的目的，而《人间世》说了"心莫若和"后，便提出"彼且为婴儿、亦与之为婴儿"的处世方法，这正是《山木》篇所反对的"劳"和"求文以待形"的人生态度。显然，《山木》篇所说和《庄子》他篇思想完全相合，而《人间世》篇所说，只是《山木》篇思想的误解和歪曲。我们不能设想《山木》篇率真事天的思想，是从《人间世》篇委曲事君的思想而来的，所以《山木》篇的时代，应在《人间世》第一、二、三章之前。

3. 本篇二、三、四、五等章，在记事之中，有许多讲道理的韵文，所说道理，有些和今本《老子》相近。如第二章云"其民愚而朴，少私而寡欲，知作而不知藏，与而不求其报；不知义之所适，不知礼之所将"，和《老子》十九章"见素抱朴，少私寡欲"相似；三章"既雕既琢，复归于朴"，和《韩非子·外储说左上》引书曰"既雕既琢，还归其朴"相似；四章引昔吾闻大成之人曰"自伐者无功，功成者堕，名成者亏，孰能弃功与名，而还与众人"，和《老子》二十四章及《管子·白心》篇文，都很相近。《老子》书和《白心》篇的著者和产生时代问题，留在另文再谈，这里需要说明的是，《庄子》书中各篇，对《老子》书的关系，彼此互不相同，其中有些篇和《老子》书虽有关系，但不称"老子曰"，而称"故"或"故曰"；本篇引《老子》二十四章文而称为"昔吾闻大成之人"，也不明称"老聃"，说明是属于后一类性质的作品。大成之人的话，有许多是《白心》篇的内容，说明它和《白心》篇有相当联系。《白心》篇产生的时代，不可能在宋尹学派成立初期，这样推证《山木》篇的第二、三、四、五等章，当在《逍遥游》《达生》等篇之后。

总起来说，本篇各章，除羼改部分外，大抵是庄子后学作品，成书约在《吕氏春秋》以前。只有第六章记庄子"衣大布而补之"一章，类似战国策士之言，和《庄子》他文不相类。但其中所说，仍保持山林之士不迎合当权派的立场，也可能是这一派人的拟作，和《人间世》篇的歪曲，还有区别。

五　《田子方》篇为庄子派所作和各章的同异

《田子方》篇，各本都分为十一章，除第六章（庄子见鲁哀公）近于战国策士之文外，其余都和《庄子》内篇，以及《至乐》《达生》《山木》等篇相近，从下列几点可以推证为庄子嫡派作品。

1. 本篇所讨论的主要内容，都是《庄子》内七等篇的中心问题，如第一（田子方）、第二（温伯雪子）等章里所记述的全德之人，第七（宋元君将画图）、第九（列御寇为伯昏无人射）两章里记述的技巧之精，都是庄子早期作品中常见的手法。特别是第三（颜渊问于仲尼）、第四（孔子见老聃）两章讨论的"死生有待，莫知所穷""且万化而未始有极"的宇宙根本问题，是庄子哲学的特色。这些问题，以及对问题的提法，正和《天下》篇所述庄周思想完全相符，和先秦时老子派以及秦汉间道家思想决不相同。

2. 本篇各章，多阐发内篇的论点，彼此有显然相同的语句。如第八章（文王观于臧）记文王举臧丈人为大夫的故事，和《德充符》篇第四章鲁哀公举哀骀它而传国的故事很相似，所说"臧丈人昧然而不应，泛然而辞，朝令而夜遁"，和《德充符》篇所说"闷然而后应，汜而若辞"的语句，显然有一定的联系。又如第十章（肩吾问于孙叔敖）里有"子之用心独奈何？"一语，这一句也见《德充符》篇。有"死生亦大矣，而无变乎已"的语句，这和《德充符》篇句也略相同。又说"其来不能却①，其去不能止"，也见《达生》和《知北游》篇。又有"方将踌躇，方将四顾"的文句，这也见《养生主》篇。（姚鼐说"《田子方》篇和《德充符》篇同旨"。如果单以这二章为例，是可以这样说的。）

又如第三章（颜渊问于仲尼）里有"吾一受其成形，而不化以待尽"的话，这和《齐物论》第一章里的文句相同（《齐物论》"化"作

---

① "却"原误作"郤"。——编者注

"亡");又说"日夜无隙,而不知其所终""知命不能规乎其前",和
《德充符》(鲁哀公问仲尼章)句相同。又如第四章所说"形体掘若槁
木",和《齐物论》第一章句略同;所说"喜怒哀乐不入于胸次",和
《达生》第二章"死生惊惧不入于胸次"句相同;所说"死生终始为昼
夜",和《至乐》第三章"死生为昼夜"句略同;所说"且万化而未始
有极",和《大宗师》句同。可见本篇和《德充符》《齐物论》《大宗师》
《达生》等较古诸篇是有许多联系的。

3. 本篇各章,不但和《庄子》较古诸篇有相同的问题和相同的语句,
而且有若干处是有所发展的。如第三章(颜渊问于仲尼)说"夫哀莫大
于心死,而人死亦次之",正是对《齐物论》所说"其形化,其心与之
然,可不为大哀邪"论点的阐发。所说"虽忘乎故吾,吾有不忘者存",
正是《大宗师》等篇"人相忘乎道术"说的补充和阐发。特别是第四章
所说"至阴肃肃,至阳赫赫,肃肃出乎天,赫赫发乎地,两者交通成和
而物生焉,或为之纪,而莫见其形。……夫天下也者,万物之所一也。
得其所一而同焉,则四支百体将为尘垢,而死生终始将为昼夜",这一段
文将《德充符》《齐物论》《大宗师》各篇分别说明的道理,都融合在一
起,构成完整的理论相当精辟。这里提出阴阳交通成和而物生的原则,
提出"天下为万物之所一"的原则,而却没有像某些篇章专门赞颂"道"
的玄妙,这是庄子早期作品的一个特点。

4. 全篇文格,都是用故事问答来讲哲学,基本论点虽多和他篇相同,
但有许多新的比喻和说法。如第一章借了田子方和魏文侯的问答,引出
一个溪工和东郭顺子来,对于东郭顺子的描写,说他"物无道、正容以
悟之,使人之意也消",最后魏文侯说出了"夫魏真为我累耳"的叹息。
第二章记仲尼见温伯雪子而不言,最后告子路说"若夫人者,目击而道
存矣,亦不可以容声矣",都是极生动细致的具体描写,和某些章节中专
用抽象词语,叙述所谓"不言之教"者,有显著的区别。又如第九章记
"列御寇为伯昏无人射,引之盈贯,措杯水于其肘上,发之,适矢复沓
(郭注:矢,去也。箭适去,复歃沓也),方矢复寓(郭注:箭方去未至
的也,复寄杯于肘上)……于是无人遂登高山,履危石,临百仞之渊,
背逡巡,足二分垂在外,揖御寇而进之,御寇伏地,汗流至踵。"这种想
象丰富、极其生动的形象描写,更是庄子行文的特色。

　　大体说来，本篇各章除第五章记庄子见鲁哀公一段，近于战国策士的摹作外，都具有庄子嫡派的风格。具体写作的时代，不易确定。比较可以推证的，是第二章当在《吕氏春秋》以前。第二章记温伯雪子一段，和《吕氏春秋·审应览·精谕》篇所记的故事，约略相同。

《田子方》	《精谕》
温伯雪子适齐，舍于鲁。鲁人有请见之者，温伯雪子曰："不可，吾闻中国之君子，明乎礼义而陋于知人心，吾不欲见也。"至于齐，反舍于鲁，是人也又请见。温伯雪子曰："往也蕲见我，今也又蕲见我，是必有以振我也。"出而见客，入而叹。明日见客，又入而叹。其仆曰："每见之客也，必入而叹，何邪？"曰："吾固告子矣：中国之民，明乎礼义而陋乎知人心。昔之见我者，进退一成规，一成矩，从容一若龙，一若虎，其谏我也似子，其道我也似父，是以叹也。"仲尼见之而不言，子路曰："吾子欲见温伯雪子久矣，见而不言，何邪？"仲尼曰："若夫人者，目击而道存矣，亦不可以容声矣。"	孔子见温伯雪子，不言而出，子贡曰："夫子之欲见温伯雪子久矣，今也见之而不言，其故何也？"孔子曰："若夫人者，目击而道存矣，不可以容声矣。故未见其人而知其志，见其人而心与志皆见，天符同也。圣人之相知，岂待言哉！"

　　看上述两书内容，知《庄子》对温伯雪子事的本末，叙述最详确。《吕氏春秋》只是节取末段孔子见温伯雪子一节，最后加了几句论断。看他说"故未见其人而知其志……"，用"故"字联接引文，正是《吕览》引书的惯例。这一章是《吕氏春秋》引用庄子以前的作品，是没有什么问题的。

　　按世传《庄子》书，在司马彪五十二篇本、郭象三十三篇本外，有崔撰、向秀的二十七篇本。武内义雄根据《释文》不引崔、向注的地方，推证崔、向本所少者为《天道》《刻意》《田子方》《让王》《说剑》《渔父》六篇（《老子と庄子》，第126页）。从我们的考证看来，《天道》等五篇，确非庄系遗著，无可怀疑，崔、向本将此数篇删去，确有根据。只是对《田子方》篇也同样不加注解，其根据是什么，就很难理解了。不论如何，这一篇是庄子派遗作的较好作品，是无可怀疑的。

六 《知北游》篇为庄子派作品及其羼乱部分

《知北游》篇在《庄子》外篇中，向来有较高的地位。前人的《庄子》注本，和近人讲《庄子》思想的论文，多对本篇有足够的重视。从全篇内容看来，这种无形的评价，是有道理的。

全篇共十五章，属于纪言体的有四章，如第二（天地有大美而不言）、第六（果蓏有理）、第七（人生天地之间）、第八（不形之形）等节是；属于故事寓言体的有十一章，其中第一（知北游于玄水之上）、第四（舜问乎丞）、第五（孔子问于老聃）、第九（东郭子问于庄子）、第十（妸①荷甘）、第十一（于是泰清问乎无穷）、第十二（光耀问乎无有）、第十四（冉求问于仲尼）等八章，是讲述有关宇宙论和认识论的问题的，和《齐物论》的思想约略相当。第三章（啮缺问道乎被衣）、第十三（大马之捶钩者）、第十五（颜渊问乎仲尼）等三章，都是讲述所谓"至人"之德行的，和《德充符》《养生主》等篇约略相当。大体说来，都对内篇思想有相当的阐发。但有几点，是本篇独具的特色：

1. 本篇虽然基本上是庄子派作品，但第一章有一大段羼杂，必须指出，否则会发生认为是老子派作品的误会。

第一章假设知和无为谓狂屈的问答，都没有得到回答，最后"见黄帝而问焉"，又假托黄帝之言，说明宇宙本体的不可言说，是《庄子》各篇中常见的手法。但本章开首和最末二段，都是记述知和黄帝的问答，忽然在中间插入了"夫知者不言"一大段文，就使知和黄帝的问答不相衔接，而中间插入的话，意思也不相连贯，显然是羼杂进去的。

《知北游》第一章原文的前一段是这样的：

> 知北游于玄水之上，登隐弅之丘，而适遭无为谓焉。知谓无为谓曰："予欲有问乎若：何思何虑则知道？何处何服则安道？何从何道则得道？"三问而无为谓不答也，非不答，不知答也。知不得问，反于白水之南，登狐阕之上，而睹狂屈焉。知以之言也问乎狂屈。狂屈曰："唉！予知之，将语若，中欲言而忘其所欲言。"知不得问，

---

① "妸"原作"婀"。——编者注

反于帝宫，见黄帝而问焉。黄帝曰："无思无虑始知道，无处无服始安道，无从无道始得道。"知问黄帝曰："我与若知之，彼与彼不知也，其孰是邪？"黄帝曰："彼无为谓真是也，狂屈似之；我与汝终不近也"。

后一段是：

> 知谓黄帝曰："吾问无为谓，无为谓不应我，非不我应，不知应我也。吾问狂屈，狂屈中欲告我而不我告，非不我告，中欲告而忘之也。今予问乎若，若知之，奚故不近？"黄帝曰："彼其真是也，以其不知也；此其似之也，以其忘之也；予与若终不近也，以其知之也。"狂屈闻之，以黄帝为知言。

前后两段，文义非常连贯，而在前段和后段中间，羼入了以下一段：

> 夫知者不言，言者不知，故圣人行不言之教。道不可致，德不可至。仁可为也，义可亏也，礼相伪也。故曰："失道而后德，失德而后仁，失仁而后义，失义而后礼。礼者，道之华而乱之首也。"故曰："为道者日损，损之又损，以至于无为，无为而无不为也。"今已为物也，欲复归根，不亦难乎！其易也，其唯大人乎！生也死之徒，死也生之始，孰知其纪！人之生，气之聚也；聚则为生，散则为死。若死生为徒，吾又何患！故万物一也，是其所美者为神奇，其所恶者为臭腐；臭腐复化为神奇，神奇复化为臭腐。故曰："通天下一气耳。"圣人故贵一。

这一段插入的文字，又可分为二节：从"夫知者不言"到"无为而无不为也"是抄袭《老子》书文，所讲的都是圣人治世修身的事理，既和本篇内容无关，也和《庄子》整个学说没有密切的关系。从"今已为物也"到"圣人故贵一"，是又一段，所讨论的是"生死一气"的哲理，和《庄子》《齐物论》《大宗师》等篇的内容互相一致，但和本章所记知和黄帝的问答没有关联，可能是《庄子》他篇中的错简。罗根泽先生曾认此篇是老子派摹作，主要的根据是本章多引《老子》书文。实则《知北游》全篇，除了第一章中"夫知者不言……"数语以外，都和老子派思想作风不是同类。如果知道这中间一大段全是羼入之文，那么本篇是代表老子派还是代表庄子派作的问题，就自然解决了。

2. 《庄子》书中属于庄子派著作，虽多是讲述哲学思想的，但讲的最多的是"全德之人""无心忘世""生死齐一"等偏于人生方面的问题，而不是宇宙根本问题。在前已讨论过的若干篇中，只有《齐物论》和《秋水》篇在宇宙论方面讲的较多，但多半是和人生论混合在一起讲，很少有一章是专讲宇宙根本问题的。在本篇中却有好几章是专以宇宙本体论为中心而讲述的。如"孔子问于老聃""东郭子问于庄子""冉求问于仲尼"等章，分别提出了天地万物的生成本原、"无所不在"的道、物物者和物的关系、未有天地以前的情境等问题，并有思辨的论证和阐发。这种对宇宙根本问题的重视和思辨性的论述，是他篇少有的。

3. 由于老、庄都属于道家，所以自来论者，多以为"道"这一观念，在两家书中，同等重要，并有同一意义。实则《庄子》书中，如前述《逍遥游》《齐物论》《养生主》《大宗师》《达生》等较早诸篇中，都没有属于形上本体的道这一观念。凡涉及这一概念的道，都是羼杂的章节。所以认为是羼杂的，是根据其他方面的证据，而不是借助于道。如以道为证明则成丐辞（详见第二章第一节论《齐物论》部分），在《齐物论》等篇中讲述宇宙根本问题的地方，多用"真宰""造物者""天""未始有始"等名词，代表最根本的东西，而没有提出"道"字来。即在《田子方》篇第四章中，讲述"至阴肃肃，至阳赫赫"一节，阐发宇宙变化的道理，相当深刻详细，也没有提出"道"字[1]来。而本篇第四章中说"道可得而有乎"，第五章说"精神生于道""此其道与"，便有一些近于本体的道的意思。特别是第九章说"所谓道，恶乎在？庄子曰：无乎不在，……周、遍、咸三者，异名同实，其指一也"。很显然，这"道"字是代表无所不在的宇宙本体的。这样看来，属于庄子派作品中，把"道"字用作宇宙本体的代词者，以本篇为最明显可信，这是本篇的又一特点。

现在需要说明的是，本篇虽然把"道"当作代表宇宙本体的名词，

---

① "字"原误作"字"。——编者注

但和《老子》书、《淮南子》书以及《庄子》书中一部分晚出章节所述道的意义，很不相同。《老子》书中所说的"有物混成，先天地生""道之为物，惟恍惟惚"，《淮南子》所说的"夫道者，覆天载地，廓四方，柝八极，高不可际，深不可渊，包裹天地，禀受无形"，在那里道像是一种在天地以外或以前可以生天地的具体东西，而本篇第四章说："汝身非汝有也，汝何得有夫道？"五章说："天不得不高，地不得不广，日月不得不行，万物不得不昌，此其道与？"九章说："道在蝼蚁，……在瓦甓，在屎溺"，"周、遍、咸三者，异名同实，其指一也。"十一章说："道不当名。"都是把道当作一种普遍存在于宇宙间的能力和作用，而不是存在于宇宙以前的东西，是一种不当名的假名，而不是一种具体物质。明陶望龄注本篇"物不得先物也"句云："老子言'有物混成，先天地生'，此破其义"（《庄子翼》引），陶说颇有见地，为他注所未及。究竟是不是破老子义，还须讨论，但这两种对于道的看法和解释，确不相同，是很明显的。本篇各章对道的描写，和《齐物论》等篇所讲宇宙变化的道理，完全符契，所以本篇所用代表宇宙本体的"道"字，虽和《逍遥》《齐物》等所用"道"字的意义不同（那些篇所用"道"字多是道理、原则的意思），而实为庄子派作品。

至本篇具体产生的时代，可以作这样的推测：

1. 从思想的发展上看，"道"字用来代表宇宙本体或动力，并成为各家通用词的时期，一定比各家分别用"真宰""造物者""天""神""未始有始"以及"道"等词的时期较晚。如果"道"是老子派所创立，而"真宰""造物"等词是庄子派所创立，那么，用"道"这一名称来讲庄子哲学的《知北游》篇，一定是受了老子派影响以后的庄子派作品。我们知道，在战国晚期，这样意义的"道"字，在儒家书中已经出现。《荀子·解蔽》篇云："夫道体常尽变，一隅不足以举之。"《天论》篇云："万物为道一偏"，这两处的"道"字，已不是孔、孟书中通用的"道"字意义，而是代表宇宙整体的概念。庄子派著作中出现形而上学意义的"道"字，不会比荀子为迟。至少《知北游》篇可以和《荀子》书的《天论》《解蔽》等为同时作品。

2. 从文句的联系和引用上看，本篇中有好多和《庄子》他篇以及《吕氏春秋》相同的语句。如第三章说"形若槁木，心若死灰"，和《齐物论》第一章句相同；第十三章（大马之捶者）说"子巧与？有道与？"和《达生》篇中仲尼问偻丈人之语句相同；末章说"哀乐之来吾不能御，其去弗能止"，和《达生》第一章、《田子方》第十章中语句基本上相同。当然，从这些相同的词句上，只能推知这些篇的内容、性质约略相近，还不能确定它们的时代先后。但从本篇的最后一段文中，可以推知本篇产生的大概时代。末章最后说："至言去言，至为去为，齐知之所知，则浅矣。"《吕氏春秋·审应览·精谕》篇中有此数句。它说："故至言去言，至为去为，浅智之所争则末矣。"《吕览》在这几句以前，加一"故"字，显然是引用他书成语的表示，可见《知北游》这一章（以及和他有相同语句的各篇章），是《吕氏春秋》以前的著作。

总起来说，外篇中《秋水》《至乐》《达生》《山木》《田子方》《知北游》这六篇除少数羼杂的章节外，都是庄子派作品，大抵《达生》的时代较早，《秋水》和《知北游》较晚，但基本上都是《吕氏春秋》以前的作品。

第四章 《庄子》杂篇考论

　　本章所论各篇，都在旧题杂篇之内，其彼此共同的因素，不如《秋水》等六篇的明显。故武内义雄氏把《庚桑楚》《徐无鬼》《则阳》《外物》四篇归为一类，而以《寓言》《列御寇》和外篇中的《至乐》《达生》为一类。他把《寓言》《列御寇》归入《至乐》类的理由是因为这几篇都和《列子·天瑞》篇有联系，归《庚桑楚》四篇为一类的理由是因为《庚桑楚》《徐无鬼》两篇都有"相与交乐乎天，相与交食乎地"的语句，《徐无鬼》和《外物》篇都有"中民"一词。这种归类，有相当理由，但也不全妥善。因篇中各章，不一定是一类，只根据某章语句相同，便将全篇归为一类，一定有许多不调和处。如《寓言》篇和《列子·天瑞》篇中互见的语句，在《寓言》篇末段"阳子居南之沛"章，而这一章在《寓言》篇中和其他章都不相近。王船山的《庄子解》认为这一段应为《列御寇》篇之首章（《让王》四篇系伪书羼入）。从内容比较，确和《列御寇》以下各章是同类作品，王说甚当。所以根据《寓言》篇末段归入《至乐》等篇一类内，殊为不当。又《徐无鬼》篇中有"中民之士荣官"一语的第四段，在以故事为主的全篇中，也比较特殊。而《外物》篇有"中民"一词的老莱子章，和《徐无鬼》篇也少同点。因"中民"只是一个普通词语，并非专门术语，用一个普通名词作为归类标准，一定体现不出两篇的共同特征来。不过武内氏的分类标准，虽不尽当，但还可按照他的次序进行考论。因为杂篇中除《让王》四篇显为伪作外，《庚桑楚》等六篇本相连贯，不必有意打乱次序。再则这六篇在形式上有一致之处，即每篇开始先列较长的章节，在较长的章节后，多有较短的绪言，除《则阳》篇外，其余各篇则自数条至十数条不止，很可看出这是编辑者有意附入的材料。（内七及《秋水》以下六篇，也偶有篇末记言，但条数较少，且多有羼入之嫌，和杂篇中有意这样排列的性质不同。）所谓杂篇之名，或者由是而来。

兹依照原书顺序，考论如次。

第一节　对《庚桑楚》《徐无鬼》二篇的考察

一　《庚桑楚》篇是《庄子》较早篇目及其与《老子》书的关系

《庚桑楚》篇诸本分十九节，除第一章篇幅较长外，其余各节多为简短记言，即所谓"博引而泛记"（王船山语）之类，也许这就是称为杂篇的原因之一。但各节的内容有一定的联系，所以王船山《庄子解》将第一章以后的十八节，分为六章。近年中华书局整理的《集释》本，也并为三章，比旧本的分段较为整齐。为了便于考索，依中华本的分章依此讨论。

《庚桑楚》篇第一章记述老聃的弟子庚桑楚拒绝畏垒之民的推尊，批评了尧、舜的治化，又让弟子南荣趎南见老子，受到老聃的一番教训，讲出许多"卫生之经"的玄远道理。这和内篇中《逍遥游》等篇特别是《德充符》篇的体裁内容基本一致，都是借故事人物宣说其全生葆真的思想。其中有和内篇相同的语句，如"南面而不释然"句，也见《齐物论》篇第四章（尧问于舜）；"身若槁木①之枝，而心若死灰"句，也见《齐物论》第一章，和外篇《田子方》《知北游》篇（这两篇都是庄子嫡派）。另有"百姓猖狂，不知所如往"句，和《在宥》篇中"云将东游"一章中的句子相同。而该章在《在宥》篇中，比其他各章都有早出的证据（详第三章第一节）。可以说《庚桑楚》篇第一章是和《庄子》中较古篇中如《齐物论》等篇为同类作品。更可注意的是其中具有《齐物论》等篇所没有的特色，即篇中有对于现实社会的尖锐批评，和与《老子》书的密切关系。这两点对于评价本篇有很大的启发意义。

前述《庄子》中可信诸篇如《逍遥游》《齐物论》《大宗师》《达生》等篇，主要是讲宇宙变化、知识是非、内心修养等哲学问题，而没有对现实社会的具体批评。其他像外篇中的《骈拇》《马蹄》等篇，主要

---

① "木"原误作"本"。——编者注

是对现实社会政治为激烈的攻击批评，而没有讲至人修养等哲学问题。《庚桑楚》篇第一章则对于这两方面都有论评。而且讲的深刻蕴藉，文辞和理论都体现了《天下》篇所说的庄周作风。

王船山说：

> 杂篇言虽不纯，而微至之语，较能发内篇未发之旨。盖内篇皆解悟之余，畅发其博大精微之致，而所从入者未之及，则学庄子之学者，必于杂篇取其精蕴，诚内篇之归趣也。（《庄子解·杂篇》）

王船山所说的"所从入者"，应该包括形成庄子思想的社会原因和理论步骤。《庚桑楚》篇对这两方面都有提示。篇末几章的简隽记言，很像是构成内篇理论的原始笔记。第一章说：

> 全其形生之人，藏其身也，不厌深眇而已矣。

又说：

> 不知乎？人谓我朱愚。知乎？反愁我躯。不仁则害人，仁则反愁我身；不义则伤彼，义则反愁我己。我安逃此而可乎？

这里表明了他的处世态度和内心矛盾，显然是促成他脱离现实，走向逍遥、齐物哲学的第一步骤。第一章中又说：

> 举贤则民相轧，任知则民相盗，之数物者，不足以厚民。民之于利甚勤，子有杀父，臣有杀君，正昼为盗，日中穴阫。吾语汝，大乱之本，必生于尧、舜之间，其末存乎千世之后。千世之后，其必有人与人相食者也。

这里所观察到而加以抨击的社会政治，是使他形成那一套避世玄想的社会原因。这种批评社会的理论，在《骈拇》《胠箧》等篇中曾向某一方面作了比较详尽的发挥（《骈拇》等三篇晚出于秦统一前夕，已证如前）。但这种思想，并不是到战国晚期才出现，而是和避世无为、重天轻人的思想同时产生的。正因为不满于现实社会，才产生轻世重生思想，两种态度本有内在联系，而非后来的混合，只是随着社会斗争的演进，有一部分人专向内心修养上努力，另一部分人则向评论政治社会方面发展，所以这种既谈修养兼评社会的文字，应为《庄子》书中较早的可信的作品。

本章的第二个特点，是和《老子》书的关系相当密切。从《庄子》全书和《老子》书的关系看来，有几种不同的情况。除了各成体系，看不出有明显的相互关系，如《逍遥游》《齐物论》几篇典型的《庄子》外，约有三种类型：

1. 明引《老子》，而称"老聃曰"，且见于今本《老子》，如《天下》篇、《寓言》篇是。《天下》篇引"知其雄，守其雌，为天下溪；知其白，守其辱，为天下谷"，见今本《老子》二十八章。《寓言》篇引"大白若辱，盛德若不足"，见今本《老子》四十一章（《寓言》篇此章应为《列御寇》篇第一章，详下节）。

2. 明引《老子》，而但称"故"或"故曰"者，如《胠箧》篇、《在宥》篇（第二章）和《知北游》中的羼杂部分是。《胠箧》篇引"鱼不可脱于渊"句见今本《老子》三十六章，又引"绝圣弃知"句见今本《老子》十九章，引"大巧若拙"见今本《老子》四十五章。《在宥》第二章（崔瞿问于老聃）引"绝圣弃知"，上加"故曰"，见今本《老子》十九章。又引"贵以身于为天下，则可以托天下；爱以身于为天下，则可以寄天下"，上加"故"字，见今本《老子》十三章。《知北游》引"失道而后德，失德而后仁，失仁而后义，失义而后礼，礼者，道之华而乱之首也"，加"故曰"，见今本《老子》三十八章。引"为道者日损，损之又损之，以至于无为，无为而无不为也"，加"故曰"，见今本《老子》四十八章。又引[1]"圣人行不言之教"，加"故"字，见今本《老子》二章。

3. 明有和《老子》相同的语句，而不称"故"或"故曰"或"故老子曰"，而称"大成之人曰"者，如《山木》篇是。《山木[2]》篇说："昔吾闻之大成之人曰：自伐者无功，功成者堕，名成者亏，孰能去功与名，

---

① "引"原误作"字"。——编者注
② "木"原误作"本"。——编者注

而还与众人"①，见今本《老子》二十四章，作"自见者不明，自是者不彰，自伐者无功"。

4. 明有和《老子》书相同语句，而在《庄子》书中夹在其他文句中，语气一贯，没有引文形式，文前也没有"故"或"故曰"等字。如《在宥》篇"云将东游"章有"万物云云，各复其极"句，和今本《老子》十六章"夫物芸芸，各复归其根"句略同。《达生》篇末章有"为而不恃"句，略同于今《老子》第二章句，有"长而不宰"句，见今《老子》五十一章。《田子方》篇（"肩吾问于孙叔敖"章）有"既以与人，己愈有"句，见今本《老子》八十一章，作"既以为人，己愈有；既以与人，己愈多"。《胠箧》篇有"当是时也，民结绳而用之，甘其食，美其服，乐其俗，安其居，邻国相望，鸡犬之音相闻，民至老死而不相往来"句，和今本《老子》八十章语相同。均无"故"或"故曰"字。

以上所说，除第四类外，无论其称"故老子曰"或仅称"故曰"或称"大成之人曰"，都显然是《老子》书或相当于今本《老子》书的古经典形成以后的文字。而《庚桑楚》第一章中凡《老子》书中有关人生修养全生葆真，以婴儿为法等观念，都具备了，并且明引"老子曰"云云，见今本《老子》十章和五十五章。但对勘两书，看不出是引《老子》书文，反而有老在庄后的嫌疑，这是一个不好理解的疑点。

兹将《庚桑楚》首章和《老子》五十五章及《老子》第十章文，分别列表加以比较：

《老子》五十五章	《庄子·庚桑楚》
含德之厚，比于赤子，蜂虿虺蛇不螫，猛兽不据，攫鸟不搏，骨弱筋柔而握固，未知牝牡之合而朘②作，精之至也。终日号而不嗄，和之至也。知和曰常，知常曰明，益生曰祥，心使气曰强。物壮则老，谓之不道，不道早已。	老子曰："卫生之经，能抱一乎？能勿失乎？能无卜筮而知凶吉乎？能止乎？能已乎？能舍诸人而求诸己乎？能翛然乎？能侗然乎？能儿子乎？儿子终日嗥而嗌不嗄，和之至也；终日握而手不掜，共其德也；终日视而目不瞚，偏不在外也。行不知所之，居不知所为，与物委蛇，而同其波。是卫生之经已③。"

---

① 此段《管子·白心》作"还与众人同"，甚是。
② "朘"原误作"全"。——编者注
③ "经已"原误倒。——编者注

《庚桑楚》此一段文，上下浑然一气，辞意都很自然，没有杂糅凑辑的嫌疑，也不是援引他文证明自己的理论，和《胠箧》篇的引《老子》书称"故曰"者不同。《老子》书五十五章的前几句，也很明顺自然，但从"知和曰常"句以下，和上文关涉较少，似有抄辑成文之嫌。究竟此文与《老子》书五十五章文孰为先后，涉及《老子》书著作之时代和取材来源问题，非常复杂，不敢臆断。但依《吕氏春秋》及《胠箧》《在宥》等篇引《老子》书只称"故"或"故曰"而不称"故老子曰"的例子来看，推知《老子》书在秦皇初年，一些作者们只尊奉为一种通行传诵的古书，尚未完全确定为老子所作，似颇显然。《老子》书的编者，确有自己的系统和著书的目的，但书的取材有多种来源。前人早已指出如《金人铭》《周书》，以及《建言》等旧传古说的成语，相当之多。如果《老子》的编纂过程真是这样，那么《庚桑楚》中"儿子终日嗥而不嗄"数句，我们设想它是《老子》五十五章中相同句的来源，似非全无可能。又一可能是先有"卫生之经"一书和《老子》所说的"建言"相似，《老子》和《庄子》都是引述此书。但《庚桑楚》引的自然，而《老子》书略有语气上的变动，也未可知。

又《老子》第十章：

载营①魄抱一，能无离乎？专气致柔，能婴儿乎？

这几句和《庚桑楚》此段也有相当的关联。"能儿子乎"和"能婴儿乎"的内容形式完全一致。照通常看法，当然是《庚桑楚》承袭《老子》，但从文章的句法看，《老子》全书主要是用哲理诗的形式，正面说明道理；《庄子》书则多用故事的形式，说明道理。《庄子》往往用人物对话体裁引出理论。《庚桑楚》这一段正是叙述老聃和南荣趎的问答，所以一连用若干以"乎"字结尾的句子，提示对方。这种提问形式，在《庄子》的故事人物问答中是很自然的，而在《老子》书中就有点特殊。《老子》书八十一章中用疑问系词"乎"字结尾的句子，只有这一章，再没有第二个相同的例子。这样看来，我设想上述两书相同的语句，最先出现当在

---

① "营"原误作"管"。——编者注

《庄子·庚桑楚》篇中，似较可信。

《庚桑楚》这一段的开首数语，在《管子·心术下》[①] 和《内业》二篇中都有相同句子：

> 《心术下》云："能专乎？能一乎？能毋卜筮而知凶吉乎？能止乎？能已乎？能毋问于人而自得之于己乎？"
>
> 《内业》云："能搏乎？能一乎？能无卜筮而知凶吉乎？能止乎？能已乎？能勿求诸人而得之于己乎？"

从上下文看，《庚桑楚》联贯一气，非常自然，而《心术下》篇则在全篇叙述句中，突然杂入疑问语数句，显系引用成语来加强本文的说服力。罗根泽先生的《管子探源》中，根据《心术下》篇有改动《庚桑楚》文的痕迹，又根据《内业》篇文语意不如《庄子》的衔接，认为"是此袭《庚桑楚》，非《庚桑楚》袭此明矣"（《诸子考索》，第 470 页）。又说此抄《庄子》，非《庄子》抄此（《诸子考索》，第 481 页）。这样看来，《老子》十章、五十五章和《管子·心术下》《内业》等写成的时代，《庚桑楚》篇中的词句已有被上述各书引用的痕迹。《心术》《内业》等篇的作者是谁，学术界还有不同的意见[②]，但不论其为宋尹学派所作，还是为慎到派所作，它产生的时代当在稷下派活动时期（比荀子成书时稍前）。这样，《庚桑楚》的写成时代应较它们为早，属于战国中期。

《庚桑楚》篇和《老子》的特殊关系，更见于《老子》书七十一章。《老子》云：

> 知不知上，不知知病。夫唯病病，是以不病。圣人不病，以其病病，是以不病。

---

① 此处原衍"编"字。——编者注

② 刘节《古史考存》、郭沫若《宋钘尹文遗著考》（见《青铜器时代》）主张《管子》的《白心》《心术》篇是宋尹学派遗作。朱伯崑《管子四篇考》认为是慎到派所作，见《中国哲学史论文集》第 1 辑。

单看《老子》书本文，"病病"二字的意义，很难理解。看了《庚桑楚》下列一段后，就豁然明白了。《庚桑楚》第一章云：

> 南荣趎曰："里人有病，里人问之，病者能言其病，然其病病者，犹未病也。若趎之闻大道，譬犹饮药以加病也。"

照语言文字的发展法则，文学中通用的词语典故，总是先起于具体事实的概括比喻，后来引用较多，才成为通用词汇（古今书上例证甚多，不烦列举）。所以"病病"二字，一定是在一个具体事例中首先运用，而不会一开始就成为抽象的理论，具有一般意义。因此我觉得《老子》七十一章的"病病"二字，是从《庚桑楚》"病者能言其病，然其病病者犹未病也"的故事中抽象出来的。

《老子》书七十一章"病病"二字的意义，已超出了《庚桑楚》所说的"病病"之义，已将"病病"二字脱离了有形的身体疾病而推广到人生的各个方面去，这就表明了两段文字的时代先后。当然，这不是说《老子》全书出在《庄子·庚桑楚》第一章之后，而仅指明这两段文字的时代先后。至于《老子》一书的时代问题，必须对《老子》全书的内容、性质、体例各个方面①作较全面较深入的考察，才能作出判断，此不赘述。

这里只说明无论《老子》一书的编定究竟在于何时，都能证明《庚桑楚》在《庄子》书中是较早的作品。因为《庄子》中牵涉到《老子》书的各篇，不论是称"故曰"或"故老子曰"者，都一望而知是在所引"故曰"以下各句形成以后之作。只有此篇的内容，明引"老子曰"，而不易辨别究竟孰先孰后，反而有好些老出于庄后的疑迹。从这一点看，《庚桑楚》篇应是《庄子》书中的早期作品。

除第一章外，其余各节，可分为三个段落：自"宇泰定者"至"非阴阳贼之，心则使之也"为一段，为全篇之第二章；自"道通其分也"至"是蜩与鸴鸠同于同也"为一段，为全篇之第三章；自"蹍市人之足"至"名相反而实相顺也"，为全篇之第四章；自"羿工乎中微"至篇终，

---

① "面"原误作"而"。——编者注

为全篇之第五章。

这几段文和第一章的形式不同，不是通过故事人物讲述道理，而是直接用自己的语言说明哲理。但除第四章（"蹍市人之足"）中有些整齐板滞的论述外，其余绝大部分都是用形象微妙的比喻、参差诡诡的语调来讲宇宙、人生哲理的。这种散文式的夹论夹喻的讲理方法，是庄子作风的特点之一。

这几章的内容和《逍遥游》《齐物论》及外篇《达生》《知北游》等篇的哲理，基本相同，都贯串了重天轻人、重内轻外的人生理想，所用故实词语也有许多较古的证据。如第二章云：

> 备物以将形，藏不虞以生心，敬中以达彼，若是而万恶至者，皆天也，而非人也。不足以滑成，不可入于灵台。

这一段和内篇《德充符》第四章（鲁哀公）所说："故不足以滑和，不可入于灵府"二语相同。但《德充符》二语前加一"故"字，说明是引用此文的。

又本篇"不足以滑成"句，《德充符》篇作"不足以滑和"，"和"字和"成"字在此两处使用、其意义相同，但"成"字则比"和"字的用法较古，《庄子》书中常把"成"字作为代表自然本性的用法。如《齐物论》第二节云：

> 夫随其成心而师之，谁独且无师乎？（自郭象起把"成心"解为成见，后多沿用，似非。）

《德充符》第一章云：

> 固有不言之教，无形而心成者邪？

《大宗师》第六章云：

> 庸讵知夫造物者之不息我黥而补我劓，使我乘成以随先生邪？

《则阳》第四章云：

> 冉相氏得其环中以随成。

这几处的"成"字，都含有天然、本来、现成的意义，"成心"代表本性或本来具足的觉知，和晚期《庄子》中的"性命之情"微有差别，而和儒家所说的"良知""良能"却略有相通之处。这种用法在后来的《文子》《淮南子》等书中就绝对少见。如《淮南子·俶真》云"不足以滑和"，就不再用"滑成"一词了。

又"灵府""灵台"二字，也有时代先后的惯用法。《淮南子·原道》云"精通于灵府"，和《德充符》用词相同，而和本篇第二章"灵台"一词不同。

《淮南子》书引用古语，多改用汉代通用之字，由此可知"滑和"比"滑成""灵府"比"灵台"接近于汉代的语言。这样推论，则知《德充符》文比《庚桑楚》文更接近于汉代。《德充符》是内篇中可信之篇，那么（如果不是传写有误的话）《庚桑楚》此段比《德充符》还要早些。

第二、三章的记言中提出了好多新的哲学概念和命题，如"有实而无乎处者，宇也；有长而无本剽者，宙也"，在中国哲学史上较早提出了科学性的、总结性的宇宙概念。又如"万物出乎无有，有不能以有为有，必出乎无有，而无有一无有，圣人藏乎是"，是庄子哲学中唯心主义倾向的关键问题。又如"兵莫憯于志，镆铘为下；寇莫大于阴阳，无所逃于天地之间"等警句，也都是庄子晚期作品所没有的内容。

又第三章云："道通其分也，其成也，毁也。""古之人其知有所至矣，恶乎至？有以为未始有物者，至矣尽矣！弗可以加矣！其次以为有物矣。……"这一段和《齐物论》中的语句基本相同。两文分别从这个论点出发，各自发挥其相关的意义，而不是互相抄袭。

又云："以无有为首，以生为体，以死为尻，孰知生死有无之一守者，吾与之为友。"这一段和《大宗师》（子祀子舆章）的语句基本相同，而更为简括。

《庚桑楚》此节似将《齐物论》文和《大宗师》文融合论述，行文首尾一贯，自成体系，与他篇抄辑之文性质不同。看它下文说："是三者

虽异，公族也。昭景也，著戴也；甲氏也，著封也，非一也。"用了一些
楚国的历史典故比喻作结，而更不加理论的说明，这种手法，是庄子文
风的特色。至于随便引用楚贵族的姓氏为喻，也露出作者对楚民族的历
史风俗非常熟悉，这也是《庄子》书常有的色彩。

我觉得这些绪言和《齐物论》《大宗师》的时代相去不远，很可能作
者先有这些绪言，随后推广阐发而成为较完整的篇章。王船山所说："学
庄子之学者，必于杂篇取其精蕴。"说明这些简隽记言，有许多是庄子的
精蕴。

再从文词方面看，二章第一节中有"乃今有恒"一语，"乃今"这个
词，见于《逍遥游》第一章（"北冥有鱼"），在较晚的篇目（如《天道》
《刻意》《让王》）中，绝无此词。又此章云："有乎生，有乎死，有乎
出，有乎人。"这种介于动词和宾词间的"乎"字，也为他书及本书晚出
各篇所罕见。

至于奇特的比喻，如"腊者（祭名）之有膍胲（牛百叶，牛蹄），
可散而不可散也；观室者周于寝庙，又适其偃（便溺处）焉"，"介者拸
画，外非誉也（刖足者弃掉饰容工具）；胥靡（奴隶）登高而不惧，遗死
生也"，以及"蜩与莺鸠同于同也"等句，和一般论著中常用的比喻迥然
不同，都是从自然界、生物界的活动中，从当时的社会习俗和社会生活
中观察而得。有些习俗（如腊祭之有膍胲，观室者适偃）已少见于他书，
将其中反映出来的道理作为比喻，更是庄子较早作品中所具有的特色。

第四章（彻志之勃）的风格和第①二、三两章稍有不同，其中有些论
述品德的抽象分析，较少参差谲诡的特色，但也系秦皇统一以前的作品：

> 彻志之勃，解心之缪，去德之累，达道之塞。富贵显严名利六
> 者，勃志也。容动色理气意六者，缪心也。恶欲喜怒哀乐六者，累
> 德也。去就取与知能六者，塞道也。此四六者，不盈胸中则正，正
> 则静，静则明，明则虚，虚则无为而无不为也。

这一大段也见《吕氏春秋·似顺论·有度》篇，文字略有异同。"彻志之

---

① "第"原无。——编者注

勃"作"通意之悖"；"达道之塞"作"通道之塞"。本篇所用"彻"
"勃""达"三字，都比《吕览》所用的"通""悖"二字为古（"彻"
字可能为汉代避讳所改）。《吕氏春秋》在这段前加"故曰"二字，和它
引《老子》书而称"故曰"的情况相同。确证《庚桑楚》这段文字是产
生在《吕览》以前。至于《吕览》作者是取自《庄子》，还是两书同取
自另一通行古说，虽不易辨明，但《庚桑楚》此段不加"故"字，说明
它是保存原始资料的最早面貌。

综观《庚桑楚》全篇，为时较早的证据相当之多。王船山说："此篇
之旨，笼罩极大。""庄子之旨，于此篇而尽揭以示人。"这是前人对本篇
的最高评价。现在看来，基本上还是正确的。

但罗根泽先生认为《庚桑楚》篇是属于老子派的作品，他的根据是
下列几点：（1）"道者，德之钦也"等语所含意义符合于《老子》的道
德意义。（2）有无是《老子》最爱讨论的问题，"天门"也是《老子》
特用的术语。（3）反对贤知是《老子》思想，《庄子》内篇中不甚反对
知，也没有表示对贤的态度。（4）以婴儿为理想，先秦书中只有《老
子》，《庄子》以至人、圣人为理想，不以婴儿为理想。（5）庚桑楚是老
聃弟子。又说：篇中有庄子派论点，但以老子派思想为主，同于《老子》
者十之七、八，同于《庄子》者十之二、三（罗根泽《〈庄子〉外杂篇
探源》，见《诸子考索》第303页），所以是老子派的作品，而不是庄子
派的作品。

这一论点有相当理据，但不够正确，因为老、庄思想本来有许多是
相同之处。如所举道和德的关系，有出于无的观点，反对贤知的主张
（所说《庄子》内篇不反对贤知，不符事实），都是众所共知的共同思想，
即所举庄子不以婴儿为师一条，也与本篇内容不合。

本篇第一章说：

> 吾固告汝曰：能儿子乎？儿子动不知所为，行不知所之，身若
> 槁木之枝，而心若死灰。

可见"身若槁木之枝，而心若死灰"，就是把婴儿之无知形容到极致的意
思，而"身若槁木，心如死灰"正是《庄子》（见《齐物论》《知北游》

《徐无鬼》篇）的语言，而非《老子》派语言。罗先生承认此二句是庄子派语言，而却把它和上文割断，认为以婴儿为师不是庄子派思想，似非事实。这几点都是老、庄二派共同的因素，可以是老子派后学采取了庄子派语言而作的，也可以是庄子派后学采取了老子派理论而作的。所以要区别是何派著作，不能从他们相同的观点说明，而应从他们相异的观点说明。大体说来，《老子》书和《庄子》书中的相异的论点，约有下列几点：（1）《老子》书中常有从侯王立场及"取天下"角度谈的理论，如"欲将取天下而为之"（二十九章），"取天下常以无事"（四十八章），"以无事取天下"（五十七章），"侯王若能守之"（三十七章），"功成事遂，百姓皆谓我自然"（十七章），"以道佐人主者"（三十章），"天大，地大，王亦大"（二十五章）等带有上层政治意味的语言，在《庄子》书中是没有的。（2）有些带有权谋术数的语言，如"将欲夺之，必固与之"（三十六章），在《庄子》书中也是没有的。（3）把阴柔后退作为前进斗争手段的论点，如"夫唯不争，故天下莫能与之争"（二十二章），"以其不争，故天下莫能与之争"（六十六章），这些言论，在《庄子》书中同样是没有的。

　　另外在《庄子》书中，有宣传相对主义知识论的观点，和名家派辩论的观点，以及玄同彼我、无成与毁、逍遥齐物、生死为一等观点，这又是《老子》书中所没有的。如果这个粗略的分析，可以用作为老、庄不同的标志的话，那么用此来看《庚桑楚》篇所表现的特征，它是老子派作品，还是庄子派作品，那就非常明白了。《庚桑楚》中，没有老子派所具有而为庄子派所无的几个特点，反之，却有老子派所没有而为庄子派所具有的几个特点，如第二段所说："其成也，毁也"，"古之人，其知有所至矣"，"孰知有无生死之一守者"等理论，都是《老子》书中所没有的。

　　即使在和《老子》书中关系最为密切的第一章中，虽有些同义的词句，而其最后所说"相与交食乎地，交乐乎天，不以人物利害相撄，不相与为怪，不相与为谋，不相与为事"的至人，也和《老子》中的圣人不同，而和《庄子》中的圣人一致，并且在《徐无鬼》篇就有相同的语句。所以《庚桑楚》篇不是《老子》派的作品，而是《庄子》派的作品。

如果我们前述《庚桑楚》中"卫生之经"的一段文字，倘若真是《老子》五十五章和十章相同语句的来源，则此篇为《老子》派作品的论点，那就更难成立了。

不过从文风上来看，本篇第一章的风格和《逍遥游》《齐物论》《秋水》等篇的风格，还有微小的差异。《秋水》等篇极富于今所谓浪漫主义的气氛，本篇首章虽也用种种形象①和比喻，表现参差谲诡的色彩，但却有一种严肃深邃的气氛，和《逍遥游》《秋水》等篇表现为汪洋恣肆者微有不同。究竟在道家思想的发展的过程中，老、庄两派的起源如何、混合情况如何，各自分道扬镳的情况又如何，还是一个比较模糊的迷津。最后如何走通，还要花些工夫。但可以说《庚桑楚》篇乃是弄清两派关系的一个重要环节。

二　《徐无鬼》篇各章的同异及其为较早作品的推证

《徐无鬼》篇在《庄子》书中，似不大受研究者的重视，罗根泽把它和《列御寇》篇归为杂组一类。原因是"找不出它的中心思想，好像是汇合道家言与道家故事而成"，"拉杂的将若干段排列起来而已"（罗根泽《〈庄子〉外杂篇探源》，见《诸子考索》，第304页）。但仔细考察其内容，有许多珍贵的史料和深妙的理论，同内篇中《逍遥游》《齐物论》等篇的价值，相差不远。就其形式来说，和杂篇中的一些篇目也相差不多，都是在几大段整齐的章节后附有较短的记言。虽没有一个明显的总括全篇的中心思想，但确有几个总括若干段落的中心思想，并非全无连贯。全书中像这样排列的文字，不仅此篇而已。所以它和《列御寇》篇近于杂组的性质，还有点不同。

旧本《庄子》多分全篇为十八章。王先谦《集解》合一、二两节为一节，共十七章。中华《集释》本仍将第一、二节分为二章，而将第十二节后的记言（有暖姝者）归为一章，较便检阅，故依此本分章，考论如次：

《徐无鬼》篇的前十二章除第四章（知士无思虑之变则不乐）是记言体外，其余都是用讲故事的体裁阐明哲理。形式和《庚桑楚》篇略同。

①　"象"原误作"相"。——编者注

十三章（有暖姝者）以后相当于《庚桑楚》第二章以后的各条记言。大体看来，前三章"徐无鬼因女商见魏武侯"和"黄帝将见大隗乎具茨之山"为一类，皆借故事问答来说明其处事、治国的理想。第十章"管仲有病"也可附于此组。第五（"庄子曰"）、第六（"庄子送葬"）两章为一类，皆记惠子和庄子的故事，说明两人关系及其哲学之同异。第八、九、十、十一（"吴王浮乎江"）、（"南伯子綦"）、（"仲尼之楚"）、（"子綦有八子"）四章为一类，均借故事人物对话来说明轻视世俗、尊重内心修养的人生态度。各章中都没有晚出于秦统一后的痕迹，而有若干早出于战国中期的可信证据。

第一章叙述徐无鬼向魏武侯说他相马的故事，指明神不外驰的马，才是超轶绝尘比"国马"更高的"天下马"，用此来劝告魏武侯改变"盈嗜欲，长好恶"的享受生活。魏武侯听了之后，大为喜悦。又借徐无鬼向女商解释为什么魏君闻而大悦的缘故。他引了一个"逃虚空者""闻人足音跫然而喜"的比喻，说明人所固有的性命之情，如魏武侯这样的国君，并未完全泯灭，所以听了徐无鬼的议论，就如同离家之人听到兄弟亲戚在身边"謦欬"而感到快乐一样。

这里所说的道理，比仅仅提少嗜寡欲、不言之教等语，内容更丰富些。但从这一章中所述的故实和术语看，时代还不太早。

这一章提到"性命之情"和"金板六弢"等词，似为战国中期以后的用语。"性命之情"一词约为秦始皇初年《吕氏春秋》时代道家的通行术语（见第三章第一节《骈拇》三篇考论），"金板六弢"也系战国后期的用语。

《释文》云："司马崔云：《金板六弢》，皆周书篇名。或曰秘谶也。本又作'六韬'：文、武、虎、豹、龙、犬也。"[①] 此"六韬"是否即《汉志》儒家的"周史六弢"为另一个问题，但它既和诗、书、礼、乐对称，当即相传太公兵谋之书，似无可疑。

---

① 《群书治要》卷31引《六韬》，其次第为文、武、龙、虎、犬，未引豹韬。《后汉书·何进传》章怀太子注所引《六韬》篇目不同，但次序是文、武、龙、虎、豹、犬。宋人书如《郡斋读书志》《玉海》，所列次序也是文、武、龙、虎、豹、犬。余嘉锡《四库提要辨证》据此说《释文》传写有误。

考《群书治要》引《六韬》佚文，有太公和文王之问答，曾说："请登之金板"，这样，"金板六韬"即《汉志》所说的太公之书。

又《太平御览》七六、《北堂书钞》十六，都引过《六韬》，有下列语句：

> 昔柏皇氏、栗陆氏、骊连氏、轩辕氏、赫胥氏、尊卢氏、神农氏教化而不诛；黄帝、尧、舜诛而不怒。

这一段文和《庄子·胠箧》篇文有许多同句。孙星衍辑本《六韬》，《五音》二十八有云："古者三皇之世，虚无之情"，《天启》十四有云："将相分职"，《发启》十三有云："大智不智，大谋不谋，大勇不勇，大利不利"（见平津馆丛书孙星衍辑本《六韬》）。三皇五帝、大智不智等词语，都是战国时代的语言。如果《徐无鬼》篇所说的《六韬》就是后世所传之《六韬》①，那么《徐无鬼》第一章当是战国晚期的著作。不过战国、秦、汉时期所传之书，往往有根据古代书名而编造的，所以这个推断只是聊备一说而已。

第二章和第一章同讲魏武侯故事，同有"劳君"之语，当是一事两传之作。但第二章有其特点。第二章中有对统治者的尖锐批评，如云："君独为万乘之主，以苦一国之民，以养耳目鼻口。"又云："夫杀人之士民，兼人之土地，以养吾私与吾神者，其战不知孰善，胜之恶乎在？"

这种近于愤激的言词，表现被统治者的立场相当明显。又说：

> 爱民，害民之始也；为义偃兵，造兵之本也。

显然是对儒、墨两家的主张而立言。但最后归结为"修胸中之诚，以应天地之情而勿撄"，和《庚桑楚》篇主要讲内心修养而同时提出"举贤则民相轧"等社会批评，其用意和作用，完全一致。这比较内篇中某一些

---

① 孙星衍作《六韬·序》，相信《六韬》为古书，有相当道理。但他所谓古书，只是针对时人怀疑其为秦汉人书而言，不足为战国前已有此书之证。《四库提要》相信《徐无鬼》篇为庄周所作。因说战国初原有是名，也非确据。《六韬》时代，还当根据辑本内容而定。

专讲修养（如《养生主》《德充符》）的玄理，或外篇中某些专评社会（如《骈拇》《马蹄》）的政论，更能体现《庄子》思想的完整性，更能看出庄子哲学的产生过程，应是庄子派哲学的早期著作。

第五、六两章记庄子和惠子的故事，其反对是非辩论及惋叹惠施死亡的精妙语言，和《齐物论》《秋水》等篇所记庄、惠问答的轶事，完全契合，绝非后人所能仿造。从下列几方面看，可以证明是《庄子》中较古的可信之作：

1. 其中有确凿可信的史料

第五章记庄子和惠子的对话中，提到"儒、墨、杨、秉四与夫子为五"的问题。且不论"秉"究竟是宋钘还是公孙龙①，还是另有名"秉"者的学派，可以肯定的是当时在儒、墨、杨、惠四派之外，还有另一与之争鸣的学派。这种记载，有罕见的史料价值，绝非后人凭空假造。

第六章记庄子送葬过惠子之墓，讲了一个匠石运斤成风的故事，最后哀叹道："自夫子之死也，吾无以为质矣（施展绝技的对象），吾无与言之矣。"这个比喻不但在文学上留下了千古妙喻，绝非模仿者所能创造；而且庄子送葬这一故事本身，证明他们的生卒先后，也是历史上的珍贵史料，都不是后人可以假造的。

2. 有早出于《吕氏春秋》以前的证据

《吕氏春秋·有始览·应同》篇说：

> 类同相召，气同则合，声比则应，鼓宫而宫动，鼓角而角动。

前三句是讲道理，后二句是举例证。后二句的来源就在《庄子·徐无鬼》第五章里。原文是：

> 鲁遽曰："……于是为之调瑟，废一于堂，废一于室，鼓宫宫动，鼓角角动，音律同矣。"

---

① 《列子·释文》：公孙龙字子秉。洪颐煊说："秉"疑"宋"字之误。马叙伦《庄子义证》说：《尸子·广泽》篇的料子，即秉。郭沫若谓秉是《天下》篇所说的彭蒙，见《十批判书》中《稷下黄老派的批判》。

单看《吕氏春秋》文，意思不够明显，好像只是说一个乐器上的宫角音调。看了《徐无鬼》这一段后，知道这是指堂上的瑟和室中的瑟两个乐器上发出的共鸣。所谓鼓宫宫动，鼓角角动，都是指另一瑟上的音调，因此可用以说明"气同则合，声比则应"的道理。如果照《吕览》所记，就说不明"声比则应"的道理了。

所以这一节应在《吕氏春秋》以前。

3. 参差諔诡的文风特点

本篇各章都体现了《庄子》文风的色彩，而这两章表现的最为突出。几乎全用比喻来说明道理，所用比喻都不是一般常见的泛泛之喻，而是从一些奇妙的技艺，特异的人事关系中掇取而来。如上举匠石运斤成风的故事，他描绘了一个拿起斧子来飞快地削去了郢人鼻端上像蝇翼般的泥垩而鼻不伤的技术，同时描绘了那个"郢人立不失容"的镇定。自这个郢人死后，匠石没有施技的对象（质），而停止削垩，并且发出悲叹。用这个故事说明惠施死后他失掉辩论对手的惆怅。这是久已成为流传的妙文，毋待多述。其他像第五章（庄子曰）批评惠施和儒墨杨秉的无谓辩论，一连用了如下五个比喻，而最后只有一句说明：

（1）齐人蹢子于宋者，其命閽也不以完（追寻逃亡的儿子而派了一个刖足的閽者）；

（2）其求銒钟也以束缚（把悬挂发声的小钟束缚起来）；

（3）其求唐子也而未始出域（不到远处去求亡子）；

（4）楚人寄而蹢閽者（寄寓人家而怒责守门人）；

（5）夜半于无人之时而与舟人斗，未始离于岑（岸），而足以造于怨也（夜半无人时，站在岸上而与舟人格斗）。

这种连续比喻，最后只有一句解说的文格，也是早期《庄子》派所独有的特色。

第八（吴王浮于江）、九（南伯子綦）、十（仲尼之楚）、十一（子綦有八子）四章，可以合为一组。第①八、九两章，表现轻天下的态度，比《秋水》篇第五章所说"吾将曳尾于涂中"的比喻，第六章所说"鸱得腐鼠鹓鶵过之"的故事还要深切生动。《秋水》篇两段只表现轻富贵的

---

① "第"原无。——编者注

思想，在一般文学中可以见到，而这两章则除了轻天下的态度外，还描绘出士人被统治者牢笼及其卖弄才能的情态，并予以深刻的讽刺。

其中第八章描绘了吴王登上狙山以后，众狙皆逃，但有一狙偏偏要"见巧乎王"，结果被吴王射死。这不仅仅是批评一般的"以色骄人"，而是批评那些卖弄才能的儒墨之士。用猴子的可笑行为来讽刺社会，在《齐物论》中就有朝三暮四的故事。本章的比喻和《齐物论》的比喻是同一手法，有同等价值。所以不论从文辞、内容哪一方面看，说明这一章都应属于庄子派早期的作品。

第九章和第八章讽刺的对象非常相近，不但文词的佳妙，显出早期《庄子》的特点，而且有许多早出的证据。第九章开首即说：

> 南伯子綦隐几而坐，仰天而嘘，颜成子入见曰："夫子，物之尤也，形固可使若槁骸，心固可使若死灰乎？"

这一段和《齐物论》开首数语，基本相同，[①] 说明它们是同类作品。而下文所记南伯子綦的回答，和《齐物论》所说，在文句上没有相袭之处，理论上有各极其妙的深度。《齐物论》着重描述宇宙变化和名言是非，本章则着重描绘下层士人被当权者牢笼汲引的情况。他说：

> 田禾一睹我，而齐国之众三贺之。我必先之，彼故知之；我必卖之，彼故鬻之。若我而不有之，彼恶得而知之？若我而不卖之，彼恶得而鬻之？

这是庄子的基本立场，正是从这个立场出发而又看不到解决社会人生矛盾的出路，才产生了追求槁木、死灰的离世思想。

王船山说：内篇"对庄子所入者未之及"，通过杂篇才能"取其精蕴"，故杂篇是学内篇的阶梯。试把这一章中南伯子綦所说和《齐物论》中南伯子綦所说比较一下，就可以知道王船山所说的比较正确，并在《徐无鬼》这一章里找到了答案。

---

① 《齐物论》，"南伯子綦"作"南郭子綦"，"颜成子入见"作"颜成子游立侍乎前"。

再从史实上看，更能证明它是早期之作。文中提到田禾其人，田禾是田齐太公名，《史记·齐世家》"宣公四十五年，田庄子卒，子太公和立"。

按《竹书纪年》田庄子、田和之间尚有悼子一代，悼子卒于何年，史实不详。

钱穆《先秦诸子系年考证》根据《水经》瓠子水注引《纪年》"晋烈公十一年，田悼子卒"，定为宣公五十一年。这样田禾之立，约先于庄周数十年。本章称"田禾"而不称"田太公"，说明本文著述时，距离田齐篡位时不远，"太公"还未成为一般通称。也说明作者是江海之人、山谷之士，对于王公大人辈不屑予以尊称，正符合于庄周的时代和立场，所以本章应为庄子早期作品。

第十章记"仲尼之楚"，受到楚王的款待，和市南宜僚、孙叔敖曾有对话。孔子和两人的时代不同①，当然是寓言。但文中提到"不道之道，故德总乎道之所一，而言休乎知之所不知，至矣！""名若儒墨而凶矣。"和《齐物论》等篇思想基本一致。

第十一章记九方歅为子綦相子的故事，子綦和九方歅讲了"乘天地之诚，而不以物与之相撄"的理想，和第二章所说"修胸中之诚，以应天地之情而勿撄"的思想相同。但最后又归结到子綦的儿子逃不出九方歅预言的命定之中，似比第二章所言又多一层意思。此段中有和《庚桑楚》篇相同的语句。《庚桑楚》第一章云：

> 夫至人者，相与交食乎地，而交乐乎天，不以人物利害相撄，不相与为怪，不相与为谋，不相与为事。

本章云：

> 吾与之邀乐于天，吾与之邀食于地，吾不与之为事，不与之为谋，不与之为怪。

---

① 孙叔敖在楚庄王时为相，孔子未生。《左传》宣公十二年，楚有熊相宜僚，与孔子不同时。楚白公作乱是在鲁哀公十六年，是时孔子已卒，而且白公作乱又和孙叔敖不同时。

这两段文字几乎完全相同，说明它们是同类作品。子綦讲了这几句话后，又讲了一段，他听了九方歅说他的儿子梱①将有和国君同食的富贵相貌，便发出"非我与吾子之罪，几天与之也，吾是以泣也"的悲叹，说明这一章是受了《庚桑楚》文的影响，而又另加新意，时代和《庚桑楚》相差不远，应属于庄子派早期的作品。

在第十二章以前的各章中，只有第四章是记言之体，和其他章形式不同；只有第七章（管仲有病）表现庄子的哲学色彩不如他章明显。但都是《庄子》中可信之篇。

第四章对"遭时有所用而不能无为"的各种士人的愿望追求，分析得详尽深刻，非对社会人生有深刻观察者，不能做到。最后对这些士人的总评是：

　　驰其形性，潜之万物，终身不反，悲夫！

表现了庄子派哲学的特点。至少应和《秋水》《至乐》等篇的时代约略相等，是庄子派后学作品。

第七章里记管仲将死的遗言，其中有"以德分人谓之圣，以财分人谓之贤，以贤临人，未有不得人者也"，这和儒家言论颇有相通之处。但它的重点在"其于国有不闻也，其于家有不见也"两句，即郭象所说"已为卿相，能遗富贵之尊；下抚黎元，须忘卑隶之贱"的意思，所以这一章和他章相同，仍为庄子派思想，特别是在语词方面有属于《庄子》书用词的明证。

本章记管仲有病，向桓公荐隰朋为相事，开首说：

　　仲父之病病矣，可不谓云，至于大病，则寡人恶乎属国而可？

这一事也见于《吕氏春秋·贵公》篇，《管子·戒》篇和《韩非子·难》篇基本情况相同。惟"恶乎属国"一句，各书所记不同。《管子》作"我将安移之"，《吕氏春秋》作"寡人将谁属国"，《韩非子》作"将奚

_____

① "梱"原误作"捆"。——编者注

以教寡人"，可见"恶乎"一词是《管子》《吕氏春秋》《韩非子》等书所不用的。但在《庄子》书中这一疑问系词经常出现，如本篇第二章说："胜之恶乎在?"第九章南伯子綦说："彼恶得而知之? 彼恶得而鬻之?"《庚桑楚》第一章云："将恶乎托业以及此言邪?"特别是内篇《齐物论》中"恶乎"二字屡次出现，这几篇都证明为《庄子》中较古之作，而在晚出的《让王》《说剑》以及《天道》《刻意》等篇中，则决不用之。说明"恶乎"二字是庄子派早期作品的通用系词，当是南方宋、楚一带的习惯用语，所以这一章的作者和《齐物论》《庚桑楚》等篇的作者应属于同派同地之人。

在第十二章以后的记言体各节中，有关于历史故实者较少，不易推定其时代，但从文词风格和理论玄妙等方面来看《庄子》的特色，也相当明显。如描绘豕身上的虱子，择居在疏长的毛鬣之间，"自以为广宫大囿"，住在股脚乳房之间，"自以为安室利处"，而"不知屠者一旦鼓臂布草操烟火，而己与豕俱焦也"。这种极形象的讽刺和《秋水》篇描写鸱鸟得腐鼠等手法相似，都在艺术上有极高的成就。此外又用"羊肉不慕蚁、蚁慕羊肉"来比喻"舜有膻行，百姓悦之""年齿长矣，聪明衰矣，而不得休归"的情景，以及"风之过河也有损焉，日之过河也有损焉"，"药也，其实堇也，桔梗也，鸡雍也，豕零也，是时为帝者也"等喻词，都可以看出作者对自然界和生物界的细微现象有精细的观察，并能用以象征自己体察到的社会现象，确为《庄子》文风的特有色彩。

综上所述，《徐无鬼》篇和《庚桑楚》篇约略相近，应属于庄子早期作品。

第二节 对《则阳》《外物》《寓言》《列御寇》四篇的考察

一 《则阳》篇为庄子派作品及其哲学特色

《则阳》篇是《庄子》杂篇中比较整齐而思辨哲学极为精到的作品。全篇各章中，均有和《逍遥游》七篇及《秋水》六篇互相印证之处。如第一章里的则阳俱等人和《德充符》里的王骀等人是同类人物。第九章的长梧封人即《齐物论》里的长梧子，子牢即《大宗师》里的子琴张；

第八章记"孔子之舍于蚁丘之浆"和《田子方》篇孔子见温伯雪子事相类；又如第四章说"冉相氏得其环中以随成"，第五章（汤得其司御门尹登恒）说"从师而不囿，得其随成"，和《齐物论》里讲的"得其环中，以应无穷"，"随其成心而师之"的理论，互相一致。第四章说"与物化者，一不化者也"，和《知北游》篇"颜渊问于仲尼"章里的语句完全相同。第十一章说"蘧伯玉行年六十而六十化"，和《寓言》篇记孔子事完全相同。第十二章说"万物有乎生而莫见其根，有乎出而莫见其门"，和《庚桑楚》第九节"有乎生，有乎死，有乎出，有乎入，入出而无见其形，是谓天门"，文义都互相同。第十四章的"少知"和"大公调"的名称，和《知北游》篇"知"与"无为谓"的名称相类似，都是介于怪名和真名之间有意义的虚构人名；所说的"道之为名，所假而行"，和《知北游》篇所说的"道不当名"的理论互相一致。

此外在所用语词方面，也多相同。如第四章"夫圣人未始有天，未始有人，未始有始，未始有物"等句中的"未始"一词，第八章中"方且与世违而心不屑与之俱"句中之"方且"一词，以及第十二章中"有乎生，有乎出"句中之"乎"字用法，第十三章中"之二人何足以识之"句中"之"字用法，都常见于《逍遥游》《齐物论》等篇，而为晚出的《刻意》《天道》等篇所绝无。

从这些现象和各章中所阐发的哲理看来，可见本篇和《齐物论》《大宗师》等篇同属于庄子派可信的作品。其中有确凿早出证据者为下列三章："魏侯与田侯牟约""柏矩学于老聃""少知问于大公调"。

1. "魏莹与田侯牟约"一章，《释文》引司马云："莹，魏惠王。牟，齐威王。"俞樾云："田齐诸君，无名牟者，惟桓公名午，与'牟'字相似，'牟'或'午'之讹，然齐桓公与梁惠王又不相值也。"（《集释》引）俞樾以"牟"为"午"之误，甚是。但俞据《史记·六国表》论田桓公和魏惠王不相值，则不然，因《六国表》漏掉了田悼子、田剡两代，所以有此龃龉。如果照雷学淇、钱穆考证，梁惠王之十三年，当田桓公之十八年（钱据《史记·田世家》引《索隐》考证），则梁惠王和田桓公可以相值。如此则田侯牟是田午，确证无疑。按"午"字误为"牟"字，有字形近似的原因。考《田齐世家》《索隐》引《纪年》云："齐康王五年，田侯午生，二十二年田侯剡立，后十年齐田午弑其君，及孺子喜而为公。"可知称侯是史家对他的称谓，而称公是田家自己的僭号。可能后人于田侯之"侯"字下旁注"公"字，后"公"字驳文，便合下文"午"字而为"牟"字。又考《魏世家》：

> 武侯卒，子莹与公中缓争为太子，公孙颀谓韩懿侯曰："魏莹与公中缓争为太子，今魏莹得王错，挟上党，固半国也。"

可知魏惠王未立时，一般称他为"魏莹"。《则阳》这一章称"魏莹"而不称"魏惠王"，当是惠王在位尚未有谥法时的语言。庄子和惠子相辩正当惠王之时，所以这一章当是庄子早期作品。再看《韩诗外传》卷九说："戴晋生敝衣冠而往见梁王，"梁王问之，戴晋生讲了一段"泽中之雉五步一啄"的比喻，《韩诗》中所说的戴晋生即此章所说的戴晋人，《外传》中所说的"泽中之雉"，即取自《庄子·养生主》篇。韩称"梁王"而不称"魏莹"，正是后世记述先代国君事的通例。而此章直称"魏莹"而不称"魏王"，说明是惠王未死以前之作。

再从它的内容看，不论思想文风都和《逍遥游》《齐物论》中轻天下、细万物的旨趣一致，而和《天道》等篇讲"君道无为"帝王之德者绝远。文中驳斥了犀首、季子的进言后，又记述了华子的进言："善言伐齐者，乱人也；善言勿伐者，亦乱人也；谓伐之与不伐乱人也者，又乱人也。"一层一层地批驳了世俗的议论，连自己的议论也被抹掉，最后提出戴晋人的妙喻：

> 有国于蜗之左角者曰触氏，有国于蜗之右角者曰蛮氏，时相与争地而战，伏尸数万，逐北旬有五日而后反。

用这一比喻来提醒魏君，使他知道在无穷的世界中，有一个魏中之梁，真和蜗角里的蛮氏没有分别，这种微妙而生动的思致，只有在典型的《庄子》中才能看到。

文中说"游心于无穷"和《逍遥游》所说"乘天地之正，御六气之辩以游无穷"的思想互相一致，而去掉了《逍遥游》中保留的游仙色彩，可以说是庄子派哲学的典型发展。

2. "柏矩学于老聃"一章前半记述柏矩离别老聃到齐国后，见到有罪而被斩的辜人，"推而强之，解朝服而幕之，号天而哭之"，描绘的情景和《至乐》篇中记列子、庄子见髑髅而对语的两段情景非常相似，都是一种创作性的叙事论文。接着以下有一段抨击时政的语言，和《吕氏春秋·离俗览·适威》篇中的文句有许多相同。略一考察，即知《吕氏春秋·适威》篇系抄辑此文而成。因《适威》篇采取《庄子·达生》篇"东野稷以御见庄公"的故事，和本篇此节联合成文，显有割裂之嫌。吕氏书全书文体如此，不足为异。两文比较，更可证明庄在吕前。

《庄子·则阳》	《吕氏春秋·适威》
今则不然，匿为物而愚不识，大为难而罪不敢，重为任而罚不胜，远其途而诛不至。民知力竭，则以伪继之，日出多伪，士民安得不伪？夫力不足则伪，知不足则欺，财不足则盗。盗窃之行，于谁责而可乎？	故乱国之使其民，不论人之性，不反人之情烦为教而过不识，数为令而非不从，巨为危而罪不敢，重为任而罚不胜，民进则欲其赏，退则畏其罪，知其能力之不足也，则以为继矣。

从两文对照看来，《则阳》和《吕览·适威》篇文大体相同，而字句略有差别。《则阳》篇中"匿为物而愚不适"句，《适威》篇作"烦为教而过不识"；《则阳》篇中"远其涂而诛不至"句，《适威》篇改为"数为令而非不从"。这一段文本是批评社会的，《则阳》篇中"远其途而诛不至"一句，只是一个比喻，似不如《吕览》所改的切合实际，而且把喻义放在正义后面，更是寻常文章少有的。但这种正喻杂出，喻义在后的文格，正是庄子行文的特色。这种差别，正看出《吕氏》抄《庄子》而改动字句使合于政论文的痕迹。特别是《吕氏春秋》把《庄子》中攻击统治者的愤激之词，都改为泛泛评论，更显出两者间的立场不同。《吕氏春秋》说"乱国之使其民"只是泛论国家政治，表示讽谕进谏态度。而《则阳》篇说"今则不然"，直接指斥时君，又说"日出多伪，士民安得不伪，夫力不足则伪，知不足则欺、财不足则盗，盗窃之行，于谁责而可乎？"这种愤慨之词，只有在《庄子》书中少数篇目里可以看到，说明山谷之士的下层士民和以道干人主的晚期道家，在立场上迥然不同。

《则阳》篇此种议论，和《庚桑楚》篇第一章中"举贤则民相轧"

一段文同为《庄子》书中最可信赖的政治思想，《骈拇》《马蹄》等篇议论，是从这种思想出发向某一方面的发展。《骈拇》三篇作于秦皇统一前夕，《则阳》此章当和《庚桑楚》第一章约略同时，虽不能确定其具体年代，但在《吕氏春秋》前则确实无疑。

3. "少知问于大公调"一章，阐发庄子宇宙论和知识论的哲理，最为精到。在外、杂篇中只有《知北游》篇讲宇宙哲学部分可与此章相比。从下列论据看来，当是先秦庄子派作品。

（1）本章有显著的名家影响。

秦、汉以后，因阴阳谶纬说和黄老说的盛行，先秦名家理论已近于衰绝，所以秦、汉人的著作中几乎看不到一点名家的影响。而本章中有许多近于名家的语言，如他说"合异以为同，散同以为异"，"今指马之百体而不得马，而马系于前者，立其百体而谓之马也。"这都是先秦名家的论题。

所谓合同异是惠施之学，散同异是公孙龙之学。这里提出了和他们相同的问题，而有自己的理解。用马来作例证，正是针对公孙龙的"白马论"而有所论评。和《齐物论》中所说"以马喻马之非马，以指喻指之非指"有同一意义。又如说"精至于无伦，大至于不可围"，和《天下》篇所记惠施学说中之"至大无外谓之大一，至小无内谓之小一"的意义相同。庄子虽不赞同惠施、公孙龙等分析名相的学说，但很理解这些问题的实质，所以既能有所评论，又能运用名家的命题例证，来发挥自己的哲理，这些讨论只有在战国时期比较盛行，所以这种充满名家影响的文章，一定不是秦、汉时的作品。

（2）本章中对于战国时的争鸣的学派有可信的记载。本章说：

> 季真之莫为，接子之或使，……或之使，莫之为，未免于物而终以为过。或使则实，莫为则虚，……死生非远也，理不可睹，或之使，莫之为，疑之所假。……或使莫为，言之本也，与物终始。道不可有，有不可无，道之为名，所假而行，或使莫为，在物一曲，夫胡为于大方。

这一段精奥的理论，是从评述季真、接子开始的。季真、接子在先秦书中有所记述，但多不详确。《荀子·成相》篇说："慎、墨、季、惠，百

家之说诚不详。"杨倞注："或曰：季即《庄子》曰'季真之莫为者也'，
又'季子闻而笑之'。据此，则是梁惠王、犀首、惠施同时人也。"荀子
把季子和慎子、墨子、惠子并列为百家，可知其为战国时著名学派之一。
但季真的学说是什么？从《荀子》中看不到。

接子见《史记·田完世家》和《孟荀列传》。《孟荀列传》说："学黄
老道德之术，因发明序其旨意"。《汉志》《捷子》二篇，在道家内。《盐铁
论》说"湣王之末，慎到、接子亡去"，知接子为稷下学者之一。《史记》
中称学黄老道德之术者相当广泛，接子究属于何种道德之术，不甚明了。

本章对季真、接子之学，能记述其特点，并对此两种学说加以分析
和评论，足证①本章作者对这两家学说确有所知，和《史记》笼统称为黄
老道德之术及一般道听途说者不同，所以当为战国中期作品。不过此篇
虽是先秦庄子派中较早之作，但和《齐物论》还不完全相同，和《知北
游》等篇的作风也有相当的区别。

《齐物论》之特点，是对于宇宙人生中的复杂变化，有深入的观察和
形象的描绘，而不作总括抽象的逻辑论辩。《知北游》中已有道的名称，
但对于道的描述，仍和《齐物论》的风格相近。如"道在蝼蚁、道在瓦
甓"等，和"汝身非汝有，汝何得有夫道"等语，总是想假借人事物相
启发人的领悟观照，而不是给人以名相概念。如说"未有天地可知邪"
等语，总是故作疑问洸洋之辞而不作郑重的逻辑论断，和《齐物论》的
作风相近。《则阳》这一章设为"少知和大公调"的问答，同《知北游》
设为"知"和"无谓为"的问答相似，仍是《齐物论》等篇虚构人物的
遗风。但其问答中的语句，却多是抽象概念的逻辑推论，和《齐物论》
《秋水》等篇稍异。《知北游》篇多参差长短之句，与《齐物论》《秋水》
等篇相近，此章则多整齐用韵之句，和《老子》书中一部分文字相近。
所以罗根泽先生说《则阳》为老、庄混合派著作，有一定的道理。

但《则阳》本章所说的"道"，和《老子》书所说的"道"，颇不相
同。《老子》书中的"道"，如二十五章所说"有物混成，先天地生"，
四十二章所说"道生一"，二十一章所说"道之为物，惟恍惟惚"，这几
章的"道"很像是一个具体的东西，所以多人解释为原始的物质状态。

---

① "证"原误作"征"。——编者注

而《则阳》这一章所说："道之为名，所假而行"（郭注："物所由行，故假名之曰道。"），是说"道"是物所由行的总则，假其名曰"道"。从这种观点看，《老子》书的"道"，略近于接子的"或使"；郭象注的观点，略近于季真的"莫为"，都和庄子所说"道之为名，所假而行"的意义显著不同。所以《则阳》篇此章主要是庄子思想，只在表现的方式上略有老子派的影响而已。它所产生的时代，虽不能和《齐物论》及《庚桑楚》相比，但一定在《骈拇》《马蹄》三篇以前（三篇为秦统一前夕作品），不会是秦统一前夕的作品。

二 《外物》篇各章的同异和羼乱部分

《外物》篇旧本为十五节，内容和形式都比较杂乱。如篇末"荃者所以在鱼"一节，和前数章内容不是同类，确如王船山所说："此段文义，乃以起《寓言》篇之旨。"应属下篇《寓言》的首章。有些论者认为本篇属于杂俎一类，也有一定理由。

全篇各章除"庄周家贫""任公子""老莱子""宋①元君""惠子谓庄子曰"五章为较长的记事外，其余都是记言体文。清姚鼐和近人罗根泽氏都怀疑本篇是西汉时道家所作，但所举理由不够充足。首先《庄子》书每篇都是集章而成，有些篇的各章，内容极不一致，而且多有羼杂部分，所以不能根据一章之真伪断定全篇。其次所举证据，还须分析考察，才能论定。兹从第一章起，依次考论如下：

新《集释》本之第一章（"外物不可必"）在全篇中为较长一章，实为数小段辑合而成。开首一段，也见《吕氏春秋·必己》篇。

《庄子·外物》	《吕氏春秋·必己》
外物不可必，故龙逢诛，比干戮，箕子狂，恶来死，桀纣亡。人主莫不欲其臣之忠，而忠未必信，故伍员流于江，苌弘死于蜀，藏其血，三年化而为碧。人亲莫不欲其子之孝，而孝未必爱。故孝己忧，而曾参悲。	外物不可必，故龙逢诛，比干戮，箕子狂，恶来死，桀纣亡。人主莫不欲其臣之忠，而忠未必信，故伍员流乎江，苌弘死，藏其血，三年而为碧。亲莫不欲其子之孝，而孝未必爱。故孝己疑，曾子悲。

---

① "宋"原误作"末"。——编者注

有的同志认为《吕氏春秋》是抄袭《庄子·外物》篇的（见高亨《庄子正诂序》），但细绎两书体例，知《外物》取自《必己》，而不是《吕览》抄袭《庄子》。

考庄、吕两书虽多有相同的语句，但两书作者意旨截然不同。《庄子》书中心思想是讲宇宙变化、死生命运、人生修养等问题，而对国家政治君臣不肖等问题则非所重视；《吕氏春秋》中心思想在讲用人行政君臣遇①合等事，间有贵生守身等论，也多和治国、用贤等说一并陈述。而这一段所论，都是君臣父子慈孝忠谏等事，这些问题正是《吕氏春秋》讨论的中心。

《庄子》所论人物，多是畸人、散人之流。间有批评或引述列国君相的，总是和理想中之至人、真人互相对比，或是讲一段故事把他的玄想放在假托的圣人口中说出，以象征其思想和意境。绝少列举若干人物来证明其论点。本章却是先提出"外物不可必"这一纲领，然后举了龙逢、比干、箕子、恶来、桀、纣、伍员、苌弘、孝己、曾参多人作为例证。不但所引的人物性质和庄子所重的理想人物不同，而引用人物故事的方法，也和《逍遥游》《齐物论》等篇的参差风格不完全一样。

又本章有"人主莫不欲臣之忠"一句。"人主"一词，在《孟子》书中还未出现，到了《荀子》《吕氏春秋》《韩非子》等书中才成为习用之词。这一词是战国后期对国君的称谓，和后世称"上""主上""皇上"等词的意义相似，皆是臣僚属下尊事其主的称谓。在《庄子》书中早出可信的各篇之中，他对于统治者总表示山谷之人的疏远轻视态度，绝少采用这种称谓。

再自两书的文法比较，也有相异之点。《庄子》书中介词多用"乎"字，今本《淮南子》引用《庄子》处，多改为"于"字。《吕氏春秋》则"乎"字和"于"字杂用，用"乎"字处较《庄子》为少而较《淮南子》为多。上引《吕氏春秋·必己》篇中"伍员流乎江"一句，《庄子·外物》篇则作"伍员流于江"，与《淮南子》之改《庄子》者同例，说明这是淮南门客整理《庄子》时的改动，似无可疑。

从《吕氏春秋》的整个体例看，大抵每篇篇首是自己的论纲，以下

---

① "遇"原作"迁"。——编者注

乃杂引其他书中的历史故事以为证明。这一段本是《必己》篇的开端，意在说明"外物不可必"的道理，以下接着引了《庄子·山木》篇的一段故事，引完后加了一句"胡可得而必"的结论。以下又引了一段"孟贲过河"的故事，引完后总结说："其惟调和近之，犹未可必"；以下又引了一段"孔子马逸"的故事，引完后总结说："外物岂可必哉?"这几个结语正和开首一语相应，说明"外物不可必"一语正是《吕氏春秋》作者自提的论点，应无疑义。淮南门客编纂《庄子》书时，见《吕氏春秋·必己》篇中有"庄子行于山中"一段，是《山木》篇文，便将其篇首总论也抄入《外物》篇里，反而使《外物》篇成为《必己》篇的来源，造成误会。（也可能"外物不可必"的观点是吕氏取自他书，但从下面的例证和论证的格局来看，都是《吕氏春秋》的原作，《外物》篇可能是承袭《必己》篇，这种分析，大概能够成立。）

由上所述，知《外物》篇首章，是取自《吕氏春秋·必己》篇，大约成于刘安门客之手，似可勿疑。但这一章的下半段（实即旧本的第二章），从"木与木相摩则然"以下至"于是乎有偾然而道尽"句，确是《庄子》书原文，并且体现了庄子思想的特色，和开首"外物不可必"一小段的意义不同。"木与木相摩则然，金与火相守则流，阴阳错行，则天地大绞，于是乎有雷有霆。木中有火，乃焚大槐。"这种对自然界物理的观察，在先秦诸子中也极为罕见。只有接近下层民众的《庄子》往往有些体验和记述，这是《庄子》书中最可珍贵的材料。但庄子没有从观察物理上继续发展，而只把对物理的直观观察用以阐明其玄理。下文说："有甚忧两陷可无所逃"，"心若悬于天地之间"，"众人焚和""有（又）偾然而道尽"，最后归结为水火摩荡而损伤了天道。这些思想都是《庄子》哲学思想的原始面貌。所以辨别《庄子》的时代真伪，既不应因某章晚出而认为全篇都伪，也不能因为有数句似真而认为其全篇可信。

第三章记"庄周家贫，故往贷粟于监河侯"故事，也见《说苑·善说》篇。《说苑》云："庄周贫者，往贷粟于魏文侯，曰待吾邑粟之来而献之。……今周以贫故来贷粟，而曰须我邑粟来也而赐臣，即来，亦求臣佣肆矣"。《说苑》，汉人著作，当然不可信，但从其改动文字处，可以证明《外物》是先秦著作。《说苑》说"庄周贫者"，显为后人记述，而《外物》说"庄周家贫"，颇有自述或亲近人记述的口气。《外物》篇说

"贷粟于监河侯"，监河侯乃夷门监者之类，是一卑微官职。战国前期分封制破坏不久，诸侯都僭称王，所以监河之官可称为侯。及至秦统一后，郡县制普及海内，下级官吏称公称侯之名，才彻底绝迹。秦汉人因监河者不当称侯，由于习惯于尊奉王侯，便有人改监河侯为魏文侯。不知魏文侯和庄周时不相及，而且明说"我将得邑金，将贷子三百金"，哪里像个国君的口气。战国时诸侯馈赠名士，像《孟子》书所记，动辄数百镒金，哪有像魏文侯这样大国之君，还用等待邑金之来作为推托之辞呢？从《说苑》的谬误中可以看出《外物》篇的记述，确实比较符合庄周的生活实际及其在战国中期的社会地位。

又从文体方面看，《说苑》末段说："文侯乃发粟百钟，送至庄周之室"，作为这一故事的结束。而《外物》篇只说到"索我于枯鱼之肆"为止，说明两书的观点文体都不相同。《说苑》的目的是在说明人君的礼贤下士，所以按照行文常例叙明送粟作为结束。《外物》大意在说明贫穷者和有粟者的想法不同，还有"鹪鼠饮河，不过满腹"之意。所以用"车辙之鲋"作为结束，正是庄周行文风格的特点（不必真有其事）。所以《外物》此段，不失为先秦庄派的旧说。

其他第六（老莱子）、第七（宋元君）等记事较长的几段，和第八"惠子谓庄子曰"、第九"庄子曰"及第十"目彻为明"以下至篇末记言等章，虽内容性质不同，文辞的联贯性程度不同，但都能表现庄子思想的某一方面，当是先秦庄子派的遗作。

如"老莱子"章所记召孔子而来的故事和训话，即是《史记·孔子世家》所本，这当是道家盛行以后的传说，但称老莱子而不称老子或老聃，说明这时道家的始祖，还未定一尊于老聃，可以有不同的传说，故可能是战国晚期或较前之作。老莱子所说的"相引以名，相结以隐，与其誉尧而非桀，不如两忘而闭其所誉"，和《庄子》思想完全符契，和《大宗师》篇辞句相同，所以这一段虽是记老莱子故事，而《史记》又把老莱子的话转为老聃的话，但其内容却是庄子思想而非老聃思想。

宋元君一章叙："神龟能见梦于元君，而不能避余且之纲，知能七十二钻而无遗策，不能避刳肠之患。"正是《庄子》哲学中无神论和命定论的形象说明。

"惠子谓庄子曰"一章用"厕足而垫之致黄泉"的比喻，说明"知无用而始可与言用矣"的道理，和《齐物论》《徐无鬼》等篇记庄、惠的问答语言相似，虽其精妙的深度稍逊，但也不像是浅人的摹拟。

惟第四（任公子）、第五（儒以诗礼发冢）两章，清姚鼐和近人罗根泽氏都怀疑其出于汉代，原因是"任公子"章有"饰小说以干县令"一语，县令是秦统一后才在全国通行设置的官职。而"儒以诗礼发冢"一事，也像是汉代访求遗书后的现象。

古代王侯常把典籍作为陪葬，其事不知始于何时，但据晋太康中于魏安釐王墓中掘得的古书多种，书中有《竹书纪年》，则知战国时已经有此习俗，既有此习俗，则发冢求书，便有可能。魏安釐王死于前243年，虽比庄周的时代稍晚，但墓中藏书习俗，不可能就从他开始。所以在庄周时代特别是庄子后学著书时代，已经有用书陪葬习俗。安釐王死时，正当秦始皇四年，当时还没有焚书浩劫，不是由于怕被焚而埋书，所以庄子后学可以讲到"诗礼发冢"，不一定是秦汉之际的事。本节主题不是讲发掘诗礼，而重在讽刺儒生无行。描写形象生动，久已成为文学家重视的小品，思想文风和庄子他篇多处相通。在没有其他有力证据之前，还不能定为汉代作品。

"任公子"一章内容无多精彩，但仅根据"县令"一词，定为秦汉时作，不够妥当。

"县令"一名，司马、崔、向、郭皆无解说。成玄英说："干，求也；县，高也。夫修饰小行，矜持言说，以求高名令闻者，必不能大通于至道。"成玄英这样解说，是因为庄子时还没有"县令"这一官名，因此把"县"字释为"悬"字、"令"字释为"令闻"，以避误会。宋代马永卿说：

> 仆以上下文考之，揭竿累以守鲵鲋，其于得大鱼亦难矣；饰小说以干县令，其于大达亦难矣。盖揭竿累，以譬饰小说也，守鲵鲋，以譬干县令也。彼成玄英浮浅，不知庄子之时已有县令，故为是说。《史记·庄子列传》：庄子与梁惠王、齐宣王同时，《史记·年表》：秦孝公十二年并诸小乡聚为大县，县一令，是年乃梁惠王之二十二年也（马永卿《嬾真子》）。

孙诒让《墨子间诂·号令》篇"辅将各令赐上卿"注也说：

> 《汉书·百官表》：县令长皆秦官，皆有丞尉。《史记·商君传》
> 云："集小都邑聚为县，置令丞，"《秦本纪》在孝公十二年。《国
> 策·赵策》载赵受上赏千户，封县令，则县有令，盖七国之通制矣。

马、孙皆以为县令始于秦孝公时，其说甚是。但战国时各国官制至不一
律，一国的新制不会很快变为各国的通制。

按《左传》楚有县公、县尹、县大夫，是楚有县时，其长不叫"县
令"；晋六卿诛公族祁氏、羊舌氏后"分其邑为十县，六卿各令其族为之
大夫"，是三晋初有县时，仍称"大夫"，不称"县令"。又《孟子·公
孙丑下》，"孟子之平陆，谓其大夫曰"云云，又说："王之为都者，臣知
五人焉，"赵注："平陆，齐下邑也。大夫，治邑大夫也。"是孟子适齐
时，其邑宰名"大夫"，不名"县令"。孟子和商鞅时代先后相接，书称
"平陆大夫"，可知秦国的新制还不能成为六国之通制。又《史记·赵世
家》孝成王四年：

> 韩氏上党守冯亭使者至……乃令赵胜受地，告冯亭曰：……敝
> 国君使胜致命，以万户都三封太守，千户都三封县令，皆世世为侯。

《正义》曰："尔时未合言'太守'。至汉景帝时始加太守。此言'太'，
衍字也。"《正义》说"尔时未合言太守"，甚是。尔时，赵国是否合言
"县令"，也不能确断。因古书上往往用后世制度记述先代历史，《史记》
《国策》等书就多有此例，所以还须分别考订。如：

《韩非子·外储说左下》："阳虎曰：'臣居齐，荐三人，一人得近王，
一人得县令，一人为侯吏。'"《外储说右上》："季孙相鲁，子路为郈
令。"（《家语·致思》篇作"侯宰"）《外储说左下》："西门豹为邺令。"
如按此说，是阳虎、子路时已有县令了，显然和《论语》《左传》中的事
实不合。

又如祁奚举仇荐子故事，在《左传》襄公三年。《左传》只说："祁
奚请老，问嗣焉，称解狐。"《国语·晋语》说："祁奚解为军尉，公问

焉，孰可?"而《吕氏春秋·孟春纪·去私》篇则说："南阳无令，其谁可而为之。"可见秦国人好以当时制度追述古代故事。

又如《战国策·楚策》：　"城浑出……至于新城，城浑说其令曰：……新城公大说。"

由"新城公大说"一语，知楚国的邑长，至战国时仍称为"公"。可见上文说"城浑说其令曰"云云，是追叙之辞。

总看上列各证，推知先秦史策称"县令"者如荀卿为"兰陵令"之类，可能多数是用秦制记述他国及前代之事，不能作为"县令"为六国通制之证明。

因春秋后各国之分封制虽先后崩溃，但各国的传统不一，所以代替的新名称也不能一律。庄周生于宋、楚之间，其时秦国虽有县令，庄子本人或弟子著书必不会用秦制立说，似无可疑。所以马永卿和孙诒让的推论，还不能确证《外物》篇这一章是庄周时作品。但罗根泽于前人举证，都未提及，只根据《汉书·百官公卿表》说县令是秦官，便断定此篇为秦汉后著作，似不确当。

考《韩非子·五蠹》篇说："今之县令，一日身死，子孙累世絜驾，故人重之。"

《五蠹》是韩非所作，确实无疑。《史记》说"人或传其书至秦，秦王见《孤愤》、《五蠹》之书"云云，可知《五蠹》篇是韩非未入秦以前的作品。这里所引数语，是针对古制立论，和《战国策》等书用今制记古事的情况不同。秦国以外人所著书中提到"县令"一名者，当以《五蠹》篇为最可信。韩非子时，秦已渐平山东诸国，新得的城邑自当用秦国的制度，设立县令。在秦势力播及范围内，列国摹仿秦制而设立县令的，也可能有。不论如何，这和秦孝公时秦国的势力尚未达到各国的情况不同。

如果可以这样推论，则《外物》篇此章，最早不能超过韩非时代，当与韩非子同时或稍后。

再从思想方面看，也和《吕氏春秋》不相先后。因《庄子》书中论大小之别者，以《逍遥游》《秋水》和《则阳》七章最为显明。但《逍遥游》篇中以鲲鹏和鸴鸠对比，用鲲鹏比喻游于无穷之至人，用鸴鸠比喻"知效一官"之流俗；《秋水》篇中以河伯和北海对比，以北海比喻得道之大，以河伯比喻伯夷、仲尼之小；《则阳》以人和蜗角之国对比，形容宇宙之伟大和梁惠之渺小，都表现了庄子追求超世的旷达思想。而《外物》这一章所举的揭竿和大钩对比，却在说明大达和小达之不同。下文又说："其不可与经于世亦远矣，"说明作者之理想在于"大达""经世"，和《逍遥游》《秋水》《则阳》等篇中所追求的超世理想截然殊科。《外物》此章所说的"大"，正是《逍遥游》等篇所说的"小"，可见本章思想也和庄子派思想不合。不过它用"饰小说以干县令"作为比喻，仍是战国末秦国未统一以前的习惯用语，及至秦、汉以后，采用游说以干人主之事已成过去，似已不成为随手拈来作为一般批评的对象了。

总上诸证，我们认为此章当作于《韩非子》《吕氏春秋》时代。马永卿认为系庄周时作，罗根泽氏说是秦汉时作，似俱不符事实。

三 《寓言》篇的特点和末章的错简

《寓言》篇在《庄子》全书中有相当重要的地位，一些注家认为是"内、外、杂篇之序例"，有一定道理，但不完全正确。

旧本分为七章，苏轼认为本篇应和《列御寇》为一篇，因为本篇末章记"阳子居南之沛，老聃西游于秦，邀于郊，至于梁而遇老子"事，和《列御寇》篇第一章记"列御寇之齐，中道而返，遇伯昏瞀人"事，为同类故事，如去掉以下《让王》四篇伪作外，这一篇就和《列御寇》篇正相连接。

姚鼐认为《外物》篇的末段（"筌者所以在鱼"）应为此篇首章；王船山认为《寓言》末段，应为《列御寇》首章，这两说比苏说更为确当，因《寓言》篇只有最末一章和《列御寇》篇首章相近；《外物》篇也只有末一段和《寓言》篇属于同类。因为《寓言》篇除末段外，都是讨论宇宙变化知识是非的问题，而且都是记言体，和假托人物故事的形式不同。如果照王、姚两氏所说，以《外物》篇末段归入此篇，将本篇末段归入《列御寇》首章，则全篇文体思想都相一致了。

全篇七章中，虽无甚名物制度的记载可资考证，但就其文体思想论，可证为先秦庄子派作品。

1. 《天下》篇叙述庄子学说云："以卮言为曼衍，以重言为真，以寓言为广。"卮言、重言、寓言，都是《庄子》书中特用的术语；在今本

《庄子》书中只有本篇有"寓言十九，重言十七，卮言日出"等语，这数语就是《天下》篇记述庄周道术之所本，说明《天下》篇写作时，此篇早已存在。罗根泽先生认为《天下》篇是庄子自作而此篇是庄子后人"依据庄子学说为之详细申明的解说"，殊非事实。

2. 《齐物论》是《庄子》书中哲学理论最高、早出证据最多的一篇，其中有"和之以是非，而休乎天钧"的语句，这种讲知识论的思想，为他书所罕见。"天钧"一词，也只见于《齐物论》篇。《寓言》篇首章说："是谓天均，天均者天倪也。"分明是用"天倪"来解释"天钧"。这种直接诠释《齐物论》的术语，只有在本篇最为明显。《齐物论》中"何谓和之以天倪"一大段，和上文不衔接，姚鼐《章义》说此八十四字应在《寓言》篇，所论甚是。从"天均"一词的解释看，更知《寓言》篇是《齐物论》思想的发展。

3. 内、外、杂篇中往往有彼此相同的语句，但多数相同语句分别见于不同的数篇中。而《寓言》篇和他篇相同的语句，只在《齐物论》一篇中，而且几乎各章中都有和《齐物论》相同的语句。如本篇首章说：

> 恶乎然？然于然。恶乎不然？不然于不然。恶乎可？可于可。恶乎不可？不可于不可。物固有所然，物固有所可。无物不然，无物不可。

这一段和《齐物论》完全相同。

第四章记"颜成子游谓东郭子綦"云云，两人名相同。第六章"罔两问景"全段和《齐物论》"罔两问景"章句大部相同。两篇关系之密切，于此可知。说明本篇是庄子正统派思想的继承和发挥。

4. 自来论庄子思想渊源①的有几种不同看法，颇多争论。有的认为庄子为老子嫡派，和儒家学派根本对立；有的认为庄周称述颜回、田子方等人，《天下》篇里又推尊儒家，所以庄子和孔子的儒学，颇有思想上的渊源。二说各有理据，颇有争论。我们认为说庄周是儒家别派牵涉问题很多，不易得到结论，但在前证《庄子》书中可信的各篇中，对于孔子

---

① "渊源"原误倒。——编者注

虽有微词而绝无猛烈攻击之处，而在《德充符》《大宗师》《田子方》《知北游》等篇中，都曾假借儒家人物之口来宣传庄子派自己的思想。像《德充符》（第一章）里的仲尼，《大宗师》里的颜回、子琴张，《田子方》篇里的颜回、仲尼，《知北游》篇里的冉求、孔子，都是庄周尊崇的哲人，是庄子思想的代言人（《人世间》里的颜回，不代表庄子思想）。说明早期的庄子派著作，和儒家有一定的渊源，至少和儒家学派不是尖锐对立。

《寓言》篇第二章说"孔子谢之矣，而其未之尝言"，第三章称"曾子再仕而心再化"，都和《田子方》等篇称述颜回、冉求的情况相同，而和晚期道家之专尊黄帝、老子者不同。这也说明本篇是庄子派所作。

再从文学风格和方法方面看，也有许多属于早期庄子派的特点。如第五章说：

> 恶乎其所适？恶乎其所不适？天有历数，地有人据，吾恶乎求之？莫知其所终，若之何其无命也？莫知其所始，若之何其有命也？有以相应也，若之何其无鬼邪？无以相应也，若之何其有鬼邪？

几乎每一句话都是疑问形式，对于鬼、对于命都表示怀疑，而又故作游疑不定的论式，不作肯定的结论。这和《齐物论》中讨论是非仁义的语调风格，完全相似。

在文法方面，连用"恶乎"这一疑问系词（已详《徐无鬼》篇），是庄子早期作品特点。第二章"吾且不得及彼乎"句中之"且"字用法，也是《庄子》书中常有而为他书少有的用法。这都说明本篇和《逍遥游》《齐物论》等篇是同类作品。

综上所述，此篇属于庄子派嫡系所作，久为学者所公认，无可怀疑。但有的注家认为是庄周自作，有的认为和《逍遥游》《齐物论》同时，也未必然。从下列几点看：

1. 《齐物论》只提出"天均"这一名词，本篇说"天均者天倪也"，分明是对前者的解释。这和《天道》篇说"此之谓天乐"是对《天运》篇的解释一样。

2. 本篇罔两问景章，和《齐物论》罔两问景章基本相似而比较详细。

《齐物论》只有"吾待蛇蚹蜩翼邪?"一句，本篇引申为"予，蜩甲也，蛇蜕也，似之而非也。火与日，吾待也；阴与夜，吾待也。彼，吾所以有待邪？而况乎以有待者乎！"七句，将《齐物论》中包含的意义，阐发无遗。又《齐物论》说："恶识所以然？恶识所以不然？"只提疑问，不加论断。《寓言》本章说："彼来则我与之来，彼往则我与之往，彼强阳则我与之强阳，强阳者又何以有问乎？"将《齐物论》中所暗示而没有说明的道理，都加以明白的发挥。这和《至乐》篇庄子遇髑髅章是列子遇髑髅章发挥的情况，完全一样，都是一般书中后出较详的例证。

3. 《庄子》书中强调宇宙变化的理论，相当之多，但如《齐物论》等篇多就宇宙人生中变的现象广泛描绘，而本篇却讲到生物的变化现象上。"万物皆种也，以不同形相禅，始卒若环，莫得其伦。"万物皆种是新的命题，这和《至乐》篇末章所说"种有几，万物皆出于几，皆入于几"的内容有一定联系。《至乐》篇是庄子早期作品稍后之作（详《至乐》篇考论）。本篇此章至少也当和《至乐》同时。

总之，《寓言》篇的内容文辞，都是庄子派的正统思想。武内义雄氏将此篇和《至乐》《达生》《山木》等篇归入一类中，确有道理。

四 《列御寇》篇为庄子后学的杂集

《列御寇》篇在《庄子》全书中是形式比较杂乱，近于所谓杂俎的一个类型。旧本分为二十章，各章内容颇不一致。大体说来，第一（列御寇之齐）、第二（郑人缓也）和第九（鲁哀公问于颜阖）等章为一类，都是假托故事以讥刺劳身用知的处世态度；第八（宋人有曹商者）、第十七（人有见宋王者）、第十八（或聘于庄子）、第十九（庄子将死）等章为一类，都是记述庄周的轶事；其余各章多为简短记言，其中除了"孔子曰凡人心险于山川"一节是杂羼儒、法家言外，其他各节，虽所说深浅不同，都可视为庄子派作品。

第一类之三章中，有许多不易理解的字句，但大体为近古之作。第一章引述之人物如列御寇，见于《逍遥游》《应帝王》《达生》《田子方》等篇；伯昏瞀人见于《德充符》《田子方》篇（作"伯昏无人"），《田子方》篇中所记列御寇为伯昏无人射事，和此章所记伯昏瞀人教训列御寇事更多相同之处。列御寇本为相同于庄子的人物，篇中往往设构一比列御寇更高的人物，说明其理想（对于仲尼、老聃都有相似的情况），这种表述方法，既不同于战国末《骈拇》等篇的作风，更不是汉初《天道》等篇中所有，乃是庄子派作品的特色之一。

从所用的名物、词语方面看，也有先秦色彩。如"吾尝食于十饔（司马云："饔读曰浆。"），而五饔先馈"句中的"饔"字，作为售饔家的称谓，和《则阳》篇记"孔子之楚，舍于蚁丘之饔"的记述相同，在他书中比较少见。又如"敦杖蹙之乎颐"句中"敦"字（司马云："敦，竖也。"），"先生既来，曾不发药乎？"句中的"药"字用法，都不是秦、汉人用语。

又如人名下加"也"字的习惯，只有在春秋时比较多见，到战国中期以后，便渐渐没有了。如《论语》中孔子自称和称门人弟子，名下都加"也"字，如"丘也""由也""求也""回也"等称，不一而足。在《墨子》《孟子》书中已很少见。最能看出这种变革的，在《左传》和战国书的对比中。如《左传》襄公三年：

> 祁奚请老，晋侯①问嗣焉，称解狐。其雠也，将立之而卒。又问焉，对曰："午也可。"

《吕氏春秋·孟春纪·去己》篇也记此事，但和《左传》词句稍异。它说：

> （祁黄羊）对曰："午可。"平公曰："午非子之子邪？"

《吕氏春秋》和《左传》同记一事，但它不说"午也可"而改为"午可"，可见战国晚期《吕览》成书时代，人名下加"也"字的习惯已不通行。现在《列御寇》篇第二章说："郑人缓也，呻吟裘氏之地。"可见此篇作者犹存春秋遗风，当是战国前期作品。

至于儒、墨相争，竟至自杀的故事，更见作者所反映的时代，正是儒、墨显学相争激烈的战国前期，及至战国后期，已由百家争鸣代替儒、

---

① "晋侯"原脱。——编者注

墨对争的局面，这种讽刺就不太符合当时的现实了。

这些色彩，说明首二章是较早作品。

第二类所记都是关于庄子轶事。第八章记宋人曹商向庄子夸耀其得车百乘的故事，庄子讲了秦人舐痔的比喻；十七章记宋人以其所得十乘骄稽庄子的事，庄子讲了骊龙颔下得珠必遭其睡的比喻；十八章记或聘于庄子，庄子讲了牺牛被牵而入于太庙，虽欲为孤犊而不可得的比喻，和《秋水》篇第六章惠子相梁，庄子往见后所说鹓鶵卑视鸱鸟的讽刺，及第五章庄子钓于濮水，对楚大夫讲的神龟曳尾于涂中的比喻，都很相似。姚鼐评《秋水》篇记庄子轶事说："记此语者庄徒之陋，"似有所见而实不正确。庄子固未必亲自写过这种文字，但这种轶事传说必有渊源，轶事中所表现的精神和庄子哲学立场基本符合，其中有些语调比较浅俗而少蕴藉含蓄之妙，可能是出于摹仿，但总的倾向体现了庄子派的精神，仍不失为庄派后学之作。第十九章记"庄子将死，弟子欲厚葬之"，和《至乐》篇记"庄子妻死鼓盆而歌"的情景相同，文词的高妙比《至乐》篇虽稍有逊色，但还保留了庄子文格的风趣，同为《庄子》书中表现自然主义生死观的作品。

第三类共十二节，大抵是零碎记言，杂集而成。其中有些可和《庚桑楚》后几章互相发明者。如十一节说："为外刑者，金与木也；为内刑者，动与过也；宵人之离外刑者，金、木讯之；离内刑者，阴、阳食之。夫免乎内、外之刑者，唯真人能之。"第十四节说："贼莫大乎德有心而心有睫，及其有睫也而内视，内视而败矣。"和《庚桑楚》第七章："兵莫憯于志，镆铘为下；寇莫大于阴阳，无所逃于天地之间，非阴阳贼之，心则使之也。"大意相同，都是《庄子》书中关于养生葆真说之精细理论。虽不能论定其时代先后，但可知其属于庄子派文，和他派文之混杂者有别。

全篇中只有第十四节孔子论知人章为儒、法家遗言，混入庄书。"故君子远使之而观其忠……"数语，和《周书·官人》篇、《大戴礼·文王官人》篇里的论人语言，基本相同。《吕氏春秋·季春纪·论人》篇中所记之"八观""六验"等说也相差不多。这一段不但和庄子学说无关，而且和一般道家言论也不相似。王船山说："唯人心险于山川一段，往往杂见他书，盖申、韩之流，苛察纤诡之说，既非夫子之言，抑与庄子照之以天之旨，显相牴牾，编录者不审，而附缀之耳。"（王夫之《庄子解》卷32）船山此说，相当精确。《庄子》书中这段言论，虽见于儒家书中，确含有法术家给专制君主代拟驾驭臣僚之术，和儒家言论也不相同。本篇是编纂《庄子》者杂辑庄子师徒的零碎言论而成，其间又窜入其他学派的零简，这是很可能的。

第三节　对《让王》《盗跖》等篇的考察

《让王》《盗跖》四篇，自向、郭以来，都不加详注。自苏轼开始认为伪作以来，多数学者都有较相同的看法。这四篇文，不论从思想文风哪方面看，一望而知，和《逍遥游》《秋水》《庚桑楚》各组文截然不同，无待赘述。但这四篇向虽归为一类，实则思想时代也不完全相同。自来评价，未见尽当。大体说来，《让王》是单纯的避世思想，其中还保存些杨朱、子华子的遗说，文字却大部承袭《吕氏春秋》。《盗跖》是激烈的愤世之论，与《骈拇》等篇有部分相近。《渔父》也系隐逸思想，摹仿《庄子》文体，而浅俗粗鄙，毫无内容。《说剑》则纯系战国策士滥说，因庄辛一名而误入庄书。除《渔父》无甚可论，《说剑》不必论证外，像《让王》篇和《吕氏春秋》的关系，《盗跖》篇的写作时代等问题，还不是单凭直观就可论证明白的。因粗略考论如次：

一　《让王》篇袭《吕氏春秋》之证据

《让王》篇共分十八章，都是记事体裁。除第十（楚昭王失国）、第十一（原宪居鲁）、第十二（曾子居卫）、第十三（孔子谓颜回曰）四章外，都见于《吕氏春秋》。第一（尧以天下让许由）、第二（舜让天下于子州支伯）、第六（越人三世弑其君）、第八（鲁君闻颜阖）四章见《仲春纪·贵生》篇；第五（太王亶父居邠）、第七（韩魏相与争侵地）、第十四（中山公子牟谓瞻子）三章见《开春论·审为》篇；第四（舜以天下让其友石户之农）、第十六（舜以天下让其友北人无择）、第十七（汤将伐桀）三章见《离俗览》；第九章（子列子穷）见《先识览·观世》篇；第十五章（孔子穷于陈蔡）见《孝行览·慎人》篇；第十八章（昔周之兴）见《季冬纪·诚廉》篇；其余如第十（楚昭王失国）、第十一

（原宪居鲁）两章也见《韩诗外传》《新序》等书，说明《让王》全篇系杂辑旧说而成，迹很显然。近日人津田左右吉、武内义雄和罗根泽都说《让王》袭自《吕览》，但各家论证颇嫌简略，兹再详举抄袭条目，以为补充。

1. 前在《外物》篇中谈到《吕氏春秋》和《庄子》文体的区别，曾指出《庄子》文重在假借故事以表现意境，所以记事多似未尽，记事以后，往往不再评论；《吕氏春秋》重在引故事以证明其议论，记事完后，一定要加以说明论断。《让王》篇中的各章完全和《吕氏春秋》的文体一样，而和《庄子》内、外篇中的形式不同。特别像第五章（太王亶父居邠）说："太王亶父可谓能尊生矣"；第六章（越人三世杀其君）说："若王子搜者，可谓不以国伤生矣"；第七章（韩魏相与争侵地）说："子华子可谓知轻重矣"；第十四章（中山公子牟）说："可谓有其意矣。"这种论事的句法，在前述《庄子》书各组中都没有出现过。而在《吕氏春秋》中则这种例子非常之多，如《审己》篇说："且柳下季可谓此能说矣"；《至忠》篇说："申公子培其忠也，可谓穆行矣"；《忠廉》篇说："要离可谓不为赏动矣"，"弘演可谓忠矣"；《不侵》篇说："公孙弘可谓不侵矣"，"孟尝君……可谓士矣"；《去尤》篇说："鲁人可谓外有重矣"；《谨听》篇说："周公可谓能听矣"，"齐桓公……魏文侯……皆可谓能礼士矣"；《义赏》篇说："襄子可谓善赏矣"；《不广》篇说："文公可谓智矣"；其他《高义》篇、《为欲》篇、《贵信》篇、《行论》篇、《期智》等篇中都有同样的语句，这种例子真是相当多了。可见上述《让王》篇用"可谓××矣"形式结束故事的几章，是抄自《吕氏春秋》，无可怀疑。

2. 《吕氏春秋·贵生》篇记"尧以天下让子州支父"。《让王》篇说"舜让天下于支州支伯"，这个传说和"尧让天下于许由"本是两种传说，可是《让王》篇又有一条说："尧以天下让许由，许由不受，又让于子州支父"，可见《让王》篇这一条是有意把两种传说牵合起来，是比较晚出的证明。

3. 《吕氏春秋·审为》篇记太王避狄事后加以评论说："今受其先人之爵禄，则必重失之。生之所自来者久矣，而轻失之，岂不惑哉？"《让王》篇改作："今世之人，居高官尊爵者，皆重失之，见利轻亡其身，岂不惑哉?"《吕览》说"受其先人之爵禄",似透露作者所处之社会,分封宗法制度还未完全残破,而《让王》作者只说"今世之人居高官尊爵者",不说"受其先人之爵禄",可见作者所处之"今世",已和《吕览》的时代不同,当是秦、汉人语。

4. 从文法和语词方面看,《庄子》书中凡讲到"通""达"二字的文句,多用"达"字而①不用"通"字。如《德充符》"鲁哀公问于仲尼"章说:"死生存亡穷达贫富,"称"穷达"而不称"穷通";《达生》篇"达生之情者,不务生之所无以为;达命之情者,不务知之所无奈何。"《淮南子·氾论训》引用此文,改作"通性之情者""通命之情者",《庚桑楚》篇第十二节"达道之塞"句,《吕氏春秋·有度》篇有相同词句,作"通道之塞"。可见用"达"字而不用"通"字,是《庄子》派文的通例(只有《秋水》篇"孔子游于匡"章,用"通"字而不用"达"字。但那一章内容与《胡非子》《荀子》文相近,绝非《庄子》作品,更是一个有力的反证)。《让王》篇第十五章(孔子穷于陈蔡之间)和《吕氏春秋·慎人》篇文句全同,只有《吕氏春秋》中"君子达于道之谓达","古之得道者,穷亦乐,达亦乐,所乐非穷达也,道得于此,则穷达一也",这几句中的"达"字,《让王》篇全都改为"通"字,可见《吕览》引用古书时,往往保存原样,而《让王》篇则全部改用作者当时用字,这是出于秦汉人编改的证明。

又如春秋时人名下多加"也"字,《论语》中例证最多,到战国中期后,便不常见。《吕氏春秋》引用古书时往往删去人名下"也"字(详《列御寇》篇考论)。但也偶有摹仿《论语》原文而未删去者,如《慎人》篇云"今丘也抱仁义之道"的例子是。而《让王》篇所记和《慎人》篇相同,但删去"也"字,只说"今丘抱仁义之道",显然比《吕氏春秋》晚出,无可怀疑。至《吕览》"许由娱乎颍阳,而共伯得乎共首"两句,《让王》篇改作"许由娱于颍阳",这和《庄子·齐物论》等篇之专用"乎"字为介词的惯例,完全相反,而和《淮南子》引《庄子》处多将"乎"字改为"于"字的例子相同。这也是本篇出于汉人的又一证据。

---

① "而"原误作"面"。——编者注

　　总上诸证，知《让王》为秦汉人抄袭《吕氏春秋》而成的文字，绝无可疑。但秦汉人何以独抄此数节放入《庄子》书中，似也并非全无缘由。因此种贵生轻世思想，本来和庄子思想有相近处，不过这是一种单纯的贵生避世思想，而庄子则在这种隐士思想基础之上，有深入的宇宙人生哲学，是两种思想的基本异点。吕氏门客本来有一部分原为江海"山谷"之士，这几节故事，即是他们曾经谈论的隐士遗说。吕氏著书时，也将这些遗说搜集在他的混合著作中，而秦汉时的《让王》作者又从吕书中抄辑而成此篇。淮南门客不能区别两派异同，便编入《庄子》书中，遂成为公认的四篇伪品之一。但从学说系统上说，它虽不是庄子派思想，但和那些讲"君道无为""帝王之德"的杂屡相比，还不算是大相径庭的东西。

二　《盗跖》篇的性质和时代

　　《盗跖》篇共分三章，除末章以外，多半是攻击圣哲的言论，向来都认为不是庄子的作品，毋烦再述。但有人疑系秦汉人作品，则未必果然。

　　《史记·老、庄列传》说：庄子作《渔父》《盗跖》《胠箧》，以诋諆孔子之徒。现在的《盗跖》篇中有许多诋諆孔子的言论，和《史记》相合，说明司马迁时所传的《庄子》书，已有本篇或类似于本篇的著作。又《吕氏春秋·仲冬纪·当务》篇记盗跖与其徒论"盗亦有道"事，和《庄子·胠箧》篇文相同。《当务》篇在这一段下说：

> 　　备说非六王五伯，以尧有不慈之名，舜有不孝之行，禹有淫湎之意，汤武有放杀之事，五伯有暴乱之谋。世皆誉之，人皆讳之，惑也。故死而操金椎以葬，曰："下见六王五伯，将敲其头矣。"

《盗跖》篇有一段相似之文：

> 　　尧不慈，舜不孝，禹偏枯，汤放其主，武王伐纣，文王拘羑里，此六子者，世之所高也，孰论之，皆以利惑其真，而强反其性情，其行乃甚可羞也。

　　从上述两段中，知《吕氏春秋》成书时，确有一派尊奉盗跖非毁尧舜汤武的学说，和《庄子》书中《盗跖》篇所说基本相同。看来，《盗跖》篇决非《庄子》作品，不成问题，但究竟《盗跖》篇之内容，即是《吕氏春秋》成书时所说的《盗跖》学说呢？还是后人因《史记》有此篇名，便杂取《吕览》此文敷衍而成之作呢？

　　寻绎两书本文，虽不能确定《吕氏春秋》所说的盗跖言论，即是《盗跖》篇此文，但也不能说《盗跖》篇都系汉人伪作。不过将《盗跖》篇这一段和全篇细校，确有若干处是后人根据《吕氏春秋》加以羼改的。

　　《盗跖》篇前段说："黄帝不能致德，与蚩尤战于涿鹿之野，流血百里。尧舜作，立群臣，汤放其主，武王杀纣。"批评尧、舜、汤、武等的主旨，已经揭出，而下文又重复说："黄帝不能全德，而战涿鹿之野，流血百里，尧不慈，舜不孝，禹偏枯……"显然是后人抄袭《吕氏春秋》文杂羼进去的。又下文说：

　　　　此六子者，……皆以利惑其真，而强反其情性。

这里"强反其情性"句中的"反"字，是反悖之义，反情性是一种不好的评语。但在《庄子》书较古篇中反情性是一种理想的品德，"反"字是恢复的意思（"反"与"返"通用）。如《庚桑楚》篇说："惘惘乎欲汝反汝情性而无由入，可怜哉！"《吕氏春秋·有始览·谨听》篇也说："耳之可以断也，以其反性命之情。""今夫惑者非知反性命之情。"可见《吕氏春秋》中一部分文字还保留了《庄子》派思想的原意，而今《盗跖》篇此段之作者，于当时道家术语全不知晓，把反性情作为反悖性情的坏行为，用以批评尧舜等人，似乎不像是《吕览》成书时以前倡盗跖说者可犯的错误。

　　又"文王拘羑里"句，在"武王伐纣"句后，和历史顺序不合。王先谦说应在武王句上而误倒。马叙伦说："下文'曰此六子'者，则是黄帝尧舜禹汤武，不数文王也，疑后人增。"（王说见《庄子集解》，马说见《庄子义证》）如果原文是六子，则马说甚是。但成玄英《疏》说："此六子者谓黄帝、尧、舜、禹、汤、文王"，是成所见本有文王句而没有武王句。又陈景元《南华余事》引江南古藏本"六子"作"七子"，是又有并存文王、武王而改"六子"为"七子"的传本。尧、舜、禹、汤、文、武等举例，各本很多不同。但《吕氏春秋》总说六王五伯，分举尧、舜、禹、汤、文、武，并无黄帝之名（高诱《注》说："六王谓尧、舜、禹、汤、文、武也"）。可是《盗跖》篇这一段的前一节，是记述黄帝与蚩尤战涿鹿之野的，作者既把《吕氏春秋》这一段引在黄帝一节之后，下文便不能舍黄帝而单言尧、舜等，因此以后的人有的附黄帝于六王，有的去武王或去文王，硬合六王之数。

由此可知"自世之所高者莫若黄帝"句以下至"其行乃甚羞也"句，多半系抄袭《吕氏春秋》而稍加改窜之作。但从下列五点看来，还不能认为全部系秦汉人伪作。

1. 大凡作伪者，总要搜罗旧说，推广成篇。所以伪作《盗跖》篇者，一定要采取《庄子·胠箧》篇和《吕氏春秋·当务》篇中讲《盗跖》的材料，可是现在的《盗跖》篇第一章对于《胠箧》篇"盗亦有道"之说，全未采用，而所说很多是享乐主义的理论，可见不是有意伪作。

2. 《吕氏春秋·当务》篇备举六王五伯，《盗跖》篇只有六王而无五伯，如果《盗跖》篇全系伪作，则五伯罪状不难列举，可是全篇没有谈及五伯罪行。推其原因，是由于下文讲述伯夷、叔齐、子胥、比干文字很短，窜改者只加"尧不慈、舜不孝"数语，已够六子之数，可以和下文六子者相配。如再加五伯之事，就文烦事杂，不容易窜入。所以这种窜杂和有意作伪者不同。

3. 更从时代背景方面看，此种批评圣王、宣传享乐主义的思想，也只有战国时人才有，而为秦汉后人所不敢想象。

《荀子·非十二子》篇说：

> 纵性情，安恣睢，禽兽行，不足以合文通治，然而其持之有故，其言之成理，足以欺惑愚众，是它嚣、魏牟也。

《盗跖》篇说：

> 人上寿百岁，中寿八十，下寿六十，除病瘦死丧忧患，其中开口而笑者，一月之中，不过四、五日而已矣。天与地无穷，人死者

有时。操有时之具，而托于无穷之间，忽然无异骐骥之过隙也，不能说其志意、养其寿命者，皆非通道者也。

这可以说是享乐主义言之最成理者，疑此即它嚣、魏牟等的遗说。如果在汉代，文、景以前，黄老盛行；武帝以后，儒术独尊，所有那些恬淡无为和仁义孝弟的言论，都和这种思想绝对相反。所以此篇首章，当成于战国晚期，不会是秦、汉时人伪作。

《盗跖》篇的第二章和第一章不全相似。其中有"小盗者拘，大盗为诸侯，诸侯之门，义士存焉"数句，和《胠箧》篇"彼窃钩者诛，窃国者为诸侯，诸侯之门，仁义焉存"等句，基本相同。以下说："桓公小白杀兄入嫂，而管仲为臣；田成子常杀君窃国，而孔子受币。"也和《胠箧》篇以田成子为例略似，像是杂引《胠箧》篇语句而推演成文的。惟此章作"田成子常"而不作"田成子恒"，明焦竑说是"汉人避文帝讳，故作田常"（《庄子翼》），可能是对的。但考《吕氏春秋·审分览·慎势》篇"陈成常与宰予"句，也作"陈常"而不作"陈恒"；《淮南子·说山训》说："陈成子恒之劫子渊捷也"，反作"恒"而不作"常"。这样看来，本章之田常，是传抄者偶改，还是汉人著作时有意避讳，就不易肯定，也不必细论了。

第四节　《天下》篇为荀子后、司马谈以前的作品

一

从来注释和考论《庄子》的作者，多数人认为《天下》篇是庄周自作，所持的理由不外下列两点：第一，认为《天下》篇的思想精湛，分析细微，一定不是后人所能写作。第二，认为古书多有自序放在篇末，这一篇放在全书最后，对各家都有所叙述批判，最后讲到本人，定是庄周的自序。这些理由，比较浮泛，不必多加辨析。只有罗根泽氏提出了几点前人没有说过的理由，需要考察一下。

罗氏所持论据约有三点：

1. 《天下》篇中所述庄子学说和庄子本人的学说思想互相一致。

2. 《天下》篇中所述庄周学说，比荀卿、司马迁所说庄周学说，独

得要领。

3. 如果《天下》篇是战国末人所作，不应不述及孟子、荀子，更不应不论及邹衍和商、韩之属（见罗著《诸子考索》，第310—311页）。

上述第一条理由，大体近似。但这只能成为庄周自作的必要条件，而不能成为充足条件。因为如果是庄周自作，当然和庄子思想相合；但和庄子思想相合的，不必即是庄周自作。第二条论据，确是事实，但不能成为庄周自作的理由。因为《天下》篇作者对于先秦各派的知识都相当渊博，像他叙述墨翟、宋钘、田骈、关尹等派的学说，都很精湛扼要，是历史上少见的文献，可以说《天下》篇所述各派学说，比荀卿、司马谈要得要领，不独适用于庄子学说，也适用于其他各家学说，所以也不能成为庄周自作的理由。第三条论据，比较具体，但单凭文中是否不提某些学派，就推定它是何时作品，颇难成立。因为既是史的叙述，不一定能把所有各派，完全罗列，他必须有所选择；既有选择，则各人的去取详略不能完全相同，这是古今中外一切学术史的通例。所以问题不在于对以前各个学派是否有所遗漏，而在于它所不提或省略的是否属于必不可少的重要学派，它的去取原则是否和作者的基本主张相符。从这个角度看《天下》篇不提邹衍和商、韩，正和《荀子·非十二子》[①]《吕氏春秋·不二》等篇都没有提邹衍、商、韩的理由一样。因为邹衍和商、韩都不是当时的重要学派，在评述哲学思想的渊源时，没有提及它们的必要。既然战国晚期的《荀子》《吕氏春秋》可以提到它嚣、魏牟、儿良、王廖等后世不甚重视的学人，反而不提商、韩、邹衍，那么《天下》篇的作者只提尹文、彭蒙、田骈等而不提及邹衍、申、韩，那就不足为奇了！

再看《天下》篇所要评述的学派，都有一些重点，即篇首提出的"古之所谓道术者果恶乎在"的问题。"道术"是什么呢？《吕氏春秋》中有一个解说："田骈以道术说齐，齐王应之曰：'寡人所有者齐国也，愿闻齐国之政。'田骈对曰：'臣之言，无政而可以得政……'"（《吕氏春秋·审[②]分览·执一》）。可见所谓道术者，是无政而可以得政之术

---

① 《荀子》书写成时，虽还没有韩非，但申不害、商鞅的法家思想早已形成。

② "审"原误作"宙"。——编者注

（至少在田骈及《吕氏春秋》作者一部分人的看法是这样）。这就和商、韩等专言政治的学派有别。《天下》篇开首就提出了"古之所谓道术者，果恶乎在？"的问题，可见他要论述的是有关学术的问题，而不是政治思想的问题。这样，法家的申、商自不在讨论之列。至于阴阳家邹衍，在战国时还未成为学术上的重要派别，《天下》篇没有提到他，更不成为可疑的问题了。现在真正成为问题的，是《天下》篇的作者为什么对于先秦最重要的学派——孔子没有评述？为什么不和《尸子·广泽》《吕氏春秋·不二》等篇的提法一样，把孔子和老聃、墨翟对比评论，而仅仅提出邹鲁之士来和墨、宋、老、庄诸家并列叙述呢？这就更不是归之为庄周自作的说法所能解答。所以我们现在要尽先解决的问题，正和几百年前苏轼、姚鼐等所讨论的问题无大悬殊。即《天下》篇作者的立场究竟属于庄周派的嫡系，还是徘徊在儒、庄之间的呢？这是讨论《天下》篇的作者时代必须首先要弄清的问题。

二

在正式讨论这一问题之前，有一些连带次要的问题应先叙述一下。即《天下》篇中有几段文字，很像是从《庄子》他篇或其他书中羼杂而来的。这几段文字在一定程度上打乱了全篇的系统性，可能影响对于作者立场和时代的顺利推测，所以这里先提一下：

按《天下》篇开首先问"天下之治方术者多矣……古之所谓道术者，果恶乎在？"接着就回答："无乎不在。"以下又分别叙述"其明而在数度者，旧法世传之史"，"其在于诗书礼乐者"，其在于"百家之学"。这几个"其"字，都是直接陈述"道术"无乎不在的内容，上下文义关合，明确简要，毫无含糊之处。可是中间忽插入"神何由降？明何由出？……其运无乎不在"一大段，使前后文义不太呼应，而所论问题也不一致。再看全篇分析各家学说，文字精湛，意义确切，而这一段所说，较少确切内容。比如"不离于宗""不离于精""不离于真"等语中的"宗""精""真"三字就难确指其区别何在。以前的注家，虽有些勉强的解释，总不能给人以清晰的理解。

再看这一段里的语句，和《天道》篇第一章里的词语，有好多相同。如"六通四辟"一语，不见于他篇，只见于这两篇中。又如圣和王的对举，在《天道》篇第一章和《天下》篇这一段里，数次出现。《天道》篇说："静而圣，动而王"，这一段说："圣有所生，王有所成"，又如《天道》篇说："此之谓大本大宗"，"以天地为宗，以道德为主"；这一段说："以天为宗，以德为本，以道为门"，以下又说："以仁为恩，以义为理"，"以法为分，以名为表"云云。把道、德、天、神等词和仁、义、礼、乐、名、法等词调和结合起来，这是以《天道》篇为代表的汉初"道家右派"①的特点，既和《庄子》主要著作中《逍遥游》《齐物论》等篇的超世思想不同，也和《天下》篇以下各段评述各家时的明确分析截然有别。因此我怀疑这一段可能是他篇断简，因涉"恶乎不在"一语，羼入此篇。

又"《诗》以道志，《书》以道事，《礼》以道行，《乐》以道和，《易》以道阴阳，《春秋》以道名分"六语，马叙伦《义证》谓系古注杂入正文。按上文只讲《诗》《书》《礼》《乐》，这里忽增加《易》《春秋》，合为六经，显系后人增入。上文三句："其明而在度数者"，"其在于《诗》、《书》、《礼》、《乐》者"，"其数散于天下，而设在中国者"，皆同类句法，这里多加此六语，似不相称，马说甚是。

篇末记述惠施学说一节，前人早已提出是另外一篇附加在这里的。按全篇叙述墨、宋、老、庄等派学说，多是隐括学说大意，首先推本于"古之道术有在于是者"，以下用某某"闻其风而悦之"相接，只有最后叙述惠施学说时，不用这一形式，而是详细罗列惠施学说的内容，比论述各家更为详尽，显然和以前各节不相一致。

《北齐书·杜弼传》说："弼又著《庄子·惠施》篇。"（《北齐书》卷24《杜弼传》）宋王应麟说杜弼所注是《庄子》逸篇（《困学纪闻》卷10）。日人武内义雄认为《惠施》篇就是《天下》篇最末第一段（武内义雄《老子と庄子》）。

看来武内所说比较近是。可能古本《庄子》中"惠施"本来另是一篇，也即司马彪五十二篇本中之一篇。后人因它和《天下》篇都是讲先

---

① 罗根泽先生把外篇中《天地》《天道》《天运》三篇称为道家右派。我觉得《天道》篇确可定为汉初道家右派；《天地》《天运》两篇，内容复杂，称为道家右派，还不符实际。详第三章第二节。

秦学派的，便并入《天下》篇末。杜弼当是根据五十二篇本特为《惠施》篇而作注解。

上述三节，疑是本篇羼杂的部分。除惠施学说一节对推测本篇的作者时代问题无大关系外，其他二节（"神何由降"一节，"《诗》以道志"六句）对确定本篇的作者和时代问题，关涉颇多。

假如"《诗》以道志"六句，不是注文羼入，则《天下》篇的产生，一定在秦代以后。因为"六经"这一名词起源较晚，当荀况时代，《易》还未加入经。《荀子·儒效》篇云："《诗》言是其志也，《书》言是其事也，《礼》言是其行也，《乐》言是其和也，《春秋》言是其微也"；《儒效》篇的次序排列和《天下》篇"《诗》以道志"六句的形式、内容都很相近。但《儒效》篇独没有提及《易经》。以后如《礼记·经①解》《淮南子·泰族训②》《春秋繁露·玉杯》《史记·太史公自序》等篇中，才把《易》和《诗》《书》《礼》《乐》一并叙述。可见《易》之加入六经，最早不会先于秦汉之际。上述各书中，《儒效》篇和《春秋繁露·玉杯》篇中排列的六经次序，和《天下》篇完全相同。所以《天下》篇这一节如果不是注文羼入，可确定全篇产生于汉初。不过从上下文义看，马叙伦所说比较近是，多数人同意这一看法，不烦多加讨论了。

这里需要讨论的是"神何由降……"一节和《天下》篇作者的关系问题。自从宋苏轼、王安石以来，好多人根据《天下》篇"遍评百家而不及孔子"的特点，推测庄周出于儒家，或说是阳道阴儒。清代的姚鼐独说："是篇乃《庄子》后序，其意以为道也者本末精粗一贯，世之学者得其粗末耳，若得其本源，则粗末莫能外也。……盖所云圣人君子者，儒者之所奉教是也。不离于真，则关尹、老聃之博大真人是也，然犹未至极，若庄生……则独所谓不离于宗之天人者耳。其辞义之不逊如是，而宋贤反谓《庄子》斯篇推尊儒者甚至，则其与文义有未审矣。"（姚鼐《庄子章义》）

姚鼐此论，颇为有识。因为既认此篇是庄周自作，就应当认为这一篇的思想和《庄子》全书互相协调，就应当从全篇中寻求理据为庄子学

---

① "经"原误作"通"。——编者注

② "训"原省。——编者注

说张目。而全篇中只有"不离于宗，不离于真"等语，和《庄子》他篇较多吻合（和《天道》篇多吻合，和《逍遥游》《齐物论①》等篇不合），但从全篇来看，则王介甫、苏东坡的论断有相当道理。因为全篇除这一段外，很多接近于儒家的观点。至少是和《庄子》全书的观点、文风不完全融洽。我们不应为了这是一篇最先讲学术史的精彩文字，便坚信为庄周自序的传统成见，而不顾全篇思想中的矛盾。再则姚鼐所说也有不能说通之处。比如他以为庄周自居于"不离于宗"的"天人"，以老聃、关尹为"不离于真"的"至人"，那么介于其间的"神人"又是谁呢？而且《天下》篇对关尹、老聃称为博大真人，对庄周则惜其"芒乎忽乎，未之尽者"，这样看来，庄周自以"天人"自居的说法也不足信。姚鼐的解释本来是回答苏、王的看法的，而这样解释，对于《天下》篇"遍评百家而不及孔子"的疑问，并没有回答。所以这一节的是否羼杂，对于推测《天下》篇的作者和时代问题，有一定的关系。

三

关于上述各节的是否杂羼如何解释，还可详细考虑。现在可以肯定的是：即使"《诗》以道志"六语是注文羼入，也不能证明《天下》篇产生于荀子以前；即使"神何由降……"一段，是《庄子》原文，也不能说明《天下》篇思想和庄周思想互相一致。

以下从《天下》篇和儒家书的关系中，看一下该作者的立场和时代问题。

《荀子·解蔽》篇云：

> 凡人之患，蔽于一曲而暗于大理。……天下无二道，圣人无两心，今诸侯异政，百家异说，则必或是或非、或治或乱。乱国之君，乱家之人，此其诚心，莫不求正而自以为也。妬缪于道，而人诱其所迻也；私其所积，唯恐闻其恶也；倚其所私，以观异术，唯恐闻其美也。是以与治离走（原作"品"，依郝懿行、王念孙说改正），

---

① "论"原省。——编者注

而是已①不辍也。岂不蔽于一曲而失于正求也哉？

夫道者体常而尽变，一隅不足以举之，曲知之人，观于道之一隅，而未之能识也。

曷谓至足？曰：圣也。圣也者，尽伦者也；王也者，尽制者也。两尽者，足以为天下极矣。

荀子是战国末期总结各家思想之集大成者。他曾受道家的影响，提出了体常尽变的"道"的概念。他的理想人物是"尽伦、尽制"的圣王，他所反对的是观于道之一隅的"一曲之士"。这种倾向和《天下》篇的主张，非常相似。《天下》篇说：

其数散于天下而设于中国者，百家之学，时或称而道之。天下大乱，贤圣不明，道德不一，天下多得一察焉以自好。譬如耳目鼻口，皆有所明，不能相通。犹百家众技也，皆有所长，时有所用。虽然，不该不遍，一曲之士也：判天地之美，析万物之理，察古人之全，寡能备于天地之美、称神明之容。是故内圣外王之道，暗而不明，郁而不发，天下之人，各为其所欲焉以自为方。悲夫！百家往而不反，必不合矣！后世之学者，不幸不见天地之纯，古人之大体，道术将为天下裂。

《天下》篇所追求的理想是体现"天地之纯"的"内圣外王"之道，所悲叹的是分裂道术往而不返的"百家之说""一曲之士"，这和上引《荀子·解蔽》篇所说完全相合，都是战国末期企图综合百家争鸣的一种倾向，而和《庄子》书中发挥自己思想的主要倾向完全不同。

《天下》篇"遍评百家而不及孔子"的问题，确实是一个突出的现象。我们看篇首提出"古之所谓道术者果恶乎在"的问题，以下从三个方面分别叙述：第一是"其明而在度数者，旧法世传之史，尚多有之"，第二是"其在于诗书礼乐者，邹鲁之士、搢绅先生多能明之"，第三是"其数散于天下，而设于中国者，百家之学，时或称而道之。"这里以旧

---

① "已"原误作"己"。——编者注

法世传之史、诗书礼乐和百家之学三者平列叙述。以下谈到裂天下之道术的是由于百家的往而不返①，而诗书礼乐不在其内。可见他所向往的"内圣外王"之道，儒家孔子思想就是其中的主要内容。它不叙述孔子而以邹鲁之士和百家相对，正是积极推尊儒家的表现。这和庄周思想完全相反。《庄子》主要篇目中有时对孔子是相当称引的②，但那是庄学化了的孔子，而不是讲"内圣外王"、诗书礼乐的儒家孔子，庄子在《逍遥游》《齐物论》《大宗师》等篇中所表现的理想是"上与造物者游，而下与外死生、无终始者为友"，像儒家的"内圣"是他所轻视的，更不用说所谓的"外王"了。

"内圣外王"一语是儒家思想，不是庄子思想，在《庄子》早期篇目中根本没有这一概念，正由于从来认为《天下》篇是庄周自作，又以"内圣外王"为庄子理想，因此产生了好多笼统调和的说法，使思想系统相当混乱。这种发展线索，在后章论述，这里只说明以"内圣外王"为根据，推论《天下》篇是庄子自作的论据，是不恰当的。

再从《天下》篇对于儒墨的批评看，也和庄子的主要思想不同。

《庄子》书中属于庄子系统的著作，提到儒墨学派的有《齐物论》《徐无鬼》《列御寇》等篇。

《齐物论》篇说：

> 故有儒、墨之是非，以是其所是而非其所非（原作"是其所非而非其所是"，误，从闻一多说改正，见《闻一多全集·庄子内篇校释》）。欲是其所非而非其所是，莫若以明。

《徐无鬼》篇说：

> 儒、墨、杨、秉四，与夫子为五，果孰是邪？

---

① "返"原误作"反"。——编者注

② 《内篇·德充符》"鲁哀公问仲尼"章、《大宗师》"颜回问于仲尼"章中，皆以孔子为理想人物，《人间世》篇中的孔子，非庄子作品，详第二章。

《列御寇》篇说:

> 郑人缓也,呻吟裘氏之地。衹三年而缓为儒,河润九里,泽及三族,使其弟墨。儒、墨相与辩,其父助翟,十年而缓自杀。

这几篇对于儒、墨的批评,都是从相对主义的超是非的观点出发。作者用轻蔑的态度,认为儒、墨的相辩①是无意义的。而《天下》篇却用严肃的态度,从世教的观点出发,对儒、墨表示了不同的意见。且不说对儒家诗、书、礼、乐推尊的态度与庄子思想不合,即从对墨子的态度看,也和《庄子》他篇的态度完全不同。

《天下》篇对墨子的评论是这样的:

> 古之丧礼,贵贱有仪,上下有等,天子棺椁七重,诸侯五重,大夫三重,士再重。今墨子独生不歌、死不服,桐棺三寸而无椁,以为法式。以此教人,恐不爱人;以此自行,固不爱己。未败墨子道。虽然,歌而非歌,哭而非哭,乐而非乐,是果类乎?

这完全从儒家立场世教观点,加以评论。这和《庄子》他篇对生死的态度截然相反。

《庄子·至乐》篇说:

> 庄子妻死,惠子吊之,庄子则方箕踞鼓盆而歌。……人且偃然寝于巨室,而我噭噭然随而哭之,自以为不通乎命,故止也。

《列御寇》篇说:

> 庄子将死,弟子欲厚葬之。庄子曰:“吾以天地为棺椁,日月为连璧,星辰为珠玑,万物为赍送,吾葬具岂不备邪,何以加此?”弟

---

① “辩”原误作“辨”。——编者注

子曰："吾恐乌①鸢之食夫子也。"庄子曰："在上为乌鸢食，在下为蝼蚁食，夺彼与此，何其偏也！"

把这两篇所述庄子对人死问题的态度和《天下》篇中对墨子薄葬的评论对比一下，觉得相差很远。如果从《天下》篇的观点来看，像《至乐》篇所记庄子妻死箕踞鼓盆而歌，那才是歌而非歌、哭而非哭呢！像《列御寇》篇所记庄子将死时所说的"吾以天地为棺椁，……万物为赍送"等语，那才是"以此爱人，固不爱人；以此自行，固不爱己"呢！所以我们不能轻信传统的说法，认为《天下》篇和主张齐死生的《庄子》他篇是同一作者，或同派作品。庄子和墨子同是反对厚葬的，但两家的出发点不同，前者是从超生死的观点出发，后者是从节用的观点出发，庄子可以批评墨子，但决不会从"古之丧礼，贵贱有仪，上下有等……"的观点来批评墨子。所以单从对墨家的批评一点来看，也说明《天下》篇不是庄子嫡派的论著，更不能说是庄周的自著了。

总的看来，《庄子》书中凡属于庄周派的篇章，都有一种浪漫超旷的气氛，而《天下》篇的思想，却表现了平实谨严、逻辑思维较强的特点。庄周其人，一方面是一个具有神秘悲观色彩的泛神论哲学家，一方面又是一个想象丰富、情思飘逸的诗人，而《天下》篇的作者，却是一个分析精湛、善于批评的哲学史家。一个哲学家固然不妨同时也是一个哲学史家，但像庄子这样一个超旷浪漫、玩世不恭的哲学诗人，似乎不能为也不肯为一个详述事实的哲学史家。特别是评述的观点和《庄子》中主要篇章的观点不同。所以《天下》篇作者的立场，与其说近于老庄，不如说是介于儒家和庄老之间，与其说是庄老系统的作品，不如说是受庄老思想影响很深的儒家系统的作品。这是对本篇的基本立场和初步看法。

四

至于本篇产生的确切时代，较难论定。大体说来，可从下列几点进行推测：

1. 《史记·太史公自序》中有司马谈《论六家要旨》一段，他把先

---

① "乌"，《庄子》通行本作"乌"。下同。——编者注

秦学派分为阴阳、儒、墨、名、法、道六家。先秦提到学派的论文，如《荀子·非十二子》《尸子·广泽》《吕氏春秋·不二》，都是列举一些作者，而没有总称为什么家的。把这些学派的分类固定下来而给予一个某某家的名称，始见于《太史公自序》，可能即是司马谈创造了这几个名词。如不始于司马谈，最早也不能先于秦汉之际。从这个线索来看，《天下》篇对各派的叙述还是列举人名而不称为某家，则其产生时代，一定在司马谈以前，似无可疑。

2. 前段曾谈到《天下》篇的思想和《荀子·解蔽》篇的思想，有好多相似之处。现在将两篇内容对比一下，可见《天下》篇的写定，显然是在《荀子·解蔽》篇以后。

（1）《解蔽》篇说："今诸侯异政，百家异说，则必或是或非，或治或乱，乱国之君，乱家之人"，又列举了人君之蔽者是夏桀、殷纣等；人臣之蔽者是唐鞅、奚齐等，以下才谈到诸子之蔽。可见荀子所讨论的问题是把政治、学术连在一起，而偏重于政治，所以论学术的评语附加在论政治的评语之后。而《天下》篇则是以论学术问题为主，是一篇学术史论文，这在司马谈以前是没有的。从中外历史文化的发展史来看，政论文总在学术论文之前，纯粹评论学术的文字，一般总是从综论政治学术的文字中分离独立出来而得到演进。所以《天下》篇必然在《荀子·解蔽》篇以后。

（2）《解蔽》篇说："此数具者，皆道之一隅也。夫道者，体常而尽变，一隅不足以举之。"

这里只有"道"字而没有"道术"二字。"道术"二字，虽早见于《墨子·尚贤上》篇，但在《孟子》《荀子》及《老子》书中，和本篇以外的《庄子》书中，都没有出现此词，到了《吕氏春秋》中才多用"道术"二字。如：

　　《诬徒》篇说："学术之败也，道术之废也，从此生矣。"
　　《执一》篇说："田骈以道术说齐威王。"

可见《吕氏春秋》时代这一名词已经相当通行。至于"方术"一语，更不见于先秦早期著作。从这些词的引用上看，《天下》篇当在《荀子·解蔽》以后。

（3）《解蔽》篇说："圣也者，尽伦者也；王也者，尽制者也。两尽者足以为天下极矣。"

荀子在这里把"圣""王"两字分别加以规定。《天下》篇所说的"内圣外王之道"，是把尽伦之圣和尽制之王合而为一。"内圣外王"这一术语，像是前说的综合推演。

3. 更从时代的趋势来看，学术的演进，一定要发展到相当程度，才能产生类似于学术史的著述。一般是先有创造，后有批评，再由批评而趋于综合，这几乎是世界的通例，而先秦学术史的发展，更是这种发展的典型。

先秦学术思想，大致可分为三个段落：从春秋末到战国初期，是中国社会大变革时代。孔墨显学的创立，正反映了这个变革。

到战国中期，"儒分为八，墨别为三"，像宋钘、杨朱、孟轲、田骈、惠施、庄周、陈仲、许行等人，无不独抒己见，各放异彩，这反映了封建宗法领主制或东方奴隶制分解后，各种自由民阶层兴起时的特点，是"百家争鸣"的灿烂时期。

中期以后，随着地主阶级的形成，学术思想也由创发而进于批评，由华茂而进于平实，荀子正当稷下分散、争鸣狂潮渐低之时，担负起批评各家的任务。到战国末期，随着社会政治的发展趋向，学术思想上也提出了综合或统一的要求。《解蔽》篇的主张正是代表这种由批评而综合的过渡。

这以后像《吕氏春秋》的著述结构和部分内容，像《易·系辞①》所说的"天下殊途而同②归，一致而百虑"，以及汉初司马谈所说的"因阴阳之大顺，采儒墨之善，撮名法之要"等提法，都是这种趋势下的产物。

从这种趋势看，《天下》篇所说"百家皆有所可，时有所用""百家往而不返，必不合矣"等论点，显然和《易·系辞③》及司马谈的态度

---

① "辞"原误作"词"。——编者注
② "同"原误作"洞"。——编者注
③ "辞"原误作"词"。——编者注

十分接近。

据此可以推定《天下》篇的创作，当在司马谈以前、荀子以后，最早可与《吕氏春秋》相接。《吕氏春秋》成书于始皇八年（前239），那么《天下》篇约当为秦汉之际的作品。

司马迁说他父亲"学道论于黄子"，曾有人说黄老之学的黄，是黄子而不是黄帝，如此说可信，黄子乃是道家学派中的重要人物。司马谈所说的道家，不是原始的老庄学说，而是采各家之长的综合学派。如果从司马谈《论六家要旨》的渊源上看，《天下》篇也可能是讲道论的黄子或其前辈采取战国末年儒道两家绪论而成的。《天下》篇中所述，可能包含黄子《道论》中的一部分内容。当然这只是一种臆测，不能成为论据。比较可以肯定的只是《天下》篇的作者是一位受老庄影响很深的儒家，成书时代在《荀子》以后、司马谈以前而已！

本书①写成后，看到谭戒甫先生《现存〈天下篇〉研究》的文章（见《中国哲学史论文初集》），谭先生认为《天下》篇除"惠施多方"以下为《惠施》篇外，其余即是淮南王《庄子略要》之改名。从时代上看，也有这种可能，但考察他书所引《庄子略要》篇文，及淮南王自己作的《淮南子·要略》中的思想，和此说不相符合。

淮南王《庄子略要》，前代人多不注意，根据清俞正燮的考证，此篇是《庄子》五十二篇之一（详第一章）。

但此篇虽系《庄子》五十二篇之一，却不是《天下》篇之改名，因《文选》注所引"江海之士"云云，在今《天下》篇中并无此文，文风也不相近。武内义雄说：淮南子《庄子后解》和《庄子略要》二篇，即是《释文》所说《庄子》内篇七、外篇二十八、杂篇十四、解说三中之《解说二》篇（武内义雄《老子と庄子》，第123页）。所以《解说》是淮南王所作，和《庄子》书中的内、外、杂篇不同。《天下》篇是杂篇之一，不是《解说》，所以不可能是《天下》篇之改名。

再看淮南王及其门客自己作的《要略②》中，基本上是对《淮南子》各篇内容的提要说明，最后综论各派产生的历史渊源背景，所引各派有

太公之谋、儒者之学，和墨子、管晏、申商等家，儒家和诸子并列。而现在的《天下》篇，并没有《庄子》各篇的提要说明，叙述各家时，孔子不在其内，都和《淮南子·要略》的态度不同。所以断《天下》篇为《庄子要略》的改名，证据还嫌不够。

结　语

总括以上考察，基本认识如次：

内七篇中除《人间世》前三章和其他篇一些羼杂章节外，基本上都是《庄子》书早期作品。《逍遥游》《齐物论》和《大宗师》（除羼杂部分）中有出于先秦的确凿证据，当为庄子的典型作品。

外篇十五篇，可分为三组：第一组为《骈拇》《马蹄》《胠箧》三篇和《在宥》篇的第一、二章，为秦统一前夕道家"左派"之作。虽缺乏内篇的哲学思想，但其政治立场和庄周的反统治者意识有一定的渊源和联系。

第二组《天地》《天道》《天运》《刻意》《缮性》等篇，不论形式和内容都很驳杂。除《天地》篇中若干章节和《天运》篇的开首一段为庄子派文以外，其余各篇多是秦、汉间道法派、黄老派、养生派、神仙派的思想杂烩。就其趋向于"君道无为，臣道有为"及调和各派之篇章言，可称为道家"右派"之作。

第三组《秋水》以下六篇，为庄子嫡派或庄子后学作品，其中《达生》篇有早出的证据，《秋水》《田子方》《知北游》三篇对庄子哲学思想有新的发展。《知北游》中有羼杂语句，《至乐》篇的第一章系后人妄加，但对其篇中精义，无所损害。

杂篇十一篇可分为三组：第一组为《庚桑楚》《徐无鬼》《则阳》《外物》《寓言》《列御寇》六篇，基本上均为先秦时作。除《列御寇》近于杂组、《外物》无甚精义外，其余四篇都是全书中的精彩之作。确如前贤所说，能发内篇未发之旨。《庚桑楚》篇和《老子》书关系，相当密切，为研究老庄关系的关键材料。《徐无鬼》中有庄子和惠施关系的史实记载，及其他学派名称；《则阳》篇中有精到的思辨哲学和政治批评；《寓言》篇与《齐物论》的关系最多，应为《齐物论》稍后之作。这四篇的内容价值，可与内篇中《逍遥游》《齐物论》相比。

第二组为《让王》《盗跖》《说剑》《渔父》四篇，早在宋代已认为伪作，除《说剑》与庄子无关外，其余三篇和道家思想有些联系。《让王》多抄自《吕览》，《盗跖》只就《胠箧》某些意旨片面加以发挥。《渔父》为隐逸派摹仿的浅陋之作。

第三组为《天下》篇独成一类。思想内容辨析精到，但非庄周自著。当是荀况以后、司马谈以前，介于儒道之间的学者所作。可称为中国最早的哲学史著述。

下　编

第五章　庄子的哲学思想

前四章中，对于《庄子》各篇，做了一些归类和推测。大体上把庄子派文和其他混杂的作品，初步区别开来。但即在我们认为是属于庄子派的作品中，仍有许多互相矛盾和意义歧混之处，不易理出一个非常明晰的系统来。在缺乏确证和复杂矛盾的情况下，我们只能把比较显著而一致的若干论点定为庄子的基本思想，而对一些歧义较多不易归入基本系统的论述分别指出，作为进一步探讨的准备。以下三段，基本上是按这个原则进行的。

第一节　天道观中的自然主义和泛神论观点

近年以来，关于庄子哲学的讨论，多半在于它是属于唯物论体系还是属于唯心论体系。如果是唯心论，是属于客观唯心论还是主观唯心论呢？

主张庄子是唯物论者，认为庄子继承了老子天道无为的自然观，以原始混沌的"道"为最高范畴；主张庄子是唯心论者，认为生天生地、神鬼神帝的"道"，是精神性的东西，与道合一，就转入主观唯心论了。不论哪一派都认为"道"是庄子哲学中代表宇宙本体的最高观念。但"道"在《庄子》书各篇中所含的意义和所占的位置不尽相同，这一点应先有所注意。

春秋时期，早有天道观念，是从殷、周时的天帝等观念逐渐变化而来的。这一概念的最初出现，多半与占天、星象、卜筮等半巫术半科学的说法连在一起，但也有些和这种巫术无关的实际看法，如伍子胥所说：
"盈必毁，天之道也"（《左传》哀公十一年），就初步具有哲学的意义。
子产所说"天道远，人道迩"中的天道，包括上两种情况在内。这种天
道，是指当时人们所体会到的自然和社会所表现的道理或法则，而不是
一个具体东西。

而在《老子》书的若干章节中，道的意义，是指天地以前的原始混
沌物质或宇宙精神实体。在《管子·心术》等四篇中，又像是代表独立
的精气而言。这样，"道"就不是从属于天的历程理法，而是另一个独立
的实体了。

《庄子》书中有一些"道"字，和《老子》中某些章及《心术》四
篇中的某些"道"的意义相同。如常引用的《大宗师》篇，下列一段中
的"道"字，即是其例：

夫道有情有信，无为无形，可受而不可传（依闻一多先生校
改），可得而不可见，自本自根，未有天地，自古以固存。神鬼神
帝，生天生地。在太极之先而不为高，在六极之下而不为深，先天
地生而不为久，长于上古而不为老。狶韦氏得之，以挈天地；伏戏
氏得之，以袭气母。

如果其他篇中对于道的解释描绘，都和上段一样，则可确定庄子哲
学是客观唯心主义，不能有别的解释。

但在《庄子》书中，这一意义的"道"字，并不是遍见于全书各篇，
在比较早出的各篇中所讲的最高概念，不是"道"字，而是"天""天
地""天下"和"造物者""造化""真宰"等具体名词；在较晚的属于
庄子嫡派各篇中，才有了最高意义的"道"字，但和《大宗师》篇这一
段所说的"道"的意义又不完全相同。

如《逍遥游》是讲追求绝对自由的，其中只提到"乘天地之正，而
御六气之辩"，并没有提到"道"这一概念。《养生主》中只有"天"是
最高概念（"天刑之""遁天背形"），"天理"是自然法则（"依乎天
理"），而没有"道"字。《德充符》中有"受命于天""天无不复""命
物之化而守其宗"等句，是描绘天人关系的，只有末章中"道与之貌，

天与之形"句中有一个和"天"平行的"道"字。《应帝王》中有"造物者"（"与造物者为人"）"自然"（"顺物自然而无容私"）和"无有"（"立乎不测而游于无有"）等概念，而没有提到"道"字（第五章中有"而固得道与""以道与世亢"二语，这两个"道"字不是代表本体的意思）。《大宗师》篇除了上引一段外，在其他几章中，屡次提到的最高概念是"造物者"和"天"，有时用"大块"这一形象概念，而没有强调"夫道有情有形"的"道"。在《意而子》章说：

> 吾师乎！吾师乎！赍万物而不为义，泽及万世而不为仁，长于
> 上古而不为老，复载天地，刻雕众形而不为巧，此所游已。

这一段中，所描绘的情形，和"夫道有情有形"一段所描绘的情形，基本一样，"道"在这一段中几乎是呼之欲出的东西，而竟没有提出来。（成玄英说："吾师乎，至道也"，又说："万象之前，先有此道"，是用习惯了的意义，为之补出的）。

《齐物论》是《庄子》书中讲思辨哲学最多的篇目，其中有若干"道"字，但细按其义，除了原来本在外篇的"夫道未始有封"一段中的"道"外（详第二章考论），其余都和《大宗师》"夫道有情有信"一段中"道"的意义不同。如"物谓之而然，道行之而成"的意义，显是指道路历程而言；"道隐于小成""道通为一"，是指道理、真理而言；"是非之彰也，道之所以亏也"的"道"，也不能解释成为本体，本体是不能有所亏的。总之，在《齐物论》中，除了原在外篇的那一段外，也没有《大宗师》篇"夫道有情有信"一节中所描写的"道"的意义。

近代学者曾有人指出："《老子》的道是从什么方法上体会出来的，《老子》书里却没有。孔子的仁，虽也有单词片面，但综合起来，有他的思想渊源。老子以谈道著名，在他的书里，找不到老子何以会悟出客观的道"（刘节《古史考存·老子考》）。这种印象，是细读《老子》者常有的感觉。而在《庄子》书中却有许多如何推求"道"的过程之迹象。

如《齐物论》说：

> 日夜相代乎前，而莫知其所萌……非彼无我，非我无所取，是

亦近矣，而莫知其所为使。若有真宰，而特不得其朕。可行已信，
而不见其形，有情而无形。

这里说宇宙间一切事物，不停地相续变化，而不知道它是怎样开始
的。明白指出客观的外界（郭注："彼自然也。"）和主观的我，互相依
存，而不知更有什么东西是支配彼和我的。接着说"若有真宰，而特不
得其朕"，他感到似乎有一个最高的主宰，但又找不到它的朕兆线索，已
相信有一个推动一切的力量，而又看不到它的形体。这种描述，表露了
他追寻宇宙变化根源的思路。像这种追求原因，看到端绪，而又不能十
分肯定的描述，不止一处。

《田子方》篇"孔子见老聃"章说：

> 至阴肃肃，至阳赫赫，肃肃出乎天，赫赫发乎地，两者交通成
> 和，而物生焉。或为之纪，而莫见形。消息满虚，一晦一明，日改
> 月化，日有所为，而莫见其功。生有所乎萌，死有所乎归，始终相
> 反乎无端，而莫知其所穷。非是也，且孰为之宗？

这一段是《庄子》书中讲宇宙变化而没有神秘意味，没有假定一个抽象
东西为其根本的纯理论述。

在这里，他要给阴阳交通生物的现象，寻求一个起源（萌）和归宿
（归），但只感到有一个"或为之纪"的东西，而又无法见到它的形象，
最后却①说"非是也，且孰为之宗"，这个"是"指的什么？那"或为之
纪"的"或"又指的什么？都没有明说出来。

《荀子》里有一段和此文相近的描写：

> 列星随旋，日月递炤，四时代御，阴阳大化，风雨博施，万物
> 各得其和以生，各得其养以成，不见其事而见其功，夫是之谓神。
> 皆知其所以成，莫知其无形，夫是之谓天。（《天论》）

---

① "却"原误作"确"。——编者注

荀子对于这个"不见其事而见其功"的现象，叫做神。对于这个"皆知其所以成而莫知其无形"的事实，叫做天。而《田子方》篇只说"非是也，且孰为之宗"，没有明确提出一个名称来。

按照道家派的体系，庄子所描写的若有真宰的真宰，"或为之纪"的"或"和"纪"，就是"天道"一词中"道"的意义。所以成玄英在《田子方》篇"非是也，且孰为之宗"句下注云："若非是虚通生化之道，谁为万物之宗本乎？夫物云云，必资于道也。"他把庄子要追寻而没有提出来的"道"字，在疏中补足出来了。

又如《知北游》篇"天地有大美而不言"章说：

> 物已死生方圆，莫知其根也，扁然而万物，自古以固存。六合为巨，未离其内；秋毫为小，待之成体。天下莫不沉浮，终身不故。阴阳四时运行，各得其序，惛然若亡而存，油然不形而神，万物畜而不知，此之谓本根，可以观于天矣。

这一节是《庄子》书中讲本体论的精细论述。大意是说宇宙间的一切变化，不知其根源在哪里，万物自古以来就有，大至六合，小至秋毫，都在宇宙之内。一切都在变化，阴阳四时都有自己的次序。这个本体，似乎无有而实际存在，虽然无形而有妙用，畜养万物而自己不知，这就叫做本根，这就可以观于天了。

成玄英在"六合为巨"四句下疏云："六合虽大，犹居至道之中。"在"此之谓本根"句下疏云："此之真力是至道一根本也。"在"可以观于天矣"句下疏云："可谓观自然之至道也。"又和上引《田子方》篇的注法相同，把庄子所没有提出的名词，用后来形成的理解（也即一般的理解）代为提出而加上去了。不错，从《庄子》全书看，或道家各派的共同语言看，对于《田子方》篇所寻求的"或为之纪"，《知北游》篇所描绘的"本根"，用一个"道"字概括指实，是相当妥帖的。但是《庄子》本文却只说是此之谓"本根"，而不说是"道"；只说是"可以观于天矣"，而不说可以观于"道"矣。《庄子》这几章的作者，对于寻求万物变化的历程，写得很明晰，对于"本根"的作用描绘得很具体，可以说他对于一般所谓"道"的实质是了解得很真切的。然而他为什么只说

"本根"，只说"天"，而不提"道"呢？道理很简单，就是当他对这些物象变化有所体会时，还没有确定采取这个"道"字作为"本体"名词来使用。如果当时已从"天道"中把"道"抽出来，建立了"道"的名称，就可以直截了当地阐述一番"道"的意义和作用，就可直接指出"道"是"真宰""真君"，就是"为之纪者"，就是"万物之所系一化之所待者"，用不着含糊其辞地说"若有真宰""其有真君存焉？""或为之纪"等揣测语调了。

从上述各节看，知道在《庄子》书中，这个代表本体的"道"字，不是一开始就采用，而很可能是在各派互相影响之下，从其他各派学说中引进来的。

在《庄子》书中（以属于庄子派的文为限），正式用"庄子曰"的形式讲话，以"道"为宇宙本体的，在《知北游》篇：

> 东郭子问于庄子曰："所谓道，恶乎在？"庄子曰："无所不在。"东郭子曰："期而后可。"庄子曰："在蝼蚁。"曰："何其下耶？"曰："在稊稗。"曰："何其愈下耶？"曰："在瓦甓。"曰："何其愈甚耶？"曰："在屎溺。"东郭子不应。庄子曰："……汝唯莫必，无乎逃物，至道若是，大言亦然，周、遍、咸三者，异名同实，其指一也。"

这和《大宗师》篇所说的"生天生地，神鬼神帝""黄帝得之，以登云天；颛顼得之，以处玄宫"的"道"的意义，显然不同。

后者的"道"，相同于《老子》书中"道"的主要意义，把"道"的地位提得极高，用一个"得"字，把它写得好像是一个精气之类的实体东西，从外面得来似的。《老子》书第三十三章"天得一以清，地得一以宁"的提法，正是这种"道"的讲法。前者把"道"的地位说得极其平常，只表明它是存在于一切物中的普遍作用，它是万物存在的依据法则，而不是在万物以外、以上的另一东西。

《知北游》另一章云：

> 天不得不高，地不得不广，日月不得不行，万物不得不昌，此其道与！

这里说明"道"是天地、日月、万物所遵循的必然法则，和"道"在瓦甓、蝼蚁的意义一样，不能曲解为一个外在的实体。

由于一向惯于接受《老子》书中"天得一以清"等句的说法，后来有些注《庄》家把这三句的"不得不"三字拆开，用增字解经的办法，中间加入了一个"道"字，说成是天不得"道"则不能高、地不得"道"则不能厚的意思（现在的论文，也有这样解释的），实际上是混淆了两种不同意义的"道"字。这种用《老子》第三十三章的"一"，和《大宗师》"夫道有情有信"章的"道"来解释《知北游》"天不得不高"三句的办法，最初见于《释文》所引的"或说"，以后成玄英就明引《老子》第三十三章作为解释，但在郭象注中并无此误解。郭注云：

> 言此道皆不得不然而自然耳。

这是对《知北游》三句的最早而正确的解释，其实在《庄子》的其他篇中，就有极明确的相同说法。《田子方》篇云：

> 若天之自高，地之自厚，日月之自明，夫何修焉？

这三个"自"字，说得非常明确，当然不能用增字解经的办法来曲解了。

《天运》篇开首说：

> 天其运乎，地其处乎！日月其争于所乎！孰主张是？孰纲维是？孰居无事，推而行是？意者，其有机缄而不得已邪？

《天运》篇虽庞杂晚出，而这一段是最精辟的哲学提问，当系先秦作品。[①]《田子方》中"天不得不高"三句，正是"意者其有机缄而不得已"的同样回答。可见这种"自然而然，不得不然"的道理，是贯通于《庄子》

[①] 湛然《止观辅行弘决》卷12说："《庄子》内篇，自然为本，如云：'雨为云乎？云为雨乎？孰降施是？皆其自然。'"可知唐朝所见《庄子》，《天运》篇这一段在内篇中。未查得湛然原著，转引自冯友兰著《中国哲学史新编》第1册，第351页。

某些篇中的一贯理论。这种认为"道"是存在于物中的自然法则的理论，和那种认为"道"是高高在上可以从外部被万物得到的理论，是正相对立的。

综括《庄子》书中有关本体的论述，有三种形态，一种是确认贯通于阴阳万物中有一个根本的东西或总的历程，称为"天""真宰""造物者"等等，还没有"道"这一名称；一种是以"道"为生天生地，神鬼神帝的最高实体；另一种和第一种的认识一样，但用了"道"这一名称，指实其不得不然的道理。

第一、第三两种是庄子派哲学的本色，第二种是属于老子派哲学的特点，因为辨别其间的同异，不在于用不用这一"道"字，而在于这个根本的东西是在万物之中，还是在万物之外、之上。第一、第三两种论点，都是注重万事万物的总体及其变化中的理法和动力，这种支配力量普遍存在于万物之中；而第二种论点，则重视这个超出万物之上的神奇东西。这和庄子派主要篇目中的论断，并不完全相同。

最富于思辨哲学的《齐物论》讲天籁时说：

夫吹万不同，而使其自己也，咸其自取，怒者其谁邪！

明白说一切都是自然而然，没有一个主使者（怒者）。又说：

非彼非我，非我无所取。是亦近矣，而不知其所为使。

郭象注说："彼，自然也。"明确说如果没有自然就没有我，没有我就没有禀受自然的。显然以自然（彼）为第一性，以我为第二性的。虽然下文说"不知其所为使，若有真宰，而特不得其朕。"表示怀疑不决的态度。但所怀疑而不决者，是指推动彼我关系的初因或发动者，而不是怀疑"自然生我，我禀自然"的事实。所以从这一点说，《齐物论》此段和《知北游》所说的"道在蝼蚁、瓦甓"，及《田子方》所说的"或为之纪"的论点，互相一致，都没有脱离自然主义的轨道而变为唯心论。我们认为这种带有泛神论形式的自然主义天道论，是庄之所以为庄的主导思想。

由于《庄子》书的某些篇章中杂有互相歧异的观点，因此对于庄子这一主导思想，常和"恍兮惚兮"的道象互相混淆；也由于《庄子》文风中带有游仙思想混杂其间，所以对于庄子哲学中的唯心、唯物因素，究竟应以何者为主，一时难以论定。但从《庄子》全书中属于庄子派的各篇看，上述论点似为主导思想，其他有些显然和这种论点比较一致的，应当属于唯物论因素的范畴；也有些似为唯心论，但实际属于自然主义的思想；另外也有些思想与上述论点不合，而属于唯心论。为了弄清事实，分别论述如下：

《庄子》书中除"天""道""造化""物"等观念外，"气"在《庄子》书中也是一个重要观念。

《知北游》第一章说：

> 人之生，气之聚也。聚则为生，散则为死。若死生为徒，吾又何患？
>
> 臭腐复化为神奇，神奇复化为臭腐，故曰：通天下一气耳。

"天下"一词，在《庄子》书中常用为代表宇宙的意思（《田子方》篇云："天下也者，万物之所一也。"）。这里说"通天下一气耳"，就是说整个世界是"气"贯通着的。

《至乐》篇叙述庄子妻死，鼓盆而歌时，他对惠施的回答说：

> 是其始死也，我独何能无慨然！察其始而本无生，非徒无生也，而本无形；非徒无形也，而本无气。杂乎芒芴之间，变而有气，气变而有形，形变而有生，今又变而之死，是相与为春、秋、冬、夏四时行也。

这两段所讲的"气"，显然属于唯物论成分①。《知北游》所说的"无所不在"的道，就是普遍存在于"通天下一气"之中。所以这种有唯物论

---

① 有的论文举《至乐》篇第一章中所说"芒乎芴乎？"皆从无为出，证明庄子认为道在气先。但《至乐》篇第一章，肤浅空泛，显系附加之文，与第二章无关。详前第三章考论。

因素的"气",是和道在蝼蚁、道在瓦甓的泛神论说法,互为发明的。

好多论者认为庄子中"通天下一气"的"气",虽可解释为物,但庄子的物以上更有一个生物的"道",所以归根结底,还是唯心论。这一看法有一些根据,但通常所举《知北游》篇中"有先天地生者物耶"一段,作为《庄子》是唯心论的根据,理由却不够充足。

《知北游》此段原文是这样的:

> 冉求问于仲尼曰:"未有天地可知耶?"仲尼曰:"可,古犹今也"。无古无今、无始无终,未有子孙而有子孙可乎?……有先天地生者物耶!物物者非物,物出不得先物也。犹其有物也。无已,圣人之爱人也,终无已者,亦乃取于是者也。

论者认为庄子既说"物物者非物",可见他是主张非物的道或精神产生物的,这就证明了他是唯心论者。但"物物者非物"一语,还不能径作生物者非物的解释。这一段的意思,首先是说:宇宙是无古无今,没有开始和终结。

如果古来没有子孙,怎么会有子孙的子孙呢?接着说"犹其有物也无已",认为这样推寻下去,是没有止境的,是寻不出一个先天地生的物来的。所以"物物者非物"一语,不是说生物者非物,而是说物之所以成为物,即物所形成的依据、原由,不是另外一物,而是构成物的"所以",即其内在的原理或规律。这个"物物者"不是物质性的实体,也非精神性的实体,而是体于物中而使物成为物的根据或作用。如不把这种"物物者"表述为居于物以上或以前的实体,则和"通天下一气"的论点没有矛盾,仍属于自然主义的范畴。

《知北游》另一段讲"物"和"物物者"的关系,也是这样的。

> 物物者与物无际,而物有际者,所谓物际者也。不际之际、际之不际者也。谓盈虚衰杀,彼为盈虚非盈虚,彼为衰杀非衰杀,彼为本末非本末,彼为积散非积散也。

有的论者认为"物物者"是"道","道"是无限际的,不寓于实体之中，而是在物以外，它和物根本对立，这是从"道生天地"那一说法推衍来的。

实则这里所说的"物物者"和上段的"物物者"意义相同。"物物者"与"物无际"，就是说使物成为物的究竟所以，不在物以外，所以它和物没有限际。原理规律本来存于物中，所以说与物无际。如果是在物以外的"道"或"精神"，那就与物有际了。但理则虽在实体的物中，却和实体究有分别，所以说"不际之际，际之不际者也"，这种"不际之际"，即是没有实际界限的抽象界限。

盈虚衰杀是物质实体的变化，原理规律是作成（为）这些变化的根据、原因，而它本身却没有这些变化。所以说"彼为盈虚非盈虚，彼为衰杀非衰杀"也。

这个"物物者"不是物以外或物以上的东西，而是涵于物中的理则。这是庄之所以为庄的特点，也是庄子派和老子派、稷下派的重要区别。

学者们曾把庄子和斯宾诺莎相比，从某些观点看，他们确有相同之处。章太炎早年论述斯宾诺莎时曾说："近世斯宾诺莎所立泛神论之说，以为万物皆有本质，本质即神。……是故世界流转，非神之使为流转，实神之自为流转"（《太炎文录初编·别录》《无神论》）。他所说的"神之使为流转"，即"生天生地、神鬼神帝"的"道"；所说的"神之自为流转"，即"通天下一气"和无所不在之"道"。所以庄子"物物者非物""物物者与物无际"的论点，不能把它解释为主观唯心主义。

《庄子》全书中讲"道"最为圆满的，在《则阳》篇中。他说：

> 万物殊理，道不私，故无名。今计物之数，不止于万。而期曰万物者，以数之多者号而读之也。是故天地者，形之大者也；阴阳者，气之大者也。道者为之公。少知曰："四方之内，六合之里，万物之所生恶起？"太公调曰："阴阳相照，相盖相治；四时相代，相生相杀。……此名实之可纪，精微之可志也。"穷则反，终则始，此物之所有。言之所尽，知之所至，极物而已。睹道之人，不随其所废，不原其所起，此议之所止。

这里说"道不私"，又说"道者为之公"，这和《知北游》篇所说的道在蝼蚁、瓦甓的意思一样，它是普遍存在于天地阴阳中的东西。

宣颖解释说：

> 譬物之万不可数，而约略号之，便于称谓。道之大更无可指称，亦借一"道"字，约略号之耳。岂真有一事一物，可名为道哉？

宣颖的解说，相当精确，说明"道"不是一个东西，而只是借用它来说明存在于宇宙中的普遍作用或"本根"。这和用"恍兮惚兮""窈兮冥兮"等形容词来描绘"道"的神奇，是有区别的。

《则阳》篇又借批评季真、接子两种不同的主张来阐明自己的观点。他说：

> 少知曰："季真之莫为，接子之或使，二家之议，孰正于其情，孰遍①于其理？"太②公调曰："……或使之，莫之为，未免于物，而终以为过。或使则实，莫为则虚。有名有实，是物之居；无名无实，在物之虚。……或之使，莫之为，疑之所假。……或使莫为，言之本也，与物终始。道不可有，有不可无。道之为名，所假而行。或使莫为，在物一曲，夫胡为于大方？"

对于季真之"莫为"说，接子之"或使"说，他都不同意。接子的"或使"说，近似与《老子》和稷下派以道为生天生地、神鬼神帝的说法，《管子·白心》篇"天或维之，地或载之，……夫或维而载之也夫"一段的提法，在字面上也有些相近。王船山以"或使"说为至陋，因为和上帝创世说有些相近；王的评断是正确的。季真之"莫为"说和郭象的"独化"说相近，也可说郭象的"独化"说是典型的"莫为"说。这一说比或使说更为错误，因为照此推演，则世间一切事物彼此之间毫无关系，那和自然实际是不符合的。

《则阳》的作者认为天下万物的运行变化，原因不在外面，所以不是

---

① "遍"原误作"偏"。——编者注
② "太"原误作"大"。——编者注

"或使"。万物的存在变化，有内在的原因和互相关系，所以不是"莫为"。但名言概念，是静止的，限于描述分析，总不能将无时不变的实在完全说尽，所以又说是"此议之所止"。对于这种普遍存在于宇宙万物中的原因、理则，只能借一个名来表示其意义，而不能认为是另一事物，所以说"道之为名，所假而行"。这种"道说"，和唯心论不相同，应该说是带有泛神论色彩的自然主义。

《知北游》篇（孔子问于老聃章）有几句理论，和上述观点不完全相符：

> 昭昭生于冥冥，有伦生于无形，"精神生于道"，形本生于精，而万物以形相生。

这里"精神生于道"一句，如非衍文，显然认为道是产生精神的东西。这就和"气"的理论有些矛盾，不过这一段的结尾，却①说"天不得不高，地不得不广，日月不得不明，万物不得不昌，此其道与！"可见他所说的"道"，是指存在于物中不得不然的理法，而不是指先天地生的东西。所以这只是表达上的含混，而不是意义上的矛盾，还不能认为是宣传唯心论的根据。

《齐物论》里有一段讲"未始有物"的理论，竭力描述物以前的各种层次，很像是单纯宣扬虚无理论。但细推其意，也有反对天下有始的意味。庄子爱用近似于逻辑游戏的办法，来暴露寻常看法的困惑。这里似乎在说如果认为"有始"，就当有"未始有始"之时，更要有还没有"未始有始"之时，这样推论下去，永无止境。这和"犹其有物也无已"的推证法、"未有子孙而有子孙"的推论法，完全相似，目的在于反对"有始论"的辩解。这里的"未始"一词，是未曾有的意思，和"无"字的意思不同。如果认为未始有物即是根本无物，似不确当。

这和《则阳》篇所说"吾观之本，其往无穷；吾求之末，其来无止"的道理，基本相同。后来《淮南子》把这种逻辑推论，解释为宇宙生成论的实际阶段，虽似比较具体了，但未必合于庄子的原意，而且在某一

① "却"原误作"确"。——编者注

意义上说，增加了理论证实的困难了。

有的同志指出庄子的"道"是代表宇宙的"全"，而不是原始混沌或精神实体。这比一般说法有新的意义。的确，像《齐物论》中所说的"凡物无成与亏，道通为一"，和《田子方》篇所说的"夫天下也者，万物之所一也；得其所一而同焉，则四肢百骸将为尘垢，而死生终始，将为昼夜""微夫子之发吾覆也，吾不知天地之大全也"等理论，都是阐明宇宙全体不可分割的意思。但由此推演出庄子哲学是绝对虚无主义，则颇非事实。

《齐物论》所说"其分也成也，其成也毁也。凡物无成与毁，道通为一"的道理，可以应用于宇宙全体和一般事物。任何一物的生成或制成，都是另一些事物的消灭或变化。日常事物中如制木为器、煮米成饭、裁布为衣等无数事例，都说明成毁为一、物质不灭的道理。这一点是谁都承认的。

对于下一段所说"是非之彰也，道之所以亏也；道之所以亏，爱之所以成也。果且有成与亏乎哉？果且无成与亏乎哉？有成与亏，故昭氏之鼓琴也；无成与亏，故昭氏之不鼓琴也"的道理，由于郭象的注解，推演出一些脱离庄子本意的结论。郭象说：

> 夫声不可胜举也，故吹管操弦，虽有繁手，遗声者多矣，……彰声而声遗，不彰声而声全。

有的同志根据郭象所说，认为庄子的理论中，含有一类事物之全，就是没有那一类事物的虚无主义结论，似与庄子本意不合。

庄子的论述，似乎是就主观认识（是非）和客观事物的关系而言。他认为全体宇宙，包括能认识和所认识两方的全部都在其内；对于这个全，是不可用语言表达其最全面最正确的内容的。因为任何名言理论是非判断，都只能说出全体的某一点或某一方面，而不能表述其全部整体。正和昭文之鼓琴只能显示出一部分声音一样。但这只是对宇宙的一个比喻，并非如郭象所说是正面讲音乐的道理。这个比喻，只能应用于整体宇宙，而不能应用于每一件事物。因为只有宇宙全体，是连能分辨、能认识的主体也包含在要认识的对象之内的。所以才有"是非之彰也，道之所以亏也”的矛盾。至于一般事物的全体，其中并不能把主观认识也包含在内。虽然每一类事物的全体，也不容易穷尽无遗，但不是一有所说，就亏了全类。因此对于每一类事物，还是可以认识、可以言说，而无亏其本体的。所以郭象的譬喻不洽合于庄子原意。根据“彰声而声遗”的解说，推演出一类事物之全就是没有那一类事物的虚无主义结论，是和庄子所说“无物不然，无物不可”的道理及其“著书数十余万言”的行动相矛盾的。

庄子的比喻含有不可知论的因素，但并非否认客观事物的存在，所以不是虚无主义。

庄子虽不是虚无主义，但在有无问题上，有许多过求虚玄、不易说通的观点。

《老子》主张有以无为根本，庄子则说：如果无是有的根本，则无无是无的根本；未有无无，又是无无之本。这样推下去，则无止境。他所提出的“无适焉，因是已”“得其环中，以应无穷”的方法，就是为了逃出这种无止境的推论而设想的意图。在这一提法中，闪烁着一定的智慧，也蕴含着某些混乱，但不是宣传主观唯心论和虚无主义。

只有《庚桑楚》篇中下列一段，和上述各点不容易融洽起来：

> 万物出乎无有，有不能以有为有，必出乎无有，而无有一无有，圣人藏乎是。

这数语不好理解，好像是说万物都是有，所以都出于无有。按照“有不能以有为有”的逻辑，一定会有一个和它对立的“无有”。但是这个无有，也只是推论想象而得，所以说“无有一无有”。如果按照否定之否定等于肯定的原则，这个“无有一无有”的理论，似乎是肯定有的。但究竟否定之否定和肯定不完全一样，所以这个“无有一无有”，似属于合有无为一的东西。圣人是要追求绝对精神的，所以藏乎是。这样解释，只是随文臆测，未必合于庄子原意。

李泰棻①氏的《老庄研究》中有一段解释：

> 按无有即天门，即机，此兼摄体用而言也。但用是显体的，不
> 能离体而言用，故曰："有不能以有为有，有必出乎无有，"而"无
> 有一无有"之前一"无有"，系就体用分别而言；后一无有，系就体
> 用统一而言，故曰：而无有一无有也。（《老庄研究》，第217页）

这一解释，比别家解说较为清楚，究竟是否正确，还不敢肯定。

《庄子》书和其他古代哲学一样，有许多互相歧异之处，对于一些不
易协调的个别论点，只能保留怀疑，以备后来研究。现在所可知道的是
如前面所述，他的主导思想是带有泛神论色彩的自然主义，而不是以道
为实体的客观唯心主义，更不是虚无主义。

第二节　认识论中的相对主义、直觉主义和不可知论

庄子的认识论，和他的本体论的情况不同，没有多少相反的看法和
争论，可以说大体上一致认为相对主义、不可知论，是庄子哲学中最突
出的特点。因为《庄子》书中，特别是《齐物论》《秋水》等著名篇中，
这种论点相当明白，也可以说是中国哲学史上的唯一特色。

近来论者，多能引用列宁所说相对中有绝对的理论，对庄子的相对
主义加以批驳，可以说在这方面没有多少异议了。

但在应用列宁理论批评庄子的过程中，对于《庄子》书本身的理解，
还有许多需要分疏之处。

1. 自从郭象以来，多用《齐物论》的观点解释《逍遥游》的意思。
认为《逍遥游》不是讲"小知不及大知，小年不及大年"，而是说"小
大虽殊，逍遥一也"。也即是说《逍遥游》作者自己对于"知效一官，行
比一乡"的批评，不是正意，而蜩与莺鸠对大鹏的嘲笑，反而是正意。
这是用《齐物论》的相对主义对《逍遥游》的曲解。当然，《齐物论》

---

① 李泰棻（1896—1972），字革痴，号痴庵，河北省原县人，著名学者、教育家。——编
者注

对是非生死、大小寿夭的相对看法，是庄子哲学中比较高的原则，但他并非认为在一定范围内，一切大小长短的区别都不存在。《逍遥游》中所说的朝菌和蟪蛄、大鹏和小鸟，以及《秋水》篇中所说的垒空和大泽、稊米和太仓的对比，都是明白承认有大小区分的明证。他的特识在于认为这种寻常范围中的大小比较，不能离开所比较的相关东西而独立存在，不能作为衡量全宇宙的绝对标准。他虽没有写出极明确的公式性的断语，而事实上是用这种原则进行论辩的。应该说这种看法，比普通看法为高，和近代的科学理论比较接近。比如时间的先后、量度的长短，在我们日常生活，也即是宏观低速度的现象中，确有一个共同的一致的标准。但在微观现象或超过（或接近）光速度的运动中，就没有绝对的同时和同长，也即是说牛顿的时空概念，这里已不适用，须用爱因斯坦的相对论来解释了。如果这个幼稚的理解可以引用，那么庄子的理论及其论辩方法，可以说在一定程度上没有像一般所想象的那样荒谬。当然，庄子不可能有现代的科学知识，不过，他的超越处，正在于他的想象力强，和同时的惠施相似，他们心目中的时空观念、地域想象，比当时一般人为远大（可能由于和楚民族相近，多接触了若干天文、地理的神话和传说之故），所以能首先提出相对主义的看法。虽然它的最后结论是不正确的，但在哲学上是一个很大的进步。常人的真理观，总是绝对的，越是僻居一隅的人，越认为自己和本地区的一切名物标准是普遍的、绝对的；人能逐渐接触到相当大的范围后，就能逐渐接受相对的看法。所以在认识的总历程上，相对主义的提出，是发现辩证法的一个关键，是一大进步。也即是说，相对主义本身就是辩证法的一个环节。

庄子心目中的大问题，是对于宇宙的认识。从无限大、无限久的想象中，就容易突破狭小死板的观点，得出相对主义的看法。他当时要反对的，是一般人和一般儒墨学者的绝对真理观念，而不是列宁所说的包含相对主义的绝对真理（当时还没有这种看法）。列宁所说的绝对真理，实际上是说在人类进化的长流中逐渐能接近这种真理，它是人类认识之总和，是最高的真理准则，宇宙无止境，这个总和也就永远难以达到。所以庄子的相对主义，它的失误，并不如一般论者所说的那么严重。他的错误，在于没有发展的观点，没有看到积相对真理为绝对真理的道理，不知道在时间的进展上，后一阶段的相对真理，要比前一阶段的相对真理，更和绝对真理接近些。如果不指出这点，而只笼统地批驳，那就会比他的认识反而浮浅。

2.《齐物论》中有一段有趣的论辩：

> 既使我与若辨矣，若胜我，我不若胜，若果是也，我果非也耶？我胜若，若不吾胜，我果是也，而果非也耶？其或是也，其或非也耶？其俱是也，其俱非也耶？我与若不能相知也。则人固受其黮暗。吾谁使正之？使同乎若者正之？既与若同矣，恶能正之？使同乎我者正之，既同乎我矣，恶能正之？使异乎我与若者正之，既异乎我与若矣，恶能正之？使同乎我与若者正之，既同乎我与若矣，恶能正之？然则我与若与人俱不能相知也，而待彼也耶？

这一段理论，是被认为怀疑论、不可知论的主要依据，但在推论其错误时，也有许多超过其原意的地方。这一段文，并非证明世界上根本没有是非，而是说从语言辩论中得不出谁是谁非的结果。如果从寻求是非标准的正路上健康地走下去，也许可能接触到实践的问题。但他只停留于辩论不能定是非这一点上，就转到不了了之的歧途上去，所以给予①人们的显明印象是怀疑主义和不可知论。但他并不是彻头彻尾的相对主义。特别需要指出的是，他在宣扬相对主义的同时，也宣扬了直觉主义。

如《齐物论》说：

> 夫随其成心而师之，谁独且无师乎？奚必知成心而自取者有之？② 愚者与有焉。未成乎心而有是非，是今日适越而昔至也。是以无有为有，无有为有，虽有神禹，且不能知，吾独且奈何哉！

"成心"一词，自从郭象解为成见以后，多被后人采用，但和全文语气不合（如果成心等于成见，是坏的意义，这种成见，愚者比自觉者更多，

---

① "予"原误作"于"。——编者注
② 原作"奚必知代而心自取者有之"，文意欠顺，依闻一多先生《庄子内篇校释》说改正。

不应说"愚者与有焉"），也和《庄子》他篇中"成"字的意义不符（见第四章《庚桑楚》篇考论）。"成心"二字，应和《德充符》《大宗师》《则阳》等篇中"成"字的意义相同，是指人本有的知觉而言，所以说"奚必知成心而自取者有之，愚者与有焉"。他认为每人都有天生的"成心"，不必自觉的人才有，愚人也有。随这个"成心"的自然趋向，每个人都有自己的是非直感。所以说"无物不可，无物不然"，所以说"谁独且无师乎？"即是说谁没有一个自己的是非标准呢？但每个人的直感，只是整个真理环上的一小点，都不能和"冉相氏得其环中以随成"的全面看法相比。所以这种直觉论是他相对主义认识论中的不可忽视的一部分。有了这一补充或配合，他的相对主义就和绝对不可知论有一定的区别。这一点似为一般批评庄子相对主义者所未注意，因此有许多对原文的曲解。比如《秋水》篇有一段人所熟知的庄子和惠施在濠梁之上观赏鱼乐的问答，这一有趣故事，早为大家所熟悉，意思并不太晦涩，而在专讲哲学史的论著中，就有许多回避和曲解。

《秋水》原文云：

> 庄子与惠子游于濠梁之上，庄子曰："鲦鱼出游从容，是鱼之乐也。"惠子曰："子非鱼，安知鱼之乐？"庄子曰："子非我，安知我不知鱼之乐？"惠子曰："我非子，固不知子矣；子固非鱼矣，子之不知鱼之乐，全矣。"（全，绝对、肯定之意）庄子曰："请循其本。子曰'汝安知鱼乐'云者，既已知吾知之，而问我，我知之濠上也。"

这最后数语是说：你既知道我不知鱼之乐，那就是对我有所知了。那么，你问我是怎样知道的，我就是在濠梁上看鱼时知道的。

郭象注说：

> 今子非我也，而云汝安知鱼乐者，是知我之非鱼也。苟知我之非鱼，则凡相知者，果可以此知彼，不待是鱼，然后知鱼也。故循子安知之云，已知吾之所知矣，而方复问我，我正知之于濠上耳，岂待入水哉！

郭注常离开原文而发挥自己的思想，而这一段注文，却谨按原文意思，诠释得非常明白。在历代注文中，似也未见到显然相反的解说。但在近年来的研究中，却多把此一问答，作为庄子怀疑论的论据。有的同志认为这一段须和庄周梦为蝴蝶一段联看，才能看出真义；有的著作则引述惠施开始所说"子安知鱼之乐"数句作为庄子思想，而对庄子的答辩，故意不引，借以证明庄子是不可知论者。这都违反实事求是的原则。《秋水》篇原文的意思本来是说庄子是主张人能够知道鱼之乐的，持反诘意见者是惠施而不是庄子，研究者却把他们的位置互相调换，显然是对原文的曲解。所以产生这种显然曲解的原因，是由于先有一个庄子是彻底的相对主义、不可知论的看法（主要是从《齐物论》中若干论据得出来的），再加上一个代表没落奴隶主意识、主观唯心主义的教条，就把实事求是的态度挤掉了。

如果同意庄子的认识论中还有直觉主义的一面，则对于这段故事的理解，不必作有意的回避和歪曲了。庄子一方面否认人有知道事物的绝对知识，一方面承认人有当下直感的相对知识，人的成心即对当前事物的直感，便是有相对知识的依据，所以说："夫随其成心而师之，谁独且无师乎？"所以说："我与若与人俱不能相知也，而待彼也耶？"所以说："而问我，我知之濠上也。"这和他一方面说"小知不及大知，小年不及大年"，一方面又说"天下莫大于秋毫之末而泰山为小，莫寿乎殇子而彭祖为夭"的情况相似，在一定范围内承认人有相对知识。而在绝对的意义上，在整个宇宙的情况下，否认人有绝对的知识，这二者，在他的体系中，是互不矛盾的。

3. 正因为他注重直感的知觉，而轻视概念的辩论，所以他竭力反对惠子，反对辩论可以定是非，而却认为"人可以知鱼之乐"，不轻怀疑。但也只是在一定范围内承认直觉的作用，至于对宇宙全体、世界本体的认识，他认为属于"言议之所止"的范围，非但要排除一切名相概念，乃至当下直感也无所施力，而须用"堕肢体，黜聪明"泯除物我的坐忘方法（《人间世》篇所说的"心斋"，属于《心术》四篇的体系，与此不同），才能领会。这是所谓"至人""圣人"的修养经验，是一种特殊的神秘主义，也即许多论者所说向主观唯心主义的转化。但两者间似乎还有一定的区别。

主观唯心论者大抵认为客观外界是主观所造，存在就是被感知，庄子似乎没有否定外物之存在，甚至没有否认外物本身的彼此间有其区别，所以说"如求得其情与不得，无益损乎其真"。就是说无论你有无真的知识，对于宇宙的实际，是没有损益的。即在庄周梦为蝴蝶这一公认为怀疑论、唯心论的有趣故事中，也还说"周与蝴蝶则必有分矣"，可见他所否认的是人能对宇宙全体有全面的知识，所怀疑的是人所作的一切区别未必即是外物本来的区别。也即是说，虽然"求得其情与不得无益损乎其真"，知与不知，对于真正的客观存在无所损益，但是凭各人的局部感知，是不能"求得其情"的。虽然"周与蝴蝶（在客观上）则必有分矣"，但庄周自己梦为蝴蝶时自以为"栩栩然蝶也"，不知道自己与蝴蝶的区分，可能蝴蝶也有梦为庄周时而不知自为蝴蝶的情境。这种怀疑，仍在认识论的范围内而不在本体论的范围内。因此他的神秘主义，只是达到主观与宇宙合一的幻想，而不是认为宇宙为精神所创造，更不是什么"主观把道吞食了"。他之所以重视这种神秘主义经验，是认为宇宙不应分割为主客两个方面，应把这两个方面都合在一起，才是宇宙的本体（全）。所以这种神秘主义和主观唯心主义有一定的区别。

4. 相对主义和不可知论、怀疑主义是相互联系的。庄子的相对主义，自然也要归结到不可知论和怀疑论上，但和一般的不可知论有相当的区别。

他没有主张感觉经验以外的东西都是不可知的（如休谟）；也没有区分物自体和现象，主张人只能知道现象，永不能知道物自体（如康德）；他的不可知论倾向，有下列几点：

（1）从相对主义观点出发，看到"彼亦一是非，此亦一是非""是亦一无穷，非亦一无穷"的复杂现象，感到"仁义之端，是非之涂，樊然淆乱"而莫能分辨的困惑，因此采取听其自然（固是已）的办法（"圣人不由而照之于天"），让各种是非，同时并存，而放弃寻求最后的真理。这就是说人不能知道宇宙的全面，宇宙间没有包罗一切的单一真理。

（2）他对于时间的无穷和人的生命短促，有深刻的感受，又不相信名相辩论可以把握实在，所以发出"吾生也有涯，而知也无涯。以有涯随无涯，殆已"的悲叹。又说：

> 计人之所知，不若其所不知，其生之时，不若未生之时，以其
> 至小，求穷其至大之域，是故迷乱而不能自得也。(《秋水》)

这是从人类的生命短促和宇宙的无限无穷的对比中，指明最后的真理是
不可知的。

（3）他又借北海若的口吻说：

> 夫自细视大者不尽，自大视细者不明。夫精，小之微也；垺，
> 大之殷也。故异便，此势之有也。夫精粗者，期于有形者也；无形
> 者，数之所不能分也；不可围者，数之所不能穷也。可以言论者，
> 物之粗也；可以意致者，物之精也。言之所不能论，意之所不能察
> 致者，不期精粗焉。

这一段的前数句中，区分了宇宙的宏观现象和微观现象之不同，认为从
人的角度来看天体宇宙，是看不到尽头的；用人的视觉（包括仪器工具
在内）来看最微小的东西，是看不清楚的。他承认两者各有所便，是情
势之所有。分析相当精细，没有不可知论和怀疑主义。后一段数句，是
说一切有形的事物，千差万别，都可以用语言说明其粗者，用思想理解
其细者，可是还有言之所不能说明，思想所不能察致的事物和道理，就
不在精粗的范围之内了！

这是从宇宙中划出一部分较粗的事物，它们可以言说；一部分较精
的事物，它们可以意味，这些是可知的，而另一部分不能用言说和意味
的，则属于不可知的范围。

以上各点，都没有否认客观世界之存在，没有确说外物之绝不可知，
而只是说知识无穷、人生有限，在可以言说、意味之外，还有一部分不
能想象、无法知道的东西。绝对真理也永远不能穷尽。所以庄子的错误，
并没有一般所想象的严重。从某种意义上看，可以说它比较一般独断论
者（主观唯心论和机械唯物论都属独断主义）同现代科学理论，还有不
少接近之处。

从本世纪以来，自然科学的精密观察和理论进展，如相对论、量子
论的发明，光和基本粒子的波－粒二重性的观察……，使科学家感到用

日常生活经验来衡量宇宙显得非常奥秘了。19 世纪科学乐观主义的自负，现在变得小心谨慎信心不足了。一些科学家们认为：目前还没有一种能够把从宇宙领域到基本粒子物理学的一切现象都解释无遗的包罗万象的绝对理论。甚至有人说："今天人们必须经常问自己：在人类存在的背后，究竟还有什么影响我们命运的、令人惊异的谜在等待着我们？人们可以直接感受的现实往往只有①沧海之一粟，而大部分②东西则隐藏着，……感到惊奇，神妙莫测③"（［德］L·舍费尔《自然科学与人的价值》，见《国外社会科学》1981 年第 10 期）。

这些论断，和上述庄子观点有多么相像。当然，庄子根本不可能有近代科学知识，但正如希腊哲学所表明的那样，古代哲学家的智慧往往能猜测到一些后世哲学科学上的新观点，有些看起来像是④违反常识的呓语，往往蕴含着哲学史的进步因素，至少是促进了新问题的提出和研究。在这一点，我们不应对庄子的相对主义、怀疑主义全盘否定和抹杀。

> 吾生也有涯，而知也无涯。以有涯随无涯，殆矣；已而为知者，殆而已矣！（《养生主》）

这三句名言，第一句话，指出了宇宙之无限、人类之渺小，绝对真理之不易获得，更无法穷尽。第三句话，警告人们永远不能对自己的知识有丝毫的满足。这些认识，对人都非常有益。但是他的第二句话，即"以有涯随无涯，殆矣"一句中的"殆矣"二字却非常错误。

知识确实无涯，但并非不能逐渐接近真理。历史上一切理论发明和科学进展，都是"以有涯随无涯"的过程。每一个发明创造，比前一发明更较接近于无涯的真理。庄子把它说成是"殆矣"，那就不能促进人类知识之日益发展。西方哲学家曾有人批评怀疑主义是懒汉思想，从庄子本人的智慧创见看，当然不是一个懒汉所能望其项背。但从他的理论影

---

① "只有"，舍费尔原文作"仅如"。——编者注

② "分"原脱。——编者注

③ "……感到惊奇，神妙莫测"，舍费尔原文作"形成种种使我们感到如此惊奇的力量，其神秘莫测，犹如……"——编者注

④ "是"原作"似"。——编者注

响看，确实为懒汉思想的产生提供了支持的条件。个人的生命是短促的，而人类文化是长久的。经过人类的不断努力，可以积累无数的相对真理，而日益与绝对真理接近。不应为了最后真理的难于达到而放弃了努力。所以庄子知识论的最大缺点，在于没有发展观点，而不在于相对主义。他的相对主义看法，属于辩证法包含的内容，在哲学史的发展上，有相当大的贡献。

5. 一切主张相对主义者，都会遇到一种质问，即：你主张一切都是相对的，那么，你这一主张也是相对的，首先就不是真理。庄子对于这种道理早有自觉，所以他说："今且有言于此，不知其与是类乎？与是不类乎？类与不类，相与为类，则与彼无以异矣。"又说："予谓汝梦亦梦也。"其他随说随扫的论调，多次出现。正是在这个自觉上，为了避免这种反问的矛盾而先作自我解答。但终于由此矛盾，导致了若干怀疑论点。如他说：

> 果且有彼是乎哉？果且无彼是乎哉？今我则已有谓矣，而未知吾所谓之，其果有谓乎？其果无谓乎？
>
> 恶识所以然？恶识所以不然？（以上《齐物论》）
>
> 庸讵知吾所谓天之非人乎？所谓人之非天乎？（《大宗师》）
>
> 莫知其所终，若之何其无命也？莫知其所始，若之何其有命也？有以相应也，若之何其无鬼邪？无以相应也，若之何其有鬼邪？（《寓言》）

这种怀疑主义，是和他的相对主义、不可知论联系着的。但既然主张怀疑，必须对自己的怀疑论不加怀疑，才能理直气壮地提出主张，他曾说："万世之后而一遇大圣，知其解者，是旦暮遇之也。"（《齐物论》）这正是他怀疑主义背后的自信心表现。从这一意义上看，可以说世界上几乎不可能有最彻底的怀疑论者，至少是不可能有永久坚持怀疑的怀疑论者，因为在知识上可以这样推论，在生活上是不能什么都不相信而可以活下去的（许多自杀者最后由怀疑而失去一切信心，才走上自尽）。所以庄子在人生论上常常带有宗教的遗迹，而他认识论中的直觉主义、神秘主义，正是他在人生路上没有陷入极端悲观论的一种支持。

6. 庄子和普通人不同的最大特点，是观察问题总是从"天"（指宇宙、自然）的立场出发，而不是从人类的立场或小己的立场出发。因此有许多论点，从常识或以常识为基础的哲学家看来，认为属于谬论。

譬如下列一段：

> 且吾尝试问乎女（汝）：民湿寝则腰疾偏死，鳅然乎哉？木处则惴慄①恂惧，猿猴然乎哉？三者孰知正处？民食刍豢，麋鹿食荐，蝍蛆②甘带，鸱鸦耆鼠，四者孰知正味？猿、猵狙以为雌，麋与鹿交，鳅与鱼游。毛嫱、丽姬，人之所美也；鱼见之深入，鸟见之高飞，麋鹿见之决骤。四者孰知天下之正色哉？（《齐物论》）

普通读者，觉得很有兴趣，而不知如何回答。专门学者则批评其为混乱了类的逻辑，认为人的是非不能和其他动物并论，所以是非常错误的。实则这一节所举例证，不是说对于同一对象，人和物有不同的认识，而是说对于同一对象，人和物有不同的好恶。这属于价值判断而不属于事实判断。事实判断的最后是非，虽也不易确定，但在一定范围内，可以根据实践，建立一个客观标准，而价值判断的最后"是非"，就不易决定。从天的立场看，很难说哪一种动物的喜怒是最正当的。从人的立场看，可以说某动物是益鸟、益虫，某种动物是害虫、恶兽，某种颜色、声音、食物是可喜的，某些色、声、香味是可厌的。而从天的立场看，各种物的生存价值，都应该是平等的。庄子正是从天的立场来建立了齐物的观点。

照一般情况看，眼光越是远大的，越能脱出自我的小己，观察一切问题。从小集体利益出发的，比从个人利益出发者为高；从国家利益出发的，又比从小集团本位出发者为高；从人类利益出发者，更比从国家、民族利益本位出发者为高。如果用这个逻辑推下去，应该说从天下宇宙的立场看问题者，比从人的立场看问题更有远见。但整个宇宙，是一个大矛盾。宇宙中并没有"万物并育而不相害"的事实，（达尔文的"物竞

---

① "慄"原误作"栗"。——编者注
② "蛆"原误作"且"。——编者注

天择"说，证明恰巧相反。）所以庄子的理想同人类和宇宙的矛盾，是宇宙间一大悲剧。庄子的幻想，是他的伟大，也是他的悲剧。宇宙将来的进化达到怎样圆满和谐的地步，还无法预知！只从有史以来到现在所达到的水平来看，"蔽于天而不知人"，确是他的定评。但有些论者，不着重看他对于哲学问题的敏感、深刻，而只从一般常识的观点、世俗的观点，予以反驳和责难，从而为那个"代表没落的最反动的奴隶主阶级"的教条服务，这是不恰当的。

第三节 人生论中的命定、自由和道德宗教思想

一 命定和自由

庄子的人生论中，有消极悲观的浓厚色彩，也有积极乐观的一面，内在关系是相当复杂的。

命在庄子哲学中占有重要地位，但各篇中表述命的意义，深浅不同。除了《人间世》前三章根本不是庄子派作品（"天下有大戒二，其一命也"，"知其不可奈何而①安之若命"），《大宗师》末章系浅人所加，（"天地岂私贫我哉？然而至此极者，命也夫！"）其中所说的"命"，不必深论外，即在我们认为可信的庄子派文中，也有陈义浅俗的"命"的观念。

如《徐无鬼》篇叙述子綦请九方歅给他的八个儿子相面，九方歅断定那个名叫梱的儿子最好，"将与国君同食，以终其身"。子綦听了之后，"索然出涕"，认为他对这个儿子的教育，是"乘天地之诚，而不以物与之相撄"，怎么会有"世俗之偿"？"殆乎，非我与吾子之罪，几天与之也"。不久，他派梱到燕国去，路上被盗所得，刖掉他的足，卖给齐国的封君渠公，"然身食肉而终"。这个故事，是说子綦和俗人不同，他是重视修养而不希求世俗富贵的，但也逃不出命运的安排。

《则阳》篇里有一个故事。孔子问卫国的太史大弢等三人说：像卫灵公这样一个饮酒湛乐、不听国政的君主，为什么谥为"灵公"呢？大弢说灵的谥法本身就有不善的意思。伯常骞说：灵公虽然无道，但见贤臣史鰌时，却非常严肃恭敬，"是其所以为灵也"。狶韦说："灵公死，卜葬

---
① "而"原误作"面"。——编者注

于故墓，不吉；卜葬于沙丘而吉，掘之数仞，得石椁焉；洗而视之，有铭曰：‘不冯其子，灵公夺而里之’，夫灵公之为灵也久矣，之二人何足以识之？"这故事的最后说：灵公之所以为灵，不是由于品德的好坏，而是早已前定了的。

这两个故事的文学性，相当生动，而所说命的观念，却近于术数算命，并不高超。王船山的《庄子解》对于后一故事，有较深的发挥。他说：

> 引此以喻自然者，非意知之所可及也，亦寓言耳！非如邵康节所言前定之说也。为铭者亦妄言之，而灵公偶尔合之。有是言，则可有是人、有是事，化之偶然者且然，况天之大常而园运者乎？

船山的解释，虽有精义，但未必《庄子》原文含有这样的深意。王船山是思想深刻而实事求是的学者，为什么此处有求之过①深的倾向呢？是因为从《庄子》全书中看，这种浅俗的命定论和其他篇中讲命的含义不相吻合，所以做了新的解释。

《达生》篇说："不知吾所以然而然，命也。"

《寓言》篇说："莫知其所终，若之何其无命也？莫知其所始，若之何其有命耶？"

可见庄子所说的"命"即指一切自然、社会中"不知所以然而然"的情况。因此他有时对于"命"的作用持怀疑态度，而在侧重讲命时，总是从天和人的必然关系中，阐发其因果道理而不是像上二节所说的前定命运。

庄子认为宇宙间一切事物的发生存在，都有其必然的因果联系，都要受其他事物的推动影响，而不是绝对孤立。

《齐物论》说：

> 罔两（影外阴处）问景（影）曰："曩子行，今子止；曩子坐，今子起，何其无特操与？"景曰："吾有待而然者邪？吾所待又有待

----

① "过"原误作"遇"。——编者注

而然者邪？吾待蛇蚹蜩翼邪？恶识其所以然？恶识其所以不然？"

这一故事的结尾，固然是要说明人不能确知"所以然不然"的道理，而更主要的是说一切事物的存在变化，都有待于其他事物的存在变化为其前提；这个"有待"关系，推至无穷，不可究极，这种全宇宙的必然关系，就是他所说的"命"之意义。

他认为人是无法离开或改变这个必然关系的，因此人在宇宙中的地位非常渺小，而他又是一个渴望追求自由精神的人，于是在这个矛盾中，他产生了幻想主观的逍遥自由思想。

辩证唯物论者主张认识必然才能有自由，即是说认识了客观的必然规律，就可根据规律，发挥主观能动作用，改造客观，达到为人类服务的目的。庄子也是在必然中求自由的。但是他不知道客观必然和主观能动的真实关系，他认为"有人天也，有天亦天也"，人是不能改变天的，所以他所求得的自由，只是改变主观感情，随顺自然，认识到一切事物的发生都是必然要发生的。"虽有忮心者，不怨飘瓦"，对任何事变都不动激情，即所谓"有人之形，无人之情"，这和斯宾诺莎所说解除激情之桎梏的自由相似，不是客观生活上的真正自由。

二 "心不死"的意义

庄子以理化情的方法，没有真正脱出宿命论的范围，所以在全书中，时时流露出悲观厌世、消极旁观的思想。但从庄子人生论的总精神看来，这些倾向只是其人生观中的某些侧面现象，而不是其最主要最基本的积极追求的理想本质。那么，他积极追求的是什么呢？

《齐物论》说：

> 一受其成形，不亡以待尽。与物相刃相靡，其行尽如驰而莫之能止，不亦悲乎！终身役役而不见其成功；苶然疲役而不知其所归。可不哀邪！人谓之不死，奚益！其形化，其心与之然，可不谓大哀乎？人之生也，固若是芒乎？其我独芒，而人亦有不芒者乎？

这里提出了一个最重要的问题：人生的意义价值是什么？一生忙忙

碌碌，相刃相靡，究竟成功在哪里？最后的归宿是什么？这一根本性问题是他渴望求得解答的。他的天道观、认识论，可以说都是环绕着这个中心问题而加以深思冥想而得出的理解。

单从这一问题的提出，就可以知道他对于人生是怎样地严肃认真，而不如我们所想象的那样玩世不恭，满不在乎。他所深致哀痛的，不是形体之死，而是"其形化，其心与之然"的精神之死。他认为"哀莫大于心死，而身死次之"，所以这个"心不死"的问题，是他人生理想的核心。

从庄子哲学中夹杂着的宗教色彩看来，这个"心不死"的问题，像是从灵魂不死的观念演变而来，但究竟和宗教思想很不相同。在宗教思想里，只有形体死而灵魂永生的信念，而不会有形体还在而灵魂已死的想法。庄子曾说："形不离而生亡者，有之矣"（《达生》），"哀莫大于心死，而身死次之"（《田子方》）。可见他认为人有形体还在而心已死亡的情形，而且是一般常见的现象，所以不能把这一提法和灵魂不死说等同起来。

那么，他所说的身存而"心死"的意义是什么呢？

《齐物论》描写人们"与接为构，日以心斗"的情况时说：

> 其溺之所为之，不可使复之也；其厌也如缄，以言其老洫也；近死之心，莫使复阳也。

可见这种沉溺于勾心斗角追逐名利的人心，就是他所说的"近死之心"。从而表明他所谓不死之心，就是摆脱了这种名利束缚而具有更超越更有意义的心理、生活（《庄子》书中屡次有"形如槁木，心如死灰"的词句，不可和这种近死之心相混。心如死灰，表示杂念扫净；近死之心，表示毫无理想生机。这种"心如死灰"的状态，正是要消除"近死之心"而达到不死之心的过程）。

在《德充符》里有一段借仲尼之口而讲的"心未尝死"的阐述，他说：

> 夫保始之征，不惧之实。勇士一人，雄入于九军。将求名而能

> 自要者，而犹若是，而况官天地，府万物，……一知之所知，而心
> 未尝死者乎！

这里所说的"一知之所知，而心未尝死"，就是上文所说"游心乎德之
和，物视其所一，而不见其所丧"的意思，也即《田子方》篇所说"天
下也者，万物之所一也，得其所一而同焉，则四肢百体将为尘垢，而死
生终始将为昼夜"的意义。

庄子要人们放大心胸眼光，把宇宙万物（知之所知的全部内容），都
看成一体，"物视其所一而不见其所丧"，经常具有这种高远的理想，这
就叫做心未尝死。他所追求的是与天地万物为一体的永恒理想，也即所
谓超越有限而与无限结合的理想。这种思想确实和常识远离，而带有一
些神秘主义的色彩，它无疑是从宗教思想蜕化而来，但和宗教的灵魂不
灭说又不相同。他没有在现实世界外假定一种神灵世界，而只是对现实
的自然世界，具有一种不同于常人的态度。他不是把世界分为若干仅有
外在关系的部分，而是用有机的观点、一体的观点，把宇宙看为一个整
体，认为个人只是整体中的一部分。个人的生命，以整个宇宙为依据；
个体的死亡，又以整体为归宿。宇宙是永恒的，而能认识到万物一体并
有深切体会的人（"一知之所知"），也将是永恒的（"万化而未始有
极"）。这种追求永恒，"得其所一而同焉"的玄想，就是他希求的"心
未尝死"的人生。

在他看来，这样的人生就有价值，就有意义，就不是"可不哀邪"
的空虚生活，而是充满信心的乐观主义生活。

《德充符》说：

> 使之和豫，通而不失于兑（悦），使日夜无郤，而与物为春，是
> 接而生时于心者也。

这种永远保持和悦愉快、与物为春的态度，是对万物一体有所了悟后养
成的心境。凡是和这种精神相反而陷溺于卑琐的个人名利荣辱、得丧祸
福以及虚伪的仁义礼法而不能自反的人，就是他所认为"人谓之不死，
奚益"的生活。

所以庄子的中心问题，不是怎样全身免害，保全生命（此种思想可能是庄子后学的演变分化，也可能是他原有思想中的一些杂质），而是怎样使短暂的生命具有高远意义和永恒价值。（言论中流露出来的悲观语调，是他寻求真理而不能得到时的感叹；对事物采取旁观态度，是他对卑琐生活的热嘲冷讽，而不是庄子思想的内在本质。）对于这种思想，我们不应用利己主义、悲观厌世等词加以贬斥。

正如斯宾诺莎曾被西方人认为是扼杀道德的情况一样（黑格尔《哲学史讲演录》第4卷，第130页），我们也有人说庄子是否认道德的。从庄子哲学中所含的相对主义、怀疑主义，以及他的浪漫旷诞和"呵佛骂祖"的文风里，很容易产生这一看法。比如从"无物不然，无物不可"的理论中可以导出行为没有善恶区别的思想；从"仁义之端、是非之涂，樊然淆乱，吾恶知其辨"等语中，可以得出否认道德的结论。

但只要注意到庄子"以天下为沈浊不可与庄语"的苦衷，只要敢于冲破教条主义者所设置的枷锁，并能实事求是地从《庄子》全书中领会其主导精神，就会在《庄子》书中看到其深刻的道德理论。

黑格尔批评那些谴责斯宾诺莎为扼杀道德的语言是"诬蔑之词"的同时，指出："没有比斯宾诺莎的道德学更纯洁更崇高的了"（《哲学史讲演录》4卷，中译本，第126页）。我们也可以说，在某种意义上说，没有比庄子的道德学说更崇高更纯洁的了。

《知北游》篇记述仲尼对冉求讲了"物出不得先物也，犹其有物也，犹其有物也无已"的道理后，接着说：

> 圣人之爱人也，终无已者，亦乃取于是者也。

这就是说宇宙的"有物"是无穷的，圣人有取于是，他的爱人也是无止境的。

《则阳》篇说：

> 生而美者，人与之鉴，不告，则不知其美于人也；若知之，若不知之，若闻之，若不闻之，其可喜也终无已，人之好之亦无已，性也。圣人之爱人也，人与之名，不告，则不知其爱人也；若知之，

> 若不知之，若闻之，若不闻之，其爱人也终无已，人之安之亦无已，性也。

永远不间断地无止境地爱人，而自己却如生而美者不知道自己很美的情形一样，不知道自己在爱人，而仍无止境地爱人，这是多么纯洁而崇高的道德观！庄子所憧憬的是像原始社会时代的人那样纯朴而真实的道德；所痛恨的，是那些以行仁义为利（利仁义者众）的统治阶级和一般儒墨者的虚伪道德。他不厌其烦并反复宣扬的"鱼相忘于江湖，人相忘乎道术""众人役役，圣人愚芚；不识不知，混沌不凿"等境界，无非是阐明这一道理。

这种纯朴而超越的道德生活，就是他的人生理想，也是他的政治理想。如《山木》篇所说："南越有邑焉，名为建德之国，其民愚而朴，少私而寡欲；知作而不知藏，与而不求其报。"以及较晚出现的《胠箧》《马蹄》等篇所设想的反专制剥削的政治主张和激烈攻击现实的言论，就是由于憧憬这种社会生活而推演出来的政治理论和设想。我们可以批评他为不切实际的主观幻想，可以批评它逃避现实、消极后退，但不能用什么"混世主义""自私堕落"等诬蔑之词加以扼杀。出现这种混乱，是极左思想在哲学史上造成的恶果。

三 生死观和宗教思想

庄子哲学的复杂性，在关于生死观和游仙思想中也表现出来。

在《至乐》《列御寇》等篇的记载中，他对于死的看法，非常平实而不带丝毫神秘的色彩。

《至乐》篇第二章说：

> 庄子妻死，惠子吊之，庄子则方箕踞鼓盆而歌。惠子曰："与人居，长子老身死，不哭亦足矣；又鼓盆而歌，不亦甚乎！"庄子曰："不然。是其始死也，我独何能无慨然？察其始而本无生，非徒无生也而本无形，非徒无形也而本无气。杂乎芒芴之间，变而有气，气变而有形，形变而有生，今又变而之死，是相与为春秋冬夏四时行也。人且偃然寝于巨室，而我噭噭然随而哭之，自以为不通乎命，

故止也。"

《列御寇》末段说：

　　庄子将死，弟子欲厚葬之。庄子曰："吾以天地为棺椁，日月为连璧，星辰为珠玑，万物为赍送。吾葬具岂不备邪？何以加此！"弟子曰："吾恐乌鸢之食夫子也。"庄子曰："在上为乌鸢食，在下为蝼蚁食，夺彼与此，何其偏也？"

这两段记述，用生动而形象的描写，充分说明了对生死的超然态度，尤其是《至乐》篇那段，阐明了宇宙生化的哲学观点，和《知北游》篇中所说"通天下①一气"的理论是完全一致的。这里没有任何来世说和灵魂不灭的色彩，是贯彻自然主义的最好例证。

但是《庄子》全书中，也有许多向②往神人、至人的感情，描写"入水不濡，入火不焚"的神奇的篇章，又不像是彻底相信自然主义者的思想感情。

闻一多先生说：

　　《庄子·列御寇》篇载有庄子自己反对厚葬的一段话，但陈义甚浅，无疑是出于庄子后学的手笔。倒是汉朝学黄老之术而主张"裸葬以反真"的杨王孙发了一篇理论，真能代表道家的观念。

　　"且夫死者，终身之化而物之归者也，归者得至，化者得变，是物各反其真也。……夫饰外以华众，厚葬以隔真，使归者不得至，化者不得变，是使物各失其所也。……精神离形，各归其真，故谓之鬼。鬼之言归也，其尸块然独处，岂有知哉？"这完全是形骸死去，灵魂永生的道理，……道家是重视灵魂的，以为活时生命暂寓于形骸中，一旦形骸死去，灵魂便被解放出来，而得到这种绝对自由的存在，那才是真的生命。（《闻一多全集》甲集，第149—150页

---

① "下"原脱。——编者注
② "向"原误作"响"。——编者注

《道教的精神》）

究竟这两种态度，哪一个代表真正的庄子哲学呢？从根据的材料看，当然应以庄子书本身为凭，而不应以汉朝杨王孙的话为庄子学说的代表。《列御寇》篇所记比较平浅，可能为庄子后学所记。而《至乐》篇所记庄子妻死，惠子吊之一段，对于气的变化、生死的态度，有极平实而又深刻的哲理，应属于庄子思想成熟时的哲学（惠子未死，尚非晚年），所以肯定比杨王孙的道理，能够代表庄子的真正主张。但从《庄子》全书看，描写至人、神人的故事传说，相当之多，如肌肤若冰雪的藐姑射山的神人（《逍遥游》），乘云气，御飞龙，骑日月，而游乎四海之外的至人（《齐物论》）等故事不一而足，其中有的是后来杂入的神仙家言，有的是《庄子》本文，闻一多说这"绝不仅仅是一个寓言，即使是寓言，作者自己必先对于其中的可能性及真实性不加怀疑，然后才肯信任它有阐明或证明一个真实的效用"（《闻一多全集》甲集，第 145 页《道教的精神》）。这话有相当道理，至少可以说这种反映灵魂不死的倾向，也是庄子思想中的一部分。

我觉得这两种态度在庄子思想中可以并存而不相矛盾。自然主义的生死观，是庄子哲学成熟时的看法，（惠子比庄子先死，庄子妻死时，惠子往吊，说明是庄子壮年以后的著述。）灵魂不死的神话，是庄子哲学中所留的宗教反映。

关于死生、生命问题，本是宗教和哲学共同关心的问题。古代哲学理论基本上都是从古代宗教中发展净化而来。由于各民族的传统不同，产生各种不同的宗教，这些原始宗教各自决定了以后哲学的发展方向。中国南方楚民族的传统，灵魂不灭说的势力相当深厚，因而属于南方系的道家哲学，这种遗迹也十分广泛，特别是道家中的《庄子》书，由于它的文学体裁，这种遗迹更引人注目。闻先生说："哲学的道家是从'古道教'① 分泌出来的一种质素；精华既已分泌出来了，那它所遗下的渣滓，不管它起什么发酵作用，精华是不能负责的。"（同上，第 144 页）

---

① 闻一多先生设想有一种近于巫教的古宗教，是道家哲学的渊源，他暂名之为"古道教"。——见同书

这一富有启发的论断，虽然还可以讨论，但他确已一针见血地指出了道家哲学特别是庄子思想的更远的历史渊源了。

费尔巴哈说：

> 有许多人对于童年时的服装玩物到老不忍释手，……人对于宗教上的观点和习惯，亦复如是。（《费尔巴哈选集》上卷，中译本，290 页）

庄子哲学中天道观、生死观，确已达到自然主义的高度，但由于他的哲学渊源，和楚民族的神话宗教有关，而他又是一个不满现实渴望理想的诗人，所以行文中时时表露这种童年的情绪，是很自然的。所以我们对于闻先生从宗教观点解释道家哲学的慧眼，极其佩服。认为这种把哲学放在广泛基础上和宗教渊源联系考察的方法，比只在唯心、唯物的概念上兜圈子的办法，较能有新的体察。但在说明庄子对生死观的哲学时，仍然认为《至乐》篇（第二章）的理论是他的主导思想。因为（正如闻先生所说）它已是从古宗教中分泌出来的精华。

费尔巴哈在论述西方人的宗教观念和人性矛盾时说：

> 他们的意识信仰不死，但他们的本质却信仰死。有意识地，他们认为死人是活着的，而无意识地，他们又认为人是死的。为了哀悼死人而流出的眼泪和血滴中，显露人的人性，在为了死人作的献祭祈祷中，显露了人的幻想。（《费尔巴哈选集》上卷，第 264 页）

这种矛盾在庄子的生死观中，彻底肃清了。他无论在有意识或无意识时，都认为人是死了。所以妻死时，非但不流泪哭泣，反鼓盆而歌，认为"人方晏然寝处于堂"，而责备自己的"慨然"是"不通乎命"，当然亦用不着为了死人而做什么献祭祈祷了。

这一故事，是庄子用合于理性的哲学来克服感情上的矛盾。但是人不能经常生活在理性中，正如罗素所说："人也需要有热情艺术与宗教，科学可以给知识确定一个界限，但不能给想象确定一个界限。"（罗素《西方哲学史》中译本，上卷，第 40 页）所以一般人，特别是富有诗人情思、想象力强而生活在矛盾现实中的人，在一定时际，往往为了感情的满足，需要诗和幻想来填补理性的空缺，而庄子正是一位富于幻想的诗人。这种幻想，若把它仅仅作为诗来看待，它同自然主义的哲学是可以相容的。

费尔巴哈在上引一段中接着说：

> 虽然如此，但至少在那些精神教养方面达到一定程度，而还没有因为神学的缘故而与人的本性疏远的民族那里，例如在荷马——这部人类的圣经——幻想还是人的真实表现。因为幻想用以迷惑人的那个死后生命，就其内容而言，不过是死的富有诗意的影响而已。（《费尔巴哈选集》上卷，第 265 页）

庄子哲学中流露的神秘向①往，正是他这个富于幻想的诗人的本性的表现，故他经常陶醉在诗的境界里。"今一以天地为大炉，造化为大冶，恶乎往而不可哉？成然寐，蘧然觉。""吾以天地为棺椁，日月为连璧，星辰为珠玑，万物为赍送"，"若万化而未始有极也，吾又何患？"这是多么富有诗意的死。他不用神来扼杀人性，而是用理性想象来调剂人性。所以他的幻想和他的自然主义的生死观，是融洽而不冲突的。这是这位哲学诗人的特色。

四　对《达生》篇中"精而又精，反以相天"的理解

从以上的论证中，我们知道庄子在《齐物论》《德充符》篇中所说的"心未尝死"，和宗教家的"灵魂不死"说不同。在《至乐》《列御寇》篇所阐述的自然主义生死观，正和灵魂永存说完全对立。所以庄子的人生论基本上没有变成神学论。但在《庄子》书中并没有完全摆脱近于灵魂不死的遗说，这是一个比较值得注意的问题。

《达生》篇第一章说：

> 弃事则形不劳，遗生则精不亏。夫形全精复，与天为一。天地

---

① "向"原误作"响"。——编者注

者，万物之父母也，合则成体，散则成始，形精不亏，是谓能移。精而又精，反以相天。

这一段理论，和《白心》等篇中的精气说，有某些相似之处，但又不同。王船山的《庄子解》对于此段给与极高的评价，他说：

> 治至于尧，教至于孔，而庄子犹以为尘垢秕糠，而无益于生，使然，则夷、跖同归于销陨，将纵欲贼物之凶人，与饱食佚居、醉生梦死之鄙夫，亦各自遂其逍遥，而又何事于知天见独、达生之情、达命之情，持之以慎，守之于默，持不可持之灵台，为尔劳劳哉？唯此篇揭其纲宗于"能移而相天"，然后见道之不可不知，而守之不可不一。则内篇之所云者，至此而后反要而语极也。

这里提出了一个重要问题，既然尧、孔都是秕糠，夷、跖同归销亡，那么，圣贤和凶人俗人，都算逍遥，为什么还要讲什么性命道德呢？他认为《达生》篇里揭示出"能移而相天"的理论才说明尧舜圣贤高于凶人俗人的永久价值。

那么，"能移而相天"的意义又是什么呢？王船山是从生死问题上加以解说。他说：

> 人之生也，天合之而成乎人之体，天未尝去乎形之中也。其散也，形返于气之实，精返于气之虚，与未生而肇造夫生者合同一致。仍可以听大造之合而更为始，此所谓幽明始终无二理也。……若两者（形体、精神）能无丧焉，则天地清醇之气，由我而搏合。迫其散而成始也，清醇妙合于虚，而上以益三光之明，下以滋百昌之荣，流风荡于雨间，生理集善气以复合，形体虽移，清醇不改，必且为吉祥之所翕聚，而大益于天下之生。……论至于此，而后逍遥者，非苟求适也。养生者，非徒养其易谢之生也。……此其为说，较之先儒所云，死则散而全无者为得生化之理，而以劝勉斯人，使依于道者为有实。（《庄子解》卷19）

粗略看来，觉得这一解说，近于宗教迷信，但王船山是中国历史上最杰出的唯物主义哲学家，他在《正蒙注》《周易外传》等巨著中，积极提出对佛道鬼神说的尖锐批评，似不会有与其主要思想极端相反的迷信主张。所以对于这一段的《庄子解》，还应作审慎的辨析。

佛家学说认为灵魂寓于身体之中，人死后灵魂随着生前业果，转生来世（或到极乐世界，或入地狱）。王船山此说，和佛说绝对不同，而是对张载"死而不亡"说的发挥。

张载《与吕徽仲书》说：

> 浮屠明鬼，谓有识之死受生循环，亦出于庄说之流，遂厌苦求免，可谓知鬼乎？……孔孟所谓天，彼所谓道者，惑者指"游魂为变"为轮回，未之思也。（《张载集》，第350—351页）

又说：

> 游魂为变，魂果何物？其游也情况何如？试求之使无疑，然后可以拒神怪之说，知亡者之归。（《张载集》，第374页）

可见张载对于"游魂为变"的解说，是要竭力不脱离唯气论的轨道，以拒神怪之说的，这和神不灭的轮回说有极其严格的区别。王船山正是发挥张载的学说，对庄说加以解释。

他所说的形是身体，所说的精，不是寓居于形体中的灵魂，而是起物质作用的精力。因此他所说的"形体虽移，清醇不改"，当是说形体中具有的清醇之气，在形体变灭以后，其影响尚不能全部消失。

王船山此说，虽和灵魂不灭说有一定的分别，但应该说，是把庄子学说中的宗教遗迹理论化了。也可说这是现代科学还没有彻底解决的问题。

第六章　庄子哲学的社会基础和发展演变

第一节　庄子哲学代表的阶级意识

关于庄子哲学的阶级性问题，二十年来，最流行的说法，他是代表最反动的没落奴隶主阶级的利益。近一年多，对于这一说法才开始有所突破，但在方法上的暗流似还留有一些影响。

主张庄子哲学代表没落奴隶主阶级意识者的论证方法，基本上是按照一个人的政治态度是积极还是消极，来确定其哲学思想是属于唯物论体系还是属于唯心论体系，又按照唯物论总是代表进步的阶级、唯心论总是代表反动阶级（主观唯心论则代表最反动的阶级）的公式，确定一个哲学家所代表的阶级利益。这样，以消极悲观著闻的庄子哲学，当然是彻底的唯心主义，当然是代表没落奴隶主阶级的意识了。这种推论，相当简便，但也太公式化、形式主义了，当然不可能对历史上实际的庄子作出恰当的说明。

为了改变这种倾向，应当从庄子时代的社会实际及其思想特点联系起来进行考察。

产生庄子哲学前后的春秋战国时代，它的社会性质属于什么类型，虽还没有一致的看法，但有些重大的社会变化是比较确定的。首先是以村社土地制为基础后来成为贵族（领主或奴隶主贵族）所有制的井田制已日趋破坏，代表旧贵族利益的宗法世袭政权已趋于崩溃，代之而起的是地主土地所有制的封建地主政权。这种政治上的大变革，不是通过自下而上的革命，而是通过上层实行变法的结果。

在这一变革过程中，产生了不同形式的地主阶级和自耕农以及各种手工业、商业等小有产者的自由民阶级。其中最得势的是通过战绩而取得土地的军功地主；其次是由买卖形式而取得土地的商人地主；此外有从贵族转化而来的地主；有由自耕农上升的地主；还有村社土地制遗留残存的小土地所有者阶层。

以上各类，除前三种地主外，大部分属于社会的中间阶层。而在社会的下层，除残存的奴隶外，还有更多的佃农、雇农等，都是在地主阶级上升，农村公社进一步解体的过程中产生出来的劳动阶级。

可见这时期的阶级关系是相当复杂的，并不如教条主义者所说：当时只有没落的奴隶主、新兴地主和农民三个阶级，更不如他们所说的只有没落奴隶主阶级是反对地主阶级政权的。

在旧贵族（宗法封建领主贵族或奴隶主贵族）解体的过程中，随着王官失守、私学兴起，产生了许多具有文化的知识分子，他们是构成"士"阶层的主要成分。由于阶级出身等条件的不同，他们具有不同的政治倾向和思想意识。

他们中有的熟悉政治外交，积极为统治阶级出谋划策，成为当权派的得力助手，一般法术之士属于此类。一些纵横游说的食客之流，也可附属于此一类中。

有的聚徒讲学，宣传自己的人生思想和政治主张，以备统治者采纳施行，大部分儒墨之士属于此类。

另有一些原为全生保身的避世之士，以后大部分人积极寻求政治上的出路，成为统治者收养的"不治而议论"的游士，少部分人仍然保持其避世观点，对统治阶级采取对抗、蔑视的态度。道家各派应属于此类。

从庄子的生活思想看来，他显然不是积极的儒墨或法术之士，也没有参加稷下学宫的游士集团，而是属于第三类中坚持隐士立场的最后一种人。

庄子是否出身于贵族阶级，不可确知，看他"于学无所不窥"，也有出身于贵族的可能，但没有确实的证据，不必过细推究。

知道较多的是关于他的生活、历史传说。

他曾在濮水上钓过鱼（《秋水》），曾因家贫往监河侯家贷过粟（《外物》），曾穿着补缀的大布之衣、系带的草鞋见过魏王（《山木》），曾住在"穷闾厄巷"过着困穷织屦、槁项黄馘的生活（《列御寇》）。

第一章里曾记了一些有关他轻蔑权贵的故事，这些传说，虽未必实有其事，而都是根据他的性格言行，塑造出来的真实形象，说明他和贵族统治者的生活、性格是绝对相反的。

在他的文章中，屡次对百工杂技有同情的赞美和描写：解牛的庖丁，游水的吕梁丈人，承蜩的佝偻者，操舟的津人，削木为鐻的梓庆，巧过规矩的工倕，善于用凿轮技术讲论读书道理的轮扁……不一而足，说明他对于这些下层劳动者的生活、技艺，非常同情而熟悉。

再看他对于自然界中鸟兽、虫鱼、草木的生长变化，有极丰富的知识和观察。

这一切都说明他是一个接近下层人民，同情劳动大众，反对当权统治者及其帮凶的耿介之士，怎么能说他是没落奴隶主阶级的代表呢？

严格说来，在庄子生活的战国中期，地主阶级政权已经确立，那么，主要的旧贵族应属于领主阶级而不是奴隶主阶级，因为奴隶主所有制不能一下进入地主所有制的封建社会，而必须有一个领主封建制时代。不过，通行的说法，既认为战国时代的地主制是直接由奴隶制变化来的，那么所说的奴隶主阶级实际上就是东周以来的领主贵族，所以在这个大问题上不多加分辨，而可就实际情况，看一下庄周对于当时那些旧贵族、旧国君和世卿的态度怎样？是不是顽固地站在这些贵族的立场上，企图恢复他们的统治地位，或是对贵族的生活有所留恋呢？

庄子生活的年代，正和梁惠王、襄王、齐威王、宣王同时，他的本国正是宋王偃在位时期。从全中国的形势看，秦用商鞅变法，已建立了地主阶级的政权，山东六国也在不同的程度上完成了新政权的确立。

在转化的过程中，必然要有新旧势力的斗争，但在文献上能确实说明这两种势力斗争的证据，并不都是容易鉴别的。秦孝公、商鞅和公子虔及孝公死后大臣等对商鞅的杀害，这种对立形势是很明显的，而在齐、魏等国就缺少这种典型的事例。比如齐威王、宣王建立稷下学宫，招徕[①]学士，可以说是代表新社会的趋势，但和他对立的旧势力是谁，就不太

---

① "徕"原误作"来"。——编者注

明显。威王左右为即墨、阿大夫散布舆①论的人以及驺忌"谨法令而督奸吏"的奸吏，可以作为旧势力的代表。梁惠王杀掉的公中缓，可能是代表旧势力的，而惠王的政治设施，却很少有革新的表现。

魏国当时的卿相中，提倡去尊的惠施应该说是新势力的代表，庄周和惠施有相当交情，而意见不同，但不同的在于哲学思想而不全在于政治态度。庄子对于整个战国的统治者，不论是旧贵族或新兴势力，都在轻视之列，并不是站在旧贵族的立场，反对一切新兴势力。看他藐视一切王公大人，而和惠施有相当交情，毋宁说他对于旧贵族是更加反对的，绝不能认为他是没落奴隶主阶级的代表。

从宋国本国来说，当时的宋王偃代表什么阶级就很难确定。宋国自春秋末（鲁哀公二十六年）"三族共政"（乐氏、皇氏、灵氏）后，就进入世卿专政阶段，相当于齐田氏、鲁三家、晋六卿专政的局面。如果照一般说法，鲁三家、齐田氏的执政代表旧时代的解体，那么，古老的宋国，在春秋末年也已进入新的封建阶段，这个宋王偃也就是地主阶级的代表了。但有关宋国的文献记载中，很少可以确切说明这一变化的材料。大体说来，宋和山东各国的形势相似，比秦国的改革落后，是一个半领主（或奴隶主）半地主的政权，也即新旧势力混合的形态。

照《史记》《国策》所记，宋王偃是一个"射天笞地"，残虐荒淫的暴君。清代和近代学者②也有人根据《孟子》《荀子》等书，推测宋王偃并非暴君，他曾想重用戴不胜推行仁义王政。究竟情况如何？不得而知。但即使替他辩护的，也认为宋王偃听信谗言，逐去贤臣，最后导致亡国。这点大家都不否认。从这些不同的记载看来，当时存在新旧两派斗争，可以断定。宋王偃终至信谗失国，即使他不如《史记》《国策》所说的那样暴虐，也不会是一个革新派的君主。

《庄子·列御寇》篇记"有人见宋王者，锡车十乘，以其十乘骄稚庄子"的故事，庄子给他讲了一个河上人值骊龙之睡而得千金之珠的比喻，接着说：

----

① "舆"原误作"誉"。——编者注
② 全祖望《经史问答》，焦循《孟子正义》，钱穆《先秦诸子系年考辨》。

> 今宋国之深，非直九重之渊也；宋王之猛，非直骊龙也。子能
> 得车者，必遭其睡也。使宋王而寤，子为齑夫！

可见庄子对于这个比骊龙还凶猛的暴君是深恶痛绝的。无论这个宋王偃
代表什么阶级，庄子反对他正是反对一切统治压迫的表现，并非代表旧
贵族来反对什么新统治阶级。这种态度是一切比较接近下层民众的知识
分子所具有的态度，和所谓奴隶主复辟，毫无共同之处。

主张庄子代表没落奴隶主阶级的另一个理由是：《共产党宣言》里有
一段对于封建社会主义的精彩描述。

> 为了激起同情，贵族们不得不装模作样，似乎他们已经不关心
> 自身的利益，似乎只是为了被剥削的工人阶级的利益，才声讨资产
> 阶级。……
> 这样就产生了封建的社会主义，其中半是挽①歌，半是谤文；半
> 是过去的回音，半是未来的恫吓；它有时也能用辛辣、俏皮而尖刻
> 的评论，刺中资产阶级的心，但是它由于完全不能理解现代历史的
> 进程，而总是令人感到可笑。（《马克思恩格斯选集》第1卷，第274
> 页）

这一段所描写的情况，和庄子的文章思想有些相似，庄子确实不懂当代
的历史进程，而他的文字确实有时能刺中统治阶级的心，所以这一引喻，
使多数读者感到同意。但论者忘记了原文的下面，对于那些封建社会主
义者的政治生活，是这样写的：

> 在政治实践中，他们参与对工人阶级采取的一切暴力措施，而
> 在日常生活中，他们违背自己的那一套冠冕堂皇的言词，屈身拾取
> 金苹果，不顾信义、仁爱和名誉，去做羊毛、甜菜和烧酒的买卖
> （同上，第275页）

---

① "挽"原误作"锐"。——编者注

且不说庄子时代的农民根本没有形成推倒封建阶级的政治斗争（这一点立论者是承认的），与封建社会主义者参加对工人阶级的暴虐措施根本不能相比。单就生活而言，这些封建社会主义者是要拾取工业树上掉下来的金苹果，做羊毛、甜菜和烧酒的买卖的，而庄子是靠打草鞋、钓鱼、借米度日的，能把这两种生活、思想绝对悬殊的人，同说成是代表没落阶级思想的吗？

所以一种理论的引述，总得和具体实际联系起来才能看出是否恰当，仅仅在字面上有些相似的印象，是不能说明问题的。

应该指出，庄子对现实的不满，对统治者的讥讽攻击，以及其缺乏积极的政治态度和空幻的人生思想，正是自由的小生产者、自由平民的意识形态的反映。

近代革命的小生产者代表卢梭的思想意识，正和庄子的情况有些相似。勒赛克尔在《评注论人类不平等起源》一书的序言中说：

> 它（小资产阶级）的愿望变成了一种乌托邦式（在一种平等的社会制度下，所有公民都成为小私有者），由于这种梦想和不可避免的经济发展相矛盾，因而这一阶级对于社会的进展只能表示叹惜。在社会进展的过程中，小资产阶级实际上所看到的是一种没落，而这种没落，正是它本身的没落（对科学采取怀疑态度，对于理性也不能毫无保留予以信任）。我们正当从这种角度上看卢梭著作。……他在政治上虽然大胆的多，深刻的多，可是在哲学方面却远远落后于百科全书派中最进步的学者，这就是卢梭著作中的深刻矛盾。这不是由于他天才缺乏，而是由于他作了小资产阶级的代言人，这一阶级所处的地位，本来是矛盾的。（卢梭《人类不平等的起源》，中译本，第3—4页）

又说：

> 卢梭的全部著作可理解为一种反对社会不平等的抗辩书，一种不能超出时代矛盾而总在这些矛盾中挣扎着的小资产阶级的代表所提出的抗辩书。（卢梭《人类不平等的起源》，中译本，第3—4页）

庄子和卢梭的时代，有很大的距离；庄子的具体政治思想也远不能和卢梭相比。但在抗议社会的黑暗，幻想一个自由而无剥削压迫的社会，认为原始人最纯洁美善，贬低人为，尊重自然，以及对宗教的态度等方面，都有极其相似的趋向。

卢梭说：

> 自然曾使人幸福而善良，但社会使人堕落而悲苦。（卢梭《对话录》3，见《人类不平等的起源》，第 120 页）

野蛮人过着他自己的生活，而社会的人则终日惶惶，只知道生活在他人的意见之中（第 145 页）。

这和庄子所憧憬的"其卧徐徐，其觉于于"的"至德之世"及其所悲叹的"与接为构，日以心斗"的"当今之世"之对比，不是完全一致吗？

卢梭又说：

> 野蛮人所以不是恶的，正因为他们不知道什么是善，因为阻止他们作恶的，不是智慧的发展，也不是法律的约束，而是感情的平静和对邪恶的无知。这些人因对邪恶的无知而得到的好处，比那些人因对美德的认识而得到的好处还要大些（《人类不平等的起源》，第 99 页）。

这一分析，比上述自然人和社会人的对比，更为深刻，也更近似于庄子的理论。庄子所描写的"人相忘于道术"的社会，正是这种感情平静对邪恶无知的状况。这种理想的产生，可能与接触了些原始生活的传说有关，但最基本的原因是由于习惯于和悦安静的自由民生活，对现实社会深感不满，因而幻想出这样一个道德纯朴的社会来。

这种幻想者，比那种一面攻击资产阶级一面拾取工业树上的金苹果的封建社会主义者，其思想行为的高尚不知相差多少倍。而教条主义者，用简单的分析法，把战国时代的社会只分为三个阶级，认为只要反对当权的统治阶级者，除了农民以外，只能是已失败的旧奴隶主阶级，又抓住《共产党宣言》中所讲封建社会主义这一根稻草，作为立说的支柱，这实在是徒劳的。读了上引勒赛克尔对卢梭思想的阶级分析，感到中国教条主义者的分析，实在太幼稚了。

第二节 庄子和道家各派的关系及其演变

在论述庄子和道家各派关系之始，应追溯一下他的思想渊源。关于庄子思想的渊源，从司马迁的《老、庄、申、韩列传》起，都认为他是老子的嫡传，他在道家中的地位，相当于孟子在儒家中的地位。唐朝的韩愈根据庄子有《田子方》篇，疑庄子学从田子方来，本于子夏（《韩文公集》卷4《送王陨秀才序》）。清代的章学诚（《文史通义·经解上》、姚鼐《庄子章义》）都有相同看法。近代学者章太炎反对此说，认为庄子出于颜氏之儒。他驳章学诚"庄子出于田子方"的理由，是"庄生称田子方，遂谓子方是庄子师，斯则《让王》亦举曾（参）、原（宪），而《则阳》《徐①无鬼》《庚桑楚》诸子各有篇目，将一一是庄子师矣"（《章氏丛书别录·与人论国学书》）。这个理由不够充足。因为《让王》篇虽曾引过曾参、原宪，而那一篇是公认的后出伪作，其内容价值远不能和《田子方》篇相比。至于庚桑楚、徐无鬼、则阳乃子虚乌有之人，更不能说是庄子所师承。而田子方则确有其人，史称其出于子夏之门，是一个敢于骄傲王侯的"处士"。《庄子》里又有《田子方》篇，记述了他和魏文侯的对话，说明庄子曾以田子方作为代他发表寓言的理想人物，可能有师承关系。所以韩愈的设想，并非毫无理由。

不过章太炎反驳韩愈的理据虽不够充足，而他自己又提出的庄子出于颜氏之儒一说（见《章太炎白话文》，引自《十批判书》），则比出于子夏之儒一说，似较可信。

郭沫若同意章太炎说，并举出了章氏没有提及的证据。他认为庄子称赞孔子的地方，非常严肃。如《寓言》中说：

> 庄子谓惠子曰："孔子行年六十而六十化，旧时所是，卒而非之，未知今之所谓是之非五十九非也。"

---

① "徐"原脱。——编者注

惠子曰："孔子勤志服知也。"

庄子曰："孔子谢之矣，而其［故］未之尝言，孔子云夫？受才乎大本，复灵以生，鸣而当律，言而当法，利义陈乎前，而好恶是非［非］直服人之口而已矣。使人乃以心服而不敢蘁，立定天下之［大］定。已乎已乎！吾且不得及彼乎！"

并加解释说：

> 虽然庄子存心也颇想同仲尼比赛，但他的心悦诚服之态，真可说是溢于言表。由天得到好的材质，又于一生之中使其材质得到光明，言谈合乎轨则，行为揆乎正义，好恶是非都得其正。不仅使人口服，而且使人心服，使天下人的意见得到定准，而不能超出他的范围。这样的称述，比儒家经典中任何夸大的赞词，似乎都更抬高了孔子的身价。（《十批判书》，第187—188页）

这一段原文和郭沫若的解释，都非常明确地说明了庄子对孔子是心悦诚服的。

又如《田子方》篇内颜子和孔子问答的一段，他认为这种文字必然出于颜氏之儒的"传习录"，庄子征引颜回的文字特别多，正足以说明其师承渊源。再加以他篇所引颜子"心斋""坐忘"之说，以及《列御寇》篇讲"修胸中之诚"等说，表明《庄子》书中确有不少颜氏之儒的遗说，所以郭沫若这一设想是比较有根据的。[①] 但郭说中也有不确切之处，如举《天下》篇"内圣外王"之说和《齐物论》"春秋经世先王之志"等句，证明庄子有儒家传统，根据就很薄弱，因为这两条材料都不是庄子的思想（见上篇第四章第四节、第二章第一节）。但由于有了《寓言》和《田子方》等篇作为确证，这两条征[②]引，虽不是庄学的主要内容，但无害于主要证据的确立。

《论语》中所说的颜回，当然和庄子之学不同。但他在孔子弟子中，

① 李泰棻氏反对此说，理由薄弱，不能成立。见李著《老庄研究》。
② "征"原作"证"。——编者注

生活贫苦，而不改其乐，可以单独与闻孔子"性与天道"的讲论；孔子又称赞他有"用之则行，舍之则藏"的气概，而他终生也在"舍之则藏"中讨生活，所以颜回所传授的颜氏之学，必然会有重内心、超现实的一面，因而庄子受其学说影响，很有可能。故章、郭两氏之说，有相当可取的地方。

那么，庄子思想为什么又成为道家的重镇呢？郭沫若说：

> 庄子是从颜氏之儒出来的，但他和墨子"学儒者之业，受孔子之术"，而卒于"背周道而用夏政"一样（《淮南·要略》），也成立了一个宗派。他的黄老思想里找到了共鸣，于是与儒墨鼎足而三，成立了一个思想上的新的宗派。（《十批判书》，第 194 页）

这一主张，是真正辨清老庄同异的悟解，庄子学术并不如多数人所说是唯一继承老子而来的。不过郭说用"黄老"一词，在时代发展上看，似乎还早了一些。"黄帝"一名最初见于《陈侯因齐敦铭》，是由作为神的皇帝变为帝王名称的开始（参考杨宽《中国上古史导论》，见《古史辨》第 7 册上册，第 190—193 页）。但这只是表示齐国承认黄帝是他的祖先。这时还没有"黄老之学"一名。铭中"高祖黄帝"四句，似还不能解释为"黄老之学"，不过齐国从这时开始，黄帝的影响日益扩大，是肯定的。似乎可以这样说：具有颜氏之儒传统的庄子学说，是以杨朱学说为先导，并在以齐国稷下为中心而开展起来的学术趋势下，加上楚人的丰富幻想、惠施的名辩影响，发挥了自己的独创精神而形成的。

由于传统的说法深入人心，因此需要对《老子》书的形成时代问题略加分疏，以便对春秋战国时代学派的演变有较清楚的了解。

自宋代张载、陈祥道开始①，对于老聃其人和《老子》一书提出了疑问，认为孔子问礼的老子和《老子》书的作者不是一人。经过清代汪中

---

① 北魏崔浩曾怀疑老子，其说已佚。宋王十朋《梅溪先生文集》卷 13 曾记此事。近人谓宋代疑老子者始于陈祥道《理究》，我考始于张载。见《张载集·经学理窟》，原文云："孔子适周问礼于老聃，老聃未必是今老子，观老子薄礼，恐非其人，然不害为两老子，犹左丘明别有作传者也。"（见《张载集》，第 276 页）。张载生卒年代为公元 1026—1077 年，陈祥道为公元 1053—1101 年，张早于陈近三十年。

等论辩，这个问题日益明晰。20 年代梁启超氏重新提出老子时代问题后，更加引起了学者的重视。虽然还有些人维持旧说，但不能解除研究者的疑点。特别是着手写作通史、哲学史的人，多数采取《老子》书作于战国时代的新说。因为不这样安排，很难说明学说发展的系统线索。

40 年代初，郭沫若提出新的看法，认为老子的最初内容，仍当为老聃所说，但把这种口说记录下来而成书，则是战国时代的环渊，也即《天下》篇所说的关尹。环渊作的"上、下篇"，即现在所传的《道德经》。

郭氏这一主张，既能保持老聃为道家始祖的旧说，又可以解决《老子》书中某些战国时代色彩的疑点，所以学者们又多采用此说。

郭氏此说，除了关尹即是环渊一点在时代上还有些疑问外，可以说环渊的"上、下篇"即为老子的《道德经》，是比较可取的一种假说。

《史记·孟荀列传》云：

> 自驺衍与齐之稷下先生，如淳于髡、慎到、环渊、接子、田骈、邹奭之徒，各著书言治乱之事，以干世主。……淳于髡齐人，慎到赵人，田骈、接子齐人，环渊楚人，皆学黄老道德之术，因发明，序其旨意，故慎到著十二论，环渊著上、下篇，而田骈、接子皆有所论焉。（《汉书·艺文志》有《蜎子》十三篇。班固注云："名渊，楚人，老子弟子。"）

《史记·田齐世家》云：

> 宣王喜文学游说之士，自如邹衍、淳于髡、田骈、接子、慎到、环渊之徒，七十六人，皆赐列第为上大夫，不治而议论。是以齐稷下学士复盛，且数百千人。

《史记》两处排列的诸人名次，环渊均在慎到之后，推知环渊在诸人中年辈较晚。即使不能从排列先后中推论出他们的年岁先后，总可说环渊和慎到、田骈等均为齐威、宣王的同时人。依庄子被楚威王（前 339—前 329）聘请的传说，他或比环渊稍长，所以庄子和"上、下篇"的作者是同时的学者。①

郭氏提出问题时，好像又回到旧说，但他的结论是：

> 《道德经》毫无疑问成于后人之手，其中虽然保存有老聃遗说，
> 但多是"发明旨意"式的发挥，并非如《论语》那样的比较实事求
> 是的纪述。（《稷下黄老学派的批评》，见《十批判书》，第178页。
> 《青铜器时代》中《老聃·关尹·环渊》文，结论略同。）

这样看来，他的新说，和一般主张老子为战国时代作品说，没有多
大矛盾。问题在于哪些是老聃的旧说，哪些是环渊的发明，在对《老子》
书没有做过精细的甄别以前，很不容易判断清楚。

比如"天道无亲，常与善人""知足不辱，知止不殆"一类的话，认
为是春秋时老聃遗言，当无问题。可是像"道"这一观念，郭氏认为
"这种观念其实是很幼稚的，春秋时可以出现"，这就不易为多数人所信
服。特别是"天地不仁，以万物为刍狗""礼者，忠信之薄而乱之首也"
等理论，就很难说是春秋时的观念。按照郭氏的分析，《老子》中的圣人
即指老聃，如第七十八章"是以圣人云，受国之垢，是谓社稷主"，第四
十一章"故建言有之，……大白若辱，广德若不足"，第二十二章"古之
所谓曲则全者，岂其虚言哉"等句中的引言即是老聃的遗说。这一分析
是可取的。

应该根据这种方法，把全书都分析一番，理出一些时代先后的头绪
来。但《老子》书中这种具体的引述之言，只有很少几条。经过分析之
后，全书中确实属于老聃的遗言，就不会太多。因而把全书看作基本上
是战国时环渊发挥老子意旨的著作，这种说法大体上可以成立。

既然庄子和环渊约略同时，又各自成立自己的理论。那么在发展过
程中，彼此会互相影响。这样设想不是毫无根据。在前节里关于"道"
的理论，我们就是这样推论的。

依照20年代的通说，认为老子当在墨子、孟子之后，庄子之前，这

---

① 孟子到齐国见齐宣王，在前319年以后。据《纪年》，齐宣王才即位，楚威王死后至少
已十年（参考冯韶《杨朱考》，见《学术月刊》1980年第11期）。

是因为墨子、孟子没有提到老子，而庄子中却有许多关于老聃的传说，和继承老子的言论，所以只有定在墨、孟之后，庄子之前最为妥当。但是依照《史记》等书，孟子和庄子同时，他们之间没有间隔时间，不可能容许有一个为孟子所不知而为庄子所尊重师承的老子学派形成的机会，故这种假说，看来似乎合理，但有不少矛盾无法解决。现在推知庄子和环渊（《老子》作者）、孟子等都是同时人，又推知《庄子》书中各篇的著作时代先后不同，《庄子》某些篇的形成可以在环渊"上、下篇"以前，某些篇可以在"上、下篇"以后，那么这个疑问就比较好解决了。

再从学说的发展上看，当春秋中期，上帝观念开始动摇，出现了天道观念，颇有由宗教神学转到哲学理论的趋向。但天道观念初流行时，往往和天命神灵等观念分不清楚。如《左传》中所说的"天道不谄"（昭公二十六年）和"天命不谄"（哀公十七年）两句互用。又如邓曼所说"盈而荡，天之道也"（庄公四年），从字面上看，好像是纯理论，而实际上是说楚先君预知"王禄将尽"给予武王以提示，还是指的神灵作用。其他如"天道多在西北"（哀公十年）、"楚克有之，天之道也"（昭公九年）等语，都和天命预言混在一起（这就是子产所说的"天道远"之天道）。只有伍子胥所说的"盈必毁，天之道也"（哀公十一年），没有多少迷信成分。直至孔子用"四时行焉，百物生焉"的现象讲述天道，才有了哲学上宇宙观的意义。但孔子还没有提出宇宙这个新的名称，他仍用传统的"天"作为统摄一切的最高主宰，这种沿用传统的比较具体的"天"字，讲述宇宙论的趋向，是由宗教观念过渡到哲学观念的一般情况。再进一步才有把"天道"二字的意义分开而特别重视"道"字所包含的意义。再以后才出现使道脱离天而独立的说法。所以我们在第一节里，认为《庄子》书中用"天""天地""天下""造物者"等词作为宇宙最高概念的各篇，比以"道"作为最高概念的篇章为时较早。在比较晚的《知北游》篇中，开始出现代表本体的"道"字，而"道"的意义和《大宗师》中"夫道有情有信"还有分别，后者的"道"字正和老子派的用法相同。由此推知《庄子》中的"道"字是受了别派思想影响，以后才引进和使用。现存的《老子》书中有些提法好像它是首次发现"道"的作者，如"吾不知其名，字之曰道"等句即其例证。而在稷下派的《管子·心术》等四篇中，也有像是首先使用"道"字的情况，如

《内业》："凡道无根无茎，无叶无荣，万物以生，万物以成，命之曰道。"又说："不见其形，不闻其声，而序其成，谓之道。"究竟谁是首先发明者？还难断定。

《庄子》派文开始用"道"字来描述宇宙本体的《知北游》篇是这样说的："东郭子问于庄子曰：所谓道恶乎在?""所谓"二字，说明"道"这概念不是庄子发明的，而是当时人常用的语言，庄子平日也提到过，所以东郭子才有这种提问的口气。不论"道"字是从老子派或《管子》里引进的，说明庄子和老子的关系并不如传统说法那样，是直接继承的嫡派关系。实际上，在"道"的观念上，它们是两种对立的学说（见第一节）。

由于书籍的羼杂混淆，两种界限不容易分清，所以老、庄二家的学说以及其分合关系相当复杂。因此，人们对于道家思想的发展线索不甚清楚，这和《老子》《庄子》两书都含有其他家学说，混淆其中，很有关系。《庄子》书篇章较大，文风特点显明，还容易区分。而《老子》书文风简括，他派文字杂入，与环渊发明意旨之处就更难分辨。所以在《老子》一书的时代、性质等问题没有全面解决以前，不容易得出最满意准确的结论。不过有些问题，还可以比较看出一些线索。

"道家"一名，先秦时本来没有，汉朝人才将战国中期形成的列子、田骈、慎到、环渊、庄周等各小派综合起来，给一共同的名称，称之为道家（顾颉刚先生有此说）。司马谈大概是创立各家名称的开始者，但他所说的道家，是汉初形成的"采阴阳、儒、墨之长"的道家，而不是先秦的道家。班固《艺文志》在道家类中，从伊尹、太公算起，共排了三十七家，书达几百卷，虽然他所提的"秉要执本"等要点，仍然是指汉初盛行而采用"君人南面之术"的道家。但他既把这么多的人和书都列在道家之内，可见他认为这些人有一个共同的趋向。这一看法可能在战国时代已经形成。所以班固承袭这种看法，列举了若干人和书作为一家，即用司马谈说，名为"道家"。但在先秦时代，不论《吕氏春秋》或《庄子·天下》篇的作者，对于列子、田骈等人还是分别评述，没有举出一个像儒、墨似的总名，也没有举出一个像孔子、墨子那样为大家所共尊的祖师。

在《天下》篇中，老子只和关尹为一组，而和宋、尹、慎、田、庄周等人平列存在，只是评价较高而已（"古之博大真人"）。从《天下》篇对老、庄的叙述来看，老、庄的区别非常明显，地位的重要也相差无几。即在《吕氏春秋》中，还大体上保留了老、庄区别对待的情况。到了汉代，在"道家"一名形成的同时或稍前，老子乃成为这一派的始祖，俨然和儒、墨鼎立而三了！由于《天下》篇把老、庄二家列在最后，评价最高，因此人们就公认老、庄在道家中的地位和孔、孟在儒家中的地位完全相似，但在汉代，庄子在道家中的地位及其影响，较之老子相差很远。汉朝初年尊奉"清虚无为""秉要执本"等"君人南面之术"的黄老之学，而对"玄同是非"的庄周之学不太重视，尤其是文、景、窦太后、曹参等当政时，黄老之学更加占据了最高的地位。

班固说：

> 道家者流，……秉要执本，清虚以自守，卑弱以自持，此君人南面之术也。合于尧舜之克让，易之嗛嗛，一谦而四益，此其所长也。及放者为之，则欲绝去礼学，兼弃仁义，曰独任清虚，可以为治。（《汉书·艺文志》）

可见黄老即道家的主要代表，而庄周之学，不过是班固所谓的"放者为之"的道家中的一派而已！汉代初年，只有贾谊的《鵩鸟赋》中对庄子思想有所引述发挥。其余像刘安《淮南子》，虽也引用不少庄子语言，但都揉在他的学说中，成为黄老之学的一部分点缀和藻饰，似乎他对先秦庄子学说的本意理解很少。所以前汉时人对庄子哲学在道家中的地位，是比较漠视的。

所以发生这种变化，当然是由于社会政治上的原因。任何时候学术的盛衰变化，总是随着社会政治的变化而变化。战国前期，当新兴地主阶级政权兴起之时，一方面统治阶级需要士人的合作和支持，一方面士人有急求仕进的热望，所以很快形成举贤养士和处士横议之风。随着地主集团政治的确立，统治者对各种士人的争鸣献策，实行控制、引诱，分别对待的政策。于是被当权者采纳的学说，很快就成为统治阶级的思想；不被重视的学说，只能成为一家之言。至于那些不肯降志辱身积极依附权势之士，则在排斥之列。甚至有遭到如赵威后所说"于陵仲子尚存乎，何为至今不杀乎"（《齐策》）的危险。所以百家思想，除了极少数外，都必须向统治阶级靠拢转化，以图生存。

战国中期，齐国的稷下是"百家争鸣"的中心。随着政治的变化，各家各派朝着"干世主"的政治目的分化演变，其中宋尹一派成为惠施派的同道，田骈、慎到一派向法家转化，关尹、环渊（《老子》书作者）一派则向申不害的权术派靠拢。他们把原先主张的"无为"学说，改变为"君主无为""臣下有为"的趋时理论，以便适应环境（《庄子》中晚出的《天道》等篇即有此种思想）。各派中有的把"君主无为"说成为单纯的驾驭臣下之术，有的把"为道日损、绝学无忧"说成为愚民政策（《老子》书中有此议论）。最全面的改变，是慎到、田骈由"有见于后，见无于先""推而后动"的无为，改变为"尚势、定法"（也即君主无为）的法家学说。从现在发现的帛书看来，这种以《黄帝四经》著称的黄老之说，主要是稷下慎到派变化而成的道、法、儒合流的学派。他们这种"外道内法"的主张，就是汉初的道家之学，但在战国时代出现蜕变之初，还没有得到顺利的发展。

秦统一以前，吕不韦得势时，这些游士大部分集合到吕氏门下，宣说其杂合儒、道、名、法的主张。《吕氏春秋》中就反映了各种思想，也反映了基本上以道、儒为主的倾向。《吕氏》书中，老子派和庄子派的分野，还有一定界限。吕氏失败，李斯、韩非得势后，除了稷下中的尚势派和韩非派合流成为奉行督责之术的法术派外，其他一切不能耕战、空谈议论，属于"五蠹"之类的人士，都在打击、排斥之列（以后的焚书坑儒，就是这种趋势的进一步发展），自然会有一些积极改变立场，用虚静理论阐明现实问题，以求希世取宠的人，写下一些"持之有故，言之成理"的著作，为他们的转变、投靠奠定基础。但在秦王政的专制之下，一切"静因之道"，是不会受到重用的。

秦朝终于在推行严刑暴政中覆灭了。在满目疮痍的汉初，需要有一个休养生息的时间，更需要一种清静无为而又能维护安定的统治理论，于是号称"黄老之治"的道法合流学派应运而起（其中也杂有儒家思想），很快成为代表统治阶级的统治思想。老子遂确立为道家的始祖，庄子也成为老学中的附庸，以不同于原来的实质，淹没在"秉要执本"，"君人南面之术"的黄老思想中，用这种混沌的面貌延续下去。

洪亮吉说：

> 自汉兴黄老之学盛行，文景因之以致治，至汉末祖尚玄虚，于是始变黄老而为老庄。陈寿《魏志·王粲传》末言"嵇康好言老庄"，老、庄并称实始于此。即以注二家者而论，为《老子》解义者，邻氏、傅氏……皆西汉以前人也，无有言及《庄子》者。注《庄子》者，实自晋议郎清河崔譔始，而向秀、司马彪、郭象、李颐等继之。（《晓读书斋读书录》，引自《东塾读书记》）

近人有引《后汉书·马融传》有"马季长不应邓骘之命，饥困悔叹，以为非老庄所谓"之语，论证"老庄"并引不始于汉末。但无论如何，只有到了汉末以后，庄学才从黄老派中分离出来，显出自己的特色。（当然，这只是说庄子派和汉代道家分开，而不说代表士族门阀的清谈之士和庄子的阶级意识相同。）

郭沫若氏说：

> 庄子这一派或许可以称为纯粹的道家吧？……道家本身如没有庄子的出现，可能是已经归于消灭了。……在庄周自己并没有存心以"道家"自命，他只是想折衷各派的学说而成一家言，但结果他在事实上成为了道家的马鸣、龙树。（《庄子的批判》，见《十批判书》，第197—198页）

这种见解是相当卓越的。的确，从《汉书·艺文志》所列的全部道家著作看，如果没有庄周的著作，道家在学术上的特色，是难于显现的，至少有些黯然形秽。特别是把庄子的思想列入道家系统以后，才冲淡了其中的权术阴谋气氛，才显得道家有高超的哲学基础，才使人感到儒墨之外还有独特的学术思想，所以郭氏这一分析是相当正确的。

不过说庄子是道家的马鸣、龙树，稍嫌比喻不确，因为这样说，是承认先秦早期的确有一个先已成立的伟大的道家学派，中衰以后，由庄子复兴。实际在战国以前，并没有一个以老子为首的伟大的道家学派。正如顾颉刚氏所说的，只一个具有共同倾向的关、列、庄、慎等各小宗派。他们在儒、墨显学势力范围以外，在互相影响的情况下，各自寻觅其成熟的道路。到了汉朝初年，由于清静无为说在政治上的备受重用，黄老派的"南面之术"和庄周宣传老聃的寓言结合在一起，神话寓言则变成了真正的历史，老子的绝对权威方才巩固建立（司马迁承袭司马谈对"道家"的尊奉，把本来有独立性的庄子，说为"归本于黄老"，把本来在申不害以后的慎子，说为申子师之。这也是促成后代学者主张百家学说皆出于老子的原因之一）。所以说庄子在建成道家学派中起了很大的作用，是相当正确的，但他的地位不等于中兴道家的大师，而是形成纯粹"道家"（不是司马谈所说的道家）的重要宗派。这从《吕氏春秋》《天下》篇等文献里，对有关学派的分别叙述中得到了证明。

老子派和庄子派的差异，不仅在于思想体系和文章风格上，更重要的是他们的立场悬殊。庄子的立场显然是站在被统治阶级的个人主义地位说话，《老子》书中也有少数章中反映了平民阶级的意识，但大部分篇章，总是代侯王地位的人说话，或是代替他们设计统治方术。如所说："将欲取天下而为之"（二十九章），"以无事取天下"（五十七章），"功成事遂，百姓皆谓我自然"（十七章），"侯王若能守之"（三十七章），"以道佐人主者"（三十章），"民之难治，以其智多"（六十五章），"圣人终日行，不离辎重，虽有荣观，燕处超然，奈何万乘之主，而以身轻天下"（二十六章）等等统治阶级或准统治阶级的语言，不胜枚举。有些章中，先进无为不争，而最后结语是说："夫唯不争，故天下莫能与之争"（二十二章），"非以其无私耶，故能成其私"（七章）。最后这一转语，大概不是春秋时老聃的遗言，而是环渊的发明旨意（八章，"夫唯不争，故无尤"，可能是老聃遗说）。无论实际情况如何，说明这是老子派和庄子派最大的不同之点。这也是庄子学派在汉代受到漠视淡忘的原因。

除《老子》书外，《管子》中《心术》等四篇，也是和《庄子》书关系较多的文献。《管子》中《心术》等四篇，有人称为宋尹学派著作，有人称为稷下唯物派著作，也有人称为道法派著作。我倾向于它是慎到、田骈派的道法派遗言。这四篇的阶级立场，基本上是属于统治阶级的意识，是代统治者设计治国之道的。如《心术上》篇所说："上离其道，下失其事""必知不言之教，无为之事""有道之君，静因之道"，《白心》篇所说的"明君圣人亦不为一人枉其法""名正法备，则圣人无事"等语，皆是其证。这和《老子》书中一部分语言及帛书《黄帝四经①》的议论相当接近，是道家派成为统治阶级意识的组成部分，和庄子代表被统治者说话的思想感情显然不同。

稷下派的"精气说""道说"，在《庄子》书中也有反映。如《内业》篇所说"夫道，无根无茎"等，和《大宗师》篇"夫道有情有信"一段有些相近。不过它还没有用"恍兮惚兮""放之则弥六合，卷之不盈一握"等句加以描写，可能还属于重视"道"的历程、作用的说法。

又如"静因之道"的政治理论，在《天道》篇中也有同义。《管子》中《心术下》等篇中所说的"能止乎！能已乎！能毋问于人，而自得之于己乎！"一段，在《庚桑楚》篇有相同的句法。据罗根泽氏的考证（《诸子考索·管子探源》），这数句是抄袭《庚桑楚》篇的。由此可知《管子》中四篇的时代在《庚桑楚》篇以后②，大抵在《天道》篇和帛书四篇之前，和《庄子》中一部分章节有些联系。

近来学者多说《老子》中的唯物论因素被稷下派发展了，庄子把老子的唯心论因素发展了。这个论断，还可讨论。《管子》四篇是不是唯物论，很成问题。比较可知的，是在四篇中精气说的特点较强。这种接近于物活论的意义，比庄子的泛神论是落后的学说。

罗根泽先生《〈庄子〉外杂③篇探源》中，除了认为内篇是庄子自作外，把《庄子》外篇、杂篇分为庄子派、老子派、老庄混合派、道家右派、道家左派几种。这些名称，对于讨论庄子和各派的关系及道家思想的演变问题，有可借鉴之处。他所说的道家右派，指《天道》《天运》等篇，即是由战国末形成的道法派到汉初称为"道家"的系统，其中包含了稷下派的一些政论，在《庄子》书中是最晚出的混杂部分。他所说的道家左派，即秦统一前夕产生的《骈拇》《马蹄》《胠箧》和《在宥》第一、二章，从思想系统说，属于被统治阶层的庄子派立场，是由《则阳》篇"柏矩学于老聃"章中激烈抨击统治阶级的精论和《庚桑楚》篇"举

---

① "经"原作"篇"。——编者注

② 《内业》中所说的"凡心之刑，自充自盈"和《大宗师》篇第一章中所说"以刑为体"数语的意义相同。不知两篇的时代孰先孰后，只知《大宗师》篇的那一段是羼杂部分。详见该篇考论。

③ "杂"原脱。——编者注

贤则民相轧，任知则民相盗"等理论发展而来。和《老子》书中少部分反统治阶级的思想有一定联系，而和《老子》中多数代侯王设计的思想毫无共同之处。《胠箧》等篇虽曾用"故曰"的形式引用《老子》书语，但其整个思想和阶级立场，属于庄子派而不同于老子派，决然无疑。这可以看出《老子》书包含的成分相当复杂，不易溶合。这一问题，暂不能详谈，现在只说明道家左派是属于庄子系统的发展就够了。罗先生所说的庄子派是指《秋水》以下等六篇，和本书的看法基本相同。它当是庄子晚年或庄子嫡派后学的发展，也即郭沫若所说的纯道家派。罗氏所举的老子派，为《至乐》《知北游》《庚桑楚》三篇。除《庚桑楚》较复杂外，《至乐》《知北游》两篇都属于庄子嫡派而不是老子派著作。罗氏所举这两篇属于老子派的证据，都是最明显的羼杂部分，已详第三章考论，不再赘述。

惟《庚桑楚》篇第一章中，确有老、庄共有的思想内容，其中"卫生之经"一段，和《老子》有相同的文句。我们在该篇考论中，认为连用"乎"字结尾的几句，有老在庄后之嫌。特别是《老子》书中的"夫唯病病，是以不病"数句，显然是《庚桑楚》篇"里人有病，里人问之，其病病者犹未病也"一段以后出现的语言。从传统的旧说看，这是一个疑点。如果采取郭氏《道德经》即环渊的"上、下篇"说，并承认庄周和环渊先后同时，则环渊作上、下篇时，引《庚桑楚》语来发明老子意旨，就没有什么时间上的矛盾了。

结束语

总起来说，我们认为庄子在中国哲学中有它的特殊地位，在道家各派中，只有他和列子两家还保持着反统治阶级的本色。必须和黄老道法派分清，才能扫除思想上的混乱，清理各派发展的线索。

至于有关道家的作用和评价，我们的简单看法是这样的：

从政治上说，道家的发展趋势是从超现实的无为主张出发，向现实政治接近和转化。汉初"文景之治"的业绩，可以说是这一学说的社会成果。但由于他们是带着"无为""因循"的理论谈社会政治问题的，所以只能适应于汉初那一特殊阶段。而真正到了积极有为的时机出现，这种混杂凑集的理论，非但不够用，而且起阻碍作用。至于对人生方面的影响，那就更加有害的了。

在哲学方面说，"黄老之学"是为了适应政治上的需要而杂揉各家之说合成的。所以前后混乱，矛盾丛出，根本难以形成一个完整的系统，比起《庄子》来，显得成分驳杂。所以在道家各派中，只有庄子的理论，是一个在宇宙、人生等知识方面都具有卓越见解的系统哲学。

当然，这只是就他的哲学思想相当深刻、超越、引人入胜而言，而不说其结论是圆满、正确的。庄子思想中包含着许多消极、后退的因素，这是众所周知的糟粕部分，但他提出许多有关本体论、知识论的根本性的大问题，推进了人们思辨能力，提出了追求人生意义的高远理想，促进了人们对人生价值的进一步探讨。他揭露社会黑暗，抨击、藐视统治者的不屈精神，给予后世不同当权派合作的人士以鼓舞力量。特别是他的哲理文学上表现的艺术成就给后代人留下了崇高的楷模。像陶渊明、李太白等大诗人，可以说同是庄子精神的真正体现者。乃至近代的鲁迅、郭沫若、闻一多等都在《庄子》中吸取过营养。在社会发展没有到达人民力量可以推翻黑暗统治的古旧时代，这种追求高洁理想，消极反抗的精神，不能说是完全无用的东西。

时代进步了，庄子的一切，将会分别放在博物馆或垃圾堆里，不再引起人们的争辩和注意。但人的异化问题远远没有解决，在庄子的哲学、文学中是不是含有一些发人深思的东西，还是一个值得严肃考虑的问题。

（《庄子新探》，湖北人民出版社 1983 年版）

孔子评传

一 引言

春秋战国时的社会性质属于什么类型，是有关中国古代史分期问题长期以来争论未决的问题。但不论是持哪一种分期法，大家都认为这一时期是中国社会历史上变化巨大的时代，这一点没有大的分歧，所不同的是对于这些变化的分析和解释。任何有关先秦史（包括哲学史）和先秦人物（包括哲学家）的论述必然和这一问题有连带关系。评述孔子当然更不例外。为了叙述的方便，在这个问题上，这里采用中国旧籍中有关于或近似于分期的论断作为起点。《商君书》中有一段近似于分期的概括，它说：

> 上世亲亲而贵私，中世尚贤而悦仁，下世贵贵而尊官。（《开塞》）

这几句话，很能扼要说明问题。所谓上世，相当于春秋以前，即所谓领主制时期，或奴隶制时期、早期奴隶制时期。下世是指《商君书》作者生活的战国晚期，相当于所谓新兴地主阶级专政时期，或说发达的奴隶制开始时期。中世相当于两个社会的过渡阶段，即从春秋中期到战国中、晚期这一阶段。从学说的系统上看，《商君书》作者还不知道生产方式这一特征，因而有其不科学的地方。但从事实上看，它颇能指出各时代的具体特点，所谓"亲亲而爱私"确实描绘出了"宗族等级所有制"的特点，比仅称之为领主、奴隶主更贴切些；所谓"贵贵而尊官"，也描绘出了战国中、晚期法家一派的政治特点，比称之为发达的奴隶制，更符合事实。特别是以"尚贤而悦仁"描绘过渡时期的中世，更和儒墨兴起、人才竞出的特点相符契。这种把过渡时期特别标为一段的分法，对于说明春秋时的社会变化及其与前后二世的差异，有很大的启发意义。

春秋中期，在经济、政治、文化各方面都有显著变化：铁工具和牛耕的普遍使用，井田制的彻底破坏，农村公社的最后解体，氏族等级制的瓦解，文化教育的下移，这些现象构成了春秋中期的总体变化。它体现在阶级关系中，就是士阶层从贵族中分离出来，而和自由的工、商、农民接近、联合，形成了近似于"平民"或"国民"的①阶级。士本来是贵族的最下层，在春秋以前，是宗族内部占有禄田的"食田"者（最低的士，其田数相当于一个农夫应授的田）。由于上述各种社会经济变化，和宗族本身发展的必然限度，特别是连年的贵族战争，兵役繁重，这一阶层中的大部分人，日趋没落，降为自耕农的庶民（个别的降为皂隶），从贵族中分化出来。所以文献上就有两种士的区分。所谓上士、中士、下士者，是有职禄的贵族下层之士；所谓"农士商贾四民交触易作"（《管子·治国》）之士，以及"士不可以不弘毅"（《论语·子罕》）之士，是和农商工贾接近的平民之士。自从这一种士掌握了原为贵族独占的文化知识，取得了"学而优则仕"的政治地位，并在商品经济发展中，和自由的农工商贾增多了联系后，就和自由的工商农民，形成了近于平民或国民的②阶级，并与贵族阶级形成了相对并存的对立形势。虽然他们身上往往打着旧时代的等级烙印，他们最后必然归入地主阶级的控制之内，但在刚从贵族中分化出来的一段时间内，还是生气勃勃的上升阶级，在春秋中期到战国中期（约 200 年）稍后，一直是和旧贵族及新兴封建势力相对并存的社会势力。至少在意识形态上表现为批评现实、提出理想、指导方向的领先势力。这就为处士横议、百家争鸣的局面铺平了道路，而开创这个局面的，正是孔子和他所创立的儒家学派。

二 青少年时期

（一）没落贵族的后裔

孔子，名丘，字仲尼，生于周灵王二十一年、鲁襄公二十二年③（公元前 551 年）。先代是宋国的贵族，因宋国内乱，逃到鲁国，世为鲁人。

---

① "的"原无。——编者注

② "的"原无。——编者注

③ 《春秋公羊传》《谷梁传》说孔子生于鲁襄公二十一年。《史记》说孔子生于鲁襄公二十二年。此从《史记》。

父亲名纥，字叔①，住在陬邑昌平乡（山东泗水县东南），做过鲁国的下级武官，曾参加过鲁、晋等国伐偪阳的战役，是当时一位著名的武士，有的书上称他为陬邑大夫，可能是后人的傅会说法。孔子的母亲，传说姓颜名徵在，与孔纥的岁数相差较远，大约他们结婚的手续，不合于当时的礼节，因此受到社会的奚落。

据说孔子 3 岁时，父亲就死了。母亲连他父亲的葬地也没有告诉他，以后他 17 岁时母亲死了，还是问了旁人才找见父亲的墓地，和母亲合葬了（《礼记·檀弓》《史记·孔子世家》）。这些传说有种种矛盾，曾引起一些儒家学者的批驳辩②难，可能不全是信史。但它可以说明孔子少年时已失掉贵族的地位，在社会上受过冷遇。

（二）幼年时鲁国的文化空气

春秋中期，鲁国已不能维持原来的强盛局面，在列强争霸的形势中，像是一个衰败的破落户了。但在文化方面，却是一个历史悠久、文物丰富的典型旧家。孔子 11 岁时（前 540 年），晋国的韩宣子到鲁国见到《易象》与《鲁春秋》，赞叹道："周礼尽在鲁矣。"（《左传·昭公二年》）前 543 年，以让国著名的吴公子季札出使到鲁国，听了鲁国特别保存的周朝和各国的乐歌后赞叹不已（《左传》襄公二十九年）。这时孔子虽还年幼，不见得会受直接影响，但他逐渐成长后，对这位有艺术修养的先辈却相当钦佩。他对于《诗经》的整理评论，就采取了季札的许多看法，而且对季札评论乐歌中包含的若干观点，如各种事物中具有外貌极似而实质不同乃至相反的观点，都有所吸收而成为丰富其哲学伦理思想的营养。季札说过："思而不惧"，"乐而不淫"，"大而婉、险而易"，"曲而有直体"，"直而不倨、曲而不屈"等评音乐的语言，其中包含的辩③证观点，对孔子评《诗》时所说的"乐而不淫，哀而不伤"，评人时所说的"过犹不及""狂而不直，侗而不愿"等观点，有一定的影响。

正因为孔子出身于没落贵族，经受过贫贱的磨炼，又生活在文化气

---

① 《左传》作"郰叔纥"，《史记》作"叔梁纥"。此从《左传》。
② "辩"原误作"辨"。——编者注
③ "辩"原误作"辨"。——编者注

氛十分浓厚的环境中，所以少年时期就有了积极向上的志愿。

（三）"十五而志于学"

孔子 15 岁时就确立了坚定的学习志向。古今名人中十五而志于学的人，不算稀少。但志于学的内容，便大相径庭了。孔子所向往的并不是一般求知或名利之学。他曾说："志于道，据于德"（《论语·述而》。以下凡引《论语》只注篇名），又说："士志于道而耻恶衣恶食者，未足与议也。"（《里仁》）又说："君子食无求饱，居无求安，敏于事而慎于言，就有道而正焉，可谓好学也已。"（《学而》）还曾说："朝闻道，夕死可矣。"（《里仁》）"苟志于仁矣，无恶也。"（《里仁》）可见孔子的求学目标，就是道和仁了。当然，道和仁的内容，可随人的认识体验有不同理解。孔子成年后的造诣，未必相同于幼年时的想象，但他的志学起点，一定和"不耻恶衣恶食"的方向一致是无疑的。孔子晚年时，屡次称赞门人颜回的好学，而所说颜回学的内容不过是"不迁怒，不二过"（《先进》）两点。可见，他向往的就是研寻合理的人生态度和行事准则。

这种学习内容，既不同于向①往来世的宗教趋向，也不同于观察自然的科学道路，而是着眼于伦理道德和政治社会的实际。它是从鲁国承袭的古代中原历史文化中孕育出来的。这种基本方向，体现了儒家哲学的特点，也是中国哲学的特点。

（四）为委吏、乘田

孔子曾说："吾少也贱，故多能鄙事。"又说："吾不试，故艺。"（《子罕》）可见他在未出仕以前是学会过一些艺能的。但由于他的"君子"意识很深，很不满意于自己的多能鄙事。约在 20 岁以后，孔子做过两次小官，一次是做会计的委吏，一次是做管牛羊的乘田。自己说管会计时就把帐目管理的很妥善，管牛羊时就把牛羊养的很肥壮。说明他青年时虽早已立了远大志愿，但并不好高骛远，鄙弃实际的工作。

鲁昭公十七年（前 525 年），一个东方的小国君郯子来朝鲁国。当鲁君宴请他时，叔孙昭子曾向他请教过少昊氏"以鸟名官"的问题。少昊

---

① "向"原误作"响"。——编者注

氏是一个古代东方部落，正是郯国的始祖，所以郯子回答的很详细。孔子知道后曾"见郯子而问之"，后来告人说："天子失官，学在四夷，犹信。"（《左传》昭公十七年）可见他学习兴趣相当广泛。

孔子对于古代典章制度的学习，是非常积极努力的，因此对这种和中原传说不同的古制，特别感到兴趣，要请教研究。后来人们把这件事作为他学无常师的范例，加以宣传。这一年他 28 岁，大概是当过委吏、乘田等小官后，有资格和来朝的国君见面了。

孔子 30 岁以前的可信经历，我们知道的只有这些。

三　中年时期

（一）开创私人讲学

孔子 30 岁左右的时候，学问达到相当成熟的地步。按当时的阶级形势，他还不能越过贵族等级的限制有所建树，于是他就开辟了一条私人讲学的道路，把学习所得，传授给招来的弟子们，为打破这个界限①开辟道路。在过去，文化教育本来是贵族专有的东西，一般人只有经过"仕宦"，才能对贵族掌握的文化有所见闻。及至春秋中期，贵族的子弟繁衍，已到了饱和状态，随着王官的失守和一部分贵族的破落，原来贵族垄断的文化知识，逐渐散布到民间，实际上即散布到以士为首的平民阶层。在铁器发明促进经济发展的趋势下，农村公社进一步解体，自由农民和自由工商业者部分出现，他们要求文化知识的滋养，希望参与政治，这为私人讲学准备了条件。孔子正是适应这一形势而开创了历史上从未有过的讲学事业。

孔子说过："有教无类"（《卫灵公》），又说过"自行束脩以上，吾未尝无诲焉"（《述而》），就是说只要交来 10 条干肉的贽礼，我都要对他们有所教诲。能交来 10 条干肉的人固然不是奴隶，但也不一定总是富人，孔子的学生，许多是贫贱之士。如颜回住在陋巷，过着一箪食一瓢饮的生活；子路食藜藿，百里负米以养母（见《说苑》卷 3）；子张是鲁之鄙人（《吕氏春秋·尊师》）；曾参亲自耘瓜，他母亲织布（见《说苑》

---

① "限"原作"线"。——编者注

卷3、《庄子·让王》）；闵子骞曾着芦衣为父推车（《艺文类聚》孝部引
《说苑》）；仲弓的父亲是贱人（《雍也》）；原宪居穷闾巷，穿敝衣冠
（《韩诗外传》卷1、《庄子·让王》）；公冶长是曾在缧绁之中的犯人
（《公冶长》）；最富有的是从事过商业的子贡，也属于刚解放的平民范围；
只有孟懿子和南宫敬叔二人是鲁国贵族（《左传》昭公二十四年）。可见
孔子所说的"有教无类"不是空话。

一大批下层平民可以受到教育，并登上仕进之途，这是一件有关社
会变化的大事。

大约30岁，孔子就有了第一批弟子，如年龄最长的颜路、曾点、
子路、伯牛以及较大的冉有、子贡、颜渊、闵损等，都属于前一辈弟
子，以后如子游、子夏、曾参等人，属于后一辈弟子。所谓门徒三千，
当然是夸张之辞，就是"七十二贤"，也不是同时共学的。他们学习的
功课是诗、书、六艺，而重点是培养德行，陶冶性情，准备担负起闻道
济世的重任。他们平常在学舍讲论，周游列国时，师弟同行，随时问难，
增加实际的经验，有的学成后，出仕为邑宰家臣，仍不断问学请教，得
到批评指导。这样在几十年中，就形成了一个对社会影响极大的儒家
学派。

（二）见老聃的传说

从战国中期起，就形成了以老聃为首的道家学派，和以孔子为首的
儒家学派对立，并流传着孔子见老聃的传说。《史记·孔子世家》和《庄
子》《礼记》等书，都有这一故事的记载。但究竟老聃生活在什么时代？
孔子见过的老聃是不是就是著《道德经》的"老子"？孔子问过礼的老
聃，是不是就是说过"礼者，忠信之薄而乱之首也"的"老子"？他俩的
会见究在何年？则是长期弄不清的一笔糊涂帐。

《论语》里记："子曰：'述而不作，信而好古，窃比于我老彭。'"
（《述而》）这个老彭是谁？有好多种说法。有的说是殷贤大夫①，有的说
是老聃、彭铿二人②。按《论语》语气，孔子自己说窃比于我老彭，"窃

---

① 包咸说，见何晏《论语集解》。
② 王弼说，见邢昺《论语疏》。

比"是表示谦虚，"我"是表示亲近，老彭当然是孔子同时稍长之人。
《论语》里提过"以德报怨""犯而不校""无为而治"等语，和传说中
的老聃为人及今《老子》书中的某些论点，有一致处。这样，我们说孔
子同时有一个信而好古并具有《老子》书中某些思想的老彭或老聃，是
可以的。但这个老聃，是不是会有《老子》书中的全部思想，特别是其
中以道为宇宙本体，"天地不仁，以万物为刍狗"的观点，就很成问题。
如果孔子窃比的老彭，就是著《老子》的老聃，何以这位哲学家，见孔
子后，不讲一点重大的宇宙人生问题，只讲了些琐碎的礼仪末节？如果
讲了而没有记录下来，为什么在孔子的思想上看不到一点受过这些观点
的震动、启发的影响痕迹？这些疑问，可归入"老子"问题范围，这且
不谈。现在要提明的是：各书所记孔子会见老聃的时间，所说老聃对孔
子的赠言教训，都是不可靠的。[①]

（三）对子产的评论和景慕

孔子 30 岁时，正是政治家郑子产病死的一年。孔子对于当时的著名
人物，都曾有过不同程度的批评和赞许，而对于这位政治外交家子产，
则特别尊重，只有赞许而无贬抑，并且怀着深厚的感情，表示景慕和追
念。当他听到子产死讯时，悲痛的为之出涕。（《史记》所载他们生前为
友的说法，不是事实。）

子产执政时期，实行过一些政治改革，改革的内容，包含对田制封
洫的整理，对泰侈贵族的裁抑，以及整理财赋（作丘赋）、公布法律（铸
刑书）等项，可以说近似于后来法家的先驱（铸刑书一事，更为具体）。
当然只能说近似于法家先驱，因为他更尊重民意，实行惠政，和法家有
根本的不同。正是这种介于礼法间的政治倾向，把他和孔子的思想感情
联系起来，成为孔子最倾倒的人物，也成为评价孔子时不能忽视的要素。
曾有人对他们作了截然相反的评价，判定一个是代表进步的法家，一个
是复辟奴隶制的反动派，在史实面前，这种分析法，只能作为一种反面
教材而已。

在孔子对子产的评价中，不仅反映出他的整个政治态度，而且看出

---

① 参梁玉绳《史记志疑》、汪中《述学·老子考异》、钱穆《先秦诸子系年考辨》。

他思想中的若干要义，在他 30 岁时，已相当成熟了。

第一个是有关对待人民的仁的思想，另一个是有关改变"君子"一词所含的地位和道德意义的思想。

"仁"的思想，在孔子以前，已有人讲过，但多是片断议论，不成系统。孔子把这些言论，加以集中概括，把先前多半和宗族内部忠孝礼让相连的仁，推广到和一般人民（国人和庶民）相连的较大范围。在对子产的一次评论中，就表现了这种思想。

鲁襄公二十九年，郑国有过国人游于乡校，议论执政的事。当时有人建议要毁掉乡校，严格禁止民众对执政的议论。子产不接受这个建议，而欢迎批评。孔子知道了这件事后，曾说："以是观之，人谓子产不仁，吾不信也。"（《左传》襄公二十九年）

子产不毁乡校这事发生时，孔子不过 10 岁左右，他的评论，当然是事后听到而说的。看他说"人谓子产不仁"，可见当时责难子产为不仁的，大有人在。孔子根据他的仁说，反驳了这些对子产的批评，说明他是赞成人民可以议论执政的。这一评论，既说明了他的政治态度，也说明他的仁说是针对着王公贵族们的暴政而提出的。

《论语》里说："子谓子产，有君子之道四焉：其行己也恭，其事上也敬，其养民也惠，其使民也义。"（《公冶长》）从这里所说的君子之道，可以看出孔子对于改变"君子"一词意义的过程来。"君子"一词，古代本来是专指统治阶级的贵族士大夫而言，不论在《尚书》《诗经》等书中，没有例外；到了《论语》写作时，"君子"一词，就有不同的用法了。《论语》中的君子有一大部分，仍然沿用上层人专称的原意，如"君子笃于亲，则民兴于仁"（《泰伯》）等语，不一而足。有一部分是专指道德品质而言，如"君子固穷，小人穷斯滥矣"（《卫灵公》）等语是。另一部分是兼具地位、品德两义而说的，如这里所引"子谓子产有君子之道四"的君子，就是这种意义。因为如果君子的内涵，只指卿大夫的地位，那么，子产的一切言行，无一不是君子之道，不能说他只有四种君子之道。照孔子的看法，必须具备恭、敬、惠、义等品德，才够得上一个君子，所以根据子产的表现，指出这四点是他具有的"君子之道"。

这是对于子产的赞扬，也是对于其他无此品德不够君子者的无形讽刺①。在原始社会时，可能最初涌现出来的领袖，多是有相当品德的，因此地位和品德就是同一意义。到了阶级社会后，人们在习惯和权力支配之下，仍然认为有地位权势的人，就是具有道德品质的人。所以地位和品质，仍然连在一起，道德成了贵族独占的东西。及至人们日益发现道德和地位权势，不是一事，甚至是相反的时，才有了把道德和地位分开的必要和要求。

从有地位的君子变成有道德的君子，这中间有个过渡时代。先要对那个有地位的君子，给以道德上的要求和限制，那就是这里所说"君子之道四"的意义。这个提法，反映出过渡的痕迹。孔子是这一新意义的创造人。这一意义的产生，标志着价值的重新估定，标志着平民阶级的士敢于公开指出有权势者和道德的分离，公开提出道德的标准和权势地位对抗，这在社会意识形态上是一个很大的进步和突破。直到秦汉以后，除了引述成语或典丽的古文中仍用原始的意义的君子外（即上层统治者），在社会语言和一般人的意识中，就只有道德意义的君子了。这个功绩，应该归于孔子。清代的汉学家们，强调古来君子和后来君子意义的不同，从历史文字上讲是对的，但他们不知道这种变化正是一种进步，是孔子的最大贡献。而他们对于称君子为有道德者加以奚落，正暴露其思想的拘陋（俞樾《诸子平议》即有此趋向）。

（四）游齐时的遇合。批评晋铸刑鼎

鲁国自宣公以后，政权就掌握在以季孙为首的三桓手中。经过宣、成、襄三代，公室和三桓的斗争，日益加剧。到昭公初年，三家重新瓜分了鲁君的兵赋军权，鲁君就只有一个空头的名义了。鲁昭公曾依靠其他贵族和左右亲信，企图夺回政权，但终于被三家击败，流寓在齐国的边境上。就在鲁昭公失败的这一年，鲁国在襄公庙里举行禘祭时，公室只剩下两个舞乐的人，其余的都到季孙家去了（《左传》昭公二十五年）。这件事，也触发了孔子的感慨，对季氏的佾舞提出过责难。按照古礼，只有天子才能用八佾（每佾 8 人）的乐舞，可是现在的鲁大夫季氏也以

---

① "刺"原误作"词"。——编者注

"八佾舞于庭"，并且把公室的舞者先占有了，所以孔子说："是可忍也，孰不可忍也"（《八佾》），表示了极大的愤慨。

孔子是有政治理想，并且很缅怀周公之制的，他看到鲁国的混乱情况，没有从政的机会，就在前517年，离开本国到齐国去。

据说齐景公在5年以前（前522年）来鲁国时曾见到过孔子，孔子对他讲过秦穆公用百里奚称霸的道理，但又说孔子到齐国后，先做了高昭子的家臣，才有见齐景公的机会（《史记·孔子世家》）。这件事在《左传》和《论语》里都没有记载，事理上也有些矛盾，所以后人多加以怀疑。①

《论语》记："齐景公问政，子曰：'君君、臣臣、父父、子子。'"（《颜渊》）意思是为君臣父子的都要像个君臣父子的样子，即应当具有各自应具的品德。齐景公说："诚然，假如君不君、臣不臣、父不父、子不子的话，那么，即使有米有粟，怎能吃得成饭呢？"

孔子本来是有一套政治理想的，他说过的"节用而爱人，使民以时"（《学而》）、"道之以政，齐之以刑，民免而无耻；道之以德，齐之以礼，有耻且格"（《为政》）等语，就比较确实具体，但在回答齐景公时，却讲了一番空洞的原则，有点不切实际。也许他是针对当时陈氏在齐国的势力膨胀，已不像个臣，而景公的奢侈柔懦也不像个君的情况，要发一些空论引起景公的注意。究竟实情如何，不得而知，可知的是无论真意如何，这些话，只是一些有关政治伦理的常谈，决不是在讲什么名实问题的高深哲理。

据说孔子以后又向齐景公讲述过要节俭的道理，齐景公听了，颇为满意，曾想把尼溪地方的田地封给他，但被晏婴劝阻，没有实现。齐景公有一天直对孔子说："吾老矣，不能用也"（《微子》），孔子听了这种辞谢的话，就赶快离开齐国了。

孔子在齐国大约待②了一年以上③，政治上虽没有进展，但在齐听到

---

① 《史记·孔子世家》中记事，多有错误，见崔述《洙泗考信录》、梁玉绳《史记志疑》等书，并参见钱穆《先秦诸子系年考辨》。

② "待"原作"呆"。——编者注

③ 孔子在齐年数，有7年说，有1年说，前说不可信。参见江永《乡党图考》、狄子奇《孔子编年》等书。

韶乐（舜乐），竟入迷到三月不知肉味的程度（《述而》），是一大收获。各书里虽记了晏婴排斥孔丘的话，但孔子却佩服晏婴的俭朴，并说"晏平仲善与人交，久而敬之"（《公冶长》）。可见那些排斥孔子的话，只是代表齐大夫中"欲害孔子"者的意见，不一定是晏婴所说。

孔子离开齐国的时候，大约 37 岁。他 39 岁的那一年，听到晋国把范宣子的刑书铸在鼎上后，曾发过不满的评论（《左传》昭公二十九年），有些论者，把这事作为孔子拥护奴隶制的证据，但结论似乎有点早些。

首先，《左传》所记孔子的评论中，含有预言晋亡的断语，一定是晋亡后才编成的，不可能是春秋中期时人的原话。[①] 其次，评论的内容中，有些具体事实和晋国的内政变化有关，如晋文公的被庐之法、执秩之官是什么？夷之搜是怎样的乱制？范宣子的刑书怎样违背了文公之法？以及晋国的刑鼎能否和子产的刑书相等？孔子为什么称赞铸刑书的子产而反对铸刑鼎的荀寅、赵鞅？在这些问题没有弄清以前，似不宜只因其中有"贵贱不愆"等浓厚的保守性语言，就把一切反刑鼎的评论，一律归入奴隶主代表类中。

（五）归鲁后的学术事业。仁礼学说

孔子游齐回鲁时，鲁昭公还流寓在外，前 510 年，终于死在乾侯（晋地）。昭公死后，弟公子宋即位，是为定公，形式上较前安定了，实际上正酝酿着更大的动乱。这时鲁国的实权，仍操在以季氏为首的三桓手中，而实际上是操在以阳虎为首的家臣手中。面对这种局面，孔子决意专心从事教育事业，为改造社会政治培养人材。在教育实践中，他的思想更加成熟，尤其是仁礼学说，是他全部思想的中心。

《论语》中讲仁的地方，相当之多：

> 樊迟问仁，子曰："爱人。"（《颜渊》）
> 仲弓问仁，子曰："出门如见大宾，使民如承大祭。己所不欲，勿施于人。"（《雍也》）

---

① 参见郭沫若《十批判书》。

子曰:"夫仁者,已欲立而立人,已欲达而达人。能近取譬,可谓仁之方也矣。"(《雍也》)

颜渊问仁,子曰:"克己复礼为仁,一日克己复礼,天下归仁矣。"(《颜渊》)

"刚毅木讷近仁。"(《子路》)

"巧言令色,鲜矣仁。"(《学而》)

孔子虽没有对仁下明确的定义,但"爱人"一语,可以作为仁的简要概括。爱人就是对别人有同情心,有关心他人的真实感情。在一定时期,可以"杀身成仁"。即郭沫若所说:"克己而为人的一种利他的行为"(《孔墨的批判》,《十批判书》,第86页)。而达到这种境地的办法,是"能近取譬","己所不欲,勿施于人"。即无论何时何地,要设身处地考虑到他人的利益。这种解释,虽近于老生常谈,但确为人类长期社会生活中道德经验的总括。

那么,对于曾引起人们广泛注意的"克己复礼为仁"一语,应该如何理解呢?

孔子说过,"人而不仁如礼何,人而不仁如乐何"(《八佾》),说明仁是礼乐的前提。而在"克己复礼为仁"一语中,又像是以复礼为仁的条件。两者的关系究竟如何,是正确理解"克己复礼为仁"的关键,也是评价孔子思想的一个关键。有人说孔子的仁是为礼服务,复礼是他提倡仁的真正目的。这一论点,比所谓克己复礼就是恢复奴隶制的说法有一定意义,但还不够正确。"仁"的最初提出,有充实礼仪内容的意图,但不能说是以复礼为唯一目的,特别是仁说形成以后,早已超越了礼的范围而成为衡量礼的准则,更不能说是以复礼为目的了。

从孔子学说的整体看来,仁是最高的最根本的理想或准则,这是毫无疑问的。这一点,不论从孔子自述其志愿,以及从人们对他的称赞和他对人的评论中,都可得到证明。

《论语》里有一段孔子和颜渊、子路的谈话:

颜渊、季路侍,子曰:"盍各言尔志?"子路曰:"愿车马,衣轻裘,与朋友共,敝之而无憾。"颜渊曰:"愿无伐善,无施劳(不把

劳苦事，施予别人）。"子路曰："愿闻子之志。"子曰："老者安之，朋友信之，少者怀之。"（《公冶长》）

这段话说明他师弟们的志愿，都是以实现仁的道德为其理想。孔子的老安少怀超越了家族范围，体现了对人的同情关怀。颜回、子路所说，也都是要对社会、朋友体现应尽的仁德。可见孔子的仁的思想已体现在他的教育实践中了。

正因为他的学说中心，最高理想是仁而不是礼，所以封建社会的思想家对他的赞扬、评价，也以仁为最高标志。

荀况称"孔子仁知且不蔽"（《荀子·解蔽》），《吕氏春秋》叙述学术流派时说"孔子贵仁"（《审分览·不二》），尸佼说"孔子贵公"，公是仁的表现（《尔雅·释诂》邢疏引《尸子·广泽》），可见用仁来总括孔子的思想是战国以来共同的认识。

孔子评论人物的标准，也和这相同，他称人为知礼好礼的，比较多见，而却不轻许人以仁的称号。对于令尹子文、陈文子等，只许他们为忠、为清，而不许以仁（《公冶长①》）。在他的弟子中也只许颜回能"三月不违仁"。孔子对于自己也说："若圣与仁，则吾岂敢！"（《述而》）可见仁这一品德，是他追求的最高理想，而礼、义等不过是仁下的一个条目而已。

许多论者指出仁是真情实感，在一定情况下会受到礼的束缚，这样就抵销了它的进步作用，这确是常见的事实。但不能得出仁和礼是绝对矛盾的结论。因为仁属于主观的道德情操，它必须体现在行为中，才能发生作用和影响。而行为的表现，一定要有一个形式、秩序，这种形式、秩序，就是所谓礼。仁的积极作用能否体现，不是取决于它脱离礼而独立，而是取决于它在什么样的礼中表现出来。如果当时的礼已是一种僵化的东西，就和仁的作用不能相容；如果礼是根据仁的原则制定并且不断改进的，那就可使仁的作用更加发挥。这和法制与民主的关系，有些相似。所以克己复礼为仁，应是就这一意义的礼而言。复礼的礼中所含的仁，是制礼时所依据的标准；克己复礼为仁的仁，是指能够克己者所

---

① "长"原脱。——编者注

具有的品德，所以两者不是循环论证。如果复礼之礼，就是周初制定的礼，那就只提倡守礼循礼就够了，用不着提出新道德的仁来，而所谓"人而不仁如礼何"等语，也就无甚意义了。

从历史事实看来，西周奴隶宗法制的礼的内容是什么，虽不能详知，但孔子所谓"吾从周"，决不是原盘接受周礼，则是肯定的。孔子对于周礼，要有所损益，就是有所改进。大体说来，他要用举贤来损益亲亲；用"道之以德，齐之以礼"（《为政》）来损益"礼不下庶人"（《礼记·曲礼》）；要用"有教无类"（《卫灵公》）改变学在官府；要用节俭来改变奢侈（"礼，与其奢也宁俭"，"麻冕，礼也，今也纯俭，吾从众。"《子罕》）；要用哀戚来改变讲究（"丧，与其易也，宁戚。"《子罕》）；用谦敬来改变骄泰（"拜下，礼也。今拜乎上，泰①也。虽违众，吾从下"。《子罕》）。总之，要用仁的原则来改造旧礼，制立新礼，发挥仁的积极作用，这才是克己复礼的真正意义。

不过由于礼的改进，总赶不上生活的变化，而行礼的人又多丧失仁的本质，因此在一定时期必然趋于形式，趋于虚伪，礼常常会束缚了仁的积极作用。同时由于儒生本是以讲礼为职业，那些邹鲁之士和各种小儒，只知传统的礼节，而不知孔子的仁说，这样下去，克己复礼的意义，就会更加被歪曲了。

不过这种流弊的产生，孔子不能负完全责任。他之积极提倡仁德，正是为了挽救这个弊病。在那个过渡时代，他受阶级地位的限制，事实上能做到的，也只能是这些了。

四　中年后的政治事业

（一）定公初年鲁国的政治形势

鲁定公五年，季平子死去，季桓子继续执政。这时除了贵族们互相倾轧外，世卿内部的家臣势力突加膨胀，这是春秋初期少见的现象。

当季平子时，季孙氏的家臣南蒯就在费邑叛变。南氏失败后，季孙家臣中最有势力的是阳虎、仲梁怀、公山不狃等人。仲梁怀先被阳虎驱

---

① "泰"原作"太"。——编者注

逐，公山不狃暗中联合阳虎，企图把三桓废掉，换成他们的与党。定公八年，以阳虎为首的五人集团"将享季氏于蒲圃①而杀之"，季桓子用计逃脱，借助孟孙氏家兵力，反攻阳虎，阳虎终于失败，逃奔到齐国，又转逃到晋国去了。公山不狃暗里和阳虎勾结，但表面上坐观成败，没有参加阳虎的叛乱，所以阳虎失败后，公山不狃仍以费邑为根据地，扩大势力。他知道孔子对三家专权素多不满，就想利用孔子的威信，来请他合作。孔子本来早有求得一展抱负的愿望，听到公山不狃来召，即有往就的意思。但听了子路的劝阻，考虑到和公山不狃合作，未必能达到理想，就打消了去的意图。

对于这一事件，有几种不同的评论。传统儒者中有些认为"弗扰叛季氏，非叛鲁也"，所以孔子欲往是正当的②；有的认为孔子决不会和叛人公山不狃合作，再加记述此事的年代上有矛盾，所以断定并无此事③。近年来有人认为孔子帮助乱党是进步的表现，另有人认为反对季孙氏即是反动的。

传统的争论中，双方都反对季氏，焦点在于这一事件的年代是否可靠。近来的争论中，双方都认为季氏代表进步势力。但都没有确说：如果季氏是代表进步的，那么，反对他的家臣又代表什么？在他们的冲突中，进步属于何方？在这些问题没有弄清以前，相信孔子想利用公山不狃对三桓贵族有所打击，还是合乎情理的推测。

（二）为中都宰及司寇时的政绩

孔子刚从齐国归鲁时，阳虎曾主动向他送礼拜见。并向孔子提出了"怀其宝而迷其邦，可谓仁乎"（《阳货》）的问难，诱引孔子出仕。孔子用婉转的对答搪塞过去。及至阳虎失败，公山不狃召孔子而未成以后，鲁定公和季桓子对孔子的从政志愿，有进一步的了解和信赖，于是在前501年孔子51岁时，正式任用他为中都宰。

中都宰相当于后世的京兆尹，是国都境内的公邑长官。孔子做了一

---

① "圃"原误作"团"。——编者注
② 姚际恒《春秋通论》，引自《先秦诸子系年考辨》13。
③ 崔述《洙泗考信录》、赵翼《陔余丛考》、钱穆《先秦诸子系年考辨》10。

年中都宰，很有成绩。不久，由中都宰升为司空，再升为司寇。这年孔子以相礼资格参加了齐景公提议举行的齐鲁两国夹谷之会，赢得了收回郓、谨、龟阴等三城池的胜利，创造了鲁国外交史上多年未有的成就。

（三）和三家的政治斗争

夹谷之会的外交胜利，在一定程度上提高了鲁国的国家地位，也提高了孔子在国内外的声誉。他在贵族们的眼中不再是一个仅供咨询的"博物君子"了。这就使他和季孙氏有进一步接近的可能。

孔子曾说过一段概括历史的名言：

> 天下有道，礼乐征伐自天子出；天下无道，礼乐征伐自诸侯出。自诸侯出，盖十世希不失矣；自大夫出，五世希不失矣；陪臣执国命，三世希不失矣。天下有道，则政不在大夫；天下有道，则庶人不议。（《季氏》）

不知从什么时候开始，这一段话成了孔子要疯狂复辟奴隶制的第一罪状。我们认为这一段话是孔子希望有一个统一局面的呼吁，是孔子所怀的政治理想。当然，理想只是个建筑的蓝图，和建筑材料不是一事。孔子还没有迂拙到把当时的周天子当作"天下有道"的模型。他周游列国，也没有去见周天子的意图。他总是想在诸侯国中寻找一个可以采纳自己意见的实力人物，等待时机，积极合作，以便实现理想、改变"天下无道"的局面。

这一幻想的追求使他及时抓住了三桓受家臣威胁的时刻，向鲁当局陈述了"家不藏甲，邑无百雉之城"的道理（《公羊传·定公十二年》），出现了"行乎季孙三月不违"（同上）的局势，他就乘此提出堕三都①的建议，派子路为季孙氏家宰，主持堕三都的部署。在三方矛盾的暂时统一下，孔子以司寇的地位，派申何须、乐顾二人和国人联合，击退了公山不狃等的叛变，迫使逃往齐国。虽然由于孟氏家臣公敛处父的违抗，

---

① "堕"，通"隳"（huī）。三都，即孟孙氏的郕（今山东宁阳东北）、叔孙氏的郈（今山东东平东南）、季孙氏的费（今山东费县西北）——编者注

没有彻底完成堕三都的计划，但在叔孙氏堕郈之后，终于堕毁了季孙氏多年盘踞的费城，这一暂时性的胜利，是在互相利用的形势下取得的。

（四）在冷淡中离开鲁国

堕郈堕费之后，三家的势力表面上有些削弱，实际上趋于稳定。在暂时安定的形势下，孔子继续做了极短时期的司寇。约在这个时候，鲁定公曾向孔子问过"君使臣、臣事君"的道理，孔子回答说："君使臣以礼，臣事君以忠。"（《八佾》）定公提出另一个比较特殊的问题，他说："一言而可以兴邦"，有这种事吗？孔子举了"为君难"一语，作为回答。定公又用同样口吻问：有没有"一言而丧邦"的事？孔子用同样态度回答说：有人说为君的乐处，就在于谁也不能对我说的话说一个"不"字。如果人君的话不合道理，这样说不就是一言而丧邦了吗？（《子路》）这些问答似乎近于空泛，但也不是全无实际意义。清俞正燮曾说："孔子事定公堕三都，欲定其礼，礼非恭敬退让之谓。若欲使定公承昭出之后，慕谦退之仪，是君不君矣。"（俞正燮《癸巳类稿》）这一解释比较说出了孔子"臣事君以忠"的深一层意义。

在任中都宰及司寇的短时期内，孔子的治理有些成绩，出现过新的气象，因此引起了齐国的忌妒和担忧。齐国便设法破坏鲁国内部的团结。正好此时季孙、叔孙两家的隐患已除，鲁国便对孔子有了慢待和戒备之心，这就给齐人的离间以可乘之隙。齐景公接受黎鉏的献计，派人给鲁国送来了有80名美女的乐队，季桓子和鲁定公欣然接受，沉醉在女乐中，三日不理朝政，以致孔子的治国大计无法进行。适遇鲁国在郊外祭天后又没有按照向来礼节给孔子送来祭肉，于是孔子判明情况就不再等待，怀着沉重的心情，率领着弟子们，离开那个不能施展抱负的"父母之邦"了。

五　周游列国的 14 年

（一）从适卫到离卫过匡

前 497 年（定公十三年），孔子离开鲁国，首先到卫国①去。在这次

---

① 卫国首都在今河南濮阳。——编者注

去卫，弟子冉有是他的赶车的，路上和冉有有一段对话：

> 子曰："庶（人口众多）矣哉!"冉有曰："既庶矣，又何加焉?"曰："富之。"曰："既富矣，又何加焉?"曰："教之。"（《子路》）

从这段对话里，看到孔子对于教育的重视，但并没有脱离先庶先富的前提。这位爱讲仁义道德的理想家还是相当注重物质利益的实际的。

孔子到了卫国，卫灵公表面上表示尊重，传说他答应照鲁国对孔子的待遇，给以俸禄，又说卫灵公听信人言，怀疑孔子来卫有什么野心，就派公孙余假加以监视，孔子感到不快，只住了10月就离开卫国了。

孔子离开卫国后，路过名叫匡（今河南长垣县境）的地方，曾引起匡人的怀疑，加以包围。据说是由于给孔子赶车的弟子颜刻，曾指着城缺口说："我从前和阳虎，就是从这里打进去的（阳虎在定公六年，曾暴虐过匡人）"，因此匡人误认为是阳虎，才加以包围。这时颜渊随后才赶到，孔子见颜渊说："吾以女为死矣。"颜渊说："子在，回何敢死?"（《先进》）这是说：老师还在，我何敢轻易死于非命呢!

匡人包围的更紧了，弟子们有些恐慌，孔子却镇静如常，对弟子们说："文王既没，文不在兹乎？天之将丧斯文也，后死者不得与斯文也；天之未丧斯文也，匡人其如予何?"（《子罕》）匡人不久了解到不是阳虎，就解围去了。

这里孔子在危急中所说的天，似乎是有意志的天，但他把"文"当作历史过程中最重要的东西，这一点则是积极的。他认为文王是担负过保存文化的历史人物，自文王（周公也在其中）死后，这个历史使命就落在自己身上。这种信念，固然有些神秘，但对他不怕困阨、保持乐观精神、努力于政治理想的实现和文化事业的发扬，则有一定作用。

（二）从晋国的边境上再回到卫国

孔子离开匡城，曾在晋国边境上逗留。传说晋大夫赵鞅的家臣佛肸，乘赵氏和范、中行氏争战的时际，占据中牟城叛赵。佛肸想借孔子的德望，壮大声势，派人召孔子前往，孔子也有欲去之意。弟子子路说："从前我听夫子说，亲身做坏事的人那里，君子是不去的；为什么这次要到佛肸那里去呢？"孔子说："我不是也说过：真正坚硬的东西，是磨不坏的；真正洁白的东西，是染不黑的。我岂是一个匏瓜，怎能长挂起来而不被食用呢？"（《阳货》："不曰坚乎！磨而不磷；不曰白乎！涅而不缁。吾岂匏瓜也哉？焉能系而不食！"）这一事《论语》里虽有记载，但和《左传》等书所记赵氏攻中牟的时间，互不一致，所以后代学者，多不相信真有其事。但从传说的流行中，可以看出孔子为了反对世卿的专权，而希望用世的心情是相当急切的。

另一传说，孔子这时想去晋国，临时听到赵简子（鞅）杀了鸣犊和窦犨①两个贤人，便打消去意，没有过黄河而回去了。②

孔子离开晋国的边境后，又回到卫国，卫灵公表面上欢迎招待孔子，但并不真正尊重他。卫灵公宠爱的夫人南子，要见孔子，孔子就见了她。子路很不高兴老师见这样的女人。孔子就发誓说："予所否者，天厌之！天厌之！"（《雍也》）意思是说：如果我见南子不是为了行道救世，天是会厌弃我的。这里所说的天，是近于于有意志的天，又是在感情的激动下说出来的。

在这一期间，卫国的宫廷里发生了一次政变。由于南子的声名不好，使太子蒯聩受过社会的侮辱，蒯聩便图谋刺死南子，结果事情败露，逃到晋国去。不久，卫灵公死去（前493年），国人按灵公遗志，立蒯聩的儿子辄为卫君。晋国支持蒯聩，秘密送他回到卫国，卫辄和臣僚们用武力拒绝蒯聩回国，结果蒯聩失败了。

当时孔子的弟子们有人怀疑孔子是赞助新立的国君辄的，冉有和子贡就讨论过这个问题。于是子贡入见孔子，用请问其他问题，探询孔子对卫政的态度。子贡问孔子道："伯夷、叔齐何人也？"曰："古之贤人也。"曰："怨乎？"曰："求仁而得仁，又何怨？"出曰："夫子不为也。"（《述而》）

因为按照孔子的学说，父子兄弟是应该礼让为国的，现在孔子坚持"求仁而得仁"的主张，所以子贡知道老师决不赞助卫辄。

---

① "犨"原误作"桦"。——编者注

② 有关晋国的记载，都没有提到这两个人的故事，所以史学家们多认为不是信史。

从子贡和冉有的谈话看来，好像孔子这时在卫国，但《论语》上又说：

> 卫灵公问陈（阵）于孔子，孔子曰："俎豆之事，则尝闻之矣；军旅之事，未尝学也。"明日遂行。

这样孔子是在卫灵公向他问阵的第二天离开卫国的。这一次离卫的具体时间，还不能确定。

比较确实可知的是，孔子对于这位老年荒淫的国君，常批评他是无道的。有一次他谈卫灵公的无道时，季康子说：卫灵公这样无道，为什么没有亡了国呢？孔子说：卫国有仲叔圉掌管宾客（外交），王孙贾主持军政，祝鮀管理宗庙，"夫如是，奚其丧？"（《宪问》）从这一番话里，可以看出他评论政治时，并不是从个人感情出发，也不是仅从道德高下来判断国家的兴衰；但这种较实际的看法，并不减低他对最高理想的要求，所以这个卫灵公，在他的眼中，还是无道的。

（三）过宋适陈时的困厄

鲁哀公三年（前492年），孔子带着弟子们离开卫国，到达宋国境内。宋国的贵族司马桓魋有意害他，于是他便离开宋国，到了陈国。陈国是一小国，这时在位的陈湣公，也很平庸，所以孔子在陈没有什么政治上的发展。历史上只记载了一些向他询问有关考古博物的传言。陈国屡次受到吴国的侵扰，有一次正遇上战乱，就受到绝粮的困难，弟子们有些病倒了。

这时子路很不高兴地见老师说："有道德的君子，也有穷困的时候吗？"孔子说：有道德的人本来是常遭困穷的，如果是无道德的小人，一遇困穷就胡来变节了（"君子固穷，小人穷斯滥矣！"《卫灵公》）。他照常讲学、弹琴、唱歌，在镇定中度过困厄。

孔子离陈后，就到了原属蔡地而当时已成楚地的负函（信阳）。这时楚国的卿相沈诸梁，正在出镇叶城，称为叶公。

叶公曾向孔子问过政治，孔子回答说："近者悦，远者来"（《子路》），就是要让近处的人安居乐业，远地的人愿来投奔。这是针对着刚刚把蔡人迁来的政情，希望他对于迁来的人民施行德政。

　　叶公虽佩服孔子，但还不能完全了解其为人。他曾问过子路，"你夫子到底是个怎样的人呢？"子路一时不知如何回答。孔子知道后，便和子路说：

　　　　你为什么不说我的为人是"发愤忘食，乐以忘忧，不知老之将至"呢？（《述而》）

　　他还曾自问："学而不厌，诲人不倦，我做到了哪些呢？"（"何有于我哉？"《述而》）上面的话是他对自己为人的正确概括，他的一生的确是坚持"学而不厌，诲人不倦""发愤忘食，乐以忘忧"的乐观精神的。

　　有一次叶公和孔子说："我们那里有一个正直的人，他父亲偷窃了人家的羊，他儿子出来证明了。"孔子说："我们那里的正直人不是这样。父为子隐，子为父隐，正直就在其中了。"（《子路》）这是孔子遗言中宗法思想最浓厚最糟粕的部分。但另有一段话和这里的思想完全相反。

　　《左传·昭公十四年》记：仲尼听到晋国的叔向判了儿子叔鱼的死刑后，曾说："叔向，古之遗直也。治国制刑，不隐于亲，三数叔鱼之恶，不为末减，曰义也夫，可谓直矣。"

　　这里把"不隐于亲"的行为，称为义，称为直，和回答叶公时所说的隐和直的关系，正相反对。究竟哪一个说法，是他的真实思想，还须研究。由于古书简略，对于提问的情况角度，没有记录，所以这种相反的言论，可能是针对两种不同情况而言（叔向判儿子死刑，是处于国家官吏地位；叶公所说的直躬，是一般家庭关系，而且有楚人不满儒家思想，故意提相反意见的趋向）。不过在后世产生的影响，则是"父为子隐，子为父隐"的说法占主导地位。我们看历代的《论语》注中，没有人对这点加以怀疑，更没有人提过批评，就知道"直在隐中"说的影响相当之大，这对于中国的进步，有一定的阻滞作用。①

---

　　① 《吕氏春秋·仲冬纪·当务》篇有一段孔子批评楚直躬借父博名的记载，和《论语》所记不同，和《左传》所记没有矛盾。可参阅。

（四）在楚蔡境中和隐者们的相遇

孔子的师弟们和楚大夫叶公有相当交往，对于楚昭王也有好评，但始终只在楚境上停留些时，没有到楚国去。就在他留在楚国边境和离楚回卫的过程中，遇到了一些和自己主张不同的人物。

有一天，一个好像疯癫①样子的人，来到孔子的车旁，唱了一首歌子："凤兮凤兮，何德之衰！往者不可谏，来者犹可追。已而，已而！今之从政者殆而！"（《微子》）孔子听了后，觉得歌中有对现世的不满，有对自己的讥讽，讥讽中又带点惋惜，知道不是普通人，就急忙下车，想同这位狂者谈谈，但是那个叫"接舆"的人已经走远，没有交谈的机会了。

在回卫的路上，孔子和弟子们一时找不到渡口，看见路边田地中有两个耦耕的人。孔子派子路去向这两人打听渡口的地方。那个高个子反问子路说："坐在车上的是谁？"子路说："是孔子。""是鲁国的孔丘吗？""是。""那他该知道渡口在哪里了！"

后面那个满足是泥的耕者问道："你是谁？"子路说："我是仲由。""你是孔丘的弟子吗？""是。"泥腿的人说："现在的世界到处是乱哄哄的，谁能把他改变过来呢？你与其跟从着选择这个、躲避那个的人跑，何如跟从我们这躲避世界的人呢！"说毕，继续不停地翻土盖种，不再理人了。

子路回来告诉了孔子，孔子很激动而怅然地说："人活在世上，是不能和山林里的鸟兽们同群的；那么，我不和人类在一起，将和谁在一起呢？正因为天下无道，我才要积极改变它；如果天下已经是有道了，那就用不着我到处奔跑了。"（《微子》）

还是在这一次的归路上，子路落在后面掉队了。他遇着一位挂着拐杖、背着竹筐的老人，便问道："您看见我的老师来吗？"老人说："四体不勤，五谷不分，谁是你的老师？"他放下拐杖拔草去了。子路只得恭恭敬敬地站在旁边。这老人就留子路住宿，"杀鸡为黍而食之"，并且让两个儿子见了子路。第二天，子路赶上孔子，告诉了昨天的经过。孔子说：

---

① "癫"原误作"颠"。——编者注

"这是一个隐者。"让子路返回去再见这位老人，但老人已经出门躲开了。子路就根据孔子的意思，和老人的二子说：我老师认为，"不出仕，是不合于义的。你既知长幼之义不可废，那么君臣之义如何能废呢？为了自身的清高，而弃了君臣这一伦，是不对的。君子的出仕，是为了行义，至于最理想的道不能一时实现，那我是知道的。"（《微子》）这一段话，是孔子和子路在家里说的，还是子路和老人的二子说的，由于版本的不同，有不同说法，不必管它，只知其中所说大意，基本上属于孔子思想，就可以了。

孔子和一些隐者的相遇虽没有动摇他的积极救世之心，但在情绪上留下了余波。以后他和弟子们的一次谈话中，赞成追求清高闲散的曾点，而轻视治赋治兵的冉有、子路，就是这一余波的泛起。

（五）再次回到卫国和正名言论

孔子 63 岁时，从楚国的边境又回到卫国，这时卫国的国君出公，已在位三年，国内的局势相当稳定了。

前次孔子回答子贡的问题时，虽曾盛赞伯夷、叔齐的"求仁得仁"，用以表示对出公的非难。但这次回卫后，对于出公待他的"公养之仕"[1]，即只当闲散清客而不实际做[2]官的地位，仍然继续下来。

这时，弟子们（子贡、子路）多在卫国出仕，卫君出公确有请孔子正式担任国政的意图。

于是子路问老师说："这次卫君等您回来主持政治，您将首先做些什么呢？"孔子说："必也正名乎"，意思是说先从确定出公和蒯聩父子们的君臣名分开始。

当时卫国的政情是相当复杂的。儿子出公立为卫君，父亲蒯聩被拒在偏邑（当时在卫国的戚地），这个名分是应该有一个合理确定的。按照古代伯夷、叔齐兄弟让国的榜样，出公父子们应该用相让代替相争，这是孔子回答子贡时所持的理想。但卫国对于蒯聩的拒绝，是用祖父（卫

---

[1] 《孟子·万章下》："于卫孝公公养之仕也"。《春秋》《史记》无孝公名。朱熹认为孝公即是出公，后世注家多从其说，无异词，因此时卫国无其他国君。

[2] "做"原误作"坐"。——编者注

灵公）遗旨的名义执行的，由于当时晋是卫的仇国，蒯聩出奔仇国，又被晋赵鞅送来，卫国人就用这个名义加以拒绝，《公羊》《谷梁》所说的"以王父命辞父命"，就是当时卫国人的一般意见。子贡、子路根据这种情势，认为孔子有出来助出公为政的可能。所以子路就直接提出"卫君待子而政，子将奚先"的问题。

孔子明确回答说："从正名开始。"这和子路的看法不同。子路因此说："真是的，您太迂腐了，像目前卫国的名分，怎样正法呢？"

孔子很生气地说："由！你太粗野了。君子对于自己不了解的道理，是不能随便说的。你要知道，名不正，则言不顺；言不顺，则事不成；事不成，则礼乐不兴；礼乐不兴，则刑罚不中；刑罚不中，则民无所措手足。"（以上俱见《子路》）

这一番道理，使子路无话可说了。但孔子没有明白说出正名的方法，也没有阻止子路仕卫的指示，所以后儒对于卫国的政治，有各种不同的评议。这些有关封建伦理及当时政情的意见，今天看来已没有多大现实意义，可以不必管它。现在可以一谈的是近来对于正名的理解批评是否完全正确。

好多论著都说孔子的正名是认识论上的唯心主义，都说孔子认为只要把名弄正了，一切"实"就自然改变了。孔子的正名就是以概念为第一性的唯心主义。这种说法是值得商榷的。

孔子的正名，只是关于伦理政治的思想，还谈不到什么认识论上的名实问题。他只主张在实行政治改革过程中应从正名开始，只说如果名不正就有言不顺、事不成的种种结果，并没有说只要一正名一切问题就解决了。后面这层意思是别人给加上去的。

孔子正是看到解决某些实际问题，名分的确定有一定重要性，才主张先从正名下手。试想一个提倡以忠孝仁爱治国的思想家，在他主政下，仍然是父子相争的局面，那他的主张还如何推行呢！

当然，孔子所说的名实，是封建宗法政治的名实，和现代所说的名实内容不同，但对于名实关系的看法，应该用同一尺度加以评论。

不知从什么时候起，人们认为孔子的正名是认识论上的唯心主义，这实际上抬高了孔子的哲学地位，而违背了他的思想实际。（从孔子的正名论，可以走到唯心论的偏路，但在孔子当时，还没有如此。）

又不知从什么时候开始把这样理解的正名，定为复辟奴隶制的根据之一，这就使思想更加混乱。

总之，孔子的正名论，连弟子子路都觉得迂远，当然不会被卫君所接受。主张既不得售，他不久也就离开卫国回到鲁国了。

六　归鲁后的政治言论和教育事业

（一）回到鲁国及回鲁后的政治言论

孔子在陈时，就有归鲁的意愿，到卫后得到回鲁的机会。鲁哀公七年（前488年），鲁国和吴国举行鄫城会议，鲁国被迫送给吴国"百牢"的重礼，幸赖临时借用孔子弟子子贡去交涉，季康子才没有受辱（《左传》哀公七年）。第二年，吴又攻鲁，幸有七百勇士英勇抵抗，吴兵才退去，七百勇士中就有孔子弟子有若在内（《左传》哀公八年）。这几件事，使季康子感到孔子弟子中确有可用的人才，于是派人到卫国来请冉有，实现他前几年的设想。冉有回鲁后，不久就立了战功，因为这时齐国侵入鲁境，冉有力劝季氏出兵抵御，三家勉强出了兵，但交战的结果，只有冉有率领的"季氏之甲"打了胜仗（哀公十一年）。

季康子问冉有道："你的军事才能是天生的呢，还是学来的呢？"冉有说："学之于孔子。"（《史记·孔子世家》）季康子又问："孔子是怎样的人？"冉有称赞了老师一番。季康子又说："我想请他回来，可以吗？"冉有说："你想请他回来，只要不听信小人的坏话，就可以了。"于是季康子派人带了重礼来迎孔子回国。

这时是鲁哀公十一年（前484年），孔子已在外过了14年的飘泊生活，增加了许多人生经验，回来时已是68岁的老人了。

孔子回鲁后，鲁哀公向他请教治国的道理，问道："怎样才能使民服从呢？"他说："举用正直的人，摒退奸邪的人，人民就服从；举用奸邪的人，摒退正直的人，人民就不服。"（《为政》）

季康子以当时多盗为忧，来请教孔子。孔子很坦率地说："如果你自己不贪欲，那就虽给人以奖赏，人们也不会偷窃。"（《颜渊》）一针见血地说出了多盗的政治原因。季康子又问道："如杀掉无道的，而成就有道的，可以吗？"孔子说："你执政，焉用杀？你坚决往好处做，人民就自然都好了。上边的人好比是风，下边的人好比是草，风吹到草上，草必然会顺风倒的。"（《颜渊》）直截了当地给他的杀人动机泼了冷水。

鲁国有一个附庸小国叫颛臾（在山东费城①西），季康子要攻伐它。这时季路和冉求②正为季氏家臣，来告诉孔子此事。孔子认为他们有责任劝阻季氏此举。冉有说这是季氏的意见，他二人都不赞同；但又为季氏辩护，说颛臾的城很坚固，又靠近费邑，"今不取，后世必为子孙忧"。孔子听了后，予以严厉的责备，并讲了一番大道理："丘也闻，有国有家者，不患寡而患不均，不患贫而患不安。盖均无贫，和无寡，安无倾。夫如是，故远人不服则修文德以来之，既来之，则安之。"（《季氏》）这种"修文德以来之"的主张，确实近于空想，但"不患寡而患不均"的思想，却有深远意义。有人把它提高到大同思想的高度，固非事实，但其中包含的意义，决不限于有国有家的贵族范围。任何一种有价值的原则道理，总要超出它产生的具体事实而发生影响和作用，这一道理也不例外。从仁学的基点出发，这种道理，很自然地可以发展为《礼运》大同思想，当然也可以和小农经济的平均主义结合起来，产生出宁要贫穷的平均而不求不均的富裕之错误倾向。由于孔子本人，常常讲到礼义等级的界限，他以后的时代，又变为封建专制主义的社会，所以他的这种思想总是受所谓礼的束缚而没有得到很大的发展。

伐颛臾一事，《春秋》经、传都没有记载，有人设想可能是由于孔子之言，子路二人劝阻了季氏，是否如此，不得而知。童书业先生曾根据书中提到"季氏之忧不在颛臾，而在萧墙之内"一语，推论记录《论语》者，已看到季孙氏家后来的没落③，这种推测有一定的道理。

孔子回鲁的那一年冬天，季孙氏要改变军赋制度，派冉求来征询意见，《左传》说：

> 季孙欲以田赋，使冉有访诸仲尼。仲尼曰："丘不识也。"三发……仲尼不对而私与冉有曰："君子之行也，度于礼，施取其厚，

---

① "费城"，即指费县县城。——编者注
② 仲由，字子路，又字季路。冉求，字子有。——编者注
③ 参见童书业《战国初年鲁国公室的集权与季氏的独立》，《中华文史论丛》第6辑。

事举其中，敛从其薄，如是则以丘亦足矣。若不度于礼，而贪冒无
厌，则虽以田赋，将又不足。且子季孙若欲行而法，则周公之典在；
若欲苟而行，又何访焉？"（《左传》哀公十一年）

《国语》里也有类似的记载，这一事实是可信的。关于田赋的内容是什
么？有各种不同的解释。大体说来，是鲁国要在"作丘甲"的基础上，
作进一步的税制改变。丘甲是一种军赋，赋和作为田租的税不同，它的
征取对象是有食邑、禄田的贵族，近于一种财产税。作丘甲是按照丘
（四邑为丘）单位，向土地占有者（大夫和士）征取军赋。现在季氏要改
为按田①（一井）的单位征收军赋。其具体办法和征赋数量，及征赋对
象，有无改变，史无明文，不可确知②。有一种解释，认为用田赋是将赋
的负担落到直接劳动者（国人和庶民）身上，其进步意义在于将贵族原
来剥削农民的一些机会、利益转到新政权手上，是向封建地主转化的一
个标志，这种解释还有可以细商之处，但作为赋税史上的一个前进过程，
大体是对的。制度的前进可以反映生产的前进，但不等于对人民有利。
恩格斯早已说过当时代的基础是一个阶级对另一个阶级的剥削，那么，
"生产的每一进步，同时也就是被压迫阶级即大多数人的生活状况的一个
退步。"（《家庭、私有制和国家的起源》，《马克思恩格斯选集》第4卷，
第173页）所以孔子以"施取其厚，事举其中，敛从其薄"的原则加以
反对，是可以理解的。

　　无论怎样征收，负担总要转嫁在劳动者身上，所以当冉有为季氏急
于增加赋税聚敛财物时，孔子很生气地说：冉有"非吾徒也，小子鸣
鼓而攻之可也"（《先进》），表示极大的愤慨。孔子的时代，还不能看
出后来的一切变化，他站在同情于庶民的"士"的地位，不理解社会

---

　　① 金文中赐田以田为单位，如《不娶簋》、《敔段》等文可证。田即一井，非一百亩。《国
语》韦昭注引贾逵说："田，一井也"。《公羊传·哀公十二年》"用田赋"何休注："田为一井
之田"。并同。
　　② 明王樵解释"用田赋"说："赋之本义专为出军。计兵而出兵车，赋之常法。今计田而
出，故曰田赋。"这是把田解释为田地，与兵相对，不是以田为井邑单位，与丘相对（王说见
《春秋传说汇纂》哀公十一年）。清吴南屏有一种按公田一百亩出赋的新解释，较为新颖。吴说
见刘师培《左盦题跋》中《吴南屏与戴子高书》。

在矛盾中发展的道理，而从增加人民负担的角度上批评冉有，是有理由的。

当然，这种主张不会为季氏所采纳，第二年春，鲁国正式实行用田赋的制度了。

（二）哲学思想和教育思想

孔子回鲁后，已经看清"道不行"的真正矛盾，决心把精力完全放在文化教育上。孔子在教育实践和教育思想上有巨大的成绩。这种思想有它的哲学基础，但孔子没有明白谈论过宇宙本体问题。他的有关于天和鬼神及天命的言论即是他对于宇宙本体的主张。孔子已不相信有人格的上帝，他所说的"天"，有一部分还留有有意志的天的残余，有一部分是命运之天的意义。如颜渊死后，他说："噫！天丧予！"（《先进》）他害病时，子路要使门人为臣（家臣），他很生气地说："无臣而为有臣，吾谁欺，欺天乎？"（《子罕》）又如，当子路不同意他见南子时，他说："予所否者，天厌之，天厌之。"（《雍也》）他回答王孙贾要他媚灶①的劝告时，说："获罪于天，无所祷也。"（《八佾》）……这几处的"天"大抵是遭遇了不幸后的悲叹②，或是表示无法表达的内心，或根据别人的提问表示不同意见，都不是从理论上对自然进行解释。他又说过："天何言哉？四时行焉，百物生焉，天何言哉！"（《阳货》）"子在川上曰：逝者如斯夫，不舍昼夜。"（《子罕》）这虽也不是正式讲宇宙论问题，但确是有关于自然的郑重言论。从这些言论中知道他对于自然界的运行变化有一定的观察体会，与所谓神的人格意志并无关系。这两种天在他的思想中位置不同，前者是逆境中的呼吁、感叹，后者是平时的观察认识，他自己不认为有什么矛盾。

对于鬼神和命运，也有相似的情况：春秋初年已有过季梁、史嚚、司马子鱼等的重民轻神的言论。春秋中期子产讲过"天道远，人道迩"（《左传》昭公十八年）的名言，孔子和子产先后同时，对于鬼神的态度基本上和子产接近。

---

① "灶"原误作"皂"。——编者注
② "叹"原误作"欢"。——编者注

务民之义，敬鬼神而远之，可谓知矣。(《雍也》)

祭如在，祭神如神在。(《八佾》)

季路问事鬼神，子曰："未能事人，焉能事鬼?"曰："敢问死。"曰："未知生，焉知死?"(《先进》)

他怀疑鬼神的无神论倾向是明显的，但并不作斩钉截铁的论断。鲁迅说："孔丘先生确是伟大，生在巫鬼势力如此旺盛的时代，偏不肯随俗谈鬼神；但可惜太聪明了，'祭如在，祭神如神在'，只用他修《春秋》的照例手段，以两个'如'字略寓'俏皮刻薄'之意，使人一时莫明其妙，看不出他肚皮里的反对来。"(《再论雷峰塔的倒掉》，《鲁迅全集》第1卷，人民文学出版社1956年版，第296页) 看来孔子肚皮里反对鬼神是真的。有些人根据他主张恭敬祭祀，认为和他的怀疑鬼神有矛盾，因此认为他还属于有神论者。读了鲁迅文后就可释然了。不过孔子虽不相信鬼神，但却没有达到唯物论的高度，他似乎相信宇宙中有一种支配人生的神秘力量，似乎相信自然界中有一种不可解释的秩序安排，对这种力量应表示崇敬，所以在祭礼中表现极其严肃的敬畏态度。这在他畏天命的态度中也可看出来。

各书所记孔子有关"天命"的言论也有两种意义。如伯牛死时，他说："亡之，命矣夫!"(《雍也》)弟子子夏说："商闻之矣，死生有命，富贵在天。"(《颜渊》)这几处所说的命和一般所说的命运、命数之义，无大差异，都是指人力无可如何的情况而言。

又如"五十而知天命"(《为政》)、"不知命无以为君子也"(《尧曰》)等语，就不是这样简单，这种命肯定不是商周奴隶主常宣传的神的天命，那种低级的神的天命不必经过几十年的学习到五十岁时才可知道。不过他所说"知天命"还和了解自然界的客观规律不一样，一方面说，没有达到科学的高度；另一方面说，它比自然规律的范围要广些。凡是相信天命的，总不肯积极努力，但是孔子终身积极学习，惶惶奔走，企图实现他的理想，并且以这种精神教育后世。当时人称他为"知其不可而为之者"(《宪问》)，说明他没有因天命而放松了人的努力。他认为人的努力发挥到极点而还不能对现实有所改变时，才是他所说的"天命"范围。

特别在道德方面，他认为是人自己努力不受任何外力限制的范围。后来孟轲说"有性焉，君子不谓命也"（《孟子·尽心》），即是这种思想的发挥。因此有的同志说孔子在道德方面否认了天命，但这只是道理的一方面；从另一方面看，他的天命另有深刻的意义，正是在道德方面，显示出"天命"的意义和力量。他从仁的观点出发，认为积极发挥仁德是天所赋予人的使命，至少是一部分先觉者应负的使命。因此他在教育实践中号召士阶层人负担这种使命，"士不可以不弘毅，任重而道远。仁以为己任，不亦重乎？死而后已，不亦远乎？"（曾子语，见《太伯》）这种天赋与人的历史使命是天命的最高意义，他的"知其不可而为之"的精神、"朝闻道，夕死可矣"的精神、提倡"杀身成仁"的精神，正是从这里来的。这种思想的渊源，可能与中国的远古文化有关，与孔子竭力为道德寻求形而上学的基础有关。虽有点神秘味道，但不是有神论，不是命定论，它有宗教的作用而没有宗教的迷信，这是孔子哲学的特点，也是中国文化的特点。

正因为孔子的自然观中有无神论的因素，同时人生观是积极乐观的，所以他的成绩首先在教育方面。他曾说过"生而知之者，上也"（《季氏》）、"唯上智与下愚不移"（《阳货》）等近于唯心主义的语言，但在实行中却没有受这种认识的指引。他自己说："吾非生而知之者，好古敏以求之者也。"（《述而》）又自称"学而不厌，诲人不倦"（《述而》），特别注重向别人学习，他说"三人行，必有我师焉，择其善者而从之，其不善者而改之"（《述而》），"知之为知之，不知为不知，是知也"（《为政》）。这种积极而虚心的学习精神，教育感染了许多弟子，成为社会有用的人才。

他的教育目的是要培养完全的人格、高尚的品德，来担当爱人济世的历史使命，所以把德行一科，放在政事、言语、文学等科之首，但在智①育方面，也没有轻视放松的倾向。所以他教导弟子时，对于经验得来的东西，不但要时加考核，还要加以引申类推，"告诸往而知来者"（《学而》）。特别是对于学和思的关系，提出总结性的论断，他说："学而不思则罔（混乱无所得），思而不学则殆（游疑不决）"（《为政》），又说：

---

① "智"原作"知"。——编者注

"吾尝终日不食、终夜不寝以思，无益，不如学也。"（《卫灵公》）可见他的学习教学方法是踏实的。

在教学方法上，他注重启发，反对灌输，更有一套"因材施教"的办法。比如对于弟子们提出的同一问题，他根据个性不同予以不同的回答。如子路问："听到一个道理就马上实行吗？"孔子回答说："有父兄在，怎能立刻自己去实行？"冉求提出同一个问题，他回答说："闻斯行之"。公西华就问为什么对于两人的问题回答不同呢？孔子说："求（冉有）向来迟慢，我所以鼓励他前进；由（子路）向来冒进，我所以向后拉他一下。"（《先进》）这是他因材施教的典型例子。

在教育方法方面，有好多经验即使①到现在也还有借鉴意义，但他的教育思想中却有若干糟粕。如他本人本来是由于幼时贫贱学会各种艺能的，但是樊迟请学稼、请学圃时，他却用"小人哉樊须也"（《子路》）的语言批评一番。这种轻视劳动的思想对当时和后世有很坏的影响。

从总的趋向看，在孔子的教育思想中，进步因素占主导地位。

（三）整理文化典籍

孔子的教育思想以培养德行为目的，以学习古代文化典籍为手段，他对于古代的诗歌、历史都曾加以整理讲习，作为教学的课本。

孔子对于音乐有深厚感情，并有很高的欣赏水平，曾评论过舜的《韶》乐是尽善尽美，周的《武》乐尽美而不是尽善（《八佾》），对于乐章的进展，能领会其中节奏和谐缓急曲折的程序（《八佾》）。对于《诗》的价值、效用，也有恰当估计。他说："《诗》可以兴，可以观，可以群，可以怨"（《阳货》），把诗歌当作培养德行、陶冶性情的最重要的手段，同时也注意其在政治、外交上的功用。他说："诵《诗》三百，使于四方，不能专对，虽多，亦奚以为？"（《子路》）可见，他对于《诗》的看法是相当全面的。正因为他对于诗歌、音乐十分重视，所以从卫国回鲁后，就积极整理诗歌，使诗歌的乐谱入了正轨，雅、颂等不同诗类中的错乱歌词都就了序（《子罕》），他这一工作几乎触及当时全部流行的歌词和乐谱。经过他的整理提倡，那部包括保存了各国不同风格的民歌的古

---

① "使"原脱。——编者注

代诗歌总集——《诗经》才保存、流传开来。

曾经传说原有诗三千余篇，经他删削，剩了现在的三百余篇，但《论语》里有"《诗》三百，一言以蔽之，曰：'思无邪'"的话（《为政》），所以有的学者主张孔子只整理而未曾删削，也可能近于事实。

《论语》里讲到《诗》的地方相当之多，如"子所雅言，《诗》、《书》执礼"（《述而》），如他和弟子子夏讨论"巧笑倩兮"一首诗时，子夏联想到礼应当在有了真实感情后再讲求礼的道理，得到他的称赞（《八佾》），和子贡讨论"贫而无谄，富而无骄"的问题时，子贡联想到"如切如磋，如琢如磨"的《诗》句，他认为"赐也，始可与言《诗》矣"（《学而》），对儿子孔鲤也讲过《诗》的问题。可见他经常以《诗》为教育内容是肯定的。

历史知识，是孔子教育的重要内容之一。但孔子著《春秋》的传说，则颇有争论。《论语》里没有提到孔子著《春秋》的明文，到《孟子》时才说"孔子作《春秋》而乱臣贼子惧"的话，但一些学者，认为《春秋》里有些提法，和《论语》里所讲"多闻阙疑""吾犹及史之阙文也"（《卫灵公》）等主张不合；又根据《左传》所记，孔子以前，各国史官已有书法的惯例，认为书法不是始自孔子，所以主张孔子只是经常用《春秋》内容，给弟子讲论，并没有自作《春秋》。《春秋》中记载孔子生的年月，又记载孔子卒的年月，证明这都是孔子弟子后学所作，所以认为司马迁所说"笔则笔，削则削，游夏不能赞一词"的话，不全是事实。这些说法有一定道理，但孟轲时已说孔子作《春秋》，不能毫无根据。他平生讲论《春秋》，一定有些议论，弟子们整理《春秋》时，可能引用过孔子的说法，也未必全无可能，所以"孔子作《春秋》而乱臣贼子惧"的话，虽不完全正确，但根据孔子说过"不在其位，不谋其政"的话，就否认他对春秋时政有过褒贬，那也和他的思想不合。总之，《春秋》是第一部有系统的编年史，自孔子后才成为普遍学习的典籍，毫无可疑。

至于《易经》一书，特别是《大传·系辞》确不是孔子所作。但《论语》中引过"不恒其德，或承之羞"（《子路》）的话，可见孔子和《易经》不是毫无关系，《易经》虽不是孔子所作，但其中有些哲理，确与孔子思想有关，是可信的。

（四）70 岁后的活动和悲哀

孔子回鲁后，在积极从事教育事业的晚年中，得到了以前政治环境中未有过的宁静和愉快。他看见几个不同风格而各有所长的弟子在旁，如闵子的和乐，子路的刚强，冉有、子贡的侃侃而谈，感到"得英才而教育之"（《先进》）的快乐。他曾自述其一生的学养进展，是"十五而志于学"（学道），"三十而立"（立于仁和礼），"四十而不惑"（对于事物有正确的了解），"五十而知天命"（对于事物变化中的推动力量、内在规律及天所赋予人的使命有所理解），"六十而耳顺"（听到一些情况和道理，马上就能理解），"七十而从心所欲不逾矩"（《为政》）。这就是说以前需要用心警惕、谨慎从事的学养锻炼，现在已达到纯熟的地步，任随意念所至都不会逾越仁德的范围了。他曾说自己是"发愤忘食，乐以忘忧，不知老之将至"（《述而》），现在达到"从心所欲不逾矩"的境地，应该说是快乐而圆满的成就了。

但在他的晚年生活中也遇到一些不幸的逆境：当 69 岁时，他的唯一的儿子孔鲤死了。更不幸的是 71 岁时，他最喜爱的弟子颜回死了。孔子屡次称赞颜回是聪明诚实而好学的弟子。他家境贫穷，过着"一箪食，一瓢饮，在陋巷，人不堪其忧"的生活，而却"不改其乐"（《雍也》），孔子是不轻易许人为仁的，而对于颜回则说："回也，其心三月不违仁，其余则日月至焉而已矣。"（《雍也》）这样一个弟子死了，老师当然感到十分悲痛。

但孔子究竟是"从心所欲不逾矩"的，他并没有沉溺在悲痛中。他不同意门人厚葬颜回。颜回的父亲颜路，曾请求孔子卖掉他的车给颜回买一个椁（套棺），孔子也不同意。说明孔子对颜回死的悲痛和世俗的感伤不同，不仅是失掉亲人的悲伤，而是失掉后继者的悲哀。

就在这一年（前 481 年）夏天，齐国的国君简公被大夫陈恒杀了。孔子认为是大逆不道，就去见鲁哀公，请鲁国出兵讨伐陈恒，鲁哀公让他去见三家，他就去见了三家，讲了请讨陈恒的事。不论从三家的立场或齐鲁两国的力量对比上看，三家当然不会同意这一请求，孔子只得说："因为我从前参加过政治，所以不敢不来告诉"（《宪问》），这是他政治幻想的又一次破灭，也是最后一次失败的政治活动。

陈氏早已蓄积了可以收买人心的实力，杀掉简公后，又过了几十年，就正式篡夺了齐国的政权，从某一意义上说，可视为后来战国时代的序幕，因此不少人认为这是孔子最反动的政治表现；但从另一意义上说，真正开创新时代的是魏文侯和李悝、吴起等法家，而不是陈恒等一类的贵族。战国时代表新势力的法家著作，都痛恶陈恒、季孙等旧贵族一类人物，《韩非子》曾说："若夫齐田恒、宋子罕、鲁季孙意如……之为臣也，……上逼君，下乱治，……唯圣王智主能禁之"（《说疑》），说明他们和新时代的趋势正相反对。这样看来，对于评论孔子请讨陈恒问题的流行看法，还不应当视为定论。

颜回死后第二年，孔子最亲密的弟子子路不幸也死了，而且是死于非命。子路是孔子弟子中最年长，最爽直、最勇敢的人。孔子虽常批评他，而也屡次称赞他，曾说"片言可以折狱者，其由也与！"（《颜渊》）"衣敝缊袍，与衣狐貉者立，而不耻者，其由也与！"（《子罕》）孔子因"道不行"想"乘桴浮于海"时，他也说："从我者，其由也与！"（《卫灵公》）子路的个性特点是非常明显而为老师深深了解的。子路的死，对孔子是一大打击。

再过一年，孔子在弟子们的悲哀声中离开了人间。这时是鲁哀公十六年（前479年），活了73岁。

孔子死后，鲁哀公给他作了祭文，称为"国老"。祭文的结尾说："咳！尼父！我今后向谁请教呀！"（《左传》哀公十六年）这种祭文是照例形式，还是真有什么悼念深意，就弄不清了。

孔子死后，有好多弟子在坟上庐墓三年，分别时又都痛哭起来。子贡还不忍离开，独自又住了三年。子贡是孔丘弟子中在政治上最活跃最有才干的人，而他对于老师的称颂到了无以复加的程度。他曾和陈子禽说："夫子之不可及也，犹天之不可阶而升也"，又说："夫子之得邦家者，所谓立之斯立、道之斯行、绥之斯来、动之斯和。"（《子张》）意谓孔子如果有从政的地位，一定能使远近人民都达到佩服和乐的地步。孔子一生中受过种种毁谤和侮辱，而在弟子中能形成如此崇高的形象，那不是偶然的。

七　结束语

60 年代有关孔子的讨论中，比较集中的争论是：孔子学说中的进步成分占主导地位，还是保守成分是主要的？孔子学说代表奴隶主阶级利益，还是代表地主阶级利益？对这两个问题应该有所回答。

从上面的论述中，很自然地得出这样的看法：他的进步因素占主导地位，即是说他的天道观中怀疑鬼神的倾向；人生观中提倡仁的道德，"知其不可而为之"的精神；政治思想中反对厚赋重敛，强调节用爱人的主张；和教育思想中提倡有教无类、学思并重、学而不厌、因材施教的等等原则是他思想中的主要成分，在历史上起过积极作用。

他之所以能够提出这些进步理论的社会原因，不是由于他是一个有文化的破落贵族，也不是由于他已成为地主阶级的代表，而是由于他处在两个社会过渡的"中世"，是从贵族阶级最下层中分化出来而和从官府中解放出来的工商阶级，从公社中解放出来的自由农民共同构成了相当于平民阶级的"四民"阶层的原故。这个以士为首的阶级或阶层，是和旧贵族阶级对立的新生力量，是当时推进社会文化发展的动力。

正是由于旧贵族的统治已经衰落而新的地主阶级的集权统治还未绝对形成，所以出现了士阶层的活跃和百家争鸣的局面，出现了像孔子仁学这样的学说。连同墨翟的兼爱说、孟轲的民贵说，也都是属于过渡时期的所谓"悦仁而尚贤"的"中世"的意识形态。到了战国中期以后，部分国家出现了比较强固的地主阶级政权，这个"悦仁尚贤"的风气就停止发展了。

孔子死后，儒家学派分化，孔子弟子子夏学派和较晚的荀况（子弓弟子）学说是由尚贤尚礼到尚法贵贵的过渡。子夏学派中产生了李悝、吴起、商鞅等前期法家[①]，于是开始出现"贵贵尊官"的倾向，到了荀况弟子韩非、李斯时，就彻底抛弃了荀况学说中所保留的"尚贤悦仁"的

[①] 《商君书》是战国晚期著作。参见罗根泽《商君书探源》（见《诸子考索》）、高亨《商君书译注》中的考证。

"中世"成分，而高唱"贵贵尊官"的新调，赤裸裸地宣布压迫剥削为合理了。这就结束了"平民"阶层成为一个社会势力的时期，结束了百家争鸣的局面，一切学说思想统统归在"以吏为师"的箝制之下。孔子学说中最重要的仁说就不可能发展，而只留下可以为专制君主利用的尊卑等级部分，由礼而变为法了。（正如墨翟学说中的兼爱部分停止发展，而尚同部分却成为法家韩非学说中的要素一样。）

所以说孔子思想所代表的阶级利益，不是奴隶主阶级，也不是地主阶级，而是还未变成地主阶级的"士"阶层利益，这就是本评传的初步假定。

（原载《中国古代著名哲学家评传》第 1 册，中国社会科学院哲学研究所编，齐鲁书社 1980 年版）

庄周述略

一 庄周的生平及其社会政治态度

在百家争鸣的战国中期，庄周是一个具有特色的人物①。

《史记》本传说：庄周是宋之蒙（今河南商丘县）人，和齐宣王、梁惠王同时。据近代学者考证，他约生于前370—前290年这一段时期内。他一度做过管漆园的小吏，曾穿着补缀的衣服、捆麻绳的草鞋见过魏王；曾向管理河渠的官吏（监河侯）家借过米，经常以钓鱼、打草鞋为生，过着"困穷织屦，槁项黄馘"（项枯面黄）的生活。

他的学识渊博，思想高超，"于学无所不阙"，而决不向当权的统治者干进屈服（王公大人不能器〔器使〕之），只有少数弟子，从他受业讲学，"著书十余万言，大抵率寓言也"。

传说楚威王听到他的名声后，曾派了两个使者，带了重礼，请他到楚国为相。他正在濮水上钓鱼，"持竿不顾"，笑着对二人说："吾闻楚有神龟，死已三千岁矣，王以巾笥而藏之庙堂之上。此龟者宁其死而为留骨而贵乎？宁其生而曳（援）尾于涂中乎？"二大夫曰："宁生而曳尾于涂中。"庄子曰："往矣！吾将曳尾于涂中。"（《秋水》）为了自由的生活，他"终身不仕，以快吾志"。

庄周生时，正是齐国的稷下学宫收容了许多"不治而议论"的游士之际，但他却不羡慕这些"赐列第为上大夫"的生活，和当时多数学者都无交往。只有曾为魏相的同国人惠施，和他来往较多。现存的《庄子》书中，记有许多两人的辩论和轶事。

曾有一个故事说：惠子相梁②时，有人告惠子说："庄子来，欲代子相"，"惠子恐，搜于国中，三日三夜"。庄子于是往见惠子说了一个故事：

① "思想家"后改为"人物"。——编者注
② 魏国都大梁，故又被称为"梁国"。——编者注

> 南方有鸟，其名为鹓鶵（凤凰之类），子知之乎？夫鹓鶵发于南
> 海而飞于北海，非梧桐不止，非练食（竹食）不食，非醴泉不饮。
> 于是鸱得腐鼠，鹓鶵过之，［鸱］仰而视之，曰："嚇！"（怒声）今
> 子欲以子之梁国而嚇我邪？（《秋水》）

这个故事，可能是庄周弟子们根据他平常的言论作风，用惠施为靶子编
出来的。但故事中表现的思想，却非常典型地反映了庄子的真实人格。

另一故事说：宋国有个曹商，为宋王使秦，得车数乘，秦王又增赏
到百乘车，曹商回宋后，对庄子显示骄傲得意之情。庄子对他说：

> 秦王有病召医，破痈溃痤者（脓疮）得车一乘，舐痔者得车五
> 乘，所治愈下，得车愈多。子岂治其痔邪，何得车之多也？子行矣。
> （《列御寇》）

这一故事，对那些卑鄙的追求利禄之徒，是一个尖刻的讽刺、严厉的
鞭挞。

但庄周才学的最高表现，不在于对这些卑鄙者的讽刺，而在于对社
会政治的深刻批评和对宇宙、人生的高远想象。

《则阳》篇里有两个故事是阐明这些理想的。他说：老聃的弟子柏①
矩到齐国后，看见了一个被弃市的罪人，他把礼服脱下来，盖在弃尸身
上，向天号哭说："你呀！你呀！天下有大灾难，你先遇上了，莫非是为
了盗窃呢？莫非是为了杀人呢？"接着说：

> 荣辱立，然后睹所病；货财聚，然后睹所争。今立人之所病，
> 聚人之所争，穷困人之身，使无休时，欲无至此，得乎？
> 古之君人者以得为在民，以失为在己；以正为在民，以枉为在
> 己。故一［形］有失其形者（失德犯法），退而自责。今则不然：匿
> 为物而愚不识（把统治者的意志法律隐藏起来，而以不识者为愚），
> 大为难而罪不敢，重为任而罚不胜，远其途而诛不至。民知力竭，

---

① "柏"原误作"相"。——编者注

则以伪继之。日出多伪，士民安得不伪？夫民力不足则伪，知不足则欺，财不足则盗。盗窃之行，于谁责而可乎？

这段批评，深刻地分析了产生盗窃的原因是由于统治者对人民的压迫苛重，诛求严酷，而不能归罪于财力不足的人民，并指出了古来理想的君主，认为正确和正义的东西在人民方面，错误和邪枉的东西在自己方面，这是中国传统"民主"思想中最卓越的理论。这一理论比晚出的《马蹄》《胠箧》等篇中"绝圣弃知""非毁仁义"的言论，具体而深刻的多。说明庄周对于当时的社会矛盾，感受的最敏锐，观察的最深刻，所以批评的也是最中肯、最激烈的。

不过庄周没有从这一深刻认识出发，向评论政治、改造社会方面前进，而是怀着高远的理想，以超越的姿态，在哲学的沉思、文学的创作中，寻求发展。

另一故事说：魏国的国君魏莹（梁惠王）和齐国的国君田牟（田桓公午）订了盟约，后来田侯背了约，"魏莹怒，将使人刺之"。于是朝臣策士们，有的主张带兵伐齐，有的主张维持和平，有的认为"善言伐人"和"善言勿伐"者都是乱人；建议者很多，都不能改变魏莹的主意。后来惠施推荐了一位叫戴晋人的去见魏莹。戴晋人见魏王说：

"有所谓蜗者，君知之乎？"曰："然。"（他说：）"有国于蜗之左角者，曰触氏；有国于蜗之右角者，曰蛮氏。时相与争地而战，伏尸数万，逐北（追击败北的敌人），旬有五日而后反。"君曰："噫！其虚言与！"曰："臣请为君实之。君以意在（想象、省察）四方上下有穷乎？"君曰："无穷。"曰："知游心于无穷，而反在（省察）通达之国（人迹所至），若存若亡乎？"君曰："然。"曰："通达之中有魏，于魏中有梁（国都），于梁中有王，王与蛮氏有辨乎？"君曰："无辨。"客出，而君惝然（惆怅）若有亡也。

戴晋人走后，魏王内心里感到怅惘空虚，不提刺田侯的事了。这个戴晋人，是庄周创造出来的。对于统治者们的攻伐争战，他不只是从现象上反对批评，而是从更高的见地予以藐视唾弃。这就是他轻视政治而专谈哲学的一个原由。

这一故事，可以说把哲学、文学和政治评论都融合在一起了，是一篇生动而微妙的散文。此后"蛮触之争"一语，和"舐痔"的比喻一样，成了文学上流传下来的通行词语。

庄周是一个哲学的诗人，他经常用这种形象的故事语言，表现其哲学思想。晚年时，朋友惠施死了，他送葬到惠子墓前，和同来的弟子们讲了一个匠石的故事，来悼念惠施。他说：

> 郢（楚国都）人垩（白土）漫（污染）其鼻端，若蝇翼，使匠石斫之。匠石运斤（斧）成风，听而斫之，尽垩而鼻不伤。郢人立不失容。宋元君闻之，召匠石曰："尝试为寡人为之。"匠石曰："臣则尝能斫之，虽然，臣之质（施技的对象）死久矣。"（《徐无鬼》）

这是说，有绝技的匠石，须有绝对镇定的郢人配合，才能施展技术。接着对惠施之死表示悼念：

> 自夫子（惠子）之死也，吾无以为质矣，吾无与言之矣。（《徐无鬼》）

他感到没有可以发挥其哲学辩①论的对象了。

庄周虽然反对惠施的名辩②之学，但惠施是他唯一的旗鼓相当的辩论敌手，所以惠施死后，他反而感到"吾无与之言矣"的孤独寂寞！

惠施死后，庄周又生活了多少年，文献上没有记载，只在《列御寇》篇里有一段庄周临死以前和弟子们的谈话：

> 庄子将死，弟子欲厚葬之，庄子曰："吾以天地为棺椁，……万物为赍送（送葬品），吾葬具岂不备邪？何以加此？"弟子曰："吾恐乌鸢之食夫子也。"庄子曰："在上为乌鸢食，在下为蝼蚁食，夺彼

---

① "辩"原误作"辨"。——编者注

② "辩"原误作"辨"。——编者注

与此，何其偏也！"

这段谈话和庄周妻死时鼓盆而歌的情调相同，表明这位诗人、哲学家正是怀着"大块（天地）息我以死"的达观情绪而逝去的。

二 天道观中的泛神论观点

庄周"著书十余万言"，现在流传的有《庄子》33 篇，分为内篇七、外篇十五、杂篇十一 3 个部分。相传内篇是庄周自著，外、杂篇是后人或他派的伪作，但不甚可信。内七篇中也有他派杂入的部分，不过基本上为庄子派早期作品。外篇中《秋水》以下六篇，也是庄子后学所作，其余各篇，多半是秦统一前夕和汉初作品；杂篇中除了《让王》等四篇早已确知为伪作外，其余各篇中，有些和内篇的时代价值都可以相比（最后《天下》一篇，不是庄周自作，但有很高的学术史的价值）。从思辨哲学的角度看，《齐物论》《秋水》《田子方》《知北游》《则阳》等篇，有很高的理论价值。在这些篇中可以看出庄子哲学思想的一个轮廓来。

庄周是一位文学化的哲学家，他对于宇宙现象有微细的观察和体会，总是用形象的语言表达出来。在著名的《齐物论》中用天籁、地籁（乐器）等名，来形绘天地间的现象。他描写高大的山阜、百围的树林上，有各种窍穴，有的像口、鼻、耳朵，有的像杯、盂……大风吹来后，它们发出各种不同的声音，有的像呼叫，有的像哭泣……大风一停止，这些声音全没有了。

他把这些洞穴的声音叫做地籁，而把各种声音的自然形成叫做天籁。他说：

夫吹万不同，而使其自已①也。咸其自取，怒者其谁邪？

这是说天地间各种现象，都像窍穴在风吹时发出的声音一样，都是自生

---

① "已"原误作"己"。——编者注

自灭，有谁是它们的发动（怒）者呢？

他看到宇宙间一切事物，日夜不停地相续变化，而不知道它是怎样开始的（"日夜相代乎前，而莫知其所萌。"《齐物论》）；看到天地间"至阴肃肃，至阳赫赫，两者交通成和而物生焉"（《田子方》），而看不见什么是支配这些生长的东西（"或为之纪而莫见其形"）。他感到似乎有一个最高的真宰而又找不到它的朕兆（"若有真宰而特不得其朕"，《齐物论》）。他认为万物自古以来就存在着，大至六合，小至秋毫，一切都在变化，阴阳四时都有自己的次序，这里面定有一个推动万物生长、无形而有妙用的东西（《知北游》）。他把这叫做"本根"，叫做"天"和"造化"，在一些篇中称之为"道"。《知北游》里说：

> 东郭子问于庄子曰："所谓道，恶乎（何）在？"庄子曰："无所不在。"东郭子曰："期而后可。"庄子曰："在蝼蚁。"曰："何其下邪？"曰："在稊稗。"曰："何其愈下邪？"曰："在瓦甓。"曰："何其愈甚邪？"曰："在屎溺。"东郭子不应。……庄子曰："汝唯莫必，无乎逃物。……周、遍、咸三者，异名同实，其指一也。"

且不要忙说这个"道"是精神的东西，还是物质的东西。不，它不是实体，而是普遍存在物中的理法作用。"天不得不高，地不得不厚，日月不得不明，此其道与！"（《知北游》）这个"不得不"就是无所不在的"道"之作用。也就是"天"和"造化""真宰""本根"的作用。这和《老子》书中所说的先天地生的道，以及《庄子·大宗师》一章中所说的"生天生地、神鬼神帝"的"道"，意义不同。那个"道"是在天地万物以上以外的神圣东西，这个道是在天地万物之中的运行理法。应该说是两种对立的学说。

照一般哲学的意义说，《老子》和《庄子·大宗师》所说的道是一种客观唯心主义；《知北游》中所说的道，是一种泛神论学说。泛神论是由宗教神学发展到自然主义哲学时的一般形态。有些学者认为庄子这种学说和近代西方大哲学家斯宾挪莎的哲学可以相比，即是说他们都反对有人格神的宗教迷信，而主张神即自然的泛神论，除了庄周以形象思维的文学见长，斯氏以几何推理的逻辑为主的相异外，两家的思想精神是颇为相似的。在生活上他们也有不脱离劳动的特点（斯宾挪莎曾以磨眼镜为职业）。

在纪元前 3 世纪的中国古代，能有这种思想是相当可贵的。

除了泛神论外，《庄子》里有一个故事是用气来讲宇宙人生问题的。

> 庄子妻死，惠子吊之，庄子则方箕踞（垂两足如簸箕形）鼓盆而歌。惠子曰："与人居、长子、老、身死，不哭亦足矣，又鼓盆而歌，不亦甚乎？"庄子曰："不然。是其始死也，我独何能无慨然？察其始而本无生，非徒无生也而本无形，非徒无形也而本无气。杂乎芒芴之间，变而有气，气变而有形，形变而有生，今又变而之死，是相与为春秋冬夏四时行也。人且偃然寝于巨室，而我嗷嗷然随而哭之，自以为不通乎命，故止也。"（《至乐》）

这里提出一个"气"字来，以气为有形有生的根本。在《知北游》另一章中也说："人之生，气之聚也；聚则为生，散则为死。""通天下一气耳。"这个气论，可以说是庄子哲学中的唯物论因素。《知北游》所说的在蝼蚁、在瓦甓的道，就是贯通在"天下一气"之中的作用理法，这和其他篇中强调的生天生地的道论意义不同。应该说这一种道在气中的理论是庄子哲学中的主导成分。不过在全书各篇中并不是都有这样明确的论述，有些论点意义不明，有些论点和这一说互不一致。这主要是由于《庄子》书中混杂着许多非庄子作品，不易分辨；也由于庄子哲学本身含有一些没有完全融合的矛盾。

这种矛盾，是古今哲学中常有的现象，不足为怪，只要知道上述各点是庄周的主导思想，就可以把握他的世界观的特点了。

三 知识论中的相对主义和直觉主义

庄子哲学的特色，不在宇宙论方面，而更在于知识论方面。

庄周和惠施相似，他们心目中的地理知识和时空观念，比当时一般人的知识远大的多。他首先能打破常识上的狭隘看法和绝对看法，而提出相对主义的理论。

他认为一切事物的差别，不论是空间上的长短、大小，时间上的久暂、寿夭，都没有绝对的标准，而是根据每一事物和其他事物的比较关系而定。

他描写过秋水泛滥时，自以为了不起的河伯，顺流东下，看到望不见边际的海水，才望洋兴叹，感到自己的渺小；又借北海若（海神）的口说："计中国之在海内，不似稊米之在太仓乎？"人在万物中，"不似毫末之在马体乎？"这几句话，把宇宙的伟大和人类的渺小，很形象地对比描绘出来了。正是由于他想象力强，能从日常的大小对比中，体会出世界一切差别的相对性来，所以说："因其所大而大之，则万物莫不大；因其所小而小之，则万物莫不小。"又把这个道理推广到人事上，说："因其所是而是之，则万物莫不是；因其所非而非之，则万物莫不非"。这是说一切是非分别都不是绝对不变，而是要看从什么角度来评价的。

他最后的归结是"无适焉，因是已①"，即是说一切听其自然，不加分辨，这个主张是错误的。但他能在一般常识的绝对论外，看出相对主义，是思想上一大进步，辩证唯物主义本来是包含相对主义成分的。

他所否认的是宇宙中有包罗一切的绝对真理和绝对差别，而不否认在一定范围内有种种差别。他在《逍遥游》中，分明以鹍鹏为大、鸼鹩为小；在《秋水》篇中分明以垒空（蚁穴）为小，大海为大，并没有郭象所说"小大虽殊，逍遥一也"的意思。如果用近代科学上的时空观来衡量，宁可以说他的看法比常识的绝对看法，较近于真实。

他的错误，在于没有明显的发展观点。他不知道人类进化的长流中，相对真理的积累、发展，可以日益接近于绝对真理。但他看出人类永远达不到最后的绝对真理，这一点认识，是相当可贵的。

庄子的认识论中，还有一些直觉主义成分应该注意。

《秋水》篇里有一段庄子和惠子问答的有趣故事：

> 庄子与惠子游于濠梁之上。庄子曰："儵②鱼出游从容，是鱼之乐也。"惠子曰："子非鱼，安知鱼之乐？"庄子曰："子非我，安知

---

① "已"原误作"己"。——编者注
② "儵"原误作"倏"。——编者注

我不知鱼之乐?"惠子曰:"我非子,固不知子矣;子固非鱼也,子之不知鱼之乐,全矣。"庄子曰:"请循其本（从争论的起点讲起）。子曰'汝安知鱼乐'云者,既已知吾知之而问我,我知之濠上也。"

这里最后数语,是说:你既知道我不知鱼之乐,这就是对我有所知了。那么,你问我是怎样知道鱼之乐的,我就是在濠梁之上看鱼时知道的。（有的论著,把惠子和庄子的位置互相调换,好像庄子是主张人不能知鱼之乐,这是曲解。）在这个故事里,表明他认为人对于当前事物有一定的直感知识,而不是凭辩①论名言,才有所知,更不是说外物决不可知。可惜,庄周的这一观点,没有得到人们应有的重视。

正如他一方面说"小知不及大知,小年不及大年",一方面又说"天下莫大于秋豪之末而泰山为小,莫寿乎殇子（短命夭折）而彭祖（古之寿者）为夭"的情况相似,在一定范围内,承认有直感的是非知识,而在全宇宙中否认有绝对的是非知识,这两方面在他的体系中是互为补充而不是互相矛盾。

庄子对于时间的无穷、知识的无涯和人的生命之短促,有极深的感受。他说:

> 计人之所知不若其所不知,其生之时不若其未生之时,以其至小,求穷其至大之域,是以迷乱不能自得也。（《秋水》）

又借北海若的口说:"自细视大者不尽,自大视细者不明。"这是说从人的角度看宏观的天体现象是看不到尽头的;从人的视觉看物体的微观现象是看不清楚的。而承认这都是"势之便也",没有强调怀疑主义和不可知论。

但在下文里说:"言之所不能论,意之所不能致,不期精粗焉",这是把宇宙分为不同的层次,认为有形的（粗）是可以言论的（概念）,无形的（精）是可以意致的（想象）。而另有一部分,语言思想都不能穷尽的"事相",这是他的不可知论应用的范围。

---

① "辩"原误作"辨"。——编者注

在这些理论中，没有否认客观世界之存在，也没有否认外物本身的各部分有其区别。所以说："如求得其情与不得，无益损乎其真"，就是说无论你是否得到真的知识，对于客观存在是无所损益的。

《齐物论》中有一段"庄周梦为蝴蝶"的故事，通常认为这是宣说人生如梦和虚无主义的典型。但即使在这个故事里，也曾说"周与蝴蝶必有分矣"，就是说他们相互之间是有分别的。不过庄周自己梦为蝴蝶时，只觉得"栩栩然蝶也"，而不知道自己是庄周，可能蝴蝶也有梦为庄周而不知道自己是蝴蝶之时。最后的结论是"此之谓物化"，并没有否认外物的存在，只是怀疑自己能否确知外物本身的分别。这种怀疑，属于知识范围，而不在本体论范围内。

庄周认为宇宙是"无动而不变，无时而不移"的，而一切语言、概念都是静止的，都不能把握实在，也不能表达真意（言不尽意），所以幻想用"坐忘"方法，达到与宇宙合一的境界。这是一种神秘经验，却不是主张主观精神创造一切。

庄周的神秘经验是和理性主义相反的。而他认为宇宙中有言、意所不能穷尽的部分，则和近代某些科学理论有相通之处。

庄子说："吾生也有涯，而知也无涯，以有涯随无涯，殆矣；已[1]而为知者，殆而已矣。"这三句话中，第一、第三两句，都是颠扑不破的名言。第一句说明人类永远穷不尽宇宙的真理，第三句说人永不应当满足于已有的知识，都是非常正确的。只有第二句中的"殆矣"二字，是他趋于悲观的症结。

由于最后真理的不易达到，便放弃了一切努力，这种思想，对人类的进步、知识的发展，起了消极的影响。

四 人生理想和道德观点

庄周的人生观中，有悲观厌世、消极无为的方面，也有积极乐观的一面。悲观消极是和命的观念相联系的。

命的观念，在《庄子》名篇中，含意深浅不同。《齐物论》有一段寓

---

[1] "已"原误作"己"。——编者注

言，是相当有启发性的：

> 罔两（影外阴处）问景（影）曰："曩（从前）子行，今子止；
> 曩子坐，今子起，何其无特操与？"景曰："吾有待而然者邪？吾所
> 待又有待而然者邪？吾待蛇蚹蜩翼邪？恶（何）识所以然？恶识所
> 以不然？"

这是说，一切事物的存在变化，都有其他事物的存在变化为其前因，这
个前因关系，推之无穷，不可究极，宇宙间这种不知其所以然而然的必
然关系，就是人生中"命"的意义。

他认为"有人，天也；有天，亦天也"，人是无法改变天的。只有认
识了一切事物的发生都是必然要发生的，"虽有忮心，不怨飘瓦"，才能
对任何事变，都不动激情（无人之情）。常常保持内心的静宁安泰，就可
以得到精神上的逍遥自由。这种自由显然和辩证唯物论所说的认识必然
以后，从实践上改变环境的自由，不能相比，但和庸俗的宿命论也不
相同。

庄子不是完全听天由命，而有其积极追求的理想。《齐物论》有一段
重要的论述：

> 与物相刃相靡，其行尽如驰而莫之能止，不亦悲乎？终身役役
> 而不见其成功，苶然疲役而不知其所归，可不哀邪？人谓之不死，
> 奚益？其形化，其心与之然，可不谓大哀乎？

这里提出了人生价值意义的重要问题。人一生忙忙碌碌，究竟有什
么最后的成功？最后的归宿是什么？这是他渴望解答的问题。他所深致
悲哀的，不是体形之死，而是精神（心）之死。所以如何能达到"心不
死"的境地，是他的人生理想。"心不死"的观念，可能是从宗教的灵魂
不死说蜕化而来，但究和宗教不同。在宗教中，只有身体已死而灵魂不
死的信念，却没有身体存在而灵魂已死的想法。庄子曾说："形不离而身
亡者有之矣。"（《达生》）"哀莫大于心死，而身死次之。"（《田子方》）
可见他认为人有形体存在，而"心"已死亡的情况。他曾描写过一般沉

溺于名利追逐勾心斗争的生活，是"近死之心，莫使复阳（没有生机）
也"（《齐物论》）。可见他所谓不死之心就是要有摆脱名利束缚而具有高
远理想的精神生活。他要人放大眼光，把宇宙万物视为一体（"物视其所
一而不见其所丧"）。能经常具有这种理想和实际体会，就叫做"心未尝
死"。他认为宇宙是一个整体，个人是整体的一部分，整体是生的依据和
死的归宿。宇宙是永恒的，而能认识到万物一体并有深切体会的人（"一
知之所知，而心未尝死"，《德充符》），也将是永恒的。所以他的中心问
题，不是怎样全身免害，而是怎样超出名利、祸福的羁绊而得到高远的
精神自由。这种理想和宗教有些相似而实质不同。他不相信自然以外另
有一个神灵世界，而只是对现实世界有一个不同于常人的看法。

　　庄周一方面像是玩世不恭、满不在乎，而一方面又很严肃认真。从
他所说"无物不然，无物不可"，非毁仁义、粃糠尧舜的言论看，似乎是
否认道德的。但他却说：

　　　　圣人之爱人也，人与之名，不告，则不知其爱人也。……其爱
　　人也终无已①，人之安之亦无已②，性也。（《知北游》）

永远不间断地爱人，而自己却不知道自己在爱人，如同生而美者，不知
自己是美的一样，这是多么崇高的道德！

　　这两种态度矛盾吗？不！庄子憧憬的是原始社会时人那样纯朴天真
的道德，痛恨的是以行仁义为利的虚伪道德。这种纯朴而超越的道德生
活，就是他的人生理想，也是他的社会理想。他梦想有一个没有剥削压
迫，"其民愚而朴，……知作而不知藏，与而不求其报"的社会，叫做
"建德之国"（《山木》）。实际上这种理想当然是不会实现的，因此就写
在寓言中，陶醉在哲学的冥想和文学艺术的创作中，借以得到精神上的
安慰。

　　《庄子》书中有许多神仙故事，显然是从南方楚民族的原始宗教蜕变
而来。这些传统，后来堕落成为神仙家言，而在庄周思想中只是作为表

① "已"原误作"己"。——编者注
② "已"原误作"己"。——编者注

达意境的游仙思想。

费尔巴哈说过："有许多人对于童年时的服装玩物，到老不忍释手，……人对于宗教上的观点和习惯，亦复如是。"（《选集》上卷，第290页）

庄子的天道观、生死观，确已达到自然主义的高度。但他的人生理想实际上不能实现，因此这种爱恋童年玩具的情绪，往往表露在文学之中。这种幻想，如果只作为诗来看待，和自然主义或泛神论的哲学是可以相容的。

庄周的人生观中，有深远的悲哀，也有永恒的快乐。

罗素的《西方哲学史》中，曾提过"乐观的悲观主义"的名称。这一称谓，借来赠给我国古代哲学家庄周，还是比较合适的。

五 阶级意识及其影响和评价

庄周的思想代表什么阶级，是好多人感兴趣的问题。60 年代初在一些教条主义的研究方法中，庄周被定为最反动的没落奴隶主阶级的代表。这一种阶级分析法，是认为战国时期只有代表统治阶级的新兴地主，和被统治阶级的农民，及没落奴隶主 3 个阶级。庄周是反对统治阶级的，他既然不是农民，那就只能是没落的奴隶主了。

这种分析相当简单明白，而它的错误也很简单明白，因为具有历史常识的都知道战国时的社会不是那么简单的。

庄周生活的战国时期，正是由古代东方社会或领主封建社会向地主封建社会转变的时期。在转变的过程中，产生了各种来源不同的地主（军功地主，由领主转化来的地主，由买卖土地而来的商人地主，以及其他由公社成员和自由民上升的地主），也产生了许多手工业者、商人、小生产者的自由民阶级，同时出现了代表不同阶级意识的知识分子阶层。

这些知识分子是政治、文化上最活跃的人物。其中有的积极为统治者出谋画策，掌管军事政治实权，一般法术之士及纵横之流，属于此类。有的聚徒讲学，宣说政见，以待统治者的采纳施行，多数儒墨之徒，属于此类。有的原为散居各地的中层处士，在社会变化的冲击下，多数寻求政治上的出路，成为统治者收养的"不治而议论"的上层游士，齐国稷下学宫的道家各派属于此类。另有少数士人，保持其避世立场，对统治者始终抱着对抗或藐视态度，庄周正是属于坚持隐士立场的最后一种人。

庄周"于学无所不窥"，也有出于贵族后裔的可能；但本人的思想生活，和腐朽的奴隶主阶级截然相反。他藐视权贵，批评现实，不但没有替贵族阶级辩护及留恋剥削生活的丝毫影子，而且充满了对侯王贵族的藐视、讥评，和对百工艺人的深厚同情。

《庄子》书中对于百工技艺的生活艺术有深切的体会，他描写了各种下层劳动者的精巧技术，如解牛的庖丁、泅水的吕梁丈人、持竿承蜩的痀偻老人、削木为鐻的梓庆、巧过规矩的工倕、善讲斫轮的轮扁、运斤（斧）成风削去郢人鼻端白垩的匠石，……无不非常生动地体现出劳动者的内心感情和熟练技巧。

如果对这些劳动者的工作心情，没有深切的同情，如果不和他们接近，不熟悉他们的生活，是写不出那样作品来的。

前节里曾谈过他借柏矩的口，讲了古来的贤君，以为真理在人民方面，而自己是错误的，认为盗窃杀人应由君主负责，对于那个弃市的罪人，号天而哭之。这种立场，决不是一个没落的奴隶主所能具有的。

《共产党宣言》中有一段对封建社会主义者的精彩描写，说这些反对资产阶级统治的旧封建社会主义者，"有时也能用辛辣俏皮而尖刻的评论，刺中资产阶级的心，但是由于完全不能理解现代历史的进程，而总是令人感到可笑"。

主张庄周是没落奴隶主阶级的代表者，曾引用这段妙文，比附庄子。不错，庄周确实不理解当代历史进程，他的文词确实能刺中统治者的心，很有点相似，因此这一比况得到多人的引用赞同。但是《宣言》这一段的下文说封建社会主义者是要"抢取工业树上掉下来的金苹果，做羊毛、甜菜、烧酒买卖的"。而庄周却是靠打草鞋、钓鱼、借米度日。所以这一个很有意思的比况，和真正的庄周，互不相干。

西方史中可以和庄周比况的，以代表小资产阶级的卢梭在某些方面有些相似。

庄周和卢梭的时代不同，具体的政治主张也有很大距离。但他们都抗议社会的黑暗，向往原始社会的纯朴美善，贬低人为，尊重自然。

卢梭说：

> 自然使人幸福而善良，社会使人堕落而悲苦。（卢梭《对话录》
> 三，引自《论人类不平等的起源和基础》，第 120 页）

又说：

> 从造物者手中出来时，一切都是好的；到了人的手里，一切都
> 变化。（《爱弥儿》，引自同书，第 17 页）

这和庄周所说"无以人灭天""牛马四足是谓天，落马首、穿牛鼻是谓
人"的道理，以及所憧憬的"其卧徐徐、其觉于于"的社会，十分相像。

卢梭又说：

> 野蛮人所以不是恶的，正因为他们不知道什么是善。因为阻止
> 他们作恶的，不是智慧的发展，也不是法律的约束，而是感情的平
> 静对邪恶的无知。（第 99 页）

庄周所说的"人相忘乎道术"的社会生活，正是感情平静对邪恶无知的
状况。

这种理想的产生，主要是由于没落的小生产者对现实的不满而来。

正是由于小生产者的没落，他的梦想和不可避免的社会发展相矛盾，
所以他对现实的不满，没有变成改进现实的动力，而升华为超脱社会的
空想。庄周看到儒墨等救世之士，提出许多积极主张，都被野心的统治
者盗窃利用成为攘夺权势、残虐人民的工具，而且许多尽忠忧国之士受
到欺凌杀害，因此对一切向统治者建议的救世良方都加以鄙弃。对一切
有关伦理、政治、生产实践的问题，根本不加考虑，而只幻想一种精神
上的解脱，沉醉于哲学的冥想和文学的创作中。他的主观动机确实是纯
洁的，而产生的社会效果却使人们失望悲观，意趣消沉。某些后学们失
掉他的乐观超越精神，而流为只知保持生命、全身免害的混世庸人，"不

谴是非以与世俗处”，由耿介而变为圆滑，这固然不是庄学的本旨，但在他的理论情调中有一定的渊源和“污染”，这种有害的影响，是应当批判肃清的。但他提出了许多哲学上的根本问题，推进了人的思辨能力；提出了寻求人生意义的高远理想，促进了人对卑污生活的藐视和唾弃；他抨击社会黑暗，藐视权贵的高洁精神，给予后世不同当权派同流的士人以鼓舞力量。

他的哲学化的文学创作，在历史上留下了不朽的典范，像陶渊明、李白等大诗人，都可说是庄子精神的真正体现者。特别是他用文学手法写哲理论文，把理论和创作融合为一，这种卓越成就即在世界史上也很少先例。闻一多先生说：“纯粹说理文，做到那地步，尤其难，几乎不可能。”因此“有人便要把说理文根本排出文学的范围外。要反驳那种谬论，最好拿《庄子》给他读，即使除了庄子，抬不出第二位证人来，那也不妨”（《闻一多全集》乙集，第285页）。这一评价，一点也不算过分。庄周的文风对近代文学有很大影响，鲁迅、闻一多、郭沫若等都在《庄子》中吸取过营养，那不是偶然的。

在社会经济发展，没有达到人民力量可以推翻黑暗统治的古旧时代，像庄周这样追求高远理想、消极反抗的精神，不能说是完全无益的东西，何况他留下那样高妙的艺术成就呢！

（原载中国社会科学院历史研究所编的《中华民族杰出人物传》，原题“庄周”，中国青年出版社1983年版。收入论文集《中国社会与思想文化》，人民出版社1989年版，改题“庄周述略”。此据《中国社会与思想文化》）

诗 歌 编

韵泉室旧体诗存

咏史
（1919 年）

扬州大水谷无赢，禁绝酿泉救众生。
只是白莲诗社里，[①] 高僧何物招渊明。

1916 年高小毕业后，在私塾中从王长卿师读古书四年。王师除经常以《左传》中事命题作文外，每讲《通鉴辑览》时，即以史事为题，命作咏古诗。乡居僻陋，见闻狭隘，所作咏史诗多篇，了无诗情，随即散亡，记忆中，只此一首，略有诗味，犹未忘却，因收入此集，以为纪念。老师系前清举人，精于制艺[②]，及试帖诗，为人严肃慎敬，除读经史外，未见吟咏诗词，平日不出塾门一步，一日端坐而终，亦封建教育下之牺牲者，可悲可念！

---

① 白莲社，相传东晋释慧远在庐山东林寺，与刘遗民等结白莲社，共同精修念佛三昧，誓愿往生西方净土。——编者注

② 制艺，即八股文。——编者注

文瀛湖雨晴早望①

（1922 年于太原）

昨夜东风来，吹断春雨声。

今朝出门去，风光满目清。

湖色清且静，楼台变水晶。

时有新来燕，点水戏不鸣。

盘绕翔上下，与水如有情。

春寒惹烦恼，好景娱我心。

对月劝酒歌

（1922 年 6 月，时军阀混战，外蒙古有变乱）②

风沙漫漫海翻波，黄尘满眼引愁魔。

独爱清夜风光好，百杯浊酒发浩歌。

歌罢兴酣舞长剑，四顾茫茫影如梭。

劝君且饮莫惜醉，醉后不知室操戈。

于今江南江北风景改，但闻兵马声中泪滂沱。

关中自古帝王州，血腥战伐震大河。

北塞烟尘贼猖狂，棋局存亡在刹那。

长安肉食梦未醒，坐拥阿堵倒太阿。

大错铸成叹莫救，忍见荆棘埋铜驼。

宣圣于今真尘埃，六经扫地废摩挲。

谁耕有莘田？谁披子陵裘？

---

① 此诗又被收入山西诗词学会编《当代咏晋诗词选》，山西古籍出版社 2002 年版。——编者注

② 此诗，有手稿序作"民国十一年六月写于太原（时军阀混战，外蒙有变乱）"，"杯"作"盅"，"震"作"振"，"大错铸成叹莫救"前有"吁嗟乎"，后六句作"愿洗天下人心如月净，救我苍生矢靡他。书生空谈无长策，且复劝酒对嫦娥。不知他年将如何，莫负今宵明月多。"——编者注

谁誓中流杀残贼？谁分经义治事科？

可怜神州风云晦，手无斧柯奈若何？

书生空谈无长策，且复劝酒对嫦娥。

不知他年将如何，只怜今宵明月多。

愿洗人心如月净，爱我祖国矢靡他。

挽仲升①业师②

（1933 年夏于太原）

太原春何晚，三月飞沙尘。

独坐少欢娱，叩门来故人。

故人营新坟，嘱我传其亲。

其亲乃吾师，学行两清醇。

道业时萦怀，何敢辞不文！

历历少年事，一一目前陈：

山溪环村舍，书声响水滨。

先生坐堂上，村童笑语频。

我年方垂髫，熙熙乐天真。

感师多启迪，下笔颇有神。

小时殊了了，先生奖誉勤。

了了知何用，光景如飞轮。

今我已壮年，碌碌无所闻。

利剑不在手，四境多妖氛。

斯民悲涂炭，何用徒攻文。

感此忆往事，倏忽如烟云。

儿时不可再，长叹念斯人。

---

① 王士选（1870—1915），字仲升，世居平定县城南关，1915 年去世，1934 年 5 月 2 日（旧历三月十九日）下葬（见《平定王仲升先生墓志铭》）。故疑此诗作于 1934 年，非 1933 年。——编者注

② 此诗曾被收入《唐风集》。"1933" 误作 "1923"，"晦" 误作 "睹"。——编者注

遥望城南路，烟树暗河汾。

一九三四年除夕偶感[①]
（于清华园）

壁上悬日历，日日换新页，
一页复一页，今年忽已毕！
旧页置案头，往日可细数，
我侪生命页，翻过在何处？

秋夜怀桂声[②]
（1934 年 10 月）

旧林信美好，素志叹未酬。
握手与君别，只身事远游。
我行正炎暑，六月火云流，[③]
为我理书册，为我检衣裘。
临行语依依，但道频通邮，
别离寻常事，不复话温柔。
十月寒风来，一夜入高楼，
楼前多白杨，风吹日飕飕。
黄叶随风飘，辗转没荒丘，
丘下积寒虫，悲吟声啾啾。
凉月照不眠，闻此欲泪流，
平生慕贤豪，谓与文士殊，

[①] 1934 年 2 月 13 日为癸酉年除夕，1935 年 2 月 3 日为甲戌年除夕。癸酉年除夕，作者不可能在清华园，因疑此诗作于甲戌年除夕。此诗曾被收入《唐风集》。"侪"作"的"。——编者注

[②] 此诗曾被收入《唐风集》。"意"作"忘"。——编者注

[③] 1934 年 7 月 12 日—8 月 9 日为旧历六月。此"六月"必为旧历六月，此诗必作于旧历十月。——编者注

何意时序感，情怀空悠悠！

再寄桂声①
（1934 年冬）

（我想写首诗，提笔写不出，
此片寄给你，相期在冬月。
诗兴无处觅，不觉却又来，
既来莫放去，放去闷情怀。）
朝日融初雪，西山留片云，
独立小桥上，遥念携手人。
记得在故园，携手过山岫，
村童喧水次，老农拾野蔬。
与子坐桥畔，并肩读新书，
溪声和吟声，心静乐何如。
时来驱我去，别子来故都，
君亦负笈西，② 各在天一隅。
两身居异地，两心熔一炉，
莫谓别离苦，众生苦于吾，
相晤不道远，转眼是岁除。

悲老妪③
（1936 年）

天阴月黑夜风急，城头哑哑寒鸟集。
城中深巷空无人，隔邻老妪吞声泣。
自言旧家住大同，良人半生贾辽东。

---

① 此诗曾被收入《唐风集》。——编者注
② 刘桂生西去太原读书。——编者注
③ 此诗曾被收入《唐风集》。"1936 年"作"1935.3"，"忽忆为儿缝絮袍"作"忽忙为儿
絮衣袍"，"寒鸟哀鸣悲风来"作"寒鸟哀鸣悲风来"。——编者注

前年倭奴寇东北，家破财荡去从戎。

三月孤军粮马尽，白骨荒草丧贼中。

丧贼中，谁叹息，孤儿逃亡回故国。

故国山河幸在眼，故园陇亩成荆棘。

荆棘方锄禾未生，捐税征调来煎逼。

幸有盐市杜邻叟，收儿佣工相就食。

忽如一夜公文来，小民市盐违令饬。

官店楼高数百丈，叟与我家活不得。

今年举家来旧京，白屋卜居香炉营。

儿寻阿舅岷江头，母梦夜夜到巴城。

还将空屋转租去，好得锱铢度余生。

谁知房客非汉种，虎伥韩奴貌狰狞。

囊中累累藏毒品，阶前攘攘走流氓。

儿去已使我心悲，客来更使我心惊。

昨夜念儿入梦寐，三更剥啄来警吏。

腰间琅琅鸣剑佩，口中叱叱兼骂詈。

异客闻之奋臂起，赫赫警官反披靡。

警披靡，不自耻，还向老妪怒目视：

"问汝老妇人，何敢留奸宄，

异客不速去，带汝到官里！"

老妪啼泣启警吏："此客来历实不知；

恳官稍缓我时日，好言催彼早迁离。"

三更吏散夜已深，风吹四壁阴森森。

孤灯残照白发影，踯躅空屋无计寻。

忽忆为儿缝絮袍，典去老夫旧衣衾。

双袖龙钟泪暗忍，检点箧底三五金。

哀求贵客持此去，怜我孤寡莫相侵。

暴客暴客非我族，既取我金踞我屋。

明日警官来，哽咽欲语声穀觫。

长跪向警吏："怜我命穷独。

阿夫死辽东，阿儿走巴蜀。

衣裳已典尽，游子无冬服。

明日房租催，今日食无粥。

穷老虽生不如死，愿挤一命争直曲。"

吏斥"蠢妇汝何知！强邻虎须谁敢触！

莫谓首长无大计，御侮长策胸有竹。

若令邦交有玷辱，死汝百身不足赎。"

妇呼苍天我何辜，声嘶泪干眼欲枯。

念儿远走无消息，念夫身死喂兔狐。

残年风烛集百忧，人有家国我独无。

河山万里无路走，不如高丽亡国奴！

夜深空巷语断续，吏呼妇泣声转促。

寒鸟哀鸣悲风来，城郊啾啾野鬼哭。

此时歌馆舞正酣，高官联欢邦交笃。

感此不寐悲愤集，诗成提笔空踟蹰！

　　1936 年冬在清华大学研究院听陈寅恪师讲授刘、元、白诗课程①，学年考试时，先生命各就见闻所及，写新乐府诗一首，以验同学之创作能力，可见先生平日在课堂讲授虽多系笺证材料，而讲授目的，仍在创作本身。我入研究院后，精神专注子籍，甚少涉猎诗文，幸陈师有此命题，始寻觅创作题材，适入城住宣外香炉营同乡处，听说此老媪事，遂以此为题材，写作此诗。如非考试一挤，连此一首，亦不能写出，殊自悔叹。陈师命题为新乐府，系以刘、元、白诗为标准，我对元、白诗非五体投地，心目中仍以杜甫为最高理想，故所作亦达不出元、白诗风，但系考试交卷，亦无关宏旨。即此一考题小事，亦怀念陈师不置，更无论于其平日之多方启迪矣。

----

　　① 该课程名"文学专家研究（刘禹锡、元稹、白居易）"，授课时间较可能在 1934 年冬，而非 1936 年冬，故而此诗较可能作于 1934 年冬或 1935 年春，而非 1936 年冬；盂县会馆在北平宣武门外椿树胡同（香炉营一带），作者较可能曾于 1934 年冬在盂县会馆住过。——编者注

题王老女史牡丹画册

（1965 年）

欧阳记牡丹，卅种紫黄红，
玄恭看牡丹，百里走西东，
大师一挥手，尽入画图中。

在宣化瓷厂劳动时作

（1971 年）

平常闲说工人话，宛似隔雾远看花，
今日进住宣瓷厂，温暖亲切如到家。

师生男女队队来，生活工作妥安排，
只因走出象牙塔，始信底层有人才。

全厂工人斗志昂，炉火日夜冒红光，
八十度下出产品，汗流浃背气更扬。

制模成形陶杯盘，百道工序如连环，
花鸟不用慢笔画，彩纸速印更美观。

磨模组中两老年，不唱高调爱盘谈，
知我明年度七十，频操乡音问寒暖。

我来瓷厂才九天，情趣新鲜意盎然，
昔惭两手不沾泥，今欣劳动非旁观。

又寄山大文科理论讨论会

一九七八年冬参加山东大学文科理论讨论会，会上畅所欲言，意趣殊快，会后复承山大赠阅书刊数种，聊书一律，敬致谢意。

盛会归来天欲雪，佳书屡觇暖如春。
久知学府多贤俊，今感新朋胜故人。
雅意清连明湖水，热情高接太岳云。
他年相见知何谢，白发争鸣读马恩。

游西安林园
（1983 年）

长安名胜甲天下，看过宫观游园林。
凝望彩云心意畅，缅怀历史感慨深。
陵寝珍宝民人血，罗汉菩萨愚昧心。
独爱骊下湖光好，水边双柏翠亭亭。

游西安兵马俑秦墓①
（1983 年）

历史车轮谁转动？豪雄圣哲运不同。
孔席墨突世未见，垒垒秦俑出土中。
铜马银鞍光陆离，雕镂精刻叹神工。
共赞世界八奇迹，震动美雨与欧风。
我亦随众来观胜，古物鉴赏趣初浓。
忽念刑徒七十万，留此奇迹渠有功。
刍狗万民何为者，冢中枯骨死祖龙！

---

① 此诗曾以"游西安兵马俑秦墓偶作"为名被收入《唐风集》。"垒垒秦俑出土中"作"秦俑累累出土中"，"古物鉴赏趣初浓"作"古物鉴赏兴初浓"。——编者注

为船山草堂题辞
（1984 年）

湖南衡阳船山学社来函，嘱为船山草堂题辞，敬题数语，以表敬仰。

承张横渠之正学兮，抱刘越石之孤忠。
与顾、黄比其宏博兮，与孙、李同其贞穷。
洵近古之圣哲兮，仰南岳之乔松。
愿百代之后学兮，永宏先生之遗风。

街头花园小坐①
（1985 年于北京）

寓庐在闹市，瞑坐如山房，
闲步街园草，仰看楼际光。
赏心花影静，震耳车声忙，
不晓乘游客，前途谁短长？

偶成②
（1986 年）

燕子来何处？凌空轻飞舞。
忽集电缆上，排作五线谱。

鸟性任自然，人智创今古。
偶然成佳趣，不知谁为主。

---

① 此诗，有手稿创作时间、地点作"1985 年夏于北京和平街"。——编者注
② 此诗，有手稿"1986 年"作"1985 年"，"人间盛衰事"作"世间盛衰事"，"咏叹亦余事"作"咏叹亦多余"。——编者注

昔时燕栖处，王谢堂前后。

飞入百姓家，诗人感叹久。

人间盛衰事，于天为刍狗。

咏叹亦余事，燕子可知否？

赠贺麟同志①

（1986 年）

1986 年 10 月，北京社科院哲学所等四单位，为贺麟教授举行庆祝教学科研六十周年纪念会，接到请柬，因事未能赴京参加，谨赠拙诗一首，以表贺忱。

远西哲史广且深，② 我才问津初叩门。

羡君博学贯中外，兼通大陆与英伦。

平生深研黑格尔，近岁又学马与恩。

讲演一集叹宏富，③ 详述源流细评论。

屈指当今哲坛上，如君渊博有几人？

气度冲雅性和醇，应是家学继儒风。

---

① 此诗曾刊于《河北师院报》1987 年 3 月 9 日。题作"赠贺麟道兄"，序作"1986 年秋，中国社科院哲学所等四单位为贺先生举行学术讨论会，接到请柬未能亲往，聊寄此作以资纪念"，"我才问津初叩门"作"我初问津未入门"，"平生深研黑格尔"作"平生精研黑格尔"，"详述源流细评论"作"详述流派妙评论"，"源流详辨条理明"作"源流辨析条理明"，"精研《实在与历程》"作"熟读《实在与历程》"，"久思趋候聆教益"作"久思频候聆教益"。又有手稿，题作"赠贺自昭道兄"，"我才问津初叩门"作"我初问津未入门"，"平生深研黑格尔"作"平生精研黑格尔"，"讲演一集叹宏富"作"《当代》一集叹宏富"，"详述源流细评论"作"详述源流妙评论"，"气度冲雅性和醇"作"气度冲淡性和醇"，"陶铸天人理会通"作"镕铸天人理会通"，"理解未透感深沉"作"理解未融感深沉"，"去年读君《讲演集》"作"去年读君《当代集》"，"源流详辨条理明"作"源流辨析条理明"，"精研《实在与历程》"作"熟读《实在与历程》"，"久思趋候聆教益"作"久思频往聆教益"。——编者注

② "且"原误作"目"。——编者注

③ 先生著《现代西方哲学讲演集》，于 1985 年出版。

昔年著文论朱陆,① 茧丝牛毛辨异同。
宇宙大道本通贯,何分泰西与亚东!
世界急需大手笔,陶铸天人理会通。

我与先生忝同庚,论资排辈是后生。
前年赠我《现象学》,② 理解未透感深沉。
去年读君《讲演集》,源流详辨条理明。
知君亲炙怀特海,③ 精研《实在与历程》。④
久思趋候聆教益,衰老行难愿未成!

正是首都好风景,红叶满山花满城。
群贤毕至集盛会,我惜未往憾平生。
遥寄俚句祝君寿,高山长绿树长青!

八十五岁初度

(1987 年 3 月)

夏历二月十五日,是我生辰(1902 年 3 月 24 日),承河北师院领导、师生及省政协、省社联、省民盟与京津诸老友光临,为我举行从事学术教学活动五十年讨论纪念会,且感且愧,甚觉歉仄,晨起漫成一首,以表歉意。平仄不调,亦不暇改正。

人生八十今不稀,老牛奋蹄耕几畦,
怎比时代中青年,日播千顷新农机。

---

① 先生于 1934 年在《东方杂志》上发表《宋儒的思想方法》一文,论及朱、陆异同。
② 先生译黑格尔《精神现象学》,于 1980 年出版。
③ 怀特海(Whitehead),英国大哲学家,30 年代到美国,为哈佛大学名教授。
④ 怀特海名著《历程与实在》(*Process and Reality*)一书为现代哲学名著。

贺陈丽同学结婚之喜[①]

（1987 年春）

陈丽性沉静，壮志藏胸中。
摆脱世俗态，结褵树新风。
神州正前进，远景望无穷。
祝您伉俪笃，携手攀高峰。

寄赠吴亚卿君

（1987 年）

八七年冬，忽接吴亚卿君由杭州寄来《浙东诗集》一册，嘱题诗相赠。吴君素不相识，未知从何处得知贱名，盛意难却，敬题七绝一首，寄赠吴君。

神州风雅久趋衰，切盼文苑花盛开。
忽接浙东诗一集，西湖春色眼前来。

---

① 此诗原作，"沉静"作"沈静"，"摆脱"作"扫清"。陈丽（1963— ），广西横县人。河北师范大学历史文化学院教授。1986 年河北师范学院本科毕业，即留校接替陈慎同先生担任张恒寿先生助手，直到他逝世。其追述此诗缘由云："张老在 1987 年春天我结婚时，赠送给我亲笔所写、亲手所做的诗文相框。睹物思人，感念很多。1987 年时，社会上盛行的婚姻礼俗是男方要为女方准备多少家具、自行车、缝纫机、照相机、电视机等物，在当时人均工资只有四五十元的经济条件下，要实现这些物品，对普通家庭是很有压力的。而我生活在工薪家庭，家庭的经济条件一般，但我自己不认为拥有这些东西就代表我身价多高，所以我没有要夫家一分钱彩礼，没买家具和电器等，没有安排婚礼仪式。我步行到丈夫家中，在家人和三五好友的见证下完成了从单身到成家的过程。我用单位工会发的结婚补助 30 元钱买了喜糖和喜烟，请了全系的老师。当我将喜糖送到张老家里，张老才知道我竟然已经结婚了（大学毕业后，我留校给张恒寿先生做助手，毕业的第二年结婚）。张老在知道我的结婚经过时，他很激动，甚至想打电话让电视台来宣传我这种移风易俗的行为，后是在家人的劝阻下，为了不打扰我的平静生活，才打消了给电视台打电话的念头。但张老还是不能平静，最后亲笔写下了这首小诗，作为结婚礼物送给了我。我也非常感动，一直珍藏至今。非常感谢张老对我的关怀和鼓励，张老自己淡泊名利的高风亮节对我的影响也是极大的。"——编者注

书袁枚《苔花诗》后

（1988 年）

　　偶见台历上有袁枚《苔花诗》云："白日不到处，青春恰自来。苔花小如米，亦学牡丹开。"漫书数语于后：

谁谓随园是清才，小诗亦露富贵态。
苔花自有生命力，岂是学它牡丹开。

春节后所见

（1988 年①）

彻夜未停爆竹声，晨起一望雪路平。
几队妻子拜亲友，欢笑熙攘示繁荣。
却怜蹒跚谁家老，茕茕街头独自行。

瞭望车行有感

（1988 年 3 月）

晨起望窗外，云气弥天际。
市声随风来，人马满街衢。
时见骑车人，前进殊难易。
或如牛登山，或似鸟振翼。
岂伊力强弱，东西风向异。
乃思人生路，行径亦相类。
赫赫成名者，岂必尽才智。
炫巧且莫论，毋亦际风会。
盖棺百岁后，贤哲细评议。

---

① 1988 年 2 月 17 日为正月初一春节。——编者注

夜闻大风

（1988 年）

昨日狂风来，尘沙迷天地。
平野禾苗倒，高原草木瘁。
夜半入墙来，声响如鼎沸。
掀走棚上瓦，吹折庭前桂。
芳香还荡漾，根干已枯萎。
念此嫩弱质，感叹入梦寐。
晨光依稀照，风声犹未止。
起看岗上松，挺立狂飚里！
悬想大鹏飞，扶摇九万里。
造化鼓万物，相胜亦相拒。
风力诚可畏，松鹏更足贵。

寄兰州刘韵生内妹

（1988 年 2 月 13 日）

三十年前接华函，一片天真意烂漫。
又逾十载才识面，君已中岁我老年。
姻戚不恨相见晚，知君热诚性慧贤。
恨我衰老难陪游，君独携儿逛林园。
连日游观忘劳倦，整我斋厨净新颜。
畅游京华偿夙愿，游兴未足意留恋。
炎暑还在君归去，山川遥遥路八千。
我来石门又四载，系念虽殷懒通函。
天机有时随人愿，君因公务过阳泉。
国事家务兼别情，两日漫谈未尽言。
匆匆远来匆匆去，人生离合多悲欢。
楼前招手送君行，朝日朦胧冬风寒。

书斋独坐念君去，计到除夕可抵兰。
兰州是我神游地，有两至交住彼间。
久思往游相团聚，衰老蹉蛇行路难。
如今人事已全非，两老各在生死间。
令尊辞世音容在，甄华垂危不能言。[1]
怀忆旧情泪欲下，世事茫茫如云烟。
我幸健在未聋聩，盼君再来话当年。
何日得君确来讯，凭栏伫候望月圆。

街旁小园杂诗

（1988 年于北京和平街）

衰翁岁月少良辰，欣坐小园看白云，
树梢晴光叶翻浪，水中明月波弄纹。
闷怀暑气连宵散，悦耳蝉声竟日闻，
静里远忧聊忘却，浮桥过后即通津。

小园杂诗

（1988 年于北京）

独坐秋园漫望云，蝉声雨色近黄昏。
层楼缺处忽吐月，顿觉尘雾一时新。
数群过客奔商店，不是来此看月人。

---

[1] 刘韵生父刘子登先生，曾在山西大学工学院任职，解放后寓居兰州。先生与我为朋友，后为叔岳。登翁于 1980 年病逝兰州。甄华，山西阳泉市三泉村人，系平定县最早加入中共的青年，与我为多年挚友，1928 年被捕时，我与刘子登先生及孙镜文先生共同营救。解放后，甄华由十九兵团政委转至兰州科学院任党委书记，后为兰州大学副校长，1979 年后转任山西大学校长。离休后在兰州军干所休养。近日患心脏病，垂危，已不能言语，韵生来信述其病状，不甚（当作"胜"。——编者注）哀叹！

偶 感

（1988 年于北京）

长安自古无缓步，今时更倡快节奏。
首都日来百万人，闹市熙攘无朝暮。
不知今后亿兆年，竟走尽头是何路？

游首都青年湖公园①

（1988 年）

我年八十余，初游青年湖。
入门风烟净，临水情怀舒。
湖中数情侣，双双泛轻舟。
歌唱复笑语，青春乐前途。
莫笑老年人，来游名不符。

我来小亭上，三五老工徒。
乍见似相识，同老即侣俦。
漫谈互问年，健康各何如？
两老登八十，三老七十余。
俱是退休人，高话古旧都。
旧话非甚远，清末到民初。
往事多可叹，回忆即味殊。
工商异行业，心情可同途。
谈笑尽白丁，何必有鸿儒。
赏景忘劳倦，湖光入画图。

---

① 青年湖公园，位于北京市东城区安定门外，距离和平里较近。原为积水洼坑，后由东城区政府、团委发动全区团员青年义务劳动，拓挖成湖，因而得名。——编者注

忽闻午钟响，各各回寓庐。

倚杖下小亭，俱来幼孙扶。

临到出园路，几人戏"门球"。①

久衰无此趣，欲看未停留。

却忆亭上老，朴诚与时殊。

城市小角落，醇风一线留。

连月居首都，繁华引人愁。

今朝赏幽景，心情殊悠悠。

微风送我还，黄河日夜流。

杂诗三首
——耳觉里的世界

其一

躯体早衰老，独有两耳好。

友朋来谈笑，低语可辨晓。

却恨室临街，昼夜车声吵。

读书未数行，静思频被扰。

深夜惊入眠，反憾聋不早。

憾也旋忘却，心定烦即了。

其二

晨起听播音，遐想出云表。

欲聆阳春曲，一洗昏沉脑。

妙音未接耳，嘈杂来相扰。

唱歌如对话，声大婉转小。

----

① 门球，系老人打的地球。

不厌时调多，只叹雅音少。

古筝偶一弹，余韵殊袅袅。

其三

春风三月时，莺啼破梦晓。

余音长在耳，随伊入花草。

秋来蝉声多，蟋蟀吟未了。

天籁随处有，会心在虫鸟。

题《朱子学刊》创刊号

（1988 年 10 月）

朱学百年久近衰，讥评曲解四边来。

今时闽海清风起，会见哲坛花竞开。

社科院历史研究所唐宇元、姜广辉同志，近日与上饶师专合作，编辑《朱子学刊》，来信约我为该刊顾问，并嘱为创刊号写一题词，因草此诗奉答。

冬末所见

——麻雀①

（1988 年冬）

风吹楼前树，叶落摇空枝。

麻雀不肯住，飞上电线栖。

五鸟排两行，顾盼等距离。

一鸟惊飞下，两鸟紧相追。②

---

① "冬末所见——麻雀"，有手稿作"冬末偶书所见"；创作时间标为"1989 年 1 月 30 日"。——编者注

② "相"，有手稿作"后"。——编者注

余鸟不随动，跳跃弄新姿。

二鸟旋归来，喳喳似相语。

不知传何讯，蓦然齐飞去。

我无公冶耳，空欲会其意！

斋居感怀[①]

（1988 年冬末）

光阴日绵延，忽忽至耄年。

遐想还似昔，步履日益艰。

终年囚城市，不得亲自然。

开眼望东西，无水亦无山。

夏秋绿花树，入冬已凋残。

漠漠寒空里，烟筒与电杆。

文明欣前进，天人叹殊悬。

宇宙多矛盾，未可期统全！

人生不满百，勉力乐余年。

寄太原常风老友

（1988 年春节[②]后）

握别依依惊五载，迟迟笺候又一年，

昔时畅论忘形友，梦里依稀会君前。

五十年前老友朋，存亡江海各西东，

---

① 此诗，有手稿作"人生不满百，忽忽至耄年。……终年囚市室，不得亲自然。……文明欣日进，天人叹殊悬。……且读大易传，自强乐余年。（1989 年八十七岁时作）"又有手稿作"忽忽至耆年，步履日以艰。久囚城市里，不得亲自然。开眼望东西，无水亦无山。夏秋绿花树，入冬已凋残。极目尘市里，烟筒与电杆。文明欣前进，天人更殊悬。宇宙多矛盾，何时得统全！"疑此诗作于 1989 年元旦后、春节前。——编者注

② 1989 年 2 月 6 日为正月初一春节。据内容，疑此诗作于 1989 年春节后。——编者注

偶吟俚句先谁赠，赏析渭泾忆常风。

偶　见
（1989 年 1 月）

女郎一队驰向东，轻着时装意兴浓，
肩项白巾长逾丈，春风吹起似游龙。

楼前小屋①
（1989 年）

一行低屋起街中，云是扶持退休翁，
屋内零件小商品，屋顶垃圾堆重重。
楼上难穷千里目，眼底咫尺污气熏，
不知谁是执行者，报纸大谈整市容。

感时二首②
（1989 年春）

是谁大言鼓浪潮？社会提前消费高，
西方本有佳珍宝，我却还珠取皮毛。

神州遍地吹西风，商品拜物五洲同，
时装丽女妙扭动，身作广告还自雄。

---

① 此诗，有手稿作"《无题》：无端小屋起街中，屋顶垃圾堆重重。楼上难穷千里目，眼底咫尺污气熏。不知谁是实行者，报纸口谈整市容。"——编者注
② 此诗，有手稿题作"杂诗"，"身作广告还自雄"作"身作广告亦自雄"。——编者注

再题袁枚《苔花诗》后
（1989 年 1 月）

前题袁枚《苔花诗》后，意不全面，再题一绝，以补其缺。

随园毕竟是诗人，庸俗气中有天真。①

白日看花意未足，晚到幽处更寻春。②

偶见③

小雨初晴爽气高，烦嚣城市亦逍遥。

女生一队骑车过，长发如丝随风飘。

祝季同仁棣八旬寿辰④
（1989 年 5 月）

吾友张季同，学行两精诚。

弱冠著哲史，思深条理明。

奥义宗横渠，湛思过扬雄。

手稿我曾读，受益直至今。

深交六十年，休戚相关殷。

外淡中情热，道义老更真。

人生价何在？即此是宝珍。

---

① "庸俗气中有天真"，手稿原作"庸俗之中藏天真"。——编者注

② "晚到幽处更寻春"，手稿原作"晚到僻处去寻春"。——编者注

③ 疑此首《偶见》与上首《偶见》所述为同一事，且在春暖花开之季。——编者注

④ 张岱年，字季同，清宣统元年四月初五（1909 年 5 月 23 日）生于北京。——编者注

忆昔同窗时，我学杂不精。

赖君多切磋，游骥始归程。

马齿我忝长，论学君为兄。

终恨乏雄魄，未改狷者型。

前年文化热，众说殊纷纭。

盛倡胡氏说：——全盘西化论。

西方诚有师，德赛两先生。

如何无抉择，腐朽比黄金！

君曾抒伟论，群言可折衷。

同调虽非多，正道欣阐明。

我愧精力衰，未能参争鸣。

缅怀文化古，但觉忧患深。

茫茫宇宙大，风雨波涛惊。

中流谁砥柱，赖有岁寒心。

愿君多保重，余热扬清风。

今日集盛会，名园水木清。

群贤多雅意，我更动中情。

举觞祝康健，寿比南山松。

（原载《韵泉室旧体诗存》，花山文艺出版社 1990 年版）

诗二十二首[*]

忆故园①

1921 年在太原一中读书,春尽未见一花,因忆吾家有作。

杨柳丛中半作家,清流一曲傍村斜。②
春风不管人归否,开遍故园桃杏花。

无 题

海到无边天作岸,身登绝顶我为峰。
春风放胆来梳柳,夜雨瞒人去润花。

远看北斗挂南岳,常撞大吕应黄钟。
松间明月长如此,身外浮云何足论。

斋中即景

邻翁种牵牛,引蔓上阳台。

双双白蝶飞，燥燥紫花开。
寂寞乱书窗，得此有好怀。
今晨一蝶至，应是寻伴来。

杂　咏

色色轮车四向驰，寒云漠漠曙光微。
忽闻近有鸟音至，白雀一行过窗飞。

偶　感

谁家肥鸽大如鸡，啄食蹒跚难奋飞。
家畜倘有公费医，会送疗院去减肥。
嗟余衰老如柴瘦，亦似此禽步艰移。

髦　士

崇洋髦士不崇仁，膜拜尼采居超人。
问渠自由是何物，宇宙唯物独自尊。
上帝死亡无足惜，深叹荡灭黄帝魂。
多少青年中流毒，甘心盼作异国民。

秋初月夜

入秋已两周，暑气还未收。
中夜不成寐，起望四野秋。
月色润长街，素绢展地铺。
桂映花树影，自然成画图。
行人歌吟过，艺狂抑酒徒。
请君为此画，题诗在卷头。

杂诗三首

耳边暂歇烦嚣声，心底潜灵静复生。
夜半梦回闻远笛，新诗脱口枕边成。

连日阴云慢放晴，晚风吹走机车声。
四周夜色笼残雪，塔顶一灯似小星。

我崇西国赛先生，复契东方宁静心。
今夜片时万籁寂，宛如月照坐深林。

春日感怀①

四月天气雨濛濛，神州远望半朦胧。
盲飙吹绉镜湖水，高鸟飞传不正风。
波涛震荡声暂息，云气染污味何浓。
杞忧频现还自笑，大路航天总会通。

赠赵光贤兄

什刹海畔古园亭，辅仁学府初识荆。
三十年来有共信，敢为洙泗鸣不平。

两周社会性难定，奴隶封建说纷纭。

---

① 此诗，有手稿作"××（八七年五月）：四月南风雨濛濛，神州远望半朦胧。盲飙吹来自由化，高鸟飞带不正风。波涛震荡欣欲静，云气污染味仍浓。我惯杞忧还自叹，航天大路终会通"，又有手稿作"春日感怀（八七年四月）：四月春寒雨濛濛，神州远望半朦胧。盲飙吹绉平湖水，高鸟飞带不正风。震荡波涛声渐息，染污云气味还浓。杞忧频袭自排遣，大路航天总会通"。——编者注

西周辨析新论出，^① 众口一辞赞雄文。

雪诗四首

一

大雪一夜降无声，寒气袭人路泥泞。
儿童欢呼琼花逗，戏追前车竞滑行。

二

飘飘白雪舞寒风，万树梨花开满空。
只憾近无佳山水，长忆寒江独钓翁！

三

瑞雪飘飘舞北风，白茫一片淼寒空。
城中雪色少奇景，差喜楼台玉玲珑。

四

平原不见秀山水，更乏激湍与奇峰。
借问美景在何许？梦里身居图画中。

四言一首

宇宙万物，人号最灵。
须重教育，方称此名。
教有两轮，知识德行。

---

① 赵光贤《周代社会辨析》，人民出版社 1980 年版。——编者注

知贵运用，德为本根。

昔在北宋，有范文正。

曾留名言，后世称颂。

"后天下乐，先天下忧"。

志气远大，可贯宇宙。

明季顾君，垂教立说。

"天下兴亡，匹夫有责"。

"行己①有耻，博学于文"。

此言虽简，可行终身。

愿我同志，师法两公。

志高行健，方称英雄。

查户口②

（1939 年冬，于沦陷时的北京）

心里想的是海上的路程，

暗里等待着的是山里的回音。

敌人的威逼临近了，

明显的大路已来不及走通。

为了安全的选择，绕一个弯，

来到这沦陷的都城。

---

① "己"原误作"已"。——编者注

② 此诗，有手稿作"《查户口》：心里想的是海上的路程，暗里是等着山里的回音。敌人的威逼临近了，两正路来不及走通。终于在安全的选择下，绕一个弯，走进了这个四城。满处是刺眼的景色，一出站口就堕入悲苦的深坑！每一道灯光都像是凶恶的眼睛，每一个标语都像是刺心的尖针。忍着痛，先给爱人治病，也等候着朋友们的回音。霹雳一声，珍珠港的炮声响了，西南的海路也从此不通。狠一下心暂时住下吧，这里还有几位坚贞的老朋。半夜里啪啪地叫门，是查户口的巡警。进来的不是三个、两个……后面是一大群穿皮甲克的宪兵，黑压压站满了空地，惊恐了床上的病人。书桌的抽屉开了关，关了又开，翻遍了架上的破纸烂文。什么姓名？干什么的？因甚事来到北京？同样的话，答了几遍，同样的话，问了又问。最后是一叠商店的名片解了围，才停止了恶魔的询问。我深藏起心底的悲愤，却波动着惭恨的心情，我不是地下的战士，而是懦弱的百姓，又像是三百年前的遗民"。——编者注

满处是刺眼的景色，
一出站口就像是堕入深坑！
每一道灯光都像是凶恶的眼睛，
每一条标语都像是刺心的尖针。
忍着吧，先给爱人治病，
也等候着远方的来信。
霹雳一声，珍珠港的炮声响了，
西南的海路从此不通。
狠一下心暂时住下吧，
这里还有几位坚贞的友朋。

半夜里啪啪地叫门，
是查户口的巡警。
进来的不是三个、两个……
后面是一大群穿黑甲克的宪兵，
腰间挂着短枪，
脸上满是凶狠，
黑压压站满了空地，
惊坏了床上的病人。
书桌的抽屉开了又关，关了又开，
翻遍了架上的破纸烂铜。
哪里来的？干什么的？
因甚事来到北京？
同样的话，问了再问，
桌上的东西再一次翻腾，
最后翻出了一叠商店的名片，
这才停止了凶恶的追问。
我深藏起心底的悲愤，
却波动着内心的惭恨，
惭恨我不是地下的战士，
而是懦弱的百姓。

我不是二十世纪的战士，
也许是三百年前的遗民。

第二次查户口

过了六个年头了，
已是复原后的北平。
啪啪、啪啪，
又是一阵夜半的叫门声，
"开门吧！查户口的。"
是街道处老王的声音。
门开了，还是老王说：
"只查一下北屋里的张先生。"
查户口人进来了，
又是穿皮甲克的一大群，
二个、三个、五个……
约摸有三十余人。
这次我不是商人了，
算是高校教师的身份。
这已是胜利后的祖国了，
为什么他们和敌伪一样凶狠？
这一次用不着名片的护符了，
检查的气势却更细更紧。
是什么使他们走了，
我至今也不知其中的原因。
也许是我的从容镇静，
也许是线装书上的古文，
他小看干这行的人，
不会有太大的造反本领。
不管是什么吧，
总算结束了一场虚惊。

那么，是什么嫌疑引他们来的？

事过以后，我才回忆起一些情形。①

大约是前四个星期，

正是军调部时际，

我参加了一次清华同学的返校盛会，

那真是一个盛会，

各方的人士多半到齐。

有穿呢制服的政府官员，

后面还跟着带手枪的护卫，

有穿短服的革命战士，

是从解放区来的同志；

是界限分明的两个世界，②

好多人不敢和他们交谈对语。

我和几位老同学叙旧谈心，

增加了许多知识，

也有些未弄清的问题。

几周后的一个傍晚，

李同志来访我谈心，③

我们没有谈什么理论，

只想把许多曲折弄清，

因为有一位同乡在坐，

我不便详细询问。

我送他出门的时际，

月黑里似乎没有看见什么怪人。

看见与否没有什么关系，

反正他们经常有人跟踪。

————————————

① “我”原脱。——编者注

② “的”原脱。——编者注

③ 在清华返校节会上，遇到从解放区来的郑季翘、于光远、李乐光等同志，时于、郑二同志在《解放》报社工作，李参加军调部工作。采访的是李同志，解放后他任北京市委会委员。

我明白了查户口的原因，
增长了一次对世事的关心。
我还只有一种惭恨的心情，
惭恨我不会战斗冲锋，
我不是干革命的战士，
我干的是与革命相关的遥远事情，
你们用不着如临大敌地戒备光临，
我只是一个空想而不屈服的书生。

给——

那一天，我去拜望你的老师，
你知道我真在看望谁；
不凑巧而凑巧（老师不在），
是一个好谈心的机会。
可是什么心也没有谈就走开，
这真是一种矛盾心理，
我不知道怕什么，
旁人，你，还是我自己。
似乎有人在耳边说，
"你不配面对着一个美静的少女"。
矛盾和不安催着我走了，
带了我的眷恋和空虚。
我听见你说出"怎走"两个字来，
后悔地几乎流下泪。
可是要走的势已成了，
怎好回去？
我终于在街头上，
徘徊了好几次。
那一天，
我整夜没有睡，

朋友，
你呢？

无题

她传出了一点苦闷，我回答她以同情，
却不料这个赠品，更把她的苦闷增深，
不过那味儿不是一种，只多用了一个名称。

无题

幽居观大运，悠悠念苍生。
终古代兴殁，豪圣莫能争。
三季论周报，七雄灭秦嬴。
复闻赤精子，提剑入咸京。
炎光既无象，晋虏复纵横。
尧禹道既昧，昏虐势方行。
岂无当世雄，天道与胡兵。
呦呦安可言，时醉而未醒。
仲尼明东夏，伯阳遁西溟。
大运自古来，旅人安在哉。

其他诗四首

各地学者、社会团体及社会名流恭贺庄子研讨会①

1989年10月，在安徽蒙城召开全国首届庄子学术研讨会。会议收到全国各地著名学者、教授、专家及领导同志的贺信、贺诗、题词；还有些单位也发来贺信。现摘要刊登如下：

河北师范学院历史系教授张恒寿诗作：

远古文明多断层，神州花朵开至今。
谁阐妙理放异彩，鲁叟而外惟庄生。
六十年代煽左风，漆园头上洒污尘。
祝愿蒙城集盛会，弘扬实学辨疵醇。

矿山姑娘

刚洗完澡

头发湿淋淋

脸，红喷喷

麻利上大食堂吃了饭

---

① 原载黄山文化书院编《庄子与中国文化》，安徽人民出版社1990年版，第439页。又以"题首届庄子学术研讨会"为名被收入王怀言选编《咏庄诗文联选编》，黄山书社1993年版，第57页。——编者注

回宿舍换身衣服
照照镜

搭上班车进趟城
买本杂志
寄封信

什么时候
俱乐部前飘过一条红头巾
小伙子的心里像翻了五味瓶

写在井下狭窄处①

站着走
碰了头

跪着过
背太高

往过爬
卡住了腰上的头灯匣

多亏了肚子的伸缩性大
头灯匣压在肚皮下

无　题

清华园里水木清，五十年后忆友情。
古月堂前明月照，闻朱师范垂丹青。

---

①　上两首诗使用相同稿纸，很可能创作于同时。从其内容看，可能是作者于1987年回故乡阳泉时写其所见。——编者注

附　录

一九四八年八月×日挽朱自清先生①

一

清华园里突陨文星妙笔隽新叹无匹
广济寺前怅望冷雨遗容寂寞恨未瞻②

二

十载亲承音旨未登堂奥愧游夏
一朝神归道山空仰文章媲韩欧

《韵泉室旧体诗存》后记

　　我年轻时，受的是半私塾半学校的教育，那时学习的范围，大体文史理论混沌不分，我也和多数人一样，最先发生兴趣的是比较具体而较

---

　　① "八"原误作"一"。朱自清先生逝世于1948年8月12日中午，下午即入殓，次日中午出殡，至阜成门外广济寺下院火化。16日，举行追悼会。此二挽联绝不可能写于该年1月。据联意，必写于逝世后不久几日内。——编者注

　　② "陨"原作"损"。星可陨而不可损，故以意改。"怅"原作"帐"，"帐"难通而与"怅"形近，疑误，故改。——编者注

易理解的文学。在诵读古诗和初步习作的熏①陶下，曾写过一些旧体诗，随着学习兴趣转移，这些诗篇，随即丢弃而忘却了。1983 年太原方面要编辑一部山西人写的旧体诗《唐风集》，编辑降大任同志来函索要诗稿，这才引起我回忆、搜索旧作的意思。1987 年春，当河北师范学院为我开了一个从事教学科研五十周年纪念会时，曾复印了几首拙作，分送朋友。几个喜爱文学的同学看到后，很想看看我更多的诗作，这使我有了编辑旧体诗的初意，但因各种原因一直没有动手。

最近，编辑了一本题名为《中国社会与思想文化》的论文集，编成以后，精神上颇感慰藉。曾经帮助我编印论文集的学生马涛同志，劝我早日编印诗作，并积极和出版社奔走联系。于是着手编辑这本题名为《韵泉室旧体诗存》的小册子，书中一共收集了旧体诗四十余篇。其中大部分是古风和绝句，只有一二首近体律诗，因为古体不受格律声调的拘束，可以自由发抒想象情感，比较和新诗接近，和自己的哲学思想也相一致，所以自然而然地采用这种形式，倒不是有意反对很流行的近体诗格式。

我本不是典型的诗人，既没有遍游名山大川的经历，也没有风云变化浪迹江湖的生活，更没有超越现实的主体意识和缠绵悱恻的情思悲哀。所以从 1918 年到现在整整七十年了，才写了四十篇左右的诗作（连同丢失了的都算在内也不过七八十篇），说明没有充沛的才能和表现热情。更由于学习兴趣转到史哲方面以后，经常占据意识的，大部分是抽象性思维，这和形象思维虽不是绝对矛盾，而是可以互相补充的，但总不容易同时引发运用，也是事实。曾记早期的闻一多先生说过："理性铸成的成见，是艺术的致命伤"，想起此语，觉得属于这一类型的人是写不出惊心动魄的好诗来的。

但因我也有些对宇宙和人生的观察和体会，也有过理想和不满，青年时曾有过几年吟咏习作古诗的熏②陶，所以每当研读之余，欣赏自然、缅怀古今之际，往往有随兴所至抒发感触的情绪，这就写了这些平淡而仅可自娱的诗来。

---

① "熏"原作"薰"。——编者注
② "熏"原作"薰"。——编者注

看过这些诗作的人中，也有朋友对其中某些篇什偏爱欣赏，并知道我曾写过一篇评析《溇江诗》的文字，因希我对自己的诗也写点分析，当有助于欣赏、理解。我似乎也有点这个愿望，但因我的诗还谈不到什么流派，也没有有意地学习哪一派的自觉意识，所以这篇短序，除了说一点编辑的经过外，就很少可以写的东西。

但又想到我对于古代诗人的风格也有些不成熟看法，这些看法不可能对自己的写作毫无影响，不妨借此机会稍为谈谈。

我和多数初学的人一样，比较喜读唐诗而不太喜读宋以后诗。在唐诗中，最爱读的是盛唐的李、杜、岑、王（昌龄），以及盛唐初期的陈子昂和仅留下一首名篇①的张若虚，而不太崇敬中唐以后的元、白等人，特别不爱看李商隐、李贺等人的晦隐之作。但也不是一概而论，如中唐的孟郊、贾岛是一般评价较低的作者，而我对其部分篇章却有些偏爱；如韩愈的以文为诗的作品是我不赞成的，但对于他的《秋怀诗》却颇为欣赏。如何把这些角度不同的零碎看法统一起来，形成一个比较系统的理解，我还没有达到。因此，就难于写出较有启发性的简明评析来，尤其对于一个还不够成家的作品，像我自己的拙作，就不敢随便妄谈了。

不过在回忆自己写诗的过程中，对于评价陈子昂《感遇诗》的问题，有过一些思考和困惑，倒可在此略一叙及。我比较喜读陈子昂的《感遇诗》，而我在哲学上最崇拜的王船山大师，却对此诗颇为轻视，他的《唐诗评选》中也不选此篇。我还不愿意为了尊崇船山的哲学而完全同意他对陈子昂的评价。

在这一点上我赞成朱元晦的意见。朱子在理学家中是了解文学最深的人，他的诗也脱出宋人窠臼，而上溯晋唐。他称赞陈子昂、张九龄的诗，并且说过想学习陈子昂而学不到的话，这种感觉是有写诗经验的人容易了解的。哲学和文学是相通的，但不是把哲学概念，用整齐韵律的形式写出来就成为文学，而是需要化为直观形象表现出来，才成为文学。歌德曾说："诗人是为了普遍的东西而寻找特殊的东西，还是在特殊的东西内看到普遍的东西，这有巨大的区别。从前种作法产生的是譬喻，在

---

① 指长篇七言歌行《春江花月夜》，共36句，有"孤篇盖全唐"之誉。张若虚另有五言排律《代答闺梦还》。——编者注

那里特殊的东西只是作为普遍东西的例证、样本，而后种作法才真正是诗的本性。"（引自海涅《论德国》，第21页）这种区别就是一个有哲学思想的作者，当其具体写作时，所注意的区别。这一点正是朱元晦想要达到而没有突破时所表现的思想。船山的文学批评是有特色的，他对于相近于这一提法的道理，深为了解，但有时坚持过度，有时又忘记了。他反对以议论为诗是对的，但把陈子昂的表现形式的议论和宋诗中概念形式的议论等同起来，就把许多好诗丢掉了。我这种看法是否有一定道理，不敢自信，但由此想到这些想法可能对自己的诗作有一定影响。当然也只可说有一定影响而已。如果把它说成是师法流派，那就近于狂妄了。

以上是些近于烦琐的空谈，暂且打住。且谈一下拙作可能引起的误会。

无可争辩，我近来的诗，颇多不合时宜的感慨，这是一个在传统文化中生活了七八十年以上的人很容易有的思绪，但我不满的是改革中出现的邪气，而不是反对改革本身；我关心的是把真正儒家和专制、腐朽官僚系统混为一谈所产生的危害，而不是反对严肃的批判传统。"风力诚可畏，松鹏更足贵"，是希望有抗拒邪风的强者；"盖棺百岁后，贤哲细评议"，是对于名实不符人的慨叹；……我只是把这些牢骚变为忧患罢了。这些担忧并没有损害我的乐观主义，我还是认为"航天大路总会通""危桥过后即通津"的。

"微风送我还，黄河日夜流"，可能是不同于时贤的时代悲鸣，但不是提倡多元的文化趋向吗？就让它作为百家争鸣中的一家，挺立在人寰的角落中，等候着历史的评判吧！

1988年11月

（原载《韵泉室旧体诗存》，花山文艺出版社1990年版）

《诗二十二首》附记

1990年花山文艺社出版了先师恒寿先生的《韵泉室旧体诗存》。略加注意《诗存》所收先生自 1919 年至 1989 年间的 45 首旧体诗，便可发现先生寿老心童，年届 80 之后，诗兴随寿日增。先生的身体，"不惑之年"便扶杖以行；而先生的心神，古稀之后不失童真、耄耋以来更增灵性。先生逻辑思维不减，形象思维愈浓，所禀天资，古来不多。

　　1991 年 3 月 7 日晨 6 时先生仙逝之后，为出纪念集，我们着手整理先生的遗文、遗书。由于时间紧迫，这里仅将未在《诗存》中刊出的二十余首诗付梓，以表达我们对先生的悼念、缅怀。

王俊才谨识

（原载《张恒寿先生纪念文集》，河北教育出版社 1993 年版）

杂 作 编

《庄子》译文[*]

逍遥游

这是《庄子》内七篇里的第一篇，内容是描写理想的至人没有拘束、逍遥自得的行为和境界。逍遥是逍遥自得，没有拘束。游是行的意思。

北海里有一种鱼，名叫鲲鱼。这种鲲鱼，非常之大，我们不知道它大到几千里。鲲鱼变成鸟以后，名叫鹏鸟。鹏鸟的背，也不知它有几千里大。鹏鸟奋力而飞起的时候，它的两翼就如（下缺）

这二个小虫子，又知道什么呢？世上知识小的人，远不及知识大的人；年岁小的物，远不及年岁大的物。何以知道是如此呢？因为像朝生暮死的虫子，它就不知道一个月的初一和三十日；春生夏死的蟪蛄虫子（唧唠），就不知有春秋四季，这就是世上的"小年"。像楚国的南边有一种冥灵树，以 500 年为春夏、500 年为秋冬；上古有一种大椿树，它以 8000 岁为春夏、8000 岁为秋冬，这就是世上的"大年"。可是世人中活了 700 多岁的彭祖，以活的长久特别著名。一般人和他比起来，不是更可悲痛了吗？

成汤和棘的问答就是这个道理：

极荒远的北边，有黑暗的海，便是天池。海中有一种鱼，有好几千

---

　* 题目为编者所加。此部分录自手稿，据其使用"辅仁大学""河北师范学院"稿纸来看，可能撰于作者初到河北师范学院之时。仅有《逍遥游》《齐物论》两篇。手稿涂改甚多，可见作者用心程度，可惜现存的已有缺页。——编者注

里宽，谁亦不知道它有多么长，名叫鲲鱼。有一种鸟，名叫鹏鸟，它的背像太山，翼像天上垂下来遮了一面的云彩，用力高飞，就像向上弯曲吹动的旋风似的，有九万里高。及至牠离开云气背靠近青天的时候，然后才向南直飞，到南海里去。可是小小的鹦雀鸟笑它说："它要到哪里去呢？我飞越而上，不过几尺高便下来了，我翱翔在蓬草中间，这亦算是很好的飞翔了。而那个鹏鸟要飞到哪里去呢？"这二种鸟的看法便是小大不同之分别。[①]

因此那些知识可以效力于一个官职，行为可以和同于一个乡里，德性可以投合于一个君王，能力可以取信于一个国家的人们，他们自己看起来，也就和这些小虫鸟们是一样的。而宋国的贤人宋荣子，便鄙笑他们了。宋荣子并且能够做到：全世界的人对他称赞，也不增加一点鼓励；全世界的人都对他非难，也不增加一点沮丧。因为他能够确定"内"和"外"的分别，能够分辨"荣"和"辱"的分界，但他也就是只能这个样子罢了。像宋荣子这样的人，世上是不多见的，但是他还没有到建立至德的地步。像列子的驾风而行，轻飘飘地十分美妙，十有五天才反回来，像这样的顺利幸福，世上是不多见的。但列子虽能免于步行，仍然是要等待风的。要像那乘着天地的正气，驾着六气（阴阳风雨晦明）的变（同辩）化，而在无穷的宇宙中遨游的至人，他还有什么等待呢？所以（下缺）

齐物论

南郭子綦先生有一天轻轻扶着几案坐着，向天仰着头，长吐了一口气，很忘形地像失掉了他的躯体。弟子颜成子游在旁边恭恭敬敬地站着，说道："怎么回事呢？人的形体就可以使它如同一块枯槁的木头，人的心灵可以如同一片死灭的火灰吗？今天先生凭案而坐的情况，和往日凭案而坐的情况，很不同！"南郭子綦说："颜偃（子游名），你的问题，不太好了吗？现在我丧掉了我的形体，你知道吗？你听到过人间的箫管声，却没有听见过大地的箫管声；听见过地的箫管声，却没有听过天的箫管

---

① 这一段和上一段重复，可能是插入的。——编者注

声呀！"

颜成子游说："请问先生这三种箫管声的具体情况如何？"

南郭子綦说："大地发出来的叹声，叫做风。没有听到这飕飕的风声气吗？像那深山林里高大凸出的地方，有一百多围粗的大树木，树木上有好些窍穴，有的像人的鼻子和嘴，有的像人的耳朵，有的像柱头上的'斗拱'，有的像牛羊的圈栏，有的像捣米的石臼，还有像洼曲的东西的，像污下的东西的。这些树孔中发出的声音，有的像湍水急流的声音，有的像羽箭射出去的声音，有的像人的叱咄声音、呼吸的声音、呼叫的声音、号哭的声音，还有些声音像很深远，有些声音像很哀切。前面的风声，于于地唱着；后面的风声，喁喁地和着。如果是飕小风时，便彼此小和着；飕起大暴风来，便大和着。大风一停止下来，听有的树孔，就空空地没有声音了。你没有看见这些还在刁刁地摆动着各种树木吗？"

子游说："大地的乐器，那就是山林中各种各样的树孔了。人间的箫管乐器，那就是竹子制成的箫管了。请问天的箫声是什么呢？"

南郭子綦说："天地间各种各样的吹声，互不相同；可是都自己产生、自己停止。它们都是自然形成的，哪里有一个趋使发动它们的东西呢？"

人间有大知识的人，很宽裕广博；有一些小知识的人，好琐细分别。伟大的语言是平淡而光明，渺小的语言是辨察而词费。

人们在睡眠之中，精神交错；觉醒以后，便眼目开朗。人们在相互交接来往之中，每天用心眼互相对付。有的人心地很开展，有的人很刻深，有的人很隐密。小恐惧的人，忐忑害怕；大恐惧的人，悠悠宽闲。那些语言灵巧，发动如同机关似的人们，专在于伺察是非。那些深沈少言如默祷盟誓似的人们，是要坚守取胜。那些衰杀像秋冬天的人们，一天天消沈下去。那些沈溺在世俗行为中的人们，简直不能让他返回来了。那些陷没在世俗中的人，就如同绳子把他束缚起来。越到老了，沈溺的越深了。因为他邻近于死亡的心理，再不能使他复生了。人们的欢喜和愤怒、悲哀和快乐、忧虑和慨叹、变化和静止、轻浮放纵和娇淫作态，（有种种不同的情感。）音乐是从虚器中发出来的，暑热的气蒸上去便生出菌来。这各种各样的不同情态，每天每夜在变化更替，而不晓得究竟从哪里开始的。算了吧！算了吧！早晚能找到这个开始的萌芽，那便是人生的所以然了。

如果没有自然或外界，就没有我；要没有我，也就没有所摄取的①自然或外界。这道理亦差不多很相近了，可是不知道谁来主使的。仿佛有一个最高的主宰似的，可是找不出他的朕兆。可以行的路已经确实可信，可是看不见它的形相。有实情而没有形体。一百根骨节，九个官窍，六个藏腑，很完备地都存在我的身上，我应该和哪一个最亲近呢？你都喜悦它们吗？还是有所私爱呢？那么这些骨骸器官们，都有其他器官做它们趋使的奴婢吗？还是牠们都是被趋使的奴婢，不能互相统治呢？它们是轮流着互相统治呢？还是有另一个真真的主宰者呢？

如果我们找到了它的真实情况，或者是找不到它，这对求它的本质，都没有什么增加和损失。人一经禀受了自然的形体后，就不应丧亡损失，而要顺其自然等待完结。可是人们总是和外物互相争斗、互相披靡，所有人的行为生活都像是在向前驰逐而不能停止，这不太可悲哀了吗？一辈子忙忙碌碌，而看不到一点成功；极度劳苦疲倦，而不知道最后的归宿，这还不可悲哀吗？就像这种人，即使人说是没有死了，有什么益处呢？他的形体僵化了，他的心灵亦同样僵化，这能说不是大悲哀的事吗？人的一生，就应该这样模模糊糊呢，还②是只有我一个人这样模糊，而世人还有不模糊的呢？

人们随顺着本来自足的心灵，就以它为老师，那么有谁独独地没有老师呢？而且何必一定是那些自觉地知道自己的本心而加以选取者，才算有老师？即使是很愚昧的人，也自然而有老师。假如没有天生自足的心灵，却说他能知道是非，这就如同说"今天往越国③去而昨天已经到达"是一样的，这就是"以无有为有"。既然"以无有为有"，那末就是神禹再生，亦不能知道，我能有什么办法呢？

说话并不是吹风，说话的人有所说的内容，不过他所说的内容，还没有确定罢了。果然有语言的内容吗？还是并没有语言的内容呢？人们以为语言和鸟音不同，究竟有分辨呢？还是没有分辨呢？

---

① "的"原脱。——编者注
② "还"原脱。——编者注
③ "国"原作"口"。——编者注

　　大道被什么隐蔽了，才有了真伪的分别；语言被什么隐蔽了，才有了是非的分别。世界上哪个地方没有道理呢？语言在什么地方不可以呢？道是被小成的人隐蔽了，语言是被华美的辞句隐蔽了。因此便有儒家和墨家的是非，从而他们互相主张对方所反对的而反对对方所主张的。如果要想主张对方所反对的而反对他所主张的，最好是用了彼此所阐明的道理互相证印。

　　世界上的事物，没有不是"那"个的，也没有不是"这"个的；从那一方面看，就看不见，从自己方面了解，就知道了。因此说：那一面是由这一面来的，这一面也是依靠那一面而有的。那方面和这方面，就是正在生生的道理。但是方才（这一物）生出来，方才（那一物）又死了；方才（这一物）死了，方才（那一物）又生了。方才从这一面说是可以的，（从那一面说）又是不可以的；方才从这一面说不可以①的，从那一面说又正是可以的了。由于"是"，所以它又是"不是"；由于"不是"，所以它又是"是"。因此圣人不走分辨是非的道路，而一切都让自然来普遍照耀，亦就是因任自然的道理。

　　这个也是那个，那个也是这个；那个也是一套是非，这个也是一套是非。果然有彼此的分别吗？果然没有彼此的分别吗②？彼此都得不到相对待了的，那便叫做"道的枢纽"。掌握了枢纽，才能得到道的"环中"，从而可以应付无穷的事变。"是"亦没有穷尽，"非"也没有穷尽，所以说，最好是"相互证印"。

　　用了概念、共相的指说明指，不能再分析为指，不如用了"反概念、反共相"的非指，说明一切概念的指等都不是具体的东西。用了马的概念来说明一般的马不是一匹马，不如用了"非马"的东西说明一般马不是一匹马。天地都可以说是普遍的指，万物都可以说是③具体的马。（人应当）认可那可以认可的，不认可那不可以认可的。大道只要行去，就成为道了；物④说它是怎样好，就怎样好。为什么这样好呢？就好在它是

────────────

① "以"原无。——编者注
② "吗"原误作"呢"。——编者注
③ "是"原脱。——编者注
④ "物"原误作"事"。——编者注

这样好；为什么这样不好呢？就不好在这样不好。一切事物，本来有它好的所在；一切事物，本来有它可以的地方。世界上没有一物是不对的，没有一物是不可的。因此，一枝草茎和一根木柱，癞病的秃子和美丽的西施，一切诡奇古怪的东西，道理都统通合为一个。物的分散，也即是物的成就；物的成就，也即是物的毁坏。所有的事物，无所谓完成和毁坏，仍然是互相通合而为一个。只有那最通达的人，才知道万物的道理，都通统是一个。因此他不用智巧而把他的真用处寄寓在平庸之中。平庸就是功用，功用就是通达，通达就是自得。只要能自得，那就差不多了。所谓"因任自然"，就是这个了。

照着"因任自然"的①路走却不知它的所以然，这就叫做道。费了好多聪明，其实和不用聪明是一样的，而不知道它本来是同一的，这叫做"朝三"。什么叫"朝三"呢？有一个养猕猴的人，他每天给猕猴橡子吃，他向猴子们说道："我早晨给你们三升橡子，晚上给你们四升橡子，好罢？"一群猕猴全生气了。养猴子的老头说："那么我早上给你们四升，晚上给三升，好吗？"一群猴子们都高兴了。"朝三暮四"和"朝四暮三"，在名义和实际上，都没有什么亏损，可是猴子们的喜怒作用却完全不同。这亦只有因任自然就是了。因此古来的圣人，调和各种是非，不加偏信，让各种是非自然休止于天然的均平之中，这就叫做"是非两行"。

古来的人的知识，有到了最高境界的。什么叫最高境界呢？有的人以为宇宙间根本不曾有任何事物者，这种境界是最高的，是到了尽头的，再不能有所增加了。其次一种人，以为宇宙间是有事物的，可是并没有什么分别。再其次一种人以为事物是有分别的，可是并没有什么是非。是非的所以显著，就是大道的所以亏损；大道的所以亏损，就是爱憎的所以形成。世界上果然有完成和亏损吗？果然没有完成和亏损吗②？有（一部分声音的）完成就有（另一部分声音的）亏损，这就是昭文之所以鼓琴的原因；根本没有完成，亦就没有亏损，这就是昭文不鼓琴的原因。

---

① "的"原脱。——编者注
② "吗"原误作"呢"。——编者注

像昭文的弹琴呀，师旷的击节呀，惠子的抚琴而冥想呀，① 都是最好的知能，因此能一辈子留传下来。就因为惠施十分嗜好他所习的思辨，所以和一般众人不同。他所以喜好这些（知巧思辨），就为的是把自己的理论明示于众人。可是众人不明白他的道理，而他强加说明，因此他就像公孙龙似的，一辈子迷糊在坚石、白马的理论里。而他的儿子，一生又继续文饰了他父亲的论辩，一辈子没有成就。如果这也算是成就的话，那末就像我亦算是有成就了。如果这不能说是什么成就，那么一切物和我都无所谓成就。因此那混乱迷惑的炫耀是圣人所除治了的，所以圣人不表示功用而把功用寄寓在平庸之中。这就叫做圣人的"明"。

现在我想说几句话，不知道我所说的话，和世上的"是非"是同类呢，还是不同类呢。无论是同类，或是不同类，但（既然要说话，就有是非）就和牠们是一类了，就和牠②们没有分别了。但是，我还是诚恳说一下，宇宙间有"开始"，有未曾有的开始，有未曾有的"未曾有的开始"。宇宙间有"有"，有"无"，有未曾有的"无"，有根本未曾有的"未曾有的'无'"。不久忽然有了"无"了，可是不知道"有"和"无"中究竟谁是有谁是无。现在我既然有所说（的是非）了，可是不知道我所说的果有所说呢，还是无所说呢。天下的东西，再没有像秋天的毫毛大了，而太山实在是小的；再没有像早死的孩子是有寿数了，而彭祖（活八百岁）实是夭折的。天地和我同时并生，而万物和我都是一体。既然是一个整体了，还能有什么言说吗？可是既然说出是一个整体了，还能没有言说吗？一个整体，加上言说，便是二个，二个和一个便是三个，这样一直下去，就是最巧的算历者，也不能得出最后的数目，况且是平常人呢③？因此从"没有"到"有"，就可以得出"三"来，况且是从"有"再到"有"呢④！其实不必一直往下推，各因其自然的存在便好了。

大道本来没有分别，语言本来没有一定。就因为有了语言，才有了

---

① 此处未译"三子之知几乎"。——编者注
② "牠"原作"他"。——编者注
③ "呢"原误作"吗"。——编者注
④ "呢"原误作"吗"。——编者注

各种区分。我且说一下语言上的种种区分：有左和有右的不同，有论和议的不同，有区分和辩难的不同，有竞争和争斗的不同。这就叫做"八德"。宇宙以外的事情，圣人让它自然存在而不加以讨论；宇宙以内的事，圣人可以讨论而不加以详议。像《春秋》这本经世之书，是记述古代先王事迹的，圣人可以议论而不加深辨。所以凡是有所分别，便有所不分别；有所辩论，便有所不辩论。为什么呢？圣人（对于宇宙的一切）怀藏于内心而不加论辩，众人们互相辩论以相表示。所以说，"凡是辩论的，是因为他有所不见也"。真正的大道没有名称，真正的大辩论没有语言，大仁者并不仁爱，大廉洁者并不谦让，大勇敢者并不矜夸。道如果是显明了，便不是真道；语言如果太辩察了，便不能到达真理；仁爱如果太庸常了，便不能周遍完成；廉洁如果太清冷而谦顺了，便不是真诚；勇敢如果太露骨炫耀了，便不能成功。这五种品德，本来是"圆"的，而人们把牠弄成"方"的了。因此那能够把知识停止在人所不知的境地的是最高最美的。有谁知道这不言的辩论、不说的道理呢？如果有能知道这个的，那就叫做"天然的府藏"。对于这个天然的府库，向牠内部输送东西永远也满不了；从牠里面取用物品，永远也完不了；可是不知道牠①的来源在哪里，这就叫做"潜藏的光明"。

所以从前帝尧曾问舜道："我想攻伐宗、脍和胥敖这三个国家，南面听朝时，感到有些不自然舒畅，这是什么原故呢？"

舜说："像这三个国家的君长，就如同生存在蓬草中间一样，而您竟（为了想攻伐牠们）感到不舒服，是什么缘故呢？从前有十个太阳，一时并出，把宇宙万物全照亮了；而况且比太阳光还要超过的德性的光亮（哪还有牠照不到的地方吗）。"

啮缺问王倪道："你知道世界万物共同的'是'吗？"

王倪说："我哪里知道呢？"

"你知道你所不知道的东西吗？"

王倪说："我哪里知道呢？"

"那么，一切物都没有知识吗？"

王倪说："我哪里知道呢？不过，我试着说一下吧！怎么知道我所说

---

① "牠"原作"他"。——编者注

的'知'不是'不知'呢？怎么知道我所说的'不知'不是'知'呢？我且试问你：人们睡眠在潮湿的地方，便腰胯①疼痛偏枯而死，那么住在泥里的鳅鱼，也是如此吗？人们要到树木上居住，便感觉两腿发抖害怕不安，那么树上的猿猴也是如此吗？究竟人和鳅鱼、猿猴这三种动物，谁是知道正当居处的呢？人们吃的是牛羊犬豕，麋鹿吃的是甘草，蜈蚣虫子喜爱吃小蛇，鸱鸦、乌鸦喜爱吃老鼠，那么这四类动物，谁最知道正味呢？猨狙以母猴为妻，麋和鹿性交，鳅和鱼相爱。毛嫱和丽姬，是人类认为最美的女人，但是鱼见了她们，便深深地钻进水里去；鸟见了她②们，便高高地飞去了；麋鹿见了她们，便赶快跑了。那么这四种生物，究竟谁知道天下的最正当的美色呢？从我的观点看来，一切仁义的头绪、是非的路径，太烦杂混乱了，我哪里能够知道牠们的分辨呢？"

啮缺说："您不知道利害，那么最高的至人也不知道利害吗？"

王倪说："像至人就神妙了。即使天气热到把大湖泽的水燃烧了，也不能把他热了；把黄河、汉③水都冻干了，也不能把他寒冷了；雷电把高山震破，猛风吹荡了大海，亦不能惊恐了他。像这样的人，他驾着云气，骑着日月，而游荡于四海以外，即使生存和死亡，对于他都毫无改变，而况且仅仅是一点利害的事情（能使他有所改变吗)！"

瞿鹊子问长梧子说："我听孔夫子说过，圣人不做庸俗的事务，不求利益，不避危害；不喜欢追求，不攀寻道理，不讲有（特定）称谓的话，而讲无（特定）称谓的话，从而遨游于尘世之外。孔夫子以为这是随便粗率的语言，而我以为这正是神妙道理的作用。您以为如何？"

长梧子说："这是黄帝都弄不明白的道理，而孔丘哪里能够知道呢？而且你也太计算的早了。看见一个鸡卵，就想让他叫晨明；看见一个鸮卵，就想要吃烤鸮鸟肉。我给你随便说一下，你且随便听一下，好吗？靠着日月、挟着宇宙，从事于知后而没有分别的事，不用管那些混乱不明的事，而以（服务的）奴隶为尊贵。众人是忙忙碌碌的，圣人是愚怆无知的。圣人融合杂糅了千万年的变化而完成一个最纯粹的东西。世界

---

① "胯"原误作"跨"。——编者注
② "她"原作"他"。——编者注
③ "汉"原作"汗"。——编者注

万物全都是'是'的，而要把各方面的'是'结合起来。我怎么知道人类的喜爱生命不是一种迷惑呢？我怎么知道①人类的怕死，不是像一个少年离家而不知归家的人呢？丽戎的美姬，原来是艾地看守封疆的②小吏的女儿，当晋献公伐丽③戎时④刚把她带走时，她哭泣的眼泪，把衣襟都沾湿了。及至于她到了晋王⑤的宫里，和晋王一同住着很舒服的床，食着牛羊美味，这才后悔她的哭泣是无谓的。我怎么知道死了的人不后悔他原来的求生呢？晚上梦见饮酒的人，早晨起来要哭泣；晚上梦见哭泣的人，早晨起来要去打猎。当他做梦的时候，并不知道自己在做梦。而且在睡梦之中又常常⑥猜想梦里的好坏；一到觉醒的时候才知道自己是在做梦。而且一定要有一个大觉醒，才知道是一个大梦。可是愚鲁之人自以为已觉醒了，很聪明地知道一切了，说什么皇帝呀、奴隶呀⑦，真是太浅陋了！孔丘和你都是在做梦；我现在说你是做梦，也是在做梦。我这一种说法，名叫做'吊诡'。也许几十万年以后，偶然遇到一位大圣人，能够知道这个解释，早晚会遇到的。"

既然让我和你辩论，你胜了我，我胜不了你，你果真对吗？我果真不对吗？或者是我胜了你，你胜不了我，那么我果真对吗？你果真⑧不对吗？究竟是有一个对的呢，有一个不对的呢，还是彼此都对呢，或者彼此都不对呢？如果我和你都不能互相知道，那么人就应该承认这个昏暗，我能找谁来纠正呢？如果让一个和你意见相同的人来纠正，他既然跟你一样了，他怎能纠正呢？如果让一个和我意见相同的人来纠正，他既然跟我一样了，怎能纠正呢？如果让一个跟你和我意见都不同的人来纠正，既然和我们都不一样了，那他怎能纠正呢？如果让一个跟你和我意见都相同的人来纠⑨正，那他既然跟你和我的意见都相同了，怎能来纠正呢？

---

① "道"原脱。——编者注
② "的"原无。——编者注
③ "丽"原作"骊"。《庄子》原文作"丽"。——编者注
④ "时"当删。——编者注
⑤ 《庄子》称晋献公为"王"。——编者注
⑥ "常"原误作"尝"。——编者注
⑦ "呀"原作"呢"。——编者注
⑧ "真"原脱。——编者注
⑨ "纠"原作"校"。——编者注

那么我和你和别人都不能相知道，还等待另外的人能知道吗？

什么叫做用天然的分际（倪）来调和一切是非呢？

可以这样说："以'不是'为'是'，以'不对'为'对'。'是'如果真是①'是'的话，那末'是'和'不是'的不同，亦不能分辨。'对'如果真是'对'的话，那末'对'和'不对'的不同，亦不能分辨。随物而变化的语言，叫做化声，它是有所等待呢，还是自足而无所等待呢？这一切用天然均平的道理加以调和，听其无穷变化，这就能穷尽了天年的性命。忘掉了生死年岁，忘掉了仁义是非，休止于无穷尽之境地，因此就寄寓于无穷尽的境地。"

罔两——影子的阴影，问影子道："从前你行走着，现在你停止着；从前你坐着，现在你起来了。为什么你这样没有一定的操守呢？"

"影"说："我是等待（其他物的动作）才能如此吗？我所等待的东西又有地所等待的东西才能如此吗？我是等待那蛇的足和蝉的翼的动作吗？我哪里知道所以这样的原因？又哪里知道所以不这样的原因呢？"

从前庄周梦见自己变成蝴蝶时，轻松愉快地，就真是一个蝴蝶。自己觉得非常愉快得意，不晓得自己是庄周了。忽然觉醒之后，就很沈重而失惊地是庄周。不知道我庄周做梦变为蝴蝶了呢，还是蝴蝶做梦变成了庄周呢。庄周和蝴蝶，一定有分别，这就叫做"物的变化"。

（原稿由北京张葆善先生提供）

---

① "是"原脱。——编者注

张恒寿自传[*]

　　我于一九〇六[①]年生于山西省平定县赛鱼村［属村观沟村］的一个富裕的大家庭里，名恒寿，字月如，改字越如，亦写樾如。沦陷时，对外改为永龄。日本投降后，又用了旧名。最初先人在热河一带贩运铁器，后来开设小铁店，逐渐发展，有三四个连号；商店发财，同时购买土地，兼为地主。这时家庭里产生了若干不劳而获的寄生虫，商店渐渐衰微了。我父亲是那个腐败家族中的"佼佼者"，开始将衰落的商业恢复起来。家庭的作风，亦渐由愚昧腐化变得稍趋俭朴，渐知读书。我的幼年，正生长在这个时代里。

　　我弟兄三人。长兄比我大的多［，早年出继到另一门］。在我十岁左右[②]，他便死了。他有三个儿子。大姪于一九二四年少亡，二姪现在石门[③]开设小文具店，三姪在平定当小学教员。二哥现在石门做小摊贩，他有四个儿子，都很年幼。我于一九一九年[④]结第一次婚，由父母主婚，但感情甚好，一九二七年便病死了。一九三一年，与现在的爱人刘桂生结

　　* 据手稿。手稿原件现藏于河北师范大学档案馆。此篇是张恒寿先生1950年上"革大"短训班前所作。写在"辅仁大学"八开竖行红色稿纸（每叶10行，每行25字）上。前半部分字迹工整娟秀，不同本人，显系由他人代抄（王俊才教授称"先生1950年上'革大'短训班前的《自传》即由夫人刘桂生誊抄的"，见《张恒寿先生纪念文集》，第15页）；后半部分，字迹同于本人，乃由其本人抄写。此篇另有作者底稿，现藏于石家庄杜志勇处，阳泉张承铭处有复印件，文字略异。此处对其中较重要的差异予以补录并放在"［］"内或脚注内。——编者注

　　① "六"当作"二"。作"六"者，当非由誊抄笔误，而由张恒寿先生当时隐瞒4岁年龄所致。——编者注

　　② 民国二年（1913）。——编者注

　　③ 石门，即石家庄。——编者注

　　④ 当为"一九二〇年"。作者底稿即被涂改为"一九二〇年"。——编者注

婚。她是贫苦人家出身，那时在北平女一中①念书，后因心脏病未能升大学，现在无工作。父亲在世时，长兄、大姪虽都出继，但仍在一起生活。一九三六年和长兄一系分家，一九三七年与二兄分居。现在我是小家庭，没有儿女，只附住着一位亲戚。

我的生母，在我四五岁上便故去了（母系现只有表弟二人，是煤矿小职员。继母系有一舅，系农人）。我从小在父亲的身旁。父亲没有"功名"，但很爱读书。我未上学时，由父亲口授，认识了好多字，知道好多历史故事，也记下若干"锄禾日当午，汗滴禾下土……"的格言诗。父亲颇能实践那时的封建道德，痛恨于大家族中子弟们的腐化堕落，举以为戒，所以我一生受教育最深、怀念最深的是我的父亲。

小学读书，前几年是半私塾半小学。一九一九年左右开始泛览群书，想成一个学问家。这时对于社会问题，了无所知，但父亲常谈到城里绅士们帮同衙门对于乡民的欺压，也时常听到村里的"五道爷"放高利贷，"折扣"人土地的故事，因此亦有些不平之感。（我的家里我推想也放过高利贷，不然为什么本村较好的田地都在我们这几家大家族手中呢？不过在我记忆中，没有买过地，没有放过帐〔（因为商业借过小利贷的债）〕，大概那个时期已过去了。）

一九二○年，到太原第一中学升学，开始爱看《新青年》杂志一类书。中学读书的前二年，规矩用功，常考第一，功课外亦常读些古书、新书。第三年学校闹风潮，赶校长②，学生分正反两派，我也站在反校长的方面，起草告校长的呈文，参加到教育厅③请愿。由于学校闹风潮，几月不上课，反给我好多广泛看书的时间。梁漱溟曾到太原讲演，我颇受他的感动，但不完全赞成他的主张，做了一篇《评〈东西文化及其哲学〉》，长万余言，登在《平定留省学生季刊》上，从此在同乡中似乎有

---

① 北平女一中，即北平市立第一女子中学。1913 年，京师学务局创建京师公立第一女子中学。1928 年，改名为北平特别市市立第一女子中学。1931 年，改名为北平市立第一女子中学。1952 年，改名为北京第一女子中学。1972 年，改名为北京 161 中学。李大钊、石评梅曾在该校任教，张瑞芳、卓琳、于若木、郭明秋、齐心等曾是该校学生。——编者注

② 魏日靖。后任李贵德，字玉堂，山西榆社人，江苏南通师范毕业。1919 年 2 月到山西省立一中工作，1922 年 12 月被委任为校长。——编者注

③ "厅"原简作"厂"。——编者注

了所谓"文名"。一九二三年，中国思想界有科玄论战，我开始对科学思想有较清楚的了解。读了吴稚晖《箴洋八股化之理学》一文，才打破我注重思想而不注重物质建设的迷梦。《科学与人生观》论战印出后，我读了胡适之、陈独秀两序文的分歧意见，由陈序中，才开始知道一点唯物史观的粗浅理论。那时也买过几本《向导》《中国青年》，但是随便浏览，没有发生很大的影响。

一九二四年，中学毕业，那时受梁漱溟及①朋友高长虹的影响（一九二三年，在太原图书馆与长虹相识。他的魄力和文学，在那时对我颇有影响。我开始知道鲁迅，由于他的介绍，不过他后来的反鲁迅，我甚不赞成。② 一九二九年在北京见面，曾向他表示，他没有回答），对大学资格不很热心，同时因病，在家里停了一年。那年冯玉祥撤军驱吴囚曹，阎锡山公开加入内战集团，因此乡村里拉夫要差及摊派捐款的事，日渐增多，这加深了我对于军阀压迫人民的苦痛感觉。那年长虹在北京，寄给我一些《语丝》《莽原》等刊物。石评梅（已故，同乡兼亲戚，颇能文）代我买回一本英文罗素的《哲学问题》，开始能看英文哲学书。

一九二五年，到北京考入师范大学预科。同自习室有朱木美（留德学电工）、武新宇（现任内政部副部长）等同学，他们那时都已加入国民党，可能已加入中共。我对孙中山先生本甚佩服，但受了《东方杂志》的影响，不了解解散商团的原因，他们告诉我商团是英帝国主义的走狗，才了解了一些当时广东内部的发展。那年留京山西同人，组织了一个《山西周报》社，目的是反对阎锡山的黑暗统治③。由常乃惪（后为国④家主义）、张友渔（即今北京副市长）、侯外庐（政协代表）等人发起。我由高长虹介绍加入，曾开过几次会，也做过一两篇文章。那年北京学生有反关税会议的运动，也跟着大家游行过。当时《晨报》副刊上登载陈启修（豹隐）等驳斥一些人说苏联是赤色帝国主义的文章，亦增加了我对社会主义国家的认识。

---

① 作者底稿涂掉"梁漱溟及"4字。——编者注

② "不过他后来的反鲁迅，我甚不赞成"作者底稿作"不过我不赞成他后来的狂妄"。——编者注

③ "治"原误作"制"。——编者注

④ "国"原简作"口"。——编者注

一九二六年，我的继母病故，父亲也得重病。正当大革命时代，我很平淡而庸俗地在家里呆了好多日。二七年春，前爱人病死，父亲病已危险。因正太路不通，在平定县立中学担任了一个多月国文教员。学校因反对校长罢课。父亲也于冬初病故。这时北伐军宁汉分裂，我赞同武汉（因爱看武汉《中央日报》）。武汉亦分共后，我有些茫然。阎锡山由安国军副司令①一变而为北方国民革命军②时，我感到有些失望了。

二八年春到太原，打算找一借读的机会，在山西大学朋友处③住了二月，看见山大的腐败情形，这个意思打消了。有一天，在书店里买书，遇到中学时同学郝秉让，他在国④民党省党部工作，约我到他那里闲谈。那时陈公博在《贡献》上发表了一篇《国民革命的失败和我们的错误》，又出版《革命评论》，主张恢复中山先生革命的三民主义。我见郝君⑤时，详谈了这一问题，他说，他们现在正要实行这个改革运动。谈过这一次后，我便回了平定。那时国民党太原市党部正式重新成立，他是宣传部长（此人后为中共党员，抗战时脱节），发表我为该部干事。其实我那时并非党员（二五年冬在北京时，曾有人⑥介绍我入国民党，我颇有意，因

---

① 1926年12月，张作霖在北京自任安国军总司令，为拉拢阎锡山，任命他为副总司令。——编者注

② 国共合作，筹划北伐，极力争取阎锡山。1926年，国共合作的国民党山西省党部在太原成立。阎处于举足轻重的地位，起初对北伐采取坐山观虎斗的态度，待看到北伐进展顺利之后，乃于1927年6月6日就任国民革命军北方总司令，悬挂青天白日旗。国民党中央政治会议追认这一职务，并于6月29日推阎锡山为该会委员。7月7日，国民政府军事委员会又任阎锡山为委员。7月15日，阎锡山声称兵出石家庄。9月29日阎锡山誓师讨奉，在京汉、京绥沿线与奉军激战。阎锡山牵制了相当一部分奉军，对北伐全局具有重要意义。1928年，蒋介石继续北伐，仍竭力拉拢阎锡山，2月28日国民政府任命阎锡山为国民革命军第三集团军总司令，3月7日国民党中央政治会议任命阎锡山为太原政治分会主席，3月9日国民政府又任命为山西省政府主席。此时第二集团军冯玉祥部人多势众，蒋故意拉阎抑冯，于6月4日通过国民政府任命阎为京津（后称平津）卫戍总司令，并让第三集团军部队先行入京，天津亦和平接收。至此，阎锡山在北伐中掌握了晋、冀、察、绥四省和平、津两特别市的军政大权。10月19日，国民党中央政治会议任命阎为内政部长（由赵戴文代理）。阎锡山从此与蒋介石、冯玉祥、李宗仁齐名，成为雄踞华北的军阀。1929年3月召开的中国国民党第三次全国代表大会，阎虽未出席，但仍当选为中央执行委员（四、五届连任）。——编者注

③ 刘瀛臣。——编者注

④ "国"原简作"囗"。——编者注

⑤ "君"，作者底稿作"同学"。——编者注

⑥ 贺凯。——编者注

这位介绍的同学说:"加入后,我们回山西便可占势力。"这一句话,使我不愿往下谈了),我一连接到他三封信,去了太原。(记得我一个人穿着大褂,他们叫我长衫同志。)在市党部的主要工作,是搜集报纸,每周编一栏时事概述。这时举行太原市党员总登记,做些整理记录的工作。工作了一个月后,看到内部人物大都平庸,并无革命精神,同时《革命评论》所主张的恢复革命的三民主义之号召,也日趋黯淡,变成官僚空谈,于是我决计离开,正太、京汉车刚一通,便到北平,从此与该党断绝关系①。

在离太原到北京之前,听说小学时同学甄梦笔②(现名甄华,任十九兵团政治部敌工部部长)在太原三晋中学时,因加入 C. Y.③,"清党"后回家去了,于是回平定找他详谈④,立刻成了最好的朋友。我们相偕到北京。我到师大复学,他打算考大学,在北京四年,前后在一起同住有三年左右。他在假期中曾被捕一次,我竭力托人营救,他的精神毅力对我颇有影响。

这以后四年(二八至三二)在师大历史系读书,主要目的是想研究中国社会史与思想史,但历史系的课程教授不能满足这要求,而我的哲学兴趣非常浓厚,于是上课的时间非常少。这时张岱年(字季同,现任清华哲学系副教授)同学是学问上、思想上最投契的朋友,因为我们对于中国学术都有相当根底,都喜读马恩哲学,同时喜读西洋实在论一派的哲学,又都不长于活动,这时我们在哲学思想上稍稍形成批判的理解。⑤"九一八"给我很大的刺激,也想对国家人民有所贡献,但并想不出积极救国的方法,于是和甄华及郭绳武(字怡苏,抗战初期在延安,三八年由甄华介绍加入中共,现闻仍在陕西,不详。他比我年幼,而文学修养甚高,是当时最好的朋友之一)等几位同乡,在平定组织了一个

---

① "从此与该党断绝关系",作者底稿删。——编者注
② "笔"原误作"华"。——编者注
③ C. Y. 即共产主义青年团。——编者注
④ 当是甄先找张。——编者注
⑤ 作者底稿于此处有注作:"二八年刚到北京时,中学同学张隽轩——即现任山西省民政厅长——几次拉我到他替阎锡山办理的《三民半月刊》,我坚决拒绝,以后私交的关系亦渐疏远了。"——编者注

平定青年奋进社，假期中对小学教员、中学生等举行讲演，又成立了一个通俗图书馆，出版了《奋进》和《平定评论》两个刊物，主要的目的，是提倡救国思想，反对本地绅士的帮同衙门搜刮地皮。也许那时一部分青年，多少受点影响。但因我们都是学生，不常在家，经费又不足，半年后便无形停顿了。① 一九三二年，师大毕业，我想继续完成那个空想的社会事业，打算在平定办一私立中学。那时我家东北的商业，已因九一八事变而停顿，但还未结束，我想将我应分的一份残余收回来，作为创办中学的经费，亲自乔装商人，到东北一行。不料到彼后，才知商店完全垮台，产不敷债了。三二年春，家里办理债务，以东北房产及一个残余木铺作抵，分十年代销，作为了结。这期间我到太原送内人刘桂生转学（原在北平女一中，因榆②关事变，北京紧张，山西同学多转回太原），于是在山西大学预科（介绍人系小同乡兼亲戚刘子登③）、私立平民中学（介绍人师大同学刘和哉）、私立成成中学（自校长刘埔如以下，教员都是师大时最近朋友，无介绍人）等校教书。这时常来往的朋友有高敦粹（字静生，成中教员，现任工农中学教员）、张衡宇（原名泌，成中教员，三三年被捕，三七年释放，四〇年左右牺牲了，前进朋友中我最佩服他）、常风璨（平中教员，现为北大讲师）、狄景襄（成中教员，现任西北财经会秘书长）、刘埔如（现任西北财经委员）、杜心源（成中教员，现任四川军管会文教处长）等一些人，多半是师大的老同学。当时我仍持着注意政治而不参加活动的一贯作风，对当时时局发展不甚了解，我只空洞地希望有一个有进步思想的抗日势力出现，所以福建人民政府成立时，我非常兴奋。但不久被蒋介石打败，使我感到非常失望。于是研究专门学问的思想比前较决，决心不在太原教书了。

一九三四年到北平考入清华大学中文研究所，研究论文须窄而深的小题目，而且限于文学［（我本想考哲学系，因中文系可以不考第二外国语，所以考中文系）］，于是选择了一个介于文哲之间之题目"庄子研

---

① 此说不准确。该社约维持 6 年至抗战前。——编者注

② "榆"原误作"渝"。——编者注

③ 刘瀛臣（1896—？），字子登，平定县西关人，1919 年。山西大学堂工科采矿学门第 1 班毕业，工学士。曾任山西省东路矿产调查委员，任山西大学工学院教务员。——编者注

究"。我的兴趣在思想社会方面，而研究工作却偏于考证，感到有点枯燥。对于当时的学生运动，没有积极主动参加，但和前进分子很接近，当时同学如牛佩琮（现任河南省政府副主席）、李一清（前①任中原人民政府副主席）、章安春（后名谷荣章，中共党员，他为避免搜捕，常藏在我的房间，现不详地址）等人，都甚相知。一二九运动亦曾追随参加。《清华学生周刊》②是由前进派主持，三七年春③举我为总编辑。我因毕业论文忙，担任名义，由王瑶（当时民先队员，现为清华中文系讲师，民盟）执行事务。去年王瑶同学说："你是当时清华园内的'社会贤达'。"这一句似誉非誉的评语中，说明了我不是一个革命斗士，使我感到无限的惭愧。

清华教授中，最接近的是闻一多先生，他那时还没甚政治思想，但为人诚恳坦白，对新旧学问都有特识，所以甚为投契。在学问上对我有启发的是陈寅恪、冯友兰两先生。

一九三七年六月，研究期满（作《庄子考辨》一书，长约十万言，主要是考证《庄子》各篇的时代及真伪问题，藉以说明当时思想界之分野与发展。事变后，因对考证工作无兴趣，未加修订，未出版）④，学校留我为中文系大一国文教员。聘书接到不久⑤，芦沟桥⑥事变爆发了。那时甄华由日本回国，郭绳武由并到平，京汉路已不通，我们相偕由平绥路回晋⑦。那时我对全国抗战的形势及游击战的方法计划都无正确的估计，[对阎⑧锡山我一向不信任，所以对于参加牺盟会的同志们和阎的工作，也不了解，]终于在等候学校来信及"胜利消息"的传闻中，娘子关失陷了。阴历九月末，同村人逃到附近的小村子里，仗打过后回家，开

---

① "前"，作者底稿作"现"。——编者注
② "清华学生周刊"，规范表述当为"清华周刊"。——编者注
③ "三七年春"较可能为"三六年冬"之误。——编者注
④ 此注，作者底稿作"（作《庄子考辨》一书，长十余万言，主要是考证庄子书内何篇较古，何篇较晚，以确定当时思想反映中之社会分野，未出版）"。——编者注
⑤ "不久"，作者底稿作"后一个月"。——编者注
⑥ "桥"原脱。——编者注
⑦ "我们相偕由平绥路回晋"，作者底稿作"我们从平绥路到大同，由大同再转太原、平定。甄华准备参加动员委员会，说我身体不好，可到后方工作"。——编者注
⑧ "阎"原简作"闫"。——编者注

始感到深切的痛苦。日军下①太原之后，回军搜索村落，将我带走。在向阳泉的路上，我乘机逃到煤窑里，住了两夜，从此腿部受寒湿，致成宿疾，至今未愈。这时敌伪县政府②，［知我在家，］用恐吓手段，迫我［到县里］给他们办"教育"，我告以腿部受［重］伤，不能行动，随即逃到小村子里，于是有我受伤已死之传说。我想寻找抗战势力，不料日军出发，河底村的抗日政府③已迁移的很远了。三八年夏，有一汉奸密告日军，说我家里有枪，与中国兵连系，派兵包围④。幸临时得到消息，家人都跑了。我逃到邻村，再想找联络，终因腿疾，不能夜里走百十里山路，事情了结后，又回了村。这时甄华从晋西岚⑤县托一商人带来口信，嘱我与此人同行。李一清也辗转密来一信，约我相机到昔阳皋落。这时［周围汉奸很多，必须择取妥当时间出走，才能不被注意］，我估计，赴昔阳，须夜走小路；赴岚⑥县，可装作商人走大路，为避免汉奸的注意，决计到岚⑦县去。不料我如期找那个商人，他已先期走了（大概怕危险，不愿相偕）。这时伪县府又派人到村，嘱为伪前县长作一"德政碑"，并且暗示村长，我如不愿，可不用出名。我生平无一长处，惟对消极的操守颇为坚定，于是先托词不在家，藏在邻近小村，随即乔装商人（曾留胡子），潜到北京。（当时我和村人说，碑上可写"遗臭万年"四字，这话传至汉奸耳中，大为激怒，所以我非急走不可。）到北京后，起初还打算腿疾稍愈，如何到抗战区，以后因医腿疾，长期不愈，复增胃病而因循蹉跎，仇恨反减，终于苟安在这个死城⑧里了！

四〇年，东北通货已超⑨膨胀，以前商店抵押债务的房产价值提高，

---

① "军下"，作者底稿作"寇陷"。——编者注

② 即所谓"平定县公署"，成立于1938年2月。——编者注

③ 即由中共组建的平定（路北）县抗日政府，于1937年11月在盂县上社成立，之后移驻河底，办公地址三官庙。12月，由于日军侵扰，随县工委转移至盂县，并停止活动。——编者注

④ "派兵包围"，作者底稿作"在一个夜里，派了一连军队，向我家进剿"。——编者注

⑤ "岚"原误作"兴"。——编者注

⑥ "岚"原误作"兴"。——编者注

⑦ "岚"原误作"兴"。——编者注

⑧ "死城"，作者底稿作"古城"。——编者注

⑨ "超"，作者底稿作"趋"。——编者注

除还债外，还分得若干余钱，家里又［先后］卖了几十亩地，所以在北平闲居六①年，生活上未发生很大困难。这时，在平未参加敌伪工作的几个文化人［常常来往，］成立了一个三立学会，彼此互勉，坚持真理②，并做一点将来文化建设的准备。参加的人，有张岱年、翁独健（现北平市政府委员兼文教局长）、王森田③（北大讲师）、韩镜清（北大讲师）、成庆华（辅仁中学教员）等人。这时与张东荪先生常见面，与王峄山④（前师大教授［，在校时不熟，四五年住一胡同]）、邓以蛰（前清华教授）两先生也是这时才相熟，他们都是不与敌伪合作的前辈。

四五年日本投降。四六年一月，由邓以蛰先生介绍，在北平临时大学第八分班任讲师。八月，北平艺专复校，接收第八班，继续为讲师，后为副教授。同时在私立华北文法学院兼任副教授，授中国哲学史（由冯友兰先生自动介绍）。四九年⑤，在辅仁大学兼任国文讲师（由陈寅恪先生介绍）。解放后，继续在艺专为副教授，兼授政治课。艺专改为中央美术学院，仍为副教授，直至现在。

在北平潜居的八⑥年中，对新哲学及中国历史略有较深认识，但对中国革命⑦的实际情况不甚了解。军调部⑧时代，曾偷看过《新民主主义论》和《论联合政府》。四六年，清华大学返校节，遇到李乐光（以前不认识，时为军调部共方代表，现为北平市委）、于光远（时在《解放报》）、郑继侨（在校时甚熟，时在《解放报》［，闻现在大同]）⑨几位同学，详谈之后，对中共认识稍加详确。但四七年后，故乡来北平的，多半是逃亡地主及小商人，他们述说乡村土改斗争中混乱情形，非常具

---

① "六"，作者底稿作"八"，误。——编者注

② "坚持真理"，作者底稿作"要坚持不参加日伪工作"。——编者注

③ "田"疑衍。——编者注

④ "峄山"，作者底稿作"桐龄"。——编者注

⑤ "四九年"当为"四八年"。——编者注

⑥ "八"当为"六"之误。——编者注

⑦ "中国革命"，作者底稿作"中国中共"。——编者注

⑧ 为调停国共内战，1946年1月13日，由国、共、美三方组成的军事调处执行部成立，简称"军调部"。1947年1月30日，国民政府宣布解散三人军事小组及军事调处执行部。——编者注

⑨ "郑继侨"当为"郑季翘"。——编者注

体，于是［又］动摇了我以前对中共的信仰。后来听说华北工作大队到平定后，把以前乱杀乱打的办法都纠正了，一些二流子村干部也都改为正式农民，这才又恢复了我以前的信念。北平未解放前，甄华由宣化托一商人带来口信。北平一解放，入城那一天，他便来看我，［见面不下七八次，］详询了土改时发生偏差的经过，以及高级干部对于土改的态度，并知道他派来与我联络的同志在北平城外中途被捕了。以后又看了《土地法大纲》、毛主席《晋绥干部会议上讲话》，才澈底消除了我的疑惑。北平初解放，便看了好多书，其中以《整风文献》一书对我的感动最深，由此书才知道，我以前对中共的担忧，整风时都早已解决了，从此确立了中共领导革命的信仰。以后听过几次讲演，主要是接触到每日表现的事实，逐渐加深这信仰。尤其是我加入新哲学会后，遇到一次徐特立同志，他的诚恳博学及革命精神，使我万分感动。以后又见到郝人初（现任教育部办公厅副主任）、张乃召（现任气象局副局长）几位朋友。尤其是乃召，他在校时和我态度差不多，同情革命而致力科学，这一次来看我，他的诚恳态度、服务精神，使我想到中共教育之伟大有力。十月一日，庆祝人民政府成立，曾参加游行，非常兴奋，从此感情上也有深的改变，愿意做一个全心全意为人民服务的教育工作者。但反省起来，我的缺点很多。第一，自幼身体孱弱，现有胃病、腿病、痔疾，不容易做到理想的服务程度。第二，反省自己过去，只能做到消极的反抗，做不到积极自我牺牲。第三，我早已不赞成自由主义，而生活上仍是自由作风。第四，我虽痛恨统治阶级，而阶级仇恨不强，斗争不尖锐，存在着若干温情主义，所以学校号召教职员到革大学习时，我先报了名，打算在集体学习中，改正我的许多缺点［，准备将来服务的条件。这便是来革大以前大概的经过］。

一九五〇，五，一五于革大①

（原件现藏于河北师范大学档案馆人事档案科）

---

① 作者在八班一组。——编者注

张恒寿自述

我于1902年生于山西省平定县赛鱼观沟村（今属阳泉市），名恒寿，字越如，一字月如。先世几代经营铁器商业，是兼有地主身份的旧式资本家。到我父亲时代，开始注重读书，有变为"书香门第"的趋向。父亲不是科举功名之士，也不是学者文人，但他喜爱读书，亦喜买书藏书。幼年时，记得家里有《十三经》、"二十四史"、《资治通鉴》、"九通"及其他一些丛书、文集之类书籍，这对于我后来学习古籍，提供了方便条件。但父亲的中心志趣，不在这里，而在治家处世、敦品励行方面。父亲爱读吕新吾①的《呻吟语》、陈宏谋的《五种遗规》等书，也间看《水浒》、《儒林外史》等小说，对于儒家提倡的孝友睦姻任恤等伦理道德，确能身体力行。因此在本县乡党中有德高望重的声誉。光绪末年，山西士绅为了抗议巡抚胡聘之等将山西矿权出卖给英商福公司的事，举行过一次保矿运动，当时平定一些士绅也组织了保艾（平定旧名石艾郡、上艾郡）公司，互为声援。父亲参加了这次抗争，曾垫支了三千余银两为活动经费。按当时家庭的经济情况说，不是轻而易举的事。保矿事成功后，他绝不声言自己的功劳。及至民国初年平定的二位省议员（黄守渊、池庄）将此事呈请山西省政府请予嘉奖，山西省政府曾奖予"急公好义"的匾额。延至民国十四年父亲七十寿辰时，在亲友的敦促下，才将此匾悬挂起来。

我5岁②时，生母病逝，从小在父亲身边长大，受父亲的影响很深。

---

① 吕坤（1536—1618），字叔简，又字心吾、新吾，明代文学家、思想家。——编者注
② 虚岁。——编者注

不过父亲参加保矿事时，我才六七岁，没有什么直接感受。自此以后，父亲没有参加什么社会活动，所以我幼年时所受的教育，主要是传统文化历史知识，对于新时代的现实活动，感受较少。

我 6 岁至 10 岁[①]时，在私塾兼小学的学校读书，一面念《三字经》、"四书"，一面念国文、算学等科。当时的国文修身教材，是学部编译图书馆的课本。书上讲的故事，多有插图，读起来很有兴趣。父亲曾口授一些短诗和历史朝代顺序等知识（如清代皇帝的年号和在位时间等）。这些口授和课本知识结合起来，培养了我学习历史和文学的兴趣。记得辛亥革命第二年春（民元），小学教师出了"民国论"的题目，我已经能道听途说地写什么"天下者人人之天下，非一人之天下也"的语句，因而得到老师的奖誉，启发了爱学文史的志趣。

11 岁[②]时，到离家三里远的第五高小读书。高小毕业后，在家里跟一位老先生学《左传》、古文、唐诗等，一共念了四年。在塾师的教[③]读下，只对写作文言文和旧体诗方面有初步尝试，对其他方面无甚知解。这时在父亲的书案上有张之洞的《书目答问》，曾浏览过几遍，记下了一些空洞的书名。《书目答问》后附有清代学者的分类名表，父亲曾告诉我经学、史学类中的张穆，是本县大阳泉村人，著有《蒙古游牧记》和顾炎武、阎若璩年谱等书。因此也曾以此书为线索，翻阅了李元度的《国朝先正事略》，对于名儒类中经学、史学兼理学家的顾、黄、王三人，深致崇敬。当时并没有看过他们的书，只从《先正事略》和《经世文编》中，知道些大概轮廓，很羡慕他们的博学。这对于我后来喜读哲学、思想史著作，有一定影响。

在泛读各种书中，知道中国有义理之学、考据之学、词章之学的区分，认为姚鼐所说"三者缺一不可"的主张，最为恰当。这三种学问，就是现在所说的文史哲的区分，但当时并不知道哲学是讲什么的。

1920 年，我到太原入第一中学读书。校课以外，看到了好多新书，如《新青年》《新中国》等刊物，使我开阔了新学问的眼界。在这前一年

---

① 实岁。——编者注
② 实岁。——编者注
③ "教"原误作"敎"。——编者注

五四运动爆发时，我还在乡村里，对此伟大事件没有直接感受。这一年接触了若干新书刊后，才对于新文化知识有了渴求了解的愿望。当时读的书很杂，大体说来，有国故、哲学、文学三个方面。在国故方面，于以前学习唐宋八家等古典文的基础上，扩大到先秦诸子及近人章太炎等人的著作。这时梁任公的《清代学术概论》① 刚出版，他的《历史研究法》② 和胡适的《国学书目》③ 等也相继出版。这些书对于一个没有师承的中学生，是入门的向导。当时曾照这些书目的引导，读了一些书籍。不久，《努力周报》的《读书杂志》上发表了胡适、顾颉刚讨论古史的文章④。这种疑古思想一下子消除了从前念《通鉴辑览》⑤ 前几卷的混乱感觉，使我对考据方法有了一些了解，但我不愿走这条道路。

在文史哲三方面，我兴趣较浓的是哲学。中学第一年级，买了一本胡适之的《中国哲学史大纲》，阅后增加了不少知识，但对于书中主要观点却不十分信服。

1921 年冬，梁漱溟先生曾到太原讲演《东西文化及其哲学》。我听过几次讲演，对他讲的问题很感兴趣，觉得哲学对于人生是非常重要的。第二年春读完他的全书后，曾写了一篇《对〈东西文化及其哲学〉的意见》，分期登在《平定留省学生季刊》上。文章自然很幼稚，但也有些自己的看法。原文已在抗日战争时丢失了，大意还记得一些，认为梁先生的思想很深刻，和胡著⑥偏于西洋哲学的情况不同，但梁先生所说的三条路，不一定妥当：第一条说西洋是向前走的路，不成问题；第二条说中国是"调和""持中"，有些不妥，走路不能"调和""持中"，应该也是

---

① 梁启超《清代学术概论》，上海：商务印书馆 1921 年 2 月初版。——编者注
② 梁启超《中国历史研究法》，上海：商务印书馆 1922 年 1 月初版。——编者注
③ 梁启超、胡适审定《梁任公胡适之先生审定研究国学书目》，上海：亚洲书局 1923 年初版。——编者注
④ 1923 年，在《读书杂志》上发生了顾颉刚与胡适等人的论战，如第 9 期顾颉刚《与钱玄同先生论古史书》、第 10 期钱玄同《答顾颉刚先生书》、第 11 期胡堇人《读顾颉刚先生论古史书以后》、顾颉刚《答刘胡两先生书（附图表）》、第 12—16 期顾颉刚《讨论古史答刘胡二先生》等。——编者注
⑤ 《御批历代通鉴辑览》，是乾隆三十三年敕撰编年体史书，共 116 卷（附《唐桂二王本末》3 卷），剪裁精当，篇幅适中，是清代民初通行的历史读本。——编者注
⑥ "胡著"，即前述胡适《中国哲学史大纲》上卷。——编者注

向前，但和西方走科学的路不同罢了。特别是说将来世界上全要走印度向后走的第三条路，不大可能。当时曾翻阅了张横渠①的书，认为中国人有"存，吾顺事；没，吾宁也"②的哲学，决不会因为感情丰富了就想离开世界。那时，实在是年轻胆大，乱发议论，但现在想来也有一定道理。可惜这一刊物，只有本县少数知识分子看过，在社会上毫无影响，以后随即亡佚，现在已无从回顾自己的足迹了。

曾有一段时间，对梁先生相当崇拜。但不久展开科、玄论战，改变了我偏好中国哲学的倾向。科、玄论战最后（在主张科学一方）在形式上是以吴稚晖的《一个新信仰的宇宙观及人生观》一文③结束的。胡适对于吴文推崇备至。我对于这种庸俗的功利的人生观很不赞成，但吴稚晖的《箴洋八股化之理学》一文④颇令我折服。读此文后，感到物质文明对于中国的重要，不再崇信二梁⑤所说中国精神文明的高度了。科、玄论战的文章，后来都收在《科学与人生观》一书中。陈独秀为此书写了一篇序，讲了些唯物史观的道理。这一序文，对我的思想发展有相当影响，但只是一个思想知识方面的影响而已，我并未走上革命的道路。

由于科、玄论战的影响，感到学习西方哲学的重要，在初步有一些西方哲学史知识后，又感到如何把这些和唯物史观连结起来，是一个困难任务。这一感觉，虽然是十分模糊的，但是萌芽了后来追求的方向。学习的目标大体确定后，对于先前深爱的文学就不能专心研讨，但和文学书及爱好文学的朋友没有疏远。1922年⑥在太原认识了高长虹，引起了我对鲁迅作品的爱好。我以前只知有陈独秀、胡适之的论文，对于鲁迅的文章，几乎未加注意。听到长虹的谈话后，回来细读鲁迅的杂文、小说，感到鲁迅思想的伟大和深刻，从此后，对鲁迅的作品深为爱好。但

---

① 张载（1020—1077），字子厚，凤翔郿县横渠镇人，世称"横渠先生"，尊称"张子"，北宋思想家、教育家、理学创始人之一，与周敦颐、邵雍、程颐、程颢合称"北宋五子"。——编者注

② 出自张载《西铭》，当标点为"存，吾顺事；没，吾宁也"。——编者注

③ 稚晖《一个新信仰的宇宙观及人生观》，连载于《太平洋》（上海）1923年第4卷第1期、第3期、第5期；《学汇》（北京，《国风日报》副刊）1923年第323—336期。——编者注

④ 吴敬恒《箴洋八股化之理学》，《共进》1923年第44期。——编者注

⑤ "二梁"，指梁启超、梁漱溟。——编者注

⑥ "1922"当为"1923"。——编者注

因为我比较重视学术思想，而不长于创作想象，认为文学偏于抒情欣赏，解决不了理论和实际问题，所以也不愿走文艺家的道路。

中学时代的另一位文学朋友是有世交关系的石评梅。评梅的父亲是我父亲的挚友，又是二哥①的义父。我到太原的第二年，就住在她家里。那时评梅在北平女高师②读书，只在假期有短期的见面，谈一些广泛的文学情况，还不能对文学内容有较深的探讨，但从她的言谈气度中，深感到文学修养对于为人的重要。1925 年我到北平师大读书时，才和她有较多的来往。然而不久，她即带着未尽的才华和沉重的悲哀，在追求新生的路上中途逝世了。1928 年，我曾在她的纪念册上写过一篇《评梅的死》的短文，1980 年写过一篇《纪念 20 年代山西一位女文学家——石评梅同志》的文章（登在《山西师院学报》第 3 期上）。这些事情都是进入大学以后发生的，这里不再赘述了。

1924 年我中学毕业，本拟到北平升学，因那年春末，在家里帮我父亲理家的大侄③去世（大哥早已逝世），父亲很悲伤。我不愿马上离家增加父亲的惦念。同时因受长虹的影响，认为升大学读书，不比自修更有益，于是留在家里，订购了一些报刊书籍，学习有关社会科学方面的理论问题，同时也为考大学作些准备。

那一年正是冯玉祥倒戈反吴，山西阎锡山加入内战④之际，我亲眼看到农民受到的应差劳役种种压迫和中等户为摊款输捐而被迫衰落的状况，对于社会现实比以前有了较具体的感受和了解。

1925 年夏，我到北平考入师范大学预科。学校的课程，除英文学习稍有进步外，其他方面收获不大。校外的朋友，较多来往的还是评梅和

---

① "二哥"，即张同寿。——编者注。

② 1919 年，北京女子师范学校改为北京女子高等师范学校。1922 年，北京高等师范学校改为北京师范大学。1924 年，北京女子高等师范学校改为北京女子师范大学。1926 年，北京师范大学改为京师大学校师范部，女子师大改为京师大学校女子第一部。1928 年，两校合并为北平大学，分别称为第一师范学院、第二师范学院。1929 年北平大学第一师范学院恢复独立，改为北平师范大学。1930 年，北平大学第二师范学院并入北平师范大学。——编者注

③ 张迁善。——编者注

④ 1924 年前，主政山西的阎锡山曾有数年拒绝参加军阀混战，韬光养晦，保境安民。自觉羽毛丰满之后，便站在娘子关上窥测形势，伺机而动。1924 年的第二次直奉战争中，阎锡山出兵石家庄阻截直军北上，促成段祺瑞出任临时执政。——编者注

长虹。这一年山西留京的知识界常乃惪①、张友渔、陈显文（高傋）、侯兆麟（外庐）、高长虹等筹办了《山西周报》，以反对阎锡山为主要宗旨。我由高长虹介绍，参加了几次会议，也在该报上写过一篇短文（题为《人们的耳朵和我们的骨头》，是批评一些对此报有误解的人的），该文内容现在已记不太清了。此报大约出了多少期，也记不清了。

那一年，我在北平的反对关税会议运动②中听过陈启修（豹隐）等人的讲演，在报上经常看到鲁迅抨击章士钊的文章和对陈西滢的笔战③。在他们的感染下，我增加了对执政府及帮闲文人的憎恶。对于批评散文的风格，也有些体会，总想读一些有关哲学、政治的系统文字，却没有找到。

那时的《晨报》副刊上，登载过由陈启修开始的"帝国主义有无赤白之别"④的论战，直觉上认为，主张没有赤色帝国主义者是代表进步的，但究竟有没有赤色帝国主义，当时我还弄不明白，政治认识是相当落后的。

1925 至 1926 年间⑤，继母和我元配爱人相继病故，父亲也于继母逝世后重病在床，我于是停留在家中，休学了一年。1927 年冬，父亲终于因医治无效而逝世。对父亲的哀思，直到日寇侵入后，才安定下来。父

---

① "惪"原误作"真"。——编者注

② 1925 年五卅运动后，北京段祺瑞政府在全国反帝倒段怒潮下，为迎合帝国主义、欺骗人民，在帝国主义的授意下提出在北京召开所谓的"关税会议"。中共北京党组织为揭穿帝国主义和反动政府的阴谋，发动了声势浩大的关税自主运动。李大钊、赵世炎等共产党人在北京党团刊物发表文章揭露关税会议的骗局。北京党组织联合国民党左派多次组织民众反对关税会议的游行示威，提出"要想真能得到关税自主，只有民众以自己的力量实行革命以后，自己宣布关税自主"。1925 年 10 月 25 日，北京学生联合会、各界雪耻会、工人雪耻会等团体数万人齐集天安门召开关税自主大会，散发传单百余万份，揭露帝国主义与军阀政府互相勾结欺骗人民的阴谋。——编者注

③ 如《并非闲话》，《京报》副刊 1925 年 6 月 1 日；《我的"籍"和系》，《莽原》周刊第 7 期，1925 年 6 月 5 日；《答 KS 君》，《莽原》周刊第 19 期，1925 年 8 月 28 日；《"碰壁"之余》，《语丝》周刊第 45 期，1925 年 9 月 21 日；《并非闲话（二）》，《猛进》周刊第 30 期，1925 年 9 月 25 日；《十四年的"读经"》，《猛进》周刊第 39 期，1925 年 11 月 27 日；《并非闲话（三）》，《语丝》周刊第 56 期，1925 年 12 月 7 日，等等。——编者注

④ 陈启修《帝国主义有白色和赤色之别吗?》，《晨报》副刊《社会》1925 年第 1 期。——编者注

⑤ "1925 至 1926 年间"，当作"1926 至 1927 年间"。——编者注

亲逝世时，正值军阀混战之际，正太、京汉路都不畅通，不能到京复学，
遂于 1928 年春赴太原，想寻一个借读的机会。有一天在书店里买书，遇
到中学时一个同学，谈起话来，知他从武汉回来，正担任国民党太原市
党部的筹备工作。他约我到他那里谈话。这时大革命已失败，南京成立
特别委员会政府，维持政局。谈话自然谈到国家前途问题，共同认为必
须恢复孙中山先生的真正的革命的三民主义，才能使中国革命走上轨道。
他说，他们正在为恢复中山路线而努力奋斗。谈话后不久，我即回了平
定。不料他任命我为国民党太原市党部干事，来信催促我去赴任。我到
太原，在市党部干了两个多月。来到太原前，我还没有国民党党员的身
份。到了市党部以后，才知道并没有他所说的振兴三民主义之事。当时
正值北伐军打通了平汉路，有了到北平的火车，于是我就毅然离开太原，
回到北平师大复学。这两个月的经历，知道了一些南方革命的经过，也
看到了国民党的一些实际情况。这一教训，使我下决心不再加入什么党
派，而专心走学术研究的道路。

1928 年回师大复学，在英文系念了一年。由于课程没有思想内容，
而我的外语听说能力又很差，第二年遂转到历史系。但对学校开设的课
程仍不满意，因而经常不去上课而泛览杂书。在第三学年里，认识了同
学张岱年同志，是我大学时代、也是我一生最接近的朋友（我先由高长
虹认识了张申府先生，申府先生告我，他的三弟岱年在师大教育系读书，
这以后才彼此相识，成了志同道合的朋友）。我们都对现实不满，都不长
于社会活动，而偏好理论思维，我们都喜读中国古代哲学中的先秦诸子
和宋明理学，也旁及其他文史论著。对于西方思想，都推崇唯物史观而
也兼涉猎罗素一些人的论著。不论对于东西方哲学哪一方面，他的修养
都比我深厚。在他的影响和我们相互切磋之下，我的学习有了相当的进
步，以前偶尔出现过的彷徨和孤独情绪，这时都消失了。

那时另一位要好的朋友，是同乡甄华同志。他是本县第五高小的前
后同学①。在平定中学读书时，他秘密加入了中国共产党，并建立了本县
第一个地下共产党支部。后来升入太原三晋高中，也在该校首先建立支
部。1927 年山西国民党清党时，被开除学籍，离校返家。那时我正因父

---

① 张恒寿 1913—1916 年、甄华 1919—1922 年在赛鱼五高读高小。——编者注

病在家，他找我商谈到北平升学的计划。1928年我到北平师大复学，他也来京准备升学。当年寒假返里，他因坏人告密不幸被捕。我到太原托人营救，半年后他才被释放，回到北平。在北平我们经常住在一起，先是住一个公寓，以后同住山西会馆。这一时期，我的革命感情和社会意识加深了许多。

当时，我仍抱着不参加党派的态度，但对于国家前途，却甚为关心。我常希望有一个介于国民党和共产党中间的、具有民主主义的社会主义政权出现，这当然只是一个幻想。

1931年发生了九一八事变，震动了平静的书斋生活。我和甄华、郭绳武同志（当时是师大国文系学生，解放后任西北大学副校长等职）还有现居阳泉的商子和①、杨子仪②（二人当时在平定中学）与后来参加革命的史星三、成泽民③等人在故乡成立了一个民众团体，名为平定青年奋进社，举行讲演会，向平定县的小学教员和中学生们宣传爱国主义思想，又向各界募捐，先后购置了近千册新文化书刊，成立了一个流通图书馆，并出版了《奋进》杂志和《平定评论》小报。《奋进》上的文章，主要是介绍新文化、爱国主义理论。《平定评论》上的文章，主要是评论本县的社会事件。我除了在《奋进》上写过理论文章外，在《平定评论》上还写过几篇批评本县腐朽遗风和揭发绅士同官方勾结，加重人民灾难的文章。我们这些言论和活动，引起某些人的不满，却深受进步青年的欢迎。后来有些参加了革命的同志回忆起来，曾说他们所以参加革命，与当时听了我们的讲演及阅读了流通图书馆的新书刊大有关系。奋进社成立不到二年，即因我们离开了本地而自动解散，图书馆也因经费无着而合并到了县图书馆。自己常为此事而深感遗憾。解放后，听了一些同志的回忆，内心里才有一点安慰。

---

① 商子和（1907—1992），山西平定小阳泉村人。1935年毕业于山西大学法律系，1957年加入民盟，曾任阳泉市政协副主席，民盟阳泉支部第一、二、三届主任委员，民盟阳泉市委顾问。——编者注

② 杨子仪，民盟成员，阳泉二中教师。——编者注

③ 成泽民（1917—2005），平定县三泉村（今属阳郊区）人，原名甄秉侗，甄华即其叔父。1935年5月参加革命，9月加入中国共产党。解放后，曾任河北省委宣传部干事、河北师范大学党委宣传部部长、天津大学宣传部部长。——编者注

1932 年我大学毕业时，曾想用办奋进社的精神，在本地办一私立中学，后因家庭的商店破产，无从筹集经费，终于作罢。这半年没有工作。

1932 年①发生了榆关事件，北平许多学生纷纷转学他处。爱人正在北平女一中念书，我送她到太原转学，就在太原平民中学、成成中学等校担任了一年半国文教员。

1934 年夏，我看到报上有清华大学研究院招生的广告，注明报考中国文学系的可以只考一门英文，而以欧洲文学史代替第二外国语考试（考取后，再学第二外语）。我对教中学本没有多大兴趣，同时看到反对南京政权的福建人民政府很快失败，对国家前途也很灰心，于是决计走研究学术的道路，到北平报考清华研究院。

考入清华大学中文研究院后，就选取了一门介于文、哲之间的庄子作为研究题目，导师是刘文典先生，从此开始了庄子的考证工作。当时教其他课程的老师有陈寅恪、冯友兰、闻一多等先生，系主任是朱自清先生，在诸先生的熏陶下，完成了庄子的考证工作。1937 年夏，我写完了《庄子考证》的文言文初稿。

1937 年 6 月毕业初试（口试）后，被学校留为大一国文教员。正在准备论文答辩之际，即发生了卢沟桥事变。事变突然发生后，北平岌岌可危。约在 7 月 10 日左右，平汉路已经不通，人们纷纷从津浦路、陇②海路南下，学校的前途未定。那时甄华正从日本回国，到清华找我。我们遂相偕，从清华园站乘平绥路车，经大同回到了太原。

当时的思想认识，非常幼稚而麻痹，认为有数十万国军抗战，敌人不会很快进入山西。当时听说太原不久要成立一个由各方联合成立的动员委员会，我们决定俟成立后即报名参加，并商定由甄华和郭绳武在太原等候，我先送患心脏病的爱人回故里，等候他们的通知。不料娘子关突然被敌寇攻破，已不及出走，从此留困在沦陷区中。

1937 年 11 月中，忽有西来敌军一支，进入村中搜查，我被一个翻译

---

① "1932" 当为 "1933" 之误。——编者注

② "陇" 字衍。——编者注

强迫带①向阳泉引路。路过邻村进入民户时，幸遇一熟人指示，随村民逃入村边一个旧煤矿内，才免于难。我这次在家，本县和阳泉人本不知道，因被敌人带走的消息不久传到县里，于是"维持会"的汉奸们，派人送信，用威胁的口吻，说什么请来"襄办教育"，"如不到职，后果自负"等。我不能在家里了，但不知周围的情况如何，又因素患腿疾不良于行，也更没有深夜远途跋涉的勇气，遂以腿部跌断，不能行走为辞，托村中办事人转答彼方，而暂时躲到邻近的小村里。彼方没有即行催迫，我得以在小村里避难数日。

1938年夏，有一位从晋西北岚县回家探亲的平定籍商人，带来甄华口信，嘱我和这位商人相偕去岚。我和商人约定了会面时间。不料我如期找他，他已先期回去了。据一位亲戚说，可能因为最近我家曾被日军搜查一次，他不敢轻易联系了。我只得在悲苦②中继续忍耐等候。这以后不久，伪县政府忽又向村中送信转我，要我给某一伪县长撰一"德政碑文"。我当即坚决辞绝，同时决定先离开家乡，以后再根据情况和学校及朋友联系。

我于1939年冬初到了北平，刚一下车，看见人马纷扰的街衢，内心里有无限的悲哀。想到自己来到敌人统治的中心，是一个耻辱。但因我在北平是无名小卒，无人注意，却反而觉得有些安全之感了。困在家乡时，对于整个抗战局势毫无所知，连清华大学迁到昆明成立西南联大的消息也不知道。来此后附住在朋友常风（当时为艺文中学教员）家里，知道一些内地的消息，便给朱自清先生寄去一信，询问清华的情况。这样就决定暂时安心住下，一面给家人医治疾病，一面等候西南联大的朱自清先生和晋西北的甄华同志的消息，再定久远的行止。然而都没有得到回音（甄华在解放区当然不便及时来信，朱先生是因为那年他休假，不在昆明。抗战胜利后见面才知道的）。不久发生珍珠港事件，由海路去昆明的希望也归破灭，遂在这个厌恶而又留恋的北平暂时定住下来。当

---

① "带"原脱。——编者注
② "苦"原误作"喜"。——编者注

年，曾有朋友（清华同学许世瑛①君）介绍我在各高等学校教课，因我决不"下海"（即入伪大学教书），便作罢论。

当时的生活来源，除出卖田地、古画及残余下的商店股份不时分到一些接济外，我以当家庭教师和代朋友在中学短期上课，爱人给人抄写稿件为资生之路。生活相当清苦，但比起精神上的悲苦来，就无足轻重了。

在悲愤的处境中，时时有研讨学术、渴望复国的要求。那时有几位困在北平而不甘为敌人驱使的朋友，成立了一个三立学会，成员有张岱年、王森、翁独健、张遵骝、韩镜清、成庆华、王葆元等同志，每隔两三周相聚一次，交谈一些哲学、思想和政局消息等问题，虽没有大的贡献，但总算是保留了民族气节，促进了学术研究。学会大约存在了 4 年左右，直到日本投降后，各人都有了正式工作，也就自行解散了。

1945 年 8 月，日本投降的消息传来后，宛如多年狱囚一旦被释，心中的喜悦振奋莫可名状。但接着而来的种种见闻，又使这种心情黯淡下来。

复员后，北平成立了由各大学组成的临时大学，前清华教授邓以蛰先生为临大第八分班主任。我由朋友（常风）介绍，在第八班担任了一班国文课，算是有了职业。1946 年初，第八班改为国立北平艺术专科学校，徐悲鸿先生是校长，我仍留为国文讲师，一直到 1949 年全国解放以后。生活和工作比以前稳定了，而在学术研究上却没有较大进展。

沦陷时期，对于抗战区和国统区的学术研究情况，都不甚了解，胜利后才补上了这一缺课。当时如郭老的《十批判书》②、范老的《中国通史简编》，闻一多师的《唐诗杂论》，陈寅恪师的《唐代政治史述论稿》，都是我最爱读的新书。又如汤著《汉魏两晋南北朝佛教史》、萧著《中国

① 许世瑛（1910—1972），字诗英，鲁迅挚友许寿裳的长子，以鲁迅为"开手师父"（启蒙老师）。1930 年秋考入清华大学中文系。1934 年毕业。随即考入研究院，继续师从黄节、刘文典、朱自清、俞平伯、赵元任、陈寅恪等，研究语言声韵学和历史。1936 年毕业。后在镇江中学、燕京大学和辅仁大学等校执教，并协助王力教授工作。1946 年冬，赴台任教。著述甚丰，主要有《中国目录学史》《中国文法讲话》《常用虚字浅释》《论语二十篇句法研究》等，今天台湾语言文字学的格局，就是他与董同龢、周法高等人开创的。他在抗战时期在燕京大学、辅仁大学等校的任教，即属于"下海"。——编者注

② 郭沫若《十批判书》，群益出版社 1947 年 10 月东北版。——编者注

政治思想史》① 以及熊著《新唯识论》、张著《知识②与文化》③ 等书，都对自己有不同程度的启发，但一时还没有建立起一个自己的体系。又因各书所说，在自己的意识中也有些萌芽，和中学时代读到新书时纯是闻所未闻的情况不同，所以回忆起来，远不如中学时代的进步线索明确。

对于马克思主义，曾有片断认识。还是在 30 年代涉猎了一些进步书刊和几本中译经典著作知道的。40 年代初，颇想知道一些社会主义国家的实施和政策，却没有正式研读经典著作。这一缺课到解放后才补上。那时偶然看了两本有关评论马克思的书，即促进了我研读经典理论的愿望。一本是美国哲学家胡克（Sidney Hook）著的《走向对马克思主义的理解》，是从张东荪先生处借来的英文本（胡克是杜威的忠实信徒，有一段时间自称是马克思主义者，也有人说他是美国的马克思主义专家。1934 年 5 月以后，逐渐变为激烈的反共人士。本书是他 1933 年未公开反共以前所著的），表面上是评介马克思主义的。一本是罗素的《自由与组织》（王聿修译本）④，其中有一章评及马克思主义。他们的批评意见，虽不正确，但都提出一些需要深思的问题，读了以后，对自己的分析能力颇有启发，当然也产生了一些思想上的不安和混乱。

总之，当时的思想，较前复杂，一时还不能以马克思主义为指导，把西方哲学和中国传统文化实际融合起来，形成一个较系统的思想。所以这一时期几乎没有写一篇文章，而长期停留在探讨摸索之中。

1949 年春，北京解放了。我和许多知识分子一样，以无比振奋的心情，开始了新的生活。

解放军进城的第二天，甄华（当时任十九兵团敌工部长）即来找我。我们除谈论革命的经过、前途等国家大事外，也谈到了分别的友情。他说，在 1945 年初，他曾通过当时的地下组织，到我村里（本家侄子家）找我一次，他刚离开村边，正遇敌军到来，他在山坡下呆了一夜，几遭不测。我听到后感到非常遗憾。他知道我在北平的地址后，于 1947 年转

---

① 萧公权《中国政治思想史》（第 1 册），国立编译馆 1945 年初版。——编者注
② "识"原误作"认"。——编者注
③ 张东荪《知识与文化》，上海：商务印书馆 1946 年 1 月初版。——编者注
④ ［英］罗素《自由与组织》（1814—1914），王聿修、王纯修译，进步学社 1937 年 7 月初版。——编者注

到冀中时，又派人和我联系，没有接上关系。这次进城后，才知道那个送信同志在敌人搜查时，临时把纸条吞入肚内，才未被敌人发觉。我听了后，顿生无限的感慨。

1949年3月，北平艺术学院改名为中央美术学院，我被定职为副教授，仍担任国文课程。在新形势下，饱读了以前想看而未能得到的理论和革命史书籍。

1949年10月，中华人民共和国正式成立，天安门广场上升起了五星红旗。我随着学校的队伍参加了游行。我素患腿疾，不良于行，平常很怯于走路。这一日却勇气百倍，随同学校队伍，绕行了内城一周，一直到傍晚回到家里后，"中国人民从此站起来了"的声音，在耳边还有余音。这是一生中最痛快的日子。

1950年春，美院送我到华北人民革命大学政治研究班学习。在理论联系实际的讨论中，我明白了好些从前弄不清的道理和革命的曲折经过，比从前在书上得来的片断知识切实多了。同时对于自己的缺点，也有了一定认识，这是八个月中的一点收获。

1950年冬华大毕业后，我回到美院，曾任教务科长职务，兼管一部分教职员的政治学习。在此期间，爱人刘桂声于1951年2月病故。

1952年夏，我因一位旧同学的关系，在北京各高校实行院系调整之前，转到天津河北师范学院历史系工作，算是回到了本行。

转入历史系以后，有了深入研究的机会，于是在十几年的学习和教学过程中，写了一些有关中国历史和哲学史的论著。大体上可分为中国近现代思想批判、中国古代史研究、中国哲学史研究三部分。

一 中国近现代思想批判

1955年冬，在全国开展批判胡适的号召下，结合自己的专业撰写的《揭露并批判胡适标榜"反理学"的历史渊源和反动本质》一文（1956年发表在《哲学研究》第2期上），是我解放后第一篇批判文字。该文主要意思是认为从清初兴起以顾、黄、王为代表的新学风，是具有民族主义精神的经世致用之学，可是到了乾隆时代，逐渐变为单纯的考证之学，以开四库馆为契机，馆臣纪昀等人，将这一学风，积极为清统治者笼络知识分子、消灭民族意识而服务。胡适标榜的"反理学"正是由这一传统而来。胡适对于顾炎武学说的阉割曲解，对于王船山的漠视，以及表扬庸俗利己主义者费密的尊帝王反道统学说，都是明证。在论及胡著《戴东原哲学》时，曾说明道德锻炼对革命的重要，指出胡适并没有驳倒程晋芳对于戴震的评论。这些论点，在解放前夕初步形成，这时结合批判胡适，才写了出来。

1956 年冬，写了《论中国接受实用主义的社会基础和思想联系》一文（载《天津河北师院学报①》第 2 期），是自己听了雷海宗先生批胡适的讲话后的一些看法。我当时认为雷先生的批判，比一般评胡适文深刻得多，但雷先生说"中国没有接受实用主义的基础"，"胡适不是实用主义者"，则不够正确。因此写了此文，举出一些事实上的证据和雷先生商榷。现在看来，该文批判部分还没有不实事求是的毛病，但完全依照康福斯的《保卫哲学》《科学与唯心主义的对立》两书的观点来论述实用主义的来源和内容，则很不全面。

1958 年，我随历史系转到河北北京师院工作后，写了《批判傅斯年在哲学、史学上的两个谬论》一文，对于傅氏所说史学就是史料学，哲学就是语言学两个论点，予以批驳（于 1959 年初登在本校院刊《劳动与教育》第 9 期上）。

这三篇有关近现代思想批判的文字，除评胡适文有深度外，其他两篇都是广泛评论，仅可作为初学者的参考而已。

二 中国古代史研究

30 年代在师大学习时，当时学术界正展开中国社会性质的论战，曾片断地涉猎过《读书杂志》等刊物上的论辩文字，但以当时的水平，还不能形成自己的观点。解放以后，理论理解较多，也比较踏实地念了些历史原著。这样才对中国古代史分期问题的讨论，有较确切的了解，但对于划分古代史分期问题关键所在的春秋战国时代的社会性质，还提不出什么具体意见，只在教学过程中，对秦汉时代的社会性质稍稍形成一

---

① 《天津河北师院学报》当作《河北天津师院学报》。——编者注

个看法。于 1957 年初写了《试论两汉时代的社会性质》一文，参加了当时的辩论。

该文的结论是，汉代是封建社会而不是奴隶社会。全文共分六节，第一节首先说明区分奴隶制与封建制的标准，和区分奴隶占有制社会形态和封建社会形态的标准，这是决定论辩中心的一个关键。我看见许多论文争论的焦点，常常把这两个标准混为一谈，因此辩论的分歧很多。我认为，前者的区分是用什么方法进行生产的问题，后者的区别是哪一种生产占主导地位的问题，而汉代社会，显然两种经济体系同时存在，争论只在于哪一种经济体系占主导地位。第二步问题是根据什么确定它是主导地位。我同意应以哪一种经济体系支配其他经济体系为主，而不要只以何种生产者人数的多寡来确定其主导地位。

有些同志根据汉武帝时没收了数以万计的奴隶，证明其为奴隶社会。但从材料上看，当时没收了的奴隶，主要是分配在诸苑中，养狗马禽兽，而不是从事农业生产。汉代公私土地上的直接劳动者主要是佃耕式的农民，而不是奴隶和农奴。这种佃耕农民占主导地位的社会形态，虽和典型的封建社会（即类似于欧洲的领主——农奴式的封建社会）不同，但从其生产关系的基本结构上讲，租佃制即是封建生产方式的一个类型，因为它们的直接生产者，都有自己一部分劳动资料和生产工具，和奴隶制及资本主义的劳动者的性质不同。

从政权性质上看，汉代政权主要代表土地所有者利益，而对奴隶主和单纯商人则进行打击。汉武帝和王莽政权，都证明此点。到了刘秀时释放奴婢，更是非奴隶制的证明。至于对外战争的目的，不是为了虏获奴隶；人民起义队伍主要是农民而不是奴隶，都是证明。

这些现象，似乎为一般人所承认，但何以有多人主张两汉是奴隶社会呢？一部分原因在于对下列一段经典理论的误解："小自耕农的土地形态是古典古代社会盛行时的社会基础。"多数论者认为古典古代即是奴隶占有制时期，所以认为中国的小自耕农形态，正同于马克思所说的古典古代。其实"古典的古代"一词，是指古代社会几百年的长时间而言，其中包括：①农村公社解体不久，自由农民占主导地位的阶段；②奴隶制占支配地位的阶段；③奴隶制衰亡阶段。在此时期内，以奴隶制为中心，所以行文用语上，有时"古代"一词，就指奴隶社会而言。但三个阶段的区别，在经典著作中相当明显，特别是小自耕农经济的含义是非常确定的。我根据马克思下列一段话：

> 当东方原始公社财产业已瓦解，而奴隶制还未来得及握有任何显著程度的生产之时，小自耕农经济与独立手工业，都构成古典社会全盛时期的经济基础。

指出马克思所说小自耕农和独立手工业构成古典社会全盛时期的经济，是指"奴隶制还未来得及握有任何显著程度的生产之时"而言，并不是指奴隶占有制统治时期。有些论文以此条为根据，证明汉代是奴隶社会，是不正确的。

我最初知道马克思的这一理论，是从缪灵珠评《古希腊史》上读到的（该书注的是俄文马恩全集的卷数，无从查核）。后来才查到这一条引文就在《资本论》第一卷的一个小注内，说明自己的读书粗疏。但这一段理论，确实可以澄清若干误解和思想上的混乱，对于中国古代史的研究有一定意义。

这篇论文是1957年3月写成的，曾于1957年5月在中国科学院第二次学部委员会史学组宣读过。① 会后，应《历史研究》编辑部之约，将原稿压缩到三万字左右，登载在当年《历史研究》第9期上。

这时已是反右运动达到高潮时期，社会上已没有认真讨论学术问题的气氛和余裕了，自己也就没有再作进一步的深入研究。

经过反右、"大跃进"等运动后，1961—1962年间，运动风浪有一度的暂时平静，这期间报刊上发表了许多讨论国有土地制的文章。这一问题，和中国封建社会的经济形态、政治分野都有关系，引起了我的学习兴趣，因此写了《关于中国封建土地所有制讨论中若干问题》一文，对中国没有私有土地的观点提出了质疑。

首先，我认为马克思所说东方国家没有土地私有权，是指国有土地

---

① 当年科学院哲学研究所调我为该所研究员，天津河北师院只同意为哲研所兼任研究员工作。那时冯友兰先生是该所中国哲学史组组长，同意我在学校的研究题目作为哲学所的研究题目，因而推荐此文到会。

课税与地租合一而言，而不是如论者所说土地的买卖经营受国家干涉限制、受到非法没收即为没有私有权。这是把所有权和主权混淆了，把某些违法的事实和有无法律混淆了。（文中曾举清乾隆十年、十二年的上谕，说明蠲租是他的特恩，至于佃户之于业主是否蠲租由业主决定，说明地主所有权是确定的。）其次，举出争论中的几个理论关键，即：①主权和所有权的同异，②地租和地税的同异，③自耕农有没有所有权问题，④法律观念与经济事实的关系，认为需要澄清。其中，分析法律观念一条，颇为其他论文所未论及。我指出，法律可以是判定土地所有权的一个因素，但必须看所依据的法律是代表当时经济发展的趋势，还是旧经济事实的残余反映。如为前者，可据以判定所有权的存在，如为后者，则不能用以否定现存事实。由于在几年来的讨论中，争论双方对于法律和经济的关系，都没有用自觉原则建立理论依据，都是有时以经济为依据，有时以法律为依据，所以都不能收到说服对方的效果。但在具体主张上，卡张私有上地论者，是非常正确的，因为它所强调的事实，必然要产生出保护它的法律。

第三部分是根据上述理论，我认为主张秦汉时期实行过计口授田的国有土地制以及中唐以后国有土地制占支配地位的说法，都不符合事实。

此文于1962年发表在《历史研究》第2期上。当时这一论战近于尾声，自己的研究课题又转回到哲学方面来。

三 中国哲学史研究

1. 关于哲学史方法

1957年1月，我参加了在北京大学召开的中国哲学史问题讨论会，曾在大会发言中提出了自己的看法。我认为近年来哲学史的分析，有公式化的偏向，不能说明具体事实。今后应该政变一下分析的次序，不要只根据一个哲学家的世界观或宇宙论，直接得出他是代表反动阶级还是进步阶级的结论，而应主要以他的社会政治思想为主，确定其阶级立场。因为人的阶级利益与其社会观的关系是直接的，而自然观与阶级利益的关系是间接的。曾以董仲舒、朱熹、王充、范缜为例，有所说明。

我的第二个意见是认为应该把一个思想家的理论，和统治者利用它统治人民的实际思想分别开来。我看了列宁在《国家与革命》中所说统治者当革命家逝世以后，把他们偶像化，而却阉割其学说的内容一段理论后，领悟颇多，以后又看到明代张溥评论宋朝统治者对程朱生前死后的不同态度一段议论，更加明确，所以有此主张。

发言后，当时《人民日报》记者（林聿时君）要我把发言写成论文，于1957年2月4日登在《人民日报》上，颇得到一些人的同意，以后也有过不提名的批评。但我一直到现在没有改变这一看法。

这篇论文是我关于哲学史方法上的基本意见，当时正在考虑汉代社会性质问题，没有接着用此观点研究哲学史上的问题。1961年至1962年，学术界展开了孔子和庄子哲学思想的讨论。我对于这两位哲人，都有些看法，但因对于春秋战国的社会性质，没有十分成熟的意见，所以没有参加孔子哲学讨论的意愿。而对于庄子哲学，则因30年代做过一些研究，很愿把旧稿整理出来参加讨论。因当时教学工作较多，又正在写关于封建土地制的文章，未能及时着手。直到1962年夏，才把久已搁置的庄子研究，重新拿出来整理思考。

2. 关于庄子研究

1937年写成的《庄子考证》，原文是文言文，1962年整理时先将内篇部分改写成语体文，又增加了评论内篇出于汉代说的部分，总名为《论庄子内篇的作者和时代》（即今《庄子新探》书中第一、二章），于1963年夏提交北京史学会作为年会论文。以后陆续整理其余部分，直至1965年开始评《海瑞罢官》时尚未整理完毕。接着是十年动乱，又复中断。直至十一届三中全会后，才全部写完（即今《庄子新探》的前四章）。全书的重要看法，有以下几点：

（1）打破内外篇的分界，而另立三个标准进行考察，即：①考察《淮南子》以前书，有无明引"庄子曰"而见于今本《庄子》者；②虽未明引"庄子曰"云云，而其内容显为庄子思想，确在今本《庄子》内有其证据的；③与《天下》篇所述庄周作风对勘，核对其内容是否相同。

（2）用此标准确定内篇中的《逍遥游》《齐物论》《大宗师》，外篇中的《达生》四篇中的大部分，确为先秦时已有的《庄子》，即以这四篇为起点，考证全书。考察结果，约略如下：

①内七篇中除《人间世》前三章和其他篇中一些羼杂章节外，基本

上都是《庄子》一书的早期作品。内篇出于汉代说不能成立。

②外篇十五篇，可分为三组：第一组为《骈拇①》《马蹄》《胠箧》三篇和《在宥》篇的第一、二章，为秦统一前的道家左派之作，虽缺乏哲学思想，但其政治立场与庄周的反统治立场有一定联系；第二组《天地》等五篇，除《天地》中少数章节外，多为秦汉间道法派言，为道家右派之说；第三组《秋水》以下六篇，是庄子嫡派作品。

③杂篇十一篇，可分为两组：第一组《庚桑楚》等六篇，基本上为先秦作品，其中有可与《齐物论》篇相比者；第二组即《让王》四篇，早已被认为是后出伪作。

④杂篇中《天下》一篇，独为一组，内容精到，但非庄周时作品，当是荀卿以后、司马谈以前，介于儒、庄之间的学者所作。

以上所考，除"评内篇出于汉代说"一节外，都是30年代的见解，我认为必须先确定《庄子》各篇的真伪、创作年代，才可论辩其哲学。所以在没有提出这一考证之前，不愿积极参加哲学的讨论。考证部分整理完毕后，即以自己认为属于庄派的②作品为依据，写出庄子哲学部分，并论述庄子思想的阶级基础及道家思想发展等问题。这便是1981年编成的《新探》下篇第五、六章内容。

（3）对于庄子哲学中的天道观部分，我认为它是带有泛神论色彩的自然主义，他所强调的道，是运行在天地万物中的理法作用，而不是先天地生的"混成"之物。

庄子的知识论是具有直觉主义成分的相对主义。庄子认为人不能把握宇宙全体的最后真理。但对于当前一定范围的现象，有一定的直观，还不是绝对不可知论者。

在人生问题上，他有消极悲观的一面，但中心思想是追求精神自由，视宇宙万物为一体，即他所谓"心不死"的意义。他的人生观中，有深远的悲哀，也有永恒的快乐。

总的看法是，认为庄周代表没落小生产者反抗统治者的阶级意识，不是代表奴隶阶级的。

---

① "拇"原误作"相"。——编者注
② "的"原无。——编者注

3. 孔子研究

我虽对《庄子》一书做过研究，对于庄子的为人及其思想作风，有某方面的崇敬之感，但真正崇信的是孔子，而不是庄子。所以，我在写《庄子新探》未完之前，先写了几篇有关评述孔子和新儒家思想的文字，表达我对评法批儒的意见和内心情绪。

当时居于权威地位的关锋，他主张春秋时的仁说有三种类型：①代表奴隶主贵族的是孔子重礼让的仁说；②代表地主阶级的是秦公子絷、鲁展禽、郑然明、楚伍员等人的功利主义的仁说；③第三种仁说的代表者是阳虎和韩非，据说是代表劳动人民的。我认为，孔子的仁说，固然是由宗族内部的礼义孝悌发展而来，但孔子的仁中，已以博施济众、老安少怀等爱民思想等为最高理想，并非局限于贵族阶级内部。关锋所说的第二类型，都已包括在孔子的仁说之内，所举的几个论据在孔子的言论中，都有过相同的道理，这些零散语言，不能构成一个类型。至于第三种，根本不是仁说，所引奸劫弑臣等语，都是直接反对仁的。这一论点，实际上为篡党夺权找寻理论根据，非常荒谬。

我认为春秋时的仁说，只有孔子一个类型，到了墨子提出兼爱后，才有第二类型。不过，春秋初期，《国语·晋语》里记载的优施引外人之言一段话，倒有点第三类型的趋向，但此记载是否可信，尚待考实。

除此总评外，该文的重要论据有两个：一是阐明先秦书中"人民"二字有一定用法，不是对立词语。"人"字泛指生物的人、社会的人，它的对立面是禽兽、鬼神，而不是平民。民是人中的被统治阶级，它的对立面是"上"和"官"，而不是广泛的人，所以爱人就是爱一般的人，而不是只爱统治阶级。二是根据《左传》所记季平子用人于亳①社等事，说明这正是奴隶主的行为。所以二家和鲁公室的矛盾，只是贵族内部争夺特权的斗争，孔子反对季氏，不是代表反动势力。该文发表在1979年第12期《哲学研究》上。

与此文有关的是《论子产》一文。1961年讨论孔子时，关锋主张子产是代表进步的新兴阶级的，而孔子是代表反动的奴隶主阶级的，这一说法和历史事实有矛盾。评法批儒时期，梁效等觉察到这样说不利于打

---

① "亳"原误作"毫"。——编者注

倒孔子，更由于子产是一个著名的外交家，用以影射周总理，是最好的靶子。他们便于 1973 年写了批判子产复辟奴隶主政权的文章，登在《北京大学学报》第 5 期上。我认为这是对子产的诬蔑，于 1977 年冬写了《论子产的政治改革和天道、民主思想》一文，揭露其影射周总理的恶毒用心。1978 年寄到《中国社会科学战线》，于 1980 年在该报编辑的《哲学史论丛》中刊出。该文的主要论点，是论述子产的政治改革是代表君主集权政府和旧贵族的利益，而不是搞奴隶主复辟。他的不毁乡校，具有初步的民主思想，他的天道论属于无神论思想。中国历史上，能同时具有这两方面的优点者非常之少，而二千年前的子产，有此特点是难能可贵的。

1980 年应社科院哲学研究所同志之约，为该所编的《中国古代著名哲学家评传》写了《孔丘评传》。该文的基本倾向和重要论点约略如下：

（1）对于春秋战国这一历史上变化最大的时代，在分期问题没有定论的情况下，采取《商君书》所说"上世亲亲而贵私，中世尚贤而悦仁，下世贵贵而尊官"这一近似于分期的论断，作为论述起点。《商君书》所说虽不够科学，但所举三个时代的内容，比一般抽象概括，更为亲切，特别是把过渡时期另立一段，有启发意义，以"尚贤而悦仁"描写以孔、墨为代表的中世，符合具体事实。

在引言中指出，春秋中期的各种（经济、政治、文化）变化，体现在阶级关系上，就是士阶层从贵族中分化出来而和自由的工商农民共同形成了近似于平民的阶级，他们在一段时间内（从春秋中期到战国中期），是代表新生的社会力量，在意识形态上表现为批评现实，推崇理想。而开创这个局面的，正是孔子及其所创立的儒家学派。我这样确定了评价孔子的基本方向。

（2）对于孔子的生平，分为青少年时期、中年时期、中年后的政治事业、周游列国的十四年、晚年归鲁后的教育事业五个部分，把他的哲学、政治、教育思想糅合在生平活动中叙述出来。

（3）在叙述过程中，尽量在相关时期，对其思想内容有较详的分析，书中涉及思想辨析的有下列几段：

①在"对子产的景慕和评论"一节中，指出孔子三十岁时思想已相当成熟。如他对于子产的不毁乡校，说"人谓子产不仁，吾不信也"，可

见他赞成人民可以批评执政者。他所说仁的内容，不限于宗族内部，而是推广到一般民众了。又如他称道子产有君子之道四，将古代专指贵族阶级的"君子"一词，改为具有道德的意义，以后"君子"一词就变为专指有道德者的称谓。这一意义的改变，在社会变化上是一个很大的突破。孔子是新意义的创始人。

②在"归鲁后的学术事业"一节，对仁、礼二者的关系有较详的分析。仁在孔子哲学中占最高地位，本早成定论，但有些人说孔子提倡仁为了复礼，是为了复辟奴隶制的，这和孔子仁说的整体精神不相符合。

不论从孔子自述其志愿，以及人们对他的称赞和他对他人的评论中，都证明孔子的整体学说中，最高的理想是仁不是礼。

仁属于主观的道德情操，必须体现在行为中，才能发挥作用。而行为的表现要有一定形式、秩序，这种形式就是所谓礼。仁的积极作用能否体现，不取决于它脱离礼而独立，而取决于它在什么样的礼中表现出来。孔子主张用仁的原则，损益旧礼，制定新礼发挥仁的作用，这是克己复礼之礼的真正意义。

③在"和三家的政治斗争"一节中，指出孔子所说"天下有道，则礼乐征伐自天子出"一句，是他希望有一个统一的局面出现，他并没有把这一局面的出现寄托在当时的周天子身上，是想在诸侯国中寻找一个可以采纳自己政见的实力人物，等待时机，实现理想。这一幻想，使他抓住时机，使鲁国出现"行乎季孙，三日不违"的局势，所以不能把"天下有道，则礼乐征伐自天子出"的理论，认为是企图恢复奴隶制的。

④在"再一次回到卫国"一节中，指出孔子主张正名，是说改革卫国的政治应当先从正名开始，而不是说单有正名就解决了一切问题。孔子的正名主张，是关于伦理政治的思想，而不是认识论上的名实问题。把正名解释为哲学概念上第一性的唯心主义，是论者的曲解。

⑤在"归鲁后的政治言论"一节中，对于孔子回答有关田赋的问题，认为这是赋税史上前进过程，仅可以反映生产的前进，而不等于对人民有利。不能认为孔子所说"施取其厚，事举其中，敛从其薄"的原则，是反动的。

（4）除了结合生活进程说明其思想外，在哲学思想、教育思想一节中，综述了孔子对天命、鬼神、教育的看法。在此范围中，孔子的天命观，是引起批评最多的论点，对此作了较详的分析。我认为，孔子所说的天，其中有一部分带有意志的意思，那是遭到了不幸后的感叹，而不是从理论上对自然的解释。他所说的"天何言哉，四时行焉，万物生焉"和"子在川上曰：'逝者如斯夫，不舍昼夜'"，则是他对于自然之天的观察和郑重言论。这两种不同情况，必须分开。

他的有关天命的言论，也有两种意义：一种①是命数之命，如"亡之，命矣夫"、"死生有命"等语，都是在无能为力的情况下发的感叹；一种是指人力以外莫能至的一种力量，也即人的努力发挥到极点还不能对现实有所改变的极限，这是他所说的天命范围。特别在道德范围内，他认为人的努力不受任何外力限制，应当积极发挥仁德，实现天赋予人的使命。他的"知其不可而为之"与"朝闻道夕死可矣"的精神，是从这种最高的天命（使命）而来的。本节中的重要分析，大约如此。

其余关于鬼神的怀疑思想，以及关于学思并重、有教无类、因材施教等教育思想，学术界没有大的争论，本人采用通说，无甚新见。总的说来，孔子思想中的进步因素是主要的，他之所以能提出这些理论，不是由于他是一个有文化的没落贵族，也不是由于他是地主阶级的代表，而是由于他处在两个社会过渡的"中世"。那时旧贵族的统治已经衰落，而新的地主集权还未形成，所以在士阶层活跃的形势下，产生了这样完备的仁学学说。

我在70年代，初步有此看法，但还不敢十分肯定。后来看到梅林在所著《德国社会民主党史》中，论断康德学说形成的原因，是由于当时的贵族已经失败，而新的资产阶级还未取得绝对统治的缘故，由此启发，才坚定了自己的信念，正式写在《评传》中。

以上三篇的看法，其中有些论点，在60年代孔子讨论时已具雏形，但在十年动乱中，我不能，也不想写一个字，只在悲愤的沉默中，静观运动的趋向。日夜盼望的争鸣曙光终于重新升起，这才写了上述有关评孔的文章，表达了我对这位代表中华民族文化的巨人之意见。从某种角

---

① "种"原无。——编者注

度说，也可以说是自己应负的一个使命吧。

4. 新儒家研究

随同理学禁区的开放，1981 年冬，在杭州召开了宋明理学讨论会。我写了《略论理学的要旨和王夫之对理学的态度》一文，参加了会议。

该文的主要意思，是根据张栻、朱熹的言论，论述理学兴起的由来，是由于一方面反对世俗的训诂辞章等功利之学，一方面反对虚玄的释老之学，而以反佛为理论重点。自从唐朝韩愈、李翱提出一个大概的轮廓后，到北宋的周、张、二程，理论系统基本确定，到南宋朱熹采合各家集其大成。他们虽然都受过不同程度的佛老的影响，但主要精神是继承孔孟而又有所发展。理学的要旨可概括为两点：（1）这世界是真实而不是虚幻的，人的道德在宇宙中有其根源，应当以修养践履为本，达到优入圣域的境界。（2）道德不限于内心修养，必须和淑世伦理结合起来，完成有体有用之学。

理学的这一标准与王夫之的思想和他对于宋儒的评论，是互相契合的，都是把道德的基础放在宇宙本体上，把天人关系紧密结合起来，所以王夫之不是反理学的。

在理学各派中，王夫之最尊重张载，但并不排斥程朱。《读四书大全说》和《读通鉴论》等书中，有许多赞扬程朱的言论，可为例证。当然，这只是对于流行的王夫之是反理学的提法，提一点不同意见而已。

至于如何全面评价理学，牵涉的问题较多，自己还没有极成熟的意见。初步设想，应该从理论和历史两个方面进行研究。关于前者，最理想的办法，可以从中西文化、哲学的比较入手，把辩证唯物主义和控制论、结构主义等新体系结合起来，对德国古典哲学中，特别是康德的实践理性，以及现代皮亚杰儿童心理学中所讲的道德发展等问题，有较多的研究，然后用以分析中国儒家哲学中心性理气等问题，作出较科学的论断。关于后者，应该着重研究 10 世纪以后中国封建社会结构特点，诸如统治者和代表中下层知识分子思想家的结合和对立，以及理学的本来面目是什么？它变为官方哲学的具体过程是怎样的？它们在社会政治文化层次中的不同作用、不同关系是什么？应对这些问题，进行深入具体的研究，把它们在历史上产生的功过，分别记在各自的账上，这才能实事求是地对理学整体作出全面而正确的评价。

　　我曾在《评胡适》等几篇文中，提出过一些意见，曾引鲁迅在《买小学大全记》中的论点，论述过清统治者和朱熹思想的矛盾，只提出一点感想，未能作具体的研究，殊觉遗憾。现在纵观全世界所面临的问题和若干学者达到的新的认识，觉得理学的研究，不是关于理学的局部问题，而是关于以儒家为代表的中国文化在世界史上的地位问题，因此提出这一广泛的研究设想，作为从事中国哲学工作者的研讨目标。

　　我知道自己的精力才能，不可能按照这一目标，做出新的贡献。但一想到孔子所说"发愤忘食，乐以忘忧，……不知老之将至"的精神，便忘记了自己的衰老，仍愿提出这一空泛的设想，作为前进的指引。特别是希望这一设想，对于从事中国哲学史工作的中青年同志们，有所启诱，这就是我迟迟不愿撰写自己的传略，而终于写了这一冗杂自述的缘由。

　　1983 年春，曾将上述十几篇论文编为一册，交齐鲁出版社①出版，题为《中国史哲论丛》。我在《论丛》自序中说：

　　　　在平凡的一生中，只写了寥寥十几篇平凡文字，说明自己的才力庸下，工作松弛，不足为青年的先导，只希望这一点追求真理老而不衰的精神，可以在建设社会主义新中国的时代，和中青年同志们，共勉前进而已！

现在就把这句话移来，作为本文的结束。

　　后记

　　1980 年夏，太原《晋阳学刊》编辑部来函嘱我为该部编辑的《现代社会科学家传略》写一篇自传，并承列入第一辑计划之中。接信后，有些踌躇不安，觉得自己没有什么值得列入传略的事迹可写，就推诿下去，直到第一辑已出版，尚未着手，认为时效已过，不必再写了。1983 年编辑部一位同志因事来访，仍嘱我于近期写出。1984 年到太原参加傅山学术讨论会，主编高增德同志又加敦促，并说编辑《传略》的目的主要是

_____

　　① 齐鲁书社。——编者注

为了青年学习的需要，最好写出思想、研究进展的线索，不能只有履历过程。经此启发，我才从供初学者参考的角度出发，考虑写一点回忆。随后接到《学刊》通知，说《传略》将于 1986 年结束，期于近期交稿。自觉屡次推延，甚为抱歉，乃于 3 月中鼓起余热，写了这个自述。写成后又觉得芜杂琐碎，恐不能对初学者有何裨益，不过承诸同志督促，借此机会，检查一下自己的过去，颇有所省悟，这一点应当对诸同志致谢。迟迟交稿，延误出版时间，请予谅鉴。

1985 年 4 月 20 日

（张恒寿先生于 1991 年 3 月 7 日逝世）

（高增德、丁东编《世纪学人自述》第 2 卷，北京十月文艺出版社 2000 年版）

张恒寿自传

　　我名恒寿，字越如（一字樾如，亦或月如），1902年生于山西省平定县赛鱼观沟村（今属阳泉市）里。最初，先人在承德（当时的热河）一带贩运铁器，后来开设小铁店，逐渐发展，有三四个连号；商店发财，同时购买土地，成为经营铁器商品、兼有地主身份的旧式资本家。到了父亲时代，开始注重读书（父亲是衰微家族中的"佼佼者"，他不仅振兴了祖传的商业、恢复起家业，而且逐渐使家庭的作风，亦由愚昧、腐化变向俭朴），有变为书香门第的趋向。父亲不是科举功名之士，也不是讲论学术诗文的学者。但他喜爱读书，亦喜买书藏。幼年时记得家里有《十三经》、廿四史、《资治通鉴》、九通，及其他一些丛书、文集之类书籍，这对我后来学习古籍有一定方便。但父亲的中心志趣不在这里，而在治家处世、敦品励行方面。父亲爱读吕新吾的《呻吟语》等书，对于儒家提倡的孝友睦姻任卹等伦理道德，确能身体力行。因此在本县乡党中有德高望重的声誉。光绪末年，山西士绅为了抗议巡抚胡聘之等将山西矿权出卖给英商福公司的事，举行过一次保矿"运动"。当时平定一些士绅也组织了保艾（平定旧名石艾郡、上艾郡）公司，互为声援。父亲参加了这次抗争，曾垫支了三千多银两，支援斗争。保矿事成功后，他从未声言过此事。及至民国初年，平定的三位省议员（黄守渊、池庄等）将此事呈请山西省政府请予嘉奖，山西省政府曾奖以"急公好义"的匾额。于民国十四年父亲七十寿辰时，在亲友的敦促下才将此匾悬挂起来，这说明父亲不仅是一个乡党自好的善人。

　　我弟兄三人。长兄比我大的多，早年出继到另一门，在我10岁左右便去世①了。二哥曾在石家庄开过文具店，解放后回故乡务农，后病逝家中。我5岁时，生母病逝，从小在父亲身边长大。我未上学时，由父亲口授认识了好多字，知道好多历史故事，也记下若干"锄禾日当午，汗滴禾下土"之类的格言诗。父亲颇能实践那时的旧道德，痛恨大家族中子弟们的腐化、堕落，每每举以为戒，我一生受教育最深、怀念最深的是我的父亲。不过父亲参加保矿事时，我才六七岁，没有什么直接感受。自此以后，父亲没有参加什么社会活动，所以我幼年所受的教育，主要是传统文化历史知识，对于新时代的现实活动，感受较少。

我6岁至10岁时，在私塾兼小学的学校读书，一面念《三字经》《四书》，同时也念国文、算学等科。当时的国文修身教材是学部编译图书馆的课本。书上讲的故事多有插图，读起来很有兴趣。加上此前父亲口授过的一些短诗与历史朝代顺序（清代皇帝的年号和在位时间）等。这些课本知识和口说结合起来，培养了我爱读历史、文学的兴趣。记得辛亥革命第二年②春，小学教师出了"民国论"的题目，自己已能道听途说地写出什么"天下者，人人之天下，非一人之天下也"的语句，因而得到先生的奖誉，确定了爱学文学的志趣。

11岁时，到离家三里远的第五高小读书。高小毕业后（1916年夏，因先是春季始业，后改为秋季始业，多念半年），在家里跟一位老先生学读《左传》、古文、唐诗等书，一共念了四年。在塾师的教读下，对于写作文言文和旧体诗方面有初步练习，而其他方面毫无知解。这时在父亲的书案上有张之洞的《书目答问》，曾浏览过几遍，记下了一些空洞的书名。《书目答问》后附有清代学者的分类名表。父亲曾告诉我，经学、史学类中的张穆是本县大阳泉村人，著有《蒙古游牧记》和顾炎武、阎若璩年谱等书。因此也曾以此为线索，翻阅了李元度的《国朝先正事略》，对于名儒类中经学、史学兼理学家的顾炎武、黄宗羲、王夫之三人深致崇敬。当时并没有看过他们的书，但从《先正事略》的介绍中，和《经

---

① "世"原作"逝"。——编者注
② 1912年。——编者注

世文编》① 中所选的文章中知道些大概轮廓②，就很羡慕他们的博学方向。这对于我后来喜读哲学思想书有一定影响。

在泛读各种书籍的过程中，我了解到中国有义理之学、考据之学、词章之学的区分，认为姚鼐所说"三者缺一不可"的主张最为恰当。这三种学问就是现在所说文、史、哲的区分，但当时并不知道"哲学"是讲什么的。

1919 年左右，开始泛览群书，想成一个学问家。这时对于社会问题，了无所知，但父亲常谈到城里绅士们帮同衙门对于乡民的欺压，也时常听到村里的"五道爷"放高利贷、"折扣"人土地的故事，自己也因此有些不平之感。这在某种程度上更鼓了我多念书、长学问的劲。1920 年到太原入第一中学读书，前两年虽课外时间也读些古书和新书，但主要精力是规矩用功，所以常考第一。第三年学校闹风潮，赶校长，学生分成两派，我则站在反校长的一方面，给他们做告校长的呈文，参加到教育厅请愿。由于学校闹风潮，几个月不上课，反给我好多自由看书的时间。这样接触到了好多新书，如《新青年》《新中国》等刊物，使我开阔了新学问的眼界。"五四运动"爆发时我还在乡村里，对此伟大事件没有直接感受。这时接触了若干新书刊后，才产生了对于新的文化知识渴求了解的欲望。我当时读的书很杂乱，大体说来，有国故、哲学、文学三个方面。

在国故方面，从以前学习唐宋八大家等古典文的基础上扩大到先秦诸子及近人章太炎等的著书中。这时梁任公的《清代学术概论》刚出版，他的《历史研究法》和胡适的《国学书目》等书相继出版。这些书对于一个没有师承的中学生是引入门径的读物。当时曾照这些书目的引导读了一些书籍。不久《努力周报》的《读书杂志》上发表了胡适、顾颉刚讨论古史的文章。这种疑古思想一下子解开了从前念《通鉴辑览》前几卷的混乱感觉，使我对考证方法有些接近，但我不愿走这条道路。

---

① 《皇朝经世文编》，贺长龄辑、魏源参订，共 120 卷，道光六年（1826）成书，选辑清人关于治国治世的实际问题的论著，分 8 纲（即学术、治体、吏政、户政、礼政、兵政、刑政、工政）63 目，是中国清代影响很大的一部经世文类书。——编者注

② "廓"原误作"廊"。——编者注

在文、史、哲三方面，我兴趣最浓的是哲学。中学一年级时，我就读了一本胡适之的《中国哲学史大纲》，阅后增加了不少知识，但对于书中的主要内容并不十分信服。

1921 年冬，梁漱溟先生曾到太原讲演《东西文化及其哲学》。我听过几次讲演，对他讲的问题很感兴趣，感到哲学对于人生是极重要的。第二年春，读完他的全书后，曾写了一篇《对〈东西文化及其哲学〉的意见》，先后分期刊登在《平定留省学生季刊》上。文章自然很幼稚，但也有些自己的看法。原文已在抗战时期丢失了，不过大意还记得一些，即认为梁先生的思想很深刻，和胡著偏于西洋哲学的情况不同，但他所说的三条路不一定妥当。第一条说西洋是向前的路，不成问题；第二条说中国是调和持中，有些不妥，走路不能调和持中，应该也是向前，只是与西方走科学的路不同罢了；特别是说将来世界上全要走印度向后走的第三条路，不大可能。我当时曾翻阅了张横渠的书，认为中国人有"存，吾顺事；没，吾宁也"的哲学，决不会因为感情丰富了就想离开世界。那时实在是年轻胆大、乱发议论，但现在想来也有一定道理，可惜这一刊物只有本县少数知识分子看过，在社会上毫无影响。以后随即亡佚，现在无从回顾一下自己的足迹了。

我曾有一段时间对梁漱溟先生相当崇拜，但不久展开科玄论战，读了丁文江、王星拱等先生论辩①科学的文章，改变了一些偏好中国哲学的倾向。科玄论战最后，（在主张科学一方）形式上是以吴稚晖的《一个新信仰的宇宙观、人生观》一文结束的。胡适对于吴文推崇备至，我对于这种庸俗功利的人生观，很不赞成，但吴稚晖的《箴洋八股化之理学》一文，对于我却有震动。读此文后，深切感到物质文明对于中国的重要性、迫切性，不再相信"二梁"所说中国精神文明的高度了。科玄②论战的文章，后来都收到了《科学与人生观》一书中。陈独秀为此书写了一个序，讲了些唯物史观的道理。这一序文对我的思想发展，有相当影响，但只是一个思想知识方面的影响而已，我并未因此走上革命的道路。

由于科玄论战的影响，我感到了学习西方哲学的重要，当在初步有

---

① "辩"原误作"辨"。——编者注
② "玄"原误作"学"。——编者注

一些西方哲学史知识后，我又感到如何地把这些知识与唯物史观的方向连结起来，是一个困难任务。这些感觉虽然是十分模①糊的，但是萌芽了后来追求的方向。

学习的目标大体确定后，对于先前深爱的文学就不能专心研讨了，但和文学书及爱好文学的朋友没有疏远。1922 年②在太原认识了高长虹，引起了我对鲁迅作品的爱好，我以前只知有陈独秀、胡适之的论文，对于鲁迅的文学几乎未加注意。听过长虹的谈话后，回来细读过鲁迅的一些杂文、小说，才感到鲁迅思想的伟大和深刻，从此后对鲁迅的作品深为爱好。但因我比较重视学术思想，而不长于创作想象，认为文学偏于抒情、欣赏，解决不了理论和实际问题，所以也不愿走文艺家的道路。

中学时代的另一位文学朋友，是有世交关系的石评梅。评梅的父亲是我父亲的挚友，又是我二哥的义父，我到太原的第二年就住在他家里。那时评梅在北平女高师读书，我们只在假期中有短时期的见面，谈一些广泛的文学情况，还不能对文学内容有较深的互相理解。但从她的言谈气度中，深感到文学修养对于为人的重要。1925 年我到北平师大读书时，我们才有较多的来往。然而不久，她即带着未尽的才华和沉重的悲哀，在追求新生的路上中途逝世了。1928 年，我曾在她的纪念册上写过一篇《评梅的死》的短文。1980 年我又写过一篇《纪念二十年代山西一位女文学家——石评梅同志》的文章，登在《山西师院学报》第 3 期上。上两文中的内容主要是写进入大学以后的事，这里就不再赘述了。

1924 年中学毕业，我本拟到北平升学，不幸那年春末，在家里帮我父亲理家的大侄壮年夭亡（大哥早已逝世），父亲很伤感，我不愿马上离开，以避免增加父亲的怅念。同时因受长虹的影响，认为升大学读书，不比自修更有效益，于是留在家里，买了一些报刊书籍，专心学习有关文、史、哲方面的理论问题，另外也为考大学做些准备。

那一年正是冯玉祥倒戈反吴，山西阎锡山加入内战之际，亲眼看到农民们受到的应差劳役种种压迫，和中等户为摊款输捐而被迫衰落的情况，使我对于社会现实比以前有较具体的感受和了解，这是一年来书本

---

① "模"原误作"漠"。——编者注
② "1922"当为"1923"。——编者注

上得不到的收获。

1925 年夏，到北平考入师范大学预科班。学校的课程，我除英文学习较有进步外，其他方面收获不大。校外的朋友，较多来往的还是评梅和长虹。这一年，山西留京的知识界人士常乃惪①、张友渔、陈显文（高傭）、侯兆麟（外庐）、高长虹等发起了一个《山西周报》，以反对阎锡山为主要目的。我由高长虹介绍，参加其中，开了几次会，并在报上写过一篇短文（题目是《人们的耳朵和我们的骨头》），批评一些对此报有误解的人，更具体的内容已记不太清，此报当时大约出了多少期也无印象。

那一年北京发生了反对关税会议的运动，我也跟着同学游过行，听过陈启修（豹隐）等人的演讲。报上经常看到的是鲁迅抨击章士钊和对陈西滢的笔战。在他的感染下，增加了对执政府及帮闲文人的痛恨。对于批评散文的习作也有了些体会，但总想读一些有关哲学、政治的系统文章，可总也没有看到。

那时的《晨报》副刊上登载过陈启修等人驳斥一些人说苏联是赤色帝国主义的文章——《帝国主义有赤白之别吗?》。我当时在直觉上认为主张没有赤色帝国主义者是代表进步的，但究竟有没有赤色帝国主义，就弄不明白了。政治认识是相当落后的。

1926 年，我的继母病故，父亲也于继母逝世后重病在床，我于是停留家中。

1927 年春我的元配爱人病死，半年后父亲终因医治无效而病逝②，家事如此。这时北伐军宁汉分裂，开始我赞同武汉方面（因爱看武汉《中央日报》）。当武汉也分共后，我有些茫然。阎锡山由安国军副司令一变而为北方国民革命军司令时，我感到失望。

1928 年春，我怀着悲哀和失望的心情离开家乡到太原（当时因军阀混战，正太、平汉路都不畅通，无法赴平复学），想寻一借读机会，在山西大学朋友处住了两个月。山大的腐败情形打消了我借读的念头。一天在书局里买书，遇上了中学时的一个同学（记得这个人叫郝秉让），谈话

---

① "惪"原误作"惠"。——编者注
② "逝"原误作"世"。——编者注

中知他从武汉回来，正担任国民党太原市党部筹备工作，他约我到他那里谈话。这时大革命已失败，南京成立特别委员会政府维持政局。我们的谈话自然谈到国家前途问题，共同认为必须恢复孙中山先生的真正的"三民主义"，社会才能走上正轨。他说他们正在要恢复中山路线，继续前进。其实我当时所理解的孙先生的"三民主义"路线主要是从陈公博的《国民革命的失败和我们的错误》及《革命评论》中来的。不久我回平定。国民党太原市党部重新成立后，我的这位郝同学当了宣传部长，可能是他的引荐吧，我也竟成了该部的干事，他再三来信催我赴并就任。实际我还根本不是国民党员。记得我穿着一件大褂到了太原，他们叫我长衫同志。在市党部①不到两个月的搜集报纸、汇编时事概述的工作中，我看到了这些国民党员多数平庸，缺乏革命精神而多官僚空谈气息，毫无一点振新改革、恢复三民主义的迹象。这时正值北伐军打通了平汉路，到北平的车通了。我于是毅然离开太原回到北师大复学。这不到两个月的经历，不仅使我知道了一些南方革命的经过，而且也看清了一些实际情况，在这一教训之下，再不愿入什么党派，而专心走学术道路的信念比较坚定了。

我回师大后先在英文系念了一年。由于课程没有思想内容，而我的听说能力又差，第二年遂转到历史系。由于我当时的哲学兴趣非常浓厚，对历史系的课程仍不满意，所以上课的时候非常少，而愿自己泛读杂文。由于盲目泛读，时或有彷徨求索之感。到第三学年时，认识②了同学张岱年（字季同）同志。他是我大学时代、也是我一生最接近的朋友（我先经由高长虹认识了张申府先生，申府先生告诉我，他的三弟在师大教育系读书，这以后彼此相识，成了志同道合的朋友）。我们在思想、学问、性格、志趣等方面都很投契。我们都对现实不满，都不长于社会活动，而偏好理论思维，我们都喜读中国古代哲学中的先秦诸子和宋明理学，也旁及其他文史论著。我们都推尊唯物史观，也兼涉西方的其他思想，诸如罗素一些人的论著、实在论派的观点。不论在东西方哲学哪一方面，

---

① "部"原误作"都"。——编者注
② "识"原误作"视"。——编者注

季同仁棣①的修养和理解，都比我深厚。在他的影响下，我的学习有相当进益，才把以前偶尔出现的彷徨和孤独情绪安定下来。

那时，另一位最要好的朋友是甄华同志（他当时名甄梦笔）。他是我在县第五高小时的同学，在平定中学读书时秘密加入（C.Y.）组织，建立了本县第一个地下共产党支部，后升入太原三晋高中，也是该校首先建立中共支部的一员。1927年山西国民党"清党"时，他被开除学籍，离校返家。那时我正因父病在家，他即找我商谈到北京升学的计划。1928年我到北师大复学，他也随同来京准备升学。在京四年中，我们先后同住了三年左右。记得一个寒假，我们共同回家，由于有人告密，他不幸被捕，我急到太原托人设法营救，半年后才被释放，尔后我们又一起赴平。经这一次，我们间的关系更深了，而他常谈些政治文艺思想与参加革命的经过，不知不觉形成了我自己的革命感情和社会意识，他的精神、毅力给我影响也很大。

我当时仍抱着不参加党派的态度，不过对于国家前途却甚为关心。我常希望有一个介于国民党和共产党中间的具有民主主义的社会主义政治出现。这当然只是一个幻想。

1931年发生的九一八事变震动了平静的书斋生活。国难当头，想不出更好的积极救国方法，于是和同乡兼同学的甄华、郭绳武（字怡荪，念国文系）等人回乡成立了一个民众团体，名"平定青年奋进社"，举行演讲，向本县的小学教员和中学生们宣传爱国主义思想，又向各界募捐，先后购置了近千册新文化书刊，成立了一个流通图书馆，并出版了《奋进》杂志和《平定评论》小报。《奋进》上的文章，主要是介绍新文化、爱国主义理论；《平定评论》上的文章，主要是评论本县社会事件。我在《平定评论》上写过几篇批评本县的腐朽遗风和揭发绅士们同官方勾结加重人民灾难的文章。我们这些言论和活动，当然要引起某些人的不满，而对于一部分青年则深受欢迎。后来有些参加了革命的同志回忆起来，曾说他们的参加革命，与当时听了我们的讲演，及阅读流通图书馆的新书刊有关系。"奋进社"成立不到一年，即因经费不足和我们这些学生离开本地而自动解散，流通图书馆自然也不能存在，被合并到县图书馆去。

---

① "仁棣"，对年轻朋友的尊称，常用于老师称呼学生。——编者注

忆起这些常引为遗憾。解放后，当听了一些参加革命的同志的回忆后，知道这些活动还是产生了些积极影响，内心里才有一点安慰。

1932 年大学①毕业时，曾想用办奋进社的精神在本地办一私立中学。那时我家在东北的商业已因九一八事变而停顿，但还未结束。我想将我应分的一份残余收回来，作为创办中学的经费。因此我亲自乔装商人到东北一行，去后才知道商店完全垮台，产不敷债了。这样，我无从筹集资金，本想办的一点社会事业也只好作罢。

1933 年初发生的"榆关事变"，北平许多学生纷纷到他处求学。我也把当时正在北平女一中念书的爱人刘桂生转送太原就学。我自己在同乡、同学和亲戚的介绍下，先后在山西大学预科班、私立平民中学、私立成成中学等校教书。我还保持着注意政治而不参加活动的作风，但我当时很希望有一个进步思想的抗日势力出现。所以福建人民政府成立时我非常兴奋，但不久被蒋介石打败，又使我非常失望。于是研究专门学问的思想，很强烈、更牢固，决心不在太原继续教书了。

1934 年夏，看到报上有清华大学研究院招生的广告，注明报考中国文学系的可以考一门英文欧洲文学史代替第二外国语考试（考取后再学第二外语），我怀着对国家前途焦忧的心情报了名。实际上我更想念的是哲学系，所以考入中文研究院后便选取了介在文、哲之间的《庄子》作为研究题目。导师是刘文典先生。刘先生长于校勘学，我也就先做起了《庄子研究》的考证工作，直到 1937 年夏才初步写完（约 12 万字，即1982 年出版的《庄子新探》考证部分的文言文初稿）。考证的枯燥很难提起我的大兴趣，然而我对文学、哲学总是兴致②很高，所以我与当时给我们上过课的闻一多、朱自清、陈寅恪、冯友兰诸先生，由于经常向他们讨教，也很熟悉，他们几位对我后来的治学，着实影响很大。

对于当时的学生运动我参加很少，但与进步同学的来往很多。如牛佩琼、李一清、章安春等同学相知甚深，他们中有的是中共党员，为避免被捕，常到我的房中藏身（后来他们都是党和国家的高级干部）。《清

---

① "学"原脱。——编者注
② "致"原误作"志"。——编者注

华学生周刊》是由前进派主持，1937 年春①我被举为该刊的总编辑。因毕业论文忙，难以抽身尽职，后来让我任名义总编，由王瑶同学执行事务。后来王瑶同学说我"是清华园内的'社会贤达'"。这句似誉非誉的评语，至少说明我不是一个革命斗士。

1937 年 6 月，研究期满，毕业初试（口试）后，我被学校留聘为大一国文教员。正在准备论文答辩之际，即发生了震撼民族存亡的芦沟桥事变。事变突然发生，北平岌岌可危，平汉路很快断线，人们纷纷从津浦路、海路南下，学校的前途未定。那时，甄华刚从日本回国，到清华大学找我。我们遂相偕从清华园站乘平绥路车，经大同到太原。

当时的思想认识非常幼稚而麻痹，认为有数十万国军抗战，敌人不会很快进入山西。知太原不久要成立由各方面联合举办的动员委员会，我们决定俟成立后即报名参加，并商定由甄华和郭绳武（时在太原进山中学教书）在太原等候，我送患心脏病的爱人回故里，等他们的通知，赴并相聚。不料娘子关突然被日本攻破，不及出走，从此留困在沦陷区中。

1937 年 11②月某天，忽有西来敌军一支，进入村中搜查，我被一个翻译强迫带向阳泉引路。路过邻村进入民户时，幸遇一熟人指示，随村民逃入村边一个旧煤矿内。虽免于难，但两夜的煤窑煎熬，使本来就不强壮的两条腿因寒湿而成终身宿疾。我这次送爱人回家养病，本县和阳泉市人本不知道，因被敌人带走的消息传到县里，于是"维持会"的汉奸们竟派人送信来，用威胁的口吻说什么请来"襄办教育"，"如不到职，后责自负"，"其自图之"。我不能在家里待了，但不知周围的情况如何，再加上腿病加重，行走困难，没有远寻抗战势力的体力和勇气，遂以腿部跌断不能行走为辞，托村里办事人转答对方，而暂时躲到邻近的小村里，他们没有即行催迫，我得以在小村里避难数日（抗战胜利后，知道在重庆的老同学中传说我已受伤死亡，可能与当时村里传说我受伤而死有关）。

1938 年夏，有一位从晋西北回家探亲的平定籍商人，带来甄华口信，

---

① "1937 年春"较可能为"1936 年冬"之误。——编者注
② "11"原误作"1"。——编者注

嘱我和这位商人相偕而行。我们本已约定好会面时日和地点，不料我如期找他时，他却已先期回去了。据一位亲戚说，可能因为最近我家曾被日军搜查一次，他不敢轻易联系了。我只得在悲苦中继续忍耐等候。这时伪县政府忽又向村中送信传我，要我给某一伪县长撰"德政碑文"，我平生无一长处，只学会有一点操守坚定的精神，听说这事我非常气愤，当即说了一句可写"遗臭万年"四字。这一下激怒了汉奸县长，家乡再不能待下去了。我于1939年冬初到了北京。刚一下车，看见人马纷攘①的街衢到处有日伪军警耀武扬威，内心里顿生无限的悲哀。想到自己从离抗战区不远的家乡来到敌人统治的中心是一个耻辱，但因我在北京是无名小卒，无人注意，反而觉得有些安全之感了。困居在家乡时，消息闭塞，对于整个抗战局势毫无所知，连清华大学迁到昆明成立西南联大的消息也不知道。来京后附住在朋友常风（当时为艺文中学教员）家里，知道一些内地的消息，便给朱自清先生寄去一信，询问清华的情况，这样就决定暂时安心住下。一面给爱人诊治宿②疯疾，一面等候③各方（西南联大朱自清先生和晋西北甄华同志）的消息，再定久远的行止。回音都没有等到（甄华在解放区当然不便来信，朱先生是因为那年休假不在昆明，这是胜利后见面才知道的）。不久"珍珠港事件"发生，由海路去昆明的希望也归破灭，我和爱人遂在这个厌苦而又留恋的北京定住下来。当年曾有朋友介绍我在各高等学校教课，因为决不"下海"（即入伪大学教书），便作罢论。

当时的生活来源，除出卖田地、古画及残余下的商店股份④不时分到一些接济外，我以当家庭教师和代朋友在中学短期上课、爱人给人抄稿为资生之路。生活相当清苦，但比起精神上的悲苦来就无足轻重了。

在悲愤的处境中，时时有研讨学术、渴望复国的要求。那时有几位困在北京而不甘为敌人驱使的朋友，成立了一个三立学会，成员有张岱年、王森、翁独健、张遵骝、韩镜清、成庆华、王葆元等同志，每隔二

---

① "攘"原误作"嚷"。——编者注
② "宿"原误作"夙"。——编者注
③ "候"原误作"侯"。——编者注
④ "份"原误作"分"。——编者注

三周相聚一次，谈一些哲学思想和政局消息等问题，虽没有大的贡献，但总算是一个保留民族气节、促进哲学研究的集合。大约成立了4年，直至日本投降后，各人都有了正式工作，无形中趋于解散。

1945年8月，日本投降的消息传来，宛如多年狱囚一旦被释，心中的喜悦、振奋莫可名状，但接着而来的种种见闻又使这种心情黯淡下来。

复员后，北平成立了由各大学组成的临时大学，前清华大学教授邓以蛰先生为临时大学第八班主任，我由朋友常风介绍，在第八班担任了一班国文课，算是有了职业。1946年初，第八班改为国立北平艺术专科学校，徐悲鸿先生任校长，我留任国文讲师，后为副教授，一直到全国解放。这期间，先由冯友兰先生介绍，在私立北平文法学院兼任中国哲学史副教授，后由陈寅恪先生介绍，在私立辅仁大学兼国文课。这一段，生活和工作比较稳定些了，但学术研究上却没有较大的进展。

沦陷时期，对于抗战区和国统区的学术研究情况都不甚了解，胜利后才补起了这一课。

当时如郭沫若先生的《十批判书》、范文澜先生的《中国通史简编》、闻一多师的《唐诗杂论》、陈寅恪师的《唐代政治史述论稿》，都是对我有很大启发的书。又如汤（用彤）著《汉魏两晋南北朝佛教史》、萧（公权）著《中国政治思想史》，以及熊（十力）著《新唯识论》、张（东荪）著《知识与文化》等书，对于自己都有不同程度的启发，但当时还没有分别消化，建立起一个系统理解，所以回忆起来，远不如中学时代的进步线索更为明确。

对于马克思主义，曾有些片断知识。还是在30年代，我涉猎过几本中译经典著作，40年代初颇想知道一些社会主义国家的实施和政策，却没有正式研读经典著作，这一缺课要到解放才能补上。当时偶尔看见两本有关评论马克思的书，却促进了我研读经典理论的愿望。一本是美国哲学家胡克（Sidney Hook）著《走向对马克思主义的理解》，是从张东荪先生处借来的英文本，表面上看是评价马克思主义的。一本是罗素的《自由与组织》（王聿修译本），其中有一章评及马克思主义。他们的批评意见虽都不正确，但提出了一些需要深思的问题，读了以后对自己的分析能力颇有启发，很想对这些意见有所解答，当然也因一时无满意看法，产生过一些不安和混乱。

总之，当时的思想知识较前复杂，一时还不能以马克思主义为指导，把西方哲学和中国的传统文化实际融合起来，形成一个较圆满的系统思想，所以这一时期几乎没有写一篇文章，而长期停留在探讨摸索中。

在 30 年代初，我就与中共地下党员多有接触，有的甚至是交往很深的朋友（如甄华、郭绳武等），但北京潜居六年，几乎割断了与外界的联系，对中共的情况就更不太了解了。抗战胜利后，在军调部时代曾偷偷看过《新民主主义论》①和《论联合政府》②。1946 年清华大学开校友会，遇到在军调部《解放报》的同学李乐光、于光远、郑继侨等人，详谈了解放区的情形，我对中共的认识才较为明确。北平解放前夕，甄华在平绥路宣化又一次托商人带来口信。北京一解放，在入城式那天他就来看我，谈话中才知道他从前派来给我送信的同志中途遇了事。以后他常来找我聊天，加上一解放新书也多起来。《整风文献》③一书对我影响很深。这些加起来使我知道自己一向对中共的担忧多半是误解，从此才确立了对中共的信仰。以后听过几次演讲，每日翻阅报纸，看见各种表现的事实，逐渐加深这个信仰。尤其在新哲学会上遇到一次徐特立同志，他的诚恳态度真感动我。一次老同学张乃召来京，到我这里谈话。他在校时的态度和我差不多，同情革命而却专研学问，现在他的服务精神非常之坚，这使我很心服中共教育之有力。10 月 1 日庆祝人民政府成立，我非常兴奋地和大家一起参加游行，从此情感上有了很深的变化，我愿在新中国作一名全心全意为人民为祖国服务的教育工作者，为挖掘中华民族的优秀传统文化而贡献毕生。

附记

在整理遗文的过程中，发现先生生前先后有三次给自己作传。第一

---

① 毛泽东《新民主主义论》（1940 年 1 月 15 日），《中国文化》创刊号，1940 年；《解放》周刊第 98—99 期，1940 年；又有理论社 1940 年版、解放社 1940 年版等。现收入《毛泽东选集》第 2 卷，人民出版社 1991 年版。——编者注

② 毛泽东《论联合政府》（1945 年 4 月 24 日），有新知识书社 1945 年版等。现收入《毛泽东选集》第 3 卷，人民出版社 1991 年版。——编者注

③ 解放社编《整风文献》，有华北人民革命大学教务处 1942 年印版、大众书店 1946 年版、胶东新华书店 1948 年版、新华书店 1949 年版等。——编者注

次是在 1950 年上"革大"短训班前写的，约 6500 字。就当时而言，算是从出生写到作传时的较完整的自传。但这个自传是在向组织说明自己的经历情况，故有一定的局限。第二个很短，根据该传末尾谈《庄子考论》时讲，"文革"期间"不能写也不想写，一直到现在还没有整理"，参考先生在《中国社会与思想文化·自序》中的"在写《孔子评传》的前后（1980—1981 年），曾将 60 年代整理过的《庄子内外篇考论》发表了一部分，写完《孔子评传》后，将未完的《庄子考论》整理完毕，暂时结束了这部分工作"，可推知，这篇仅有 3000 余言（概述到 30 年代）的小传，当在 1978 年至 1980 年间动笔，不知何故中辍。第三个传是先生近几年开始的。与前两个传相比，本传显得详细些，尤其在谈自己的求知治学方面用笔偏多，整体上优于前二传。这三个传，第一个抄写极工整（当时由先生爱人刘桂声女士竖行抄成），第三个增、删、涂、改处很多，可知先生是多作思考了。遗憾的是天不假年而丧斯文，先生没能从容地完成自传便溘然仙去。与第一个传相近，本传只写到建国前夕。接下来虽写下九个字，但又全部涂掉，仅此而已。尽管如此，我们还是以第三个传为主，参考第一、第二传，整理成上文的《自传》并发表出来，以增加我们对先生的了解，并希望后学在对先生的缅怀中得到益处。

王俊才谨识

（原载《张恒寿先生纪念文集》，河北教育出版社 1993 年版）

先君墨卿公行述

先君，姓张氏，讳士林，墨卿其字也。以咸丰六年六月十二日[①]辰时生于山西平定之故里。曾祖讳汉宰；祖讳尔斌；考讳大国；本生考讳大聘，有德行，生子二：长讳士枚，先君季也。

先君生有至性，内行醇笃。少事本生父大聘公至孝，为所钟爱。年十余，出嗣先大父大国公[②]。公配郗太夫人[③]，故富家女，性严毅强直，遇子侄有过，辄厉辞叱责，无少宽假；先君曲承其志，每午，自塾归，过窗前，即先呼曰母氏，然后入见。其他孝行类如斯。以此卒得其欢心。郗太夫人卒，事本生母周太夫人，尤能先意承志。太夫人家距余家，约可里许，每以肩舆送迎出入，将护备至，盖数十年如一日。事先伯父士枚公，亦以友爱闻于乡。伯父既殁，为之规划其家计，忍痛数年，卒待力能尽哀尽礼而后葬。葬之日先君拊棺痛哭，呜咽[④]不能自胜；昔年友爱之笃，概可想见。时民国癸亥十二月[⑤]也。

先君幼理家政，数门冗务，一身兼之，擘划经营，数十载无宁日，不以为劳；善封殖，致饶裕，而深思蓄私财者，每举以为子孙戒。常能分多润寡，损己益人，推其孝友以及于家。故诸孙子侄，无间亲疏，咸怀其燠休而不能忘。

与人交，重然诺，尚气节。所深契者，多绩学敦行之士。少与姚君

---

① 公历 1856 年 7 月 13 日。——编者注
② 同治十二年（1873）二月十二日，18 岁的张士林出继于张大国名下。——编者注
③ 郗太夫人母家之势，可参看商锁贵、张承铭《其兴实勃 其亡甚忽——大阳泉"魁盛号"兴衰记略》一文。——编者注
④ "咽"原误作"呼"。——编者注
⑤ 1924 年 1 月 6 日为癸亥年十二月初一。——编者注

子登、朱君炳宸订交，二君宦游直、豫，倾囊相助，动数百金，无少吝色。王笔如①、王长卿两先生，先后馆余家，先君钦其学行道义，敬礼有加；其卒也，皆厚赙焉。诸先生殁后，每一道及旧时交游，邈不可得，每殷殷念其家世；其子弟之有缓急相告者，未尝不援助之，一如其先人在也！先君既殁，诸故人无不为之感叹咨嗟；老友如白承之昆仲②、石鼎丞③诸先生，皆哭之痛。则其能笃友信矣。

先君自奉俭约，服饰、器用朴如也；惟睦姻任恤，兴学济贫，则好善如不及。光绪丁未④，民国庚申⑤，三晋旱灾甲全国。既出数千金为首倡⑥，又别用工代赈以补其缺；其他邻里戚党之因婚丧受其惠者，盖无虑数十家。先继母黄宜人之殁也，人或疑其丧仪俭略为失之啬；然先君独念宜人之父家贫子少，无以为生，乃为赎其居宅，且岁馈米豆以为常。则其善用其财何如耶！

光绪末，英商福公司⑦，与山西巡抚胡某⑧，私相结纳，盗据矿产，全晋大哗。平定民性素文弱，少敢首先发难者；先君独奋起纠合同志，组织平定公会，抗疏力争，遥为声援，且相约誓死不售地外人。时州牧某⑨，阴祖彼方，以故烦言百出，群谓反抗者将多不利。时先伯父家居，闻之，惧，星夜遣使告先君，且嘱之归。顾先君意志坚强，独不为动，婉告来使，谓事且成，不足虑也。时学校初兴，士气方振，皆力主赎产归公之议。会留东学子李培仁，愤志蹈海，全晋震动；官吏以民力卒不可当，士大夫亦多起抗争，卒抵于成。计先君奋斗以来，独立支撑一隅，

① 即王嘉榡。——编者注
② 白振祜（承之）、白振祺（维春）堂兄弟俩。——编者注
③ 即石铭，字鼎丞，山西平定人，清末丁酉（1897）科举人，石评梅之父。曾任太原文庙博物馆馆长。或作"鼎臣"。——编者注
④ 1907 年。——编者注
⑤ 1920 年。——编者注
⑥ "倡"原误作"创"。——编者注
⑦ 1897 年，英、意商人合股成立福公司，又译作"北京银公司"，开办资本 2 万英镑，至 1900 年增至 150 万英镑。但该公司在伦敦注册，并由维多利亚女王的孙女婿罗翁侯爵担任总董，所以实际上是一家英国企业。它的对华投资活动，构成英国对华经济侵略的重要一环。——编者注
⑧ 即胡聘之，1894—1900 年任山西巡抚，山西近代工业的奠基者。——编者注
⑨ 即平定州知州姚醒兰。——编者注

历二年余，无少倦意；费金三千，若无事者。事竣，倏然而归。境内营矿业者踵相接，而己不与焉。①

鼎革以还，时有称许斯举，或且议为褒扬者，先君辄以他语乱之，无少矜色。民国八年②秋，平定省议士陈其事于省当局；当局奖以"急公好义"匾额。褒文至日，先君阅之竟，徐置案头曰："姑置之可耳。"明年，不孝③等既命工付之剞劂，众有议以乐工迎之者，事为所闻，严辞拒之。十四年④春，始悬诸庭。其务实不近名如此。

先君德行既称于乡里，而烛事明灼，识力尤为精辟。每遇事变丛脞，众莫得其首尾，先君为之剖析义利，则皆秩然有条贯。戚族有疑难来问者，辄为之条其得失，莫不了悟，尽欢而去。

方同、光之交，余家去先世创业之初已稍久远，勤朴之风行且替矣！中无主持，外多事变，生涯折阅，家政废弛，内外负债累巨万，而乘间抵隙者又日环于侧。当斯时，先业之不坠者，几希矣！时先君才18岁耳，甫秉家政，即躬赴寿阳清理旧业，结束亏累；向所数年不能决者，先君治之，月余而毕⑤。以是众者叹服，莫肯携贰。

其后相继董理奉、直商业，沲注金融，黜陟人才，皆犁然当于人心。盖当时之甚难措施者，莫过于东夥之超支。先君知症结在斯，乃厘定规章，相期守法，而以吃亏自任；其有欠⑥不能补者，则代偿之；有本已罄而犹甚窘者，则资助之；于是劳资咸悦，纠纷以解。顾人初不知先君用以助人者，亦贷于人者，盖其识力超远，深知非能任小害者，不足成大业也。

积弊既除，又善知人。于是遴择忠实，托以重任，受其托者，亦感其至诚，终身无贰。十数年后，基业粗定，家道中兴，用能遂其教子弟、

① 此即著名的晚清山西争矿运动。有张士林为山西争矿运动的首倡者、发起人之说。——编者注

② 1919年。——编者注

③ "不孝"，是作者（同寿、恒寿）谦虚自称。——编者注

④ 1925年。——编者注

⑤ "毕"原误作"异"。——编者注

⑥ "欠"原误作"力"。——编者注

睦宗族、任乡①恤里之素②志，盖皆数十年只身经营之功也。

先君气宇宏阔，外浑穆而中明锐，望之和蔼可亲，顾重言笑而固举止，故乡党戚友，无贤不肖，咸致敬爱。居未尝轻举人过，而人之因过受其教育，亦未尝有后言。族中子姪③，每因婚丧相聚，辄引某年某事受其训益，以为美谈。里中④斜冠袒臂之徒，居恒箕踞街巷，漫无礼貌；然望先君至，则率皆肃然起敬，从容问答而后去。盖其平日之自立者坚，故威重之及人者深也。

少尝两试，不第。文辞非其所长，亦不工持筹握算。顾好读书，能博闻强记。小说、诗歌，皆稍浏览，颇熟于晚清掌故。尤嗜宋明儒书，常举陈榕门⑤《五种遗规》、汪龙庄⑥《遗书》中语以教乡人。兼好涉猎岐⑦黄，然自谓不谙切脉，不轻为人医也。

余家先世以农商世家，自先君始，颇好藏典籍。尝命不孝等取张文襄⑧《书目答问》点定。己所藏者：自《十三经》、二十四史下讫九通、《太平御览》及诸丛书，共得若干卷，颇有善本。乃指以教之曰："吾少失学，甚望汝等能读书；然读书期在明理涉世，非徒博取功名已也。"则其志操可睹矣。

先君元配杨宜人，生伯兄鸿寿。继郜宜人、杨宜人，俱早卒，无子。继郜宜人，举一女，九岁而殀。继赵宜人，生同寿。继葛宜人，生恒寿及亡妹，妹生十二年而殇。继黄宜人，亦无出，先先君一年殁。伯兄生三子：迁善、从善⑨、明善⑩。伯兄出为士载公后，迁善又出为永顺公后，皆不幸先先君殁。

初，吾伯兄长不孝等以倍，早能任事；其卒也，不孝等及迁善兄弟

① "乡"原脱。——编者注
② "素"原误作"业"。——编者注
③ "姪"原误作"姓"。——编者注
④ "中"原误作"正"。——编者注
⑤ 陈宏谋，号榕门。——编者注
⑥ 汪辉祖，号龙庄。——编者注
⑦ "岐"原误作"歧"。——编者注
⑧ 张之洞，谥文襄。——编者注
⑨ 张从善，1901—1974。——编者注
⑩ 张明善，1910—1956。——编者注

皆未弱冠，方就学不省事。先君年已六十，勉为达观，乃命迁善辍学相助。迁善颇勤慎精细，善理繁赜，十年来米盐钱谷之务，先君渐能息肩。方幸继起有人，聊可稍娱晚年，而迁善竟以嗽疾，中道而夭，得年仅二十有七。

先君年已古稀，惨遭此痛，悲感异常。旧患腿疾，至斯乃益艰于步履。

是年（十三年）①，不孝等自太原中学卒业归，明年不孝等游学京师。先继母亦病痰嗽甚剧；十五年②夏五月，先继母病殁。先君愈增悲苦，疾益锢，乃不复出庭户。初以腿疾，兼感郁滞，腹有逆气，时欲上冲；医药未先宣泄，遂致周身痹痛，一年来辗转床褥，动静需人，其情殊苦！顾幸精神饮食，尚不后人，窃意或非不起之疾；乃入秋以来，医药数易，病势且增且减③；疾革三日，遂于十六年夏历十月十日④辰时，舍不孝等而长逝矣！享年七十有二。

呜呼！不孝等承先君之慈爱者垂三十年，劬劳不能分任，疾病不善侍养，一旦猝为无父之人，人生苦痛，何以逾此！回忆趋奉庭帏之日，先君醇致训诲，抚慰备至，爱怜之心，幽然以深，犹仿佛见其慈容婉在目前。嗟乎！嗟乎！自今以往，其爱儿者何人耶？天乎！痛哉！

不孝同寿恒寿泣述

一九二七年

后记

这行述是父亲病故的那一年冬天草就的。因为那时正太路的交通为所谓战事所阻，山西内地又没有一家可以制铜版的地方，当时殡葬在即，所以没有付印。现在是父亲离开人间的三年了，我们亲见了周围的一切黑暗与残酷，越感到人间父亲的爱之伟大；同时，在故乡的惯例中，又是一切戚友们在形式上对于死者最后的一次纪念。所以藉了这悲哀的日子，印了出来，聊给自己受伤的灵魂以及一切纪念他的人们以一点慰藉。

---

① 1924 年。——编者注

② 1926 年。——编者注

③ "减"原误作"灭"。——编者注

④ 公历 1927 年 11 月 3 日。——编者注

为了旧日一切粉饰体面的卑鄙心理，和一切谁的父母都可应用的语句，都与这体裁的文字结过很深的因缘，所以几次打算用质直的语体文重写一遍①，然而事实上、时间上，一时写不出较能满意的文字，终于只将原作修改了几处，便付印了，这令我非常疚心。不过所可自慰者：本篇没有说过一句自欺欺人的话，没有再犯了人子有意或无意所犯的罪过；而只就现在所知者，如实地将父亲一生②行事叙述梗概，以期无背于父亲生前务实远名的本意。这是敢于自信的一点。

关于父亲的一切，除近几③年亲见者以外，大抵多听自本族长辈和几位父执的传说；父亲向来对于他自己过去行事的好处，不肯提及，但从他偶尔闲④谈中，表情的真挚、语气的剀切上，亦可以想象到一些当年的情境。此外便寻⑤不到什么材料了。记不清是伯父还是继母殡葬之前，父亲命我们写一讣闻的底稿，底稿还没写完，他的眼泪便夺眶而出了，于是他说：“过继是一件最痛心不过的事。在平常还感不到什么难过，而一遇到文字上的排列，便使人心痛！”这是从灵魂深处拼出来的声音。从父亲的眼泪上，看见⑥了他在此种关系中，尝过人间多少痛苦，看见了他确实有范仲淹一流人的思想。而亦从父亲向来的沉默中，得知关于他过去的德行，本篇必有许多遗漏之处。

确实的，父亲并没有做过什么轰天动地的事业，亦没有“纵横天下”“下笔千言”的本领。然而他有的是人类所以为人类的东西。他全部人格中所含有⑦的真情、热血，包容的大量利他心……这一切是永远推动人类向上进化的动力。无疑的，时代的法轮必然地转动着。在几十年以后的子孙们的眼睛里，对于这样宗法的家族的道德，亦许会改变了颜色；然而在脱去了那变色的道德的衣裳之后，有一种伟大的灵魂屹立着，那是无论什么时代，都会宝贵的东西，那是人类间真正的仁爱，那是父亲永

---

① “遍”原误作“篇”。——编者注
② “生”原误作“身”。——编者注
③ “几”原脱。——编者注
④ “闲”原误作“间”。——编者注
⑤ “寻”原误作“得”。——编者注
⑥ “见”原误作“到”。——编者注
⑦ “有”原脱。——编者注

远值得后代纪念的所在。然而亦便因为这，使失掉了这爱的人们，更其痛苦。这是宇宙间永远存在的矛盾。唉！亲爱的父亲，谁能给我们来调和这矛盾呢？

父亲的思想行为，纯然是儒家式的，但却没有学究式的迂腐。他绝不仅仅是一位乡里自好的仁慈老人，他有远超此以上的魄力和气概。亦不止在争矿一事上，显示出贯通于道德性和奋斗性中间的连锁。父亲的挚友李位斋①先生，曾恳切而惋惜地和我说过这样的话："你父亲他的确是一个能做事的天才。如果他不为家庭所累，一定可以成就些更大的事业。我奔走南北几十年，像他那样德性坚定，有器量识力的人，并不多见。"这几句并非朋友间过誉的话，使我联想到另一种遥远的悲哀！有谁用了慧眼来看历史者，便会知道在"宣布国史馆列传"的名人所占据了的篇幅之夹缝中，曾默默地走过多少并非不值注意的凡人。很可惜的是他们的影子，渐渐在人的脑筋里淡忘之后，连文字上亦难于找到一些旅行的痕迹。然而这行述的印行，却没有补此缺陷的深远而僭妄的意义，只不过为安慰一点自己的悲哀，献给几位相知的戚友们看看，以留丝毫纪念而已！

末了，因为几首挽诗、挽联，多非寻常应酬工作，在那上面亦可以看出父亲一部的人格来，所以附录在后面，形成这样一本并未"寝苫枕块"而"语无伦次"的行述。

十九年夏历九月十日②

附录
李位斋先生挽诗

石艾城西路郁郁，故人居。故人不可见，蓟门空容与。少小家不造，未尝废诗书。及长广交游，而不喜滥竽。久处略形骸，缓急不相渝。恂恂君子度，足以式乡间。嗟我走南北，音问旷久疏。我方倦于役，斯人忽云徂。问天浩茫茫，修短终一途。庭前有桂树，馥馥今何如？笑言犹在耳，但见鸟于于。遥天歌一癖，寂寞知也无？

---

① "斋"原误作"齐"。——编者注
② 即1930年10月31日。——编者注

白维春先生挽诗并序

前清光绪时①，余受墨卿为塾师。余年未壮，墨方三旬，主宾年少气盛，每课余屈膝纵谈，上下其论议。墨卿屡试弗售，志不少挫，尝谓："男儿在世，视义所当为、力所能为者，决心行之，得失毁誉，听之而已。"噫！言犹在耳，其人安往？匆匆数十载，旧交零落，曷禁怆怀？悲墨卿，行自伤也。因缀小诗，以舒隐恸。

十年不到观沟村，会葬应来哭寝门。行礼无知筋力惫，聊吟俚句为招魂。精魂一去总前因，八九年华自在身。最是相知鲍叔逝，相知此后复何人。人生第一开心事，莫如佳儿读父书。万卷家藏皆善本，多文多积较何如。如此贻谋独擅奇，弥留付托得人时。行看学至名归日②，才识兼全大有为。为善家传有旧章，分财建学世流芳。强邻侮夺人人愤，记取当年保一方。一方权利被人谋，见义勇为勇出头。公益热心行有素，多情不独重交游。交谊沦③亡不记年，炎凉转瞬实堪怜。恰从势利声在外，结得区区文字缘。因缘四十年前种，岁在星皇丁亥春。那料适逢丁卯岁，不曾面别卯归真。

白承之先生挽联

兄病久，谁不望痊，奈噩耗传来，动魄惊魂，每入梦中常陨泪；弟年衰，也曾思死，若愁城跳去，欢天喜地，相逢泉下好谭心。

石鼎丞先生挽联

节俭持躬，谨慎待人，七十载永矢慎勤，孰意际遇时艰，诛求频仍，转以输将穷补苴；长子早逝，元孙旋夭，家庭中迭遭惨变，那堪奄忽暮景，形影相吊，竟因悼亡损年华。

李位斋先生挽联

屈指别几年，方冀山华名高。时切景行，那知仙驭宾天，空望观沟陨远泪；招魂隔千里，自恨都门匏击。莫能临吊，惨对屋梁落月，将从何处哭青莲。

① 光绪十三年丁亥（1887），白振祺（1860—1932）受张士林聘为其家私塾老师。——编者注

② "日"原误作"目"。——编者注

③ "沦"原误作"论"。——编者注

杨大芳先生挽联

忠恕清俭和宽，重儒而好施，学术远承范文正；孝友睦姻任恤，裕后以自立，家风纯似吕新吾。

黄铸卿先生挽联

饱经世变，福寿全归，我公何修先觉自在；追念风徽，恩义难忘，天壤安得再觅斯人。

刘先滢先生挽联

助我实边，有卜式弦高之识；赖君保艸，是朱家郭解一流。

张良卿先生挽联

家范谁能及，自有口碑传乡里；公病我曾医，愧无妙术起沉疴。

黄润之先生挽联

话别未经年，本拟公毕造访，旧榻重登，藉纾积悃；疾瘳已有日，孰料噩耗传来，哲人遽萎，倍觉痛心。

王实卿先生挽联

治家多善政，教子孙克承先业，跨窀兴门，忽闻箕尾添骑，乡里争铭思旧意；累世属厚交，余父兄相继居亭，训蒙养正，今后壤泉若遇，东宾应叙故人情。

白进斋先生挽联

爱国本天真，综生平兴学育才，输款襄公，七句弥殷，极有儒者气象；居乡孚众望，忆曩昔治家立业，待人从厚，一旦永逝，便是闻道功夫。

王兴之先生挽联

契友并姚朱而三，好贤吟缁衣，深怆常因镇川起；良师与白玉为隅，学年记舞勺，余哀犹自柯亭来。

第五高小教职员挽联

桂兰竞秀，素志克偿，今朝解脱归涅盘，那管他欧风美雨千尺浪；械朴增荣，高谊难忘，昔日栽培成梦幻，只赢得落月屋梁一天愁。

第五高小受津贴学生挽联

广厦十万间，帡幪多士，无矜容，亦无德色；河润九千里，沾溉众生，当镂骨，更当铭心。

李延东先生挽联

两代论亲谊，最羡珂里望隆，为冠峰桃水生色；一别刚匝月，那堪琴堂再过，因感恩知己兴怀。

李九卿先生挽联

先世沐恩施，及今余泽犹未已；晚辈蒙栽培，此后戴德更无涯。

商浚卿先生挽联

泰山其颓乎，惜昔年翁婿关怀，一诺千金谊难忘；大雅云亡矣，念今日甥女失慈，九原再作梦不成。

姚紫封先生挽联

二千里随宦中州，每怀盛德愈恒，报恩恨未比国士；十四载侍谈末座，而今典型顿失，招魂何处哭先生。

姚琴轩先生挽联

有子能为汉魏唐宋之文，将看平步扶摇，欣绍薪传公不朽；游学徒历豫鄂宁沪而返，最是坎坷落拓，愧负栽成我何堪。

刘陈箴先生挽联

终身蒙沾溉，期年来忝侍病床，敢言鸿恩报万一；阖邑叹沦亡，甘载前力争矿产，堪振末俗著千秋。

郗润德先生挽联

古道薄云天，念彼此戚谊攸关，曾记捐金在昔；仪型著梓里，以古今名贤为比，何堪逝水当前。

本族子青先生挽联

花萼楼中，忆卅年情话，酒冽茶香空遗我；脊令原上，看四面烽烟，急难御侮更有谁。

本族夺魁先生挽联

助十亩田，读五年书，为商为贾，荐函枉费前生事；披一品服，享七旬寿，成佛成仙，挂剑空传没世名。

本族守规先生挽联

廿余年侍承左右，推我食，解我衣，赖翁提携粗识字；数千里奔走西东，志未伸，恩未报，愧余沦落倍伤情。

注释：

李位斋，娘子关人，京议员。石鼎丞，平定人，原名石铭。杨大芳，大阳泉人，河南某知县。黄铸卿，平定人，省议员。刘先滢，四川人，平定知事。张良卿，劝学所所长。姚琴轩，石卜嘴五高校长。

（张承铭供稿）

附记

先生生前一再讲，"我一生受教育最深、怀念最深的是我的父亲"（见先生《自传》）。1926 年继母病故，接着父亲卧病家中，先生便辍学护理于左右，日夜不离。1927 年冬，墨卿老先生病逝，先生悲恸万分，一腔哀思凝成这篇《行述》（时先生 25 岁）。文成之后，因当时"山西内地又没有一家可以制铜版的地方"，只好搁置起来（因军阀混战，正太、京汉路不畅通），一晃三年，直到 1930 年末才在北京印出。这《后记》便是在《行述》付①梓前的补充说明。本文一直收藏于先生北京的家中，原文为竖排本。

王俊才谨识

（原载《张恒寿先生纪念文集》，河北教育出版社 1993 年版）

---

① "付"原误作"附"。——编者注

石评梅追悼会张恒寿君致答辞[*]

（1928 年 10 月 21 日）

自从评梅离开世间，此后一切的事均由先生们朋友们办理，亲属们没能尽职，这是十二分的抱歉的。因此向诸位师友们极诚意的表示感谢。

今天到会的诸君，也同样的表示感谢。

虽然我实际上不能来说话，不过评梅的亲属却只有我在此，因此我只得说一下，想必评梅的家中，是更感谢诸位的。

（世荃笔记《石评梅女士追悼会纪详》，《石评梅纪念刊》，1928 年 12 月 1 日）

---

* 此文是张恒寿先生在石评梅追悼会上作为亲属身份的答辞。"恒"原误作"垣"。——编者注

评梅的死

　　虽然死是无论谁也不愿意遭逢的袭击，然而人类自呱呱坠①地那一日开始了人生的旅行后，不论是革命家，艺术家，科学家，以及一切阔人穷人之类，可以说最后都不得不没落在这个陷阱里。所不同者，便是他们在这途程上行走的姿①态与步骤。我们从历史看上去，或者从社会的平面望过去，往往可以显示出一幅人生旅行的图画来：有的走着平坦的路，有的是崎岖的路，亦有是荆棘的路，有的前进着，兴奋着，沉重着，有的颓丧着，蹒跚着②，跄踉着，或者懒洋洋着……这样地各各留下了伟大和渺小的痕迹。在这样的③行程中，只有那奋勇前进的行者，是真能深得人生意义的人。一切科学艺术文化等，都是这一类人中的更伟大者，在历史上踏下的深重的足迹。所以人们的一生，不论他旅程的长短，有没有伟大的成绩，倘只要是能够活动奋进的行者，便都是很有希望的人，便是很值得生活的生活。评梅④正是我所认为一个能活动前进以旅行者，所以她的死，给同路的旅伴以无限寂寞。

　　评梅和我虽然同居在一个区域内，但我们的认识，却还不是很早的事。大概是民国十年的春天吧！我父亲嘱我和她的父亲即是我叫鼎丞叔父⑤者同

---

　　① "坠"原作"堕"。——编者注

　　① "姿"原误作"恣"。——编者注

　　② "着"原无。——编者注

　　③ "的"原误作"地"。——编者注

　　④ 石评梅（1902—1928），乳名元珠，学名汝璧，自名评梅，笔名心珠等，祖籍山西省平定县小河村，生于平定县城，长于太原。中国现代著名女作家，"民国四大才女"之一，作品大多以追求爱情、真理，渴望自由、光明为主题。——编者注

　　⑤ 石铭，字鼎丞，咸丰六年（1856）旧历二月二十六日生，光绪八年（1882）壬午科举人，曾任候铨知县、山西文水教谕、赵城教谕。1902年时曾在山西大学堂中斋任管理员。"鼎丞"或作"鼎臣"，见《石氏家谱》，《平定史志通讯》1986年第3期。——编者注

住着。她那时正是第一次由北京归里，我们才开始认识了。那时期正是思想上的新青年时代，虽然娘子关的厚墙，把这个时代截断了，但是那古老而密接的缝里，亦还透进些微光去，亦还有少数人喜欢这个光。我那时是颇翻翻这一类书，所以我们便很谈得上来。那时她的谈锋的敏锐证实了我未见她些①以前的想象。后来虽然每年不过见面几次，但我在各报纸上常常见到她的文字，我知道她是能写诗写文精力充足而不肯平庸生活的青年。我到北京的那一年②，正是她演完了一幕悲剧③之后。那时，正是北京的刊物盛行一时的当儿，她亦正在办《妇女周报》④。我们常常谈到一切社会、国家、艺术等问题上。虽然思想上彼此有多少距离，因为这距离，或者使我不能十分了然她的生活，但我确信她是一个有精神的，有天才的，有罗素所说底创造冲动的人。后来我离开北京，大概有一年多不通音问，但我由她的家里，知道她仍是从事教育，从事文学，努力底生活着。我以为在中国的这个国度里，尤其在电影，公园，脂粉，项圈等笼罩着的女界里，能有一个真肯努力从事教育和文学的女子，只要是留心社会者，谁能不把未来的希望负在她身上呢？然而命运的突击，却把所有的希望吞噬了。我今年重来北平⑤，不过和她晤谈一次，赶到第二次会晤时，已是在山本医院的一间病室里，那时她除了转动着她的仍是生前的眼睛外，不过喉头略发出几声含着很多意义而我们却无从知其意义的真音，已不能再说一句诀⑥别的话了。就这样凄凉地朋友们把她由山本移到协和，杠夫们把她由协和移到长寿寺，就这样凄凉地凄凉地完结了她的旅行了。⑦

现在回顾起她过去的环境来，实在⑧是不大容易发展的。当她从山西一个师范学校毕业后，在经济的环境中，是不容易到北京升学的，但是因为她的志气坚定，而她的父亲，又是思想非常清楚的老人，于是为她

---

① "些"疑为"时"之讹。——编者注
② 1925 年 8 月，作者来京。——编者注
③ 指高石之恋。——编者注
④ 《京报》副刊，1924 年 11 月开始办。——编者注
⑤ 1928 年 8 月，作者再次来平。——编者注
⑥ "诀"原误作"快"。——编者注
⑦ 关于石评梅病逝的经过，瞿冰森有详细记述——《评梅的病》。——编者注
⑧ 此处原衍"不"。——编者注

极力张罗着，终于自己挣扎底发展了。那时我的故乡，正是一个阿Q的时代，一般的思想是这样的："一个女孩子家，中学毕业亦就可以了，何必费劲①的深造呢？"所以，她在故乡人脑中的位置，和假洋鬼子②在未庄人的位置差不多。她在故乡的思想中，确实是一个孤独者。然而她却奋斗着，奋斗着，终于战胜了。然而终于还没留下什么成绩，便携带着她精力与孤独消逝了。然而孤独者死了，而阿Q的时代却还没死，——至少在我的故乡里——这真是一件可怕的事！

但是她虽孤独于故乡，而在外边却有不少的同路人。这大概由于她富于同情的缘故。尤其使我感到她的同情的丰富者，是在她死后，由真实的朋友所表示的深切同情上面。不过这里所说的同情，并不是专指那些追悼会呀，轶联呀，花圈呀之类，因为在我们这个好讲应酬体面的国度③里，这些东西上，不是必然的表示真情的符号。它可以表示哀感的，同情的心理，它亦可以表示应酬的，礼貌的，虚伪的，甚至是卑劣的心理。我们试从那些军长师长委员的家属的开吊的这一类东西的背后，将看出些什么态像来呢？——而我现在被感到的同情却是在那些送葬人们所流的眼泪。那眼泪虽然不过是伴着一种情绪而分泌出的液体吧，但在那里可以看出死去了的人们所遗留下的不死的东西。那是人类生活中最④可宝贵的东⑤西。在这一件不容易应酬的赠品上，反映出她生前的人格来。协和医院入棺的悲泣号咷的情境，至今仍然给我留有很深的印象。所以我个人受她感动的地方，与其说在文艺方面，不如说是生活的精神方面深的多。

但在她的文艺方面，我亦并非没有感想。她是有文学天才而又肯努力的人，她在每日教书的忙碌中，仍然不时的创作，无间断底写日记，这种毅力是懒散如我的人，觉得万分可钦佩的精神。至于她的艺术的成就，因为我为自己还不相信有批评的能力，所以不愿说许多空虚夸张的话。我想一个人对于自己的作品，在某一意义上是比较的知道⑥的深些。所以我很相

---

① "劲"原误作"动"。——编者注

② "子"原脱。——编者注

③ "度"原误作"庆"。——编者注

④ "最"原脱。——编者注

⑤ "东"原误作"束"。——编者注

⑥ "道"原误作"到"。——编者注

信她自己批评的话。她曾和我说过（这是去年暑假的话），"她对于创作的工具外形等，颇为具备了，只是欠缺了内容"。这虽然是有几分自谦，然而亦委实含有若干"自知之明"。我以为她所说内容的空虚，正是原于生活空虚的原故。本来在中国的社会里生活着，那真是一件难事。一个追求着理想的梦的人，一面跨入了那个实在的世界，一面又不得不和那个虚浮华丽的世界虚与委蛇着。评梅虽然是二十几岁的人，而对于世故，却太清晰①了。她一只脚踏着真实的世界，而一足仍然留在那个空虚的世界上，应酬着，调和着。这样便成一个很好的交际家，便到处受人欢迎；然而亦便因为这，形成了她外在的圆满与内在的矛盾。这矛盾使她有人处嬉笑无人处流泪，这矛盾使她演了一齣悲剧。由她的文艺上，谈话上寻，她的思想路线，知道她是想脱离了那个空虚的生活的（从前她不赞同天辛②的工作，而后来却首肯革命，当三一八惨案③后，她曾写给我一信，痛论当时之现状，这都可以看出思想的痕迹来）。如果她真的狠心底跨出了那个她早想诀别的世界，那她在艺术上的成就，一定比现在更充实些，更深刻些，埋藏在过多的风花雪月的词藻的背后的悲哀创伤，一定更能有力底显示出来。如果她的天辛生④活着——由他的遗信看来他是一个活动奋⑤进的青年，当然路径的是非是另一个问题！——不但使⑥她的生活更为幸福些，她的艺术成就亦必然更为伟大些。然而不幸，不幸在她还没有完全和那个世界诀别之前，她已完全和这个整个世界诀别而到了另一个我们所不大知晓的世界了。死神的来袭是这样忽然的事，这使我不能不想到那个有些哲学家以为是不可提出的人生之意义与价值的问题上。

总之，一切的一切，现在都完了！在这个年头儿，像她这样活动着生活的人，现在虽还不多，而像她这样中途消失的青年，亦不算少了。他们死于困穷，死于迫害，死于纪律，死于一方压迫排挤和一方杀人放火的夹

---

① "晰"原误作"些"。——编者注

② 高君宇，笔名天辛。——编者注

③ 1926年3月18日，段祺瑞政府镇压北京游行请愿群众，制造了"三·一八"惨案。石评梅的好友刘和珍不幸遇难。——编者注

④ "生"疑衍。——编者注

⑤ "奋"原误作"奢"。——编者注

⑥ "使"原误作"是"。——编者注

攻中。如果采用了人们正面解决不了问题便向旁的角落绕一个弯①的办法，我们把那些人的命运来比起评梅，又觉得她虽然死了，而尚有人追悼，有人凭吊，有人悲伤，这是一切纪念她的人们所可得到的一点安慰。

但是这样的安慰，对于她所最亲爱的人，她的须发斑白倚间而望的双亲，是不大适用的。② 一个在中国家庭生活中的老年人，差不多下半世生活的动力几乎不属于自己的个体而移于他的子代上，他的一切的生活的幸福和希望，都交付了他的儿女。倘若一旦碰到了命运的利剑上，把这一切希望都割断，这时的痛苦真是无论什么都比不上的。我虽然没有尝过这味道，但我亲看我的父亲受过这痛苦③，而我所尝了恐怕还比不上那痛苦的丧父的痛苦。所以我每谈起她的死来，便不能不想到她的双亲上。尤其使我感动的，是当她的父亲得到我父亲的死耗时，他痛哭失声了。我父亲殡葬时④，他在我的家里住了十几日，最后含着泪忍着痛离开了他所不忍去的我的家里。由鼎叔对于父亲的友情的挚笃看来，如其他现在真的知道他的梅儿死了，那苦痛是我怕敢想象的。我想对于满载着慈爱的老人们，这样苦痛的解放，委实是没办法的。亦许我理性上所反对的命运说，不妨实际上一用，然而那又何尝⑤是真的解救呢？⑥

一九二八⑦，十一，八于北平

（原载蔷薇社编辑、《世界日报》社印行《石评梅纪念刊》，1928 年 12 月 1 日，署名月如）

---

① "弯"原误作"湾"。——编者注

② 石评梅是其父在 46 岁生的女儿，对她爱如掌上明珠。她还有一个同父异母的哥哥石汝璜，母亲李棠妮是续弦。——编者注

③ 作者的长兄及大侄皆早亡。——编者注

④ 时当 1927 年冬。——编者注

⑤ "尝"原误作"當"。——编者注

⑥ 在《寄海滨故人》中，石评梅说："许久未痛哭了，今年（1926）暑假由山城（平定）离开母亲重登漂泊之途时，我在石家庄正太饭店曾睡在梅隐（同乡好友，曾在京读书，后留学日本）的怀里痛哭了一场。因为我不能而且不忍把我的悲哀外露了，重伤我年高双亲的心；所以我不能把眼泪流在他们面前，我走到中途停息时才能尽量的大哭。梅隐她也是漂泊归来又去漂泊的人，自然也尝了不少的人世滋味，那夜我俩相伴着哭到天明。不幸到北京时，我就病了。"足见她对父母的深情和怜悯。——编者注

⑦ "八"原脱。——编者注

二十年代山西的一位女作家

——纪念高君宇的战友石评梅同志

20 世纪 20 年代的初期是我国新文化运动的灿烂时代，当时以北京、上海为中心，出现了许多传播新思想的刊物和代表新思想的人物。就山西省说，当时最早信奉马克思主义的先进分子是静乐的高君宇同志①，他的战友石评梅同志是新文学战线上的一位作家。

石评梅原名汝璧，1902 年八月②生于山西省平定县故里。她父亲石鼎丞先生系清末举人，[曾入山西大学中斋，]民国初年在山西省立图书馆③任职，是一位思想开明的慈祥老儒。评梅幼时非常聪慧，十四五岁时在太原第一女师④读书，⑤ 曾因参加学校风潮⑥，名在开除之列（后因师长们爱惜她的才学，未成事实）。1920 年秋，她到北京入女子高等师范⑦学

---

① 高君宇（1896—1925），原名高尚德，山西省静乐县峰岭底村（今属娄烦县）人，中共早期重要领导人。——编者注

② 旧历八月十九日（公历 9 月 20 日）。——编者注

③ 山西省立图书馆，即 1919 年 10 月 9 日在太原文庙成立的"山西教育图书博物馆"，是今山西省图书馆、山西省民俗博物馆、山西省博物院的前身。民国时期曾先后使用过"山西公立图书馆（附设博物馆）""山西省立民众教育馆""太原博物馆"等名称。——编者注

④ 1910 年山西官立女子师范学堂在太原成立，招收高小毕业生，学制 4 年，是山西最早培养小学教员的女子学校。1913 年改名为"山西省立第一女子师范"。——编者注

⑤ 石评梅在《寄焦菊隐信之七》中说："十三岁是我入学校的年龄，十三岁前是在家里请老先生教读。"先入太原的山西省立女师附属高小，3 年毕业后直升女师。若是虚岁，则在 1914 年。——编者注

⑥ 1919 年响应五四运动。——编者注

⑦ 位于石驸马大街（今新文化街）。1924 年 5 月 1 日，改名为"北京女子师范大学"。——编者注

习。由于自幼在父亲熏陶下喜爱文学，来京时本拟投考国文系攻读，因当年女高师国文系不招新生，便改考体育音乐系。［这系里的课程也是她平常喜爱的学科。］

当时山西省的社会文化空气非常闭塞，女子入大学者寥若晨星。评梅家景寒微，［父亲在图书馆，只是一个中下级职员，按照一般常情是很难供她求学的。］但由于她聪明好学和意志坚强，父亲就在经济支绌的情况下，勉力送她到北京升入女高师。①

她入女高师后，除勤奋学习本系功课②外，更博览古今文学名著，逐渐写起诗和散文来。起初是向报刊投稿，后来和黄庐隐③、陆晶清④等同学在《世界日报》上创办了《蔷薇》周刊，发表文学著作，又办《妇女周刊》鼓吹妇女解放运动。⑤ 这两个刊物连续办了好几年。从大学三年级起直到她在师大附中任教期间，总在深夜里孜孜从事于创作和编辑工作。［像这样没有政治背景和经济后台的刊物，如果没有惊人的毅力是很难延续下去的。］

她最初写的多是诗歌，以后常写散文，后来也写小说，多半发表在《晨报》《京报》等副刊和《语丝》《蔷薇》等刊物上。1926—27 年间，曾有一部分短篇汇集成书，出版过《涛语》《祷告》《偶然草》等散文和诗集。另有 1927 年前后写的四厚册富有文学性的日记和若干篇有新格的

---

① 石评梅《战壕》："我生平认为最幸福的一件事，就是我有思想新颖的父亲，他今年七十二岁了，但他的时代思想革命精神却不减于我们青年人。所以我能得今日这样的生活，都是了解我认识我相信我的父亲之赏赐。"——编者注

② 从 1919 年开始，李大钊除了在北京大学外，还在北京女高师开课，讲授唯物史观、社会主义。石评梅对这些课程兴趣极大。1920 年 3 月，在李大钊指导下，北京大学的罗章龙、邓中夏、黄日葵、高君宇等人秘密组建北京大学马克思学说研究会等组织，石评梅也入会，成为第一批会员中唯一的女性会员。——编者注

③ 黄庐隐（1898—1934），原名黄淑仪，又名黄英，福建省闽侯县南屿乡人，中国现代著名女作家。笔名"庐隐"，有隐去庐山真面目的意思。——编者注

④ 陆晶清（1907—1993），原名陆秀珍，笔名小鹿、娜君、梅影，云南昆明人，白族，中国现代女作家。——编者注

⑤ 1924 年 11 月下旬，石评梅与陆晶清开始主编《京报》副刊《妇女周刊》。1926 年，俩人又创办了北京《世界日报》副刊《蔷薇周刊》。得到鲁迅的关怀和支持，1926 年 8 月 26 日，鲁迅离京南下，石评梅至前门火车站送行。——编者注

短篇，直到她 1928 年病逝时，未能整理出版，终至散失，这是一大憾事。①

评梅的作品，以抒情写景见长，有动人的感染力。她能有这样高的创作热情和抒情才能，是和她的一段富有诗意和悲剧性的感情生活分不开的。

评梅在女高师读书期间，认识了一位不寻常的朋友，即当时在北京大学读书的高君宇同志。高是中国早期参加革命的先进分子之一。曾加入过李大钊先烈领导的共产主义小组②，出席过莫斯科举行的远东各国共产党和民族革命团体第一次代表大会③，见过世界革命导师列宁④，[参加了党的第二次代表大会，被选为中央委员，]是山西省第一个信奉马克思主义的革命战士。大约评梅和高君宇的最初相识是在留京山西学生会上⑤，以后因会务来往和社会活动的接触，感情逐渐深厚起来⑥。

[在有相当来往之后，君宇对评梅发生了进一步交友的感情。]在一个初冬的季节⑦，高君宇寄给评梅一封信，内装采自西山碧云寺的一片红叶，叶上题了"满山秋色关不住，一片红叶寄相思"的古诗名句。评梅虽然钦佩高君宇的才能学识，但她有一种奇特的思想，不愿轻易谈及恋爱问题。⑧她接信后，就在红叶的反面写下了"枯萎的兰花⑨，不敢承受这鲜红的叶儿"的字句，用原来的包纸寄回去了。这一回音，当然使高

① 石评梅遗书经舅父李士美检出赠北师大附中图书馆，遗稿盈箱，由黄庐隐和张恒寿暂管，以备将来整理出版。今下落不明。庐隐《石评梅略传》说："民十三至十六的几年日记——这日记记得非常妙，有文学的价值，将来也可整理出版。"吴乃礼《黄庐隐和石评梅》说："评梅女士还有一部遗著未曾付印的，是她四本很厚的日记。当时华严书店的同人很想印刷出版，由庐隐和陆晶清代为整理，却没想到她的家属不许出版，托言审查，便亦中止了。这是当时大家都以为很遗憾的事呢！"《沙漠画报》第 4 卷第 14 期（1941 年）。——编者注

② 1920 年 3 月，北京大学马克思学说研究会成立。10 月，北京共产主义小组成立。——编者注

③ 1922 年 1 月 21 日至 2 月 2 日在莫斯科召开。——编者注

④ 据宋诚考证，列宁只接见了张国焘、张秋白、邓培 3 人。——编者注

⑤ 时约在 1920 年。山西驻京同乡会，位于宣武门外下斜街。——编者注

⑥ "感情逐渐深厚起来"，《晋中史志资料》所收版本作"逐渐熟识了"。——编者注

⑦ 1923 年 10 月 24 日。——编者注

⑧ 石评梅因曾遭受与吴天放的情伤，并且高君宇已婚，故而不肯把恋情由暧昧转入明朗。——编者注

⑨ "兰花"，当作"花篮"。——编者注

君宇非常伤心，但没有熄灭他内心的火焰。① 以后两人不断通信，各自诉说内心的曲折，希望得到对方的体谅。[君宇的热望虽未得到满足，但他们的感情变得更加纯洁了。]

1923 年②春，评梅在学校寄宿舍的破书斋中，病了两个月，常来看她的是陆晶清和高君宇。这一年高君宇参加了"二七"大罢工③的领导工作，被北洋军阀下令通缉，不能在北京停留了，在一个狂风暴雨之夜，化了装来和评梅告别。评梅久病初愈，刚能下床漫④步，深夜里送君宇出走，各道别后珍重，《涛语》里记述了这段情节，是相当动人的。⑤

高君宇逃出北平后，曾绕道回家一次，于当年六月，出席了广州召开的党的第三次代表大会⑥，随即奔走于上海、广州之间。⑦ 在上海时寄给评梅一封长达二十纸的信函，告诉了评梅他回家后解除精神桎梏⑧的胜利消息。这在高君宇自然是非常欣悦的，然而评梅收到信后，反而更增加了内心的苦恼，她给一位叫素心的朋友信上说："我看到（君宇的长信）时，觉得他可怜得很厉害，从此后他真的孤身只影，连这个礼教上应该敬爱的人都没有了。……我眼睁睁看着他在朦胧中走入死湖，怎不伤心，为了我忠诚的朋友。"[她本来是对这位忠诚朋友十分同情的，可是由于她的意志坚强不欲改变，而又不忍过于伤害对方的温情，因此，

---

① 见《涛语》。——编者注

② 石评梅此次生病时在 1924 年 5、6 月份，生的猩红热。——编者注

③ 京汉铁路工人大罢工，是 1923 年 2 月 1 日至 2 月 9 日，由中共领导的京汉铁路工人在郑州举行的大罢工运动，又称"二七大罢工"。罢工虽然失败，但是中国第一次工人运动高潮的顶点。此后，高君宇与石评梅约以"Bovia（波微）"化名联系。——编者注

④ "漫"当作"慢"。——编者注

⑤ 1923 年 12 月 15 日，受党组织安排，高君宇移居腊库胡同 16 号杏坛学社公寓，同住的还有张国焘、范鸿劼。1924 年 5 月 21 日凌晨，军警进院捕人，高君宇化装为伙夫逃走（张国焘则被捕叛变）。当晚，风雨交加，他去"梅窠"（即上述破书斋）看望石评梅，然后逃离北京。先去太原，建立了中共太原小组，然后去老家静乐看望父母，办理了离婚。6 月底，返回北京，参加建立了国民党北京市党部。7 月，给在平定度暑假的石评梅写了一封 20 页的长信，报告了离婚的消息，然后离京，最后去了广州，领导工人斗争。——编者注

⑥ 1923 年 6 月 12 日至 20 日，中共三大召开。——编者注

⑦ 1923 年 5 月下旬至 6 月下旬，石评梅在毕业前参加了"女高师第二组国内旅行团"，从北京经保定、石家庄到武汉，再到南京、上海，从青岛、济南返回北京。中间曾去杭州，专程拜谒秋瑾墓。——编者注

⑧ 指终于与包办妻子李寒心离婚。——编者注

在接到长信后，反而感到"未来的恶梦是不能幸免的"。] 从这一信中知道她这时对高君宇的心，还是没有接受的。

1924 年 10 月①，高君宇在广州以共产党的身份参加了国民党第一次代表大会，是广州工人运动的领导者之一，曾亲自率领工团军粉碎了买办陈廉伯煽动的商团政变。事后他给评梅的信上说："××节②商团袭击，我手曾受微伤，不知是幸呢，还是不幸。流弹洞穿了汽车的玻璃，而我能在车里不死，这里还留着几块玻璃，见你时赠你做个纪念！"这是多么悲壮的友情。

高君宇在广州买了两个象牙戒指，自己戴了一个，一个寄给评梅，希望评梅能承受它，"不再令它如红叶一样的命运"。这一个礼品，不久就戴在评梅手上，内心的矛盾冰雪有些融化了。③

1924 年冬，高君宇随孙中山北上，④ 积极参加国民会议促成会的工作。这时距离评梅接受戒指的时间不过两个月，革命和爱情正在发芽成长。但命运果然像那个戒指所象征的惨白枯寂一样，高因积劳成疾，突犯咯血旧病⑤，病倒在德国医院了。

高君宇入医院后，评梅不时往医院探病，尽心服侍看护，诉说衷情。后来她说："在这连续探病的心情经验中，才产生出现在我这忏悔的惆怅！"

高君宇的病，曾有几天好转，有时能到病房外马路上送评梅回校。⑥他们在病榻旁谈了不少深蕴而含蓄的语言，流了不少悲悔交集的眼泪，

---

① 中国国民党一大于 1924 年 1 月 20 日至 30 日在广州举行，"10 月"有误。另据宋诚考证，高君宇参加了 1 月 26 日在北京举行的遥祭列宁大会（21 日逝世），不可能参加国民党一大。——编者注

② ××节，指 10 月 10 日双十节。——编者注

③ 此戒指相当于定情信物，意味着高、石二人恋爱关系完全确定。——编者注

④ 1924 年 11 月 13 日，高君宇随孙中山乘永丰舰从广州北上上海，16 日夜到达吴淞口。而后，遵照中共中央的指示，高君宇离开孙中山，先行北上北京。临行前周恩来委托他返京路过天津下车，去南开附中看望邓颖超，并转交手书，由此高成了二人的红娘。——编者注

⑤ 12 月 20 日发病住院。其病复杂，主要是肺结核。此次发病，可能也与石告知高自己与吴天放的往事有关。参见庐隐《石评梅略传》。——编者注

⑥ 1925 年 1 月 11 日至 22 日，中共四大在上海召开。有说高君宇参加，他当时病重，春节（1 月 24 日）前才出院，不可能参加。正月初五（1 月 28 日），高、石二人曾在雪后去游陶然亭。——编者注

他们真正能做到忠诚感泣而又绝对尊重对方意志的友谊。高君宇说,这几天他是"痛苦中浸淹了的幸福者"。评梅说:"假如你仅仅是承受我的心时,我将这颗心双手献给你的面前。"这种缠绵而又纯洁的感情正在陶醉着他们,高君宇的病忽然转为急性盲肠炎,送到协和医院后只医治了两天,终于无救而逝世了,时间是 1925 年 3 月 5 日①。

君宇的逝世,对革命事业是一大损失,对评梅更是一个打击,但对评梅却又是一个成全,她说:"我在天辛(君宇别号)生前,心是不属他的;他死后便把心交给他了。不幸天辛死了,成全了我,我可以有永久的爱来安慰我,占领我,同时可以贯彻我孤独一生的主张"。他们的友情,就得到这样一个痛苦而幸福的结局。②

高君宇去世后,党组织为他举行了追悼会,李大钊、邓中夏等同志送了花圈。③ 朋友们把他安葬在他生前最喜爱的地方——陶然亭湖畔。评梅在他的墓上题了下面的词句:

> 我是宝剑,我是火花。
> 我愿生如闪电之耀亮,
> 我愿死如慧星之迅忽。

这是君宇生前自题像片的几句话,死后我替他刊④在碑上。

君宇,我无力挽住你迅忽如慧星之生命,我只有把剩下的泪流到你坟头,直到我不能来看你的时候。

评梅

从此后陶然亭湖畔就成了评梅经常凭吊的伤心之地,有时和一二好

---

① 1925 年 3 月 1 日,国民会议促成会全国代表大会在北京大学三院开幕,高君宇参会。2 日下午,腹痛。4 日入协和医院,诊断为急性盲肠炎,当晚手术,次日晚病危,再凌晨与世长辞。高君宇逝世的确切时间是 3 月 6 日 0 时 25 分。——编者注

② 高、石二人的恋情经过,庐隐《石评梅略传》中有较为详细的概括。庐隐是石的闺中密友,可信度很高。——编者注

③ 3 月 29 日,中共北方区委以北大学生会的名义在北大第三院礼堂举行了追悼高君宇大会,赵世炎主持。——编者注

④ "刊"原误作"刻"。——编者注

友来湖畔凭吊，有时独自一人在墓前流泪，写过多少以这里为背景的清婉文章。

高君宇逝世二周年时，评梅写了著名的《墓畔哀歌》①，和曾经登在《语丝》上的祭献之词：

> 溪水似丝带绕着你的玉颈，
>
> 往日冰雪曾埋过多少温情。
>
> 你的墓草青了黄黄了又青，
>
> 如我心化作春水又结成冰。
>
> 我们虽则幽明只隔了一线，
>
> 爱的灵魂永远在怀中睡眠。
>
> 不要问他命运将来受摧残，
>
> 只珍藏这颗心千古在人间。

这种凄清哀婉的情调，贯穿在她这一期间的大部作品里。

但她并没有成为感伤的俘虏，经过一段忏悔哀思之后，又由凝定而奋斗，获得了新生命。

她在《缄情寄向黄泉》② 文中，告诉逝去的君宇说："我并不感伤一切的既往，我是深谢着你，你是我生命的盾牌，你是我灵魂的主宰，从此我是自在的流，平静的流，流到大海的一道清泉。"

在给朋友的信③里说："我已不是先前那样呜咽哀号，颓丧沉沦，我如今是沉默深刻，容忍④含蓄人间一切哀痛，努力去寻求真实生命的战士。"（《寄海滨故人》）

她所得到的真实生命表现在两个方面，一面是在文学创作中继续深入生活，接触到较广大的题材；一面是在教育实践中发现了终生垦辟的园地。

---

① 从《蔷薇周刊》第 19 期（1927 年）开始连载。——编者注

② 1926 年 11 月 23 日在《蔷薇周刊》第 2 期上发表。——编者注

③ 1926 年圣诞节给庐隐的信。——编者注

④ "忍"原误作"恶"。——编者注

当她高师毕业时①，林砺儒先生②聘她为师大附中女子部主任兼国文教员。那时北京的中学都是男女分校，师大附中开始设立女部，在当时是创举。主持教育者唯恐办理不善，几经物色，得到她这位有能力的教师后，又担心她缺乏经验，有处理不周之处。然而这一位刚出茅庐的青年主任，主持了一年之后，教育上大见成效，全校师生无不称赞其品格和才华。最初这种成绩，多得自浑厚性格和负责精神，基本上是自发性的。③ 自经过一段悲剧性的情感生活之后，在高君宇的影响下，她便自觉地有意识地在教育青年上积极创造理想的新生。她曾说："我从前常常是不快活的，后来我发现了我这些亲爱的小妹妹，才晓得我太自私了。我最近读着一本小说《爱的教育》④，读完之后我哭了，我立誓一生要从事于教育，我爱她们，我明白了我以前的错误。"

她不但这样立志而且这样实践了。在几年的教学中，真能做到用亲姊妹一样的真挚热情陶冶青年，得到广大同学的爱戴，同人们也都佩服其为人的光明热情和教育成绩。

师大附中一位有教育心理学修养的国文教师汪震先生，曾根据她一次对师大四年级女生的讲话和平常的教育实践，概括出一个评梅的好教育思想：①男女平等；②学男子的优点（爽直、果断、勇敢）；③保持女子固有的优点（留心、精细、温柔、典雅）；④平民化，朴实，注重体育，并称述评梅有光明磊落、大气磅礴的风度（见《石评梅纪念册》汪震文）。这些都是从她平常的教育实践中观察而得的。

[最感动人的是她逝世以后学生们送葬时的痛哭流涕的情景。当棺木

---

① 1923 年夏。——编者注

② 林砺儒（1889—1977），原名林绳直，广东信宜人，著名教育家，钱学森的中学老师。曾留学日本，在北京女高师任体育系教员，是石评梅的老师。后来调任北师大附中校长等职。解放后，历任北京师范大学校长、教育部中等教育司司长、副部长。——编者注

③ 石评梅的性格是有多面性的。在《寄海滨故人》中，她说："入你（庐隐）心海最深的大概是梅窠罢，那时是柴门半掩，茅草满屋顶的一间荒斋。那里有我们不少浪漫的遗痕，狂笑，高歌，长啸低泣，酒杯伴着诗集。想起来真不像个女孩儿家的行径。"梅窠是她初到北师大附中工作时的宿舍，残颓荒凉，本是一座破庙。——编者注

④ 《心》，作者亚米契斯。1923 年，夏丏尊从日译本（改名"爱的教育"）译成汉文，在上海《东方杂志》连载，1924 年 10 月 1 日由开明书店出版单行本。——编者注

停在法华寺①时，时常有一批一批的学生到灵枢前痛哭失声，或泣念悼诗。她这种感人精神是仅仅擅长文学的人所得不到的。]

经过一番感情激荡和教育实践之后，② 她对人生、社会有了较深的了解，于是在创作风格上有了改变和提高。

1927年③左右，她写过《红鬃马》《流浪的歌者》《白云庵》《匹马嘶风录》④ 等篇，不论在题材上、内容上都已超脱了个人的感伤气氛，确已走上了她所说的寻求真实生命的大路。可惜这些作品现在一篇也不在手头，当初也没有真正欣赏过，现在不能谈一点体会和介绍，内心里对这位朋友感到愧怍。不过就从我手头仅有的一本《涛语》⑤ 中，现在发现有许多积极光辉的东西，是以前我所疏忽而没有注意到的。

她在"象牙戒指"一节中，描写了片刻的沉思，是这样写的：

> 正沉思着，忽然眼前现出茫洋的大海，海上漂着一只船，船头站着激昂慷慨，愿血染了头颅，誓志为主义努力的英雄。

在《梦回寂寂残灯里⑥》［中］，对逝去的君宇和自己有这样的哀叹和谴责：

> 你为什么不流血沙场而死？你为什么不瘐毙狱中而死？却偏要

① 当是长寿寺。——编者注

② 在《寄海滨故人》中，石评梅说："这两年（1925、1926）来，我在北京看见不少惊心动魄的事，我才知道世界原来是罪恶之薮，置身此中，常觉恍非人间，咽下去的眼泪和愤慨不知有多少了，我自然不能具体的告诉你；不过你也许可以体会到罢，这人为刀俎、我为鱼肉的生活。""三·一八"惨案、邵飘萍和林白水被杀……所有这些，对她都形成了强烈刺激，不由她不走出个人遭际的狭隘天地，"一个成了机械的人，是有福的人。"——编者注

③ "1927"原误作"1922"。——编者注

④ 由1927年5月9日起在《晨报副刊》上连载小说《红鬃马》。8月9、16日，在《蔷薇周刊》第37、38期上发表小说《白云庵》。由9月20日《蔷薇周刊》第43期开始发表小说《流浪的歌者》。12月28日，在《蔷薇周刊》周年纪念增刊上发表小说《匹马嘶风录》。——编者注

⑤ 1925年4月29日开始在《妇女周刊》上陆续发表。此指上海神州国光社1931年印行的散文集《涛语》，内含《涛语》等19篇散文。——编者注

⑥ "里"当作"后"。发表于《蔷薇周刊》第14期（1927年）。——编者注

含笑陈尸在玫瑰丛中。……站在你尸前哀悼痛哭［你］的，不是全国民众，却是一个别有怀抱负你深爱①的人。

我抱恨［怕］我纵有千〈滴〉［点］泪，也抵不了你一滴血，我用什么才能学识来完成你未竟的事业呢？

在这两段文字中，她把革命和爱恋、理性和情感融成一片，从柔情中射出悲壮，哀感里含着豪放，有谁能读了不受感动［而恶心称之为消极悲观］呢？

在《母亲》一节②中，她叙述了自己在一个中秋节③的夜里思念双亲的心绪，劝慰母亲不要太惦念女儿：

再想想可怜穷苦的同胞，除了悬梁投河，用死来解决一切生活逼迫的问题外，他们求如我们这般小姐们的呻吟而不可得。

这样佳节给富贵人作了点缀消遣时，贫寒人却作了勒索生命的符咒。

在怀念母亲时，她没有忘了劳苦大众，而把自己的悲伤称之为"小姐们的呻吟"，这种意境在当时一些风花雪月的作品中是找不到的。

大约在 1926 年左右，她的朋友庐隐也遇到丈夫死亡之不幸。④ 她给黄的信⑤上说：

〈希〉［奢］望你能由悲痛颓丧中自拔超脱，以〈便用〉［你］自己所受的创痛、所体验的人生，替多少有苦说不出来的朋友们泄

---

① 当时吴天放对石评梅又有纠缠，而石复犹疑，"别有怀抱负你深爱"可能指此。——编者注

② "节"当作"文"。——编者注

③ 一说是 1925 年的中秋节（公历 10 月 2 日）。但《女权》杂志第 1 卷第 1 号（1923 年 7 月 15 日）曾发表石评梅在 1922 年的 10 月 30 日于女高师写的诗《丢失的心——同梅影游万牲园志感》，该年 10 月 2 日为中秋节。未知与《母亲》中的游万牲园是否同一件事。——编者注

④ 1925 年 10 月，庐隐的丈夫郭梦良去世。郭梦良（1898—1925），福建省闽侯县人。北京大学法科哲学部毕业，曾任国立政治大学总务长，1923 年夏与庐隐结婚。——编者注

⑤ 即《寄海滨故人》。——编者注

泄怨恨，也是我们［自己］藉此忏悔、藉此寄托的一件善事。

她给一位叫小苹的朋友信中说：

> 不如意的世界要我们自己的力量去粉碎。自然，生命一日不停止，我们的奋斗不能休息。假使不能如意，也愿让热血烈火烧枯了我们自己。

这几节之中，有对现社会的不满，有对劳苦大众的同情，有奋斗终生的意志。放在当时的进步文学中是毫无愧色的。

由于我过去对她的文学重视不够，因而没有发现这些宝藏。现在重新阅读了《涛语》，觉得她不仅有很强的社会同情，而且在她的抒情背后，还有相当幽玄的哲理。

她给朋友小苹的信上说：

> 为了别人牺牲自己，也是上帝的聪明，令人们一个一个系联着不能自由的好处。

写给友人婧君的信里说：

> 往事虽属恨憾，然宇宙为缺陷的宇宙，我有何力能补填此茫茫无涯的缺陷？

究竟宇宙是圆满的，还是缺陷的呢？这是历来哲学家们力图解答的问题，我现在还不知道什么是最正确的答案。但可以知道的是，一切庸俗麻木的人之头脑中是不会有这样问题的。［也不妨说一切从事于实际事务的正常普通人，可能偶有这样的感触，但也不会认真考虑。］只有一些聪慧深思之人，才会真正感到这是一个严重的问题，而评梅正是这种才人之一。不过她的论断和哲学家们从逻辑上推得的抽象概念不同，而是在真实的矛盾生活中得到的血肉体会，应该说血肉比骨骼较亲切些。然而更可贵的是她没有因为感到宇宙有缺陷而陷于悲观，而是对于这种缺陷，加以观赏深思使之成为生命前进的助力。她说："我想这美妙的缺陷，未尝不是宇宙间的一种艺术。"① 这种化悲感为欣赏的态度，即使在她最悲痛的时刻，也表现出来。当她在高君宇临危前夕，已知道他的生命很快就要熄灭之际，曾做了一个最后诀别之梦。她写道："自从这一夜后，我另辟了一个天地，这个天地是充满了极美丽、极悲凄、极幽静、极哀惋的空虚。"把悲凄哀惋赞为天地间美丽的一境，似乎有些奇异，假使她不在人生中有一种特异的体验，是不会有这样理解的。我们当然可以不认为这是一种健康的哲学，但不能批评她为自私的利己主义，更不能误认是颓废文学的色彩。

李健吾先生曾说："她的始元精神超过了我们今日所谓的颓废文学无病而呻吟的作家，与前代消极而悲愁的女子，她的情感儿乎高尚到圣洁的程度。"（见《石评梅纪念册》）这一评论是相当深刻而恰当的。

当然这种凄惋而庄严的思想，只是她对于宇宙的一时感怀，在事过境迁之后，她所寻求的仍然是一般的理性和现实的光明。她曾说："我要另找一个新生命、新生活来做以后的事业，我想替沉没在苦海中的民众出一锄一犁的气力。"在1928年初的日记上曾有这样的记载："我还是希望比较有点作为，不仅是文艺家，而且是社会革命家呢。"这种愿望，使她几度想离开曾矢志献身的教育事业，而南下革命，使她写了一些描写社会的作品，假使天假之年，不论在文学上、事业上，未来的成就是不可限量的。

然而世界果真如她所说的是缺陷的宇宙，1928年9月，也即高君宇死后的第三年，这一位富于文学才能、为学生所爱戴的好老师，因患脑膜炎而病故在协和医院了，仅仅活了27岁。当时师大附中和朋友们把她安葬在陶然亭高君宇墓旁。[蔷薇社为她出了一本纪念册，记述了她的生平和朋友们对她的哀悼。]从此这耸立在陶然亭湖畔的双双墓碑，成了游

---

① 《寄海滨故人》。——编者注

人们瞻仰凭吊的景物。① 解放初期，周总理曾专程前往瞻视，并在一次民政会议上讲到高君宇墓碑的保护问题。[1956 年 6 月 3 日，周恩来总理审查北京城市规划总图时，看到陶然亭便讲到这一对墓碑："革命与恋爱没有矛盾。留着它对青年人也有教育。"] ……至 1973 年得到邓颖超同志的关怀，才将高君宇的骨灰移到革命公墓安葬。而评梅的遗骸，[因她身前不是党员又不是什么大学教授，] 在当时的政治环境下，竟没有能同时移至革命公墓 [，而单独送至老山的普通人墓中埋葬了]。

[曾有人传说北京市为了整修新园林，有将两人墓碑重新迁回陶然亭的拟议，不知能否成为事实。如果真有重建的一日，那么评梅所说的宇宙的缺陷，又会显示出圆满的一面。

不论怎样，这只是一个文物保存问题，只要她的遗著存在，她的精神是不会磨灭的。

1980 年秋，评梅的故乡——平定县的县志办公室要整理石评梅的遗著，这对地方文献的保护和未来青年的教育，都是一件好事。县志办公室的同志要我做一篇纪念她的文章。从我和她的家庭关系和个人友谊来说，当然义不容辞。但我们虽是世交，又生于同年，而我求学和接触社会的时期比她晚的多。我到太原升中学时，她已是师大附中的教师。对于这一段悲剧性的历史，都是友人高长虹告我的。长虹和评梅不熟识，对她不太深知，我因怕引起她的悲感，从未和她谈过她这段历史，因此对她的遭遇和内心矛盾没有体会，自然对她的文学也不能有深的了解。我当时只有惯于崇拜鲁迅的批评杂文，因而对她的文学风格重视不够。所以在她的纪念册上所写的一篇小文主要是怀念她的做人态度和钦佩她献身教育的精神，而对她的文学成就，称颂较少。现在重新读了她的

---

① 青苗《石评梅女士的悲剧》："为了怀念我们的同乡石评梅女士，我就想到陶然亭去看看。……陶然亭和北平其他的古刹寺院来比较，真是微不足道，贫穷而破烂。我去时有几个和尚正在啃窝窝头，他们是靠一点微小的房租来过活的，因为租住在陶然亭上的都是些可怜的贫民，有钱人谁肯住在这样偏僻的地方，一则距城太远，再则交通不方便，空气又臭，真想不到有名的陶然亭就是这样的地方！在陶然亭和苇塘的旁边，有一片茔地，……在茔地里，我找到石评梅的墓，墓碑上写着'国立北京师范大学体育教员石评梅先生之墓'，日期是民国十七年九月三十日，距今已二十年了。墓上的砖土业已剥落倾圮，墓碑上被许多游客用粉笔写满着字，有写的是庐隐女士在《象牙戒指》中的话'我以矛盾而死'，有的写着'评梅，我爱你'一类的下流话。"《人物杂志》第 3 卷第 8、9 期（1948 年）。——编者注

《涛语》，发现其中有许多可宝贵的东西，才知道我过去为偏见所囿，不知道文学和生活一样，在共同的大方向下应该提倡多种多样有极其美的风格来，而不应对其一方面有所忽视。

感谢平定县志办公室的敦促和高君宇嗣子高丕存君寄给我一册复印本《涛语》，使我有机会重新体会评梅的文学成就和内心生活，写了这一纪念文字来补偿我内心的遗憾。]

50 年的时间过去了，缅怀往事还像在昨天一样。我谨用青年时期朴素真挚的精神，纪念这位生前相知而了解不深的朋友，纪念我父亲的挚友的最钟爱的女儿，特别是纪念这位 20 年代追求进步、思想先进、献身教育的女文学家。(1980 年 12 月)

（原载《山西师院学报》社科版 1981 年第 2 期。据《晋中史志资料》1983 年第 2 期所收有所增补）

访张恒寿

（1986 年 2 月 19 日）

我是 1923 年认识高长虹的。当时他在太原石鼎丞（石评梅之父）先生主持的文庙图书馆当书记员，我在省立一中念书，由于和石老先生关系好，又常去图书馆看书，所以就认识了他，而且关系很密切。他比我大四岁，1898 年生的。

长虹旧学底子很好，涉猎也广，能创作能翻译（贺凯的译文还请他给校）。他爱好新文学，对当时文艺、学术动态了解的很多，对鲁迅先生的文章很喜欢，很崇拜很敬佩鲁迅先生。我当时只知道陈独秀，不知道鲁迅，而他经常跟我谈鲁迅的文章，因此，我对鲁迅先生的认识和了解，是通过他的。

1924 年他去北京，说是念大学，其实是住在盂县会馆做文章。他的文章主要是在山西人景梅九的《国风日报》上发表，很有些才气，诗、散文、论文都写的很好。他的思想很敏锐，很能发一些新观点，他的《论杂交》，虽然很怪，但很有影响，哲学家张申甫①就是因此和他认识的。

他的诗和文艺性杂文写的很好，很受青年人欢迎。1925 年 1 月②我到北京后，他曾让我看过许广平同志给他写的信。信写的很热情，很赞扬和佩服他的才华。他写过很多朦胧的爱情诗，人们似乎觉得他有所指，

---

① "甫"当作"府"，整理者误写。——编者注
② "1 月"之说必误。当时，张恒寿先生还没去北京，高长虹也还不认识许广平。当在秋季。——编者注

或有什么事实做依据，其实未必。因为他这个人好空想，他往往借生活中一些人和事的影子，来寄托他的某种缥缈的理想。正如屈原与李商隐等人的诗中描写的那样，很难确定他实指的是什么，他诗中的形象都是虚构的、象征的，不是具体纪实的。这也就是人们常说他的"单相思"。

1926 年上半年，我曾多次请他带我去见见鲁迅先生，他总是推托现在没空，以后再去。到了，也没有引见。我想可能那时他们在思想上已经有了矛盾。

长虹为人很正派，对朋友很诚实，很慷慨，不拘小节，但决无鄙卑。他的是非观念极强。他的所谓无政府主义，既无纲领也无行动，更没有成为他思想上的信仰，流传的说法是没有根据的。他没有家庭观念，一个人独来独往，不顾老婆孩子。

他在大是大非面前，是爱憎分明、立场坚定的。他和山西早期共产党人高君宇等都有交往，他尤其佩服贺昌的沉着能干，平时言谈中，都多有赞美。

抗战期间（约 1939 年初）他在重庆生活十分困难。当时二战区驻重庆办事处主任阎云卿先生曾奉命送他五百元大洋①资助生活，可他当场就把五百元钱扔到地上，还愤怒地斥责说："谁要你们这些刮地皮的臭钱！"说罢扬长而去。阎先生曾多次谈及此事，对于长虹宁肯饿肚不吃嗟来之食的贫贱不能移的正气与硬骨，不胜赞叹。

后来听说他去了延安，又去了东北，但都不详他的地址。1949 年北京解放之后，曾从老家转来他捎的一封信，大意是谈《庄子》的研究问题。来信的具体时间记不清了，但肯定在 1949 年 2 月以后 10 月之前。再从山西太原解放和邮递畅通的情况估计，可能是 1949 年的夏秋之交。有人说他死在 1948 年，肯定是不对的。

他的思想有些绝对化，考虑问题有时很极端，有人说他有精神病，其实不一定，但发展下去，自然也有可能。

（张谦《我所了解的高长虹——几位老同志谈话纪要》，收入《高长虹研究文选》，北岳文艺出版社 1991 年版）

---

① 当是法币，不会是大洋。——编者注

回忆长虹

我和高长虹①认识，约在 1922、23 年间②。那时，他在太原文庙图书馆工作③，他的办公室和石评梅的父亲石鼎丞先生同屋，我去看望鼎丞叔父时，便认识了长虹。

记得第一次见面时他只谈了几句话后，便问我相信什么主义。我当时是太原第一中学二、三年级的学生④，除了学习的功课和一些古籍知识外，对社会问题知道的很少，根本谈不上信仰什么主义，但在他发问之下，略一思索，即随便说道：我以为无政府主义最彻底。其实我对于无政府主义的具体内容，并无所知，只是根据平常的感情倾向随便说说而已。可能在这一思想观念上有相同之处吧，之后，我们便成了朋友。

当时，我看见他的书架上有几本《小说月报》，似乎也有一两本英文书。我不喜欢看纯文学的作品，更不懂外国文学，只是在他的《小说月报》中，翻阅了郑振铎的《读毛诗序》⑤和顾颉刚的《〈诗经〉厄运和幸运》⑥后，很感兴趣。我当时只读过陈独秀、胡适的文章；梁漱溟先生那

---

① 高长虹（1898—约1956），本名高仰愈，笔名长虹，山西省盂县西沟村人，中国现代作家。1914 年考入山西省立第一中学，后由于政治观念和校方冲突而退学自修。二弟高长征（高歌）、三弟高远征皆为中共早期党员。远征与常风为进山中学同学，后参加南昌起义牺牲。——编者注

② 当是 1923 年上半年某时。——编者注

③ 1921 年三四月间，24 岁的高长虹复赴省城太原，在太原文庙图书馆从事管理文化资料的工作。太原文庙图书馆，时名"山西教育图书博物馆"，位于太原文庙内。——编者注

④ 张恒寿先生在 1922—1923 学年为三年级。——编者注

⑤ 郑振铎《读毛诗序》，《小说月报》第 14 卷第 1 期（1923 年）。——编者注

⑥ 顾颉刚《诗经的厄运与幸运》及续，《小说月报》第 14 卷第 3、4、5 期（1923 年）。——编者注

年到太原讲演《东西文化及其哲学》，我聆听后对梁先生提出的文化问题，也颇有兴味；而对于鲁迅先生的文字，却没有认真读过。由于长虹的介绍，我才爱读起鲁迅的文章来，确实感到鲁迅的思想最为深刻，这是他对我的启发。

这以后，他便不断来找我。那时我和几个同学住在一起，他来了后只和我谈话，跟别人不打招呼，因此人们觉得他有点"特别"。有一次，他在长袖中给我带来一本相当厚的讲无政府主义的书，我虽然看了，但只是略略增加了一些知识，并没有看到什么深刻的理论和具体内容，所以它对我没有产生大的影响。

还有一件小事，也常常引起我的回忆。那时他曾借给我一本日本丸善书店的英文书目录，使我第一次知道日本有这样一个最大的外文书店。那个书目非常完备，但由于学生时代的经济原因，我只在书目中选购了一本最贱的克鲁泡特金的《互助论》（*Mutual Aid*），书价只有一元中国币。记得我到邮局汇钱时，邮局的人对我向日本只汇一元钱，颇有讥笑之意。不久，书寄来了，是廉价装订本。书中的生词（动物名称）颇多，我外语基础差，没有看多少就搁下了，后来才有了周佛海的译本①。我后悔没有借此书好好学习外语和克鲁泡特金的思想。至今还时常想起那一本目录来，因为现在只看到一些分类的零碎书目，多是近年出版的书，再没有见到过那样详尽的书目了。这一小事，也常使我忆起长虹来。

长虹在太原工作大约半年左右②，以后就到了北京。记得一个寒假③中，我回到了老家平定后，曾接到过他从北京寄来的信，当时他住在宣武门外椿树胡同的盂县会馆里。有一信中说他认识了鲁迅和郁达夫，郁达夫还亲自找他谈话，我不禁为之高兴，觉得他更可以为中国的文化事业有所贡献了。④ 以后他不断给我寄来些进步刊物，其中有

---

① ［俄］克鲁泡特金（П. А. Кропоткин）《互助论》，周佛海译，上海：商务印书馆1921年12月初版。——编者注

② 高长虹在太原工作远不止半年，前后共两年多。张恒寿先生于此记忆有误。或许在该图书博物馆工作仅半年。——编者注

③ 当是1925年年初的寒假。——编者注

④ 1924年8月，高长虹辞去工作。9月1日，太原《狂飙》月刊创刊。9月底，高长虹到达北京。11月9日，北京《狂飙》周刊创刊。不久，即结识了郁达夫和鲁迅。——编者注

《语丝》①《莽原》② 和他的诗集《精神与爱的女神》③，1926 年还寄来一种袖珍刊物，名曰《弦上》④，也很别致，其中大都是他写的短文。

1925 年夏，我到北京投考北师大预科，他住在沙滩银闸 17 号一个公寓的小楼上⑤。那时他正在给《莽原》《语丝》等刊物上写杂文，只记得《莽原》第 1 期上有《绵袍里的世界》⑥ 一文，有相当深意，这一文也就是许广平和一些人疑心是鲁迅笔名的作品。《两地书》⑦ 中鲁迅在给许广平的第 17 封信⑧中曾提到这篇文章，并提到第 2 期上署"C. H."的⑨，也是长虹的作品。确实他当时的创作兴趣是热情而积极的，没有后来的孤独而高傲的脾气。

我在他那里见过的人有陈德荣、向培良⑩、尚钺、郑效洵等，因多是见过一面，又因我不是学纯文学的，所以以后除郑效洵同志一人有交情

---

① 《语丝》，文学刊物。该刊由鲁迅等人发起，北京大学新潮社编辑的刊物，北新书局发行，周刊，共 260 期，1924 年 11 月 17 日发行第 1 期。1924 年 11 月 17 日至 1927 年 10 月 22 日的第 1 期至第 156 期由周作人编辑。1924 年 10 月出至 154 期杂志被奉系军阀查封，从北京迁往上海，后由上海《语丝》社继续编辑出版。自 1924 年 12 月 17 日 4 卷第 1 期始由鲁迅编辑，到 1929 年 1 月 7 日第 52 期截止，后第 5 卷 1—26 期由柔石编辑，27—52 期由李小峰编辑，到 1930 年 3 月 10 日第 52 期出版后刊物停刊。主要撰稿人有周作人、鲁迅、林语堂、钱玄同、孙伏园、俞平伯、刘半农、梁遇春、顾颉刚、章川岛、江绍原等。刊物提倡自由思想，独立判断及和美的生活，介绍研究文学创作及艺术思想，发表学术论著，主要刊载散文杂文，亦刊登小说诗歌创作和学术论文。——编者注

② 《莽原：京报副刊》，1925 年 4 月创刊于北京，鲁迅任主编，共出 32 期，周刊，主刊《京报》；1926 年 1 月后改为半月刊，单独出版，共出 48 期，未名社出版。《莽原》属于文艺期刊。其主要作者有台静农、鲁迅、培良、长虹、黄鹏基、李靖华、燕志俊、李遇安等。该刊是文学、艺术、思想，批评社会、文明的论文集。——编者注

③ 长虹《精神与爱的女神》（狂飙小丛书第一种），1925 年 3 月 1 日出版，北京平民艺术团编辑，永华印刷厂印行。——编者注

④ 1926 年 2 月 14 日，袖珍刊物《弦上》周刊创刊，刊名意取"箭在弦上，不得不发"。——编者注

⑤ 1925 年 4 月，为方便与《莽原》联系，从盂县会馆搬到沙滩银闸公寓。——编者注

⑥ "绵"原误作"棉"。长虹《绵袍里的世界》，《莽原》1925 年第 1 期。——编者注

⑦ 该书版本甚多。最早为鲁迅、景宋《两地书——鲁迅与景宋的通信》，上海青光书局 1933 年 4 月初版。后收入《鲁迅全集》第 11 卷，人民文学出版社 2005 年版。——编者注

⑧ 《鲁迅全集》第 11 卷《两地书》第 17 封（1925 年 4 月 28 日），人民文学出版社 2005 年版，第 63 页。——编者注

⑨ C. H.《什么?》，《莽原》1925 年第 2 期。——编者注

⑩ 廖久明《向培良与狂飙演剧运动》，《新文学史料》2013 年第 4 期。——编者注

外，其余都没有什么来往。

在 1925 年后半年中，北京的山西同乡常乃德（榆次人，国家主义派首领之一）①、张友渔（现为全国人大法律委员会委员）、侯兆麟（外庐）（前历史研究所所长，已逝世）和长虹等人，发起组织了一个《山西周报》社，主要是对山西阎锡山的统治，进行批评。我由长虹介绍，曾在某会馆参加了几次会议，也作过一篇短文②。长虹是发起人之一，但他对此事不甚热心，也记不得在会上讲了些什么。这个刊物只出了几期就停刊了，长虹似乎写过一两篇杂文，不是这一刊物的主要内容，以后就不知道该报的情况了。

大概在这一年或稍后几月，长虹组织了"狂飙社"，到上海刊行《狂飙》周刊。③ 记得 1926 年后半年，我因前爱人病故④、继母病逝、父亲重病卧床，在家休学时，曾接到长虹寄来的几期《狂飙》。其中有几篇有份量的论文如他写的《论杂交》⑤ 一文，就是一篇很大胆的议论，这一文的内容大概是受了尼采的影响而写的（当时已有佛洛伊德的精神分析，是不是受此派一点影响，不确知）。实际上，近于近来所谓性解放的趋向，但比较严肃，有一定理论，张申府先生就是看见此文后，而和长虹相熟的。

我当时对于长虹此文所提的主张，虽不完全赞同，但觉得长虹在《狂飙》上所写的论文，有个显著的优点，就是能用文学化的风格，写有思想性的论文。因为当时有些文章是单纯说理性的论文，如一般社会科

① 常乃德（1898—1947），原名乃瑛，字燕生，山西榆次常家第 17 世，中国现代史学家、教育思想家、哲学家。1925 年加入中国青年党，为该党重要党魁，鼓吹国家主义，爱国但反共，最终依附蒋介石。有台湾黄欣周编《常燕生先生遗集》。——编者注

② 即《人们的耳朵和我们的骨头》。——编者注

③ 1926 年 4 月 10 日，高长虹离京，中旬抵达上海，9 月初组织狂飙社。10 月 10 日，上海《狂飙》周刊创刊。从此，狂飙运动的中心南移。——编者注

④ 潘氏病故在 1927 年春。——编者注

⑤ 长虹《论杂交》，《狂飙》1926 年第 2 期。该文激起争论，如《新女性》1928 年第 3 卷第 8 期就发表了系列文章：章锡琛《非恋爱论与非非恋爱论：一、赘言》，剑波《非恋爱论与非非恋爱论：二、谈"性"》，谦弟《非恋爱论与非非恋爱论：三、"尾巴"的尾巴：给锡琛先生》，章锡琛《非恋爱论与非非恋爱论：四、尾巴以外：再就六个问题质谦弟先生》，章锡琛《非恋爱论与非非恋爱论：五、尾巴以外之续：非恋爱论并就教于主张杂交诸君》，谦弟《非恋爱论与非非恋爱论：六、又来一信》，章锡琛《非恋爱论与非非恋爱论：七、来信后再拖一条尾巴》。——编者注

学刊物都是这样；有些则是纯粹抒情的文艺作品，没有深刻的思想。而《狂飙》上的这几篇论文，却兼有两方面的长处，所以别具特色。但在《狂飙》上却只有三四篇这样的论文。此外除长虹的《走到出版界》[①] 中有些评论外，其余多半是些小说、散文之类，显示不出这一特长了。

长虹发表在《狂飙》上的其他文章，我多已记不清了，现在只记得有柯仲平[②]和长虹唱和的两首短诗，大概是这样的：

柯仲平赠长虹诗：

长美店前雨，紫花山上日。
长虹你张弓，钢剪落哪里？

长虹的答诗是：

我有千枝剪，太半未曾放。
一剪射鬼眼，一剪射穷苍。

这两首诗，融合旧体诗和新诗的精神与形式，表达了高超的英雄气概，是极成熟的作品。"长美店"和"紫花山"都在什么地方，我不知道，有兴趣研究长虹文学的，可以考索一下。

1925 年在长虹处[③]，我曾看见过景宋女士（即许广平）给他的信。那时《莽原》创刊不久，人们不知道长虹是谁，有些人曾怀疑"长虹"是鲁迅的另一笔名。从后来出版的《两地书》中，可以看出当时的许广平确实怀疑过"长虹"是鲁迅的另一笔名。景宋给长虹的信，内容记不太清了，大意是对长虹的文笔表示称赞。后来《两地书》中有一信上说："《狂飙》上有

---

① 长虹《走到出版界》及续，《狂飙》1926 年第 1—12 期、1927 年第 17 期。后结集出版，走到出版界长虹著出版者：泰东图书局 1928 年 7 月初版。——编者注

② 柯仲平事迹可参看仲源、若亚《柯仲平事略》，《新文学史料》1983 年第 1 期；刘锦满《关于〈柯仲平事略〉的几点补正》，《新文学史料》1983 年第 3 期；赵铭彝《柯仲平事略补遗》，《新文学史料》1984 年第 1 期。——编者注

③ 8 月考学来京，下文又说"《莽原》创刊不久"，则其时当约在 1925 年秋。——编者注

一首诗，太阳是自比，我（鲁迅）是夜，月是她①（景宋）"（第309页）。鲁迅当时很生气，认为长虹"川流不息地到他那里去的原因并不是为《莽原》，而是在等月亮"②，从此就正式反击长虹。③ 长虹在爱情问题上确有许多幻想，他反对鲁迅与这一心理不无关系，但有人说他根本与景宋未必熟识也是故意夸大。

长虹在爱情问题上确有许多不可理解的幻想，如《献给自然的女儿》一诗，是暗指冰心；小说《桃色的心》（篇名不确，是登在《新生命》④第1期上的小说）⑤是暗指评梅。他和冰心有没有普通朋友来往，我不知道，我曾问过高沐鸿⑥，他也认为长虹在这个问题上的幻想，有些奇怪。长虹和评梅的关系，据我所知，他只是在太原文庙图书馆和评梅的父亲认识而知道一些评梅的情况，可能在太原和评梅见过面，在北京则并没有来往。⑦ 但

---

① "她"原作"他"。——编者注

② 《鲁迅全集》第11卷《两地书》第112封（1927年1月11日），人民文学出版社2005年版，第281页。——编者注

③ 1925年10月，许广平发表《风子是我的爱》，与鲁迅正式确立恋爱关系。1926年8月，两人一起南下。1927年10月。他们在广州正式同居。——编者注

④ 《新生命》于1928年1月1日在上海出版第1卷第1期，由新生命月刊社编辑并发行，每年一卷，皆为12期，至1930年12月1日发行第3卷第36期，共计36期。月刊。主编为周佛海。主要撰稿人有蒋中正、周佛海、戴季陶、陈布雷、潘公展等。《新生命》是一本具有国民党"党刊"性质的杂志。在它的周围，集结了周佛海、梅思平、萨孟武、陶希圣等一批知识分子。该刊对于研究国民党有关问题具有十分重要的意义，如拥护国民党政权的知识分子的基本思想和态度，以及他们进行了怎样的理论探索，甚至对南京政府政权建立过程中的理论思考及其与社会实践之间复杂关系也将有所发现。——编者注

⑤ 长虹《革命的心》，《新生命》1928年第1卷第3期。——编者注

⑥ 高沐鸿（1900—1980），山西武乡人。中共党员。1919年后曾与张友渔等人组织共进社，创办《共进》刊物，1928年与他人合编《狂飙》周刊，在山西太原、绥远编辑报纸文艺副刊。1937年起任晋东南文艺界救国委员会领导人、《黄河日报》社社长、太行区文联主任。1949年后历任山西省文联主席、中共山西省委宣传部副部长、山西省政协副主席。——编者注

⑦ 根据有限资料，大概地说，1922年高长虹与石评梅初逢，正当石与吴天放发生恋爱之际，他喜欢她，或许曾有追求机会，但却因"一刹那的遗误"而错过。约在1923年春之后，石逐渐进入与高君宇的热恋纠缠之中，高就更没机会了，只剩下懊悔。1924年高到北京以后，10月，曾到女师大附中拜访石，也曾写去一封万字长信，虽仍念念不忘，但更加明白：一切都完了。到高君宇去世后，高长虹似乎又对石示爱过，但石对他人的爱情之窗已永久关闭（"埋心"），根本无可能了。1925年3月高长虹《精神与爱的女神》出版，特地送给石评梅一本，石评梅读后写出了自己的意见，石评梅的信，周围朋友都见过；高在北海公园游玩，偶然间碰到石评梅，两人说了一会儿话。两人这一时期的交往，现在所知仅此几点。——编者注

小说是可以驰骋想象、虚构情节的，只要不损害人的名誉，也不必因此进行过度的讥评。至于因此而谓其作品是反动的，就更无道理了。①

1928 年，我回北京复学，长虹也于 29 年从上海回到北京②。这时《狂飙》似已停刊，他个人独办《长虹》周刊③，内容比《狂飙》单调多了。有一篇写白蛇的戏剧（？）④，虽仍保持其高昂的气概，但已没有批评的内容了。

这一次长虹到北京，曾组织过演剧活动。记得在中山公园⑤开过一次谈话会，有女师大有名的马女士参加，当年他和几位北平艺专学画的学生（王××、徐××）及北京师范学校的音乐家老××同志等有联系，似乎想开展文艺宣传，但没有进行什么具体活动。不久，他就到太原⑥，组织演剧活动，只记得他要我在北京买几盘音乐唱片，买的是贝多芬的《月光曲》，后来他说《月光曲》和他演的戏剧内容不太吻合，不知道是什么剧本。这一年从太原回北京时，偕来了郭森玉同志（当时为太原女师学生，解放后为北京电力部科长，60 年代病故）⑦。郭很有文学才能，平定三泉村人，和甄梦笔（现名甄华，曾任 19 兵团政委、兰州大学副校

---

① 高长虹并非没有家室。他在 17 岁时与由祖父从小包办的同岁的王巧弟结婚，非常不满；又嫌弃王巧弟过于传统，因而最终弃家舍业。王巧弟一直在高家独守，三年自然灾害时，因饥饿摔倒在磨糠面的磨盘上，脑溢血失语，1962 年去世。所以有人说高长虹不是无政府主义，而是无家庭主义，但他实际是有自己对爱情的向往的。——编者注

② 1929 年 6 月 3 日，高长虹回到北京。——编者注

③ 《长虹周刊》创刊于 1928 年 10 月 13 日，系收录高长虹个人文字作品的刊物。内容有文学评论与作品，以小说、诗歌、剧本、童话及翻译作品为主，其中外国文学的评述占了一定篇幅，并发表少量的英文作品。该刊每期都刊登有每日评论以及政界、文艺界名人照片或插画。——编者注

④ 《白蛇》。1929 年 10 月，狂飙演剧队就在天津演出了高长虹的话剧《白蛇》，许仙和白蛇分别由甄梦笔和郭森玉扮演。李斌《高长虹的表现主义话剧〈白蛇〉》，《鲁迅研究月刊》2011 年第 4 期。——编者注

⑤ 当时名"中央公园"。此次谈话会在 7 月初。——编者注

⑥ 1929 年 7 月上旬，高长虹曾回太原 5 天。——编者注

⑦ 郭森宇，平定三泉村人。甄华《我的学生时代》说："一九二八年春，我和郭生玉女士认识，她勇于反抗旧社会的黑暗制度，我给她送去不少进步文艺作品，她也热爱文学，从此我们结成好友。我俩把彼此相交看成是反抗旧社会的革命行动，后来她成为平定县最早的女共产党员之一。我说服了她母亲同意她到太原女子师范学习。以后她改名郭森宇，解放后，曾在水电部任职，于六四年不幸病故。……长虹初到北平筹建《狂飙》旅行剧团，我和郭生玉就积极参加，并于一九三○年秋在平安电影院演出他的《火》，我充当新闻记者。"——编者注

长、山西大学校长等职）是朋友。当时我和梦笔住在一个公寓，介绍他参加了长虹的演剧活动。记得在北平平安电影院①，演了一次话剧，演的是他写的一个剧本②，女主角演员是北京法大的学生任××，男主角即是梦笔，演剧的经费是我在暑假③回阳泉时代他向商店捐募的。北京演完后，又赴天津演了一次，这次演剧的经费也是由我给他筹借的。当时以为他这次来京，在文艺活动上可以有些成绩。但自他和鲁迅失和后，社会上对他多有批评，剧本内容也不够充实，所以没有发生大的影响。我和他的友谊虽好，但对他的主观性及个人幻想，也很难给予帮助。

天津演剧结束回到北平后，长虹仍住在王府井大街东华公寓，不知又住了若干时间④，因生活无着，交不起房租，于是不辞而别，去了上海。

长虹离北平一段时间后，我才知道他已经走了。后来听梦笔说因他交不起房租，公寓就拿他的书籍作抵押，公寓的人希望长虹的朋友代他交付房租即可将书籍取走。于是我便代他交了房租，取回了书物。其中有英文版《资本论》3 册、英文版《歌德诗集》1 册、综合英文辞典两册，《资本论》第 1 册比较旧，可见他还是看过的，可惜他没有在这方面多下功夫。后来这几本《资本论》被一个自称是长虹朋友的姓欧阳的青年拿走了，取书时还带来一本英文版本的《心理学史》，似乎是怕不信任，以此书为抵押，当时说以后再还书来，但终于没有来。还有一位叫吴××的青年，也是从长虹处来，说要在北平办大型刊物，约我写稿，全是空话。长虹周围大概有这样一些流浪青年，他们没有他的意志修养，而只有他的浪漫空想，这是他生活中不健康的一面。但长虹的朋友中，又确有若干从事科学研究的有进步思想的同志。除申府先生和张稼夫、郑效洵同志外，还有一位北大毕业的学心理学的陈德荣同志，1930 年左右他在北师大讲授过"心理学概论"，住在宣武门内一个公寓里，我曾访

---

① 位于王府井大街南头东拐弯处。——编者注
② 当是高长虹写的独幕剧《火》。
③ 1929 年暑假。——编者注
④ 1930 年 2 月。——编者注

他谈过心理学，并在他那里看到过邓演达主编的《革命行动》刊物①，这是当时很难见到的进步刊物。当时长虹不在北平，传说他已赴日本，陈德荣君也只是知其消息，不确知他是否已去了日本。

陈德荣在《狂飙》上写过一篇有关心理学方面的论文②。当时中国流行的心理学，是美国华生倡导的行为主义心理学。有一位叫郭任远的学者出版过一本《人类的行为》（上卷）③，主张取消本能，陈德荣同志也属于这一派，其实是十足的机械唯物论，但有许多科学实验，和空谈的文学不同。长虹也似乎多少受一点这种影响，但机械论和他的浪漫主义文学是不相容的，所以他和陈德荣之间的友好，主要是在进步思想方面的联系，这也说明他在学问上有不拘一格的气派，不仅仅是一位写空洞文章的文人而已。

长虹是怎样到日本的？在日本住了多久？不太确知，只知他在日本仅筹得了一笔路费便毅然到德国去了。④ 他向来有一种魄力，有坚强的前进意志和百折不挠的奋斗精神，这是他的难能可贵之处。去德国后，我们之间概未通信，也不知其消息，只记得张申府先生在天津《大公报》上办的一个名叫《现代思潮》的副刊上提到长虹从德国来信⑤，主张中国人当人自为战，也不知这一口号之下，有什么详细内容，但总算知道他的一点消息了。

长虹反帝、反封建、反对反动统治的意志是坚决的，但和一般文人一样，偏于感情，缺乏理性。鲁迅在给许广平的信中说："长虹确不是我，乃是我今年新⑥认识的，意见也⑦有一部分和我相合，而似是安那其

---

① 内部刊物。该战区司令长官阎锡山所作的发刊词称，办刊的意义在于"为第二战区革命报据地大保卫战实行总动员，并在作战时作为指导作战之工具"。该刊刊有指导战区军队衣食住行、政治宣传、作战训练等各项具体工作的工作方法，作战方法的指导性文章、训令、指示、纪律条例等。——编者注

② Watson 作，陈德荣译《人类与禽兽》，《狂飙》1926 年第 2 期。——编者注

③ 郭任远《人类的行为》上卷（复旦大学心理学丛书第一种），上海：商务印书馆 1923 年 11 月初版。——编者注

④ 1931 年底，高长虹在日本难以为生，遂到德国，在柏林大学求学深造，1933 年到巴黎。1938 年春，回国。——编者注

⑤ 待查。——编者注

⑥ "新"原脱。——编者注

⑦ "也"原脱。——编者注

主义①者，他很能做文章。"②

的确，他相信过无政府主义，但中国的安那其主义者究竟有何具体组织，他是否正式加入过此类组织？则不清楚。只知他和山西有名的老同盟会员、无政府主义者景梅九③先生相当熟识。景梅九在北京办《国风报》④，在他的周围有一批青年，长虹是其中一位。我到北京时，《国风报》似已停刊。长虹的无政府主义倾向当是受了景梅九先生的影响而产生的。

长虹主张社会主义革命，但又不完全赞成马克思主义，在他的《精神与爱的女神》中还有几行评马克思阶级斗争的诗句。但他对山西最早信仰马克思主义的青年，却似有颇有理有据的评论。当时山西的马克思主义者，有高君宇、王振翼（天德人）、贺其颖（即贺昌）等人。他不赞成高君宇，但没有说什么理由，他认为王不够坚定踏实，他说三人中贺其颖最好，是一个最有希望的青年。这三人都是太原第一中学的学生，高君宇和长虹是同学，王稍后于二高，贺其颖比较晚。我1920年入第一中学时，贺是二年级学生，我上二年级时听说有位贺其颖，爱看新书，思想很积极，在走廊上望其神采风度，有精干英明之气。按年级计算，长虹在中学时，和贺其颖联接不上，但从他对贺的评论中，又似乎可以看出他对贺的为人，却知道得很确实。长虹是从什么渠道了解贺的，不知详情，但从他对贺的评论中，可以看出他虽然不是马克思主义的信徒，

---

① 安那其主义（Anarchism），即无政府主义。——编者注

② 《鲁迅全集》第11卷《两地书》第17封（1925年4月28日），人民文学出版社2005年版，第63页。——编者注

③ 景梅九（1882—1961），名定成，字梅九，笔名老梅、灭奴又一人，晚号无碍居士，山西安邑城关（今属山西运城市盐湖区）人。7岁入私塾，10岁通"五经"，13岁与其父同年入泮。清光绪二十三年（1897）到太原，就读于晋阳书院、山西大学堂西斋。在日本加入中国同盟会，并担任山西分会评议部部长。回国后，于宣统三年（1911）初在北京编辑出版《国风日报》。太原光复后，受山西同盟会敦请，由京返晋，参与戎机，任山西军政府政事部部长。景还是当代著名的学者、诗人、文学家、书法家。在文字训诂方面的造诣，使他享有"南章（太炎）北景"的盛誉；所著辛亥革命回忆录《罪案》一书，1924年由京津印书局出版后，曾风靡一时。——编者注

④ 《国风日报》，于1911年2月在北京创刊，以"赞助真实立宪""提倡爱国精神"为宗旨，打着"有闻必录"的旗号揭官员之腐败，以隐喻嘲讽之言论煽动革命情绪，并以报馆为党人活动的联络机关。袁世凯登基那天，《国风日报》出一无字白报以示抗议。事后该报被查封，景梅九被捕，一些编辑和工作人员惨遭杀害。——编者注

但对马克思主义的思想理论是确有相当识量的。

由长虹对贺昌的称赞想起一件事来。1928 年[1]，《东方杂志》上登过一篇张闻天的文章，题目是《飘零[2]的黄叶》，副题是"长虹给他母亲的一封信"[3]，文章的风格非常优美，内容所述确是长虹的具体情况。当时我不知张闻天是什么人，以为是一位留法学生（因为似乎看见过一本张闻天谈外国某文学家的书刊）[4]，解放后才知道张即是中共领导人之一的洛甫[5]，但不知张何以对长虹的生活有如此深切的了解。那一篇文章，写得感情真实、婉转动人，至今还想找来重读一次，可惜后来和长虹见面时，没有问过他张闻天是什么人，是否和他有朋友关系，至今引以为恨。总之，张对长虹是有所了解的，否则写不出那样好的文字来，究竟具体情况如何，也不易确知（因张、高都已辞世了），也许以后会有别的线索可以推知大概，但很少把握，现在只知道人们的具体的政治主张虽不尽相同，而思想感情是彼此相通的。[6]

自从长虹赴德国以后，就不知他的确实消息了。解放后，我在北京接到一封由平定赛鱼村一个商店转来的长虹寄给我的信，思想比较消沉，

---

① "1928"当作"1925"。——编者注

② "零"原误作"寒"。——编者注

③ 张闻天《飘零的黄叶：长虹给他母亲的一封信》，《东方杂志》第 22 卷第 12 期（1925 年 6 月 25 日）。该作品是一篇书信体小说，并非一般文章。——编者注

④ 自 1919 年 3 月，中国掀起一个赴法勤工俭学的高潮。张闻天在 9 月后也参加了一期留法预备班，但后来改变了主意，留在上海，攻读哲学。但次年 7 月又赴日，兴趣也转移到文学上。从 1921 年到 1924 年初，张闻天发表、出版了许多对外国文学的翻译和评论作品，不到三年，译作就达到 50 多万字。他以清新、畅达的译笔和具体、中肯的评价，显示出翻译家的才华和评论家的眼力，引起新文学界的瞩目，在一代青年中留下了广泛的影响。——编者注

⑤ 张闻天（1900—1976），江苏省南汇县（今属上海浦东新区）人。1925 年 11 月抵达莫斯科，入中山大学。每个学生都得到一个俄语名字。他的是伊凡·尼古拉耶维奇·伊思美洛夫。以后就由此取笔名、化名"思美""洛甫"。——编者注

⑥ 高张关系，确实是一个谜。延安"抢救"运动中，康生欲诬高长虹为青年党而逮捕他时，张闻天曾挺身而出，仗义执言，力辩他不是青年党。如果了解不深，张闻天何敢如此？查张闻天在 1920 年后，除 1920 年 7 月—1921 年 1 月赴日、1922 年 8 月—1924 年 1 月赴美、1924 年 11 月—1925 年 5 月赴重庆外，一直在上海，而高长虹此间除了在山西外都在北京，未见二人曾经会面的证据（但张闻天曾向《莽原》投稿，被高长虹所知；高长虹对张闻天在上海发表的好些作品，亦很欣赏），且此小说作于 1925 年 6 月初张闻天加入中共前夕，也基本符合他个人的心路历程。虽然高长虹说它"这正像我数年前写给我母亲的一封信似的"，但一般研究者并不认为此"长虹"指高长虹。张恒寿先生于此很可能是误会了。——编者注

不知他从哪里知道我曾研究过庄子，信中问过此事，信后没有写通讯地址，也没有说他在何处，所以也无从联系。① 约在 1972、73 年前后，我听亚马同志（原名李汝山，平定盘石人，前文化部电影局长）说，抗战时期，长虹从延安路过晋西北，要到东北去，解放区同志送给过他一匹马。② 这是他知道的有关长虹的最后消息。

我要说的最重要的事，即是 1950 年，我在华北革命大学政治研究班学习时，同班中有一位阎树林同志，抗战时期曾担任过第二战区驻重庆办事处主任的职务③，他谈起当时在重庆的山西人来，曾说：高长虹要从重庆赴延安时，二战区办事处送给他路费伍百元国币，不料他拿起票子来，一下摔在地上，大声说：谁要你们的这些刮地皮钱！一摔手走了。④ 阎是把高当作怪人来讲这件事的，可我听了之后立刻引起了从前对他的尊敬之心，几十年前他的蔑视权势、不为金钱地位所诱惑的革命形象又在我的面前出现了。有此一事，我觉得一切文人俗士对他的轻视侮蔑，都算不了什么。他虽有各样缺点，但不愧是一位有气节有思想的文学家。

长虹的思想作风确有许多不健康的东西，尼采的狂妄作风和超人思想，《工人绥惠洛夫》的破坏一切的倾向，都对他有很大的影响。尼采的文学天才及其个人英雄主义，是引他走向社会斗争的指导，也是引他误入歧路的原因。在他走向社会时，正是尼采思想在中国知识分子中广为传播时期，鲁迅早期就有许多宣传尼采思想的作品。长虹正是在这种影响下，走向社会、走向创作的。《狂飙》中曾有几段《查拉图斯屈拉这样说》的译文⑤，尼采的超人思想和优美的文学作品，都对他有很

---

① 1946 年秋，高长虹随中共东北局迁往哈尔滨，由宣传部文委照管。1948 年 11 月，沈阳解放，随东北局迁往沈阳，从此住东北局宣传部招待所，即东北旅社二楼。——编者注

② 1946 年春，高长虹从延安出发，独自徒步奔向东北。途经山西兴县，看望了时任中共晋绥分局副书记的张稼夫，张赠他一些茶叶、路费和一匹好马，送他上路。——编者注

③ 第二战区司令长官为阎锡山。阎树林时任该处副处长。——编者注

④ 1941 年 4 月下旬，高长虹痛感蒋介石统治区政治腐败，决意离开重庆，奔赴延安。徒步经秋林，11 月初抵达延安。但此送钱当去延安路费之说不太合理，张恒寿先生另说约 1939 年初，他在重庆生活十分困难，阎树林（云卿）于是奉命送他 500 元钱资助生活，结果遭拒。见张谦《我所了解的高长虹——几位老同志谈话纪要·访张恒寿》——编者注

⑤ 1926 年 5 月 15 日，高长虹在《弦上》周刊第 14 期发表《翻译一点》，译自尼采《查拉图斯特拉如是说》，署名"A"。——编者注

大的影响。近来有人说鲁迅是中国第一个宣扬尼采思想的人，也是第一个评论尼采错误的人，大概近于事实。可惜长虹只有相同于鲁迅的前一方面，而没有相同于鲁迅的后一方面，这正是他反鲁迅的一个原因。①

记得1925年秋，我曾和他说一齐去拜望鲁迅，他几次向后推延，一直也没有去成。鲁迅离开北京了，后来才想到他不积极同我找鲁迅的原因是他已经对鲁迅有意见了，这是他一生中最大的失误。如果从办《莽原》起，他继续和鲁迅合作从事创作批评工作，那他一定会做出更多的贡献的。因为当时在鲁迅周围能写批判旧社会、批判旧思想、旧文化的作品的人并不太多，许广平在她致鲁迅的信中，曾屡次提到《莽原》收到的稿子多是小说与诗，评论很少。她很急切盼望鲁迅写批评文章，可见这是文艺界最急需的人才，而长虹正是能写这样文章的人。鲁迅在他最初给许广平的信中，曾说长虹和他"有一部分意见相同，他很会做文章"，可见鲁迅对长虹是相当了解的，如果长虹不和鲁迅失和，两人继续合作，一定能有很大的发展。可惜尼采的酒神精神误引了他。当然我们不认为鲁迅的每一句话都是天经地义的，不应像某些人那样，凡是鲁迅批评过反对过的人，都要骂倒批臭、落井下石，但从总的方向上看，鲁迅的道路是正确的，而长虹却没有坚持和鲁迅合作，终于陷入了孤独寂寞的道路，这一点实在是中国文学史上的一个损失，不仅仅是我辈朋友们对他本人的悲叹。②

前年在北京，记不清听哪位朋友说，长虹于40年代末，在东北因患精神病入了精神病院，终于发狂而死。③ 这一传言，虽然无从证实，但却④很合情理，因为长虹的主观精神和尼采相同，所以最后的结局也相同

---

① 尼采思想、无政府主义等，对高长虹确曾有过影响，但他对之并非简单信从。高长虹的思想非常驳杂，而且富有敏锐性、跳跃性、极端性，完全理解尚需深入研究。——编者注

② 高鲁的冲突，较为复杂，一言难尽。可参看董大中《高鲁冲突：鲁迅与高长虹论争始末》，中国工人出版社2007年版。——编者注

③ 1956年夏，高长虹在沈阳作协饭厅，与中华全国总工会派到东北参观的3位作家见过。这是目前所知的高长虹在人们视野中显露的最后一面。但亦有回忆说，高长虹是在1954年春因脑溢血逝于东北旅社内的，这个时间的说法可能有误。——编者注

④ "却"原作"确"。——编者注

于尼采。如果世人以尼采的精神看他，这也是一点安慰。①

　　自从希特勒利用尼采宣传法西斯主义后，尼采在世界上的地位一落千丈。但近些年来又在非理性主义、存在主义等的影响下，尼采的思想和作风又在部分青年中发生了作用。现代中国也有许多青年崇拜起尼采来了，这些人未必有长虹的坚强的反抗意志和吃苦精神，如果不以长虹的失误为鉴，是会误入更悲惨的歧途的，这是我在回忆这位可念的朋友时而连带想到的一点忧虑。

（原载《高长虹研究文选》，北岳文艺出版社 1991 年版）

---

　　① 高长虹并未患精神病。患病之说是周围人对他的性格、思想没有理解，对他的缺点认识不够准确的结果。可参看侯唯动《我所认识的高长虹同志》。——编者注

悼念严圃青先生

严圃青先生，河北乐亭人，早年游学欧洲，执教荷兰莱顿大学。回国后任职北平中法大学。及日寇侵华，北平沦陷，遂弃职拜当时四大名医之一王逢春①为师，行医治病。为避日人、汉奸再三劝诱出仕，曾假嗜鸦片，床头摆置烟枪以掩护。抗战胜利，重返教育岗位，受任中法大学教授。50 年代来我院②外语系任教，及学校由津迁京后，为高年级学生开"英语语言理论"课。先生自编讲义，用英语讲授。对有志深造之诸生，启发良多。中青年教师亦时向先生质疑问难，深受尊仰！先生旋又兼任校医中医师，教书治病，备受欢迎。70 年代退休。1987 年 8 月 26 日病逝北京朝阳医院，享年八十有二。先生一生光明磊落，端方正直，品德高洁，富有民族气节，在教育战线上奋斗了一生。晚年更是恬淡寡欲，超脱名利。先生天资过人，博学多能，于世界历史、中国哲学、英文、中医学皆有深厚造诣。在莱顿大学任教时，讲授中国哲学史。当时中国哲学史尚无较好著作。先生即用梁任公集③中若干有关中国学术史、先秦思想史的论述，为学生讲授。对于传播中国学术思想于世界，尽了一定力

---

① "王"当为"汪"之音讹。汪逢春（1884—1949），江苏苏州人，吴门望族，受业于吴中名医艾步蟾老医生。壮岁来京，悬壶京都五十年，名噪古都，成为"北京四大名医"之一。擅长治疗时令病及胃肠病，对于湿温病多所阐发。汪逢春精究医学，博览群籍，虚怀深求，治病注重整体观念，强调辨证施治，在京悬壶，门庭若市，妇孺皆知其名。他一生忙于诊务，无暇著述，《泊庐医案》是门人弟子辑录的，可代表汪逢春先生的学术思想和医疗经验。《泊庐医案》一书序云："汪逢春先生诊疾论病，循规前哲，而应乎气候方土体质，诚所谓法古而不泥于古者也。每有奇变百出之病，他医束手者，夫子则临之自若，手挥目送，条理井然，处方治之，辄获神效。"——编者注

② 指位于天津的河北师范学院。——编者注

③ "梁任公集"或指梁启超之《饮冰室合集》。——编者注

量。邹鲁在所著《十八国游记》（英文版）一书中，记述与先生邂逅莱顿，以当时中国人能在欧洲名牌大学里行教，惊喜不已。先生有《商君书》译著、秦汉阴阳五行学说等论著行世，尚有未刊行之中医学遗稿多种。先生逝世后，张恒寿撰挽联曰：

> 游学荷兰，执教莱顿，识兼中西少知音；
> 潜修佛典，精研岐黄，超脱名利真哲人。

概括了先生一生之为人行事与道德学问。先生有子女各一，子在贵州毕①节师专任校长，女在中国人民大学任教，长孙赴加拿大攻读博士学位，婿及女孙两代皆长于数学，外孙在七八岁时已显露数学天资，全家有先生好学遗风。先生去矣，风范长存！

（原载《河北师院学报》哲社版 1988 年第 1 期，常林炎为第二作者）

---

① "毕"原误作"比"。——编者注

回忆陈援翁校长的一件小事

我在北平师范大学历史系学习时，陈援翁校长是历史系的主任①，当时只在课堂上听过他讲授"中国历史名著选读"的课程，此外没有和先生有接触来往。当时我虽念历史系，实际上精神多耗费在乱看文哲杂书上，却没有认真读过多少历史古籍，自己又不喜爱考证，所以就没有向老师问业的基础。

三二年毕业后，三四年考入清华大学研究院中文系后，才初步涉及历史考证的门径。

日本投降后，我在国立艺专教语文。有一次去清华大学看望陈寅恪老师时，谈起在艺专教语文，不是可以从事研究的环境。寅恪先生主动地介绍我到辅仁大学教课，这才正式和陈垣老校长接谈过。

辅仁大学的语文课，不属于中文系，而是由陈垣校长直接领导，所用的教材，是由陈校长自选的，内容多半是先秦的历史名篇，这对于学生深造文史，很有益处。

在老校长的领导下，这一组教语文的成员每周聚会一次，交换教学心得，和援翁校长的接触才较多些。

一九四九年初，北平解放了，以陈老的大学校长和著名老史学家的地位，必应有所表态。陈老和某些老一辈学者一样，对解放区和中共的情况、政策，不甚了解。这时本组人和陈老校长相会时，有较多谈论国事的时机。

---

① 陈垣（1880—1971），字援庵，广东新会人，史学大师。1929 年暑假后至 1932 年暑假前，张恒寿先生在北师大历史系就读。陈垣先生 1929 年任辅仁大学校长，8 月兼任北平师大史学系主任，给一年级学生讲授国文、中国史学名著选读、史学名著评论等基础课，为高年级学生讲授宗教史。——编者注

那时刘乃和①同志有一弟弟②在解放区工作，因此对中共的情况知道较多。有一次老校长正谈论这一问题时，我也从旁谈了一些北平解放时进城来的老朋友告我的情况。我曾将斯诺写的《西行漫记》，和冯玉祥著的《我所认识的蒋介石》，送呈校长阅览。当时认为这类书内容具体，比理论书容易引起老年人的兴趣。果然，老校长非常欢迎，就像他读古籍的态度一样，认真阅读起来，还在《西行漫记》的顶上写下几行眉批，内容是有关年代的记述。他觉得这二书，特别是《西行漫记》对他很有启发。③

此后，辅仁大学的语文课改为中文系领导，教材亦改用通用大一语文课本。五〇年我去华北革命大学学习，不在辅仁代课，五二年院系调整④，我去了天津河北师院历史系，有一段时间没有和陈老师见面。五八年我随天津河北师院的历史系，并入河北北京师院，参加了北京市历史学会的一些活动。大约是六一年春天，北京史学界在人大会堂听报告，在会堂的通道上遇到了陈老师，这可能是我重回北京后第一次和老师的见面。稍稍寒暄⑤后，他说我对他曾有启发，我听了之后，感到非常不安，老师怎么能这样说呢？

人大会堂地面大，来开会听报告的人在各处游览一番。不记得从哪

① 刘乃和（1918—1998），原籍天津杨柳青，著名历史学家、文献学家、中国历史文献研究会会长、北京师范大学古籍所教授。幼承家学，喜好文史。1939 年考入辅仁大学历史系，1943 年毕业留校，在史学研究所攻读研究生，1947 年毕业任教，并任陈垣校长助手，1955 年始任其专职秘书，直至其去世。1956 年加入中国共产党。——编者注

② 刘乃崇（1921—2011），原籍天津杨柳青，著名戏曲理论家、评论家。毕业于辅仁大学国文系。自幼酷爱戏曲，学生时代即参加进步戏剧活动。1948 年奔赴解放区。新中国成立后，在文化部艺术局戏曲改进处、戏剧处、戏曲剧目组工作。转入中国剧协后，陆续任《剧本》月刊编辑、《中国戏剧》副主编。有"问不倒的戏包袱"的绰号，与夫人蒋健兰一起，被人号为"爱戏如命的老两口"。——编者注

③ 陈垣先生 1949 年 4 月 29 日致胡适的公开信说："读了史诺的《西行漫记》，我才看到了老解放区十几年前就有了良好的政治，我们那时是一些也不知道的。我深深的受了感动，我深恨反动政府文化封锁的这样严密，使我们不能早看见这类书。如果能早看见，我绝不会这样的度过我最近十几年的生活。"此信由刘乃崇出主意，柴德赓、刘乃和及刘乃崇商定内容，刘乃和执笔，陈垣亲笔改定，再交由辅仁老同事范文澜修改后，转由《人民日报》发表的。——编者注

④ 1952 年 6 月至 9 月，新中国大规模调整了全国高等学校的院系设置，打破民国时期遗留下来的英美式高校体系，将之改造成苏联式的高校体系，与此相结合的就是对知识分子的拆散重组和"思想改造"，为新中国确立对高校的实际领导扫清了道路。——编者注

⑤ "暄"原误作"喧"。——编者注

一厅里出来后，又在楼中和陈老对面相遇，陈老师又把刚才说过的话重说了一遍。我仍然感到不安，同行的河北北京师院某君和我说，老先生太谦虚了。

我除了不安之外，引起了一些感想：我感到老师在解放后的愉悦之情、爱国之情很旺盛，以致偶遇和旧事相连的事和人不觉说出初迎接解放时的情绪来。的确，一个生活在旧中国六七十年的老学者，对于国家的衰弱、政治的腐败是比下一代人感触更深的，一旦从黑暗中露出光明，从混乱中看到秩序，看到一个长期受外国凌辱的中国，出乎意料地站起来了，而自己又加入这一新生队伍，该是多么兴奋愉快呢！这种感情的蓄积，使他遇到和他思想前进有关的一些事，就情不自禁地说出内心的愉悦，这就是陈老师重复了那句话的原由。

我从前以为陈老校长主要是一位精于考证的乾嘉派正统学者，后来看到先生所著《南宋初河北新道教考》和《通鉴胡注表微》两书后，更知道先生的民族意识很深厚，和乾嘉学者截然不同。但这种民族意识比较是有关历史的，和现实距离较远，还不能从其中看出和他解放后的进步倾向有亲密联系。偶然翻了鲁迅的《而已集》，书尾有一篇附录，题为《大衍发微》，内容是记录1926年三一八惨案发生时，段祺瑞政府通缉了五个所谓"暴徒首领"后，报上流传着他要逮捕的第二批名单：开首二人是徐谦和李大钊，一共四十八人，其中就有陈垣校长的名字，名次是第十四名（前面第十三名是沈兼士，随后第十五名是马叙伦），职务是"前教育次长，现清室善后委员会委员、北大导师"。这四十八人中后来的变化不同，也有少数由被通缉者变为下通缉令者，但那是极少数人，而且当时都是反对段政府和章士钊的，陈校长当时列入这一名单，说明他在政治上的进步倾向，是有一定历史渊源，并非解放后突然变化。正因为有这倾向，所以解放后一旦弄清了一些事实后，原来的进步动力，就发生了作用。这一想法不知是否符合事实，基本情况可能不差。总之，后进们从陈校长身上不但可以学到许多治学方法，而且可以学习爱国主义思想。谨记感想如上以为纪念。

（原载《纪念陈垣校长诞生110周年学术论文集》，北京师范大学出版社1990年版）

回忆老同学王瑶同志

我和王瑶同志①的研究范围和生活作风，都不太相同，但我们的交情却延续了 50 余年之久，很少间断过。1934 年，我们同时考入清华大学中文系，他是大一新生，我是研究院新生。那一年考入清华中文系的山西同乡，有他和张新铭、郑季翘、孔祥瑛等几位。我在入学的第一年里，比较起来和他最熟悉。那时他生活相当清苦，想找点可以补助生活的工作，正巧，有一青海籍的同学想找一位补习英文的辅导员，我就把这位同学介绍给他，每月的报酬是国币 6 元。这种清苦的生活，没有影响他的上进精神。

他善于抓紧时间，参加社会活动，同时钻研业务。在清华一、二年，我没有注意到他有研究中古文学的趋向。陈寅恪师开设"《世说新语》与魏晋哲理文学"的课程时，他也没有选修。但他念研究生时，曾写过中古文学的论文。他研究中古文学的基础，大概是在抗战初期不安定的环境中打下的。这种学习精神相当可贵。

当然，他的专长，更在于现代文学史。关于现代文学，有兴趣的人不少，但很少有系统的史著。他的史稿填补了开路的空白。

他积极参加一二·九运动，和张新铭同时被捕这种经验，使他在政治上得到了锻炼。

1936 年，他是《清华周刊》的总编辑，做得颇有成绩。这一事与我也有点关系。《清华周刊》是清华学生办的进步刊物，1935 年由蒋南翔任

---

① 王瑶（1914—1989），山西省平遥县人，北京大学教授，中国现代文学史学家，中国新文学史研究学科的奠基人。——编者注

总编辑，1936 年改选时，不知何由，忽然这一任务落到我身上了。我不长于社会活动，这一年正要毕业，论文还在初步探索，所以不敢担任。同学们要我担任名誉总编，由王瑶负责实际工作。我细加考虑之后，觉得这样既影响编辑工作，亦影响论文的完成，因此仍不敢接受。这一年的某期刊物上，"总编辑" 3 字下是我的名字，而实际上是王瑶负责编辑的。《周刊》在哪一期正式改成王瑶总编辑的名字已记不清了。总之，他那时思想进步，勇于负责，这种精神是可钦佩的。

1937 年夏①，我考完毕业初试②后，留校为大一国文教员，接到聘书约个把月左右，便爆发了震惊全国的七七事变。我于 7 月中旬③乘平绥路车回到山西，在太原看到新铭，没有看到王瑶。同时回到山西的，有从日本归国的挚友甄华。我们决定参加行将成立的动员委员会组织，因爱人患心脏病，我先回到平定，等候甄华从太原的来信。不料信还没有收到，娘子关就被敌寇攻破了。这样我就被困在故乡，受尽了灾难。为了避免汉奸迫害，并取得南去的机会，我又辗转到了沦陷的北平。日本投降后，1946 年在国立艺专（北平临大第八班）任语文教员。1948 年王瑶随清华返校，一到北平就找我。清华初返北平时，临时住在国会街法学院，和我的住处很近，这时不断见面，他谈了许多西南联大时期的政治教育和学术情况，使我增加了不少知识。学校回到清华园后，他每进城来总到我处。当时他的经济生活，还感到紧迫，需要找点附带工作。这时我在艺专讲 3 个班语文课，感到有点吃力，为了减轻负担，同时也为了对他有点帮助，就分出一班语文请他代授，因为是私人关系，和学校的开支、编制都无关系，只和院长打一个招呼就行了。艺专的学生主要是学绘画，除极少数学生外，一般同学对语文都不专心学习。但他讲课颇有耐心。他的进步思想，颇能引起学生的兴趣。

不久，大陆解放，我们精神振奋，谈论的内容更加丰富了。他告我说清华同学章一之，是接收天津河北师院的主持人，我就和章一之取得

---

① 6 月。——编者注
② 毕业初试于去年 10 月通过。——编者注
③ 当是 8 月中旬。——编者注

联系。院系调整①的前几个月，河北师院就派人到美院联系调动工作。我本来可以等候北京高等学校正式分配我的工作，听候调动（当时林砺儒先生是师大校长，我和林老师有私交，曾打过招呼），但因我在美院担任了一些行政工作（教务科长），和我的兴趣不符，急于要归入文史队伍，所以不等候分配，就先答应天津的调动了。

我与章一之在清华同学时相当接近，但也是由于王瑶的提示，才有去天津的意图。

王瑶有点名士气，也有人说他冷漠孤傲，但对老朋友颇为关心，他总是以老大哥的态度对我。刚回到北平时，他爱人杜琇同志还没有读完大学，即在辅仁大学借读最后一年的课程。借读生没有宿舍住，我曾经给她在附近租到一间房，解决了一时的困难。这实在是一件极小的事，只是偶然的机会，而他却以为我为他帮了大忙，好几次提起此事。

我多年失偶，他热心给我介绍对象。有一次介绍一位女同志，在中山公园见面，他点了很丰富的菜肴，我心里很不安，甚至有点嫌他习染了所谓豪华大方的派头，而忘掉了过去的清苦。当然，这只是心里的偶一闪念，主要还是感到他对老友的好意。

1958 年河北师院历史系合并到河北北京师院②后，见面的机会似乎比较多了，但因科研、教学及政治活动较多，也没有分出多少互访的时间

---

① 1952 年 6 月至 9 月，新中国大规模调整了全国高等学校的院系设置，打破民国时期遗留下来的英美式高校体系，将之改造成苏联式的高校体系，与此相结合的就是对知识分子的拆散重组和"思想改造"，为新中国确立对高校的实际领导扫清了道路。——编者注

② 1949 年，位于天津的河北省立女子师范学院改名为"河北师范学院"。1951 年 6 月，位于北京的河北北京高级中学改建为河北师范专科学校，初设数学、理化、生物 3 科。1956 年 8 月，天津的河北师范学院的数学、物理、化学、地理、体育 5 系和北京的河北师范专科学校的生物科搬到石家庄市裕华路，组建为新的师范学校。1956 年 9 月 14 日，河北省教育厅颁发文件《关于 3 所师范学院更名和命名的通知》，规定：河北师范学院留在天津的部分改名为"河北天津师范学院"，河北师范专科学校扩建并改名为"河北北京师范学院"，在石家庄新建的师范学校命名为"石家庄师范学院"。1958 年 6 月，河北天津师范学院的中文、历史两系并入河北北京师范学院。河北天津师范学院在又失去中文、历史等 5 个系后改名为"河北艺术师范学院"。1960 年 8 月，石家庄师范学院改名为"石家庄师范大学"。1962 年 6 月 9 日，又改名为"河北师范大学"。1969 年年底，河北北京师范学院奉命搬到河北宣化，改名为"河北师范学院"。1981 年开始，又陆续搬到石家庄市红旗大街 105 号新校址。1996 年 6 月，河北师范大学、河北师范学院、河北教育学院、河北师范大学职业技术师范学院 4 校合并为新的河北师范大学。张恒寿先生正是在 1958 年 6 月由天津随历史系搬到北京的。——编者注

来。大约是 1959 年夏，有一次我去北大，正遇他要出席检讨会，那时他是被批判的对象。他说，已开过几次会了，批判相当严厉，除了称"同志"以外，和批判右派没有区别。但他很坦然，满不在乎地告诉我："检讨的稿子已经写好了，多谈一会儿，吃午饭后再走。"这种从容坦率的风度，是相当可佩服的。

"文化大革命"期间，没有见面。后来知道他受的冲击很大。他说，当时他被好几批造反派批斗，身上的创伤没有间断过。住房变动了好几次，曾被赶到校外住过，最后才回到镜春园现在的住所，那里我去过好几次。记得有一次是他约我相偕去访张乃召同志。张是我的小同乡，当时是气象局负责人。他见乃召是为了给大女儿调动工作，为了有我相偕，说话更方便些。但实际上他和乃召的谈话较多，我除了和老朋友见面外，没有起什么作用。由此想起乃召逝世，还是得到王瑶的来信才知道的。王瑶以为一定在追悼会上可以见到我，但是竟没有见到。这大概由于他后来因女儿的事，和乃召多有联系，北大的名气大，于是家里人和办事人只通知他了。我想起和乃召的交往，有几次很难忘怀，总觉得没有和乃召最后一别，很是遗憾。

河北师院由北京迁到宣化，又由宣化迁到石家庄，我于 1982 年也来到了石家庄。他于 1987 年到石家庄开文艺会，会后专程来看我，季羡林先生也于参观了烈士陵园后，下午来了。《河北师院学报》编辑部的刘宪章为我们照了一张像，以为纪念。大约是 1988 年夏，我回北京度假，他和杜琇同志进城看我，送我两包滇茶。

最后一次见面，是 1989 年 10 月在孔子诞生 2540 年纪念会上。我住在空军招待所，开会在北京饭店，最后一天，参加宴会之前，在北京饭店的临时客厅里，聚谈了半个多小时。首先谈的是身体健康和家庭情况。平常他谈话随便而风趣，这一次却严肃而感伤，谈到年岁垂老时，眼眶里含着泪花。他要我回校后精神较好时，给他写一个条幅，要写一首我赠他的诗。他认为我的书法有水平，劝我开一次书法展览会，我感谢他的过奖和好意，却没有实现这一期望的准备和条件。

11 月中旬，我胡写了绝句两首，一首是：

清华园里水木清，五十年来忆旧情。

> 古月堂前明月照，闻朱师范照汗青。

写起后觉得诗的内容，像是怀念母校和师长，没有写出我和他的关系来，随即改写了一首：

> 变幻风云五十年，旧交长忆清华园。
> 何当偕往梦游地，共拜尊师手泽前。

第一幅写错了 1 个字，打算重写一幅，再给他寄去，由于身体不适，一直到 12 月，还没有寄出。不料忽然看到报上登出他逝世的消息①，觉得有点突然，几十年的老交情当然会感到凄凉，再加上没寄去他嘱我写的诗和字，就觉得多了一层悲悼。回想起他平常也没有奖誉过我的书法，更没有要我赠诗，而这次的思想情绪上有些变化。他平常谈话带点幽默，而这次却表现了和老朋友话旧的感情，是不是对于自己生命的前途信心不够呢？当然这也许是由于感到他死的突然，而引起的幻想，真实情况可能并非如此。无论如何，他的突然逝世是令人怀念的。

这两首诗是在他生前写的，内容平凡，没有什么深情厚意，可惜就连这平淡的诗，他也没有看到，这是一个遗憾。希望这次纪念文集编成后，能给他的家属和朋友们以内心的安慰。

（原载《王瑶先生纪念文集》，天津人民出版社 1990 年版）

---

① 1989 年 12 月 13 日，王瑶病逝于上海。——编者注

阳泉名书法家唐石清轶事

　　唐石清①又名唐忠，字石清，号髯僧，以字行，平定县城里人。父早亡，家中只有母亲与妹妹三人。家境贫穷，房无一间，地无一垅，母子三人相依为命。全家生活仅靠其母一人为大户人家缝补拆洗维持。

　　唐石清在初中毕业后，为了减轻老母负担，经人介绍到阳泉煤铁行设立的小学教书，以养家糊口。

　　学校生源多系直隶（河北省）所辖之井陉、获鹿、石家庄、正定、保定、元氏、赞皇等地人。他们不懂平定话，也不爱说平定话。针对这种情况，唐石清在教学中毅然改用注音字母拼音，用阳平、阴平、上声、去声等四声读音调，抛弃了入声和土语不用。最初他与几个平定籍教员还感到不习惯，但他们却下定决心要边学边教，终于学成，教学效果也提高了，因此受到学生与家长的称赞。由于他们勤奋教学，故学生的成绩好于附近各村小学。

　　他不仅认真从事教育工作，而且利用课余时间，读书做诗。在平定名学者郭士璜老先生的谆谆教导下，唐与一位要好的同学葛挹泉学习写格律诗。由于他们勤学苦练，学习成绩为人称道。他除学习做诗外，还利用课余时间临帖练习毛笔字，终于练成魏碑与汉隶，名驰阳泉、平定及太原。

---

　　① 唐石清（1901—1983），山西省平定县城关镇人，原名唐忠，号"上艾老铁"。解放前曾任小学教师、山西省政府秘书。解放后在河南省粮食学院任总务长。唐石清博学多才，尤精书法。解放前，其书法就和太谷赵铁山（赵被于右任称为"大河以北无出其右"）齐名。目前存世的唐石清书法主要有4类：篆书、隶书、魏碑、行草。由于种种原因，他晚年蛰居故乡，低调平和，15年来未离乡土，其书法也仅为家乡父老了解。——编者注

1927 年唐石清在阳泉煤铁行小学当教员时，有一位与他交情深厚的朋友叫张振乾，在保晋公司熔化铁厂（现阳钢前身）担任工程师。张在平坦垴居住，那里有一个姓李的破落户财主，家里收藏着宋代名书法家米芾、何雍写的字幅各六幅，因村里无人懂得古代名书法家的墨迹是宝贵的，故无人愿买。遂拿去让张振乾买，张也不懂真假，故也不愿买，但因卖者苦苦恳求，张无法拒绝，遂以八斗小米（每幅四斗米，两幅共八斗米）买了。张振乾将条幅拿去让其好友唐石清鉴定。唐反复看过后，认为不管是否米、何之真迹，但字写的很成功，单就纸色来看年代久远，将来可拿到北平找个识者鉴定一下。因唐石清酷爱书法，故对米、何墨迹不管真假，爱不释手，张观之，慨然将条幅全部赠与唐收存鉴赏。后唐托人将条幅带北平请识者鉴别真伪，结果是真迹。唐又托友人在北平花钱揭裱过一次，并让照像馆拍摄了十份照片赠请好友欣赏。经过抗日战争后，此物不知流落何处，令人惋惜。

当唐石清得到米、何墨迹之事被保晋公司总经理、山西知名人士、山西著名书法家常旭春①闻知后，即托人向唐借去欣赏，唐屡次催还，而常却迟迟不还。后常派人去与唐协商，拟用几倍之小米购之，并答应给唐在保晋公司安排一个工作，月薪超过他当小学教员之四倍。唐听后非常气愤，对常派来的人说："我家虽穷，也决不能见钱眼开，不能因为赚钱，就把心爱之物让人夺去！"当时学校放了暑假，唐石清就乘此机会，每天带着午饭到保晋公司会客厅向常旭春要米、何墨迹，坚持月余。常看到唐态度坚决，大有不达目的誓不罢休之势，才打消买米、何墨迹的念头，派人将字幅归还唐石清，这场风波，始告平息。朋友们对他这种不为利诱的高尚品质却很敬佩，一时传为美谈。

抗战胜利后，唐石清带家眷从晋西返回太原后，平定城里有一位多年与其母相好的蔡老人，唐母因与老人多年不见，非常思念，唐石清知其母心意后，遂派人回到平定城把蔡老人接到太原，住在自己家（蔡老人无儿女，无依无靠）。唐石清全家待蔡老人如亲人一般，始终如一。

---

① 常旭春（1873—1949），字晓楼，号卖炭翁。山西榆次车辋常氏，有南北二支，北常以经营对俄贸易为主，是省内实力最强、历时最长的外贸世家，常旭春就属于北常。1923—1940 年，被推举担任保晋矿务公司第四任总理。——编者注

　　1949 年冬，唐石清带着家眷由太原赴京时，也把蔡老人带去，同其母住一屋内，生活一视同仁，使蔡老人感到比在自己家里还温暖。后蔡老人患病，唐石清请医诊疗，并精心侍奉。不久蔡老人病故，唐又装殓葬埋，事尽其哀，事之至孝，至今为人称道不已。

　　唐石清对人的热情，不仅表现在蔡老人方面，而且也表现在对同学、同事、同乡、青年方面。他生前不论在什么地方，对失业的设法介绍工作，对生活困难者解囊相助，尤其是对思想进步、热爱学习的青年更愿开诚接待。至今有些老年人，如前山西大学校长甄华和河北师范学院教授张越如先生（已故），谈起唐石清来仍念念不忘。

　　（原载《阳泉文史资料》第 9 辑，与石风合作。可能是先由张恒寿先生口述，后由石风先生整理成文）

编后记

　　2022 年，适值河北师范大学建校 120 周年、历史文化学院建院（系）70 周年、张恒寿先生诞辰 120 周年。张恒寿先生 1902 年生于山西平定，是中国 20 世纪著名史学家，尤以中国古代思想史研究见长，曾长期执教于河北师范大学历史文化学院前身之一的河北师范学院历史系。张老虽然身材瘦小且多病多灾，但针砭时弊，忧国忧民，爱国爱乡之情不曾一日稍减。他崇信宋学，不仅以之立言，而且以之修身，同时功力深湛，治学严谨。无论道德还是文章，张老都堪称楷模，值得后辈永远景仰效法。为了纪念老一辈学人，并弘扬其留传的优良作风，我奉命整理编纂张老的文集，并得到诸多领导和师友的赞许、鼓励与厚望，真是深感荣幸之至！

　　张恒寿先生之作，有不少业经多次再版，因而有了版本差别。本书底本选择的原则是：在编者能够搜罗到的范围内，凡是在其生前再版的，从新不从旧；在其身后再版的，从旧不从新。所以凡收入论文集《中国社会与思想文化》中的，均以此本为准。因为有些篇目改动较大，如需对张老进行深入研究，在版本上建议新旧兼采，不可偏据本书。

　　本书的资料搜罗范围很广，有的是手稿，有的只是出版物，各处的校勘质量不一。本书对其中文字、标点的校勘原则如下：

　　一、繁体字一般不留。过分简化字一般也不留。例如"囗（国）""厂（厅）""阝（部）"等，都改为规范字（但以脚注方式出校记）。

　　二、对通假字、规范异体字一般不改，例如"寔（实）""精确（精确）""徧（遍）""锡（赐）"等。不过作者常把"武汉""汉奸""汉水"之"汉"写作"汗"，对此类极特殊情况则改为规范字（也以脚注方式出校记）。

三、过去使用汉字多有不规范之处，略嫌混乱。对作品中属于不规范而非错误的文字，例如"那末（么）"，"的""地""得""底（的）"，"罢（吧）"，"分""份"，"其它（他）"，"分""份"，"连""联"，"作""做"等，一般不根据今天的规范标准进行改动，以保持原作风貌。唯独对"那（哪）""象（像）"个别几例，因误导过甚，而予以改动。外语音译词用字，更不擅改。例如"马克斯"不改为"马克思""塞先生"不改为"赛先生"。对作品中的不规范用词和语法更不改动。四、对发现的讹、脱、衍、倒错误，本书都进行处理改动。

五、对原作的引文，多数不予校勘改动，不仅因为工作量太大，还因为作者使用的文献版本可能与今天的通行本不同，而且过去学者也多有意引、略引的习惯。

六、除繁体字外，所有改动都以脚注方式出校记。一则因为这样符合文献整理的规范，一则为了昭示彰显严谨认真、一丝不苟的学风，一则因为有的改动未必正确（不能绝了再次校勘的后路）。但有例外，即"那"改为"哪"，"象"改为"像"，《庄子新探》中"子"与"于"的互改等个别几种，因其数量太大且很简单，所以径改不注。

七、原作的标点，问题极多，既有作者造成的，也有排印者造成的。本书对此的处理原则是大胆予以规范化，且径改、不出校记。

本书的编纂，深得各方的热心鼎力支持与帮助。由于年深月久，张老的哲嗣张葆善先生所存留的各种资料流失很多，但他仍然是翻箱倒柜、倾囊相授。张老的及门弟子王俊才教授曾编有《张恒寿文集》，把该书的电子稿悉数赐与，并提供进一步搜集资料的各条线索，为本书的编纂奠定了坚实基础。张老的私淑弟子秦进才教授，曾与王俊才教授合编《张恒寿先生纪念文集》，对老一辈学者不但熟知情况，而且怀有极其深厚的感情，对本书的编纂不但直接提供各种指引，还想方设法多方帮助搜集资料。张老的助手陈丽教授也给了许多无私的帮助。在此尤其需要提及的是张老的从孙张承铭先生，至今仍居留山西老家（在阳泉市区），虽已届耄耋之年，但多年来热心从事对张老及家族史、地方史的研究，取得极其丰硕的成果。在听说本书编纂事宜之后，非常高兴，不顾腰弯背驼、年老体衰，在其助手、内侄女史润花女士的大力协助之下，向我尽量提供各种资料，使得本书的编纂质量上了一个大台阶，也使我获得了更为深切的"同情之理解"。可以说没有他俩的倾情相助，本书的编纂根本不可能达到现有水平。面对近乎 100 万字的巨量工作，编辑安芳女士不仅恪尽职守，而且也为本书的完善提出了许多宝贵意见。还有学校、学院的各位领导、师友，不仅布置了编纂本书的任务，而且提供了关键性的支持和鼓励。在此，对所有人都深致谢意！

由于水平所限，同时时间也较为紧张，虽然满心希望提供一个张老《文集》的完美无缺的本子，但心有余而力不足，缺点必定所在多有。在此我亦恳请各方不吝指正！

温玉春

2021 年 8 月 17 日

民国趣读

老·城·记

老昆明

中国文史出版社

本书编辑组

主　　编: 韩淑芳

本书执行主编: 张春霞

本书编辑: 牛梦岳　高　贝　李军政　孙　裕

目录

第五辑　迎来送往·古城的老行当和老字号

第六辑　喝茶·赏花·看戏：昆明人的惬意生活

第七辑　新旧交替·老昆明迎来新气象

第八辑　老城旧事·打开尘封的民国记忆

第一辑

感受高原明珠的独特魅力

春城寻踪·

❖ 曾钟瑜：佛教胜地圆通寺

佛教胜地圆通寺，在昆明市内东北一隅，占地数十公顷。北靠圆通山南麓，南临圆通街，东西两侧，均居民住宅。至今约有一千二百年历史。大门悬圆通寺匾额。入门即下斜坡，约两百余米，屹立着"圆通胜境"坊。"圆通胜境"四字，书法峻拔浑润，引人入胜。

再前进即抵前厅，轩敞开朗，窗明几净，顿消俗虑，石阶、石径、石桥、石栏、石塘，安排匀称，别具风格。由石塘包围一亭，名"八角亭"，楼上楼下布置合理，阳光四入，既有古香古色的壁窗，也有现代装饰的桌椅，辟为接待室。有时骚人韵士，也在此集会，吟咏唱酬，别有佳趣。

亭北有桥，通大雄宝殿。梵宇宽敞，佛像庄严，雕梁画栋，朱漆镂金，屋顶空花脊梁，翘首仰望，腾空飞起陶龙，势若钻云。屋顶与琉璃瓦衬托出的人兽浮雕，金彩丹露，姿态壮丽。殿内两根圆柱，高十五米，柱上盘绕神龙，张牙舞爪，裂须怒目，两龙一青一赤，作欲斗状，栩栩如生。刻工精巧，技艺高超，气势磅礴，是明代能工巧匠的艺术结晶。

殿正中有元代塑造的大佛，形象生动，庄严肃穆，两侧塑造的佛尊群像，以十二圆觉与二十四诸天最引人注目。殿左殿右水榭曲横，石砌花坛，栏柱石上雕有170多个活灵活现的小石狮子。刻工也颇精湛。整个大殿，建筑面积达600多平方米。

圆通寺创建于唐代南诏时期，初名补陀罗寺，系蒙归义所建。元大德五年（1301）及延祐七年（1320）由云南行中书省左丞阿昔思倡议重建，历二十年始竣工。建成后，受到元仁宗皇帝的御书嘉奖。明、清两代，不断重修。民国以来，也加修饰，成为滇省有名的佛寺建筑群。寺宇风格有元

▷　从圆通山上俯瞰圆通寺

▷　圆通寺大雄宝殿内的盘龙巨柱

代建筑的特色。海内外旅游者来此瞻仰，无不惊叹我国古代劳动人民的智慧和技能，是我省建筑珍品之一。

大殿后右侧，有穿石曲径，名"采芝径"，峭壁悬岩，有如刀削。缘壁有石刻，"衲霞屏"三大字，系清末经济特元石屏袁嘉谷书。字体刚劲有力。又有王继文题诗刻石诗云：

湖光山翠拂衣来，千仞云根老碧苔。

倚徒孤亭迟月上，神龙忽拥夜珠回。

大雄宝殿后的潮音洞，洞口宽敞，洞内钟乳石垂垂皆是，洞中阴暗处蝙蝠乱飞，潮音铿锵，盖洞小水流碰击，又岩上落水触石，发出音响，故曰潮音。今在洞口设栅置门，洞内深入里许，可通小东门外一窝羊。

由采芝径向西直上，拾级而登，即抵咒蛟台，台临危崖，崖如刀削，咒蛟台约两平方米。原建有楼台，大观楼长联作者孙髯翁，晚年贫困，曾在此台卖卜。台后便是圆通山接引殿。游人来到台前，想当年孙髯翁在此台卖卜情景，不胜感慨系之。

《佛教胜地圆通寺》

❖ 陈起鸿：大观楼揽胜

大观楼在昆明小西门外约五华里，南临滇池，是昆明的古迹名胜之一。登楼眺望，西山横翠，远树含烟，奔来眼底的五百里滇池，碧波万顷，水天一色。楼外亭台水榭，曲栏回合，名贵花木，应时开放，松柏竹柳，遍植园中。

大观楼与西山上的太华寺遥遥相对。建楼前，人称"近华浦"。清康熙二十一年（1682），湖北名僧乾印来此讲经，听众很多，乾印"化缘"集资，修建了观音寺。康熙三十五年，云南巡抚王继文相继建起了大观楼、涌月亭、澄碧堂。近华浦这片山水风景秀美之地，便成了清初昆明文人赋诗会文的场所。咸丰七年（1857）大观楼及其他建筑，均毁于兵燹，同治五年（1866）建水马如龙又予重修，并增建起观稼堂，牧梦亭回栏把这些亭馆楼堂联结起来直通达大观楼下。

清乾隆年间昆明寒士孙髯翁所撰一百八十字长联，由昆明名士陆树堂书写刊刻。光绪十四年，云贵总督岑毓英又请剑川名士赵藩工笔楷书，刊刻成蓝底金字的楹联，悬于大观楼下正南。

▷ 大观楼

近三百年来，人们称它为"古今第一长联"，海内传诵。此联对仗工稳，字凝句练，情景交融，浑然一体，气魄雄伟，卓尔不凡。上联写昆明风光，清新俊逸，下联写云南历史，浑脱苍凉。嘉庆间，岭南名士宋湘又撰"千秋怀抱三杯酒，万里云山一水楼"，两联各有千秋而相得益彰。宋联至今仍悬挂在大观楼下向北一面。1961年郭沫若来游时，写下了《登楼即事》的五言律诗一首："果然一大观，山水唤凭栏。睡佛云中逸，滇池海样宽。长联犹在壁，巨笔信如椽。我亦披襟久，雄心溢两间。"悬挂在大观楼三楼中。

大观楼建筑群，楼阁参差，画栋雕梁，久已为滇南人士景仰，更加风光秀丽，景色宜人，特别是长联修辞典雅，描述动人，遂使大观楼与岳阳楼、黄鹤楼齐名，蜚声海外，引人向往。

《大观楼揽胜》

❖ 陈开国：翠湖

翠湖，位于昆明市内西北隅，在圆通（古称螺峰）山及五华山西麓，当两山之溪口下落处，使市内独具"有山有水"的得天独厚条件。

"翠湖堤畔柳凝绿，江南芳草仍焦枯"的诗句，证明了杨朔说的"云南的春的脚步儿勤，春来得早"是真的。翠湖常给春城人民透露出早春消息并使春晴久驻，"翠堤春晓"早成为昆明的八景之一。

▷ 翠湖会中亭

元朝末年，翠湖还是昆明城外的一片沼泽，因附近多为菜园、稻田和莲池，故俗称"菜海子"。近尚有蒲草田居民区在侧，又因湖中"九泉所出，汇而成池"，故又名"九龙池"。明洪武十五年（1382）修筑云南府城时，把池围入城内。据《昆明县志》记载："九龙池，即沐氏别业名柳营者也，修于康熙三十一年（1692），总督范承勋、巡抚王继文构亭建楼，备极清迥。其地沿五华山之右，贯城西南，陬达滇池。"

翠湖初建于1390年，当时明代镇守国公沐英在湖之西岸"种柳牧马"，修建柳营，洗马河之名仍不时有人提起。后又改为沐家"世袭国公"的别墅，湖面宽阔，与滇池相通。清初，吴三桂填湖修筑王府，到他的孙子吴世璠时，又把西部辟为御花园，翠湖面积遂减。

王继文修建翠湖时，在湖中小洲上建"碧漪亭"，即今之"湖心亭"，又名"海心亭"。现墙上石刻"湖心亭"三字，系清末经济特元石屏袁嘉谷所题书。亭中对联甚多，其一为"有亭翼然，占绿水十分之一；何时闲了，与明月对饮而三"，颇为人们所赞赏。王继文还在北岸修建了"来爽楼"等。

道光年间，云贵总督阮元命人筑了一道贯通南北的长堤，称"阮堤"，堤上架桥三座，北面叫"听莺桥"，南面叫"燕子桥"，中间叫"采莲桥"。到1919年，唐继尧主持滇政，又横贯东西筑起一道长堤，与"阮堤"交叉，称"唐堤"，架桥两座，东边叫"卫东桥"，西边叫"定西桥"，但很少有人以此为名。这两道长堤，相互交叉，分湖为四，湖畔多植杨柳花木，别有佳趣。

国民党统治时期，翠湖海心亭内开设了由法国人经营的旅馆，后来又先后为"昆明防守司令部"及"昆明市党部"占住，游人望而却步，加之年久失修，草煤淤积，荆榛杂芜，显得十分荒凉。

《翠湖》

❖ **周家骅：** 近日楼

昆明旧城原有城墙，高二丈九尺二寸，周长九里三，共设城门六道，门上都建有城楼。东门称为咸和楼，又叫殷春楼，俗称大东门。东北门称敷泽楼，又叫碧光楼，俗称小东门。西门称为宝成楼，又叫拓边楼，俗称大西门。西南门称威远楼，又叫康阜楼，俗称小西门。北门称为拱辰楼，又叫望京楼，俗称北门。南门称丽正楼，又叫近日楼，俗称大南门。以上六门，均为唐广德之初（763）凤伽异筑拓东城之旧址，旧称。后改称鄯阐府，元朝称为中庆城。明朝洪武十五年，云南府改建砖城，万历十八年重修。清康熙、乾隆、嘉庆、道光各时期，都启用征收的地丁银，对城墙加以修建，1915年冬，云南人民首义，发动了护国之役，全国各省响应，粉碎了袁世凯复辟帝制的迷梦，勋业告成。为纪念护国起义的成功，1919年又在城东南隅开一门称为护国门，但无城楼，俗称小南门。

▷ 1944 年的近日楼

在六门之中，以南门（近日楼）为全市交通要枢。南门为内外两层，都有城楼。外层为丽正门，于1922年昆明市政公所整理交通而拆去，内层为近日楼，亦称正义门，画栋雕梁，庄严雄壮。城门拱顶书"正义门"三个大字，城楼第二层屋檐之下，高悬"近日楼"匾额（传为阚金兆楷书）、烫金、金光灿灿，十分醒目。原城门仅阔丈余，修建改建之后，再辟二口接连马路。丽正门及月城拆毁之后,辟为近日公园,外以铁栅栏相围。园内筑池种花。成为街市中心公园,供路人游憩之所。园内花香熏人,喷泉溅露,给人以清新之感。

近日楼改建工程完成之后,云南督军唐继尧于1924年又建再造共和纪念标于公园中央,纪念标矗立园中,同近日楼交相辉映。

民主革命时期,近日楼成为昆明民主运动主要阵地之一,反内战,争取民主自由的标语、口号、漫画和文章贴满城墙,市民争相竞看,有力地推动了民主运动的发展。

《近日楼》

❖ 李建恩:金殿名花两生辉

昆明市东北郊有座鸣凤山,亦称鹦鹉山。山上松苍柏翠,古木森森;林间群鸟翔集,鸣声悦耳,故名鸣凤山。山巅有一道观,叫"太和宫"。由山脚至山顶,按一天门、二天门、三天门的顺序,石阶于林间蜿蜒而上,登上三天门,即至太和宫大门。太和宫大门内,经棂星门及小院,又有略似皇家紫禁城的砖城,沿石阶入"城",迎面高高的平台上,两层石雕栏护卫着一座宫阙式的铜建筑物,这就是全国重点文物保护单位,著名的金殿。

金殿从梁柱、斗拱、门窗、瓦顶、供桌、神像、帏幔、匾额、楹联,全部用铜铸成,重约200吨。

太和宫金殿初建于明万历年间,明崇祯十年(1637)被移到宾川鸡足山天柱峰。清康熙十年(1671),当时统治云南的平西王吴三桂重铸太和宫金殿,它至今已历300余年。太和宫金殿是我国现存的古代5座铜铸建筑之一,也是现存最大的铜殿。

鸣凤山不但以太和宫金殿闻名全国,而且也以古木参天、名花荟萃称誉南滇,据明代天启年间刘文征《滇志》及其后的清代云南地方志记载,

▷ 位于鸣凤山山顶的金殿

▷ 金殿三天门

昆明市民每年农历三月初三，都有倾城而出，扶老携幼出外郊游之习俗，而鸣凤山则是郊游胜地之一。金殿的名花异卉无疑是吸引士民的主要因由之一。

中国的佛寺道观，大多选择名山胜水为址，而在寺院宫观中种花植树，也是高僧名道除佛道功课、法事外的重要活动。这是中国佛、道两教的一大优良传统。鸣凤山太和宫这座昆明著名的道观，也不例外。

在太和宫砖城外，有玛瑙茶花一株，砖城内金殿两侧，分别有紫薇、梅花各一株，均植于明代，至今已有300余年的历史。

《金殿名花两生辉》

❖ 高 飞：云南讲武堂

云南陆军讲武堂，后称云南讲武学校，创办于1909年（清宣统元年）。校址在昆明翠湖西畔的承华圃，也叫洪化府。这里在创立讲武堂之前，原是驻兵之地。

云南讲武堂自创办之日到1934年的25年中，共办了22期，每期招生400余人，学习步、骑、炮、工、辎等课目。该校的筹办者、首脑及教官，除李根源外，多为清末留学日本士官学校的学生，如唐继尧、顾品珍、谢汝翼、罗佩金、杨振鸿、赵复祥、叶成林、王兆翔等，其中大部分是同盟会员。云南讲武堂在辛亥革命的"重九起义"中起了中坚作用。这所学校造就出不少军事人才，如朱德总司令、叶剑英元帅、周保中将军以及卢汉、龙云等将领，朝鲜、越南等国青年，如崔镛健等曾在该校学习。

《云南讲武堂》

❖ 王海涛、曹钟瑜：古幢

　　昆明古幢又名"大理国古幢"，或称"地藏寺古幢"，位于市区拓东东路之南，是南宋大理国时期遗物，在全国也是罕见的稀世之宝。其上雕刻天龙八部及诸天佛、菩萨，共292尊，大的一米多高，小的仅只三厘米，无不栩栩如生，备极精巧。其第三层北龛造像尤为精绝：高雕三十六手观音一尊，每手各持不同法器，如孔雀开屏般环到身后，观音宝冠华服神情恬淡，整座雕像仅仅刻在手掌大的石块上，却又璎珞历历，眉眼毕现，匠技之超绝，实为海内罕见。又南龛地藏菩萨造型古朴：风帽、袈裟、一手持

▷ 昆明古幢

锡，一手托珠，与中原唐代的风格完全一致，使人清楚看出古代云南与内地的密切联系。

古幢的第六层上还雕有四座仿木结构的庑殿四座，殿内供三世佛及佛弟子，精细之极，连瓦当、滴水都一一刻出，可贵的是还把檐下的古式斗拱都精确明晰地雕刻出来，为今天研究宋代建筑提供了珍贵实物。此外，刻在幢身的《造幢记》、佛教经文和梵文（一说古藏文）都是研究云南地方史、佛教史的珍贵史料。

古幢自1919年出土以来，即以其绝世的精美艺术震惊中外，据资料所载，当时"中外人士奔走摩挲，咸目为东方佛教绝世稀有之美术！"方国瑜教授把它推崇为"滇中艺术，此极品也！"

《古幢》

❖ **张廷勋**：东、西寺塔

东、西寺塔和双塔是昆明市区仅存之古塔。相传东、西寺塔乃唐贞观六年（632）所造；也有说是大理国时高智升所造。证之史实，两塔均系唐朝南诏丰祐时弄栋节度使王嵯巅所筹建，由著名工匠尉迟恭韬建造。两塔自唐文宗太和三年（829）兴工，唐宣宗大和十三年（859）竣工，历时三十年。

西寺塔又名慧光寺塔，乃仿照唐朝长安大雁塔建造，为四方形十三级砖塔，高八十尺，屹立于东寺街柿花桥附近。塔砖有梵文，偶见汉字，多佛咒之类，清康熙六年曾重修。咸丰六年，慧允寺毁于兵燹，而西寺塔仍巍然屹立。

东寺塔又名常乐寺塔，耸立于昆明市书林街中段东侧，为四方形十三级密檐式空心砖塔，高一百一十五尺，塔内有回转式木踩板直通顶层，每层外部四面均有一小佛龛，内塑佛像一尊。清道光十三年（1833），昆明发生强烈地震，东寺塔完全倾圮。咸丰六年，常乐寺亦毁于兵。光绪九年

▷ 1900年的东、西寺塔

（1883）总督岑毓英重建。"因视旧基低下，虑土薄弗坚，乃移于迤东数百步内。"在三皇宫旧址，按西寺塔模式兴建，历时四年完工，高一百二十三尺许，底盘每边宽三十五尺八寸，至第八层逐渐收缩。但位置已变更，仅形制略保唐塔风貌。此塔在物理学、建筑学研究上，有可供参考价值。

《东、西寺塔》

❖ 赵汉龙：五华山

五华山，古称悯忠山。位于市区北面，海拔1920米。东祖遍山，北螺峰山，三山连峙。其西为翠湖。秀拥五华，山水相连。1277年（元至元十四年），云南王忽哥赤、平章政事赛典赤，为保国安民，在山上建五华大殿，匾曰"悯忠寺"，内塑如来佛像。1363年（至正二十三年），毁于战火。1368年重修，改名五华寺。

据《云南通志》载："由螺峰叠嶂而下，端丽庄严，领袖诸山。其下则烟火万家，山川一顾可尽，诚胜地也。"

百年前的五华山，古木参天，绿瓦红墙，掩映林中，夕阳西下，炊烟袅袅，成群白鹭，盘旋树梢，成了昆明著名的八景之一——"五华莺绕"。

五华山是市区最高点，从元代开始，陆续建城，是历代古城的重要部分。历代在山上造寺、庙、庵、祠、亭、坊。相传南诏时高智升宅建于其上，后改建万寿宫，即明永历帝驻滇故宫。1662年，吴三桂在篦子坡（今华山西路）逼死永历帝。吴三桂为平西王，将故宫改为王邸，增饰宏丽。至1673年（康熙十二年），吴三桂反击长沙，抗命十七年，戊午僭位号周，年号昭武，王邸称宫。清代宫又改置龙亭，并有朝房。每逢清帝万寿之日或元旦，文武官吏，照例齐集朝贺。1908年（清光绪戊申年），于其地改造起两级师范学堂，曾掘出永历帝玉玺。

▷ 五华山光复楼

山上还有拜云亭，系云贵总督范承勋在康熙二十六年（1687）所建，为地方官员初一、十五习仪之所。万寿无疆坊，在拜云亭前，1696年（康熙三十五年）奉旨核减屯额，官民公建。

诸葛武侯祠，在五华山左，1687年（康熙二十六年）粮储道孔兴诏建。五十年总督王继文、巡抚石文晟修，春秋二季仲策吉致祭，1835年（道光十五年），总督阮元重修。同治二年，马荣踞城拆毁，同治十三年沈寿榕重修。

潘忠毅公祠，在武侯祠左，又曰昭忠祠。

辛亥革命成功，云南军都督府衙门由制台衙门（现在的胜利堂），迁至五华山办公，原优级师范学堂大礼堂，改称光复楼。历届云南省政府都设在这里。

1947年，光复楼被火毁尽。1948年原国民党云南省主席卢汉时修复，仍恢复光复楼名称。

《五华山》

❖ 开 城：筇竹寺五百罗汉像

在昆明市西北十多里的玉案山腹，有一座元代兴建的古刹筇竹寺。据碑文记载，它是元初昆明著名的佛教学者，禅宗高僧雄辩法师（1228—1301）所创建。明永乐、宣德，清康熙重修。今天中外旅游者们所见到的筇竹寺，是清光绪十一年至十七年间（1885—1891），由梦佛和尚所规划修建。寺内除保存雄辩法师弟子、筇竹寺住持玄坚和尚赴北京朝见皇帝元武宗，武宗赐给的《大藏经》，由元仁宗颁赐的蒙文《圣旨碑》，以及明代著名诗书画家担当和尚（1593—1673）撰书的"托钵归来，不为钟鸡鼓响；结斋便去，也知盐尽炭无"楹联外，筇竹寺内最享盛名的就是别具风格、千姿百态、栩栩如生，被誉为东方雕塑艺术宝库的一颗明珠——五百罗汉了。

筇竹寺五百罗汉是惊人的民间雕塑艺术杰作，为历史文化名城昆明平添异彩。经过许多著名的艺术家、美术工作者和中央民族学院师生研究、摄影、鉴定，汇集成册，广为流传，无愧于东方雕塑艺术宝库的明珠称誉。

罗汉塑像分布在大雄宝殿内壁两侧和天台来阁、梵音阁两厢里面。

筇竹寺罗汉塑像尽管同新都宝光寺、重庆罗汉寺、武汉归元寺、杭州灵隐寺等处塑造的罗汉像一样，受到宗教观念的束缚，但却大大地突破了宗教偶像固有的刻板模式和塑造公式，别开生面，另有丰姿，在创作思想和方法上，都具有独特的风格。

▷ 筇竹寺五百罗汉像

筇竹寺罗汉的主要特点在于作者没有把罗汉塑造为纯粹宗教理念的傀儡，而是把他们现实化、人格化、生活化，赋予罗汉们以人性的特征。作者显然是在佛教所宣传的"运载众生""人人皆可佛"乃至"放下屠刀，立地成佛"的宗教革新思想中另辟蹊径，把罗汉设想为并非高不可攀，而是来自人世间的普通人，世人通过"修行"，皆可成为罗汉、菩萨、佛。因此，作者敢于大胆地到现实社会中，到人民生活中去寻找艺术创作的源泉。

在进入创作过程时，许多罗汉塑像实际上就是现实生活中的某种人物的再现，反映出某种类型的人的共同特征。罗汉中有手持卷轴、观看入神者；有扶箩售果、捧果似买者；有相互交谈、酷似辩论者；有敦厚朴实，滑稽诙谐者……形成了一幅丰富多彩的人间图画，使观者宛然来到世俗人群之中，从罗汉的模样、表情、衣着等形象特征也看到了各自的生活遭遇和思想感情。作者的现实主义创作思想和方法，在一定程度上冲破了宗教唯心主义世界观的藩篱，取得了艺术的创造性成就。

筇竹寺罗汉在艺术表现手法上，也具有很高的造诣。首先是造型富于变化，丰富多彩。作者并不完全拘束于佛教神像公式化、概念化的局限，在人物造型上大胆变化。罗汉中有的盘足静坐，俨然入定；有的怒目而视，振臂扬威；有的双手前伸，若有所得；有的吹笛入神，恍入仙境……形象有别，姿态各殊，奇异非凡，栩栩如生，极富生活气息。其次是继承和发展了中国传统的雕塑艺术中常用的具有浪漫主义特征的夸张手法，塑造了神话式的理想人物。例如，长手揽月，长脚过海，长眉长老，乘龙驾凤等等，给人以新的向往，美的享受。此外，在人物的衣着上，道具的使用上以及色彩浓淡上，都做到了协调大方，美观别致，使人观后留下极其深刻的印象。

《东方雕塑艺术宝库的一颗明珠》

❖ 杨明熙：金碧交辉的曹溪寺

从安宁的温泉"天下第一汤"，跨过螳螂川桥，再沿浓荫蔽日的盘山公路蜿蜒而上两公里，在丛林翠竹掩映中，就可以看到红柱硫瓦，金碧交辉的"曹溪寺"。这里有"安宁八景"之一的"曹溪映月"的所在地。

跨进山门，向左拐拾级而上，是四大金刚。再跨第二道山门，穿过左右庑厢便是大雄宝殿。大殿坐西向东，硫瓦放彩，游龙护顶，檐牙高琢，五彩缤纷，矗立于苍松翠柏，繁花茂草之中。大殿虽几经修葺，仍保留着以斗拱支点为特征的宋代古建筑结构。殿中供着宋代木雕华严三圣像，佛龛背景及窗栏扇阁，雕工技艺精湛，嵌空玲珑，层次分明，为我省罕见。殿前上下檐正中，有一直径四十二厘米的木质圆窗，每逢甲子年中秋，皓月冉冉升起到一定高度时，月光便透过窗孔，犹如圆镜照射到正殿前列释迦佛像额顶。随着月亮徐徐上升，月光即缓缓向下移动，由鼻梁至下颚及胸脯到肚脐即映过，"曹溪映月"因此而得名。誉称"天涵宝月"，也叫"曹溪映月宝镜悬"，是我国古代天文学与建筑学精确计算而成的奇景。

曹溪寺碑碣较多，有《重修曹溪寺碑记》五块，有《衲子碑》《天涵宝月》《圣水三潮记》《珍珠泉碑》。还有明代崇祯皇帝御笔书写的"松风水月"石刻，以及"楼台高挂月，钟声远飞空"，《护山花房记》等题咏，后殿壁间竖着两块《重修曹溪寺碑记》，一为明代贬谪云南的西蜀文学家杨慎撰写，一为康熙云贵总督满洲巴锡撰，字迹遒劲，不仅记述了曹溪寺的建寺、修葺年考，而且是一帧帧优美写景抒情诗文。

据载，此寺系唐代广东曹溪宝林寺禅宗六世祖慧能大师弟子所建，故援引名"曹溪寺"。杨慎撰《重修曹溪寺碑记》中述："相传此宇，在昔盛时，楼殿撑天，梵呗沸地，福田连阡，岁入千钟，香积食指，无虑近万。而以锋炼销其记茹，苔露蚀其贞细，并使日月湮于谁劫，名氏坠于初日，惜也。"现存大殿系宋代建筑，迄今已千余年历史。

大殿前建有钟楼、鼓楼各一。殿左有两棵古老的优昙花，原株在明末兵乱时损坏，现存者株高约一丈五。系后来由原根萌发。明大旅行家徐霞客《游温泉记》中述优昙："其高三丈余，大人一抱，而叶甚大，下有嫩枝傍丛，闻花开当六月伏中，其色白而淡黄，大如莲，其香甚烈，而无实。"据州志载："曹溪寺有昙花二株，皆元时物，屡经兵燹颠顿殆尽，康熙甲戌吾宗承勋方伯来守是邦，始斩除草菜，恢复旧观，更作小屋三间于其上，即名之曰'护花山房'，并作有护花楼歌。"总督马声咏护花山房："佛性仙才本自殊，天然原不费功夫。护持生意知多少，岂独和山花半株。"

殿左有元梅一株，迎霜傲雪七百年，今仍健在花丛中，实为罕见。古有诗咏："怅望东篱有所思，百花开后我来迟。一阳弹指春将到，先折梅花第一枝。"

从山门大殿两壁及前梁上，过堂上彩绘着古色古香的"九龙图""五马""牧归""坐竹"及《西游记》故事共40幅，惟妙惟肖，饶有情趣。

在曹溪寺右侧半华里，密林覆盖的箐弯里，长年冒出一泓清澈如镜的泉水，多股气泡似筛眼般从泉底串串冉冉升腾，状似珍珠，故名"珍珠泉"。若向泉中投掷镍币，犹如碧玉徐徐摇晃降落，与串串向上摇扶而出的珍珠辉映，游人赞叹不绝。

《曹溪寺今昔》

❖ 陈策勋：盘龙寺

盘龙寺公园在滇池东南，晋宁县城东门外二公里许。园中有盘龙山，映山水库，山水面积约为三3.75平方公里，是我省历史上三大名山胜境之一，古称东山，后称万松山和衲山，山形盘桓，近代才称盘龙。以日照山顶为主峰，海拔2174米。登临山顶，滇池如镜，渔帆点点，烟波浩渺中可见群山俯列。左有凤凰，右有卧象，背有五龙。并可远眺西山、观音山、月山，即郑和公园。迎面有梁王山（元代把匝喇瓦尔密"殉难"地）、石寨山（西汉滇王墓地）、天女城（晋十代宁州刺史李毅之女李秀戡平叛乱之城）、石将军（宋代石雕天王像）、七学士峰等皆历历在目。

邑人方树梅诗曰："新晴日照快来游，撰杖登峰得小休。百里湖山供啸傲，江南风景望中收。"的确，昔日的盘龙，古木参天，紫竹成林，好鸟飞翔争逐，实鸟语花香之境。元植松子鳞茶花名扬海外，不结果的红梅（称怀中抱子），今已六百余年，明植珠砂玉兰已是稀有花木。由于水绕山盘，山光水色，明秀可餐，又有奇花异草，淙淙流泉颇令游人陶醉。

剑川赵藩曾两游盘龙山，一次拾到灵芝一朵，成诗云："十年长梦采华芝，胜地天心两得之。石宝石巅霞起处，松山松下雨晴时。"人称盘龙为"灵境"是有道理的。故唐代妙法禅师慧明，元代大慧禅师崇明，都选此山为出尘修养之美境。

山中万松古寺建于唐武德年间，寺中供奉儒、释、道三教塑像，故周钟岳书联云："唐时遗构万松寺，哲学分宗三大师。"宋、元、明、清各代重建和增建，使寺庙形成群落，气势磅礴辉煌，风格多样。其中，宋代建观音寺、莲华庵、龙华庵，元代建大雄宝殿、金刚殿、阴阳二将殿、罗汉寺、龙王庙、祖师殿、药师殿、万鹤轩、龙泉斋、望梅楼、方丈室，明代建元和宫、宝华庵、望月轩、玉皇阁、斗母阁、雷神殿、三祖禅院、紫金台、藏经楼、地藏殿、伽蓝殿、接引殿、华严阁、哼哈二将殿、吕祖亭、睡佛殿，清代建清官堂、南天门、茅庵山神庙、一山门、二山门、三山门以及托板斗架有人物花草的三座牌坊，其中高大的迎面一座书"清虚竺国"和背书"极乐莲台"，民国时期只是重修，新建的唯财神殿而已。

寺庙中古佛成千，千姿百态，三教塑像可称完善。观音殿、接引殿的塑像身高四至六米，故晋宁知州龚一鹏草书一绝云："古寺盘龙去复回，山门遥对海门开。十千树避秦封徙，丈八身腾汉梦来。"丈八即指观音塑像高度。十二圆觉和金刚殿、哼哈二将殿中的塑像，比例准确。在我省不可多得，在全国亦属上乘。故一些历史名人留下诗、书、画和匾额、栏联、碑记不少，使盘龙山闻名全省。春秋佳日，来游者络绎不绝。

《盘龙寺》

❖ 高 飞：昙华寺

昙华寺坐落在昆明市东郊金马山中的瑞应山脚，金汁河畔，距离城区七里。寺创建于明代崇祯七年（1634）。当时叫昙华庵，是尼姑庵，其后历经修建，改为僧寺，至今350多年，为昆明有名的古寺之一。在建寺前，这里就有一株优昙花树，因此取名昙华寺。

优昙花树为云南特有山玉兰，属木兰科，叶似菠萝，呈纹九丝，四季常绿，枝柔叶阔，亭亭如盖，花状似芙蓉，有十二瓣。据《昆明市志》载，如遇闰年，花瓣则增为十三。花气浓郁，香飘四野，沁人心脾。是观赏价值极高的美化庭院的珍贵树种，也是昆明稀有的古木之一，"优昙献瑞"成为昙华寺公园特有的一景。

在"优昙献瑞"北侧，有一枇杷树，树干高大，枝叶繁茂；虽已三百多年，仍然果实累累。民间传说，这是明代儒家名医《滇南本草》作者兰芟庵亲手所植，与优昙相距咫尺，相对做伴，亦为奇木景观。游人出于对植树人的崇敬，常常在树下摄影留念。

昙华寺，前临金汁河，背依瑞应山，四周农田村舍环绕，幽静清雅，十分安谧。昙华寺，本来就以花木繁茂著称，尤以兰花取宠于人，名噪市井。以往，每年逢"近日楼"花卉展赛时，昙华寺的花卉，多列魁首。平日里，游昙华寺的人也都为"问花"而来，以赏花为快事。所以昙华寺花的名誉远远超过寺的名望。近年为了抢救这一明代建筑遗产，保存文化古迹，丰富城乡文化生活，适应旅游事业的发展，拨专款维修，焕然一新。并扩建新园，设置更趋完善。

现在的昙华寺，建成两大游区：园中园和园外园。占地面积78亩，可游处所比旧时增加了近六倍。修复旧园为园中园，开辟瑞应山为园外园，巧妙地利用自然景观加以配置构造，自然与人工混为一体。漫步其间，使人有游无止境的幽曲和新鲜感。

园中园，是以原有寺院为主体的苏州园林景色。从山门经中殿和后殿的空间庭院，向左右两翼展开，造就成三园既相隔又相连的格局。通过玲珑别致的洞门、古亭、水榭、曲廊，迂回曲旋，一步一景，漫游各园，小径幽深，素雅清静，使人入迷。这里有"金苑""碧园""梅园"，有樱花海棠区，有竹丛柳林，有池塘翠莲、小桥流水和古树碑林。在庭院里，曲径旁，古亭上，诗文、匾额楹联、石刻彩画甚多；花卉盆景，琳琅满目，使游人心醉神驰。

在园中园里的苍翠松竹深处，建有茶室，桌椅茶具古色古香，显出雅致。小碑林竖立着几面碑刻，游人至此驻足观摩，难禁思古幽情。朱德的诗文碑，最引人注目。朱德早年在云南时，常游昙华，品茗赏兰，与住持映空和尚盘桓，成为知交。曾撰诗文赠予映空和尚，这诗文已勒石为碑，仍嵌在昙华寺过厅的左壁上。

《昙华寺》

❖ 张科仁：南城外的金碧公园

昔日，昆明南城外，有一公园。因邻近有名的金马坊和碧鸡坊，故在公园形成后，取"两坊"的首字名"金碧公园"。园址在现在的省第一人民医院（原昆华医院）及复兴村附近。

▷ 1945 年的金马碧鸡坊

这里，明代以前，还是滇池水域的一部分，后滇池水位下降，逐步形成村落，其中有一开阔地，丘陵起伏，形似"蜈蚣"，故俗称"蜈蚣岭"，谐音讹传为蜈蚣里。这一带原生长着丛丛梅树，每值冬末初春，万树梅花争妍，幽香远飘，加之丘陵之间，还有一池塘，碧波荡漾，池内种植荷花，又有松柏植于岭上，池畔杨柳成行，景物宁静，清丽秀美。早在清光绪年间，这里就是昆明南城外的一个风景点。每当农历八月十五前后，不仅附近的农民在这里游玩，城中的一些市民也纷纷前来观花赏月，联词吟诗。后又在此建造亭、榭、楼阁，清宣统二年（1910）建成公园，称为"南城公园""南关外公园"，又因其地处商埠区金碧路内，又有人称它为"商埠公园"。民国年间改称"金碧公园"。"金碧公园"一名直至今日仍在昆明人中传说。

辟为园林后，设有专人管理，负责花木的栽培和护理，维护园内建筑及设施，逐渐成为昆明人游憩、休息之处。据1924年（民国十三年）编的《昆明市志》记载："公园建设已十余年，逐年修整渐臻完善，现园内有商品陈列所、农村馆、矿产馆及留春、披风、话雨、望云、延目、浮香等亭子。而竹木花卉，葱郁艳丽，亭楼池沼参差错落，风景极佳，游人恒络绎不绝。"有诗赞公园景色之秀丽，吟出了"名园美景喜流连"，可见，当时的金碧公园不愧为昆明的一景。

当年的金碧公园，坐南朝北。正门正中建有一亭，名"金碧亭"。绕过"金碧亭"，则见一喷水池，四周筑有假山，在假山上镌有"留云"二字。在假山后，有两道门，为牌坊式，东边的名"金碧灵圃"，西边的题为"西山迎爽"。进门后，展现在眼前的是一片梅林，中间建有一花坛。在花坛的东、西两边各建有两个亭子。四亭对峙，相互呼应。东边两亭分别是"披风亭"和"延月亭"，西边的是"望云亭"和"话雨亭"。过了花坛，有一堵墙。墙上绘有各种花卉、飞禽、走兽，形状各异，在墙的两端各开有一道短门，通过短门，就是"商品陈列所"，这是一座"Z"形建筑。"商品陈列所"的东边有一馆一亭，馆为"矿产馆"；亭曰留春亭。在馆、亭之东为枣园、花红园、农林馆以及菊园。"商品陈列馆"之西为"实业司"。从"商品陈列馆"往里走，有一铜像，为清末留日学生、同盟会会员杨秋帆塑像。在铜像后，还有"石林""瑶岛"和"楼亭"，再之后又见梅园，在梅园之东，还有植物园。

在公园内有明、清的古迹"三宫殿"，殿内有铜佛像六十尊。形象各异，栩栩如生。公园建成后，园内绿树成荫，各种果树不下千株，亭、榭、楼、馆相映成趣。

金碧公园除风景宜人之外，还是政府举办各种展览必选之地。据《昆明市志》记载，最早在金碧公园举办的是1914年（民国三年）的征集巴拿马商品展，这是为参加在巴拿马举办的赛会选送产品而举办的一次规模较大的全省性的商品展览会。展览会闭幕后，将征集到的优质产品送往巴拿马陈列。

之后，1921年（民国十年）10月，在园内举办了第二次物产品评会。场内分农林馆、工艺馆、矿产馆、教育馆、古物馆等。其中以矿产馆最为引人注目，展出矿产品主要来自东川、个旧矿业公司。它反映了云南省丰富的矿产资源，这次展览从12日至27日，历时达15天。

1922年（民国十一年）12月，由云南省政府饬令云南实业公司，在园内筹办了全省性的劝业会，征集全省物品进行陈列展览。这次征集到的物品有矿产、林业、水产、畜牧、园艺食品等共十六类，按分类进行评奖。同时，在余兴场内置有小世界电车、二龙戏珠坊、瑶岛奇观、弹子房、军乐亭、喷水戏珠等六部，供参观者游乐、观赏，是一次规模较大、内容丰富的盛会，吸引了许多的昆明市民前往观赏。除举办各类展览外，金碧公园还举办过花会。那是1923年（民国十二年）3月，由昆明市政公所主办，征集了市内及远近郊种植的各类花木入园参加陈列展览，花会从3月17日至31日，会期为15天。在会期，引起市民的极大兴趣，前往参观的人络绎不绝。

30年代，公园改作"金碧游艺园"，园内增设电影院、戏园、茶园等游乐场所，经常在园内演出京戏、滇戏、京韵大鼓、梨花大鼓、三弦拉戏、双簧相声等。演员除本省的外，还有外省的戏班上台献艺。

《南城外的金碧公园》

❖ **陈长平：文庙忆旧**

现在昆明市群众艺术馆的所在地从前是昆明的文庙。30年代，文庙叫省立昆华民众教育馆。我的家就在文庙附近的华山南路，每天上学都要经过文庙，星期天或放学以后，也常到文庙游玩。文庙是我童年流连忘返的乐园之一。

从文庙大门往左进去有三座石狮子，有龙雕石柱支撑着的石牌坊，为一仿木四柱三门花岗石建筑；中间的棂星门高5米，宽10米，礼门、义路各高4米，宽3米。各门之间有石坊圆柱，夹柱呈鼓形，均有浮雕图案，所雕蟠龙抱柱形象生动，工艺精巧，具有较高的雕刻艺术水平。再往里走就到泮池上的石桥。童年时常在桥边观看池里的娃娃鱼。两边有钟鼓楼。正面的大成门立于石阶之上，门上钉有排列成行的圆柱形的木钉。大成门的东西两庑，塑有七十二贤的泥像，每一尊塑像前，又立有牌位，书有各人的姓名。天字台上是大成殿。石阶中间有一块雕龙吐珠的大墨青石墀，历代歌颂孔子的石碑竖立于石阶的两边。大成殿的正中立有孔子木雕像，雕像仪态端庄。大殿前后苍松翠柏，郁郁苍苍，参天古木上常有白鹭鸶栖息。

▷ 文庙棂星门

大成殿后面，通过月宫门，就是崇圣殿，是供奉孔子的先父叔梁纥牌位所在。30年代时已辟为历史文物展览室，里边陈列着吴三桂的盔甲、大刀，蔡锷的将军衣、帽等，还展出了孙中山逝世后出殡及灵柩安葬在南京中山陵时悼念活动盛况的照片。在抗战后期崇圣殿已辟为电影院。在崇圣殿旁边是仓圣祠，是供奉传说造文字的仓颉的牌位所在。顺路朝东向南而下，有休息室，后在此建起了大礼堂，作为演戏、放映电影之用，后为群艺剧场。

再下去就是藏经楼，30年代改为图书馆（室）。图书室里藏书十余万册，后迁出扩大为昆明市图书馆。在图书室旁边还为少年儿童开设了一个儿童阅览室，里边有很多供少年儿童阅读的图书。如商务印书馆出版的《小朋友》《儿童画报》《东方杂志》等书刊。现在图书室的原址已辟为舞厅。

　　图书室下面有个天井，靠东面有间厢房，记得抗战时期那里是金马剧社的社址。再往下走就是桂香搂，当时辟为茶室。茶室非常热闹，茶室聘请了讲评书的老艺人说评书。我在那里听过陈玉鑫讲的《三国演义》《水浒》。当时茶室里还张贴着日寇在九一八事变时炮轰沈阳北大营、"济南惨案"日寇残酷凌迟山东特派交涉员蔡公时的宣传画，使吃茶的人知道我国当时是处在列强瓜分的岌岌可危的境地。

　　对着正门的是魁星阁，阁檐飞耸，阁楼的最高一层有魁星的泥塑像，鼓目带笑，脚踩鳌鱼头，也就是俗话说的"魁星点斗站鳌鱼"，寓"独占鳌头"之意。魁星手里执朱笔一管，在古代社会，到省里或上京赶考的举人秀才，都要到魁星阁参拜，希望将来魁星的朱笔一点，能够"金榜题名"。

　　大成门的东西两庑，把七十二贤的泥像拆除后，西庑作为展览厅，一共是三间，作为云南动植物、矿物及人体胚胎等实物的标本展览。记得展厅的墙上悬挂着云南画家廖新学的大幅油画，有一幅是画的农民插秧的情景。另一幅画的是1929年7月11日昆明火药库大爆炸时死伤无辜百姓万余人血肉横飞的悲惨景象。第三幅是昆明遭受水灾的情景，有的灾民爬在房顶上，有的抬着箱子在水里挣扎。东庑是民众教育馆的办公室和职工宿舍。

　　抗战前的文庙每天都有成百上千的游人前来参观游玩。一些全省性的重要集会都在此举行。抗战前也搞过大规模的祭孔，穿起古代的礼服，由云南省政府主席龙云主祭，杀牛宰猪。我父亲还被邀去担任"礼生"（司仪），散会后还把分得的猪肉（胙）拿回家来，据说"胙"吃了后人会聪明，那只是一种迷信的说法。还举办过盛况空前的博览会，在大成门两边扯起帐篷，各种农、工、矿产品及各地的土特产、牲畜，如牛、马、羊和食品等应有尽有，参观的人们摩肩接踵，热闹异常。昆明首次航空奖券开奖仪式也是在大成殿上举行的。1935年"京滇周览团"莅昆时，也是在文庙与市民见面的。

抗日战争爆发，抗日歌咏活动极兴盛，文庙内就有"民众歌咏团""歌岗合唱团"在里面活动，还出版了几期《抗战歌声》。1938年5月1日，中华全国文艺界抗敌协会云南分会在桂香楼举行成立大会。1938年9月28日，日寇首次空袭昆明，潘家湾一带被炸，死伤达80余人。敌机9架，有3架被我空军击落，并活捉敌机飞行员池岛。后来送到文庙大成门东庑的一间屋内，广大市民得以目睹。敌机残骸也运来大成殿展览。后来日机轰炸昆明时，供奉孔子的大成殿被炸平了。

《文庙忆旧》

❖ 范春跃：嵩明黄龙古柏

有"龙山毓秀"之称的黄龙古柏，是旧嵩明八景之一，傲然兀立于嵩明城南之黄龙山顶。

古老的黄龙古柏一侧，碑文云："黄龙古柏，据《续修嵩明县志》载'在宗镜寺内，周十围，枝叶如华盖，相传为晋末间物。'"星移斗转，朝代更替，虽几经战火，自然灾变，黄龙古柏却依旧郁郁青青，生机勃勃。它不仅是一种自然的景观，而且已跻身于历史人文景观的行列，历朝文人墨客游览至此，无不扼腕慨叹，诗兴大发，其中脍炙人口的当数民国诗人杨恩诚的《咏古柏诗》：

春秋迭运几千年，双柏森森柱九天。
不畏雪寒知傲骨，历经浩劫见心坚。
龙山浓荫钟神秀，鹫岭盘根保体全。
自古大材须大用，佛门护法永奇传。

粗大茂盛的黄龙古柏，仿佛两个睿智的历史老人，悠然闲坐，指点迷津，启示着大自然与人类社会的和谐真谛。两株古柏高大挺拔，相向而生，株距为5米，其中一株直径为1.52米，另一株为1.82米，需数人手拉手才能合围。远远望去，两株古柏如两把擎天的巨伞。漫步树下，枝条飘拂，荫翳蔽日。翘首而观，老干虬枝，古老苍劲，远远就能嗅到它散发出的脉脉幽香。

黄龙古柏还具有神秘的色彩，有人说它是彝族先民的图腾。彝语把一株叫作"液索茂希"，另一株叫"侧柏希"，汉语的意思为"天地神树"。民间图腾崇拜的原因，使这两株古柏得到较好保护，虽几遭雷击，仍保全至今。古柏兀立千数百年，解放后更得到人民政府和嵩明群众的加倍爱护。

《嵩明黄龙古柏》

❖ 李凤积：多闻天王摩崖石刻像

多闻天王摩崖石刻像位于昆明市西南四十五公里晋宁县牛恋乡旁的"石将军"山上。山体为"喀斯特"石崖，在怪石林立的北面峭壁上刻有一天王像。这个石刻当地人称"石将军"，徐霞客到此游览后，也说因山的形状像"操戈介胄"的将军而得名。

像高6.5米，就山石刻成浅浮雕，蹙眉怒目，其貌魁伟。左手扶腰，右手持三尖叉，左足登龙，右足踏虎，足旁有一骷髅。左上方刻有飘于彩云间的宝塔一座。左侧地上又有一塔，高4.5米，共11层。像旁刻"大圣毗沙门天王"七个大字，颜体阳文，书法古朴遒劲。"毗沙门天王"即佛教中的多闻天王。据《法华经》义疏：因守护"毗沙"天门，多闻佛法得名。多闻天王造像为我省剑川金华山、大理的南诏铜钟，昆明大理时经幢等石刻及铸造艺术所常见。身旁的十一级宝塔，形状与崇圣寺天王塔相同，但其特点是单独造像，塔不在手，风格古朴，铭文字体淳厚、端正。这种浮雕在我省为数稀少，国内也不多见。考其年代，约当南诏末至大理初，至今已逾千年，是研究这个时期佛教艺术的可贵实物资料。

摩崖石刻原无庙宇，碑载清光绪十四年（1888）依山建土木结构殿堂三间。站在庙前，举目远眺，五百里滇池烟波浩渺，风帆竹林尽收眼底。春秋佳日和农闲节假，到此旅游的人很多。

《多闻天王摩崖石刻像》

第二辑

寻常巷陌·道不尽的沧桑历史

❖ 杨树群：书店荟萃的光华街

整条光华街，最具特色的还是那专售各种新、旧书籍的书店业。民国时期，全国最大的几家书店——商务印书馆、中华书局、世界书局，它们在云南的分店，全都开设在这里。

商务印书馆云南分馆，设立于民国二年（1913），原来开在城隍庙街，后迁移至此，这是一座三层楼、四开间、中西合璧式的大型店铺，门面经过装饰，内部营业大厅也十分宽阔，各类书籍摆设和陈列得十分整齐气派，算是当时老昆明城内较为时尚和阔气的一户大型商家。至今其原址尚存，原貌基本保存较好，似乎也可以列为保护的范围了。

其余中华书局和世界书局两家，也都在其附近，成立于民国初年，但门面和店铺的规模相对来说就要小一些。这三家书店实际上就垄断了云南全省的大、中、小学及各类学校全部教材和其他教学用书的发行和供应，对全省的文化教育事业有着很大的影响。

就在逸乐电影院的两侧，有几家专售旧书的店铺和书摊，它们虽属小本经营，资金十分有限，规模都很小，但在它们的店里和门前的书摊上，时常也能看到一些有价值的古旧书籍。1949年以后，我就曾经在那些店、摊上买到了几本乾隆四年校刊的《史记》，光绪年间刊印的《昭明文选》，以及民国四年出版的《辞源》，曾国藩编辑的《经史百家杂抄》等等。如果有人存心搜罗的话，说不定还会发现一些孤本秘籍呢。

《老昆明风情录》

❖ 万揆一：以"旧书摊"闻名的甬道街

正对光华街原云贵总督署（今人民胜利堂），有一条不短的通路，人称甬道。甬道北正前，筑有一堵大照壁，作为督署大门的屏障。

甬道两旁，建有多间棚舍，专供前来谒见总督的各级官员轿马夫役歇息，早年并未和南邻的横街（今景星街）相通。城内居民，多从甬道西邻、整条横街中仅有的直街——龙王庙街（原市府东街）经过。

▷ 书摊

1911年"重九光复"后，甬道上马来轿往的景象消失，两旁陆续建起铺房。土杂、炊具、医药等行业，在其间营业。民国元年（1912）2月，日后著名的音乐家聂耳，出生在甬道东廊中段的铺房内。1986年7月，其址列为盘龙区重点文物保护单位。

也就是这一年，官方欲办"公娼"，最初选址在甬道。在动工房建中，因附近居民群起上书都督府加以反对，始撤销原案，另在南城外觅地开办。

甬道后来向南打通，左右建成两列一式的二层铺房。1919年10月云南市政公所成立，沿用民间习惯称呼，直街正式命名为甬道街。北头则称甬道横街，约在30年代初，一度改称庸道街。

甬道街是"金箔业"（加工制作金属薄片的手工业）的集中地，人行道边，白天常见工匠敲敲打打。端阳节前后，还出现售卖花苗和各种盆花的集市，其后发展成天天都有的小型花市。直街北段，开起了茶馆和不少滇味食馆。甬道街的馆子，以兴宝园、燕鸿楼、吉兴园较为知名，颇具地方特色。它们既售炒菜，也卖凉菜。昆明人喜欢吃的宫保鸡、糖醋里脊、凉火腿、凉白肉，以及炸洋芋片、炸慈姑片、炸蚂蚱，一应俱全。省外人士来昆，常由本地友好陪同，前往甬道馆子楼上，品尝"滇味"。

甬道横街两旁，以"旧书摊"闻名全城。书贩们铺内设架，铺外摆摊，生意甚至比文明街的新书摊都来得活跃。他们既买又卖，从中取利，也便于人。穷文人（包括外省外县来昆读书的大中学生），急需钱用，告贷无门，便把手边还值点钱的书，抱向甬道街，低价售给书贩。书贩来者不拒，以书的新旧程度，是否能很快转卖出去为根据，随意出价。30年代初，沪版《红楼梦》每部售价6角。书贩以一两角的低价买进，卖出喊价5角，对本对利。各种中小学教科书，多半论斤购入，却照原价打折卖给急需者。有时成堆买进的古旧书籍，其中不乏孤本秘籍，碰到要家，赢利更为丰厚。书贩和读者间"互通有无"的关系，长期存在着。

既然是旧书摊，自然形形色色的书都有。从形式看，平装、精装、铅印、石印、木版刻印；从内容分，学校用书、中外小说、古籍，可以说无书不有。读者有时想看本什么书，大书店和文明街书市买不到，那就上甬道街旧书摊去找，往往都能如愿以偿。因此，甬道横街形成了本地旧书集散的书市。

甬道街的旧书铺大多没有招牌，也不兼营租书业务。40年代街东开起的万卷书屋，算是一个例外。

甬道街北和光华街之间，原总督署的照壁拆除后，1931年1月建起了逸乐影戏院（今云瑞小公园）。影院大门东向，进门是一列平房，西行不远有水池假山，池左设左右二门，通向白铁皮屋顶，顶设通气铁皮筒的电影放映场。1934年6月，金碧公园中的大中华有声影戏院并入"逸乐"，成为全市最大的电影院，直到1940年7月迁往宝善街。10年间，日夜电影散场前后，也给甬道街增添了热闹。但因光华街商店林立，故未能像西区大众电影场对劝业场那样，促成商业兴旺。

《甬道、文明街忆旧》

❖ 周崇德：兴隆街，兴隆的是文化

提起"兴隆"二字，也许会让人想起"生意兴隆通四海……"这副旧联，其实兴隆街跟生意毫无瓜葛，倒是跟文化教育大有关系。兴隆街是一条南北向的小街，长不过六七百米，宽不过十几米，南头直连光华街，北端向西拐，走几步就到福照街（今五路）中段。街两侧都是土木结构的两层楼铺面，虽是铺面，却没有一家做生意的，住户大都属于贫民阶层。在这么小小一条街里，有全日制正规大、中、小学，还有享誉全市的业余职校；文化方面，还有一家报馆。还能说兴隆街文教不兴隆吗？

兴隆街北头有一道黄墙大门，门头横书"云南省立昆华高级商校"，这是一所招收初中毕业生的中专（这校址在20年代是省立昆华小学，昆华小学之前，是云南政法专门学校）。1953年更名为云南省财经学校。80年代任云南大学校长多年的杨光俊先生，就是商校高十六班的学生。解放前，昆华商校学生参加爱国民主运动十分踊跃，校长侯奉琨支持学运，教师中也不乏进步人士，著名作家李广田先生除在西南联大执教外，还长期担任昆华商校国文教员，他和妻子王兰馨、女儿小秀就一起住在昆华商校。昆华商校人才辈出，大都分布在财政、金融、税务和商贸系统，都做出不同的贡献。

兴隆街中段的一道大门的两侧挂着两块直牌，一块上书"云南省立英语专科学校"，另一块是"中国正字学会"，这两块牌有着血肉难分的关系。

抗日战争前，北平有一个"中国正字学会"，是清华大学教授瑞恰慈（英籍）、吴可读（英籍）等创建的，会员有温德（美籍）、翟孟生（英籍）、水天同、赵诏熊、吴富恒等，宗旨是研究和推广基本英语。日寇占领北平后，学会迁昆，与省教育厅洽办这所高等英语专科学校，为云南省培养中等学校英语师资，也作为研究推广基本英语的基地。因为当时政府规定，外国人不得担任公立学校校长，正字学会推举水天同先生出任校长，吴富恒先生任教务长。

建校后，正值日机轰炸昆明极为剧烈的时期，学校西迁东移，到了1943年空袭停止，学校方始在兴隆街定下来。这地址原属昆华商校学生宿舍，稍事改造修缮，因陋就简，支撑办学。当时物质条件很差，但师资条件却是一流的。几年后，培养了不少英语人才。1948年仲春三月，英国驻华大使斯蒂文森（Stevenson）由南京来昆访问，他访问的日程第一项就是参观英专。他在一年级大教室对英专师生发表演讲，其中引用了中国的一句古话"茅屋出公卿"赞誉英专。由此可见，英专规模虽然很小，影响确实是不小的。

兴隆街南头有一道不显眼的木门，两旁挂着三块牌，第一块是"中华职业教育社昆明分社"，第二块是"昆明中华业余学校"，第三块是"中华小学"。中华业余学校是中华职业教育社的实践基地，抗战期间直到解放前后，办学都很红火，在社会上享誉很高。除了中等教育层次的业余补习学校外，还办了一所全日制小学——中华小学。中华小学以其优良的教学质量著称。解放后由人民政府接办，继之因扩大发展的需要，迁至南城脚通城巷隔壁。抗战期间职教社的领导人孙起孟先生就住在兴隆街主持工作，稍后由饶博生先生继续主持。新中国诞生前，整个昆明处在黎明前的黑暗时期，气氛是那样的阴沉，人们的脸上没有一丝笑容。然而，中华业余学校里的气氛却迥然不同，当夜幕降临之后，教师们在认真地教，学生们在专心地学，下课钟声一响，师生们便热烈地扭起秧歌："豌豆秧，才发芽……""山那边，好地方……"欢歌劲舞，好一派生气勃勃的迎接解放的景象。

《回忆兴隆街》

❖ 万揆一：金马、碧鸡巷

滇中有金马和碧鸡并见于世的传说，始于西汉时期，距今已有两千多年。

金马和碧鸡，指的应当是动物，如"金精神马，缥碧之鸡"，且有文献实指它们在青蛉（大姚）禹同山中，"光景悠忽，民多见之"。然而，也有人并不肯定它是马和鸡，仅言"金形似马，碧形似鸡"。究竟是什么，一直没有比较可靠的记述。于是，西汉宣帝时期（前73年至前49年），朝中的方士妄言有"金马碧鸡之神"，蛊惑皇帝派使臣入滇，寻求"金马碧鸡之宝"。

喜欢和崇拜吉祥信物，原属人情之常。金马和碧鸡虽然人言各殊，未明所指，但古今地方人士即以之用作地名，借以象征地方祥瑞。最迟从唐代开始，拓东城东西郊的两座山，便以"金马""碧鸡"为名。唐懿宗咸通四年（863），樊绰写《蛮书》的时候，曾记下了"金马山在拓东城螺山（圆通山）南二十余里""碧鸡山在昆池西岸上，与拓东隔水相对"。前者还有"土俗传云：昔有金马，往往出见"的说明，后者就没有交代"碧鸡"一词的来历了。

朝代更迭，短时期内改变不了山川地貌。元代王升写《滇池赋》，提及昆明诸景，首先便是碧鸡、金马两山。

因山造寺，寺以山名，两山山间先后兴建了金马寺和碧鸡寺，山下有金马关和碧鸡关。到明代，云南府城南建起金马坊和碧鸡坊，旧总督署内又有着金马台和碧鸡台……

明代宣德年间（1426—1435）始建金马、碧鸡两坊前不久，在滇逝世的日本和尚机先，写有《滇阳六景》组诗，为首两景便是"金马朝晖"和"碧鸡秋色"。

长时期以来，金马坊和碧鸡坊，作为昆明象征之一而见知于世。两次毁于战火，两次重建起来。辛亥革命后的一段时期，金马坊右的大街称金马街，碧鸡坊左则称碧鸡街，且有金马巷和碧鸡巷，一直是城区的热闹去处。1923年5月，街西的南城外公园改称金碧公园。两坊所在的街道统一称金碧路，1930年，昆明第一个大型游乐场开放，也取名金碧游艺园。次年10月首次举行的全省运动大会上，预定两架飞机临空散发传单，飞机也被拟为金马和碧鸡，"会歌"中唱道："……看看我们的飞机，碧鸡展翅，金马正腾空……""金马"和"碧鸡"的影响，由此可见。

《昆明古城拾遗》

❖ 刘亚朝：长春路忆旧

长春路是老昆明城内东西方向的一条重要街路。早年原为三段：东段由大东门往西到兴华街口，称大东门正街；中段兴华街口至象眼街口，称树皮坡，也写作熟皮坡；西段由象眼街口到正义路，称长春坊。

大东门正街自然是因大东门得名，无甚掌故可说。树皮坡是由西向东倾斜的一片缓坡，元朝时期长满了涂杉树。涂杉是一种名贵木材，被人们砍来使用，坡上堆满了剥下来的树皮。后来这里发展成为街道，便得名树皮坡。清朝时期，这一带有许多手工制皮的作坊，把剥下来的生兽皮硝制成熟皮。树皮坡一名，便又演变成熟皮坡。至于长春坊，则是因为这里曾有元朝时期创立的道观长春观，故此得名。

半个多世纪以前，长春路是一条商店、饭铺、酒馆、戏院、茶室林立的热闹街道。最东头，是几家卖烟丝的店铺。店外挂着"蒙自新安所刀烟"

之类的市招，玻璃柜里陈放着切得像绒毛一样细的橙黄色烟丝，还有用土纸卷成的引火纸捻。这种烟丝是吸水烟袋或水烟筒用的，现在昆明已很少有人用了。

烟丝店对街，是天主教的福音堂。每到星期日，常可看见穿黑色长袍的外国修女（昆明人叫"洋老咪"）在散发"洋画"，招揽人们进教堂做礼拜。福音堂隔壁，是卖豆浆和包子、油条的云香斋早点铺。上午门庭若市，下午冷冷清清。

往西，过了报国寺街口，南廊有大安堂中药老店，北廊兴华街口有"国医张金坡寓"。名中医加中药老店，正是相得益彰。大安堂再往西，已到长春路中段，有一家可以容纳一两百人的大茶馆。茶馆隔壁，便是有名的"云南大戏院"。再过去，街南面是老岳家蒸肉馆和专卖北方面食的"中华饭店"，北面是"凤翥麦饼店"和昆华女子中学。从昆女中间壁咸宁巷进去，不远就是长城电影院。等走到长春路北端，也就可以看见文庙（即长春观旧址）里面的魁星楼了。

《昆明古城旧话》

❖ 朱净宇：盛极一时的南屏街

南屏街的兴盛，还是抗日战争时期的事。那时候，昆明成了后方重镇，内地的大批军队、机关、工厂、学校、商店迁到昆明。昆明人口猛增，商业又活跃起来。单说银行，昆明就有40来家，不少银行就建在南屏街或它的附近地区，使南屏街迅速成为云南以至大后方的一个重要金融中心。

南屏街上不仅有昆明最大的银行、最高的楼，还有昆明最漂亮的南屏电影院、昆明戏院（后来的新昆明电影院）等，加上几处酒吧、舞厅，大亨洋人出出进进，花天酒地，更不用说临街商店栉比鳞次，附近晓东街的洋货交易、高山铺的美援剩余军用物资买卖，都盛极一时。说南屏街是旧时昆明的金融、商业和娱乐中心，实不为过。

▷ 20世纪40年代的昆明银行

半个多世纪以来，在南屏街上曾演出了多少历史的活剧：1945年昆明"一二·一"学生爱国运动中，各校宣传队在街头声泪俱下的演讲，他们与特务、军警的刀枪棍棒进行了生死搏斗；1949年2月14日，国民党政府的中央银行公然宣布自己印发的一种浅色"金圆券"为伪钞，拒绝兑换，激起民愤，许多昆明人冲进银行，反动宪警抓了200多人，21人惨遭枪杀，陈尸安宁巷口，造成"南屏街大惨案"。

1950年2月，人民解放军举行隆重的入城式，从南屏街西端的近日楼进入昆明城，南屏街从此进入新的时代。

《兴盛南屏街》

▷ 护国桥

▷ 护国门前街景

❖ 陈开国：护国路，路名有深意

护国路在昆明市中心之东的盘龙江西岸，北起长春路，南迄金碧路，其中有东风路横贯而过，全长970米，是昆明市的主要街道之一。

1915年冬，袁世凯窃国称帝，云南首义，维护共和，出师讨逆，勋业告成。1919年，经公议于商业繁盛之省会东南隅，即今护国路与东风路交叉处之小南门建护国门，门为四柱三开大扇花楔大铁门；将护城河上原白鹤桥，命名为护国桥，将北段之绣衣街及南校场东之边沿一段改为护国路并拓宽南段，以纪念云南护国之历史意义。护国门落成后，由石屏名士袁嘉谷撰、昆明陈荣昌书《云南会城护国门碑记》，记中说此门"崇而坚，宏而整，门外筑桥，桥工如门，费六万余金，不劳民力，名曰护国，将以表一省任事之艰，祝民国万年之福也"。

1949年以后，为了拓宽道路，发展市区建设，将原护国门拆除，并在盘龙江上重建护国桥（桥为原南屏街及太和街的重要通道，故又名南太桥）。现护国路已成为通衢，面目焕然一新，别具光彩。

《护国门》

❖ 温梁华：拓东路上的状元楼

昆明拓东路上早年有座状元楼，今楼已不存，但老昆明人还把这一带叫作状元楼。这个"状元"就是袁嘉谷。

袁嘉谷1872年7月12日生于石屏，21岁到昆明应试，22岁应科试，23

岁应优贡试，又应乡试，因常列榜首，被学友尊为"课（考试）王"。26岁赴京应试不第，发愤归，有"丈夫不作禁囚泣"句，自此后"住院潜修达五年"，后自道"平生得力于此"。31岁再次应试，榜发，取在二甲第六十二名，入翰林院，授职编修，不久清廷开"经济（经世济民）特科"，袁嘉谷由尚书魏光焘保荐应试。时经济特科分两次考试，先考策论时事，袁嘉谷将自己平生所学、平日思考的结论，铺陈为文，写了一篇《〈周礼〉农工商政各有专官论》，全文5000余字，见解精辟，文理流畅，又是一手王欧合流的好字，深得考官赏识。榜发下来，袁嘉谷名列一等一名，俗谓中了状元，这是光绪二十九年（1903）的事。

在云南，袁嘉谷便是历史上独一无二的状元了，消息传来，四方轰动，在昆明建了一座"聚奎楼"，由总督魏午庄手书"大魁天下"一匾高悬楼上，老百姓则只叫它"状元楼"。袁嘉谷回云南登状元楼时，值电影兴起，还拍了一个纪录片以为存念。

▷ 状元楼

袁嘉谷中状元之后，先任京官，入翰林院任编修、协修等。袁嘉谷是中国教育史上负责编写中小学教科书的第一人，至今通用的"星期""乐歌"等名词，还是当时由袁嘉谷新订的呢。

《状元楼》

❖ 张励民：昆明的"唐人街"

景星街、甬道街和文明街的花鸟市场被人称作昆明的"唐人街"。

每天从早到晚、至夜，不同历史时期的文化都在这里积淀，定格成为许多文物化商品，定格为一种古旧的陈设和一种平凡的生活方式。那些被随便塞在柜台里的物体都清一色地被浸染上一层岁月的烟灰色，看上去很拥挤，也很贱；有的东西大约从放进去那天起就没被人多看过一眼，它们一直那样地陈旧下去，直到有一天被一位独具慧眼的先生从破烂堆里挑出来，那东西方成百上千倍地稀罕起来。聚集在这里的人，除业主外，大多是男人，中老年居多，少儿多随父母看热闹而已。买家和卖家似乎都是到这里来寻找或维持逝去的岁月的，他们站着或坐在摊主让出的凳子上闲聊着、争论着，融入熙攘的市场。一切都心安理得，岁月悠长。

卖金鱼的摊前永远都蹲着孩子和他们的父亲、母亲。星期天生意好，卖鱼的老板娘满脸耐心，态度特别好。她把塑料瓢和小网兜发给那些家长，然后让他们把孩子们凌乱而多变的想象捞得满盆翻滚。那父子俩蹲在盆边玩了几乎一两个钟头，捞了满满一大瓢和盆中毫无差别的小金鱼，站了起来，却突然哗的一声倒回盆中。孩子"哇"一声，老板娘略有愠色。这盆边刚空出来，立即就又蹲下一家人，兴致勃勃而又心细如丝地打捞着各自五彩缤纷的希望。

四时花草，总是从街头摆到街尾，山野的泥土味、花草味和拂拂的山风便弥漫开去，弥漫了整条街巷。不远处传来画眉、黄雀、八哥、相思鸟和虎皮鹦鹉的鸣叫。可惜这些小鸟一律都关在笼中，而笼子大多一溜儿拐进破败的东券洞巷狭窄的过道，挂满了墙壁。剥落的土坯墙上甚至不长一株草。甬道街有很浓的梧桐树，可惜离得很远，鸟儿们便很寂寞，很无奈的样子。鸟儿不在树木花草间便没了生气，也没了灵魂；制成标本的死鸟，全都是站在干枯了的树枝上的。只有那些猥琐的虎皮鹦鹉活得安逸，小巧、玲珑、乖巧，羽毛夸张甜腻，叽叽喳喳地挤在铁丝编织的洋式鸟笼里，热闹、匆忙而且乐不思蜀。鸽市场似乎不在此地，但巷里也有鸽子在卖，很贵，颜色大多是赭石和灰色。

《最后的老街》

❖ 王希信：货物的集散地——洋人街

洋人街的由来，说来话长。

甲午中日战争是帝国主义把云南变成半殖民地过程中的一步骤。光绪二十一年（1895）法国就盯住云南，提出割让云南猛乌、马得两地（原云南普洱管辖）。清政府无能，只好答应。之后，又提出滇、桂开放通商，并于光绪二十四年（1898）要求由法国修筑越南至昆明的滇越铁路，企图划云南、两广为势力范围，操纵中国的经济命脉，攫取中国的主权。法国所提出的要求，清政府都一一接受允许。

法国人在修滇越铁路时招募工人，百般苛虐，惨死者沿铁路皆是，故工人皆相戒不前。地方贪官只好按户抽丁，代其筑路，一切费用，皆向民间摊派，地方官从中牟利，老百姓苦不堪言。滇越铁路成为法帝国主义侵略云南的工具。

据说，无论任何人和货物，如未经法国当局同意和未在河内缴付通过税，就不能进入云南境内。结果不仅云南全省商务为法人所垄断，就是云南省政府也在巴黎掌握之中。

滇越铁路通车之前，于光绪三十一年（1905）云南总督丁振铎奏请清政府批准，就将昆明作为自辟商埠开放，并将昆明人口最集中、商业最繁荣的中心地段划为开放区。其界址以得胜桥、塘子巷、金碧路一带为中心，东到状元楼，西到三节桥，南至双龙桥，北至桃园街，周围约十二华里，允许各国商人在界内租地居住、经商，于是，洋货充斥，洋人机构林立。界内建有法国的邮政局，法、美、英、日等国的仓库、洋酒店、洋旅馆、洋人商店等。法国领事馆还在这一带部署了警察，使这一带变成了变相的租界。滇越铁路通车，车站就设在塘子巷。老昆明把这一带叫"洋人街"，也叫"洋人塘"。

▷ 制香烟的小贩

自昆明辟为商埠以来，随着滇越铁路的通车，商业中心发生了巨大变化。法国人通过铁路操纵云南物价的涨跌与货币的贵贱。"洋人街"成了全省货物聚散之枢纽，入口货物之多，几乎无一不有。以棉花、洋纱、洋布、洋火、洋油为大宗，还有洋纸、洋酒、洋杂货、洋铜铁器具、玩具等应有尽有，无一不备；罐头、炼乳、饼干、燕窝、香烟、咖啡、饮料、香水、香粉、香皂、洋伞、钟表、瓷货等琳琅满目，销售量亦巨。因有利可图，外国商人纷纷来昆，开设洋行、公司，销售洋货，还有许多为外国公司代销的商店，使洋杂货销路尤广。随之而来的是地方商业受到巨大冲击，有的无力与之竞争，洋人街上演了一幕幕地方商业倒闭的悲剧。

昆明人把这一带叫"洋人街""洋人塘"，在一定意义上是对洋人掠夺的不满与抗议。

《昆明的洋人街》

❖ 刘亚朝：买年货，去年货街

老昆明城很小，人口比现在少得多，年货街也只有一处，就是在胜利堂对过的甬道街，也就是现在的花鸟市场。甬道街是一条专门集中打金箔作坊的街道，平时只听得"啪啪"的响声此起彼落，声音热闹，人影却很稀少冷落，到了年前这三天，便一年一度地大大热闹一回。这条街本来不很长，也不太宽，这时便都挤满了人，买的卖的，熙熙攘攘，好不热闹。卖的东西主要有烟花炮仗、儿童玩具、春联年画以及大米花团等等。

烟花炮仗的品种没有现在这样多，以电光炮仗为主，另外就是升高、落地响之类。儿童玩具就比较丰富些，可分为面具、兵器、杂项几种。面具是用纸壳糊成的。先做好一个模子，然后用旧报纸一层层糊上去，糊到十多层，就基本成型了，稍干以后揭下来，再晾到干透，若需要加胡子什么的就加上去，最后再上颜色。面具都是小说里面的历史人物和神话人物，《三国》里的刘、关、张，《西游记》里的唐僧、孙悟空、猪八戒、沙和尚，这几位尤其是热门中的热门人物，用现在时兴的话来说，可以叫作"发烧人物"。且说发烧人物的面具买到了手，戴上了脸，虽然一股面糊、胶水、颜料的混合气味很有些刺鼻，但小娃娃们都兴致勃勃地挑选起兵器来了。因为是过年，大人们也恢复了一点童心，在帮着孩子们出主意。那些年头没有电视，电影也很少，但这些传统经典小说里的人物可确实是家喻户晓，老幼皆知，谁是什么长相，用什么兵器，那是绝对不会弄错的。当时在这类问题上没有代沟，不像现在年轻人崇拜港台明星五体投地，连人家的血型、"星座"都一清二楚，而中年以上的人却往往懵无所知。从街头挤到街尾，刘备的双股剑、关公的大关刀、张飞的丈八蛇矛、孙悟空的金箍棒、猪八戒的九齿钉耙、沙和尚的月牙禅杖就都大体配齐了。小男娃娃们个个都喜欢舞枪弄棒，平时不免要受呵责，这时却可以到巷子里边去捉对儿大战一场，真要闯一点小祸，也可因过大年而得到豁免，真是机不可失，时不再来。

▷　贩卖笛子的小贩

杂项玩具有泥做的不倒翁，从大到小排成一队，摁下这个，那个又起来，也很有趣；粗瓷烧的小鸟儿吹机，里面有一个瓷丸，装上一点水，吹起来啁啁啾啾，颇能乱真；洋铁皮做的小汽车、小火车、小飞机，花花绿绿的很逗人喜欢，可惜价钱都有点贵。此外还有玻璃烧的嘣洞，小的只有半拃长，大的比小娃娃自己还高，吹起来"嘣洞嘣洞"地响。这东西绝对只在过年时才有，所以"嘣洞嘣洞"的声音差不多可以称作是"过年音"。嘣洞最不经玩，极易损坏，因此俗话说"嘣洞嘣洞，买来就送"。等到年过完，嘣洞也就全坏光了，要等上一年，才又能听到"嘣洞嘣洞"的过年音。玩具中比较稀奇的还有轻（不是"氢"）气球。卖轻气球的都是外省广东人或是上海人，说着怪怪的话，在一套有许多管管的机器前忙碌；买的人却不很多，主要是围着看热闹，只等那人偶然失手，一个漂亮的气球飘然升空飞去，看客们便高兴地哄然大笑。

买春联年画的主要是近郊的农民，虽然乡街子上也可以买得到，但当然没有城里边的好，何况正好借机看看城里的景致呢。至于大米花团，菜街子上也有，就不一定在年货街上买了。

《昆明古城旧话》

❖ 张科仁："天开云瑞"三牌坊

三牌坊位于正义路中段，今威远街、光华街口交汇处。此坊始建于明代，至清乾隆年间重修。坊为三空，高二丈余，原坊额题为"怀柔六诏"（南面），"平定百蛮"（北面）。清道光八年（1828）布政使王楚堂重修三牌坊时，将坊额改题为"天开云瑞"（南面），"地靖坤维"（北面）。并请当时著名的书法家呈贡人孙铸书写，为八个红底金字。故又称"天开云瑞"坊。"天开"一词，据说是出自宋大理国时期段智祥年号。"云瑞"则象征吉祥，王楚堂改题坊额"天开云瑞""地靖坤维"，意在歌颂清朝国泰民安，吉祥安静。

三牌坊系当时人们对"天开云瑞"坊的俗称。据说，从当时南门外的金马坊、碧鸡坊、忠爱坊数起，到此，正好是第三，所以叫三牌坊；又说，从南门往北算起，到光华街口刚好是第三段，故称三牌坊。此坊在光绪十年（1884）时又修过一次，后至1916年唐继尧执政时，唐又重修。

1941年昆明遭日机轰炸，正义路被击中，房屋起火，殃及牌坊，牌坊毁于火中。原牌坊前后，各有一对石狮子，其形状逼真，活灵活现，给牌坊增色不少，后被人拆走，其中一对早先在昆湖小学大门口，现不知下落；另一对，据说就是今大观公园门前那一对。

旧时三牌坊下，是市内最大的菜市、肉市，仅肉案就有二三十张。据老人回忆，那时在案下养着一群狗，等着啃剁下的骨头。每月初二这一天，

▷　天开云瑞坊

▷　忠爱坊

肉案主人要给城里的乞丐打一次牙祭（吃肉）。是时，由乞丐头带领一班老小乞丐到肉摊前，说一些发财、进宝的吉利话，然后讨得一点肉。这一天，集中的乞丐约有三四十人。

　　牌坊下是著名的灯市，每年正月初至元宵节，这一地段十分热闹。入夜以后，挤满了卖灯的人，沿街挂满了各色各样的灯，数量不下四五十种。买灯的人多，主要是图个喜气和热闹，挤得水泄不通。最受小孩子欢迎的是小红灯，几乎每个小孩子手里都提着一盏。除小红灯之外，还有各色走马灯、花篮灯、鱼灯等，总数四五百盏之多。当时，扎灯卖的有十家，这些人家每年上半年作纸灯笼、风筝出售，下半年才扎彩灯，扎好后用竹竿抬着在街边出售，以此维持一家人的生活。

　　1935年，当时的教育厅在光华街原清末云贵总督衙门创办省立中学，因地近"天开云瑞"坊，故取名"云瑞中学"。1945年抗日战争胜利后，云瑞中学校址改作"云瑞公园"，并修筑了云瑞东、西、北三条路。云瑞公园初建时，园内幽静，花木茂密，鸟语花香，游人不断。后渐废，现仅存一花台、假山石。抗日战争期间，还有一家"坤维慈幼院"，是取三牌坊题额"地靖坤维"中的"坤维"而名，其院约在今圆通街一带。

《"天开云瑞"三牌坊》

❖ 朱　柱："青云"直上"贡院"坡

　　今天的翠湖以北有青云街、文林街、先生坡，旧时这一带还有贡院坡、贡院路、龙门路、龙门桥，说起来，都和早年设在云大一带的贡院有关。

　　因为贡院名气大，今云南大学校址，明清以来通称贡院坡。贡院门口的街道称贡院街，登贡院坡修长的石级称龙门路。贡院街上原有座石桥，是从城内到贡院的要道，称龙门桥。在封建社会，"一登龙门则身价十倍"，可以直上青云，贡院街后来改为青云街。贡院西边直至大西门，是当年各州县应考生员云集的地方，大有"文人如林"的气氛，故称文林街。翠湖西岸的先生坡，则因有馆舍供誊录、考务的先生下榻而得名。翠御东岸还有皇华馆，专供考官在考试前后寓居。

《"青云"直上"贡院"坡》

❖ 余嘉年：民生街与沙朗巷忆旧

民生街，清代时叫二纛街，或叫二纛巷，"纛"者"旗"也，东接文庙（今群艺馆），西连福照街（今五一路），全长300余米，因它是连接云贵总督署（今胜利堂）和云南巡抚署（今昆八中）的必经之道，在街内和二纛巷（今民权街）都插有显示衙门威仪的大旗而得名。

民生街的东面（今云瑞东路口），曾有一专卖妇科用药的体德堂（最初在民权街），它的名牌成药有"郑氏女金丹""壮阳种子丹""胎产达生丹"，尤以"女金丹"最有名，妇科痛经等症，服后奏效迅速。早在民国初期该药店就宣称是已开业五代之老店。解放后，该药继续生产。

体德堂还是昆明最早办理邮购的店铺。1916年，它就公开广告，凡信函购货在5元以上者（"女金丹"每盒1元，"种子丹"每盒2角），邮费由本店负担；不通汇的地方，邮票代银，九五折计算。为了扩充销路，又规定购买价值20元"种子丹"者，赠送"女金丹"2盒；购价值50元"女金丹"，则赠送"种子丹"3打。

"女金丹"蜚声省内外，原因有二：一是疗效显著，质量过硬；二是跟上时代，信誉较好，搞活生意。

云南以盛产铜而闻名，东川素以"铜都"著称，而手工制作铜器者，多集中在昆明民生街。正如"道情唱词"说的，"三纛巷有几家玉石铺，二纛街有几家打铜壶"，民生街几乎汇集了全城所有铜器店。从早上七八点钟到晚上八九点钟，都听得见叮叮当当的打铜声和加工玉石的叽叽声，简直成了打击乐的演奏街。打制作坊，多系前店后坊。边打边卖，有煮饭用的铜锣锅，烧水用的铜、锡茶壶，洗脸用的铜壶（回族用品）和铜盆，唱戏用的铜锣、铜钹以及佛教供桌上摆放的铜佛像、香炉、蜡台等。铜制品用坏后，还可以旧换新，或折价处理，所以深受老百姓的喜爱。省内外产的铜器，也委托这些店户销售。

▷ 街边的店铺

在民生街中段（原华北小学所在地，现已不存），是我的姨父白族人杨质彬的寓所。杨系经营中药材和黄麻的商户。抗战前的一段时间，生意很红火，盖有坐西朝东，砖木结构的五层楼一幢。大门望东，由汉白玉石雕砌。三级石级上去，是两扇黑漆大门，门内有十平方米的门堂，内有三楼一照壁，照壁前有一水池，龙头内还会喷水，假山上装有亭子等物。正厅是客厅，格子木门上，雕有八仙过海等雕花，窗子镶有红、黄、蓝等彩色玻璃。二楼以上分别是七个子女的卧室。建筑工艺不亚于文明街的欧宅（今盘龙区文化馆）和银柜巷口的马家大院。幼时，随同母亲和二姨妈去那里住，都是睡在一紫檀雕花、三面有镜的钢丝床上。抗战后期，由于缅甸被日本鬼子占去，交通中断，生意日衰。姨父中风而死后此房被迫变卖，后来此地盖华北小学，终于拆除，实为可惜。

沙朗巷对面，是我妻子的爷爷，云南曾氏白药精的创始人曾泽生的寓所，内系四合院。曾泽生是云南会泽人，祖籍江西。原学政法，精通诗文，擅长书法，后酷爱医学。他的五叔祖是贵阳市有名的医生，开有"致和堂中药铺"。曾泽生一心研究中草药，后发明了白药精，同广东的远亲黄公度合开"公生大药房"，专售自制的白药精眼药膏、公生万应膏、白药膏、痔疮圣药等自产药品。药房先后曾在护国路中段、长春路及民权街开设。1931年开张后，不到一年，就在国内的川、黔、皖、鄂、湘、沪和两广开设分店，在香港和国外的越南、新加坡、菲律宾、希腊、挪威和瑞典都有销售点和邮购。

《民生街与沙朗巷忆旧》

❖ 杨树群：正义路的"黄金时刻"

正义路商业街市的一大显著特色，就是早市冷漠，午市平淡，夜市热闹。一般的店铺，早上都是关门闭户，无人进出，要到中午12点以后才纷纷开门营业。而白天的场面，虽也人来人往，熙熙攘攘，但还谈不上十分热闹。

20世纪30年代初，"国民政府"推行所谓"新生活运动"，市政当局或许觉得，作为一条商业正街，早上都冷落寂寞，似乎有点暮气沉沉，有碍观瞻，于是还出动警察，挨家敲门打户，催促商家开门营业，但不仅收效甚微，还一时传为笑柄。

而到了晚上，正义路则是一片市井热闹的场面，特别是从晚上的8时到10时，是正义路的"黄金时刻"。那时候，各个商店都灯火通明，不少商家还响起了高音喇叭，两廊的人行道上，则是人流如潮，人群中有时还出现脚跟脚、肩并肩的拥挤场面。有段时期，交通警察还推出一项"行人靠右走"的新招，重点也就抓了正义路，往来巡行的警察，对走错了路的行人，都不客气地进行干预和纠正。于是这如流的人潮，一边是清一色的

▷ 正义路旧影

▷ 1900 年，在南教场上放风筝的人

由北向南，另一边是整齐划一地由南向北，竟也井然有序，还有点呆板可笑了，甚至不像是街头的游人，倒像是官方组织的游行队伍了。当然，这蜂拥的人潮，并不完全都是购物，很大一部分是休闲逛街和观光游玩的了。

民国时代，正义路最繁盛的就是20世纪40年代抗战后期那几年，那时，昆明作为抗战大后方的战略重镇，汇集了政治、军事、经济和文化各方面的力量，地位仅次于重庆，因而人烟稠密，消费量大，市场也因此而繁荣。而抗战结束后，工厂返迁，资金、人才外流，加之国民党发动内战，造成经济萧条，民生凋敝，正义路的商业也就走向下坡路了。

《老昆明风情录》

❖ 万搅一：宝善街东南教场

昆明南教场，位于宝善街东段、东邻护国路的大片地块上，是明清时期云南府城的"演武场"之一。教场出口位于场南，矗立着康熙三十年（1691）建立的牌坊——"宣威万里坊"。

南教场早年范围较广。场左直抵毡子（南华）街，右邻三义庙；北为演武厅（清末"精练右营"驻地，宣统初借此开办高等巡警学堂，址在今宝善街北廊省京剧院宿舍），南边包括今南强街。但在半个世纪间，面积越来越缩小。清末新军的编练基地，选址在北门外的北教场后，被弃置的南教场，一度成为处决人犯的刑场。

辛亥革命后，处决人犯仍在南教场执行，平日，空闲的场地成为形形色色、沉沦于社会底层的人们彷徨的处所。

1920年，云南省长公署决定在南教场开辟市场，分街划巷。教场边原立有"剿办蒙自抢匪炯戒碑"一座，因之迁往北教场。从此，刑场也随之迁往该处（后来又迁移到大西门外的地坛）。

市场建成后，原来宽广的教场，面积也就因之缩小了。

几经变迁，昔日的南教场只剩下北抵宝善街、东接护国路、南邻鼎新街、西到原逸乐（大光明、今星火剧院）电影院的一片。尽管场子较当年缩小，但毕竟空旷。因附近逐渐建起电影院，南区日益热闹，南教场成为耍把戏卖膏药者谋生的集中地。

卖跌打损伤药的郎中们，首先在锣声伴奏下表演武术（耍刀弄棍）吸引观众；有的则先耍上一两套简易"魔术"（红手绢变绿手绢，空碗中变出鸡蛋），等看客围聚成圈，便开始卖药。然而，人们看得多了，往往在卖药开始的时候，人就走散了。也有过针灸医生，用针刺入求治者的痛处，再用剖开的半个网球吸住施针的部位，声称针后再服用他的药粉，很快便可以治好。旧时民智不开，科学落后，前往求治者不乏其人。

20世纪40年代以前，在南教场谋求生活的人，除江湖医生、耍猴把戏，设摊变魔术和赌"红色虾巴"（类似摇宝的赌博）者外，还有一种小型木偶戏，现在已经看不到。这里特别提上一笔。

木偶戏艺人背上一个木箱，一面敲锣，怪声怪气地即兴高唱，形如吼叫。等围拢的人逐渐加多，他便藏身箱后，让成套的木偶出场。伴随剧中人的动作，艺人在"幕后"似唱非唱，似吼非吼，每唱一句，敲锣数声。演完，向观众要钱。别看小小戏箱，它也能上演整本的剧目。常演的有《古城会》《安安送米》《杨香打虎》等剧目。

昆明父老，把这种街头木偶戏，形象地称为"背担吼"（后两字念平声）。"背担吼"也不限于只在南教场上演。昆明的大街小巷，都是它的露天剧场。在南教场、威远街、得胜桥头等处卖艺，可以多收入些毛票铜板。如果在比较冷僻的地方演出，则一场演罢，所得就有限了。艺人们生涯惨淡，生活极其艰苦。1941年市区频繁遭受轰炸，它从此就逐渐绝迹了。

1942年以后，南教场又有了变化。为解决市区房荒，空地开始建造简易房屋，供人租用，开设食馆和游艺性质的茶室。毗邻大光明戏院，开起三六九面馆。原教场南端，则是一个小型的昆明书场，演出歌舞剧和曲艺。

大鼓名角花佩秋，相声演员欧少久、小地梨（董常禄）等，曾在场中献艺。

20世纪五六十年代，南教场一度变为菜市，后来再改建成宝善大酒店和商业大楼。

南教场几经变化，终于在人们印象中逐日淡化。

《昆明古城拾遗》

❖ 何开明：店铺林立的文庙直街

文庙直街全长约200米，宽五六米，以正对文庙得名。这条街东西两廊原是很简陋的参差不齐的平瓦房，街的宽度也只有三四米，1949年解放前在旧市政府的布置下，拓宽为五六米。房屋也按规定格式改建为土木结构的两层或三层楼房。街的两侧有巷道数条，即海天阁巷、郭家巷、余庆巷、曙光巷。还有几条短巷，因只有两三户人家，故未称巷，门牌仍编为文庙直街。

海天阁巷与西边云贵总督衙门仅一墙之隔。清代道光年间总督阮元在衙门内建海天阁，高数丈，可以远眺滇池。墙外人家据此取名海天阁巷，阁久不存，巷名流传至今。

街面上旧有象牙店、刻字店、灯笼铺、帽铺等，兹分别叙述如次：

云南邻近缅甸、泰国、老挝。这几个国家都产象，商人将象牙运至昆明售与象牙店，经雕琢人员加工制造为牙筷、图章、烟杆及其他工艺品出售，顾客购得后到附近刻字店刻字留念。刻字店也刻玉石、琥珀、青田石、寿山石等图章，其技艺超过其他街的同业。解放前有象牙店五六家，刻字店三四家。解放后象牙店大都转业，现已无一家存在。

灯笼业作为一个行业来说集中在总督署门口，旧称辕门口，即东院街之一段。东院街辛亥革命后改名光华街，取古诗"卿云烂兮，纠缦缦兮，日月光华，旦复旦兮"的意义。清代云南巡抚衙门在今第八中学附近。民间以督抚两署相距不远，称为东院、西院，街名因之呼为东院街、西院街。

　　清代官员奉委后，都在辕门口灯笼铺定制灯笼，灯笼上标名官衔、官署。如某某县正堂，民国年间改称县知事、县长，官署曰县长署、县政府。灯笼铺除接做上述活计外，还制造纱灯、宫灯等。每年元宵节灯会应时制造走马灯、兔子灯、狮子灯、金鱼灯等。辕门口操此业者十余家，延伸至文庙直街有五六家。这两条街的灯笼铺以辕门口的聚升号最有名，社会上称为"陈灯笼"。老板陈玉琳能书能画。他设计的各式灯笼美观大方，精巧悦目，深受顾客欢迎。

▷ 喧闹的集市

　　帽铺集中在文庙街（有数家开设在靠近文庙直街的光华街）。除街面上"前铺后坊"（即前面营业，后面是作坊）数十家外，其余多在巷内，大多是夫妻父子共同劳动，自制自销，共有100余家。他们的产品一部分在昆明销售，大部分销售外县及农村。清代末年产品有冬帽（冬天戴）、凉帽（夏天戴）、方中帽、小帽（瓜皮帽）及女子用的绒箍、绒帽等。小帽销路最广，上自官吏富商，下至农夫野老，都是买主。辛亥革命后，冬帽、凉帽停制，改做操帽、军帽等，小帽、绒箍、女帽仍有销路。

　　同业中以富有号、象乾斋、马源美最有名，是质量高超，信用卓著的老招牌。其他历史悠久的有张姓的无极斋、杨姓的源盛号、王寿华的恒升斋、李锦堂的光美斋、王德甫的极品斋，还有恒泰号、嵘丰号等。无极斋规模最大，有工人十多名，其他较大的有工人七八名，五六名不等。

《文庙直街及其旧日的行业和商店》

第三辑

教授文人·
探古城深厚的文化底蕴

❖ 熊朝隽：抗日烽火中的西南联大

抗日战争时期在昆明成立的西南联合大学，是由北大、清华、南开三大学联合组成的。"七七"卢沟桥事变爆发后，三校校长计议，经当时教育部允准，筹组长沙临时大学，于11月1日开始正式上课。但甫及二月，又因南京失守，武汉告急，长沙震动，学校决定迁到昆明。

▷　西南联合大学老校门

联大的这次大迁徙，引起了世界舆论的注意，称之为中国文化的大迁移，在中国教育史上是罕有的。这因北大、清华、南开是中国著名的大学，历史悠久，专家学者很多，而且在国际上都有一定的名望。西南联大开始时有教师350多人，教授副教授就有160人，人才之众，盖过抗战时期其他大学。学校初至昆明时，是四个学院，十七个学系，1938年秋增设师范学院后，成为五院二十六个学系。后又开办三个专修科，一个先修班，五个研究所（下设十七个学部），学校的设置，也是国内其他大学所不及的。学生从初来时的1000多人，发展至5000多人。因校舍难以容纳，不少学生在大西门内外的凤翥街、龙翔街、文林街一带租房就学。教师的住所，更遍布昆明城乡各处。这对昆明的影响，潜移默化，亦很不小。

西南联大初来时，《云南日报》即发表《谨献给联合大学》的社论，希望"有着光荣革命传统的北大、清华、南开三个大学的学生们，到云南后，继续'五四'的奋斗精神，为云南学生树一个榜样，使抗战期间的新文化运动，迅速开展到一个新阶段，使沉寂荒芜的云南文化界，也显出一点活跃的空气，直接或间接地对抗战做出贡献"。当时昆明的几家大报，也纷纷请联大教师撰稿，以"来论""代论""专论"发表，报纸副刊及杂志，也常有联大教师的文章，而这些文章，包括政治、经济、社会、文化科学、教育、文艺及学术研究专题和时评，是相当引人注目的。正如1939年2月《云南日报》上署名文章《文化阵地——云南》所说，由于西南联大等文化单位迁滇，"一时南天古城，蔚为文化阵地"。

西南联大有民主科学的精神，独具的风格。它不但为坚持抗战，共赴国难，在艰苦环境中挺立维持学校局面，而且为祖国文化科学的发展，提倡民主精神，推行学术自由，实行教授治校；始终不移地团结着全国不少知名的学者专家；而这些学者专家也把自己当作学校的一分子，勤学勤业、同甘共苦、以校为家。所以，联大虽是三校合成，但能做到同不妨异，异不害同，互相交辉，相得益彰。为了学术研究，三校都设有研究所，发挥其所长，但又互相配合，相互支援，形成整体。联大对学生的要求是严格的，筛选也很认真。为使学生学得扎实，学校规定，教授一年内要开两门课程，有必修的基础课，有选修的专题课。联大教授工作虽然繁重，但精神与思想上，比过去更为焕发。

《西南联合大学与云南文化教育》

❖ **梅祖彦：** 西南联大的办学体制

在抗战以前，清华有一个比较民主的领导体制，它包括三个机构：一是承担学校日常行政责任的校务会议，由校长、教务长、秘书长和各学院院长组成；二是教授会，由全体教授和副教授组成，对学校的各项事务进行讨论；三是评议会，由校务会议的成员加上教授会选举的7位（后来发展成9位）代表组成，凡学校的重要事务，如聘请教师、学校规划、制度改革等，都需评议会决定才能施行。教授会和其他会议的作用体现了"教授治校"的指导思想。这种"自订制度"，和当时政府的法令和规定是有某些不一致的。

在抗战时期，国家的政治形势和战前不同，所以西南联大的办学体制和抗战前清华的体制不完全一致。西南联大也有教授会，由全体教授、副教授组成，但主要为一咨询机构。另由常委、教务长、总务长、训导长、各院院长及教授代表组成校务会议，是决策机构。西南联大沿袭了三校用人精简的制度，校长、教务长、总务长、各院院长以及各系主任均由教授兼任，没有副职，职工人数也比较少，常是一人兼任数职。学校很多的专门性任务都交给由教授组成的委员会去研究和办理，委员会根据需要有常设的，也有临时性的（任务完成后即结束，有新任务时再另组织），这是一种能够很好地发挥教授主导作用的办法。

西南联大由三个已有相当传统的大学联合在一起，是一种新生事物，在过去是没有的。实际上三校的教学力量和设备条件有一定差别，为使三校在联大体现较好的平衡，各校按条件另外建立独立的研究所，而没有把所有南迁的人员都列入联大编制，这些研究所在整个抗战时期在科学研究上也都起了很好的作用。在昆明时期，联大教职工的工资虽随生活指数有一定调整，但远远赶不上飞涨的物价，教职人员的生活均极困难，曾有教授家人以自制物品到外面贩卖，来弥补生活的不足。学校则利用了清华某些教师的技术专长，设立了技术咨询机构，为国家及地方建设部门服务，将所获利润逐季分配给西南联大同人。

《梅贻琦校长与西南联大》

❖ 朱鸿运："民主堡垒"之美誉

联大学术自由，政治民主，当时被誉为"民主堡垒"。当你跨进新校舍北区时，便会看到两旁的"民主墙"上琳琅满目的壁报，如百花争妍。有《耕耘》《文艺》《新诗社》《阳光社》《冬青》等等，名目繁多，不胜枚举。它们形式新颖，如《新诗社》全为诗歌，《阳光社》全为美术漫画组成；观点各异，如《耕耘》壁报主张"为艺术而艺术"的观点，《文艺》壁报则提出"为人生而艺术"的口号等。各抒己见，展开争论。

抗战期间，国民党强化了国统区的统治，一些学校没有言论自由，政治不得民主，抒发公正言论者，随时有被抓捕的可能。而在联大则不然，从学校领导到学生，政治是民主的，言论是自由的，爱国主义思想武装着年轻一代的头脑，民主自由的气氛笼罩着整个学校。教授们可以在讲台上公开斥责反动统治者贪污腐化，祸国殃民的行径；学生们可以对反动统治者的种种丑恶行为进行揭露和抨击。

我记得1944年冬天的一个清晨，闻一多教授从昆华中学到新校舍南区上课途中，看到路旁贫民因饥寒致死的惨状，又碰上乘吉普车飞驰而过的寻欢作乐的美国醉鬼（当时来华助战的美空军）时，心中激起了无比的愤恨，便在课堂上狠狠地痛斥了国民党反动派的政策。1944年的一天，行政院院长孔祥熙到云大致公堂给大学生讲话，当讲到"今天我们大家的生活都很苦"的时候，联大学生即齐声高呼"你不苦！"接着起哄声经久不息，有的甚至喊出"肥猪！肥猪！"晚饭后，孔祥熙的二小姐代表他向联大参军同学（当时滇西吃紧，应届毕业生都要从军当翻译）赠送慰问品时，被同学们扔在地上，高呼"我们不要你的慰问！"爱国、自尊的精神充分地体现在联大师生身上。

▷　西南联大师生欢送从军抗日同学

那时联大学生自发组织的集会甚多，有各系或各社团出面召集的座谈会、演讲会、学术讨论会、时事报告会、诗歌朗诵会、节日纪念会、文艺晚会等等。每次集会均有进步的教授公开讲演。前来参加各种集会的外校学生络绎不绝，有时甚至数千人。

《我对西南联大的回忆》

❖　**谢本书：多听少说的梅贻琦校长**

梅贻琦是个沉着冷静，说话不多，甚至沉默寡言的人。然而，在关键时刻却能一言解纷。这在那个纷繁复杂、矛盾丛生的时期，处理问题是很有效的，至少不会激化矛盾。

许多人回忆起来，都觉得梅贻琦是一个"多听少说"的人。然而一到他说的时候，矛盾、工作就差不多到解决的时候了。抗战时曾任经济部次长的张静愚回忆："凡是曾与梅校长接触过的人，都知道他是一个沉默寡言的人，无论在任何时候任何地方，他都不肯轻于发言，甚至与好友或知己相处，亦是慎于发言。但当某种场合，势非有他发言不可，则又能侃侃而谈，畅达己意，而且言中有物，风趣横溢。"清华同人注意到："他开会很少说话，但报告或讨论，总是条理分明，把握重点；在许多人争辩不休时，他常能一言解纷。"熟悉他的人则认为，梅"平日不苟言笑，却极富幽默感和人情味，有时偶发一语，隽永耐人回味"。赵元任夫人杨步伟女士也说："月涵（梅贻琦字）与元任都有慢吞吞的诙谐习惯。"

▷　梅贻琦

　　西南联大校园内曾经流行一首打油诗，其中有"大概或者也许是，不过可见不见得"两句，形容梅贻琦公开演讲时喜用不确定语气。而有人则将梅贻琦使用不确定语气的习惯，归结为处事严谨的特性。叶公超回忆道："我认识的人里头，说话最慢最少的人，就是他（梅）和赵太侔两个。陈寅恪先生有一次对我说：'假使一个政府的法令，可以和梅先生说话那样谨严，那样少，那个政府就是最理想的。'"

梅贻琦的多听少说，不仅是考虑问题严谨周到，而且也体现了对别人的尊重和礼貌。遇到什么问题，梅总是先问人："你看怎么样？"当得到回答，如果是同意，就会说："我看就这样办吧！"如不同意，就会说，我看还是怎样怎样办的好，或我看如果那样办，就会如何如何，或者说："我看我们再考虑考虑。"他从无疾言愠色，所以大家都愿意心平气和地和他讨论。即使有不同意见，也感到受到了尊重，而不会激化矛盾。

《西南联大掌门人——梅贻琦》

❖ 谢本书：联大人的"梅迷"情结

清华人以至联大人的"梅迷"情结，是与梅贻琦人品风格不可分割的。梅贻琦1938年春到达昆明，1946年9月辞别春城，在昆明生活工作近9年之久。他曾坦言这是其一生中最艰苦的岁月。这一时期抗战形势十分艰难，而联大内部事务繁多，又有诸多矛盾，敌机频繁轰炸，正在上课的师生也要不断跑警报，教学秩序维持与安排颇费周章，物价飞涨、经费奇缺带来生死困窘，"党化教育"、政府操控与守护大学本质的抗衡周旋，知识界上层左右分化及伴随而来的学潮汹涌等等。

梅贻琦面对着这些复杂纷繁的局面，呕心沥血，上上下下做了诸多艰苦的工作和调解，对左右纷争，学术异见，皆本着"兼容并包"之精神予以对待，使联大得以顺利维系，确实不易。当联大数次被敌机轰炸，"人心惶惶，形势极为危急"的形势下，"在梅先生的锁定领导下，全校师生照常上课，弦诵之声未尝或辍"。1941年后，在抗日前线仍能照常进行教学和科研工作，是和梅先生艰苦而镇静的领导分不开的。

"梅迷""无我的梅校长"之声，是与梅贻琦的人品、作为联系在一起的。

《西南联大掌门人——梅贻琦》

❖ 陈长平：联大的两首校歌

举世闻名的原西南联合大学，从1938年5月4日在昆明开学起到1946年5月4日结束时止，时限整整八年，留给昆明人的是难以忘怀的萦念。

西南联大的校训"刚毅坚卓"和两首校歌，时至今日，仍像当年一样给人以激励和启迪。

一首是7月7日抗日战争二周年旧《云南日报》第四版"抗战二周年纪念特刊"登载的冯友兰教授所作"拟国立西南联合大学校歌"，歌词如下：

碧鸡苍苍，滇池茫茫。这不是渤海太行；这不是衡岳潇湘。同学们：莫忘记失掉底家乡；莫辜负伟大底时代；莫耽误宝贵底景光。赶紧学习，赶紧准备，抗战建国，都要我们担当，都要我们担当。同学们：要利用宝贵底景光，要创造伟大底时代；要恢复失掉底家乡。

它与《云南文史资料选辑》第34辑（《西南联合大学建校五十周年纪念专辑》）上所载黄延复、张源潜所写的《西南联大校歌制作经过》一文中介绍的冯作校歌在个别的字句上有点出入，如："碧鸡苍苍，滇池茫茫"，黄、张文中为："西山苍苍，滇水茫茫"；"这不是渤海太行；这不是衡岳潇湘"，黄、张文中为："这已不是渤海太行；这已不是衡岳潇湘"；"莫耽误宝贵底景光"，黄、张文中为："莫耽误宝贵的辰光"；还有黄、张文中少了重复的一句："都要我们担当"；"要利用宝贵底景光"，黄、张文中为："要利用宝贵的辰光"。

冯先生的这首新诗体歌词，道出了联大所在的春城美景，同时也结合抗战两年，祖国大半壁河山沦入日寇手中，教育学生不要忘记失掉的家乡，

▷ 西南联大校训

▷ 西南联大校徽

要赶紧学习，赶紧准备；告诫学生要抓紧时间，不要耽误宝贵的景光；要珍惜和利用千百万前线军民浴血奋战换来的宝贵的景光；要担当起抗战建国的重任，要创建伟大的时代，要打败日本侵略者，要恢复失掉的家乡。冯先生这首校歌虽然没有被正式采用，但与采用的罗先生作词的那首校歌比较，两首都具有教育意义、都具有历史价值、都充满爱国主义精神。

《关于西南联大的两首校歌》

❖ 杨光社：学术自由，民主治校

西南联大的民主自由，蔚然成风，"内树学术自由之规模，外举民主堡垒之称号"，是人所共知的。

西南联大治校方针，是在学校领导和广大师生与国民政府的教育统制政策斗争中，继承和发扬优良传统而形成的。抗战初期，国民政府的态度比较积极，在政治上开放了某些民主，在教育上开始由平时教育向战时教育转变，对教育的控制亦有所放松。西南联大就在这样的历史背景下成立，逐步形成民主治校的方针和一系列制度。后来，到抗战相持阶段，国民政府对人民的压迫日益加紧，对教育的控制也日益严格。

1939年3月全国第三次教育会议，蒋介石在"训词"中说，要以三民主义为"教育的最高基准"，要求"齐一趋向，集中目标"。国民政府乃向各大专院校颁布了一系列规章制度，如大学教师资格审查、聘任、待遇、休假办法及大学课程科目表、学籍管理、统一招生制度等。

国民政府教育部提出："大学教育应为研究高深学术，培养能治学治事治人创业之通才与专才之教育。"强调重视"实用科学"，从而贬低了文理科。公费待遇优先照顾工科学生，招生及选送留学生，工科录取比例往往比文理科高。这种轻通才重专才、轻文理重工科的教育方针，引起了学校领导和广大教师的反对。联大常委梅贻琦一向主张大学应以"通识为本，兼识为末"。此时，又在《大学一解》中指出："通专并重"，不易实行；"重心所寄应在通而不在专。"中文系教授朱自清在《论大学共同必修科目》中指出："近年来因为种种原因，大学生更只拥挤在工学院和经济系里，这是眼光短浅，只看在一时应用上，这是大学教育不健全的现象。……大学应该注重通才而不应该一味注重专家。"潘光旦在《工业教育与工业人才》中提出主张："即使是工科学生也应该着重培养成工业领导与组织、理论人才，而不是只有一技之长的匠人。"学校领导还以校务委员会名义上书，对教育部只重专才、不重通才，只重实用科学、不重文理科的方针，提出不同意见，并要求在公费待遇上"泯除学院之别"，取得一定效果。

西南联大在组织机构的设置上，充分体现了民主治校的精神。有常委会、校务会、教授会和专门委员会等。教授会由全体教授、副教授组成，主要任务是：审议教学方案的改进，研究学生的管理；学生的毕业成绩与学位的授予，审议常委会或校务会交议的事项；对学校工作提出意见建议。虽是咨议性质，但对学校的行政管理、教学设施、学生学习，都有很大的影响和作用。教授会主席由常委会主席担任，三校教授均有充分的代表权，既保证了三校和谐融洽，团结合作；又使教授们有充分的议事机会和民主权利。在教学上，西南联大一面基本遵循政府的教育政策；一面借鉴原三校经验，经过筛选、融合、吸收、补充，逐步形成联大的教学风格。

教师阵容强大，水平较高。学派渊源不同，治学方法各异。风度气质，各有特点。教学方法，各有短长。

《西南联大的校风和校训》

❖ **左　右:** 蒋梦麟在西南联大

旅行团到达昆明当天，国民政府教育部电令："国立长沙临时大学改名国立西南联合大学，简称西南联大或联大。"

早在3月初，由于在昆明学校校舍不足，蒋梦麟便到云南第二大城市蒙自去了解情况。3月14日，这位主要负责外事的校务会常委回到昆明，次日下午即在四川旅行社开会，到会者有蒋梦麟、张伯苓、周炳琳、施嘉炀、吴有训、郑天挺等人，会议决定将联大文法学院设在蒙自，理工学院设在昆明，由北大、清华、南开各派一人到蒙自筹备。19日，西南联大常务委员会在昆明召开首次会议，鉴于联大在昆明实在不能立即找到合适房子容纳这许多新客，会议决定接受蒋先生等人建议，把文学院和法商学院设在古城蒙自，并成立"国立西南联合大学蒙自办事处"。蒙自原是中国边疆军事重镇，元代时已设县。近代，更是中国与越南通商的一个重要城市，那里设有海关。滇越铁路通车后，蒙自失去了原来的重要性，海关自然迁走。人去楼空，联大文学院就设在海关衙门里，称西南联大蒙自分校。分校只办了一个学期，同年9月，文学院与法商学院即迁回昆明。因为当地各中小学已迁往乡间，原校舍可以出租，房舍问题已不如过去那么严重。

▷ 蒋梦麟

　　1938年5月4日，西南联大开始上课。联大开学时，四个学院学生总数仅1300人左右。由于没有集中的校舍，学校一开始分成两部分，理学院、工学院设在昆明，借昆华农校、昆华工校、昆华师范、昆华中学及拓东路迤西会馆、全蜀会馆、江西会馆上课，称为西南联大本校。本校设一校务会议，由两院院长、教务长、总务长、建设长及教授代表5人组成，负责处理两院院务及本校经常事务。

1938年8月初，房荒问题已不如过去那么严重，又奉教育部命令成立师范学院。蒋梦麟高兴不已，说："真是双喜临门。"他代表联大找黄钰生谈话："校常委会希望黄先生能出来担任联大师范学院院长。"8月16日，联大常委会决定聘任黄钰生为联大师范学院院长。1938年底正式上课。

联大师范学院是在全国新设的8个师范学院之一。建院之初，将原北大教育系、南开哲学心理教育系的教育组及云大教育系师生划归联大师范，三系组原有教师不过四五十人，而1938年新招生的5年制本科共设有教育、公民训育、国文、英语、数学、史地、理化等7个学系，此外还设有两年制文史地、数理化专修科、云南省在职教师进修班等。因此，联大师院多数系主任和教师都由联大其他系教师兼任，或与联大各院系开设的相应课程一同上课。

联大院系设置在长沙临时大学基础上略做调整。工学院则增设了航空工程学系、电讯专修科、大学先修班。至此，西南联大共有5院26系、两个专修班，一个先修班，学生人数增至2000，成为当时国内规模最大的高等学校。

《蒋梦麟在西南联大》

❖ **符开甲：大师荟萃的中文系**

中文系更是集聚了三个大学的精华，北大的如王力是专攻语言学的，唐兰是专攻文字学的，游国恩是《楚辞》专家，他教中国文学史，杨振声是搞现代文学的。清华的有闻一多、朱自清、余冠英、罗常培、沈从文等名家，真是"南清北合，联大开花"。当中给我印象比较深的是朱自清、罗

▷　西南联大中文系全体师生在教室前合影

▷　1938 年 8 月，西南联大多位教授在昆明合影，
左起周培源、梁思成、陈岱孙、林徽因、金岳霖、吴有训

庸、闻一多等几位先生，可惜他们都早离人间，不能乐享天年，再展才华。但是他们的声誉和影响，至今还活在人们的心坎中。

朱自清先生是浙江绍兴人，1918年考入北京大学哲学系，1925年到清华大学中文系讲授中国文学史，后来去过欧洲考察文学、诗歌、戏剧。在北大或清华都有一个制度，凡是连续工作五年的，可以有一年的进修时间，在这一年内，可以出国考察或是到外地讲学。但有一个任务，就是要搞研究。

我在联大，选读朱自清先生的历代诗选。他的讲义经过整理于1981年由上海古籍出版社出版，名为《十四家诗钞》(《朱自清古典文学专集之三》)。全书共选了曹植、阮籍、陶潜、谢灵运、鲍照、谢朓、李白、王维、孟浩然、白居易、韩愈、李商隐、杜牧等名家的代表作各十几篇。听他讲诗也和看他文章一样，有一种美的感受。如他讲谢、陶的诗中的一些名句，"池塘生春草，园柳变鸣禽"，"采菊东篱下，悠然见南山"。在分析时，都把他自己的感受传达给我们。把学生、教师、作者的思想情感融为一体。我对陶、谢诗有些偏爱，也可能是由于朱先生的教育，多少能理解一点像"澄江静如练"那样的诗情画意。

朱先生不仅尽心竭力教育好大学生，也关心中学的语文教学。他和叶圣陶曾合编过中学生语文课外读物，也发表过一些关于中学语文的文章，1942年出版过他写的《经典常谈》一书，全书共十三章，分别讲了我国有关经、史、学及辞赋、诗、散文等著作，可算是一部国学概论。他在序言中说："在中等以上教育里，经典训练应该是一个必要的项目，经典训练不在实用，而在文化……做一个有相当教育的国民，至少对本国的经典，也有接触的义务。"他的这段话饱含着深刻的内容，他认为中国古文化光辉灿烂，为了国家的兴盛，民族的强大，中国古文化不能消失。

他常说，我们这一代人总应该为下一代人着想，也就是要使下一代有机会多接受中国古代文化。日本人接受了中国许多古文化，明治维新他们又接受了西方文化而富强起来，到现在他们还照样保存许多中国文化。我认为朱先生的这个思想，直到今天还有很深的现实意义。

1947年我毕业时，请朱先生写帖直幅作纪念，他写了"今夜偏知春气暖，虫声新透绿窗纱"两句唐诗送给我。这两句诗是很有意境的，它很美，反映出大自然的无限生机。就其时代感来说，那时北京城外可以听到枪炮声，城内各大学的民主运动正在高涨。大家唱啊，唱啊，真是要"唱出一个春天来"。可惜第二年八月，他没盼到他所憧憬的春天就与世长辞了。

《一份成绩通知单引起对西南联大的回忆》

❖ 李赋宁："哈佛三杰"

首先是陈寅恪教授。吴宓教授常说在他同辈人当中，他最敬佩陈寅恪和汤用彤两位先生的学问。我在昆明西南联大当研究生期间，曾有幸旁听过陈、汤两位先生的课。我们知道陈先生既是历史学家，又是文学家（评论家兼诗人），又对哲学很有研究，可以说他对中国历来所说的三方面的学问，即义理之学、辞章之学和考据之学都很精通，造诣极深。他在20年代曾是清华大学国学研究所4位名教授（即王国维、梁启超、陈寅恪和赵元任）之一。当时国学研究所所长是吴宓教授。吴宓教授延聘到这样的名师，培养了像王力先生这样的第一流学者，他的功绩应大书特书。

陈寅恪先生后来是清华大学中文系和历史系两系合聘的教授。我在联大旁听陈先生所授的课是"白居易"，这是中文系高年级选修课。陈先生考证《长恨歌》和《琵琶行》里一些细节。他每堂课都提了一大布袋的古书到课堂上来。他旁征博引《旧唐书》《新唐书》《唐会要》等典籍，几乎都能背诵。陈先生往往从考证小问题而说明大问题。我对中国古典文学读得太少，历史知识也很贫乏，但从陈先生的讲课和从他写的文章里深切体会到他治学方法的严谨。他的思路敏捷、细密，分析精辟，多有创见。陈先生写的旧体诗更是脍炙人口。他为冯友兰先生所著《中国哲学史》写的跋已成为近代中国学术评论文章中的名篇。陈先生又通晓多种外语：希腊语、拉丁语、梵文、欧洲各主要语言、中亚细亚语言、蒙古语、土耳其语，等等。真正是学贯中西。陈先生为学生树立了学术上的高标准，他的精神力量是不可抗拒的。

▷ 陈寅恪与家人的合影

吴宓教授所推崇的另一位学者是汤用彤教授，他是北京大学文学院院长和西南联大哲学系教授。我在联大时旁听过汤先生所授"大陆理性哲学"课程。汤先生用拖长的湖北口音讲课，但条理清楚，逻辑性极强。尤其令人赞赏的是他讲西方哲学思想，总要引证相关的中国哲学和印度哲学内容。汤先生像陈先生那样，也做到了学贯中西。吴宓教授讲授"文学与人生"课，也把西方思想与中国和印度思想相互比较，相互印证。以上三位教授当年同时在美国哈佛大学留学，有"哈佛三杰"之称。

《回忆我在清华和西南联大的几位老师》

❖ **熊有曾：** 云大校长熊庆来

熊庆来，字迪之，1893年农历九月十一日诞生于云南省弥勒市朋普镇息宰村。幼年在本村私塾完成了启蒙教育。1905年随父熊国栋赴州官任所。1907年考入云南方言学堂至昆，专修英、法语。1913年考取云南官费留学，赴比利时学矿业，次年因欧洲大战爆发，他取道荷兰、英国到了法国巴黎。战时法国矿校关闭，即改学数学。1915年入巴黎圣路易中学数学专修班，1916年在格诺布尔取得高等数学证书。1919年先后在巴黎及蒙柏里大学又取得高等分析、力学及天文三证书，并获得理科硕士。1920年取得马赛大学高等普通物理学士证书。1921年归国，在昆明任教于云南工业学校及路政学校。

▷ 熊庆来

1921年应聘赴南京，在东南大学创办算学系，任算学系主任，近5年间，他自编了十几种当时国内还没有的高等数学讲义、教材。与此同时也致力于培养人才，如全国人大原副委员长、著名物理学家严济慈，就是当时的优秀学生。1925年应聘往西北大学筹建算学系，到职不久，遇军阀混战，离开西北。1926年应清华大学之聘，熊庆来又至北京，在清华大学创办了算学系。当时系内师资缺乏，他除了担任算学系主任外，还亲自讲授"高等算学分析""复变函数论""变分法""力学"等课程。

1928年起，他陆续聘请孙光远、杨武之为教授，并开出了几门反映当时最新科学的高深课程，对于在国内传播最新科学知识，起了很好的作用，其中之一就是他亲自开出的"近代微分几何"。他编的教材《高等算学分析》，水平很高，内容丰富，逻辑严密，被列入《大学丛书》，公认为当时国内最高水平的高等数学中文教科书。

1930年，理学院院长叶企孙先生休假出国，熊庆来受托代理该校理学院院长，并曾一度任地理系主任职务。在清华任教期间，创办了我国第一个近代数学研究机构——清华大学算学研究所，录取了陈省身、吴大任两位研究生，使以培养高级人才为目的的清华算学系初具规模。

1931年，熊庆来作为中国第一次出席国际数学会议的代表，参加了在瑞士苏黎世召开的国际数学会。并利用一年休假及清华规定的教授服务5年，可申请出国搞学术研究一年的机会，1931年至1933年，在巴黎庞加来研究所专研整函数及亚纯函数。1933年，荣获法国国家理科博士。博士论文《关于整函数与无穷极亚纯函数》中定义的无穷极，国际数学界称为"熊氏无穷极"。

1933年熊庆来回到清华，仍担任数学系主任，又把清华算学系大大地向前推进了一步。他广聘贤能，会聚了一大批杰出的人才任教。他明确思想，指导有方，并依靠这支杰出的教师队伍，在清华培养了一批出类拔萃的人才，如：陈省身、华罗庚、钱三强、钱伟长、庄圻泰、吴新谋、赵忠尧、周雪欧、唐经培、周绍谦、陈传璋、许宝禄、段学复、曾鼎和、徐贤修、柯召、施祥林、郑曾同、曾新铄、田方增、朱德祥、杨宗磐、曾远荣、林家翘等。他在担任教学和管理工作的同时，还于1935年参与创建了中国数学会，并担任主要职务。

1936年，创办《数学会会刊》（即现在《数学学报》的前身），为数学研究开辟了发表论文和探讨问题的园地。熊庆来在清华园不足十年，却把清华大学数学系办成了全国第一流的数学科系，把数学教育和科学研究的种子，撒遍祖国大地。"他在清华一段时期，不动声色，使清华数学系成为中国数学史上光荣的一章。他为复变函数论做了不朽的贡献。经师人师，永垂典范。"（陈省身《忆迪之师》）

1937年6月，熊庆来应云南省主席龙云之聘，到云南大学任校长。1937年至1949年之12年间，熊庆来满怀报效桑梓之情，历尽艰辛，把云南大学办成了一座学科门类较为齐全、颇具规模，享誉中外的综合大学。1949年6月，他在广州参加全国教育工作会议时，国民党政府指派他和梅贻琦等5人为中国代表团成员，赴巴黎出席联合国教科文会议。他就此离开了云大。巴黎会议结束后，他借居巴黎从事数学研究。

《抗战时期云大校长熊庆来》

❖ 段家骥等：中法大学的民主运动

抗日战争中，在中华民族处于危亡的严重时刻，昆明市的大中学生在中国共产党"反对反动统治，实现民主政治，争取抗战胜利"的号召下，在进步教授、学者的影响下，纷纷投入反对蒋介石独裁统治的斗争。中学大学学生自治会，就在这一斗争形势要求下，于1941年秋成立。同年，当香港将沦陷时，昆明学生激于孔二小姐用飞机装运洋狗逃离香港丑闻的义愤，发动了针对蒋、宋、孔、陈四大家族的"倒孔运动"。昆明四所大学（联大、云大、中法、英专）的师生结队，高喊着"打倒孔祥熙"的口号上

▷ 中法大学旧影

街游行。中法大学学生自治会是这次运动的发动者和组织者之一。

1943年秋，中法大学理学院由于难以承受国民党当局为美军在学院隔壁建立锯木厂，对师生上课、睡眠的噪音干扰，在屡经交涉无效的情况下，中法大学学生自治会邀请各大学学生代表开会，呼吁声援。在会上中法同学除提出要求当局迁走锯木厂外，还倡议决定今后四所大学的学生自治会或学生组织，定期轮流召开座谈会，进行成立昆明学生联合会的磋商和制定章程等工作。经过一段时期的准备之后，于1944年春成立了昆明市学生联合会筹备委员会。中法大学由当时学生自治会负责人王光间、杨明为代表参加学联筹委会，并负责学联宣传部的工作。

昆明市学生联合会筹委会成立后，每次领导和发动的民主集会和示威游行，中法大学学生自治会和中法同学，始终是积极的组织者和参加者。如1944年，紧接双十辛亥革命纪念开展起来的民主运动之后，于12月25日，昆明学联与昆明市的一些进步社团倡导、组织了护国纪念大游行。

这次游行是学联筹委会成立之后第一次公开与其他进步社团的联合行动。护国纪念筹备会在北门街唐家花园红楼内举行。当时出席的有闻一多、吴晗、曾昭抡、潘大逵、潘光旦、尚钺、费孝通、李公朴和罗隆基等人；联大学生自治会有齐亮、程法级等参加，云大学生自治会有杨维骏、蒋阜南、张纪械等参加，中法大学学生自治会有王光间、杨明、赵谦参加。

会上决定由吴晗教授起草宣言。宣言内容大家提出：要发扬护国精神，彻底实行民主政治；停止一党专政，成立联合政府；废除特务组织，保障人身自由；取消新闻检查制度，保障言论自由；改善士兵生活，释放政治犯；武装民众，实行坚壁清野，保卫大西南等。1945年5月4日，昆明学联举行纪念五四运动的游行和晚会。中法大学学生自治会组织同学，白天抬着"我们要民主！"的布标，参加由云大出发，以闻一多、吴晗、曾昭抡、费孝通、潘大逵、潘光旦、李公朴等为先导的大游行；晚上参加在联大举行的"五四"纪念晚会。在会上我们听到了华罗庚教授鞭挞国民党政府"只要专制独裁，不要民主；人民要研究科学，要讲求真理，而今真理又在哪里？！"的慷慨陈词；诗人、教授光未然先生也在会上朗诵他《民主啊！你在哪里》的诗作，深深地感染和激励着每一个到会同学。

随着斗争的发展和需要，中法大学学生自治会以文史学会出面组织、举行有针对性的时事和学术讲座十四次。当中给人印象最深的是：吴晗教授讲的《明代特务组织——锦衣卫和东西厂》，以古喻今，讽刺、诅咒国民党中统、军统特务的罪恶活动；闻一多教授讲的《庄子的反儒思想》，启迪青年学生反正统、破束缚的革命意志。

1945年秋，昆明学联正式建立，中法大学由当时负责学生自治会的赵谦、朱润典参加，并负责学联总务部工作。由于斗争的锻炼，1944年和1945年，中国共产党在中法大学学生自治会的主要成员中，发展了"民青"组织，从而领导和保证了党在中法大学开展上述民主运动的胜利进行。

《中法大学在昆明》

❖ 老　舍：在西南联大的演讲

第一次讲演，闻一多先生做主席。他谦虚地说：大学里总是做研究工作，不容易产出活的文学来……我答以：抗战四年来，文艺写家们发现了许多文艺上的问题，诚恳的去讨论。但是，讨论的第二步，必是研究，否则不易得到结果；而写家们忙于写作，很难静静地坐下去做研究；所以，大学里做研究工作，是必要的，是帮着写家们解决问题的。研究并不是崇古鄙今，而是供给新文艺以有益的参考，使新文艺更坚实起来。譬如说：这两年来，大家都讨论民族形式问题，但讨论的多半是何谓民族形式，与民族形式的源泉何在；至于其中的细腻处，则必非匆匆忙忙的所能道出，而须一项一项地细心研究了。近来，罗莘田先生根据一百首北方俗曲，指出民间诗歌用韵的活泼自由，及十三辙的发展，成为小册。这小册子虽只谈到了民族形式中的一项问题，但是老老实实详详细细的述说，绝非空论。看了这小册子，至少我们会明白十三辙已有相当长久的历史，和它怎样代替了官样的诗韵；至少我们会看出民间文艺的用韵是何等灵活，何等大胆——也就增加了我们写作时的勇气。罗先生是音韵学家，可是他的研究结果就能直接有助于文艺的写作，我愿这样的例子一天比一天多起来。

《滇行短记》

❖ 杨　起、王荣禧：杨振声淡泊名利

杨振声，字今甫，1890年11月24日出生于山东蓬莱一个渔民家庭。1915年入北京大学国文系学习，1918年下半年与傅斯年、罗家伦等人创办了《新潮》，并任编辑部书记。1919年他积极参加五四运动，是两位首先跃入卖国贼的巢穴——赵家楼的闯将之一。5月中旬，作为学生联合会四名代表之一，至警察总署与反动警察总监吴炳湘进行了针锋相对的斗争，因而被捕。11月，考取官费赴美留学，先入哥伦比亚大学攻读教育学并获博士学位，1923年又入哈佛大学攻教育心理学。留学期间，还担任了《新潮》的旅美通讯记者，1924年回国。曾先后任教于武昌大学、中山大学、燕京大学、北京大学，1928年任清华大学中文系教授兼教务长和文学院院长。

1930年，经蔡元培先生推荐受命任国立青岛大学校长。因不满山东军阀韩复榘统治学校的企图，辞去青岛大学校长职务回到北京。1933年受教育部委托，由朱自清、沈从文两先生协助，在北京主编《高小实验国语教科书》和《中学国文教科书》，并亲自到北师大实验小学执教以验证材料效果。这期间，他还与沈从文一起编辑天津《大公报·文艺副刊》。1937年抗战爆发，杨振声到了南京，作为教育部代表，与北京大学校长蒋梦麟、清华大学校长梅贻琦、南开大学校长张伯苓一起筹建长沙临时大学。1938年，长沙临时大学迁至昆明，改称国立西南联合大学，杨任常务委员兼秘书主任。

1937年全面抗战爆发后，他与梅贻琦、张奚若、叶公超等人同车南下，

积极致力于筹建长沙临时大学和西南联大的工作。但在长沙的时间是短暂的，由于战事变化，南京失守，长沙临时大学于1938年春节后西迁昆明。杨振声是最后离开长沙的，同行者有陈岱孙和潘光旦两先生。离开之后，学校即遭日机投烧夷弹轰炸而被焚毁。在路上他们回首望去还能见到长沙上空的火光。不禁使人想起，当军舰被敌击中时，舰长总是最后一个离舰的那种悲壮。

杨振声最后一个离开长沙，又先于众人抵达昆明。在迎接大队人马抵昆的人群中，人们见到一位穿着深色西装打着领结的学者热情洋溢的笑脸，并听到他与闻一多先生开玩笑时那爽朗的笑声。

从1938年联大在昆明建校，到1946年抗战胜利三校复员的八年期间，他一直参与学校的领导、规划工作。为了抗战，为了教书育人，他总是不计名利，不辞辛苦，勇挑重担。有一段时间，他还代胡适、朱自清担任了中文系主任。这期间，除担任繁重的教学和行政工作外，还与朱自清、闻一多、李广田等人经常举行各种形式的文学活动、时事晚会，做报告、发表演说，进行抗日宣传活动。

《淡泊名利　功成身退——杨振声先生在昆明》

❖ **闻立雕：** 闻一多与吴晗"门当户对"

西仓坡联大教职员宿舍并不大，南北约长200米，东西宽约50米，共住20余户人家。整个院子除西北角有一处独居外，只有东西两排土木结构平房，最大的房间也不超过15平方米。然而就是这个不起眼的小院、平房，却住了多位蜚声中外的大学者，除父亲外，有物理学家吴有训、杨武之、吴大猷，哲学家冯友兰，化学家杨石先，数学家江泽涵，社会学家潘光旦。

比较年轻、来校较晚的史学家吴晗也住在这个院子里。说来奇怪，在这个院子里与父亲关系最密，来往最多，特别能倾心交谈的，不是别人，竟是这位吴晗先生。

▷ 闻一多

　　其实，吴晗与父亲虽然都是清华人，但过去并不相识，一则，他比父亲小10岁，他入清华读书时，父亲已是教授；二则，他是搞历史的，两人不同系，平时自然没有接触、交往。1944年他看到父亲屡次写杂文和在课堂内外抨击时弊、谴责社会之黑暗与腐败，许多想法看法与自己不谋而合，便主动登门拜访父亲。当时父亲在昆华中学兼课，我们家已从郊区司家营迁入昆华中学。两人一谈便十分投机，一见如故，谈了三四个小时，都颇有相见恨晚之憾。

　　从此，两人不时切磋谈心，一同学习，并肩战斗，关系日深。以前吴晗已经加入了中国民主同盟，不久，经吴先生介绍，父亲也加入了民盟。

　　1944年四季度，联大在西仓坡修建的教职员工宿舍竣工，学校决定抽签分房。机缘巧合，闻、吴两家都中了签，先后搬进了这个宿舍院。我们家住东排20号，吴先生家住西排，恰好在我们家的左前方，基本上可说是"门当户对"。两家人各自坐在自己的窗下，一抬头便可看见对面的门窗。

　　这种天赐的特殊的条件，进一步促进了父亲与吴晗的关系。两人有事要商量，不是你三步两步跨进我的陋室，便是我急匆匆光临你的寒舍；传阅秘密书刊，上午在东边书桌上的经过伪装的《新民主主义论》，晚上便成了西边灯下专心精读者的手中书；斗争需要宣言、通电、声明，前半夜史学家奋笔起草，后半夜文学家便可以修改润色。为了共同的奋斗目标，他们肝胆相照，奋力工作。

从迁入西仓坡至1946年的五六月这一段时间，正值中国向何处去的重要历史关头。国民党反动派企图在抗战胜利后乘机发动内战，消灭共产党，独霸中国；全国人民在中国共产党的领导下投入大规模的反对独裁争取民主，反对内战争取和平的运动，斗争十分尖锐激烈。在这种形势下，父亲和吴晗为争取和平民主日夜操劳、奔走，一同参加各项活动。1945年10月，进步人士为了团结更多的高级知识分子，筹办了《时代评论》杂志，杂志社需要一颗社章，于是吴晗提供石头，父亲提刀镌刻，一夜之间便完成了。为此，父亲专门刻上边款："评论社成立之夕吴晗捐石，闻一多刻印，卅四年十月二日昆明。"同年12月，为了借鉴历史，《民主周刊》社出版了《一二·九——划时代的青年史诗》，吴晗作序，闻一多题写书名。

《他再也没有跨进这扇门——记父亲闻一多在西仓坡生活片断》

❖ 李建恩：朱自清的昆明足迹

1938年9月，朱自清一家随联大蒙自分院迁回昆明，先居于离联大学校不远的青云街79号，后又移居北门街北仓坡。此时联大中文系因刚迁移回昆，一切均需安顿，故未上课。但朱自清先生被校方聘为编制联大校歌校训委员会委员、救济战区及寒苦学生贷金委员会委员，他对这些义务性工作，十分尽职尽心，坚持每天到校，积极参与编制校歌、校训和救济战区学生和寒苦学生工作。经朱自清与闻一多、冯友兰、罗庸等广泛征求联大教师及各方面人士的意见，反复研究讨论后确定的、激昂慷慨、充满抗战必胜信心的联大校歌，体现联大精神的"刚毅坚卓"的校训，深深地倾注了朱自清先生的心血。

1938年9月28日，日本飞机首次轰炸昆明，小西门外潘家湾一带平民死伤惨重，联大租借的昆华师范学校亦在劫难中。朱自清在空袭警报解除后，即赶往该处看望。他在当天的日记中写下："下午去昆师，见死者静卧，一厨子血肉模糊，状至惨。"表达了他对日本侵略者屠戮平民的愤怒。

同年12月，西南联大中文系经过两个多月安顿，开始上课。

朱自清先生担任大一国文基础课，又开设"文学批评"课。除上课外，他还参加校外社会活动，担任云南文协理事。参加了文协组织的抗日救亡、声讨汉奸汪精卫等活动。茅盾赴新疆途经昆明，朱自清先生等人以文协名义举办晚宴为其洗尘，茅盾先生亦亲自到朱自清家中拜访，并在朱家会见闻一多、吴晗、冰心等人，讨论文化界的统一战线问题。1939年春节前后，朱自清利用学校放春假一周（当年因开学较晚，未放寒假）之机，与陈岱孙、浦清江等10余位联大教师，畅游路南石林、大叠水。朱自清等联大教授到路南游览的消息不胫而走，因避日机轰炸而疏散至路南县的云南大学附中特邀请朱自清、浦清江一行在附中演讲，其场面极其热烈，教授们的演讲，深受附中同学的欢迎。春假结束，朱自清先生又投入了紧张的教学工作。教学工作之余，他还关注抗战形势，从事现代文学研究，写下了不少时事评论或文艺评论，发表在当时的报刊上。

▷ 朱自清

1939年秋，日本加紧了对昆明的空袭，敌机频频轰炸昆明及城郊机场等军事要地，有时甚至一天数次轰炸，给昆明市人民带来极大的灾难。为避免不必要的牺牲，原居住在城内的联大教师，纷纷迁居郊区农村，向农民租房暂住。

抗战时期，昆明市城区狭小，完全不是如今的状况。当时的城区，南至金碧路（其中段少量向南扩展），东至太和街（今北京路中段，其南段向东突出拓东路一带），西至小西门今西昌路一带，北至如今的"一二·一"大街。如今的云大医院、云南师大（即西南联大所在地）、塘子巷以南、交三桥以东，均已属城外农田，当为近郊区。联大教师避炸之处，已属当时较远的郊外。

朱自清先生偕妻挈子，移居城西北黑林铺附近的梨院村（梨院村亦称龙院村）。每日乘马车奔波于学校与寓所之间，从未因住处远离学校而耽误上课。

《朱自清先生的昆明情缘》

❖ **段家政：** 冰心的"默庐"情缘

战火纷飞的岁月里，北大、清华、南开三所全国最负盛名的大学，已经辗转搬迁到大后方昆明，组成西南联合大学。1938年秋，冰心一家离开北京绕道天津、上海到达香港，从越南乘滇越铁路小火车到达昆明。吴文藻受聘于云南大学，任该校社会学系主任兼教授。冰心家在昆时，曾暂居昆明市螺峰街的临街住所。当时日本飞机也常来昆明轰炸。昆明的一些学校和西南联大的一些教授、学者，纷纷疏散到呈贡来。1938年晚秋，冰心一家也疏散到呈贡来了。冰心来呈贡后不久，就接受呈贡中学、简师的聘请，到该校任教并移居三台山之阳的华氏墓庐。1940年2月，她写成名篇《默庐试笔》，在香港大公报上发表。文章称她家在呈贡的居所为"默庐"，并抒发了她对昆明尤其是对呈贡的真挚的爱。1940年底，冰心为了想为抗战多做工作，一家人离开了云南到了重庆。

▷ 吴文藻、冰心夫妇

此期间，她曾任全国妇女指导委员会文化事业组组长，被选为文艺界抗敌协会理事。后来，她不满于有的当权者的消极抗日的情绪，为了避开当时复杂的政治环境，离开了"嘉房"，举家迁居歌乐山下的一处土屋里。此即冰心在重庆的旧居"潜庐"，取"深藏简出"之意。虽然潜居，仍可与当时在重庆的一些文化名人交往，更使之难忘的是她见到了周恩来、邓颖超，使她受到很多启发和教育。此期间，她写了17篇《关于女人》论题的文章，开明书店出版了她的小说集、散文集、诗歌集共3卷。

1946年初，吴文藻清华同学朱世明，受任中国驻日代表团团长，聘吴为该代表团政治处主任，兼盟国对日委员会中国顾问。冰心作为眷属也到达日本。她在东京期间，曾应东京大学之邀，讲了5次《怎样欣赏中国文学》，又被聘为东京大学外籍教授。她关心国内时局的变化，并与吴文藻一道私下学习毛主席著作《论持久战》。新中国成立后，冰心一家很受鼓舞，决心回到祖国怀抱。适逢美国耶鲁大学邀吴文藻去讲学，冰心一家决计借此机会回国。

《冰心与昆明》

❖ 肖昆云：动员学生复课的傅斯年

1945年10月中旬，傅斯年回到昆明，任西南联大常务委员职务并担任北京大学代理校长。当时国内局势动荡，国民党一心想打内战，傅斯年面临将北大回迁的迫切任务。联大师生人心思归，反对内战，与云南地方当局的矛盾开始激化。如何处理师生们的不满情绪和学校内部的不稳定因素，以及对北大师生存留取舍，是傅斯年面临的棘手难题。在他飞赴北平筹备安置期间，昆明发生了震惊中外的"一二·一"惨案，傅斯年只得放弃一切，奔赴昆明，处理因惨案而引起的学生运动。

傅斯年12月4日到达昆明，24日返回重庆，傅斯年站在学校领导人立场上，对地方当局的举措表示了极大的不满，在《致夫人俞大彩函》中说："……地方当局荒谬绝伦，李宗黄该杀，邱清泉（第五军长）该杀，关麟征代人受过。"在昆明20多天，他和稍晚去的教育部次长朱经农经过了多方活动，平息了学生的反抗怒火，满足了师生的部分要求，初步稳住了国民党政府的后方统治。

傅斯年在处理"一二·一"事件引起的学生总罢课一事中，做了许多工作，动员学生复课，避免了事态的进一步扩大和流血事件的再次发生。在处理"一二·一"运动的过程中，傅斯年的老友冯友兰与他开玩笑说："请看剃头者，人亦剃其头。"意思是说，当年五四运动，傅斯年是学生运动的领袖，而现在作为学校行政领导人，变成学生运动的对象。傅斯年对此解释说："我们不当禁止青年作政治运动，但学校应该是学校，应该有书可读。"亦反映了傅斯年当时的倾向和教育主张。

1946年5月，昆明的北大师生陆续北上，西南联大纷纷回迁。傅斯年，让昆明留下了一段令人回忆的文化轶事。

《昆明有缘结巨子——谈傅斯年与昆明》

❖ 王佐良：有数学头脑的现代诗人

一位英国青年教师也到了昆明。我们已在南岳听过他的课，在蒙自和昆明，我们又听了他足足两年的课，才对他有点了解。这位老师就是威廉·燕卜荪。

燕卜荪是位奇才：有数学头脑的现代诗人，锐利的批评家，英国大学的最好产物，然而没有学院气。讲课不是他的长处：他不是演说家，也不是演员，羞涩得不敢正眼看学生，只是一个劲儿往黑板上写——据说他教过的日本学生就是要他把什么话都写出来。但是他的那门《当代英诗》课，内容充实，选材新颖，从霍甫金斯一直讲到奥登，前者是以"跳跃节奏"出名的宗教诗人，后者刚刚写了充满斗争激情的《西班牙，1937》。所选的诗人中，有不少是燕卜荪的同辈诗友，因此他的讲解也非一般学院派的一套，而是书上找不到的内情、实况，再加上他对于语言的精细分析。

我们对他所讲的不甚了然，他绝口不谈的自己的诗更是我们看不懂的。但是无形之中我们在吸收一种新的诗，这对于沉浸在浪漫主义诗歌中的年轻人，倒是一副对症的良药。

《穆旦：由来与归宿》

❖ 陈康定：语言学家赵元任

　　1937年，赵元任与他的同事们正打算到福建调查方言，与当地人都接头好了，7月7日卢沟桥事变发生。8月13日，日军进攻上海，国民政府由南京迁都重庆，全国人民共入抗战时期。赵元任一家随着中央研究院开始了迁徙。当时赵元任正患恶性疟疾，高烧不退，身体极弱，由当时已任国民政府抗敌顾问的傅斯年同意先期撤走。那时已决定北京大学、清华大学、南开大学撤往长沙。8月13日赵元任由女儿如兰相伴，仅携随身衣物乘船撤往长沙。紧接着日军飞机轰炸南京，8月19日夫人杨步伟带其余家人在大乱中撤出南京，经汉口到达长沙。到达长沙后没几天，就有人告知他们在南京的家被日军飞机炸毁，留在家中的书籍全部被毁。万幸的是赵元任30余年的日记和4000多张富有历史价值的照片，在撤离前打成7个小包由邮局寄往美国，侥幸得以保存下来。

▷ 赵元任

长沙安顿下来仅4个月，长沙又遭日机轰炸，因此长沙临时大学又准备撤往云南昆明，另组西南联合大学，中央研究院各所也撤往云南，并推举北大校长蒋梦麟先去昆明与云南省主席龙云商洽。1938年1月12日，赵元任一家与语言组乘华洋义赈会的汽车撤离长沙，清华大学校长梅贻琦和北大校长蒋梦麟委托赵元任到云南后再与云南省建设厅厅长张邦翰、教育厅厅长龚自知接洽联大到云南的住处，各大学再动身前往。蒋梦麟先去过一次，有些事还没有谈妥。

　　赵元任一家顺利到达广西桂林，因要取道镇南关、谅山一线，非由省政府派车护送不可，先期到达的许多人困在此地动身不得。有人请赵元任一同去拜会省主席请商派车。那时广西的省主席是黄旭初，见面后通报姓名，黄旭初说："赵先生，我天天办公前，总和你谈谈天，才去公事房。"赵元任听得莫名其妙，他又请赵元任到他休息室去看看，大家以为要到内室谈什么秘密。哪知进内室一看，大家不禁大笑。原来他的床前放了一套赵元任灌录的国语留声片，有一片还在机器上转呢。

　　就这样，赵元任一行顺利地经桂林、龙州，进入越南谅山、河内、老街后，乘滇越铁路火车到达昆明。而历史组及其他研究所历经千辛万苦后方才到达昆明。这一次撤离中的龃龉与此前的种种细故与意气，终于为后来赵元任不得不离开云南埋下伏笔。

　　到昆明后，语言组租下了拓东路上华洋义赈会从前建造云南公路时留下的办公室。房子很大，楼上楼下十几间，既住人又做办公室。只是每间都不隔到顶，像笼子似的。第二天赵元任就去拜望张邦翰和龚自知，商谈南撤各大学的住处。张邦翰、龚自知非常帮忙，将拓东路迤西会馆拨给各大学作临时住处（后来又迁到昆华师范和昆华工校）。

　　到昆明安顿下来，大家开始照常工作了。赵元任开始整理1936年在湖北调查方言的报告。这一次方言调查赵元任率丁声树、杨时逢、吴宗济、董同龢4个助理，共调查了湖北省71个县中的64个，全部配有音档，还绘制了方言地图。一般方言调查整理工作是一个人从头到尾做完，以保证前后一致。这次调查，赵元任考虑到将来这批人要进行全国性的方言调查，想利用这个机会提高大家的调查水平，所以采用集体行动的方法。大家一起调查，一起随时互看记音的结果，并且随时讨论音标问题和分类问题。整理时也是大家一起讨论。这些特点使这次方言调查有了极其重要的意义。但是由于种种原因，这份报告直到1948年才作为史语所专刊，由上海商务印书馆出版。

《记语言学家赵元任》

❖ 董树屏：德高望重的"刘老夫子"

在教学工作作风上，刘仙洲先生素以严格认真著称。他在授课期间，从不迟到早退，更不缺课。课前总是做了充分准备，对于讲课用的比较复杂的图形就提前到教室用不同颜色粉笔画好，以求层次分明。或者事先制成教学挂图，当场灵活使用。他的讲课，语句简练，条理清晰，论述透彻，板书极其工整，一丝不苟，同学们都感到比较容易接受，很易记笔记。刘先生严于律己，对学生也严格要求。他把严格的科学作风作为工程师的基本素质，在教学过程中精心塑造。有不少同学毕业后在自己的工作岗位上能够勤勤恳恳，认真负责，做出成绩，是和刘先生当年的潜移默化分不开的。

刘先生生活朴素，待人诚恳。他住在迤西会馆内望苍楼上一间单人宿舍。室内布置简单，除床铺、衣箱、书桌和书架以外，别无其他陈设。他身着粗布长袍，穿一双黑布鞋，是大家天天看得见的。他加入教师伙食团，每日三餐都是和大家一样的粗茶淡饭，晚饭后总是到望苍楼后边的田野散散步，从不参加庸俗的社交活动。绝大部分时间用于读书、教书和写作。日常生活极其俭朴，公私分明。人们称他为"刘老夫子"。当过刘先生助教的年轻教师都感到他待人诚恳，非常耐心细致地指导如何做好教学工作，而且创造条件使其学术水平不断提高。尤其是遇到带家眷的教师在艰苦生活中有了困难时，他总是解囊相助。

《忆德高望重的刘仙洲教授》

❖ **孙建敏：** 安贫乐道的华罗庚

1938年，华罗庚从英国回到祖国，到昆明和家人团聚，西南联合大学立即聘请他当了算学系教授。在昆明，华罗庚一家人的生活艰苦极了。为了躲避敌人飞机的狂轰滥炸，起初他和妻子、孩子们住在昆明郊区一个名叫黄土坡的小村子里。白天，他拖着病腿进城去给大学生们上课，用微薄的薪水维持一家6口人的生活。晚上，就着昏黄的小油灯埋头读书，钻研数学。战时的昆明，物价飞涨，物资奇缺。他一个人的工资维持一家人的生活，十分困难。常常是吃了上顿没有下顿，为了维持一家人的生活，有些日子，他这个大学教授不得不改名换姓，悄悄地到中学里去兼课，去干在

▷ 华罗庚

当时被人们看来是丢脸的工作，为的是挣几个钱养活妻子和孩子。华罗庚曾去国立西南中山高级工业职业学校等一些学校兼过课。

困苦的生活使他不得不常常吸烟来排忧解愁，但是经济上的困难又使他不得不戒了烟。

这是华罗庚一家人最困难的时期。这时华罗庚正年轻力壮、精力旺盛，是致力于科学研究的最好时光，为了不使他过多地为生活分心，妻子吴筱元一个人默默地担负起全部家务劳动。每天，她要跑好几里路去买菜、买米，然后自己背回来。因为经济紧张，华罗庚一个人的工资很难养活一家人，吴筱元不得不精打细算、省吃俭用地过日子。就连喝的水，她也舍不得花钱买，总是自己从很远的地方挑回来。穿的更是节俭，几年里，她几乎没有为自己缝一件新衣服，穿破了补了再穿，大孩子穿过的衣服改了给小孩子穿，一家老小几口人穿的鞋子，全是她亲手做，稍有空闲的时候，她就给商店里绣一些小手巾，帮助丈夫分担家庭重担。几年中，她每顿饭都是粗米淡饭，把稀少的肉蛋省给丈夫和孩子们吃。

华罗庚对数学的酷爱，深深地影响和感动了这位贤淑的妻子和母亲，她把支持丈夫的事业视为自己神圣的职责，为了使丈夫能有一个安静的环境研究学问，每当孩子哭闹的时候，她总是把孩子抱开，直到拍睡了才放到床上。大孩子吵闹了，她就和老母亲轻声把孩子哄开。孩子们得了百日咳、麻疹，她一个人不吃不睡地日夜守护，从来不要求丈夫分忧或向丈夫诉苦。有时候无米下锅了，她也是一个人默默地设法解决，不打扰正在如痴如醉地研究数学的丈夫。

太阳落山了，华罗庚和妻子、孩子们就着一盏昏黄的小油灯围坐在桌旁，他看书或演算，孩子们做功课，吴筱元缝补衣服，直到深夜。有时夜深人静，她料理完一天的家务，见丈夫还坐在桌旁或打字机前埋头工作，这时，甘当无名英雄的妻子就又帮助丈夫抄起稿子来。人们问她为什么要这样做？她就会笑着说："我能帮他一点忙，他就少操一点心呗！他这个人呀，读起书来或是干起事情来，会把吃饭、穿衣都忘了，总得有人帮他、催他才行呵！"

不仅环境艰苦，而且时时有生命危险的大后方，几乎每天都响起日本飞机空袭的警报。有时候，炸弹的轰鸣把人们的耳膜都快震破了。警报响起时，华罗庚一家人也随人群跑进了防空洞里避难。

就是在防空洞里，他也不肯让时间白白地流掉，还是抓紧一分一秒看书，钻研数学。敌人的炸弹丢下来，震得防空洞里的土落了满身，对此他无动于衷，把落在书上的土抖一抖，又继续看书或演算起来，大有泰山崩于前也面不改色心不跳的气概。有一次，敌机轰炸，把防空洞震塌了，他被埋在土里，幸好头部露在外面，在别人的帮助下，费了很大劲他才从土里挣扎出来。

《华罗庚在昆明》

❖ 傅举晋："平生爱海伦"的吴宓

我对吴先生向往已久。1938年我在昆华南院临时图书馆前，见一脑袋呈炸弹形，身着紧身细腿旧式西服的中年教授，经人指点才知他即是吴宓教授。吴先生作过两次关于《红楼梦》的讲话，并发表过有关"红学"的文章，他用大圈套小圈的方式比喻宇宙、社会、人生，其最内一圈即《红楼梦》的微观形态，认为此书宗旨涉及天人之际，可从一颗沙粒看世界。又认为在艺术手法上，书中一些回目名称妙手天成，得未曾有；又谓凡世界名作，其最高峰都在全书三分之二处，《红楼梦》亦复如此。他对文言文的维护及对白话文的疾恶态度依然如故。由于他孤芳自赏，认识偏颇，穷蹙之余，渐入颓唐，常年蓝布大褂一袭，出入新校舍。

吴在联大教授西洋上古文学，条理极为清楚，又开设选修课中西诗的比较（近年不少人提倡比较文学，以我之见，吴先生实开其先河），因他精通中西文学，所以讲来左右逢源，头头是道。他在五十初度时，曾撰写《五十自寿》五古长篇，在课堂中分发学生，现身说法，妙趣横生，记得头两句是"平生爱海伦,至老弥眷恋"。显然,他还在眷恋毛彦文,因此将毛比之于荷马史诗中的希腊美人海伦。

《吴宓教授剪影》

❖ **万挼一:**田汉改革旧剧支援抗战

1945年3月下旬,田汉、安娥夫妇带领四维儿童实验剧团来到昆明。

田汉原和欧阳予倩等在桂林从事旧剧改革。1944年11月,桂林沦陷,他们只得千里跋涉、备尝艰辛,于年底抵达贵阳,不久由黔入滇。

昆明文化界举行茶话会,热烈欢迎田汉夫妇与剧团。田汉在会上发言说,希望文化界团结起来,把昆明建成个坚强的文化堡垒。

3月12日,是田汉48岁生日,有人提出要为他过生日。田氏不愿铺张,提出"泛舟避寿"。于是,人们在大观楼举行"滇池泛舟会",时在4月1日。

参加泛舟会的人很多,分乘五只大船划向滇池。田汉和聂叙伦(聂耳之兄)共划一只小艇,在驶出草海的湖边和大船会合。由于当天下午,他要到北校场参加集会,只在海上流连了一个多小时便返回大观楼。连楼都未上,看了一下孙髯长联,便乘马车回城了。

田汉夫妇到昆后,即开始笔耕。同日出版的《评论报》周刊上,发表了田汉的《重建文化堡垒》,安娥则写了《保护培养我们的第二代》。到昆明之后,田汉积极筹组四维儿童剧团的公演,十分忙碌。但他精力充沛,热情地参加各种社会活动。4月20日上午9时,应后新街粤秀中学之请,前往演讲了《昆明故事与戏剧》。4月15日下午,昆明文协分会和银行业同业公会联合主办的文艺讲习班,请他到南屏街工矿银行四楼演讲了《新阶段与新剧运》。安娥则埋头写作,写成了三幕剧《孟姜女》,在《观察报》副刊连载。

5月2日，昆明京剧舞台上首次出现大型新京剧《江汉渔歌》，公演前夕，田汉在民生街社会剧场举行了一次记者招待会。他在会上发表了不长的讲话，以传统剧目《四郎探母》中杨四郎被擒，与铁镜公主成婚为例，指出旧剧中存在着严重问题。号召戏剧界在抗日战争时期应予重视，对今后的剧改工作寄予了深切的期望，反映出进行旧剧改革的观点。

▷ 田汉

田汉原来计划在昆明进行为期一月的大规模公演。公演剧目大部分是"抗战新平剧"（京剧当时称平剧）以及改革过的剧目，包括《江汉渔歌》《新雁门关》《新儿女英雄传》《武松与潘金莲》《岳飞》《双忠记》《新会缘桥》《梁红玉》《陆文龙反正》等等。除后两剧是欧阳予倩与夏声学校所写外，其他都是他创作或改编的剧目。

5月4日，《江汉渔歌》在昆女中礼堂上演。本地京剧观众从未欣赏过大型的新京剧，《江汉渔歌》轰动了全城。

《江汉渔歌》共36场。叙述汉阳渔父团结渔民，同仇敌忾、抗敌取胜的故事。突出了动员全民、军民合作，坚持战斗到底，就一定能够取得最后胜利的主题。内容密切结合现实斗争，鼓舞各界抗日斗志。形式上，旧剧中的陋规俗套确已大加改革。

田汉为演出呕心沥血，里外奔劳。恰值新中国剧社也来昆明，文协会举行欢迎会时，理事长徐嘉瑞特请田氏于百忙中前往，介绍该社的战斗历程（新中国剧社乃田汉、洪深创建的怀远剧团改建而成）。

《江汉渔歌》连演了10天，5月14日才换演《武松与潘金莲》。

四维儿童剧团当年公演的剧目，多半是与抗战有关的历史剧。对旧剧目去芜存精的改革，并非重点。但我们通过当年轰动一时的《武松与潘金莲》，大致能看出田汉改革旧剧目的一些思想。

《戏剧家田汉在昆明的创作演出活动》

❖　卜保怡：梁思成盘龙江畔遇故知

抗日战争爆发时，梁思成率队在山西调查古建筑，还沉浸在发现中国最古老的唐代建筑佛光寺的喜悦之中。他们不得不中断了考察，匆匆回到北平。不几天，日军占领了北平。为躲避日军的纠缠，梁思成夫妇安顿好营造学社的资料之后，全家五口人，仅带了简单的行李，于1937年9月悄然离开了古都，颠沛流离，先到长沙住下。11月下旬，日机轰炸时，梁、林一家的住所被毁，险遭罹难。于是，他们选择了昆明，扶老携幼，搭乘破旧的公共汽车，晓行夜宿，经贵州前往陌生但相对安全的昆明。

经过40天的长途跋涉，梁思成一家终于1938年1月到达昆明，住在巡津街9号一所名为"止园"的宅院里。巡津街在昆明城的东南，盘龙江西侧，当年是一条北起德胜桥，南到双龙桥的临江小街。东面隔江是著名的滇越铁路的起点和总部，北面是繁华的金碧路，西边就是云津市场，地处昆明市近代史上的南城"开发区"中心。但由于街道临江而建，这里闹中取静，环境优美，街道虽小，不少外国和国内的官员及商贾在此筑房而居，一幢幢欧式别墅鳞次栉比。这"止园"据说就是某一位市长的旧宅。

梁家在这所住宅中占了三间房子，而住宅的大部分则是由一家姓黄的

▷ 盘龙江畔

▷ 梁思成、林徽因夫妇

军官住着。然而，在这风光如画、气候温和的春城，林徽因在旅途中感染的肺炎稍好之时，梁思成却又遭到病魔的袭击。1936年时，梁思成开始患脊椎软组织硬化症，为防止疼痛引起驼背，医生为他设计了一件铁架背心穿在身上。对于一个由于职业原因需要常常在农村里长时间行走并攀越和检查房顶及桁架的人来说，这种残疾实在是难以忍受的。由于旅途劳累，到昆明后他又得了严重的关节炎与肌肉痉挛，同时脊椎的毛病也恶化了。由于背痛得厉害，不能平卧床上，只得终日倚在一张帆布椅上。这时美国一些大学和博物馆聘请他到美国工作，如果去美国，他和林徽因的病无疑都会得到很好的治疗。但他回答说："我的祖国正在灾难中，我不能离开它，哪怕仅仅是暂时的。"

国难当头而又疾病缠身，梁思成夫妇愁苦的心情可想而知，好在子女的健康成长和大批志同道合的好友先后来到昆明，相聚盘龙江畔。他乡遇故知，梁思成一家得到不小慰藉。张奚若在梁思成一家之前到达昆明，就住在巡津街附近。梁思成的住所，大约就是张奚若联系安排的。梁思成的弟弟梁思永随中央研究院历史语言研究所同期到昆。

1938年3月初，联大的教师和学生陆续开始从长沙来到昆明，他们当中有金岳霖、朱自清、卞之琳等。不久，杨振声、沈从文、萧乾等及家属也结伴来到了昆明。不久，营造学社的刘致平、莫宗江、陈明达，也先后来了。他们聚会的地方，更多是梁思成家里。

住宅内有一庭院，是饱受艰险旅途之苦的孩子们的乐园。望着孩子在院内嬉闹的欢乐情景，梁思成、林徽因露出了欣慰的笑容。对于自己的两个孩子，林徽因说，"宝宝常常带着一副女孩子的娴静的笑，长得越来越漂亮，而小弟是结实而又调皮，长着一对睁得大大的眼睛，他正好是我所期望的男孩子。他真是一个艺术家，能精心地画出一些飞机、高射炮、战车和其他许许多多的军事发明"。这在战乱岁月里，对父母来说，无疑是一种精神支柱。

《梁思成与中国营造学社在昆明》

❖ 梁吉生：陈省身"闭门精思"

陈省身1911年10月28日出生于浙江嘉兴，11岁到天津，15岁考入南开大学，跟随姜立夫教授攻读数学。1930年在南开毕业后入清华大学深造。1934年赴德国留学，1936年2月获博士学位。1937年7月离法国应聘清华大学教授，乘伊丽莎白女王号横越大西洋去纽约，旋至加拿大温哥华城，乘加拿大皇后号轮去上海。旅途中日本侵略军已达沪上，只好在香港下船，由香港至海防，然后与北京大学校长蒋梦麟及江泽涵一家结伴于1938年1月抵昆明。

▷ 陈省身

到了昆明，陈省身任西南联大数学系教授。联大数学系由北大、清华、南开三校数学系合成，人才济济，名流荟萃，教授阵容强大，陈省身得以开设"李群""圆球几何学""外微分方程"等高深的课程。

当时国家在战争，西南联大偏居西南大后方，最缺乏的是图书设备、学术信息。好在陈省身得益于他的法国导师嘉当不断给他寄来有关微分几何论文的复印本，他"闭门精思"这些难读的东西，受益匪浅。陈省身始终保持着旺盛的学术活力，开了好几门课程。

陈省身在昆明五年多时间里，正进入创造高峰。除教课外，还写了十五六篇数学论文，发表在国内外学术刊物上。他说："我当时在国内跻列群贤中，被看作数得上的数学家，即在国际，亦渐为若干人所知。"

1939年7月，陈省身与郑士宁女士结婚，于是便从单身教授宿舍搬出，借住于昆明小西门内大富春街一座中式楼房里，过起"二人世界"的生活。这座楼房中有天井，楼上住了物理系饶毓泰教授及地质系孙云铸教授两家，陈省身夫妇住在楼下。楼下正房住了姜立夫先生及其侄女姜淑雁一家，楼下厢房则住房主人陈西屏先生。陈西屏曾任云南地方官，房子建得坚固，当时也很新。1986年陈省身夫妇重游昆明时，那座楼房仍在。

小西门离西南联大步行约20分钟，可以经过翠湖公园。陈省身常常与姜立夫先生同去学校，或者两人从学校一同回来，边走边谈，很是惬意。但是这种生活持续时间并不长，因他的夫人郑士宁怀孕要去上海分娩，所以1940年陈省身又重新过起了单身教授生活。他们一群单身教授租了唐继尧花园的戏台，住在戏台上的是陈岱孙、朱自清、陈福田、李继侗四人。陈省身的房间是一个包厢。这段时间，陈省身在埋首教学科研之余，每到周末都要到他的好友吴大猷教授家。

《数学大师陈省身在昆生活片段》

❖ 李东平：国学专修馆

云南国学专修馆成立于1922年3月1日，馆址在昆明市海子边（今翠湖南路）赵公祠（今东风小学）。两年后，迁入文庙后殿崇圣祠内。于1926年结束，共办理了四年。

该馆发起人为杨覲东、李春醴、周自镐、张琼、陈兰圃等先生，并得陈荣昌、袁嘉谷、周钟岳、由云龙、秦光玉等先生的赞助，经当时教育行政当局批准立案，筹组成立。经费除对学生收取少数的学杂费外，全由发起人筹办维持，没有接受过其他方面的捐助。

该馆由陈荣昌先生任馆长，李春醴先生任教务主任。先后在馆任教的主要教师有秦光玉、杨覲东、倪宣三、周自镐、王香圃、杨象先、张杭等诸位老一辈教育学术界人士。

该馆办学的宗旨是讲习中国历代古籍，研究中国学术源流，培养文史专业人才，发扬祖国优良文化。教学的具体内容是以系统的，按部就班的研读中国各部类典籍为主，辅以各家诗歌古文辞以及训诂、考据、书法、金石等知识技术，要求学生能够基本认识中国学术文化的概要源流，正确理解中国的传统精神文明，掌握学习中国历代古籍的基本方法，以奠定专业研究中国各流派学术文化的基础。在开学典礼的盛会上，馆长陈荣昌先生致训词，提出"立志""知耻"两点为馆训。

据陈老先生的说法是，读书必先立志，有壮志才能奋发上进，有正确的大志才能有正确的奋斗目标，才不致走入歧途。陈老先生提出学习应"以圣贤之心为心，以人民的忧乐为忧乐"两句名言为"立志"的"注脚"。所谓"知耻"，陈老先生说："要知个人无知之耻，国家危亡之耻，民族精神沦丧之耻。"因此勉励学生"奋志向上，身体力行，学以致用，有守有为"。

陈老先生并强调读古书绝不是一般浅人的所谓"复古"，所贵者是"识古通今"，因而特举出陈老先生为五华书院所题的一副对联为训词的总结，对联为："愿士夫希圣贤，读古书当明古谊；识时务为俊杰，居今世不薄今人。"

《云南国学专修馆概略》

❖ 石 阡：抗战时期的昆明报纸副刊

1943年12月1日，战时疏散来滇的南京报人陈仲山创办的《观察报》，在本市发刊。

当时，昆明已有《云南日报》《民国日报》《朝报》《中央日报》《正义报》和《扫荡报》6家日报。各报的国际新闻，主要依靠中央通讯社的电讯，省市新闻除云南通讯社供给一部分外，大部分是报社外勤记者采访所得。在人口不足30万的市区，有这么多报纸，报社不能不设法办出特点，借以争取读者。因此，各报都无一例外，刷新版面，充实内容。有的加强采访省市新闻和组织外县通讯，有的增加"专访"和"特写"稿件，有的及时报道"商情"，或者力求把"副刊"办得丰富多彩。几家报纸经常展开着无形的竞争。

《观察报》是一份4开日报。陈仲山来滇后，最初曾主持《昆明夜报》，办报经验丰富。总编辑张萍庐、编辑主任侯方岳，都是严肃的文化工作者。他们对官办通讯社所供新闻严予取舍，而以副刊来争取读者。发刊之初，就用整个二、三两版，辟出了《舞台银幕》《显微镜》《社会服务》《经济》等副刊，也注意约请名家撰稿。例如连载过张恨水的长篇小说《雁来红》；云南戏剧界先驱陈豫源，也应邀撰写过《戏有益斋随笔》等稿件。创刊不久，便拥有一定数量的读者，在昆明站住了脚。

为适应读者需要，1944年2月下旬，《观察报》进一步调整了副刊内容。他们把原来定期刊行的《舞台银幕》《显微镜》等并为天天见报的《小观察》（第三版），另在第二版辟出《生活风》，约请全国著名作家、当时执教联大的沈从文担任主编。

那时，昆明各报的副刊中，最受读者欢迎的是杨东明主持的《正义报》

的综合性副刊《大千》。但《大千》并非逐日出版。从《生活风》最初几期看来，它的性质也是综合性的，可是侧重于文艺作品。在3月1日刊出的第一期《生活风》上，沈先生写了《编后》，明确告诉人们："我们不必说明本刊需要哪一类文章，或排斥哪一类文章。今后，读者可以从每一期的篇幅里，了解《生活风》的性质。我们也不会专刊特约稿件，而希望读者多送一些东西来，使看文章的人，大部分就是写文章的人。"

《生活风》最初有一个短评性质的《风向》专栏，发表过一些干预生活现实的杂文，如指出史迪威公路通车后，少数投机商人又萌发新的想望的《腐烂的新生》；抨击教育商业化现象《教育贩子》；借当时每周禁屠3天以刺激猪肉市价上涨的现象而抒发感慨的《不能成佛》等。另外，也刊登过《纪念册的由来》之类的知识性短文。但影响较大、最受欢迎的还是小说、散文等文艺作品。费孝通以欧战为题材的短篇小说，冯至独立成篇的长篇小说《伍子胥》，林间楚反映战时小知识分子生活的系列短篇小说《昆明旅》，从一开始时就紧紧抓住了读者。

像这样以整版或半版地位刊载一篇小说，在昆明各报副刊中并不多见。《生活风》的内容，日益从"综合"转向"纯文学"，赢得了文学爱好者的喜爱。

《抗战时期的昆明报纸副刊》

❖ **李大水：《正义报》琐记**

抗战时期，《正义报》处于国家民族危亡关头，它虽然也积极宣传抗日，但报纸特点并不显著，倾向也不明朗。它虽然利用过龙云与蒋介石的矛盾，作过诸如反对外系军队入滇，维护云南地方利益的宣传报道，也邀请过当时西南联大的一些著名教授专家撰写了一些时事文章，但这仅仅是种点缀。因为它的大量言论和报道，像当时其他官方报纸一样，大量采用的是国民党中央社的稿件，其基调是在维护国民党的统治。那时的《正义报》，连新闻界常说的所谓"小骂大帮忙"的倾向，也谈不上。

▷ 《正义报》

可是，《正义报》的经济新闻，特别是物价起落的行情报道，却受到了本市读者的欢迎。工商业者认为它有利于自己的经营，大多爱看《正义报》。一些知识分子和青年学生则喜欢它的副刊。《正义报》的副刊，后定名《大干》，以散文和杂文著称，格调比较健康活泼，不像某些报纸副刊那样黄色庸俗。抗战胜利，蒋介石以武力强行改组了云南地方政府，龙云被迫去渝，卢汉继之上台。接着，昆明又掀起了"要求民主，反对独裁"的学生运动——"一二·一"运动。

国民党反动派在制造了"一二·一"惨案之后，又指使特务枪杀了著名民主战士李公朴、闻一多教授。与此同时，国民党政府依靠美帝国主义的支持，妄图排除异己，实行反动独裁，在全国实施了一连串法西斯政策。形势的发展教育了人民。它要求人们作出自己的抉择。越来越多的人，在事实面前，认清了国民党反动派的面目。国民党内部也出现了分化。一切具有爱国心和正义感的人，都一致唾弃国民党反动派的独裁卖国政策。

大势所趋，人心所向，《正义报》顺应了历史潮流，内部实行了一些改组。主持人换上了林南园（林当时为省府会计处长，后为财政厅厅长，现为民革云南省委负责人之一）社长兼发行人为阮以仁。

报纸改组以后，反映潮流的某些言论以及接近事实真相的某些报道，"一二·一"学生运动集会，中央社和昆明《中央日报》诬其为"发生匪警"，《正义报》虽不能如实报道，但却采用委婉的手法披露了真相。蒋介石被迫在重庆举行旧政治协商会议时，《正义报》派记者去作采访报道，从侧面报道了中共和一些民主人士的正确主张。对于全国发生的一些重大事件，虽迫于压力，但还是表明了自己的"中立态度"，作一些迂回而近于晦涩的报道。

到了蒋介石悍然发动大规模内战以后，《正义报》在政治上趋于进步的倾向，就逐步明朗起来了。虽然它尚不敢也不能公开反对蒋介石，但同情革命、同情老百姓的苦难生活，呼吁实行民主的言论和报道渐多，销路因此打开，社会评价渐高。当报童沿街喊叫："正义扫荡中央"（指《正义报》《扫荡报》《中央日报》，有双关义），这可以说是从某个角度反映了人们的爱憎。当时，昆明出版约十种报纸（包括晚报）。《正义报》的发行量最高时达到过一万六千份，经常发行量为一万份。当时全省各报发行量总和约为三万份。

《正义报》每天出版对开一大张半，共六版。第一版为广告，第二版为国内新闻，第三版为国际新闻，第四版为省市新闻，第五版为经济新闻，第六版为副刊。每天都发表社论。广告约占版面的三分之一。报纸靠广告收入维持，收支大体平衡。《正义报》长期用云丰纸厂的劣质纸（包装纸）印刷出版。社址最初在报国街，后来迁至正义路中段。

《〈正义报〉琐记》

❖ 豆稚五：中华书局昆明分局

昆明中华书局，是上海中华书局总局设在西南的分支机构，位于光华街中段与甬道街的交叉口。北面是商务印书馆、文建书局、昆华书店，西面是开明书店、文通书局、世界书局、光华书店。面街三间扇形两层楼房，一层临街为铺面，后院设有批发货仓。二楼有会计、文书的办公室和一间窄小的经理室，其余为职工集体宿舍和书库。经理项再青，四十开外年纪，满口的下江口音。我向他报到后，他把我介绍给一位浙江人说："他是会计主任徐立权先生，你今后就在他这里工作。"

我自幼视图书为生活中的良师益友，在昆明求学时，即常常喜欢逛书店。原来就是从一些进步书刊上受到启迪和影响才离家出走昆明的。但对书店的了解，还是在进入中华书局之后。书局有个规矩，每逢书局创办人陆费逵的诞辰，经理就要把全体员工召集在一起，讲述陆先生在上海创办中华书局的宗旨、经过及他创业的艰辛，借以增进职员对书局的了解和信念，增加员工对书局的凝聚力。办公室的墙上还悬挂着陆先生像。

耳濡目染，使我知道中华书局是我国近代出版史上，仅次于商务印书馆的第二家出版发行企业，开展编辑、出版、印刷、发行业务。于民国元年（1912）诞生于上海，是辛亥革命的产物。创建人陆费逵，字伯鸿，号少沧，祖籍浙江桐乡，生于陕西汉中。光绪三十二年（1906）进上海文明书局任职员，光绪三十四年（1908）入商务印书馆任国文部编辑，次年升任出版部部长兼《教育杂志》主编。宣传教育救国论，认为"教育得道，则其国昌盛"，倡议改革旧教育制度。同时建议整理汉字，主张简化，并提倡白话文。1911年秋武昌起义成功，他认为革命成功后，教科书应有大改革。当时，商务印书馆对教科书还未作改革，他即邀集同仁，筹集资金，暗中加紧编写新教科书，并筹设建立新局。1912年元旦中华民国宣告成立，中华书局也在上海同时开业。初期合资经营，资本二万五千元，设编辑及办事人员十余人，陆自任局长，沈知方任副局长，最初只开展出版业务。陆提出"用教科书革命"和"完全商办"两个口号与同行竞争。陆费逵是一个有爱国民主思想的人，他主持编纂的《中华初等小学国文教科书》和《中华高等小学国文教科书》的课文中，有许多爱国民主的内容。经过他的辛勤经营，中华书局的事业蓬勃发展，由合资扩大为股份公司，资本增至160万元，在上海建起一处三所（即董事会、总经理直辖之，总办事处下设编辑所、发行所、印刷所），集编辑、出版、印刷、发行于一体。在国内各大城市和香港都设有分支机构，成为与商务印书馆齐名的国内第二家综合性出版公司。

中华书局昆明分局创办于民国初年，初为代理机构，地址设在昆明劝业场，负责人姓金。1930年设有固定经销机构。1932年收回自办，经理赵子艺。后迁至正义路三牌坊。1934年迁至光华街。经理杨世华。1948年我进店时，经理之下设有会计主任、营业主任，还有店员、练习生、勤杂工等16人。店员以上相互间称"先生"，称书局为"公司"，称上海总局为"总公司"。

《我所知道的中华书局昆明分局》

❖ 徐继涛：李公朴远离闹市开书店

1941年12月，李公朴来到昆明。

李公朴是个社会活动家，到昆明不久，他就结识了当时在昆明有名望的人士，如张冲、楚图南、郑乃斋、冯素陶、张天放、闻一多、孙起孟、周新民、李文宜等，以及西南联大、云大一些有名的教授、学者。

李公朴来昆初期，一家住在乡下，他进城则借住青年会。到昆不到两个月，李公朴就组织了一个"青年读书会"，出版《青年周刊》。在郑乃斋的支持下，还派人去仰光筹办"读书生活出版社"，后因日军入侵缅甸而未果。李公朴还参加了由昆明知名人士组成的"九老会"。该会由孙起孟发起，因最初只有九人，故称"九老会"。他们以聚餐为名，评论时政，提倡抗日、民主。李公朴是其中的活跃分子，经常发表独到的见解。

1942年秋，李公朴全家搬进了城，开始住在绥靖路（现人民中路），12月，搬到北门街。也就在这时，李公朴办起了"北门书屋"。他们全家住在楼上两间，楼下的一间临街的店铺里，摆了两个竹书架，用床板铺3个案子，书架和案子上摆满了书，就是书店。因位于北门街，故称"北门书屋"。

李公朴办书店的行动得到各方面的支持。书店的房子是当时昆明商会会长李琢庵的房产，他听说李公朴要办书店，就无偿地借给他使用。图书主要由上海图书杂志公司、华侨书店、进修教育出版社、康宁书店等供给。出售以后，按四六或三七结算，售不出可以如数退还。"北门书屋"的具体工作都由夫人张曼筠操持。

▷ 李公朴

"北门书屋"远离闹市，但卖的是进步书刊，又距各大学不远，所以开张不久，便以李公朴的名望和所售的进步书刊而很快传扬开来。小书屋常常是读者盈门。青年学生、进步人士、文化界与工商界的朋友常常舍近求远地跑来这里购书。地下党的同志也给"北门书屋"很多帮助。如滇南和华宁的地下党员经常到这里批购进步图书。"北门书屋"的工作局面打开了，站稳了第一步，李公朴并不满足，很快他就迈出了第二步，即创办北门出版社。

1943年12月，北门出版社成立。社址就在"北门书屋"的对面。编辑部主要由张光年负责，还约请了楚图南、闻一多、曾昭抡、潘光旦等十余人参加。这里面有诗人、作家、翻译家、科学家，也都是民主革命战士。在他们的努力下，先后出版了苏联名著《新时代黎明》《高尔基》，艾青的《献给农村的诗》《人民的歌》，张光年搜集整理的云南彝族长诗《阿细的先基》，以及张光年与叶以群共同主编的一套民主文艺周刊，还出版了一集《文艺的民主问题》，执笔者有茅盾、何其芳、曹靖华、姚雪垠、楚图南、闻一多等，对当时文艺的民主问题提出了尖锐而深刻的意见。在北门出版社成立两年多的时间里，共出版文艺作品、翻译小说、诗集、文学评论、少数民族地区考察记，以及青少年读物等30余种。除了公开出版物以外，出版社还秘密出版了《新民主主义论》《论联合政府》《论解放区战场》，此外还印制了一些宣传品和党的文件。

《李公朴碧血洒昆明》

❖ **豆稚五：抗日战争时期的昆明书业**

卢沟桥事变前，经济、文化远远落后于沿海和内地其他一些省份的昆明，经营书籍的只有屈指可数的几家创办于晚清和民国初年的旧时书坊，如务本堂、文雅堂、五华山房。从省外进入昆明的书店，只有国内最大的两家发行企业的分支机构：商务印书馆云南分馆和中华书局昆明分局。据国民党政府调查统计，民国26年（1937）7月以前，开设在昆明的大小书店共11家，从业人员69人，经营的图书品种也很有限。

卢沟桥事变后，沿海、华北相继沦陷，北平、天津、南京、上海、武汉相继失守。国内政治、经济、文化中心逐渐向西南转移，大专院校、学术团体纷纷南迁，文化界、教育界、工商界人士云集昆明。随着滇黔公路和滇缅公路通车，昆明成为大后方经济文化重镇。在时代潮流的冲击下，昆明的图书业便如雨后春笋般地蓬勃发展起来。抗战初期，每年均有几家新创办的书店开张营业，至民国32年（1943）达到高峰。这一年新开业的书店达27家。民国33年（1944）湘桂大撤退，当年又有11家书店在昆开业。

据有关资料统计，抗战8年间，昆明先后创办起来（包括中途停业和改行）的书店、书摊73家，为战前的6倍多，分布在23条街上。布局有疏有密，大部分较为集中，少部分分散。如光华街、武成路、华山西路、华山南路几条街上，网点稠密，书铺林立，成为云南省内繁盛的图书中心市场。其余有的开设在毗邻学校的文林街、青云街、北门街等学校区；有的建立在娱乐场所附近的晓东街、劝业场、文庙街；有的设置在市区的主要街道正义路、护国路、金碧路、拓东路；还有黄公东街、承华圃等冷僻的街上也开设有书店。

这个时期规模小的书店居多，而从业人员的文化素质和业务水平较高。店铺的营业面积，除商务、中华、华侨等少数几家较大外，其余多为一两间铺面。从业员工最多的是商务，25人，中华次之，22人，其他多为三四人，有24家是一人经营的家庭店。据查到的35家书店的材料统计，经理的籍贯云南籍占34%，省外占66%，其中浙江、江苏两省的占45%，多为30岁上下精力旺盛的青壮年。

商务、中华、开明、世界几家大书店均属上海总公司在昆的分支机构，其经理均系总公司派来，都具有大专学历，受过专业培训，有丰富的业务实践经验。如中华书局昆明分局经理杨世华，系上海商专毕业，在上海考入中华书局总管理处，经专业培训，在总管理处工作几年，然后派任安徽分局经理，民国24年（1935）到昆明分局任经理，时年32岁。金马书店经理庄重，曾留学法国，该店营业主任范天均毕业于中山大学，担任过福建省政府咨议。一些独资经营的小店主，有的进入商界多年，有经商能力和文化素养。国民党云南省党部办的云南文化服务社的经理甘汝棠，毕业于国民党中央政治学校，曾任过县长。一般店铺由于规模不大，员工人数不多，经理均直接主持进销，筹划经营，对内调度指挥，对外运筹交际，业务显得灵活而富有生机，有较高的办事效率和竞争能力。

《抗日战争时期的昆明书业》

第四辑

食在昆明·邂逅最正宗的滇味

❖ 沈 琼: 独树一帜的过桥米线

云南过桥米线，因烹饪技术特别，色、香、味俱佳，在滇中风味食品群中独树一帜，并赢得众多居民的喜爱。

过桥米线的来历，传说不一。据一些七旬高龄的老厨师回顾，"过桥米线"已有一百多年历史。最早创行于蒙自、建水、个旧等地区。一种传说是：一百多年前，滇南建水县李马田锁龙镇桥头有一家米线馆，该馆创制米线氽汤的食法，当地人觉得新鲜，吃着味道爽口，顾客日益众多，亲朋好友相约到锁龙镇桥头上馆，吃米线，便风趣地称之为"过桥"。由此而演成"过桥米线"的名称。

▷ 过桥米线

另一种说法是，由于过桥米线是用筷子挟米线入汤中，米线碗与汤碗两碗相隔，米线凌空而过，形似拱桥，因而演成过桥米线的名称。

过桥米线从滇南传入昆明，至今已有六十多年了。光华街"一品园"

最早出售过桥米线，风味与滇南稍有不同。1920年个旧人孙三到昆明开设"仁和园"，全部照滇南过桥米线的风味炮制，于是"过桥米线"才风行于昆明市区。羊市口的"德鑫园"创办于20年代中期，由于用料考究，名气日益四传，享有正宗过桥米线的声誉。

解放后，云南过桥米线名声大振，不仅昆明市区添设了许多家专卖过桥米线的食馆，云南"过桥米线"，还进入了北京、广州等大城市，成为独树一帜的云南地方风味食品。

过桥米线的特色，主要在于汤和副食品配料的制作：汤，要求用鸡、鸭、猪筒子骨混合煮熬成原汁汤，海碗内放鲜猪油、味精、胡椒粉、食盐等调料，沸汤盛到碗内，油料即刻封住汤面，汤碗内温度经久不降。过桥米线的副食品有脊肉片、乌鱼片、猪肝片、腰花片、壮鸡片、玉兰片、豆腐皮、香菇、豌豆尖、韭菜、青白菜等等。

吃过桥米线时，先将汤盛好，再将各种切成薄片的肉、鱼、鸡、肝等副食品放入汤中，待这些肉类食品在沸汤中烫熟后，再逐次加入青菜类的副食品，最后再挟米线氽进汤碗，即可品尝。

过桥米线，口味独具风格，集各种鲜鸡、鲜鱼、副食品及蔬菜于一碗内，饭食同时进行，汤味醇美，油而不腻，各种生肉熟后甜嫩香鲜、爽口，汤内各种菜蔬脆嫩。一眼望去，汤内红绿黄白相间，色彩美观动人，的确是一种独树一帜的风味食品。

《独树一帜的过桥米线》

❖ **鲁 石:** 别有风味的小锅米线

云南省玉溪地区的风味小吃小锅米线，传入昆明市区已有近百年了。这是一种别有风味的小吃，颇受昆明城区市民的喜爱。

据七旬高龄的老厨师李宋文回顾，他童年时代，玉溪州城西门外的绍兴园就已出售小锅米线。因玉溪人丁兴旺，土地狭窄，自民国初年起人口外流，出外谋生的风气就很盛行。不少玉溪人来到昆明市一时找不到职业，便架起锅灶，摆摊设点卖小锅米线为生。在20年代，昆明已有七八家专卖小锅米线的食馆，到了30年代至40年代，地处五华地区的玉溪街上，开设小锅米线的店堂已有20多家。清晨一早就开店堂，往往到午夜1时才收堂。如玉春园、宝庆园、艾和园在玉溪街颇有名气，翠湖边的翠海春，金马坊旁的金顺园，都以出售小锅米线而闻名于市，顾客络绎不绝。

别有风味的小锅米线，灶具简单，只需一口薄底小铁锅，一把长把炒勺。锅里盛上肉汤、米线、作料和帽料，五分钟内即可出锅装碗上桌，供顾客品尝。既方便、卫生，而又别有风味。小锅米线因帽料（又称潦料）不同，品种名称多种多样，如潦肉、脆哨、叶子、鳝鱼、焖鸡、肉丁等等。色香味俱全，玉溪口味的鲜、辣、脆、嫩、酸、麻、甜，均熔为一炉。让人吃后，余味无穷。

小锅米线至今已成为昆明市民的一种风味小吃，工厂职工、商店营业员和中、小学生，早晨也喜欢把小锅米线当作可口的早点。逢到节日和星期天，昆明的一些居民，也喜欢在家中做小锅米线当午餐。

《别有风味的小锅米线》

❖ 刘亚朝：云香斋的看家"三大件"

云香斋是老昆明一家有名的早点铺，店址在长春路和护国北路的交叉口附近。这家早点铺主要卖豆浆、包子、油条，都是昆明普通老百姓喜爱的食品。这些东西家家都在做，家家都在卖，但他家做的就是有些不同，弄得家住附近的人们天天吃不厌。

云香斋的豆浆料足汁浓，舀一碗起来，一会儿就结起一层皮。煮豆浆时还兴加一点米，越发增加豆浆的浓度。到上午10点钟左右，豆浆快到锅底，有的老吃客扣准了时间去买，舀到的就是豆浆稀饭了。50年代，光浆一分钱一碗，加白糖的两分钱，加盐不收钱，着实便宜。包子分甜咸两种，甜的就是豆沙包，咸的是素菜包。菜包的馅以豆腐丁为主，再加些别样配料。配料最常用的是笋丁，用干笋发开切成。他家的笋也拣得嫩，吃起来决不会绊口塞牙。到出青蚕豆的季节，就不用笋，改用青蚕豆切丁，这时候的菜包最好吃。有时还可能加一点点香椿丁，那么滋味也就达到登峰造极的水平了。包子都不打皱褶，只在甜的上面点一点红。包子不论甜咸都是四分钱一个，若要放到油锅里炸成脆皮，那就加一分钱。油条这东西在中国从南到北都受欢迎。云香斋炸的油条，面发得透而不过头，明矾加得适量故而不苦，量足所以个大，火候也恰当，因此个个金黄可爱。做油条的师傅用一块白石板和一把铁刀，每切完一坨面，就重重地把刀悬空丢在石板上，清脆地"叮当"一响，因为清晨人静，声音传得很远，人们还睡在被窝里，就不由想到油条已经炸香了。

《昆明古城旧话》

❖ 万 亿: 生意红火的马兴仁牛肉馆

小西门月城中，当年有一家牛肉馆，生意红火，招牌名号日久未受注意，老板姓名反成为食馆的通称，人们呼之为"马兴仁牛肉馆"。

马兴仁牛肉馆是昆明有数的著名牛肉馆之一。从一开始，它的经营就有着独特之处。当老板看到顾客多数是穷公教人员和劳动群众之后，抓住顾客要求价廉物美的心理，认真做到薄利多销。各类菜肴精美可口，收费不高，因而深受欢迎。

把不加佐料的烧饵块掰为小块，浸泡牛肉汤进食，是昆明的独特食品（东城区"老岳家"夜堂，则售清汤羊肉，顾客多喜以烧饵块泡入汤中而吃）之一。牛肉馆人少客多，无法兼营烧饵块。有的客人会跑到大富春街或庆丰街口，买来烧饵块就食。马兴仁发觉此一情况，特意请来烧饵块摊贩，在店门口售卖（不加佐料）。烧饵块摊生意兴隆，牛肉馆的清汤牛肉销售量也成倍增加。

在经营过程中，马兴仁看到许多顾客，都喜欢用清汤泡饭。一般唤一小盘冷片、一篮白饭、一碗清汤，也就解决了一餐；更有经济条件不好的顾客，每每只要碗清汤，泡饭而吃。他掌握此一情况后，就在这件没有收益的事情上大做文章（早年牛肉清汤和冷片佐料，都不另行收费），把汤熬得色清味醇，端上桌前撒一撮葱花，受到了顾客的赞赏。"马兴仁家的清汤"，竟也成为一道"名菜"。蘸冷片的甜酱油加芝麻酱，还滴上些麻油。肉壮佐料香，也是马兴仁牛肉馆的特点之一。

马兴仁牛肉馆出名后，顾客应接不暇，馆子开成几间铺面打通，连成一片的长方形大食馆。他们最初在市区各肉案买肉，生意做大后，专人下乡或到外县，甚至贵州等地去买壮黄牛。牛买来后，总要饲养许久，才付诸宰杀。二三十年代间，每次都让将要宰杀的壮牛双角挂红，敲锣打鼓地游街示众，借以让人们看到将宰的牛，以示"货真价实"。

▷ 街头品尝美食的昆明市民

马兴仁牛肉馆蒸、煮、炖、炒，品种繁多。他们不看"麻衣相"，对一次点十几个菜，抑或只吃个单盘冷片的顾客，全都无分轩轾，一视同仁。有时，对那些只要一篮白饭，加一碗清汤的老客，甚至还会奉送上一小碟酸萝卜，请人家下饭吃。

昆明早年的食馆（特指滇味馆子）甚多，如专办酒席的"共和春"和"海棠春"，威远街"九华春"专营上门办席，中小型食馆如光华街"别有天"、甬道街"燕鸿居"、翠湖南路"翠海春"、景虹街"少白楼"，东寺街"西南第一楼"……屈指难数。以上介绍的五家，经营上无不注重质量、礼貌待客，今天看来，仍具有借鉴作用。

《昆明滇味名馆简记》

❖ 刘亚朝：肠旺米线，德发园最佳

德发园是老昆明一家专卖肠旺米线的食馆，店址就在一菜市。一菜市就是今威远街西段，因那里原是清代的布政使衙门，俗称"藩台衙门"，人们便干脆称之为"藩台衙门菜市"。说老昆明话发音最正宗的老倌倌老太太们都说成"房头牙么"，这是"台"字和"门"字"儿化"的结果，倒也是很合乎音韵学原理的。菜市有三道上半部圆形的拱门，从东面第一道进去，不远便是德发园。

德发园只有一间门面，但店堂很深，恐怕有二十多米，后面是厨房。店堂里靠一边墙一溜地摆放着条桌条凳，都是没有上漆的白木，打磨得光亮洁净。上午八九点钟，人们出来买菜顺便吃早点，就是店里最热闹的时候了。店外是拥挤的菜市，店内同样拥挤得几乎不能插脚，后来的客人只好站着候座。只要客人坐下，堂倌便会来招呼。堂倌们腰系围裙，肩搭抹布，在人群中穿来穿去端送米线，不时用一种特别的韵调喊着："免青一碗，免红两碗，加脆哨一碗，前后四碗喽！"原来当客人落座后，堂倌收掉碗筷，抹干净桌子，询问了客人的要求，就这样喊着告诉后面的厨房。厨房立即按要求做好，等堂倌下一轮出来，就可以端送给客人了。

他们不仅喊法特别，并且使用了许多术语。免青，即不用葱花、芫荽、韭菜；免红，即不用辣椒；宽汤，即多要汤；双碗，即大碗；免肠、免旺，意义自明。此外，还可以加肠、加旺、加脆哨、加鳝鱼等等。有时他喊完以后还没有来得及进厨房，又接待了新来的客人，就加上新的碗数和要求重喊一遍，并加"前后"二字，表示这是总数，以此为准。堂倌有五六位，厨房里会分辨他们的声音，分别配好，从来不会弄错。客人临走付账，也由堂倌收取。有时客人有零钱不用找补，便放在碗边扬长而去，也从来没有出过错。

《昆明古城旧话》

❖ 杨树群："猪八碗"，正宗老滇味

当今号称"老滇味"的酒宴菜肴，真是名目繁杂，令人眼花缭乱，莫衷一是。其实，原始而又正宗的老滇味，是老昆明人所谓的"猪八碗"。

清末民初，一般老昆明民间的宴席菜肴，大都取材以猪肉为主，当然也包括适量的鸡、鸭、鱼肉。其烹饪方式，不外乎是煎、炸、炒、蒸、炖、腊、卤、凉拌等不同的制作，如煎炸方面的子介肉、高丽肉、软炸排骨，炒烩方面的宫爆肉、炸酱花生、糖醋里脊、火腿蛋花、瓦块鱼、脆皮鱼，蒸炖方面的粉蒸肉、太极肉、千张肉、夹沙肉、炖黄条、口袋肉、清汤鸡、清汤蹄筋、红烧肘子，腊卤方面的凉片火腿、什锦拼盘等等，都是老滇味中最常用、最为流行的菜目，而装盘又是以八件或八碗的居多，因此这样的宴席款式，俗称"猪八碗"。之后，随着西洋文化特别是东南沿海地区先进文化的不断输入，在原来"猪八碗"的基础上，又逐渐增添了"清汤海参""爆炒鱿鱼""金钩玉兰片"等海味和山珍，并加入了一道"西米冻"

之类的西式甜食，逐渐演变成为六件两盒或八件四盒（件指大盘，盒指盛装汤烩的瓷盒），成为号称"八大件"的"海参鱿鱼席"。更有甚者，则又在此基础上使用"鱼翅"，称为"海参鱼翅席"，但这已属较高的档次，只是极少数官宦和富豪人家方才使用，一般并不采用。至于所谓的"满汉全席"，在一般民间并未见过，也很少听到。

这老滇味"猪八碗"的饮食文化，有几个鲜明的特点，一是取材于当地，不追求所谓的"进口货"或"舶来品"，这样，既保证原料的新鲜和价廉物美，并使生活消费和当地的农牧业生产密切结合，相互推动，以消费促生产；二是质地扎实而厚重，每道菜都是真材实料，物尽所值，不搞花架子，不搞行为欺诈或虚假做作，最终获得食客的满意；三是口味适中，既不清淡无味，也不辣、不麻、不甜、不酸，尽量保持其既有的鲜美纯正。这样的饮食文化，既反映了当时的农副业生产状况和社会经济发展水平，也反映出老昆明人的朴实、正直、淳厚和中庸平和的品格及道德风尚，体现这样的风格，方可谓正宗的"老滇味"。

《老昆明风情录》

❖ 纳国庆：兴和园，无人不知的清真饭馆

清末民初，小西门城关是昆明商业繁盛的水陆码头所在地。小街两旁米行、砖瓦石灰店、茶铺、杂货店、饭馆、马笼头铺、鸡毛店比比皆是。还有两三家"待诏铺"。"待诏铺"是老昆明对理发店的称呼，或称剃头铺。据考证，清军入关，清专制王朝建立，下令全国剪发表示归顺。剃头挑子上悬挂着朝廷"留头不留发，留发不留头"的诏书。城关内外，来往行人肩挑背负，车水马龙，途为之塞。

每当中午时分，远方铃响马帮来，从滇西驿路经碧鸡关、黄土坡风尘仆仆而来的骡马成群结队地穿过拥挤的人群，高大的头骡头戴大红缨，鞍

上插着三角旗，威武地走在前头。骡马背上驮着缅甸进口的棉花、呢绒、布匹、洋靛，以及滇西黑、白、琅井熬制的盐块，各地的土特产——茶叶、药材、玉石、毛毡、铜器、牛羊皮、香菌木耳、土纸、粉丝……鱼贯地进入小西门魁阁，沿着城埂脚外石块马路行进。牛羊皮驮子大多卸在崇仁街，由永义昌商号收购。盐驮则卸在广聚街（金碧路）营门口一带，那里是全市盐店集中地。马帮最后落脚在顺城街开设的骡马大店和客货堆栈。几天后马帮又满载棉纱、丝绸、百货……通过小西门魁阁西行。

当年，滇池几在昆明城边，老篆塘遗址就在今日的大观路，东西长村、潘家湾一带，水天空阔，帆影天鸥，船桅林立，一派繁忙景象。从昆阳、晋宁、富民横渡滇池而来的粮船云集。粮船体积大，老昆明一律称"昆阳船"，称滇池为"昆阳大海"。白马庙篆塘河上，桥墩横架一根长木，作为便桥，方便两岸行人往来，粮船到来，先要派船夫上岸，暂时搬开长木，让粮船通过。每天一艘艘昆阳船运送来滇池沿岸州县的大米、杂粮、菜蔬、禽畜、瓜果、烧柴、木炭、引火的松毛圈、建筑材料之类，就在小西门城关老篆塘卸货，由商贩人担马驮，或通过牛车运销各地，显然与昆明广大市民的日常生活息息相关。

百年老店兴和园牛菜馆开设在小西门月城下的黄金地段，是老昆明人几乎无人不知的清真教门饭馆，前店营业，后宅院是掌柜家属和雇工居住。后门外紧靠城墙是牛棚，牛骨堆积如山。前店是一座四间门面的两层楼房，土木结构。楼下对一般市民和劳苦大众开放，设备简陋，20来张白木条桌，每桌配备两条板凳，桌上放置一个竹筷筒，两个土碟，一盛食盐，一盛辣椒面，悬挂一块粗布白帕，供顾客擦筷。楼上较考究，雅座有油漆方桌，靠背椅，墙上有衣帽钩，风景人物画。

20世纪前半期是私营兴和园最红火的年代，掌柜马兴仁在昆明拥有很高知名度，美食家和贩夫走卒无不津津乐道。据回族父老传说：马兴仁的父亲原是新兴州（今玉溪市）龙门大营的一介小民，家境贫寒，上无片瓦，下无寸土。光绪末年来省城谋生，在一家牛菜馆做雇工，勤学苦练，学得一手烹调技术，离开东家租房独自开馆，精打细算，营业蒸蒸日上。亡故后，儿子马兴仁接替老掌柜事业，人称大掌柜。由于其父多年的培养，以及本人的亲身实践，马兴仁精通牛菜馆业务，熟悉各个环节，店里雇工二十多人，各司其职，无不按大掌柜马兴仁的布置规划运作，不敢有丝毫懈怠。

大掌柜马兴仁还练就了一手绝活，当得起"相牛的伯乐"。一头牛牵来，大掌柜目测一下，伸手揣摸牛腹下的"腰窝"部分，便作出正确的鉴定，即屠宰后可以有多少斤肉、多少斤油，牛宰后，证实估计无误。即使有所差少，也不过半把斤左右，同行无不佩服。

《百年老店兴和园》

❖ 张 谦: 滇中名菜汽锅鸡

早在清代乾隆年间，汽锅鸡就流传在滇南一带。相传是临安府（今建水县）福德居厨师杨沥发明的吃法。那年皇帝巡视临安，知府为取悦天子，发出布告征求佳肴，选中的赏银50两。杨沥家贫，老母病重，为得重赏，他综合了当地吃火锅和蒸馒头的方法，创造了汽锅，又不顾生命危险，爬上燕子洞顶采来燕窝，想做一道燕窝汽锅鸡应征。不料汽锅被盗，杨沥被

▷ 汽锅鸡

问欺君之罪，要杀头。幸而皇帝问明真相，免杨沥一死，并把福德居改名为"杨沥汽锅鸡"。从此汽锅鸡名声大振，成为滇中名菜。那时汽锅鸡的做法很简单，但味道很醇正。这个传说后来还被拍成电视剧上映。

1947年，汽锅鸡的吃法才传入昆明。在当时的福照街上开设了第一家专营汽锅鸡的餐馆，取名为"培养正气"，今为"东风餐厅"。

蒸汽锅鸡的餐具要用建水的土陶汽锅味道才正。建水汽锅外形古朴，构造独特，肚膛扁圆，正中立有一根空心管，蒸汽沿此管进入锅膛，经过汽锅盖冷却后变成水滴入锅内，成为鸡汤。两三个小时后，肉㸆骨离，便可食用，鸡块鲜嫩，汤汁甜美。

烹制汽锅鸡，鸡要选择本地土鸡，而且鸡太大不行，太小也不行，太肥不行，太瘦也不行，肥了太腻，瘦了又显腥寡，用刚要下蛋的嫩母鸡或阉鸡和刚开叫的小公鸡最好。作料很简单，只有几片生姜、几根小葱，少许胡椒、精盐。吃的时候要将葱姜拣去，只留其味逼腥，清新适口。

不知从何时起，也无法考证是何人，在汽锅鸡中配入云南特产的名贵药材三七、虫草、天麻，使鸡汤更有营养，还有润肺、补肾功能，对冠心病、虚弱贫血症有显著疗效，成为滋补佳肴。此后汽锅鸡声名愈盛，到昆明的外地人都要一尝方休。

《汽锅鸡》

❖ **张　谦：做黄焖鸡，要用本地土鸡**

黄焖鸡是昆明人的家宴常菜。

过去，昆明人吃黄焖鸡常常在冬至、清明时节。届时举家上坟，都要准备一只小公鸡带上。上坟完毕，下山又累又饿，将就在山下农家把鸡宰了，就着农家的锅灶黄焖了吃。除辣椒蒜瓣外，酱料用当地农家自制的辣酱，颜色和昭通酱炒出来的不同，黄中透红，味道也好。这实际上才是标准的黄焖鸡。用昆明市郊一带农家自制的辣酱，辣酱微甜，存放时间长，味道特别好。

做黄焖鸡，昆明人都喜欢选用本地土鸡，用刚开叫的小公鸡或刚下蛋的母鸡最好。因为本地土鸡个小肉精，特别是放养的鸡，整天运动，肌肉发达，杀来做黄焖鸡，肉精嫩而香，出锅也快。

吃黄焖鸡的妙处是啃，精瘦的鸡肉越啃越香，加上精瘦的肉在焖烧过程中酱汁吸收得多，味道入得进。如果用困养的洋种鸡，焖烧后虽然软，但香味不浓，黄焖鸡的特色出不来。做黄焖鸡，火候要掌握好，不能过生或过熟，撕啃时味道才会好。

《黄焖鸡》

❖ 胡 双：名不虚传的狗街烤鸭

今天昆明随处可见"宜良烤鸭""狗街烤鸭"的招牌，有的还加上"正宗"两个字。这种烤鸭色、香、味俱全，自古有名。

往昔在昆明城里吃不到这种烤鸭。美食者要大清早地赶小火车沿滇越铁路赶到宜良狗街，一品烤鸭，再赶晚班火车回城。而来自开远的食客因火车不便，还得为吃烤鸭在狗街住上一夜呢！这里讲究的是现烤现吃，否则就不香了。

狗街烤鸭的做法是从北京传来的。传说清光绪二十七年（1901），一个姓许的书生上京赶考，住在一家烤鸭店的隔壁。和他同行的一个姓刘的看见烤鸭店生意很好，就细心观察店里烤鸭的方法，竟也学到了一套技艺。后来姓刘的回到狗街开了家烤鸭店，叫"质彬园"，卖的烤鸭叫"京都烤鸭"。不过他的烤鸭方法又有自己的特点：北京是用明火叉烤，他改成用土坯闷炉，松毛暗火，这样热度更均匀，又没有烟尘。同时，他在选鸭、汤煺、成型、配料等各道工序上都做了改进，烤出来的鸭子骨白似玉，色鲜味美，趁热脆骨都嚼得烂，吃完全鸭只剩块大骨头。

宜良烤鸭的历史更长。据说咸丰六年（1856），岑毓英和几个宜良士子在宜良大街花桥下的"顺河楼"结拜兄弟，喝鸡血酒盟誓。他们叫店家烧全鸭，用栗炭火直接烧熟。宜良从此就有了烧鸭，到现在已经有130多年了。

后来岑毓英的官越做越大，一直当到云贵总督，几个把兄弟也当了官。每次回到宜良，他们都要到"顺河楼"去吃烧鸭。岑毓英自认为是这种烧鸭的创始人，就把它命名为"宫保烧鸭"。

后来宜良烤鸭也改用土炉暗火烤，同狗街烤鸭的做法合流了。不同的是，"顺河楼"又选用鲜芦筒挺鸭脯子，这样烤出来的鸭子特别好。后来又把全套烤鸭工艺，从选鸭、杀鸭、煺毛、取内脏、漂洗、火工、抹蜜、刀斩、装盘，完全改进定型。这样烤出来的鸭子，味道美就更不用说了。宜良的文人墨客也纷纷为烤鸭赋诗联句，颂辞连篇。

在经营烤鸭当中，狗街"质彬楼"很注意保质量、重信誉，鸭不壮不杀，烤不好不出炉，把名声看得比命还重要。传说50年前，一个旧军官路过宜良，跑到店里催着要吃烤鸭，喊了几声不见动静，他不管火候到不到，自己动手揭开炉盖，店家气得七窍生烟，和那军官大吵。那官拔出枪来威胁，店家就抓起菜刀拼命。后来还是旁人劝解，才没有酿成大祸。这一来，满炉烤鸭闪火走了味，店家一只都没有拿出去卖。于是宜良又有了一句俗语，叫"烤鸭好吃，脸嘴难瞧"。狗街烤鸭的名气也越来越大，一直到今天。

《烤鸭》

❖　**小　抗、张　谦：饵块的四种吃法**

煮饵块是昆明饵块最早的吃法。先是甜煮，把饵块切成薄片或细丝，加糖、甜白酒和麻花煮上几分钟就可以吃了。后来又有咸煮，花样也更多些。汤不外乎用猪排骨、或鸡、或鸭烧成，有讲究的是"帽子"，多用猪肉或牛肉做成焖肉、炠肉、脆帽、炸酱等，也有用鳝鱼做的。吃的时候烫热饵块，加上一瓢汤、一勺膘子，就可以品尝了。过去文明新街的"小只园"就以鸡枞、豌豆尖煮饵块闻名，常常座无虚席。近人张学智题诗道："几人大嚼过屠门，准备年节不断荤。最喜饵块蔬食处，文明街上小只园。"

▷ 饵块

比起来，卤饵块就是一种后起的吃法了，但名气却最大。云南花灯《游春》里就唱"油漉漉的卤饵块最香"。专营卤饵块而享有盛名的是昆明端仕街的"永顺园"。这个馆子是玉溪人翟永安开的，他精选官渡饵块，切成齐整、均匀的细丝，用特制的铜锅在旺火上炼熟猪油后爆炒，再淋入兑好的甜、咸酱油、盐巴等，配鲜肉丝或火腿丝，放上豌豆尖，焖熟起锅再淋上辣椒油，配上一些熟青豌豆粒，看着红润，闻着香浓，吃着油而不腻，鲜辣爽口，过去只要一提"端仕街的卤饵块"，没有哪个昆明人不知道。

据说炒饵块的吃法起于清咸丰年间，当时云南巡抚徐之铭的厨师胡某用官渡饵块切成银丝，再配了鸡丝，照"宫保鸡"的做法烹调成"鸡丝炒饵块"，深得巡抚大人的喜爱。后来才传到民间，经过翟永安的继承和发展，终于成为昆明的名小吃。

昆明的清真食品有一种叫"烧饵块泡羊肉汤"的小吃。做这种小吃要选云南特有的两岁黑褐皮山羊，育肥后宰杀，把肉切成小块，用小火炖粑，配上香菜、烧辣椒、花椒粉、胡椒、味精等，调好味后，把烧饵块掰成小块，泡在羊肉汤里吃，味道不比西安的泡馍差。

"烧饵块"也是一种较早的吃法，一直保持到现在。用来烧烤的饵块又圆又薄，像个大饼，一年四季昆明都有摊子现烤现卖。昆明人多半用它当早点吃，价廉味美，又快捷方便，很受欢迎。年节时居民买到筒状饵块，也爱把它切成片，放在栗炭火上烤。饵块烤黄后，抹上芝麻花生酱和辣子酱，有的还夹上一根油条，又香、又辣、又甜、又酥、又脆，味道极好。

《饵块四吃》

❖ 姜一鹃：吉庆祥的月饼，供不应求

吉庆祥创业于1907年，在华山南路口租赁平房铺面开业，生意并不好。至1937年因退修街道，即购买华山南路82至85号现住铺面自建楼房迁移营业，是昆明市各糕饼铺铺面最大的一家，并在螺峰街144至147号设有作坊（昆明保卫战中，曾被国民党飞机轰炸，损失甚大）。

谈到吉庆祥的崛起，发生的一件事，令人深思。吉庆祥迁移到新址开张不久（老板是陈现南）正逢中秋佳节，这是糕点厂一年中销路最好的黄金季节。有一天晚上，因停电，一位师傅在黑暗中，不慎错将苏打当成白糖使用。所做白糖月饼售出后，被买主发觉味道不对，纷纷拿去铺上质问。当时吉庆祥的老板，只好承认错误，向群众道歉，并提出补救办法，愿意退钱的，照原价退还，不愿意退钱的则另开给取货收据，在限期内另换新做的，群众满意而散。

经过此事件的深刻教训，吉庆祥更认识到要打开销路，取得广大群众的信用，打响招牌，首先必须特别重视质量，在制造过程中从选料、用料、制作、烘烤、包装等多方面，尤其是油料上都必须认真对待，方能树立信誉。因此，在此后做月饼，全铺职工都十分认真，讲究质量。群众换得新

做的白糖月饼后，一尝发觉味道确实不错，比以往的还好。于是一传十，十传百，都一致认为吉庆祥讲信用，重质量，因此，销路日增。每年中秋节前几天，来铺上买月饼的人，络绎不绝，拥挤不堪，生意特别兴隆。吉庆祥还将做火腿月饼剩余的火腿油、火腿皮、火腿脚零星出售，供群众购买。从此，招牌打响了，营业额扩大，产品畅销省内外。

吉庆祥的中秋月饼，在质量上确实过得硬，所做硬壳火腿月饼，因选料制作认真，油料足，用包裹寄至北京，一个月后仍可吃，无发霉现象，获得好评。其他糕饼厂很难做到这一点。当时，昆明市糕点厂经同业规定，售价都是一样，不准提价，也不准降价。一些小厂门市冷淡，不易维持。因此，糕饼业同业公会曾开会作出规定：吉庆祥的中秋月饼只允许卖到旧历八月初五，初五以后必须关铺停止门市买卖，只做以前的订货，让其他铺店，也有生意维持下去。因此，要想买吉庆祥月饼的人，都千方百计地，甚至借钱赶在初五以前去买，几间铺面前，都挤满了人，是整个昆明市商业系统门市中少有的拥挤现象。

做中秋月饼，事先要将所需的全部原料、燃料等，如火腿、猪油、面粉、白糖、红糖、核桃、栗炭等，做好充分准备，能早日买好，做到不打无准备之仗。因此，必须筹好充足的资金，在节前大量采购，这样才能保质保量；同时，价格也不受物价上涨的影响，利润才有保障。对于这一点，吉庆祥于事前是做好充分准备的。资金不足，是面临的一个大问题，必须采取有效措施，加以解决。办法是向亲友及向外借款，规定借的期限和利息，并保证按期归还本息。吉庆祥对借款很讲信用，除到期确按本息如数归还外，还对借款人免费赠送一些质量好的中秋月饼。因此，很多人都乐于向吉庆祥贷款，双方都有好处。而一些小店，就做不到这一点，卖得一部分款，又急忙向市场购进原料、燃料，难免会受到物价上涨之苦，减少了利润。据说，吉庆祥只靠中秋月饼，就可以维持一年的支出。

《我所知道的吉庆祥》

❖ **杨树群：**清汤羊肉有讲究

云南是山区，出产羊。老昆明人自然也能适应环境，有着食羊肉的习惯和爱好。

明清时代，南城外就有条小街，名叫羊市口。顾名思义，这可能即是古代交易羊只的场所。到了民国，在藩台衙门（威远街菜市）大、小东门等一些主要菜市，都有着专售羊肉的摊子，卖主大多数都属回族兄弟，有的还头裹"包头"，身穿白色牛皮褂子，一望便知是山区的回族汉子。他们用一块木架斜支着靠在墙上，架上挂起了一腿腿新鲜的羊肉，买主一来，他们立即满面春风，笑脸相迎，用那灵活的双手，一会翻弄羊腿，向你展示那清纯的肉色和肥嫩的臕气，一会又拉扯一下羊的尿串（尿道），向你介绍这是真正的羯羊，一会又手指着那带粉红色而又鲜嫩的骨髓，向你保证这是一头适龄的羊，而事实也大多如此，这些都是黎明时分刚屠宰不久的羊，而且都剥了皮，并没有带皮的。这些洁白鲜嫩的羊腿，就即将成为老昆明人餐桌上的一道道美餐。

老昆明人对食羊肉也颇有讲究，一般都喜欢清炖，认为这样能充分吸收营养，滋补身体。但在炖煮时，当头道汤水煮开以后，却要把它全部倒出，暂时搁置，另换新水，才正式开始炖煮。而倾倒出来的头道汤水，也不用全部抛去，而是让它沉淀，最后把上面洁净的部分，用来逐渐加汤。这样的程序，老昆明人称之为"清汤"，认为这样能较好地祛血污，除腥气。于是，"清汤羊肉"就成为老昆明人餐桌上所喜爱的美味。

在一些街道，都开设有"羊肉馆"，制作上既有红烧的，更有清汤的，而他们所出售的"清汤羊肉"，都普遍有一个鲜明的特点，就是分部位出售，让食客们根据各自的喜好，有所选择，各取所需。这些部位大体是：

灯笼（羊眼睛）、腮帮、拐骨、蹄筋、杂碎、油腰、壮肉（较肥的羊肉）、沙肉（瘦肉）等等，这样，能使食客们品尝到不同部位的各自独特的口味，这确也不失为在饮食文化上的一项创新。

位于威远街口一单间铺面的一家小羊肉馆，颇有名气。店主姓汤，乳名小狗，老昆明人都称之为"汤小狗"，不少人都喜欢吃"汤小狗"的羊肉。在他店前，有一卖烧饵块的摊子，为食客提供不带酱的烧饵块，用来泡在羊肉汤里吃，这就有点像西北的名吃"羊肉泡馍"，但这时的"馍"，已经不是用麦面做的，而变成大米做的了。

《老昆明风情录》

❖ 天　麟：春城的四季菜肴

昆明气候温和，四季如春，土壤肥沃，时鲜蔬菜瓜果长年不断。为滇味厨师所讲究的一个"鲜"字，提供了众多的原料品种。春天，花潮涌来，满山遍野的都可成为滇菜的原料，如遍开的苦刺花，加工去其涩苦，留其芳香，酱爆烹制之后，不仅鲜嫩可口，且能清热解毒。其余如金雀花、玉兰花做出的菜更是蜜香喷溢，增进食欲。豌豆米、青蚕豆等菜肴，青翠碧绿，鲜嫩异常。入夏雨水落地，各种真菌破土而出，蒸煎烩烧烹调加工所成的清蒸鸡𡙇、生煎鸡𡙇、红烧鸡𡙇等四五十种不同的鸡𡙇菜，能办出鸡𡙇全席，具有脆嫩香甜的特点。青头菌、干巴菌、北风菌等等，无不鲜香滋嫩，美不胜收。秋季，果实累累，红烧板栗、酱鲜核桃、松仁肚、酿宝珠梨，脆嫩香甜，是广受喜爱的大众菜。入冬，则青白蔬菜、红黄白萝卜、冬笋等众多的新鲜蔬菜争相上市。吃火锅及各种肉菜中配以碧绿、嫣红的菜蔬，更是悦目爽口，令人更加深"四季如春"之感。

《春城的四季菜肴》

杨树群：甜浆包子，早餐必备

什么是老昆明传统的早点美食，我想，这要数甜浆包子了。

所谓甜浆，并不是放糖的豆浆，并无甜味，而是豆浆和稀饭的混合体，其实，也就是豆浆稀饭。它既含豆类的植物蛋白，又具有米饭的碳水化合物，可谓兼而有之，两全其美。

这些店铺不仅早点卖甜浆，更有油条、油炸糕及包子。老昆明的油条，煎炸的形状与北方大不相同，不是长条形而是圆圈形的，松软程度适中，十分香脆可口，"碱味"也不那么浓重。油炸糕用鲜磨的糯米面，做成包以甜豆沙为馅，食之真是集香、酥、甜、脆和松软于一身，可口极了。包子则有咸、甜两种。咸的，平时以豆腐、豆芽为馅，春夏季，则用青蚕豆米剁碎后为馅，通称"菜包"，甜的以豆沙为馅，又称为"沙包"。而更令人喜爱的是，将这两种包子投入油锅，稍事煎炸一下，就成了油炸包子，别具一番风味，而且冷却后，还可随时冷食。我们春秋二季上坟，就是购买这样一批油炸包子，既作为供品，又是上坟人的午餐，在供奉祖先之后，大家吃起来都津津有味。

午后，这些甜浆馆又出售各种午点，有用平板锅烙制的"盐饼子""甜饼子"，蒸熟的"西洋糕"。还根据季节，制作一些时令美点。如夏季，就用蒸熟透了的米面，制成一种色泽洁白，而又夹带红色条纹的"凉饺"，包以豆沙为馅，吃起来香甜细腻，极为可口，深受人们特别是妇女和小孩们的喜爱。秋季，则用火炉烤制一种月饼式的"荞砣"。这种"荞砣"，质地厚实，厚达四五公分，酥软适宜，但并不油腻，甜味也不重，把它作为中秋月饼，实在是当之无愧，而且价格极为低廉，真是大众化了。此外，每当九月初九前后，还制作出售"重阳糕"，也很有特色。

由于甜浆包子价廉物美，且系素食，非常适合当时一般老昆明人的生活需求，因而它已经伴随着老昆明人的日常生活不知有多少个历史岁月了。当时在一些主要街道，都有这样的甜浆馆，而老昆明人对于店主，则按其姓氏，尊称为"张包子"或"李包子"，而位于大东门桥头的"董包子"还小有名气。但随着时代的变迁，这项自清代就已流传下来的传统食品，在20世纪50年代后，就逐渐销声匿迹，至今几无踪影。

《老昆明风情录》

❖ 姜一鹍：风味小吃回味无穷

昆明回族食馆，较有名的是马兴仁牛肉馆，位于小西门月城内，拥有一座两层楼铺面，隔壁有一家专卖咸菜的小店。旧时，昆明享有盛誉的风味小吃，名目繁多，各有特色，百吃不厌。老昆明人最讲究口味，谁家口味好，谁家生意就好。当时，经营饮食业的，讲求信誉，不敢欺骗顾客，不敢以次充好；重质量，讲究色香味，以精益求精取胜，以薄利多销取胜，创名牌、保持名牌，长久不衰。如烧饵块是价廉物美的大众化小吃，老年、中年、小孩都喜欢吃，尤以文庙横街北口前的夜市最著名。佐料用芝麻酱、

▷ "摩登粑粑"

白甜酱、辣子酱三种，其味香醇。烧饵块摊旁边，还有专卖卤牛肉的；买一两个烧饵块，再买点牛肉夹在当中，别有风味，常吃不厌，是群众喜爱的大众化食品。

大西门外凤翥街的麦粑粑，操作认真，揉面均匀，用松毛火烧，分净面及包心两种，现烧现卖，有"摩登粑粑"之称。

每届秋冬季节，肥嫩羊肉是许多昆明人喜欢品尝的美味食品，价比牛肉低，羊肉煮得很烂，汤味鲜甜，以文庙对面（现民生餐厅隔壁）及光华街（现腾冲饵丝店）两家较著名，顾客络绎不绝，对生人、熟人一样热情招待，从不以次充好，以假乱真，真正做到了童叟无欺。

还有羊市口专卖武定壮鸡的小馆子，也是昆明有名的风味小吃。所卖的鸡，确实是派人去武定选购，精心喂养肥壮后才杀。这家铺子卖的鸡汤饵块，是原汁汤，味香可口，顾客品尝后全都赞不绝口，生意兴隆。

另外，值得称赞的风味小吃还有玉溪街的鳝鱼凉米线，不但白天生意兴隆，夜市也照样客满。主要原因是佐料齐全，选料认真，鳝鱼烹调得法，每碗鳝鱼量多，至今仍给人们留有深刻印象。

《滇味餐馆东月楼及昆明风味小吃》

❖ 金子强、高　旗：翠湖饮食饕飨圈

从空间的俯视看，"九龙戏珠"及其涉及的范围，是翠湖饮食饕飨圈的领域。有人说，翠湖似一颗明珠，周围九条坡如九条奔扑夺珠的虬龙，那就是西仓坡、先生坡、小吉坡、贡院坡、丁字坡、学院坡、大兴坡、尽忠寺坡、沈官坡。翠湖周围的翠湖东路、南路、西路、北路以外，与这九条坡连接的街路，均可视为翠湖饮食饕飨圈（简称"翠湖饮食圈"）的范围。大致说，包括凤翥街、龙翔街、文林街、青云街、北门街、圆通街、螺峰街、华山西路（卖线街）、武成路（土主庙街、武庙街）、劝业场（城隍庙

街）以及今东风东路一段。也就是以往"三门二麓"之地，即小西门、大西门、北门和五华山、螺峰山之麓。翠湖饮食圈是以"翠湖"为名片的昆明西城一带的饮食饕餮区域。

一百年的时限长度，这是翠湖饮食圈的审视范围。一百年前的翠湖周边，如耆宿罗养儒先生描述的："土主庙街、城隍庙街等，只算是二等街道……则行业杂也，而且是些不甚大样的生意，又若卖线街（今华山西路南段）则更不足言矣，街、小西门正街，只可作州府县的街道看。"餐饮店铺的寥落可见。事实上，那时即使被视为城内一等街道、商业"精华之地"的"三牌坊而下至南门前西廊铺户犹未能列肆设店，只能摆摊而售者……如卖松、瓜子者，卖甜、凉食者，卖豆花米线者，卖牛羊肉者，都是搭一篾篷或张一把极大之油纸伞，而设摊于下以售食物"。盖因晚清省城一到傍晚是要"宵禁"的，热闹的商业及饮食区域是在城外，"城市之人口，实不及五万"，"居民自（然）少"。如此，处于城内之西的相对偏僻的翠湖周遭，论饮食店肆与调鼎档次，是无法提及的。翠湖周围，百年之前尚未形成饮食圈。

中国饮食文化史专家赵荣光教授说："全面了解了一个民族的饮食文化，也就从一定意义上了解了这个民族的历史；反过来说，只有全面了解了一个民族的历史，才可能全面了解那个民族的饮食文化。"很有见地。如是可言，描述与分析诸如翠湖饮食圈的食饮状况，在相当程度上是在谛视昆明乃至云南的文化投影。

《南甜北咸说饮食》

❖ **张　佐**：昆明最早的糕饼铺——合香楼

老昆明人把"糕点"叫做"糕饼"，昆明最早且最有影响的糕饼铺是巡抚衙门（在今如安街）对面的"合香楼"。

合香楼开创于清咸丰八年（1858），创始人是满族人胡善和他的次子胡增贵。胡氏父子原来都是宫廷厨师，胡善能烹饪各种宫廷名菜，胡增贵则特别擅长白案和糕饼制作。咸丰初年，朝廷任命胡善的同族同乡舒兴阿为云南巡抚，胡善便带领全家跟随舒兴阿来到昆明。定居昆明后，胡氏父子都在巡抚衙门给舒兴阿做厨师。咸丰七年（1857），回民起义军围困昆明城，昆明危在旦夕。舒兴阿感念胡氏父子几年间对自己尽心尽责的服侍，便送给胡善一些银子，劝他们离开衙门独立谋生。胡氏父子不肯在危急时离恩人而去，继续留在衙门。咸丰八年（1858）舒兴阿离职回京，胡氏父子才离开衙门，在衙门的对面开"合香楼"糕饼店。

开店初期，因社会动乱，生意萧条，合香楼并没有多少名气。公元1870年底，义军几次围困昆明的军事行动失败，昆明又恢复了往日的热闹，胡氏父子的生意也慢慢地好起来了。特别是光绪元年（1875）以后，合香楼一方面继承、发展了宫廷糕点选料认真、制作精细、式样精美、香甜适度、口感舒适的特点；另一方面又认真研究了滇人对糕饼口味的食用习惯和各种要求，生产出一种具有汉、满、蒙和云南地方特色的糕点系列。这些糕饼一问世，就受到昆明各级官府和各界人士的称赞，并迅速远销到各地州县和省外。合香楼的生意红火之后，胡氏父子为感激清廷及舒兴阿对他们的知遇之恩，特制了一批糕饼进贡给慈禧太后和舒兴阿。慈禧太后尝到合香楼的糕饼后，颇为满意，还赐给宫廷女画师、昆明人缪嘉蕙一些糕饼。舒兴阿闻知后，趁机请慈禧太后给合香楼题匾额，慈禧便亲笔题写了"合香楼"三字，赐给胡氏父子。从此合香楼御匾红底黑字，一直挂在店铺内。

合香楼全盛时，生产的糕饼种类多达100多种，主要有礼仪类糕饼、供品类糕饼、节日类糕饼三大类。龙凤喜饼属于礼仪类糕饼，最早为宫廷专用，后来逐渐传到民间。合香楼生产的龙凤喜饼，饼色洁白，以洗沙、白糖做馅，外皮酥松，馅心柔软，饼外表皮印有龙凤图案，以九个摆在一起，由大到小垒成"塔"形，以两摆为一组，"塔"的外边用彩色剪纸图案围护，"塔"顶端分别置一纸制精美的龙凤以示龙凤呈祥之意，为结婚、下聘、订婚必备之礼物。月饼（老昆明人称为四两坨）是节日类糕饼的主要组成部分。合香楼生产的硬壳火腿四两坨，用上等精瘦宣威火腿和优质白糖、猪油为馅，外壳香酥、甜咸适当，口感极好又不易破碎，保质期长达3—5个月，因而畅销省内外。记得有一次，我家中秋节买的合香楼火腿四两坨，一直放到冬至上坟时上供、食用，仍能保持原来的看样和口感。

《昆明最早的糕饼铺——合香楼》

❖ 高宏春：呈贡宝珠梨，肉细味美

"四时俱可喜，名扬新秋时。"时当新秋，名扬省内外的呈贡宝珠梨上市了。凡品尝过呈贡宝珠梨的人，没有不称誉的。初秋到了梨园，只见沿山起伏的梨林一片油绿，硕大的鲜梨压弯了枝头，微风吹来，梨香扑鼻，令人陶醉。

呈贡宝珠梨，个大皮喜，肉细味美，具有大理雪梨汁多渣少的优点，又有独特的香甜之味，尤其是中秋时节采摘的鲜梨，能生津、解渴、润肺、化痰、止咳，是慢性支气管炎患者不可多得的佳品。

呈贡是宝珠梨的故乡，至今已有好几百年的栽培历史。相传宋末大理国段氏政权时期，高僧宝珠和尚到都阐城（今昆明）讲经，从宾川鸡足山到都阐城的途中路过海东，带来了大理雪梨树苗，与呈贡的一种优质梨嫁接而成。为纪念这位宝珠和尚，人们便把梨取名"宝珠梨"。元朝初年，云南地方官把宝珠梨作为上等贡品贡奉朝廷，用绵纸将梨包好，用快马送到京都，皇帝吃了赞不绝口，便要求云南年年进贡，并下令把千户所改为"呈贡"。朝中大臣偶尔得到皇帝赏赐半个宝珠梨，便受宠若惊。古代读书人赶考，汇集京都，闽广人称颂荔枝，吴越人夸耀杨梅，云南人讴歌宝珠梨，分别以玉女、星郎、梨中王喻之，所谓"闽乡玉女含冰雪，吴郡星郎驾火云，云南更有梨中王"。可见呈贡宝珠梨在那时就有"梨中之王"的美称。

《梨中之王今胜昔》

❖ 龚永武：七步场臭豆腐，色美味正

昆明人最爱吃的是呈贡七步场臭豆腐，这种臭豆腐相传始于清朝的康熙年间。传说那时呈贡七步场村有一姓王的农家，只有孤儿寡母二人，终年以做豆腐为生。后老母因劳累过度，卧床不起，儿子王忠为母亲四方求医治病，忘了料理已做好的豆腐。五天过去了，药已煎了不少，可母亲的病情仍未见好转。正在王忠心急如焚，万般无奈之时，一股异香扑鼻而来。王忠寻着香味找去，奇迹出现了。原来清新的异常香味出自豆腐箱内。五天前做好的豆腐全部长满了细绒绒的白毛，绒毛尖上还顶着小水珠，绒毛下的一块块豆腐颜色金黄诱人。王忠赶快拿出两块，用水洗去绒毛，切成方块后用碗装好，放上油盐和辣椒面，然后放到锅里蒸。待熟后，王忠将豆腐一块一块地喂母亲。王母吃下毛豆腐不久，竟奇迹般地坐了起来，连吃了三餐后，竟痊愈了。

这件事传到了外出巡视的康熙皇帝耳中，康熙帝传旨命王忠将毛豆腐贡献品尝。王忠便赶快挑选了本地生产的上等黄豆，用石磨磨成豆浆，滤去杂质，煮熟用酸浆点成块后，装箱发酵。六天后，王忠将长满白色绒毛的臭豆腐蒸好送上。康熙帝尝后，将其列为"御膳坊"小菜之一，并赐名为"青方臭豆腐"。为了奖励王忠的创举，康熙帝还赐王忠"晋荣"之名。由此，呈贡便多了一种进贡的"晋氏臭豆腐"。直到今日，呈贡七步场村三分之二的人家都属晋氏家族，而且多数都是制作臭豆腐的高手。据传，臭豆腐后来一直是慈禧太后膳桌上的必备小菜之一。

臭豆腐不仅是营养价值很高的美味食品，而且还具有较好的药用价值。古医书记载：臭豆腐可以宽中益气，和脾胃消胀满，清热散瘀，下大肠浊气。现代医学研究发现，不仅含有比瘦猪肉和鲜牛奶高出几倍的蛋白质，

而且还含有人体必需的八种氨基酸中的七种。因此，臭豆腐中含有多种营养成分，能促进人体的新陈代谢，增强体质，健美肌肤。

七步场的臭豆腐好吃，一是有天然的优质水源，二是有独特的制作工艺，三是有土生土长的优质黄豆。

民谚说"世上三样苦，烤酒、榨油、磨豆腐"，其实最苦的还是磨豆腐。七步场的臭豆腐要经过12道工序才算完，即去杂豆、脱壳、浸泡、磨细、生烫、滤浆、煮浆、凝固、压干、发酵、换草、翻动等。不论哪一道工序都不能马虎，就连垫豆腐的麦秆草也要选用旱地种植的"光光头"，它色泽金黄、草细秆直，垫出来的臭豆腐毛长、色美、香浓、味正。

《七步场臭豆腐》

❖ 朱净宇：蜜蒸百合，润肺止咳

昆明人以花为菜，吃得多的还有百合，昆明宴席上少不了的八宝饭中的一"宝"，就是百合。现在经常用的是百合的鳞茎，因为鳞茎中含有丰富的淀粉和蛋白质，可以"蒸煮食之，捣粉作面，食最宜人，和肉更佳"。昆明民间常常有人做百合粉拿到市场上出售，夏天天气热了，又用百合鳞

▷ 蜜蒸百合

片加冰糖蒸水当清凉饮料喝。按照昆明民间偏方，百合鳞片拌蜂蜜蒸了吃可以润肺止咳、清火散热，补中益气，用来治支气管炎效果很好。但是在古时候，做药的主要还是百合花。《滇南本草》记有这样的方子："百合花三朵、皂角子七个，或蜜或砂糖同煎服，治老弱虚晕，有痰有火，头晕目眩。"还说百合花"入肺止咳嗽，利小便，安神，宁心，定志。味甘者，清肺气，易于消散；味酸者，敛肺，有风邪者忌用。"现在有人大面积种植百合供应市场，却只用百合的鳞茎，而扔掉百合花，真是可惜！

《蜜蒸百合》

❖ 曾云培：风味独特的杨林虾酱

杨林虾酱之所以奇，是由于它属于动物和植物合为一体的食品，这在古今中外食品史上是罕见的；其所以珍，是因其历史悠久，产地专一，为杨林民间独创。

杨林虾酱起源于明清时期。那时嘉丽泽一片汪洋，烟波浩渺，水清如洗，水草丛生，草海极利于鱼虾繁殖。沿海四周的沟渠、田野鱼成路，虾成块，在杨林地区真可谓伸手可摸鱼，挑水桶有虾。鱼儿肥，虾质清（不含油质），民众称之为"清虾"。清虾才能与萝卜素合为动植物一体，形成得天独厚之奇珍。

杨林虾酱由何人首先发明制作，无文献可考，据传明朝时候，某一农家办喜事宴请宾客，为使宴席生辉，添了两道佐菜：一是剁碎腌制的糟虾，色泽鲜红晶莹，鲜美出奇；另一道是胡萝卜块、条腌制的咸菜，色泽黄如金，味道脆而辣。两者摆在筵席上，确实别具一格。宾客们酒足肉腻之时，自然想点清淡酸辣之味，于是纷纷举箸向此两碟咸菜。席间，有一客人说糟虾缺辣萝卜欠咸味，于是将两者合拌后再挟入口中，顿时大呼"好味道"！众人跟着一试，都觉得味道独特且食欲大开，解了油腻之感。

翊年冬季，便有众人腌制虾酱，称为"杨林虾酱"。尔后，外地人虽有仿此制作，可腌制出的虾酱过了冬、立了春后萝卜条便烂而臭。经人们反复探索总结，才得出结论：外地虾带油，自然会使萝卜腐臭；而杨林的虾是清虾，所以才能生产出"杨林虾酱"这特色优质产品。

杨林虾酱初为杨林民间自产、自食，也作地方特产馈赠亲友。因具有独特风味，有幸品尝者无不津津乐道。随着时间的推移，称誉变为有效宣传，便有外地之宾前来杨林购买，或路过顺购。至民国期间，逐步传于省内外及东南亚等地，作为奇珍咸菜礼品而受到赞誉，并因为有了生命力和商品价值而进入市场。

《杨林虾酱》

❖ 王水乔: 不容错过的昆明美食

昆明市饭菜馆，有京、粤、滇味及回族馆，当时著名的饭菜馆，在正义路有新雅，经营粤、滇各式菜点；有中华饭店，专售北平各种面食；有共和春，专营滇味；有香宾，经营中西饭菜；有仁和园，经营菜点面食和过桥米线。在光华街有洞天酒楼和海棠春，经营滇味。在大观楼有美光餐室，经营英、俄式大餐面点；有楼外楼，经营中西便点。在绥靖路有津津，经营中西面点；有东月楼，经营滇味。在武成路有映时春和珍园，经营滇味；有美华园，经营迤南风味。在金碧路有越兴餐馆，经营越西餐点，有岭南楼，专营粤味。在小西门有兴和园，经营清真，味美可口，与大东门映江楼牛肉馆东西比美。西域楼，系清真教门馆，在劝业场。

此外，昆明还有一些名特风味食品店，在长期经营过程中，各自形成自己的独特风格，如位于正义路的大吉祥，以雪片闻名；合香楼，以鸡蛋糕闻名；正香楼，以口酥闻名；翠香楼，以麻花闻名；永香斋，以黑芥菜闻名；允香斋，以豆瓣酱闻名；鼎兴，以蒸肉著名；新雅，以烧乳猪闻名；

▷ 街边的餐饮店

中华饭店，以馒头著名；再春园，以汤包闻名；共和春，以椒盐金线鱼闻名。位于文庙街的芝兰轩，以什锦南糖闻名。位于华山南路的吉庆祥，以月饼闻名。位于武成路的富香斋鲁记，以玫瑰升酒闻名；美华园，以汤泡肚、宫保肚、白果炖小肠闻名。位于金碧路的涌华酒局，以玫瑰升酒闻名；永芳园，以玉溪烧鸭、鳝鱼闻名。位于南华街的浦在廷公司，以罐头火腿闻名。位于绥靖路的调鼎斋，以通海酱油闻名；佑和园，以狗街烧鸭闻名；东月楼，以火腿包子、火腿米线、酱汁鸡腿闻名；先春园，以清汤羊肉闻名；津津，以西米冻闻名。位于光华街的洞天酒楼，以酿瓜闻名。位于劝业场的西域楼，以椒麻鸡闻名；源泉利，以冰激凌闻名；仁和春，以豆花米线、酱螺蛳闻名。位于翠湖公园的翠海春，以荷叶蒸肉、糟鱼闻名。位于大观楼和圆通公园的美光，以五香花生和咖啡闻名。

《昆明饮食》

❖ 刘亚朝：滇池种类丰富的水产

早年，滇池的水产是很丰富的。鱼类当中，除常见的鲤鱼、鲫鱼、鳜鱼、鲢鱼、花鲢、白鲢、白鱼等等，还有乌鱼、金线鱼、娃娃鱼和甲鱼。介壳类有螺蛳和蚌，水草类则有海菜。

乌鱼又叫黑鱼或乌棒，因体形像梭子，外国人叫梭鱼。又因它是肉食性的鱼类，所以湖南人叫狗鱼。长成的乌鱼有一尺多长，通体黑色，有蟒蛇皮一般的花纹，性情凶猛，牙齿细密而极尖利。养鱼塘里若不小心杂入了一两条乌鱼，不几天便会把小鱼苗吃光。乌鱼的肉质极细嫩而有弹性，去皮剔骨以后切片爆炒，其味鲜嫩脆香甜，是昆明菜馆中的一道名菜。抗战时期，美国记者艾尔索普在昆明吃过爆炒乌鱼片后，四十多年不能忘怀。80年代他重返昆明，点名要吃这道菜，可惜滇池里的乌鱼已经绝迹。后来大约是到别的地方去弄了几条来，才满足了这位美国友人的夙愿。另外，过桥米线的"生片"中，除肉片、腰片、肝片、火腿片之外，还有鱼片。这鱼片必须是乌鱼片，吃起来才脆嫩。

金线鱼就更名贵了。明代旅行家徐霞客在他的游记中说，"鱼大不逾四寸，中腴脂，首尾金一缕如线，为滇池珍味"，描述是很准确的。金线鱼仅出产于滇池岸边的几个岩洞中，西岸罗汉壁下有金线泉，东岸牛恋石附近有金线洞，此外便极少见，所以从前产量就很少。金线鱼宜与太和豆豉同蒸，略放一点酱油，加一小点糖，则香鲜之外略带甜味，与豆豉味正是相得益彰；金线鱼蒸熟以后，从首到尾的那一缕金线依旧灿烂金黄，实在妙不可言。金线鱼现已经绝迹四十年以上。这东西不能人工养殖，除滇池以外别的地方也没有，所以豆豉蒸金线鱼的味道和那道夺目的金线大约只能存在于记忆中了。

螺蛳产量丰富，价格低廉，昆明人很爱吃。大观楼和篆塘边的柳树下，常有许多渔妇卖凉拌螺蛳。洗得干干净净的螺肉浸在清水里，更加显得一清二白，加上酱、醋、酱油、芫荽、蒜泥、姜汁和油辣子，青白红绿黄五色皆备，吃起来又香又辣又甜又鲜又脆，嚼着都有响声。耍大观楼而没有吃凉拌螺蛳，不管怎么说都是有点遗憾，当然螺蛳煮来吃也是可以的，不过螺肉变得又绵又韧，远比不上凉拌吃别有风味。螺蛳体内有一条黄状物，不知是不是它的卵块，据说全属高蛋白质，极富营养，叫做螺黄。螺黄汤在昆明菜谱中也小有名气。

另一样低廉易得的东西是蚌。蚌都是附着在河底湖底浅水处泥沙中，人在浅水中走，用脚去踩去探，踩到了，就潜下水去捞起来。蚌的味道与螺蛳是一路，不过大家似乎都不大喜欢吃，所以鱼市场上也不大见卖。

《昆明古城旧话》

第五辑

古城的老行当和老字号

迎来送往·

❖ 于静之：历史悠久的典当业

昆明的典当业历史悠久，原分为典、当、质、按、押五种，依资本的大小、利息的厚薄、满期的长短、纳税的多寡作为分类标准。但到清末至民国年间，已没有这样清楚的划分，只分别为"当铺"和"押号"（也叫"小押号"）两种。当铺老板，有的是做官发了财，找上个管事和几个学徒开起来的，也有官场中人不出面而投资进去的，大商号或票号兼营的。此外就是在四乡拥有田地的大小地主开的当铺。

货物进当铺，金银首饰照市价当给八至九折，其他货物，按新旧论质，至多估到六七成，又按估价，至多当给半价。至于利息和期限，随着当铺的大小而异。大的当铺，月息分半（即每元或银每两每月付息1.5%），借期10个月至1年半。这是最低的息率和最长的借期，而且只有兴文当一家肯当。别的多半是月息二三分，借期10个月以下。小押当利息高至五分以上，借期只半年左右，面议决定。期满如不能取赎，可以付息延期。或不付息而利转本，利上加利，可延长半年左右。过期即为"死当"，不能取赎了。

如果是官僚或大商人、大地主投资的当铺，"死当"的货物投资者可优先购买，有的标以很低的价格买去。至于一般的货物都送到"旧号铺"发售。昆明的"旧号铺"开在西院街（今福照街中段）、二纛街（今民生街）一带。长春坊（今长春路中段）也有几家。出号的货价，一般比新货低几成，但比当出去的钱加利息还是高得多。当货的人，本来就为生活困难才把东西送进当铺，固然也有一时不便，缓急相济而事后取赎的，但大多数无力取赎，期满便被拍卖了。清末民初，昆明的市场不大，除一些上海货、洋货而外，日用品货源还是缺少的，因此"旧号铺"配合当铺做生意，有时成批地出号，还是门庭若市的。

《早年典当铺、旧号铺》

❖ 杨树群：租碗业，方便"请客吃饭"

租碗，就是出租宴席使用的全部餐饮用具，包括吃饭用的小碗，装菜用的大碗，盛各色酒宴菜肴专用的各种规格大小的盘子、甑子，以及与之相配套的酒盅、醋碟、汤匙、筷子等一应俱全，并连同宴席用的团桌、凳子以及炊事用具一并出租。

原来，老昆明人家生性好客，又十分讲究礼仪，不但婚丧嫁娶需要摆酒设宴，招待宾客，就是做寿、乔迁、店铺开张、孩儿周岁等也免不了要请客吃饭，张罗一番；一些富庶人家还喜欢在早春正月"请春客"，邀请亲朋好友前来欢聚，既是辞旧迎新，预祝来年高升，又增进相互间的友好情谊。于是，这"请客吃饭"就几乎成了老昆明人的一种生活方式。而老昆明人又大都崇尚勤俭，一般都是在家自办酒宴，很少有到酒楼饭店订包酒席的，由此也就产生了一个对餐饮用具的需求问题。

一般人家，请一两桌客，尚可自行解决，若请到三桌以上，那就捉襟见肘了。于是，这租碗业也就应运而生，为老昆明人的"请客吃饭"，解决了一大难题，带来了诸多的方便。租碗的租期都不长，一般是两三天，周转很快。租出的碗盏盘碟，都是瓷器，虽然外观一般都显得比较陈旧，但其中不乏一些古老时期的产品，说不定还潜藏着某些有价值的古董呢。

《老昆明风情录》

❖ 何 文、肖 及：夫行的"红差"和"黑差"

夫行有点儿像如今的搬运公司，只是用的全是扁担、绳索之类。据老人回忆：昆明名气较大的夫行是四川人陈洪义开的。陈洪义号陈跑通，夫子出身，一脸大麻子，性情忠厚勤谨，肯为人解难，人以乡约称之。他先在四川、贵州开"长夫行"，光绪十三年（1887），陈洪义从贵阳送督办云南矿务唐炯来昆，得到唐炯的青睐。到昆明以后，唐炯允许他在矿务衙门（今长春路）前挂牌营业，后来陈洪义又在旧粮道街（今景星街）西头北廊租下房屋，正式成立云南陈麻乡约长夫行，又称大帮信轿行。当时昆明对外交通不便，又无交通工具，与外地的商业来往，很大程度要靠人力运输。虽然那时昆明也有几家夫行，但营业规模很小，陈麻乡约长夫行和四川、贵州的长夫行互相联系，自然便于扩大经营，发展也快。

▷ 轿夫

夫行的日常重要业务，一是为公私运送款项；二是为官商（如百川通、同庆丰及其他较大的商家）寄送班信。另外又有"红差"和"黑差"两大项业务。所谓"红差"，是揽送官商旅客，无论坐轿、滑竿、杠杆、挑子，一律承接。所谓"黑差"，就是送棺材，只要有路相通，并有通行文件，无论远近，都可以运到。执行红黑差事，价钱以人夫的数目和沿途生活费决定，从出发到抵达目的地，分几次付清。夫行的利润当然也少不了，陈洪义就发了大财。

当时昆明城内还有一些夫行专营城内搬运业务。旧时有货到昆明，从陆路而来，则用马帮驮至城西南，若由水路而来，则到大观河篆塘而止。商货入城，多由一些失业游民挑运。商家对这些人不大信任，担心货物丢失。于是夫行招募劳动力互保入行，造册编号发牌，转运商货，声称若有遗失，包查包赔，以招揽生意。实则通过官府，垄断城内搬运生意，以发其财，如此而已。

《夫行的"红差"和"黑差"》

❖ **陈立言：颇具特色的云南马帮**

云南自古交通滞后，但却有着"南方陆上丝绸之路"的美誉。汉唐以来在云贵高原的崇山峻岭间，就有多条古老的商道，它外通越南、老挝、缅甸、印度、中亚、西亚，内接四川、西藏、贵州、广西等地。

在漫长的古商道上，具有特色的云南马帮对人类的文明与经济繁荣，曾做出了不可磨灭的贡献。

云南自古就出产良马，在元谋人遗址中，就有云南马的化石，滇池区域、洱海区域等处的青铜器遗址及青铜器中也有许多马匹化石和马饰品出土。《汉书·西南夷列传》就有汉军掳掠昆明部族的牲畜十万余头的记载，《华阳国志》史籍中也载有云南有关"金马"的神话传说。

▷ 洗马河中的驮马

▷ 茶马古道

汉唐时期，云南养马、驯马、用马非常广泛。云南的马虽没有北方马高大，但它四蹄强健，灵性好，易驯化，又能负重，上坡下坎如履平地，最能适应云南高山密林坡陡路窄气候多变的环境。

在云南马帮中规模最大最著名的由汉族组成的马帮称"川帮"；大理喜洲白族人组成的马帮称"喜洲帮"；鹤庆白族和汉族人组成的马帮称"鹤庆帮"；丽江纳西人组成的马帮称"丽江帮"；腾冲汉族人组成的马帮称"腾冲帮"；中甸藏族人组成的马帮称"古宗帮"；巍山、宾川回族人组成的马帮称为"回族帮"，另有"楚雄帮""大姚帮"及昭通回族的马帮等，其余各地县的马帮多得难以说清。云南盛产糖、茶、盐，这些行业都有自己的马帮，云南解放初期还有"支前马帮""援藏马帮"等。今天在云南乡镇都通公路的新时期，又出现了担任云南特产——普洱茶进京、进藏的马帮队伍。

云南的马帮多为官帮和商帮，规模大的有马匹上百匹，甚至四五百匹；另有一种为临时性的民帮，马匹为四五十匹，也有上百匹的。马帮运输的路程有长有短，往返一次少则十天半月，多的达数月。在马帮行走的古道上，专为马帮服务的"堆店""客马栈"等行业应运而生。昆明、大理等便成为马帮的枢纽地带。马帮运输尤以东路马帮的线路最长，从缅甸—德宏—保山—大理—楚雄—昆明，有的直至贵州、广西。马帮停留的时间最长的就是昆明了，而昆明的"堆栈""客马栈"也最多，至抗日战争前还有近60家。

《马帮与昆明旅店业》

❖ 何开明：景星街上的"麻乡约行"

景星小学东侧七八米处，清末民初有一家轿夫行，门口挂了一块招牌，上刻"麻乡约行"四字。这家轿夫行经营两种业务：

（一）出租轿子滑竿。

（二）代寄书信及小件包裹。

"麻乡约行"创始于重庆，时间大约是咸丰末年。创始人陈洪义，四川綦江人，幼年家境贫困，长大后在綦江、重庆当轿夫，后跑长途，往返于云南、贵州。他为人能吃苦耐劳，对同伙者肯仗义帮助。逐渐攒了点钱，自己当了夫行老板。据说他当过乡约（一种在农村及市井间调解纠纷的人员），他脸上有麻子，所以被人称为"麻乡约"。他也就以此为招牌。由于陈洪义恪守信用，办事认真，生意做得很顺利。轿行发展后，兼营寄递书信及小件包裹。在昆明、贵阳等地设立了分行。

我国古代的公文传递，官府设有驿站，但只递官家文书，不递民间书信。为适应人民需要，社会上专营寄信、寄物的民间组织应运而生，即可谓民信局，"麻乡约"在这方面起到了民信局的作用。

"麻乡约"的活动范围主要在滇川黔三省。其在昆明设分行之前，已有重庆人陈松柏在昆明设立了松柏长，还有一家祥合源。由于"麻乡约"能深入穷乡僻壤荒村古道，它的顾客，超过了上述两家。光绪二十年以后，四川成立了邮政局，云南蒙自、昆明河口、腾越、思茅等地也相继建立邮局。由于西南三省山路崎岖，交通不便，许多荒僻小道，邮局难以投递，"麻乡约"以经营轿行之故，道路熟悉，信件能妥善递到。因此，邮局虽然成立，"麻乡约"还能继续经营。四川邮局曾抄录了"麻乡约"在各地的分支机构及寄递路线作为开辟邮路的依据。

陈洪义约卒于光绪末年，其继妻李氏依照他的成规，继续经营了一些年。李氏故适值邮局发展迅速，交通逐渐改善，邮区扩大，"麻乡约"自然难以存在，约在1940年停业。昆明分行大约在1939年收歇。

《景星街上的"麻乡约行"》

❖ 于静之："新号铺"，卖的多半是假货

老昆明还有一种行业"新号铺"，也开设在二蘖街一带。这与"旧号铺"不同，是商人另一种以欺骗手法发财致富的勾当。"新号铺"经营一些成品的衣服、被褥和"装老"（装殓）用的衾被、口衔等物品，以及烧料玉石等，多半是假货，欺骗"乡愚"和"外县人"的。老板们收买一些旧材料、旧物品，加以染制修补，看外表很新鲜，成本很低，价格比其他铺面的新货便宜，而质料极差，像绸裳蚊帐之类，一着水就朽坏了。至于死人用品，更是"朽里货"，买的人也明知是这样的货色，但为了省钱，买来装点死人的门面。这也是典当的附属行业，到抗日战争后逐渐消失了。

《"新号铺"》

❖ 赵嘉铭：昆明昔日"赵丝线"

赵裕泰丝线毛纶号的创始人是赵懋（1851—1921），字佐廷，据赵氏家谱载，原籍江苏吴县。一世祖"天禄公宦游来滇，受滇山水毓秀，遂家焉"。诗书传家至三世祖。"东崖公，赋性孝友，尤力于学，中乡试后，不乐仕进，以诗书课读私塾自娱；清咸同之乱，庐舒荡然，竟以中年捐馆"，其妻"守节抚孤，艰辛备尝"。四世祖"佐廷公，幼承庭训，立志为人，但因兵燹，迫而弃学经商，设裕泰号于昆明，业丝绒"。因此，裕泰号创建时间不晚于清朝光绪初年，至中华人民共和国成立后公私合营，历经七十余年。

裕泰号起初经营的只是满足当时人们制作衣物用的棉线、丝线。一百

多年以前，人们穿着的衣袜，大都是家庭妇女制作，一般老百姓用土布自己剪裁，用棉线制成简单服装；富裕人家穿着的丝绸、毛料、裘皮服装，多数是雇请裁缝到家里，采用丝线缝制。大家闺秀和少数民族刺绣的饰物，大至被面、帐围子、桌围子，小至枕头套、鞋面、手帕等则采用色彩鲜艳的丝绒线绣制。

裕泰号创建于清末民初。丝线、棉线虽小，但与人们生活息息相关。加上具有家庭手工作坊艰苦创业的特性，店铺才能得以坚持经营。赵家四世祖从商，始于在昆明杨丝线家当学徒店员，经过多年磨炼不仅掌握了丝棉线加工技艺和经营之道，节衣缩食还小有积蓄，娶了以加工丝线擅长的官渡乡九门里杨氏为妻后，以自己的技巧为基础，开创了裕泰号。勤俭刻苦经营，油灯照明，无日不加工丝、棉线至深夜。年复一年才使裕泰站稳，并求得逐步发展。

店铺第二代传人是五世祖赵国钧（1888—1949），字秉衡。他"锐意筹划，事无巨细皆亲自主持，振兴祖业"，丝、棉线销路打开后，将用途各异、粗细不同规格熟线这一小部分加工活外委，扩大了经营规模，店铺增加了转卖别人产品的零售业务，如刺绣时使用的羊皮金、扎头发用的头绳等，按照经营的需要先后招收学徒2—3人。当时昆明市经营丝棉线的店铺已有多家，为保护共同的利益，已形成行帮，1907年有文字可考的59个行帮中，已有"棉线铺帮"的记载。在同行业的市场竞争中，质优价廉的丝线市场不断扩大，李瑞先生在《旧时昆明的几种特殊手工业产品》一文中认为，丝线"色鲜艳活泛，永不褪色，故能远销省外，甚至国外，过去以四牌坊的赵丝线家、三牌坊的曹丝线家……最负盛名"。

第三代传人是赵锐、赵铨、赵鉴、赵锟兄弟。他们多是十二三岁入店经商，共同辅佐前辈经营。在人力得到加强的时候，营业范围扩大到官渡乡生产的纱帕（专供农村特别是晋宁、玉溪、迤南一带妇女包头或男女作系腰之用），四川、江苏、湖南等地生产的丝棉零售、丝棉被成品等。丝线、棉线除滇东、滇南有客户长期批零经营外，他们的堂姐赵义英在滇西凤仪县也在转卖。

30年代末期赵铨及其兄弟经香港赴上海等地，开阔了视野，在经营思路上有了质的飞跃。考虑到裕泰号有50年在省内经营丝线棉线的经验，并享有一定的声誉；昆明气候有"四季无寒暑，一雨便成冬"的特点，因而毛衣穿着比较方便，裕泰号首次大胆地开辟了昆明及省内的毛线市场，从上海、天津等地购进蜜蜂牌、抵羊牌毛线，并广为散发编织毛衣的资料书籍。特别是抗战期间，大批外省人逃难来昆，昆明人起初只知道用于妇女扎头发的毛线，逐渐用于编织手套、围巾、毛衣、毛裤，毛线市场随着毛线应用范围的扩大而发展。裕泰号首家开辟的毛线经营蒸蒸日上。毛线营业额逐步成为重头，到1945年抗战胜利时，已占全店的60%，丝线棉线及丝棉类各占20%。

　　1946年，赵鉴、赵锟又先后去上海，继续邀请旧友杨玉麟，作为裕泰号采购毛线的驻沪代理人，全店人员除他们兄弟二人外，第四代传人赵嘉聪、赵维智等也先后入店学习经营，最多时外聘职工14人，技师三人，并扩租店铺后面的一所住房，作为加工场地、库房和职工住宿用房，形成前店后坊。1947年初，赵鉴与友人瞿瑞玺、赵香石在宝善街开设了协昌祥火腿杂货店及泰昌百货店，两店经营人员总计10人，从而进入了裕泰号的鼎盛时期。

《昆明昔日"赵丝线"》

❖ 杨寿丰：大安堂的秘制药丸，名噪一时

　　"大安堂"的历史，要追溯到100多年前。创始人杨尚文（兴周），是云南大理府赵州（今凤仪镇）人，生于1862年（清同治元年），自幼父母双亡，与祖母相依为命以做小本生意为生。1872年，晚清政府派兵进攻大理，镇压滇西杜文秀回民起义。为避战乱，年仅12岁的杨兴周只身来到省城昆明，投奔著名中药店"春生堂"（开设于今正义路庆云街口）做学徒。由于

他敦厚诚实，悉心笃学，深受店主赏识，出师后不几年就升任春生堂管事。稍后，便与春生堂小掌柜等人合伙，在顺城街开设货栈，运销滇西名贵中药材。因经营有方，生意由小做大，于是又设"云生祥""春发祥"两字号。营销范围也由省内扩展至省外、香港等地。在一次出口香港大宗药材的生意中，因委托失人，被香港"南北行"（牙行）掮客所骗；追至香港，早已人去楼空，损失数万银元，只得结账散伙。

生意虽受损，杨兴周心犹未甘，准备另起炉灶。在历经商海沉浮之后，他意识到做药材进出口批发，因交通不便，长途贩运风险极大。要有立足之地，创一块"招牌"比千百万元的资本更为可贵。于是，他因地制宜，亲自往返家乡下关（今大理市）收购滇西特产药材，运昆明薄利销售，积累资本逐步发展，乃在顺城街开设"大安记"号。

经过数年节衣缩食，铢积寸累，终于在1910年（宣统二年）租赁南正街（今正义路）清真寺房产铺面三间，正式挂出"大安药室"的招牌。药室以经营汤药、丸散膏丹、山货药材为主要业务，并购置粮道街（今景星街）打水巷两院房产做加工作坊。不久，滇越铁路通车，他看到时机成熟，立即恢复了香港进出口药材业务。长子杨畴五每年数次往返香港、海防、昆明，处理运销事务。

杨兴周为创出名牌，更店名为"大安堂"。他独辟蹊径，在打水巷自养活鹿，遵照古方配制"全鹿丸"（名贵大补药）。因稀罕独特，在云南实为首创而名噪一时。从此，大安堂的"十全大补丸""补中益气丸""六味地黄丸"等蜜制丸药，因选料、配制认真，疗效显著而驰誉省内外，这时的大安堂如日中天。相继在打水巷口置铺面数间设立批发部，又在东正街（长春路）开设分店；还在下关设"云南大安堂"分号。因此，成为较大规模，省内外皆知名的中药店。人们习惯冠以"杨大安堂"或简称"杨大安"。

商号不断发展壮大，杨兴周考虑到各店铺均是租赁开设，必须有自己的根基祖业，才能兴旺发达，更上一层楼。于是，他积极筹备购置地产兴建大安堂总号。作出决定后，他在六个儿子及亲友中征集意见。一种主张是：顺城街药材行、货栈集中，又是大安堂的发祥地，总号可建于三市街或顺城街东口为宜。这时，市政当局拟辟旧"粮道署"建新街的消息传出。杨畴五认为：新街与打水巷老宅作坊近在咫尺，购地便宜，不受面积限制，总号应建于此。反对者称：辕门口（又称东院街，即今光华街东段）已有湖北帮老店"李福林堂"，经营中难免抵牾，不利于竞争。

杨兴周权衡利弊总结说：三市街虽为商业要冲，但街面早已形成，难于购到适宜铺面，且需拆旧建新，费财费时；总号建于新街，虽与福林堂比邻，既投身商海，各有生财之道，有争衡，方能发扬光大，"民以食为天"，粮道衙门必是风水宝地。遂决定总号建于文明街，并指派杨畴五督造。1922年初，总号竣工，为临街一连三间铺面，后边四合院的两层楼房，南侧建附房做作坊，是典型的"前房后作坊"旧式传统商店。店堂宽敞明亮，正中一副大理石刻店堂楹联，楷书"选办中外药材；精制丸散膏丹"（现为昆明市药材公司新特药品经营部）。

《云南老字号文明街大安堂》

❖ 李海燕：永香斋风味酱园

永香斋酱园（简称永香斋）由徐用元创办于1884年（清光绪十年），园址设在云南省昆明市三牌坊（今正义路威远街口），作坊设在长春路绿水河好生巷，是一家以经营玫瑰大头菜而出名的老字号。

永香斋创办之初，主要是加工生产碎酱菜，即把时鲜蔬菜腌制好后，分门别类地切成条、块、丝等形状，然后拌和成五颜六色的什锦酱菜出售，生意十分兴隆。于是，永香斋又陆续增加了糕点、蜜饯的生产，并开始腌制芥菜（又称黑大头），但很长时间味道一般。直到有一天，一个伙计无意中把加工糕点的玫瑰糖末倒进了腌制芥菜的大缸里，才发现这缸芥菜的味道格外鲜美，还带有一股淡淡的玫瑰清香。店老板由此深受启发，从此开始加入玫瑰糖腌制芥菜，又经过反复研制，终于生产出别有风味的玫瑰大头菜，面市后深受当地居民欢迎。

后来名声传了出去，永香斋的玫瑰大头菜不仅走俏云南，还远销贵阳、重庆、汉口、上海和京津等地，甚至还在缅甸、越南、泰国、柬埔寨、老挝打开了市场。只是当时交通不便，长期以来全靠马帮驮运，销售量十分有限。直到滇越铁路通车后，才出现了外地商贩争相订购，大有供不应求之势。

1911年，永香斋的玫瑰大头菜漂洋过海，参加了巴拿马国际博览会，荣获一等奖。从此，永香斋的玫瑰大头菜身价倍增，又连续在1912年、1918年和1921年云南省举办的三次劝业会物品展览中，被评为特等奖，并荣获"古滇第一家"的美誉。到1937年，云南省政府和云南省建设厅又各奖给永香斋匾额一块，前者是由书法家周钟岳题写的"芥满大千"四字，后者是由书法家张维瀚题写的"香溢须弥"四字。于是，永香斋店堂生辉、声名大振，玫瑰大头菜也成为云南的著名特产之一。

永香斋为保名牌产品，不断改良配方，坚持精选原料，严格各道工序，保证货真价实；同时还积极参加一些有影响的国内外展览会，进一步扩大知名度；又在内部不断完善各种规章制度，有奖有罚，令员工各司其职，齐心协力，从而保证了生产与销售的有序进行。正是这种不懈的追求，才使永香斋名店名产相互辉映，久负盛誉。

《永香斋——昆明风味酱园》

❖ **陆廷荣**：大道生布店，自产自销

大道生的创始人周景西，原籍四川西昌，是清末最后一科拔贡，曾到北京应京官考试，以"即用知县"分发云南。时值辛亥革命爆发，推翻帝制，科举入仕之路成为泡影。1923年夏，周景西在偶然的情况下盘顶了昆

明市顺城街口吴姓一间小布店的铺面和几百匹小土布。取孟子的"生财有大道"之义，周景西把店铺取名为"大道生布店"。周景西把大道生的含义诠释为"大方处平顺，道说色新鲜，生意通四海"。当时，大道生布庄主要是营销湖北沙市的土布。

大道生布庄从开张的第一天起，就提倡诚实。对当时商界"货物出门，概不退换"和某些店铺提高商品底价，然后折价出售或讨价还价的做法，周景西不以为然，主张大道生的布按质论价，只讲实价，布售出后，顾客不需要，只要原物无损无变，可以原银退货，这在当时是很不寻常的，赢得了顾客的信任。

第二年，大道生的业务就有了大的起色。为了满足业务的需要，聘请了两位店员帮忙，后来还嫌人手不够，其二子周作孚也加入业务。1926年，周景西把大道生布庄交给长子周润苍、次子周作孚经营，他除了教导儿子要诚实经商外，还提出要把"大道生"发扬光大。为了保证布的质量，周家在进布时虽严格把关，但无论是织还是染都仍然存在着弄虚作假，以次充好，以劣充优的现象。要想从根本上解决问题，光靠别人织，别人染，进来的二手货是靠不住的，必须要有自己的工厂，变单纯的经销为产销一体。

1931年，周润苍筹资半开银币五万元，购置织布大小木机300张、染锅3口、染缸6口，在复兴村83号创办了庸民织染工厂，共有职工七八十人。所谓庸民，意即办厂者都是平庸之民。同时亦取意庸者用也，有取于民用于民的意思。庸民织染厂的建立，使"大道生"由单一的经销商，变成自织、自染、自产、自销，集产、供、销为一体的工商企业，为大道生创名牌、扩大业务提供了前提和保证。

《云南大道生织染厂始末》

❖ 李镜天：永茂和商号

关于永茂和商号的历史沿革，得从1840年商号的起源说起。当时，正是帝国主义大举侵略我国的鸦片战争年代，接着又是太平军的起义，腐朽没落的清朝，感于内忧外患的穷于应付而加紧压榨人民，造成广大平民百姓的深重灾难。地处西南边境的腾冲和顺乡，人多地少，民不聊生。由于地理上腾冲和缅甸山水相连，元明两代滇缅贸易就很发达，缅甸沦入英国的殖民统治后，英殖民者也和我国订有通商条约，所以滇缅之间的两国人民，一直可以自由出入国境。在这样的条件下，腾冲和滇西其他县，每年都有大批人民，离乡背井，奔走缅甸，谋求生路。

这时，我的曾祖父李太昌，即从腾冲购买土特产品，跟随马帮到缅甸的八募销售，再从八募买进一些棉花、海盐（当时腾冲缺盐）之类的货物，肩挑马驮运回腾冲。每年冬春旱季往返多次，如是小本经营，仅能勉强糊口。夏秋两季则在家务农。到1850年前后，先祖父李必成（字永茂，以后永茂和的命名即由此而来）去缅改善经营，稍有积累，便在缅甸抹谷开设永茂祥店铺，经营宝石、玉石、百货生意。多年的艰苦努力，永茂祥的资本积累至1893年约有缅甸卢比三万余盾，初具小康规模。这时，先父李德贤（字任卿）已弃学赴缅从商，在八募光云号当学徒。由于他在商业上精明能干，善于掌握时机，且又勤奋好学，深得祖父信任，即被调去抹谷，继承祖父事业，祖父回腾冲安度晚年。

先父在抹谷经营约四年，主要往来于曼德勒—仰光之间贩卖宝石、玉石、百货，业务发达。积累资金便有十万余盾，为今后的号务发展创建了良好的基础。1897年，先父与伯父李朝卿、三叔父李济卿相商，鉴于抹谷地方偏僻，交通不便，发展前途不大，首先将业务迁移缅京曼德勒，改永茂祥为永茂和，广招贤能，邀约同乡故旧中有才能者入号，扩充业务，以曼德勒为总号，逐步发展建立了仰光、锡卜、腊戍、八募、南坎、果领、瑞波、抹拱等各地分支机构，先父任总经理，聘张树森为副总经理。其次，拨出部分资金由伯父李朝卿与许卓如、贾家坤两家合组永生源字号，以腾冲为总号，由李朝卿负责，并分别在滇西保山、下关及昆明成立分号，分别由李、许、贾三家伙友负责号务，经营滇缅进出口贸易。1924年又由永茂和拨出资金与谢肇东、明子章合伙在昆组设春永和字号，由明子章流动驻上海和香港，主要经营昆明、香港、上海、仰光之间的生丝及汇兑业务，经营约五年，因明子章1929年在沪病故分伙结束。

《永茂和商号经营史略》

❖ 陆廷荣：永昌祥商号

永昌祥商号于光绪二十九年（1903）由严子珍、杨鸿春和江西商人彭永昌3人合资创立，共收股本白银1116.25两（按当时的金价折算，约合黄金558.3两），总号设于滇西重镇下关，主要经营茶叶、生丝、布匹、洋杂、山货、药材及烟草等土特产品。

三人合营后的第二年（1904），因经营情况不十分好，杨鸿春思想产生动摇，把资本提走银200多两，但以后几年，连年皆赚了巨额利润，杨鸿春又才暂时安定下来。

四年后（1907），由于业务的发展，永昌祥的合伙人除上述3人外，又新增加了12人，在15个合伙人中，除彭永昌是江西的汉族外，其余14人都是云南大理喜洲的白族。1911年，因生意较差，加之严子珍和杨鸿春之间互相有意见，杨鸿春把丽江、维西两个分号的资产分走，宣告分伙出号，单独经营鸿兴源号。永昌祥则继续由严子珍、彭永昌经营。

1916年，彭永昌因年事过高，怀念故土，"决意返梓"，"声明"自丁已农历正月起（1917）退出，其留下股本白银12000两，分两年提还。1919年，彭永昌在香港分号提取本息大洋18000多元。至此，永昌祥由严子珍单独经营。这时共有股东户头7户，全部资本折为大洋32381.10元。除严子珍名下2220元外，其余为严子兴、严玉山、严志诚、严燮成、杨润馨、严立廷等6户，共计10181元，占总资本31.44%。这些人有的是原来永昌祥的徒弟，有些则是严子珍的内亲外戚，他们和严子珍的关系已不是"平头伙计"关系，而是家属和师徒关系了。这就给严子珍带来了经营上的方便。

1927年，为了适应日益扩大的业务需要，永昌祥把总号由下关移到昆明。由于严子珍的苦心经营，从1917年到1931年的21年中，永昌祥商号的资本增值30倍以上，其中还不包括股东们260余万元的巨大消费，使永昌祥的发展达到了鼎盛时期，成为当时云南省首屈一指的大型商业企业。分支机构从原来的大理、丽江、维西、腾越（今腾冲）、昆明、昭通等七个发展到成都、重庆、叙府（宜宾）、嘉定（乐山）、上海、香港、缅甸、瓦城、印度加尔各答等二十多个，建立了一个庞大的产、供、销一体的运输销售网络。

在长期的运销活动中，永昌祥基本上形成了一条自己的经营路线，即每年把收购的茶叶在下关加工成沱茶，运到四川销售，用卖茶叶的钱购买成生丝，运到缅甸销售，再用卖丝的钱，买缅棉（棉花、棉纱）运到昆明销售，获取高额利润。五十年中，生丝和茶叶成了永昌祥经营历史上的两大支柱商品。

《对资改造前后的永昌祥商号》

❖ **陈瑞祥：** 兴盛一时的灯笼铺——聚升号

昆明老一辈人大都知道，昆明光华街云贵总督衙门（今人民胜利堂大门）靠右边有十几家灯笼铺——陈灯笼、崔灯笼、郑灯笼、赵灯笼、黄灯笼等。其中最著名的是陈灯笼。陈记灯笼铺聚升号有三间大铺面，后院有天井，建筑为三间四耳房两厅后有花园。雇有十几名灯笼制作的师傅和学徒帮工。

聚升号老板叫陈华彰，字玉琳，生于1852年，卒于1928年，享年76岁。他是清末昆明书法家之一。他制作的灯笼，手艺精湛，造诣高深，字样美观，书写龙飞凤舞，而且灯型不下五六十种，有方形、圆形、八角形等；大多是纸灯笼、纱灯笼、竹灯笼、铜丝木型灯笼，其中以大红灯笼为最多。当时没有电灯，为官府做的为最多。如：藩台、制台、协台衙门等红、黄、蓝、白灯笼均为油灯、烛灯为主的大红宫灯。灯笼上的字都是陈老板亲自用毛笔书写，字字美观、龙飞凤舞。加上他乐善好施，修桥补路，对公益事时常捐助，受清政府封为七品官衔（戴顶带），因此他的灯笼远销全国省府，州、县官府衙门。

每年夏历正月初一至十五日元宵节，昆明人都要张灯结彩。初一至初三，城内三牌坊，城外通海桥西，忠爱坊南，皆是热闹的灯市。此间陈灯笼就派出联系经销业务工友，在忠爱坊南搭起灯棚（临时铺面）销售灯笼。灯棚挂着各种灯笼，有走马灯、飞禽走兽灯、鱼灯、小龙灯、蓝花灯、狮子灯、小红灯、喜神灯、关公灯、寿星灯等，其中最受欢迎的是鱼灯。几乎每个小孩手里都提着一盏小红灯，主要是图个喜气和热闹。

另外城内三牌坊下灯市也很热闹，也有很多灯贩用竹竿挑着陈灯笼家制作的灯零卖。也有一些人家制作灯笼如风筝灯、小红灯叫卖，以为副业谋生。同时也有些人收购寺庙道观的旧灯笼，翻新后销售而获利颇多。

光华街陈灯笼的"聚升号"灯笼最有名，销量最大，是因为制作图画美观，书法可人，手艺高超。在清代咸丰、光绪年间曾一度兴盛发展。

《曾经兴盛一时的灯笼铺——聚升号》

第六辑

喝茶·赏花·看戏……
昆明人的惬意生活

❖ **杨树群：**闲来无事喝碗茶

一些老昆明人喜欢上茶馆喝茶，每当亲朋好友聚会在一起，高兴之余，总会有人提出："走，到茶铺喝茶去！"他们把喝茶看作既是一种逍遥自在的生活消遣，更是一种简约方便的社会交际应酬方式。

早在清朝年间，昆明的一些主要街市，便开设有多家茶馆，如乾隆年间开设在文庙横街的四合园、正义路的宜春园，光绪年间开设在卖线街的义合宫、威远街的允香馆、玉溪街的陶然亭、巡津街的罗芝楼等都时常是宾客满座，生意兴隆，颇有名气。这些茶楼有的还带有清唱打围鼓，既有专业的戏班子，也有业余爱好的票友；有的还兼营饮食，售卖炒菜、面点、火烧、破酥包子等民间小吃，为茶客们增添了乐趣。

▷　茶馆小聚

到20世纪30年代，昆明的茶馆依然兴盛不衰。那时候，多数茶馆的设备都很简陋，一般都只是摆上几排长桌或者"八仙桌"，支起一条条的长板凳，很少有用靠背椅的；至于茶具，当然最普遍的是使用"盖碗茶"了。但到20世纪40年代以后，一些茶馆特别是市中心的较为高级的茶馆，都改用瓷制的茶杯，而不用盖碗茶了。尽管茶馆的座椅并不那么舒适，但老昆明人一来，有的就要坐上两三个时辰，而且，也不顾忌那贴在墙上的"国难期间，休谈国事"的警语，大家依旧谈笑风生，喋喋唧唧，天南地北，无所不吹，就仿佛置身于一个自由自在的新天地。

而别具一番情趣的更是那些带围鼓唱戏的清唱茶室，每当人们经过它们门前，都会听到里面丝竹弹唱，锣鼓喧天，好不热闹，这就是老昆明人所谓的"乱堂茶铺"。演唱的都是专业的滇剧艺人，门前都挂有一块块"水牌"，写明剧目和演唱艺人的姓名，有的滇剧艺人的艺名还很古怪，如叫什么"小水牛""地占牛""赛八音"的，都颇为奇特。剧目有单出的，也有连台的。诸如"春花走雪""文武昭关""八大锤"等，都是一些老昆明人所喜爱的节目。每当黄昏以后茶客便纷至沓来，有的还携妻偕女，直至午夜方归。

喝茶是当时老昆明最为低廉的生活消费，20世纪30年代初一碗茶不过几个铜板，而在那里既可会见亲友，商谈要事，更能接触社会、交流思想、打探消息以及休闲娱乐，难怪老昆明人对之情有独钟呢！

《老昆明风情录》

❖ 杨树群：茶楼里的说书人

那时的魁星楼，一二层已经开辟作为茶室，由一个名唤"宝生"的玉溪籍夫妇二人承租经营。老昆明人来到这里，都喜欢叫喝一声"宝生！"于是这位茶博士便乐呵呵地端来盖碗，冲上热喷喷的开水，招呼你就座，而茶桌上也早已摆上了小碟的花生、瓜子等零食，任凭选用。饮完茶后，把茶资往桌上一放，便安然而去，一切都十分随和、简便和惬意，没有什么支付茶碗押金、结账等烦琐手续。

老昆明人在这里不仅可以品茗会友，消闲时光，纵谈人世间事，还可以得到在当时来说是一种较好的享受——听评书。就在一楼茶室，靠墙中央支起了小小讲台，每天都由陈玉鑫先生讲述评书，下午和晚间各讲一场。陈老先生四川口音，口齿清晰，言简意明，态度严谨，讲述的都是《三国演义》《东周列国》《民国演义》等古典小说和历史小说，很受老昆明人的欢迎。每日晚间，那能容纳七八十人的一楼茶座，几乎都是座无虚席。甚至还有人站在门外旁听的。到文庙喝茶听书，也就成为当时老昆明人的一种廉价的休闲和享受。

《老昆明风情录》

❖ 李　瑞：华丰茶楼

在今天正义路中段西廊距文庙街不远处，过去有一座有名的大茶楼——华丰茶楼。茶楼三间门面，两进深的三层楼房。后院则十分宽大，设沐浴室和茶房、宿舍等。茶座只占两层，十多间的茶室在当时的昆明算最大的了。过去讲究点的茶馆，如碧鸡坊下面的太华春，华丰茶楼隔壁的大华交益社及华丰茶楼，沏茶用的水都是用吴井水。吴井水出自吴井桥。吴井桥在距城好几里的东南郊，水味出奇的甘美。人们用马车拉运进城来卖给讲究的茶馆及有钱的讲究人家饮用。

华丰茶楼用吴井水泡茶，茶叶又分为好些种类，如花茶、茉莉、香片、春蕊、普洱红、绿茶、宝红茶、太华春、十里香……顾客选沏的茶叶不同，茶资自然不同。茶桌上摆满了花生、瓜子、松子、山楂糕、米花糖、松花糕各种零食。有烟瘾的还可以要来烟筒，抽着玉溪刀烟。另外还有围棋、象棋供顾客对弈。肚子饿了可吃茶馆里卖的各种包子，为给顾客想得十分周到。劳累了一天的顾客在这里轻松地品茶、聊天、小吃，确是一大享受。

华丰茶楼老板李华堂，玉溪人，出身贫穷家庭，孩童时便到昆明谋生，在长春路一家红轿彩扎行当学徒。彩扎行今天早已消失了，过去凡婚丧嫁娶，做寿喜庆之家，办事宴客都要请彩扎行去打扮庭院，用彩绸将整个家都彩扎装饰起来（这在电视剧里还可看到）。李华堂学得一手彩扎的好手艺，因搞彩扎要爬高上低，所以被称为爬高匠。

一次偶然的机会，李华堂被云南督军唐继尧认作干儿子，还给了他一笔钱。他用这笔钱在三市街开了一个华丰栈，这是他发家当老板的起点。栈即客栈，一般叫做堆店。地盘要大，是专门租借给远道贩货来的人堆存货物的客店，这行业很赚钱。

由于他勤劳俭朴，积累了一些资本，恰恰又碰上正义路退街，便在后来的华丰茶楼所在地买了一块地盘，建起阔绰讲究的华丰茶楼。

楼茶楼一二层卖茶。二楼有一间作弹子（台球）房，玩者多是青年人，很热闹。三楼设有哈哈镜，哈哈镜是李老板新引进购来的，看一次收三个铜板，非常吸引人，特别是带着小孩来逗乐的人络绎不绝。

这时是民国初年，李老板正当年富力强，精力充沛。他又是一只手抓十条黄鳝一条也不放过的人，接着又在景虹街开了一个客堂，又在隔壁巷子里开了一个租碗铺，出租给自办酒席人家之炊具、锅缸瓦盆、桌椅等等。

《李华堂和华丰茶楼》

❖ **吴　棠：** 去茶馆上自习

20世纪40年代到50年代初期的昆明"文化区"，通常就是指现今五华区的西北部。那里集中了昆明的大学（西南联大、云南大学和稍后创立的五华学院）和主要的几所中学：昆华中学、师院附中、云瑞中学、南菁中学和昆华师范等。省图书馆和志舟图书馆也在这一地区。

因学校多，大西门、文林街、北门街、大兴街一带的茶馆和小吃店应运而生。顾客多半是教师、学生和文化人，这些店铺的经营颇具特色，环境简朴、安静，品种味美价廉，薄利多销；讲求人与人之间的感情，有古风而少市侩气。

当时念大学实行学分制，主修课之外有选修课，教师多系学术、文化界的学者、专家，授课精辟，重在指引治学门径。学生刻苦钻研的精神很好，主要靠自学。这样，相对地说来，在课堂上听讲的时数不多，大部分时间由自己安排。课余之暇去哪里？图书馆座位有限，灯光暗淡，有时还停电，茶馆就成了理想的去处。夹上书本和笔记，到茶楼泡上一杯清茶或菊花甘草茶，便可进入读书、看报、撰稿的个人"苦读"境界。有时可约上三两同学、朋友谈天、议政或玩桥牌，调剂紧张学习后的身心。

这种供学生自习、品茗的茶馆多为一楼一底中式铺面，有方桌、条凳，室内布置简朴，有时摆上几瓶插花，如香石竹（康乃馨）或馨兰，挂上几幅字画，陋室就生辉了。店主人殷勤好客，有点文化，对学生的生活习惯和处境有理解。久而久之，店主人与学生结为熟悉的朋友，甚至也有穷学生当上店主人"乘龙快婿"的韵事。

在这一带茶室，一杯茶收费相当于现在的五角钱，时间不限制，闲杂人少，确是课堂之外的自学、交谊去处，使人感到舒适且花钱不多。当时的学生，后来成长为知名的作家、专家、教授，每回忆起在昆明的读书生活，总会联想到难忘的茶馆。

《"文化区"里的茶馆和小吃》

◆ **戴　旦：滇剧史话**

滇剧音乐，和其他剧种一样，是由腔调和伴奏组成。从腔调来说，主要有丝弦腔、襄阳腔和胡琴腔，艺人称"三大调"，此外还有一部分杂调。丝弦腔是源于西秦腔，襄阳腔是源于汉剧襄河派，胡琴腔是源于徽剧。杂调的来源较复杂，从"三大调"看，与起源的母体有相同的特色，经过一二百年的演唱，已经可成为滇剧最富于特色的一个组成部分了。

从这三种声腔相同的方面看，都有共同的板式，如"导板""机头""一字""二流""三板""滚板""哀子"。在应用这些板式，大体上也都是由慢到紧，由紧到极快。如从"导板"开始，然后是"机头""一字""二流""三板"，最后是"滚板""哀子"。当然，这不能概括所有角色所有场合，可是一般情况下多半都是这样一种程式。

再从三种声腔不同方面来说，丝弦腔高亢激越，近似它的母体"秦腔"，但又有柔和委婉的一方面，且"苦皮"是忧伤凄凉，令人下泪，这叫做刚柔相济。襄阳腔轻快流畅，清新动人，有时还流露出一种幽默感。胡琴腔端庄严肃，悲中有壮，这是其一。其二，板式也有不同的地方。如丝弦腔、胡琴腔中有"坝儿腔"，民歌风味相当浓厚。此外胡琴腔中还有"架桥""平板"之类，襄阳腔中还有"小机头"，总之，三种声腔中都有不同的方面。

伴奏方面，与其他剧种基本类似。如以小鼓为唱、念、做、舞、打的总指挥，场面分文乐与武乐两大类等等。

滇剧伴唱的乐器是弦乐，如丝弦腔是以板胡伴奏，襄阳腔和胡琴腔是以胡琴伴奏，所以属于弦索系统。这就与皮黄、梆子同类，而与高腔有别。

滇剧表演艺术，跟其他戏曲剧种一样，以程式表现生活、塑造角色，是属于地方大剧种样式，但也有它自己的特点。如行当简约。滇剧只有四个行当：生、旦、净、丑。四个行当中的划分也较简约。如生行，分为文、武，文与武共同的却有老生（戴白胡子）、须生（戴黑胡子）及小生（小生中还有一种反派人物称"风流小生"），旦行，亦分文、武，文的有花旦、青衣、闺门旦、摇旦、老旦等，武的有刀马旦、武旦。净行，滇剧习称花脸，也有文、武之分，一般分为铜锤花脸、架子花脸，还有草鞋花脸等等。丑行滇剧习称小花脸，也有文、武之分，文的如穷丑、富丑、官衣丑，武的有武丑之类。与京剧相比，从上述情况，完全可以看出滇剧行当非常简约。

▷ 滇剧演出剧照

　　正因为滇剧行当的简约，又带来了各式应用的简朴，由于简朴，同时又带来了生活气息、地方色彩比较浓厚的特点。这些都是此剧与其他剧种不同之点。

　　但是滇剧音乐、表现艺术和它的传统剧目一样，因为都是来自旧时代，形成于旧时代的特定环境。因此，有一些问题，夹杂有落后的因素，如唱腔中、表演中都有只重形式而忽略所表现内容的倾向。且行、丑行中还有一些不健康的东西。经过三十多年美化、健康的改革，现已有了改进。

《滇剧史话》

❖　　沈从文：闲暇时看云

　　秦皇汉武的事业，同样结束在一个长生不死青春常驻的美梦里，不是毫无道理的。云南的云给人印象大不相同，它的特点是素朴，影响到人性情，也应当是挚厚而单纯。

云南的云似乎是用西藏高山的冰雪，和南海长年的热浪，两种原料经过一种神奇的手续完成的。色调出奇的单纯。唯其单纯反而见出伟大。尤以天时晴明的黄昏前后，光景异常动人。完全是水墨画，笔调超脱而大胆。天上一角有时黑得如一片漆，它的颜色虽然异样黑，给人感觉竟十分轻。在任何地方"乌云蔽天"照例是个沉重可怕的象征，云南傍晚的黑云，越黑反而越不碍事，且表示第二天天气必然顶好。几年前中国古物运到伦敦展览时，记得有一个赵松雪作的卷子，名《秋江叠嶂》，净白的澄心堂纸上用浓墨重重涂抹，给人印象却十分秀美。云南的云也恰恰如此，看来只觉得黑而秀。

可是我们若在黄昏前后，到城郊外一个小丘上去，或坐船在滇池中，看到这种云彩时，低下头来一定会轻轻地叹一口气。具体一点将发生"大好河山"感想，抽象一点将发生"逝者如斯"感想。心中可能会觉得有些痛苦，为一片悬在天空中的沉静黑云而痛苦。因为这东西给了我们一种无言之教，比目前政治家的文章、宣传家的讲演、杂感家的讽刺文都高明得多，深刻得多，同时还美丽得多。觉得痛苦原因或许也就在此。那么好看的云，教育了在这一片天底下讨生活的人，究竟是些什么？是一种精深博大的人生理想？还是一种单纯美丽的诗的激情？若把它与地面所见、所闻、所有两相对照，实在使人不能不痛苦！

在这美丽天空下，人事方面，我们每天所能看到的，除了官方报纸虚虚实实的消息，物价的变化，空洞的论文，小巧的杂感，此外似乎到处就只碰到"法币"。大官小官商人和银行办事人直接为法币而忙，教授学生也间接为法币而忙。最可悲的现象，实无过于大学校的商学院，近年每到注册上课时，照例人数必最多。这些人其所以热衷于习经济、学会计，可说对于生命无任何高尚理想，目的只在毕业后能入银行做事。"熙熙攘攘，皆为利往，挤挤挨挨，皆为利来。"教务处几个熟人都不免感到无可奈何。教这一行的教授，也认为风气实在不大好。社会研究的专家，机会一来即向银行跑。习图书馆的，弄古典文学的，学外国文学的，工作皆因此而清闲下来，因亲戚、朋友、同乡……种种机会，不少人也像失去了对本业的信心。有子女升学的，都不反对子弟改业从实际出发，能挤进银行或金融机关做办事员，认为比较稳妥。大部分优秀脑子，都给真正的法币和抽象的法币弄得昏昏的，失去了应有的灵敏与弹性，以及对于"生命"较深一层的认识。

其余平常小职员、小市民的脑子，成天打算些什么，就可想而知了。云南的云即或再美丽一点，对于那个真正的多数人，还似乎毫无意义可言的。

《云南看云》

❖ 许椿萱：夜间赏琼花

1949年9月10日，正义路中段原昆明国货公司是晚延长营业时间，在3楼邀请知名人士及顾客观赏琼花。

▷ 琼花

琼花颜色美丽，有清香，但花时短，数小时后即谢，所以极为珍贵。传说河南洛阳、江苏扬州所产为佳。汉代司马相如《大人赋》有句云："呼吸沆瀣兮餐朝霞，咀噍芝英兮叽琼华。"唐李白诗云："西门秦氏女，秀色如琼花。"千百年来此花歌咏于辞章家及诗人笔下，不可殚数。昆明地处边隅，向来没有琼花。1937年下半年昆明国货公司董事长缪云台、经理马筱春在越南主持中国国货展览会后，带回一棵，蓄于柿花桥马筱春私宅中。

笔者当时在国货公司任货栈股股长，花开那天，一清早就携带照相机到马宅拍了5张照片，旋移至公司3楼，置于客厅中，我继续观察，先后又拍了15张。晚10时花盛开，当即摄入镜头：自含苞待放至盛开，经过了十多个小时，晚10时开花，11时许即谢，只开了一个多钟头。因花时短有类昙花（"昙花一现"为众人熟知的词句），当时误传展出者为昙花。

《昆明国货公司展出琼花简记》

❖ 杨树群：去文庙练武

练武，也是当时文庙内一项较为热门的活动。武术，昔时称为国术，既能健身，更能防身，颇受一些老昆明人的喜爱。于是每天早晚，都有一批爱好者来到文庙练武。他们当中，既有青壮年，更有六七十岁的老叟和十来岁的少年娃娃。地点，就集中在大成殿前的那座庭院。早晨，在那一棵棵古老而又幽雅的紫薇树下，一对对老叟在练习太极推手。有的青壮年在演练外功的长拳。人数有时达到二三十人。有一位年约七十、身材高大而清瘦、衣着破旧的老叟，每天都来此练八卦拳，只见他一招一式，刚柔相济，稳健有力，有着很深的功底，这或许是清代遗下的武生或者军将之类的人才吧。

到了晚上，练武的人更多，而且呈有组织化。在那宽敞的庭院和大成殿前的台基上，有练拳脚的，有耍花枪的，有练单刀、双刀的，有的身旁还有拳师在言传身教。原本是一个莘莘学子、琅琅书声的书院，这时则成了舞枪弄棒的武馆，然这并无讥讽之意。造就文武全才，本来就是古代教育所追求的较高目标。那时候，文庙馆方在此专门办起了一个国术班，学习时间就在晚上。拳师中有一位张金龄老先生，北京人氏，据说其祖辈是清宫中铸剑的，可谓是武术世家。张老先生身强体壮，练就一身好拳脚，熟悉各种兵器，功底十分深厚，专门传授一百四十八式的吴氏太极拳，直到20世纪五六十年代，张老先生仍然在当时的工人文化宫开班授徒，培养了一批太极拳道弟子，实是功不可没。

《老昆明风情录》

❖ 万搊一：花会与花市

辛亥革命后，民间过花朝节的习惯，依旧保持着。届期除踏青赏花外，还出现了官方组织的花会。

元代古刹圆通寺，年久失修，全部殿宇出现了不同程度的朽坏。1920年1月，省会警察厅长兼云南市政公所督办黄实，准备予以认真修葺，筹开"第一次花朝大会"，向省方具文呈请核示。督军兼省长唐继尧认为，修整圆通寺，开办花朝会，乃"珍重地方名胜，振兴人民观感"的措施。同年2月，即会衔指令黄实，同意在农历二月十五日，"公开第一次花朝大会"。所需经费，由财政厅筹拨（后由警厅筹出1000元、财政拨款2000元）。修寺期间，黄实即令属员，拟具布告，公告花朝会定期4月1日（农历二月十三日）开始，连续5天，"届期任人赏玩"。

黄实具有远见，觉得昆明（当时称云南市）实业不振，财政支绌，何妨借花朝会开会之期，活跃市内工商贸易。因此，会场除布置花木场展陈各种名花外，还特设"省内外各种物产馆"（民国初年公文中的"省"，专指省城；"省内外"，仅指云南全省）。为吸引更多的人参观，也设置美术工艺、书籍字画、古玩碑帖、"教育成绩品"（各中小学学生手工劳动成果）等展室，以及提供商业交易的贸易场，附设饮食馆，供游客进餐。可以看出，花会具有物资交流的内涵。遵循当时"男女有别"的习惯，花会单日接待男宾，双日接待女宾。

这是省内由官方主办的第一次花会，参观者非常踊跃。然而，办会经验不足，兼以实业基础原就薄弱，除花卉外，参展物品不多，活跃贸易、促进实业发展的预期目的没有达到。

市当局和警方原来计划，花朝会年年举办。可是，省内风云变幻。1921年初，东防督办顾品珍率原驻川滇军南下，靖国第八军军长叶荃也发动"倒唐"。当花朝节（3月21日）到来的时候，唐继尧已下野出走，被推任滇军总司令的顾品珍，忙着处理善后；市政公所又已撤并，官办花朝会自然就流产了。

一转眼就到了1922年。本年花朝节为3月10日。还在2月份，全省警务处处长兼省会警察厅长朱德，为"启发观感，振兴市廛"，即向省方呈请，在新建的云津市场，举办花会。

朱氏锐意移风易俗，为提倡民众有益爱好，他没有再袭用"花朝"旧名。此次花会，拟定从农历二月初一到三月底止（3月10日—5月7日），长达两月。经代理省长刘祖武批准，即积极场地选址，向各界征集名花，着手筹办。

3月初，唐继尧集结驻桂滇军，打回云南，日益临近昆明。朱德随同代理滇军总司令兼代理省长金汉鼎（顾品珍奉孙中山令，组军北伐，同月下旬协同堵击唐部，阵殁于宜良鹅毛寨，刘祖武前已病重，不能视事）撤往滇西（继之离滇赴川）。局势突变，1922年的花会也就没有办成。

同年8月，昆明市政公所成立。市政会办张维翰（督办唐继虞久在广东，张不久出任督办），不仅阅历丰富，又是位对园艺研究有素的学者，在积极开展各项市政建设的同时，准备结合民间过花朝节的习惯，举办一次盛大的花会。

1923年的花朝节为3月28日，张维翰和市政公所有关属员，着手筹办花会。仍不袭用花朝旧名，花会定名为昆明市花木展览会。从3月17日到31日，连续花展半个月，会址选定在南城外公园。

《民国时期昆明的花会与花市》

❖ 彭幼山、李 瑞：昆明火把节习俗

六月二十四日的火把节，是云南特有的节日。渊源据说是为了纪念南诏统一六诏时的柏节夫人的。

过去每届这天，呈贡跑马山要举行跑马盛会。据老辈讲跑马山跑马是从元朝梁王兴起的。因为蒙古族善骑射，重视马术，征服云南后，每年六月二十四日要在跑马山来个骑赛大检阅，后来虽代异时移，习俗仍沿下来。每届这天，跑马山上下前后，游人如织，小贩们的摊子也摆满，如凉米线、凉面、凉卷粉，特别是呈贡有名的豌豆粉更吸引着游人。另外桃梨水果应有尽有。看一看跑马后，还可以耍耍果园，那时的果园还准吃不准带，你在那里再吃些也不要钱。

早前的跑马方式，并无组织，也不竞赛，各人沿山脚骑马跑跑便了。民国年间，多由外国洋行出面举行赛马。分出头、二、三等名次，优胜者奖给洋行卖的商品，如闹钟、搪瓷器皿、玩具等。笔者李瑞记得幼年时有一帮人赶马的曾获第一名，得到一只闹钟之奖，并被洋人呼为"马上英雄"。所以很明显地反映了这不过是洋老板们借此来作商业宣传，花钱不多而宣传效果却不可限量。

晚上就是火把节了。昆明地区最盛大的是路南彝族的火把节，另外大板桥聚虫山夜间也有聚会，据说由子君族发起，燃起火堆，参与者都要捉虫一只投入火中，并围火舞蹈。

在昆明城区，头几天就有山区农民来卖火把。火把是用一米多长的小松树干制成，下端削尖以便于把握，干上凿出裂缝，楔以明子小块，晒干而成。这天晚上，开棺材铺的都把平时卖给死人装殓用的松香舂细为末，装成包卖。天黑后，弄火把的年轻人，燃着火把走向街头，左手执火把，

右手抓上一把松香向火头撒去，"嘭"的一声，便散出一团火焰。一时之间，大街小巷，只见光焰闪闪，互相追逐喷燎为戏。见熟人长辈，便"敬上一把"。这段时间虽热，但出外者谁也不敢着短裤，不然人家照你腿上"敬上一把"，是汗毛都要烧光的。

居家人也在家中到处用火把松香喷燎一番，或燎瓦檐等处借以除去蜘蛛、马蜂等毒虫，认为这样做也会取得吉祥。

《昆明年节习俗漫忆》

❖ 李国庆：校场坝上"耍把戏"

早年昆明的校场坝又名南校场，与北门外的北校场同是清朝末年训练新军的操场。

南校场的范围很宽，南到南强街，北至火神庙（今省京剧院宿舍），东到维新街，西至祥云街。

校场坝在新中国成立前是三教九流、八方杂处之地，江湖上的各行各业都在这里集中。"耍把戏"是校场坝最大的行业。这些耍把戏的在场子里竖起一根一两丈高的木杆。"喤喤……"的开场锣响后，高杆顶上便伸出一架小梯子，梯子上拖下一根绳子，便有一个十二三岁的小姑娘把绕在自己头上的发辫结在绳子上，手挽绳子，由敲锣的汉子把绳子往上拉，小姑娘便被拉到了杆顶的木架下，荡到木架的另一头。一阵紧过一阵的锣声，伴随着在绳头飘来荡去的小姑娘，双手双脚像跳舞似的在空中飘来飘去。锣敲得震天地响，把戏班的伙计端着盘子向观众们讨钱。

小姑娘演完了上吊，接着便是一个中年妇女表演"踩软索"。在吊杆侧放着一丈多高、相隔两丈左右的两个木台，两台之间绷紧着一根绳子。铜锣响后，一位30多岁的妇女，两手张开抬着一根两头系有彩球的木棍，从小梯爬上台去，慢慢地踩着绳子走到对面的木台，然后转过身来，又踩着绳子走回来。这样来回三四趟后，才从小梯上下来。观众的心像被悬挂在百丈悬岩上，生怕她踩空了跌下来。

铜锣一声比一声响得紧，班主把盘子放置在场子中央，大声吆喝着，请观众们掷钱。

在另一个场子里，铜锣响后，一位魔术师走到场子中央，脱去上衣，露出鼓胀的肚子。他不讲话，班主介绍了表演的节目后，他的嘴里喷出了一股黑烟。黑烟离开了他的嘴两尺左右时着了火，立刻赢得满场喝彩。不一会儿，盘子里便掷满了铜钱。

《校场坝与俗文化》

❖ 周　亮：民间婚俗拾趣

解放前官渡镇民间汉族婚礼习俗可分两种：一为"文明结婚"，即新郎身着西装革履，头戴洋毡帽，新娘身穿旗袍，脚穿高跟鞋，头顶婚纱，以轿车或花轿代步，礼仪以鞠躬为主。这种习俗又流行于少数的富豪人家。一为"传统结婚"，即新姑爷身穿衫子马褂，头戴下顶小帽，胸挎大红彩球，新媳妇身着凤冠霞帔，腰系罗带，以花轿代步，杂以封建色彩和宗教特点，礼仪以跪拜为主。这种习俗，在官渡民间普遍采用。

结婚接近时，男方父母要请先生选择"黄道吉日"，要向轿行租好花轿二三乘，红、绿、青三色或红、绿各一乘。抬轿人、乐队由轿行统筹，抬轿四人或八人。结婚的前一天，俗称"边猪"。男家要给女家送去半边猪或一头猪。夜晚要压床，即约新姑爷家族中的未婚堂弟堂兄同睡新床。

次日结婚，由新姑爷（或其母）乘坐红花轿，陪郎或媒人乘坐绿花轿或青（素）轿陪同到新媳妇家"娶亲"。一路上乐师们吹吹打打，女家设喜筵于正堂，俟"姑老爷"前来娶亲。花轿到女家门口，陪郎或媒人先行下轿入女方家献上"肃金柬"，女方的兄或弟，俗称舅老倌，立即到红花轿前作揖恭请"姑老爷"入宴。

入宴时，姑老爷（或其母）一人坐于"上八位"，陪郎和媒人坐在两边。"上八位"要摆双杯双盏。坐定时，女方先以香烟、茶、糕点等敬上。片刻，即行"上碗"，至少八碗。乐师们相应"伴奏"，一般吹奏"宫妃宴""锦上花""大开门""将军令"等乐曲，这些乐曲一则表示热烈庆祝婚礼，一则表示催新媳妇快点梳妆上轿。坐在"上八位"的新郎及两旁的陪郎、媒婆等人都不能说话，不能动手饮酒吃菜。

待"八大碗"上齐，酒过三巡，新郎等则不辞而离，陪郎顺手拿起"上八位"的酒杯一对，筷子一双，随同新郎外出。新郎乘绿花轿，等待新娘上红花轿。新娘梳妆毕，由其兄或弟抱入红轿内坐好，然后手扶红轿外左右两边，称为"扶轿"，双双起轿抬往男家。女方送亲的人和抬嫁妆的，随轿步行于后，伴奏乐曲一般吹奏"宫车""男进宫""十段锦"等。途经村庄，都有相应的乐曲伴奏。

▷ 新娘子上轿

花轿抬到男家门口，在鞭炮声中举行"撒仗"。即男方预先准备好女方送给的新托盘，内装五香五子。"撒仗"的人，随手抓起，撒向五方，边撒边颂赞语。赞语是："一撒东方甲乙木，新娘进家年年富；二撒南方丙丁火，相克相生过生活；三撒中央戊己土，半读半耕衣食足；四撒西方庚辛金，夫唱妇随铜变金；五撒北方壬癸水，鱼水交欢一条心。"

撒仗毕，新夫妻双双下轿，由媒人或男方母族的长辈人，将宝瓶递给新娘抱着。"宝瓶"多系大锡或银子做成，或是精雅的瓷瓶。瓶内装满大米，米中插一杆秤，秤杆上盘旋一串铜钱（二千文）。新娘怀抱宝瓶，脚踩黄绸带或红绸带前进。

门槛上摆个马鞍子，上封红纸，新娘跨过马鞍时，媒人或新娘的婆婆（男方之母），接过宝瓶，供于男家佛坛一边，于是双双"拜堂"。拜堂时，男左女右，"司仪"者口颂"先拜天地，三跪九叩首，天地多保佑，但愿百年合"。

《解放前官渡民间婚礼习俗》

❖ 万　亿：过年的前奏曲——"小三十晚"

昆明人过春节，民国时期称"过老年"，一般从"年三十晚"（除夕夜）的"送岁""守岁"开始。然而，年前腊月二十三日晚间的"祭灶""送灶"，也是源远流长的民俗之一。尽管仪式比较简单，但民间却称之为"小三十晚"，甚至还有人呼为"过小年"。

腊月二十三日晚饭前后，在厨房中灶台上的"灶君公公"画像前，例兴焚香烧纸，供出糕饼店售出的南糖等物。祭完，揭下贴在墙上的旧灶君神像，在纸钱盆中焚化。相传灶君此夕上天，把已过一年间户主的善恶行为，如实地上奏"天庭"。

灶君画像一律由纸店发售，半张信笺大小，用朱红色纸印刷，书有"东厨司命府君"字样，连同神像，都用金粉套印。家庭主妇们多在"送灶"后买来新像，准备着开年后贴出，表示灶君复位，重返人间。

旧社会，祭灶送灶的习惯保持了漫长岁月。直到1938年，内地同胞大量疏散来昆，加日军飞机空袭、疏散等多种因素，这一习俗在城区始逐年淡化。但四郊农村，依然在过"小三十晚"。

"小三十晚"可以说是昆明人过年的前奏曲。虽然过年需用的饵块、腊肉等食品早就着手制备，但居家佛桌上陈供的排球或篮球大小的米花团，以及香橼、佛手等小件果品，多半是在"小三十晚"到除夕这六七天中陆续购买的。

《昆明春节年话（四则）》

❖ 彭幼山、李 瑞：中元节习俗

中元节俗称过七月半，接老祖宗。据说这几天在冥间的祖先得回家探亲，当然做子孙的也就慎终追远一番。俗话说："年年有个七月半，前人做给后人看。"为了培养下一代的孝行，所以做得很隆重。

接祖有三个过程：接祖、祭祖、送祖。接送还有"新亡"和"老亡"之别。新亡者十一日接，十四日送，老亡者十二日接，十五日送。

需要备办的物品，首要的是"引泉"。引泉是用彩色纸、金纸做，有的式样简单，像个花提篮，后来花样百出，争奇秀巧，价格昂贵，属有钱人家购买。其次是"包"。包是用棉纸糊成，像个大信封，上面印地藏王像，中间留空填写领受祖先的名讳，右边印有收者地址，左边填写孝子孝孙的名字。是用来装折好的镙锭，贴冥衣焚烧给祖先钱财的袋子，在送祖这天前得填好装好贴好。另外要用麦子捂"麦秧"一盘，多为农民捂好来卖，其他香蜡纸烛、锡纸元宝自然是多多益善。

供品是各式糕点、水果、小枣、核桃、蜜食、干果等。另外要买几个长松子的大松包放在化纸盆底，说这是老祖宗的楼梯，无此便登不上祖先堂。菜肴就不谈了，越丰盛越好，一般也是根据亡者生前爱吃什么就多准备什么。但有两种小菜是必办的。一是芋头花，说这是老祖宗的扁担；二是干豆，是老祖宗的拐杖。有此二物，老祖宗走时才好用扁担挑财宝，挂着手杖去赴盂兰盆会。供的瓶花也非鸡冠花和蓼花不可，老祖宗携带这两种花才得进入盂兰盆会的会场……

接祖之前，先把"神主"（即灵牌头）从祖先堂内请出，前面摆上香炉、蜡台、供座、灯盏、茶酒盅，靠边放麦秧，左右摆花瓶。有祖先遗容照片的拿来挂在墙上。桌前放化纸盆、蒲团。桌旁悬挂引泉。

按祖这天吃晚饭前，先向各道门敬香三炷，是为了请求门神放祖先进来。然后在大门外焚化纸钱，用引泉、麦秧把祖先接引着直到神主坛。挂好引泉，摆好麦秧。于是打来洗脸水，让老祖先们洗把脸。然后点燃香烛，焚化纸钱，家中人按顺序向祖先叩头行礼。毕，安排祖先的晚饭，自然又是供菜饭，化纸钱，然后撤下全家进食。

供祖先的早点、午饭、晚饭、宵夜，一如生人。仪式也如前述敬神一样，只是不焚化黄钱，多着泼浆水饭。这几天，祖先灵桌的油灯，炷香是不能断的，每早的洗脸水也不可缺少。灵桌前椅凳上要铺黄钱，是为老祖公的垫子。有的人家（多数是有"新亡"的）还念点经超度他们。

《昆明年节习俗漫忆》

❖ 史崇贤：金殿庙会

金殿位于昆明东北郊鸣凤山顶，从山脚拾级而上，有"一天门""二天门""三天门""太和宫""祖师殿""圣父殿""三元宫""环翠宫""三丰殿"等建筑群。紫禁城内全部建筑都仿照帝王宫殿建造，殿宇全用黄铜铸成，故称金殿。殿高6.5米，所有梁柱、斗拱、屋顶、门、匾联以及祖师神像，全部用铜铸成，为全国稀有历史文物古迹。

金殿庙会有数百年的历史，中外闻名，夏历正月初九是道教披发祖师的诞辰，每年这一天，道士们办会庆祝。四面八方的男女老少都来金殿朝观，从早至晚，人山人海，香烟鼎盛，非常热闹。

金殿庙会之所以历久不衰，原因是多方面的，它是人们向往美满生活的一种精神寄托。每逢庙会之期，群众便互相邀约喜气洋洋地来赶会，把希望寄托在新的一年，祈求清吉平安。

▷　热闹的庙会

从历史长河看，庙会是群众性最广、吸引力最强的群众文化活动之一，这项活动源远流长，纯属民办。最普遍的民俗活动便是耍龙舞狮，从明清时代直到民国，昆明附近的龙狮队伍，几乎年年都来金殿表演。各种形式的民间曲艺也各显神通，这边唱渔鼓，那边说金钱板。左边打连厢（霸王鞭），右边打花鼓，前边搞花灯说唱，后边打莲花落。这些综合性的丰富多彩的民间文艺活动，一直延续至今。

传说金殿正月初九的茶花会，不但远近闻名，就连天上的八仙也心向往之，每年正月初九都腾云驾雾来在"三天门"附近欣赏茶花，这里的茶花与众不同，品种都是九芯十八瓣，不但花期长、花形大，而且艳丽无比。天上的神仙都如此看重茶花会，难怪千千万万的游客纷至沓来了。

《昆明的庙会（十四则）》

❖ 周开德、周　亮：土主庙会

大约从明代起，老昆明就有了土主庙会，到清代，规模更大，全省有名。昆明土主庙会举办之地在官渡的土主庙、观音庙和五谷庙，祭的是大黑天神、观音菩萨和五谷神。每年农历二月十九日是正会，相传这天是观音菩萨的诞辰日，会期三天。昆明市民、郊区农民、邻近的各州县的善男信女都赶来参加，常有数万人之多，其中还有些彝族撒梅人。

庙会活动主要是迎佛、祝寿和祭祀，兼有武术、文娱表演。白天供酒、念经、祝"圣"寿，夜间则有各种灯、戏表演和宿庙等。

土主庙会的迎佛很有特色，先要用香水洗净白毛水牛，由新婚而未生育的青年男子把土主佛像抬到牛背上，然后到观音寺"邀请"观音，到五谷寺"约"来五谷神，再到附近各村游行。游行时仪仗队在前面鸣锣开道，僧众随后手执法器，诵念经文。再就是乐师、武术、文娱、会伙、狮舞、龙灯、水族、灯戏、高跷等表演队伍，竟有三里之长。

最有特点的是"会伙"表演，把10岁上下的男童化装成当天要演唱的滇戏中的人物，绑在一丈多高的木杆上，木杆下端插入专用来抬案的孔洞中绑牢，几个青壮汉子连案带人，扛着游行，上下坡时，要用专门的叉杆叉稳杆上的人，以防摔倒。

"宿庙"本来是撒梅人的习俗，后来其他民族的妇女也参加了。会期之夜，各族妇女聚在土主庙大殿佛前和观音寺大殿内，唱诵民间歌谣、小调和简易的佛经，形式有单唱，有对唱，有赛唱，一直唱到天明，叫做"散花"。

《土主庙会》

❖ 张一飞："抓周"趣谈

我家珍藏着一张老照片，摄于清宣统元年（1909）二月。它的可贵处不仅只是"老"，而且还如实记录下了当时的一项民俗——"抓周"的情景。

我家是"老昆明"，再说具体一点算得上是"老五华"，因为至少在我祖父、父亲和我们这三辈人共同生活的一百多年间，都是居住在昆明钱局街、武成路、大观街、庆丰街等几条街上，而这都在五华地界内。"抓周"这张照片就是摄于我祖父当时位于钱局街中段的"遂初小墅"寓所内。

我祖父张培训，是云南邮政事业创办人之一，而被史家称为"云南省第一家照相馆"的水月轩照相馆，是我祖父的四妹（我称她为四姑奶）蒋家开的。我父张熙江，生于清光绪三十四年（1908）二月，次年二月，祖父为他"过周岁生日"，举办了"抓周"活动。当祖父提出要照一张"抓周"照片时，其四妹夫蒋楦当然很乐意，就按时来到祖父家中，拍下了这张留有民俗特色的"抓周"照片。

被誉为"古今家训之祖"的北齐颜之推著《颜氏家训》中说："江南风俗，儿生一期，为制新衣，盥浴装饰，男则用弓矢纸笔，女则刀尺针缕，并加饮食之物及珍宝服玩，置之儿前，观其发意所取，以验贪廉愚智，名为'试儿'。亲表聚集，致宴享焉。自兹以后，二亲若在，每至此日，尝有酒食之事耳。"又如明代程登吉著《幼学琼林》中说："周岁试周，曰晬盘之期。"《辞源》解释"试儿""试周""晬盘"三词语为同义，并指出"今俗谓之抓周"。由此可知，"抓周"是一项在周岁生日时举办的含有预测性的民俗欢庆活动。

从我父抓周照片上可以看到，他当时遵旧俗，脖子上戴着银项圈和长命锁，身穿青缎褂，高高地坐在供桌（又称佛桌）上，身前摆着一张四方桌（又称八仙桌），桌上摆放着清代官帽、戏子帽、莲花帽、砚水缸，当然还有纸墨笔砚、食品玩物等，他当时右手拿起一支毛笔（祖父亲口对我们讲的），左手指着官帽。祖父对这张"抓周"照片，很为欣赏，认为"抓周"已预测到了父亲的一生——小文官（今谓之公务员）。父亲对此，则半信半疑，并常以之自嘲。到了我们这一辈，就不再有人相信这"预测说"了，认为最多是"有点巧合"。

1928年长兄周岁时，父亲曾遵祖父的要求，为兄搞了"抓周"，但没有拍照存下来。1933年我周岁时，父亲就没有为我搞"抓周"，其后也就再没有为弟妹们搞"抓周"了。——这应该算是一种进步表现吧。至于"过生日"这一民俗，在我家和社会上一直沿袭至今，只是档次、场面上有高低大小之异。

《"抓周"趣谈》

❖ 李 瑞：滇戏、花灯演出习俗

滇戏的祖师供奉的是"老郎神"。老郎神的来历有两种说法：一说老郎是唐玄宗李隆基；一说是五代后唐庄宗李存勖。因二位帝王都爱好戏剧，组织得有宫廷戏班。昆明的滇戏会馆就做"老郎宫"，原址在今天昆明市南昌街的南昌小学内。

滇戏分七个行当，称为"七会"。生行称文昌会，旦行称观会，净（花脸）行称财神会，丑行称土地会，老旦行称王母会，龙套称得胜会，文武场称吉祥会。除七会外，还有一行是管箱（道具）和管四扎头（化妆）的，只叫半个会，实际总共是七个半会。在老郎宫内，除了供奉老郎神的牌位外，还供奉着其七个会主神的牌位。戏剧会馆由大管事总负责，先前由滇戏名角张二喜担任，后由栗成之担任。每年旧历的八月间，据说是唐玄宗李隆基的生日那天，老郎宫内必聚餐演出庆贺。因老郎宫有一定的房产收入，活动时不收会费，到时全体艺人齐集老郎宫，大管事率领成员对老郎神及七会主牌位燃点香烛，叩首礼拜，吃过早餐后，便对着神龛开始演出。老郎宫内没有戏台，便用红毯在大厅铺地，共演三出吉祥戏：一是《黄金诰》，二是《跳加官》，三是《六国封相》。戏毕晚餐后，主事便带领大家坐公堂，总结一年来要事，提出今后会馆事务如何处置，有时也附带对违反会规的艺人作出处置，有时因会首头人换届，会就会开得长一些。

过去滇戏班最早唱的是堂会戏。就是有喜庆之家，如结婚、生子、祝寿、科举得中等请去唱戏；还有一些行会、会馆举行年会也请戏班唱戏；一些庙宇举办庙会，如正月间的关王庙会、正月初九的黑龙宫庙会、六月二十四的城隍庙会……都必来请戏班去演出。除私人家庭的堂会外，观众都可以不出钱免费去看戏。此外，总督、抚台、藩台等衙门也常召戏班艺人们去唱堂会戏——那自然只有官员们才得以欣赏了。

清末到民国初年，便开始有"茶园"形式的演出。最早可能是昆明城里真庆观里盐隆祠内的荣华茶园（创于清末），由滇剧泰斗李少白、青衣皇后李瑞兰二名角联合组班演出。那里的古戏台是昆明迄今保存最为完好的。这种演出形式是收一个人的茶钱，泡上一碗茶，便可品茗看戏。后来荣华茶园搬到大东门内的贵州会馆（今人民中路长春剧院），到了民国四年（1915），罗香圃创办"群舞台"，便归并入"群舞台"演出了。

当时昆明城内的茶园，如鱼课司街临安会馆的云仙茶园，东寺街的云华茶园（后为西南大戏院，即今云南省滇剧院处），金碧公园（现省第一人民医院）内的戏园和毡子街（今宝善街）的大观茶园等。

民国初年，滇戏艺人李少白、郑文斋到京沪一带观摩演出回滇后，仿效了外地收门票看戏的形式，便在龙井街的西粤会馆开始唱"拉门戏"，就是用一根绳子拴在会馆大门上，拦着观众，收一个人的钱，便放一个人进去看戏。

《滇戏、花灯演出习俗》

❖ **李建明：**祭祀龙神

翠湖古称"九龙池"，它的周边和内部曾经修建有许多供奉龙神的神祠和寺庙，如龙神祠、黑龙祠、白龙寺、玉龙寺、莲华寺的龙神殿等。龙是中华民族最崇敬的图腾，中国人最迟在唐代就有祭祀龙神的习俗了，如元代人马端临著的《文献通考》载，唐玄宗开元二年（714），令每年仲春在龙池祭龙，并修造了祭台和祠堂。

从前，每年的仲春，昆明的官员和百姓都要到九龙池的龙神祠用很隆重的仪式虔诚地祭祀主宰雨、旱的龙神，祈求龙神庇佑百姓、风调雨顺。"龙神"有时对官民的隆重祭祀无动于衷，不按时令下雨，便导致了干旱的发生。昆明的气候，一般在小满前后就会下雨，芒种前后反较为干热，所谓"小满雨滔滔，芒种似火烧"是也，若小满前后不下雨，到芒种乃至夏至仍不下雨，就是遇到大旱了。这时，无论是靠天吃饭的农民，还是城里人，都会虔诚地向老天、向龙神求雨。

▷ 海源寺

求雨的过程一般有如下几个步骤。先组织城乡儿童沿街高唱："小小童子苦哀哀，撒下秧苗不得栽。求祈老天下大雨，乌风暴雨一起来。"接着便有成年男子抬着菩萨塑像上街到处游行。若老天爷还不下雨，云贵总督、云南巡抚等高官以及普通百姓便会声势浩大地前往九龙池、黑龙潭、海源寺向龙神求雨。求雨的百姓队伍是这样排列的，首先是高举着各色龙旗的旗队；然后是身背腰鼓的童子队，童子队由清一色的大约13岁的男孩组成，他们的身上用一根红绸背着腰鼓。童子队之后是手提提炉的提炉队，提炉是用云南特产的白铜制成的。提炉的把上有口含铜链的龙头，链子的下端缀有一只香炉，香炉内焚着上等的檀香，提炉队每人手持提炉一只。提炉队后是求雨的大队人马，参加求雨的人必须每人手捧线香一炷跟随。求雨的队伍到了九龙池的龙神祠，就进表上香，排列跪拜，直到龙神开恩下雨。光绪年间，云南巡抚谭钧培因天旱到龙神祠祭祀，次日便天降甘霖，谭钧培心中大喜，在碧漪亭之南建"喜雨楼"，并题写匾额。

九龙池祭祀龙神和求雨的民俗活动，参与的官民最多，持续的年代也较长。但到20世纪30年代以后，由于破除迷信，拆毁或占用龙神祠等因素，到九龙池祭祀龙神和天旱求雨的民俗活动便逐渐绝迹了。

《自娱自乐说民俗》

❖ 艾如茂：享誉云南的呈贡花灯

呈贡花灯在云南花灯历史中具有重要的影响。其音乐曲调至今仍广为流传。它对昆明、玉溪、曲靖、楚雄花灯的形成具有一定的影响。在呈贡境内几乎没有不会唱花灯的村寨。坝区以可乐村，山区以松茂、马郎唱得较好，每村均有自己的花灯班子，灯班中主要演员或班头大多世代相传。如下可乐村金元（李本忠）家、马郎乡蒋斯文家、郎家营唐之晋家相传已有三四代人以上，有的角色已唱出世家传统。金元家（130多年）、蒋斯文家（150多年）是世代唱《乡城亲家》中乡婆的世家，在全县有名。

呈贡花灯的师承关系。从现已调查的资料分析，坝区首先是以下可乐的金元为总教师（金元以前无考）。下可乐杨沛林，江尾李云翠、徐品义，松花李可兴，新册李汝贵，郎家营唐光华、张书生，大渔杨桐等为金元第一代或二代徒弟。杨沛林又传上可乐李发兴、李成（大冲）、李希功、麻一凡等人；江尾李云翠传本村徐品义、普尚义和大渔的杨桐。后杨桐在大渔和马金铺地区相当有影响，又教出肖培礼（海晏）、晋献毕（太平关）、杨枝（王家庄）、刘鼎成（小河口）、罗家贵（小营）、李洪（大营）等较有名的艺人。李可兴所传本村李文元、李绍阳则是省花灯团比较知名的老艺人。唐光毕、张书生也在吴家营地区传下很多徒弟，形成吴家营地区的一路花灯窝子。

七甸马郎乡蒋斯文的曾祖，头甸的王正为在马郎、松茂、观音寺、头甸、七甸、阳宗等，洛羊新册的李汝贵和原籍可乐的李成在洛羊地区也播下了花灯种子，形成了具有呈贡山乡风味的花灯。

历史上，呈贡花灯活动主要集中春节期间和民间社火活动中或个人举办喜事庆贺时，平常主要是一些花灯爱好者在茶铺或自己家中自娱自乐。

春节期间的花灯活动比较隆重和盛大，首先冬月初组织拜"灯神"仪式，进行两个月的排练后从正月初二开始正式演出，活动到正月十六基本结束，到正月廿三送"灯神"为最后终止。七甸地区则到农历二月十九接佛（观音）归殿才为完。春节的花灯演出形式有"踩街""团场"和花灯庆贺，踩街是各种彩灯如太平灯、鱼灯、虾灯等水族灯、莲花灯等，龙舞（大龙和小独龙）、狮舞、彩船、颠毛驴等舞，秧老鼓进行串街表演，边走、边演、边舞、边唱，非常热闹。"团场"是"踩街"表演后，队伍集中在村中晒场进行花灯歌舞和花灯小戏的表演。花灯庆贺主要是晚上举行，一是挨家挨户进行龙灯祝贺，又叫"贺龙"，一是集中在场上演出花灯小戏庆祝。

《享誉云南的呈贡花灯》

❖ 石 阡: 昆明早期话剧——文明戏

昆明话剧萌芽较早，民国元年（1912），省外陆镜如、欧阳予倩等成立"新剧同志会"之际，本市便有着类似组织了。

萌芽时期的话剧，即文明戏，或称文明新戏，或简称新戏（五四运动后，昆明人也称白话戏）。据1912年6月21日昆明《滇南公报》报道，知识界人士因鉴于"吾滇戏曲，往往多演'神道设教'，于风俗大有关系"，因而"特设激楚社，以改良戏曲为宗旨，现已赶速组织，不日即可成立"。

激楚社，为民国后昆明第一个"新戏"剧社。它是在当时某些社会改革影响下的产物。原来，昆明民间迷信思想非常浓厚，迷信活动弥漫城区。1912年3月，因受民主共和思想的激励，巡警局长吴矗毅然派出警员，捣毁了城隍庙两厢以及土主、东岳两庙的神鬼泥像，发动拘役人员拓土基，供建设之用。不久，都督府军务部次长沈汪度，又率领士兵，打碎了城隍庙中的府、县城隍及其他泥偶。铜质的"吴二老爹"像，则送往龙圆局中改铸铜币。

此一破除迷信的措施，震动了昆明全城。收到了禁止有关迷信活动的预期效果，获得思想开明的知识界人士的欢迎。

在戏曲舞台上，当时昆明流行的滇戏和川戏，不少剧目鼓吹因果报应，宣扬封建道德。就是刚到昆明的京剧，也演出过"将亲生之女杀死，替主申冤""阴阳两审，九更不明"的《马义救主》（即后来的《九更天》）等旧剧。城隍、东岳等庙泥偶被打碎后，昆明求神拜佛、还愿酬神等迷信行为一时敛迹。于是，热心改良地方戏曲的人们提出组织"新戏"剧社、排演新戏，以抵制鼓吹果报、宣扬迷信的旧剧。他们非常积极，建社后立即开始编剧和排练。

1912年7月18日，激楚社在南城外公园中的云华茶园里，首次公演新戏《爱国血》。

《爱国血》反映革命志士徐锡麟刺杀安徽巡抚恩铭的经过，也是昆明上演的第一台文明戏。由于民国初年，每场戏剧演出都在3个小时左右，《志士血》全剧较短，所以仍请职业剧团（京滇戏）插演。

文明戏的出现，受到喜爱新奇的观众的欢迎。激楚社社员们情绪高涨，同年8月，又排练、公演了《丐儿爱国》。随着时间的推进，激楚社的弱点也逐渐暴露出来了。首先，该社成员全部是社会名流和公职人员，缺乏愿以演剧为终身事业的骨干力量。遇到主要负责人离昆，或经费支绌之际，剧社便宣告解体。另外，刚萌芽的新剧种，也无可避免地存在着这样那样的缺点。例如没有固定剧本，演员完全根据剧情提要（"幕表"），登台即兴表演。初次演剧，毫无经验，谈不上再现剧中人的性格或精神世界。没有突出之处，不可能紧紧抓住观众。在这样的情况下，演出质量和票房价值也就可想而知。演出支大于收，经费就会拮据，又不能常常依靠社员主动捐款维持。碰到困难后，多数社员即失去信心。这对剧社的巩固和文明戏的发展都是不利的。

激楚社存在还不到半年，因经费困难，只得于同年12月改名扶风社，继续编演新剧。

《昆明早期话剧——文明戏史话》

❖ **展丽君："厉家班"在昆明**

"厉家班"是全国京剧界享有盛誉的科班，创办于20世纪30年代初。由于对科班成员进行认真严格的训练，曾出过一些技艺高超的角色，在旧梨园中独树一帜，对京剧的发展，起过一定的积极作用。

1940年2月，厉家班到达昆明。同年3月1日，昆明大戏院正式开业，戏院门头上悬挂的名角牌，排行先后为厉慧良、厉慧敏、厉慧兰、厉慧斌、厉慧森。首场演出3个折子戏：《伐子都》《打渔杀家》《北汉王》。全班艺员台风严肃、剧目丰富，精湛的唱做艺术博得昆明观众的赞赏。卖座情况，甚至超过新滇大舞台杜文林的连台本戏《狸猫换太子》。

昆明大戏院经理蒋伯英，同时又是乐群影业公司的老板之一。在戏院经营方针方面，是演京戏还是放电影，举棋不定。到7月中旬，他最后决定把戏院由演京戏改为放电影。这时，在昆明东寺街旧邮政局的旧址上，刘炳康等人正投资兴建"西南大戏院"。该院聘请原拟返渝的厉家班到该院演出。于是，厉家班以斌良国剧团名义，迁往"西南"。

在"西南"时期，该团男女宿舍，分别由专人照管，女生有一位大妈为学生们缝补，并教她们绣花和缝纫。值得一提的是：一班之主的厉彦芝，除教学生练功学艺外，还注重知识培育，专门延请老师给学生上文化课。学生们尤喜爱练书法，把戏词用毛笔工整地写成帖子，随身携带，一有空闲便诵念。

厉家班在昆演出，为时不长。约于1942年下半年离开昆明，部分成员则留下继续献艺。1941年1月，"新滇"因附近空袭中中弹，房屋震损，被迫停演。7月，"西南"刘炳康邀请杜文林、朱英麟等名角到该院，以国粹剧团名义继续演出京戏；30年代来昆的谭派须生李鑫培、小丑邢再春以及名旦绮罗兰、绮罗香等，也在该院献艺。

解放后，当年风华正茂的艺人们，多数都是京剧界的老前辈了。例如厉慧良已成为驰名中外的京剧艺术家，近年曾赴香港演出，受到好评。厉慧兰带团赴美国演出，以京剧特有的魅力，博得西方人士赞扬，为国争光。留在本省"厉家班"人员，现尚有省京剧院一团导演赵慧聪，演员韩福香、韩福初（现名韩少朋）。文艺学校老师佟慧春、董慧宝，都为云南京剧事业做出了一定贡献。

《"厉家班"在昆明》

❖ **木 木：** 孩子们的游戏——"吼赢家"

娃娃玩游戏常常要先定个"输家"和"赢家"。为了公平，又有许多定输赢的办法。用得最多的是"吼揍揍包"。

▷ 正在玩耍的儿童

小伙伴们凑到一起，吼一声"揍揍一包！"一齐出手：伸掌为"包"，握拳为"锤"，伸直食、中指为"剪"。"包"克"锤"，"锤"克"剪"，"剪"克"包"，最后输的人就是"拉家"。不光是"拉人"，玩其他游戏的顺序先后，也都是这样定的。不过，这多是男孩子的方法，女孩子又不一样，她们决定"玩场"的先后另有三种办法：

第一，"黑白手"。类似"吼揍揍包"，大家一齐出手，手心向上为"白"，手背向上为"黑"，多的一方为赢家，因为非黑即白，选择余地不大，最后一个输家常常要来好几轮才能确定。

第二，"蹲的蹲，站的站"。大家边跳边喊"蹲的蹲，站的站；哪边多，哪边赢"，喊声落时，大家或者站起来，或者蹲下去，哪边的人少哪边输，淘汰下来的如果只剩两个人，就"吼揍揍包"定输赢。

第三，叉腿。大家齐呼"一、二、三！"一起跳起来，落地时两脚或前后叉开为"剪"，或左右叉开为"包"，或并住不动为"锤"，"吼"定输家。

这几种办法的身体活动幅度较大，比"吼揍揍包"要活泼得多，筛选速度也快得多。男孩子们也会偶尔来上几回。

《"吼赢家"》

❖ 方向明：昆明话里的谚语俗语

昆明话里的谚语、俗语十分丰富，涉及社会生活的各个方面，积淀着具有悠久历史的昆明人的智慧，折射出昆明人的传统文化心理。

如："吃得亏，在（打）得堆"，说的是与人（亲戚、朋友、同事等）相处不能斤斤计较，要有宽容精神。"良药苦口利于病，忠言逆耳利于行"，以生病吃药打比方，说明听起来不顺耳的话往往是最诚恳的劝诫，最能帮助我们克服缺点，改正错误，就像难吃的苦药往往能够药到病除，使我们恢复健康一样。"酒肉朋友交不得"，"跟好人，学好人，跟着师娘跳假神"，说的都是交友要谨慎，要交益友，不能交损友的道理。这与《三字经》中的"昔孟母，择邻处"所说的道理相同。还有"老人的话当得药"，这些都是祖祖辈辈传下来的人生经验。而"儿不嫌母丑，狗不嫌家贫"，则是儒家文化中血缘关系和讲究孝道的思想观念的体现。而且，由此还可引申出对民族、对祖国的忠诚和对家乡的热爱。抗战时期，滇军作战的英勇与此不无关系。

"金窝银窝，不如自家的草（狗）窝"，除了与"儿不嫌母丑，狗不嫌家贫"有着共同的思想内涵之外，还反映了昆明人典型的"家乡宝"特点——恋家，故土难离。这一方面与儒家"父母在，不远游"的观念有关，另一方面则是因为昆明自古是块宝地，自然条件优越，山清水秀，气候宜人，物产丰足，罕有战乱匪患，百姓生活相对安定舒适，不像北方一些地方旱涝交替，战乱频仍，老百姓不得不"走西口""闯关东"，或者"打着花鼓去逃荒"。

下面的几条谚语、俗语，则不但有着积极的思想意义，更闪烁着辩证法的思想光芒。

"相因（便宜）无好货，好货不相因（便宜）"，说的是要全面地、多角度地看问题，不能只看到事物的某一方面。"老鸹喜欢蛋打烂""天黄有雨，人狂有祸""折财免灾"，与中原文化中"祸兮福所倚，福兮祸所伏"同理。"不怕不识货，只怕货比货"，说的是"有比较才能有鉴别"的道理。而"人与人不同，花开十样红"和"牛吃菠萝菜，各人心中爱"则让我们懂得事物的多样性，每个人都各有自己的特点，各有自己的个性。因此，与人相处要懂得宽容与包容。不能把自己的想法强加于人，不能事事用自己的标准去要求别人，应当尊重每个人的人格与个性。

有的谚语、俗语反映了昆明人的乐观精神，如："十穷十富不到头"，"东方不亮西方亮"，"天生一棵草，就有一颗露水珠"等等。

也有一些谚语俗语反映出昆明人文化心理和社会生活当中的阴暗面。如"人敬有钱人，狗咬穿破衣""穷居闹市无人问，富在深山有远亲"，则是旧社会人情冷暖，世态炎凉和某些人为人势利的真实写照。

《漫谈昆明话里的谚语俗语》

❖ 陈子云：朗朗上口的传统童谣

童谣又名儿歌。《毛诗诂训传》说："曲合乐曰歌，徒歌曰谣。"意思是说，童谣是不用曲谱和乐器，传唱于儿童之口的歌谣。

昆明远古的童谣已不可稽考，但自元明以来便渐有流传。如童谣《脚里斑斑》，据明人杨慎《古今风谣》考其"出自元代"。又如《张打铁、李打铁》，据近人夏曾佑《庄谐选录》说它"传自明代"，其说皆有所本。

昆明传统童谣的体例并无定格。句式以三、四、五、六、七言为主，也有多达八九字的，但一般以三、四、七言的句式居多。它们押韵大致相同，多采用双声叠韵，朗朗上口，又常常和手舞足蹈的儿童游戏联在一起，具有天然的音乐美和童趣美。

童谣以口头传唱的方式代代相传，不受时空限制。但是，随着流传时空的变化和社会生活的变迁，又往往在相互交流、相互吸收的过程中产生不同程度的变异。因此可以说，那些广泛传播的童谣大多是集体智慧的结晶，也是文化传播和变异的必然结果。

昆明传统童谣中不少作品与北京、浙江、四川等地的童谣同属一个母体而又互相变异。如童谣《脚里斑斑》与浙江绍兴、四川成都、北京等地的内容大体相同；又如，昆明、北京、成都等地均有关于"金银花，十二朵"的儿歌流传，唱词大体相同。

另据《成都通览》一书所载，成都儿歌《大姐粉白》《月亮走，我也走》《点点豆豆》等众多作品也与昆明流传的儿歌大致相同。这一现象表明，元明以来，由于大规模移民戍边或战争，中原、江南和邻省川黔大量人口迁滇的历史事实。大人们伴随着沉重的历史来到了"蛮荒之地"，与此同时，孩子们也吟唱着轻松的童谣来到了彩云之南。

《昆明传统童谣采风》

第七辑

新旧交替·
老昆明迎来新气象

❖ 万揆一：女子缠足，成了历史

1923年昆明的天足活动，以20岁以下的少女为重点对象。天足会调查部曾会同六个警察署，进行户口调查。借以掌握实况，能够心中有数，利于工作。调查累计，全市20岁以下少女总数为12140人，缠足者3381人，占27.85％（上年全市总人口118861人，女性54264人）。

所谓"劝导期"，也可以说是缠足妇女接受教育、自觉放足的期限。"劝导期"一过，对未放足的缠足妇女，就将要实行强制和惩罚了。

天足会规定，10岁以下的缠足女孩，一律勒令解放。每天，天足会员都在街头巡查，遇到这类幼女，就尾随她去到家中，责成家长为之放足。惩罚中，设立了一项"名誉处罚"。在市区举办的各种展览会、花会，都不准缠足妇女入内参观。

部分缠足妇女，在"劝导期"内确已自觉放足。但也还有一些顽固派，不愿如此。同年8月27日《金碧日刊》登载：

女子解放天足，市政公所已迭颁明令，并将其利益详切示知。奈一般愚妇，以幼女足大为耻，不愿解放者甚多。致天足会成立多日，而成效未见大著。兹闻已由各警署实行派员挨户查看，其违抗不遵者，必有相当之处罚云。

与此同时，宣教工作继续进行。天足会决定每月编印一份《会刊》，由该会名誉会长、老报人惠我春主编。9月1日，《昆明天足会汇刊甲集》出版，收载了《天足会宣言》、张维翰《开会词》、熊韵篁《天足的先决问题》、雷来仪《缠足与不缠足的利害分析》以及歌曲、小说等文章。唐继

▷　划船的姑娘

▷　河边洗衣服的妇女

尧、吴琨（内政司长）、张维翰、赵藩、陈荣昌等为该刊题了词。

从日后情况上看，昆明天足会取得的成绩是值得肯定的。尽管依然没有做到使得青少年缠足女性全部解放天足，但城区此后，很少再有家长强迫家中的幼女缠足了。

《昆明的"天足"运动》

❖ 刘亚朝：电灯的出现

1912年4月，全国第一座水力发电站——石龙坝水电站开始发电，昆明人从此点上了电灯。这在全国来说确实算是开风气之先了。石龙坝发电站属耀龙电灯公司所有。

公司设立于1910年，属股份有限性质，股本总额25万多元，官股7万多元，商股18万多元；总理华封祝，协理毕近斗，经理左益轩；办事处在昆明篾子坡。公司与德商西门子公司订立了合同，购买全套设备，并聘请德国工程师设计及指导施工。石龙坝在滇池西南角海口附近螳螂川北岸，是滇池唯一的出水口，流水垂直落差14米。电站安装三相交流发电机两部，每部容量300kVA。电站建成后，全昆明市共装电灯15000多盏，每月收入灯费15000多元。此外，还供给工厂400kW的电力，每月收入电力费800多元。公司还同时进了一大批电表、灯头、灯泡、灯罩、灯线等器材，供用户使用。其中有一种椭圆梭球状的线匣，可以方便地收放电线，一直到60年代还有人家在用。电灯明亮方便，昆明人很快就离不开它了。

除普通人家用来照明以外，一些有钱人家还安装了装饰用的彩灯。1920年，富商同庆丰号老板王筱斋的公子满周岁大宴宾客，三牌坊邱家巷新修的公馆花园里装满了五颜六色的彩灯，并且能够闪烁流动，如彩云盘旋，使贺客们都诧为奇观。这年，按例应闭闸淘挖疏浚海口河，需要停止发电两个多月，一时人们都觉得大为不便。家庭中的照明倒还好说，把油灯翻出来用就是了。官员们为难的是若街灯全部熄灭，点香油的街灯又早已经成为古董，一片漆黑，恐怕治安发生问题。后来由代省长周钟岳召集水利局和电灯公司一再协商，才拟定变通办法解决。

《昆明古城旧话》

❖ 石　阡：“髦儿戏”风行一时

　　民国元年（1912）4月，当时流行于上海的“髦儿戏”，开始出现在昆明京剧舞台上。此后六七年间，风行一时。

　　“髦儿戏”，即早期坤角戏。那是清代后期，在个别大都市特定历史条件下产生的、由年轻女艺人演唱的戏曲。妇女公开登台唱戏，前所未有。因被目为时髦事物，有“髦儿”之称。主要成员由女角组成的戏班，则称“髦儿班”。其后风气渐开，由上海扩及汉口、江浙一带，献艺的女艺人逐日增多。所演戏曲，主要为京剧、昆曲，或各该地的地方剧种。

　　从昆明报纸刊载的有关剧评可以看出，民国初年的“髦儿戏”，本地仅指少数由学唱开始、技艺犹未成熟的青少年妇女演唱的京剧。由于她们的艺术水平，远逊于北京的正规戏班，因此，昆明对京剧鉴赏力较高的文人，也把“髦儿戏”一词，当做贬义词使用。

　　封建思想根深蒂固的晚清，妇女深受压迫和束缚，绝无可能公开登台演戏。然而，在五方杂处的外国租界中，由于种种因素，除一些艺人让女儿学戏、登台献艺外，为寻求生活出路的不少妇女，也设法向艺人或教师学戏。学会一些剧目后，即出台串戏，以此为生。而它较早传入和一度风行于西南一隅的昆明，却也有着值得探索和考察的社会因素。

　　辛亥革命后，昆明第一家戏园——云华茶园的经营者，在赴沪接请京角时，接触到“髦儿戏”。着眼于本地从未有过女性登台唱戏，为拓展业务，增加戏园收入，他们便接来了京剧女艺人。主管其事的警察总局，最初未敢贸然同意公演。经现场观看，认为无伤大雅，这才准予登台。于是，1912年5月1日晚间，"髦儿戏"在昆正式出台（实际是第二次），三位坤角——老生筱惠芬、花旦筱惠芸和筱惠菁，合演了《杨四郎探母》。筱惠芬扮杨延辉、筱惠芸扮铁镜公主、筱惠菁扮丫鬟。戏报上标明"上海新到坤角"，戏码安排在"大轴"（最后一场）的重要地位。次日晚场，接演《行善得子》。而此后三天，一反新角初到，连演三天"打炮戏"（拿手戏）的惯例，未见再演。

5月6日，《华南新报》刊出了一则迟发的消息。透露出"髦儿戏"首次在昆出台，以及警察总局长吴矗4月初一次点戏的情况：

髦儿戏开幕前，云华茶园有女角来滇演演剧，巡警局恐生祸端，是以禁止开演。乃四月初九日，巡警局长吴矗至园观剧，闻曹寿山之长女，年可十二三，善于唱演。因令其登台演《李陵碑》一出。声音洪亮，举动自如。吴局长即赏大洋四十元。曹不受，后分给同班。噫！男女合演（按《李陵碑》中的兵卒，由男角扮演），唯各埠租界有之。若中国内地，皆以其有关风化，严禁之使不得肆。今乃于吾滇开其先，进化诚可谓速矣。

这则消息，至少反映出，警方负责人看过"髦儿戏"，经认可后始准正式公演的事实。曹寿山（在"云华"唱花脸的艺人）的女儿，实为第一位在昆演"髦儿戏"的女角。

《"髦儿戏"在昆明》

❖ **郭亚非：** 云南最早的影剧院

五一电影院，初名为大众电影场，系云南人廖伯民、鲁道源、袁仲虎等集资，1934年10月创办于云南昆明。它是云南省第一家对号入座的电影院，后又成为昆明市两大电影放映中心之一。

云南电影事业始于1906年，当时有社会名人在茶园中放映无声影片，此后便有数家电影公司开办，放映有声、黑白电影。但都因诸多原因，发展极为艰辛、缓慢。1934年10月，云南名绅廖伯民、鲁道源、袁仲虎等人集资，在原昆明劝业场城隍庙大殿旧址上创办了大众电影场。其建筑全部仿造宫廷装饰，富丽堂皇、庄重气派。大众一开业，便受到昆明市民的喜爱。

为了更好地吸引观众，1937年3月，大众电影场设立花楼包厢，备有弹簧沙发及一切精致用具，成为当时较为舒适的娱乐场所。如要观映需提前一天订座。座价每日午场8.8元，夜场10元。当时主要放映美国、英国、苏联、中国等反映教育、科学、历史、社会、战争、侦探、武侠、爱情、滑稽、戏剧、写实等内容的影片。如《儿戏婚姻》《泰山情侣》《天然世界》《倾国倾色》《非洲风光》《滑稽集锦》《还我山河》《铁骑红泪》《蝴蝶夫人》《三姊妹》《红羊豪侠传》《逃亡》《亡命者》《阿丽思漫游奇境记》《时势英雄》《民族生存》《萍飘絮泊》《马赛革命》《空中血案》《双城记》《国际大秘密》《渔光曲》等影片。为当时敦正风俗、改良旧习，唤醒民众、激励人民爱国救国，提倡民族精神、鼓舞民众奋发图强和介绍国内外大事发挥了积极作用。1940年映址被日本飞机炸毁，1942年重修开业，成为昆明市西区电影放映中心。1947年云南省教育厅收回场地，改建为实验剧场，主要演出京戏、滇戏，兼映电影，成为云南最早的影剧院。

《大众——昆明电影院》

❖ 刘亚朝：受欢迎的洋货

洋货就是乘轮船从外国漂洋过海运到中国来的进口货。云南地处西南边疆，交通不便，洋货来得比较晚。不过自从滇越铁路通车以后，洋货开始大量涌入，有许多洋货甚至渐渐成为人们生活中不可或缺的必需品了。大略数一数，最常用的就有洋火、洋碱、洋油、洋蜡、洋钉、洋铁皮、洋瓷器具等等。

洋火大概是最早传入中国的家常用洋货，在北方叫做"洋取灯"。

洋碱后来叫做肥皂，大概是因为制作时要用油脂的缘故。洋碱的用途是洗脸洗手洗衣服。在洋碱传入以前，人们洗脸洗手是用豆面或皂角，洗衣服还可以用灶灰。皂角又叫皮哨则（"子儿"的合音），是一种乔木的果实，好像豆荚，呈现一种半透明美丽的棕黄色，荚内有几粒黑色的种子。皂角荚富含皂素，把它浸在水里，立刻出现许多泡沫，伴随着一股淡淡的略有点怪味的香气，洗衣洗头都很好。灶灰就是灶里的余灰。当年都是烧柴和木炭，灶灰就是草木灰，主要成分是碱，用来洗衣也还勉强合适，但去垢效果不大理想。洋碱当初命名时，是为了区别于"土碱"。土碱在一般的杂货店里都有出售，是红褐色的薄圆饼。人们买它大抵有两种用途：一是蒸馒头时用来中和发得过酸的面；另外则是用砂石蘸了来擦洗油腻的家具如桌椅板凳之类。白木家具擦洗后洁白光亮，效果极好。

洋油就是煤油，过去还曾叫做水油，因其为流质，透明，像水；又叫火油，因它可着火燃烧；也叫水火油，则是综合两种特性的叫法。自洋油输入之后，洋灯（洋油灯）大放光明，胜过传统的香油灯。

洋蜡的主要成分是石蜡，而传统蜡烛的主要成分是牛油，点起来有浓烈的腥膻气味，所以洋蜡与传统蜡烛的区别是很大的。洋蜡点起来相当明亮，与洋灯不相上下。后来有了电灯，人们管电灯泡的光度叫多少多少支光，意即相当于几支蜡烛的光亮。其实，十五支、二十五支蜡烛同时点起来，要比十五支光、二十五支光的电灯泡亮得多。

洋钉就是现在通用的圆柱形铁钉。从前之所以专门称之为洋钉，是为了区别于在铁匠铺里一颗颗打造出来的四方棱形的传统铁钉。后来四方铁钉不再使用，洋钉一词也就不再有存在的必要了。

洋铁皮即现在所说的镀锌铁皮。它与传统所谓铁皮的区别是很大的，表面镀锌，不会生锈，所以洋铁皮一直使用到前几年才渐渐消亡。不知道为什么，有的地方叫它做马口铁。其实马含在嘴里的马嚼子是用熟铁打造的，也不镀锌，与它完全是两回事。

▷ 香烟广告

洋瓷现在通常叫做搪瓷，是指在铁胎上面烧制出瓷状表面的一种工艺，因从外国传来，并区别于传统的中国瓷，故此得名。洋瓷器具色彩鲜艳，也比较轻巧，很受人欢迎。

《昆明古城旧话》

❖ **郭建民:** 昆明第一个有声电影院

民国22年（1933），我见昆明还没有有声电影，因而主动找到逸乐影戏院的负责人廖伯民，建议由我入股，把该院改装为有声电影院。但廖伯民对此犹豫不决，事情没有成功。

这时，恰值金碧游艺园发生亏损，股东无意继续经营，一切债权债务统归展秀山办理。我因邀了昆明富户段勉之，和展签订合同，把该园戏院改建，三人合办大中华有声影戏院。

影片来源方面，除国产片外，并委托上海联华、长城公司，向美国米高梅、派拉蒙等公司租映一级声片。放映机买到后，我亲自到越南雇请了两个越籍放映员，谈妥由他们来昆主持放映，并带徒弟2人，包教包会。

1933年10月中旬，大中华有声影戏院开幕首场放映国产戏曲片《四郎探母》，接着又放映《啼笑因缘》1—3集，插映了美国派拉蒙公司的《鬼医》《活财神》和米高梅的《人兽奇观》。到11月下旬，继续放映《啼笑因缘》4—6集。

昆明观众从未看过有声影片，大中华影戏院开幕后，大开了他们的眼界。影院营业很好，从此，昆明有了有声电影。

1934年6月，"大中华"与"逸乐"合并，成立大中华逸乐有声影戏院。我也就退出电影放映业了。

《昆明第一个有声电影院及第一个溜冰场创办回忆》

❖ 刘亚朝：滇越铁路第一站

滇越铁路由云南省省会昆明经开远、河口入越南境，再经河内而达海防，全长800多公里，于清末宣统二年（1910）全线通车。滇越铁路第一站即昆明火车站。正式的名称是滇越铁路总车站，位于今北京路与拓东路交叉口附近的塘子巷。通车不久的昆明火车站，山墙上有中、法文"云南府"字样，那是清代昆明的旧称。车站建筑是法式风格，非常漂亮。

滇越铁路云南段穿行于崇山峻岭之中，又要跨越许多条河流，只得逢山打洞，遇河架桥，工程异常艰巨。尤其是坡渡箐至倮姑之间，涧深100多米，两岸山峰插云，架桥困难重重，一度无法施工。后来有某法国女工程师专门设计了一种人字形支架铁桥，才解决了难题。由于工作的劳苦和气候的恶劣，有许多筑路民工牺牲了生命。这些都说明滇越铁路建成的不易。限于条件，这条铁路的轨距比标准轨距窄，故称窄轨或米轨，是国内至今仍在运行的唯一一段窄轨铁路。因为坡度大，弯道急，隧洞多，路况差，所以行车速度很慢。"云南十八怪"之一是"火车没有汽车快"，就是这么来的。据说有某旅客在开行的火车上看见路边有一朵鸡枞菌，居然跳下车去摘取，然后再从车尾从容上车，虽然形容未免稍微过分，事实上倒是很有可能的。即便如此，滇越铁路上还是发生过惨痛的事故。1944年，由昆明开往开远的列车就在著名的险段宜良七拱坡出轨倾覆，伤亡惨重。

▷　滇越铁路施工现场

但是，滇越铁路的通车对于云南经济的发展还是产生了巨大的影响，对于云南的近代化起了很大的推动作用。云南这个最偏僻闭塞的边疆省份从此有了一条走向外界的便捷通道。云南人过去出省，起早步行，仅到贵阳就需三十天左右；而现在只要在昆明火车站坐上车，取道海防、香港，不用十天就可以到达上海了。滇越铁路通车的同一年，云南人士组成耀龙电灯公司，进口德国西门子公司发电机组，不久建成中国第一座水力发电

▷ 昆明火车站旧貌

▷ 20 世纪 40 年代的滇越铁路火车站

站——石龙坝水电站。若没有铁路运输的便捷，是不容易做到的。1922年，唐继尧过40岁生日时，刘湘赠送贺礼大穿衣镜一面，从香港定做运来昆明。像这种易碎的大件物品，若没有铁路，也是不容易运到的。这面穿衣镜至今还放置在云南民族大学办公楼大厅里，已是一件颇有意义的文物。

滇越铁路受法国人控制，远行旅客途中须经过"法属安南"和"英属香港"，所以还需到驻昆明的法国领事馆和英国领事馆去办理签证。旅客或货物进出法属老街海关时，除须交纳各种费用外，还经常遭到无理刁难。一次，昆明某大户人家在河内购买的几十盆缅桂花被扣押了十几天，等运到时已全部枯萎死亡。又一次，几名学生过海关时，法国关员借口所带的宣威火腿罐头数量超额，要求立即自行处理。当时火车马上就要开行，事实上没有其他办法，本来只有丢给关员了事，孰料学生却丢进了窗外的红河，法国关员倒也无可奈何。

滇越铁路沿线的所有车站，原来一律都是法式建筑，仅只根据车站的规模而大小不同。昆明火车站作为滇越铁路第一站，云南人从这里出发走向外部世界，其重要性不言而喻。所以，昆明火车站不论建筑规模或建筑质量都是第一流的，一直使用了整整七十年。

铁路通车，车站附近许多服务性行业应时而生。仅外国人开的西餐馆就有两家，餐馆内还设有"德律风"（电话）、留声机、冷饮机，并附设弹子房、浴室等。此外，为普通旅客服务的旅店、饭店、商店也开设了不少。车站周围的梧桐树下经常熙熙攘攘，热闹非常，还夹杂着一些黑衣黑裙的安南老太太在兜售香蕉和法式硬壳面包。著名作家艾芜在他的小说《南行记》里描写滇越铁路刚通车后的昆明像是"烫了头发，搽了口红的村姑"，是很传神的。

《昆明古城旧话》

❖ 陈 文、肖 及：昆明最早的公共汽车

昆明最早的公共汽车出现在1937年。据老人回忆，这一年成立的官商合办云南运输公司"由后勤部购进废旧卡车百余辆，从事改装修配，行驶长途，承运客货，并以一部分改为公共汽车，行驶市区。然皆弊端重重，中饱实多。尤以公共汽车表面营业兴盛，实则乘客强半为军人、地痞、小官吏，均不购买车票，人称为坐霸王车者，几至不能维持，欲停难停"。如此而已。

到抗日战争前夕的1937年5月，昆明一共有汽车249辆，人力车（黄包车）1300辆，脚踏车1350辆，畜力货车184辆。

《最初的公共汽车》

❖ 李 锐：巫家坝飞机场

昆明巫家坝以巫家村得名，原来是巫家村的牧场，是一个长形的荒坝子。清光绪三十三年（1907）清政府练新军，在这里修建军营，平整坝子，作为练兵场。

在巫家坝修建飞机场，是1922年的事了。当时唐继尧建空军，选定巫家坝军营为机场，这是中国第二个飞机场，仅晚于杭州。唐继尧向法国驻河内空军大队购得战斗机30架、教练机15架，全是第一次世界大战的遗留物，不到一年，就坠落一半有余。但同年在巫家坝创办的航空学校却小有成绩，到1929年，云南航校曾首创连续飞行时间的全国纪录，后来全国首

▷ 军民修建飞机跑道

▷ 陈纳德将军

次将一架水上飞机从香港开到杭州的两个飞行员，也是云南航校的毕业生。

从1930年到抗日战争前，巫家坝又进行过两次扩建，将巫家村迁移，又征用了附近几个村子的田地，包括坟场老毛地的一部分，一直延伸到滇越铁路边。抗战时期，这里是当时的中国航空总指挥部驻地。1941年底，这里又成为陈纳德"飞虎队"的主要基地。这段时间巫家坝机场又进行了几次扩建，在黑甸营村设指挥部，建仓库、旅馆、澡堂、饭店、商店及医疗所等，形成了盛极一时的小街场。据陈香梅回忆，巫家坝机场曾被命名为陈纳德机场，同样命名的机场还有一个，在美国陈纳德的故乡。抗日战争中，巫家坝机场作为中国空军和飞虎队的主要基地，在与日寇空军作战、空运战略物资、空运远征军出国等方面，都发挥了很大的作用。

《中国第二个飞机场》

❖ 翁长溥：中国最早的水电站

中国修建最早的水电站是昆明的石龙坝发电厂。如今在石龙坝电厂还有三块残破的石碑，上面记载着石龙坝电厂工程1910年7月开工，1912年4月供电，资金由昆明商会筹集，两台3400千瓦的机组和水泥等材料都来自德国，全都从滇越铁路运到昆明。开办者、总董、工程主持人及投产后的经管人都是昆明人，1000多名施工工人也都是昆明人，只聘了两名德国工程师。

石龙坝成为我国修建最早的水电站，绝非偶然。云南毗邻法属安南（今越南）和英属缅甸，英法两国都试图插足云南，清末都在昆明设立了领事馆。中法战争后，法国取得了滇越铁路筑路权，1910年4月铁路建成通车，成为我国第一条商用铁路。从海防到昆明，当时的行车时间是37小时，昆明虽然地处内陆，对外的海上交通和沿海地区比起来，却差得不太多。昆明的滇池又是我国少有的高原湖泊之一，滇池水从螳螂川流出，下游称普渡河，最后注入金沙江。螳螂川流经石龙坝，有约两公里的河段属便于坡降很陡的岩石河床，便于用引水的方式取得落差，离昆明仅30公里，向昆明输电在当时的技术、经济条件下也是允许的。早在1908年，法国人就以需要电灯照明为借口，要求利用螳螂川水力修建电厂，当局"以利权所在未允，旋议自办"。

▷ 石龙坝水电站

石龙坝电厂初期以22千伏高压经长坡、碧鸡关送到城内升平坡（即逼死坡）变电站，线路长约34公里，变电站又以3.3千伏将电力送到武成路、北门街、珠矶街、青云街、东寺街等地。送电的那一天，在翠湖海心亭、三牌坊（正义路和威远街口）、金马碧鸡坊悬挂了几个500瓦白炽灯泡，昆明四乡男女老少争相观灯，十分热闹。

可见，在我国行使主权的国土之上，用我国资金和人力最早修建并由我国管理使用的营业性水电站，就是昆明石龙坝电厂。

《中国第一水电站》

❖ **郭建民：**昆明第一个溜冰场

抗日战争开始后，省外同胞不断迁昆。本市一向落后的文娱体育事业，远不能满足人们的需要。

我因自幼爱好运动，鉴于本市还没有溜冰场的设置，如果能开创个以旱场作池、四轮冰鞋代替冰刀的溜冰场，一来可以满足青年运动爱好者的需要，二来提倡体育锻炼，有利于强国强民，振兴民族。有了这个想法后，我就首先开始四处寻找场地。

云南省教育会在福照街和民生街交叉口上，有原来用作女生宿舍的房产一大院，连副房约2000平方米，闲空着未作任何用途。此地既是城内的中心区，又是交通便利，横直街道交会之点。我数度找教育会负责人李子廉洽商，要求同意租用，改建为独资创设的康健溜冰场，租期五年。搞溜冰场属市政范围，需呈准市政府，方可动工改建。当时的市长是裴存藩。他是黄埔军校三期毕业的，我们原已熟识。找他一谈，他说这是人民体育运动事业，也是繁荣市面，寓练于娱乐的好事，市府及个人当然支持。我便立即动工筹建，并派员到上海购置四轮冰鞋500双。在破土筹建期内，当时销量多的《朝报》，刊出了支持的言论，但也有少数鼠目寸光的人，讽刺打击。甚至有人写匿名信恐吓说如不停工，将于开业时用炸弹炸毁场房，打死主办人及管理人。我将匿名信呈送市府稽查队及宪警当局，他们一致鼓励、支持，表示如果有人敢妄动，一定严缉查办。恐吓信的事才算压下去了。

冰场本身呈正方形，约1000平方米。基地夯实后，浇灌混凝土，上铺彩色图案水磨石，中心直径的圆周内，绘红绿色太极图，正中点为落水孔。整个场子，全为露天，四围红漆栏柱，每方除留进出口外，四边屋内，全摆上白布罩面的正方桌，每方30张，每张可坐8人，外加四周楼栏内走廊，全部可容坐1200人。大门临街用梯级雄壮的砖砌体粉刷后，上面雕刻康健溜冰场（我在军校名郭延康，字健民，因以字名为场名）五大红漆字，下附英文。场名全场及走廊过道，概装大小红绿色彩灯，以资照明，并作装饰。冰场附设淋浴室20余小间，外兼售冷热饮料、西餐及玉溪风味之小锅余肉米线。

1938年春，康健溜冰场开幕营业。未开业前，我们估计来人一定会多，因而筹发"价券"以资限制。每人花1元购买"代价券"一张，就可以在场内通用作溜冰及各项使用。每一双冰鞋半小时租价法币5角，押金10元，自备冰鞋同价，不收押金。开幕那天，除西餐招待各界被邀宾客外，下午1时正式开幕。由著名的一女京戏票友啸天馆主主持、剪彩，继由市长代表、市府秘书刘志寰讲话致贺词。接着，自预先请就的京、沪、宁、汉、粤等男女青年溜冰高手近30人，化装作各种个人或集体的溜冰特技表演，表演极为精彩，博得全场欢呼，拍掌经久不息。此后约一个月内，每天日夜人山人海，如潮涌般地争购代价券，福照街的侧门也临时售券进人，营业十分兴旺。以后由于经营不善，捐税太多、太重等因，拖了一年多，便无力再搞下去被逼停业。

《昆明第一个有声电影院及第一个溜冰场创办回忆》

❖ **刘亚朝：** 古城有了西餐厅

1910年，滇越铁路通车，在广聚街附近的塘子巷建起了滇越铁路总车站，亦即"云南府"火车站，位置就在后来的金碧路和太和街的交叉口以南。于是车站附近很快就大大热闹起来，旅馆、饭店、浴室、商店都应时出现。其中还有许多家西餐馆、咖啡馆和面包房。这些经营法式西餐和西点的老板，除少数几家是法国人外，绝大多数都是越南人。车站一带也就成为旅滇越南人聚集的中心。

30年代，越南人民的伟大领袖胡志明以阮爱国的化名进行革命活动，每次来昆明，就住在这里的一家越南人餐馆里。有一家"新越"西餐室就是由越南人开设的，但只不知道是不是胡伯伯住过的那一家。"新越"的店址在金碧路东段、北后街口附近。门面只有一间，不过上下有三层，而且进深比较长，大约有十多二十米的模样；后院有门，向东通到北后街。一楼摆放的是像火车车厢座椅一样的实心高背长椅和条桌，适宜朋友二三人或情侣对坐，互相不干扰。二楼三楼是雅座，用的是圆桌，适宜众人围坐。

新越西餐室经营的是法式西餐。除了常见的西菜如什么薄荷酱小羊排、四季海鲜色拉、芝士意大利通心粉、洋葱蘑菇浓汤、牛尾浓汤之外，给客人留下深刻印象的却是一种特色菜——蚌壳肉。这道菜的原料倒也并不特别稀罕，好玩的是盛菜的器具，用的是形状奇特、五彩斑斓的海蚌壳。蚌壳肉的主料是猪肉末，加上各种佐料如芫荽、火葱、胡椒、虾仁、酱油、精盐、味精、蛋液、小粉之类拌匀，装进半爿如小孩手掌般大小的海蚌壳里，盖上另一半，然后上笼蒸熟。它的味道自然也很不错，嫩、香、鲜而且带点海味，这海味大概主要是来源于虾仁，再就是盛放的海蚌壳使食客引起了联想吧。

吃过蚌壳肉这道法式（或越式）西菜的人，往往会想起作家丰子恺氏描写的一种东洋菜来。丰氏文云："壶烧是这里（日本江之岛）的名菜，日本名叫tsuboyaki，是一种大螺蛳，名叫荣螺（sazae），约有拳头来大，壳上生许多刺，把刺修整一下，可以摆平，像三足鼎一样。把这大螺蛳烧杀，取出肉来切碎。再放进去，加入酱油等调味品，煮熟，就用这壳作为器皿，请客人吃。这器皿像一把壶，所以名为壶烧，其味甚鲜，确是侑酒佳品。"这样说来，蚌壳肉和壶烧这两道菜，一西一东、一南一北，倒很有点异曲同工之妙呢！

但是西餐味道虽好，价格也就不菲，食客不是很多，所以新越西餐室后来就改为以卖咖啡面包等西点为主，店名也改成"南来盛"咖啡馆了。南来盛的咖啡是当场自制。主人选用上好的越南咖啡豆炒到火候恰当，然后用一种特别的小磨现磨。这种磨，从外表看，是一个方形木盒，顶盖四片向上收拢，好像一座小亭。"亭"的顶端有孔洞，摇磨的手柄就从孔洞中穿出。盖子可以打开，以便装进咖啡豆和倒出磨好的咖啡末。煮咖啡的器具也特别，是一种有夹层的锡制咖啡壶，使煮好的咖啡和渣滓可以顺当地分开。这样当场炮制出来的咖啡，自然是香气扑鼻，味道好极了。另外当然也有牛奶、可可和红茶，有的客人喜欢牛奶加咖啡，或牛奶加可可，或甚至牛奶加红茶，都悉听尊便。

饮品之外，南来盛还卖各种西点，其中最有特色的是法式硬壳面包。这种面包有一个焦黄色的坚硬外壳，里面则是柔软的内瓤。外壳香脆，嚼起来嘣嘣作响；内瓤韧性很好，嚼起来别有风味。味道微咸中略带点酸，尤其使人食欲大振，胃口大开。硬壳面包空口吃，北方人叫做"甜吃"，就已经很不错。若是奢侈一点，那么抹上果酱，可以兼有果类的香甜；抹上黄油，可以兼有奶香和油脂的鲜味；抹上卤腐，就更是"法式硬壳面包文化"与"滇式卤腐文化"的完美结合了。因为味道过于鲜美，有的小孩吃得太急，竟至把嘴角都划破流血也毫不知觉。老年人牙力差，就叫一杯饮品，掰开面包泡泡吃，也是解馋一法。

作家艾芜20年代来昆明，曾在火车站附近树下见黑衣黑裙的安南老太太叫卖"香芭蕉"和"洋粑粑"。这"洋粑粑"，就是这种硬壳面包。艾芜后来流浪到滇缅边境野人山茅草地，到山顶上洋人的教堂里去求职，想去克钦人村寨里教小学。洋修女招待他到厨房里喝茶吃面包，不知是不是这种硬壳面包呢！

有一段时期，卖咖啡、可可、红茶什么的好像有些不合时宜，南来盛只好从俗，卖起米线面条来，可是硬壳面包却一直出现在橱窗里，薪尽火传，香烟不断。后来金碧路拆退改建，南来盛搬迁到二环路与北京路延长线的交叉口附近，仍然卖硬壳面包。有的硬壳面包爱好者是到拆迁办公室去打听到了地址，才找到这里来的，也算得是情有独钟，始终如一了。

《昆明古城旧话》

❖ 姜一鹍：天然大旅社

滇越铁路通车后，国产的棉纱、布匹、日用百货等，均由上海转香港、海防运入，外来货的机器、汽车、汽油、轮胎、五金、纸张、面粉、美孚公司的水火油等，则由香港运入，武器、弹药则直运海防，出口以个旧大锡转运香港精炼为大宗。有时，我省农业歉收，曾在越南采购了一批大米（俗称东京米）运昆，以补充民食需要。来往商人逐渐增多，尤其是30年代初，原省教育厅为了鼓励云南学生出外升学，曾规定考入指定院系（主要是理、工、医、农学院）的国立和私立大学的学生，都可领取奖学金（国立每月大洋十五元，私立十元）。因此，由昆经滇越铁路转香港至沪的人数日增。

为了适应当时旅行的需要，减少旅客实际困难，广东商人在广聚街（现金碧路）开设天然大旅社，并在阿迷州（现开远）、河口、海防、香港及上海设有联社。只要领了护照的人（必须经法国驻滇领事签字，方有效），沿途食宿及购买车船票等事，均可由该旅社代办，在昆一次付清费用（另收少许手续费），并在携带的每一件行李上贴上天然旅社标签。贴有标签行李的人，都由联社派人在车站及码头负责接送，供应食、宿、茶水，并将车、船票交付本人收执。

当时，一般情况是，由昆启程，第一天住开远，第二天住河口，第三天早晨由河口进入越南老街，须查验护照和检查行李，联社亦派人陪同前往帮助办理或交涉。若护照上注明是学生，检查较松，容易通过，不误上火车时间。在海防及香港，也照前由联社派人送上轮船。到上海，仍有人接待照应。

对初次出远门、人地生疏的人，确实减轻了沿途不少烦琐手续，旅客称便，获得赞扬。该旅社的营业收入，也较其他旅店多。人称两利两便。

在二三十年代的情况和条件下，这样的旅行社能办成功，并获好评，颇为不易，也可以说是我省旅游事业的首创，可供借鉴。

《昆明天然大旅社》

❖ 肖 及、宋 文："土火"与"洋火"之争

旧时昆明人点火用的是火草发烛，这和远古时的钻木取火简直就没有多少差别：将一把火草搓绒，放在一块银元大小的火石上，握在左手心，右手用铁制的火镰擦击火石，将夹在当中的火草引燃。有时要擦击好几次才会着火，一不小心，还会烧了手。

清末，外国火柴进入昆明，这些"洋火"用起来比火草发烛又方便又可靠，价钱也便宜，特别是老昆明人越来越多地抽纸烟，"洋火"必不可少，昆明市场马上就打开了。滇越铁路一通，"洋火"更是源源而来，主要有日本、瑞典等国的产品，什么绿狮、老虎、观月、文明、双瓢，牌号驳杂，充斥于市，火草发烛很快被淘汰。

为了抵制"洋火"，当时国内其他省份也有不少火柴输入昆明。昆明人也不甘落后，光绪二十五六年，正是世纪之交，昆明有了火柴厂。厂址在南关外炉神宫内，做的是黄磷火柴。这种火柴质量粗糙，随便往哪里一擦，都可以起燃。燃烧时有一股臭气，火焰发蓝，俗称"阴火"。这种火柴引燃的时间较长，遇风也不易吹熄，价格又便宜，一时供不应求。后来迁到猪神庙，每天也能制出两三千盒火柴，但从外地购进的黄磷用完，就难以为继，不久便歇业。

光绪三十四年（1908），裕通火柴公司成立，为抵制洋货，向当局申请专利。当时政府的劝业道批得很有意思："惟火柴系属仿制，并非独出心裁，照章不能专利。查四川一省，开设火柴厂者多至八九家，均能大沾利

益，该公司果能成立，勿患获利不丰，不必斤斤于专利也。"专利没办成。

滇越铁路通车之后，外国火柴源源而来，为了和"洋火"抗衡，一些昆明商人到外国考察，购进机器、原料，试制安全火柴，因技术不过关，还是只有回头生产"阴火"。又另用黄磷加少量氯酸钾制作火头，用力擦燃时，会爆出响声，就是掉在地下，一脚踩去，也会爆炸发响，所以又叫做"响火"。"响火"燃烧时没有阴火那么臭，但更不安全，因此行销困难。昆明火柴兴旺之时，还是在20年代以后，共有七家昆明火柴厂制造安全火柴，低价竞争，争雄于市，把"洋火"赶出了昆明市场，但国货也因此亏损难填，非垮即衰。

《"土火""洋火"大战》

❖ 朱净宇、宋　德："胰子""洋碱"大战

清末民初，老昆明人洗衣服用的是木炭水或草灰水，先浸泡，再澄清，水中有碱，能除污去垢，倒出来就可以洗衣服了。有的还用含碱植物洗衣服，比较好的是皂角皮，它的碱性平和，既能去污，又不伤皮肤衣服，但产量有限。差一点的是皮哨子，还有用其他野果的，把这些植物先煮一阵，倒出水来洗衣服，还会起泡沫，昆明农村用得很多，还挑到城里来卖给市民使用。农民挑来卖得最多的还是白泥，分粗白泥（又名洗白泥）和细白泥（又名浆白泥）两种，是一种含碱的泥土，切下一块来抹在衣服上就可以搓洗了。如果附近有做豆腐的人家，街坊邻居都可以去要一些做豆腐的废水洗衣服，做豆豉的废水也行。只是那废水又腻又黑，像酱油一样，衣裳很难漂清。最简单的洗涤剂，就是淘米水，效果差一点，但有强似无。

早晚洗脸，老昆明人多半使用土碱和豆面（瓦草）。有的人家杀猪时取出猪油中的猪胰子，加上土碱和豆面，混合起来捣细，再加少许樟脑，做成方块或圆块，干燥之后，用来洗脸，这就是最早的自制香皂。昆明早年

有名的糕点铺合香楼，因为做糕点，猪油用量很大，他们从中提取大量猪胰子，加入土碱，再配上中药，制造一种叫鹅油胰子的香皂，供应市面，生意很好。其他糕点铺也争相仿效，制造"香胰子"销售。

后来日本洋行运来透明体香皂，法商又运来檀香皂及车轮牌洗衣肥皂、马头牌洗衣肥皂，还有英国的长条肥皂等等，加上一些昆明行商也从缅甸运来长条形洗衣肥皂，当时均称为洋碱或洋草标，逐渐打开了昆明市场，取代了昆明的土胰子。民国以后，一些昆明人也开始制造肥皂，与"洋皂"竞争，但都失败了。后来又有少许昆明人东山再起，但机器和原料都依赖进口，原料用的是食用的猪油和牛油，或从越南进口椰子油和蓖麻油等，成本太高。后来经过试验，改用云南出产的卷油和漆油，就地取材，成本大降，不但在昆明站住了脚，还外销到专县和贵州一带，据说洗涤剂市场上，"一切外货，均被抵制殆尽"，这是30年代的事了。

《"胰子""洋碱"大战》

❖ **张　文：麂皮领褂引领时尚**

清末，昆明最为贵重的皮革制品有狐裘、猞猁裘、野猫裘、九节狸裘、獭皮裘、虎豹狼犬革制几垫、床褥等，其中狐裘尤为著名，有"云狐"之称。适用于"下里巴人"的名产品是麂皮领褂。它用麂皮缝制，有五个明袋，两个暗袋，又厚又软，不仅耐穿，而且冬暖夏凉，既可防风，又适于挑担背箩，颇受省内外山区劳动人民欢迎。在一些少数民族地区，男子结婚之时，都以穿麂皮领褂为时尚。至于马帮、挑夫、车夫等，则以麂皮领褂为常服。旧时经营麂皮领褂的多集中于今顺城街一带，主要店铺有"鸿泰祥""裕盛号""祈福昌"和"天康祥"四大家。

《麂皮领褂》

❖ 肖越辉：中国第一架望远镜的诞生

中国的光学工业，筹建于1936年，因抗日战争影响，1938年初筹备处由南京迁来昆明，在南郊柳坝村正式建厂。在1930至1932年之间国民政府先后从德国蔡司等工厂购进了价值250多万元的军用光学器材。当时既无工厂，又缺乏专业人员，这批器材如发生故障必须送回德国修理，既花费大量外汇又耽误时间。当时从德国等国购进的光学器材中，数量最大的是6×30军用望远镜。总数超过万架。而且当时国民党军队对6×30双筒望远镜的需求量还不断增加。

▷ 中国首架6×30军用望远镜

1933年，国民党军政部兵工署长俞大维博士委托在德国蔡司厂实习的中国留学生周自新就近与蔡司工厂谈判，探讨为中国修理光学器材和筹建光学仪器制造厂等问题。1938年迁来昆明筹建的军用光学器材厂，后称第二十二兵工厂成立，就是今天的云南光学仪器厂的前身，发展到现在已经有五十多年的历史了。

关于6×30军用双筒望远镜的设计，是由当时在德国柏林工业大学留学的龚祖同和国内派去的工程师金广路，按第一任厂长周自新的指示，参照德国产品，边计算边修改，由龚祖同计算，金广路制图，完成了6×30望远镜的设计任务。以后他们又通过对德国来茨厂、瑞士威特厂等进行考察学习，又从国外购进暂时不能制造的主要零部件如望远镜的壳身等。

1939年1月，正式试制望远镜。光学方面由龚祖同教授负责，金工方面由金广路总工程师负责。在生产过程中，具体指导的有技术员顾柏岩（现为美籍华人教授）、黄培熙、陈斌、胡梓贤、温崇束以及装配主任彭明经、技术员王守中等。同年4月22日，第一架用中国自制零件的6×30双筒军用望远镜在昆明诞生了，性能达到设计要求。五六月份进行小批量生产，7月份成立大量生产委员会。主任高许培处长亲临现场办公，直到1940年，共生产望远镜2000架。值得一提的是当时从瑞士聘请来的两位专家，光学专家哈尔特先生、装配专家许慈先生担任全面指导。

《中国第一架望远镜1939年在昆明诞生》

❖ 刘亚朝：市民喝上了"机器水"

1916年2月，官商合办的云南自来水股份有限公司开始筹办，股本总共14万多元，直辖于市政公所。同时，开始兴工建设自来水厂。公司和水厂都设在五华山西麓篦子坡，在山上修建了滤水池，安装了两部电力抽水机，从翠湖九龙池抽水上山。

1920年5月，水厂建成开始供水。当时，滤水池的日蓄水量只有900立方，不过也已经够用，因为愿意用自来水的人家不多，每日的供应量仅有600立方而已。水管一部分铺设到用户家中，另一部分则铺设到各街市，安装公用水龙头，承包给挑水夫管理，由他分别挑送给愿意用水的人家，这种公用水龙头又叫水盘，形状比较特殊。它高约80厘米，用铸铁做成，上部是半圆拱形，像老式的座钟，开关水的手闸安在侧面。这种老式水盘有几具一直使用到60年代，可算是水龙头的元老了。

据1924年的统计，全年全公司供水的收入是700多元。这种自来水就是翠湖九龙池的泉水，可是因为经过了"机器"的加工，老昆明人都把它叫做"机器水"。它并不真正是自己来的，所以机器水的叫法其实倒更符合实际一些。

《昆明古城旧话》

❖ 郑祖佑、肖 及：国人自建的第一个西医院

在昆明，中国人自己创建的第一个西医院是云南陆军医院，时间是宣统元年（1909）。当时清政府云南总督锡良训练新军，弄出不少伤病员，又为适应火器战伤救护需要，在昆明南城外东寺街西寺塔就公房建盖了这所军医院。出任云南陆军医院首任院长的广东人陈子华，就成为昆明的第一位国人西医医师。后来一些昆明人到日本、法国和内地学医归来，也陆续开办了不少西医私人诊所。

1932年，当局筹备成立省立昆华医院，直到1938年才建成。这里还有一个插曲。当时的云南省主席龙云的夫人李培莲因难产病危，死前要求龙云建一个好医院，请一些医术好的医生来昆明行医。龙云果然从南京中央政府请来得力人员，先后成立了卫生试验处和昆华高级护士助产士学校。昆华医院建设时，龙云为纪念李培莲，捐款修建了一个礼堂，正门墙上用水泥砌"红藕轩"三个红字，取莲花长自红藕之意。就在这里，当时的中华医学会年会开了10天的学术交流会。

《国人自建的第一个西医院》

第八辑

老城旧事·打开尘封的民国记忆

❖ **王建军：**云南护国军兴师讨袁

1916年元旦，昆明城内一片沸腾。数万军民齐集北教场，誓师讨伐袁世凯，揭开了近代史上光辉的一页。

辛亥革命结束了长达2000多年的封建帝制，但袁世凯很快就篡夺了革命成果，窃据了临时大总统职位。为了取得帝国主义列强的支持，袁氏短短几年就与美、日、俄等国签订了100多个不平等条约，特别是臭名昭著的卖国二十一条。自以为条件成熟后，1915年12月31日，他竟冒天下之大不韪，改民国纪年为洪宪年号，宣布第二天登基，演出了一场龌龊的闹剧。

袁世凯的倒行逆施，激起了全国人民的公愤。倒袁活动在全国各地展开。地处西南边疆的云南军民，由于在辛亥革命后不断受到资产阶级民主思想的熏陶，民主共和观念逐渐深入人心。云南军队中的高级军官多数曾经留洋，中下级军官中酝酿着一股浓厚的爱国民主思想，加上山川险阻，地势险要，所以被革命党人选为倒袁基地。

前云南总督蔡锷与梁启超筹划后，避开袁世凯的监视，乘船东渡日本转香港，再绕道越南海防，秘密回到昆明。在与唐继尧等人策划部署后，于1915年12月22日，约集39人在五华山歃血为盟，宣誓"拥护共和，吾辈之责；兴师起义，誓灭国贼。成败利钝，与同休戚；万苦千难，舍命不渝。凡我同人，坚持定力，有渝此盟，神明必殛"。从24日至年底，蔡锷先后与唐继尧、李烈钧、戴勘等人多次发出通电，敦促袁世凯废除帝制。12月25日，正式通电全国，宣布云南独立，并成立了中华民国云南都督府，点燃了倒袁革命烈火。

1916年元旦，就在袁世凯上演登基丑剧的同时，昆明数万军民汇集北教场誓师出征讨袁。昆明街头贴满了"拥护共和万岁"等红纸金字标语。临街铺面上挂出了"立马华山，推翻帝制；挥戈燕地，重建共和""眼看金马腾空日，坐待黄龙痛饮时"的对联。从马市口、近日楼到三市街、金碧路一带的街道店铺，大都张灯结彩，悬挂旗帜。作为昆明城象征的金马碧鸡坊上，装上了数千盏彩灯，气氛十分热烈。

对于这一事关国家命运的义举，昆明人民表现了同仇敌忾的豪迈气概。教场誓师时，各族群众高呼"打倒卖国贼袁世凯""拥护共和民国"的口号，上街游行。演说团的成员在各戏院发表演说，号召市民踊跃投军，捐钱捐物，重建共和。讲武堂前的广场上，一些青年学生演出活报剧，淋漓尽致地揭露了袁世凯卖国称帝的丑态。在富滇银行前，各界人士和居民纷纷解囊，捐款助军。许多妇女摘下手镯、耳环，支援义军。云南妇女会发动妇女，送给每个出征将士一块绣有"护国军万岁""妇女爱国"等字样的手帕，鼓励将士英勇杀敌。昆明商界捐助了20多挑大头菜和30多挑糕点，敲锣打鼓，送到护国军司令部。

誓师大会以后，护国军三路出师，由蔡锷率领第一军，李烈钧率领第二军，分别于1月14日和2月20日从昆明出兵，向四川、广西挺进，同时，由唐继尧兼任司令的第三军，由参谋长韩凤楼率领两个支队和一支挺进军，入贵州联合黔军，向湘、鄂进军。

云南护国军兴师讨袁的义举，得到了全国的响应。广西、贵州、广东、江西、浙江、四川、福建、湖南等省相继宣布独立，出兵支持护国军。5月8日，岑春煊、梁启超、李根源等人在广东肇庆建立护国军务院，要求袁世凯下台。在一派讨袁声中，袁世凯被迫于3月22日宣布撤销帝制，从此一病不起，于6月6日结束了可耻的一生。

《1916年元旦讨袁》

❖ 马俊英：吴佩衡与"废止中医案"

1929年（民国十八年）2月，在国民政府卫生部第一届中央卫生委员会上，通过了余岩、褚民谊等人提出的《废止旧医以扫除医事卫生之障碍案》，提案宣称："旧医一日不除，民众思想一日不变，新医事业一日不能向上，卫生行政一日不能进展。"明文规定三不准：不准中医办医院，不准中医办学校，不准中医登广告。还规定：老中医要进行登记，才得继续行医；行医不到20年者要接受培训，合格后才得继续开业。照此下去中医将被逐步消灭，这便是轰动一时的"废止中医案"。

议案公布后，立即遭到中医界的强烈反抗。中医界之抗议举动，得到上海各大报馆的舆论支持。从3月初开始，中医界发表了《告全国中医同志书》，并在上海《新闻报》《申报》上发表召开全国医药团体大会之通告、通电。上海的商联会及国货会之通电，对卫生部及中央卫生会议猛烈抨击，促其收回成命。天津、杭州、苏州、南京、昆明等地中医界纷纷发表通电，支持上海中医界抗争举动，派人参加全国医药团体大会，并致电卫生部，请求取消决议案。

在这次抗争中云南的吴佩衡先生发挥了很大作用。

吴佩衡为何许人？吴佩衡（1888—1971），名钟权，祖籍四川省会理县，父亲吴兆瑞是秀才，吴佩衡自幼随父读书。18岁时拜当地名医彭恩溥习医，出师后即独闯医林。1921年，为拓宽眼界吴佩衡只身来到云南省城昆明，数年后名声大噪，成为一代名医。

1929年吴佩衡任昆明市中医师公会执行委员，获悉废止中医案后，急公好义的吴佩衡十分愤怒，拍案而起，他立即与该会会长王云泉商议，召开了在昆明的部分中医集会。会上吴佩衡等医师义正词严地谴责卫生部的决定是置人民的健康于不顾，灭绝中医。会议起草了响应上海中医协会的电文，又向南京国民政府、云南省政府发出了申诉书，之后又议定日子，通知昆明的全部中医师和各州县选派的中医代表到昆明开会。3月初云南中医药界代表大会在昆召开，出席者除全省的中医代表外，还邀请了中药业的老板，与会者一致支持上海的抗争活动。

3月17日，全国医药团体代表大会在上海召开。会上作了成立中医药全国团体总联合会和定3月17日为国医节的两个提案，拖延了几个月后中医界的提案被卫生部否决了。

为抵制废止中医案的实施，上海全国神州中医学会总会再次发出召开全国中医药团体代表大会的通知，邀请云南派代表参加。云南中医药界一致推选吴佩衡为代表出席上海的会议。

1929年深秋，为了挽救中医药事业的命运，吴先生告别妻室儿女，只身一人冒着严寒踏上艰辛的旅途。当时云南人出省十分麻烦，得先经滇越铁路出国，从越南乘船转道香港再到上海。肩负着云南中医药界和云南广大民众重托的吴佩衡，一路上思前想后，应该如何抗争，如何驳斥，如何不负众望，在颠簸的海轮上竟弄得彻夜失眠。

吴佩衡一到上海就拜会老一辈名医和与会代表交换意见，商量对策，到正式开会时他已胸有成竹了。

当年12月，声势浩大的全国医药团体代表大会在上海如期召开。出席者有17个行省和南洋、菲律宾等国的223个团体、457位代表。会上将其废止中医上升到"摧残国粹学术"的高度加以批判。针对余岩在提案中指责中医"反动"之语，中医界声称中医完全合乎三民主义，是"极端之极端的民生主义"，并喊出了"打倒余汪提案，就是打倒帝国主义"等口号，公开宣告提倡中医中药之目的是："促进健康，强种强国，维护民权；职业自由，扫除障碍，张吾民权；发挥天产，推销中药，富裕民生。"历时5天的会议形成了要求中医参加卫生行政部门，编纂中医药字典和中医教科书，争取社会舆论等重要议案。

为了将抗争进行到底，代表们组成赴京请愿团，向国民政府、行政院、卫生部、教育部等单位请愿，要求撤销废止中医提案。因为吴佩衡先生发言积极，观点鲜明，言辞犀利，被大家推选为请愿团的五位发言人之一。请愿代表经多次交涉，国民政府被迫撤销一切禁锢中医法令。这是一次全国中医药界团结的大会，是一次为挽救中国医学遗产而斗争的大会，也是中医药史上前所未有的大规模的会议。这次抗争的胜利，云南代表吴佩衡起到了较大的作用。

1930年，国民政府为缓和与中医界的矛盾，欲成立"中央国医馆"，这是一个半官、半民、半学术、半行政的特殊情况下的"四不像"组织。筹建时聘吴佩衡出任国医馆馆长，吴当时不愿做官，另外对官方的缓和有疑虑，便辞而不就，后官方又改聘他为名誉馆长，他再次谢绝了。果然不出吴先生所料，中央国医馆一成立，全国中医药团体总联合会就被解散了。

在中医发展史上，云南的吴佩衡先生成为一位值得书上一笔的人物。

《吴佩衡与"废止中医案"》

❖ 罗新元：昆明首次遭空袭

平、津相继沦陷后，日本飞机不断空袭南京、上海、武汉等地，狂轰滥炸，留下了一笔又一笔的血债。

省防空司令部设有情报科，逐日不断和省内外各地联系。1938年9月28日上午7点，广西宜山发现敌机22架，向云南飞来。到滇桂边境，其中9架由西隆入滇，飞临师宗、罗平上空。防空司令部收到上述情报，立即发出空袭警报，不少市民便向城外疏散。当敌机群继续西飞，来到陆良的时候，昆明拉响了紧急警报。巫家坝机场上仅有的3架战斗机，立即飞上高空巡逻，严阵以待。9点20分前后，敌机窜到昆明上空，我战斗机立即飞近敌机，进行狙击。四城城楼上的高射炮，也不断对空发射。

▷ 昆明惨遭日机轰炸

敌机首次来袭，目的地看来是大西门内的兵工厂。他们想不到昆明还有防空力量，仓皇失措，匆匆投弹、扫射后即慌忙南遁。凤翥街有17间铺房被炸毁，大西门外苗圃一带（今东风西路、昆明师专之间），炸死炸伤市民多人。

南逃的敌机遭受我机追击。其中一架，被航校教官姚杰追到宜良上空，击中要害而起火，冒烟坠地。另一架九六式"泰文第96228号"战斗机，也被我方周庭芳、杨绍谦、苑金函、黎宗彦等协力尾追，坠落在路南红米珠地方。另一架受创后，仓皇遁走。事后，这五位立功的飞机师，被称为"九二八击落敌机五勇士"，姚杰获得奖章一枚。

《老昆明的故事》

❖ **杨树群:** 习以为常的跑警报

从1939年到1941年的这三四年间，是敌机空袭最为频繁的时期。我大部分时间，都是跟着大人"跑警报"。只要五华山瞭望台的"红灯笼"一挂，全家人就赶忙关铺锁门，跟随人群，拥拥挤挤，逃至郊外。也许是由于事前已另做好安排的缘故，人们在跑警报时，一般都是赤手空拳，并不曾携带有其他的包袱或财物，而我父亲却始终携带着那一把破旧的洋伞。原来，我父亲由于意志薄弱，人到中年，竟染上了鸦片烟瘾，虽然烟瘾不大，但始终未能戒除，而他心中唯一的一件"宝物"，就是那支精工镂制但未曾吸用过的"象牙烟枪"，一直舍不得转移他处，而把它秘藏于伞内。我就始终紧紧抱着他那支包藏于伞内的"烟枪"来跑警报，到底跑了多少次，连记都记不清了。沿途最害怕也是最担忧的就是通过那大东门城楼的"城门瓮洞"，汹涌澎湃的人海到了那里汇成一股细流，人们前推后挤，肩膀擦着肩膀，蜂拥而过，我人小，最怕的就是被人群推倒踩死。而只要是出了城门瓮洞，也就心地坦然，毫无顾忌地往前冲了。

▷ 防空警报——红灯笼

后来人们也逐渐摸清了敌机活动的规律，上午9时左右，就赶忙吃完早饭，立即锁门出走，不等红灯笼挂出，就主动提前疏散，这样就显得从容不迫，出城也就不那么拥挤了。而走出交三桥，经过栗树头、小龙、新草房、石闸，跨过金汁河，到达官家头后山，这是一条用块石铺就的牛车古道，沿途疏散的人流如潮，熙熙攘攘，势如长龙。

记得有一次，我们主动疏散到达官家头后山，响起了空袭警报，一家人就坐在草皮上观望动静，突然"嗖嗖"地飞来几颗流弹，正从大家头上掠过，距头顶只有两三尺高，大家都惊讶不已，庆幸当时没有人站着，否则说不定就遭难了。到了下午三四点钟，未见有敌机来袭，人们似乎就感觉到这一天可算是安然度过，然后则拖着疲惫的身躯，慢腾腾地转回城中。而到了晚上，则又是一片灯火通明，商店统统开门营业，街面上又仍然熙熙攘攘，另是一番热闹景象。老昆明人就是用这套"早出晚归"的办法来抵御日寇的空袭，虽然白天紧张忙碌一些，但晚上也都安然自在，若无其事。当时武成路有家牛肉馆，干脆也把招牌易名为"不怕炸"，虽然似乎有点哗众取宠，但也反映了当时人们对抵御日寇的勇气和毅力。

《老昆明风情录》

❖ 万荣椿：温赛德访陈圆圆遗迹

1936年初夏，美国温赛德女士不远万里来昆，下榻于青云街中段一位外籍传教士家里。温赛德当时40多岁，是个女作家，来滇并非旅游度假，而是专为探访并搜集昆明的一件地方掌故资料。

原来，温赛德由清初全国著名诗人吴伟业和一些文人笔记中获知陈圆圆的故事，引起了浓厚兴趣，想利用这个题材创作一部小说。

昆明的确有着许多关于陈圆圆的遗迹和传说。然而，温赛德从未到过昆明，人地两疏，搜集资料谈何容易！于是，她到美国驻昆领事馆拜访了领事林华德，请求帮助。林华德答应给她介绍个通晓外语的女警官孙佩珊。

林华德在昆明期间，不时约请一些中国朋友到领事馆晚宴。名人杨杰、胡瑛都做过他的座上客。顺安县的罗为桓（担任过一平浪盐矿总工程师、个旧锡业公司协理），毕业于美国哥伦比亚大学，还取得博士学位，在美国便和林华德认识。因而经常应邀，带着外甥女孙佩珊、女儿罗惠芝到领事馆做客。孙佩珊原籍蒙化，做过昆明市立第二十四小学（校址在今华山南路华国巷附近）的教员。30年代初，原省府主席龙云命民政厅招考县长，孙佩珊也报名应考。她笔试成绩很好，面试时对答如流，召见时风度翩翩，给龙云留下了深刻印象，成为被录取的唯一的女性，但因一时没有空缺，便先让她到警士学校，负责女生的教育管理工作。

孙佩珊自学成才，讲得一口流利的英语。林华德自然而然地想到这个中国晚辈，介绍孙佩珊和温赛德见了面。

孙佩珊并不太了解陈圆圆的遗事，只知道北门外的莲花池和圆圆有关。她把温赛德引到莲花池所在的莲华镇，找到她过去的同事——在莲花小学工作的张根培。

非常凑巧，张根培正好是个"陈圆圆通"，曾收集多种文献，编成一本专记陈圆圆在滇事迹的《畹芬录》。听到美国朋友来访问遗迹，立刻把来人带到莲花池，并凭吊了传说中陈圆圆在莲花池畔的假坟。

这天分手的时候，张根培特送了部《畹芬录》给美国朋友。温赛德勾起了怀古幽情，一时高兴，叮嘱孙佩珊第二天约上几位中国小姐，大家一道，继续探访陈圆圆遗迹。

《美国友人温赛德访陈圆圆遗迹》

◆ 陈斯正：昆明广播电台史话

抗战初期，在昆明郊区曾建立起一个"昆明广播电台"，呼号是"XPRA"，以后又改称为"BEFZ"。电力为50千瓦。昆明广播电台的发射塔和主要机器安装在昆明马街西边普坪村公路一侧100余公尺处的一个山箐里。机器在山洞内两个车间里，作为天线的铁塔，架在山上三个砖柱顶端平台上，高约550英尺。它是个中波台，在夜间，它的电波，可以遍及整个东半球。40年代里，我们时常收到澳大利亚电台、新西兰电台和瑞典、挪威等北欧电台的来信，报告夜间曾收听过我们的节目（当年，世界广播界有互相收听并互相通报收听效果的规定）。

昆明广播电台又曾在昆明潘家湾另建有一个发音台，台内设有各科办公室，并用地缆电线通往主机和发射天线；各种节目，都从发音台播出。

原来在抗战前夕，国民党政府内闹分裂，广东的陈济棠、胡汉民等，为了和蒋介石唱对台戏，鉴于广播电台在政治宣传上有极大的作用，于是也计划在广州办一个电力广播电台，与蒋的中央台（75千瓦）展开广播战。陈济棠等人从广东省财政上支款，向英国标准广播公司，购买一部50千瓦的中波广播机，款未付清，而陈济棠已告垮台。1937年抗战后不久，南京沦陷，国民政府中央台设备全未运出。迁到重庆的国民党中央，以西南各省已成为抗战后方，很有必要另建一个大功率电力广播电台，于是派人到香港向英国标准广播公司付清余款后（这时全国已团结一致抗日），将陈济棠原购广播机件设备，很费周折地运到昆明安装建台（因昆明地处云贵高原滇池之滨，接近东南亚各国，发射电波的天线塔高，易于播散，夜间，东半球各地都能清晰收听）。

昆明广播电台的筹建工作，由重庆国民政府中央广播事业管理处处长吴保丰和总工程师刘正清二人负责。1939年3月，吴、刘二人来昆明后，得到云南省政府的协助，并由省府指派本省人张迪清专门负责与他们联系，进行购地建房。经过一番功夫，终于建立起昆明广播电台。

1941年5月，电台正式成立，并开始播音。当时重庆中央广播事业管理处，派刘振清为本台第一任台长，俞月尹为总工程师兼工务科科长，又委派张迪清为第一任传音科科长。

当年，日本人在北京、长春、台北建起三个短波台，都是100千瓦，而印度的德里电台，英国的BBC电台和美国的NBC电台，都在500千瓦以上……对比之下，我们的电台，就显得小了。但是，电台虽然不大，却发挥了不小的作用。因为这时昆明广播电台，做了一些抗战救国的宣传工作。

在电台特约专员蔡维藩教授和西南联大学生倪仲昌等人的共同努力下（1946年以后，作者也参与了电台的工作），组织了"时论"委员会，搞出了"时论""学术讲座"和"空中学校"等特殊节目，很得国内外听众们的重视。因为这些节目的撰稿人，都是北大、清华、南开大学的著名教授和讲师们。"空中学校"又得到著名电化教育专家陈友松教授的倡议和指导，所以各种节目，都逐步充实起来。

在时论委员会中，有特约著名教授六七人，每周开会一次，交换意见，提供资料；最后，每人各选一题，精心撰写"时论"稿（即"时事评论"之简称），每晚播出一篇。每星期日晚间，播出由联大外文系王佐良先生撰写的英文时论一篇，还要播出一篇"一周时事述评"。

"空中学校"播音讲稿，内容比较通俗；而学术讲座文稿就比较专深一些，以适合文化程度较高者的需要。担任这些节目写稿的教授讲师，有时多达数十人。此后，曾将这些文稿编辑出版，名曰《学术广播文集》。

《抗日和解放战争中的昆明广播电台》

❖ 李天柱：民众歌咏团的抗日歌声

抗战开始，全国展现了一个前所未有的抗日救国的巨大热潮，各种政治组织都投入了这股热潮之中。

当时，我在昆华师范读书，正参加学生集训队受军训。8月1日军训结束，9月开学回到昆师，首先接触到的就是同学施子键组织领导的歌咏队，教唱救亡歌曲，我积极参加了，每次必到。接着我参加了昆师的"学生抗敌后援会"，礼拜天到街头、农村宣传。家鼎领导的民众歌咏团是8月末成立的，我也首先积极加入了，还把几个和我相好的同学何汝昌、陆光亮、李懋修等都约了去参加。

▷ 街头的抗日宣传海报

　　家鼎有一套很好的教学方法，他教歌的"工序"是：首先朗诵歌词，接着就讲解歌词。按他的说法就是：要先把歌词的意义理解了，唱起歌来才有感情。实际上讲歌词本身就是宣传党的方针政策，结合时局进行政治思想教育。举个例子来说，"枪口对外，齐步前进！"这句歌词，单讲"枪口对外"这四个字，就可以对当时抗日民族统一战线作很多文章，说清楚为什么要枪口对外？过去枪口是对着哪个？是哪个叫把枪口只对内、不对外？他为什么主张这样干？这样干的结果又是什么？等等。这样一讲，就把国民党蒋介石的"攘外必先安内"的那一套荒谬理论摆得清清楚楚，也可以把党的抗日民族统一战线的主张讲得明明白白，使人对共产党信服。又如"不杀老百姓，不打自己人"，解释起来都很现实，听了很解决思想问题。所以，每个歌几句或者十几句词，似乎很浅显、通俗，但是解释起来意义都是深刻的。这样一来，人的思想感情与歌词相结合，然后再教谱；谱又套上词，大家的精神就振奋起来了。革命的道理接受了，革命思想就提高了。作为当时刚参加活动的青年们，受到的教益是很深的。现在怀念家鼎，还必然联想到其他同志，如曹维廉，唱起歌来比家鼎的气势更大。他教唱《大刀进行曲》，使人益发激动。

　　教了一段时间的歌，就组织时事讨论会、秘密读书会，三种教育方式结合起来，对党的抗日救国的主张，中国革命的路线，革命的初级阶段，最终目的等等，逐步地越来越清楚明确了。同时，进步的书刊得到开放，时间久了，平时自己也会顺着路子主动地找书看，思想境界也就提高了。我认识到应该跟着共产党走，只有共产党才能救中国。所以我从内心里感到家鼎是我的良师益友。从这个意义上讲，大概不单是我一个人，凡是在云南参加过当时歌咏活动的我们这一代人，恐怕或多或少直接间接地都受到家鼎的影响。

作为家鼎本人来说，为什么要这样做——以歌施教，寓教于歌——他自己当然是清楚的，正如他在他的《回忆录》里说的："为革命而教唱歌，用唱歌推动革命。"但是，收到的效果竟会是这样大，可能当时他也没有料到。我们整个一代青年，仅从昆师的同学来说，由这里参加到革命队伍中一直坚持到底的就不少。在那几年直接间接受他影响的人相当多。直接从民众歌咏团亲自受到他的教育的就有上千人，单是挑选出来培训作干部去开展歌咏运动的，三期训练班就有400多人。间接的，就是我们这些人又照他的这一套办法去组织歌咏队，扩大教育影响面遍及全省。比如我自己，不仅在昆明搞，回到家乡晋宁也组织歌咏队，后来在凤仪，在大姚，在合作委员会，在川滇铁路公司，在峨岷学校，在护国中学，在播乐中学都组织过歌咏队，参加的人也是成百上千。

游击战争时期，洪亮的歌声，是鼓舞战士的号角，简直成了游击队的标志。

《抗日时期云南民众歌咏团及其组织者——李家鼎》

❖ 郑祖荣：钱穆岩泉著书

钱穆先生是海内外闻名的国学大师，著名学者，著作等身，名满宇内，钱钟书先生亦尊称为"宗志大师道座"。他是著名科学家、全国政协副主席钱伟长先生的叔父。钱穆，字宾四，江苏无锡人，1895年生，1990

年8月在台湾逝世。历任燕京、北大、清华、西南联大、华西、江南各大学教授，创办香港新亚书院。著有《国学概论》《先秦诸子系年》《周公》《墨子》《中国近三百年学术史》《国史大纲》《中国历代政治得失》《政学私积》《论语新解》《庄子纂笺》《朱子新学案》《中国学术通义》《中国学术思想史论丛》《中国文学论丛》《双溪独语》《晚学盲言》《师友杂忆》等约60余种书。而其中洋洋53万余言的《国史大纲》一书，即是钱穆先生在抗战初任西南联大教授时，于民国28年（1939）1月于宜良岩泉完成的。

在书中，钱穆先生另有同年6月12日"记于宜良西山之岩泉下寺"的《书成自记》一文，详述其著述经历及寄迹岩泉成书始末。另外，其《师友杂忆》一书中，还另有《忆岩泉》专章，是其住岩泉山中的感受见闻的回忆。综而读之，使我们对这段鲜为人知的历史有了清楚的知晓。

▷ 钱穆

《国史大纲》一书，商务印书馆1996年6月修订第三版，1997年10月北京第二次印刷，印数1万册。己卯冬，笔者在昆明购获此著，携归，穷数日之力，通读一遍。伏案萤窗，仵门西眺，我邑岩泉胜境蔚然而深秀。拾级而登，虚怀往访，岩泉漱玉，鸣如佩玉，琤琤淙淙，如诉如歌，历鉴钱穆教授昔日著述之所，慨然想见萧寺寒灯，暮鼓晨钟，及钱穆先生披襟啸歌，呕心撰述的悠悠往事，于肃穆中平添无限钦敬。如今，虽是青山依旧，斯人已渺，所幸先生大著长存，事迹永在，而宜邑山川有幸，岩泉有幸，成此佳话，留此美续，亦不负先生昔日乡居岁月，清善生涯。

钱穆先生岩泉著书，按干支纪年法，那1939年也正是己卯，到去年又逢己卯，刚好是一个甲子。而在这不算长但也并不短的60年前，钱穆先生为什么会特别选中岩泉作为他著书之所呢？这需要对岩泉寺的既往历史做一个简单的交代。

岩泉山位于宜良县城西二里。以峭壁千仞，岩下出涌清泉，山明水秀，境趣清幽而享有盛名。元末，白族高僧莲峰，即后来创建晋宁盘龙寺的盘龙祖师曾云游至此，结草为庵，宣讲佛法。盘龙去后，徒众即建祖师殿，世代供奉，到明代，"岩泉漱玉"已为宜良八景之一。佛寺道观多次重修。清初，具有相当文化素养的邑令高士朗偕邀邑中文化人士，捐资经营岩泉山水，构轩造亭，赋予文化品格，使之成为代表宜良文化人格的人文山水。民国初，邑绅辈大力增益文化建树，创刊岩泉摩崖石刻，广植花木，修饰亭阁，更浓郁其文化氛围，使之成为文人墨客们的登览胜地。例如我省著名学者袁嘉谷先生，即游览题壁云："风鸣九夏半山绿，天落一泉双镜青。小坐花荫藤上下，吟诗留与老龙听。"一时和者甚众。抗日战争爆发后，大批中原文化人士徙居昆明。宜良附近省垣，有滇越铁路纵贯县境，交通便利，自然就吸引了大批文化界人士前来访游。而钱穆先生就是在这种背景下移住岩泉的。

《钱穆教授岩泉著书逸事》

❖ **李世闻：** 徐悲鸿昆明办画展

"三川北虏乱如麻，四海南奔似永嘉。"诗人李白这样描述唐代安史之乱时中原人士南迁的情景。卢沟桥事变后，1937年10月，徐悲鸿从南京随中央大学迁至重庆。为了筹款捐助因日寇侵略而流离失所的难民，也为了向南洋华侨宣传抗日，1938年底徐悲鸿取道香港赴新加坡举办画展。1940

年春，徐悲鸿应印度诗圣泰戈尔之邀，赴印度国际大学讲学，并为泰戈尔用中国画作了一幅精美绝伦的肖像画，堪与俄国大画家列宾为列夫·托尔斯泰作的素描肖像媲美。后赴大吉岭，创作了他构思已久的国画《愚公移山》，画幅宽424厘米，高143厘米，这是一幅大气磅礴、力透纸背的杰作，表现了坚毅卓绝的精神和强劲无比的力量，给正处于抗日艰苦时期的中国人民以鼓舞。徐悲鸿再把在新加坡、印度等地举行画展所筹得的巨额收入，全部捐献祖国。1941年12月7日太平洋战争爆发，徐悲鸿匆匆离开新加坡，经缅甸进入云南保山，稍事休息后便来到昆明。

徐悲鸿在昆明时间虽不长，但却留下了深深的足迹，并产生了重大的影响，为昆明的艺坛平添了绚丽的春色。这里就请徐夫人廖静文女士来叙述这段往事。

四季如春的昆明使悲鸿暂时得到了休憩。在这短暂的时间里，刚刚踏上祖国土地的悲鸿，一心想为抗战做一点贡献。他在昆明举行了劳军画展，将那些准备在美国展览和出售的画移在昆明展览，受到昆明各界的热烈欢迎。他又将卖画的全部收入捐献祖国，以慰劳前方将士。

在昆明，也和在其他地方一样，许多好学求画的青年都慕名来找悲鸿。一天，一个衣着简朴的青年拿着自己的画和雕塑来找悲鸿。悲鸿细心地观看着这个青年的作品，十分欣赏这些带有生活气息的雕塑和绘画。悲鸿审视着这个20多岁的青年人，和蔼地问："你叫什么名字？现在做什么工作？""我叫袁晓岑，正在云南大学读中文系。""你为什么不学绘画，却读中文呢？"一句话，勾起袁晓岑对辛酸往事的回忆。他出生在贵州苗汉杂居的一个小山村里。从小就喜欢拿木炭在地上、墙上画他放牧的牛、羊，喜欢用河泥对着猪鸡狗兔捏小动物。后来，在县城读书时，看到任伯年绘画的印刷品，他更加勤奋地作画和作雕塑。但是，由于家境贫寒，始终没有机会学画。考上云大中文系，也是靠平时捏点小动物，卖了交学费，半工半读。他很希望能够得到悲鸿的教导，请求拜悲鸿为师。

悲鸿感动地听着，十分同情袁晓岑的境遇，很热情地鼓励他说："作为一个艺术家，就是要创作人民大众所喜爱的作品，不要搞那些腐朽没落的东西。"

悲鸿拿出自己的速写本和一些默写画稿，借给他看。以后，悲鸿又专门带着袁晓岑去大观楼附近的农村写生，指导他画水牛，在用炭精笔画的速写上，用水墨略加勾染，顿时增加了结实感和体积感。

《画坛泰斗徐悲鸿在昆明》

❖ **朱净宇：** 轿子也有三六九等

昆明城里最早的公共交通工具是轿子。这种"公共轿子"什么时候出现在昆明街头，是难以考证了。但直到清末民初，昆明还有轿行，轿子仍然是老昆明城里唯一的公共交通工具。据当时坐过"公共轿"的人说："此间交通工具，目前有轿子一种，抬以三人，轿杆极硬，形若弓弧，中央高而两端低。轿夫多吸鸦片，气力极弱，行不数步，前后必互换档一次，颠簸震动，痛彻腰背"。这样坐上一趟，确实是够苦人的。

后来城内的轿子慢慢少了，城郊的轿子却一直不减。不少老昆明人逢年过节，游山玩水，总爱坐轿子。远到西山、安宁温泉，近到昙华寺，都以轿子代步。轿子是分等级的，八人大轿是当官的人和有钱人坐的，中等人家坐四人轿子，一般市民多坐滑竿。游山的时候，还有做背人上山生意的，从西山脚到山顶，背一个人要三十文到五十文。做这种累人活儿的多是少数民族，被称作"背人罗罗"，这是侮辱人的话，让人家背了还贬低人，很不应该。

《"公共轿"》

❖ 石 文：电灯不如油灯亮

从1919年开始，随着昆明居民增多，电灯用户不断增加，石龙坝电厂的两部发电机"出力"供不应求。于是昆明电灯突然由亮转暗。每天晚间10点钟以前，正是城区点灯的高峰时期，家家户户的电灯却暗如香火，连一支烛光都不如，无论是官是民，都怨声载道，极为不满。当时电设备完全依赖外国供应，耀龙公司资金无着，扩大发电无能，窃电又无法控制，无奈之余，只好实行分区停电，但也不能从根本上解决问题。

《电灯不如油灯亮》

❖ 林 德：街头一景——黄包车

旧时昆明城区载人唯一的交通工具就是"黄包车"。据说是从东洋（日本）传来的，所以又叫"东洋车"。它的模样像一把单人藤靠椅，上面有可折叠的雨篷，下面有两个同轴滚动的轮子，车的拉把朝前，让人拉着跑。

旧社会失去土地进入城市的农村劳力，唯一出路就是挑扁担、拉黄包车。应运而生的便是黄包车租车行业，全城有十多家。其中滇剧名角栗成之开设的"信诚车行"，规模较大。

车行备了许多车，租给拉车的人拉。车夫交一定的保证金或者请人担保，就可以租车营运，再按约定时间交租。车夫出车要穿"号衣"，这号衣好像行车执照，没有号衣警察是不许通行的。在大街上你可见那穿着镶着白边的青布褂、背上有车行名称和车辆号码的车夫，拉车奔跑，热了掀开衣扣，肋巴骨露在外面，十分惨苦。

车夫们有时拉着空车徜徉街上，寻觅顾客，有时把车放在街头巷尾，懒洋洋地坐在脚架上候客，成了旧昆明街头一景。一旦听见顾客喊一声"黄包车"，立刻有几辆车同时飞奔而来，顾客选车干净牢实、车夫粗壮能跑、价钱适合的坐上就走。

除公众用的租车之外，还有一种自用的黄包车。车是铁皮制的，流线型，皮雨篷，从后面看像个倒放的葫芦，上方大，下方小，故叫"葫芦兜"，漆喷得亮亮的，前面一对蜡烛灯。车夫不穿号衣，穿着比较讲究。车夫拉着车跑，主人坐在上面，脚踏叮咚响铃，闯过闹市，更比今天开着三菱汽车还要威风。

黄包车既是主要的交通工具，出入大街小巷，涉及各行各业，故事当然也就多了。记得日机首次袭击昆明，被打下一架轰炸机，飞贼毙命四人，活捉一人，由路南驻军押解昆明。到了得胜桥火车站，这飞贼害怕群众，一屁股赖在月台上不动弹，军人们只好雇了黄包车，大家齐动手，像抬死猪一般把他抬上黄包车游街示众。

后来美国第十四航空队进驻昆明，这一来日机再也不敢袭击昆明了。可这些美国大兵，纪律很差，酒瓶揣在衣兜里，喝个烂醉，在街头上用黄包车取乐。他们拦住黄包车，将车掀翻，车夫和乘客都跌出车来。有时大兵们把车夫按在车上，几个大兵前呼后拥，拉着车飞跑，口里喊着"顶好、顶好"，令行人退避三舍。

"一二·一"惨案四烈士出殡那天，那位被特务炸断腿的学生，坐了黄包车参加游行。

昆明大众中传说，有个花花公爷，装作黄包车夫，拉着车在街上转悠。遇到男人喊车，他不拉。碰到太太、小姐喊车，他拉了就往他的深宅大院跑，弄得妇女们坐车就心惊胆战。

解放后，脚踏三轮车代替了旧日的两轮黄包车，历史又迈进了一步。

《昆明的黄包车》

❖ 朱净宇：凹楼奇事

在南屏街西端、近日公园旁的医药大楼原址，有一座造型奇特的"凹"字形楼，十分引人注目。这凹楼的由来，就更奇了。

那是1942年，当时的昆明商业银行代理美国商人经营从滇缅公路运来的洋布、洋纱和汽车，发了大财，就跑到大南门外的商业宝地购买地皮，兴建大楼，好光耀门面，扩大生意。银行有洋人撑腰，财大气粗，一方面以势压人，一方面用高价引诱，逼小铺主们就范。一家金铺的房主因为地皮金贵，舍不得割爱，又受不了银行依仗洋人，趾高气扬的派头，偏要煞银行的风景，就是不买账。传说银行出了高价，用38根金条买金铺那38道瓦沟，一道瓦沟之地出一根金条，房主却不动心，银行又提出用其他黄金宝地作交换，结果还是碰了一鼻子灰。银行见单凭洋人的势力不行，又通过当时云南统治者的外戚游说当局干预，不料那金店店主的后台也不弱，马上借助青帮请当局主持公道。双方势均力敌，闹来闹去，最后不了了之。银行无可奈何，只得三面围着金铺建高楼，同时还存着一线希望，留出钢筋接头，不过这接头最后还是什么也没有接上。

等到这幢当时号称昆明最大、最漂亮的大厦完工，脚手架一拆，昆明人惊奇地发现，这座六层高的昆明商业银行大厦半腰竟然缺了一大块，可笑地呈现出"凹"字怪形，中间嵌着一幢只有它一半高的三层小楼，真是昆明建筑一绝。50年代以后，银行大厦成了医药大楼，金店成了小杂货店。

《凹楼奇事》

❖ 谢本书：值得回味的定胜糕

　　著名作家兼学者林语堂先生，对西南联大有一个惊世骇俗的评论，这就是"物质上不得了"，"精神上了不得"。的确，在相当一个时期，联大在物质上确乎是"不得了"的，教授们的生活相当的困难，即使是常委的梅贻琦也不例外。

　　梅贻琦夫人韩咏华就曾说：梅贻琦1939年每月的薪水，可维持3个星期的家用，后来勉强只够半个月。家中常常吃的是白饭拌辣椒，连青菜也没有，偶尔吃上菠菜豆腐汤，大家就很开心。1940年3月，全校工友总罢工，要求增加工资；而联大亦曾为教职员生活问题开过一次教授会议。1941年底，教授们生活日益难熬，王竹溪、华罗庚、陈省身、吴晗等54位教授联名写信给西南联大常委会，呼吁改善待遇。呼吁书说，教职员生活"始以积蓄贴补，继以典质接济，今典质已尽，而物价仍有加无已"，要求增加津贴。为此联大一方面函请教育部解决，一方面召开教授会共商办法。在这次教授会上，"经济学教授供给物价的指数，数学教授计算每月的开销，生物学教授说明营养的不足"。王力感慨地说，"可惜文学教授不曾发言，否则必有一段极为精彩动人的描写"。

　　在这种"不得了"的特殊困难条件下，教授们及其夫人亦各显神通，多方设法，以维持生计。梅贻琦夫人韩咏华自制蛋糕售卖，以赚钱维持生计就是一例。韩咏华回忆："教授们的月薪，多不能维持全月的生活。不足之处，只好由夫人们去想办法，有的绣围巾，有的做帽子，也有的做食品，拿出去卖。我年岁比别人大些，视力也不好，只能帮助做围巾穗子，以后庶务赵世昌先生介绍我做糕点去卖。赵是上海人，教我做上海式的米粉碗糕，由潘光旦太太在乡下磨好七成大米、三成糯米的米粉，加上白糖和好面，用一个银锭形的木模做成糕，两三分钟蒸一块，取名'定胜糕'（即抗战一定胜利之意），由我挎着篮子，步行四十五分钟到冠生园寄售。月涵（梅贻琦）不同意我们在办事处操作，只好到住在外面的地质系袁复礼太太家去做。袁家有六个孩子，比我们孩子小，有时糕卖不掉时，就给他们的孩子吃。"还有一次，韩咏华还到大西门旁铺一块油布摆地摊，把孩子们长大后穿不上的小衣服、毛线头编织的东西以及自己的衣服等，摆出来卖，一个早晨卖了十元钱。

联大生活的艰苦以及梅贻琦一家生活的艰苦，于此可见一斑。即使如此，梅贻琦也绝不利用职权，不多占一份好处，而且还利用职权，不准家属、孩子们去占任何一点好处。

梅夫人的"定胜糕"，是一个值得回味的品牌。这个品牌名字曾经叫响了西南联大和昆明城。张曼菱女士在其著述中呼吁："我以为冠生园其实应该保存这个名牌，永远让人们看到。现在满昆明都是西式糕点，何不留我'定胜糕'之品位？"

《西南联大掌门人——梅贻琦》

❖ 王 申："贵族医院"，也是"间谍医院"

1928年，法国人嫌华山西路的那个法国医院太窄太小，又在滇越铁路昆明站旁边的巡津街建了一个甘美医院（今市第一人民医院）。这个医院设备比较先进，能做大手术。病房分头等和二等，三楼还开有特殊病房，专供上层人物疗养和住宿。甘美医院的服务对象，多为外国贵族和云南政界、商界要员，收费极高，民间称其为"贵族医院"。

当时鲜为人知的是，甘美医院还是法国人对中国进行间谍活动的基地。法国领事馆的情报室就设在医院三楼的专用房间里，他们在这里接待情报人员，以医院为掩护，传递情报。甘美医院副院长吴文肥还直接为法国人

▷ 甘美医院

收集情报，如红军长征过云南的动态、临近解放时卢汉与解放军"边纵"的联系等等。

《"贵族医院"和"间谍医院"》

❖ 艾 明："一二·一"运动

抗战胜利后，蒋介石违背全国人民要求和平民主的愿望，准备发动内战。为了反对内战，呼吁和平，西南联大、云南大学、中法大学及英专四校学生自治会联合发起，于1945年11月25日晚在联大图书馆前大草坪举行反内战时事晚会，邀请钱端升、伍启元、费孝通和潘大逵教授作讲演。除四校学生外，参加的还有昆华、天祥、南菁、云大附中、五华等学校的学生及工人等，6000多人。四位教授先后在会上发表演讲，主张迅速制止内战，成立联合政府。

晚会进行中，国民党中央军第五军军长邱清泉的军队包围了西南联大，并用冲锋枪、机枪、小钢炮不断向会场上空射击，进行恫吓威胁！混入会场内的特务乘机切断电线，企图制造混乱。参加会议的人们不顾坏人的捣乱破坏，点亮汽灯，继续演讲。费孝通教授激昂地呼喊："不但在黑暗中我们要呼吁和平，在枪声中我们还是要呼吁和平。"大家群情激愤地高呼："用我们的声音反对枪声！"混入会场的国民党中统局云南调查统计室主任查宗藩，自称"王老百姓"跳上台讲话，说什么"中国不是内战是内乱！政府要戡乱！"愤怒的群众当即将他赶出会场。次日，全市大中学校宣布罢课，以抗议反动当局干涉学生集会的行径。11月28日，成立了昆明市中等以上学校罢课委员会，发表了罢课宣言，并组织宣传队上街进行宣传。

学生们在昆明街头的宣传活动，激怒了反动的军警当局，荷枪实弹的军警特务们对手无寸铁的学生暴虐殴打、残酷镇压，但他们使用的种种镇压手段都不能奏效。学生们的罢课行动很快得到社会各界的同情支持，慰问信、捐款络绎不绝地送交到罢课委员会。见此情形，国民党反动当局恼羞成怒，镇压学生运动的措施步步升级。国民党云南省代主席李宗黄（省主席卢汉尚在越南未到职）与云南警备总司令部总司令关麟征等多次密谋后，除动用军警外，还与国民党和三青团反动分子配合，变本加厉地实行镇压。

12月1日上午8时，李宗黄赶到国民党云南省党部，向党徒们训话，要他们"效忠党国"，"以流血对流血"。随即指挥党徒们与军官总队、三青团省团部的暴徒们会合，携带棍棒、铁条、刺刀、手榴弹，分头攻打各学校。

10时左右，约80多个特务、暴徒冲进云南大学，撕毁壁报、标语，捣毁校警岗棚和桌椅，殴打学生。云大学生们居高临下英勇抵抗，暴徒未逞，呼啸而去。佩戴"第二军官总队"符号的百余暴徒，气势汹汹地向联大校本部进攻。联大的学生们用桌椅、黑板等杂物堵住大门，严加防守。暴徒们用石块砖头、木棒铁棍砸毁西南联大校门，恣意殴打学生。正当一暴徒拉开手榴弹导火索欲向新校舍墙内投掷时，南菁中学教师于再（共产党员）奋勇上前阻挡，头部被炸重伤，当晚在云大医院牺牲。11时左右，三青团云南省团部秘书兼宣传股长周绅，率军警、特务50多人，强行闯入龙翔街联大师院，肆意行凶，在饭厅投掷手榴弹一枚。师院学生们退入隔壁的昆华工校内，联合工校学生将暴徒逐出了学校大门。暴徒们复又打破大门，投入两枚手榴弹，当场炸倒学生多人，联大师院学生李鲁连头部中弹，在送往医院途中身亡。昆华工校17岁的张华昌同学被弹片穿入脑中。正在英勇抢救同学的联大师院女学生潘琰（共产党员）被炸倒地，特务龚正德又用尖铁条向她腹部猛刺三下。当同学们前来抢救时，她还挣扎着呼喊："同学们，团结呀！"潘琰和张华昌同学都因伤势过重，抢救无效，当天牺牲。联大学生缪祥烈炸伤后被截去了左腿。

当日，暴徒们还袭击了联大附中、联大工学院和南菁中学等学校，破坏门窗、抢劫财物。除四烈士牺牲外，还重伤25人、轻伤30多人。联大马大猷、袁复礼教授也被暴徒殴辱。学校变成了屠场！

▷ 昆明学生游行示威

国民党反动派的血腥屠杀，激起了全国人民极大义愤和愤怒声讨，延安《解放日报》、重庆《新华日报》先后发表社论，声援昆明学生反对内战争取民主的运动，严厉谴责反动派制造的"一二·一"惨案，消息传出，震惊中外。关麟征到联大假意慰问、道歉，李宗黄躲了起来。重庆国民党中央迫于形势压力，不得不急电云南反动当局："暂停武力镇压，以免事态扩大。"

惨案发生后，人们要求严惩凶手，以慰烈士英灵。为掩盖罪行，反动当局继续造谣，称这惨案为"第二军官总队第二中队学员所为"，"系失业军人所为"，甚至还演出了所谓"公审"凶犯的丑剧。蒋介石亲自出马，声称对流血事件要"作公平负责处理"。12月8日，蒋介石将关麟征"停职议处"，改由霍揆彰任云南警备总司令，12月24日李宗黄在万众声讨声中调离昆明。在五项条件得到基本解决的情况下，罢课斗争取得了胜利。

　　1946年3月17日，在中共云南省工委领导下，昆明学联为四烈士举行隆重出殡仪式。送殡队伍以"四烈士殡仪"大横幅为先导，撞击着自由钟开路，全市大中学校学生、教师和社会各界人民群众三万多人参加了送殡仪式。队伍所到之处，行人止步，汽车让路，商店停业，以示哀悼。烈士们音容宛在，虽死犹荣！

《昆明"一二·一"运动》

❖　雁　寒："小毛头"与《卖报歌》

　　"小毛头"出生于苏州，家里很穷，兄弟姐妹六人只剩下一个姐姐和她。1931年母亲领着她逃荒到上海，母亲病倒，才九岁的小毛头为了生计，每天都到吕班路一个电车站头叫卖报纸。

▷　聂耳

一天，小毛头又饿又累，头昏眼花，摇摇晃晃地被一群下车乘客撞倒了，头上鼓起一个血包，报纸也散乱开了。这时一位很年轻的叔叔帮小毛头捡好报纸，并将报纸全部买了。这青年就是聂耳。

从此，聂耳就常来向小毛头买报，叫她"小毛头"，小毛头则叫他"聂叔叔"。每想到刮风下雨小毛头也得满街跑来跑去叫卖报纸，聂耳便感到心疼。聂耳便和田汉合作，由田汉作词，聂耳作曲，创作了著名的《卖报歌》。一天下午，聂耳找到小毛头，兴奋地打着拍子唱起《卖报歌》，逐字逐句地教小毛头唱，还给她讲解歌词大意。小毛头觉得很好听，不久就学会了，一边卖报一边唱，吸引了许多人，报纸也好卖多了。

1934年，聂耳创作了歌剧《扬子江暴风雨》，邀请小毛头扮演剧中的报童，唱的也是《卖报歌》："啦啦啦，啦啦啦，我是卖报的小行家……"从此，这首饱含情感的歌曲就在全国各地唱开了。

接着，联华影片公司拍摄《人生》，聂耳又通过同事石寄甫推荐小毛头饰演主角阮玲玉的童年，改变了小毛头的人生命运。这时，一位姓张的影迷愿供小毛头读书，并给她起了个学名"杨碧君"。直到1982年杨碧君才知道供她读书的恩人叫张光锐，是中共地下党员。

《聂耳的〈卖报歌〉》

❖ 艾 明：震惊中外的"李闻"惨案

1946年夏天，蒋介石背信弃义，撕毁"双十"协议，发动全面内战，镇压民主运动，昆明笼罩在一片白色恐怖之中。

昆明各界爱国民主人士对蒋介石的罪恶行径深恶痛绝，他们以各种方式进行反对内战、争取和平民主的斗争。1946年6月26日、28日、29日，中国民主同盟中央执委、云南支部负责人李公朴、闻一多等连续举办三次记者招待会，向社会各界阐明"和平建国，民主团结"的主张，反响热烈，会后组织"争取和平联合会"，发起万人签名活动，形成了强大的反内战声势。但是，蒋介石不顾人民群众的强烈反对，一意孤行，又对手无寸铁的爱国民主人士，举起了沾满人民鲜血的屠刀。

1946年7月11日晚，李公朴先生与夫人张曼筠女士先后外出，办完事之后，同往昆明大戏院看电影，10点多钟电影结束后，在南屏街乘公共汽车返回北门街寓所，在青云街下车。当李公朴先生与夫人行至青云街转往大兴街小巷里时，突然听到来自身后的枪声，罪恶的子弹射中了李公朴先生。

事件发生后，云南大学共产党员舒守训、潘汝谦，民青成员杨远基等赶到现场，护送李公朴到云大医院抢救。在民盟省支部的地下党员唐登岷等也赶到医院，主持抢救工作。但终因流血过多、伤势过重，李公朴先生于次日5时光荣牺牲。临终前，李公朴先生仍大声痛骂国民党反动派"无耻！"并高呼："我为民主而死！"终年44岁。

7月15日，在云大至公堂召开的由张曼筠女士报告李公朴先生遇难经过的大会上，闻一多先生拍案而起，发表了他的"最后一次讲演"："这几天，大家晓得，在昆明出现了历史上最卑劣、最无耻的事情！……李先生在昆明被暗杀，是李先生留给昆明的光荣！也是昆明人的光荣！……你们杀死了一个李公朴，会有千百万个李公朴站起来！你们将失去千百万的人民！……我们不怕死，我们有牺牲的精神，我们随时像李先生一样，前脚跨出大门，后脚就不准备再跨进大门！"面对反动派的凶残，闻一多横眉怒对，表现了不畏强暴的民族英雄气概。这即席发表的"最后讲演"，句句掷地有声，字字扣人心弦，是闻一多人格和生命的结晶，也是激励人民斗争的战鼓！

当天下午，闻一多又去府甬道民主周刊社主持记者招待会，会后由长子闻立鹤陪同返回西仓坡联大教师宿舍家中。只有几步就到家门时，几个埋伏着的特务突然用美式冲锋枪射击，闻一多先生身中八弹，送往医院，抢救无效，当日殉难，终年47岁。

国民党反动派的血腥暴行，激起了全国人民、各民主党派爱国人士的极大愤慨，毛泽东、朱德联名向李、闻二先生家属致唁电，表示深切哀悼。以周恩来为团长的中共代表团，向国民党政府提出强烈抗议。延安、重庆等地各界人士举行悼念活动，强烈谴责反动派的法西斯暴行。烈士们用自己的鲜血唤起更多的人民群众，丢下幻想，投入埋葬蒋家王朝的战斗。

《"李闻"惨案》

❖ 杨树群：退街中的骗局

1947年下半年，国民党政府的昆明市政当局宣布要在文庙横街实施退街，把我们北廊的这十多个铺面和下段的那一座文庙大照壁统统都向后拆退10公尺，以便和长春路西口拉直对齐，这样一来，我们这十多家的铺屋就统统都没了。

没有了铺面，那怎么淘生活，听到这消息，大家都焦急万分。因为这十多家人，除少数一二家富户外，都是小本营生，就靠着这片铺面，搞点小买卖，勉强糊口度日。没了铺面，也就等于断了生路。何况这十多家人在六年前才刚刚蒙受了一场大轰炸的灾难，所有铺面都曾被夷为平地，新近恢复重建不久，一些人曾因此而倾家荡产，元气大伤，如果再遇一次退街，岂不是雪上加霜，被置之于死地。大家没法，只有推举代表，到当时的市政府工务局去申诉，央求能有个通融的办法，但那些大大小小的官僚，根本不问民间疾苦，对我们的申诉完全不予理会。

这时候，周星河老先生等一批清朝遗老，出于正义，以保护文庙大照壁那座历史文化古迹为由，通过"读者来函"的方式，在《观察报》上发表文章，反对文庙横街退街，并呼吁全市各界予以支持。对于这样的社会公论，市政当局非但不予尊重和考虑，反而变本加厉，一意孤行，甚至不惜采取极为卑劣的手法，压制社会舆论。正当大家都为周老先生等人的义正词严感到欣慰之际，市政府工务局派出了一个姓雷的科员，这名小官僚以他那三寸巧簧之舌，对这十多家人大肆进行蛊惑和煽动，要大家起来反对周老先生等人的公论，对于这样违背自己心愿之事，大家当然不予理会。可是过不了几天，在《观察报》的"读者来函"栏，突然出现了署名为这十多家退街户，拥护拆除文庙大照壁，拥护退街，反对周老先生等人的主张的文章，大家看到了自己的名义公然被盗用，看到了那篇根本不符合自己心愿，完全捏造事实的谎言文章，都义愤填膺，怒不可言。大家心里都明白，这是国民党反动官僚为了践踏人民利益，欺骗和蒙蔽全市舆论，采取卑劣无耻手段，精心炮制的一大骗局。

事态已逐渐发展到无可逆转的地步，这十多家人都是极普通的老百姓，既无钱，更无势，根本无力抗拒反动政府的政治压力。迫不得已，只好使出最后一招，央求市政当局把退街拆除文庙大照壁后所改建的铺面，租用给我们，这本是一个合情合理的安置办法，但答复却是：那是属省教育厅的产权，要去找省教育厅。

大家不得已，只好又去找省教育厅。答复是：他们是实行投标招租，你们要租，就来投标。大家不得不按照省教育厅规定的办法，交了5万元的标金，老老实实地等待投标。

投标那天，在省教育厅的一间教室里，坐满了约三四十人的纷乱人群，由一名西装革履的小官僚主持，他宣布，就以预交的五万元作为预付租金，看谁所投的租期最短，就算谁中标。我们这几家人事前经过商量，根据当时市场的租金价格，按照最高的标准，把标期定为半年。

唱标开始，事实大大出乎我们的预料，这5万元的租期，所投出的数字，都是三个月、两个月、一个月，更有许多人投的是半个月、十天、一周，尤为甚者，有几个人投的竟是三天两天，最短更有投一天的。只有我们投半年的最长，属极端弱势的一群，根本无力参与竞争。

看到最短的投标仅为一天，全场一片哗然，顿使那名主持会议的小官僚陷入极端尴尬和狼狈的境地。按照规定，最短定为一天的，该算为中标。但5万元的租金，仅只租用一天，岂不成了当时最大的天下奇闻。终于这名小官僚不得不原形毕露，直截了当地宣布，只有租期投为一个月的，才算中标，其余的统统都不算数，并随即驱走了这吵吵嚷嚷的人群，一场由政府公开出面的"招标"，成了一场十足的闹剧。

大家怀着十分沮丧的心情，走出那座省教育厅的衙门，心里顿时明白，那拆卸后新建的铺面，到底租给何人，官僚们早已有安排。所谓的"公开招标""平等竞争"，不过是一个幌子，是那些官僚们欺骗人民、欺骗公众舆论而玩弄的又一个骗局。

铺面拆卸那天，大家都含着眼泪，悲愤地离开了那赖以为生的家园，一些人家自此断绝了生路，陷入悲惨的境遇。

事隔不过两年，当时的那个政府，就很快垮台。一个欺骗人民，愚弄人民，不关心人民疾苦，损害人民利益的政府，必然为人民所唾弃，这是历史的规律。

《老昆明风情录》

❖ 新 云：金圆券引起的血案

抗战胜利不久，国民党政府为适应发动内战的需要，滥发通货，法币贬值，形同废纸。1948年8月20日，国民党政府又颁布法令，以金圆券代替法币。原规定发行总额不得超过20亿元，结果几个月后，发行总额已超过35万亿元，增加了18000多倍，致使物价飞涨，民不聊生。1949年2月，原中央银行总行决定发行面额为五十元一张的钞票。中央银行总行发行局在负责制这种钞票时，采用了两种不同的图样，一种在上海印制，另一种在香港印制。在昆明发行的钞票由上海运来，并将此种钞票的样本寄交昆明支行，但未告之昆明支行尚有香港印制的另一种钞票，也没有将香港印的钞票样本寄来。香港印制的钞票同时在广东、广西、福建发行。由于广州等地商人乘飞机到昆明抢购黄金、外币、花纱，不久，昆明市也出现了香港印制的这种钞票，由此埋下了祸根。

▷ 金圆券

    1949年2月11日下午，有人拿着这种香港印制的钞票到南屏街中央银行昆明分行交付和兑换。分行发行课和出纳课职员，将这种钞票同总行发行局寄来的样本（上海印制）对照后，发现至少有十九点不同之处，便断定香港印制的那种金圆券是伪钞。于是照例拿起"伪钞作废"的图章盖在钞票上，此钞票就成了废纸。

    2月12日上午，又有人持这种钞票来交付兑换，同样被盖上作废图章，持钞人受到损失，就与银行发生争执。到12点下班时间，问题仍未解决。分行营业室关门走人，回家吃饭。消息传到教子巷棉纱零售市场，顿时轰动起来。因该日是星期六，银行下午不上班。群众人心惶惶，更担心物价飞涨，就是银行认可的纸币也可能贬值猛跌，不愿拖到下星期一，纷纷到银行要求及时兑付。人越来越多，拥挤在银行大门口，大家纷纷痛骂中央银行。

    中午1点许，群众从银行门一拥而入，局势更为混乱。值班人员急忙打电话到五华山省保安司令部报告，称有人抢银行，要求速派兵保护。大批宪兵和警察立即出动，将涌入银行的近200人抓捕，关在近日楼上，这些人大部分是小商贩。

    下午5点许，卢汉来到了现场，大发雷霆，斥责为何平时不多派宪兵和警察维护秩序。晚近8点，保安司令部派来两名记录员，卢汉命令把被捕的人带到兴文银行前马路当中，他亲自一个一个讯问。讯问很简单，只问姓名、年龄、职业、进银行抢了什么等。问完后，卢汉若说"带到那边坐下"，警察就将这人带到中央银行前方马路中央列队坐下；卢汉若说"拉过去"，警察就把这人拉到原益华银行东边巷口（高山铺安宁巷口）枪毙。

杀了五六人后，卢汉手下官员便去劝解："请主席回去休息，等我们审问完后，再报告你核办。"卢汉呵斥道："你懂什么？"后又有多批官员去劝解，卢汉均不听。一直杀到21人，保安司令部的一个处长赶来，低声对卢汉说："公馆里有紧要事情，夫人请主席赶快回去。"卢汉才离去。原来，有人将这里的情况速告知卢汉夫人，卢夫人便派人来叫走了卢汉。

血案后，昆明人民万分愤怒，各界人士纷纷谴责。事后，卢汉渐感后悔，但出于面子问题，仍发出布告，宣布枪毙了抢银行的21名暴徒。

为安抚死者家属，准备发给被枪毙的人每人500元。但已宣布他们是暴徒，怎么好去发钱呢？最后，想了个办法，将抚款转入慈善机构，由慈善机构出面发给每人半开银元500元，草草了结。

《金圆券引发的中央银行血案》

❖ 刘亚朝：龙公馆轶事

龙公馆就是龙云先生从前在昆明的宅第。龙先生是昭通小凉山的彝族，清末民初离家外出求学，到昆明进了云南游武堂。由于他为人能干，尤其是有一身好武功，得到云南督军唐继尧将军的赏识，担任了唐将军的卫队长，做飞军大队长。20年代，龙云成为唐将军属下最重要的滇军将领之一。1927年2月6日，以龙云为首的四位将领联合发动政变，推翻了唐继尧的统治。到1929年，龙云击败了其他几位对手，当上了云南省政府主席。从这时直到1945年，他掌握云南政权将近18年之久。

龙先生在昆明的宅第有好几处，其中最主要的一处在老城中心的威远街。这是一座有好几进大院落的中式大宅院，坐北朝南，大门开在威远街中段，东墙在财盛巷，西墙在小柳树巷，北墙则在与财盛巷相交的豆豉巷。宅院位置适中，距离五华山省政府不远，并且占地宽广，气派恢宏，也适合主人的身份。大门很宽，小轿车可以开进去，停在院子里面。不过，如果只是上五华山省政府，龙先生还是喜欢坐轿子。据说当初挑选公馆地址时，风水家们就说这里的位置恰好像一乘轿子——威远街和长春路好像轿杆，象眼街和财盛巷就是轿子的前后挡。主人住进来，就好比坐上了八人抬的大轿，必定升官发财。何况附近的几条街巷名称也都很吉利：财盛，财源旺盛；威远，威震远方。完全与这位声名赫赫的云南王的地位相符合。龙先生虽然身居商位，却仍然有些迷信，听风水先生说得天花乱坠，不免有八分相信，便选定了这里。自从住进公馆以来，果然一切顺利，虽不免有些风风雨雨，都能安然应付。

▷ 龙云

　　可是，1945年10月3日凌晨，威远街龙公馆附近响起了枪声，原来是云南警备司令杜聿明奉蒋介石的密令逼迫龙云下台，挥军来攻了。当时，驻扎昆明忠于龙云的部队只有两个团、一个警卫队和一个宪兵队，而杜聿明指挥的部队有一个军、一个师和五个团，力量悬殊，根本不成比例。龙云先生闻变从睡梦中惊醒，急忙在警卫队长的陪伴下匆匆出走。他用毛巾包住头，化装成生病的老者，出后门到豆豉巷；又从豆豉巷3号院子穿过，到劝学巷，出象眼街；再经咸宁巷、柿花巷到四聚堆。这时蒋军一位姓黄的师长乘吉普车巡街盘查，冤家路窄，恰好碰上。黄师长问："老倌，干什么的？"警卫队长答："是我父亲，有急病去看医生。"也是黄师长麻痹大意，就说："要打仗了，快点躲开。"于是龙云穿门过户，走小巷，上了五华山。

　　他上山以后，一面指挥仅有的两个警卫连防守抵抗，一面发出"戡乱"电报，宣告杜聿明"叛变"，命令全省专员县长率领保安团队开往昆明"平叛""勤王"。虽然几天以后，龙云终于不得不下山飞往重庆，就任"军事参议院院长"，实际上成为蒋介石的阶下囚，但是他凭借五华山上的两百人和杜聿明的几万大军对抗的勇气，说明他不愧是一条硬铮铮的彝家汉子。威远街龙公馆就这样为主人悲壮下台的最后一场戏，提供了很好的地利条件。

　　龙云先生在东城外有一座花园别墅，就是现在的震庄国宾馆。按照《易经》的说法，"震"为八卦之一，代表东方，与别墅的位置相符；而东方又属青龙，与主人的姓氏也相符。震庄一名由此而来。震庄周围，早年都是水塘、稻田和菜园，完全一片田园风光。震庄里面花木繁茂，房屋不多。过去人们也把这里叫做龙公馆，不过主人只在处理公务之余，偶尔到这里来住一两天。别墅南面是水塘，其他三面都有高墙，四角还建有岗楼。龙云先生在西郊龙院村还有一座灵源别墅。别墅隔壁就是有名的海源寺，有一个龙潭，一年四季涌出清泉，山清水秀。主人选中这里，恐怕也与他姓有点关系吧。灵源别墅在三四十年代曾是云南通志馆所在地，一批学者在那里编出了《新纂云南通志》。水木清华，倒真是个编书的好地方。

《昆明古城旧话》

▷ 老城墙

▷ 老城门

❖ 林　德：城门放炮报时

旧时昆明东南的城墙，从圆通山沿今青年路西侧南下，到"春漫"公园对面，一个九十度的转弯，向西往近日公园（大南门）而去，那跨在绣衣街（今护国路）上的城门，就叫小南门。

小南门外是一片荒芜的旷野，杂草丛生，护城河与城墙平行，河里一团漆黑，散发着恶臭的水中，浮满了水葫芦，两岸剩下的地盘，便是垃圾堆和散乱的"棚户"。这些棚户用树枝和草席搭成窝棚，这就是"家"。"家"门口用石块支着盆盆罐罐，再点燃捡来的枝枝叶叶煮东西吃，夕阳下弥漫着团团烟雾，使这龌龊的境地更加悲凉。

那时，附近的孩子常常溜到城墙上，城墙上有许多锯齿状的城垛，孩子们都叫它"城牙齿"。大家猫腰在城牙齿后面，从射击孔里看放炮。那炮手是个老头，当太阳快下山时，他便将炮扛到护国桥旁边的空地上架好，那铁火炮约有老头的腿高，有老头的手腕粗。老头慢悠悠地往炮里装上火药，挂上药线，然后坐在石块上，叭叭地抽旱烟。待到太阳落山，天边的一抹红晕完全散尽，老头才站起身来，用旱烟锅点燃药线，三脚两步跑开。孩子们一见老头跑，便慌忙用小手捂住耳朵，霎时间一声巨响，耳朵震得嗡嗡直叫，一团耀眼的火冲上几丈高。

这炮声和昆明人的时间观念紧紧联系在一起。天黑这一炮称为"头炮"，头炮响后，小孩子就得规规矩矩地在灯下读书写字。9点左右连放两炮，称为"二炮"或"睡炮"，炮声一响，小孩子便收书睡觉了。待到第二天黎明"醒炮"响时，母亲便又催促："还不赶快起来上学？"正午的一炮称为"午炮"，炮响后学生放学，机关和作坊下班。无论有钟无钟，只要涉及时间，人们总是习惯以"炮"为准则。比如与人相约："明天几时去海心亭？"回答是"午炮后"……

　　那时钟表犹如凤毛麟角，买得起的人家不多，穷人们闻鸡鸣而作，看星移斗转而息，这炮声弥补了无钟表的不足。同时，在白天人们活动的关键时刻，这炮声有如兵营中的起床号、作息号、熄灯号一样，在一个城市较大的范围内，协调了生产和生活节奏，比起打更击柝来，的确高明许多。渐渐地，这种放炮报时的方法，由省城昆明逐渐传到州县上去，许多州县县城，也用放炮报时了。

　　抗战期间，随着战线移向西南，昆明的经济文化盛极一时，高楼大厦从小南门外的荒地里、草丛中、臭水河里拔地而起，小南门和大南门之间，出现一条银行、金融机构林立的大街——南屏街。报时的炮声也终于为嘟嘟的电波声所代替。

《城门放炮报时》

图书在版编目（CIP）数据

老昆明/《老城记》编辑组编 . — 北京：中国
文史出版社，2019.1
ISBN 978-7-5205-0578-9

Ⅰ . ①老… Ⅱ . ①老… Ⅲ . ①随笔—作品集—中国—
现代 Ⅳ . ①I266.1

中国版本图书馆CIP数据核字（2018）第226700号

责任编辑：高 贝

出版发行：中国文史出版社
社 址：北京市海淀区西八里庄69号院 邮编：100142
电 话：010-81136606 81136602 81136603（发行部）
传 真：010-81136655
印 装：北京地大彩印有限公司
经 销：全国新华书店
开 本：710mm×1010mm 1/16
印 张：18.5 字数：250千字
版 次：2019年1月第1版
印 次：2019年1月第1次印刷
定 价：62.80元